Franz Kafka Sammelband aller Hauptwerke

Franz Kafka’s Hauptwerke als Gesamtausgabe in einer Bindung

Franz Kafka
Sara Josef
ISBN: 978-1-961991-01-9

Inhalt

Amerika

Page intentionally left blank.

Der Heizer

Als der sechzehnjährige Karl Roßmann, der von seinen armen Eltern nach Amerika geschickt worden war, weil ihn ein Dienstmädchen verführt und ein Kind von ihm bekommen hatte, in dem schon langsam gewordenen Schiff in den Hafen von New York einfuhr, erblickte er die schon längst beobachtete Statue der Freiheitsgöttin wie in einem plötzlich stärker gewordenen Sonnenlicht. Ihr Arm mit dem Schwert ragte wie neuerdings empor, und um ihre Gestalt wehten die freien Lüfte. „So hoch!", sagte er sich und wurde, wie er so gar nicht an das Weggehen dachte, von der immer mehr anschwellenden Menge der Gepäckträger, die an ihm vorüberzogen, allmählich bis an das Bordgeländer geschoben.

Ein junger Mann, mit dem er während der Fahrt flüchtig bekannt geworden war, sagte im Vorübergehen: „Ja, haben Sie denn noch keine Lust auszusteigen?"

„Ich bin doch fertig", sagte Karl, ihn anlachend, und hob aus Übermut, und weil er ein starker Junge war, seinen Koffer auf die Achsel. Aber wie er über seinen Bekannten hinsah, der ein wenig seinen Stock schwenkend sich schon mit den andern entfernte, merkte er bestürzt, daß er seinen eigenen Regenschirm unten im Schiff vergessen hatte. Er bat schnell den Bekannten, der nicht sehr beglückt schien, um die Freundlichkeit, bei seinem Koffer einen Augenblick zu warten, überblickte noch die Situation, um sich bei der Rückkehr zurechtzufinden, und eilte davon. Unten fand er zu seinem Bedauern einen Gang, der seinen Weg sehr verkürzt hätte, zum erstenmal versperrt, was wahrscheinlich mit der Ausschiffung sämtlicher Passagiere zusammenhing, und mußte Treppen, die einander immer wieder folgten, durch fortwährend abbiegende Korridore, durch ein leeres Zimmer mit einem verlassenen Schreibtisch mühselig suchen, bis er sich tatsächlich, da er diesen Weg nur ein- oder zweimal und immer in größerer Gesellschaft gegangen war, ganz und gar verirrt hatte. In seiner Ratlosigkeit und da er keinen Menschen traf und nur immerfort über sich das Scharren der tausend Menschenfüße hörte und von der Ferne, wie einen Hauch, das letzte Arbeiten der schon eingestellten Maschinen merkte, fing er, ohne zu überlegen, an eine beliebige kleine Tür zu schlagen an, bei der er in seinem Herumirren stockte.

„Es ist ja offen", rief es von innen und Karl öffnete mit ehrlichem Aufatmen die Tür. „Warum schlagen Sie so verrückt auf die Tür?", fragte ein riesiger Mann, kaum daß er nach Karl hinsah. Durch irgendeine Oberlichtluke fiel ein trübes, oben im Schiff längst abgebrauchtes Licht in die klägliche Kabine, in welcher ein Bett, ein Schrank, ein Sessel und der Mann knapp nebeneinander, wie eingelagert, standen. „Ich habe mich verirrt", sagte Karl, „ich habe es während der Fahrt gar nicht so bemerkt, aber es ist ein schrecklich großes Schiff.“ „Ja, da haben Sie recht“, sagte der Mann mit einigem Stolz und hörte nicht auf, an dem Schloß eines kleinen Koffers zu hantieren, den er mit beiden Händen immer wieder zudrückte, um das Einschnappen des Riegels zu behorchen. „Aber kommen Sie doch herein!“, sagte der Mann weiter, „Sie werden doch nicht draußen stehn!“ „Störe ich nicht?“, fragte Karl. „Ach, wie werden Sie denn stören!“ „Sind Sie ein Deutscher?“, suchte sich Karl noch zu versichern, da er viel von den Gefahren gehört hatte, welche besonders von Irländern den Neuankömmlingen in Amerika drohen. „Bin ich, bin ich“, sagte der Mann. Karl zögerte noch. Da faßte unversehens der Mann die Türklinke und schob mit der Türe, die er rasch schloß, Karl zu sich herein. „Ich kann es nicht leiden, wenn man mir vom Gang hereinschaut“, sagte der Mann, der wieder an seinem Koffer arbeitete, „da läuft jeder vorbei und schaut herein, das soll der Zehnte aushalten!“ „Aber der Gang ist doch ganz leer“, sagte Karl, der unbehaglich an den Bettpfosten gequetscht dastand. „Ja, jetzt“, sagte der Mann. „Es handelt sich doch um jetzt“, dachte Karl, „mit dem Mann ist schwer zu reden.“ „Legen Sie sich doch aufs Bett, da haben Sie mehr Platz“, sagte der Mann. Karl kroch, so gut es ging, hinein und lachte dabei laut über den ersten vergeblichen Versuch, sich hinüberzuschwingen. Kaum war er aber im Bett, rief er: „Gotteswillen, ich habe ja ganz meinen Koffer vergessen!“ „Wo ist er denn?“ „Oben auf dem Deck, ein Bekannter gibt acht auf ihn. Wie heißt er nur?“ Und er zog aus einer Geheimtasche, die ihm seine Mutter für die Reise im Rockfutter angelegt hatte, eine Visitkarte. „Butterbaum, Franz Butterbaum.“ „Haben Sie den Koffer sehr nötig?“ „Natürlich.“ „Ja, warum haben Sie ihn dann einem fremden Menschen gegeben?“ „Ich hatte meinen Regenschirm unten vergessen und bin gelaufen, um ihn zu holen, wollte aber den Koffer nicht mitschleppen. Dann habe ich mich auch hier noch verirrt.“ „Sie sind allein? Ohne Begleitung?“ „Ja, allein.“ „Ich sollte mich vielleicht an diesen Mann halten“, ging es Karl durch den Kopf, „wo finde ich gleich einen besseren Freund.“ „Und jetzt haben Sie auch noch den Koffer verloren. Vom Regenschirm rede ich gar nicht.“ Und der Mann setzte sich auf den Sessel, als habe Karls Sache jetzt einiges Interesse für ihn gewonnen. „Ich glaube aber, der Koffer ist noch nicht verloren.“ „Glauben macht selig“, sagte der Mann und kratzte sich kräftig in seinem dunklen, kurzen, dichten Haar, „auf dem Schiff wechseln mit den Hafenplätzen auch die Sitten. In Hamburg hätte Ihr Butterbaum den Koffer vielleicht bewacht, hier ist höchstwahrscheinlich von beiden keine Spur mehr.“ „Da muß ich aber doch gleich hinaufschauen“, sagte Karl und sah sich um, wie er hinauskommen könnte. „Bleiben Sie nur“, sagte der Mann und stieß ihn mit einer Hand gegen die Brust, geradezu rauh, ins Bett zurück. „Warum denn?“, fragte Karl ärgerlich. „Weil es keinen Sinn hat“, sagte der Mann, „in einem kleinen Weilchen gehe ich auch, dann gehen wir zusammen. Entweder ist der Koffer gestohlen, dann ist keine Hilfe, oder der Mann hat ihn stehengelassen, dann werden wir ihn, bis das Schiff ganz entleert ist, desto besser finden. Ebenso auch Ihren Regenschirm." „Kennen Sie sich auf dem Schiff aus?", fragte Karl mißtrauisch, und es schien ihm, als hätte der sonst überzeugende Gedanke, daß auf dem leeren Schiff seine Sachen am besten zu finden sein würden, einen verborgenen Haken. „Ich bin doch Schiffsheizer", sagte der Mann. „Sie sind Schiffsheizer!", rief Karl freudig, als überstiege das alle Erwartungen, und sah, den Ellbogen aufgestützt, den Mann näher an. „Gerade vor der Kammer, wo ich mit dem Slowaken geschlafen habe, war eine Luke angebracht, durch die man in den Maschinenraum sehen konnte." „Ja, dort habe ich gearbeitet", sagte der Heizer. „Ich habe mich immer so für Technik interessiert", sagte Karl, der in einem bestimmten Gedankengang blieb, „und ich wäre sicher später Ingenieur geworden, wenn ich nicht nach Amerika hätte fahren müssen." „Warum haben Sie denn fahren müssen?" „Ach was!", sagte Karl und warf die ganze Geschichte mit der Hand weg. Dabei sah er lächelnd den Heizer an, als bitte er ihn selbst für das Nicht eingestandene um seine Nachsicht. „Es wird schon einen Grund haben", sagte der Heizer, und man wußte nicht recht, ob er damit die Erzählung dieses Grundes fordern oder abwehren wollte. „Jetzt könnte ich auch Heizer werden", sagte Karl, „meinen Eltern ist es jetzt ganz gleichgültig, was ich werde." „Meine Stelle wird frei", sagte der Heizer, gab im Vollbewußtsein dessen die Hände in die Hosentaschen und warf die Beine, die in faltigen, lederartigen, eisengrauen Hosen staken, aufs Bett hin, um sie zu strecken. Karl mußte mehr an die Wand rücken. „Sie verlassen das Schiff?" „Jawohl, wir marschieren heute ab." „Warum denn? Gefällt es Ihnen nicht?" „Ja, das sind die Verhältnisse, es entscheidet nicht immer, ob es einem gefällt oder nicht. Übrigens haben Sie recht, es gefällt mir auch nicht. Sie denken wahrscheinlich nicht ernstlich daran, Heizer zu werden, aber gerade dann kann man es am leichtesten werden. Ich also rate Ihnen entschieden ab. Wenn Sie in Europa studieren wollten, warum wollen Sie es denn hier nicht? Die amerikanischen Universitäten sind ja unvergleichlich besser als die europäischen." „Es ist ja möglich", sagte Karl, „aber ich habe ja fast kein Geld zum Studieren. Ich habe zwar von irgend jemandem gelesen, der bei Tag in einem Geschäft gearbeitet und in der Nacht studiert hat, bis er Doktor und ich glaube Bürgermeister wurde, aber dazu gehört doch eine große Ausdauer, nicht? Ich fürchte, die fehlt mir. Außerdem war ich kein besonders guter Schüler, der Abschied von der Schule ist mir wirklich nicht schwer geworden. Und die Schulen hier sind vielleicht noch strenger. Englisch kann ich fast gar nicht. Überhaupt ist man hier gegen Fremde so eingenommen, glaube ich." „Haben Sie das auch schon erfahren? Na, dann ist's gut. Dann sind Sie mein Mann. Sehen Sie, wir sind doch auf einem deutschen Schiff, es gehört der Hamburg-Amerika-Linie, warum sind wir nicht lauter Deutsche hier? Warum ist der Obermaschinist ein Rumäne? Er heißt Schubal. Das ist doch nicht zu glauben. Und dieser Lumpenhund schindet uns Deutsche auf einem deutschen Schiff! Glauben Sie nicht" — ihm ging die Luft aus, er fackelte mit der Hand, „daß ich klage, um zu klagen. Ich weiß, daß Sie keinen Einfluß haben und selbst ein armes Bürschchen sind. Aber es ist zu arg!" Und er schlug auf den Tisch mehrmals mit der Faust und ließ kein Auge von ihr, während er schlug. „Ich habe doch schon auf so vielen Schiffen gedient" — und er nannte zwanzig Namen hintereinander, als sei es ein Wort, Karl wurde ganz wirr — „und habe mich ausgezeichnet, bin belobt worden, war ein Arbeiter nach dem Geschmack meiner Kapitäne, sogar auf dem gleichen Handelssegler war ich einige Jahre" — er erhob sich, als sei das der Höchstpunkt seines Lebens — „und hier auf diesem Kasten, wo alles nach der Schnur eingerichtet ist, wo kein Witz gefordert wird, hier taug ich nichts, hier stehe ich dem Schubal immer im Wege, bin ein Faulpelz, verdiene hinausgeworfen zu werden und bekomme meinen Lohn aus Gnade. Verstehen Sie das? Ich nicht." „Das dürfen Sie sich nicht gefallen lassen", sagte Karl aufgeregt. Er hatte fast das Gefühl davon verloren, daß er auf dem unsicheren Boden eines Schiffes, an der Küste eines unbekannten Erdteils war, so heimisch war ihm hier auf dem Bett des Heizers zumute. „Waren Sie schon beim Kapitän? Haben Sie schon bei ihm Ihr Recht gesucht?" „Ach gehen Sie, gehen Sie lieber weg. Ich will Sie nicht hier haben. Sie hören nicht zu, was ich sage, und geben mir Ratschläge. Wie soll ich denn zum Kapitän gehen!" Und müde setzte sich der Heizer wieder und legte das Gesicht in beide Hände.

„Einen besseren Rat kann ich ihm nicht geben", sagte sich Karl. Und er fand überhaupt, daß er lieber seinen Koffer hätte holen sollen, statt hier Ratschläge zu geben, die doch nur für dumm gehalten wurden. Als ihm der Vater den Koffer für immer übergeben hatte, hatte er im Scherz gefragt: „Wie lange wirst du ihn haben?" und jetzt war dieser treue Koffer vielleicht schon im Ernst verloren. Der einzige Trost war noch, daß der Vater von seiner jetzigen Lage kaum erfahren konnte, selbst wenn er nachforschen sollte. Nur daß er bis New York mitgekommen war, konnte die Schiffsgesellschaft gerade noch sagen. Leid tat es aber Karl, daß er die Sachen im Koffer noch kaum verwendet hatte, trotzdem er es beispielsweise längst nötig gehabt hätte, das Hemd zu wechseln. Da hatte er also am unrichtigen Ort gespart; jetzt, wo er es gerade am Beginn seiner Laufbahn nötig haben würde, rein gekleidet aufzutreten, würde er im schmutzigen Hemd erscheinen müssen. Sonst wäre der Verlust des Koffers nicht gar so arg gewesen, denn der Anzug, den er anhatte, war sogar besser als jener im Koffer, der eigentlich nur ein Notanzug war, den die Mutter noch knapp vor der Abreise hatte flicken müssen. Jetzt erinnerte er sich auch, daß im Koffer noch ein Stück Veroneser Salami war, die ihm die Mutter als Extragabe eingepackt hatte, von der er jedoch nur den kleinsten Teil hatte aufessen können, da er während der Fahrt ganz ohne Appetit gewesen war und die Suppe, die im Zwischendeck zur Verteilung kam, ihm reichlich genügt hatte. Jetzt hätte er aber die Wurst gern bei der Hand gehabt, um sie dem Heizer zu verehren. Denn solche Leute sind leicht gewonnen, wenn man ihnen irgendeine Kleinigkeit zusteckt, das wußte Karl von seinem Vater her, welcher durch Zigarrenverteilung alle die niedrigeren Angestellten gewann, mit denen er geschäftlich zu tun hatte. Jetzt besaß Karl an Verschenkbarem nur noch sein Geld, und das wollte er, wenn er schon vielleicht den Koffer verloren haben sollte, vorläufig nicht anrühren. Wieder kehrten seine Gedanken zum Koffer zurück, und er konnte jetzt wirklich nicht einsehen, warum er den Koffer während der Fahrt so aufmerksam bewacht hatte, daß ihm die Wache fast den Schlaf gekostet hatte, wenn er jetzt diesen gleichen Koffer so leicht sich hatte wegnehmen lassen. Er erinnerte sich an die fünf Nächte, während derer er einen kleinen Slowaken, der zwei Schlafstellen links von ihm gelegen war, unausgesetzt im Verdacht gehabt hatte, daß er es auf seinen Koffer abgesehen habe. Dieser Slowake hatte nur darauf gelauert, daß Karl endlich, von Schwäche befallen, für einen Augenblick einnickte, damit er den Koffer mit einer langen Stange, mit der er immer während des Tages spielte oder übte, zu sich hinüberziehen könne. Bei Tage sah dieser Slowake unschuldig genug aus, aber kaum war die Nacht gekommen, erhob er sich von Zeit zu Zeit von seinem Lager und sah traurig zu Karls Koffer hinüber. Karl konnte dies ganz deutlich erkennen, denn immer hatte hie und da jemand mit der Unruhe des Auswanderers ein Lichtchen angezündet, trotzdem dies nach der Schiffsordnung verboten war, und versuchte, unverständliche Prospekte der Auswanderungsagenturen zu entziffern. War ein solches Licht in der Nähe, dann konnte Karl ein wenig eindämmern, war es aber in der Ferne oder war dunkel, dann mußte er die Augen offenhalten. Diese Anstrengung hatte ihn recht erschöpft, und nun war sie vielleicht ganz nutzlos gewesen. Dieser Butterbaum, wenn er ihn einmal irgendwo treffen sollte!

In diesem Augenblick ertönten draußen in weiter Ferne in die bisherige vollkommene Ruhe hinein kleine kurze Schläge, wie von Kinderfüßen, sie kamen näher mit verstärktem Klang, und nun war es ein ruhiger Marsch von Männern. Sie gingen offenbar, wie es in dem schmalen Gang natürlich war, in einer Reihe, man hörte Klirren wie von Waffen. Karl, der schon nahe daran gewesen war, sich im Bett zu einem von allen Sorgen um Koffer und Slowaken befreiten Schlafe auszustrecken, schreckte auf und stieß den Heizer an, um ihn endlich aufmerksam zu machen, denn der Zug schien mit seiner Spitze die Tür gerade erreicht zu haben. „Das ist die Schiffskapelle“, sagte der Heizer, „die haben oben gespielt und gehen jetzt einpacken. Jetzt ist alles fertig und wir können gehen. Kommen Sie!“ Er faßte Karl bei der Hand, nahm noch im letzten Augenblick ein eingerahmtes Muttergottesbild

von der Wand über dem Bett, stopfte es in seine Brusttasche, ergriff seinen Koffer und verließ mit Karl eilig die Kabine.
„Jetzt gehe ich ins Büro und werde den Herren meine Meinung sagen. Es ist kein Passagier mehr da, man muß keine Rücksicht nehmen.“ Dieses wiederholte der Heizer verschiedenartig und wollte im Gehen mit Seitwärts stoßen des Fußes eine den Weg kreuzende Ratte niedertreten, stieß sie aber bloß schneller in das Loch hinein, daß sie noch rechtzeitig erreicht hatte. Er war überhaupt langsam in seinen Bewegungen, denn wenn er auch lange Beine hatte, so waren sie doch zu schwer.
Sie kamen durch eine Abteilung der Küche, wo einige Mädchen in schmutzigen Schürzen — sie begossen sie absichtlich — Geschirr in großen Bottichen reinigten. Der Heizer rief eine gewisse Line zu sich, legte den Arm um ihre Hüfte und führte sie, die sich immerzu kokett gegen seinen Arm drückte, ein Stückchen mit. „Es gibt jetzt Auszahlung, willst du mitkommen?“, fragte er. „Warum soll ich mich bemühn, bring mir das Geld lieber her“, antwortete sie, schlüpfte unter seinem Arm durch und lief davon. „Wo hast du denn den schönen Knaben aufgegabelt?“, rief sie noch, wollte aber keine Antwort mehr. Man hörte das Lachen aller Mädchen, die ihre Arbeit unterbrochen hatten. Sie aber gingen weiter und kamen an eine Tür, die oben einen kleinen Vorgiebel hatte, der von kleinen, vergoldeten Karyatiden getragen war. Für eine Schiffseinrichtung sah das recht verschwenderisch aus. Karl war, wie er merkte, niemals in diese Gegend gekommen, die wahrscheinlich während der Fahrt den Passagieren der ersten und zweiten Klasse vorbehalten gewesen war, während man jetzt vor der großen Schiffsreinigung die Trennungstüren ausgehoben hatte. Sie waren auch tatsächlich schon einigen Männern begegnet, die Besen an der Schulter trugen und den Heizer gegrüßt hatten. Karl staunte über den großen Betrieb, in seinem Zwischendeck hatte er davon freilich wenig erfahren. Längs der Gänge zogen sich auch Drähte elektrischer Leitungen, und eine kleine Glocke hörte man immerfort.
Der Heizer klopfte respektvoll an der Türe an und forderte, als man „Herein!“, rief, Karl mit einer Handbewegung auf, ohne Furcht einzutreten. Dieser trat auch ein, aber blieb an der Tür stehen. Vor den drei Fenstern des Zimmers sah er die Wellen des Meeres, und bei Betrachtung ihrer fröhlichen Bewegung schlug ihm das Herz, als hätte er nicht fünf lange Tage das Meer ununterbrochen gesehen. Große Schiffe kreuzten gegenseitig ihre Wege und gaben dem Wellenschlag nur so weit nach, als es ihre Schwere erlaubte. Wenn man die Augen klein machte, schienen diese Schiffe vor lauter Schwere zu schwanken. Auf ihren Masten trugen sie schmale, aber lange Flaggen, die zwar durch die Fahrt gestrafft wurden, trotzdem aber noch hin und her zappelten. Wahrscheinlich von Kriegsschiffen her erklangen Salutschüsse, die Kanonenrohre eines solchen nicht allzu weit

vorüberfahrenden Schiffes, strahlend mit dem Reflex ihres Stahlmantels, waren wie gehätschelt von der sicheren, glatten und doch nicht waagerechten Fahrt. Die kleinen Schiffchen und Boote konnte man, wenigstens von der Tür aus, nur in der Ferne beobachten, wie sie in Mengen in die Öffnungen zwischen den großen Schiffen einliefen. Hinter alledem aber stand New York und sah Karl mit hunderttausend Fenstern seiner Wolkenkratzer an. Ja, in diesem Zimmer wußte man, wo man war.
An einem runden Tisch saßen drei Herren, der eine ein Schiffsoffizier in blauer Schiffsuniform, die zwei anderen, Beamte der Hafenbehörde, in schwarzen amerikanischen Uniformen. Auf dem Tisch lagen, hoch aufgeschichtet, verschiedene Dokumente, welche der Offizier zuerst mit der Feder in der Hand überflog, um sie dann den beiden anderen zu reichen, die bald lasen, bald exzerpierten, bald in ihre Aktentaschen einlegten, wenn nicht gerade der eine, der fast ununterbrochen ein kleines Geräusch mit den Zähnen vollführte, seinem Kollegen etwas in ein Protokoll diktierte.
Am Fenster saß an einem Schreibtisch, den Rücken der Türe zugewendet, ein kleinerer Herr, der mit großen Folianten hantierte, die auf einem starken Bücherbrett in Kopfhöhe vor ihm aneinandergereiht waren. Neben ihm stand eine offene, wenigstens auf den ersten Blick leere Kassa.
Das zweite Fenster war leer und gab den besten Ausblick. In der Nähe des dritten aber standen zwei Herren in halblautem Gespräch. Der eine lehnte neben dem Fenster, trug auch die Schiffsuniform und spielte mit dem Griff des Degens. Derjenige, mit dem er sprach, war dem Fenster zugewendet und enthüllte hie und da durch eine Bewegung einen Teil der Ordensreihe auf der Brust des andern. Er war in Zivil und hatte ein dünnes Bambusstöckchen, das, da er beide Hände an den Hüften festhielt, auch wie ein Degen abstand.
Karl hatte nicht viel Zeit, alles anzusehen, denn bald trat ein Diener auf sie zu und fragte den Heizer mit einem Blick, als gehöre er nicht hierher, was er denn wolle. Der Heizer antwortete, so leise als er gefragt wurde, er wolle mit dem Herrn Oberkassier reden. Der Diener lehnte für seinen Teil mit einer Handbewegung diese Bitte ab, ging aber dennoch auf den Fußspitzen, dem runden Tisch in großem Bogen ausweichend, zu dem Herrn mit den Folianten. Dieser Herr — das sah man deutlich — erstarrte geradezu unter den Worten des Dieners, kehrte sich aber endlich nach dem Manne um, der ihn zu sprechen wünschte, und fuchtelte dann, streng abwehrend, gegen den Heizer und der Sicherheit halber auch gegen den Diener hin. Der Diener kehrte darauf zum Heizer zurück und sagte in einem Tone, als vertraue er ihm etwas an: „Scheren Sie sich sofort aus dem Zimmer!“
Der Heizer sah nach dieser Antwort zu Karl hinunter, als sei dieser sein Herz, dem er stumm seinen Jammer klage. Ohne weitere Besinnung machte sich Karl los, lief quer durchs Zimmer, daß er sogar leicht an den Sessel des Offiziers streifte, der Diener lief gebeugt mit zum Umfangen bereiten Armen,

als jage er ein Ungeziefer, aber Karl war der erste beim Tisch des Oberkassiers, wo er sich festhielt, für den Fall, daß der Diener versuchen sollte, ihn fortzuziehen.

Natürlich wurde gleich das Zimmer lebendig. Der Schiffsoffizier am Tisch war aufgesprungen, die Herren von der Hafenbehörde sahen ruhig, aber aufmerksam zu, die beiden Herren am Fenster waren nebeneinander getreten, der Diener, welcher glaubte, er sei dort, wo schon die hohen Herren Interesse zeigten, nicht mehr am Platze, trat zurück. Der Heizer an der Türe wartete angespannt auf den Augenblick, bis seine Hilfe nötig würde. Der Oberkassier endlich machte in seinem Lehnsessel eine große Rechtswendung.

Karl kramte aus seiner Geheimtasche, die er den Blicken dieser Leute zu zeigen keine Bedenken hatte, seinen Reisepaß hervor, den er statt weiterer Vorstellung geöffnet auf den Tisch legte. Der Oberkassier schien diesen Paß für nebensächlich zu halten, denn er schnippte ihn mit zwei Fingern beiseite, worauf Karl, als sei diese Formalität zur Zufriedenheit erledigt, den Paß wieder einsteckte. „Ich erlaube mir zu sagen“, begann er dann, „daß meiner Meinung nach dem Herrn Heizer Unrecht geschehen ist. Es ist hier ein gewisser Schubal, der ihm aufsitzt. Er selbst hat schon auf vielen Schiffen, die er Ihnen alle nennen kann, zur vollständigen Zufriedenheit gedient, ist fleißig, meint es mit seiner Arbeit gut, und es ist wirklich nicht einzusehen, warum er gerade auf diesem Schiff, wo doch der Dienst nicht so übermäßig schwer ist, wie zum Beispiel auf Handelsseglern, schlecht entsprechen sollte. Es kann daher nur Verleumdung sein, die ihn in seinem Vorwärtskommen hindert und ihn um die Anerkennung bringt, die ihm sonst ganz bestimmt nicht fehlen würde. Ich habe nur das Allgemeine über diese Sache gesagt, seine besonderen Beschwerden wird er Ihnen selbst vorbringen.“ Karl hatte sich mit dieser Rede an alle Herren gewendet, weil ja tatsächlich auch alle zuhörten und es viel wahrscheinlicher schien, daß sich unter allen zusammen ein Gerechter vorfand, als daß dieser Gerechte gerade der Oberkassier sein sollte. Aus Schlauheit hatte außerdem Karl verschwiegen, daß er den Heizer erst so kurze Zeit kannte. Im übrigen hätte er noch viel besser gesprochen, wenn er nicht durch das rote Gesicht des Herrn mit dem Bambusstöckchen beirrt worden wäre, das er von seinem jetzigen Standort zum ersten mal sah.

„Es ist alles Wort für Wort richtig“, sagte der Heizer, ehe ihn noch jemand gefragt, ja ehe man noch überhaupt auf ihn hingesehen hatte. Diese Übereiltheit des Heizers wäre ein großer Fehler gewesen, wenn nicht der Herr mit den Orden, der, wie es jetzt Karl aufleuchtete, jedenfalls der Kapitän war, offenbar mit sich bereits übereingekommen wäre, den Heizer anzuhören. Er streckte nämlich die Hand aus und rief dem Heizer zu: „Kommen Sie her!“ mit einer Stimme, fest, um mit einem Hammer darauf zu schlagen. Jetzt hing alles vom Benehmen des Heizers ab, denn was die Gerechtigkeit seiner Sache anlangte, an der zweifelte Karl nicht.

Glücklicherweise zeigte sich bei dieser Gelegenheit, daß der Heizer schon viel in der Welt herumgekommen war. Musterhaft ruhig nahm er aus seinem Köfferchen mit dem ersten Griff ein Bündelchen Papiere sowie ein Notizbuch, ging damit, als verstünde sich das von selbst, unter vollständiger Vernachlässigung des Oberkassiers, zum Kapitän und breitete auf dem Fensterbrett seine Beweismittel aus. Dem Oberkassier blieb nichts übrig, als sich selbst hinzubemühn. „Der Mann ist ein bekannter Querulant", sagte er zur Erklärung, „er ist mehr in der Kassa als im Maschinenraum. Er hat Schubal, diesen ruhigen Menschen, ganz zur Verzweiflung gebracht. Hören Sie einmal!", wandte er sich an den Heizer, „Sie treiben Ihre Zudringlichkeit doch schon wirklich zu weit. Wie oft hat man Sie schon aus den Auszahlungsräumen hinausgeworfen, wie Sie es mit Ihren ganz vollständig und ausnahmslos unberechtigten Forderungen verdienen! Wie oft sind Sie von dort in die Hauptkassa gelaufen gekommen! Wie oft hat man Ihnen im guten gesagt, daß Schubal Ihr unmittelbarer Vorgesetzter ist, mit dem allein Sie sich als ein Untergebener abzufinden haben! Und jetzt kommen Sie gar noch her, wenn der Herr Kapitän da ist, schämen sich nicht, sogar ihn zu belästigen, sondern entblöden sich nicht einmal, als eingelernten Stimmführer Ihrer abgeschmackten Beschuldigungen diesen Kleinen mitzubringen, den ich überhaupt zum ersten mal auf dem Schiffe sehe!"

Karl hielt sich mit Gewalt zurück, vorzuspringen. Aber schon war auch der Kapitän da, welcher sagte: „Hören wir den Mann doch einmal an. Der Schubal wird mir sowieso mit der Zeit viel zu selbständig, womit ich aber nichts zu Ihren Gunsten gesagt haben will." Das letztere galt dem Heizer, es war nur natürlich, daß er sich nicht sofort für ihn einsetzen konnte, aber alles schien auf dem richtigen Wege. Der Heizer begann seine Erklärungen und überwand sich gleich am Anfang, indem er Schubal mit „Herr" titulierte. Wie freute sich Karl am verlassenen Schreibtisch des Oberkassiers, wo er eine Briefwaage immer wieder niederdrückte vor lauter Vergnügen. — Herr Schubal ist ungerecht! Herr Schubal bevorzugt die Ausländer! Herr Schubal verwies den Heizer aus dem Maschinenraum und ließ ihn Klosette reinigen, was doch gewiß nicht des Heizers Sache war! — Einmal wurde sogar die Tüchtigkeit des Herrn Schubal angezweifelt, die eher scheinbar als wirklich vorhanden sein sollte. Bei dieser Stelle starrte Karl mit aller Kraft den Kapitän an, zutunlich, als sei er sein Kollege, nur damit er sich durch die etwas ungeschickte Ausdrucksweise des Heizers nicht zu dessen Ungunsten beeinflussen lasse. Immerhin erfuhr man aus den vielen Reden nichts Eigentliches, und wenn auch der Kapitän noch immer vor sich hinsah, in den Augen die Entschlossenheit, den Heizer diesmal bis zu Ende anzuhören, so wurden doch die anderen Herren ungeduldig, und die Stimme des Heizers regierte bald nicht mehr unumschränkt in dem Raume, was manches befürchten ließ. Als erster setzte der Herr in Zivil sein Bambusstöckchen in

Tätigkeit und klopfte, wenn auch nur leise, auf das Parkett. Die anderen Herren sahen natürlich hie und da hin, die Herren von der Hafenbehörde, die offenbar pressiert waren, griffen wieder zu den Akten und begannen, wenn auch noch etwas geistesabwesend, sie durchzusehen, der Schiffsoffizier rückte seinen Tisch wieder näher, und der Oberkassier, der gewonnenes Spiel zu haben glaubte, seufzte aus Ironie tief auf. Von der allgemein eintretenden Zerstreuung schien nur der Diener bewahrt, der von den Leiden des unter die Großen gestellten armen Mannes einen Teil mitfühlte und Karl ernst zunickte, als wolle er damit etwas erklären.

Inzwischen ging vor den Fenstern das Hafenleben weiter, ein flaches Lastschiff mit einem Berg von Fässern, die wunderbar verstaut sein mußten, daß sie nicht ins Rollen kamen, zog vorüber und erzeugte in dem Zimmer fast Dunkelheit; kleine Motorboote, die Karl jetzt, wenn er Zeit gehabt hätte, genau hätte ansehen können, rauschten nach den Zuckungen der Hände eines am Steuer aufrecht stehenden Mannes schnurgerade dahin! Eigentümliche Schwimmkörper tauchten hie und da selbständig aus dem ruhelosen Wasser, wurden gleich wieder überschwemmt und versanken vor dem erstaunten Blick; Boote der Ozeandampfer wurden von heiß arbeitenden Matrosen vorwärts gerudert und waren voll von Passagieren, die darin, so wie man sie hineingezwängt hatte, still und erwartungsvoll saßen, wenn es auch manche nicht unterlassen konnten, die Köpfe nach den wechselnden Szenerien zu drehen. Eine Bewegung ohne Ende, eine Unruhe, übertragen von dem unruhigen Element auf die hilflosen Menschen und ihre Werke!

Aber alles mahnte zur Eile, zur Deutlichkeit, zu ganz genauer Darstellung; aber was tat der Heizer? Er redete sich allerdings in Schweiß, die Papiere auf dem Fenster konnte er längst mit seinen zitternden Händen nicht mehr halten; aus allen Himmelsrichtungen strömten ihm Klagen über Schubal zu, von denen seiner Meinung nach jede einzelne genügt diesen Schubal vollständig zu begraben, aber was er dem Kapitän vorzeigen konnte, war nur ein trauriges Durcheinander strudeln aller insgesamt. Längst schon pfiff der Herr mit dem Bambusstöckchen schwach zur Decke hinauf, die Herren von der Hafenbehörde hielten schon den Offizier an ihrem Tisch und machten keine Miene, ihn je wieder loszulassen, der Oberkassier wurde sichtlich nur durch die Ruhe des Kapitäns vor dem Dreinfahren zurückgehalten, der Diener erwartete in Habachtstellung jeden Augenblick einen auf den Heizer bezüglichen Befehl seines Kapitäns.

Da konnte Karl nicht mehr untätig bleiben. Er ging also langsam zu der Gruppe hin und überlegte im Gehen nur desto schneller, wie er die Sache möglichst geschickt angreifen könnte. Es war wirklich höchste Zeit, noch ein kleines Weilchen nur, und sie konnten ganz gut beide aus dem Büro fliegen. Der Kapitän mochte ja ein guter Mann sein und überdies gerade jetzt, wie es Karl schien, irgendeinen besonderen Grund haben, sich als gerechter

Vorgesetzter zu zeigen, aber schließlich war er kein Instrument, das man in Grund und Boden spielen konnte — und gerade so behandelte ihn der Heizer, allerdings aus seinem grenzenlos empörten Innern heraus.
Karl sagte also zum Heizer: „Sie müssen das einfacher erzählen, klarer, der Herr Kapitän kann es nicht würdigen, so wie Sie es ihm erzählen. Kennt er denn alle Maschinisten Laufburschen beim Namen oder gar beim Taufnamen, daß er, wenn Sie nur einen solchen Namen aussprechen, gleich wissen kann, um wen es sich handelt? Ordnen Sie doch Ihre Beschwerden, sagen Sie die wichtigste zuerst und absteigend die anderen, vielleicht wird es dann überhaupt nicht mehr nötig sein, die meisten auch nur zu erwähnen. Mir haben Sie es doch immer so klar dargestellt!" „Wenn man in Amerika Koffer stehlen kann, kann man auch hie und da lügen", dachte er zur Entschuldigung.
Wenn es aber nur geholfen hätte! Ob es nicht auch schon zu spät war? Der Heizer unterbrach sich zwar sofort, als er die bekannte Stimme hörte, aber mit seinen Augen, die ganz von Tränen der beleidigten Mannesehre, der schrecklichen Erinnerungen, der äußersten gegenwärtigen Not verdeckt waren, konnte er Karl schon nicht einmal mehr gut erkennen. Wie sollte er auch jetzt — Karl sah das schweigend vor dem jetzt Schweigenden wohl ein –, wie sollte er auch jetzt plötzlich seine Redeweise ändern, da es ihm doch schien, als hätte er alles was zu sagen war, ohne die geringste Anerkennung schon vorgebracht und als habe er andererseits noch gar nichts gesagt und könne doch den Herren jetzt nicht zumuten, noch alles anzuhören. Und in einem solchen Zeitpunkt kommt noch Karl, sein einziger Anhänger, daher, will ihm gute Lehren geben, zeigt ihm aber statt dessen, daß alles, alles verloren ist.
„Wäre ich früher gekommen, statt aus dem Fenster zu schauen", sagte sich Karl, senkte vor dem Heizer das Gesicht und schlug die Hände an die Hosennaht, zum Zeichen des Endes jeder Hoffnung. Aber der Heizer mißverstand das, witterte wohl in Karl irgendwelche geheimen Vorwürfe gegen sich, und in der guten Absicht, sie ihm auszureden, fing er zur Krönung seiner Taten mit Karl jetzt zu streiten an. Jetzt, wo doch die Herren am runden Tisch längst empört über den nutzlosen Lärm waren, der ihre wichtigen Arbeiten störte, wo der Hauptkassier allmählich die Geduld des Kapitäns unverständlich fand und zum sofortigen Ausbruch neigte, wo der Diener, ganz wieder in der Sphäre seiner Herren, den Heizer mit wildem Blicke maß, und wo endlich der Herr mit dem Bambusstöckchen, zu welchem sogar der Kapitän hie und da freundlich hinübersah, schon gänzlich abgestumpft gegen den Heizer, ja von ihm angewidert, ein kleines Notizbuch hervorzog und, offenbar mit ganz anderen Angelegenheiten beschäftigt, die Augen zwischen dem Notizbuch und Karl hin und her wandern ließ.

„Ich weiß ja“, sagte Karl, der Mühe hatte, den jetzt gegen ihn gekehrten Schwall des Heizers abzuwehren, trotzdem aber quer durch allen Streit noch ein Freundeslächeln für ihn übrig hatte, „Sie haben recht, recht, ich habe ja nie daran gezweifelt.“ Er hätte ihm gern aus Furcht vor Schlägen die herumfahrenden Hände gehalten, noch lieber allerdings ihn in einen Winkel gedrängt, um ihm ein paar leise, beruhigende Worte zuzuflüstern, die niemand sonst hätte hören müssen. Aber der Heizer war außer Rand und Band. Karl begann jetzt schon sogar aus dem Gedanken eine Art Trost zu schöpfen, daß der Heizer im Notfall mit der Kraft seiner Verzweiflung alle anwesenden sieben Männer bezwingen könne. Allerdings lag auf dem Schreibtisch, wie ein Blick dorthin lehrte, ein Aufsatz mit viel zu vielen Druckknöpfen der elektrischen Leitung; und eine Hand, einfach auf sie niedergedrückt, konnte das ganze Schiff mit allen seinen von feindlichen Menschen gefüllten Gängen rebellisch machen.

Da trat der doch so uninteressierte Herr mit dem Bambusstöckchen auf Karl zu und fragte, nicht überlaut, aber deutlich über allem Geschrei des Heizers: „Wie heißen Sie denn eigentlich?“ In diesem Augenblick, als hätte jemand hinter der Tür auf diese Äußerung des Herrn gewartet, klopfte es. Der Diener sah zum Kapitän hinüber, dieser nickte. Daher ging der Diener zur Tür und öffnete sie. Draußen stand in einem alten Kaiserrock ein Mann von mittleren Proportionen, seinem Ansehen nach nicht eigentlich zur Arbeit an den Maschinen geeignet, und war doch — Schubal. Wenn es Karl nicht an aller Augen erkannt hätte, die eine gewisse Befriedigung ausdrückten, von der nicht einmal der Kapitän frei war, er hätte es zu seinem Schrecken am Heizer sehen müssen, der die Fäuste an den gestrafften Armen so ballte, als sei diese Ballung das Wichtigste an ihm, dem er alles, was er an Leben habe, zu opfern bereit sei. Da steckte jetzt alle seine Kraft, auch die, welche ihn überhaupt aufrecht erhielt.

Und da war also der Feind, frei und frisch im Festanzug, unter dem Arm ein Geschäftsbuch, wahrscheinlich die Lohnlisten und Arbeitsausweise des Heizers, und sah mit dem ungescheuten Zugeständnis, daß er die Stimmung jedes einzelnen vor allem feststellen wolle, in aller Augen der Reihe nach. Die sieben waren auch schon alle seine Freunde, denn wenn auch der Kapitän früher gewisse Einwände gegen ihn gehabt oder vielleicht nur vorgeschützt hatte, nach dem Leid, das ihm der Heizer angetan hatte, schien ihm wahrscheinlich an Schubal auch das Geringste nicht mehr auszusetzen. Gegen einen Mann wie den Heizer konnte man nicht streng genug verfahren, und wenn dem Schubal etwas vorzuwerfen war, so war es der Umstand, daß er die Widerspenstigkeit des Heizers im Laufe der Zeit nicht so weit hatte brechen können, daß es dieser heute noch gewagt hatte, vor dem Kapitän zu erscheinen.

Nun konnte man ja vielleicht noch annehmen, die Gegenüberstellung des Heizers und Schubals werde die ihr vor einem höheren Forum zukommende Wirkung auch vor den Menschen nicht verfehlen, denn wenn sich auch Schubal gut verstellen konnte, er mußte es doch durchaus nicht bis zum Ende aushalten können. Ein kurzes Aufblitzen seiner Schlechtigkeit sollte genügen, um sie den Herren sichtbar zu machen, dafür wollte Karl schon sorgen. Er kannte doch schon beiläufig den Scharfsinn, die Schwächen, die Launen der einzelnen Herren, und unter diesem Gesichtspunkt war die bisher hier verbrachte Zeit nicht verloren. Wenn nur der Heizer besser auf dem Platz gewesen wäre, aber der schien vollständig kampfunfähig. Wenn man ihm den Schubal hingehalten hätte, hätte er wohl dessen gehaßten Schädel mit den Fäusten aufklopfen können. Aber schon die paar Schritte zu ihm hinzugehen, war er wohl kaum imstande. Warum hatte denn Karl das so leicht Vorauszusehende nicht vorausgesehen, daß Schubal endlich kommen müsse, wenn nicht aus eigenem Antrieb, so vom Kapitän gerufen. Warum hatte er auf dem Herweg mit dem Heizer nicht einen genauen Kriegsplan besprochen, statt, wie sie es in Wirklichkeit getan hatten, heillos unvorbereitet einfach dort einzutreten, wo eine Tür war? Konnte der Heizer überhaupt noch reden, ja und nein sagen, wie es bei dem Kreuzverhör, das allerdings nur im günstigsten Fall bevorstand, nötig sein würde? Er stand da, die Beine auseinandergestellt, die Knie unsicher, den Kopf etwas gehoben, und die Luft verkehrte durch den offenen Mund, als gäbe es innen keine Lungen mehr die sie verarbeiteten. Karl allerdings fühlte sich so kräftig und bei Verstand, wie er es vielleicht zu Hause niemals gewesen war. Wenn ihn doch seine Eltern sehen könnten, wie er in fremdem Land vor angesehenen Persönlichkeiten das Gute verfocht und, wenn er es auch noch nicht zum Siege gebracht hatte, so doch zur letzten Eroberung sich vollkommen bereitstellte! Würden sie ihre Meinung über ihn revidieren? Ihn zwischen sich niedersetzen und loben? Ihm einmal, einmal in die ihnen so ergebenen Augen sehn? Unsichere Fragen und ungeeignetster Augenblick, sie zu stellen!

„Ich komme, weil ich glaube, daß mich der Heizer irgendwelcher Unredlichkeiten beschuldigt. Ein Mädchen aus der Küche sagte mir, sie hätte ihn auf dem Wege hierher gesehen. Herr Kapitän und Sie alle meine Herren, ich bin bereit, jede Beschuldigung an der Hand meiner Schriften, nötigenfalls durch Aussagen unvoreingenommener und unbeeinflußter Zeugen, die vor der Türe stehen, zu widerlegen.“ So sprach Schubal. Das war allerdings die klare Rede eines Mannes, und nach der Veränderung in den Mienen der Zuhörer hätte man glauben können, sie hörten zum erstenmal nach langer Zeit wieder menschliche Laute. Sie bemerkten freilich nicht, daß selbst diese schöne Rede Löcher hatte. Warum war das erste sachliche Wort, das ihm einfiel, „Unredlichkeiten“ ? Hätte vielleicht die Beschuldigung hier einsetzen müssen, statt bei seinen nationalen Voreingenommenheiten? Ein Mädchen aus der Küche hatte den Heizer auf dem Weg ins Büro gesehen, und Schubal hatte sofort begriffen? War es nicht das Schuldbewußtsein, das ihm den Verstand schärfte? Und Zeugen hatte er gleich mitgebracht und nannte sie noch außerdem unvoreingenommen und unbeeinflußt? Gaunerei, nichts als Gaunerei! Und die Herren duldeten das und anerkannten es noch als richtiges Benehmen? Warum hatte er zweifellos sehr viel Zeit zwischen der Meldung des Küchenmädchens und seiner Ankunft hier verstreichen lassen? Doch zu keinem anderen Zwecke, als damit der Heizer die Herren so ermüde, daß sie allmählich ihre klare Urteilskraft verlören, welche Schubal vor allem zu fürchten hatte. Hatte er, der sicher schon lange hinter der Tür gestanden, nicht erst im Augenblick geklopft, als er infolge der nebensächlichen Frage jenes Herrn hoffen durfte, der Heizer sei erledigt? Alles war klar und wurde ja auch von Schubal wider Willen so dargeboten, aber den Herrn mußte man es anders, noch handgreiflicher zeigen. Sie brauchten Aufrüttelung. Also, Karl, rasch, nütze wenigstens die Zeit aus, ehe die Zeugen auftreten und alles überschwemmen!

Eben aber winkte der Kapitän dem Schubal ab, der darauf hin sofort — denn seine Angelegenheit schien für ein Weilchen aufgeschoben zu sein — beiseitetrat und mit dem Diener, der sich ihm gleich angeschlossen hatte, eine leise Unterhaltung begann, bei der es an Seitenblicken nach dem Heizer und Karl sowie an den überzeugtesten Handbewegungen nicht fehlte. Schubal schien so seine nächste Rede einzuüben.

„Wollten Sie nicht den jungen Menschen etwas fragen, Herr Jakob?“, sagte der Kapitän unter allgemeiner Stille zu dem Herrn mit dem Bambusstöckchen.

„Allerdings“, sagte dieser, mit einer kleinen Neigung für die Aufmerksamkeit dankend. Und fragte dann Karl nochmals: „Wie heißen Sie eigentlich?“

Karl, welcher glaubte, es sei im Interesse der großen Hauptsache gelegen, wenn dieser Zwischenfall des hartnäckigen Fragers bald erledigt würde, antwortete kurz, ohne, wie es seine Gewohnheit war, durch Vorweisung des Passes sich vorzustellen, den er erst hätte suchen müssen: „Karl Roßmann.“

„Aber“, sagte der mit Jakob Angesprochene und trat zuerst fast ungläubig lächelnd zurück. Auch der Kapitän, der Oberkassier, der Schiffsoffizier, ja sogar der Diener zeigten deutlich ein übermäßiges Erstaunen wegen Karls Namen. Nur die Herren von der Hafenbehörde und Schubal verhielten sich gleichgültig.

„Aber“, wiederholte Herr Jakob und trat mit etwas steifen Schritten auf Karl zu, „dann bin ich ja dein Onkel Jakob, und du bist mein lieber Neffe. Ahnte ich es doch die ganze Zeit über!“, sagte er zum Kapitän hin, ehe er Karl umarmte und küßte, der alles stumm geschehen ließ.

„Wie heißen Sie?“, fragte Karl, nachdem er sich losgelassen fühlte, zwar sehr höflich, aber gänzlich ungerührt, und strengte sich an, die Folgen abzusehen, welche dieses neue Ereignis für den Heizer haben dürfte. Vorläufig deutete nichts darauf hin, daß Schubal aus dieser Sache Nutzen ziehen könnte.
„Begreifen Sie doch, junger Mann, Ihr Glück“, sagte der Kapitän, der durch Karls Frage die Würde der Person des Herrn Jakob verletzt glaubte, der sich zum Fenster gestellt hatte, offenbar, um sein aufgeregtes Gesicht, das er überdies mit einem Taschentuch betupfte, den andern nicht zeigen zu müssen. „Es ist der Senator Edward Jakob, der sich Ihnen als Ihr Onkel zu erkennen gegeben hat. Es erwartet Sie nunmehr, doch wohl ganz gegen Ihre bisherigen Erwartungen, eine glänzende Laufbahn. Versuchen Sie das einzusehen, so gut es im ersten Augenblick geht, und fassen Sie sich!“ „Ich habe allerdings einen Onkel Jakob in Amerika“, sagte Karl zum Kapitän gewendet, „ aber wenn ich recht verstanden habe, ist Jakob bloß der Zuname des Herrn Senators.“ „So ist es“, sagte der Kapitän erwartungsvoll.
„Nun, mein Onkel Jakob, welcher der Bruder meiner Mutter ist, heißt aber mit dem Taufnamen Jakob, während sein Zuname natürlich gleich jenem meiner Mutter lauten müßte, welche eine geborene Bendelmayer ist.“
„Meine Herren!“, rief der Senator, der von seinem Erholungsposten vom Fenster munter zurückkehrte, mit Bezug auf Karls Erklärung aus. Alle mit Ausnahme der Hafenbeamten brachen in Lachen aus, manche wie in Rührung, manche undurchdringlich.
„So lächerlich war das, was ich gesagt habe, doch keineswegs“, dachte Karl.
„Meine Herren“, wiederholte der Senator, „Sie nehmen gegen meinen und gegen Ihren Willen an einer kleinen Familienszene teil, und ich kann deshalb nicht umhin, Ihnen eine Erläuterung zu geben, da, wie ich glaube, nur der Herr Kapitän“ — diese Erwähnung hatte eine gegenseitige Verbeugung zur Folge — „vollständig unterrichtet ist.“ „Jetzt muß ich aber wirklich auf jedes Wort achtgeben“, sagte sich Karl und freute sich, als er bei einem Seitwärtsschauen bemerkte, daß in die Figur des Heizers das Leben zurückzukehren begann.
„Ich lebe seit allen den langen Jahren meines amerikanischen Aufenthaltes — das Wort Aufenthalt paßt hier allerdings schlecht für den amerikanischen Bürger, der ich mit ganzer Seele bin –, seit allen den langen Jahren lebe ich also von meinen europäischen Verwandten vollständig getrennt, aus Gründen, die erstens nicht hierher gehören und die zweitens zu erzählen mich wirklich zu sehr hernehmen würde. Ich fürchte mich sogar vor dem Augenblick, wo ich vielleicht gezwungen sein werde, sie meinem lieben Neffen zu erzählen, wobei sich leider ein offenes Wort über seine Eltern und ihren Anhang nicht vermeiden lassen wird.“
„Es ist mein Onkel, kein Zweifel“, sagte sich Karl und lauschte. „Wahrscheinlich hat er seinen Namen ändern lassen.“

„Mein lieber Neffe ist nun von seinen Eltern — sagen wir nur das Wort, das die Sache auch wirklich bezeichnet einfach beiseitegeschafft worden, wie man eine Katze vor die Tür wirft, wenn sie ärgert. Ich will durchaus nicht beschönigen, was mein Neffe gemacht hat, daß er so gestraft wurde, aber sein Verschulden ist ein solches, daß sein einfaches Nennen schon genug Entschuldigung enthält." „Das läßt sich hören", dachte Karl, „aber ich will nicht, daß er alles erzählt. Übrigens kann er es ja auch nicht wissen. Woher denn?"

„Er wurde nämlich", fuhr der Onkel fort und stützte sich mit kleinen Neigungen auf das vor ihm eingestemmte Bambusstöckchen, wodurch es ihm tatsächlich gelang, der Sache die unnötige Feierlichkeit zu nehmen, die sie sonst unbedingt gehabt hätte, „er wurde nämlich von einem Dienstmädchen, Johanna Brummer, einer etwa fünfunddreißigjährigen Person, verführt. Ich will mit dem Worte „verführt" meinen Neffen durchaus nicht kränken, aber es ist doch schwer, ein anderes, gleich passendes Wort zu finden."

Karl, der schon ziemlich nahe zum Onkel getreten war, drehte sich um, um den Eindruck der Erzählung von den Gesichtern der Anwesenden abzulesen. Keiner lachte, alle hörten geduldig und ernsthaft zu. Schließlich lacht man auch nicht über den Neffen eines Senators bei der ersten Gelegenheit, die sich darbietet. Eher hätte man schon sagen können, daß der Heizer, wenn auch nur ganz wenig, Karl anlächelte, was aber erstens als neues Lebenszeichen erfreulich und zweitens entschuldbar war, da ja Karl in der Kabine aus dieser Sache, die jetzt so publik wurde, ein besonderes Geheimnis hatte machen wollen.

„Nun hat diese Brummer", setzte der Onkel fort, „von meinem Neffen ein Kind bekommen, einen gesunden Jungen, welcher in der Taufe den Namen Jakob erhielt, zweifellos in Gedanken an meine Wenigkeit, welche, selbst in den sicher nur ganz nebensächlichen Erwähnungen meines Neffen, auf das Mädchen einen großen Eindruck gemacht haben muß. Glücklicherweise, sage ich. Denn da die Eltern zur Vermeidung der Alimentenzahlung oder sonstigen bis an sie selbst heranreichenden Skandals — ich kenne, wie ich betonen muß, weder die dortigen Gesetze noch die sonstigen Verhältnisse der Eltern-, da sie also zur Vermeidung der Alimentenzahlung und des Skandals ihren Sohn, meinen lieben Neffen, nach Amerika haben transportieren lassen, mit unverantwortlich ungenügender Ausrüstung, wie man sieht, so wäre der Junge, ohne die gerade noch in Amerika lebendigen Zeichen und Wunder, auf sich allein angewiesen, wohl schon gleich in einem Gäßchen im Hafen von New York verkommen, wenn nicht jenes Dienstmädchen in einem an mich gerichteten Brief, der nach langen Irrfahrten vorgestern in meinen Besitz kam, mir die ganze Geschichte samt Personenbeschreibung meines Neffen und vernünftigerweise auch Namensnennung des Schiffes mitgeteilt hätte. Wenn ich es darauf angelegt hätte, Sie, meine Herren, zu unterhalten, könnte ich wohl einige Stellen jenes Briefes" — er zog zwei riesige, eng beschriebene Briefbogen aus der Tasche und schwenkte sie — „hier vorlesen. Er würde sicher Wirkung machen, da er mit einer etwas einfachen, wenn auch immer gutgemeinten Schlauheit und mit viel Liebe zu dem Vater des Kindes geschrieben ist. Aber ich will weder Sie mehr unterhalten, als es zur Aufklärung nötig ist, noch vielleicht gar zum Empfang möglicherweise noch bestehende Gefühle meines Neffen verletzen, der den Brief, wenn er mag, in der Stille seines ihn schon erwartenden Zimmers zur Belehrung lesen kann."

Karl hatte aber keine Gefühle für jenes Mädchen. Im Gedränge einer immer mehr zurücktretenden Vergangenheit saß sie in ihrer Küche neben dem Küchenschrank, auf dessen Platte sie ihren Ellbogen stützte. Sie sah ihn an, wenn er hin und wieder in die Küche kam, um ein Glas zum Wassertrinken für seinen Vater zu holen oder einen Auftrag seiner Mutter auszurichten. Manchmal schrieb sie in der vertrackten Stellung seitlich vom Küchenschrank einen Brief und holte sich die Eingebungen von Karls Gesicht. Manchmal hielt sie die Augen mit der Hand verdeckt, dann drang keine Anrede zu ihr. Manchmal kniete sie in ihrem engen Zimmerchen neben der Küche und betete zu einem hölzernen Kreuz; Karl beobachtete sie dann nur mit Scheu im Vorübergehen durch die Spalte der ein wenig geöffneten Tür. Manchmal jagte sie in der Küche herum und fuhr, wie eine Hexe lachend, zurück, wenn Karl ihr in den Weg kam. Manchmal schloß sie die Küchentüre, wenn Karl eingetreten war, und behielt die Klinke so lange in der Hand, bis er wegzugehn verlangte. Manchmal holte sie Sachen, die er gar nicht haben wollte, und drückte sie ihm schweigend in die Hände. Einmal aber sagte sie „Karl" und führte ihn, der noch über die unerwartete Ansprache staunte, unter Grimassen seufzend in ihr Zimmerchen, das sie zusperrte. Würgend umarmte sie seinen Hals, und während sie ihm bat, sie zu entkleiden, entkleidete sie in Wirklichkeit ihn und legte ihn in ihr Bett, als wolle sie ihn von jetzt niemandem mehr lassen und ihn streicheln und pflegen bis zum Ende der Welt.

„Karl, o du mein Karl!", rief sie, als sähe sie ihn und bestätige sich seinen Besitz, während er nicht das Geringste sah und sich unbehaglich in dem vielen warmen Bettzeug fühlte, das sie eigens für ihn aufgehäuft zu haben schien.

Dann legte sie sich auch zu ihm und wollte irgendwelche Geheimnisse von ihm erfahren, aber er konnte ihr keine sagen, und sie ärgerte sich im Scherz oder Ernst, schüttelte ihn, horchte sein Herz ab, bot ihre Brust zum gleichen Abhorchen hin, wozu sie Karl aber nicht bringen konnte, drückte ihren nackten Bauch an seinen Leib, suchte mit jeder Hand, so widerlich, daß Karl Kopf und Hals aus den Kissen herausschüttelte, zwischen seinen Beinen, stieß dann den Bauch einige Male gegen ihn, — ihm war, als sei sie ein Teil seiner selbst, und vielleicht aus diesem Grunde hatte ihn eine entsetzliche Hilfsbedürftigkeit ergriffen. Weinend kam er endlich nach vielen Wiedersehenswünschen ihrerseits in sein Bett. Das war alles gewesen, und doch verstand es der Onkel, daraus eine große Geschichte zu machen. Und die Köchin hatte also auch an ihn gedacht und den Onkel von seiner Ankunft verständigt. Das war schön von ihr gehandelt, und er würde es ihr wohl noch einmal vergelten.

„Und jetzt“, rief der Senator, „will ich von dir offen hören, ob ich dein Onkel bin oder nicht.“

„Du bist mein Onkel“, sagte Karl und küßte ihm die Hand und wurde dafür auf die Stirne geküßt. „Ich bin sehr froh, daß ich dich getroffen habe, aber du irrst, wenn du glaubst, daß meine Eltern nur Schlechtes von dir reden. Aber auch abgesehen davon sind in deiner Rede einige Fehler enthalten gewesen, das heißt, ich meine, es hat sich in Wirklichkeit nicht alles so zugetragen. Du kannst aber auch wirklich von hier aus die Dinge nicht so gut beurteilen, und ich glaube außerdem, daß es keinen besonderen Schaden bringen wird, wenn die Herren in Einzelheiten einer Sache, an der ihnen doch wirklich nicht viel liegen kann, ein wenig unrichtig informiert worden sind.“

„Wohl gesprochen“, sagte der Senator, führte Karl vor den sichtlich teilnehmenden Kapitän und fragte: „Habe ich nicht einen prächtigen Neffen?“

„Ich bin glücklich“, sagte der Kapitän mit einer Verbeugung, wie sie nur militärisch geschulte Leute zustandebringen, „Ihren Neffen, Herr Senator, kennengelernt zu haben. Es ist eine besondere Ehre für mein Schiff, daß es den Ort eines solchen Zusammentreffens abgeben konnte. Aber die Fahrt im Zwischendeck war wohl sehr arg, ja, wer kann denn wissen, wer da mitgeführt wird. Nun, wir tun alles mögliche, den Leuten im Zwischendeck die Fahrt möglichst zu erleichtern, viel mehr zum Beispiel als die amerikanischen Linien, aber eine solche Fahrt zu einem Vergnügen zu machen, ist uns allerdings noch immer nicht gelungen.“ „Es hat mir nicht geschadet“, sagte Karl.

„Es hat ihm nicht geschadet!“, wiederholte laut lachend der Senator.

„Nur meinen Koffer fürchte ich verloren zu –“ und damit erinnerte er sich an alles, was geschehen war und was noch zu tun übrigblieb, sah sich um und erblickte alle Anwesenden stumm vor Achtung und Staunen auf ihren früheren Plätzen, die Augen auf ihn gerichtet. Nur den Hafenbeamten sah man, soweit ihre strengen, selbstzufriedenen Gesichter einen Einblick gestatteten, das Bedauern an, zu so ungelegener Zeit gekommen zu sein, und die Taschenuhr, die sie jetzt vor sich liegen hatten, war ihnen wahrscheinlich wichtiger als alles, was im Zimmer vorging und vielleicht noch geschehen konnte.

Der erste, welcher nach dem Kapitän seine Anteilnahme ausdrückte, war merkwürdigerweise der Heizer.

„Ich gratuliere Ihnen herzlich“, sagte er und schüttelte Karl die Hand, womit er auch etwas wie Anerkennung ausdrücken wollte. Als er sich dann mit der gleichen Ansprache auch an den Senator wenden wollte, trat dieser zurück, als überschreite der Heizer damit seine Rechte; der Heizer ließ auch sofort ab.

Die übrigen aber sahen jetzt ein, was zu tun war, und bildeten gleich um Karl und den Senator einen Wirrwarr. So geschah es, daß Karl sogar eine Gratulation Schubals erhielt, annahm und für sie dankte. Als letzte traten in der wieder entstandenen Ruhe die Hafenbeamten hinzu und sagten zwei englische Worte, was einen lächerlichen Eindruck machte.

Der Senator war ganz in der Laune, um das Vergnügen vollständig auszukosten, nebensächlichere Momente sich und den anderen in Erinnerung zu bringen, was natürlich von allen nicht nur geduldet, sondern mit Interesse hingenommen wurde. So machte er darauf aufmerksam, daß er sich die in dem Brief der Köchin erwähnten hervorstechendsten Erkennungszeichen Karls in sein Notizbuch zu möglicherweise notwendigem augenblicklichen Gebrauch eingetragen hatte. Nun hatte er während des unerträglichen Geschwätzes des Heizers zu keinem anderen Zweck, als um sich abzulenken, das Notizbuch herausgezogen und die natürlich nicht gerade detektivisch richtigen Beobachtungen der Köchin mit Karls Aussehen zum Spiel in Verbindung zu bringen gesucht. „Und so findet man seinen Neffen!“, schloß er in einem Ton, als wolle er noch einmal Gratulationen bekommen.

„Was wird jetzt dem Heizer geschehen?“, fragte Karl vorbei an der letzten Erzählung des Onkels. Er glaubte in seiner neuen Stellung alles, was er dachte, auch aussprechen zu können.

„Dem Heizer wird geschehen, was er verdient“, sagte der Senator, „und was der Herr Kapitän für gut erachtet. Ich glaube, wir haben von dem Heizer genug und übergenug, wozu mir jeder der anwesenden Herren sicher zustimmen wird.“

„Darauf kommt es doch nicht an, bei einer Sache der Gerechtigkeit“, sagte Karl. Er stand zwischen dem Onkel und dem Kapitän und glaubte, vielleicht durch diese Stellung beeinflußt, die Entscheidung in der Hand zu haben.

Und trotzdem schien der Heizer nichts mehr für sich zu hoffen. Die Hände hielt er halb in dem Hosengürtel, der durch seine aufgeregten Bewegungen mit dem Streifen eines gemusterten Hemdes zum Vorschein gekommen war. Das kümmerte ihn nicht im geringsten; er hatte sein ganzes Leid geklagt, nun sollte man auch noch die paar Fetzen sehen, die er am Leibe hatte, und dann sollte man ihn forttragen. Er dachte sich aus, der Diener und Schubal, als die zwei hier im Range Tiefsten, sollten ihm diese letzte Güte erweisen. Schubal würde dann Ruhe haben und nicht mehr in Verzweiflung kommen, wie sich der Oberkassier ausgedrückt hatte. Der Kapitän würde lauter Rumänen anstellen können, es würde überall Rumänisch gesprochen werden, und vielleicht würde dann wirklich alles besser gehen. Kein Heizer würde mehr in der Hauptkassa schwätzen, nur sein letztes Geschwätz würde man in ziemlich freundlicher Erinnerung behalten, da es, wie der Senator ausdrücklich erklärt hatte, die mittelbare Veranlassung zur Erkennung des Neffen gegeben hatte. Dieser Neffe hatte ihm übrigens vorher öfters zu nützen gesucht und daher für seinen Dienst bei der Wiedererkennung längst vorher einen mehr als genügenden Dank abgestattet; dem Heizer fiel gar nicht ein, jetzt noch etwas von ihm zu verlangen. Im übrigen, mochte er auch der Neffe des Senators sein, ein Kapitän war er noch lange nicht, aber aus dem Munde des Kapitäns würde schließlich das böse Wort fallen. — So wie es seiner Meinung entsprach, versuchte auch der Heizer, nicht zu Karl hinzusehen, aber leider blieb in diesem Zimmer der Feinde kein anderer Ruheort für seine Augen.

„Mißverstehe die Sachlage nicht", sagte der Senator zu Karl, „es handelt sich vielleicht um eine Sache der Gerechtigkeit, aber gleichzeitig um eine Sache der Disziplin.

Beides und ganz besonders das letztere unterliegt hier der Beurteilung des Herrn Kapitäns." „So ist es", murmelte der Heizer. Wer es merkte und verstand, lächelte befremdet.

„Wir aber haben überdies den Herrn Kapitän in seinen Amtsgeschäften, die sich sicher gerade bei der Ankunft in New York unglaublich häufen, so sehr schon behindert, daß es höchste Zeit für uns ist, das Schiff zu verlassen, um nicht zum Überfluß auch noch durch irgendwelche höchst unnötige Einmischung diese geringfügige Zänkerei zweier Maschinisten zu einem Ereignis zu machen. Ich begreife deine Handlungsweise, lieber Neffe, übrigens vollkommen, aber gerade das gibt mir das Recht, dich eilends von hier fortzuführen."

„Ich werde sofort ein Boot für Sie flottmachen lassen", sagte der Kapitän, ohne zum Erstaunen Karls auch nur den kleinsten Einwand gegen die Worte des Onkels vorzubringen, die doch zweifellos als eine Selbstdemütigung des Onkels angesehen werden konnten. Der Oberkassier eilte überstürzt zum Schreibtisch und telephonierte den Befehl des Kapitäns an den Bootsmeister.

„Die Zeit drängt schon", sagte sich Karl, „aber ohne alle zu beleidigen, kann ich nichts tun. Ich kann doch jetzt den Onkel nicht verlassen, nachdem er mich kaum wiedergefunden hat. Der Kapitän ist zwar höflich, aber das ist auch alles. Bei der Disziplin hört seine Höflichkeit auf, und der Onkel hat ihm sicher aus der Seele gesprochen. Mit Schubal will ich nicht reden, es tut mir sogar leid, daß ich ihm die Hand gereicht habe. Und alle anderen Leute hier sind Spreu."

Und er ging langsam in solchen Gedanken zum Heizer, zog dessen rechte Hand aus dem Gürtel und hielt sie spielend in der seinen.
„Warum sagst du denn nichts?“, fragte er. „Warum läßt du dir alles gefallen?“
Der Heizer legte nur die Stirn in Falten, als suche er den Ausdruck für das, was er zu sagen habe. Im übrigen sah er auf Karls und seine Hand hinab.
„Dir ist ja unrecht geschehen wie keinem auf dem Schiff, das weiß ich ganz genau.“ Und Karl zog seine Finger hin und her zwischen den Fingern des Heizers, der mit glänzenden Augen ringsumher schaute, als widerfahre ihm eine Wonne, die ihm aber niemand verübeln möge.
„Du mußt dich aber zur Wehr setzen, ja und nein sagen, sonst haben doch die Leute keine Ahnung von der Wahrheit. Du mußt mir versprechen, daß du mir folgen wirst, denn ich selbst, das fürchte ich mit vielem Grund, werde dir gar nicht mehr helfen können.“ Und nun weinte Karl, während er die Hand des Heizers küßte, und nahm die rissige, fast leblose Hand und drückte sie an seine Wangen, wie einen Schatz, auf den man verzichten muß. — Da war aber auch schon der Onkel Senator an seiner Seite und zog ihn, wenn auch nur mit dem leichtesten Zwange, fort.
„Der Heizer scheint dich bezaubert zu haben“, sagte er und sah verständnisinnig über Karls Kopf zum Kapitän hin. „Du hast dich verlassen gefühlt, da hast du den Heizer gefunden und bist ihm jetzt dankbar, das ist ja ganz löblich. Treibe das aber, schon mir zuliebe, nicht zu weit und lerne deine Stellung begreifen.“
Vor der Tür entstand ein Lärmen, man hörte Rufe, und es war sogar, als werde jemand brutal gegen die Türe gestoßen. Ein Matrose trat ein, etwas verwildert, und hatte eine Mädchenschürze umgebunden.
„Es sind Leute draußen“, rief er und stieß einmal mit dem Ellbogen herum, als sei er noch im Gedränge. Endlich fand er seine Besinnung und wollte vor dem Kapitän salutieren, da bemerkte er die Mädchenschürze, riß sie herunter, warf sie zu Boden und rief: „Das ist ja ekelhaft, da haben sie mir eine Mädchenschürze umgebunden.“ Dann aber klappte er die Hacken zusammen und salutierte. Jemand versuchte zu lachen, aber der Kapitän sagte streng: „Das nenne ich eine gute Laune. Wer ist denn draußen?“
„Es sind meine Zeugen“, sagte Schubal vortretend, „ich bitte ergebenst um Entschuldigung für ihr unpassendes Benehmen. Wenn die Leute die Seefahrt hinter sich haben, sind sie manchmal wie toll“ „Rufen Sie sie sofort herein!“, befahl der Kapitän, und gleich sich zum Senator umwendend, sagte er verbindlich, aber rasch: „Haben Sie jetzt die Güte, verehrter Herr Senator, mit Ihrem Herrn Neffen diesem Matrosen zu folgen, der Sie ins Boot bringen wird. Ich muß wohl nicht erst sagen, welches Vergnügen und welche Ehre mir das persönliche Bekanntwerden mit Ihnen, Herr Senator, bereitet hat. Ich wünsche mir nur, bald Gelegenheit zu haben, mit Ihnen, Herr Senator, unser unterbrochenes Gespräch über die amerikanischen Flottenverhältnisse wieder

einmal aufnehmen zu können und dann vielleicht neuerdings auf so angenehme Weise, wie heute, unterbrochen zu werden.“
„Vorläufig genügt mir dieser eine Neffe“, sagte der Onkel lachend. „Und nun nehmen Sie meinen besten Dank für Ihre Liebenswürdigkeit und leben Sie wohl. Es wäre übrigens gar nicht so unmöglich, daß wir“, — er drückte Karl herzlich an sich — „bei unserer nächsten Europareise vielleicht für längere Zeit mit Ihnen zusammenkommen könnten.“
„Es würde mich herzlich freuen“, sagte der Kapitän. Die beiden Herren schüttelten einander die Hände, Karl konnte nur noch stumm und flüchtig seine Hand dem Kapitän reichen, denn dieser war bereits von den vielleicht fünfzehn Leuten in Anspruch genommen, welche unter Führung Schubals zwar etwas betroffen, aber doch sehr laut einzogen. Der Matrose bat den Senator, vorausgehen zu dürfen, und teilte dann die Menge für ihn und Karl, die leicht zwischen den sich verbeugenden Leuten durchkamen. Es schien, daß diese im übrigen gutmütigen Leute den Streit Schubals mit dem Heizer als einen Spaß auffaßten, dessen Lächerlichkeit nicht einmal vor dem Kapitän aufhöre. Karl bemerkte unter ihnen auch das Küchenmädchen Line, welche, ihm lustig zuzwinkernd, die vom Matrosen hingeworfene Schürze umband, denn es war die ihre.
Weiter dem Matrosen folgend, verließen sie das Büro und bogen in einen kleinen Gang ein, der sie nach ein paar Schritten zu einem Türchen brachte, von dem aus eine kurze Treppe in das Boot hinabführte, welches für sie vorbereitet war. Die Matrosen im Boot, in das ihr Führer gleich mit einem einzigen Satz hinuntersprang, erhoben sich und salutierten. Der Senator gab Karl gerade eine Ermahnung zu vorsichtigem Hinuntersteigen, als Karl noch auf der obersten Stufe in heftiges Weinen ausbrach. Der Senator legte die rechte Hand unter Karls Kinn, hielt ihn fest an sich gepreßt und streichelte ihn mit der linken Hand. So gingen sie langsam Stufe für Stufe hinab und traten engverbunden ins Boot, wo der Senator für Karl gerade sich gegenüber einen guten Platz aussuchte. Auf ein Zeichen des Senators stießen die Matrosen vom Schiffe ab und waren gleich in voller Arbeit. Kaum waren sie ein paar Meter vom Schiffe entfernt, machte Karl die unerwartete Entdeckung, daß sie sich gerade auf jener Seite des Schiffes befanden, wohin die Fenster der Hauptkassa gingen. Alle drei Fenster waren mit Zeugen Schubals besetzt, welche freundschaftlichst grüßten und winkten, sogar der Onkel dankte, und ein Matrose machte das Kunststück, ohne eigentlich das gleichmäßige Rudern zu unterbrechen, eine Kußhand hinaufzuschicken. Es war wirklich, als gäbe es keinen Heizer mehr. Karl faßte den Onkel, mit dessen Knien sich die seinen fast berührten, genauer ins Auge, und es kamen ihm Zweifel, ob dieser Mann ihm jemals den Heizer werde ersetzen können. Auch wich der Onkel seinem Blicke aus und sah auf die Wellen hin, von denen ihr Boot umschwankt wurde.

Der Onkel

Im Hause des Onkels gewöhnte sich Karl bald an die neuen Verhältnisse. Der Onkel kam ihm aber auch in jeder Kleinigkeit freundlich entgegen, und niemals mußte Karl sich erst durch schlechte Erfahrungen belehren lassen, wie dies meist das erste Leben im Ausland so verbittert.
Karls Zimmer lag im sechsten Stockwerk eines Hauses, dessen fünf untere Stockwerke, an welche sich in der Tiefe noch drei unterirdische anschlossen, von dem Geschäftsbetrieb des Onkels eingenommen wurden. Das Licht, das in sein Zimmer durch zwei Fenster und eine Balkontüre eindrang, brachte Karl immer wieder zum Staunen, wenn er des Morgens aus seiner kleinen Schlafkammer hier eintrat. Wo hätte er wohl wohnen müssen, wenn er als armer kleiner Einwanderer ans Land gestiegen wäre? Ja, vielleicht hätte man ihn, was der Onkel nach seiner Kenntnis der Einwanderungsgesetze sogar für sehr wahrscheinlich hielt, gar nicht in die Vereinigten Staaten eingelassen, sondern ihn nach Hause geschickt, ohne sich weiter darum zu kümmern, daß er keine Heimat mehr hatte. Denn auf Mitleid durfte man hier nicht hoffen, und es war ganz richtig, was Karl in dieser Hinsicht über Amerika gelesen hatte; nur die Glücklichen schienen hier ihr Glück zwischen den unbekümmerten Gesichtern ihrer Umgebung wahrhaft zu genießen.
Ein schmaler Balkon zog sich vor dem Zimmer seiner ganzen Länge nach hin. Was aber in der Heimatstadt Karls wohl der höchste Aussichtspunkt gewesen wäre, gestattete hier nicht viel mehr als den Überblick über eine Straße, die zwischen zwei Reihen förmlich abgehackter Häuser gerade, und darum wie fliehend, in die Ferne sich verlief, wo aus vielem Dunst die Formen einer Kathedrale ungeheuer sich erhoben. Und morgens wie abends und in den Träumen der Nacht vollzog sich auf dieser Straße ein immer drängender Verkehr, der, von oben gesehen, sich als eine aus immer neuen Anfängen ineinander gestreute Mischung von verzerrten menschlichen Figuren und von Dächern der Fuhrwerke aller Art darstellte, von der aus sich noch eine neue, vervielfältigte, wildere Mischung von Lärm, Staub und Gerüchen erhob, und alles dieses wurde erfaßt und durchdrungen von einem mächtigen Licht, das immer wieder von der Menge der Gegenstände verstreut, fortgetragen und wieder eifrig herbeigebracht wurde und das dem betörten Auge so körperlich erschien, als werde über dieser Straße eine alles bedeckende Glasscheibe jeden Augenblick immer wieder mit aller Kraft zerschlagen. Vorsichtig wie der Onkel in allem war, riet er Karl, sich vorläufig ernsthaft nicht auf das geringste einzulassen. Er sollte wohl alles prüfen und anschauen, aber sich nicht gefangennehmen lassen. Die ersten Tage eines Europäers in Amerika seien ja einer Geburt vergleichbar, und wenn man sich hier auch, damit nur Karl keine unnötige Angst habe, rascher eingewöhne, als wenn man vom Jenseits in die menschliche Welt eintrete, so

müsse man sich doch vor Augen halten, daß das erste Urteil immer auf schwachen Füßen stehe und daß man sich dadurch nicht vielleicht alle künftigen Urteile, mit deren Hilfe man ja hier sein Leben weiterführen wolle, in Unordnung bringen lassen dürfe. Er selbst habe Neuankömmlinge gekannt, die zum Beispiel statt nach diesen guten Grundsätzen sich zu verhalten, tagelang auf ihrem Balkon gestanden und wie verlorene Schafe auf die Straße hinuntergesehen hätten. Das müsse unbedingt verwirren! Diese einsame Untätigkeit, die sich in einen arbeitsreichen New Yorker Tag verschaut, könne einem Vergnügungsreisenden gestattet und vielleicht, wenn auch nicht vorbehaltlos, angeraten werden, für einen, der hierbleiben wird, sei sie ein Verderben, man könne in diesem Fall ruhig dieses Wort anwenden, wenn es auch eine Übertreibung ist. Und tatsächlich verzog der Onkel ärgerlich das Gesicht, wenn er bei einem seiner Besuche, die immer nur einmal täglich, und zwar immer zu den verschiedensten Tageszeiten, erfolgten, Karl auf dem Balkon antraf. Karl merkte das bald und versagte sich infolgedessen das Vergnügen, auf dem Balkon zu stehen, nach Möglichkeit.

Es war ja auch bei weitem nicht das einzige Vergnügen, das er hatte. In seinem Zimmer stand ein amerikanischer Schreibtisch bester Sorte, wie sich ihn sein Vater seit Jahren gewünscht und auf den verschiedensten Versteigerungen um einen ihm erreichbaren billigen Preis zu kaufen gesucht hatte, ohne daß es ihm bei seinen kleinen Mitteln jemals gelungen wäre. Natürlich war dieser Tisch mit jenen angeblich amerikanischen Schreibtischen, wie sie sich auf europäischen Versteigerungen herumtreiben, nicht zu vergleichen. Er hatte zum Beispiel in seinem Aufsatz hundert Fächer verschiedenster Größe, und selbst der Präsident der Union hätte für jeden seiner Akten einen passenden Platz gefunden, aber außerdem war an der Seite ein Regulator, und man konnte durch Drehen an einer Kurbel die verschiedensten Umstellungen und Neueinrichtungen der Fächer nach Belieben und Bedarf erreichen. Dünne Seitenwändchen senkten sich langsam und bildeten den Boden neu sich erhebender oder die Decke neu aufsteigender Fächer; schon nach einer Umdrehung hatte der Aufsatz ein ganz anderes Aussehen, und alles ging, je nachdem man die Kurbel drehte, langsam oder unsinnig rasch vor sich. Es war eine neueste Erfindung, erinnerte aber Karl sehr lebhaft an die Krippenspiele, die zu Hause auf dem Christmarkt den staunenden Kindern gezeigt wurden, und auch Karl war oft, in seine Winterkleider eingepackt, davor gestanden und hatte ununterbrochen die Kurbeldrehung, die ein alter Mann ausführte, mit den Wirkungen im Krippenspiel verglichen, mit dem stockenden Vorwärtskommen der Heiligen Drei Könige, dem Aufglänzen des Sternes und dem befangenen Leben im heiligen Stall. Und immer war es ihm erschienen, als ob die Mutter, die hinter ihm stand, nicht genau genug alle Ereignisse verfolge; er hatte sie zu sich hingezogen, bis er sie an seinem Rücken fühlte, und hatte ihr so lange mit lauten Ausrufen verborgenere Erscheinungen gezeigt, vielleicht ein Häschen, das vorn im Gras abwechselnd Männchen machte und sich dann wieder zum Lauf bereitete, bis die Mutter ihm den Mund zuhielt und wahrscheinlich in ihre frühere Unachtsamkeit verfiel. Der Tisch war freilich nicht dazu gemacht, nur an solche Dinge zu erinnern, aber in der Geschichte der Erfindungen bestand wohl ein ähnlich undeutlicher Zusammenhang wie in Karls Erinnerungen. Der Onkel war zum Unterschied von Karl mit diesem Schreibtisch durchaus nicht einverstanden, nur hatte er eben für Karl einen ordentlichen Schreibtisch kaufen wollen, und solche Schreibtische waren jetzt sämtlich mit dieser Neueinrichtung versehen, deren Vorzug auch darin bestand, bei älteren Schreibtischen ohne große Kosten angebracht werden zu können. Immerhin unterließ der Onkel nicht, Karl zu raten, den Regulator möglichst gar nicht zu verwenden; um die Wirkung des Rates zu verstärken, behauptete der Onkel, die Maschinerie sei sehr empfindlich, leicht zu verderben und die Wiederherstellung sehr kostspielig. Es war nicht schwer einzusehen, daß solche Bemerkungen, nur Ausflüchte waren, wenn man sich auch andererseits sagen mußte, daß der Regulator sehr leicht zu fixieren war, was der Onkel jedoch nicht tat.

In den ersten Tagen, an denen selbstverständlich zwischen Karl und dem Onkel häufigere

Aussprachen stattgefunden hatten, hatte Karl auch erzählt, daß er zu Hause zwar wenig, aber gern Klavier gespielt habe, was er allerdings lediglich mit den Anfangskenntnissen hatte bestreiten können, die ihm die Mutter beigebracht hatte. Karl war sich dessen wohl bewußt, daß eine solche Erzählung gleichzeitig die Bitte um ein Klavier war, aber er hatte sich schon genügend umgesehen, um zu wissen, daß der Onkel auf keine Weise zu sparen brauchte. Trotzdem wurde ihm diese Bitte nicht gleich gewährt, aber etwa acht Tage später sagte der Onkel, fast in der Form eines widerwilligen Eingeständnisses, das Klavier sei eben angelangt und Karl könne, wenn er wolle, den Transport überwachen. Das war allerdings eine leichte Arbeit, aber dabei nicht einmal viel leichter als der Transport selbst, denn im Haus war ein eigener Möbelaufzug, in welchem ohne Gedränge ein ganzer Möbelwagen Platz finden konnte, und in diesem Aufzug schwebte auch das Piano zu Karls Zimmer hinauf. Karl selbst hätte zwar in dem gleichen Aufzug mit dem Piano und den Transportarbeitern fahren können, aber da gleich daneben ein Personenaufzug zur Benützung freistand, fuhr er in diesem, hielt sich mittels eines Hebels stets in gleicher Höhe mit dem anderen Aufzug und betrachtete unverwandt durch die Glaswände das schöne Instrument, das jetzt sein Eigentum war. Als er es in seinem Zimmer hatte und die ersten Töne anschlug, bekam er eine so närrische Freude, daß er, statt weiterzuspielen, aufsprang und aus einiger Entfernung, die Hände in den

Hüften, das Klavier lieber anstaunte. Auch die Akustik des Zimmers war ausgezeichnet und sie trug dazu bei, sein anfängliches kleines Unbehagen, in einem Eisenhause zu wohnen, gänzlich verschwinden zu lassen. Tatsächlich merkte man auch im Zimmer, so eisenmäßig das Gebäude von außen erschien, von eisernen Baubestandteilen nicht das geringste, und niemand hätte auch nur eine Kleinigkeit in der Einrichtung aufzeigen können, welche die vollständigste Gemütlichkeit irgendwie gestört hätte. Karl erhoffte in der ersten Zeit viel von seinem Klavierspiel und schämte sich nicht, wenigstens vor dem Einschlafen an die Möglichkeit einer unmittelbaren Beeinflussung der amerikanischen Verhältnisse durch dieses Klavierspiel zu denken. Es klang ja allerdings sonderbar, wenn er vor den in die lärmerfüllte Luft geöffneten Fenstern ein altes Soldatenlied seiner Heimat spielte, das die Soldaten am Abend, wenn sie in den Kasernenfenstern liegen und auf den finsteren Platz hinausschauen, von Fenster zu Fenster einander zusingen, — aber sah er dann auf die Straße, so war sie unverändert und nur ein kleines Stück eines großen Kreislaufes, das man nicht an und für sich anhalten konnte, ohne alle Kräfte zu kennen, die in der Runde wirkten. Der Onkel duldete das Klavierspiel, sagte auch nichts dagegen, zumal sich Karl, auch nach seiner Mahnung, nur selten das Vergnügen des Spiels gönnte; ja, er brachte Karl sogar Noten amerikanischer Märsche und natürlich auch der Nationalhymne, aber allein aus der Freude an der Musik war es wohl nicht zu erklären, als er eines Tages ohne allen Scherz Karl fragte, ob er nicht auch das Spiel auf der Geige oder auf dem Waldhorn lernen wolle. Natürlich war das Lernen des Englischen Karls erste und wichtigste Aufgabe. Ein junger Professor einer Handelshochschule erschien morgens um sieben Uhr in Karls Zimmer und fand ihn schon an seinem Schreibtisch bei den Heften sitzen oder memorierend im Zimmer auf und ab gehen. Karl sah wohl ein, daß zur Aneignung des Englischen keine Eile groß genug sei und daß er hier außerdem die beste Gelegenheit habe, seinem Onkel eine außerordentliche Freude durch rasche Fortschritte zu machen. Und tatsächlich gelang es bald, während zuerst das Englische in den Gesprächen mit dem Onkel sich auf Gruß und Abschiedsworte beschränkt hatte, immer größere Teile der Gespräche ins Englische hinüberzuspielen, wodurch gleichzeitig vertraulichere Themen sich einzustellen begannen. Das erste amerikanische Gedicht, die Darstellung einer Feuersbrunst, das Karl seinem Onkel an einem Abend rezitieren konnte, machten diesen tiefernst vor Zufriedenheit. Sie standen damals beide an einem Fenster in Karls Zimmer, der Onkel sah hinaus, wo alle Helligkeit des Himmels schon vergangen war, und schlug im Mitgefühl der Verse langsam und gleichmäßig in die Hände, während Karl aufrecht neben ihm stand und mit starren Augen das schwierige Gedicht sich entrang.

Je besser Karls Englisch wurde, desto größere Lust zeigte der Onkel, ihn mit seinen Bekannten zusammenzuführen, und ordnete nur für jeden Fall an, daß bei solchen Zusammenkünften vorläufig der Englischprofessor sich immer in Karls Nähe zu halten habe. Der allererste Bekannte, dem Karl eines Vormittags vorgestellt wurde, war ein schlanker, junger, unglaublich biegsamer Mensch, den der Onkel mit besonderen Komplimenten in Karls Zimmer führte. Er war offenbar einer jener vielen, vom Standpunkt der Eltern aus gesehen, mißratenen Millionärssöhne, dessen Leben so verlief, daß ein gewöhnlicher Mensch auch nur einen beliebigen Tag im Leben dieses jungen Mannes nicht ohne Schmerz verfolgen konnte. Und als wisse oder ahne er dies und als begegne er dem, soweit es in seiner Macht stand, war um seine Lippen und Augen ein unaufhörliches Lächeln des Glückes, das ihm selbst, seinem Gegenüber und der ganzen Welt zu gelten schien.
Mit diesem jungen Manne, einem Herrn Mack, wurde, unter unbedingter Zustimmung des Onkels, besprochen, gemeinsam um halb sechs Uhr früh, sei es in der Reitschule, sei es ins Freie, zu reiten.
Karl zögerte zwar zuerst, seine Zusage zu geben, da er doch noch niemals auf einem Pferd gesessen war und das Reiten zuerst ein wenig lernen wolle, aber da ihm der Onkel und Mack so sehr zuredeten und das Reiten als bloßes Vergnügen und als gesunde Übung, aber gar nicht als Kunst darstellten, sagte er schließlich zu. Nun mußte er allerdings schon um halb fünf Uhr aus dem Bett, und das tat ihm oft sehr leid, denn er litt hier, wohl infolge der steten Aufmerksamkeit, die er während des Tages aufwenden mußte, geradezu an Schlafsucht, aber in seinem Badezimmer verlor sich das Bedauern bald. Über die ganze Wanne der Länge und Breite nach spannte sich das Sieb der Dusche — welcher Mitschüler zu Hause, und war er noch so reich, besaß etwas Derartiges und gar noch allein für sich — und da lag nun Karl ausgestreckt, in dieser Wanne konnte er die Arme ausbreiten, ließ die Ströme des lauen, heißen, wieder lauen und endlich eisigen Wassers nach Belieben teilweise oder über die ganze Fläche hin auf sich herab. Wie in dem noch ein wenig fortlaufenden Genusse des Schlafes lag er da und fing besonders gern mit den geschlossenen Augenlidern die letzten, einzeln fallenden Tropfen auf, die sich dann öffneten und über das Gesicht hinflossen.
In der Reitschule, wo ihn das hoch sich aufbauende Automobil des Onkels absetzte, erwartete ihn bereits der Englischprofessor, während Mack ausnahmslos erst später kam. Er konnte aber auch unbesorgt erst später kommen, denn das eigentliche, lebendige Reiten fing erst an, wenn er da war. Bäumten sich nicht die Pferde aus ihrem bisherigen Halbschlaf auf, wenn er eintrat, knallte die Peitsche nicht lauter durch den Raum, erschienen nicht plötzlich auf der umlaufenden Galerie einzelne Personen, Zuschauer, Pferdewärter, Reitschüler oder was sie sonst sein mochten? Karl aber nützte die Zeit vor der Ankunft Macks dazu aus, um doch ein wenig, wenn auch nur

die primitivsten Vorübungen des Reitens zu betreiben. Es war ein langer Mann da, der auf den höchsten Pferderücken mit kaum erhobenem Arm hinaufreichte und der Karl diesen immer kaum eine Viertelstunde dauernden Unterricht erteilte. Die Erfolge, die Karl hiebei hatte, waren nicht übergroß, und er konnte sich viele englische Klagerufe dauernd aneignen, die er während dieses Lernens zu seinem Englischprofessor atemlos ausstieß, der immer am Türpfosten, meist schlafbedürftig, lehnte. Aber fast alle Unzufriedenheit mit dem Reiten hörte auf, wenn Mack kam. Der lange Mann wurde weggeschickt, und bald hörte man in dem noch immer halbdunklen Saal nichts anderes als die Hufe der galoppierenden Pferde und man sah kaum etwas anderes als Macks erhobenen Arm, mit dem er Karl ein Kommando gab. Nach einer halben Stunde solchen wie Schlaf vergehenden Vergnügens wurde haltgemacht. Mack war in großer Eile, verabschiedete sich von Karl, klopfte ihm manchmal auf die Wange, wenn er mit seinem Reiten besonders zufrieden gewesen war, und verschwand, ohne vor großer Eile mit Karl auch nur gemeinsam durch die Tür hinauszugehen. Karl nahm dann den Professor mit ins Automobil, und sie fuhren zu ihrer Englischstunde meist auf Umwegen, denn bei der Fahrt durch das Gedränge der großen Straße, die eigentlich direkt von dem Hause des Onkels zur Reitschule führte, wäre zuviel Zeit verlorengegangen. Im übrigen hörte wenigstens diese Begleitung des Englischprofessors bald auf, denn Karl, der sich Vorwürfe machte, den müden Mann nutzlos in die Reitschule zu bemühen, zumal die englische Verständigung mit Mack eine sehr einfache war, bat den Onkel, den Professor von dieser Pflicht zu entheben. Nach einiger Überlegung gab der Onkel dieser Bitte auch nach.

Verhältnismäßig lange dauerte es, ehe sich der Onkel entschloß, Karl auch nur einen kleinen Einblick in sein Geschäft zu erlauben, obwohl Karl öfters darum ersucht hatte. Es war eine Art Kommissions- und Speditionsgeschäftes, wie sie, soweit sich Karl erinnern konnte, in Europa vielleicht gar nicht zu finden war. Das Geschäft bestand nämlich in einem Zwischenhandel, der aber die Waren nicht etwa von den Produzenten zu den Konsumenten oder vielleicht zu den Händlern vermittelte, sondern welcher die Vermittlung aller Waren und Urprodukte für die großen Fabrikskartelle und zwischen ihnen besorgte. Es war daher ein Geschäft, welches in einem Käufe, Lagerungen, Transporte und Verkäufe riesenhaften Umfangs umfaßte und ganz genaue, unaufhörliche telephonische und telegraphische Verbindungen mit den Klienten unterhalten mußte. Der Saal der Telegraphen war nicht kleiner, sondern größer als das Telegraphenamt der Vaterstadt, durch das Karl einmal an der Hand eines dort bekannten Mitschülers gegangen war. Im Saal der Telephone gingen, wohin man schaute, die Türen der Telephonzellen auf und zu, und das Läuten war sinnverwirrend. Der Onkel öffnete die nächste dieser Türen, und man sah dort im sprühenden

elektrischen Licht einen Angestellten, gleichgültig gegen jedes Geräusch der Türe, den Kopf eingespannt in ein Stahlband, das ihm die Hörmuscheln an die Ohren drückte. Der rechte Arm lag auf einem Tischchen, als wäre er besonders schwer, und nur die Finger, welche den Bleistift hielten, zuckten unmenschlich gleichmäßig und rasch. In den Worten, die er in den Sprechtrichter sagte, war er sehr sparsam, und oft sah man sogar, daß er vielleicht gegen den Sprecher etwas einzuwenden hatte, ihn etwas genauer fragen wollte, aber gewisse Worte, die er hörte, zwangen ihn, ehe er seine Absicht ausführen konnte, die Augen zu senken und zu schreiben. Er mußte auch nicht reden, wie der Onkel Karl leise erklärte, denn die gleichen Meldungen, wie sie dieser Mann aufnahm, wurden noch von zwei anderen Angestellen gleichzeitig aufgenommen und dann verglichen, so daß Irrtümer möglichst ausgeschlossen waren. In dem gleichen Augenblick, als der Onkel und Karl aus der Tür getreten waren, schlüpfte ein Praktikant hinein und kam mit dem inzwischen beschriebenen Papier heraus. Mitten durch den Saal war ein beständiger Verkehr von hin- und hergejagten Leuten. Keiner grüßte, das Grüßen war abgeschafft, jeder schloß sich den Schritten des ihm Vorhergehenden an und sah auf den Boden, auf dem er möglichst rasch vorwärtskommen wollte, oder fing mit den Blicken wohl nur einzelne Worte oder Zahlen von Papieren ab, die er in der Hand hielt und die bei seinem Laufschritt flatterten.
„Du hast es wirklich weit gebracht“, sagte Karl einmal auf einem dieser Gänge durch den Betrieb, auf dessen Durchsicht man viele Tage verwenden mußte, selbst wenn man jede Abteilung gerade nur gesehen haben wollte.
„Und alles habe ich vor dreißig Jahren selbst eingerichtet, mußt du wissen. Ich hatte damals im Hafenviertel ein kleines Geschäft, und wenn dort im Tag fünf Kisten abgeladen waren, so war es viel und ich ging aufgeblasen nach Hause. Heute habe ich die drittgrößten Lagerhäuser im Hafen, und jener Laden ist das Eßzimmer und die Gerätekammer der fünfundsechzigsten Gruppe meiner Packträger.“
„Das grenzt ja ans Wunderbare“, sagte Karl.
„Alle Entwicklungen gehen hier so schnell vor sich“, sagte der Onkel, das Gespräch abbrechend. Eines Tages kam der Onkel knapp vor der Zeit des Essens, das Karl wie gewöhnlich allein einzunehmen gedachte, und forderte ihn auf, sich gleich schwarz anzuziehen und mit ihm zum Essen zu kommen, an welchem zwei Geschäftsfreunde teilnehmen würden. Während Karl sich im Nebenzimmer umkleidete, setzte sich der Onkel zum Schreibtisch und sah die gerade beendete Englischaufgabe durch, schlug mit der Hand auf den Tisch und rief laut: „Wirklich ausgezeichnet!“
Zweifellos gelang das Anziehen besser, als Karl dieses Lob hörte, aber er war auch wirklich seines Englischen schon ziemlich sicher.

Im Speisezimmer des Onkels, das er vom ersten Abend seiner Ankunft noch in Erinnerung hatte, erhoben sich zwei große, dicke Herren zur Begrüßung, ein gewisser Green der eine, ein gewisser Pollunder der zweite, wie sich während des Tischgesprächs herausstellte. Der Onkel pflegte nämlich kaum ein flüchtiges Wort über irgendwelche Bekannten auszusprechen und überließ es immer Karl, durch eigene Beobachtung das Notwendige oder Interessante herauszufinden. Nachdem während des eigentlichen Essens nur intime geschäftliche Angelegenheiten besprochen worden waren, was für Karl eine gute Lektion hinsichtlich kaufmännischer Ausdrücke bedeutete, und man Karl still mit seinem Essen sich hatte beschäftigen lassen, als sei er ein Kind, das sich vor allem ordentlich sattessen müsse, beugte sich Herr Green zu Karl hin und fragte in dem unverkennbaren Bestreben, ein möglichst deutliches Englisch zu sprechen, im allgemeinen nach Karls ersten amerikanischen Eindrücken. Karl antwortete unter einer Sterbensstille ringsherum mit einigen Seitenblicken auf den Onkel ziemlich ausführlich und suchte sich zum Dank durch eine etwas New Yorkisch gefärbte Redeweise angenehm zu machen. Bei einem Ausdruck lachten sogar alle drei Herren durcheinander, und Karl fürchtete schon, einen groben Fehler gemacht zu haben; jedoch nein, er hatte, wie Herr Pollunder erklärte, sogar etwas sehr Gelungenes gesagt. Dieser Herr Pollunder schien überhaupt an Karl ein besonderes Gefallen zu finden, und während der Onkel und Herr Green wieder zu den geschäftlichen Besprechungen zurückkehrten, ließ Herr Pollunder Karl seinen Sessel nahe zu sich hinschieben, fragte ihn zuerst vielerlei über seinen Namen, seine Herkunft und seine Reise aus, bis er dann schließlich, um Karl wieder ausruhen zu lassen, lachend, hustend und eilig selbst von sich und seiner Tochter erzählte, mit der er auf einem kleinen Landgut in der Nähe von New York wohnte, wo er aber allerdings nur die Abende verbringen konnte, denn er war Bankier, und sein Beruf hielt ihn in New York den ganzen Tag fest. Karl wurde auch gleich herzlichst eingeladen, auf dieses Landgut hinauszukommen, ein so frischgebackener Amerikaner wie Karl habe ja auch sicher das Bedürfnis, sich von New York manchmal zu erholen. Karl bat den Onkel sofort um die Erlaubnis, diese Einladung annehmen zu dürfen, und der Onkel gab auch scheinbar freudig diese Erlaubnis, ohne aber ein bestimmtes Datum zu nennen oder auch nur in Erwägung ziehen zu lassen, wie es Karl und Herr Pollunder erwartet hatten.

Aber schon am nächsten Tage wurde Karl in ein Büro des Onkels beordert (der Onkel hatte zehn verschiedene Büros allein in diesem Hause), wo er den Onkel und Herrn Pollunder ziemlich einsilbig in den Fauteuils liegend antraf. „Herr Pollunder“, sagte der Onkel, er war in der Abenddämmerung des Zimmers kaum zu erkennen, „Herr Pollunder ist gekommen, um dich auf sein Landgut mitzunehmen, wie wir es gestern besprochen haben“

„Ich wußte nicht, daß es schon heute sein sollte“, antwortete Karl, „sonst wäre ich schon vorbereitet.“
„Wenn du nicht vorbereitet bist, dann verschieben wir vielleicht den Besuch besser für nächstens“, meinte der Onkel. „Was für Vorbereitungen!“, rief Herr Pollunder. „Ein junger Mann ist immer vorbereitet.“
„Es ist nicht seinetwegen“, sagte der Onkel, zu seinem Gaste gewendet, „aber er müßte immerhin noch in sein Zimmer hinaufgehen, und Sie wären aufgehalten.“
„Es ist auch dazu reichlich Zeit“, sagte Herr Pollunder, „ich habe auch eine Verzögerung vorbedacht und früher Geschäftsschluß gemacht.“
„Du siehst“, sagte der Onkel, „was für Unannehmlichkeiten dein Besuch schon jetzt veranlaßt.“ „Es tut mir leid“, sagte Karl, „aber ich werde gleich wieder da sein“, und wollte schon wegspringen.
„Übereilen Sie sich nicht“, sagte Herr Pollunder.
„Sie machen mir nicht die geringsten Unannehmlichkeiten, dagegen macht mir Ihr Besuch eine reine Freude.“
„Du versäumst morgen deine Reitstunde, hast du sie schon abgesagt?“
„Nein“, sagte Karl, dieser Besuch, auf den er sich gefreut hatte, fing an, eine Last zu werden, „ich wußte ja nicht –“
„Und trotzdem willst du wegfahren?“, fragte der Onkel weiter.
Herr Pollunder, dieser freundliche Mensch, kam zu Hilfe. „Wir werden auf der Fahrt bei der Reitschule halten und die Sache in Ordnung bringen.“
„Das läßt sich hören“, sagte der Onkel. „Aber Mack wird dich doch erwarten.“
„Erwarten wird er mich nicht“, sagte Karl, „aber er wird allerdings hinkommen.“
„Nun also?“, sagte der Onkel, als wäre Karls Antwort nicht die geringste Rechtfertigung gewesen.
Wieder sagte Herr Pollunder das Entscheidende: „Aber Klara“ — sie war Herrn Pollunders Tochter — „erwartet ihn auch und schon heute abend, und sie hat wohl den Vorzug vor Mack?“
„Allerdings“, sagte der Onkel. „Also lauf schon in dein Zimmer“, und er schlug mehrmals wie ohne Willen gegen die Armlehne des Fauteuils. Karl war schon bei der Tür, als ihn der Onkel noch mit der Frage zurückhielt: „Zur Englischstunde bist du doch wohl morgen früh wieder hier?“
„Aber!“, rief Herr Pollunder und drehte sich, soweit es seine Dicke erlaubte, in seinem Fauteuil vor Erstaunen. „Ja darf er denn nicht wenigstens den morgigen Tag draußen bleiben? Ich brächte ihn dann übermorgen früh wieder zurück?“
„Das geht auf keinen Fall“, erwiderte der Onkel. „Ich kann sein Studium nicht so in Unordnung kommen lassen. Später, wenn er in einem an und für sich geregelten Berufsleben sein wird, werde ich ihm sehr gern auch für

längere Zeit erlauben, einer so freundlichen und ehrenden Einladung zu folgen“

„Was das für Widersprüche sind!“, dachte Karl.

Herr Pollunder war traurig geworden.

„Für einen Abend und eine Nacht steht es aber wirklich fast nicht dafür.“

„Das war auch meine Meinung“, sagte der Onkel.

„Man muß nehmen, was man bekommt“, sagte Herr Pollunder und lachte schon wieder.

„Also, ich warte!“, rief er Karl zu, welcher, da der Onkel nichts mehr sagte, davoneilte.

Als er bald reisefertig zurückkehrte, traf er im Büro nur noch Herrn Pollunder, der Onkel war fortgegangen. Herr Pollunder schüttelte Karl ganz glücklich beide Hände, als wolle er sich so stark als möglich dessen vergewissern, daß Karl nun doch mitfahre. Karl war noch ganz erhitzt von der Eile und schüttelte auch seinerseits Herrn Pollunders Hände, er freute sich, den Ausflug machen zu können.

„Hat sich der Onkel nicht darüber geärgert, daß ich fahre?“

„Aber nein! Das hat er ja alles nicht so ernst gemeint. Ihre Erziehung liegt ihm eben am Herzen.“ „Hat er es Ihnen selbst gesagt, daß er das Frühere nicht so ernst gemeint hat?“ „O ja“, sagte Herr Pollunder gedehnt und bewies damit, daß er nicht lügen konnte.

„Es ist merkwürdig, wie ungern er mir die Erlaubnis gegeben hat, Sie zu besuchen, obwohl Sie doch sein Freund sind.“

Auch Herr Pollunder konnte, obwohl er dies nicht offen eingestand, keine Erklärung dafür finden, und beide dachten, als sie in Herrn Pollunders Automobil durch den warmen Abend fuhren, noch lange darüber nach, ob wohl sie gleich von anderen Dingen sprachen.

Sie saßen eng beieinander, und Herr Pollunder hielt Karls Hand in der seinen, während er erzählte. Karl wollte vieles über das Fräulein Klara hören, als sei er ungeduldig über die lange Fahrt und könne mit Hilfe der Erzählungen früher ankommen als in Wirklichkeit. Obwohl er am Abend noch niemals durch die New Yorker Straßen gefahren war, und über Trottoir und Fahrbahn, alle Augenblicke die Richtung wechselnd, wie in einem Wirbelwind der Lärm jagte, nicht wie von Menschen verursacht, sondern wie ein fremdes Element, kümmerte sich Karl, während er Herrn Pollunders Worte genau aufzunehmen suchte, um nichts anderes als Herrn Pollunders dunkle Weste, über die quer eine dunkle Kette ruhig hing. Aus den Straßen, wo das Publikum in großer, unverhüllter Furcht vor Verspätung in fliegendem Schritt und in Fahrzeugen, die zu möglichster Eile gebracht waren, zu den Theatern drängte, kamen sie durch Übergangsbezirke in die Vorstädte, wo ihr Automobil durch Polizeileute zu Pferd immer wieder in Seitenstraßen gewiesen wurde, da die großen Straßen von den demonstrierenden den Metallarbeitern, die im Streik standen, besetzt waren und nur der notwendigste Wagenverkehr an den Kreuzungsstellen gestattet werden konnte. Durchquerte dann das Automobil, aus dunkleren, dumpf hallenden Gassen kommend, eine dieser, ganzen Plätzen gleichenden, großen Straßen, dann erschienen nach beiden Seiten hin in Perspektiven, denen niemand bis zum Ende folgen konnte, die Trottoirs angefüllt mit einer in winzigen Schritten sich bewegenden Masse, deren Gesang einheitlicher war als der einer einzigen Menschenstimme. In der freigehaltenen Fahrbahn aber sah man hie und da einen Polizisten auf unbeweglichem Pferde oder Träger von Fahnen oder beschriebenen, über die Straße gespannten Tüchern oder einer von Mitarbeitern und Ordonnanzen umgebenen Arbeiterführer oder einen Wagen der elektrischen Straßenbahn, der sich nicht rasch genug geflüchtet hatte und nun leer und dunkel dastand, während der Führer und der Schaffner auf der Plattform saßen. Kleine Trupps von Neugierigen standen weit entfernt von den wirklichen Demonstranten und verließen ihre Plätze nicht, obwohl sie über die eigentlichen Ereignisse im Unklaren blieben. Karl aber lehnte froh in dem Arm, den Herr Pollunder um ihn gelegt hatte; die Überzeugung, daß er bald in einem beleuchteten, von Mauern umgebenen, von Hunden bewachten Landhause ein willkommener Gast sein werde, tat ihm über alle Maßen wohl, und wenn er auch wegen einer beginnenden Schläfrigkeit nicht mehr alles, was Herr Pollunder sagte, fehlerlos oder wenigstens nicht ohne Unterbrechung auffaßte, so raffte er sich doch von Zeit zu Zeit auf und wischte sich die Augen, um wieder für eine Weile festzustellen, ob Herr Pollunder seine Schläfrigkeit bemerke, denn das wollte er um jeden Preis vermieden wissen.

Ein Landhaus bei New York

„Wir sind angekommen“, sagte Herr Pollunder gerade in einem von Karls verlorenen Momenten.
Das Automobil stand vor einem Landhaus, das, nach der Art von Landhäusern reicher Leute in der Umgebung New Yorks, umfangreicher und höher war, als es sonst für ein Landhaus nötig ist, das bloß einer Familie dienen soll. Da nur der untere Teil des Hauses beleuchtet war, konnte man gar nicht bemessen, wie weit es in die Höhe reichte. Vorne rauschten Kastanienbäume, zwischen denen — das Gitter war schon geöffnet — ein kurzer Weg zur Freitreppe des Hauses führte. An seiner Müdigkeit beim Aussteigen glaubte Karl zu bemerken, daß die Fahrt doch ziemlich lang gedauert hatte. Im Dunkel der Kastanienallee hörte er eine Mädchenstimme neben sich sagen: „Da ist ja endlich der Herr Jakob.“
„Ich heiße Roßmann“, sagte Karl und faßte die ihm hingereichte Hand eines Mädchens, das er jetzt in Umrissen erkannte.
„Er ist ja nur Jakobs Neffe“, sagte Herr Pollunder erklärend, „und heißt selbst Karl Roßmann.“ „Das ändert nichts an unserer Freude, ihn hier zu haben“, sagte das Mädchen, dem an Namen nicht viel lag.
Trotzdem fragte Karl noch, während er zwischen Herrn Pollunder und dem Mädchen auf das Haus zuschritt: „Sie sind das Fräulein Klara?“
„Ja“, sagte sie, und schon fiel ein wenig unterscheidendes Licht vom Hause her auf ihr Gesicht, das sie ihm zuneigte,„ich wollte mich aber hier in der Finsternis nicht vorstellen.“
„Ja hat sie uns denn am Gitter erwartet?“, dachte Karl, der im Gehen allmählich aufwachte.
„Wir haben übrigens noch einen Gast heute abend“, sagte Klara.
„Nicht möglich!“, rief Pollunder ärgerlich.
„Herrn Green“, sagte Klara.
„Wann ist er gekommen?“, fragte Karl, wie in einer Ahnung befangen.
„Vor einem Augenblick. Habt ihr denn sein Automobil nicht vor dem eueren gehört?“
Karl sah zu Pollunder auf, um zu erfahren, wie er die Sache beurteile, aber der hatte die Hände in den Hosentaschen und stampfte bloß etwas stärker im Gehen.
„Es nützt nichts, nur knapp außerhalb New Yorks zu wohnen, von Störungen bleibt man nicht verschont. Wir werden unseren Wohnsitz unbedingt noch weiter verlegen müssen; und sollte ich die halbe Nacht durchfahren müssen, ehe ich nach Hause komme.“ Sie blieben an der Freitreppe stehen.
„Aber Herr Green war doch schon sehr lange nicht hier“, sagte Klara, die offenbar mit ihrem Vater gänzlich einverstanden war, ihn aber über sich hinaus beruhigen wollte.

„Warum kommt er denn gerade heute abend“, sagte Pollunder, und die Rede rollte schon wütend über die wulstige Unterlippe, die als loses, schweres Fleisch leicht in große Bewegung kam.
„Allerdings!“, sagte Klara.
„Vielleicht wird er bald wieder weggehen“, bemerkte Karl und staunte selbst über das Einverständnis, in welchem er sich mit diesen noch gestern ihm gänzlich fremden Leuten befand.
„O nein“, sagte Klara, „er hat irgendein großes Geschäft für Papa, dessen Besprechung wahrscheinlich lange dauern wird, denn er hat mir schon im Spaß gedroht, daß ich, wenn ich eine höfliche Hauswirtin sein will, bis zum Morgen werde zuhören müssen.“
„Also auch das noch. Dann bleibt er über Nacht!“, rief Pollunder, als sei damit endlich das Schlimmste erreicht.
„Ich hätte wahrhaftig Lust“, sagte er und wurde freundlicher durch den neuen Gedanken, „ich hätte wahrhaftig Lust, Sie, Herrn Roßmann, wieder ins Automobil zu nehmen und zu Ihrem Onkel zurückzubringen. Der heutige Abend ist schon von vornherein gestört, und wer weiß, wann Sie uns nächstens Ihr Herr Onkel wieder überläßt. Bringe ich Sie aber heute schon wieder zurück, so wird er Sie uns nächstens doch nicht verweigern können.“
Und er faßte Karl schon bei der Hand, um seinen Plan auszuführen. Aber Karl rührte sich nicht, und Klara bat, ihn hierzulassen, denn zumindest sie und Karl würden von Herrn Green nicht im geringsten gestört werden können, und schließlich merkte auch Pollunder selbst, daß sein Entschluß nicht der festeste war. Überdies — und dies war vielleicht das Entscheidende — hörte man plötzlich Herrn Green vom obersten Treppenaufsatz in den Garten hinunterrufen: „Wo bleibt ihr denn?“
„Kommt“, sagte Pollunder und bog auf die Freitreppe ein. Hinter ihm gingen Karl und Klara, die einander jetzt im Licht studierten.
„Die roten Lippen, die sie hat“, sagte sich Karl und dachte an die Lippen des Herrn Pollunder und wie schön sie sich in der Tochter verwandelt hatten.
„Nach dem Nachtmahl“, so sagte sie „werden wir, wenn es Ihnen recht ist, gleich in meine Zimmer gehen, damit wir wenigstens diesen Herrn Green los sind, wenn schon Papa sich mit ihm beschäftigen muß. Und Sie werden dann so freundlich sein, mir Klavier vorzuspielen, denn Papa hat schon erzählt, wie gut Sie das können, ich aber bin leider ganz unfähig, Musik auszuüben, und rühre mein Klavier nicht an, so sehr ich die Musik eigentlich liebe.“
Mit dem Vorschlag Klaras war Karl ganz einverstanden, wenn er auch gern Herrn Pollunder mit in ihre Gesellschaft hätte ziehen wollen. Vor der riesigen Gestalt Greens — an Pollunders Größe hatte sich Karl eben schon gewöhnt –, die sich vor ihnen, wie sie die Stufen hinaufstiegen, langsam entwickelte, wich allerdings von Karl jede Hoffnung, diesem Mann den Herrn Pollunder heute abend irgendwie zu entlocken.

Herr Green empfing sie sehr eilig, als sei vieles einzuholen, nahm Herrn Pollunders Arm und schob Karl und Klara vor sich in das Speisezimmer, das besonders infolge der Blumen auf dem Tische, die sich aus Streifen frischen Laubes halb aufrichteten, sehr festlich aussah und doppelt die Anwesenheit des störenden Herrn Green bedauern ließ. Gerade freute sich noch Karl, der beim Tische wartete, bis die anderen sich setzten, daß die große Glastüre zum Garten hin offen bleiben würde, denn ein starker Duft wehte herein wie in eine Gartenlaube, da ging gerade Herr Green unter Schnaufen daran, diese Glastüre zuzumachen, bückte sich nach den untersten Riegeln, streckte sich nach den obersten und alles so jugendlich rasch, daß der herbeieilende Diener nichts mehr zu tun fand. Die ersten Worte des Herrn Green bei Tische waren Ausdrücke des Staunens darüber, daß Karl die Erlaubnis des Onkels zu diesem Besuche bekommen hatte. Einen gefüllten Suppenlöffel nach dem anderen hob er zum Mund und erklärte rechts zu Klara, links zu Herrn Pollunder, warum er so staune und wie der Onkel über Karl wache und wie die Liebe des Onkels zu Karl zu groß sei, als daß man sie noch die Liebe eines Onkels nennen könne.

„Nicht genug, daß er sich hier unnötig einmischt, mischt er sich noch gleichzeitig zwischen mich und den Onkel ein“, dachte Karl und konnte keinen Schluck der goldfarbigen Suppe hinunterbringen. Dann wollte er sich aber wieder nichts anmerken lassen, wie gestört er sich fühlte, und begann die Suppe stumm in sich hineinzuschütten. Das Essen verging langsam wie eine Plage. Nur Herr Green und höchstens noch Klara waren lebhaft und fanden mitunter Gelegenheit zu einem kurzen Lachen. Herr Pollunder verfing sich nur einige Male in die Unterhaltung, wenn Herr Green von Geschäften zu sprechen anfing. Doch zog er sich auch von solchen Gesprächen bald zurück, und Herr Green mußte ihn nach einiger Zeit wieder unvermutet damit überraschen. Er legte übrigens Gewicht darauf — und da war es, daß Karl, der aufhorchte, als drohe etwas, von Klara darauf aufmerksam gemacht werden mußte, daß der Braten vor ihm stand und er bei einem Abendessen war –, daß er von vornherein nicht die Absicht gehabt habe, diesen unerwarteten Besuch zu machen. Denn wenn auch das Geschäft, von dem noch gesprochen werden solle, von besonderer Dringlichkeit sei, so hätte wenigstens das Wichtigste heute in der Stadt verhandelt und das Nebensächlichere für morgen oder später aufgespart werden können. Und so sei er auch tatsächlich, noch lange vor Geschäftsschluß, bei Herrn Pollunder gewesen, habe ihn aber nicht angetroffen, so daß er gezwungen gewesen sei, nach Hause zu telephonieren, daß er über Nacht ausbleibe, und herauszufahren.

„Dann muß ich um Entschuldigung bitten“, sagte Karl laut und ehe jemand Zeit zur Antwort hatte, „denn ich bin daran schuld, daß Herr Pollunder sein Geschäft heute früher verließ, und es tut mir sehr leid.“

Herr Pollunder bedeckte den größeren Teil seines Gesichtes mit der Serviette, während Klara Karl zwar anlächelte, doch war es kein teilnehmendes Lächeln, sondern eines, das ihn irgendwie beeinflussen sollte.
„Da braucht es keine Entschuldigung“, sagte Herr Green, der gerade eine Taube mit scharfen Schnitten zerlegte, „ganz im Gegenteil, ich bin ja froh, den Abend in so angenehmer Gesellschaft zu verbringen, statt das Nachtmahl allein zu Hause einzunehmen, wo mich meine alte Wirtschafterin bedient, die so alt ist, daß ihr schon der Weg von der Tür zu meinem Tisch schwer fällt, und ich mich für lange in meinen Sessel zurücklehnen kann, wenn ich sie auf diesem Gang beobachten will. Erst vor kurzem habe ich durchgesetzt, daß der Diener die Speisen bis zur Tür des Speisezimmers bringt, der
Weg aber von der Tür zu meinem Tisch gehört ihr, soweit ich sie verstehe.“
„Mein Gott“, rief Klara, „ist das eine Treue!“
„Ja, es gibt noch Treue auf der Welt“, sagte Herr Green und führte einen Bissen in den Mund, wo die Zunge, wie Karl zufällig bemerkte, mit einem Schwunge die Speise ergriff. Ihm wurde fast übel und er stand auf. Fast gleichzeitig griffen Herr Pollunder und Klara nach seinen Händen.
„Sie müssen noch sitzen bleiben“, sagte Klara. Und als er sich wieder gesetzt hatte, flüsterte sie ihm zu: „Wir werden bald zusammen verschwinden. Haben Sie Geduld.“
Herr Green hatte sich inzwischen ruhig mit seinem Essen beschäftigt, als sei es Herrn Pollunders und Klaras natürliche Aufgabe, Karl zu beruhigen, wenn er ihm Übelkeiten verursachte.
Das Essen zog sich besonders durch die Genauigkeit in die Länge, mit der Herr Green jeden Gang behandelte, wenn er auch immer bereit war, jeden neuen Gang ohne Ermüdung zu empfangen, es bekam wirklich den Anschein, als wolle er sich von seiner alten Wirtschafterin gründlich erholen. Hin und wieder lobte er Fräulein Klaras Kunst in der Führung des Hauswesens, was ihr sichtlich schmeichelte, während Karl versucht war, ihn abzuwehren, als greife er sie an. Aber Herr Green begnügte sich nicht einmal mit ihr, sondern bedauerte öfters, ohne vom Teller aufzusehen, die auffallende Appetitlosigkeit Karls. Herr Pollunder nahm Karls Appetit in Schutz, obwohl er als Gastgeber Karl auch zum Essen hätte aufmuntern sollen. Und tatsächlich fühlte sich Karl durch den Zwang, unter dem er während des ganzen Nachtmahls litt, so empfindlich, daß er gegen die eigene bessere Einsicht diese Äußerung Herrn Pollunders als Unfreundlichkeit auslegte. Und es entsprach nur diesem seinen Zustand, daß er einmal ganz unpassend rasch und viel aß und dann wieder für lange Zeit müde Gabel und Messer sinken ließ und der Unbeweglichste der Gesellschaft war, mit dem der Diener, der die Speisen reichte, oft nichts anzufangen wußte.
„Ich werde schon morgen dem Herrn Senator erzählen, wie Sie das Fräulein Klara durch Ihr Nichtessen gekränkt haben“, sagte Herr Green und

beschränkte sich darauf, die spaßige Absicht dieser Worte durch die Art, wie er mit dem Besteck hantierte, auszudrücken.
„Sehen Sie nur das Mädchen an, wie traurig es ist“, fuhr er fort und griff Klara unters Kinn. Sie ließ es geschehen und schloß die Augen.
„Du Dingschen“, rief er, lehnte sich zurück und lachte, hochrot im Gesicht, mit der Kraft des Gesättigten. Vergebens suchte sich Karl das Benehmen Herrn Pollunders zu erklären. Der saß vor seinem Teller und sah in ihn, als geschähe dort das eigentlich Wichtige. Er zog Karls Sessel nicht näher zu sich und, wenn er einmal sprach, so sprach er zu allen, aber zu Karl hatte er nichts Besonderes zu reden. Dagegen duldete er, daß Green, dieser alte, ausgepichte New Yorker Junggeselle, mit deutlicher Absicht Klara berührte, daß er Karl, Pollunders Gast, beleidigte oder wenigstens als Kind behandelte und wer weiß zu welchen Taten sich stärkte und vordrang.
Nach Aufhebung der Tafel — als Green die allgemeine Stimmung merkte, war er der erste, der aufstand und gewissermaßen alle mit sich erhob — ging Karl allein abseits zu einem der großen, durch schmale weiße Leisten geteilten Fenster, die zur Terrasse führten und die eigentlich, wie er beim Nähertreten merkte, richtige Türen waren. Was war von der Abneigung übriggeblieben, die Herr Pollunder und seine Tochter anfangs gegenüber Green gefühlt hatten und die damals Karl etwas unverständlich vorgekommen war. Jetzt standen sie mit Green beisammen und nickten ihm zu. Der Rauch aus Herrn Greens Zigarre, einem Geschenk Pollunders, die von jener Dicke war, von der der Vater zu Hause hie und da als von einer Tatsache zu erzählen pflegte, die er wahrscheinlich selbst mit eigenen Augen niemals gesehen hatte, verbreitete sich in dem Saal und trug Greens Einfluß auch in Winkel und Nischen, die er persönlich niemals betreten würde. Soweit entfernt Karl auch stand, noch spürte er von dem Rauch einen Kitzel in der Nase, und das Benehmen Herrn Greens, nach welchem er sich von seinem Platz aus nur einmal schnell umsah, erschien ihm infam. Jetzt hielt er es gar nicht mehr für ausgeschlossen, daß ihm der Onkel die Erlaubnis zu diesem Besuch nur deshalb so lange verweigert hatte, weil er den schwachen Charakter Herrn Pollunders kannte und infolgedessen eine Kränkung Karls bei diesem Besuch, wenn auch nicht genau voraussah, so doch im Bereich der Möglichkeit erblickte. Auch das amerikanische Mädchen gefiel ihm nicht, obwohl er sich sie durchaus nicht etwa viel schöner vorgestellt hatte. Seit sich Herr Green mit ihr abgegeben hatte, war er sogar überrascht von der Schönheit, deren ihr Gesicht fähig war, und besonders von dem Glanz ihrer unbändig bewegten Augen. Einen Rock, der so fest wie der ihre den Körper umschlossen hätte, hatte er noch niemals gesehen, kleine Falten in dem gelblichen, zarten und festen Stoff zeigten die Stärke der Spannung. Und doch lag Karl gar nichts an ihr und er hätte gern darauf verzichtet, auf ihre Zimmer geführt zu werden, wenn er statt dessen die Tür, auf deren Klinke er

für jeden Fall die Hände gelegt hatte, hätte öffnen, ins Automobil steigen oder, wenn der Chauffeur schon schlief, allein nach New York hätte spazieren dürfen. Die klare Nacht mit dem ihm zugeneigten vollen Mond stand frei für jedermann, und draußen im Freien vielleicht Furcht zu haben schien Karl sinnlos. Er stellte sich vor — und zum erstenmal wurde ihm in diesem Saale wohl –, wie er am Morgen — früher dürfte er kaum zu Fuß nach Hause kommen –den Onkel überraschen wollte. Er war zwar noch niemals in seinem Schlafzimmer gewesen, wußte auch gar nicht, wo es lag, aber er wollte es schon erfragen. Dann wollte er anklopfen und auf das förmliche „Herein!“ ins Zimmer laufen und den lieben Onkel, den er bisher immer nur bis hoch hinauf angezogen und zugeknöpft kannte, aufrecht im Bette sitzend, die Augen erstaunt zur Tür gerichtet, im Nachthemd überraschen. Das war ja an und für sich vielleicht noch nicht viel, aber man mußte nur ausdenken, was das zur Folge haben könnte. Vielleicht würde er zum erstenmal gemeinsam mit seinem Onkel frühstücken, der Onkel im Bett, er auf einem Sessel, das Frühstück auf einem Tischchen zwischen ihnen, vielleicht würde dieses gemeinsame Frühstück zu einer ständigen Einrichtung werden, vielleicht würden sie infolge dieser Art Frühstück, was sogar kaum zu vermeiden war, öfters als wie bisher bloß einmal während des Tages zusammenkommen und dann natürlich auch offener miteinander reden können. Es lag ja schließlich nur an dem Mangel dieser offenen Aussprache, wenn er heute dem Onkel gegenüber etwas unfolgsam oder, besser, starrköpfig gewesen war. Und wenn er auch heute über Nacht hierbleiben mußte — es sah leider ganz danach aus, obwohl man ihn hier beim Fenster stehen und auf eigene Faust sich unterhalten ließ –, vielleicht wurde dieser unglückliche Besuch der Wendepunkt zum Besseren in dem Verhältnis zum Onkel, vielleicht hatte der Onkel in seinem Schlafzimmer heute abend ähnliche Gedanken.

Ein wenig getröstet wandte er sich um. Klara stand vor ihm und sagte: „Gefällt es Ihnen denn gar nicht bei uns? Wollen Sie sich hier nicht ein wenig heimisch fühlen? Kommen Sie, ich will den letzten Versuch machen.“

Sie führte ihn quer durch den Saal zur Türe. An einem Seitentisch saßen die beiden Herren bei leicht schäumenden, in hohe Gläser gefüllten Getränken, die Karl unbekannt waren und die er zu kosten Lust gehabt hätte. Herr Green hatte einen Ellbogen auf dem Tisch, sein ganzes Gesicht war Herrn Pollunder möglichst nahe gerückt; wenn man Herrn Pollunder nicht gekannt hätte, hätte man ganz gut annehmen können, es werde hier etwas Verbrecherisches besprochen und kein Geschäft. Während Herr Pollunder mit freundlichem Blick Karl zur Türe folgte, sah sich Green, obwohl man doch schon unwillkürlich sich den Blicken seines Gegenübers anzuschließen pflegt, auch nicht im geringsten nach Karl um, welchem in diesem Benehmen der Ausdruck einer Art Überzeugung Greens zu liegen schien, jeder, Karl für

sich und Green für sich, solle hier mit seinen Fähigkeiten auszukommen versuchen, die notwendige gesellschaftliche Verbindung zwischen ihnen werde sich schon mit der Zeit durch den Sieg oder die Vernichtung eines von beiden herstellen.
„Wenn er das meint“, sagte sich Karl, „dann ist er ein Narr. Ich will wahrhaftig nichts von ihm, und er soll mich auch in Ruhe lassen.“
Kaum war er auf den Gang getreten, fiel ihm ein, daß er sich wahrscheinlich unhöflich benommen hatte, denn mit seinen auf Green gehefteten Augen hatte er sich von Klara aus dem Zimmer fast schleppen lassen. Desto williger ging er jetzt neben ihr her. Auf dem Wege durch die Gänge traute er zuerst seinen Augen nicht, als er alle zwanzig Schritte einen reich livrierten Diener mit einem Armleuchter stehen sah, dessen dicken Schaft jene mit beiden Händen umschlossen hielten.
„Die neue elektrische Leitung ist bisher nur im Speisezimmer eingeführt“, erklärte Klara. „Wir haben dieses Haus erst vor kurzem gekauft und es gänzlich umbauen lassen, soweit sich ein altes Haus mit seiner eigensinnigen Bauart überhaupt umbauen läßt.“ „Da gibt es also auch schon in Amerika alte Häuser“, sagte Karl.
„Natürlich“, sagte Klara lachend und zog ihn weiter. „Sie haben merkwürdige Begriffe von Amerika.“
„Sie sollen mich nicht auslachen“, sagte er ärgerlich. Schließlich kannte er schon Europa und Amerika, sie aber nur Amerika.
Im Vorübergehen stieß Klara mit leicht ausgestreckter Hand eine Tür auf und sagte, ohne anzuhalten: „Hier werden Sie schlafen.“
Karl wollte sich natürlich das Zimmer gleich anschauen, aber Klara erklärte ungeduldig und fast schreiend, das habe doch Zeit und er solle nur vorher mitkommen. Sie zogen sich auf dem Gang ein wenig hin und her, schließlich meinte Karl, er müsse sich nicht in allem nach Klara richten, riß sich los und trat in das Zimmer. Ein überraschendes Dunkel vor dem Fenster erklärte sich durch einen Baumwipfel, der sich dort in seinem vollen Umfang wiegte. Man hörte Vogelgesang. Im Zimmer selbst, das vom Mondlicht noch nicht erreicht war, konnte man allerdings fast gar nichts unterscheiden. Karl bedauerte, die elektrische Taschenlampe, die er vom Onkel geschenkt bekommen hatte, nicht mitgenommen zu haben. In diesem Hause war ja eine Taschenlampe unentbehrlich, hätte man ein paar solcher Lampen gehabt, hätte man die Diener schlafen schicken können. Er setzte sich aufs Fensterbrett und sah und horchte hinaus. Ein aufgestörter Vogel schien sich durch das Laubwerk des alten Baumes zu drängen. Die Pfeife eines New Yorker Vorortzuges erklang irgendwo im Land. Sonst war es still.
Aber nicht lange, denn Klara kam eilends herein. Sichtlich böse rief sie: „Was soll denn das?“ und klatschte auf ihren Rock. Karl wollte erst antworten, wenn sie höflicher geworden war. Aber sie ging mit großen

Schritten auf ihn zu, rief: „Also wollen Sie mit mir kommen oder nicht?“, stieß ihn mit Absicht oder bloß in der Erregung, derart in die Brust, daß er aus dem Fenster gestürzt wäre, hätte er nicht noch im letzten Augenblick, vom Fensterbrett gleitend, mit den Füßen den Zimmerboden berührt.
„Jetzt wäre ich bald hinausgefallen“, sagte er vorwurfsvoll.
„Schade, daß es nicht geschehen ist. Warum sind Sie so unartig! Ich stoße Sie noch einmal hinunter.“
Und wirklich umfaßte sie ihn und trug ihn, der, zuerst verblüfft, sich schwer zu machen vergaß, mit ihrem vom Sport gestählten Körper fast bis zum Fenster. Aber dort besann er sich, machte sich mit einer Wendung der Hüften los und umfaßte sie.
„Ach, Sie tun mir wohl“, sagte sie gleich.
Aber nun glaubte Karl, sie nicht mehr loslassen zu dürfen. Er ließ ihr zwar Freiheit, Schritte nach Belieben zu machen, folgte ihr aber und ließ sie nicht los. Es war auch so leicht, sie in ihrem engen Kleid zu umfassen.
„Lassen Sie mich“, flüsterte sie, das erhitzte Gesicht eng an seinem, er mußte sich anstrengen, sie zu sehen, so nahe war sie ihm. „Lassen Sie mich, ich werde Ihnen etwas Schönes geben.“ „Warum seufzt sie so“, dachte Karl, „es kann ihr nicht wehtun, ich drücke sie ja nicht“, und erließ sie noch nicht los. Aber plötzlich, nach einem Augenblick unachtsamen, schweigenden Dastehens, fühlte er wieder ihre wachsende Kraft an seinem Leib, und sie hatte sich ihm entwunden, faßte ihn mit gut ausgenütztem Obergriff, wehrte seine Beine mit Fußstellungen einer fremdartigen Kampftechnik ab und trieb ihn vor sich, mit großartiger Regelmäßigkeit Atem holend, gegen die Wand. Dort war aber ein Kanapee, auf das legte sie Karl hin und sagte, ohne sich allzusehr zu ihm hinabzubeugen: „Jetzt rühr dich, wenn du kannst.“
„Katze, tolle Katze“, konnte Karl gerade noch aus dem Durcheinander von Wut und Scham rufen, in dem er sich befand. „Du bist ja wahnsinnig, du tolle Katze!“
„Gib acht auf deine Worte“, sagte sie und ließ die eine Hand zu seinem Halse gleiten, den sie so stark zu würgen anfing, daß Karl ganz unfähig war, etwas anderes zu tun als Luft zu schnappen, während sie mit der anderen Hand an seine Wange fuhr, wie probeweise sie berührte, sie wieder und zwar immer weiter in die Luft zurückzog und jeden Augenblick mit einer Ohrfeige niederfallen lassen konnte.
„Wie wäre es“, fragte sie dabei, „wenn ich dich zur Strafe für dein Benehmen einer Dame gegenüber mit einer tüchtigen Ohrfeige nach Hause schicken wollte? Vielleicht wäre es dir nützlich für deinen künftigen Lebensweg, wenn es auch keine schöne Erinnerung abgeben würde. Du tust mir ja leid und bist ein erträglich hübscher Junge und, hättest du Jiu-Jitsu gelernt, hättest du wahrscheinlich mich durchgeprügelt. Trotzdem, trotzdem — es verlockt mich geradezu riesig, dich zu ohrfeigen, so wie du jetzt daliegst. Ich werde es

wahrscheinlich bedauern; wenn ich es aber tun sollte, so wisse schon jetzt, daß ich es fast gegen meinen Willen tun werde. Und ich werde mich dann natürlich nicht mit einer Ohrfeige begnügen, sondern rechts und links schlagen, bis dir die Backen anschwellen. Und vielleicht bist du ein Ehrenmann — ich möchte es fast glauben — und wirst mit den Ohrfeigen nicht weiterleben wollen und dich aus der Welt schaffen. Aber warum bist du auch so gegen mich gewesen, gefalle ich dir vielleicht nicht? Lohnt es sich nicht, auf mein Zimmer zu kommen? Achtung! Jetzt hätte ich dir schon fast unversehens die Ohrfeige aufgeputzt. Wenn du heute also noch so loskommen solltest, benimm dich nächstens feiner. Ich bin nicht dein Onkel, mit dem du trotzen kannst. Im übrigen will ich dich noch darauf aufmerksam machen, daß du, wenn ich dich ungeohrfeigt loslasse, nicht glauben mußt, daß deine jetzige Lage und wirkliches Geohrfeigt werden vom Standpunkt der Ehre aus das gleiche sind. Solltest du das glauben wollen, so würde ich es doch vorziehen, dich wirklich zu ohrfeigen. Was wohl Mack sagen wird, wenn ich ihm das alles erzähle.“ Bei der Erinnerung an Mack ließ sie Karl los, in seinen undeutlichen Gedanken erschien ihm Mack wie ein Befreier. Er fühlte noch ein Weilchen Klaras Hand an seinem Hals, wand sich daher noch ein wenig und lag dann still.

Sie forderte ihn auf, aufzustehen, er antwortete nicht und rührte sich nicht. Sie entzündete irgendwo eine Kerze, das Zimmer bekam Licht, ein blaues Zickzackmuster erschien auf dem Plafond, aber Karl lag, den Kopf aufs Sofapolster aufgestützt so, wie ihn Klara gebettet hatte, und wandte ihn nicht einen Fingerbreit. Klara ging im Zimmer herum, ihr Rock rauschte um ihre Beine, wahrscheinlich beim Fenster blieb sie eine lange Weile stehen.

„Ausgetrotzt?“ hörte man sie dann fragen.

Karl empfand es schwer, in diesem Zimmer, das ihm doch von Herrn Pollunder für diese Nacht zugedacht war, keine Ruhe bekommen zu können. Da wanderte dieses Mädchen herum, blieb stehen und redete, und er hatte sie doch so unaussprechlich satt. Rasch schlafen und von hier fortgehen war sein einziger Wunsch. Er wollte gar nicht mehr ins Bett, nur hier auf dem Kanapee wollte er bleiben. Er lauerte nur darauf, daß sie wegginge, um hinter ihr her zur Tür zu springen, sie zu verriegeln, und dann wieder zurück auf das Kanapee sich zu werfen. Er hatte ein solches Bedürfnis, sich zu strecken und zu gähnen, aber vor Klara wollte er das nicht tun. Und so lag er, starrte hinauf, fühlte sein Gesicht immer unbeweglicher werden und eine ihn umkreisende Fliege flimmerte ihm vor den Augen, ohne daß er recht wußte, was es war.

Klara trat wieder zu ihm, beugte sich in die Richtung seiner Blicke und, hätte er sich nicht bezwungen, hätte er sie schon anschauen müssen.

„Ich gehe jetzt“, sagte sie. „Vielleicht bekommst du später Lust, zu mir zu kommen. Die Tür zu meinen Zimmern ist die vierte, von dieser Tür aus gerechnet, auf dieser Seite des Ganges. Du gehst also an drei weiteren Türen vorüber und die, zu welcher du dann kommst, ist die richtige. Ich gehe nicht mehr hinunter in den Saal, sondern bleibe schon in meinem Zimmer. Du hast mich aber auch ordentlich müde gemacht. Ich werde nicht gerade auf dich warten, aber wenn du kommen willst, so komm. Erinnere dich, daß du versprochen hast, mir auf dem Klavier vorzuspielen. Aber vielleicht habe ich dich ganz entnervt und du kannst dich nicht mehr rühren, dann bleib und schlaf dich aus. Dem Vater sage ich vorläufig von unserer Rauferei kein Wort; ich bemerke das für den Fall, daß dir das Sorge machen sollte." Darauf lief sie trotz ihrer angeblichen Müdigkeit mit zwei Sprüngen aus dem Zimmer.

Sofort setzte sich Karl aufrecht, dieses Liegen war schon unerträglich geworden. Um ein wenig Bewegung zu machen, ging er zur Tür und sah auf den Gang hinaus. War dort aber eine Finsternis! Er war froh, als er die Tür zugemacht und abgesperrt hatte und wieder bei seinem Tisch im Schein der Kerze stand. Sein Entschluß war, nicht länger in diesem Haus zu bleiben, sondern hinunter zu Herrn Pollunder zu gehen, ihm offen zu sagen, wie ihn Klara behandelt hatte — am Eingeständnis seiner Niederlage lag ihm gar nichts — und mit dieser wohl genügenden Begründung um die Erlaubnis zu bitten, nach Hause fahren oder gehen zu dürfen. Sollte Herr Pollunder etwas gegen diese sofortige Heimkehr einzuwenden haben, dann wollte ihn Karl wenigstens bitten, ihn durch einen Diener zum nächsten Hotel führen zu lassen. In dieser Weise, wie sie Karl plante, ging man zwar sonst in der Regel nicht mit freundlichen Gastgebern um, aber noch seltener ging man mit einem Gaste derart um, wie es Klara getan hatte. Sie hatte sogar noch ihr Versprechen, dem Herrn Pollunder von der Rauferei vorläufig nichts zu sagen, für eine Freundlichkeit gehalten, das war aber schon himmelschreiend. Ja, war denn Karl zu einem Ringkampf eingeladen worden, so daß es für ihn beschämend gewesen wäre, von einem Mädchen geworfen zu werden, das wahrscheinlich den größten Teil ihres Lebens mit dem Lernen von Ringkämpfer kniffen verbracht hatte? Am Ende hatte sie gar von Mack Unterricht bekommen. Mochte sie ihm nur alles erzählen; der war sicher einsichtig, das wußte Karl, obwohl er niemals Gelegenheit gehabt hatte, das im einzelnen zu erfahren. Karl wußte aber auch, daß, wenn Mack ihn unterrichtete, er noch viel größere Fortschritte als Klara machen würde; dann käme er eines Tages wieder hierher, höchstwahrscheinlich uneingeladen, untersuchte natürlich zuerst die Örtlichkeit, deren genaue Kenntnis ein großer Vorteil Klaras gewesen war, packte dann diese gleiche Klara und klopfte mit ihr das gleiche Kanapee aus, auf das sie ihn heute geworfen hatte.

Jetzt handelte es sich nur darum, den Weg zum Saal zurückzufinden, wo er ja wahrscheinlich auch seinen Hut in der ersten Zerstreutheit auf einen

unpassenden Platz gelegt hatte. Die Kerze wollte er natürlich mitnehmen, aber selbst bei Licht war es nicht leicht, sich auszukennen. Er wußte zum Beispiel nicht einmal, ob dieses Zimmer in der gleichen Ebene wie der Saal gelegen war. Klara hatte ihn auf dem Herweg immer so gezogen, daß er sich gar nicht hatte umsehen können. Herr Green und die leuchtertragenden Diener hatten ihm auch zu denken gegeben; kurz, er wußte jetzt tatsächlich nicht einmal, ob sie eine oder zwei oder vielleicht gar keine Treppe passiert hatten. Nach der Aussicht zu schließen, lag das Zimmer ziemlich hoch, und er suchte sich deshalb einzubilden, daß sie über Treppen gekommen waren, aber schon zum Hauseingang hatte man ja über Treppen steigen müssen, warum konnte nicht auch diese Seite des Hauses erhöht sein, Aber wenn wenigstens auf dem Gang irgendwo ein Lichtschein aus einer Tür zu sehen oder eine Stimme aus der Ferne auch noch so leise zu hören gewesen wäre!
Seine Taschenuhr, ein Geschenk des Onkels, zeigte elf Uhr, er nahm die Kerze und ging auf den Gang hinaus. Die Tür ließ er offen, um für den Fall, als sein Suchen vergeblich wäre, wenigstens sein Zimmer wiederzufinden und danach, für den äußersten Notfall, die Tür zu Klaras Zimmer. Zur Sicherheit, damit sich die Türe nicht von selbst schließe, verstellte er sie mit einem Sessel. Auf dem Gange zeigte sich der Übelstand, daß gegen Karl — er ging natürlich von Klaras Türe weg nach links — ein Luftzug strich, der zwar ganz schwach war, aber immerhin leicht die Kerze hätte auslöschen können, so daß Karl die Flamme mit der Hand schützen und überdies öfters stehenbleiben mußte, damit die niedergedrückte Flamme sich erhole. Es war ein langsames Vorwärtskommen, und der Weg schien dadurch doppelt lang. Karl war schon an großen Strecken der Wände vorübergekommen, die gänzlich ohne Türen waren, man konnte sich nicht vorstellen, was dahinter war. Dann kam wieder Tür an Tür, er versuchte, mehrere zu öffnen, sie waren versperrt und die Räume offenbar unbewohnt. Es war eine Raumverschwendung sondergleichen, und Karl dachte an die östlichen New Yorker Quartiere, die ihm der Onkel zu zeigen versprochen hatte, wo angeblich in einem kleinen Zimmer mehrere Familien wohnten und das Heim einer Familie in einem Zimmerwinkel bestand, in dem sich die Kinder um ihre Eltern scharten. Und hier standen so viele Zimmer leer und waren nur dazu da, um hohl zu klingen, wenn man an die Tür schlug. Herr Pollunder schien Karl irregeführt zu sein von falschen Freunden und vernarrt in seine Tochter und dadurch verdorben. Der Onkel hatte ihn sicher richtig beurteilt, und nur sein Grundsatz, auf die Menschenbeurteilung Karls keinen Einfluß zu nehmen, war schuld an diesem Besuch und an diesen Wanderungen auf den Gängen. Karl wollte das morgen dem Onkel ohne weiteres sagen, denn nach seinem Grundsatzwürde der Onkel auch das Urteil des Neffen über ihn gerne und ruhig anhören. Überdies war dieser Grundsatz

vielleicht das einzige, was Karl an seinem Onkel nicht gefiel, und selbst dieses Nichtgefallen war nicht unbedingt.
Plötzlich hörte die Wand an der einen Gangseite auf, und ein eiskaltes marmornes Geländer trat an ihre Stelle. Karl stellte die Kerze neben sich und beugte sich vorsichtig hinüber. Dunkle Leere wehte ihm entgegen. Wenn das die Haupthalle des Hauses war — im Schimmer der Kerze erschien ein Stück einer gewölbeartig geführten Decke –, warum war man nicht durch diese Halle eingetreten? Wozu diente nur dieser große, tiefe Raum? Man stand ja hier oben wie auf der Galerie einer Kirche. Karl bedauerte fast, nicht bis morgen in diesem Hause bleiben zu können, er hätte gern bei Tageslicht von Herrn Pollunder sich überall herumführen und über alles unterrichten lassen.
Das Geländer war übrigens nicht lang, und bald wurde Karl wieder vom geschlossenen Gang aufgenommen. Bei einer plötzlichen Wendung des Ganges stieß Karl mit ganzer Wucht an die Mauer, und nur die ununterbrochene Sorgfalt, mit der er die Kerze krampfhaft hielt, bewahrte sie glücklicherweise vor dem Fallen und Auslöschen. Da der Gang kein Ende nehmen wollte, nirgends ein Fenster einen Ausblick gab, weder in der Höhe noch in der Tiefe sich etwas rührte, dachte Karl schon, er gehe immerfort im gleichen Kreisgang in der Runde, und hoffte schon, die offene Tür seines Zimmers vielleicht wiederzufinden, aber weder sie noch das Geländer kehrte wieder. Bis jetzt hatte sich Karl von lautem Rufen zurückgehalten, denn er wollte in einem fremden Haus zu so später Stunde keinen Lärm machen, aber jetzt sah er ein, daß es in diesem unbeleuchteten Hause kein Unrecht war, und machte sich gerade daran, nach beiden Seiten des Ganges ein lautes „Hallo!“ zu schreien, als er in der Richtung, aus der er gekommen war, ein kleines, sich näherndes Licht bemerkte. Jetzt konnte er erst die Länge des geraden Ganges abschätzen; das Haus war eine Festung, keine Villa. Karls Freude über dieses rettende Licht war so groß, daß er alle Vorsicht vergaß und darauf zulief; schon bei den ersten Sprüngen löschte seine Kerze aus. Er achtete nicht darauf, denn er brauchte sie nicht mehr, hier kam ihm ein alter Diener mit einer Laterne entgegen, der ihm den richtigen Weg schon zeigen würde.
„Wer sind Sie?“, fragte der Diener und hielt Karl die Laterne ans Gesicht, wodurch er gleichzeitig sein eigenes beleuchtete. Sein Gesicht erschien etwas steif durch einen großen, weißen Vollbart, der erst auf der Brust in seidenartige Ringel ausging. „Es muß ein treuer Diener sein, dem man das Tragen eines solchen Bartes erlaubt“, dachte Karl und sah diesen Bart unverwandt der Länge und Breite nach an, ohne sich dadurch behindert zu fühlen, daß er selbst beobachtet wurde. Im übrigen antwortete er sofort, daß er der Gast des Herrn Pollunder sei, aus seinem Zimmer in das Speisezimmer gehen wolle und es nicht finden könne.

„Ach so“, sagte der Diener „wir haben das elektrische Licht noch nicht eingeführt.“
„Ich weiß“, sagte Karl.
„Wollen Sie nicht Ihre Kerze an meiner Lampe anzünden?“, fragte der Diener.
„Bitte“, sagte Karl und tat es.
„Es zieht hier so auf den Gängen“, sagte der Diener „die Kerze löscht leicht aus, darum habe ich eine Laterne.“
„Ja, eine Laterne ist viel praktischer“, sagte Karl.
„Sie sind auch schon von der Kerze ganz betropft“, sagte der Diener und leuchtete mit der Kerze Karls Anzug ab.
„Das habe ich ja gar nicht bemerkt!“, rief Karl, und es tat ihm sehr leid, da es ein schwarzer Anzug war, von dem der Onkel gesagt hatte, er passe ihm am besten von allen. Die Rauferei mit Klara dürfte dem Anzug auch nicht genützt haben, erinnerte er sich jetzt. Der Diener war gefällig genug, den Anzug zu reinigen, so gut es in der Eile ging; immer wieder drehte sich Karl vor ihm herum und zeigte ihm noch hier und dort einen Fleck, den der Diener folgsam entfernte. „Warum zieht es denn hier eigentlich so?“, fragte Karl, als sie schon weitergingen.
„Es ist hier eben noch viel zu bauen“, sagte der Diener, „man hat zwar mit dem Umbau schon angefangen, aber es geht sehr langsam. Jetzt streiken auch noch die Bauarbeiter, wie Sie vielleicht wissen. Man hat viel Ärger mit so einem Bau. Jetzt sind da ein paar große Durchbrüche gemacht worden, die niemand vermauert, und die Zugluft geht durch das ganze Haus. Wenn ich nicht die Ohren voll Watte hätte, könnte ich nicht bestehen.“ „Da muß ich wohl lauter reden?“, fragte Karl.
„Nein, Sie haben eine klare Stimme“, sagte der Diener. „Aber um auf diesen Bau zurückzukommen; besonders, hier in der Nähe der Kapelle, die später unbedingt von dem übrigen Haus abgesperrt werden muß, ist die Zugluft gar nicht auszuhalten.“
„Die Brüstung, an der man in diesem Gang vorüberkommt, geht also in eine Kapelle hinaus?“ „Ja.“
„Das habe ich mir gleich gedacht“, sagte Karl.
„Sie ist sehr sehenswert“, sagte der Diener, „wäre sie nicht gewesen, hätte wohl Herr Mack das Haus nicht gekauft.
Herr Mack?“, fragte Karl, „ich dachte, das Haus gehöre Herrn Pollunder?“
„Allerdings“, sagte der Diener „aber Herr Mack hat doch bei diesem Kauf den Ausschlag gegeben. Sie kennen Herrn Mack nicht?“
„O ja“, sagte Karl. „Aber in welcher Verbindung ist er denn mit Herrn Pollunder?“ „Er ist der Bräutigam des Fräuleins“, sagte der Diener.
„Das wußte ich freilich nicht“, sagte Karl und blieb stehen.
„Setzt Sie das in solches Erstaunen?“, fragte der Diener.

„Ich will es mir nur zurechtlegen. Wenn man solche Beziehungen nicht kennt, kann man ja die größten Fehler machen“, antwortete Karl.
„Es wundert mich nur, daß man Ihnen davon nichts gesagt hat“, sagte der Diener.
„Ja, wirklich“, sagte Karl beschämt.
„Wahrscheinlich dachte man, Sie wüßten es“, sagte der Diener, „es ist ja keine Neuigkeit. Hier sind wir übrigens“, und öffnete eine Türe, hinter der sich eine Treppe zeigte, die senkrecht zu der Hintertüre des ebenso wie bei der Ankunft hell beleuchteten Speisezimmers führte.
Ehe Karl in das Speisezimmer eintrat, aus dem man die Stimmen Herrn Pollunders und Herrn Greens unverändert wie vor nun wohl schon zwei Stunden hörte, sagte der Diener: „Wenn Sie wollen, erwarte ich Sie hier und führe Sie dann in Ihr Zimmer. Es macht immerhin Schwierigkeiten, sich gleich am ersten Abend hier auszukennen.“
„Ich werde nicht mehr in mein Zimmer zurückkehren“,sagte Karl und wußte nicht, warum er bei dieser Auskunft traurig wurde.
„Es wird nicht so arg sein“, sagte der Diener, ein wenig überlegen lächelnd, und klopfte ihm auf den Arm. Er hatte sich wahrscheinlich Karls Worte dahin erklärt, daß Karl beabsichtige, während der ganzen Nacht im Speisezimmer zu bleiben, sich mit den Herren zu unterhalten und mit ihnen zu trinken. Karl wollte jetzt keine Bekenntnisse machen, außerdem dachte er, der Diener, der ihm besser gefiel als die anderen hiesigen Diener, könne ihm ja dann die Wegrichtung nach New York zeigen, und sagte deshalb: „Wenn Sie hier warten wollen, so ist das sicherlich eine große Freundlichkeit von Ihnen, und ich nehme sie dankbar an. Jedenfalls werde ich in einer kleinen Weile herauskommen und Ihnen dann sagen, was ich weiter tun werde. Ich denke schon, daß mir Ihre Hilfe noch nötig sein wird.“ „Gut“, sagte der Diener, stellte die Laterne auf den Boden und setzte sich auf ein niedriges Postament, dessen Leere wahrscheinlich auch mit dem Umbau des Hauses zusammenhing. „Ich werde also hier warten. Die Kerze können Sie auch bei mir lassen“, sagte der Diener noch, als Karl mit der brennenden Kerze in den Saal gehen wollte.
„Ich bin aber zerstreut“, sagte Karl und reichte die Kerze dem Diener hin, welcher ihm bloß zunickte, ohne daß man wußte, ob er es mit Absicht tat oder ob es eine Folge dessen war, daß er mit der Hand seinen Bart strich.
Karl öffnete die Tür, die ohne seine Schuld laut erklirrte, denn sie bestand aus einer einzigen Glasplatte, die sich fast bog, wenn die Tür rasch geöffnet und nur an der Klinke festgehalten wurde. Karl ließ die Tür erschrocken los, denn er hatte gerade besonders still eintreten wollen.
Ohne sich mehr umzudrehen, merkte er noch, wie hinter ihm der Diener, der offenbar von seinem Postament herabgestiegen war, vorsichtig und ohne das geringste Geräusch, die Tür schloß.

„Verzeihen Sie, daß ich störe“, sagte er zu den beiden Herren, die ihn mit ihren großen, erstaunten Gesichtern ansahen. Gleichzeitig aber überflog er mit einem Blick den Saal, ob er nicht irgendwo schnell seinen Hut finden könne. Er war aber nirgends zu sehen, der Eßtisch war völlig abgeräumt, vielleicht war der Hut unangenehmerweise irgendwie in die Küche fortgetragen worden.
„Wo haben Sie denn Klara gelassen?“, fragte Herr Pollunder, dem übrigens die Störung nicht unlieb schien, denn er setzte sich gleich anders in seinem Fauteuil und kehrte Karl seine ganze Front zu. Herr Green spielte den Unbeteiligten, zog eine Brieftasche heraus, die an Größe und Dicke ein Ungeheuer ihrer Art war, schien in den vielen Taschen ein bestimmtes Stück zu suchen, las aber während des Suchens auch andere Papiere, die ihm gerade in die Hand kamen.
„Ich hätte eine Bitte, die Sie nicht mißverstehen dürfen“, sagte Karl, ging eiligst zu Herrn Pollunder hin und legte, um ihm recht nahe zu sein, die Hand auf die Armlehne des Fauteuils.
„Was soll denn das für eine Bitte sein?“, fragte Herr Pollunder und sah Karl mit offenem, rückhaltlosem Blicke an. „Sie ist natürlich schon erfüllt.“ Und er legte den Arm um Karl und zog ihn zu sich zwischen seine Beine. Karl duldete das gerne, obwohl er sich im allgemeinen doch für eine solche Behandlung allzu erwachsen fühlte. Aber das Aussprechen seiner Bitte wurde natürlich schwieriger. „Wie gefällt es Ihnen denn eigentlich bei uns?“, fragte Herr Pollunder. „Scheint es Ihnen nicht auch, daß man auf dem Lande sozusagen befreit wird, wenn man aus der Stadt herauskommt? Im allgemeinen“ — und ein nicht mißzuverstehender, durch Karl etwas verdeckter Seitenblick ging auf Herrn Green –, „im allgemeinen habe ich dieses Gefühl immer wieder, jeden Abend.“
„Er spricht“, dachte Karl, „als wüßte er nichts von dem großen Haus, den endlosen Gängen, der Kapelle, den leeren Zimmern, dem Dunkel überall.“
„Nun“, sagte Herr Pollunder, „die Bitte!“, und er schüttelte Karl freundschaftlich, der stumm dastand.
„Ich bitte“, sagte Karl und, so sehr er die Stimme dämpfte, es ließ sich nicht vermeiden, daß der daneben sitzende Green alles hörte, vor dem Karl die Bitte, die möglicherweise als eine Beleidigung Pollunders aufgefaßt werden konnte, so gern verschwiegen hätte — „ich bitte, lassen Sie mich noch jetzt, in der Nacht, nach Hause.“
Und da das Ärgste ausgesprochen war, drängte alles andere um so schneller nach, er sagte, ohne die geringste Lüge zu gebrauchen, Dinge, an die er gar nicht eigentlich vorher gedacht hatte. „Ich möchte um alles gerne nach Hause. Ich werde gerne wiederkommen, denn wo Sie, Herr Pollunder, sind, dort bin auch ich gerne. Nur heute kann ich nicht hierbleiben. Sie wissen, der Onkel hat mir die Erlaubnis zu diesem Besuch nicht gerne gegeben. Er hat

sicher dafür seine guten Gründe gehabt, wie für alles, was er tut, und ich habe es mir herausgenommen, gegen seine bessere Einsicht die Erlaubnis förmlich zu erzwingen. Ich habe seine Liebe zu mir einfach mißbraucht. Was für Bedenken er gegen diesen Besuch hatte, ist ja jetzt gleichgültig, ich weiß bloß ganz bestimmt, daß nichts in diesem Bedenken war, was Sie, Herr Pollunder, kränken könnte, der Sie der beste, der allerbeste Freund meines Onkels sind. Kein anderer kann sich in der Freundschaft meines Onkels auch nur im entferntesten mit Ihnen vergleichen. Das ist ja auch die einzige Entschuldigung für meine Unfolgsamkeit, aber keine genügende. Sie haben vielleicht keinen genauen Einblick in das Verhältnis zwischen meinem Onkel und mir, ich will daher nur von dem Einleuchtendsten sprechen. Solange meine Englischstudien nicht abgeschlossen sind und ich mich im praktischen Handel nicht genügend ungesehen habe, bin ich gänzlich auf die Güte meines Onkels angewiesen, die ich allerdings als Blutsverwandter genießen darf. Sie dürfen nicht glauben, daß ich schon jetzt irgendwie mein Brot anständig — und vor allem anderen soll mich Gott bewahren — verdienen könnte. Dazu ist leider meine Erziehung zu unpraktisch gewesen. Ich habe vier Klassen eines europäischen Gymnasiums als Durchschnittsschüler durchgemacht, und das bedeutet für den Gelderwerb viel weniger als nichts, denn unsere Gymnasien sind im Lehrplan sehr rückschrittlich. Sie würden lachen, wenn ich Ihnen erzählen wollte, was ich gelernt habe. Wenn man weiter studiert, das Gymnasium zu Ende macht, an die Universität geht, dann gleicht sich ja wahrscheinlich alles irgendwie aus, und man hat zum Schluß eine geordnete Bildung, mit der sich etwas anfangen läßt und die einem die Entschlossenheit zum Gelderwerb gibt. Ich aber bin aus diesem zusammenhängenden Studium leider herausgerissen worden; manchmal glaube ich, ich weiß gar nichts, und schließlich wäre auch alles, was ich wissen könnte, für Amerikaner noch immer zu wenig. Jetzt werden in meiner Heimat neuestens hie und da Reformgymnasien eingerichtet, wo man auch moderne Sprachen und vielleicht auch Handelswissenschaften lernt; als ich aus der Volksschule trat, gab es das noch nicht. Mein Vater wollte mich zwar im Englischen unterrichten lassen, aber erstens konnte ich damals nicht ahnen, welches Unglück über mich kommen wird und wie ich das Englische brauchen werde, und zweitens mußte ich für das Gymnasium viel lernen, so daß ich für andere Beschäftigungen nicht besonders viel Zeit hatte. — Ich erwähne das alles, um Ihnen zu zeigen, wie abhängig ich von meinem Onkel bin und wie verpflichtet infolgedessen ich ihm gegenüber auch bin. Sie werden sicher zugeben, daß ich es mir bei solchen Verhältnissen nicht erlauben darf, auch nur das geringste gegen seinen auch nur geahnten Willen zu tun. Und darum muß ich, um den Fehler, den ich ihm gegenüber begangen habe, nur halbwegs wiedergutzumachen, sofort nach Hause gehen."

Während dieser langen Rede Karls hatte Herr Pollunder aufmerksam zugehört, öfters, besonders wenn der Onkel erwähnt wurde, Karl, wenn auch unmerklich, an sich gedrückt und einige Male ernst und wie erwartungsvoll zu Green hinübergesehen, der sich weiterhin mit seiner Brieftasche beschäftigte. Karl aber war, je deutlicher ihm seine Stellung zum Onkel im Laufe seiner Rede zu Bewußtsein kam, immer unruhiger geworden, hatte sich unwillkürlich aus dem Arm Pollunders zu drängen gesucht. Alles beengte ihn hier; der Weg zum Onkel durch die Glastüre, über die Treppe, durch die Allee, über die Landstraßen, durch die Vorstädte zur großen Verkehrsstraße, einmündend in des Onkels Haus, erschien ihm als etwas streng Zusammengehöriges, das leer, glatt und für ihn vorbereitet dalag und mit einer starken Stimme nach ihm verlangte. Herrn Pollunders Güte und Herrn Greens Abscheulichkeit verschwammen, und er wollte aus diesem rauchigen Zimmer nichts anderes für sich haben als die Erlaubnis zum Abschiednehmen. Zwar fühlte er sich gegen Herrn Pollunder abgeschlossen, gegen Herrn Green kampfbereit, und doch erfüllte ihn ringsherum eine unbestimmte Furcht, deren Stöße seine Augen trübten.
Er trat einen Schritt zurück und stand nun gleich weit von Herrn Pollunder und von Herrn Green entfernt. „Wollten Sie ihm nicht etwas sagen?“, fragte Herr Pollunder Herrn Green und faßte wie bittend Herrn Greens Hand.
„Ich wüßte nicht, was ich ihm sagen sollte“, sagte Herr Green, der endlich einen Brief aus seiner Tasche gezogen und vor sich auf den Tisch gelegt hatte.
„Es ist recht lobenswert, daß er zu seinem Onkel zurückkehren will, und nach menschlicher Voraussicht sollte man glauben, daß er dem Onkel eine besondere Freude damit machen wird. Es müßte denn sein, daß er durch seine Unfolgsamkeit den Onkel schon allzu böse gemacht hat, was ja auch möglich ist. Dann allerdings wäre es besser, er bliebe hier. Es ist eben schwer, etwas Bestimmtes zu sagen; wir sind zwar beide Freunde des Onkels und es dürfte Mühe machen, zwischen meiner und Herrn Pollunders Freundschaft Rangunterschiede zu erkennen, aber in das Innere des Onkels können wir nicht hineinschauen, und ganz besonders nicht über die vielen Kilometer hinweg, die uns hier von New York trennen“.
„Bitte, Herr Green“, sagte Karl und näherte sich mit Selbstüberwindung Herrn Green. „Ich höre aus Ihren Worten heraus, daß Sie es auch für das beste halten, wenn ich gleich zurückkehre.“
„Das habe ich durchaus nicht gesagt“, meinte Herr Green und vertiefte sich in das Anschauen des Briefes, an dessen Rändern er mit zwei Fingern hin und her fuhr. Er schien damit andeuten zu wollen, daß er von Herrn Pollunder gefragt worden sei, ihm auch geantwortet habe, während er mit Karl eigentlich nichts zu tun habe.

Inzwischen war Herr Pollunder zu Karl getreten und hatte ihn sanft von Herrn Green weg zu einem der großen Fenster gezogen. „Lieber Herr Roßmann“, sagte er, zu Karls Ohr hinabgebeugt, und wischte zur Vorbereitung mit dem Taschentuch über sein Gesicht und, bei der Nase innehaltend, schneuzte er sich, „Sie werden doch nicht glauben, daß ich Sie gegen Ihren Willen hier zurückhalten will. Davon ist ja keine Rede. Das Automobil kann ich Ihnen zwar nicht zur Verfügung stellen, denn es steht weit von hier in einer öffentlichen Garage, da ich noch keine Zeit hatte, hier, wo alles erst im Werden ist, eine eigene Garage einzurichten. Der Chauffeur wiederum schläft nicht hier im Haus, sondern in der Nähe der Garage, ich weiß wirklich selbst nicht, wo. Außerdem ist es gar nicht seine Pflicht, jetzt zu Hause zu sein, seine Pflicht ist es nur, früh zur rechten Zeit hier vorzufahren. Aber das alles wären keine Hindernisse für Ihre augenblickliche Heimkehr, denn wenn Sie darauf bestehen, begleite ich Sie sofort zur nächsten Station der Stadtbahn, die allerdings so weit entfernt ist, daß Sie nicht viel früher zu Hause ankommen dürften, als wenn Sie früh — wir fahren ja schon um sieben Uhr — mit mir in meinem Automobil fahren wollen.“

„Da möchte ich, Herr Pollunder, doch lieber mit der Stadtbahn fahren“, sagte Karl.

„An die Stadtbahn habe ich gar nicht gedacht. Sie sagen selbst, daß ich mit der Stadtbahn früher ankomme, als früh mit dem Automobil.“ „Es ist aber ein ganz kleiner Unterschied.“

„Trotzdem, trotzdem, Herr Pollunder“, sagte Karl, „ich werde in Erinnerung an Ihre Freundlichkeit immer gerne herkommen, vorausgesetzt natürlich, daß Sie mich nach meinem heutigen Benehmen noch einladen wollen, und vielleicht werde ich es nächstens besser ausdrücken können, warum heute jede Minute, um die ich meinen Onkel früher sehe, für mich so wichtig ist.“ Und, als hätte er bereits die Erlaubnis zum weggehen erhalten, fügte er hinzu: „Aber keinesfalls dürfen Sie mich begleiten. Es ist auch ganz unnötig. Draußen ist ein Diener, der mich gern zur Station begleiten wird. Jetzt muß ich nur noch meinen Hut suchen.“ Und bei den letzten Worten durchschritt er schon das Zimmer, um noch in Eile einen letzten Versuch zu machen, ob sein Hut doch vielleicht zu finden wäre.

„Könnte ich Ihnen nicht mit einer Mütze aushelfen?“, sagte Herr Green und zog eine Mütze aus der Tasche.

„Vielleicht paßt sie Ihnen zufällig.“ Verblüfft blieb Karl stehen und sagte: „Ich werde Ihnen doch nicht Ihre Mütze wegnehmen. Ich kann ja ganz gut mit unbedecktem Kopf gehen. Ich brauche gar nichts“

„Es ist nicht meine Mütze. Nehmen Sie nur!“

„Dann danke ich“, sagte Karl, um sich nicht aufzuhalten, und nahm die Mütze. Er zog sie an und lachte zuerst, da sie ganz genau paßte, nahm sie

wieder in die Hand und betrachtete sie, konnte aber das Besondere, das er an ihr suchte, nicht finden; es war eine vollkommen neue Mütze. „Sie paßt so gut!“, sagte er.
„Also, sie paßt!“, rief Herr Green und schlug auf den Tisch.
Karl ging schon zur Türe zu, um den Diener zu holen, da erhob sich Herr Green, streckte sich nach dem reichlichen Mahl und der vielen Ruhe, klopfte stark gegen seine Brust und sagte in einem Ton zwischen Rat und Befehl: „Ehe Sie weggehen, müssen Sie von Fräulein Klara Abschied nehmen.“ „Das müssen Sie“, sagte auch Herr Pollunder, der ebenfalls aufgestanden war. Ihm hörte man es an, daß die Worte nicht aus seinem Herzen kamen, schwach ließ er die Hände an die Hosennaht schlagen und knöpfte immer wieder seinen Rock auf und zu, der nach der augenblicklichen Mode ganz kurz war und kaum zu den Hüften ging, was so dicke Leute wie Herrn Pollunder schlecht kleidete. Übrigens hatte man, wenn er so neben Herrn Green stand, den deutlichen Eindruck, daß es bei Herrn Pollunder keine gesunde Dicke war; der Rücken war in seiner ganzen Masse etwas gekrümmt, der Bauch sah weich und unhaltbar aus, eine wahre Last, und das Gesicht erschien bleich und geplagt. Dagegen stand hier Herr Green, vielleicht noch etwas dicker als Herr Pollunder, aber es war eine zusammenhängende, sich gegenseitig tragende Dicke, die Füße waren soldatisch zusammengeklappt, den Kopf trug er aufrecht und schaukelnd; er schien ein großer Turner, ein Vorturner, zu sein. „Gehen Sie also vorerst“, fuhr Herr Green fort, „zu Fräulein Klara. Das dürfte Ihnen sicher Vergnügen machen und paßt auch sehr gut in meine Zeiteinteilung hinein. Ich habe Ihnen nämlich tatsächlich, ehe Sie von hier fortgehen, etwas Interessantes zu sagen, was wahrscheinlich auch für Ihre Rückkehr entscheidend sein kann. Nur bin ich leider durch höheren Befehl gebunden, Ihnen vor Mitternacht nichts zu verraten. Sie können sich vorstellen, daß mir das selbst leid tut, denn es stört meine Nachtruhe, aber ich halte mich an meinen Auftrag. Jetzt ist es viertel zwölf, ich kann also meine Geschäfte noch mit Herrn Pollunder zu Ende besprechen, wobei Ihre Gegenwart nur stören würde, und Sie können ein hübsches Weilchen mit Fräulein Klara verbringen. Punkt zwölf stellen Sie sich dann hier ein, wo Sie das Nötige erfahren werden.“
Konnte Karl diese Forderung ablehnen, die von ihm wirklich nur das Geringste an Höflichkeit und Dankbarkeit gegenüber Herrn Pollunder verlangte und die überdies ein sonst unbeteiligter, roher Mann stellte, während Herr Pollunder, den es anging, sich mit Worten und Blicken möglichst zurückhielt? Und was war jenes Interessante, das er erst um Mitternacht erfahren durfte? Wenn es seine Heimkehr nicht wenigstens um die dreiviertel Stunde beschleunigte, um die sie jetzt verschob, interessierte es ihn wenig. Aber sein größter Zweifel, ob er überhaupt zu Klara gehen konnte, die doch seine Feindin war. Wenn er wenigstens das Schlageisen bei

sich gehabt hätte, das ihm der Onkel als Briefbeschwerer geschenkt hatte! Das Zimmer Klaras mochte ja eine recht gefährliche Höhle sein. Aber nun war es ja ganz und gar unmöglich, hier gegen Klara das Geringste zu sagen, da sie Pollunders Tochter und, wie er jetzt gehört hatte, gar Macks Braut war. Sie hätte ja nur um eine Kleinigkeit anders sich zu ihm verhalten müssen, und er hätte sie wegen ihrer Beziehungen offen bewundert. Noch überlegte er das alles, aber schon merkte er, daß man keine Überlegungen von ihm verlangte, denn Green öffnete die Tür und sagte dem Diener, der vom Postamente sprang: „Führen Sie diesen jungen Mann zu Fräulein Klara“.

„So führt man Befehle aus“, dachte Karl, als ihn der Diener, fast laufend, stöhnend vor Altersschwäche, auf einem besonders kurzen Weg zu Klaras Zimmer zog. Als Karl an seinem Zimmer vorüberkam, dessen Tür noch immer offen stand, wollte er, vielleicht zu seiner Beruhigung, für einen Augenblick eintreten. Der Diener ließ das aber nicht zu.

„Nein“, sagte er, „Sie müssen zu Fräulein Klara. Sie haben es ja selbst gehört.“

„Ich würde mich nur einen Augenblick drinnen aufhalten“, sagte Karl, und er dachte daran, sich zur Abwechslung ein wenig auf das Kanapee zu werfen, damit ihm die Zeit rascher gegen Mitternacht vorrücke.

„Erschweren Sie mir die Ausführung meines Auftrages nicht“, sagte der Diener.

„Er scheint es für eine Strafe zu halten, daß ich zu Fräulein Klara gehen muß“, dachte Karl und machte ein paar Schritte, blieb aber aus Trotz wieder stehen.

„Kommen Sie doch, junger Herr“, sagte der Diener, „wenn Sie nun schon einmal hier sind. Ich weiß, Sie wollten noch in der Nacht weggehen, es geht eben nicht alles nach Wunsch, ich habe es Ihnen ja gleich gesagt, daß es kaum möglich sein wird.“

„Ja, ich will weggehen und werde auch weggehen“, sagte Karl, „und will jetzt nur von Fräulein Klara Abschied nehmen.“

„So?“, sagte der Diener, und Karl sah ihm wohl an, daß er kein Wort davon glaubte.

„Warum zögern Sie also, Abschied zu nehmen; kommen Sie doch.“

„Wer ist auf dem Gang?“, ertönte Klaras Stimme, und man sah sie aus einer nahen Tür sich vorbeugen, eine große Tischlampe mit rotem Schirm in der Hand. Der Diener eilte zu ihr hin und erstattete die Meldung. Karl ging ihm langsam nach.

„Sie kommen spät“, sagte Klara.

Ohne ihr vorläufig zu antworten, sagte Karl zum Diener leise, aber, da er seine Natur schon kannte, im Ton strengen Befehls: „Sie warten auf mich knapp vor dieser Tür!“

„Ich wollte schon schlafen gehen“, sagte Klara und stellte die Lampe auf den Tisch. Wie unten im Speisezimmer schloß auch hier wieder der Diener vorsichtig von außen die Tür. „Es ist ja schon halb zwölf vorüber.“
„Halb zwölf vorüber?“, wiederholte Karl fragend, wie erschrocken über diese Zahlen. „Dann muß ich mich aber sofort Verabschieden“, sagte Karl, „denn Punkt zwölf muß ich schon unten im Speisesaal sein.“
„Was Sie für eilige Geschäfte haben“, sagte Klara und ordnete zerstreut die Falten ihres losen Nachtkleides. Ihr Gesicht glühte und immerfort lächelte sie. Karl glaubte zu erkennen, daß keine Gefahr bestand, mit Klara wieder in Streit zu geraten. „Könnten Sie nicht doch noch ein wenig Klavier spielen, wie es mir gestern Papa und heute Sie selbst versprochen haben?“
„Ist es nicht aber schon zu spät?“, fragte Karl. Er hätte ihr gern gefällig sein wollen, denn sie war ganz anders als vorher, so als wäre sie irgendwie aufgestiegen in die Kreise Pollunders und weiterhin Macks.
„Ja, spät ist es schon“, sagte sie, und es schien ihr die Lust zur Musik schon vergangen zu sein. „Dann widerhallt hier auch jeder Ton im ganzen Hause, ich bin überzeugt, wenn Sie spielen, wacht noch oben in der Dachkammer die Dienerschaft auf.
„Dann lasse ich also das Spiel, ich hoffe ja bestimmt noch wiederzukommen; übrigens, wenn es Ihnen keine besondere Mühe macht, besuchen Sie doch einmal meinen Onkel und schauen Sie bei der Gelegenheit auch in mein Zimmer. Ich habe ein prachtvolles Piano. Der Onkel hat es mir geschenkt. Dann spiele ich Ihnen, wenn es Ihnen recht ist, alle meine Stückchen vor, es sind leider nicht viele, und sie passen auch gar nicht zu einem so großen Instrument, auf dem nur Virtuosen sich hören lassen sollten. Aber auch dieses Vergnügen werden Sie haben können, wenn Sie mich von Ihrem Besuch vorher verständigen, denn der Onkel will nächstens einen berühmten Lehrer für mich engagieren — Sie können sich denken, wie ich mich darauf freue –, und dessen Spiel wird allerdings dafür stehen, mir während der Unterrichtsstunde einen Besuch zu machen. Ich bin, wenn ich ehrlich sein soll, froh, daß es für das Spiel schon zu spät ist, denn ich kann noch gar nichts, Sie würden staunen, wie wenig ich kann. Und nun erlauben Sie, daß ich mich verabschiede, schließlich ist es ja doch schon Schlafenszeit.“ Und weil ihn Klara gütig ansah und ihm wegen der Rauferei gar nichts nachzutragen schien, fügte er lächelnd hinzu, während er ihr die Hand reichte: „In meiner Heimat pflegt man zu sagen: „Schlafe wohl und träume süß.“
„Warten Sie“, sagte sie, ohne die Hand anzunehmen, „vielleicht sollten Sie doch spielen.“ Und sie verschwand durch eine kleine Seitentür, neben der das Piano stand.
„Was ist denn“, dachte Karl. „Lange kann ich nicht warten, so lieb sie auch ist.“ Es klopfte an der Gangtüre, und der Diener, der die Türe nicht ganz zu

öffnen wagte, flüsterte durch einen kleinen Spalt: „Verzeihen Sie, ich wurde soeben abberufen und kann nicht mehr warten."
„Gehen Sie nur", sagte Karl, der sich nun getraute, den Weg ins Speisezimmer allein zu finden. „Lassen Sie mir nur die Laterne vor der Türe. Wie spät ist es übrigens?" „Bald dreiviertel zwölf", sagte der Diener.
„Wie langsam die Zeit vergeht", sagte Karl. Der Diener wollte schon die Türe schließen, da erinnerte sich Karl, daß er ihm noch kein Trinkgeld gegeben hatte, nahm einen Schilling aus der Hosentasche — er trug jetzt immer Münzengeld, nach amerikanischer Sitte lose klingelnd, in der Hosentasche, Banknoten dagegen in der Westentasche — und reichte ihn dem Diener mit den Worten: „Für Ihre guten Dienste."
Klara war schon wieder eingetreten, die Hände an ihrer festen Frisur, als es Karl einfiel, daß er den Diener doch nicht hätte wegschicken sollen, denn wer würde ihn jetzt zur Station der Stadtbahn führen? Nun, da würde wohl schon Herr Pollunder einen Diener noch auftreiben können, vielleicht war übrigens dieser Diener ins Speisezimmer gerufen worden und würde dann zur Verfügung stehen.
„Ich bitte Sie also doch, ein wenig zu spielen. Man hört hier so selten Musik, daß man sich keine Gelegenheit, sie zu hören, entgehen lassen will."
„Dann ist es aber höchste Zeit", sagte Karl ohne weitere Überlegung und setzte sich gleich zum Klavier.
„Wollen Sie Noten haben?", fragte Klara.
„Danke, ich kann ja Noten nicht einmal vollkommen lesen", antwortete Karl und spielte schon. Es war ein kleines Lied, das, wie Karl wohl wußte, ziemlich langsam hätte gespielt werden müssen, um, besonders für Fremde, auch nur verständlich zu sein, aber er hudelte es in ärgstem Marschtempo hinunter. Nach der Beendigung fuhr die gestörte Stille des Hauses wie in großem Gedränge wieder an ihren Platz. Man saß wie benommen da und rührte sich nicht.
„Ganz schön", sagte Klara, aber es gab keine Höflichkeitsformel, die Karl nach diesem Spiel hätte schmeicheln können. „Wie spät ist es?", fragte er.
„Dreiviertel zwölf"
„Dann habe ich noch ein Weilchen Zeit", sagte er und dachte bei sich: „Entweder — oder. Ich muß ja nicht alle zehn Lieder spielen, die ich kann, aber eines kann ich nach Möglichkeit gut spielen." Und er fing sein geliebtes Soldatenlied an. So langsam, daß das aufgestörte Verlangen des Zuhörers sich nach der nächsten Note streckte, die Karl zurückhielt und nur schwer hergab. Er mußte ja tatsächlich bei jedem Lied die nötigen Tasten mit den Augen erst zusammensuchen, aber außerdem fühlte er in sich ein Leid entstehen, das, über das Ende des Liedes hinaus, ein anderes Ende suchte und es nicht finden konnte. „Ich kann ja nichts", sagte Karl nach Schluß des Liedes und sah Klara mit Tränen in den Augen an.

Da ertönte aus dem Nebenzimmer lautes Händeklatschen. „Es hört noch jemand zu!“, rief Karl aufgerüttelt.
„Mack“, sagte Klara leise. Und schon hörte man Mack rufen: „Karl Roßmann, Karl Roßmann!“
Karl schwang sich mit beiden Füßen zugleich über die Klavierbank und öffnete die Tür. Er sah dort Mack in einem großen Himmelbett halb liegend sitzen, die Bettdecke war lose über die Beine geworfen. Der Baldachin aus blauer Seide war die einzige, ein wenig mädchenhafte Pracht des sonst einfachen, aus schwerem Holz eckig gezimmerten Bettes. Auf dem Nachttischchen brannte nur eine Kerze, aber die Bettwäsche und Macks Hemd waren so weiß, daß das über sie fallende Kerzenlicht in fast blendendem Widerschein von ihnen strahlte; auch der Baldachin leuchtete, wenigstens am Rande, mit seiner leicht gewellten, nicht ganz fest gespannten Seide. Gleich hinter Mack versank aber das Bett und alles in vollständigem Dunkel. Klara lehnte sich an den Bettpfosten und hatte nur noch Augen für Mack.
„Servus“, sagte Mack und reichte Karl die Hand. „Sie spielen ja recht gut, bisher habe ich bloß Ihre Reitkunst gekannt“.
„Ich kann das eine so schlecht wie das andere“, sagte Karl. „Wenn ich gewußt hätte, daß Sie zuhören, hätte ich bestimmt nicht gespielt Aber Ihr Fräulein“ — er unterbrach sich, er zögerte „Braut“ zu sagen, da Mack und Klara offenbar schon miteinander schliefen.
„Ich ahnte es ja“, sagte Mack, „darum mußte sie Klara aus New York hierherlocken, sonst hätte ich Ihr Spiel gar nicht zu hören bekommen. Es ist ja reichlich anfängerhaft, und selbst in diesen Liedern, die Sie doch eingeübt hatten und die sehr primitiv gesetzt sind, haben Sie einige Fehler gemacht, aber immerhin hat es mich sehr gefreut, ganz abgesehen davon, daß ich das Spiel keines Menschen verachte. Wollen Sie sich aber nicht setzen und noch ein Weilchen bei uns bleiben? Klara, gib ihm doch einen Sessel.“
„Ich danke“, sagte Karl stockend. „Ich kann nicht bleiben, so gern ich hierbliebe. Zu spät erfahre ich, daß es so wohnliche Zimmer in diesem Hause gibt.“ „Ich baue alles in dieser Art um“, sagte Mack.
In diesem Augenblick erklangen zwölf Glockenschläge, rasch hintereinander, einer in den Lärm des anderen dreinschlagend. Karl fühlte das Wehen der großen Bewegung dieser Glocken an den Wangen. Was war das für ein Dorf, das solche Glocken hatte!
„Höchste Zeit“, sagte Karl, streckte Mack und Klara nur die Hände hin, ohne sie zu fassen, und lief auf den Gang hinaus. Dort fand er die Laterne nicht und bedauerte, dem Diener zu bald das Trinkgeld gegeben zu haben.
Er wollte sich an der Wand zu der offenen Tür seines Zimmers hintasten, war aber kaum in der Hälfte des Weges, als er Herrn Green mit erhobener Kerze

eilig heranschwanken sah. In der Hand, in der er auch die Kerze hielt, trug er einen Brief.
„Roßmann, warum kommen Sie denn nicht? Warum lassen Sie mich warten? Was haben Sie denn bei Fräulein Klara getrieben?“
„Viele Fragen!“, dachte Karl, „und jetzt drückt er mich noch an die Wand“, denn tatsächlich stand er dicht vor Karl, der mit dem Rücken an der Wand lehnte. Green nahm in diesem Gang eine schon lächerliche Größe an, und Karl stellte sich zum Spaß die Frage, ob er nicht etwa den guten Herrn Pollunder aufgefressen habe.
„Sie sind tatsächlich kein Mann von Wort. Versprechen, um zwölf hinunterzukommen und umschleichen statt dessen die Türe Fräulein Klaras. Ich dagegen habe Ihnen für Mitternacht etwas Interessantes versprochen und bin damit schon da.“ Und damit reichte er Karl den Brief.
Auf dem Umschlag stand „An Karl Roßmann, um Mitternacht persönlich abzugeben, wo immer er angetroffen wird“.
„Schließlich“, sagte Herr Green, während Karl den Brief öffnete, „ist es, glaube ich, schon anerkennenswert, daß ich Ihretwegen aus New York hierhergefahren bin, sodaß Sie mich durchaus nicht noch auf den Gängen Ihnen nachlaufen lassen müßten.“
„Vom Onkel!“, sagte Karl, kaum daß er in den Brief hineingeschaut hatte.
„Ich habe es erwartet“, sagte er zu Herrn Green gewendet.
„Ob Sie es erwartet haben oder nicht, ist mir kolossal gleichgültig. Lesen Sie nur schon“, sagte dieser und hielt Karl die Kerze hin. Karl las bei ihrem Licht:
„Geliebter Neffe! Wie Du während unseres leider viel zu kurzen Zusammenlebens schon erkannt haben wirst, bin ich durchaus ein Mann von Prinzipien. Das ist nicht nur für meine Umgebung, sondern auch für mich sehr unangenehm und traurig, aber ich verdanke meinen Prinzipien alles, was ich bin, und niemand darf verlangen, daß ich mich vom Erdboden wegleugne, niemand, auch Du nicht, mein geliebter Neffe, wenn auch Du gerade der erste in der Reihe wärest, wenn es mir einmal einfallen sollte, jenen allgemeinen Angriff gegen mich zuzulassen. Dann würde ich am liebsten gerade Dich mit diesen beiden Händen, mit denen ich das Papier halte und beschreibe, auffangen und hochheben. Da aber vorläufig gar nichts darauf hindeutet, daß dies einmal geschehen könnte, muß ich Dich nach dem heutigen Vorfall unbedingt von mir fortschicken und ich bitte Dich dringend, mich weder selbst aufzusuchen, noch brieflich oder durch Zwischenträger Verkehr mit mir zu suchen. Du hast Dich gegen meinen Willen dafür entschieden, heute abend von mir fortzugehen, dann bleibe aber auch bei diesem Entschluß Dein Leben lang, nur dann war es ein männlicher Entschluß. Ich erwählte zum Überbringer dieser Nachricht Herrn Green, meinen besten Freund, der sicherlich für Dich schonende Worte genug finden

wird, die mir im Augenblick tatsächlich nicht zur Verfügung stehen. Er ist ein einflußreicher Mann und wird Dich, schon mir zuliebe, in Deinen ersten selbständigen Schritten mit Rat und Tat unterstützen. Um unsere Trennung zu begreifen, die mir jetzt am Schlusse dieses Briefes wieder unfaßlich scheint, muß ich mir immer wieder neuerlich sagen: Von Deiner Familie, Karl, kommt nichts Gutes. Sollte Herr Green vergessen, Dir Deinen Koffer und Deinen Regenschirm auszuhändigen, so erinnere ihn daran. Mit besten Wünschen für Dein weiteres Wohlergehen
Dein treuer Onkel Jakob."
„Sind Sie fertig?", fragte Green.
„Ja", sagte Karl.
„Haben Sie mir den Koffer und den Regenschirm mitgebracht?", fragte Karl.
„Hier ist er", sagte Green und stellte Karls alten Reisekoffer, den er bisher mit der linken Hand hinter den Rücken versteckt hatte, neben Karl auf den Boden.
„Und den Regenschirm?", fragte Karl weiter.
„Alles hier", sagte Green und zog auch den Regenschirm hervor, den er in einer Hosentasche hängen hatte. „Die Sachen hat ein gewisser Schubal, ein Obermaschinist der „Hamburg-Amerika-Linie" gebracht, er hat behauptet, sie auf dem Schiff gefunden zu haben. Sie können ihm bei Gelegenheit danken."
„Nun habe ich wenigstens meine alten Sachen wieder", sagte Karl und legte den Schirm auf den Koffer.
„Sie sollen aber in Zukunft besser auf sie achtgeben, läßt Ihnen der Herr Senator sagen", bemerkte Herr Green und fragte dann, offenbar aus privater Neugierde: „Was ist das eigentlich für ein merkwürdiger Koffer?"
„Es ist ein Koffer, mit dem die Soldaten in meiner Heimat zum Militär einrücken", antwortete Karl, „es ist der alte Militärkoffer meines Vater. Er ist sonst ganz praktisch", fügte er lächelnd hinzu, „vorausgesetzt, daß man ihn nicht irgendwo stehen läßt."
„Schließlich sind Sie ja belehrt genug", sagte Herr Green, „und einen zweiten Onkel haben Sie in Amerika wohl nicht. Hier gebe ich Ihnen noch eine Karte dritter Klasse nach San Franzisko. Ich habe diese Reise für Sie beschlossen, weil erstens die Erwerbsmöglichkeiten im Osten für Sie viel besser sind und weil zweitens hier in allen Dingen, die für Sie in Betracht kommen könnten, Ihr Onkel seine Hände im Spiele hat und ein Zusammentreffen unbedingt vermieden werden muß. In Frisko können Sie ganz ungestört arbeiten; fangen Sie nur ruhig ganz unten an und versuchen Sie, sich allmählich hinaufzuarbeiten."
Karl konnte keine Bosheit aus diesen Worten heraushören, die schlimme Nachricht, welche den ganzen Abend in Green gesteckt hatte, war überbracht, und von nun an schien Green ein ungefährlicher Mann, mit dem

man vielleicht offener reden konnte als mit jedem anderen. Der beste Mensch, der ohne eigene Schuld zum Boten einer so geheimen und quälenden Entschließung auserwählt wird, muß, solange er sie bei sich behält, verdächtig scheinen. „Ich werde“, sagte Karl, die Bestätigung eines erfahrenen Mannes erwartend, „dieses Haus sofort verlassen, denn ich bin nur als Neffe meines Onkels aufgenommen, während ich als Fremder hier nichts zu suchen habe. Würden Sie so liebenswürdig sein, mir den Ausgang zu zeigen und mich dann auf den Weg zu führen, auf dem ich zur nächsten Gastwirtschaft komme?“

„Aber rasch“, sagte Green. „Sie machen mir nicht wenig Scherereien.“

Beim Anblick des großen Schrittes, den Green gleich gemacht hatte, stockte Karl, das war doch eine verdächtige Eile, und er faßte Green unten beim Rock und sagte in einem plötzlichen Erkennen des wahren Sachverhaltes: „Eines müssen Sie mir noch erklären: auf dem Umschlag des Briefes, den Sie mir zu übergeben hatten, steht bloß, daß ich ihn um Mitternacht erhalten soll, wo immer ich angetroffen werde. Warum haben Sie mich also mit Berufung auf diesen Brief hier zurückgehalten, als ich um viertel zwölf von hier fort wollte? Sie gingen dabei über Ihren Auftrag hinaus.“

Green leitete seine Antwort mit einer Handbewegung ein, welche das Unnütze von Karls Bemerkung übertrieben darstellte, und sagte dann: „Steht vielleicht auf dem Umschlag, daß ich mich Ihretwegen zu Tode hetzen soll, und läßt vielleicht der Inhalt des Briefes darauf schließen, daß die Aufschrift so aufzufassen ist? Hätte ich Sie nicht zurückgehalten, hätte ich Ihnen den Brief eben um Mitternacht auf der Landstraße übergeben müssen.“

„Nein“, sagte Karl unbeirrt, „es ist nicht ganz so. Auf dem Umschlag steht: „Zu übergeben nach Mitternacht.“ Wenn Sie zu müde waren, hätten Sie mir vielleicht gar nicht folgen können, oder ich wäre, was allerdings selbst Herr Pollunder geleugnet hat, schon um Mitternacht bei meinem Onkel angekommen, oder es wäre schließlich Ihre Pflicht gewesen, mich in Ihrem Automobil, von dem plötzlich nicht mehr die Rede war, zu meinem Onkel zurückzubringen, da ich so danach verlangte, zurückzukehren. Besagt nicht die Überschrift ganz deutlich, daß die Mitternacht für mich noch der letzte Termin sein soll? Und Sie sind es, der die Schuld trägt, daß ich ihn versäumt habe.“

Karl sah Green mit scharfen Augen an und erkannte wohl, wie in Green die Beschämung über diese Entlarvung mit der Freude über das Gelingen seiner Absicht kämpfte. Endlich nahm er sich zusammen und sagte in einem Tone, als wäre er Karl, der doch schon lange schwieg, mitten in die Rede gefallen: „Kein Wort weiter!“ und schob ihn, der Koffer und Schirm wieder aufgenommen hatte, durch eine kleine Tür, die er vor ihm aufstieß, hinaus.

Karl stand erstaunt im Freien. Eine an das Haus angebaute Treppe ohne Geländer führte vor ihm hinab. Er mußte nur hinuntergehen und dann sich ein wenig rechts zur Allee wenden, die auf die Landstraße führte. In dem hellen Mondschein konnte man sich gar nicht verirren. Unten im Garten hörte er das vielfache Bellen von Hunden, die, losgelassen, ringsherum im Dunkel der Bäume liefen. Man hörte in der sonstigen Stille ganz genau, wie sie nach ihren großen Sprüngen ins Gras schlugen. Ohne von diesen Hunden belästigt zu werden, kam Karl glücklich aus dem Garten. Er konnte nicht mit Bestimmtheit feststellen, in welcher Richtung New York lag. Er hatte bei der Herfahrt zu wenig auf die Einzelheiten geachtet, die ihm jetzt hätten nützlich sein können. Schließlich sagte er sich, daß er ja nicht unbedingt nach New York müsse, wo ihn niemand erwarte und einer sogar mit Bestimmtheit nicht erwarte. Er wählte also eine beliebige Richtung und machte sich auf den Weg.

Weg nach Ramses

In dem kleinen Wirtshaus, in das Karl nach kurzem Marsch kam, und das eigentlich nur eine kleine letzte Station des New Yorker Fuhrwerkverkehrs bildete und deshalb kaum für Nachtlager benützt zu werden pflegte, verlangte Karl die billigste Bettstelle, die zu haben war, denn er glaubte, mit dem Sparen sofort anfangen zu müssen. Er wurde, seiner Forderung entsprechend, vom Wirt mit einem Wink, als sei er ein Angestellter, die Treppe hinaufgewiesen, wo ihn ein zerrauftes, altes Frauenzimmer, ärgerlich über den gestörten Schlaf, empfing und, fast ohne ihn anzuhören, mit ununterbrochenen Ermahnungen, leise aufzutreten, in ein Zimmer führte, dessen Tür sie, nicht ohne ihn vorher mit einem Pst! angehaucht zu haben, schloß.

Karl wußte zuerst nicht recht, ob die Fenstervorhänge bloß herabgelassen waren oder ob vielleicht das Zimmer überhaupt keine Fenster habe, so finster war es; schließlich bemerkte er eine kleine, verhängte Luke, deren Tuch er wegzog, wodurch einiges Licht hereinkam. Das Zimmer hatte zwei Betten, die aber beide schon besetzt waren. Karl sah dort zwei junge Leute, die in schwerem Schlafe lagen und vor allem deshalb wenig vertrauenswürdig erschienen, weil sie, ohne verständlichen Grund, angezogen schliefen; der eine hatte sogar seine Stiefel an.

In dem Augenblick, als Karl die Luke freigelegt hatte, hob einer der Schläfer die Arme und Beine ein wenig in die Höhe, was einen derartigen Anblick bot, daß Karl trotz seinen Sorgen in sich hineinlachte.

Er sah bald ein, daß er, abgesehen davon, daß auch keine andere Schlafgelegenheit, weder Kanapee noch Sofa, vorhanden war, zu keinem Schlafe werde kommen können, denn er durfte seinen erst wiedergewonnenen Koffer und das Geld, das er bei sich trug, keiner Gefahr aussetzen. Weggehen aber wollte er auch nicht, denn er getraute sich nicht, an der Zimmerfrau und dem Wirt vorüber das Haus gleich wieder zu verlassen. Schließlich war es ja hier doch vielleicht nicht unsicherer als auf der Landstraße. Auffallend war freilich, daß im ganzen Zimmer, soweit sich das bei dem halben Licht feststellen ließ, kein einziges Gepäckstück zu entdecken war. Aber vielleicht und höchstwahrscheinlich waren die zwei jungen Leute die Hausdiener, die der Gäste wegen bald aufstehen mußten und deshalb angezogen schliefen. Dann war es allerdings nicht besonders ehrenvoll, mit ihnen zu schlafen, aber desto ungefährlicher. Nur durfte er sich aber, solange das nicht außer jedem Zweifel stand, auf keinen Fall zum Schlafe niederlegen.

Unter dem Bett stand eine Kerze mit Zündhölzchen, die sich Karl mit schleichenden Schritten holte. Er hatte kein Bedenken, Licht zu machen, denn das Zimmer gehörte nach Auftrag des Wirtes ihm ebensogut wie den beiden anderen, die überdies den Schlaf der halben Nacht schon genossen hatten und durch den Besitz der Betten ihm gegenüber in unvergleichlichem Vorteil waren. Im übrigen gab er sich natürlich durch Vorsicht beim Herumgehen und Hantieren alle Mühe, sie nicht zu wecken. Zunächst wollte er seinen Koffer untersuchen, um einmal einen Überblick über seine Sachen zu bekommen, an die er sich schon nur undeutlich erinnerte und von denen sicher das Wertvollste schon verlorengegangen sein dürfte. Denn wenn der Schubal seine Hand auf etwas legt, dann ist wenig Hoffnung, daß man es unbeschädigt zurückbekommt. Allerdings hatte er vom Onkel ein großes Trinkgeld erwarten können, während er aber andererseits wieder beim Fehlen einzelner Objekte auf den eigentlichen Kofferwächter, den Herrn Butterbaum, sich hatte ausreden können.

Über den ersten Anblick beim Öffnen des Koffers war Karl entsetzt. Wie viele Stunden hatte er während der Überfahrt darauf verwendet, den Koffer zu ordnen und wieder neu zu ordnen, und jetzt war alles so wild durcheinander hineingestopft, daß der Deckel beim Öffnen des Schlosses von selbst in die Höhe sprang.

Bald aber erkannte Karl zu seiner Freude, daß die Unordnung nur darin ihren Grund hatte, daß man seinen Anzug, den er während der Fahrt getragen hatte und für den der Koffer natürlich nicht mehr berechnet gewesen war, nachträglich mit eingepackt hatte. Nicht das Geringste fehlte. In der Geheimtasche des Rockes befand sich nicht nur der Paß, sondern auch das von zu Hause mitgenommene Geld, so daß Karl, wenn er jenes, das er bei sich hatte, dazu legte, mit Geld für den Augenblick reichlich versehen war. Auch die Wäsche, die er bei seiner Ankunft auf dem Leib getragen hatte, fand sich vor, rein gewaschen und gebügelt. Er legte auch sofort Uhr und Geld in die bewährte Geheimtasche. Das einzig Bedauerliche war, daß die Veroneser Salami, die auch nicht fehlte, allen Sachen ihren Geruch mitgeteilt hatte. Wenn sich das nicht durch irgendein Mittel beseitigen ließ, hatte Karl die Aussicht, monatelang in diesen Geruch eingehüllt herumzugehen.

Beim Hervorsuchen einiger Gegenstände, die zuunterst lagen — es waren dies eine Taschenbibel, Briefpapier und die Photographien der Eltern –, fiel ihm die Mütze vom Kopf und in den Koffer. In ihrer alten Umgebung erkannte er sie sofort, es war seine Mütze, die Mütze, die ihm die Mutter als Reisemütze mitgegeben hatte. Er hatte jedoch aus Vorsicht diese Mütze auf dem Schiff nicht getragen, da er wußte, daß man in Amerika allgemein Mützen statt Hüte trägt, weshalb er die seine nicht schon vor der Ankunft hatte abnützen wollen. Nun hatte sie allerdings Herr Green dazu benützt, um sich auf Karls Kosten zu belustigen. Ob ihm vielleicht auch dazu der Onkel den Auftrag gegeben hatte? Und in einer unabsichtlichen, wütenden Bewegung faßte er den Kofferdeckel, der laut zuklappte.

Nun war keine Hilfe mehr, die beiden Schläfer waren geweckt. Zuerst streckte sich und gähnte der eine, ihm folgte gleich der andere. Dabei war fast der ganze Kofferinhalt auf dem Tisch ausgeschüttet; wenn es Diebe waren, brauchten sie nur heranzutreten und auszuwählen. Nicht nur um dieser Möglichkeit vorzukommen, sondern um auch sonst gleich Klarheit zu schaffen, ging Karl mit der Kerze in der Hand zu den Betten und erklärte, mit welchem Rechte er hier sei. Sie schienen diese Erklärung gar nicht erwartet zu haben, denn, noch viel zu verschlafen, um reden zu können, sahen sie ihn bloß ohne jedes Erstaunen an. Sie waren beide sehr junge Leute, aber schwere Arbeit oder Not hatten ihnen vorzeitig die Knochen aus den Gesichtern vorgetrieben, unordentliche Bärte hingen ihnen ums Kinn, ihr schon lange nicht geschnittenes Haar lag ihnen zerfahren auf dem Kopf, und ihre tiefliegenden Augen rieben und drückten sie nun noch vor Verschlafenheit mit den Fingerknöcheln.
Karl wollte ihren augenblicklichen Schwächezustand ausnützen und sagte deshalb: „Ich heiße Karl Roßmann und bin ein Deutscher. Bitte, sagen Sie mir, da wir doch ein gemeinsames Zimmer haben, auch Ihren Namen und Ihre Nationalität. Ich erkläre nur noch gleich, daß ich keinen Anspruch auf ein Bett habe, da ich so spät gekommen bin und überhaupt nicht die Absicht habe, zu schlafen. Außerdem müssen Sie sich nicht an meinem schönen Kleid stoßen, ich bin vollständig arm und ohne Aussichten."
Der Kleinere von beiden — es war jener, der die Stiefel anhatte — deutete mit Armen, Beinen und Mienen an, daß ihn das alles gar nicht interessiere und daß jetzt überhaupt keine Zeit für derartige Redensarten sei, legte sich nieder und schlief sofort; der andere, ein dunkelhäutiger Mann, legte sich auch wieder nieder, sagte aber noch vor dem Einschlafen mit lässig ausgestreckter Hand: „Der da heißt Robinson und ist Irländer, ich heiße Delamarche, bin Franzose und bitte jetzt um Ruhe." Kaum hatte er das gesagt, blies er mit großem Atemaufwand Karls Kerze aus und fiel auf das Kissen zurück.
„Diese Gefahr ist also vorläufig abgewehrt", sagte sich Karl und kehrte zum Tisch zurück. Wenn ihre Schläfrigkeit nicht Vorwand war, war ja alles gut. Unangenehm war bloß, daß der eine Irländer war.
Karl wußte nicht mehr genau, in welchem Buch er einmal zu Hause gelesen hatte, daß man sich in Amerika vor den Irländern hüten solle. Während seines Aufenthaltes beim Onkel hätte er freilich die beste Gelegenheit gehabt, der Frage nach der Gefährlichkeit der Irländer auf den Grund zu gehen, hatte dies aber, weil er sich für immer gut aufgehoben geglaubt hatte, völlig versäumt. Nun wollte er wenigstens mit der Kerze, die er wieder angezündet hatte, diesen Irländer genauer ansehen, wobei er fand, daß gerade dieser erträglicher aussah als der Franzose. Er hatte sogar noch eine Spur von

runden Wangen und lächelte im Schlaf ganz freundlich, soweit das Karl aus einiger Entfernung, auf den Fußspitzen stehend, feststellen konnte.

Trotz allem fest entschlossen, nicht zu schlafen, setzte sich Karl auf den einzigen Stuhl des Zimmers, verschob vorläufig das Packen des Koffers, da er ja dafür die ganze Nacht noch verwenden konnte, und blätterte ein wenig in der Bibel, ohne etwas zu lesen. Dann nahm er die Photographie der Eltern zur Hand, auf welcher der kleine Vater hoch aufgerichtet stand, während die Mutter in dem Fauteuil vor ihm, ein wenig eingesunken, dasaß. Die eine Hand hielt der Vater auf der Rückenlehne des Fauteuils, die andere, zur Faust geballt, auf einem illustrierten Buch, das aufgeschlagen auf einem schwachen Schmucktischchen ihm zur Seite lag. Es gab auch eine andere Photographie, auf welcher Karl mit seinen Eltern abgebildet war. Vater und Mutter sahen ihn dort scharf an, während er nach dem Auftrag des Photographen den Apparat hatte anschauen müssen. Diese Photographie hatte er aber auf die Reise nicht mitbekommen.

Desto genauer sah er die vor ihm liegende an und suchte von verschiedenen Seiten den Blick des Vaters aufzufangen. Aber der Vater wollte, wie er auch den Anblick durch verschiedene Kerzenstellungen änderte, nicht lebendig werden, sein waagrechter, starker Schnurrbart sah der Wirklichkeit auch gar nicht ähnlich, es war keine gute Aufnahme. Die Mutter dagegen war schon besser abgebildet, ihr Mund war so verzogen, als sei ihr ein Leid angetan worden und als zwinge sie sich zu lächeln. Karl schien es, als müsse dies jedem, der das Bild ansah, so sehr auffallen, daß es ihm im nächsten Augenblick wieder schien, die Deutlichkeit dieses Eindrucks sei zu stark und fast widersinnig. Wie könne man von einem Bild so sehr die unumstößliche Überzeugung eines verborgenen Gefühls des Abgebildeten erhalten! Und er sah vom Bild ein Weilchen lang weg. Als er mit den Blicken wieder zurückkehrte, fiel ihm die Hand der Mutter auf, die ganz vorne an der Lehne des Fauteuils herabhing, zum Küssen nahe. Er dachte, ob es nicht vielleicht doch gut wäre, den Eltern zu schreiben, wie sie es ja tatsächlich beide (und der Vater zuletzt sehr streng in Hamburg) von ihm verlangt hatten. Er hatte sich freilich damals, als ihm die Mutter am Fenster an einem schrecklichen Abend die Amerikareise angekündigt hatte, unabänderlich zugeschworen, niemals zu schreiben, aber was galt ein solcher Schwur eines unerfahrenen Jungen hier in den neuen Verhältnissen! Ebensogut hätte er damals schwören können, daß er nach zwei Monaten amerikanischen Aufenthalts General der amerikanischen Miliz sein werde, während er tatsächlich in einer Dachkammer mit zwei Lumpen beisammen war, in einem Wirtshaus vor New York, und außerdem zugeben mußte, daß er hier wirklich an seinem Platze war. Und lächelnd prüfte er die Gesichter der Eltern, als könne man aus ihnen erkennen, ob sie noch immer das Verlangen hatten, eine Nachricht von ihrem Sohn zu bekommen. In diesem Anschauen merkte er bald, daß er doch sehr müde war und kaum die Nacht werde durchwachen können. Das Bild entfiel seinen Händen, dann legte er das Gesicht auf das Bild, dessen Kühle seiner Wange wohltat, und mit einem angenehmen Gefühle schlief er ein.

Geweckt wurde er früh durch das Kitzeln unter der Achsel. Es war der Franzose, der sich diese Zudringlichkeit erlaubte. Aber auch der Irländer stand schon vor Karls Tisch und beide sahen ihn mit keinem geringeren Interesse an, als es Karl in der Nacht ihnen gegenüber getan hatte. Karl wunderte sich nicht darüber, daß ihn ihr Aufstehen nicht schon geweckt hatte; sie mußten durchaus nicht aus böser Absicht besonders leise aufgetreten sein, denn er hatte tief geschlafen und außerdem hatte ihnen das Anziehen und offenbar auch das Waschen nicht viel Arbeit gemacht.

Nun begrüßten sie einander ordentlich und mit einer gewissen Förmlichkeit, und Karl erfuhr, daß die beiden Maschinenschlosser waren, die in New York schon lange Zeit keine Arbeit hatten bekommen können und infolgedessen ziemlich heruntergekommen waren. Robinson öffnete zum Beweise dessen seinen Rock, und man konnte sehen, daß kein Hemd da war, was man allerdings auch schon an dem lose sitzenden Kragen hätte erkennen können, der hinten am Rock befestigt war. Sie hatten die Absicht, in das zwei Tagereisen von New York entfernte Städtchen Butterford zu marschieren, wo angeblich Arbeitsstellen frei waren. Sie hatten nichts dagegen, daß Karl mitkomme, und versprachen ihm erstens, zeitweilig seinen Koffer zu tragen, und zweitens, falls sie selbst Arbeit bekommen sollten, ihm eine Lehrlingsstelle zu verschaffen, was, wenn nur überhaupt Arbeit vorhanden sei, eine Leichtigkeit wäre. Karl hatte noch kaum zugestimmt, als sie ihm schon freundschaftlich den Rat gaben, das schöne Kleid auszuziehen, da es ihm bei jeder Bewerbung um eine Stelle hinderlich sein werde. Gerade in diesem Hause sei eine gute Gelegenheit, das Kleid los zu werden, denn die Zimmerfrau betreibe einen Kleiderhandel. Sie halfen Karl, der auch rücksichtlich des Kleides noch nicht ganz entschlossen war, aus dem Kleid heraus und trugen es davon. Als Karl, allein gelassen und ein wenig schlaftrunken, sein altes Reisekleid noch langsam anzog, machte er sich Vorwürfe, das Kleid verkauft zu haben, das ihm vielleicht bei der Bewerbung um eine Lehrlingsstelle schaden, bei der um einen besseren Posten aber nur nützen konnte, und er öffnete die Tür, um die beiden zurückzurufen, stieß aber schon mit ihnen zusammen, die einen halben Dollar als Erlös auf den Tisch legten, dabei aber so fröhliche Gesichter machten, daß man sich unmöglich dazu überreden konnte, sie hätten bei dem Verkauf nicht auch ihren Verdienst gehabt, und zwar einen ärgerlich großen.

Es war übrigens keine Zeit, sich darüber auszusprechen, denn die Zimmerfrau kam herein, genau so verschlafen wie in der Nacht, und trieb alle drei auf den Gang hinaus, mit der Erklärung, daß das Zimmer für neue

Gäste hergerichtet werden müsse. Davon war aber natürlich keine Rede, sie handelte nur aus Bosheit. Karl, der seinen Koffer gerade hatte ordnen wollen, mußte zusehen, wie die Frau seine Sachen mit beiden Händen packte und mit einer Kraft in den Koffer warf, als seien es irgendwelche Tiere, die man zum Kuschen bringen mußte. Die beiden Schlosser machten sich zwar um sie zu schaffen, zupften sie an ihrem Rock, beklopften ihren Rücken, aber wenn sie die Absicht hatten, Karl damit zu helfen, so war das ganz verfehlt. Als die Frau den Koffer zugeklappt hatte, drückte sie Karl den Halter in die Hand, schüttelte die Schlosser ab und jagte alle drei mit der Drohung aus dem Zimmer, daß sie, wenn sie nicht folgten, keinen Kaffee bekommen würden. Die Frau mußte offenbar gänzlich vergessen haben, daß Karl nicht von allem Anfang an zu den Schlossern gehört hatte, denn sie behandelte sie als eine einzige Bande. Allerdings hatten die Schlosser Karls Kleid ihr verkauft und damit eine gewisse Gemeinsamkeit erwiesen.

Auf dem Gange mußten sie lange hin und her gehen, und besonders der Franzose, der sich in Karl eingehängt hatte, schimpfte ununterbrochen, drohte, den Wirt, wenn er sich vorwagen sollte, niederzuboxen, und es schien eine Vorbereitung dazu zu sein, daß er die geballten Fäuste rasend aneinander rieb. Endlich kam ein unschuldiger kleiner Junge, der sich strecken mußte, als er dem Franzosen die Kaffeekanne reichte. Leider war nur eine Kanne vorhanden, und man konnte dem Jungen nicht begreiflich machen, daß noch Gläser erwünscht wären. So konnte immer nur einer trinken und die beiden anderen standen vor ihm und warteten. Karl hatte keine Lust zu trinken, wollte aber die anderen nicht kränken und stand also, wenn er an der Reihe war, untätig da, die Kanne an den Lippen.

Zum Abschied warf der Irländer die Kanne auf die steinernen Fliesen hin. Sie verließen, von niemandem gesehen, das Haus und traten in den dichten, gelblichen Morgennebel. Sie marschierten im allgemeinen still nebeneinander am Rande der Straße, Karl mußte seinen Koffer tragen, die anderen würden ihn wahrscheinlich erst auf seine Bitte ablösen; hie und da schoß ein Automobil aus dem Nebel, und die drei drehten ihre Köpfe nach den meist riesenhaften Wagen, die so auffällig in ihrem Bau und so kurz in ihrer Erscheinung waren, daß man nicht Zeit hatte, auch nur das Vorhandensein von Insassen zu bemerken. Später begannen die Kolonnen von Fuhrwerken, welche Lebensmittel nach New York brachten, und die in fünf, die ganze Breite der Straße einnehmenden Reihen so ununterbrochen dahinzogen, daß niemand die Straße hätte überqueren können. Von Zeit zu Zeit verbreiterte sich die Straße zu einem Platz, in dessen Mitte auf einer turmartigen Erhöhung ein Polizist auf und ab schritt, um alles übersehen und mit einem Stöckchen den Verkehr auf der Hauptstraße sowie den von den Seitenstraßen hier einmündenden Verkehr ordnen zu können, der dann bis zum nächsten Platze und zum nächsten Polizisten unbeaufsichtigt blieb, aber von den schweigenden und aufmerksamen Kutschern und Chauffeuren freiwillig in genügender Ordnung gehalten wurde. Über die allgemeine Ruhe staunte Karl am meisten. Wäre nicht das Geschrei der sorglosen Schlachttiere gewesen, man hätte vielleicht nichts gehört als das Klappern der Hufe und das Sausen der Antiderapants. Dabei war die Fahrtschnelligkeit natürlich nicht immer die gleiche. Wenn auf einzelnen Plätzen infolge allzu großen Andrangs von den Seiten große Umstellungen vorgenommen werden mußten, stockten die ganzen Reihen und fuhren nur Schritt für Schritt, dann aber kam es auch wieder vor, daß für ein Weilchen alles blitzschnell vorbeijagte, bis es, wie von einer einzigen Bremse regiert, sich wieder besänftigte. Dabei stieg von der Straße nicht der geringste Staub auf, alles bewegte sich in der klarsten Luft. Fußgänger gab es keine, hier wanderten keine einzelnen Marktweiber zur Stadt wie in Karls Heimat, aber doch erschienen hie und da große, flache Automobile, auf denen an zwanzig Frauen mit Rückenkörben, also doch vielleicht Marktweiber, standen und die Hälse streckten, um den Verkehr zu überblicken und sich Hoffnung auf raschere Fahrt zu holen. Dann sah man ähnliche Automobile, auf denen einzelne Männer, die Hände in den Hosentaschen, herumspazierten. Auf einem dieser Automobile, die verschiedene Aufschriften trugen, las Karl unter einem kleinen Aufschrei: „Hafenarbeiter für die Spedition Jakob aufgenommen." Der Wagen fuhr gerade ganz langsam, und ein auf der Wagentreppe stehender kleiner, gebückter, lebhafter Mann lud die drei Wanderer zum Einsteigen ein. Karl flüchtete sich hinter die Schlosser, als könne sich auf dem Wagen der Onkel befinden und ihn sehen. Er war froh, daß auch die beiden die Einladung ablehnten, wenn ihn auch der hochmütige Gesichtsausdruck gewissermaßen kränkte, mit dem sie das taten. Sie mußten durchaus nicht glauben, daß sie zu gut waren, um in die Dienste des Onkels zu treten. Er gab es ihnen, wenn auch natürlich nicht ausdrücklich, sofort zu verstehen. Darauf bat ihn Delamarche, sich gefälligst nicht in Sachen einzumischen, die er nicht verstehe; diese Art, Leute aufzunehmen, sei ein schändlicher Betrug, und die Firma Jakob sei berüchtigt in den ganzen Vereinigten Staaten. Karl antwortete nicht, hielt sich aber von nun an mehr an den Irländer, er bat ihn auch, ihm jetzt ein wenig den Koffer zu tragen, was dieser, nachdem Karl seine Bitte mehrmals wiederholt hatte, auch tat. Nur klagte er ununterbrochen über die Schwere des Koffers, bis es sich zeigte, daß er nur die Absicht hatte, den Koffer um die Veroneser Salami zu erleichtern, die ihm wohl schon im Hotel angenehm aufgefallen war. Karl mußte sie auspacken, der Franzose nahm sie zu sich, um sie mit seinem dolchartigen Messer zu behandeln und fast ganz allein aufzuessen. Robinson bekam nur hie und da eine Schnitte, Karl dagegen, der wieder den Koffer tragen mußte, wenn er ihn nicht auf der Landstraße stehen lassen wollte, bekam nichts, als hätte er sich seinen Anteil schon im voraus genommen. Es

schien ihm zu kleinlich, um ein Stückchen zu betteln, aber die Galle regte sich in ihm.
Aller Nebel war schon verschwunden, in der Ferne erglänzte ein hohes Gebirge, das mit welligem Kamm in noch ferneren Sonnendunst führte. An der Seite der Straße lagen schlecht bebaute Felder, die sich um große Fabriken hinzogen, die dunkel angeraucht im freien Lande standen. In den wahllos hingestellten einzelnen Mietskasernen zitterten die vielen Fenster in der mannigfaltigsten Bewegung und Beleuchtung, und auf all den kleinen, schwachen Balkonen hatten Frauen und Kinder vielerlei zu tun, während um sie herum, sie verdeckend und enthüllend, aufgehängte und hingelegte Tücher und Wäschestücke im Morgenwind flatterten und mächtig sich bauschten. Glitten die Blicke von den Häusern ab, dann sah man Lerchen hoch am Himmel fliegen und unten wieder die Schwalben, nicht allzuweit über den Köpfen der Fahrenden.
Vieles erinnerte Karl an seine Heimat und er wußte nicht, ob er gut daran tue, New York zu verlassen und in das Innere des Landes zu gehen. In New York war das Meer und zu jeder Zeit die Möglichkeit der Rückkehr in die Heimat. Und so blieb er stehen und sagte zu seinen beiden Begleitern, er habe doch wieder Lust, in New York zu bleiben. Und als Delamarche ihn einfach weitertreiben wollte, ließ er sich nicht treiben und sagte, daß er doch wohl noch das Recht habe, über sich zu entscheiden. Der Irländer mußte erst vermitteln und erklären, daß Butterford viel schöner als New York sei, und beide mußten ihn noch sehr bitten, ehe er wieder weiterging. Und selbst dann wäre er noch nicht gegangen, wenn er sich nicht gesagt hätte, daß es für ihn vielleicht besser sei, an einen Ort zu kommen, wo die Möglichkeit der Rückkehr in die Heimat keine so leichte sei. Gewiß werde er dort besser arbeiten und vorwärtskommen, da ihn keine unnützen Gedanken hindern würden.
Und nun war er es, der die beiden anderen zog, und sie freuten sich so sehr über seinen Eifer, daß sie, ohne sich erst bitten zu lassen, den Koffer abwechselnd trugen und Karl gar nicht recht verstand, womit er ihnen eigentlich diese Freude verursache. Sie kamen in eine ansteigende Gegend und, wenn sie hie und da stehenblieben, konnten sie beim Rückblick das Panorama New Yorks und seines Hafens immer ausgedehnter sich entwickeln sehen. Die Brücke, die New York mit Brooklyn verbindet, hing zart über den East River, und sie erzitterte, wenn man die Augen klein machte. Sie schien ganz ohne Verkehr zu sein, und unter ihr spannte sich das unbelebte, glatte Wasserband. Alles in beiden Riesenstädten schien leer und nutzlos aufgestellt. Unter den Häusern gab es kaum einen Unterschied zwischen den großen und den kleinen. In der unsichtbaren Tiefe der Straßen ging wahrscheinlich das Leben fort nach seiner Art, aber über ihnen war nichts zu sehen als leichter Dunst, der sich zwar nicht bewegte, aber ohne

Mühe verjagbar zu sein schien. Selbst in den Hafen, den größten der Welt, war Ruhe eingekehrt, und nur hie und da glaubte man, wohl beeinflußt von der Erinnerung an einen früheren Anblick aus der Nähe, ein Schiff zu sehen, das eine kurze Strecke sich fortschob. Aber man konnte ihm auch nicht lange folgen, es entging den Augen und war nicht mehr zu finden.
Aber Delamarche und Robinson sahen offenbar viel mehr, sie zeigten nach rechts und links und überwölbten mit den ausgestreckten Händen Plätze und Gärten, die sie mit Namen benannten. Sie konnten es nicht begreifen, daß Karl über zwei Monate in New York gewesen war und kaum etwas anderes von der Stadt gesehen hatte als eine Straße. Und sie versprachen ihm, wenn sie in Butterford genug verdient hätten, mit ihm nach New York zu gehen und ihm alles Sehenswerte zu zeigen und ganz besonders natürlich jene Örtlichkeiten, wo man sich bis zum Seligwerden unterhielt. Und Robinson begann im Anschluß daran mit vollem Mund ein Lied zu singen, das Delamarche mit Händeklatschen begleitete und das Karl als eine Operettenmelodie aus seiner Heimat erkannte, die ihm hier mit dem englischen Text viel besser gefiel, als sie ihm je zu Hause gefallen hatte. So gab es eine kleine Vorstellung im Freien, an der alle Anteil nahmen, nur die Stadt unten, die sich angeblich bei dieser Melodie unterhielt, schien gar nichts davon zu wissen.
Einmal fragte Karl, wo denn die Spedition Jakob liege, und sofort sah er Delamarches und Robinsons ausgestreckte Zeigefinger vielleicht auf den gleichen, vielleicht auf meilenweit entfernte Punkte gerichtet. Als sie dann weitergingen, fragte Karl, wann sie frühestens mit genügendem Verdienst nach New York zurückkehren könnten. Delamarche sagte, das könne schon ganz gut in einem Monat sein, denn in Butterford sei Arbeitermangel und die Löhne seien hoch. Natürlich würden sie ihr Geld in eine gemeinsame Kasse legen, damit zufällige Unterschiede im Verdienst unter ihnen als Kameraden ausgeglichen würden. Die gemeinsame Kasse gefiel Karl nicht, obwohl er als Lehrling natürlich weniger verdienen würde als ausgelernte Arbeiter. Überdies erwähnte Robinson, daß sie natürlich, wenn in Butterford keine Arbeit wäre, weiter wandern müßten, entweder um als Landarbeiter irgendwo unterzukommen oder vielleicht nach Kalifornien in die Goldwäschereien zu gehen, was, nach Robinsons ausführlichen Erzählungen zu schließen, sein liebster Plan war.
„Warum sind Sie denn Schlosser geworden, wenn Sie jetzt in die Goldwäschereien wollen?“, fragte Karl, der ungern von der Notwendigkeit solcher weiten, unsicheren Reisen hörte.
„Warum ich Schlosser geworden bin?“, sagte Robinson, „doch gewiß nicht deshalb, damit meiner Mutter Sohn dabei verhungert. In den Goldwäschereien ist ein feiner Verdienst.“ „War einmal“, sagte Delamarche.

„Ist noch immer“, sagte Robinson und erzählte von vielen dabei reich gewordenen Bekannten, die noch immer dort waren, natürlich keinen Finger mehr rührten, aus alter Freundschaft ihm aber und selbstverständlich auch seinen Kameraden zu Reichtum verhelfen würden. „Wir werden schon in Butterford Stellen erzwingen“, sagte Delamarche und sprach damit Karl aus der Seele, aber eine zuversichtliche Ausdrucksweise war es nicht. Während des Tages machten sie nur einmal in einem Wirtshaus halt und aßen davor im Freien an einem, wie es Karl schien, eisernen Tisch fast rohes Fleisch, das man mit Messer und Gabel nicht zerschneiden, sondern nur zerreißen konnte. Das Brot hatte eine walzenartige Form, und in jedem Brotlaib steckte ein langes Messer. Zu diesem Essen wurde eine schwarze Flüssigkeit gereicht, die im Halse brannte. Delamarche und Robinson schmeckte sie aber, sie erhoben oft auf die Erfüllung verschiedener Wünsche ihre Gläser und stießen miteinander an, wobei sie ein Weilchen lang in der Höhe Glas an Glas hielten. Am Nebentisch saßen Arbeiter in kalkbespritzten Blusen, und alle tranken die gleiche Flüssigkeit. Automobile, die in Mengen vorüberfuhren, warfen Schwaden von Staub über die Tische hin. Große Zeitungsblätter wurden herumgereicht, man sprach erregt vom Streik der Bahnarbeiter, der Name Mack wurde öfters genannt. Karl erkundigte sich über ihn und erfuhr, daß dies der Vater des ihm bekannten Mack und der größte Bauunternehmer von New York war. Der Streik kostete ihn Millionen und bedrohte vielleicht seine geschäftliche Stellung. Karl glaubte kein Wort von diesem Gerede schlecht unterrichteter, übelwollender Leute.

Verbittert wurde das Essen für Karl außerdem dadurch, daß es sehr fraglich war, wie das Essen gezahlt werden sollte. Das Natürliche wäre gewesen, daß jeder seinen Teil gezahlt hätte, aber Delamarche wie auch Robinson hatten gelegentlich bemerkt, daß für das letzte Nachtlager ihr letztes Geld aufgegangen war. Uhr, Ring oder sonst etwas Veräußerbares war an keinem zu sehen. Und Karl konnte ihnen doch nicht vorhalten, daß sie an dem Verkauf seiner Kleider etwas verdient hätten, das wäre doch Beleidigung und Abschied für immer gewesen. Das Erstaunliche aber war, daß weder Delamarche noch Robinson irgendwelche Sorgen wegen der Bezahlung hatten, vielmehr hatten sie gute Laune genug, möglichst oft Anknüpfungen mit der Kellnerin zu versuchen, die stolz und mit schwerem Gang zwischen den Tischen hin und her ging. Ihr Haar ging ihr von den Seiten ein wenig lose in Stirn und Wangen, und sie strich es immer wieder zurück, indem sie mit den Händen darunter hinfuhr. Schließlich, als man vielleicht das erste freundliche Wort von ihr erwartete, trat sie zum Tische, legte beide Hände auf ihn und fragte: „Wer zahlt?“ Nie waren Hände rascher aufgeflogen als jetzt jene von Delamarche und Robinson, die auf Karl zeigten. Karl erschrak darüber nicht, denn er hatte es ja vorausgesehen, und sah nichts Schlimmes darin, daß die Kameraden, von denen er ja auch Vorteile erwartete, einige

Kleinigkeiten von ihm bezahlen ließen, wenn es auch anständiger gewesen wäre, diese Sache vor dem entscheidenden Augenblick ausdrücklich zu besprechen. Peinlich war bloß, daß er das Geld erst aus der Geheimtasche heraufbefördern mußte. Seine ursprüngliche Absicht war es gewesen, das Geld für die letzte Not aufzuheben und sich also vorläufig mit seinen Kameraden gewissermaßen in eine Reihe zu stellen. Der Vorteil, den er durch dieses Geld und vor allem durch das Verschweigen des Besitzes gegenüber den Kameraden erlangte, wurde für diese mehr als reichlich dadurch aufgewogen, daß sie schon seit ihrer Kindheit in Amerika waren, daß sie genügende Kenntnisse und Erfahrungen für Gelderwerb hatten und daß sie schließlich an bessere Lebensverhältnisse als ihre gegenwärtigen nicht gewöhnt waren. Diese bisherigen Absichten, die Karl rücksichtlich seines Geldes hatte, mußten an und für sich durch diese Bezahlung nicht gestört werden, denn einen Vierteldollar konnte er schließlich entbehren und deshalb also ein Vierteldollarstück auf den Tisch legen und erklären, dies sei sein einziges Eigentum und er sei bereit, es für die gemeinsame Reise nach Butterford zu opfern. Für die Fußreise genügte ein solcher Betrag auch vollkommen. Nun aber wußte er nicht, ob er genügend Kleingeld hatte, und überdies lag dieses Geld sowie die zusammengelegten Banknoten irgendwo in der Tiefe der Geheimtasche, in der man eben am besten etwas fand, wenn man den ganzen Inhalt auf den Tisch schüttete. Außerdem war es höchst unnötig, daß die Kameraden von dieser Geheimtasche überhaupt etwas erfuhren. Nun schien es zum Glück, daß die Kameraden sich noch immer mehr für die Kellnerin interessierten als dafür, wie Karl das Geld für die Bezahlung zusammenbrächte. Delamarche lockte die Kellnerin durch die Aufforderung, die Rechnung aufzustellen, zwischen sich und Robinson und sie konnte die Zudringlichkeiten der beiden nur dadurch abwehren, daß sie einem oder dem anderen die ganze Hand auf das Gesicht legte und ihn wegschob. Inzwischen sammelte Karl, heiß vor Anstrengung, unter der Tischplatte in der einen Hand das Geld, das er mit der anderen Stück für Stück in der Geheimtasche herumjagte und herausholte. Endlich glaubte er, obwohl er das amerikanische Geld noch nicht genau kannte, er hätte, wenigstens der Menge der Stücke nach, eine genügende Summe, und legte sie auf den Tisch. Der Klang des Geldes unterbrach sofort die Scherze. Zu Karls Ärger und zu allgemeinem Erstaunen zeigte sich, daß fast ein ganzer Dollar dalag. Keiner fragte zwar, warum Karl von dem Gelde, das für eine bequeme Eisenbahnfahrt nach Butterford gereicht hätte, früher nichts gesagt hatte, aber Karl war doch in großer Verlegenheit. Langsam strich er, nachdem das Essen bezahlt war, das Geld wieder ein, noch aus seiner Hand nahm Delamarche ein Geldstück, das er für die Kellnerin als Trinkgeld brauchte, die er umarmte und an sich drückte, um ihr dann, von der anderen Seite her, das Geld zu überreichen.

Karl war ihnen dankbar, daß sie auf dem Weitermarsch keine Bemerkungen über das Geld machten, und erdachte sogar eine Zeitlang daran, ihnen sein ganzes Vermögen einzugestehen, unterließ das aber doch, da sich keine rechte Gelegenheit fand. Gegen Abend kamen sie in eine mehr ländliche, fruchtbare Gegend. Ringsherum sah man ungeteilte Felder, die sich in ihrem ersten Grün über sanfte Hügel legten, reiche Landsitze umgrenzten die Straße, und stundenlang ging man zwischen den vergoldeten Gittern der Gärten, mehrmals kreuzten sie den gleichen langsam fließenden Strom und vielemal hörten sie über sich die Eisenbahnzüge auf den hoch sich schwingenden Viadukten donnern.

Eben ging die Sonne an dem geraden Rande ferner Wälder nieder, als sie sich auf einer Anhöhe inmitten einer kleinen Baumgruppe ins Gras hinwarfen, um sich von den Strapazen auszuruhen. Delamarche und Robinson lagen da und streckten sich nach Kräften. Karl saß aufrecht und sah auf die ein paar Meter tiefer führende Straße, auf der immer wieder Automobile, wie schon während des ganzen Tages, leicht aneinander vorübereilten, als würden sie in genauer Anzahl immer wieder von der Ferne abgeschickt und in der gleichen Anzahl in der anderen Ferne erwartet. Während des ganzen Tages seit dem frühesten Morgen hatte Karl kein Automobil halten, keinen Passagier aussteigen gesehen.

Robinson machte den Vorschlag, die Nacht hier zu verbringen, da sie alle genügend müde wären, da sie dann desto früher ausmarschieren könnten und da sie schließlich kaum ein billigeres und besser gelegenes Nachtlager vor Einbruch völliger Dunkelheit finden könnten. Delamarche war einverstanden, und nur Karl glaubte zu der Bemerkung verpflichtet zu sein, daß er Geld genug habe, um das Nachtlager für alle auch in einem Hotel zu bezahlen. Delamarche sagte, sie würden das Geld noch brauchen, er solle es nur gut aufheben. Delamarche verbarg nicht im geringsten, daß man mit Karls Geld schon rechnete. Da sein erster Vorschlag angenommen war, erklärte nun Robinson weiter, nun müßten sie aber vor dem Schlafen, um sich für morgen zu kräftigen, etwas Tüchtiges essen, und einer solle das Essen für alle aus dem Hotel holen, das in nächster Nähe an der Landstraße mit der Aufschrift „Hotel Occidental“ leuchtete. Als der Jüngste, und da sich auch sonst niemand meldete, zögerte Karl nicht, sich für diese Besorgung anzubieten, und ging, nachdem er eine Bestellung auf Speck, Brot und Bier erhalten hatte, ins Hotel hinüber.

Es mußte eine große Stadt in der Nähe sein, denn gleich der erste Saal des Hotels, den Karl betrat, war von einer lauten Menge erfüllt, und an dem Büfett, das sich an einer Längswand und an den zwei Seitenwänden hinzog, liefen unaufhörlich viele Kellner mit weißen Schürzen vor der Brust und konnten doch die ungeduldigen Gäste nicht zufriedenstellen, denn immer wieder hörte man an den verschiedensten Stellen Flüche und Fäuste, die auf den Tisch schlugen. Karl wurde von niemandem beachtet; es gab auch im Saale selbst keine Bedienung, die Gäste, die an winzigen, bereits zwischen drei Tischnachbarn verschwindenden Tischen saßen, holten alles, was sie wünschten, beim Büfett. Auf allen Tischchen stand eine große Flasche mit Öl, Essig oder dergleichen, und alle Speisen, die vom Büfett geholt wurden, wurden vor dem Essen aus dieser Flasche übergossen. Wollte Karl überhaupt erst zum Büfett kommen, wo ja dann wahrscheinlich, besonders bei seiner großen Bestellung, die Schwierigkeiten erst beginnen würden, mußte er sich zwischen vielen Tischen durchdrängen, was natürlich bei aller Vorsicht nicht ohne grobe Belästigung der Gäste durchzuführen war, die jedoch alles wie gefühllos hinnahmen, selbst als Karl einmal, allerdings gleichfalls von einem Gast, gegen ein Tischchen gestoßen wurde, das er fast umgeworfen hätte. Er entschuldigte sich zwar, wurde aber offenbar nicht verstanden, verstand übrigens auch nicht das geringste von dem, was man ihm zurief. Beim Büfett fand er mit Mühe ein kleines freies Plätzchen, auf dem ihm eine lange Weile die Aussicht durch die aufgestützten Ellbogen seiner Nachbarn genommen war. Es schien hier überhaupt eine Sitte, die Ellbogen aufzustützen und die Faust an die Schläfe zu drücken; Karl mußte daran denken, wie der Lateinprofessor Dr. Krumpal gerade diese Haltung gehaßt hatte und wie er immer heimlich und unversehens herangekommen war und mittels eines plötzlich erscheinenden Lineals mit scherzhaftem Ruck die Ellbogen von den Tischen gestreift hatte.

Karl stand eng ans Büfett gedrängt, denn kaum hatte er sich angestellt, war hinter ihm ein Tisch aufgestellt worden, und der eine der dort sich niederlassenden Gäste streifte schwer, wenn er sich nur ein wenig beim Reden zurückbog, mit seinem großen Hut Karls Rücken. Und dabei war so wenig Hoffnung, vom Kellner etwas zu bekommen, selbst als die beiden plumpen Nachbarn befriedigt weggegangen waren. Einigemal hatte Karl einen Kellner über den Tisch hin bei der Schürze gefaßt, aber immer hatte sich der mit verzerrtem Gesicht losgerissen. Keiner war zu halten, sie liefen nur und liefen nur. Wenn wenigstens in der Nähe Karls etwas Passendes zum Essen und Trinken gewesen wäre, er hätte es genommen, sich nach dem Preis erkundigt, das Geld hingelegt und wäre mit Freude weggegangen. Aber gerade vor ihm lagen nur Schüsseln mit heringartigen Fischen, deren schwarze Schuppen am Rande goldig glänzten. Die konnten sehr teuer sein und würden wahrscheinlich niemanden sättigen. Außerdem waren kleine Fäßchen mit Rum erreichbar, aber Rum wollte er seinen Kameraden nicht bringen, sie schienen schon sowieso bei jeder Gelegenheit nur auf den konzentriertesten Alkohol auszugehen und darin wollte er sie nicht noch unterstützen.

Es blieb also Karl nichts übrig, als einen anderen Platz zu suchen und mit seinen Bemühungen von vorne anzulangen. Nun aber war auch schon die

Zeit sehr vorgerückt. Die Uhr am anderen Ende des Saales, deren Zeiger man bei scharfem Hinsehen durch den Rauch gerade noch erkennen konnte, zeigte schon neun vorüber. Anderswo am Büfett war aber das Gedränge noch größer als an dem früheren, ein wenig abgelegenen Platz. Außerdem füllte sich der Saal desto mehr, je später es wurde. Immer wieder zogen durch die Haupttüre mit großem Hallo neue Gäste ein. An manchen Stellen räumten Gäste selbstherrlich das Büfett ab und setzten sich aufs Pult und tranken einander zu, es waren die besten Plätze, man übersah den ganzen Saal.
Karl drängte sich zwar noch weiter durch, aber eine eigentliche Hoffnung, etwas zu erreichen, hatte er nicht mehr. Er machte sich Vorwürfe darüber, daß er, der die hiesigen Verhältnisse nicht kannte, sich zu dieser Besorgung angeboten hatte. Seine Kameraden würden ihn mit vollem Rechte auszanken und gar noch denken, daß er, nur um Geld zu sparen, nichts mitgebracht hatte. Nun stand er gar in einer Gegend, wo ringsherum an den Tischen warme Fleischspeisen mit schönen, gelben Kartoffeln gegessen wurden; es war ihm unbegreiflich, wie sich die Leute das verschafft hatten.
Da sah er ein paar Schritte vor sich eine ältere, offenbar zum Hotelpersonal gehörige Frau, die lachend mit einem Gaste redete. Dabei arbeitete sie fortwährend mit einer Haarnadel in ihrer Frisur herum. Sofort war Karl entschlossen, seine Bestellung bei dieser Frau vorzubringen, schon weil sie ihm als die einzige Frau im Saal eine Ausnahme vom allgemeinen Lärm und Jagen bedeutete und dann auch aus dem einfachen Grunde, weil sie die einzige Hotelangestellte war, die man erreichen konnte, vorausgesetzt allerdings, daß sie nicht beim ersten Wort, das er an sie richten würde, in Geschäften fortlief. Aber ganz das Gegenteil trat ein. Karl hatte sie noch gar nicht angeredet, sondern nur ein wenig belauert, als sie, wie man eben manchmal mitten im Gespräch beiseite schaut, zu Karl hinsah und ihn, ihre Rede unterbrechend, freundlich und in einem Englisch, klar wie die Grammatik, fragte, ob er etwas suche.
„Allerdings“, sagte Karl „ich kann hier gar nichts bekommen.“
„Dann kommen Sie mit mir, Kleiner“, sagte sie, verabschiedete sich von ihrem Bekannten, der seinen Hut abnahm, was hier wie unglaubliche Höflichkeit erschien, faßte Karl bei der Hand, ging zum Büfett, schob einen Gast beiseite, öffnete eine Klapptüre im Pult, durchquerte den Gang hinter dem Pult, wo man sich vor den unermüdlich laufenden Kellnern in acht nehmen mußte, öffnete eine zweifache Tapetentüre, und schon befanden sie sich in großen, kühlen Vorratskammern. „Man muß eben den Mechanismus kennen“, sagte sich Karl.
„Also, was wollen Sie denn?“, fragte sie und beugte sich dienstbereit zu ihm herab. Sie war sehr dick, ihr Leib schaukelte sich, aber ihr Gesicht hatte eine, natürlich im Verhältnis, fast zarte Bildung. Karl war fast versucht, im Anblick der vielen Eßwaren, die hier sorgfältig in Regalen und auf Tischen

aufgerichtet lagen, für seine Bestellung rasch ein feineres Nachtessen auszudenken, besonders da er erwarten konnte, von dieser einflußreichen Frau billiger bedient zu werden, schließlich aber nannte er doch wieder, da ihm nichts Passendes einfiel, nur Speck, Brot und Bier.
„Nichts weiter?“, fragte die Frau.
„Nein danke“, sagte Karl, „aber für drei Personen.“
Auf die Frage der Frau nach den beiden anderen erzählte Karl in ein paar kurzen Worten von seinen Kameraden, es machte ihm Freude, ein wenig ausgefragt zu werden.
„Aber das ist ja Essen für Sträflinge“, sagte die Frau und erwartete nun offenbar weitere Wünsche Karls. Dieser aber fürchtete nun, sie werde ihn beschenken und kein Geld annehmen wollen, und schwieg deshalb. „Das werden wir gleich zusammengestellt haben“, sagte die Frau, ging mit einer bei ihrer Dicke bewunderungswerten Beweglichkeit zu einem Tisch hin, schnitt mit einem langen, dünnen, sägeblattartigen Messer ein großes Stück mit viel Fleisch durchwachsenen Specks ab, nahm aus einem Regal einen Laib Brot, hob vom Boden drei Flaschen Bier auf und legte alles in einen leichten Strohkorb, den sie Karl reichte. Zwischendurch erklärte sie Karl, sie habe ihn deshalb hierhergeführt, weil die Eßwaren draußen auf dem Büfett im Rauch und in den vielen Ausdünstungen trotz dem schnellen Verbrauch immer die Frische verlieren. Für die Leute draußen sei aber alles gut genug. Karl sagte nun gar nichts mehr, denn er wußte nicht, wodurch er diese auszeichnende Behandlung verdiene. Er dachte an seine Kameraden, die vielleicht, so gute Kenner Amerikas sie auch waren, doch nicht bis in diese Vorratskammer gedrungen wären und sich mit den verdorbenen Eßwaren auf dem Büfett hätten begnügen müssen. Man hörte hier keinen Laut aus dem Saal, die Mauern mußten sehr dick sein, um diese Gewölbe genügend kühl zu erhalten. Karl hatte schon den Strohkorb ein Weilchen lang in der Hand, dachte aber nicht ans Zahlen und rührte sich auch nicht. Nur als die Frau noch nachträglich eine Flasche, ähnlich denen, die draußen auf den Tischen standen, in den Korb legen wollte, dankte er schaudernd. „Haben Sie noch einen weiten Marsch?“, fragte die Frau.
„Bis nach Butterford“, antwortete Karl.
„Das ist noch sehr weit“, sagte die Frau.
„Noch eine Tagereise“, sagte Karl.
„Nicht weiter?“, fragte die Frau.
„O nein“, sagte Karl.
Die Frau rückte einige Sachen auf den Tischen zurecht, ein Kellner kam herein, schaute suchend herum, wurde dann von der Frau auf eine große Schüssel, in der ein breiter, mit ein wenig Petersilie bestreuter Haufen von Sardinen lag, hingewiesen und trug dann diese Schüssel in den erhobenen Händen in den Saal hinaus.

„Warum wollen Sie denn eigentlich im Freien übernachten?“, fragte die Frau. „Wir haben hier Platz genug. Schlafen Sie bei uns im Hotel.“
Das war für Karl sehr verlockend, besonders da er die vorige Nacht so schlecht verbracht hatte.
„Ich habe mein Gepäck draußen“, sagte er zögernd und nicht ganz ohne Eitelkeit.
„Das bringen Sie nur her“, sagte die Frau, „das ist kein Hindernis.“
„Aber meine Kameraden!“, sagte Karl und merkte sofort, daß die allerdings ein Hindernis waren. „Die dürfen natürlich auch hier übernachten“, sagte die Frau. „Kommen Sie nur! Lassen Sie sich nicht so bitten.“ „Meine Kameraden sind im übrigen brave Leute“, sagte Karl, „aber sie sind nicht rein.“
„Haben Sie den Schmutz im Saal nicht gesehen?“, fragte die Frau und verzog das Gesicht. „Zu uns kann wirklich der Ärgste kommen. Ich werde also gleich drei Betten vorbereiten lassen. Allerdings nur auf dem Dachboden, denn das Hotel ist vollbesetzt, ich bin auch auf den Dachboden übersiedelt, aber besser als im Freien ist es jedenfalls.“
„Ich kann meine Kameraden nicht mitbringen“, sagte Karl. Er stellte sich vor, welchen Lärm die beiden auf den Gängen dieses feinen Hotels machen würden; Robinson würde alles verunreinigen und Delamarche unfehlbar selbst diese Frau belästigen.
„Ich weiß nicht, warum das unmöglich sein soll“, sagte die Frau, „aber wenn Sie es so wollen, dann lassen Sie eben Ihre Kameraden draußen und kommen allein zu uns.“
„Das geht nicht, das geht nicht“, sagte Karl, „es sind meine Kameraden und ich muß bei ihnen bleiben.“
„Sie sind starrköpfig“, sagte die Frau und sah von ihm weg „man meint es gut mit Ihnen, möchte Ihnen gern behilflich sein, und Sie wehren sich mit allen Kräften.“ Karl sah das alles ein, aber er wußte keinen Ausweg, so sagte er nur noch: „Meinen besten Dank für Ihre Freundlichkeit.“ Dann erinnerte er sich daran, daß er noch nicht gezahlt hatte, und fragte nach dem schuldigen Betrag. „Zahlen Sie das erst, wenn Sie mir den Strohkorb zurückbringen“, sagte die Frau. „Spätestens morgen früh muß ich ihn haben.“
„Bitte“, sagte Karl. Sie öffnete eine Türe, die geradewegs ins Freie führte, und sagte noch, während er mit einer Verbeugung hinaustrat: „Gute Nacht, Sie handeln aber nicht recht.“ Er war schon ein paar Schritte weit, da rief sie ihm noch nach: „Auf Wiedersehen morgen!“
Kaum war er draußen, hörte er auch schon wieder aus dem Saal den ungeschwächten Lärm, in den sich jetzt auch Klänge eines Blasorchesters mischten. Er war froh, daß er nicht durch den Saal hatte hinausgehen müssen. Das Hotel war jetzt in allen seinen fünf Stockwerken beleuchtet und machte die Straße davor in ihrer ganzen Breite hell. Noch immer fuhren

draußen, wenn auch schon in unterbrochener Folge, Automobile, rascher aus der Ferne her anwachsend als bei Tage, tasteten mit den weißen Strahlen ihrer Laternen den Boden der Straße ab, kreuzten mit erblassenden Lichtern die Lichtzone des Hotels und eilten aufleuchtend in das weitere Dunkel.
Die Kameraden fand Karl schon in tiefem Schlaf, er war aber auch zu lange ausgeblieben. Gerade wollte er das Mitgebrachte appetitlich auf Papiere ausbreiten, die er im Korb vorfand, um erst, wenn alles fertig wäre, die Kameraden zu wecken, als er zu seinem Schrecken seinen Koffer, den er abgesperrt zurückgelassen hatte und dessen Schlüssel er in der Tasche trug, vollständig geöffnet sah, während der halbe Inhalt ringsherum im Gras verstreut war. „Steht auf!", rief er. „Ihr schlaft, und inzwischen waren Diebe da."
„Fehlt denn etwas?", fragte Delamarche. Robinson war noch nicht ganz wach und griff schon nach dem Bier.
„Ich weiß nicht", rief Karl, „aber der Koffer ist offen. Das ist doch eine Unvorsichtigkeit, sich schlafen zu legen und den Koffer hier frei stehen zu lassen."
Delamarche und Robinson lachten, und der erstere sagte: „Sie dürfen eben nächstens nicht so lange fortbleiben. Das Hotel ist zehn Schritte entfernt, und Sie brauchen zum Hin- und Herweg drei Stunden. Wir haben Hunger gehabt, haben gedacht, daß Sie in Ihrem Koffer etwas zum Essen haben könnten, und haben das Schloß so lange gekitzelt, bis es sich aufgemacht hat. Im übrigen war ja gar nichts darin, und Sie können alles wieder ruhig einpacken."
„So", sagte Karl, starrte in den rasch sich leerenden Korb und horchte auf das eigentümliche Geräusch, das Robinson beim Trinken hervorbrachte, da ihm die Flüssigkeit zuerst weit in die Gurgel eindrang, dann aber mit einer Art Pfeifen wieder zurückschnellte, um erst dann in großem Er guß in die Tiefe zu rollen.
„Haben Sie schon zu Ende gegessen?", fragte er, als sich die beiden einen Augenblick verschnauften. „Haben Sie denn nicht schon im Hotel gegessen?", fragte Delamarche, der glaubte, Karl beanspruche seinen Anteil.
„Wenn Sie noch essen wollen, dann beeilen Sie sich", sagte Karl und ging zu seinem Koffer.
„Der scheint Launen zu haben", sagte Delamarche zu Robinson.
„Ich habe keine Launen", sagte Karl, „aber ist das vielleicht recht, in meiner Abwesenheit meinen Koffer aufzubrechen und meine Sachen herauszuwerfen? Ich weiß, man muß unter Kameraden manches dulden, und ich habe mich auch darauf vorbereitet, aber das ist zu viel.
Ich werde im Hotel übernachten und gehe nicht nach Butterford. Essen Sie rasch auf, ich muß den Korb zurückgeben."
„Siehst du, Robinson, so spricht man", sagte Delamarche, „das ist die feine Redeweise. Er ist eben ein Deutscher. Du hast mich früh vor ihm gewarnt,

aber ich bin ein guter Narr gewesen und habe ihn doch mitgenommen. Wir haben ihm unser Vertrauen geschenkt, haben ihn einen ganzen Tag mit uns geschleppt, haben dadurch zumindest einen halben Tag verloren und jetzt — weil ihn dort im Hotel irgend jemand gelockt hat — verabschiedet er sich, verabschiedet sich einfach. Aber weil er ein falscher Deutscher ist, tut er dies nicht offen, sondern sucht sich den Vorwand mit dem Koffer, und weil er ein grober Deutscher ist, kann er nicht weggehen, ohne uns in unserer Ehre zu beleidigen und uns Diebe zu nennen, weil wir mit seinem Koffer einen kleinen Scherz gemacht haben."

Karl, der seine Sachen packte, sagte, ohne sich umzuwenden: „Reden Sie nur so weiter und erleichtern Sie mir das Weggehen. Ich weiß ganz gut, was Kameradschaft ist. Ich habe in Europa auch Freunde gehabt, und keiner kann mir vorwerfen, daß ich mich falsch oder gemein gegen ihn benommen hätte. Wir sind jetzt natürlich außer Verbindung, aber wenn ich noch einmal nach Europa zurückkommen sollte, werden mich alle gut aufnehmen und mich sofort als ihren Freund anerkennen. Und Sie, Delamarche, und Sie, Robinson, Sie hätte ich verraten sollen, da Sie doch, was ich niemals vertuschen werde, so freundlich waren, sich meiner anzunehmen und mir eine Lehrlingsstelle in Butterford in Aussicht zu stellen? Aber es ist etwas anderes. Sie haben nichts, und das erniedrigt Sie in meinen Augen nicht im geringsten, aber Sie mißgönnen mir meinen kleinen Besitz und suchen mich deshalb zu demütigen, das kann ich nicht aushalten. Und nun, nachdem Sie meinen Koffer aufgebrochen haben, entschuldigen Sie sich mit keinem Wort, sondern beschimpfen mich noch und beschimpfen weiter mein Volk — damit nehmen Sie mir aber auch jede Möglichkeit, bei Ihnen zu bleiben. Übrigens gilt das alles nicht eigentlich von Ihnen, Robinson. Gegen Ihren Charakter habe ich nur einzuwenden, daß Sie von Delamarche zu sehr abhängig sind."

„Da sehen wir ja", sagte Delamarche, indem er zu Karl trat und ihm einen leichten Stoß gab, wie um ihn aufmerksam zu machen „da sehen wir ja, wie Sie sich entpuppen. Den ganzen Tag sind Sie hinter mir gegangen, haben sich an meinem Rock gehalten, haben mir jede Bewegung nachgemacht und waren sonst still wie ein Mäuschen. Jetzt aber, da Sie im Hotel irgendeinen Rückhalt spüren, fangen Sie große Reden zu halten an. Sie sind ein kleiner Schlaumeier, und ich weiß noch gar nicht, ob wir das so ruhig hinnehmen werden. Ob wir nicht das Lehrgeld für das verlangen werden, was Sie uns während des Tages abgeschaut haben. Du, Robinson, wir beneiden ihn — meint er — um seinen Besitz. Ein Tag Arbeit in Butterford — von Kalifornien gar nicht zu reden –, und wir haben zehnmal mehr, als Sie uns gezeigt haben und als Sie in Ihrem Rockfutter noch versteckt haben mögen. Also, nur immer Achtung aufs Maul!"

Karl hatte sich vom Koffer erhoben und sah nun auch den verschlafenen, aber vom Bier ein wenig belebten Robinson herankommen. „Wenn ich noch

lange hierbliebe“, sagte er, „könnte ich vielleicht noch weitere Überraschungen erleben. Sie scheinen Lust zu haben, mich durchzuprügeln.“
„Alle Geduld hat ein Ende“, sagte Robinson.
„Sie schweigen besser, Robinson“, sagte Karl, ohne Delamarche aus den Augen zu lassen, „im Innern geben Sie mir ja doch recht, aber nach außen müssen Sie es mit Delamarche halten!“ „Wollen Sie ihn vielleicht bestechen?“, fragte Delamarche.
„Fällt mir nicht ein“, sagte Karl. „Ich bin froh, daß ich fortgehe, und ich will mit keinem von Ihnen mehr etwas zu tun haben. Nur eines will ich noch sagen, Sie haben mir den Vorwurf gemacht, daß ich Geld besitze und es vor Ihnen versteckt habe. Angenommen, daß es wahr ist, war es nicht sehr richtig Leuten gegenüber gehandelt, die ich erst ein paar Stunden kannte, und bestätigen Sie nicht noch durch Ihr jetziges Benehmen die Richtigkeit einer derartigen Handlungsweise?“
„Bleib ruhig“, sagte Delamarche zu Robinson, obwohl sich dieser nicht rührte. Dann fragte er Karl: „Da Sie so unverschämt aufrichtig sind, so treiben Sie doch, da wir ja so gemütlich beisammenstehen, diese Aufrichtigkeit noch weiter und gestehen Sie ein, warum Sie eigentlich ins Hotel wollen.“ Karl mußte einen Schritt über den Koffer hinweg machen, so nahe war Delamarche an ihn herangetreten. Aber Delamarche ließ sich dadurch nicht beirren, schob den Koffer beiseite, machte einen Schritt vorwärts, wobei er den Fuß auf ein weißes Vorhemd setzte, das im Gras liegengeblieben war, und wiederholte seine Frage.
Wie zur Antwort stieg von der Straße her ein Mann mit einer stark leuchtenden Taschenlampe zu der Gruppe herauf. Es war ein Kellner aus dem Hotel. Kaum hatte er Karl erblickt, sagte er: „Ich suche Sie schon fast eine halbe Stunde. Alle Böschungen auf beiden Straßenseiten habe ich schon abgesucht. Die Frau Oberköchin läßt Ihnen nämlich sagen, daß sie den Strohkorb, den sie Ihnen geborgt hat, dringend braucht.“
„Hier ist er“, sagte Karl mit einer vor Aufregung unsicheren Stimme. Delamarche und Robinson waren in scheinbarer Bescheidenheit beiseite getreten, wie sie es vor fremden gutgestellten Leuten immer machten. Der Kellner nahm den Korb an sich und sagte: „Dann läßt Sie die Frau Oberköchin fragen, ob Sie es sich nicht überlegt haben und doch vielleicht im Hotel übernachten wollten. Auch die beiden anderen Herren wären willkommen, wenn Sie sie mitnehmen wollen. Die Betten sind schon vorbereitet. Die Nacht ist ja heute warm, aber hier, auf der Lehne, ist es durchaus nicht ungefährlich zu schlafen, man findet öfters Schlangen.“
„Da die Frau Oberköchin so freundlich ist, werde ich ihre Einladung doch annehmen“, sagte Karl und wartete auf eine Äußerung seiner Kameraden. Aber Robinson stand stumpf da, und Delamarche hatte die Hände in den

Hosentaschen und schaute zu den Sternen hinauf. Beide bauten offenbar darauf, daß Karl sie ohne weiteres mitnehmen werde.
„Für diesen Fall“, sagte der Kellner „habe ich den Auftrag, Sie ins Hotel zu führen und Ihr Gepäck zu tragen.“
„Dann warten Sie, bitte, noch einen Augenblick“, sagte Karl und bückte sich, um die paar Sachen, die noch herumlagen, in den Koffer zu legen.
Plötzlich richtete er sich auf. Die Photographie fehlte, sie war ganz oben im Koffer gelegen und war nirgends zu finden. Alles war vollständig, nur die Photographie fehlte.
„Ich kann die Photographie nicht finden“, sagte er bittend zu Delamarche.
„Welche Photographie?“, fragte dieser.
„Die Photographie meiner Eltern“, sagte Karl.
„Wir haben keine Photographie gesehen“, sagte Delamarche.
„Es war keine Photographie darin, Herr Roßmann“, bestätigte auch Robinson von seiner Seite.
„Aber das ist doch unmöglich“, sagte Karl, und seine hilfesuchenden Blicke zogen den Kellner näher. „Sie lag obenauf und jetzt ist sie weg. Wenn Sie doch lieber den Spaß mit dem Koffer nicht gemacht hätten.“
„Jeder Irrtum ist ausgeschlossen“, sagte Delamarche, „in dem Koffer war keine Photographie.“ „Sie war mir wichtiger als alles, was ich sonst im Koffer habe“, sagte Karl zum Kellner, der herumging und im Grase suchte. „Sie ist nämlich unersetzlich, ich bekomme keine zweite.“ Und als der Kellner von dem aussichtslosen Suchen abließ, sagte er noch: „Es war das einzige Bild, das ich von meinen Eltern besaß.“
Daraufhin sagte der Kellner laut, ohne jede Beschönigung: „Vielleicht könnten wir noch die Taschen der Herren untersuchen.“
„Ja“, sagte Karl sofort, „ich muß die Photographie finden. Aber ehe ich die Taschen durchsuche, sage ich noch, daß, wer mir die Photographie freiwillig gibt, den ganzen gefüllten Koffer bekommt.“ Nach einem Augenblick allgemeiner Stille sagte Karl zum Kellner: „Meine Kameraden wollen also offenbar die Taschendurchsuchung. Aber selbst jetzt verspreche ich sogar demjenigen, in dessen Tasche die Photographie gefunden wird, den ganzen Koffer. Mehr kann ich nicht tun.“
Sofort machte sich der Kellner daran, Delamarche zu untersuchen, der ihm schwieriger zu behandeln schien als Robinson, den er Karl überließ. Er machte Karl darauf aufmerksam, daß beide gleichzeitig untersucht werden müßten, da sonst einer unbeobachtet die Photographie beiseiteschaffen könnte. Gleich beim ersten Griff fand Karl in Robinsons Tasche eine ihm gehörige Krawatte, aber er nahm sie nicht an sich und rief dem Kellner zu: „Was Sie bei Delamarche auch finden mögen, lassen Sie ihm, bitte, alles. Ich will nichts als die Photographie, nur die Photographie.“

Beim Durchsuchen der Brusttaschen gelangte Karl mit der Hand an die heiße, fettige Brust Robinsons, und es kam ihm zu Bewußtsein, daß er an seinen Kameraden vielleicht ein großes Unrecht begehe. Er beeilte sich nun nach Möglichkeit. Im übrigen war alles umsonst, weder bei Robinson noch bei Delamarche fand sich die Photographie vor.
„Es hilft nichts“, sagte der Kellner.
„Sie haben wahrscheinlich die Photographie zerrissen und die Stücke weggeworfen“, sagte Karl.
„Ich dachte, sie wären Freunde, aber im geheimen wollten sie mir nur schaden. Nicht eigentlich Robinson, der wäre gar nicht auf den Einfall gekommen, daß die Photographie solchen Wert für mich hat, aber desto mehr Delamarche.“ Karl sah nur den Kellner vor sich, dessen Laterne einen kleinen Kreis beleuchtete, während alles sonst, auch Delamarche und Robinson, in tiefem Dunkel war.
Es war natürlich gar nicht mehr die Rede davon, daß die beiden in das Hotel mitgenommen werden könnten. Der Kellner schwang den Koffer auf die Achsel, Karl nahm den Strohkorb, und sie gingen. Karl war schon auf der Straße, als er, im Nachdenken sich unterbrechend, stehen blieb und in das Dunkel hinaufrief: „Hören Sie einmal, sollte doch einer von Ihnen die Photographie noch haben und mir ins Hotel bringen wollen — er bekommt den Koffer noch immer und wird, ich schwöre es, nicht angezeigt.“ Es kam keine eigentliche Antwort herunter, nur ein abgerissenes Wort war zu hören, der Beginn eines Zurufs Robinsons, dem aber offenbar Delamarche sofort den Mund stopfte. Noch eine lange Weile wartete Karl, ob man sich oben nicht doch noch anders entscheiden würde. Zweimal rief er in Abständen: „Ich bin noch immer da!“ Aber kein Laut antwortete, nur einmal rollte ein Stein den Abhang herab, vielleicht durch Zufall, vielleicht in einem verfehlten Wurf.

Hotel Occidental

Im Hotel wurde Karl gleich in eine Art Büro geführt, in welchem die Oberköchin, ein Vormerkbuch in der Hand, einer jungen Schreibmaschinistin einen Brief in die Schreibmaschine diktierte. Das äußerst präzise Diktieren, der beherrschte und elastische Tastenschlag jagten an dem nur hie und da merklichen Ticken der Wanduhr vorüber, die schon fast halb zwölf zeigte. „So!“, sagte die Oberköchin, klappte das Vormerkbuch zu, die Schreibmaschinistin sprang auf und stülpte den Holzdeckel über die Maschine, ohne bei dieser mechanischen Arbeit die Augen von Karl zu lassen.

Sie sah noch wie ein Schulmädchen aus, ihre Schürze war sehr sorgfältig gebügelt, auf den Achseln zum Beispiel gewellt, die Frisur recht hoch, und man staunte ein wenig, wenn man nach diesen Einzelheiten ihr ernstes Gesicht sah. Nach Verbeugungen, zuerst gegen die Oberköchin, dann gegen Karl, entfernte sie sich, und Karl sah unwillkürlich die Oberköchin mit einem fragenden Blicke an. „Das ist aber schön, daß Sie nun doch gekommen sind“, sagte die Oberköchin. „Und Ihre Kameraden?“

„Ich habe sie nicht mitgenommen“, sagte Karl.

„Die marschieren wohl sehr früh aus“, sagte die Oberköchin, wie um sich die Sache zu erklären. „Muß sie denn nicht denken, daß ich auch mitmarschiere?“, fragte sich Karl und sagte deshalb, um jeden Zweifel auszuschließen: „Wir sind in Unfrieden auseinandergegangen.“

Die Oberköchin schien das als eine angenehme Nachricht aufzufassen. „Dann sind Sie also frei?“, fragte sie.

„Ja, frei bin ich“, sagte Karl, und nichts schien ihm wertloser.

„Hören Sie, möchten Sie nicht hier im Hotel eine Stelle annehmen?“, fragte die Oberköchin. „Sehr gern“, sagte Karl, „ich habe aber entsetzlich wenig Kenntnisse. Ich kann zum Beispiel nicht einmal auf der Schreibmaschine schreiben.“

„Das ist nicht das Wichtigste“, sagte die Oberköchin. „Sie bekämen eben vorläufig nur eine ganz kleine Anstellung und müßten dann zusehen, durch Fleiß und Aufmerksamkeit sich hinaufzubringen. Jedenfalls aber glaube ich, daß es für Sie besser und passender wäre, sich irgendwo festzusetzen, statt so durch die Welt zu bummeln. Dazu scheinen Sie mir nicht gemacht.“

„Das würde alles auch der Onkel unterschreiben“, sagte sich Karl und nickte zustimmend. Gleichzeitig erinnerte er sich, daß er, um den man so besorgt war, sich noch gar nicht vorgestellt hatte. „Entschuldigen Sie, bitte“, sagte er „daß ich mich noch gar nicht vorgestellt habe, ich heiße Karl Roßmann.“

„Sie sind ein Deutscher, nicht wahr?“

„Ja“, sagte Karl, „ich bin noch nicht lange in Amerika.“

„Woher sind Sie denn?“

„Aus Prag in Böhmen“, sagte Karl.
„Sehen Sie einmal an“, rief die Oberköchin in einem stark englisch betonten Deutsch und hob fast die Arme, „dann sind wir ja Landsleute, ich heiße Grete Mitzelbach und bin aus Wien. Und Prag kenne ich ja ausgezeichnet, ich war ja ein halbes Jahr in der Goldenen Gans auf dem Wenzelsplatz angestellt. Aber denken Sie nur einmal!“ „Wann ist das gewesen?“, fragte Karl.
„Das ist schon viele, viele Jahre her.“
„Die alte Goldene Gans“, sagte Karl, „ist vor zwei Jahren niedergerissen worden.“ „Ja, freilich“, sagte die Oberköchin, ganz in Gedanken an vergangene Zeiten.
Mit einem Male aber wieder lebhaft werdend, rief sie und faßte dabei Karls Hände: „Jetzt, da es sich herausgestellt hat, daß Sie mein Landsmann sind, dürfen Sie um keinen Preis von hier fort. Das dürfen Sie mir nicht antun. Hätten Sie zum Beispiel Lust, Liftjunge zu werden? Sagen Sie nur ja und Sie sind es. Wenn Sie ein bißchen herumgekommen sind, werden Sie wissen, daß es nicht besonders leicht ist, solche Stellen zu bekommen, denn sie sind der beste Anfang, den man sich denken kann. Sie kommen mit allen Gästen zusammen, man sieht Sie immer, man gibt Ihnen kleine Aufträge; kurz, Sie haben jeden Tag die Möglichkeit, zu etwas Besserem zu gelangen. Für alles übrige lassen Sie mich sorgen.“
„Liftjunge möchte ich ganz gerne sein“, sagte Karl nach einer kleinen Pause. Es wäre ein großer Unsinn gewesen, gegen die Stelle eines Liftjungen mit Rücksicht auf seine fünf Gymnasialklassen Bedenken zu haben. Eher wäre hier in Amerika Grund gewesen, sich der fünf Gymnasialklassen zu schämen. Übrigens hatten die Liftjungen Karl immer gefallen, sie waren ihm wie der Schmuck des Hotels erschienen.
„Sind nicht Sprachkenntnisse erforderlich?“, fragte er noch.
„Sie sprechen Deutsch und ein schönes Englisch, das genügt vollkommen.“
„Englisch habe ich erst in Amerika in zweieinhalb Monaten erlernt“, sagte Karl, er glaubte, seinen einzigen Vorzug nicht verschweigen zu dürfen.
„Das spricht schon genügend für Sie“, sagte die Oberköchin.
„Wenn ich daran denke, welche Schwierigkeiten mir das Englisch gemacht hat. Das ist allerdings schon seine dreißig Jahre her. Gerade gestern habe ich davon gesprochen. Gestern war nämlich mein fünfzigster Geburtstag.“ Und sie suchte lächelnd den Eindruck von Karls Mienen abzulesen, den die Würde dieses Alters auf ihn machte.
„Dann wünsche ich Ihnen viel Glück“, sagte Karl.
„Das kann man immer brauchen“, sagte sie, schüttelte Karl die Hand und wurde wieder halb traurig über diese alte Redensart aus der Heimat, die ihr da im Deutschsprechen eingefallen war.
„Aber ich halte Sie hier auf“, rief sie dann.

„Und Sie sind gewiß sehr müde, und wir können auch alles viel besser bei Tag besprechen. Die Freude, einen Landsmann getroffen zu haben, macht ganz gedankenlos. Kommen Sie, ich werde Sie in Ihr Zimmer führen.“

„Ich habe noch eine Bitte, Frau Oberköchin“, sagte Karl im Anblick des Telephonkastens, der auf dem Tisch stand, „es ist möglich, daß mir morgen, vielleicht sehr früh, meine früheren Kameraden eine Photographie bringen, die ich dringend brauche. Wären Sie so freundlich und würden Sie dem Portier telephonieren, er möchte die Leute zu mir schicken oder mich holen lassen?“

„Gewiß“, sagte die Oberköchin, „aber würde es nicht genügen, wenn er ihnen die Photographie abnimmt? Was ist es denn für eine Photographie, wenn man fragen darf?“ „Es ist die Photographie meiner Eltern“, sagte Karl.

„Nein, ich muß mit den Leuten selbst sprechen.“ Die Oberköchin sagte nichts weiter und gab telephonisch in die Portierloge den entsprechenden Befehl, wobei sie als Zimmernummer Karls nannte. Sie gingen dann durch eine der Eingangstür entgegengesetzte Tür auf einen kleinen Gang hinaus, wo an dem Geländer eines Aufzuges ein kleiner Liftjunge schlafend lehnte.

„Wir können uns selbst bedienen“, sagte die Oberköchin leise und ließ Karl in den Aufzug eintreten. „Eine Arbeitszeit von zehn bis zwölf Stunden ist eben ein wenig zuviel für einen solchen Jungen“, sagte sie dann, während sie aufwärts fuhren.

„Aber es ist eigentümlich in Amerika. Da ist dieser kleine Junge zum Beispiel, er ist auch erst vor einem halben Jahre mit seinen Eltern hier angekommen, er ist ein Italiener. Jetzt sieht er aus, als könne er die Arbeit unmöglich aushalten, hat schon kein Fleisch im Gesicht, schläft im Dienst ein, obwohl er von Natur sehr bereitwillig ist, — aber er muß nur noch ein halbes Jahr hier oder irgendwo anders in Amerika dienen und hält alles mit Leichtigkeit aus, und in fünf Jahren wird er ein starker Mann sein. Von solchen Beispielen könnte ich Ihnen stundenlang erzählen. Dabei denke ich gar nicht an Sie, denn Sie sind ein kräftiger Junge; Sie sind siebzehn Jahre alt, nicht?“ „Ich werde nächsten Monat sechzehn“, antwortete Karl.

„Sogar erst sechzehn!“, sagte die Oberköchin. „Also nur Mut!“

Oben führte sie Karl in ein Zimmer, das zwar schon als Dachzimmer eine schiefe Wand hatte, im übrigen aber bei einer Beleuchtung durch zwei Glühlampen sich sehr wohnlich zeigte.

„Erschrecken Sie nicht über die Einrichtung“,sagte die Oberköchin, „es ist nämlich kein Hotelzimmer, sondern ein Zimmer meiner Wohnung, die aus drei Zimmern besteht, so daß Sie mich nicht im geringsten stören. Ich sperre die Verbindungstüre ab, so daß Sie ganz ungeniert bleiben. Morgen, als neuer Hotelangestellter, werden Sie natürlich Ihr eigenes Zimmerchen bekommen. Wären Sie mit Ihren Kameraden gekommen, dann hätte ich Ihnen in der gemeinsamen Schlafkammer der Hausdiener aufbetten lassen, aber da Sie allein sind, denke ich, daß es Ihnen hier besser passen wird, wenn Sie auch nur auf einem Sofa schlafen müssen. Und nun schlafen Sie wohl, damit Sie sich für den Dienst kräftigen. Er wird morgen noch nicht zu anstrengend sein."

„Ich danke Ihnen vielmals für Ihre Freundlichkeit."

„Warten Sie", sagte sie, beim Ausgang stehenbleibend, „da wären Sie aber bald geweckt worden." Und sie ging zu der einen Seitentür des Zimmers, klopfte und rief: „Therese!"

„Bitte, Frau Oberköchin", meldete sich die Stimme der kleinen Schreibmaschinistin.

„Wenn du mich früh wecken gehst, so mußt du über den Gang gehen, hier im Zimmer schläft ein Gast. Er ist todmüde." Sie lächelte Karl zu, während sie dies sagte. „Hast du verstanden?" „Ja, Frau Oberköchin."

„Also dann gute Nacht!"

„Gute Nacht wünsch ich."

„Ich schlafe nämlich", sagte die Oberköchin zur Erklärung, „seit einigen Jahren ungemein schlecht. Jetzt kann ich ja mit meiner Stellung zufrieden sein und brauche eigentlich keine Sorgen zu haben. Aber es müssen die Folgen meiner früheren Sorgen sein, die mir diese Schlaflosigkeit verursachen. Wenn ich um drei Uhr früh einschlafe, kann ich froh sein. Da ich aber schon um fünf, spätestens um halb sechs wieder auf dem Platze sein muß, muß ich mich wecken lassen, und zwar besonders vorsichtig, damit ich nicht noch nervöser werde, als ich es schon bin. Und da weckt mich eben die Therese. Aber jetzt wissen Sie wirklich schon alles, und ich komme gar nicht weg. Gute Nacht!" Und trotz ihrer Schwere huschte sie fast aus dem Zimmer.

Karl freute sich auf den Schlaf, denn der Tag hatte ihn sehr hergenommen. Und behaglichere Umgebung konnte er für einen langen, ungestörten Schlaf gar nicht wünschen. Das Zimmer war zwar nicht zum Schlafzimmer bestimmt, es war eher ein Wohnzimmer, oder, richtiger, ein Repräsentationszimmer der Oberköchin, und ein Waschtisch war ihm zuliebe eigens für diesen Abend hergebracht worden, aber dennoch fühlte sich Karl nicht als Eindringling, sondern nur desto besser versorgt. Sein Koffer war richtig her gestellt und wohl schon lange nicht in größerer Sicherheit gewesen. Auf einem niedrigen Schrank mit Schiebefächern, über den eine großmaschige wollene Decke gezogen war, standen verschiedene Photographien im Rahmen und unter Glas; bei der Besichtigung des Zimmers blieb Karl da stehen und sah sie an. Es waren meist alte Photographien und stellten in der Mehrzahl Mädchen dar, die, in unmodernen, unbehaglichen Kleidern, mit locker aufgesetzten, kleinen, aber hochgehenden Hüten, die rechte Hand auf einen Schirm gestützt, dem Beschauer zugewendet waren und doch mit den Blicken auswichen. Unter den Herrenbildnissen fiel Karl besonders das eines jungen Soldaten auf, der das Käppi auf ein Tischchen gelegt hatte, stramm mit seinem wilden schwarzen Haar dastand und voll von einem stolzen, aber unterdrückten Lachen war. Die Knöpfe seiner Uniform waren auf der Photographie nachträglich vergoldet worden. Alle diese Photographien stammten wohl noch aus Europa, man hätte dies auf der Rückseite wahrscheinlich auch genau ablesen können, aber Karl wollte sie nicht in die Hand nehmen. So wie diese Photographien hier standen, so hätte er auch die Photographie seiner Eltern in seinem künftigen Zimmer aufstellen mögen.

Gerade streckte er sich nach einer gründlichen Waschung des ganzen Körpers, die er, seiner Nachbarin wegen, möglichst leise durchzuführen sich bemüht hatte, im Vorgenuß des Schlafes auf seinem Kanapee aus, da glaubte er ein schwaches Klopfen an einer Tür zu hören. Man konnte nicht gleich feststellen, an welcher Tür es war, es konnte auch bloß ein zufälliges Geräusch sein. Es wiederholte sich auch nicht gleich, und Karl schlief schon fast, als es wieder erfolgte. Aber nun war kein Zweifel mehr, daß es ein Klopfen war und von der Tür der Schreibmaschinistin herkam. Karl lief auf den Fußspitzen zur Tür hin und fragte so leise, daß es, wenn man trotz allem nebenan doch schlief, niemanden hätte wecken können: „Wünschen Sie etwas?“

Sofort und ebenso leise kam die Antwort: „Möchten Sie nicht die Tür öffnen? Der Schlüssel steckt auf Ihrer Seite.“

„Bitte“, sagte Karl, „ich muß mich nur zuerst anziehen.“ Es gab eine kleine Pause, dann hieß es: „Das ist nicht nötig. Machen Sie auf und legen Sie sich ins Bett, ich werde ein wenig warten.“ „Gut“, sagte Karl und führte es auch so aus, nur drehte er außerdem noch das elektrische Licht an. „Ich liege schon“, sagte er dann etwas lauter. Da trat auch schon aus ihrem dunklen Zimmer die kleine Schreibmaschinistin, genau so angezogen wie unten im Büro, sie hatte wohl die ganze Zeit über nicht daran gedacht, schlafen zu gehen.

„Entschuldigen Sie vielmals“, sagte sie und stand ein wenig gebückt vor Karls Lager, „und verraten Sie mich, bitte, nicht. Ich will Sie auch nicht lange stören, ich weiß, daß Sie todmüde sind.“

„Es ist nicht so arg“, sagte Karl, „aber es wäre vielleicht doch besser gewesen, ich hätte mich angezogen.“ Er mußte ausgestreckt daliegen, um bis an den Hals zugedeckt sein zu können, denn er besaß kein Nachthemd.

„Ich bleibe ja nur einen Augenblick“, sagte sie und griff nach einem Sessel. „Kann ich mich zum Kanapee setzen?“

Karl nickte. Da setzte sie sich so eng zum Kanapee, daß Karl an die Mauer rücken mußte, um zu ihr aufschauen zu können. Sie hatte ein rundes, gleichmäßiges Gesicht, nur die Stirn war ungewöhnlich hoch, aber das konnte auch vielleicht nur an der Frisur liegen, die ihr nicht recht paßte. Ihr

Anzug war sehr rein und sorgfältig. In der linken Hand quetschte sie ein Taschentuch.
„Werden Sie lange hierbleiben?“, fragte sie.
„Es ist noch nicht ganz bestimmt“, antwortete Karl, „aber ich denke, ich werde bleiben.“
„Das wäre nämlich sehr gut“, sagte sie und fuhr mit dem Taschentuch über ihr Gesicht, „ich bin hier nämlich so allein.“
„Das wundert mich“, sagte Karl. „Die Frau Oberköchin ist doch sehr freundlich zu Ihnen. Sie behandelt Sie gar nicht wie eine Angestellte. Ich dachte schon, Sie wären Verwandte.“
„O nein“, sagte sie, „ich heiße Therese Berchtold, ich bin aus Pommern.“
Auch Karl stellte sich vor, daraufhin sah sie ihn zum erstenmal voll an, als sei er ihr durch die Namensnennung ein wenig fremder geworden. Sie schwiegen ein Weilchen. Dann sagte sie: „Sie dürfen nicht glauben, daß ich undankbar bin. Ohne die Frau Oberköchin stünde es ja mit mir viel schlechter. Ich war früher Küchenmädchen hier im Hotel und schon in großer Gefahr, entlassen zu werden, denn ich konnte die schwere Arbeit nicht leisten. Man stellt hier sehr große Ansprüche. Vor einem Monat ist ein Küchenmädchen nur vor Überanstrengung ohnmächtig geworden und vierzehn Tage im Krankenhaus gelegen. Und ich bin nicht sehr stark, ich habe früher viel zu leiden gehabt und bin dadurch in der Entwicklung ein wenig zurückgeblieben; Sie würden wohl gar nicht sagen, daß ich schon achtzehn Jahre alt bin. Aber jetzt werde ich schon stärker.“
„Der Dienst hier muß wirklich sehr anstrengend sein“, sagte Karl. „Unten habe ich jetzt einen Liftjungen stehend schlafen gesehen.“
„Dabei haben es die Liftjungen noch am besten“, sagte sie, „die verdienen ihr schönes Geld an Trinkgeldern und müssen sich schließlich doch bei weitem nicht so plagen wie die Leute in der Küche. Aber da habe ich wirklich einmal Glück gehabt, die Frau Oberköchin hat einmal ein Mädchen gebraucht, um die Servietten für ein Bankett herzurichten, hat zu uns Küchenmädchen heruntergeschickt, es gibt hier an fünfzig solcher Mädchen, ich war gerade bei der Hand und habe sie sehr zufriedengestellt, denn im Aufbauen der Servietten habe ich mich immer ausgekannt. Und so hat sie mich von da an in ihrer Nähe behalten und allmählich zu ihrer Sekretärin ausgebildet. Dabei habe ich sehr viel gelernt.“
„Gibt es denn da so viel zu schreiben?“, fragte Karl.
„Ach, sehr viel“, antwortete sie, „das können Sie sich wahrscheinlich gar nicht vorstellen. Sie haben doch gesehen, daß ich heute bis halb zwölf gearbeitet habe, und heute ist kein besonderer Tag. Allerdings schreibe ich nicht immerfort, sondern habe auch viele Besorgungen in der Stadt zu machen.“

„Wie heißt denn die Stadt?“, fragte Karl. „Das wissen Sie nicht?“, sagte sie, „Ramses.“ „Ist es eine große Stadt?“, fragte Karl.
„Sehr groß“, antwortete sie, „ich gehe nicht gern hin. Aber wollen Sie nicht wirklich schon schlafen?“
„Nein, nein“, sagte Karl, „ich weiß ja noch gar nicht, warum Sie hereingekommen sind.“
„Weil ich mit niemandem reden kann. Ich bin nicht wehleidig, aber wenn wirklich niemand für einen da ist, so ist man schon glücklich, schließlich von jemandem angehört zu werden. Ich habe Sie schon unten im Saal gesehen, ich kam gerade, um die Frau Oberköchin zu holen, als sie Sie in die Speisekammer wegführte.“
„Das ist ein schrecklicher Saal“, sagte Karl.
„Ich merke es schon gar nicht mehr“, antwortete sie. „Aber ich wollte nur sagen, daß ja die Frau Oberköchin so freundlich zu mir ist, wie es nur meine Mutter war. Aber es ist doch ein zu großer Unterschied in unserer Stellung, als daß ich frei mit ihr reden könnte. Unter den Küchenmädchen habe ich früher gute Freundinnen gehabt, aber die sind schon längst nicht mehr hier, und die neuen Mädchen kenne ich kaum. Schließlich kommt es mir manchmal vor, daß mich meine jetzige Arbeit mehr anstrengt als die frühere, daß ich sie aber nicht einmal so gut verrichte wie die, und daß mich die Frau Oberköchin nur aus Mitleid in meiner Stellung hält. Schließlich muß man ja wirklich eine bessere Schulbildung gehabt haben, um Sekretärin zu werden. Es ist eine Sünde, das zu sagen, aber oft und oft fürchte ich, wahnsinnig zu werden. Um Gottes willen“, sagte sie plötzlich viel schneller und griff flüchtig nach Karls Schulter, da er die Hände unter der Decke hielt, „Sie dürfen aber der Frau Oberköchin kein Wort davon sagen, sonst bin ich wirklich verloren. Wenn ich ihr außer den Umständen, die ich ihr durch meine Arbeit mache, auch noch Leid bereiten sollte, das wäre wirklich das Höchste.“
„Es ist selbstverständlich, daß ich ihr nichts sagen werde“, antwortete Karl.
„Dann ist es gut“, sagte sie, „und bleiben Sie hier. Ich wäre froh, wenn Sie hierblieben, und wir könnten, wenn es Ihnen recht ist, zusammenhalten. Gleich, wie ich Sie zum erstenmal gesehen habe, habe ich Vertrauen zu Ihnen gehabt. Und trotzdem — denken Sie, so schlecht bin ich — habe ich auch Angst gehabt, die Frau Oberköchin könnte Sie an meiner Stelle zum Sekretär machen und mich entlassen. Erst wie ich da lange allein gesessen bin, während Sie unten im Büro waren, habe ich mir die Sache so zurechtgelegt, daß es sogar sehr gut wäre, wenn Sie meine Arbeiten übernähmen, denn die würden Sie sicher besser verstehen. Wenn Sie die Besorgungen in der Stadt nicht machen wollten, könnte ich ja diese Arbeit behalten. Sonst aber wäre ich in der Küche gewiß viel nützlicher, besonders da ich auch schon etwas stärker geworden bin.“

„Die Sache ist schon geordnet“, sagte Karl, „ich werde Liftjunge und Sie bleiben Sekretärin. Wenn Sie aber der Frau Oberköchin nur die geringste Andeutung von Ihren Plänen machen, verrate ich auch das übrige, was Sie mir heute gesagt haben, so leid es mir tun würde.“
Diese Tonart erregte Therese so sehr, daß sie sich beim Bett niederwarf und wimmernd das Gesicht ins Bettzeug drückte.
„Ich verrate ja nichts“, sagte Karl, „aber Sie dürfen auch nichts sagen.“
Nun konnte er nicht mehr ganz unter seiner Decke versteckt bleiben, streichelte ein wenig ihren Arm, fand nichts Rechtes, was er ihr sagen könne, und dachte nur, daß hier ein bitteres Leben sei. Endlich beruhigte sie sich wenigstens so weit, daß sie sich ihres Weinens schämte, sah Karl dankbar an, redete ihm zu, morgen lange zu schlafen, und versprach, wenn sie Zeit fände, gegen acht Uhr heraufzukommen und ihn zu wecken.
„Sie wecken ja so geschickt“, sagte Karl.
„Ja, einiges kann ich“, sagte sie, fuhr mit der Hand zum Abschied sanft über seine Decke hin und lief in ihr Zimmer.
Am nächsten Tag bestand Karl darauf, gleich seinen Dienst anzutreten, obwohl ihm die Oberköchin diesen Tag für die Besichtigung von Ramses freigeben wollte. Aber Karl erklärte offen, dafür werde sich noch Gelegenheit finden, jetzt sei es für ihn das Wichtigste, mit der Arbeit anzufangen, denn eine auf ein anderes Ziel gerichtete Arbeit habe er schon in Europa nutzlos abgebrochen und fange als Liftjunge in einem Alter an, in dem wenigstens die tüchtigeren Jungen nahe daran seien, in natürlicher Folge eine höhere Arbeit zu übernehmen. Es sei ganz richtig, daß er als Liftjunge anfange, aber ebenso richtig sei, daß er sich besonders beeilen müsse. Bei diesen Umständen würde ihm die Besichtigung der Stadt gar kein Vergnügen machen. Nicht einmal zu einem kurzen Weg, zu dem ihn Therese aufforderte, konnte er sich entschließen. Immer schwebte ihm der Gedanke vor Augen, es könne schließlich mit ihm, wenn er nicht fleißig sei, so weit kommen wie mit Delamarche und Robinson.
Beim Hotelschneider wurde ihm die Liftjungenuniform ausprobiert, die äußerlich sehr prächtig mit Goldknöpfen und Goldschnüren ausgestattet war, bei deren Anziehen es Karl aber doch ein wenig schauderte, denn besonders unter den Achseln war das Röckchen kalt, hart und dabei unaustrockbar naß von dem Schweiß der Liftjungen, die es vor ihm getragen hatten. Die Uniform mußte auch vor allem über der Brust eigens für Karl erweitert werden, denn keine der zehn vorliegenden wollte auch nur beiläufig passen. Trotz dieser Näharbeit, die hier notwendig war, und obwohl der Meister sehr peinlich schien — zweimal flog die bereits abgelieferte Uniform aus seiner Hand in die Werkstatt zurück –, war alles in kaum fünf Minuten erledigt, und Karl verließ das Atelier schon als Liftjunge mit anliegenden Hosen und einem, trotz der bestimmten gegenteiligen Zusicherung des Meisters, sehr

beengenden Jäckchen, das immer wieder zu Atemübungen verlockte, da man sehen wollte, ob das Atmen noch immer möglich war.
Dann meldete er sich bei jenem Oberkellner, unter dessen Befehl er stehen sollte, einem schlanken, schönen Mann mit großer Nase, der wohl schon in den Vierzigern stehen konnte. Er hatte keine Zeit, sich auch nur auf das geringste Gespräch einzulassen, und läutete bloß einen Liftjungen herbei, zufällig gerade jenen, den Karl gestern gesehen hatte. Der Oberkellner nannte ihn nur bei seinem Taufnamen Giacomo, was Karl erst später erfuhr, denn in der englischen Aussprache war der Name nicht zu erkennen. Dieser Junge bekam nun den Auftrag, Karl das für den Liftdienst Notwendige zu zeigen, aber er war so scheu und eilig, daß Karl von ihm, so wenig auch im Grunde zu zeigen war, kaum dieses Wenige erfahren konnte. Sicher war Giacomo auch deshalb verärgert, weil er den Liftdienst offenbar Karls halber verlassen mußte und den Zimmermädchen zur Hilfeleistung zugeteilt war, was ihm nach bestimmten Erfahrungen, die er aber verschwieg, entehrend vorkam. Enttäuscht war Karl vor allem dadurch, daß ein Liftjunge mit der Maschinerie des Aufzuges nur insoferne etwas zu tun hatte, als er ihn durch einen einfachen Druck auf den Knopf in Bewegung setzte, während für Reparaturen am Triebwerk derartig ausschließlich die Maschinisten des Hotels verwendet wurden, daß zum Beispiel Giacomo trotz halbjährigem Dienst beim Lift weder das Triebwerk im Keller, noch die Maschinerie im Innern des Aufzuges mit eigenen Augen gesehen hatte, obwohl ihn dies, wie er ausdrücklich sagte, sehr gefreut hätte. Überhaupt war es ein einförmiger Dienst und wegen der zwölfstündigen Arbeitszeit, abwechselnd bei Tag und Nacht, so anstrengend, daß er nach Giacomos Angaben überhaupt nicht auszuhalten war, wenn man nicht minutenweise im Stehen schlafen konnte. Karl sagte hierzu nichts, aber er begriff wohl, daß gerade diese Kunst Giacomo die Stelle gekostet hatte.
Sehr willkommen war es Karl, daß der Aufzug, den er zu besorgen hatte, nur für die obersten Stockwerke bestimmt war, weshalb er es nicht mit den anspruchsvollsten reichen Leuten zu tun haben würde. Allerdings konnte man hier auch nicht so viel lernen wie anderswo und es war nur für den Anfang gut.
Schon nach der ersten Woche sah Karl ein, daß er dem Dienst vollständig gewachsen war. Das Messing seines Aufzuges war am besten geputzt, keiner der dreißig anderen Aufzüge konnte sich damit vergleichen, und es wäre vielleicht noch leuchtender gewesen, wenn der Junge, der bei dem gleichen Aufzug diente, auch nur annähernd so fleißig gewesen wäre und sich nicht in seiner Lässigkeit durch Karls Fleiß unterstützt gefühlt hätte. Es war ein geborener Amerikaner, namens Renell, ein eitler Junge mit dunklen Augen und glatten, etwas gehöhlten Wangen. Er hatte einen eleganten Privatanzug, in dem er an dienstfreien Abenden leicht parfümiert in die Stadt eilte; hie und

da bat er auch Karl, ihn abends zu vertreten, da er in Familienangelegenheiten weggehen müsse, und es kümmerte ihn wenig, daß sein Aussehen allen solchen Ausreden widersprach. Trotzdem konnte ihn Karl gut leiden und hatte es gern, wenn Renell an solchen Abenden vor dem Ausgehen in seinem Privatanzug unten beim Lift vor ihm stehenblieb, sich noch ein wenig entschuldigte, während er die Handschuhe über die Finger zog, und dann durch den Korridor abging. Im übrigen wollte ihm Karl mit diesen Vertretungen nur eine Gefälligkeit machen, wie sie ihm gegenüber einem älteren Kollegen am Anfang selbstverständlich schien, eine dauernde Einrichtung sollte es nicht werden. Denn ermüdend genug war dieses ewige Fahren im Lift allerdings und gar in den Abendstunden hatte es fast keine Unterbrechung.

Bald lernte Karl auch die kurzen, tiefen Verbeugungen machen, die man von den Liftjungen verlangt, und das Trinkgeld fing er im Fluge ab. Es verschwand in seiner Westentasche, und niemand hätte nach seinen Mienen sagen können, ob es groß oder klein war. Vor Damen öffnete er die Tür mit einer kleinen Beigabe von Galanterie und schwang sich in den Aufzug langsam hinter ihnen, die in Sorge um ihre Röcke, Hüte und Behänge zögernder als Männer einzutreten pflegten. Während der Fahrt stand er, weil dies das unauffälligste war, knapp bei der Tür, mit dem Rücken zu seinen Fahrgästen, und hielt den Griff der Aufzugstür, um sie im Augenblick der Ankunft plötzlich und doch nicht etwa erschreckend seitwärts wegzustoßen. Selten nur klopfte ihm einer während der Fahrt auf die Schulter, um irgendeine kleine Auskunft zu bekommen, dann drehte er sich eilig um, als habe er es erwartet, und gab mit lauter Stimme Antwort. Oft gab es trotz den vielen Aufzügen, besonders nach Schluß der Theater oder nach Ankunft bestimmter Expreßzüge, ein solches Gedränge, daß er, kaum daß die Gäste oben entlassen waren, wieder hinunterrasen mußte, um die dort Wartenden aufzunehmen. Er hatte auch die Möglichkeit, durch Ziehen an einem durch den Aufzugskasten hindurchgehenden Drahtseil, die gewöhnliche Schnelligkeit zu steigern, allerdings war dies durch die Aufzugsordnung verboten und sollte auch gefährlich sein. Karl tat es auch niemals, wenn er mit Passagieren fuhr, aber wenn er sie oben abgesetzt hatte und unten andere warteten, dann kannte er keine Rücksicht und arbeitete an dem Seil mit starken, taktmäßigen Griffen wie ein Matrose. Er wußte übrigens, daß dies die anderen Liftjungen auch taten, und er wollte seine Passagiere nicht an andere Jungen verlieren. Einzelne Gäste, die längere Zeit im Hotel wohnten, was hier übrigens ziemlich gebräuchlich war, zeigten hie und da durch ein Lächeln, daß sie Karl als ihren Liftjungen erkannten, Karl nahm diese Freundlichkeit mit ernstem Gesichte, aber gerne an. Manchmal, wenn der Verkehr etwas schwächer war, konnte er auch besondere kleine Aufträge annehmen, zum Beispiel, einem Hotelgast, der sich nicht erst in sein Zimmer bemühen wollte, eine im Zimmer vergessene Kleinigkeit zu holen, dann flog er in seinem, in solchen Augenblicken ihm besonders vertrauten Aufzug allein hinauf, trat in das fremde Zimmer, wo meistens sonderbare Dinge, die er nie gesehen hatte, herumlagen oder an den Kleiderrechen hingen, fühlte den charakteristischen Geruch einer fremden Seife, eines Parfüms, eines Mundwassers und eilte, ohne sich im geringsten aufzuhalten, mit dem meist trotz undeutlichen Angaben gefundenen Gegenstand wieder zurück. Oft bedauerte er, größere Aufträge nicht übernehmen zu können, da hierfür eigene Diener und Botenjungen bestimmt waren, die ihre Wege auf Fahrrädern, ja sogar Motorrädern besorgten. Nur zu Botengängen aus den Zimmern in die Speise- oder Spielsäle konnte sich Karl bei günstiger Gelegenheit verwenden lassen.

Wenn er nach der zwölfstündigen Arbeitszeit drei Tage lang um sechs Uhr abends, die nächsten drei Tage um sechs Uhr früh aus der Arbeit kam, war er so müde, daß er geradewegs, ohne sich um jemanden zu kümmern, in sein Bett ging. Es lag im gemeinsamen Schlafsaal der Liftjungen, die Frau Oberköchin, deren Einfluß vielleicht doch nicht so groß war, wie er am ersten Abend geglaubt hatte, hatte sich zwar bemüht, ihm ein eigenes Zimmerchen zu verschaffen, und es wäre ihr wohl auch gelungen, aber da Karl sah, welche Schwierigkeiten es machte und wie die Oberköchin öfters mit seinem Vorgesetzten, jenem so beschäftigten Oberkellner, wegen dieser Sache telephonierte, verzichtete er darauf und überzeugte die Oberköchin von dem Ernst seines Verzichtes mit dem Hinweis darauf, daß er von den anderen Jungen wegen eines nicht eigentlich selbsterarbeiteten Vorzuges nicht beneidet werden wolle.

Ein ruhiges Schlafzimmer war dieser Schlafsaal allerdings nicht. Denn da jeder einzelne die freie Zeit von zwölf Stunden verschiedenartig auf Essen, Schlaf, Vergnügen und Nebenverdienst verteilte, war im Schlafsaal immerfort die größte Bewegung. Da schliefen einige und zogen die Decke über die Ohren, um nichts zu hören; wurde doch einer geweckt, dann schrie er so wütend über das Geschrei der anderen, daß auch die übrigen noch so guten Schläfer nicht standhalten konnten. Fast jeder Junge hatte seine Pfeife, es wurde damit eine Art Luxus getrieben, auch Karl hatte sich eine angeschafft und fand bald Geschmack an ihr. Nun durfte aber im Dienst nicht geraucht werden, die Folge dessen war, daß im Schlafsaal jeder, solange er nicht unbedingt schlief, auch rauchte. Infolgedessen stand jedes Bett in einer eigenen Rauchwolke und alles in einem allgemeinen Dunst. Es war unmöglich durchzusetzen, obwohl eigentlich die Mehrzahl grundsätzlich zustimmte, daß in der Nacht nur an einem Ende des Saales das Licht brennen sollte. Wäre dieser Vorschlag durchgedrungen, dann hätten diejenigen, welche schlafen wollten, dies im Dunkel der einen Saalhälfte — es war ein großer Saal mit vierzig Betten — ruhig tun können, während die anderen im beleuchteten Teil Würfel oder Karten hätten spielen und alles übrige besorgen können, wozu Licht nötig war. Hätte einer, dessen Bett in der beleuchteten Saalhälfte stand, schlafen gehen wollen, so hätte er sich in eines der freien Betten im Dunkel legen können, denn es standen immer Betten genug frei, und niemand wendete gegen eine derartige vorübergehende Benützung seines Bettes durch einen anderen etwas ein. Aber es gab keine Nacht, in der diese Einteilung befolgt worden wäre. Immer wieder fanden sich zum Beispiel zwei, welche, nachdem sie das Dunkel zu etwas Schlaf ausgenützt hatten, Lust bekamen, in ihren Betten auf einem zwischen sie gelegten Brett Karten zu spielen, und natürlich drehten sie eine passende elektrische Lampe auf, deren stechendes Licht die Schlafenden, wenn sie ihm zugewendet waren, auffahren ließ. Man wälzte sich zwar noch ein wenig herum, fand aber schließlich auch nichts Besseres zu tun, als mit dem gleichfalls geweckten Nachbarn auch ein Spiel bei neuer Beleuchtung vorzunehmen. Und wieder dampften natürlich auch alle Pfeifen. Es gab allerdings auch einige, die um jeden Preis schlafen wollten — Karl gehörte meist zu ihnen — und die, statt den Kopf aufs Kissen zu legen, ihn mit dem Kissen bedeckten oder hineinwickelten; aber wie wollte man im Schlaf bleiben, wenn der nächste Nachbar in tiefer Nacht aufstand, um vor dem Dienst noch ein wenig in der Stadt dem Vergnügen nachzugehen, wenn er in dem am Kopfende des eigenen Bettes angebrachten Waschbecken laut und wassersprühend sich wusch, wenn er die Stiefel nicht nur polternd anzog, sondern stampfend sich besser in sie hineintreten wollte — fast alle hatten trotz amerikanischer Stiefelform zu enge Stiefel –, um dann schließlich, da ihm eine Kleinigkeit in seiner Ausstattung fehlte, das Kissen des Schlafenden zu heben, unter dem man, allerdings schon längst geweckt, nur darauf wartete, auf ihn loszufahren. Nun waren sie aber auch alle Sportsleute und junge, meist kräftige Burschen, die keine Gelegenheit zu sportlichen Übungen versäumen wollten. Und man konnte sicher sein, wenn man in der Nacht, mitten aus dem Schlaf durch großen Lärm geweckt, aufsprang, auf dem Boden neben seinem Bett zwei Ringkämpfer zu finden und bei greller Beleuchtung auf allen Betten in der Runde aufrecht stehende Sachverständige in Hemd und Unterhosen. Einmal fiel anläßlich eines solchen nächtlichen Boxkampfes einer der Kämpfer über den schlafenden Karl, und das erste, was Karl beim Öffnen der Augen erblickte, war das Blut, das dem Jungen aus der Nase rann und, ehe man noch etwas dagegen unternehmen konnte, das ganze Bettzeug überfloß. Oft verbrachte Karl fast die ganzen zwölf Stunden mit Versuchen, einige Stunden Schlaf zu gewinnen, obwohl es ihn auch sehr lockte, an den Unterhaltungen der anderen teilzunehmen; aber immer wieder schien es ihm, daß alle anderen in ihrem Leben einen Vorsprung vor ihm hatten, den er durch fleißigere Arbeit und ein wenig Verzichtleistung ausgleichen müsse. Obwohl ihm also

hauptsächlich seiner Arbeit wegen am Schlaf sehr gelegen war, beklagte er sich doch weder gegenüber der Oberköchin, noch gegenüber Therese über die Verhältnisse im Schlafsaal, denn erstens trugen im ganzen und großen alle Jungen schwer daran, ohne sich ernstlich zu beklagen, und zweitens war die Plage im Schlafsaal ein notwendiger Teil seiner Aufgabe als Liftjunge, die er ja aus den Händen der Oberköchin dankbar übernommen hatte.
Einmal in der Woche hatte er beim Schichtwechsel vierundzwanzig Stunden frei, die er zum Teil dazu verwendete, bei der Oberköchin ein, zwei Besuche zu machen und mit Therese, deren kärgliche freie Zeit er abpaßte, irgendwo, in einem Winkel, auf einem Korridor und selten nur in ihrem Zimmer, einige flüchtige Reden auszutauschen. Manchmal begleitete er sie auch auf ihren Besorgungen in der Stadt, die alle höchst eilig ausgeführt werden mußten. Dann liefen sie fast, Karl mit ihrer Tasche in der Hand, zur nächsten Station der Untergrundbahn, die Fahrt verging im Nu, als werde der Zug ohne jeden Widerstand nur hingerissen, schon waren sie ihm entstiegen, klapperten, statt auf den Aufzug zu warten, der ihnen zu langsam war, die Stufen hinauf, die großen Plätze, von denen sternförmig die Straßen auseinanderflogen, erschienen und brachten ein Getümmel in den von allen Seiten geradlinig strömenden Verkehr, aber Karl und Therese eilten eng beisammen in die verschiedenen Büros, Waschanstalten, Lagerhäuser und Geschäfte, in denen telephonisch nicht leicht zu besorgende, im übrigen nicht besonders verantwortliche Bestellungen oder Beschwerden auszurichten waren. Therese merkte bald, daß Karls Hilfe hiebei nicht zu verachten war, daß sie vielmehr in vieles eine große Beschleunigung brachte. Niemals mußte sie in seiner Begleitung wie sonst oft darauf warten, daß die überbeschäftigten Geschäftsleute sie anhörten. Er trat an das Pult und klopfte so lange mit den Knöcheln darauf, bis es half, er rief über Menschenmauern sein noch immer etwas überspitztes, aus hundert Stimmen leicht herauszuhörendes Englisch hin, er ging auf die Leute ohne Zögern zu, und mochten sie sich hochmütig in die Tiefe der längsten Geschäftssäle zurückgezogen haben. Er tat es nicht aus Übermut und würdigte jeden Widerstand, aber er fühlte sich in einer sicheren Stellung, die ihm Rechte gab, das Hotel Occidental war eine Kundschaft, deren man nicht spotten durfte, und schließlich war Therese trotz ihrer geschäftlichen Erfahrung hilfsbedürftig. „Sie sollten immer mitkommen", sagte sie manchmal, glücklich lachend, wenn sie von einer besonders gut ausgeführten Unternehmung kamen.
Nur dreimal während der eineinhalb Monate, die Karl in Ramses blieb, war er längere Zeit, über ein paar Stunden, in Thereses Zimmerchen. Es war natürlich kleiner als irgendein Zimmer der Oberköchin, die wenigen Dinge, welche darin standen, waren gewissermaßen nur um das Fenster gelagert, aber Karl verstand schon nach seinen Erfahrungen aus dem Schlafsaal den Wert eines eigenen, verhältnismäßig ruhigen Zimmers, und wenn er es auch

nicht ausdrücklich sagte, so merkte Therese doch, wie ihm ihr Zimmer gefiel. Sie hatte keine Geheimnisse vor ihm, und es wäre auch nicht gut möglich gewesen, nach ihrem Besuch damals, am ersten Abend, noch Geheimnisse vor ihm zu haben. Sie war ein uneheliches Kind, ihr Vater war Baupolier und hatte die Mutter und das Kind aus Pommern sich nachkommen lassen; aber als hätte er damit seine Pflicht erfüllt oder als hätte er andere Menschen erwartet als die abgearbeitete Frau und das schwache Kind, die er an der Landungsstelle in Empfang nahm, war er bald nach ihrer Ankunft ohne viel Erklärungen nach Kanada ausgewandert, und die Zurückgebliebenen hatten weder einen Brief noch eine sonstige Nachricht von ihm erhalten, was zum Teil auch nicht zu verwundern war, denn sie waren in den Massenquartieren des New Yorker Ostens unauffindbar verloren.

Einmal erzählte Therese — Karl stand neben ihr beim Fenster und sah auf die Straße — vom Tode ihrer Mutter. Wie die Mutter und sie an einem Winterabend — sie konnte damals etwa fünf Jahre alt gewesen sein — jede mit ihrem Bündel durch die Straßen eilten, um Schlafstellen zu suchen. Wie die Mutter sie zuerst bei der Hand führte — es war ein Schneesturm und nicht leicht vorwärtszukommen –, bis die Hand erlahmte und sie Therese, ohne sich nach ihr umzusehen, losließ, die sich nun Mühe geben mußte, sich selbst an den Röcken der Mutter festzuhalten. Oft stolperte Therese und fiel sogar, aber die Mutter war wie in einem Wahn und hielt nicht an. Und diese Schneestürme in den langen, geraden New Yorker Straßen! Karl hatte noch keinen Winter in New York mitgemacht. Geht man gegen den Wind, und der dreht sich im Kreise, kann man keinen Augenblick die Augen öffnen, immerfort zerreibt einem der Wind den Schnee auf dem Gesicht, man läuft, aber kommt nicht weiter, es ist etwas Verzweifeltes. Ein Kind ist dabei natürlich gegen die Erwachsenen im Vorteil, es läuft unter dem Wind durch und hat noch ein wenig Freude an allem. So hatte auch damals Therese ihre Mutter nicht ganz begreifen können, und sie war fest davon überzeugt, daß, wenn sie sich an jenem Abend klüger — sie war eben noch ein so kleines Kind — zu ihrer Mutter verhalten hätte, diese nicht einen so jammervollen Tod hätte erleiden müssen. Die Mutter war damals schon zwei Tage ohne Arbeit gewesen, nicht das kleinste Geldstück war mehr vorhanden, der Tag war ohne einen Bissen im Freien verbracht worden, und in ihren Bündeln schleppten sie nur unbrauchbare Fetzen mit sich herum, die sie, vielleicht aus Aberglauben, nicht wegzuwerfen wagten. Nun war der Mutter für den nächsten Morgen Arbeit bei einem Bau in Aussicht gestellt worden, aber sie fürchtete, wie sie Therese den ganzen Tag über zu erklären suchte, die günstige Gelegenheit nicht ausnützen zu können, denn sie fühlte sich todmüde, hatte schon am Morgen zum Schrecken der Passanten auf der Gasse viel Blut gehustet, und ihre einzige Sehnsucht war, irgendwo in die Wärme zu kommen und sich auszuruhen. Und gerade an diesem Abend war es unmöglich, ein Plätzchen zu bekommen. Dort, wo sie nicht schon vom Hausbesorger aus dem Torgang gewiesen wurden, in dem man sich immerhin vom Wetter ein wenig hätte erholen können, durcheilten sie die engen, eisigen Korridore, durchstiegen die hohen Stockwerke, umkreisten die schmalen Terrassen der Höfe, klopften wahllos an Türen, wagten einmal niemanden anzusprechen, baten dann jeden, der ihnen entgegenkam, und einmal oder zweimal hockte die Mutter atemlos auf der Stufe einer stillen Treppe nieder, riß Therese, die sich fast wehrte, an sich und küßte sie mit schmerzhaftem Anpressen der Lippen. Wenn man nachher weiß, daß das die letzten Küsse waren, begreift man nicht, daß man, und mag man ein kleiner Wurm gewesen sein, so blind sein konnte, das nicht einzusehen. In manchen Zimmern, an denen sie vorüberkamen, waren die Türen geöffnet, um eine erstickende Luft herauszulassen, und aus dem rauchigen Dunst, der, wie durch einen Brand verursacht, die Zimmer erfüllte, trat nur die Gestalt irgend jemandes hervor, der im Türrahmen stand und entweder durch seine stumme Gegenwart oder durch ein kurzes Wort die Unmöglichkeit eines Unterkommens in dem betreffenden Zimmer bewies. Therese schien es jetzt im Rückblick, daß die Mutter nur in den ersten Stunden ernstlich einen Platz suchte, denn nachdem etwa Mitternacht vorüber war, hat sie wohl niemanden mehr angesprochen, obwohl sie mit kleinen Pausen bis zur Morgendämmerung nicht aufhörte weiterzueilen und obwohl in diesen Häusern, in denen weder Haustore noch Wohnungstüren je verschlossen werden, immerfort Leben ist und einem auf Schritt und Tritt Menschen begegnen. Natürlich war es kein Laufen, das sie rasch weiterbrachte, sondern es war nur die äußerste Anstrengung, deren sie fähig waren, und es konnte in Wirklichkeit ganz gut auch bloß ein Schleichen sein. Therese wußte auch nicht, ob sie von Mitternacht bis fünf Uhr früh in zwanzig Häusern oder in zwei oder gar nur in einem Haus gewesen waren. Die Korridore dieser Häuser sind nach schlauen Plänen der besten Raumausnützung, aber ohne Rücksicht auf leichte Orientierung angelegt; wie oft waren sie wohl durch die gleichen Korridore gekommen! Therese hatte wohl in dunkler Erinnerung, daß sie das Tor eines Hauses, das sie ewig durchsucht hatten, wieder verließen, aber ebenso schien es ihr, daß sie sich auf der Gasse gleich umgewandt und wieder in dieses Haus gestürzt hätten. Für das Kind war es natürlich ein unbegreifliches Leid, einmal von der Mutter gehalten, einmal sich an ihr festhaltend, ohne ein kleines Wort des Trostes mitgeschleift zu werden, und das Ganze schien damals für seinen Unverstand nur die Erklärung zu haben, daß die Mutter von ihm weglaufen wolle. Darum hielt sich Therese desto fester, selbst wenn die Mutter sie an einer Hand hielt, der Sicherheit halber auch noch mit der anderen Hand an den Röcken der Mutter, und heulte in Abständen. Sie wollte nicht hier zurückgelassen werden, zwischen den Leuten, die vor ihnen die Treppe stampfend emporstiegen, die hinter ihnen, noch nicht zu sehen, hinter einer Wendung der Treppe herankamen, die in den Gängen vor einer Tür Streit miteinander hatten und einander gegenseitig in das Zimmer hineinstießen. Betrunkene wanderten mit dumpfem Gesang im Haus umher, und glücklich schlüpfte noch die Mutter mit Therese durch solche sich gerade schließende Gruppen. Gewiß hätten sie spät in der Nacht, wo man nicht mehr so achtgab und niemand mehr unbedingt auf seinem Recht bestand, wenigstens in einen der allgemeinen, von Unternehmern vermieteten Schlafsäle sich drängen können, an deren einigen sie vorüberkamen, aber Therese verstand es nicht, und die Mutter wollte keine Ruhe mehr. Am Morgen, dem Beginn eines schönen Wintertages, lehnten sie beide an einer Hausmauer und hatten dort vielleicht ein wenig geschlafen, vielleicht nur mit offenen Augen herumgestarrt. Es zeigte sich, daß Therese ihr Bündel verloren hatte, und die Mutter machte sich daran, Therese zur Strafe für die Unachtsamkeit zu schlagen, aber Therese hörte keinen Schlag und spürte keinen. Sie gingen dann weiter durch die sich belebenden Gassen, die Mutter an der Mauer, kamen über eine Brücke, wo die Mutter mit der Hand den Reif vom Geländer streifte, und gelangten schließlich, damals hatte Therese es hingenommen, heute verstand sie es nicht, gerade zu jenem Bau, zu dem die Mutter für jenen Morgen bestellt war. Sie sagte Therese nicht, ob sie warten oder weggehen solle, und Therese nahm dies als Befehl zum Warten, da dies ihren Wünschen am besten entsprach. Sie setzte sich also auf einen Ziegelhaufen und sah zu, wie die Mutter ihr Bündel aufschnürte, einen bunten Fetzen herausnahm und damit ihr Kopftuch umband, das sie während der ganzen Nacht getragen hatte. Therese war zu müde, als daß ihr auch nur der Gedanke gekommen wäre, der Mutter zu helfen. Ohne sich in der Bauhütte zu melden, wie dies üblich war, und ohne jemanden zu fragen, stieg die Mutter eine Leiter hinauf, als wisse sie schon selbst, welche Arbeit ihr zugeteilt war. Therese wunderte sich darüber, da die Handlangerinnen gewöhnlich nur unten mit Kalklöschen, mit dem Hinreichen der Ziegel und mit sonstigen einfachen Arbeiten beschäftigt werden. Sie dachte daher, die Mutter wolle heute eine besser bezahlte Arbeit ausführen, und lächelte verschlafen zu ihr hinauf. Der Bau war noch nicht hoch, kaum bis zum Erdgeschoß, gediehen, wenn auch schon die hohen Gerüststangen für den weiteren Bau, allerdings noch ohne Verbindungshölzer, zum blauen Himmel ragten. Oben umging die Mutter geschickt die Maurer, die Ziegel auf Ziegel legten und sie unbegreiflicherweise nicht zur Rede stellten, sie hielt sich vorsichtig mit zarter Hand an einem Holzverschlag, der als Geländer diente, und Therese staunte unten in ihrem Dusel diese Geschicklichkeit an und glaubte noch einen freundlichen Blick der Mutter erhalten zu haben. Nun kam aber die Mutter auf ihrem Gang zu einem kleinen Ziegelhaufen, vor dem das Geländer und wahrscheinlich auch der Weg aufhörte, aber sie hielt sich nicht daran, ging auf den Ziegelhaufen los, ihre Geschicklichkeit schien sie verlassen zu haben, sie stieß den Ziegelhaufen um und fiel über ihn hinweg in die Tiefe. Viele Ziegel rollten ihr nach und schließlich, eine ganze Weile später, löste sich irgendwo ein schweres Brett los und krachte auf sie nieder. Die letzte Erinnerung Thereses an ihre Mutter war, wie sie mit auseinandergestreckten Beinen dalag in dem karierten Rock, der noch aus Pommern stammte, wie jenes auf ihr liegende rohe Brett sie fast bedeckte, wie nun die Leute von allen Seiten zusammenliefen und wie oben vom Bau irgendein Mann zornig etwas hinunterrief.

Es war spät geworden, als Therese ihre Erzählung beendet hatte. Sie hatte ausführlich erzählt, wie es sonst nicht ihre Gewohnheit war, und gerade bei gleichgültigen Stellen, wie bei der Beschreibung der Gerüststangen, die jede für sich allein in den Himmel ragten, hatte sie mit Tränen in den Augen innehalten müssen. Sie wußte jede Kleinigkeit, die damals vorgefallen war, jetzt, nach zehn Jahren, ganz genau, und weil der Anblick ihrer Mutter oben im halbfertigen Erdgeschoß das letzte Andenken an das Leben der Mutter war und sie es ihrem Freunde gar nicht deutlich genug überantworten konnte, wollte sie nach dem Schlusse ihrer Erzählung noch einmal darauf zurückkommen, stockte aber, legte das Gesicht in die Hände und sagte kein Wort mehr.

Es gab aber auch lustigere Zeiten in Theresens Zimmer. Gleich bei seinem ersten Besuch hatte Karl dort ein Lehrbuch der kaufmännischen Korrespondenz liegen gesehen und auf seine Bitten geborgt erhalten. Es wurde gleichzeitig besprochen, daß Karl die im Buch enthaltenen Aufgaben machen und Therese, die das Buch, soweit es für ihre kleinen Arbeiten nötig war, schon durchstudiert hatte, zur Durchsicht vorlegen solle. Nun lag Karl ganze Nächte lang, Watte in den Ohren, unten auf seinem Bett im Schlafsaal, der Abwechslung halber in allen möglichen Lagen, las im Buch und kritzelte die Aufgaben in ein Heftchen, mit einer Füllfeder, die ihm die Oberköchin zur Belohnung dafür geschenkt hatte, daß er für sie ein großes Inventarverzeichnis sehr praktisch angelegt und rein ausgeführt hatte. Es gelang ihm, die meisten Störungen der anderen Jungen dadurch zum Guten zu wenden, daß er sich von ihnen immer kleine Ratschläge in der englischen Sprache geben ließ, bis sie dessen müde wurden und ihn in Ruhe ließen. Oft staunte er, wie die anderen mit ihrer gegenwärtigen Lage ganz ausgesöhnt waren, ihren provisorischen Charakter — ältere als zwanzigjährige Liftjungen wurden nicht geduldet — gar nicht fühlten, die Notwendigkeit einer Entscheidung über ihren künftigen Beruf nicht einsahen und trotz Karls Beispiel nichts anderes lasen als höchstens Detektivgeschichten, die in schmutzigen Fetzen von Bett zu Bett gereicht wurden.

Bei den Zusammenkünften korrigierte nun Therese mit übergroßer Umständlichkeit; es ergaben sich strittige Ansichten, Karl führte als Zeugen

seinen großen New Yorker Professor an, aber der galt bei Therese ebenso wenig wie die grammatikalischen Meinungen der Liftjungen. Sie nahm ihm die Füllfeder aus der Hand und strich die Stelle, von deren Fehlerhaftigkeit sie überzeugt war, durch, Karl aber strich in solchen Zweifelsfällen, obwohl im allgemeinen keine höhere Autorität als Therese die Sache zu Gesicht bekommen sollte, aus Genauigkeit die Striche Theresens wieder durch. Manchmal allerdings kam die Oberköchin und entschied dann immer zu Theresens Gunsten, was noch nicht beweisend war, denn Therese war ihre Sekretärin. Gleichzeitig aber brachte sie die allgemeine Versöhnung, denn es wurde Tee gekocht, Gebäck geholt, und Karl mußte von Europa erzählen, allerdings mit vielen Unterbrechungen von seiten der Oberköchin, die immer wieder fragte und staunte, wodurch sie Karl zu Bewußtsein brachte, wie vieles sich dort in verhältnismäßig kurzer Zeit von Grund aus geändert hatte und wie vieles wohl auch schon seit seiner Abwesenheit anders geworden war und immerfort anders wurde.
Karl mochte etwa einen Monat in Ramses gewesen sein, als ihm eines Abends Renell im Vorübergehen sagte, er sei vor dem Hotel von einem Mann mit Namen Delamarche angesprochen und nach Karl ausgefragt worden. Renell habe nun keinen Grund gehabt, etwas zu verschweigen, und habe der Wahrheit gemäß erzählt, daß Karl Liftjunge sei, jedoch Aussicht habe, infolge der Protektion der Oberköchin noch ganz andere Stellen zu bekommen. Karl merkte, wie vorsichtig Renell von Delamarche behandelt worden war, der ihn sogar für diesen Abend zu einem gemeinsamen Nachtmahl eingeladen hatte.
„Ich habe nichts mehr mit Delamarche zu tun“, sagte Karl „nimm du dich nur auch vor ihm in acht!“
„Ich?“, sagte Renell, streckte sich und eilte weg. Er war der zierlichste Junge im Hotel, und es ging unter den anderen Jungen, ohne daß man den Urheber wußte, das Gerücht um, daß er von einer vornehmen Dame, die schon längere Zeit im Hotel wohnte, im Lift zumindest abgeküßt worden sei. Für den, der das Gerücht kannte, hatte es unbedingt einen großen Reiz, jene selbstbewußte Dame, in deren Äußerem nicht das Geringste die Möglichkeit eines solchen Benehmens ahnen ließ, mit ihren ruhigen, leichten Schritten, zarten Schleiern, streng geschnürter Taille an sich vorübergehen zu sehen. Sie wohnte im ersten Stock, und Renells Lift war nicht der ihre, aber man konnte natürlich, wenn die anderen Lifts augenblicklich besetzt waren, solchen Gästen den Eintritt in einen anderen Lift nicht verwehren. So kam es, daß diese Dame hie und da in Karls und Renells Lift fuhr, und tatsächlich immer nur, wenn Renell Dienst hatte. Es konnte Zufall sein, aber niemand glaubte daran, und wenn der Lift mit den beiden abfuhr, gab es in der ganzen Reihe der Liftjungen eine mühsam unterdrückte Unruhe, die sogar schon zum Einschreiten eines Oberkellners geführt hatte. Sei es nun, daß die Dame,

sei es, daß das Gerücht die Ursache war, jedenfalls hatte sich Renell verändert, war noch bei weitem selbstbewußter geworden, überließ das Putzen gänzlich Karl, der schon auf die nächste Gelegenheit einer gründlichen Aussprache hierüber wartete, und war im Schlafsaal gar nicht mehr zu sehen. Kein anderer war so vollständig aus der Gemeinschaft der Liftjungen ausgetreten, denn im allgemeinen hielten alle, zumindest in Dienstfragen, streng zusammen und hatten eine Organisation, die von der Hoteldirektion anerkannt war.

Alles dieses ließ sich Karl durch den Kopf gehen, dachte auch an Delamarche, und verrichtete im übrigen seinen Dienst wie immer. Gegen Mitternacht hatte er eine kleine Abwechslung, denn Therese, die ihn öfters mit kleinen Geschenken überraschte, brachte ihm einen großen Apfel und eine Tafel Schokolade. Sie unterhielten sich ein wenig, durch die Unterbrechungen, welche die Fahrten mit dem Aufzug brachten, kaum gestört. Das Gespräch kam auch auf Delamarche, und Karl merkte, daß er sich eigentlich durch Therese hatte beeinflussen lassen, wenn er ihn seit einiger Zeit für einen gefährlichen Menschen hielt, denn so erschien er allerdings Therese nach Karls Erzählungen. Karl jedoch hielt ihn im Grunde nur für einen Lumpen, der durch das Unglück sich hatte verderben lassen und mit dem man schon auskommen konnte. Therese widersprach dem aber sehr lebhaft und forderte Karl in langen Reden das Versprechen ab, kein Wort mit Delamarche mehr zu reden. Statt dieses Versprechen zu geben, drängte sie Karl wiederholt, schlafen zu gehen, da Mitternacht schon längst vorüber war, und als sie sich weigerte, drohte er, seinen Posten zu verlassen und sie in ihr Zimmer zu führen. Als sie endlich bereit war wegzugehen, sagte er: „Warum machst du dir so unnötige Sorgen, Therese? Für den Fall, daß du dadurch besser schlafen solltest, verspreche ich dir gerne, daß ich mit Delamarche nur reden werde, wenn es sich nicht vermeiden läßt.“ Dann kamen viele Fahrten, denn der Junge am Nebenlift wurde zu irgendeiner anderen Hilfeleistung verwendet, und Karl mußte beide Lifts besorgen. Es gab Gäste, die von Unordnung sprachen, und ein Herr, der eine Dame begleitete, berührte Karl sogar leicht mit dem Spazierstock, um ihn zur Eile anzutreiben, eine Ermahnung, die recht unnötig war. Wenn doch wenigstens die Gäste, da sie sahen, daß bei dem einen Lift kein Junge stand, gleich zu Karls Lift getreten wären, aber das taten sie nicht, sondern gingen zu dem Nebenlift und blieben dort, die Hand an der Klinke, stehen oder traten gar selbst in den Aufzug ein, was nach dem strengsten Paragraphen der Dienstordnung die Liftjungen um jeden Preis verhüten sollten. So gab es für Karl ein sehr ermüdendes Hin- und Herlaufen, ohne daß er aber dabei das Bewußtsein gehabt hätte, seine Pflicht genau zu erfüllen. Gegen drei Uhr früh wollte überdies ein Packträger, ein alter Mann, mit dem er ein wenig befreundet war, irgendeine Hilfeleistung von ihm haben, aber die konnte er nun keinesfalls leisten, denn gerade standen Gäste vor seinen beiden Lifts, und es gehörte Geistesgegenwart dazu, sich sofort mit großen Schritten für eine Gruppe zu entscheiden. Er war daher glücklich, als der andere Junge wieder antrat, und rief ein paar Worte des Vorwurfs wegen seines langen Ausbleibens zu ihm hinüber, obwohl er wahrscheinlich keine Schuld daran hatte.

Nach vier Uhr früh trat ein wenig Ruhe ein, aber Karl brauchte sie auch schon dringend. Er lehnte schwer am Geländer neben seinem Aufzug, aß langsam den Apfel, aus dem schon nach dem ersten Biß ein starker Duft strömte, und sah in einen Lichtschacht hinunter, der von den großen Fenstern der Vorratskammern umgeben war, hinter denen hängende Massen von Bananen im Dunkel gerade noch schimmerten.

Der Fall Robinson

Da klopfte ihm jemand auf die Schulter. Karl, der natürlich dachte, es wäre ein Gast, steckte den Apfel eiligst in die Tasche und eilte, kaum daß er den Mann ansah, zum Aufzug hin. „Guten Abend, Herr Roßmann“, sagte nun aber der Mann „ich bin es, Robinson.“ „Sie haben sich aber verändert!“, sagte Karl und schüttelte den Kopf.

„Ja, es geht mir gut“, sagte Robinson und sah an seiner Kleidung hinunter, die vielleicht aus ziemlich feinen Stücken bestand, aber so zusammengewürfelt war, daß sie geradezu schäbig aussah. Das Auffallendste war eine offenbar zum erstenmal getragene weiße Weste mit vier kleinen, schwarz eingefaßten Täschchen, auf die Robinson auch durch Vorstrecken der Brust aufmerksam zu machen suchte.

„Sie haben teuere Kleider“, sagte Karl und dachte flüchtig an sein schönes einfaches Kleid, in dem er sogar neben Renell hätte bestehen können und das die zwei schlechten Freunde verkauft hatten. „Ja“, sagte Robinson, „ich kaufe mir fast jeden Tag irgend etwas. Wie gefällt Ihnen die Weste?“ „Ganz gut“, sagte Karl.

„Es sind aber keine wirklichen Taschen, das ist nur so gemacht“, sagte Robinson und faßte Karl bei der Hand, damit sich dieser selbst davon überzeuge. Aber Karl wich zurück, denn aus Robinsons Mund kam ein unerträglicher Branntweingeruch.

„Sie trinken wieder viel“, sagte Karl und stand schon wieder am Geländer.

„Nein“, sagte Robinson, „nicht viel“, und fügte im Widerspruch zu seiner früheren Zufriedenheit hinzu: „Was hat der Mensch sonst auf der Welt.“ Eine Fahrt unterbrach das Gespräch, und kaum war Karl wieder unten, erfolgte ein telephonischer Anruf, laut dessen Karl den Hotelarzt holen sollte, da eine Dame im siebenten Stockwerk einen Ohnmachtsanfall erlitten hatte. Während dieses Weges hoffte Karl im geheimen, daß Robinson sich inzwischen entfernt haben werde, denn er wollte nicht mit ihm gesehen werden und, in Gedanken an Theresens Warnung, auch von Delamarche nichts hören. Aber Robinson wartete noch in der steifen Haltung eines Vollgetrunkenen, und gerade ging ein höherer Hotelbeamter in schwarzem Gehrock und Zylinderhut vorüber, glücklicherweise ohne Robinson, wie es schien, besonders zu beachten.

„Wollen Sie, Roßmann, nicht einmal zu uns kommen, wir haben es jetzt sehr fein“, sagte Robinson und sah Karl lockend an.

„Laden Sie mich ein oder Delamarche?“, fragte Karl.

„Ich und Delamarche. Wir sind darin einig“, sagte Robinson.

„Dann sage ich Ihnen und bitte Sie, Delamarche das gleiche auszurichten: Unser Abschied war, wenn das nicht schon an und für sich klar gewesen sein sollte, ein endgültiger. Sie beide haben mir mehr Leid getan als irgend jemand. Haben Sie sich vielleicht in den Kopf gesetzt, mich auch weiterhin nicht in Ruhe zu lassen?“

„Wir sind doch Ihre Kameraden“, sagte Robinson, und widerliche Tränen der Trunkenheit stiegen ihm in die Augen. „Delamarche läßt Ihnen sagen, daß er Sie für alles Frühere entschädigen will. Wir wohnen jetzt mit Brunelda zusammen, einer herrlichen Sängerin.“ Und im Anschluß daran wollte er gerade ein Lied in hohen Tönen singen, wenn ihn nicht Karl noch rechtzeitig angezischt hätte:

„Schweigen Sie, aber augenblicklich; wissen Sie denn nicht, wo Sie sind!“

„Roßmann“, sagte Robinson, nun rücksichtlich des Singens eingeschüchtert „ich bin doch Ihr Kamerad, sagen Sie, was Sie wollen. Und nun haben Sie hier eine so schöne Position, könnten Sie mir einiges Geld überlassen?“

„Sie vertrinken es ja bloß wieder“, sagte Karl, „da sehe ich in Ihrer Tasche sogar irgendeine Branntweinflasche, aus der Sie gewiß, während ich weg war, getrunken haben, denn anfangs waren Sie ja noch ziemlich bei Sinnen.“

„Das ist nur zur Stärkung, wenn ich auf einem Wege bin“, sagte Robinson entschuldigend.

„Ich will Sie ja nicht mehr bessern“, sagte Karl.

„Aber das Geld!“, sagte Robinson mit aufgerissenen Augen.

„Sie haben wohl von Delamarche den Auftrag bekommen, Geld mitzubringen. Gut, ich gebe Ihnen Geld, aber nur unter der Bedingung, daß Sie sofort von hier fortgehen und niemals mehr mich hier besuchen. Wenn Sie mir etwas mitteilen wollen, schreiben Sie an mich. Karl Roßmann, Liftjunge, Hotel Occidental, genügt als Adresse. Aber hier dürfen Sie, das wiederhole ich, mich nicht mehr besuchen. Hier bin ich im Dienst und habe keine Zeit für Besuche. Wollen Sie also das Geld unter dieser Bedingung?“, fragte Karl und griff in die Westentaschen, denn er war entschlossen, das Trinkgeld der heutigen Nacht zu opfern. Robinson nickte bloß zu der Frage und atmete schwer. Karl deutete das unrichtig und fragte nochmals: „Ja oder nein?“

Da winkte ihn Robinson zu sich heran und flüsterte unter Schlingbewegungen, die schon ganz deutlich waren: „Roßmann, mir ist sehr schlecht.“

„Zum Teufel“, entfuhr es Karl, und mit beiden Händen schleppte er ihn zum Geländer. Und schon ergoß es sich aus Robinsons Mund in die Tiefe. Hilflos strich er in den Pausen, die ihm seine Übelkeit ließ, blindlings zu Karl hin.

„Sie sind wirklich ein guter Junge“, sagte er dann, oder: „Es hört schon auf“, was aber noch lange nicht richtig war, oder: „Die Hunde, was haben sie mir dort für ein Zeug eingegossen!“ Karl hielt es vor Unruhe und Ekel bei ihm nicht mehr aus und begann auf und ab zu gehen. Hier, im Winkel neben dem Aufzug, war ja Robinson ein wenig versteckt, aber wie, wenn ihn doch jemand bemerkte, einer dieser nervösen, reichen Gäste, die nur darauf warten, dem herbeilaufenden Hotelbeamten eine Beschwerde mitzuteilen, für welche dieser dann wütend am ganzen Hause Rache nimmt, oder wenn einer dieser immerfort wechselnden Hoteldetektive vorüberkäme, die niemand kennt außer der Direktion und die man in jedem Menschen vermutet, der prüfende Blicke, vielleicht bloß aus Kurzsichtigkeit, macht. Und unten brauchte nur jemand bei dem die ganze Nacht nicht aussetzenden Restaurationsbetrieb in die Vorratskammern zu gehen, staunend die Scheußlichkeit im Lichtschacht zu bemerken und Karl telephonisch anzufragen, was denn um Himmels willen da oben los sei. Konnte Karl dann Robinson verleugnen? Und wenn er es täte, würde sich nicht Robinson in seiner Dummheit und Verzweiflung statt aller Entschuldigung gerade nur auf Karl berufen? Und mußte dann nicht Karl sofort entlassen werden, da dann das Unerhörte geschehen war, daß ein Liftjunge, der niedrigste und entbehrlichste Angestellte in der ungeheueren Stufenleiter der Dienerschaft dieses Hotels, durch seinen Freund das Hotel hatte beschmutzen und die Gäste erschrecken oder ganz vertreiben lassen? Konnte man einen Liftjungen weiter dulden, der solche Freunde hatte, von denen er sich überdies während seiner Dienststunden besuchen ließ? Sah es nicht ganz so aus, als ob ein solcher Liftjunge selbst ein Säufer oder gar etwas Ärgeres sei, denn welche Vermutung war einleuchtender, als daß er seine Freunde aus den Vorräten des Hotels so lange überfütterte, bis sie an einer beliebigen Stelle dieses gleichen, peinlich rein gehaltenen Hotels solche Dinge ausführten, wie jetzt Robinson? Und warum sollte sich ein solcher Junge auf die Diebstähle von Lebensmitteln beschränken, da doch die Möglichkeiten zu stehlen bei der bekannten Nachlässigkeit der Gäste, den überall offenstehenden Schränken, den auf den Tischen herumliegenden Kostbarkeiten, den aufgerissenen Kassetten, den gedankenlos hingeworfenen Schlüsseln wirklich unzählige waren?

Gerade sah Karl in der Ferne Gäste aus einem Kellerlokal heraufsteigen, in dem eben eine Varietévorstellung beendet worden war. Karl stellte sich zu seinem Aufzug und wagte sich gar nicht nach Robinson umzudrehen, aus Furcht vor dem, was er zu sehen bekommen könnte. Es beruhigte ihn wenig, daß er keinen Laut, nicht einmal einen Seufzer, von dort hörte. Er bediente zwar seine Gäste und fuhr mit ihnen auf und ab, aber seine Zerstreutheit konnte er doch nicht ganz verbergen, und bei jeder Abwärtsfahrt war er darauf gefaßt, unten eine peinliche Überraschung vorzufinden.

Endlich hatte er wieder Zeit, nach Robinson zu sehen, der in seinem Winkel ganz klein kauerte und das Gesicht gegen die Knie drückte. Seinen runden, harten Hut hatte er weit aus der Stirne geschoben.

„Also jetzt gehen Sie schon“, sagte Karl leise und bestimmt. „Hier ist das Geld. Wenn Sie sich beeilen, kann ich Ihnen noch den kürzesten Weg zeigen.“

„Ich werde nicht weggehen können“, sagte Robinson und wischte sich mit einem winzigen Taschentuche die Stirn, „ich werde hier sterben. Sie können sich nicht vorstellen, wie schlecht mir ist. Delamarche nimmt mich überall in die feinen Lokale mit, aber ich vertrage dieses zimperliche Zeug nicht, ich sage es Delamarche täglich.“
„Hier können Sie nun einmal nicht bleiben“, sagte Karl, „bedenken Sie doch, wo Sie sind. Wenn man Sie hier findet, werden Sie bestraft, und ich verliere meinen Posten. Wollen Sie das?“
„Ich kann nicht weggehen“, sagte Robinson, „lieber springe ich da hinunter“, und er zeigte zwischen den Geländerstangen in den Lichtschacht.
„Wenn ich hier so sitze, so kann ich es noch ertragen, aber aufstehen kann ich nicht, ich habe es ja schon versucht, während Sie weg waren.“
„Dann hole ich also einen Wagen, und Sie fahren ins Krankenhaus“, sagte Karl und schüttelte ein wenig Robinsons Beine, der jeden Augenblick in völlige Teilnahmslosigkeit zu verfallen drohte. Aber kaum hatte Robinson das Wort Krankenhaus gehört, das ihm schreckliche Vorstellungen zu erwecken schien, als er laut zu weinen anfing und die Hände, um Gnade bittend, nach Karl ausstreckte. „Still“, sagte Karl, schlug ihm mit einem Klaps die Hände nieder, lief zu dem Liftjungen, den er in der Nacht vertreten hatte, bat ihn für ein kleines Weilchen um die gleiche Gefälligkeit, eilte zu Robinson zurück, zog den noch immer Schluchzenden mit aller Kraft in die Höhe und flüsterte ihm zu: „Robinson, wenn Sie wollen, daß ich mich Ihrer annehme, dann strengen Sie sich aber an, jetzt eine ganz kleine Strecke Wegs aufrecht zu gehen. Ich führe Sie nämlich in mein Bett, in dem Sie so lange bleiben können, bis Ihnen gut ist. Sie werden staunen, wie bald Sie sich erholen werden. Aber jetzt benehmen Sie sich nur vernünftig, denn auf den Gängen sind überall Leute, und auch mein Bett ist in einem allgemeinen Schlafsaal. Wenn man auf Sie auch nur ein wenig aufmerksam wird, kann ich nichts mehr für Sie tun. Und die Augen müssen Sie offenhalten, ich kann Sie da nicht wie einen Todkranken herumführen.“
„Ich will ja alles tun, was Sie für recht halten“, sagte Robinson, „aber Sie allein werden mich nicht führen können. Könnten Sie nicht noch Renell holen?“ „Renell ist nicht hier“, sagte Karl.
„Ach ja“, sagte Robinson, „Renell ist mit Delamarche beisammen. Die beiden haben mich ja nach Ihnen ausgeschickt. Ich verwechsle schon alles.“ Karl benützte diese und noch andere unverständliche Selbstgespräche Robinsons, um ihn vorwärts zu schieben, und kam mit ihm auch glücklich bis zu einer Ecke, von der aus ein etwas schwächer beleuchteter Gang zum Schlafsaal der Liftjungen führte. Gerade jagte in vollem Lauf ein Liftjunge auf sie zu und an ihnen vorüber. Im übrigen hatten sie bis jetzt nur ungefährliche Begegnungen gehabt; zwischen vier und fünf Uhr war nämlich die stillste Zeit, und Karl hatte wohl gewußt, daß, wenn ihm das Wegschaffen

Robinsons jetzt nicht gelänge, in der Morgendämmerung und im beginnenden Tagesverkehr überhaupt nicht mehr daran zu denken wäre.
Im Schlafsaal war am anderen Ende des Saales gerade eine große Rauferei oder sonstige Veranstaltung im Gange, man hörte rhythmisches Händeklatschen, aufgeregtes Füßetrappeln und sportliche Zurufe. In der bei der Tür gelegenen Saalhälfte sah man in den Betten nur wenige unbeirrte Schläfer, die meisten lagen auf dem Rücken und starrten in die Luft, während hie und da einer, bekleidet oder unbekleidet, wie er gerade war, aus dem Bett sprang, um nachzusehen, wie die Dinge am anderen Saalende standen. So brachte Karl Robinson, der sich an das Gehen inzwischen ein wenig gewöhnt hatte, ziemlich unbeachtet in Renells Bett, da es der Türe sehr nahe lag und glücklicherweise nicht besetzt war, während in seinem eigenen Bett, wie er aus der Ferne sah, ein fremder Junge, den er gar nicht kannte, ruhig schlief. Kaum fühlte Robinson das Bett unter sich, als er sofort — ein Bein baumelte noch aus dem Bett heraus — einschlief. Karl zog ihm die Decke weit über das Gesicht und glaubte, sich wenigstens für die nächste Zeit keine Sorgen machen zu müssen, da Robinson gewiß nicht vor sechs Uhr früh erwachen würde, und bis dahin würde er wieder hier sein und dann, vielleicht schon mit Renell, ein Mittel finden, um Robinson wegzubringen. Eine Inspektion des Schlafsaales durch irgendwelche höheren Organe gab es nur in außerordentlichen Fällen, die Abschaffung der früher üblichen allgemeinen Inspektion hatten die Liftjungen schon vor Jahren durchgesetzt, es war also auch von dieser Seite nichts zu fürchten.
Als Karl wieder bei seinem Aufzug angelangt war, sah er, daß sowohl sein Aufzug als auch jener seines Nachbarn gerade in die Höhe fuhren. Unruhig wartete er darauf, wie sich das aufklären würde. Sein Aufzug kam früher herunter, und es entstieg ihm jener Junge, der vor einem Weilchen durch den Gang gelaufen war.
„Ja, wo bist du denn gewesen, Roßmann?“, fragte dieser.
„Warum bist du weggegangen? Warum hast du es nicht gemeldet?“
„Aber ich habe ihm doch gesagt, daß er mich ein Weilchen vertreten soll“, antwortete Karl und zeigte auf den Jungen vom Nachbarlift, der gerade herankam. „Ich habe ihn doch auch zwei Stunden lang während des größten Verkehrs vertreten.“
„Das ist alles sehr gut“, sagte der Angesprochene „aber das genügt doch nicht. Weißt du denn nicht, daß man auch die kürzeste Abwesenheit während des Dienstes im Büro des Oberkellners melden mußt? Dazu hast du ja das Telephon da. Ich hätte dich schon gerne vertreten, aber du weißt ja, daß das nicht so leicht ist. Gerade waren vor beiden Lifts neue Gäste vom Vier-Uhr-dreißig-Expreßzug. Ich konnte doch nicht zuerst mit deinem Lift laufen und meine Gäste warten lassen, so bin ich also zuerst mit meinem Lift hinaufgefahren!“

„Nun?“, fragte Karl gespannt, da beide Jungen schwiegen.
„Nun“, sagte der Junge vom Nachbarlift, „da geht gerade der Oberkellner vorüber, sieht die Leute vor deinem Lift ohne Bedienung, bekommt Galle, fragt mich, der ich gleich hergerannt bin, wo du steckst, ich habe keine Ahnung davon, denn du hast mir ja gar nicht gesagt, wohin du gehst, und so telephoniert er gleich in den Schlafsaal, daß sofort ein anderer Junge herkommen soll.“ „Ich habe dich ja noch im Gang getroffen“, sagte Karls Ersatzmann. Karl nickte.
„Natürlich“, beteuerte der andere Junge „habe ich gleich gesagt, daß du mich um deine Vertretung gebeten hast, aber hört denn der auf solche Entschuldigungen, Du kennst ihn wahrscheinlich noch nicht. Und wir sollen dir ausrichten, daß du sofort ins Büro kommen sollst. Also halte dich lieber nicht auf und lauf hin. Vielleicht verzeiht er es dir noch, du warst ja wirklich nur zwei Minuten weg. Berufe dich nur ruhig darauf, daß du mich um Vertretung gebeten hast. Davon, daß du mich vertreten hast, rede lieber nicht, laß dir raten, mir kann nichts geschehen, ich hatte Erlaubnis, aber es ist nicht gut, von einer solchen Sache zu reden und sie noch in diese Angelegenheit zu mischen, mit der sie nichts zu tun hat.“
„Es ist das erstemal gewesen, daß ich meinen Posten verlassen habe“, sagte Karl.
„Das ist immer so, nur glaubt man es nicht“, sagte der Junge und lief zu seinem Lift, da sich Leute näherten.
Karls Vertreter, ein etwa vierzehnjähriger Junge, der offenbar mit Karl Mitleid hatte, sagte: „Es sind schon viele Fälle vorgekommen, in denen man solche Sachen verziehen hat. Gewöhnlich wird man zu anderen Arbeiten versetzt. Entlassen wurde, soviel ich weiß, wegen einer solchen Sache nur einer. Du mußt dir eine gute Entschuldigung ausdenken. Auf keinen Fall sage, daß dir plötzlich schlecht geworden ist, da lacht er dich aus. Da ist es schon besser, du sagst, ein Gast hat dir irgendeine eilige Bestellung an einen anderen Gast aufgegeben und du weißt nicht mehr, wer der erste Gast war, und den zweiten hast du nicht finden können.“
„Na“, sagte Karl, „es wird nicht so schlimm werden“, nach allem, was er gehört hatte, glaubte er an keinen guten Ausgang mehr. Und wenn selbst diese Dienstversäumnis verziehen werden sollte, so lag doch drinnen im Schlafsaal noch Robinson als lebendige Schuld, und es war bei dem galligen Charakter des Oberkellners nur zu wahrscheinlich, daß man sich mit keiner oberflächlichen Untersuchung begnügen und Robinson schließlich doch noch aufstöbern würde. Es bestand wohl kein ausdrückliches Verbot, nach dem fremde Leute in den Schlafsaal nicht mitgenommen werden durften, aber dies bestand nur deshalb nicht, weil eben unausdenkbare Dinge nicht verboten werden. Als Karl in das Büro des Oberkellners eintrat, saß dieser gerade bei seinem Morgenkaffee, machte einmal einen Schluck und sah dann

wieder in ein Verzeichnis, das ihm offenbar der gleichfalls anwesende oberste Hotelportier überbracht hatte. Es war dies ein großer Mann, den seine üppige, reichgeschmückte Uniform — noch auf den Achseln und die Arme hinunter schlängelten sich goldene Ketten und Bänder — noch breitschultriger machte, als er von Natur aus war. Ein glänzender schwarzer Schnurrbart, weit in Spitzen ausgezogen, so wie ihn Ungarn tragen, rührte sich auch bei der schnellsten Kopfbewegung nicht. Im übrigen konnte sich der Mann infolge seiner Kleiderlast überhaupt nur schwer bewegen und stellte sich nicht anders als mit seitwärts eingestemmten Beinen auf, um sein Gewicht richtig zu verteilen.

Karl war frei und eilig eingetreten, wie er es sich hier im Hotel angewöhnt hatte, denn die Langsamkeit und Vorsicht, die bei Privatpersonen Höflichkeit bedeutet, hält man bei Liftjungen für Faulheit. Außerdem mußte man ihm auch nicht gleich beim Eintreten sein Schuldbewußtsein ansehen. Der Oberkellner hatte zwar flüchtig auf die sich öffnende Tür hingeblickt, war dann aber sofort zu seinem Kaffee und zu seiner Lektüre zurückgekehrt, ohne sich weiter um Karl zu kümmern. Der Portier aber fühlte sich vielleicht durch Karls Anwesenheit gestört, vielleicht hatte er irgendeine geheime Nachricht oder Bitte vorzutragen, jedenfalls sah er alle Augenblicke bös und mit steif geneigtem Kopf nach Karl hin, um sich dann, wenn er, offenbar seiner Absicht entsprechend, mit Karls Blicken zusammengetroffen war, wieder dem Oberkellner zuzuwenden. Karl aber glaubte, es würde sich nicht gut ausnehmen, wenn er jetzt, da er nun schon einmal hier war, das Büro wieder verließe, ohne vom Oberkellner den Befehl hierzu erhalten zu haben. Dieser aber studierte weiter das Verzeichnis und aß zwischendurch von einem Stück Kuchen, von dem er hie und da, ohne im Lesen innezuhalten, den Zucker abschüttelte. Einmal fiel ein Blatt des Verzeichnisses zu Boden, der Portier machte nicht einmal den Versuch, es aufzuheben, er wußte, daß er es nicht zustande brächte, es war auch nicht nötig, denn Karl war schon zur Stelle und reichte das Blatt dem Oberkellner, der es ihm mit einer Handbewegung abnahm, als sei es von selbst vom Boden aufgeflogen. Die ganze kleine Dienstleistung hatte nichts genützt, denn der Portier hörte auch weiterhin mit seinen bösen Blicken nicht auf.

Trotzdem war Karl gefaßter als früher. Schon daß seine Sache für den Oberkellner so wenig Wichtigkeit zu haben schien, konnte man für ein gutes Zeichen halten. Es war schließlich auch nur begreiflich. Natürlich bedeutet ein Liftjunge gar nichts und darf sich deshalb nichts erlauben, aber eben deshalb, weil er nichts bedeutet, kann er auch nichts Außerordentliches anstellen. Schließlich war der Oberkellner in seiner Jugend selbst Liftjunge gewesen — was noch der Stolz dieser Generation von Liftjungen war –, er war es gewesen, der die Liftjungen zum erstenmal organisiert hatte, und gewiß hat auch er einmal ohne Erlaubnis seinen Posten verlassen, wenn ihn auch jetzt allerdings niemand zwingen konnte, sich daran zu erinnern, und wenn man auch nicht außer acht lassen durfte, daß er, gerade als gewesener Liftjunge, darin seine Pflicht sah, diesen Stand durch zeitweilig unnachsichtliche Strenge in Ordnung zu halten. Nun setzte aber Karl außerdem seine Hoffnung auf das Vorrücken der Zeit. Nach der Bürouhr war es schon viertel sechs, jeden Augenblick konnte Renell zurückkehren, vielleicht war er sogar schon da, denn es mußte ihm doch aufgefallen sein, daß Robinson nicht zurückgekommen war, übrigens konnten sich Delamarche und Renell gar nicht weit vom Hotel Occidental aufgehalten haben, wie Karl jetzt einfiel, denn sonst hätte auch Robinson in seinem elenden Zustand den Weg hierher nicht gefunden. Wenn nun Renell Robinson in seinem Bett antraf, was doch geschehen mußte, dann war alles gut. Denn praktisch, wie Renell war, besonders wenn es sich um seine Interessen handelte, würde er schon Robinson irgendwie gleich aus dem Hotel entfernen, was ja um so leichter geschehen konnte, als Robinson sich inzwischen ein wenig gestärkt hatte und überdies wahrscheinlich Delamarche vor dem Hotel wartete, um ihn in Empfang zu nehmen. Wenn aber Robinson einmal entfernt war, dann konnte Karl dem Oberkellner viel ruhiger entgegentreten und für diesmal vielleicht noch mit einer, wenn auch schweren, Rüge davonkommen. Dann würde er sich mit Therese beraten, ob er der Oberköchin die Wahrheit sagen dürfe — er für seinen Teil sah kein Hindernis –, und wenn das möglich war, würde die Sache ohne besonderen Schaden aus der Welt geschafft sein.

Gerade hatte sich Karl durch solche Überlegungen ein wenig beruhigt und machte sich daran, das in dieser Nacht eingenommene Trinkgeld unauffällig zu überzählen, denn es schien ihm dem Gefühl nach besonders reichlich gewesen zu sein, als der Oberkellner das Verzeichnis mit den Worten „Warten Sie noch, bitte, einen Augenblick, Feodor“ auf den Tisch legte, elastisch aufsprang und Karl so laut anschrie, daß dieser erschrocken vorerst nur in das große, schwarze Mundloch starrte. „Du hast deinen Posten ohne Erlaubnis verlassen. Weißt du, was das bedeutet? Das bedeutet Entlassung. Ich will keine Entschuldigungen hören, deine erlogenen Ausreden kannst du für dich behalten, mir genügt vollständig die Tatsache, daß du nicht da warst. Wenn ich das einmal dulde und verzeihe, werden nächstens alle vierzig Liftjungen während des Dienstes davonlaufen, und ich kann meine fünftausend Gäste allein die Treppe hinauftragen.“

Karl schwieg. Der Portier war näher gekommen und zog das Röckchen Karls, das einige Falten warf, ein wenig tiefer, zweifellos um den Oberkellner auf diese kleine Unordentlichkeit im Anzug Karls besonders aufmerksam zu machen.

„Ist dir vielleicht plötzlich schlecht geworden?“, fragte der Oberkellner listig. Karl sah ihn prüfend an und antwortete: „Nein.“

„Also nicht einmal schlecht ist dir geworden?“, schrie der Oberkellner desto stärker. „Also dann mußt du ja irgendeine großartige Lüge erfunden haben. Welche Entschuldigung hast du? Heraus damit.“

„Ich habe nicht gewußt, daß man telephonisch um Erlaubnis bitten muß“, sagte Karl.

„Das ist allerdings köstlich“, sagte der Oberkellner, faßte Karl beim Rockkragen und brachte ihn fast in der Schwebe vor eine Dienstordnung der Lifts, die an der Wand aufgenagelt war. Auch der Portier ging hinter ihnen zur Wand hin. „Da, lies!“, sagte der Oberkellner und zeigte auf einen Paragraphen. Karl glaubte, er solle es für sich lesen.

„Laut!“ kommandierte aber der Oberkellner.

Statt laut zu lesen, sagte Karl, in der Hoffnung, damit den Oberkellner besser zu beruhigen: „Ich kenne den Paragraphen, ich habe ja die Dienstordnung auch bekommen und genau gelesen. Aber gerade eine solche Bestimmung, die man niemals braucht, vergißt man. Ich diene schon zwei Monate und habe niemals meinen Posten verlassen.“

„Dafür wirst du ihn jetzt verlassen“, sagte der Oberkellner, ging zum Tisch hin, nahm das Verzeichnis wieder zur Hand, als wolle er darin weiterlesen, schlug damit aber auf den Tisch, als sei es ein nutzloser Fetzen, und ging, starke Röte auf Stirn und Wangen, kreuz und quer im Zimmer herum. „Wegen eines solchen Bengels hat man das nötig! Solche Aufregungen beim Nachtdienst!“, stieß er einigemal hervor. „Wissen Sie, wer gerade hinauffahren wollte, als dieser Kerl hier vom Lift weggelaufen war?“, wandte er sich zum Portier. Und er nannte einen Namen, bei dem es dem Portier, der gewiß alle Gäste kannte und bewerten konnte, so schauderte, daß er schnell auf Karl hinsah, als sei nur dessen Existenz eine Bestätigung dessen, daß der Träger jenes Namens eine Zeitlang bei einem Lift, dessen Junge weggelaufen war, nutzlos hatte warten müssen.

„Das ist schrecklich!“, sagte der Portier und schüttelte langsam in grenzenloser Beunruhigung den Kopf gegen Karl hin, welcher ihn traurig ansah und dachte, daß er nun auch für die Begriffsstutzigkeit dieses Mannes werde büßen müssen.

„Ich kenne dich übrigens auch schon“, sagte der Portier und streckte seinen dicken, großen, steifgespannten Zeigefinger aus.

„Du bist der einzige Junge, welcher mich grundsätzlich nicht grüßt. Was bildest du dir eigentlich ein! Jeder, der an der Portierloge vorübergeht, muß mich grüßen. Mit den übrigen Portiers kannst du es halten, wie du willst, ich aber verlange gegrüßt zu werden. Ich tue zwar manchmal so, als ob ich nicht aufpaßte, aber du kannst ganz ruhig sein, ich weiß sehr genau, wer mich grüßt oder nicht, du Lümmel!“ Und er wandte sich von Karl ab und schritt hochaufgerichtet auf den Oberkellner zu, der aber, statt sich zu des Portiers

Sache zu äußern, sein Frühstück beendete und eine Morgenzeitung überflog, die ein Diener eben ins Zimmer hereingebracht hatte.
„Herr Oberportier“, sagte Karl, der während der Unachtsamkeit des Oberkellners wenigstens die Sache mit dem Portier ins reine bringen wollte, denn er begriff, daß ihm vielleicht der Vorwurf des Portiers nicht schaden konnte, wohl aber dessen Feindschaft „ich grüße Sie ganz gewiß. Ich bin doch noch nicht lange in Amerika und stamme aus Europa, wo man bekanntlich viel mehr grüßt, als nötig ist. Das habe ich mir natürlich noch nicht ganz abgewöhnen können, und noch vor zwei Monaten hat man mir in New York, wo ich zufällig in höheren Kreisen verkehrte, bei jeder Gelegenheit zugeredet, mit meiner übertriebenen Höflichkeit aufzuhören. Und da sollte ich gerade Sie nicht gegrüßt haben! Ich habe Sie jeden Tag einigemal gegrüßt. Aber natürlich nicht jedesmal, wenn ich Sie gesehen habe, da ich doch täglich hundertmal an Ihnen vorüberkomme.“
„Du hast mich jedesmal zu grüßen, jedesmal, ohne Ausnahme, du hast die ganze Zeit, während du mit mir sprichst, die Kappe in der Hand zu halten, du hast mich immer mit „Oberportier“ anzureden und nicht mit „Sie“. Und alles das jedesmal und jedesmal.“
„Jedesmal?“, wiederholte Karl leise und fragend, er erinnerte sich jetzt, wie er vom Portier während der ganzen Zeit seines hiesigen Aufenthaltes immer streng und vorwurfsvoll angeschaut worden war, schon von jenem ersten Morgen an, an dem er, seiner dienenden Stellung noch nicht recht angepaßt, etwas zu kühn, diesen Portier ohne weiteres umständlich und dringlich ausgefragt hatte, ob nicht zwei Männer vielleicht nach ihm gefragt und etwa eine Photographie für ihn zurückgelassen hätten.
„Jetzt siehst du, wohin ein solches Benehmen führt“, sagte der Portier, der wieder ganz nahe zu Karl zurückgekehrt war, und zeigte auf den noch lesenden Oberkellner, als sei dieser der Vertreter seiner Rache.
„In deiner nächsten Stellung wirst du es schon verstehen, den Portier zu grüßen, und wenn es auch nur vielleicht in einer elenden Spelunke sein wird.“
Karl sah ein, daß er eigentlich seinen Posten schon verloren hatte, denn der Oberkellner hatte es bereits ausgesprochen, der Oberportier als fertige Tatsache wiederholt, und wegen eines Liftjungen dürfte wohl die Bestätigung der Entlassung seitens der Hoteldirektion nicht nötig sein. Es war allerdings schneller gegangen, als er gedacht hatte, denn schließlich hatte er doch zwei Monate gedient, so gut er konnte, und gewiß besser als mancher andere Junge. Aber auf solche Dinge wird eben im entscheidenden Augenblick offenbar in keinem Weltteil, weder in Europa, noch in Amerika, Rücksicht genommen, sondern es wird so entschieden, wie einem in der ersten Wut das Urteil aus dem Munde fährt. Vielleicht wäre es jetzt am besten gewesen, wenn er sich gleich verabschiedet hätte und weggegangen wäre, die

Oberköchin und Therese schliefen vielleicht noch, er hätte sich, um ihnen die Enttäuschung und Trauer über sein Benehmen wenigstens beim persönlichen Abschied zu ersparen, brieflich verabschieden, hätte rasch seinen Koffer packen und in der Stille fortgehen können. Blieb er aber auch nur einen Tag noch, und er hätte allerdings ein wenig Schlaf gebraucht, so erwartete ihn nichts anderes als Aufbauschung seiner Sache zum Skandal, Vorwürfe von allen Seiten, der unerträgliche Anblick der Tränen Theresens und vielleicht gar der Oberköchin und möglicherweise zuguterletzt auch noch eine Bestrafung. Andererseits aber beirrte es ihn, daß er hier zwei Feinden gegenüberstand und daß an jedem Wort, das er aussprechen würde, wenn nicht der eine, so der andere etwas aussetzen und zum Schlechten deuten würde. Deshalb schwieg er und genoß vorläufig die Ruhe, die im Zimmer herrschte, denn der Oberkellner las noch immer die Zeitung, und der Oberportier ordnete sein über den Tisch hin verstreutes Verzeichnis nach den Seitenzahlen, was ihm bei seiner offenbaren Kurzsichtigkeit große Schwierigkeiten machte.
Endlich legte der Oberkellner die Zeitung gähnend hin, vergewisserte sich durch einen Blick auf Karl, daß dieser noch anwesend sei, und drehte die Glocke des Tischtelephons an. Er rief mehrere Male „Hallo!“, aber niemand meldete sich.
„Es meldet sich niemand“, sagte er zum Oberportier. Dieser, der das Telephonieren, wie es Karl schien, mit besonderem Interesse beobachtete, sagte: „Es ist ja schon dreiviertel sechs. Sie ist gewiß schon wach. Läuten Sie nur stärker.“ In diesem Augenblick kam, ohne weitere Aufforderung, das telephonische Gegenzeichen.
„Hier Oberkellner Isbary“, sagte der Oberkellner.
„Guten Morgen, Frau Oberköchin. Ich habe Sie doch nicht am Ende geweckt? Das tut mir sehr leid. Ja, ja, dreiviertel sechs ist es schon. Aber es tut mir aufrichtig leid, daß ich Sie erschreckt habe. Sie sollten während des Schlafens das Telephon abstellen. Nein, nein, tatsächlich, es gibt für mich keine Entschuldigung, besonders bei der Geringfügigkeit der Sache, wegen der ich Sie sprechen will. Aber natürlich habe ich Zeit, bitte sehr, ich bleibe beim Telephon, wenn es Ihnen recht ist.“
„Sie muß im Nachthemd zum Telephon gelaufen sein“, sagte der Oberkellner lächelnd zum Oberportier, der die ganze Zeit über mit gespanntem Gesichtsausdruck zum Telephonkasten sich gebückt gehalten hatte. „Ich habe sie wirklich geweckt, sie wird nämlich sonst von dem kleinen Mädel, das bei ihr auf der Schreibmaschine schreibt, geweckt, und die muß es heute ausnahmsweise versäumt haben. Es tut mir leid, daß ich sie aufgeschreckt habe, sie ist sowieso nervös.“
„Warum spricht sie nicht weiter?“

„Sie ist nachschauen gegangen, was mit dem Mädel los ist“, antwortete der Oberkellner schon mit der Muschel am Ohr, denn es läutete wieder.
„Sie wird sich schon finden“, redete er weiter ins Telephon hinein. „Sie dürfen sich nicht von allem so erschrecken lassen. Sie brauchen wirklich eine gründliche Erholung. Ja also, meine kleine Anfrage. Es ist da ein Liftjunge namens“ — er drehte sich fragend nach Karl um, der, da er genau aufpaßte, gleich mit seinem Namen aushelfen konnte — „also namens Karl Roßmann. Wenn ich mich recht erinnere, so haben Sie sich für ihn ein wenig interessiert; leider hat er Ihre Freundlichkeit schlecht belohnt, er hat ohne Erlaubnis seinen Posten verlassen, hat mir dadurch schwere, jetzt noch gar nicht übersehbare Unannehmlichkeiten verursacht, und ich habe ihn daher soeben entlassen. Ich hoffe, Sie nehmen die Sache nicht tragisch. Wie meinen Sie? Entlassen, ja, entlassen. Aber ich sagte Ihnen doch, daß er seinen Posten verlassen hat. Nein, da kann ich Ihnen wirklich nicht nachgeben, liebe Frau Oberköchin. Es handelt sich um meine Autorität, da steht viel auf dem Spiel, so ein Junge verdirbt mir die ganze Bande. Gerade bei den Liftjungen muß man teuflisch aufpassen. Nein, nein, in diesem Falle kann ich Ihnen den Gefallen nicht tun, so sehr ich es mir immer angelegen sein lasse, Ihnen gefällig zu sein. Und wenn ich ihn schon trotz allem hier ließe, zu keinem anderen Zweck, als um meine Galle in Tätigkeit zu erhalten, Ihretwegen, ja, Ihretwegen, Frau Oberköchin, kann er nicht hierbleiben. Sie nehmen einen Anteil an ihm, den er durchaus nicht verdient, und da ich nicht nur ihn kenne, sondern auch Sie, weiß ich, daß das zu den schwersten Enttäuschungen für Sie führen müßte, die ich Ihnen um jeden Preis ersparen will. Ich sage das ganz offen, obwohl der verstockte Junge ein paar Schritte vor mir steht. Er wird entlassen, nein, nein, Frau Oberköchin, er wird vollständig entlassen, nein, nein, er wird zu keiner anderen Arbeit versetzt, er ist vollständig unbrauchbar. Übrigens laufen ja auch sonst Beschwerden gegen ihn ein. Der Oberportier zum Beispiel, ja also, was denn, Feodor, ja, Feodor beklagt sich über die Unhöflichkeit und Frechheit dieses Jungen. Wie, das soll nicht genügen? Ja, liebe Frau Oberköchin, Sie verleugnen wegen dieses Jungen Ihren Charakter.
Nein, so dürfen Sie mir nicht zusetzen.“
In diesem Augenblick beugte sich der Portier zum Ohr des Oberkellners und flüsterte etwas. Der Oberkellner sah ihn zuerst erstaunt an und redete dann so rasch in das Telephon, daß Karl ihn anfangs nicht ganz genau verstand und auf den Fußspitzen zwei Schritte näher trat.
„Liebe Frau Oberköchin“, hieß es, „aufrichtig gesagt, ich hätte nicht geglaubt, daß Sie eine so schlechte Menschenkennerin sind. Eben erfahre ich etwas über Ihren Engelsjungen, was Ihre Meinung über ihn gründlich ändern wird, und es tut mir fast leid, daß gerade ich es Ihnen sagen muß. Dieser feine Junge also, den Sie ein Muster von Anstand nennen, läßt keine

dienstfreie Nacht vergehen, ohne in die Stadt zu laufen, aus der er erst am Morgen wiederkommt. Ja, ja, Frau Oberköchin, das ist durch Zeugen bewiesen, durch einwandfreie Zeugen, ja. Können Sie mir nun vielleicht sagen, wo er das Geld zu diesen Lustbarkeiten hernimmt? Wie er die Aufmerksamkeit für seinen Dienst behalten soll? Und wollen Sie vielleicht auch noch, daß ich Ihnen beschreiben soll, was er in der Stadt treibt? Diesen Jungen loszuwerden will ich mich aber ganz besonders beeilen. Und Sie, bitte, nehmen das als Mahnung, wie vorsichtig man gegen hergelaufene Burschen sein soll."

„Aber, Herr Oberkellner", rief nun Karl, förmlich erleichtert durch den großen Irrtum, der hier unterlaufen schien und der vielleicht am ehesten dazu führen konnte, daß sich alles noch unerwartet besserte, „da liegt bestimmt eine Verwechslung vor. Ich glaube, der Herr Oberportier hat Ihnen gesagt, daß ich jede Nacht weggehe. Das ist aber durchaus nicht richtig, ich bin vielmehr jede Nacht im Schlafsaal, das können alle Jungens bestätigen. Wenn ich nicht schlafe, lerne ich kaufmännische Korrespondenz, aber aus dem Schlafsaal rühre ich mich keine Nacht. Das ist ja leicht zu beweisen. Der Herr Oberportier verwechselt mich offenbar mit jemand anderem, und jetzt verstehe ich auch, warum er glaubt, daß ich ihn nicht grüße."

„Wirst du sofort schweigen", schrie der Oberportier und schüttelte die Faust, wo andere einen Finger bewegt hätten. „Ich soll dich mit jemand anderem verwechseln! Ja, dann kann ich nicht mehr Oberportier sein, wenn ich die Leute verwechsle. Hören Sie nur, Herr Isbary, dann kann ich nicht mehr Oberportier sein, nun ja, wenn ich die Leute verwechsle. In meinen dreißig Dienstjahren ist mir allerdings noch keine Verwechslung passiert, wie mir hunderte von Herren Oberkellnern, die wir seit jener Zeit hatten, bestätigen müssen, aber bei dir, miserabler Junge, soll ich mit den Verwechslungen angefangen haben. Bei dir, mit deiner auffallenden, glatten Fratze. Was gibt es da zu verwechseln! Du könntest jede Nacht hinter meinem Rücken in die Stadt gelaufen sein, und ich bestätige bloß nach deinem Gesicht, daß du ein ausgegorener Lump bist."

„Laß, Feodor!", sagte der Oberkellner, dessen telephonisches Gespräch mit der Oberköchin plötzlich abgebrochen worden zu sein schien. „Die Sache ist ja ganz einfach. Auf seine Unterhaltungen in der Nacht kommt es in erster Reihe gar nicht an. Er möchte ja vielleicht vor seinem Abschied noch irgendeine große Untersuchung über seine Nachtbeschäftigung verursachen wollen. Ich kann mir schon vorstellen, daß ihm das gefallen würde. Es würden womöglich alle vierzig Liftjungen heraufzitiert und als Zeugen einvernommen, die würden ihn natürlich auch alle verwechselt haben, es müßte also zur Zeugenschaft allmählich das ganze Personal heran, der Hotelbetrieb würde natürlich auf ein Weilchen eingestellt, und wenn er dann schließlich doch hinausgeworfen würde, so hätte er doch wenigstens seinen

Spaß gehabt. Also das machen wir lieber nicht. Die Oberköchin, diese gute Frau, hat er schon zum Narren gehalten, und damit soll es genug sein. Ich will nichts weiter hören; du bist wegen Dienstversäumnis auf der Stelle aus dem Dienst entlassen. Da gebe ich dir eine Anweisung an die Kasse, daß dir dein Lohn bis zum heutigen Tage ausgezahlt werde. Das ist übrigens bei deinem Verhalten — unter uns gesagt — einfach ein Geschenk, das ich dir nur aus Rücksicht auf die Frau Oberköchin mache.“ Ein telephonischer Anruf hielt den Oberkellner ab, die Anweisung sofort zu unterschreiben.
„Die Liftjungen geben mir aber heute zu schaffen!“, rief er schon nach Anhören der ersten Worte.
„Das ist ja unerhört!“, rief er nach einem Weilchen. Und vom Telephon weg wandte er sich zum Hotelportier und sagte: „Bitte, Feodor, halt mal diesen Burschen ein wenig, wir werden noch mit ihm zu reden haben.“ Und ins Telephon gab er den Befehl: „Komm sofort herauf!“
Nun konnte sich der Oberportier wenigstens austoben, was ihm beim Reden nicht hatte gelingen wollen. Er hielt Karl oben am Arm fest, aber nicht etwa mit ruhigem Griff, der schließlich auszuhalten gewesen wäre, sondern er lockerte hie und da den Griff und machte ihn dann mit Steigerung fester und fester, was bei seinen großen Körperkräften gar nicht aufzuhören schien und ein Dunkel vor Karls Augen verursachte. Aber er hielt Karl nicht nur, sondern als hätte er auch den Befehl bekommen, ihn gleichzeitig zu strecken, zog er ihn auch hie und da in die Höhe und schüttelte ihn, wobei er immer wieder halb fragend zum Oberkellner sagte: „Ob ich ihn jetzt nur nicht verwechsle, ob ich ihn jetzt nur nicht verwechsle.“
Es war eine Erlösung für Karl, als der oberste der Liftjungen, ein gewisser Beß, ein ewig fauchender, dicker Junge eintrat, und die Aufmerksamkeit des Oberportiers ein wenig auf sich lenkte. Karl war so ermattet, daß er kaum grüßte, als er zu seinem Erstaunen hinter dem Jungen Therese, leichenblaß, unordentlich angezogen, mit lose aufgesteckten Haaren, hereinschlüpfen sah. Im Augenblick war sie bei ihm und flüsterte: „Weiß es schon die Oberköchin?“
„Der Oberkellner hat es ihr telephoniert“, antwortete Karl.
„Dann ist es schon gut, dann ist es schon gut“, sagte sie rasch, mit lebhaften Augen.
„Nein“, sagte Karl. „Du weißt ja nicht, was sie gegen mich haben. Ich muß weg, die Oberköchin ist davon auch schon überzeugt. Bitte, bleib nicht hier, geh hinauf, ich werde mich dann von dir verabschieden kommen.“
„Aber, Roßmann, was fällt dir denn ein, du wirst schön bei uns bleiben, solange es dir gefällt. Der Oberkellner macht ja alles, was die Oberköchin will, er liebt sie ja, ich habe es letzthin erfahren. Da sei nur ruhig.“
„Bitte, Therese, geh jetzt weg. Ich kann mich nicht so gut verteidigen, wenn du hier bist. Und ich muß mich genau verteidigen, weil Lügen gegen mich

vorgebracht werden. Je besser ich aber aufpassen und mich verteidigen kann, desto mehr Hoffnung ist, daß ich bleibe. Also, Therese –“ Leider konnte er in einem plötzlichen Schmerz nicht unterlassen, leise hinzuzufügen: „Wenn mich nur dieser Oberportier losließe! Ich wußte gar nicht, daß er mein Feind ist. Aber wie er mich immerfort drückt und zieht.“ „Warum sage ich das nur!“, dachte er gleichzeitig, „kein Frauenzimmer kann das ruhig anhören“, und tatsächlich wandte sich Therese, ohne daß er sie noch mit der freien Hand hätte davon abhalten können, an den Oberportier: „Herr Oberportier, bitte, lassen Sie doch sofort den Roßmann frei. Sie machen ihm ja Schmerzen. Die Frau Oberköchin wird gleich persönlich kommen, und dann wird man schon sehen, daß ihm in allem Unrecht geschieht. Lassen Sie ihn los; was kann es Ihnen denn für ein Vergnügen machen, ihn zu quälen!“ Und sie griff sogar nach des Oberportiers Hand.

„Befehl, kleines Fräulein, Befehl“, sagte der Oberportier und zog mit der freien Hand Therese freundlich an sich, während er mit der anderen Karl nun sogar angestrengt drückte, als wolle er ihm nicht nur Schmerzen machen, sondern als habe er mit diesem in seinem Besitz befindlichen Arm ein besonderes Ziel, das noch lange nicht erreicht sei.

Therese brauchte einige Zeit, um sich der Umarmung des Oberportiers zu entwinden, und wollte sich gerade beim Oberkellner, der sich noch immer von dem sehr umständlichen Beß erzählen ließ, für Karl einsetzen, als die Oberköchin mit raschem Schritte eintrat.

„Gott sei Dank!“, rief Therese und man hörte einen Augenblick lang im Zimmer nichts als diese lauten Worte. Gleich sprang der Oberkellner auf und schob Beß zur Seite.

„Sie kommen also selbst, Frau Oberköchin? Wegen dieser Kleinigkeit? Nach unserem Telephongespräch konnte ich es ja ahnen, aber geglaubt habe ich es eigentlich doch nicht. Und dabei wird die Sache Ihres Schützlings immerfort ärger. Ich fürchte, ich werde ihn tatsächlich nicht entlassen, aber dafür einsperren lassen müssen. Hören Sie selbst.“ Und er winkte Beß herbei.

„Ich möchte zuerst ein paar Worte mit dem Roßmann reden“, sagte die Oberköchin und setzte sich auf einen Sessel, da sie der Oberkellner hierzu nötigte.

„Karl, bitte, komm näher“, sagte sie dann. Karl folgte oder wurde vielmehr vom Oberportier näher geschleppt.

„Lassen Sie ihn doch los“, sagte die Oberköchin ärgerlich, „er ist doch kein Raubmörder!“ Der Oberportier ließ ihn tatsächlich los, drückte aber vorher noch einmal so stark, daß ihm selbst vor Anstrengung die Tränen in die Augen traten.

„Karl“, sagte die Oberköchin, legte die Hände ruhig in den Schoß und sah Karl mit geneigtem Kopfe an — es war gar nicht wie ein Verhör — „vor allem will ich dir sagen, daß ich noch vollständiges Vertrauen zu dir habe.

Auch der Herr Oberkellner ist ein gerechter Mann, dafür bürge ich. Wir beide wollen dich im Grunde gerne hier behalten“ — sie sah hiebei flüchtig zum Oberkellner hinüber, als wolle sie bitten, ihr nicht ins Wort zu fallen. Es geschah auch nicht. „Vergiß also, was man dir bis jetzt vielleicht hier gesagt hat. Vor allem, was dir vielleicht der Herr Oberportier gesagt hat, mußt du nicht besonders schwernehmen. Er ist zwar ein aufgeregter Mann, was bei seinem Dienst kein Wunder ist, aber er hat auch Frau und Kinder und weiß, daß man einen Jungen, der nur auf sich angewiesen ist, nicht unnötig plagen muß, sondern daß das schon die übrige Welt genügend besorgt.“

Es war ganz still im Zimmer. Der Oberportier sah, Erklärungen fordernd, auf den Oberkellner, dieser sah auf die Oberköchin und schüttelte den Kopf. Der Liftjunge Beß grinste recht sinnlos hinter dem Rücken des Oberkellners. Therese schluchzte vor Freude und Leid in sich hinein und hatte alle Mühe, es niemanden hören zu lassen.

Karl aber blickte, obwohl das nur als schlechtes Zeichen aufgefaßt werden konnte, nicht auf die Oberköchin, die gewiß nach seinem Blick verlangte, sondern vor sich auf den Fußboden. In seinem Arm zuckte der Schmerz nach allen Richtungen, das Hemd klebte an den Striemen fest, und er hätte eigentlich den Rock ausziehen und die Sache besehen sollen. Was die Oberköchin sagte, war natürlich sehr freundlich gemeint, aber unglücklicherweise schien es ihm, als müsse es gerade durch das Verhalten der Oberköchin zutage treten, daß er keine Freundlichkeit verdiene, daß er die Wohltaten der Oberköchin zwei Monate unverdient genossen habe, ja, daß er nichts anderes verdiene, als unter die Hände des Oberportiers zu kommen.

„Ich sage das“, fuhr die Oberköchin fort, „damit du jetzt unbeirrt antwortest, was du übrigens wahrscheinlich auch sonst getan hättest, wie ich dich zu kennen glaube.“

„Darf ich, bitte, inzwischen den Arzt holen, der Mann könnte nämlich inzwischen verbluten“, mischte sich plötzlich der Liftjunge Beß sehr höflich, aber sehr störend ein.

„Geh“, sagte der Oberkellner zu Beß, der gleich davonlief. Und dann zur Oberköchin: „Die Sache ist die. Der Oberportier hat den Jungen da nicht zum Spaß festgehalten. Unten, im Schlafsaal der Liftjungen, ist nämlich in einem Bett sorgfältig zugedeckt ein wildfremder, schwer betrunkener Mann aufgefunden worden. Man hat ihn natürlich geweckt und wollte ihn wegschaffen. Da hat dieser Mann aber einen großen Radau zu machen angefangen, immer wieder herumgeschrien, der Schlafsaal gehöre dem Karl Roßmann, dessen Gast er sei, der ihn hergebracht habe und der jeden bestrafen werde, der ihn anzurühren wagen würde. Im übrigen müsse er auch deshalb auf den Karl Roßmann warten, weil ihm dieser Geld versprochen habe und es nur holen gegangen sei. Achten Sie, bitte, darauf, Frau

Oberköchin: Geld versprochen habe und es holen gegangen sei. Du kannst auch achtgeben, Roßmann“, sagte der Oberkellner nebenbei zu Karl, der sich gerade nach Therese umgedreht hatte, die wie gebannt den Oberkellner anstarrte und immer wieder entweder irgendwelche Haare aus der Stirn strich oder diese Handbewegung um ihrer selbst willen machte.

„Aber vielleicht erinnere ich dich an irgendwelche Verpflichtungen. Der Mann unten hat nämlich weiterhin gesagt, daß ihr beide nach deiner Rückkunft irgendeiner Sängerin einen Nachtbesuch machen werdet, deren Namen allerdings niemand verstanden hat, da ihn der Mann immer nur unter Gesang aussprechen konnte.“

Hier unterbrach sich der Oberkellner, denn die sichtlich bleich gewordene Oberköchin erhob sich vom Sessel, den sie ein wenig zurückstieß.

„Ich verschone Sie mit dem Weiteren“, sagte der Oberkellner.

„Nein, bitte, nein“, sagte die Oberköchin und ergriff seine Hand „erzählen Sie nur weiter, ich will alles hören, darum bin ich ja hier.“

Der Oberportier, der vortrat und sich zum Zeichen dessen, daß er von Anfang an alles durchschaut hatte, laut auf die Brust schlug, wurde vom Oberkellner mit den Worten: „Ja, Sie hatten ganz recht, Feodor!“ gleichzeitig beruhigt und zurückgewiesen.

„Es ist nicht mehr viel zu erzählen“, sagte der Oberkellner. „Wie die Jungen eben schon sind, haben sie den Mann zuerst ausgelacht, haben dann mit ihm Streit bekommen, und er ist, da dort immer gute Boxer zur Verfügung stehen, einfach niedergeboxt worden; und ich habe gar nicht zu fragen gewagt, an welchen und an wie vielen Stellen er blutet, denn diese Jungen sind fürchterliche Boxer, und ein Betrunkener macht es ihnen natürlich leicht!“

„So“, sagte die Oberköchin, hielt den Sessel an der Lehne und sah auf den Platz, den sie eben verlassen hatte. „Also sprich doch, bitte, ein Wort, Roßmann!“, sagte sie dann. Therese war von ihrem bisherigen Platz zur Oberköchin hinübergelaufen und hatte sich, was sie Karl sonst niemals hatte tun sehen, in die Oberköchin eingehängt. Der Oberkellner stand knapp hinter der Oberköchin und glättete langsam einen kleinen, bescheidenen Spitzenkragen der Oberköchin, der sich ein wenig umgeschlagen hatte. Der Oberportier neben Karl sagte: „Also wird's?“, wollte damit aber nur einen Stoß maskieren, den er unterdessen Karl in den Rücken gab.

„Es ist wahr“, sagte Karl, infolge des Stoßes unsicherer, als er wollte, „daß ich den Mann in den Schlafsaal gebracht habe.“

„Mehr wollen wir nicht wissen“, sagte der Portier im Namen aller. Die Oberköchin wandte sich stumm zum Oberkellner und dann zu Therese.

„Ich konnte mir nicht anders helfen“, sagte Karl weiter. „Der Mann ist mein Kamerad von früher her, er kam, nachdem wir uns zwei Monate lang nicht gesehen hatten, hierher, um mir einen Besuch zu machen, war aber so betrunken, daß er nicht wieder allein fortgehen konnte.“

Der Oberkellner sagte neben der Oberköchin halblaut vor sich hin: „Er kam also zu Besuch und war nachher so betrunken, daß er nicht fortgehen konnte.“ Die Oberköchin flüsterte über die Schulter dem Oberkellner etwas zu, der mit einem offenbar nicht zu dieser Sache gehörigen Lächeln Einwände zu machen schien. Therese — Karl sah nur zu ihr hin- drückte ihr Gesicht in völliger Hilflosigkeit an die Oberköchin und wollte nichts mehr sehen. Der einzige, der mit Karls Erklärung vollständig zufrieden war, war der Oberportier, welcher einigemal wiederholte: „Es ist ja ganz recht, seinem Saufbruder muß man helfen“, und diese Erklärung jedem der Anwesenden durch Blicke und Handbewegungen einzuprägen suchte.

„Schuld also bin ich“, sagte Karl und machte eine Pause, als warte er auf ein freundliches Wort seiner Richter, das ihm Mut zur weiteren Verteidigung geben könnte, aber es kam nicht, „schuld bin ich nur daran, daß ich den Mann — er heißt Robinson, ist ein Irländer — in den Schlafsaal gebracht habe. Alles andere, was er gesagt hat, hat er aus Betrunkenheit gesagt und ist nicht richtig.“ „Du hast ihm also kein Geld versprochen?“, fragte der Oberkellner.

„Ja“, sagte Karl, und es tat ihm leid, daß er das vergessen hatte, er hatte sich aus Unüberlegtheit oder Zerstreutheit in allzu bestimmten Ausdrücken als schuldlos bezeichnet.

„Geld habe ich ihm versprochen, weil er mich darum gebeten hat. Aber ich wollte es nicht holen, sondern ihm das Trinkgeld geben, das ich heute nacht verdient hatte.“ Und er zog zum Beweise das Geld aus der Tasche und zeigte auf der flachen Hand die paar kleinen Münzen.

„Du verrennst dich immer mehr“, sagte der Oberkellner. „Wenn man dir glauben sollte, müßte man immer das, was du früher gesagt hast, vergessen. Zuerst hast du also den Mann — nicht einmal den Namen Robinson glaube ich dir, so hat, seit es Irland gibt, kein Irländer geheißen –, zuerst also hast du ihn nur in den Schlafsaal gebracht, wofür allein du übrigens schon im Schwung hinausfliegen könntest, Geld aber hast du ihm zuerst nicht versprochen, dann wieder, wenn man dich überraschend fragt, hast du ihm Geld versprochen. Aber wir haben hier kein Antwort- und Fragespiel, sondern wollen deine Rechtfertigung hören. Zuerst aber wolltest du das Geld nicht holen, sondern ihm dein heutiges Trinkgeld geben, dann aber zeigt sich, daß du dieses Geld noch bei dir hast, also offenbar doch noch anderes Geld holen wolltest, wofür auch dein langes Ausbleiben spricht. Schließlich wäre es ja nichts Besonderes, wenn du für ihn aus deinem Koffer hättest Geld holen wollen; daß du es aber mit aller Kraft leugnest, das ist allerdings etwas Besonderes, ebenso wie du auch immerfort verschweigen willst, daß du den Mann erst hier im Hotel betrunken gemacht hast, woran ja nicht der geringste Zweifel ist, denn du selbst hast zugegeben, daß er allein gekommen ist, aber nicht allein weggehen konnte, und er selbst hat ja im Schlafsaal herumgeschrien, daß er dein Gast ist. Fraglich also bleiben jetzt nur noch zwei Dinge, die du, wenn du die Sache vereinfachen willst, selbst beantworten kannst, die man aber schließlich auch ohne deine Mithilfe wird feststellen können: Erstens, wie hast du dir den Zutritt zu den Vorratskammern verschafft, und zweitens, wie hast du verschenkbares Geld angesammelt?"

„Es ist unmöglich, sich zu verteidigen, wenn nicht guter Wille da ist", sagte sich Karl und antwortete dem Oberkellner nicht mehr, so sehr Therese wahrscheinlich darunter litt. Er wußte, daß alles, was er sagen konnte, hinterher ganz anders aussehen würde, als es gemeint gewesen war, und daß es nur der Art der Beurteilung überlassen bleibe, Gutes oder Böses vorzufinden.

„Er antwortet nicht", sagte die Oberköchin.

„Es ist das Vernünftigste, was er tun kann", sagte der Oberkellner.

„Er wird sich schon noch etwas ausdenken", sagte der Oberportier und strich mit der früher grausamen Hand behutsam seinen Bart.

„Sei still", sagte die Oberköchin zu Therese, die an ihrer Seite zu schluchzen begann, „du siehst, er antwortet nicht, wie kann ich denn da etwas für ihn tun? Schließlich bin ich es, die vor dem Herrn Oberkellner unrecht behält. Sag doch, Therese, habe ich deiner Meinung nach etwas für ihn zu tun versäumt?" Wie konnte das Therese wissen, und was nützte es, daß sich die Oberköchin durch diese öffentlich an das kleine Mädchen gerichtete Frage und Bitte vor diesen beiden Herren vielleicht viel vergab?

„Frau Oberköchin", sagte Karl, der sich noch einmal aufraffte, aber nur um Therese die Antwort zu ersparen, zu keinem anderen Zweck, „ich glaube nicht, daß ich Ihnen irgendwie Schande gemacht habe, und nach genauer Untersuchung müßte das auch jeder andere finden."

„Jeder andere", sagte der Oberportier und zeigte mit dem Finger auf den Oberkellner „das ist eine Spitze gegen Sie, Herr Isbary."

„Nun, Frau Oberköchin", sagte dieser, „es ist halb sieben, hohe und höchste Zeit. Ich denke, Sie lassen mir am besten das Schlußwort in dieser schon allzu duldsam behandelten Sache."

Der kleine Giacomo war hereingekommen, wollte zu Karl treten, ließ aber, durch die allgemein herrschende Stille erschreckt, davon ab und wartete.

Die Oberköchin hatte seit Karls letzten Worten den Blick nicht von ihm gewendet, und es deutete auch nichts darauf hin, daß sie die Bemerkung des Oberkellners gehört hatte. Ihre Augen sahen voll auf Karl hin, sie waren groß und blau, aber ein wenig getrübt durch das Alter und die viele Mühe. Wie sie so dastand und den Sessel vor sich schwach schaukelte, hätte man ganz gut erwarten können, sie werde im nächsten Augenblick sagen: „Nun, Karl, die Sache ist, wenn ich es überlege, noch nicht recht klargestellt und braucht, wie du richtig gesagt hast, noch eine genaue Untersuchung. Und die wollen wir jetzt veranstalten, ob man sonst damit einverstanden ist oder nicht, denn Gerechtigkeit muß sein.“

Statt dessen aber sagte die Oberköchin nach einer kleinen Pause, die niemand zu unterbrechen gewagt hatte — nur die Uhr schlug in Bestätigung der Worte des Oberkellners halb sieben und mit ihr, wie jeder wußte, gleichzeitig alle Uhren im ganzen Hotel, es klang im Ohr und in der Ahnung wie das zweimalige Zucken einer einzigen großen Ungeduld –: „Nein, Karl, nein, nein! Das wollen wir uns nicht einreden. Gerechte Dinge haben auch ein besonderes Aussehen, und das hat, ich muß es gestehen, deine Sache nicht. Ich darf das sagen und muß es auch sagen; ich muß es gestehen, denn ich bin es, die mit dem besten Vorurteil für dich hergekommen ist. Du siehst, auch Therese schweigt.“ (Aber sie schwieg doch nicht, sie weinte.)

Die Oberköchin stockte in einem plötzlich sie überkommenden Entschluß und sagte: „Karl, komm einmal her“, und als er zu ihr gekommen war — gleich vereinigten sich hinter seinem Rücken der Oberkellner und der Oberportier zu lebhaftem Gespräch –, umfaßte sie ihn mit der linken Hand, ging mit ihm und der willenlos folgenden Therese in die Tiefe des Zimmers und dort mit beiden einigemal auf und ab, wobei sie sagte: „Es ist möglich, Karl, und darauf scheinst du zu vertrauen, sonst würde ich dich überhaupt nicht verstehen, daß eine Untersuchung dir in einzelnen Kleinigkeiten recht geben wird. Warum denn nicht? Du hast vielleicht tatsächlich den Oberportier gegrüßt. Ich glaube es sogar bestimmt, ich weiß auch, was ich von dem Oberportier zu halten habe, du siehst, ich rede selbst jetzt noch offen zu dir. Aber solche kleine Rechtfertigungen helfen dir gar nichts. Der Oberkellner, dessen Menschenkenntnis ich im Laufe vieler Jahre zu schätzen gelernt habe, und welcher der verläßlichste Mensch ist, den ich überhaupt kenne, hat deine Schuld klar ausgesprochen, und die scheint mir allerdings unwiderleglich. Vielleicht hast du bloß unüberlegt gehandelt, vielleicht aber bist du nicht der, für den ich dich gehalten habe. Und doch“, damit unterbrach sie sich gewissermaßen selbst und sah flüchtig nach den beiden Herren zurück, „kann ich es mir noch nicht abgewöhnen, dich für einen im Grunde anständigen Jungen zu halten.“

„Frau Oberköchin! Frau Oberköchin!“, mahnte der Oberkellner, der ihren Blick aufgefangen hatte. „Wir sind gleich fertig“, sagte die Oberköchin und redete nun schneller auf Karl ein: „Höre, Karl, so wie ich die Sache übersehe, bin ich noch froh, daß der Oberkellner keine Untersuchung einleiten will; denn, wollte er sie einleiten, ich müßte es in deinem Interesse verhindern. Niemand soll erfahren, wie und womit du den Mann bewirtet hast, der übrigens nicht einer deiner früheren Kameraden gewesen sein kann, wie du vorgibst, denn mit denen hast du ja zum Abschied großen Streit gehabt, so daß du nicht jetzt einen von ihnen traktieren wirst. Es kann also nur ein Bekannter sein, mit dem du dich leichtsinnigerweise in der Nacht in irgendeiner städtischen Kneipe verbrüdert hast. Wie konntest du mir, Karl, alle diese Dinge verbergen? Wenn es dir im Schlafsaal vielleicht unerträglich war und du zuerst aus diesem unschuldigen Grunde mit deinem Nachtschwärmen angefangen hast, warum hast du denn kein Wort gesagt, du weißt, ich wollte dir ein eigenes Zimmer verschaffen und habe darauf geradezu erst über deine Bitten verzichtet. Es scheint jetzt, als hättest du den allgemeinen Schlafsaal vorgezogen, weil du dich dort ungebundener fühltest. Und dein Geld hattest du doch in meiner Kassa aufgehoben, und die Trinkgelder brachtest du mir jede Woche; woher, um Gottes willen, Junge, hast du das Geld für deine Vergnügungen genommen und woher wolltest du jetzt das Geld für deinen Freund holen? Das sind natürlich lauter Dinge, die ich wenigstens jetzt dem Oberkellner gar nicht andeuten darf, denn dann wäre vielleicht eine Untersuchung unausweichlich. Du mußt also unbedingt aus dem Hotel, und zwar so schnell als möglich. Geh direkt in die Pension Brenner — du warst doch schon mehrmals mit Therese dort –, sie werden dich auf diese Empfehlung hin umsonst aufnehmen –" und die Oberköchin schrieb mit einem goldenen Crayon, den sie aus der Bluse zog, einige Zeilen auf eine Visitenkarte, wobei sie aber die Rede nicht unterbrach — „deinen Koffer werde ich dir gleich nachschicken. Therese, lauf doch in die Garderobe der Liftjungen und pack seinen Koffer!" (Aber Therese rührte sich noch nicht, sondern wollte, wie sie alles Leid ausgehalten hatte, nun auch die Wendung zum Besseren, welche die Sache Karls dank der Güte der Oberköchin nahm, ganz miterleben.)

Jemand öffnete, ohne sich zu zeigen, ein wenig die Tür und schloß sie gleich wieder. Es mußte offenbar Giacomo gegolten haben, denn dieser trat vor und sagte: „Roßmann, ich habe dir etwas auszurichten."

„Gleich", sagte die Oberköchin und steckte Karl, der mit gesenktem Kopf ihr zugehört hatte, die Visitenkarte in die Tasche, „dein Geld behalte ich vorläufig, du weißt, du kannst es mir anvertrauen. Heute bleib zu Hause und überlege deine Angelegenheit, morgen — heute habe ich keine Zeit, auch habe ich mich schon viel zu lange hier aufgehalten — komme ich zu Brenner, und wir werden zusehen, was wir weiter für dich machen können. Verlassen werde ich dich nicht, das sollst du jedenfalls schon heute wissen. Über deine Zukunft mußt du dir keine Sorgen machen, eher über die letztvergangene Zeit." Darauf klopfte sie ihm leicht auf die Schulter und ging zum Oberkellner hinüber. Karl hob den Kopf und sah der großen, stattlichen Frau nach, die sich in ruhigem Schritt und freier Haltung von ihm entfernte.

„Bist du denn gar nicht froh", sagte Therese, die bei ihm zurückgeblieben war „daß alles so gut ausgefallen ist?"

„O ja", sagte Karl und lächelte ihr zu, wußte aber nicht, warum er darüber froh sein sollte, daß man ihn als einen Dieb wegschickte. Aus Theresens Augen strahlte die reinste Freude, als sei es ihr ganz gleichgültig, ob Karl etwas verbrochen hatte oder nicht, ob er gerecht beurteilt worden war oder nicht, wenn man ihn nur gerade entwischen ließ, in Schande oder in Ehren. Und so verhielt sich gerade Therese, die doch in ihren eigenen Angelegenheiten so peinlich war und ein nicht ganz eindeutiges Wort der Oberköchin wochenlang in ihren Gedanken drehte und untersuchte. Mit Absicht fragte er: „Wirst du meinen Koffer gleich packen und wegschicken?" Er mußte gegen seinen Willen vor Staunen den Kopf schütteln, so schnell fand sich Therese in die Frage hinein, und die Überzeugung, daß in dem Koffer Dinge waren, die man vor allen Leuten geheimhalten mußte, ließ sie gar nicht nach Karl hinübersehen, gar nicht ihm die Hand reichen, sondern nur flüstern: „Natürlich, Karl, gleich, gleich werde ich den Koffer packen." Und schon war sie davongelaufen.

Nun ließ sich aber Giacomo nicht mehr halten, und aufgeregt durch das lange Warten rief er laut: „Roßmann, der Mann wälzt sich unten im Gang und will sich nicht wegschaffen lassen. Sie wollten ihn ins Krankenhaus bringen lassen, aber er wehrt sich und behauptet, du würdest niemals dulden, daß er ins Krankenhaus kommt. Man solle ein Automobil nehmen und ihn nach Hause schicken, du würdest das Automobil bezahlen. Willst du?"

„Der Mann hat Vertrauen zu dir", sagte der Oberkellner. Karl zuckte mit den Schultern und zählte Giacomo sein Geld in die Hand. „Mehr habe ich nicht", sagte er dann.

„Ich soll dich auch fragen, ob du mitfahren willst", fragte noch Giacomo, mit dem Gelde klimpernd.

„Er wird nicht mitfahren", sagte die Oberköchin.

„Also, Roßmann", sagte der Oberkellner schnell und wartete gar nicht, bis Giacomo draußen war, „du bist auf der Stelle entlassen."

Der Oberportier nickte mehrere Male, als wären es seine eigenen Worte, die der Oberkellner nur nachspreche.

„Die Gründe deiner Entlassung kann ich gar nicht laut aussprechen, denn sonst müßte ich dich einsperren lassen."

Der Oberportier sah auffallend streng zur Oberköchin hinüber, denn er hatte wohl erkannt, daß sie die Ursache dieser allzu milden Behandlung war.

„Jetzt geh zu Beß, zieh dich um, übergib Beß deine Livree und verlasse sofort, aber sofort das Haus."

Die Oberköchin schloß die Augen, sie wollte damit Karl beruhigen. Während er sich zum Abschied verbeugte, sah er flüchtig, wie der Oberkellner die Hand der Oberköchin wie im geheimen umfaßte und mit ihr spielte. Der Oberportier begleitete Karl mit schweren Schritten bis zur Tür, die er ihn nicht schließen ließ, sondern selbst noch offen hielt, um Karl nachschreien zu können: „In einer Viertelminute will ich dich beim Haupttor an mir vorübergehen sehen! Merk dir das!"

Karl beeilte sich, wie er nur konnte, um nur beim Haupttor eine Belästigung zu vermeiden, aber es ging alles viel langsamer, als er wollte. Zuerst war Beß nicht gleich zu finden und jetzt, in der Frühstückszeit, war alles voll Menschen, dann zeigte sich, daß ein Junge sich Karls alte Hosen ausgeborgt hatte, und Karl mußte die Kleiderständer bei fast allen Betten absuchen, ehe er diese Hosen fand, so daß wohl fünf Minuten vergangen waren, ehe Karl zum Haupttor kam. Gerade vor ihm ging eine Dame mitten zwischen vier Herren. Sie gingen alle auf ein großes Automobil zu, das sie erwartete und dessen Schlag bereits ein Lakai geöffnet hielt, während er den freien linken Arm seitwärts waagrecht und steif ausstreckte, was höchst feierlich aussah. Aber Karl hatte umsonst gehofft, hinter dieser vornehmen Gesellschaft unbemerkt hinauszukommen. Schon faßte ihn der Oberportier bei der Hand und zog ihn zwischen zwei Herren hindurch, die er um Verzeihung bat, zu sich hin.

„Das soll eine Viertelminute gewesen sein“, sagte er und sah Karl von der Seite an, als beobachte er eine schlecht gehende Uhr. „Komm einmal her“, sagte er dann und führte ihn in die große Portierloge, die Karl zwar schon längst einmal anzusehen Lust gehabt hatte, in die er aber jetzt, von dem Portier geschoben, nur mit Mißtrauen eintrat. Er war schon in der Tür, als er sich umwandte und den Versuch machte, den Oberportier wegzuschieben und wegzukommen.

„Nein, nein, hier geht man hinein“, sagte der Oberportier und drehte Karl um.

„Ich bin doch schon entlassen“, sagte Karl und meinte damit, daß ihm im Hotel niemand mehr etwas zu befehlen habe.

„Solange ich dich halte, bist du nicht entlassen“, sagte der Portier, was allerdings auch richtig war. Karl fand schließlich auch keine Ursache, warum er sich gegen den Portier wehren sollte. Was konnte ihm denn auch im Grunde noch geschehen? Überdies bestanden die Wände der Portierloge ausschließlich aus ungeheueren Glasscheiben, durch die man die im Vestibül gegeneinanderströmende Menschenmenge deutlich sah, als wäre man mitten unter ihnen. Ja, es schien in der ganzen Portierloge keinen Winkel zu geben, in dem man sich vor den Augen der Leute verbergen konnte. So eilig es dort draußen die Leute zu haben schienen, denn mit ausgestrecktem Arm und gesenktem Kopf, mit spähenden Augen, mit hochgehaltenen Gepäckstücken suchten sie ihren Weg, so versäumte doch kaum einer, einen Blick in die Portierloge zu werfen, denn hinter deren Scheiben waren immer Ankündigungen und Nachrichten ausgehängt, die sowohl für die Gäste als für das Hotelpersonal Wichtigkeit hatten. Außerdem aber bestand noch ein unmittelbarer Verkehr der Portierloge mit dem Vestibül, denn an zwei großen Schiebefenstern saßen zwei Unterportiers und waren unaufhörlich damit beschäftigt, Auskünfte in den verschiedensten Angelegenheiten zu erteilen.

Das waren geradezu überbürdete Leute, und Karl hätte behaupten wollen, daß der Oberportier, wie er ihn kannte, sich in seiner Laufbahn um diese Posten herumgewunden hatte. Diese zwei Auskunftserteiler hatten — von außen konnte man sich das nicht richtig vorstellen — in der Öffnung des Fensters immer zumindest zehn fragende Gesichter vor sich. Unter diesen zehn Fragern, die immerfort wechselten, war oft ein Durcheinander von Sprachen, als sei jeder einzelne von einem anderen Lande abgesandt. Immer fragten einige gleichzeitig, immer redeten außerdem einzelne untereinander. Die meisten wollten etwas aus der Portierloge holen oder etwas dort abgeben, so sah man immer auch ungeduldig fuchtelnde Hände aus dem Gedränge ragen. Einmal hatte einer ein Begehren wegen irgendeiner Zeitung, die sich unversehens von der Höhe aus entfaltete und für einen Augenblick alle Gesichter verhüllte. All diesem mußten nun die zwei Unterportiers standhalten. Bloßes Reden hätte für ihre Aufgabe nicht genügt, sie plapperten, besonders der eine, ein düsterer Mann mit einem das ganze Gesicht umgebenden dunklen Bart, gab die Auskunft ohne die geringste Unterbrechung. Er sah weder auf die Tischplatte, wo er fortwährend Handreichungen auszuführen hatte, noch auf das Gesicht dieses oder jenes Fragers, sondern ausschließlich starr vor sich, offenbar um seine Kräfte zu sparen und zu sammeln. Übrigens störte wohl sein Bart ein wenig die Verständlichkeit seiner Rede, und Karl konnte in dem Weilchen, während dessen er bei ihm stehenblieb, sehr wenig von dem Gesagten auffassen, wenn es auch möglicherweise trotz dem englischen Beiklang gerade fremde Sprachen waren, die er gebrauchen mußte. Außerdem beirrte es, daß sich eine Auskunft so knapp an die andere anschloß und in sie überging, so daß oft noch ein Frager mit gespanntem Gesicht zuhorchte, da er glaubte, es gehe noch um seine Sache, um erst nach einem Weilchen zu merken, daß er schon erledigt war. Gewöhnen mußte man sich auch daran, daß der Unterportier niemals bat, eine Frage zu wiederholen, selbst wenn sie im ganzen verständlich und nur ein wenig undeutlich gestellt war, ein kaum merkliches Kopfschütteln verriet dann, daß er nicht die Absicht habe, diese Frage zu beantworten, und es war Sache des Fragestellers, seinen eigenen Fehler zu erkennen und die Frage besser zu formulieren. Besonders damit verbrachten manche Leute sehr lange Zeit vor dem Schalter. Zur Unterstützung der Unterportiers war jedem ein Laufbursche beigegeben, der in gestrecktem Lauf von einem Bücherregal und aus verschiedenen Kasten alles herbeizubringen hatte, was der Unterportier gerade benötigte. Das waren die bestbezahlten, wenn auch anstrengendsten Posten, die es im Hotel für ganz junge Leute gab, in gewissem Sinne waren sie auch noch ärger daran als die Unterportiers, denn diese hatten bloß nachzudenken und zu reden, während die jungen Leute gleichzeitig nachdenken und laufen mußten. Brachten sie einmal etwas Unrichtiges herbei, so konnte sich natürlich der Unterportier in der Eile nicht damit aufhalten, ihnen lange Belehrungen zu geben, er warf vielmehr einfach, das, was sie ihm auf den Tisch legten, mit einem Ruck vom Tisch hinunter. Sehr interessant war die Ablösung der Unterportiers, die gerade kurz nach dem Eintritt Karls stattfand. Eine solche Ablösung mußte natürlich, wenigstens während des Tages, öfters stattfinden, denn es gab wohl kaum einen Menschen, der es länger als eine Stunde hinter dem Schalter ausgehalten hätte. Zur Ablösungszeit ertönte nun eine Glocke, und gleichzeitig traten aus einer Seitentür die zwei Unterportiers, die jetzt an die Reihe kommen sollten, jeder von seinem Laufburschen gefolgt. Sie stellten sich vorläufig untätig beim Schalter auf und betrachteten ein Weilchen die Leute draußen, um festzustellen, in welchem Stadium sich gerade die augenblickliche Fragebeantwortung befand. Schien ihnen der Augenblick passend, um einzugreifen, klopften sie dem abzulösenden Unterportier auf die Schulter, der, obwohl er sich bisher um nichts, was hinter seinem Rücken vorging, gekümmert hatte, sofort verstand und seinen Platz freimachte. Das Ganze ging so rasch, daß es oft die Leute draußen überraschte und sie aus Schrecken über das so plötzlich vor ihnen auftauchende neue Gesicht fast zurückwichen. Die abgelösten zwei Männer streckten sich und begossen dann über zwei bereitstehenden Waschbecken ihre heißen Köpfe. Die abgelösten Laufburschen durften sich aber noch nicht strecken, sondern hatten noch ein Weilchen damit zu tun, die während ihrer Dienststunden auf den Boden geworfenen Gegenstände aufzuheben und an ihren Platz zu legen. Alles dieses hatte Karl mit der angespanntesten Aufmerksamkeit in wenigen Augenblicken in sich aufgenommen, und mit leichten Kopfschmerzen folgte er still dem Oberportier, der ihn weiterführte. Offenbar hatte auch der Oberportier den großen Eindruck beachtet, den diese Art der Auskunftserteilung auf Karl gemacht hatte, und er riß plötzlich an Karls Hand und sagte: „Siehst du, so wird hier gearbeitet.“ Karl hatte ja allerdings hier im Hotel nicht gefaulenzt, aber von solcher Arbeit hatte er doch keine Ahnung gehabt, und fast völlig vergessend, daß der Oberportier sein großer Feind war, sah er zu ihm auf und nickte stumm und anerkennend mit dem Kopf. Das schien dem Oberportier aber wieder eine Überschätzung des Unterportiers und vielleicht eine Unhöflichkeit gegenüber seiner Person zu sein, denn, als hätte er Karl zum Narren gehalten, rief er, ohne Besorgnis, daß man ihn hören könnte: „Natürlich ist dieses hier die dümmste Arbeit im ganzen Hotel; wenn man eine Stunde zugehört hat, kennt man so ziemlich alle Fragen, die gestellt werden, und den Rest braucht man ja nicht zu beantworten. Wenn du nicht frech und ungezogen gewesen wärest, gelogen, gelumpt, gesoffen und gestohlen hättest, hätte ich dich vielleicht bei so einem Fenster anstellen können, denn dazu kann ich ausschließlich nur vernagelte Köpfe brauchen.“

Karl überhörte gänzlich die Beschimpfung, soweit sie ihn betraf, so sehr war er darüber empört, daß die ehrliche und schwere Arbeit der Unterportiers, statt anerkannt zu werden, verhöhnt wurde, und überdies verhöhnt von einem Mann, der, wenn er es gewagt hätte, sich einmal zu einem solchen Schalter zu setzen, gewiß nach ein paar Minuten unter dem Gelächter aller Frager hätte abziehen müssen.

„Lassen Sie mich“, sagte Karl, seine Neugierde in betreff der Portierloge war bis zum Übermaß gestillt „ich will mit Ihnen nichts mehr zu tun haben.“

„Das genügt nicht, um fortzukommen“, sagte der Oberportier, drückte Karls Arme, daß dieser sie gar nicht rühren konnte, und trug ihn förmlich an das andere Ende der Portierloge. Sahen die Leute draußen diese Gewalttätigkeit des Oberportiers nicht. Oder, wenn sie es sahen, wie faßten sie sie denn auf, daß keiner sich darüber aufhielt, daß niemand wenigstens an die Scheibe klopfte, um dem Oberportier zu zeigen, daß er beobachtet werde und nicht nach seinem Gutdünken mit Karl verfahren dürfe.

Aber bald hatte Karl auch keine Hoffnung mehr, vom Vestibül aus Hilfe zu bekommen, denn der

Oberportier griff an eine Schnur, und über den Scheiben der halben Portierloge zogen sich im Fluge bis in die letzte Höhe schwarze Vorhänge zusammen. Auch in diesem Teil der Portierloge waren ja Menschen, aber alle in voller Arbeit und ohne Ohr und Auge für alles, was nicht mit ihrer Arbeit zusammenhing. Außerdem waren sie ganz vom Oberportier abhängig und hätten, statt Karl zu helfen, lieber geholfen, alles zu verbergen, was auch immer dem Oberportier eingefallen wäre. Da waren zum Beispiel sechs Unterportiers bei sechs Telephonen. Die Anordnung war, wie man gleich bemerkte, so getroffen, daß immer einer bloß Gespräche aufnahm, während sein Nachbar nach den vom ersten empfangenen Notizen die Aufträge telephonisch weiterleitete. Es waren dies jene neuesten Telephone, für die keine Telephonzelle nötig war, denn das Glockenläuten war nicht lauter als ein Zirpen, man konnte in das Telephon mit Flüstern hineinsprechen und doch kamen die Worte dank besonderer elektrischer Verstärkungen mit Donnerstimme an ihrem Ziele an. Deshalb hörte man die drei Sprecher an ihren Telephonen kaum und hätte glauben können, sie beobachteten murmelnd irgendeinen Vorgang in der Telephonmuschel, während die drei anderen, wie betäubt von dem auf sie herandringenden, für die Umgebung im übrigen unhörbaren Lärm, die Köpfe auf das Papier sinken ließen, das zu beschreiben ihre Aufgabe war. Wieder stand auch hier neben jedem der drei Sprecher ein Junge zur Hilfeleistung; diese drei Jungen taten nichts anderes, als abwechselnd den Kopf horchend zu ihrem Herrn zu strecken und dann eilig, als würden sie gestochen, in riesigen, gelben Büchern — die umschlagenden Blättermassen überrauschten bei weitem jedes Geräusch der Telephone — die Telephonnummern herauszusuchen.

Karl konnte sich tatsächlich nicht enthalten, das alles genau zu verfolgen, obwohl der Oberportier, der sich gesetzt hatte, ihn in einer Art Umklammerung vor sich hinhielt.
„Es ist meine Pflicht“, sagte der Oberportier und schüttelte Karl, als wolle er nur erreichen, daß dieser ihm sein Gesicht zuwende, „das, was der Oberkellner aus welchen Gründen immer versäumt hat, im Namen der Hoteldirektion wenigstens ein wenig nachzuholen. So tritt hier immer jeder für den anderen ein. Ohne das wäre ein so großer Betrieb undenkbar. Du willst vielleicht sagen, daß ich nicht dein unmittelbarer Vorgesetzter bin; nun, desto schöner ist es von mir, daß ich mich dieser sonst verlassenen Sache annehme. Im übrigen bin ich in gewissem Sinne als Oberportier über alle gesetzt, denn mir unterstehen doch alle Tore des Hotels, also dieses Haupttor, die drei Mittel — und die zehn Nebentore, von den unzähligen Türchen und türlosen Ausgängen gar nicht zu reden. Natürlich haben mir alle in Betracht kommenden Bedienungsmannschaften unbedingt zu gehorchen. Gegenüber diesen großen Ehren habe ich natürlich andererseits vor der Hoteldirektion die Verpflichtung, niemanden hinauszulassen, der nur im geringsten verdächtig ist. Gerade du aber kommst mir, weil es mir so beliebt, sogar stark verdächtig vor.“ Und vor Freude darüber hob er die Hände und ließ sie wieder stark zurückschlagen, daß es klatschte und wehtat.
„Es ist möglich“, fügte er hinzu und unterhielt sich dabei königlich, „daß du bei einem anderen Ausgang unbemerkt hinausgekommen wärest, denn du standest mir natürlich nicht dafür, besondere Anweisungen deinetwegen ergehen zu lassen. Aber da du nun einmal hier bist, will ich dich genießen. Im übrigen habe ich nicht daran gezweifelt, daß du das Rendezvous, das wir uns beim Haupttor gegeben hatten, auch einhalten wirst, denn das ist eine Regel, daß der Freche und der Unfolgsame gerade dort und dann mit seinen Lastern aufhört, wo es ihm schadet. Du wirst das an dir selbst gewiß noch oft beobachten können.“
„Glauben Sie nicht“, sagte Karl und atmete den eigentümlich dumpfen Geruch ein, der vom Oberportier ausging, und den er erst hier, wo er so lange in seiner nächsten Nähe stand, bemerkte, „glauben Sie nicht“, sagte er, „daß ich vollständig in Ihrer Gewalt bin, ich kann ja schreien.“ „Und ich kann dir den Mund stopfen“, sagte der Oberportier ebenso ruhig und schnell, wie er es wohl nötigenfalls auszuführen gedachte.
„Und meinst du denn wirklich, wenn man deinetwegen hereinkommen sollte, es würde sich jemand finden, der dir recht geben würde, mir, dem Oberportier gegenüber? Du siehst also wohl den Unsinn deiner Hoffnungen ein. Weißt du, wie du noch in der Uniform warst, da hast du ja tatsächlich noch ein wenig beachtenswert ausgesehen, aber in diesem Anzug, der tatsächlich nur in Europa möglich ist! –“ Und er zerrte an den verschiedensten Stellen des Anzuges, der jetzt allerdings, obwohl er vor fünf

Monaten noch fast neu gewesen war, abgenützt, faltig, vor allem aber dreckig war, was hauptsächlich auf die Rücksichtslosigkeit der Liftjungen zurückzufahren war, die jeden Tag, um den Saalboden dem allgemeinen Befehl gemäß glatt und staubfrei zu erhalten, aus Faulheit keine eigentliche Reinigung vornahmen, sondern mit irgendeinem Öl den Boden besprengten und damit gleichzeitig alle Kleider auf den Kleiderständern schändlich bespritzten. Nun konnte man seine Kleider aufheben, wo man wollte, immer fand sich einer, der gerade seine Kleider nicht bei der Hand hatte, dagegen die versteckten fremden Kleider mit Leichtigkeit fand und sich ausborgte. Und womöglich war dieser eine gerade derjenige, der an diesem Tage die Saalreinigung vorzunehmen hatte und der dann die Kleider nicht nur mit dem Öl bespritzte, sondern vollständig von oben bis unten begoß. Nur Renell hatte seine kostbaren Kleider an irgendeinem geheimen Orte versteckt, von wo sie kaum jemals einer hervorgezogen hatte, zumal sich ja auch niemand vielleicht aus Bosheit oder Geiz fremde Kleider ausborgte, sondern aus bloßer Eile und Nachlässigkeit dort nahm, wo er sie fand. Aber selbst auf Renells Kleid war mitten auf dem Rücken ein kreisrunder, rötlicher Ölfleck, und in der Stadt hätte ein Kenner an diesem Fleck selbst in diesem eleganten jungen Mann den Liftjungen feststellen können.
Und Karl sagte sich bei diesen Erinnerungen, daß er auch als Liftjunge genug gelitten hatte und daß doch alles vergebens gewesen war, denn nun war dieser Liftjungendienst nicht, wie er gehofft hatte, eine Vorstufe zu besserer Anstellung gewesen, vielmehr war er jetzt noch tiefer hinabgedrückt worden und sogar sehr nahe an das Gefängnis geraten. Überdies wurde er jetzt noch vom Oberportier festgehalten, der wohl darüber nachdachte, wie er Karl noch weiter beschämen könne. Und, völlig vergessend, daß der Oberportier durchaus nicht der Mann war, der sich vielleicht überzeugen ließ, rief Karl, während er sich mit der gerade freien Hand mehrmals gegen die Stirn schlug: „Und wenn ich Sie wirklich nicht gegrüßt haben sollte, wie kann denn ein erwachsener Mensch wegen eines unterlassenen Grußes so rachsüchtig werden!“
„Ich bin nicht rachsüchtig“, sagte der Oberportier, „ich will nur deine Taschen durchsuchen. Ich bin zwar überzeugt, daß ich nichts finden werde, denn du wirst wohl vorsichtig gewesen sein und hast wohl deinen Freund allmählich alles, jeden Tag etwas, wegschleppen lassen. Aber durchsucht worden mußt du sein.“ Und schon griff er in die eine von Karls Rocktaschen mit solcher Gewalt, daß die seitlichen Nähte platzten.
„Da ist also schon nichts“, sagte er und überklaubte in seiner Hand den Inhalt dieser Tasche, einen
Reklamekalender des Hotels, ein Blatt mit einer Aufgabe aus kaufmännischer Korrespondenz, einige Rock- und Hosenknöpfe, die Visitenkarte der Oberköchin, einen Polierstift für die Nägel, den ihm einmal ein Gast beim

Kofferpacken zugeworfen hatte, einen alten Taschenspiegel, den ihm Renell einmal zum Dank für vielleicht zehn Vertretungen im Dienste geschenkt hatte, und noch ein paar Kleinigkeiten.

„Da ist also nichts“, wiederholte der Oberportier und warf alles unter die Bank, als sei es selbstverständlich, daß das Eigentum Karls, soweit es nicht gestohlen war, unter die Bank gehöre.

„Jetzt ist's aber genug“, sagte sich Karl — sein Gesicht mußte glühend rot sein –, und als der Oberportier, durch die Gier unvorsichtig gemacht, in Karls zweiter Tasche herumgrub, fuhr Karl mit einem Ruck aus den Ärmeln heraus, stieß im ersten, noch unbeherrschten Sprung einen Unterportier ziemlich stark gegen seinen Apparat, lief durch die schwüle Luft, eigentlich langsamer, als er beabsichtigt hatte, zur Tür, war aber glücklich draußen, ehe der Oberportier in seinem schweren Mantel sich auch nur hatte erheben können. Die Organisation des Wachdienstes mußte doch nicht so mustergültig sein, es läutete zwar von einigen Seiten, aber Gott weiß zu welchen Zwecken! Hotelangestellte gingen zwar im Torgang in solcher Anzahl kreuz und quer, daß man fast daran denken konnte, sie wollten in unauffälliger Weise den Ausgang unmöglich machen, denn viel sonstigen Sinn konnte man in diesem Hin- und Hergehen nicht erkennen; jedenfalls kam Karl bald ins Freie, mußte aber noch das Hoteltrottoir entlanggehen, denn zur Straße konnte man nicht gelangen, da eine ununterbrochene Reihe von Automobilen stockend sich am Haupttor vorbeibewegte. Diese Automobile waren, um nur so bald als möglich zu ihrer Herrschaft zu kommen, geradezu ineinandergefahren, jedes wurde vom nachfolgenden vorwärtsgeschoben. Fußgänger, die es besonders eilig hatten, auf die Straße zu gelangen, stiegen zwar hie und da durch die einzelnen Automobile hindurch, als sei dort ein öffentlicher Durchgang, und es war ihnen ganz gleichgültig, ob im Automobil nur der Chauffeur und die Dienerschaft saß oder auch die vornehmsten Leute. Ein solches Benehmen schien aber Karl doch übertrieben, und man mußte sich wohl in den Verhältnissen schon auskennen, um das zu wagen; wie leicht konnte er an ein Automobil geraten, dessen Insassen das übelnahmen, ihn hinunterwarfen und einen Skandal veranlaßten, und nichts hatte er als ein entlaufener verdächtiger Hotelangestellter in Hemdärmeln mehr zu fürchten. Schließlich konnte ja die Reihe der Automobile nicht in Ewigkeit so fortgehen, und er war auch, solange er sich ans Hotel hielt, eigentlich am wenigsten verdächtig. Tatsächlich gelangte Karl endlich an eine Stelle, wo die Automobilreihe zwar nicht aufhörte, aber zur Straße hin abzog und lockerer wurde. Gerade wollte er in den Verkehr der Straße schlüpfen, in dem wohl noch viel verdächtiger aussehende Leute, als er war, frei herumliefen, da hörte er in der Nähe seinen Namen rufen. Er wandte sich um und sah, wie zwei ihm wohlbekannte Liftjungen aus einer niedrigen, kleinen Türöffnung, die wie der Eingang einer Gruft aussah, mit äußerster Anstrengung eine Bahre herauszogen, auf der, wie Karl nun erkannte, wahrhaftig Robinson lag, Kopf, Gesicht und Arme mannigfaltig umbunden. Es war häßlich anzusehen, wie er die Arme an die Augen führte, um mit dem Verbande die Tränen abzuwischen, die er vor Schmerzen oder vor sonstigem Leid oder gar vor Freude über das Wiedersehen mit Karl vergoß.

„Roßmann“, rief er vorwurfsvoll, „warum läßt du mich denn so lange warten! Schon eine Stunde verbringe ich damit, mich zu wehren, damit ich nicht wegtransportiert werde, ehe du kommst. Diese Kerle“ — und er gab dem einen Liftjungen ein Kopfstück, als sei er durch die Verbände vor Schlägen geschützt — „sind ja wahre Teufel. Ach, Roßmann, der Besuch bei dir ist mir teuer zu stehen gekommen.“

„Was hat man dir denn gemacht?“, sagte Karl und trat an die Bahre heran, welche die Liftjungen, um sich auszuruhen, lachend niederstellten.

„Du fragst noch“, seufzte Robinson „und siehst, wie ich ausschaue. Bedenke, ich bin ja höchstwahrscheinlich für mein ganzes Leben zum Krüppel geschlagen. Ich habe fürchterliche Schmerzen von hier bis hierher“ — und er zeigte zuerst auf den Kopf und dann auf die Zehen — „ich möchte dir wünschen, daß du gesehen hättest, wie ich aus der Nase geblutet habe. Meine Weste ist ganz verdorben, die habe ich überhaupt dort gelassen, meine Hosen sind zerfetzt, ich bin in Unterhosen“ — und er lüftete die Decke ein wenig und lud Karl ein, unter sie zu schauen.

„Was wird nur aus mir werden! Ich werde zumindest einige Monate liegen müssen, und das will ich dir gleich sagen, ich habe niemanden anderen als dich, der mich pflegen könnte, Delamarche ist ja viel zu ungeduldig. Roßmann, Roßmannchen!“ Und Robinson streckte die Hand nach dem ein wenig zurücktretenden Karl aus, um ihn durch Streicheln für sich zu gewinnen.

„Warum habe ich dich nur besuchen müssen!“, wiederholte er mehrere Male, um Karl die Mitschuld nicht vergessen zu lassen, die dieser an seinem Unglück hatte.

Nun erkannte zwar Karl sofort, daß das Klagen Robinsons nicht von seinen Wunden, sondern von dem ungeheueren Katzenjammer stammte, in dem er sich befand, da er, in schwerer Trunkenheit kaum eingeschlafen, gleich geweckt und zu seiner Überraschung blutig geboxt worden war und sich in der wachen Welt gar nicht mehr zurechtfinden konnte. Die Bedeutungslosigkeit der Wunden war schon an den unförmlichen, aus alten Fetzen bestehenden Verbänden zu sehen, mit denen ihn die Liftjungen offenbar zum Spaß ganz und gar umwickelt hatten. Und auch die zwei Liftjungen an den Enden der Bahre prusteten vor Lachen von Zeit zu Zeit. Nun war aber hier nicht der Ort, Robinson zur Besinnung zu bringen, denn stürmend eilten hier die Passanten, ohne sich um die Gruppe an der Bahre zu kümmern, vorbei, öfters sprangen Leute mit richtigem Turnerschwung über Robinson hinweg, der mit Karls Geld bezahlte Chauffeur rief: „Vorwärts, vorwärts!“ Die Liftjungen hoben mit letzter Kraft die Bahre auf, Robinson erfaßte Karls Hand und sagte schmeichelnd: „Nun komm, so komm doch.“ War nicht Karl in dem Aufzug, in dem er sich befand, im Dunkel des Automobils noch am besten aufgehoben? Und so setzte er sich neben Robinson, der den Kopf an ihn lehnte. Die zurückbleibenden Liftjungen schüttelten ihm, als ihrem gewesenen Kollegen, durch das Coupéfenster herzlich die Hand, und das Automobil drehte sich mit scharfer Wendung zur Straße hin. Es schien, als müsse unbedingt ein Unglück geschehen, aber gleich nahm der alles umfassende Verkehr auch die schnurgerade Fahrt dieses Automobils ruhig in sich auf.

Ein Asyl

Es mußte wohl eine entlegene Vorstadtstraße sein, in der das Automobil haltmachte, denn ringsherum herrschte Stille, am Trottoirrand hockten Kinder und spielten. Ein Mann mit einer Menge alter Kleider über den Schultern rief beobachtend zu den Fenstern der Häuser empor. In seiner Müdigkeit fühlte sich Karl unbehaglich, als er aus dem Automobil auf den Asphalt trat, den die Vormittagssonne warm und hell beschien.
„Wohnst du wirklich hier?“, rief er ins Automobil hinein.
Robinson, der während der ganzen Fahrt friedlich geschlafen hatte, brummte irgendeine undeutliche Bejahung und schien darauf zu warten, daß Karl ihn hinaustragen werde.
„Dann habe ich hier also nichts mehr zu tun. Leb wohl“, sagte Karl und machte sich daran, die ein wenig sich senkende Straße abwärts zu gehen.
„Aber Karl, was fällt dir denn ein?“, rief Robinson und stand schon vor lauter Sorge ziemlich aufrecht, nur mit noch etwas unruhigen Knien, im Wagen.
„Ich muß doch gehen“, sagte Karl, der der raschen Gesundung Robinsons zugesehen hatte.
„In Hemdärmeln?“, fragte dieser.
„Ich werde mir schon noch einen Rock verdienen“, antwortete Karl, nickte Robinson zuversichtlich zu, grüßte mit erhobener Hand und wäre wirklich fortgegangen, wenn nicht der Chauffeur gerufen hätte: „Noch einen kleinen Augenblick Geduld, mein Herr!“
Es zeigte sich unangenehmerweise, daß der Chauffeur noch Ansprüche auf eine nachträgliche Bezahlung stellte, denn die Wartezeit vor dem Hotel war noch nicht bezahlt.
„Nun ja“, rief aus dem Automobil Robinson in Bestätigung der Richtigkeit dieser Forderung, „ich habe ja dort so lange auf dich warten müssen. Etwas mußt du ihm noch geben.“ „Ja, freilich“, sagte der Chauffeur.
„Ja, wenn ich nur noch etwas hätte“, sagte Karl und griff in die Hosentaschen, obwohl er wußte, daß es nutzlos war.
„Ich kann mich nur an Sie halten“, sagte der Chauffeur und stellte sich breitbeinig auf, „von dem kranken Mann dort kann ich nichts verlangen.“
Vom Tor her näherte sich ein junger Bursch mit zerfressener Nase und hörte aus einer Entfernung von einigen Schritten zu. Gerade machte durch die Straße ein Polizeimann die Runde, faßte mit gesenktem Gesicht den hemdärmeligen Menschen ins Auge und blieb stehen.
Robinson, der den Polizeimann auch bemerkt hatte, machte die Dummheit, aus dem anderen Fenster ihm zuzurufen: „Es ist nichts, es ist nichts!“, als ob man einen Polizeimann wie eine Fliege verscheuchen könnte. Die Kinder, welche den Polizeimann beobachtet hatten, wurden nun durch sein

Stillstehen auch auf Karl und den Chauffeur aufmerksam und liefen im Trab herbei. Im Tor gegenüber stand eine alte Frau und sah starr hinüber.
„Roßmann!“, rief da eine Stimme aus der Höhe. Es war Delamarche, der das vom Balkon des letzten Stockwerks rief. Er selbst war nur schon recht undeutlich gegen den weißlich blauen Himmel zu sehen, hatte offenbar einen Schlafrock an und beobachtete mit einem Operngucker die Straße. Neben ihm war ein roter Sonnenschirm aufgespannt, unter dem eine Frau zu sitzen schien. „Halloh!“, rief er mit größter Anstrengung, um sich verständlich zu machen, „ist Robinson auch da?“
„Ja“, antwortete Karl, von einem zweiten, viel lauteren „Ja“ Robinsons aus dem Wagen kräftig unterstützt.
„Halloh!“, rief es zurück, „ich komme gleich!“ Robinson beugte sich aus dem Wagen.
„Das ist ein Mann“, sagte er, und dieses Lob Delamarches war an Karl gerichtet, an den Chauffeur, an den Polizeimann und an jeden, der es hören wollte. Oben auf dem Balkon, den man aus Zerstreutheit noch ansah, obwohl ihn Delamarche schon verlassen hatte, erhob sich nun unter dem Sonnenschirm tatsächlich eine starke Frau in rotem, taillenlosem Kleid, nahm den Operngucker von der Brüstung und sah durch ihn auf die Leute hinunter, die nur allmählich die Blicke von ihr wandten. Karl sah in Erwartung Delamarches in das Haustor und weiterhin in den Hof, den eine fast ununterbrochene Reihe von Geschäftsdienern durchquerte, von denen jeder eine kleine, aber offenbar sehr schwere Kiste auf der Achsel trug. Der Chauffeur war zu seinem Wagen getreten und putzte, um die Zeit auszunützen, mit einem Fetzen die Wagenlaternen. Robinson befühlte seine Gliedmaßen, schien erstaunt über die geringen Schmerzen zu sein, die er trotz größter Aufmerksamkeit fühlen konnte, und begann vorsichtig, mit tief geneigtem Gesicht, einen der dicken Verbände am Bein zu lösen. Der Polizeimann hielt sein schwarzes Stöckchen quer vor sich und wartete still, mit der großen Geduld, die Polizeileute haben müssen, ob sie nun im gewöhnlichen Dienst oder auf der Lauer sind. Der Bursche mit der zerfressenen Nase setzte sich auf einen Torstein und streckte die Beine von sich. Die Kinder näherten sich Karl allmählich mit kleinen Schritten, denn dieser schien ihnen, obwohl er sie nicht beachtete, wegen seiner blauen Hemdärmel der wichtigste von allen zu sein.
An der Länge der Zeit, die bis zur Ankunft Delamarches verging, konnte man die große Höhe dieses Hauses ermessen. Und Delamarche kam sogar sehr eilig, mit nur flüchtig zugezogenem Schlafrock. „Also, da seid ihr!“, rief er erfreut und streng zugleich. Bei seinen großen Schritten enthüllte sich stets für einen Augenblick seine farbige Unterkleidung. Karl begriff nicht ganz, warum Delamarche hier, in der Stadt, in der riesigen Mietskaserne, auf der offenen Straße, so bequem angezogen herumging, als sei er in seiner

Privatvilla. Ebenso wie Robinson hatte auch Delamarche sich sehr verändert. Sein dunkles, glatt rasiertes, peinlich reines, von roh ausgearbeiteten Muskeln gebildetes Gesicht sah stolz und respekteinflößend aus. Der grelle Schein seiner jetzt immer etwas zusammengezogenen Augen überraschte. Sein violetter Schlafrock war zwar alt, fleckig und für ihn zu groß, aber aus diesem häßlichen Kleidungsstück bauschte sich oben eine mächtige, dunkle Krawatte aus schwerer Seide.
„Nun?", fragte er alle insgesamt. Der Polizeimann trat ein wenig näher und lehnte sich an den Motorkasten des Automobils. Karl gab eine kleine Erklärung.
„Robinson ist ein wenig marod, aber wenn er sich Mühe gibt, wird er schon die Treppen hinaufgehen können; der Chauffeur hier will noch eine Nachzahlung zum Fahrgeld, das ich schon bezahlt habe. Und jetzt gehe ich. Guten Tag." „Du gehst nicht", sagte Delamarche.
„Ich habe es ihm auch schon gesagt", meldete sich Robinson aus dem Wagen.
„Ich gehe doch", sagte Karl und machte ein paar Schritte. Aber Delamarche war schon hinter ihm und schob ihn mit Gewalt zurück.
„Ich sage, du bleibst!", rief er.
„Aber laßt mich doch", sagte Karl und machte sich bereit, wenn es nötig sein sollte, mit den Fäusten sich die Freiheit zu verschaffen, so wenig Aussicht auf Erfolg gegenüber einem Mann wie Delamarche auch war. Aber da stand doch der Polizeimann, da war der Chauffeur, hie und da gingen Arbeitergruppen durch die sonst freilich ruhige Straße; würde man es denn dulden, daß ihm von Delamarche ein Unrecht geschehe? In einem Zimmer hätte er mit ihm nicht allein sein wollen, aber hier? Delamarche zahlte jetzt ruhig dem Chauffeur, der unter vielen Verbeugungen den unverdient großen Betrag einsteckte und aus Dankbarkeit zu Robinson ging und mit diesem offenbar darüber sprach, wie er am besten herausbefördert werden könnte. Karl sah sich unbeobachtet, vielleicht duldete Delamarche ein stillschweigendes Fortgehen leichter; wenn Streit vermieden werden konnte, war es natürlich am besten, und so ging Karl einfach in die Fahrbahn hinein, um möglichst rasch wegzukommen. Die Kinder strömten zu Delamarche, um ihn auf Karls Flucht aufmerksam zu machen, aber er mußte selbst gar nicht eingreifen, denn der Polizeimann sagte mit vorgestrecktem
Stabe „Halt!" „Wie heißt du?", fragte er, schob den Stab unter den Arm und zog langsam ein Buch hervor. Karl sah ihn jetzt zum erstenmal genauer an, es war ein kräftiger Mann, hatte aber schon fast ganz weißes Haar. „Karl Roßmann", sagte er.
„Roßmann", wiederholte der Polizeimann, zweifellos nur, weil er ein ruhiger und gründlicher Mensch war, aber Karl, der es hier eigentlich zum erstenmal mit amerikanischen Behörden zu tun bekam, sah schon in dieser

Wiederholung das Aussprechen eines gewissen Verdachtes. Und tatsächlich konnte seine Sache nicht gut stehen, denn selbst Robinson, der doch so sehr mit seinen eigenen Sorgen beschäftigt war, bat aus dem Wagen heraus mit stummen lebhaften Handbewegungen den Delamarche, er möge Karl doch helfen. Aber Delamarche wehrte ihn mit hastigem Kopfschütteln ab und sah untätig zu, die Hände in seinen übergroßen Taschen. Der Bursche auf dem Türstein erklärte einer Frau, die jetzt erst aus dem Tore trat, den ganzen Sachverhalt von allem Anfang an. Die Kinder standen in einem Halbkreis hinter Karl und sahen still zum Polizeimann hinauf.

„Zeig deine Ausweispapiere“, sagte der Polizeimann. Das war wohl nur eine formelle Frage; denn wenn man keinen Rock hat, wird man auch nicht viel Ausweispapiere bei sich haben. Karl schwieg deshalb, um lieber auf die nächste Frage ausführlich zu antworten und so den Mangel der Ausweispapiere möglichst zu vertuschen.

Aber die nächste Frage war: „Du hast also keine Ausweispapiere?“ und Karl mußte antworten: „Bei mir nicht.“

„Das ist aber schlimm“, sagte der Polizeimann, sah nachdenklich im Kreise umher und klopfte mit zwei Fingern auf den Deckel seines Buches.

„Hast du irgendeinen Verdienst?“, fragte der Polizeimann schließlich.

„Ich war Liftjunge“, sagte Karl.

„Du warst Liftjunge, bist es also nicht mehr, und wovon lebst du denn jetzt?“

„Jetzt werde ich mir eine neue Arbeit suchen.“

„Ja, bist du denn entlassen worden?“

„Ja, vor einer Stunde.“

„Plötzlich?“

„Ja“, sagte Karl und hob wie zur Entschuldigung die Hand. Die ganze Geschichte konnte er hier nicht erzählen, und wenn es auch möglich gewesen wäre, so schien es doch ganz aussichtslos, ein drohendes Unrecht durch Erzählung eines erlittenen Unrechts abzuwehren. Und wenn er sein Recht nicht von der Güte der Oberköchin und von der Einsicht des Oberkellners erhalten hatte, von der Gesellschaft hier auf der Straße hatte er es gewiß nicht zu erwarten.

„Und ohne Rock bist du entlassen worden?“, fragte der Polizeimann.

„Nun ja“, sagte Karl; also auch in Amerika gehörte es zur Art der Behörden, das, was sie sahen, noch eigens zu fragen. (Wie hatte sein Vater bei der Beschaffung des Reisepasses über die nutzlosen Fragereien der Behörden sich ärgern müssen!) Karl hatte große Lust wegzulaufen, sich irgendwo zu verstecken und keine Fragen mehr anhören zu müssen. Und nun stellte gar der Polizeimann jene Frage, vor der sich Karl am meisten gefürchtet und in deren unruhiger Voraussicht er sich bisher wahrscheinlich unvorsichtiger benommen hatte, als es sonst geschehen wäre.

„In welchem Hotel warst du denn angestellt?“

Er senkte den Kopf und antwortete nicht, auf diese Frage wollte er unbedingt nicht antworten. Es durfte nicht geschehen, daß er, von einem Polizeimann eskortiert, wieder ins Hotel Occidental zurückkäme, daß dort Verhöre stattfanden, zu denen seine Freunde und Feinde beigezogen würden, daß die Oberköchin ihre schon sehr schwach gewordene gute Meinung über Karl gänzlich aufgab, da sie ihn, den sie in der Pension Brenner vermutete, von einem Polizeimann aufgegriffen, in Hemdärmeln, ohne ihre Visitenkarte, zurückgekehrt fand, während der Oberkellner vielleicht nur voll Verständnis nicken und der Oberportier dagegen von der Hand Gottes sprechen würde, die den Lumpen endlich gefunden habe.
„Er war im Hotel Occidental angestellt“, sagte Delamarche und trat an die Seite des Polizeimannes.
„Nein“, rief Karl und stampfte mit dem Fuße auf, „es ist nicht wahr!“ Delamarche sah ihn mit spöttisch zugespitztem Munde an, als könne er noch ganz andere Dinge verraten. Unter die Kinder brachte die unerwartete Aufregung Karls große Bewegung, und sie zogen zu Delamarche hin, um lieber von dort aus Karl genau anzusehen. Robinson hatte den Kopf völlig aus dem Wagen gesteckt und verhielt sich vor Spannung ganz ruhig; hie und da ein Augenzwinkern war seine einzige Bewegung. Der Bursche im Tor schlug in die Hände vor Vergnügen, die Frau neben ihm gab ihm einen Stoß mit dem Ellbogen, damit er ruhig sei. Die Gepäckträger hatten gerade Frühstückspause und erschienen sämtlich, mit großen Töpfen schwarzen Kaffees, in dem sie mit Stangenbroten herumführten. Einige setzten sich auf den Trottoirrand, alle schlürften den Kaffee sehr laut.
„Sie kennen wohl den Jungen?“, fragte der Polizeimann den Delamarche.
„Besser, als mir lieb ist“, sagte dieser.
„Ich habe ihm seinerzeit viel Gutes getan, er aber hat sich dafür sehr schlecht bedankt, was Sie wohl, selbst nach dem ganz kurzen Verhör, das Sie mit ihm angestellt haben, leicht begreifen werden.“
„Ja“, sagte der Polizeimann „er scheint ein verstockter Junge zu sein.“
„Das ist er“, sagte Delamarche, „aber es ist das noch nicht seine schlechteste Eigenschaft“.
„So?“, sagte der Polizeimann.
„Ja“, sagte Delamarche, der nun im Reden war und dabei mit den Händen in den Taschen seinen ganzen Mantel in schwingende Bewegung brachte, „das ist ein feiner Hecht. Ich und mein Freund dort im Wagen, wir haben ihn zufällig im Elend aufgegriffen, er hatte damals keine Ahnung von amerikanischen Verhältnissen, er kam gerade aus Europa, wo man ihn auch nicht hatte brauchen können; nun, wir schleppten ihn mit uns, ließen ihn mit uns leben, erklärten ihm alles, wollten ihm einen Posten verschaffen, dachten, trotz allen Anzeichen, die dagegen sprachen, noch einen brauchbaren Menschen aus ihm zu machen, da verschwand er einmal in der

Nacht, war einfach weg, und das unter Begleitumständen, die ich lieber verschweigen will. War es so oder nicht?“, fragte Delamarche schließlich und zupfte Karl am Hemdärmel.
„Zurück, ihr Kinder!“, rief der Polizeimann, denn diese hatten sich so weit vorgedrängt, daß Delamarche fast über eines gestolpert wäre. Inzwischen waren auch die Gepäckträger, die bisher die Interessantheit dieses Verhörs unterschätzt hatten, aufmerksam geworden und hatten sich in dichtem Ring hinter Karl versammelt, der nun auch nicht einen Schritt hätte zurücktreten können und überdies unaufhörlich in den Ohren das Durcheinander der Stimmen dieser Gepäckträger hatte, die in einem gänzlich unverständlichen, vielleicht mit slawischen Worten untermischten Englisch mehr polterten als redeten.
„Danke für die Auskunft“, sagte der Polizeimann und salutierte vor Delamarche. „Jedenfalls werde ich ihn mitnehmen und dem Hotel Occidental zurückgeben lassen.“ Aber Delamarche sagte: „Dürfte ich die Bitte stellen, mir den Jungen vorläufig zu überlassen, ich hätte einiges mit ihm in Ordnung zu bringen. Ich verpflichte mich, ihn dann selbst ins Hotel zurückzuführen.“
„Das kann ich nicht tun“, sagte der Polizeimann.
Delamarche sagte: „Hier ist meine Visitenkarte“, und reichte ihm ein Kärtchen.
Der Polizeimann sah es anerkennend an, sagte aber, verbindlich lächelnd: „Nein, es ist vergeblich.“ So sehr sich Karl bisher vor Delamarche gehütet hatte, jetzt sah er in ihm die einzig mögliche Rettung. Es war zwar verdächtig, wie sich dieser beim Polizeimann um Karl bewarb, aber jedenfalls würde sich Delamarche leichter als der Polizeimann bewegen lassen, ihn nicht ins Hotel zurückzuführen. Und selbst wenn Karl an der Hand des Delamarche ins Hotel zurückkam, so war es viel weniger schlimm, als wenn es in Begleitung des Polizeimannes geschah. Vorläufig aber durfte natürlich Karl nicht zu erkennen geben, daß er tatsächlich zu Delamarche wollte, sonst war alles verloren. Und unruhig sah er auf die Hand des Polizeimannes, die sich jeden Augenblick erheben konnte, um ihn zu fassen.
„Ich müßte doch wenigstens erfahren, warum er plötzlich entlassen worden ist“, sagte schließlich der Polizeimann, während Delamarche mit verdrießlichem Gesicht beiseite sah und die Visitenkarte zwischen den Fingerspitzen zerdrückte.
„Aber er ist doch gar nicht entlassen!“, rief Robinson zu allgemeiner Überraschung und beugte sich, auf den Chauffeur gestützt, möglichst weit aus dem Wagen. „Im Gegenteil, er hat ja dort einen guten Posten. Im Schlafsaal ist er der oberste und kann hineinführen, wen er will. Nur ist er riesig beschäftigt, und wenn man etwas von ihm haben will, muß man lange warten. Immerfort steckt er beim Oberkellner, bei der Oberköchin und ist Vertrauensperson. Entlassen ist er auf keinen Fall. Ich weiß nicht, warum er

das gesagt hat. Wie kann er denn entlassen sein? Ich habe mich im Hotel schwer verletzt, und da hat er den Auftrag bekommen, mich nach Hause zu schaffen, und weil er gerade ohne Rock war, ist er eben ohne Rock mitgefahren. Ich konnte nicht noch warten, bis er den Rock holt."
„Nun also", sagte Delamarche mit ausgebreiteten Armen, in einem Ton, als werfe er dem Polizeimann Mangel an Menschenkenntnis vor, und diese seine zwei Worte schienen in die Unbestimmtheit der Aussage Robinsons eine widerspruchslose Klarheit zu bringen.
„Ist das aber auch wahr?", fragte der Polizeimann schon schwächer. „Und wenn es wahr ist, warum gibt der Junge vor, entlassen zu sein?" „Du sollst antworten", sagte Delamarche.
Karl sah den Polizeimann an, der hier zwischen fremden, nur auf sich selbst bedachten Leuten Ordnung schaffen sollte, und etwas von seinen allgemeinen Sorgen ging auch auf Karl über. Er wollte nicht lügen und hielt die Hände fest verschlungen auf dem Rücken.
In dem Tore erschien ein Aufseher und klatschte in die Hände, zum Zeichen, daß die Gepäckträger wieder an ihre Arbeit gehen sollten. Sie schütteten den Bodensatz aus ihren Kaffeetöpfen und zogen verstummend mit schwankenden Schritten ins Haus.
„So kommen wir zu keinem Ende", sagte der Polizeimann und wollte Karl am Arm fassen. Karl wich unwillkürlich noch ein wenig zurück, fühlte den freien Raum, der sich ihm infolge des Abmarsches der Gepäckträger eröffnet hatte, wandte sich um und setzte sich unter einigen großen Anfangssprüngen in Lauf. Die Kinder brachen in einen einzigen Schrei aus und liefen mit ausgestreckten Ärmchen ein paar Schritte mit.
„Haltet ihn!", rief der Polizeimann die lange, fast leere Gasse hinab und lief unter gleichmäßigem Ausstoßen dieses Rufes in geräuschlosem, große Kraft und Übung verratendem Lauf hinter Karl her. Es war ein Glück für Karl, daß die Verfolgung in einem Arbeiterviertel stattfand. Die Arbeiter halten es nicht mit den Behörden. Karl lief mitten in der Fahrbahn, weil er dort die wenigsten Hindernisse hatte, und sah nun hie und da auf dem Trottoir Arbeiter stehenbleiben und ihn ruhig beobachten, während der Polizeimann ihnen sein „Haltet ihn!" zurief und in seinem Lauf, er hielt sich klugerweise auf dem glatten Trottoir, unaufhörlich den Stab gegen Karl hin ausstreckte. Karl hatte wenig Hoffnung und verlor sie fast ganz, als der Polizeimann nun, da sie sich Quergassen näherten, die gewiß auch Polizeipatrouillen enthielten, geradezu betäubende Pfiffe ausstieß. Karls Vorteil war lediglich seine leichte Kleidung, er flog, oder besser stürzte, die sich immer mehr senkende Straße hinab, nur machte er, zerstreut infolge seiner Verschlafenheit, oft zu hohe, zeitraubende und nutzlose Sprünge. Außerdem aber hatte der Polizeimann sein Ziel, ohne nachdenken zu müssen, immer vor Augen, für Karl dagegen war der Lauf doch eigentlich Nebensache, er mußte

nachdenken, unter verschiedenen Möglichkeiten auswählen, immer neu sich entschließen. Sein etwas verzweifelter Plan war vorläufig, die Quergassen zu vermeiden, da man nicht wissen konnte, was in ihnen steckte, vielleicht würde er da geradewegs in eine Wachstube hineinlaufen; er wollte sich, solange es nur ging, an diese weithin übersichtliche Straße halten, die erst tief unten in eine Brücke auslief, die, kaum begonnen, in Wasser- und Sonnendunst verschwand. Gerade wollte er sich nach diesem Entschluß zu schnellerem Lauf zusammennehmen, um die erste Querstraße besonders eilig zu passieren, da sah er nicht allzu weit vor sich einen Polizeimann, lauernd an die dunkle Mauer eines im Schatten liegenden Hauses gedrückt, bereit, im richtigen Augenblick auf Karl loszuspringen. Jetzt blieb keine Hilfe als die Quergasse, und als er gar aus dieser Gasse ganz harmlos beim Namen gerufen wurde — es schien ihm zwar zuerst eine Täuschung zu sein, denn ein Sausen hatte er schon die ganze Zeit lang in den Ohren –, zögerte er nicht mehr länger und bog, um die Polizeileute möglichst zu überraschen, auf einem Fuß sich schwenkend, rechtwinklig in diese Gasse ein.

Kaum war er zwei Sprünge weit gekommen — daß man seinen Namen gerufen hatte, hatte er schon wieder vergessen, nun pfiff auch der zweite Polizeimann, man merkte seine unverbrauchte Kraft, ferne Passanten in dieser Querstraße schienen eine raschere Gangart anzunehmen –, da griff aus einer kleinen Haustüre eine Hand nach Karl und zog ihn mit den Worten „Still sein!“ in einen dunklen Flur. Es war Delamarche, ganz außer Atem, mit erhitzten Wangen, seine Haare klebten ihm rings um den Kopf. Den Schlafrock trug er unter dem Arm und war nur mit Hemd und Unterhose bekleidet. Die Türe, welche nicht das eigentliche Haustor war, sondern nur einen unscheinbaren Nebeneingang bildete, hatte er gleich geschlossen und versperrt.

„Einen Augenblick“, sagte er dann, lehnte sich mit hochgehaltenem Kopf an die Wand und atmete schwer. Karl lag fast in seinen Armen und drückte halb besinnungslos das Gesicht an seine Brust. „Da laufen die Herren“, sagte Delamarche und streckte den Finger aufhorchend gegen die Tür. Wirklich liefen jetzt die zwei Polizeileute vorbei, ihr Laufen klang in der leeren Gasse, wie wenn Stahl gegen Stein geschlagen wird.

„Du bist aber ordentlich hergenommen“, sagte Delamarche zu Karl, der noch immer an seinem Atem würgte und kein Wort herausbringen konnte. Delamarche setzte ihn vorsichtig auf den Boden, kniete neben ihm nieder, strich ihm mehrmals über die Stirn und beobachtete ihn.

„Jetzt geht es schon“, sagte Karl und stand mühsam auf.

„Dann also los“, sagte Delamarche, der seinen Schlafrock wieder angezogen hatte, und schob Karl, der noch vor Schwäche den Kopf gesenkt hielt, vor sich her. Von Zeit zu Zeit schüttelte er Karl, um ihn frischer zu machen.

„Du willst müde sein?“, sagte er. „Du konntest doch im Freien laufen wie ein Pferd, ich aber mußte hier durch die verfluchten Gänge und Höfe schleichen. Glücklicherweise bin ich aber auch ein Läufer.“ Vor Stolz gab er Karl einen weit ausgeholten Schlag auf den Rücken. „Von Zeit zu Zeit ist ein solches Wettrennen mit der Polizei eine gute Übung.“ „Ich war schon müde, wie ich zu laufen anfing“, sagte Karl.

„Für schlechtes Laufen gibt es keine Entschuldigung“, sagte Delamarche. „Wenn ich nicht wäre, hätten sie dich schon längst gefaßt.“ „Ich glaube auch“, sagte Karl.

„Ich bin Ihnen sehr verpflichtet.“

„Kein Zweifel“, sagte Delamarche.

Sie gingen durch einen langen, schmalen Flurgang, der mit dunklen, glatten Steinen gepflastert war. Hie und da öffnete sich rechts oder links ein Treppenaufgang oder man erhielt einen Durchblick in einen anderen größeren Flur. Erwachsene waren kaum zu sehen, nur Kinder spielten auf den leeren Treppen. An einem Geländer stand ein kleines Mädchen und weinte, daß ihr vor Tränen das ganze Gesicht glänzte. Kaum hatte sie Delamarche bemerkt, als sie, mit offenem Munde nach Luft schnappend, die Treppe hinauflief und sich erst hoch oben beruhigte, als sie nach häufigem Umdrehen sich überzeugt hatte, daß ihr niemand folge oder folgen wolle.

„Die habe ich vor einem Augenblick niedergerannt“, sagte Delamarche lachend und drohte ihr mit der Faust, worauf sie schreiend weiter hinauflief.

Auch die Höfe, durch die sie kamen, waren fast gänzlich verlassen. Nur hie und da schob ein Geschäftsdiener einen zweirädrigen Karren vor sich her, eine Frau füllte an der Pumpe eine Kanne mit Wasser, ein Briefträger durchquerte mit ruhigen Schritten den ganzen Hof, ein alter Mann mit weißem Schnauzbart saß mit übergeschlagenen Beinen vor einer Glastür und rauchte eine Pfeife, vor einem Speditionsgeschäft wurden Kisten abgeladen, die unbeschäftigten Pferde drehten gleichmütig die Köpfe, ein Mann in einem Arbeitsmantel überwachte mit einem Papier in der Hand die ganze Arbeit; in einem Büro war das Fenster geöffnet, und ein Angestellter, der an seinem Schreibpult saß, hatte sich von ihm abgewendet und sah nachdenklich hinaus, wo gerade Karl und Delamarche vorübergingen.

„Eine ruhigere Gegend kann man sich gar nicht wünschen“, sagte Delamarche.

„Am Abend ist ein paar Stunden lang großer Lärm, aber während des Tages geht es hier musterhaft zu.“ Karl nickte, ihm schien die Ruhe zu groß zu sein.

„Ich könnte gar nicht anderswo wohnen“, sagte Delamarche, „denn Brunelda verträgt absolut keinen Lärm. Kennst du Brunelda? Nun, du wirst sie ja sehen. Jedenfalls empfehle ich dir, dich möglichst still aufzuführen.“

Als sie zu der Treppe kamen, die zur Wohnung Delamarches führte, war das Automobil bereits weggefahren, und der Bursche mit der zerfressenen Nase

meldete, ohne über Karls Wiedererscheinen irgendwie zu staunen, er habe Robinson die Treppe hinaufgetragen. Delamarche nickte ihm bloß zu, als sei er sein Diener, der eine selbstverständliche Pflicht erfüllt habe, und zog Karl, der ein wenig zögerte und auf die sonnige Straße sah, mit sich die Treppe hinauf. „Wir sind gleich oben“, sagte Delamarche einige Male während des Treppensteigens, aber seine Voraussage wollte sich nicht erfüllen, immer wieder setzte sich an eine Treppe eine neue in nur unmerklich veränderter Richtung an. Einmal blieb Karl sogar stehen, nicht eigentlich vor Müdigkeit, aber vor Wehrlosigkeit gegenüber dieser Treppenlänge.
„Die Wohnung liegt ja sehr hoch“, sagte Delamarche, als sie weitergingen, „aber auch das hat seine Vorteile. Man geht sehr selten aus, den ganzen Tag ist man im Schlafrock, wir haben es sehr gemütlich. Natürlich kommen in diese Höhe auch keine Besuche herauf.“
„Woher sollten denn die Besuche kommen?“, dachte Karl. Endlich erschien auf einem Treppenabsatz Robinson vor einer geschlossenen Wohnungstür, und nun waren sie angelangt; die Treppe war noch nicht einmal zu Ende, sondern führte im Halbdunkel weiter, ohne daß irgend etwas auf ihren baldigen Abschluß hinzudeuten schien.
„Ich habe es mir ja gedacht“, sagte Robinson leise, als bedrückten ihn noch Schmerzen „Delamarche bringt ihn! Roßmann, was wärest du ohne Delamarche!“ Robinson stand in Unterkleidung da und suchte sich nur, soweit es möglich war, in die kleine Bettdecke einzuwickeln, die man ihm aus dem Hotel Occidental mitgegeben hatte; es war nicht einzusehen, warum er nicht in die Wohnung ging, statt hier vor möglicherweise vorüberkommenden Leuten sich lächerlich zu machen.
„Schläft sie?“, fragte Delamarche.
„Ich glaube nicht“, sagte Robinson, „aber ich habe doch lieber gewartet, bis du kommst.“
„Zuerst müssen wir schauen, ob sie schläft“, sagte Delamarche und beugte sich zum Schlüsselloch. Nachdem er lange unter verschiedenartigen Kopfdrehungen hindurchgeschaut hatte, erhob er sich und sagte: „Man sieht sie nicht genau, das Rouleau ist heruntergelassen. Sie sitzt auf dem Kanapee, aber vielleicht schläft sie.“
„Ist sie denn krank?“, fragte Karl, denn Delamarche stand da, als bitte er um Rat. Nun aber fragte er in scharfem Tone zurück: „Krank?“
„Er kennt sie ja nicht“, sagte Robinson entschuldigend.
Ein paar Türen weiter waren zwei Frauen auf den Korridor getreten, sie wischten die Hände an ihren Schürzen rein, sahen auf Delamarche und Robinson und schienen sich über sie zu unterhalten. Aus einer Tür sprang ein noch ganz junges Mädchen mit glänzendem blondem Haar und schmiegte sich zwischen die zwei Frauen, indem es sich in ihre Arme einhängte.

„Das sind widerliche Weiber“, sagte Delamarche leise, aber offenbar nur aus Rücksicht auf die schlafende Brunelda, „nächstens werde ich sie bei der Polizei anzeigen und werde für Jahre Ruhe vor ihnen haben. Schau nicht hin“, zischte er dann Karl an, der nichts Böses daran gefunden hatte, die Frauen anzuschauen, wenn man nun schon einmal auf dem Gang auf das Erwachen Bruneldas warten mußte. Und ärgerlich schüttelte er den Kopf, als habe er von Delamarche keine Ermahnungen anzunehmen, und wollte, um dies noch deutlicher zu zeigen, auf die Frauen zugehen, da hielt ihn aber Robinson mit den Worten „Roßmann, hüte dich!“ am Ärmel zurück, und Delamarche, schon durch Karl gereizt, wurde über ein lautes Auflachen des Mädchens so wütend, daß er mit großem Anlauf, Arme und Beine werfend, auf die Frauen zueilte, die jede in ihre Türe wie weggeweht verschwanden.
„So muß ich hier öfters die Gänge reinigen“, sagte Delamarche, als er mit langsamen Schritten zurückkehrte; da erinnerte er sich an Karls Widerstand und sagte: „Von dir aber erwarte ich ein ganz anderes Benehmen, sonst könntest du mit mir schlechte Erfahrungen machen.“
Da rief aus dem Zimmer eine fragende Stimme in sanftem, müdem Tonfall: „Delamarche?“
„Ja“, antwortete Delamarche und sah freundlich die Tür an, „können wir eintreten?“
„O ja“, hieß es, und Delamarche öffnete, nachdem er noch die zwei hinter ihm Wartenden mit einem Blick gestreift hatte, langsam die Tür.
Man trat in vollständiges Dunkel ein. Der Vorhang der Balkontüre, ein Fenster war nicht vorhanden, war bis zum Boden hinabgelassen und wenig durchscheinend, außerdem aber trug die Überfüllung des Zimmers mit Möbeln und herumhängenden Kleidern viel zu seiner Verdunkelung bei. Die Luft war dumpf, und man roch geradezu den Staub, der sich hier in Winkeln, die offenbar für jede Hand unzugänglich waren, angesammelt hatte. Das erste, was Karl beim Eintritt bemerkte, waren drei Kasten, die knapp hintereinander aufgestellt waren.
Auf dem Kanapee lag die Frau, die früher vom Balkon hinuntergeschaut hatte. Ihr rotes Kleid hatte sich unten ein wenig verzogen und hing in einem großen Zipfel bis auf den Boden, man sah ihre Beine fast bis zu den Knien, sie trug dicke weiße Wollstrümpfe; Schuhe hatte sie keine.
„Das ist eine Hitze, Delamarche“, sagte sie, wandte das Gesicht von der Wand, hielt ihre Hand lässig in Schwebe gegen Delamarche hin, der sie ergriff und küßte. Karl sah nur ihr Doppelkinn an, das bei der Wendung des Kopfes auch mitrollte.
„Soll ich den Vorhang vielleicht hinaufziehen lassen?“, fragte Delamarche.
„Nur das nicht“, sagte sie mit geschlossenen Augen und wie verzweifelt, „dann wird es ja noch ärger.“

Karl war zum Fußende des Kanapees getreten, um die Frau genauer anzusehen, er wunderte sich über ihre Klagen, denn die Hitze war gar nicht außerordentlich.
„Warte, ich werde es dir ein wenig bequem machen“,sagte Delamarche ängstlich, öffnete oben am Halse ein paar Knöpfe und zog dort das Kleid auseinander, so daß der Hals und der Ansatz der Brust frei wurde und ein zarter, gelblicher Spitzensaum des Hemdes erschien.
„Wer ist das“, sagte die Frau plötzlich und zeigte mit dem Finger auf Karl „warum starrt er mich so an?“
„Du fängst bald an, dich nützlich zu machen“, sagte Delamarche und schob Karl beiseite, während er die Frau mit den Worten beruhigte: „Es ist nur der Junge, den ich zu deiner Bedienung mitgebracht habe.“
„Aber ich will doch niemanden haben!“, rief sie.
„Warum bringst du mir fremde Leute in die Wohnung?“
„Aber die ganze Zeit wünschst du dir doch eine Bedienung“, sagte Delamarche und kniete nieder; auf dem Kanapee war trotz seiner großen Breite neben Brunelda nicht der geringste Platz.
„Ach, Delamarche“, sagte sie, „du verstehst mich nicht und verstehst mich nicht.“
„Dann verstehe ich dich also wirklich nicht“, sagte Delamarche und nahm ihr Gesicht zwischen beide Hände.
„Aber es ist ja nichts geschehen, wenn du willst, geht er augenblicklich fort.“
„Wenn er schon einmal hier ist, soll er bleiben“, sagte sie nun wieder, und Karl war ihr in seiner Müdigkeit für diese vielleicht gar nicht freundlich gemeinten Worte so dankbar, daß er, immer in undeutlichen Gedanken an diese endlose Treppe, die er nun vielleicht gleich wieder hätte abwärtssteigen müssen, über den auf seiner Decke friedlich schlafenden Robinson hinwegtrat und trotz allem ärgerlichen Händefuchteln Delamarches sagte: „Ich danke Ihnen jedenfalls dafür, daß Sie mich noch ein wenig hier lassen wollen. Ich habe wohl schon vierundzwanzig Stunden nicht geschlafen, dabei genug gearbeitet und verschiedene Aufregungen gehabt. Ich bin schrecklich müde. Ich weiß gar nicht recht, wo ich bin. Wenn ich aber ein paar Stunden geschlafen habe, können Sie mich ohne Rücksichtnahme fortschicken, und ich werde gerne gehen.“
„Du kannst überhaupt hierbleiben“, sagte die Frau und fügte ironisch hinzu, „Platz haben wir ja in Überfluß, wie du siehst.“
„Du mußt also fortgehen“, sagte Delamarche, „wir können dich nicht brauchen.“
„Nein, er soll bleiben“, sagte die Frau nun wieder im Ernste. Und Delamarche sagte zu Karl wie in
Ausführung dieses Wunsches: „Also leg dich schon irgendwo hin.“

„Er kann sich auf die Vorhänge legen, aber er muß sich die Stiefel ausziehen, damit er nichts zerreißt.“

Delamarche zeigte Karl den Platz, den sie meinte. Zwischen der Türe und den drei Schränken war ein großer Haufen von verschiedenartigsten Fenstervorhängen hingeworfen. Wenn man alle regelmäßig zusammengefaltet, die schweren zu unterst und weiter hinauf die leichteren gelegt und schließlich die verschiedenen in den Haufen gesteckten Bretter und Holzringe herausgezogen hätte, so wäre es ein erträgliches Lager geworden, so war es nur eine schaukelnde und gleitende Masse, auf die sich aber Karl trotzdem augenblicklich legte, denn zu besonderen Schlafvorbereitungen war er zu müde und mußte sich auch mit Rücksicht auf seine Gastgeber hüten, viel Umstände zu machen. Er war schon fast im eigentlichen Schlaf, da hörte er einen lauten Schrei, erhob sich und sah die Brunelda aufrecht auf dem Kanapee sitzen, die Arme weit ausbreiten und Delamarche, der vor ihr kniete, umschlingen. Karl, dem der Anblick peinlich war, lehnte sich wieder zurück und versenkte sich in die Vorhänge zur Fortsetzung des Schlafes. Daß er es hier auch nicht zwei Tage aushalten würde, schien ihm klar zu sein, desto nötiger aber war es, sich zuerst gründlich auszuschlafen, um sich dann bei völligem Verstande schnell und richtig entschließen zu können.

Aber Brunelda hatte schon Karls vor Müdigkeit groß aufgerissene Augen, die sie schon einmal erschreckt hatten, bemerkt und rief: „Delamarche, ich halte es vor Hitze nicht aus, ich brenne, ich muß mich ausziehen, ich muß baden, schick die beiden aus dem Zimmer, wohin du willst, auf den Gang, auf den Balkon, nur daß ich sie nicht mehr sehe! Man ist in seiner eigenen Wohnung, und immerfort gestört. Wenn ich mit dir allein wäre, Delamarche! Ach Gott, sie sind noch immer da! Wie dieser unverschämte Robinson sich in Gegenwart einer Dame in seiner Unterkleidung streckt. Und wie dieser fremde Junge, der mich vor einem Augenblick ganz wild angeschaut hat, sich wieder gelegt hat, um mich zu täuschen! Nur weg mit ihnen, Delamarche, sie sind mir eine Last, sie liegen mir auf der Brust, wenn ich jetzt umkomme, ist es ihretwegen.“

„Sofort sind sie draußen, zieh dich nur aus“, sagte Delamarche, ging zu Robinson hin und schüttelte ihn mit dem Fuß, den er ihm auf die Brust setzte. Gleichzeitig rief er Karl zu: „Roßmann, aufstehen! Ihr müßt beide auf den Balkon! Und wehe euch, wenn ihr hereinkommt, ehe man euch ruft! Und jetzt flink, Robinson“ — dabei schüttelte er Robinson stärker — „und du, Roßmann, gibacht, daß ich nicht auch über dich komme“, dabei klatschte er laut zweimal in die Hände.

„Wie lang das dauert!“, rief Brunelda auf dem Kanapee, sie hatte beim Sitzen die Beine weit auseinandergestellt, um ihrem übermäßig dicken Körper mehr Raum zu verschaffen, nur mit größter Anstrengung, unter vielem Schnappen und häufigem Ausruhen, konnte sie sich so weit bücken, um ihre Strümpfe am obersten Ende zu fassen und ein wenig hinunterzuziehen, gänzlich ausziehen konnte sie sich nicht, das mußte Delamarche besorgen, auf den sie nun ungeduldig wartete.

Ganz stumpf vor Müdigkeit war Karl von dem Haufen hinuntergekrochen und ging langsam zur Balkontüre, ein Stück Vorhangstoff hatte sich ihm um den Fuß gewickelt, und er schleppte es gleichgültig mit. In seiner Zerstreutheit sagte er sogar, als er an Brunelda vorüberkam: „Ich wünsche gute Nacht“ und wanderte dann an Delamarche vorbei, der den Vorhang der Balkontüre ein wenig beiseite zog, auf den Balkon hinaus. Gleich hinter Karl kam Robinson, wohl nicht minder schläfrig, denn er summte vor sich hin: „Immerfort malträtiert man einen! Wenn Brunelda nicht mitkommt, gehe ich nicht auf den Balkon.“ Aber trotz dieser Versicherung ging er ohne jeden Widerstand hinaus, wo er sich, da Karl schon in den Lehnstuhl gesunken war, sofort auf den Steinboden legte. Als Karl erwachte, war es schon Abend, die Sterne standen schon am Himmel, hinter den hohen Häusern der gegenüberliegenden Straßenseite stieg der Schein des Mondes empor. Erst nach einigem Umherschauen in der unbekannten Gegend, einigem Aufatmen in der kühlen, erfrischenden Luft wurde sich Karl dessen bewußt, wo er war. Wie unvorsichtig war er gewesen, alle Ratschläge der Oberköchin, alle Warnungen Theresens, alle eigenen Befürchtungen hatte er vernachlässigt, saß hier ruhig auf dem Balkon Delamarches und hatte hier gar den halben Tag verschlafen, als sei nicht hier hinter dem Vorhang Delamarche, sein großer Feind. Auf dem Boden wand sich der faule Robinson und zog Karl am Fuße, er schien ihn auch auf diese Weise geweckt zu haben, denn er sagte: „Du hast einen Schlaf, Roßmann! Das ist die sorglose Jugend. Wie lange willst du denn noch schlafen? Ich hätte dich ja noch schlafen lassen, aber erstens ist es mir da auf dem Boden zu langweilig und zweitens habe ich einen großen Hunger. Ich bitte dich, steh ein wenig auf, ich habe da unten, im Sessel drin, etwas zum Essen aufgehoben, ich möchte es gern herausziehen. Du bekommst dann auch etwas.“ Und Karl, der aufstand, sah nun zu, wie Robinson, ohne aufzustehen, sich auf dem Bauch herüberwälzte und mit ausgestreckten Händen unter dem Sessel eine versilberte Schale hervorzog, wie sie etwa zum Aufbewahren von Visitenkarten dient. Auf dieser Schale lag aber eine halbe, ganz schwarze Wurst, einige dünne Zigaretten, eine geöffnete, aber noch gut gefüllte und von Öl überfließende Sardinenbüchse und eine Menge meist zerdrückter und zu einem Ballen gewordener Bonbons. Dann erschien noch ein großes Stück Brot und eine Art Parfümflasche, die aber etwas anderes als Parfüm zu enthalten schien, denn Robinson zeigte mit besonderer Genugtuung auf sie und schnalzte zu Karl hinauf.

„Siehst du, Roßmann", sagte Robinson, während er Sardine nach Sardine hinunterschlang und hie und da die Hände vom Öl an einem Wolltuch reinigte, das offenbar Brunelda auf dem Balkon vergessen hatte. „Siehst du, Roßmann, so muß man sich sein Essen aufheben, wenn man nicht verhungern will. Du, ich bin ganz beiseite geschoben. Und wenn man immerfort als Hund behandelt wird denkt man schließlich, man ist's wirklich. Gut daß du da bist, Roßmann, ich kann wenigstens mit jemandem reden. Im Hause spricht ja niemand mit mir. Wir sind verhaßt. Und alles wegen der Brunelda. Sie ist ja natürlich ein prächtiges Weib. Du –" und er winkte Karl zu sich herab, um ihm zuzuflüstern, — „ich habe sie einmal nackt gesehen. O!" Und in der Erinnerung an diese Freude fing er an, Karls Beine zu drücken und zu schlagen, bis Karl ausrief: „Robinson, du bist ja verrückt", seine Hände packte und zurückstieß.
„Du bist eben noch ein Kind, Roßmann", sagte Robinson, zog einen Dolch, den er an einer Halsschnur trug, unter dem Hemd hervor, nahm die Dolchkappe ab und zerschnitt die harte Wurst. „Du mußt noch viel zu lernen. Bist aber bei uns an der richtigen Quelle. Setz dich doch. Willst du nicht auch etwas essen? Nun, vielleicht bekommst du Appetit, wenn du mir zuschaust. Trinken willst du auch nicht, Du willst aber rein gar nichts. Und gesprächig bist du gerade auch nicht besonders. Aber es ist ganz gleichgültig, mit wem man auf dem Balkon ist, wenn nur überhaupt jemand da ist. Ich bin nämlich sehr oft auf dem Balkon. Das macht der Brunelda solchen Spaß. Es muß ihr nur etwas einfallen, einmal ist es ihr kalt, einmal heiß, einmal will sie schlafen, einmal will sie sich kämmen, einmal will sie das Mieder öffnen, einmal will sie es anziehen, und da werde ich immer auf den Balkon geschickt. Manchmal tut sie wirklich das, was sie sagt, aber meistens liegt sie nur so wie früher auf dem Kanapee und rührt sich nicht. Früher habe ich öfters den Vorhang so ein wenig weggezogen und durchgeschaut, aber seit einmal Delamarche bei einer solchen Gelegenheit — ich weiß genau, daß er es nicht wollte, sondern es nur auf Bruneldas Bitte tat — mir mit der Peitsche einige Male ins Gesicht geschlagen hat — siehst du die Striemen? –, wage ich nicht mehr, durchzuschauen. Und so liege ich dann hier auf dem Balkon und habe kein Vergnügen außer essen. Vorgestern, wie ich des Abends so allein gelegen bin, damals war ich noch in meinen eleganten Kleidern, die ich leider in deinem Hotel verloren habe — diese Hunde; reißen einem die teueren Kleider vom Leib! — wie ich also da so allein gelegen bin und durch das Geländer hinuntergeschaut habe, war mir alles so traurig und ich habe zu heulen angefangen. Da ist zufällig, ohne daß ich es gleich bemerkt habe, die Brunelda zu mir herausgekommen in dem roten Kleid — das paßt ihr doch von allen am besten –, hat mir ein wenig zugeschaut und hat endlich gesagt: „Robinson warum weinst du?" Dann hat sie ihr Kleid gehoben und hat mir mit dem Saum die Augen abgewischt. Wer weiß, was sie noch getan hätte,

wenn nicht Delamarche nach ihr gerufen hätte und sie nicht sofort wieder ins Zimmer hätte hineingehen müssen. Natürlich habe ich gedacht, jetzt sei die Reihe an mir, und habe durch den Vorhang gefragt, ob ich schon ins Zimmer darf. Und was meinst du, hat die Brunelda gesagt: „Nein!“, hat sie gesagt, und „Was fällt dir ein?“, hat sie gesagt.“

„Warum bleibst du denn hier, wenn man dich so behandelt?“, fragte Karl.

„Verzeih, Roßmann, du fragst nicht sehr gescheit“, antwortete Robinson. „Du wirst schon auch noch hierbleiben, und wenn man dich noch ärger behandelt. Übrigens behandelt man mich gar nicht so arg.“

„Nein“, sagte Karl, „ich gehe bestimmt weg, und womöglich noch heute abend. Ich bleibe nicht bei euch.“

„Wie willst du denn zum Beispiel das anstellen, heute abend wegzugehen?“, fragte Robinson, der das Weiche aus dem Brot herausgeschnitten hatte und sorgfältig in dem Öl der Sardinenbüchse tränkte.

„Wie willst du weggehen, wenn du nicht einmal ins Zimmer hineingehen darfst?“

„Warum dürfen wir denn nicht hineingehen?“

„Nun, solange es nicht geläutet hat, dürfen wir nicht hineingehen“, sagte Robinson, der mit möglichst weit geöffnetem Munde das fette Brot verspeiste, während er mit einer Hand das vom Brot herabtropfende Öl auffing, um von Zeit zu Zeit das noch übrige Brot in diese, als Reservoir dienende, hohle Hand zu tauchen. „Es ist hier alles strenger geworden. Zuerst war da nur ein dünner Vorhang, man hat zwar nicht durchgesehen, aber am Abend hat man doch die Schatten erkannt. Das war der Brunelda unangenehm, und da habe ich einen ihrer Theatermäntel zu einem Vorhang umarbeiten und statt des alten Vorhanges hier aufhängen müssen. Jetzt sieht man gar nichts mehr. Dann habe ich früher immer fragen dürfen, ob ich schon hineingehen darf, und man hat mir, je nach den Umständen, ja oder nein geantwortet, aber dann habe ich das wahrscheinlich zu sehr ausgenützt und zu oft gefragt. Brunelda konnte das nicht ertragen — und sie ist trotz ihrer Dicke sehr schwach veranlagt, Kopfschmerzen hat sie oft und Gicht in den Beinen fast immer — und so wurde bestimmt, daß ich nicht mehr fragen darf, sondern daß, wenn ich hineingehen kann, auf die Tischglocke gedrückt wird. Das gibt ein solches Läuten, daß es mich selbst aus dem Schlafe weckt — ich habe einmal eine Katze zu meiner Unterhaltung hier gehabt, die ist vor Schrecken über dieses Läuten weggelaufen und nicht mehr zurückgekommen; also, geläutet hat es heute noch nicht, wenn es nämlich läutet, dann darf ich nicht nur, sondern muß hineingehen — und wenn es einmal so lange nicht läutet, dann kann es noch sehr lange dauern.“

„Ja“, sagte Karl, „aber was für dich gilt, muß doch noch nicht für mich gelten. Überhaupt gilt so etwas nur für den, der es sich gefallen läßt.“

„Aber“, rief Robinson, „warum sollte denn das nicht auch für dich gelten? Selbstverständlich gilt es auch für dich. Warte hier nur ruhig mit mir, bis es läutet. Dann kannst du ja versuchen, ob du wegkommst.“

„Warum gehst du denn eigentlich nicht fort von hier? Nur deshalb, weil Delamarche dein Freund ist oder, besser, war. Ist denn das ein Leben? Wäre es da nicht in Butterford besser, wohin ihr zuerst wolltet? Oder gar in Kalifornien, wo du Freunde hast?“

„Ja“, sagte Robinson, „das konnte niemand voraussehen.“ Und ehe er weiter erzählte, sagte er noch: „Auf dein Wohl, lieber Roßmann“ und nahm einen langen Zug aus der Parfümflasche. „Wir waren ja damals, wie du uns so gemein hast sitzenlassen, sehr schlecht daran. Arbeit konnten wir in den ersten Tagen keine bekommen, Delamarche übrigens wollte keine Arbeit, er hätte sie schon bekommen, sondern schickte nur immer mich auf die Suche, und ich habe kein Glück. Er hat sich nur so herumgetrieben, aber es war schon fast Abend, da hatte er nur ein Damenportemonnaie mitgebracht. Es war zwar sehr schön, aus Perlen, jetzt hat er es der Brunelda geschenkt, aber es war fast nichts darin. Dann sagte er, wir sollten in die Wohnungen betteln gehen, bei dieser Gelegenheit kann man natürlich manches Brauchbare finden, wir sind also betteln gegangen, und ich habe, damit es besser aussieht, vor den Wohnungstüren gesungen. Und wie schon Delamarche immer Glück hat, kaum sind wir vor der zweiten Wohnung gestanden, einer sehr reichen Wohnung im Parterre, und haben an der Tür der Köchin und dem Diener etwas vorgesungen, da kommt die Dame, der diese Wohnung gehört, eben Brunelda, die Treppe herauf. Sie war vielleicht zu stark geschnürt und konnte die paar Stufen gar nicht heraufkommen. Aber wie schön sie ausgesehen hat, Roßmann! Sie hat ein ganz weißes Kleid mit einem roten Sonnenschirm gehabt. Zum Ablecken war sie. Zum Austrinken war sie. Ach Gott, ach Gott, war sic schön. So ein Frauenzimmer! Nein, sag mir nur, wie kann es so ein Frauenzimmer geben? Natürlich ist das Mädchen und der Diener ihr gleich entgegengelaufen und haben sie fast hinaufgetragen. Wir sind rechts und links von der Tür gestanden und haben salutiert, das macht man hier so. Sie ist ein wenig stehengeblieben, weil sie noch immer nicht genug Atem hatte, und nun weiß ich nicht, wie das eigentlich geschehen ist, ich war durch das Hungern nicht ganz bei Verstand, und sie war eben in der Nähe noch schöner und riesig breit und infolge eines besonderen Mieders, ich kann es dir dann im Kasten zeigen, überall so fest; kurz, ich habe sie ein bißchen hinten angerührt, aber ganz leicht, weißt du, nur so angerührt. Natürlich kann man das nicht dulden, daß ein Bettler eine reiche Dame anrührt. Es war ja fast keine Berührung, aber schließlich war es eben doch eine Berührung. Wer weiß, wie schlimm das ausgefallen wäre, wenn mir nicht Delamarche sofort eine Ohrfeige gegeben hätte, und zwar

eine solche Ohrfeige, daß ich sofort meine beiden Hände für die Wange brauchte."
„Was ihr getrieben habt!", sagte Karl, von der Geschichte ganz gefangen genommen, und setzte sich auf den Boden. „Das war also Brunelda?"
„Nun ja", sagte Robinson, „das war Brunelda."
„Sagtest du nicht einmal, daß sie eine Sängerin ist?", fragte Karl.
„Freilich ist sie eine Sängerin, und eine große Sängerin", antwortete Robinson, der eine große Bonbonmasse auf der Zunge wälzte und hie und da ein Stück, das aus dem Mund gedrängt wurde, mit dem Finger wieder zurückdrückte. „Aber das wußten wir natürlich damals noch nicht, wir sahen nur, daß es eine reiche und sehr feine Dame war. Sie tat, als wäre nichts geschehen, und vielleicht hatte sie auch nichts gespürt, denn ich hatte sie tatsächlich nur mit den Fingerspitzen angetippt. Aber immerfort hat sie den Delamarche angesehen, der ihr wieder — wie er das schon trifft — gerade in die Augen zurückgeschaut hat. Darauf hat sie zu ihm gesagt: „Komm mal auf ein Weilchen hinein" und hat mit dem Sonnenschirm in die Wohnung gezeigt, wohin Delamarche ihr vorangehen sollte. Dann sind sie beide hineingegangen, und die Dienerschaft hat hinter ihnen die Tür zugemacht. Mich haben sie draußen vergessen, und da habe ich gedacht, es wird nicht gar so lange dauern, und habe mich auf die Treppe gesetzt, um Delamarche zu erwarten. Aber statt Delamarches ist der Diener herausgekommen und hat mir eine ganze Schüssel Suppe herausgebracht. „Eine Aufmerksamkeit Delamarches!", sagte ich mir. Der Diener blieb noch, während ich aß, ein Weilchen bei mir stehen und erzählte mir einiges über Brunelda, und da habe ich gesehen, welche Bedeutung der Besuch bei Brunelda für uns haben könnte. Denn Brunelda war eine geschiedene Frau, hatte ein großes Vermögen und war vollständig selbständig! Ihr früherer Mann, ein Kakaofabrikant, liebte sie zwar noch immer, aber sie wollte von ihm nicht das geringste hören. Er kam sehr oft in die Wohnung, immer sehr elegant, wie zu einer Hochzeit, angezogen — das ist Wort für Wort wahr, ich kenne ihn selbst –, aber der Diener wagte trotz der größten Bestechung nicht, Brunelda zu fragen, ob sie ihn empfangen wollte, denn er hatte schon einige Male gefragt, und immer hatte ihm Brunelda das, was sie gerade bei der Hand hatte, ins Gesicht geworfen. Einmal sogar ihre große gefüllte Wärmflasche, und mit der hatte sie ihm einen Vorderzahn ausgeschlagen. Ja, Roßmann, da schaust du!" „Woher kennst du den Mann?", fragte Karl.
„Er kommt manchmal auch herauf", sagte Robinson.
„Herauf?" Karl schlug vor Staunen leicht mit der Hand auf den Boden.
„Du kannst ruhig staunen", fuhr Robinson fort, „selbst ich habe gestaunt, wie mir das der Diener damals erzählt hat. Denk nur, wenn Brunelda nicht zu Hause war, hat sich der Mann von dem Diener in ihre Zimmer führen lassen und immer eine Kleinigkeit als Andenken mitgenommen und immer etwas

sehr Teueres und Feines für Brunelda zurückgelassen und dem Diener streng verboten zu sagen, von wem es ist. Aber einmal, als er etwas — wie der Diener sagte und ich glaube es — geradezu Unbezahlbares aus Porzellan mitgebracht hatte, muß Brunelda es irgendwie erkannt haben, hat es sofort auf den Boden geworfen, ist darauf herumgetreten, hat es angespuckt und noch einiges andere damit gemacht, so daß es der Diener vor Ekel kaum hinaustragen konnte.“ „Was hat ihr denn der Mann getan?“, fragte Karl.

„Das weiß ich eigentlich nicht“, sagte Robinson. „Ich glaube aber, nichts Besonderes, wenigstens weiß er es selbst nicht. Ich habe ja schon manchmal mit ihm darüber gesprochen. Er erwartet mich täglich dort an der Straßenecke, wenn ich komme, so muß ich ihm Neuigkeiten erzählen; kann ich nicht kommen, wartet er eine halbe Stunde und geht dann wieder weg. Es war für mich ein guter Nebenverdienst, denn er bezahlte die Nachrichten sehr vornehm, aber seit Delamarche davon erfahren hat, muß ich ihm alles abliefern, und so gehe ich seltener hin.“

„Aber was will der Mann haben?“, fragte Karl. „Was will er denn haben? Er hört doch, sie will ihn nicht.“

„Ja“, seufzte Robinson, zündete sich eine Zigarette an und blies unter großen Armschwenkungen den Rauch in die Höhe. Dann schien er sich anders zu entschließen und sagte: „Was kümmert das mich? Ich weiß nur, er würde viel Geld dafür geben, wenn er so hier auf dem Balkon liegen dürfte wie wir.“

Karl stand auf, lehnte sich ans Geländer und sah auf die Straße hinunter. Der Mond war schon sichtbar, in die Tiefe der Gasse drang sein Licht aber noch nicht. Die am Tag so leere Gasse war, besonders vor den Haustoren, gedrängt voll von Menschen, alle waren in langsamer, schwerfälliger Bewegung, die Hemdärmel der Männer, die hellen Kleider der Frauen hoben sich schwach vom Dunkel ab, alle waren ohne Kopfbedeckung. Die vielen Balkone ringsum waren nun insgesamt besetzt, dort saßen beim Licht einer Glühlampe die Familien, je nach der Größe des Balkons, um einen kleinen Tisch herum oder bloß auf Sesseln in einer Reihe oder sie steckten wenigstens die Köpfe aus dem Zimmer hervor. Die Männer saßen breitbeinig da, die Füße zwischen den Geländerstangen hinausgestreckt, und lasen Zeitungen, die fast bis auf den Boden reichten, oder spielten Karten, scheinbar stumm, aber unter starken Schlägen auf die Tische, die Frauen hatten den Schoß voll Näharbeit und erübrigten nur hie und da einen kurzen Blick für ihre Umgebung oder für die Straße. Eine blonde, schwache Frau auf dem benachbarten Balkon gähnte immerfort, verdrehte dabei die Augen und hob immer vor den Mund ein Wäschestück, das sie gerade flickte; selbst auf den kleinsten Balkonen verstanden es die Kinder, einander zu jagen, was den Eltern sehr lästig fiel. Im Inneren vieler Zimmer waren Grammophone aufgestellt und bliesen Gesang oder Orchestralmusik hervor, man kümmerte sich nicht besonders um diese Musik, nur hie und da gab der Familienvater einen Wink, und irgend jemand eilte ins Zimmer hinein, um eine neue Platte einzulegen. An manchen Fenstern sah man vollständig bewegungslose Liebespaare, an einem Fenster Karl gegenüber stand ein solches Paar aufrecht, der junge Mann hatte seinen Arm um das Mädchen gelegt und drückte mit der Hand ihre Brust.

„Kennst du jemanden von den Leuten hier nebenan?“, fragte Karl Robinson, der nun auch aufgestanden war, und, weil es ihn fröstelte, außer der Bettdecke auch noch die Decke Bruneldas um sich gewickelt hielt.

„Fast niemanden, das ist ja eben das Schlimme an meiner Stellung“, sagte Robinson und zog Karl näher zu sich, um ihm ins Ohr flüstern zu können, „sonst hätte ich mich augenblicklich nicht gerade zu beklagen. Die Brunelda hat ja Delamarches wegen alles, was sie hatte, verkauft und ist mit all ihren Reichtümern hierher in diese Vorstadtwohnung gezogen, damit sie sich ihm ganz widmen kann und damit sie niemand stört, übrigens war das auch der Wunsch Delamarches.“ „Und die Dienerschaft hat sie entlassen?“, fragte Karl.

„Ganz richtig“, sagte Robinson. „Wo sollte man auch die Dienerschaft hier unterbringen? Diese Diener sind ja sehr anspruchsvolle Herren. Einmal hat Delamarche bei der Brunelda einen solchen Diener einfach mit Ohrfeigen aus dem Zimmer getrieben, da ist eine nach der andern geflogen, bis der Mann draußen war. Natürlich haben die anderen Diener sich mit ihm vereinigt und vor der Tür Lärm gemacht, da ist Delamarche herausgekommen (ich war damals nicht Diener, sondern Hausfreund, aber doch war ich mit den Dienern beisammen) und hat gefragt: „Was wollt ihr?“ Der älteste Diener, ein gewisser Isidor, hat daraufhin gesagt: „Sie haben mit uns nichts zu reden, unsere Herrin ist die gnädige Frau.“ Wie du wahrscheinlich merkst, haben sie Brunelda sehr verehrt. Aber Brunelda ist, ohne sich um sie zu kümmern, zu Delamarche gelaufen, sie war damals doch noch nicht so schwer wie jetzt, hat ihn vor allen umarmt, geküßt und „Liebster Delamarche“ genannt. „Und schick doch schon diese Affen weg“, hat sie endlich gesagt. Affen — das sollten die Diener sein; stell dir die Gesichter vor, die sie da machten. Dann hat die Brunelda die Hand Delamarches zu ihrer Geldtasche hingezogen, die sie am Gürtel trug, Delamarche hat hineingegriffen und also angefangen, die Diener auszuzahlen; die Brunelda hat sich nur dadurch an der Auszahlung beteiligt, daß sie mit der offenen Geldtasche im Gürtel dabei gestanden ist. Delamarche mußte oft hineingreifen, denn er verteilte das Geld, ohne zu zählen und ohne die Forderungen zu prüfen. Schließlich sagte er: „Da ihr also mit mir nicht reden wollt, sage ich euch nur im Namen Bruneldas: Packt euch, aber sofort.“ So sind sie entlassen worden, es gab dann noch einige Prozesse, Delamarche mußte sogar einmal zu Gericht, aber davon weiß ich nichts Genaueres. Nur gleich nach dem Abschied der Diener hat Delamarche zu Brunelda gesagt: „Jetzt hast du also keine Dienerschaft?“ Sie hat gesagt: „Aber da ist ja Robinson.“ Daraufhin hat Delamarche gesagt und hat mir dabei einen Schlag auf die Achsel gegeben: „Also gut, du wirst unser Diener sein.“ Und Brunelda hat mir dann auf die Wange geklopft. Wenn sich die Gelegenheit findet, Roßmann, laß dir auch einmal von ihr auf die Wange klopfen. Du wirst staunen, wie schön das ist.“

„Du bist also Delamarches Diener geworden?“, sagte Karl zusammenfassend.

Robinson hörte das Bedauern aus der Frage heraus und antwortete: „Ich bin Diener, aber das bemerken nur wenige Leute. Du siehst, du selbst wußtest es nicht, obwohl du doch schon ein Weilchen bei uns bist. Du hast ja gesehen, wie ich in der Nacht bei euch im Hotel angezogen war. Das Feinste vom Feinen hatte ich an. Gehen Diener so angezogen? Nur ist eben die Sache die, daß ich nicht oft weggehen darf, ich muß immer bei der Hand sein, in der Wirtschaft ist eben immer etwas zu tun. Eine Person ist eben zu wenig für die viele Arbeit. Wie du vielleicht bemerkt hast, haben wir sehr viele Sachen im Zimmer herumstehen; was wir eben bei dem großen Auszug nicht verkaufen konnten, haben wir mitgenommen. Natürlich hätte man es wegschenken können, aber Brunelda schenkt nichts weg. Denk dir nur, welche Arbeit es gegeben hat, diese Sachen die Treppe heraufzutragen.“ „Robinson, du hast das alles heraufgetragen?“, rief Karl.

„Wer denn sonst?“, sagte Robinson. „Es war noch ein Hilfsarbeiter da, ein faules Luder; ich habe die meiste Arbeit allein machen müssen. Brunelda ist unten beim Wagen gestanden, Delamarche hat oben angeordnet, wohin die Sachen zu legen sind, und ich bin immerfort hin und her gelaufen. Es hat zwei Tage gedauert, sehr lange, nicht wahr? Aber du weißt ja gar nicht, wieviel Sachen hier im Zimmer sind, alle Kasten sind voll und hinter den Kasten ist alles vollgestopft bis zur Decke hinauf. Wenn man ein paar Leute für den Transport aufgenommen hätte; wäre ja alles bald fertig gewesen, aber Brunelda wollte es niemandem außer mir anvertrauen. Das war ja sehr schön, aber ich habe damals meine Gesundheit für mein ganzes Leben verdorben, und was habe ich denn sonst gehabt als meine Gesundheit? Wenn ich mich nur ein wenig anstrenge, sticht es mich hier und hier und hier. Glaubst du, diese Jungen im Hotel, diese Grasfrösche — was sind sie denn sonst? — hätten mich jemals besiegen können, wenn ich gesund wäre? Aber was mir auch fehlen sollte, dem Delamarche und der Brunelda sage ich kein Wort, ich werde arbeiten, solange es gehen wird, und wenn es nicht mehr gehen wird, werde ich mich hinlegen und sterben, und dann erst, zu spät, werden sie sehen, daß ich krank gewesen bin und trotzdem immerfort und immerfort weitergearbeitet und mich in ihren Diensten zu Tode gearbeitet habe. Ach Roßmann –“, sagte er schließlich und trocknete die Augen an

Karls Hemdärmel. Nach einem Weilchen sagte er: „Ist dir denn nicht kalt, du stehst da so im Hemd?“

„Geh, Robinson“, sagte Karl, „immerfort weinst du. Ich glaube nicht, daß du so krank bist. Du siehst ganz gesund aus, aber weil du immerfort da auf dem Balkon liegst, hast du dir so Verschiedenes ausgedacht. Du hast vielleicht manchmal einen Stich in der Brust, das habe ich auch, das hat jeder. Wenn alle Menschen wegen jeder Kleinigkeit so weinen wollten wie du, müßten die Leute auf allen Balkonen weinen.“

„Ich weiß es besser“, sagte Robinson und wischte nun die Augen mit dem Zipfel seiner Decke. „Der

Student, der nebenan bei der Vermieterin wohnt, die auch für uns kochte, hat mir letzthin, als ich das Eßgeschirr zurückbrachte, gesagt: „Hören Sie einmal, Robinson, sind Sie nicht krank?“ Mir ist verboten, mit den Leuten zu reden, und so habe ich nur das Geschirr hingelegt und wollte weggehen. Da ist er zu mir gegangen und hat gesagt: „Hören Sie, Mann, treiben Sie die Sache nicht zum Äußersten, Sie sind krank.“ „Ja also, ich bitte, was soll ich denn machen?“, habe ich gefragt. „Das ist Ihre Sache“, hat er gesagt und hat sich umgedreht. Die anderen dort bei Tisch haben gelacht, wir haben ja hier überall Feinde, und so bin ich lieber weggegangen.“

„Also Leuten, die dich zum Narren halten, glaubst du, und Leuten, die es gut mit dir meinen, glaubst du nicht.“

„Aber ich muß doch wissen, wie mir ist“, fuhr Robinson auf, kehrte aber gleich wieder zum Weinen zurück.

„Du weißt eben nicht, was dir fehlt, du solltest irgendeine ordentliche Arbeit für dich suchen, statt hier Delamarches Diener zu machen. Denn soweit ich nach deinen Erzählungen und nach dem, was ich selbst gesehen habe, urteilen kann, ist das hier kein Dienst, sondern eine Sklaverei. Das kann kein Mensch ertragen, das glaube ich dir. Du aber denkst, weil du Delamarches Freund bist, darfst du ihn nicht verlassen. Das ist falsch; wenn er nicht einsieht, was für ein elendes Leben du führst, so hast du ihm gegenüber nicht die geringsten Verpflichtungen mehr.“

„Du glaubst also wirklich, Roßmann, daß ich mich wieder erholen werde, wenn ich das Dienen hier aufgebe?“

„Gewiß“, sagte Karl.

„Gewiß?“, fragte nochmals Robinson. „Ganz gewiß“, sagte Karl lächelnd.

„Dann könnte ich ja gleich anfangen, mich zu erholen“, sagte Robinson und sah Karl an.

„Wieso denn?“, fragte dieser.

„Nun, weil du doch meine Arbeit hier übernehmen sollst“, antwortete Robinson.

„Wer hat dir denn das gesagt?“, fragte Karl.

„Das ist doch ein alter Plan. Davon wird ja schon seit einigen Tagen gesprochen. Es hat damit angefangen, daß Brunelda mich ausgezankt hat, weil ich die Wohnung nicht sauber genug halte. Natürlich habe ich versprochen, daß ich alles gleich in Ordnung bringen werde. Nun, das ist aber sehr schwer. Ich kann zum Beispiel in meinem Zustand nicht überallhin kriechen, um den Staub wegzuwischen, man kann sich schon in der Mitte des Zimmers nicht rühren, wie erst dort zwischen den Möbeln und den Vorräten? Und wenn man alles genau reinigen will, muß man doch auch die Möbel von ihrem Platz wegschieben, und das soll ich allein machen? Außerdem müßte das alles ganz leise geschehen, weil doch Brunelda, die ja das Zimmer kaum verläßt, nicht gestört werden darf. Ich habe also zwar versprochen, daß ich alles rein machen werde, aber rein gemacht habe ich es tatsächlich nicht. Als Brunelda das bemerkt hat, hat sie zu Delamarche gesagt, daß das nicht so weitergeht und daß man noch eine Hilfskraft wird aufnehmen müssen. „Ich will nicht, Delamarche“, hat sie gesagt, „daß du mir einmal Vorwürfe machst, ich hätte die Wirtschaft nicht gut geführt. Selbst kann ich mich nicht anstrengen, das siehst du doch ein, und Robinson genügt nicht; am Anfang war er so frisch und hat sich überall umgesehen, aber jetzt ist er immerfort müde und sitzt meist in einem Winkel. Aber ein Zimmer mit so viel Gegenständen wie das unsrige hält sich nicht selbst in Ordnung.“ Daraufhin hat Delamarche nachgedacht, was sich da tun ließe, denn eine beliebige Person kann man natürlich in einen solchen Haushalt nicht aufnehmen, auch zur Probe nicht, denn man paßt uns ja von allen Seiten auf. Weil ich aber dein guter Freund bin und von Renell gehört habe, wie du dich im Hotel plagen mußt, habe ich dich in Vorschlag gebracht. Delamarche war gleich einverstanden, obwohl du dich damals gegen ihn so keck benommen hast, und ich habe mich natürlich sehr gefreut, daß ich dir so nützlich sein konnte. Für dich ist nämlich diese Stellung wie geschaffen, du bist jung, stark und geschickt, während ich nichts mehr wert bin. Nur will ich dir sagen, daß du noch keineswegs aufgenommen bist; wenn du Brunelda nicht gefällst, können wir dich nicht brauchen. Also strenge dich nur an, daß du ihr angenehm bist, für das übrige werde ich schon sorgen.“ „Und was wirst du machen, wenn ich hier Diener sein werde?“, fragte Karl; er fühlte sich so frei, der erste Schrecken, den ihm die Mitteilungen Robinsons verursacht hatten, war vorüber. Delamarche hatte also keine schlimmeren Absichten mit ihm, als ihn zum Diener zumachen — hätte er schlimmere Absichten gehabt, dann hätte sie der plapperhafte Robinson gewiß verraten –, wenn es aber so stand, dann getraute sich Karl, noch heute nacht den Abschied durchzuführen. Man kann niemanden zwingen, einen Posten anzunehmen. Und während Karl früher Sorgen gehabt hatte, ob er nach seiner Entlassung aus dem Hotel bald genug, um vor Hunger geschützt zu sein, einen passenden und womöglich nicht unansehnlicheren Posten bekommen werde,

schien ihm jetzt im Vergleich zu dem ihm hier zugedachten Posten, der ihm widerlich war, jeder andere Posten gut genug, und selbst die stellungslose Not hätte er diesem Posten vorgezogen. Robinson das aber begreiflich zu machen, versuchte er gar nicht, besonders da Robinson jetzt in jedem Urteil durch die Hoffnung völlig befangen war, von Karl entlastet zu werden.
„Ich werde also“, sagte Robinson und begleitete die Rede mit behaglichen Handbewegungen — die Ellbogen hatte er auf das Geländer aufgestützt — „dir zunächst alles erklären und die Vorräte zeigen. Du bist gebildet und hast sicher auch eine schöne Schrift, du könntest also gleich ein Verzeichnis all der Sachen machen, die wir da haben. Das hat sich Brunelda schon längst gewünscht. Wenn morgen vormittag schönes Wetter ist, werden wir Brunelda bitten, daß sie sich auf den Balkon setzt, und inzwischen werden wir ruhig und ohne sie zu stören im Zimmer arbeiten können. Denn darauf, Roßmann, mußt du vor allem achtgeben. Nur nicht Brunelda stören. Sie hört alles, wahrscheinlich hat sie als Sängerin so empfindliche Ohren. Du rollst zum Beispiel das Faß mit Schnaps, das hinter den Kasten steht, heraus, es macht Lärm, weil es schwer ist und dort überall verschiedene Sachen herumliegen, so daß man es nicht mit einem Male durchrollen kann. Brunelda liegt zum Beispiel ruhig auf dem Kanapee und fängt Fliegen, die sie überhaupt sehr belästigen. Du glaubst also, sie kümmert sich um dich nicht, und rollst dein Faß weiter. Sie liegt noch immer ruhig. Aber in einem Augenblick, wo du es gar nicht erwartest und wo du am wenigsten Lärm machst, setzt sie sich plötzlich aufrecht, schlägt mit beiden Händen auf das Kanapee, daß man sie vor Staub nicht sieht — seit wir hier sind, habe ich das Kanapee nicht ausgeklopft; ich kann ja nicht, sie liegt doch immerfort darauf — und fängt schrecklich zu schreien an, wie ein Mann, und schreit so stundenlang. Das Singen haben ihr die Nachbarn verboten, das Schreien aber kann ihr niemand verbieten, sie muß schreien, übrigens geschieht es ja jetzt nur selten, ich und Delamarche sind sehr vorsichtig geworden. Es hat ihr ja auch sehr geschadet. Einmal ist sie ohnmächtig geworden, und ich habe — Delamarche war gerade weg — den Studenten von nebenan holen müssen, der hat sie aus einer großen Flasche mit Flüssigkeit bespritzt, es hat auch geholfen, aber diese Flüssigkeit hat einen unerträglichen Geruch gehabt, noch jetzt, wenn man die Nase zum Kanapee hält, riecht man es. Der Student ist sicher unser Feind, wie alle hier, du mußt dich auch vor allen in acht nehmen und dich mit keinem einlassen.“
„Du, Robinson“, sagte Karl, „das ist aber ein schwerer Dienst. Da hast du mich für einen schönen Posten empfohlen.“
„Mach dir keine Sorgen“, sagte Robinson und schüttelte mit geschlossenen Augen den Kopf, um alle möglichen Sorgen Karls abzuwehren. „Der Posten hat auch Vorteile, wie sie dir kein anderer Posten bieten kann. Du bist immerfort in der Nähe einer Dame wie Brunelda, du schläfst manchmal mit

ihr im gleichen Zimmer, das bringt schon, wie du dir denken kannst, verschiedene Annehmlichkeiten mit sich. Du wirst reichlich bezahlt werden, Geld ist in Menge da, ich habe als Freund Delamarches nichts bekommen; nur wenn ich ausgegangen bin, hat mir Brunelda immer etwas mitgegeben, aber du wirst natürlich bezahlt werden wie ein anderer Diener. Du bist ja auch nichts anderes. Das Wichtigste für dich aber ist, daß ich dir den Posten sehr erleichtern werde. Zunächst werde ich natürlich nichts machen, damit ich mich erhole, aber wie ich nur ein wenig erholt bin, kannst du auf mich rechnen. Die eigentliche Bedienung Bruneldas behalte ich überhaupt für mich, also das Frisieren und Anziehen, soweit es nicht Delamarche besorgt. Du wirst dich nur um das Aufräumen des Zimmers, um Besorgungen und die schwereren häuslichen Arbeiten zu kümmern haben."

„Nein, Robinson", sagte Karl, „das alles verlockt mich nicht."

„Mach keine Dummheiten, Roßmann", sagte Robinson, ganz nahe an Karls Gesicht, „verscherze dir nicht diese schöne Gelegenheit. Wo bekommst du denn gleich einen Posten? Wer kennt dich? Wen kennst du? Wir, zwei Männer, die schon viel erlebt haben und große Erfahrungen besitzen, sind wochenlang herumgelaufen, ohne Arbeit zu bekommen. Es ist nicht leicht, es ist sogar verzweifelt schwer."

Karl nickte und wunderte sich, wie vernünftig Robinson sprechen konnte. Für ihn hatten diese Ratschläge allerdings keine Geltung, er durfte hier nicht bleiben, in der großen Stadt würde sich wohl noch ein Plätzchen für ihn finden, die ganze Nacht über, das wußte er, waren alle Gasthäuser überfüllt, man brauchte Bedienung für die Gäste, darin hatte er nun schon Übung. Er würde sich schon rasch und unauffällig in irgendeinen Betrieb einfügen. Gerade im gegenüberliegenden Hause war unten ein kleines Gasthaus untergebracht, aus dem eine rauschende Musik hervordrang. Der Haupteingang war nur mit einem großen gelben Vorhang verdeckt, der manchmal, von einem Luftzug bewegt, mächtig in die Gasse hinausflatterte. Sonst war es in der Gasse freilich viel stiller geworden. Die meisten Balkone waren finster, nur in der Ferne fand sich noch hier oder dort ein einzelnes Licht, aber kaum faßte man es für ein Weilchen ins Auge, erhoben sich dort die Leute, und während sie in die Wohnung zurückdrängten, griff ein Mann an die Glühlampe und drehte, als letzter auf dem Balkon zurückbleibend, nach einem kurzen Blick auf die Gasse das Licht aus.

„Nun beginnt ja schon die Nacht", sagte sich Karl, „bleibe ich noch länger hier, gehöre ich schon zu ihnen." Er drehte sich um, um den Vorhang vor der Wohnungstür wegzuziehen. „Was willst du?", sagte Robinson und stellte sich zwischen Karl und den Vorhang.

„Weg will ich", sagte Karl. „Laß mich! Laß mich!"

„Du willst sie doch nicht stören", rief Robinson, „was fällt dir denn nur ein!" Und er legte Karl die Arme um den Hals, hing sich mit seiner ganzen Last an

ihn, umklammerte mit den Beinen Karls Beine und zog ihn so im Augenblick auf die Erde nieder. Aber Karl hatte unter den Liftjungen ein wenig raufen gelernt, und so stieß er Robinson die Faust unter das Kinn, aber schwach und voll Schonung. Der gab Karl noch rasch und ganz rücksichtslos mit dem Knie einen vollen Stoß in den Bauch, fang dann aber, beide Hände am Kinn, so laut zu heulen an, daß von dem benachbarten Balkon ein Mann unter wildem Händeklatschen „Ruhe!", befahl. Karl lag noch ein wenig still, um den Schmerz, den ihm der Stoß Robinsons verursacht hatte, zu verwinden. Er wandte nur das Gesicht zum Vorhang hin, der ruhig und schwer vor dem offenbar dunklen Zimmer hing. Es schien ja niemand mehr im Zimmer zu sein, vielleicht war Delamarche mit Brunelda ausgegangen, und Karl hatte schon völlige Freiheit. Robinson, der sich wirklich wie ein Wächterhund benahm, war ja endgültig abgeschüttelt.
Da ertönten aus der Ferne von der Gasse her stoßweise Trommeln und Trompeten. Einzelne Rufe vieler Leute sammelten sich bald zu einem allgemeinen Schreien. Karl drehte den Kopf und sah, wie sich alle Balkone von neuem belebten. Langsam erhob er sich, er konnte sich nicht ganz aufrichten und mußte sich schwer gegen das Geländer drücken. Unten auf dem Trottoir marschierten junge Burschen mit großen Schritten, ausgestreckten Armen, die Mützen in der erhobenen Hand, die
Gesichter zurückgewandt. Die Fahrbahn blieb noch frei. Einzelne schwenkten auf hohen Stangen Lampions, die von einem gelblichen Rauch umhüllt waren. Gerade traten die Trommler und Trompeter in breiten Reihen ans Licht, und Karl staunte über ihre Menge, da hörte er hinter sich
Stimmen, drehte sich um und sah den Delamarche den schweren Vorhang heben und dann aus dem Zimmerdunkel Brunelda treten, im roten Kleid, mit einem Spitzenüberwurf um die Schultern, einem dunklen Häubchen über dem wahrscheinlich unfrisierten und bloß aufgehäuften Haar, dessen Enden lose hie und da hervorsahen. In der Hand hielt sie einen kleinen ausgespannten Fächer, bewegte ihn aber nicht, sondern drückte ihn eng an sich.
Karl schob sich dem Geländer entlang zur Seite, um den beiden Platz zu machen. Gewiß würde ihn niemand zum Hierbleiben zwingen und, wenn es auch Delamarche versuchen wollte, Brunelda würde ihn auf seine Bitte sofort entlassen. Sie konnte ihn ja gar nicht leiden, seine Augen erschreckten sie. Aber als er einen Schritt zur Tür hin machte, hatte sie es doch bemerkt und sagte: „Wohin denn, Kleiner?" Karl stockte vor den strengen Blicken Delamarches, und Brunelda zog ihn zu sich. „Willst du dir denn nicht den Aufzug unten ansehen?", sagte sie und schob ihn vor sich an das Geländer. „Weißt du, worum es sich handelt?", hörte Karl sie hinter sich sagen und machte ohne Erfolg eine unwillkürliche Bewegung, um sich ihrem Druck zu

entziehen. Traurig sah er auf die Gasse hinunter, als sei dort der Grund seiner Traurigkeit.
Delamarche stand zuerst mit gekreuzten Armen hinter Brunelda, dann lief er ins Zimmer und brachte Brunelda den Operngucker. Unten war hinter den Musikanten der Hauptteil des Aufzuges erschienen. Auf den Schultern eines riesenhaften Mannes saß ein Herr, von dem man in dieser Höhe nichts anderes sah als seine matt schimmernde Glatze, über der er seinen Zylinderhut ständig grüßend hoch erhoben hielt. Rings um ihn wurden offenbar Holztafeln getragen, die, vom Balkon aus gesehen, ganz weiß erschienen; die Anordnung war derartig getroffen, daß diese Plakate von allen Seiten sich förmlich an den Herrn anlehnten, der aus ihrer Mitte hoch hervorragte. Da alles im Gange war, lockerte sich diese Mauer von Plakaten immerfort und ordnete sich auch immerfort von neuem.
Im weiteren Umkreis war um den Herrn die ganze Breite der Gasse, wenn auch, soweit man im Dunkel schätzen konnte, auf eine unbedeutende Länge hin, von Anhängern des Herrn angefüllt, die sämtlich in die Hände klatschten und wahrscheinlich den Namen des Herrn, einen ganz kurzen, aber unverständlichen Namen, in einem getragenen Gesange verkündeten. Einzelne, die geschickt in der Menge verteilt waren, hatten Automobillaternen mit äußerst starkem Licht, das sie die Häuser auf beiden Seiten der Straße langsam auf- und abwärts führten. In Karls Höhe störte das Licht nicht mehr, aber auf den unteren Balkonen sah man die Leute, die davon bestrichen wurden, eiligst die Hände an die Augen führen.
Delamarche erkundigte sich auf die Bitte Bruneldas bei den Leuten auf dem Nachbarbalkon, was die Veranstaltung zu bedeuten habe. Karl war ein wenig neugierig, ob und wie man ihm antworten würde. Und tatsächlich mußte Delamarche dreimal fragen, ohne eine Antwort zu bekommen. Er beugte sich schon gefährlich über das Geländer, Brunelda stampfte vor Ärger über die Nachbarn leicht auf, Karl fühlte ihre Knie. Endlich kam doch irgendeine Antwort, aber gleichzeitig fingen auf diesem Balkon, der gedrängt voll Menschen war, alle laut zu lachen an. Daraufhin schrie Delamarche etwas hinüber, so laut, daß, wenn nicht augenblicklich in der ganzen Gasse viel Lärm gewesen wäre, alles ringsherum erstaunt hätte aufhorchen müssen. Jedenfalls hatte es die Wirkung, daß das Lachen unnatürlich bald sich legte.
„Es wird morgen ein Richter in unserem Bezirk gewählt und der, den sie unten tragen, ist ein Kandidat“, sagte Delamarche, vollkommen ruhig zu Brunelda zurückkehrend. „Nein!“, rief er dann und klopfte liebkosend Brunelda auf den Rücken. „Wir wissen schon gar nicht mehr, was in der Welt vorgeht.“
„Delamarche“, sagte Brunelda, auf das Benehmen der Nachbarn zurückkommend, „wie gern wollte ich übersiedeln, wenn es nicht so anstrengend wäre. Ich darf es mir aber leider nicht zumuten.“ Und unter

großen Seufzern, unruhig und zerstreut, nestelte sie an Karls Hemd, der möglichst unauffällig immer wieder diese kleinen, fetten Händchen wegzuschieben suchte, was ihm auch leicht gelang, denn Brunelda dachte nicht an ihn, sie war mit ganz anderen Gedanken beschäftigt.
Aber auch Karl vergaß bald Brunelda und duldete die Last ihrer Arme auf seinen Achseln, denn die Vorgänge auf der Straße nahmen ihn sehr in Anspruch. Auf Anordnung einer kleinen Gruppe gestikulierender Männer, die knapp vor dem Kandidaten marschierten und deren Unterhaltungen eine besondere Bedeutung haben mußten, denn von allen Seiten sah man lauschende Gesichter sich ihnen zuneigen, wurde unerwarteterweise vor dem Gasthaus haltgemacht. Einer dieser maßgebenden Männer machte mit erhobener Hand ein Zeichen, das sowohl der Menge als auch dem Kandidaten galt. Die Menge verstummte, und der Kandidat, der sich auf den Schultern seines Trägers mehrmals aufzustellen suchte und mehrmals in den Sitz zurückfiel, hielt eine kleine Rede, während welcher er seinen Zylinder in Windeseile hin- und herfahren ließ. Man sah das ganz deutlich, denn während seiner Rede waren alle Automobillaternen auf ihn gerichtet worden, so daß er in der Mitte eines hellen Sternes sich befand.
Nun erkannte man aber auch schon das Interesse, welches die ganze Straße an der Angelegenheit nahm. Auf den Balkonen, die von Parteigängern des Kandidaten besetzt waren, fiel man mit in das Singen seines Namens ein und ließ die weit über das Geländer vorgestreckten Hände maschinenmäßig klatschen. Auf den übrigen Balkonen, die sogar in der Mehrzahl waren, erhob sich ein starker Gegengesang, der allerdings keine einheitliche Wirkung hatte, da es sich um die Anhänger verschiedener Kandidaten handelte. Dagegen verbanden sich weiterhin alle Feinde des anwesenden Kandidaten zu einem allgemeinen Pfeifen, und sogar Grammophone wurden vielfach wieder in Gang gesetzt. Zwischen den einzelnen Balkonen wurden politische Streitigkeiten mit einer durch die nächtliche Stunde verstärkten Erregung ausgetragen. Die meisten waren schon in Nachtkleidern und hatten nur Überröcke umgeworfen, die Frauen hüllten sich in große, dunkle Tücher, die unbeachteten Kinder kletterten beängstigend auf den Einfassungen der Balkone umher und kamen in immer größerer Zahl aus den dunklen Zimmern, in denen sie schon geschlafen hatten, hervor. Hie und da wurden einzelne unkenntliche Gegenstände von besonders Erhitzten in der Richtung ihrer Gegner geschleudert, manchmal gelangten sie an ihr Ziel, meist aber fielen sie auf die Straße hinab, wo sie oft ein Wutgeheul hervorriefen. Wurde den führenden Männern unten der Lärm zu arg, so erhielten die Trommler und Trompeter den Auftrag einzugreifen, und ihr schmetterndes, mit ganzer Kraft ausgeführtes, nicht enden wollendes Signal unterdrückte alle menschlichen Stimmen bis zu den Dächern der Häuser hinauf. Und immer, ganz plötzlich — man glaubte es kaum –, hörten sie auf, worauf die hierfür

offenbar eingeübte Menge auf der Straße in die für einen Augenblick eingetretene allgemeine Stille ihren Parteigesang emporbrüllte — man sah im Lichte der Automobillaternen den Mund jedes einzelnen weit geöffnet –, bis dann die inzwischen zur Besinnung gekommenen Gegner zehnmal so stark wie früher aus allen Balkonen und Fenstern hervorschrien und die Partei unten nach ihrem kurzen Sieg zu einem für diese Höhe wenigstens gänzlichen Verstummen brachten. „Wie gefällt es dir, Kleiner?“, fragte Brunelda, die sich eng hinter Karl hin- und herdrehte, um mit dem Gucker möglichst alles zu übersehen. Karl antwortete nur durch Kopfnicken. Nebenbei bemerkte er, wie Robinson dem Delamarche eifrig verschiedene Mitteilungen offenbar über Karls Verhalten machte, denen aber Delamarche keine Bedeutung beizumessen schien, denn er suchte Robinson mit der Linken, mit der Rechten hatte er Brunelda umfaßt, immerfort beiseite zu schieben. „Willst du nicht durch den Gucker schauen?“, fragte Brunelda und klopfte auf Karls Brust, um zu zeigen, daß sie ihn meine.

„Ich sehe genug“, sagte Karl.

„Versuch es doch“, sagte sie „du wirst besser sehen.“

„Ich habe gute Augen“, antwortete Karl „ich sehe alles.“ Er empfand es nicht als Liebenswürdigkeit, sondern als Störung, als sie den Gucker seinen Augen näherte, und tatsächlich sagte sie nun nichts als das eine Wort „Du!“, melodisch, aber drohend. Und schon hatte Karl den Gucker an seinen Augen und sah nun tatsächlich nichts.

„Ich sehe ja nichts“, sagte er und wollte den Gucker loswerden, aber den Gucker hielt sie fest, und den auf ihrer Brust eingebetteten Kopf konnte er weder zurück noch seitwärts schieben.

„Jetzt siehst du aber schon“, sagte sie und drehte an der Schraube des Guckers.

„Nein, ich sehe noch immer nichts“, sagte Karl und dachte daran, daß er Robinson ohne seinen Willen nun tatsächlich entlastet habe, denn Bruneldas unerträgliche Launen wurden nun an ihm ausgelassen.

„Wann wirst du denn endlich sehen?“, sagte sie und drehte — Karl hatte nun sein ganzes Gesicht in ihrem schweren Atem — weiter an der Schraube. „Jetzt?“, fragte sie.

„Nein, nein, nein!“, rief Karl, obwohl er nun tatsächlich, wenn auch nur sehr undeutlich, alles unterscheiden konnte. Aber gerade hatte Brunelda irgend etwas mit Delamarche zu tun, sie hielt den Gucker nur lose vor Karls Gesicht, und Karl konnte, ohne daß sie es besonders beachtete, unter dem Gucker hinweg auf die Straße sehen. Später bestand sie auch nicht mehr auf ihrem Willen und benützte den Gucker für sich.

Aus dem Gasthaus unten war ein Kellner getreten, und aus der Türschwelle hin und her eilend, nahm er die Bestellungen der Führer entgegen. Man sah, wie er sich streckte, um das Innere des Lokals zu übersehen und möglichst viel Bedienung herbeizurufen. Während dieser offenbar einem großen Freitrinken dienenden Vorbereitungen ließ der Kandidat nicht vom Reden ab. Sein Träger, der riesige, nur ihm dienende Mann, machte immer nach einigen Sätzen eine kleine Drehung, um die Rede allen Teilen der Menge zukommen zu lassen. Der Kandidat hielt sich meist ganz zusammengekrümmt und versuchte mit ruckweisen Bewegungen der einen freien Hand und des Zylinders in der anderen seinen Worten möglichste Eindringlichkeit zu geben. Manchmal aber, in fast regelmäßigen Zwischenräumen, durchfuhr es ihn, er erhob sich mit ausgebreiteten Armen, er redete nicht mehr eine Gruppe, sondern die Gesamtheit an, er sprach zu den Bewohnern der Häuser bis zu den höchsten Stockwerken hinauf, und doch war es vollkommen klar, daß ihn schon in den untersten Stockwerken niemand hören konnte; ja, daß ihm auch, wenn die Möglichkeit gewesen wäre, niemand hätte zuhören wollen, denn jedes Fenster und jeder Balkon war doch zumindest von einem schreienden Redner besetzt. Inzwischen brachten einige Kellner aus dem Gasthaus ein mit gefüllten leuchtenden Gläsern besetztes Brett, im Umfang eines Billards, hervor. Die Führer organisierten die Verteilung, die in Form eines Vorbeimarsches an der Gasthaustür erfolgte. Aber obwohl die Gläser auf dem Brett immer wieder nachgefüllt wurden, genügten sie für die Menge nicht, und zwei Reihen von Schankburschen mußten rechts und links vom Brett durchschlüpfen und die Menge weiterhin versorgen. Der Kandidat hatte natürlich mit dem Reden aufgehört und benützte die Pause, um sich neu zu kräftigen. Abseits von der Menge und dem grellen Licht trug ihn sein Träger langsam hin und her, und nur einige seiner nächsten Anhänger begleiteten ihn dort und sprachen zu ihm hinauf.

„Sieh mal den Kleinen“, sagte Brunelda, „er vergißt vor lauter Schauen, wo er ist.“ Und sie überraschte Karl und drehte mit beiden Händen sein Gesicht sich zu, so daß sie ihm in die Augen sah. Es dauerte aber nur einen Augenblick, denn Karl schüttelte gleich ihre Hände ab, und ärgerlich darüber, daß man ihn nicht ein Weilchen in Ruhe ließ, und gleichzeitig voll Lust, auf die Straße zu gehen und alles von der Nähe anzusehen, suchte er sich nun mit aller Kraft vom Druck Bruneldas zu befreien und sagte: „Bitte, lassen Sie mich weg.“

„Du wirst bei uns bleiben“, sagte Delamarche, ohne den Blick von der Straße zu wenden, und streckte nur eine Hand aus, um Karl am Weggehen zu verhindern.

„Laß nur“, sagte Brunelda und wehrte die Hand des Delamarche ab, „er bleibt ja schon.“ Und sie drückte Karl noch fester ans Geländer, er hätte mit ihr raufen müssen, um sich von ihr zu befreien. Und wenn ihm das auch gelungen wäre, was hätte er damit erreicht! Links von ihm stand Delamarche, rechts hatte sich nun Robinson aufgestellt, er war in einer regelrechten Gefangenschaft. „Sei froh, daß man dich nicht hinauswirft“,

sagte Robinson und beklopfte Karl mit der Hand, die er unter Bruneldas Arm durchgezogen hatte.
„Hinauswirft?“, sagte Delamarche. „Einen entlaufenen Dieb wirft man nicht hinaus, den übergibt man der Polizei. Und das kann ihm gleich morgen früh geschehen, wenn er nicht ganz ruhig ist.“ Von diesem Augenblick an hatte Karl an dem Schauspiel unten keine Freude mehr. Nur gezwungen, weil er Bruneldas wegen sich nicht aufrichten konnte, beugte er sich ein wenig über das Geländer. Voll eigener Sorgen, mit zerstreuten Blicken sah er die Leute unten an, die in Gruppen von etwa zwanzig Mann vor die Gasthaustüre traten, die Gläser ergriffen, sich umdrehten und diese Gläser in der Richtung gegen den jetzt mit sich beschäftigten Kandidaten schwenkten, einen Parteigruß ausriefen, die Gläser leerten und sie, jedenfalls dröhnend, in dieser Höhe aber unhörbar, auf das Brett wieder niedersetzten, um einer neuen, vor Ungeduld lärmenden Gruppe Platz zu machen. Über Auftrag der Führer war die Kapelle, die bisher im Gasthaus gespielt hatte, auf die Gasse getreten, ihre großen Blasinstrumente strahlten aus der dunklen Menge, aber ihr Spiel verging fast im allgemeinen Lärm. Die Straße war nun, wenigstens auf der Seite, wo sich das Gasthaus befand, weithin mit Menschen angefüllt. Von oben, woher Karl am Morgen im Automobil gekommen war, strömten sie herab, von unten, von der Brücke her, liefen sie herauf, und selbst die Leute in den Häusern hatten der Verlockung nicht widerstehen können, in diese Angelegenheit mit eigenen Händen einzugreifen, auf den Balkonen und in den Fenstern waren fast nur Frauen und Kinder zurückgeblieben, während die Männer unten aus den Haustoren drängten. Nun aber hatte die Musik und die Bewirtung den Zweck erreicht, die Versammlung war genügend groß, ein von zwei Automobillaternen flankierter Führer winkte der Musik ab, stieß einen starken Pfiff aus, und nun sah man den ein wenig abgeirrten Träger mit dem Kandidaten durch einen von Anhängern gebahnten Weg eiligst herbeikommen. Kaum war er bei der Gasthaustüre, begann der Kandidat im Schein der nun im engen Kreis um ihn gehaltenen Automobillaternen seine neue Rede. Aber nun war alles viel schwieriger als früher, der Träger hatte nicht die geringste Bewegungsfreiheit mehr, das Gedränge war zu groß. Die nächsten Anhänger, die früher mit allen möglichen Mitteln die Wirkung der Reden des Kandidaten zu verstärken versucht hatten, hatten nun Mühe, sich in seiner Nähe zu erhalten, wohl zwanzig hielten sich mit aller Anstrengung am Träger fest. Aber selbst dieser starke Mann konnte keinen Schritt nach seinem Willen mehr machen, an eine Einflußnahme auf die Menge durch bestimmte Wendungen oder durch passendes Vorrücken oder Zurückweichen war nicht mehr zu denken. Die Menge flutete ohne Plan, einer lag am anderen, keiner stand mehr aufrecht, die Gegner schienen sich durch neues Publikum sehr vermehrt zu haben, der Träger hatte sich lange in der Nähe der Gasthaustüre gehalten, nun aber ließ er sich, scheinbar ohne Widerstand, die

Gasse auf- und abwärts treiben, der Kandidat redete immerfort, aber es war nicht mehr ganz klar, ob er sein Programm auseinanderlegte oder um Hilfe rief; wenn nicht alles täuschte, hatte sich auch ein Gegenkandidat eingefunden, oder gar mehrere, denn hie und da sah man in irgendeinem plötzlich aufflammenden Licht einen von der Menge emporgehobenen Mann mit bleichem Gesicht und geballten Fäusten eine von vielstimmigen Rufen begrüßte Rede halten.

„Was geschieht denn da?“, fragte Karl und wandte sich in atemloser Verwirrung an seine Wächter.

„Wie es den Kleinen aufregt“, sagte Brunelda zu Delamarche und faßte Karl am Kinn, um seinen Kopf an sich zu ziehen. Aber das hatte Karl nicht wollen und er schüttelte sich, durch die Vorgänge auf der Straße förmlich rücksichtslos gemacht, so stark, daß Brunelda ihn nicht nur losließ, sondern zurückwich und ihn gänzlich freigab. „Jetzt hast du genug gesehen“, sagte sie, offenbar durch Karls Benehmen böse gemacht, „geh ins Zimmer, bette auf und bereite alles für die Nacht vor.“ Sie streckte die Hand nach dem Zimmer aus. Das war ja die Richtung, die Karl schon seit einigen Stunden nehmen wollte, er widersprach mit keinem Wort. Da hörte man von der Gasse her das Krachen von viel zersplitterndem Glas. Karl konnte sich nicht bezwingen und sprang noch rasch zum Geländer, um flüchtig noch einmal hinunterzuschauen. Ein Anschlag der Gegner, und vielleicht ein entscheidender, war geglückt, die Automobillaternen der Anhänger, die mit ihrem starken Licht wenigstens die Hauptvorgänge vor der gesamten Öffentlichkeit geschehen ließen und dadurch alles in gewissen Grenzen gehalten hatten, waren sämtlich und gleichzeitig zerschmettert worden, den Kandidaten und seinen Träger umfing nun die gemeinsame unsichere Beleuchtung, die in ihrer plötzlichen Ausbreitung wie völlige Finsternis wirkte. Auch nicht beiläufig hätte man jetzt angeben können, wo sich der Kandidat befand, und das Täuschende des Dunkels wurde noch vermehrt durch einen gerade einsetzenden, breiten, einheitlichen Gesang, der von unten, von der Brücke her sich näherte.

„Habe ich dir nicht gesagt, was du jetzt zu tun hast!“, sagte Brunelda. „Beeile dich. Ich bin müde“, fügte sie hinzu und streckte dann die Arme in die Höhe, so daß sich ihre Brust noch viel mehr wölbte als gewöhnlich. Delamarche, der sie noch immer umfaßt hielt, zog sie mit sich in eine Ecke des Balkons. Robinson ging ihnen nach, um die Überbleibsel seines Essens, die noch dort lagen, beiseite zu schieben.

Diese günstige Gelegenheit mußte Karl ausnützen, jetzt war keine Zeit hinunterzuschauen, von den Vorgängen auf der Straße würde er unten noch genug sehen, und mehr als von hier oben. In zwei Sprüngen eilte er durch das rötlich beleuchtete Zimmer, aber die Tür war verschlossen und der Schlüssel abgezogen. Der mußte jetzt gefunden werden, aber wer wollte in dieser

Unordnung einen Schlüssel finden und gar in der kurzen, kostbaren Zeit, die Karl zur Verfügung stand! Jetzt hätte er schon eigentlich auf der Treppe sein, hätte laufen und laufen sollen. Und nun suchte er den Schlüssel! Suchte ihn in allen zugänglichen Schubladen, stöberte auf dem Tisch herum, wo verschiedenes Eßgeschirr, Servietten und irgendeine angefangene Stickerei herumlagen, wurde durch einen Lehnstuhl angelockt, auf dem ein ganz verfitzter Haufen alter Kleidungsstücke sich befand, in denen der Schlüssel sich möglicherweise befinden, aber niemals aufgefunden werden konnte, und warf sich schließlich auf das tatsächlich übelriechende Kanapee, um in allen Ecken und Falten nach dem Schlüssel zu tasten. Dann ließ er vom Suchen ab und stockte in der Mitte des Zimmers. Gewiß hatte Brunelda den Schlüssel an ihrem Gürtel befestigt, sagte er sich, dort hingen ja so viele Sachen, alles Suchen war umsonst.

Und blindlings ergriff Karl zwei Messer und bohrte sie zwischen die Türflügel, eines oben, eines unten, um zwei voneinander entfernte Angriffspunkte zu erhalten. Kaum hatte er an den Messern gezogen, brachen natürlich die Klingen entzwei. Er hatte nichts anderes wollen, die Stümpfe, die er nun fester einbohren konnte, würden desto besser halten. Und nun zog er mit aller Kraft, die Arme weit ausgebreitet, die Beine weit auseinander gestemmt, stöhnend und dabei genau auf die Tür aufpassend. Sie würde nicht auf die Dauer widerstehen können, das erkannte er mit Freuden aus dem deutlich hörbaren Sichlockern der Riegel, je langsamer es aber ging, desto richtiger war es, aufspringen durfte ja das Schloß gar nicht, sonst würde man ja auf dem Balkon aufmerksam werden, das Schloß mußte sich vielmehr ganz langsam voneinander lösen, und darauf arbeitete Karl mit größter Vorsicht hin, die Augen immer mehr dem Schlosse nähernd.

„Seht einmal“, hörte er da die Stimme des Delamarche.

Alle drei standen im Zimmer, der Vorhang war hinter ihnen schon zugezogen, Karl mußte ihr Kommen überhört haben, die Hände sanken ihm bei dem Anblick von den Messern herab. Aber er hatte gar nicht Zeit, irgendein Wort zur Erklärung oder Entschuldigung zu sagen, denn in einem weit über die augenblickliche Gelegenheit hinausgehenden Wutanfall sprang Delamarche — sein gelöstes Schlafrockseil beschrieb eine große Figur in der Luft — auf Karl los. Karl wich noch im letzten Augenblick dem Angriff aus, er hätte die Messer aus der Tür ziehen und zur Verteidigung benützen können, aber das tat er nicht, dagegen griff er, sich bückend und aufspringend, nach dem breiten Schlafrockkragen des Delamarche, schlug ihn in die Höhe, zog ihn dann noch weiter hinauf — der Schlafrock war ja für Delamarche viel zu groß — und hielt nun glücklich den Delamarche beim Kopf, der, allzusehr überrascht, zuerst blind mit den Händen fuchtelte und erst nach einem Weilchen, aber noch nicht mit ganzer Wirkung mit den Fäusten auf Karls Rücken schlug, der sich, um sein Gesicht zu schützen, an die Brust des Delamarche geworfen hatte. Die Faustschläge ertrug Karl, wenn er sich auch vor Schmerzen wand und wenn auch die Schläge immer stärker wurden, aber wie hätte er das nicht ertragen sollen, vor sich sah er ja den Sieg. Die Hände am Kopf des Delamarche, die Daumen wohl gerade über seinen Augen, führte er ihn vor sich her gegen das ärgste Möbeldurcheinander und versuchte überdies, mit den Fußspitzen das Schlafrockseil um die Füße des Delamarche zu schlingen und ihn auch so zu Fall zu bringen.

Da er sich aber ganz und gar mit Delamarche beschäftigen mußte, zumal er dessen Widerstand immer mehr wachsen fühlte und immer sehniger dieser feindliche Körper sich ihm entgegenstemmte, vergaß er tatsächlich, daß er nicht mit Delamarche allein war. Aber nur allzubald wurde er daran erinnert, denn plötzlich versagten seine Füße, die Robinson, der sich hinter ihm auf den Boden geworfen hatte, schreiend auseinander preßte. Seufzend ließ Karl von Delamarche ab, der noch einen Schritt zurückwich. Brunelda stand mit weit auseinander gestellten Beinen und gebeugten Knien in ihrer ganzen Breite in der Zimmermitte und verfolgte die Vorgänge mit leuchtenden Augen. Als beteilige sie sich tatsächlich an dem Kampf, atmete sie tief, visierte mit den Augen und ließ ihre Fäuste langsam vorrücken. Delamarche schlug seinen Kragen nieder, hatte nun wieder freien Blick, und nun gab es natürlich keinen Kampf mehr, sondern bloß eine Bestrafung. Er faßte Karl vorn beim Hemd, hob ihn fast vom Boden und schleuderte ihn, vor Verachtung sah er ihn gar nicht an, so gewaltig gegen einen ein paar Schritte entfernten Schrank, daß Karl im ersten Augenblick meinte, die stechenden Schmerzen im Rücken und am Kopf, die ihm das Aufschlagen am Kasten verursachte, stammten unmittelbar von der Hand des Delamarche. „Du Halunke!“, hörte er den Delamarche in dem Dunkel, das vor seinen zitternden Augen entstand, noch laut ausrufen. Und in der ersten Erschöpfung, in der er vor dem Kasten zusammensank, klangen ihm die Worte „Warte nur!“ noch schwach in den Ohren nach.

Als er zur Besinnung kam, war es um ihn ganz finster, es mochte noch spät in der Nacht sein, vom Balkon her drang unter dem Vorhang ein leichter Schimmer des Mondlichts in das Zimmer. Man hörte die ruhigen Atemzüge der drei Schläfer, die bei weitem lautesten stammten von Brunelda, sie schnaufte im Schlaf, wie sie es bisweilen beim Reden tat; es war aber nicht leicht festzustellen, in welcher Richtung die einzelnen Schläfer sich befanden, das ganze Zimmer war von dem Rauschen ihres Atems voll. Erst nachdem er seine Umgebung ein wenig geprüft hatte, dachte Karl an sich, und da erschrak er sehr, denn wenn er sich auch ganz krumm und steif von Schmerzen fühlte, so hatte er doch nicht daran gedacht, daß er eine schwere blutige Verletzung erlitten haben könnte. Nun aber hatte er eine Last auf dem Kopf, und das ganze Gesicht, der Hals, die Brust unter dem Hemd waren feucht wie von Blut. Er mußte ans Licht, um seinen Zustand genau festzustellen, vielleicht hatte man ihn zum Krüppel geschlagen, dann würde ihn Delamarche wohl gerne entlassen, aber was sollte er dann anfangen, dann gab es wirklich keine Aussichten mehr für ihn. Der Bursche mit der zerfressenen Nase im Torweg fiel ihm ein, und er legte einen Augenblick lang das Gesicht in seine Hände. Unwillkürlich wandte er sich dann der Tür zu und tastete sich auf allen vieren hin. Bald erfühlte er mit den Fingerspitzen einen Stiefel und weiterhin ein Bein. Das war Robinson, wer schlief sonst in Stiefeln? Man hatte ihm befohlen, sich quer vor die Tür zu legen, um Karl an der Flucht zu hindern. Aber kannte man denn Karls Zustand nicht? Vorläufig wollte er gar nicht entfliehen, er wollte nur ans Licht kommen. Konnte er also nicht zur Tür hinaus, so mußte er auf den Balkon.

Den Eßtisch fand er an einer offenbar ganz anderen Stelle als am Abend, das Kanapee, dem sich Karl natürlich sehr vorsichtig näherte, war überraschenderweise leer, dagegen stieß er in der Zimmermitte auf hochgeschichtete, wenn auch stark gepreßte Kleider, Decken, Vorhänge, Polster und Teppiche. Zuerst dachte er, es sei nur ein kleiner Haufen, ähnlich dem, den er am Abend auf dem Sofa gefunden hatte und der etwa auf die Erde gerollt war, aber zu seinem Staunen bemerkte er beim Weiterkriechen, daß da eine ganze Wagenladung solcher Sachen lag, die man wahrscheinlich für die Nacht aus den Kasten herausgenommen hatte, wo sie während des Tages aufbewahrt wurden. Er umkroch den Haufen und erkannte bald, daß das Ganze eine Art Bettlager darstellte, auf dem hoch oben, wie er sich durch vorsichtiges Tasten überzeugte, Delamarche und Brunelda ruhten.

Jetzt wußte er also, wo alle schliefen, und beeilte sich nun, auf den Balkon zu kommen. Es war eine ganz andere Welt, in der er sich nun, außerhalb des Vorhangs, schnell erhob. In der frischen Nachtluft, im vollen Schein des Mondes ging er einigemal auf dem Balkon auf und ab. Er sah auf die Straße, sie war ganz still, aus dem Gasthaus klang noch die Musik, aber nur gedämpft, hervor, vor der Tür kehrte ein Mann das Trottoir, in der Gasse, in der am Abend innerhalb des wüsten allgemeinen Lärms das Schreien eines Wahlkandidaten von tausend anderen Stimmen nicht hatte unterschieden werden können, hörte man nun deutlich das Kratzen des Besens auf dem Pflaster.

Das Rücken eines Tisches auf dem Nachbarbalkon machte Karl aufmerksam, dort saß ja jemand und studierte. Es war ein junger Mann mit einem kleinen Spitzbart, an dem er beim Lesen, das er mit raschen Lippenbewegungen begleitete, ständig drehte. Er saß, das Gesicht Karl zugewendet, an einem kleinen, mit Büchern bedeckten Tisch, die Glühlampe hatte er von der Mauer abgenommen, zwischen zwei große Bücher geklemmt, und war nun von ihrem grellen Licht ganz überleuchtet.

„Guten Abend“, sagte Karl, da er bemerkt zu haben glaubte, daß der junge Mann zu ihm herübergeschaut hätte.
Aber das mußte wohl ein Irrtum gewesen sein, denn der junge Mann schien ihn überhaupt noch nicht bemerkt zu haben, legte die Hand über die Augen, um das Licht abzublenden und festzustellen, wer da plötzlich grüßte, und hob dann, da er noch immer nichts sah, die Glühlampe hoch, um mit ihr auch den Nachbarbalkon ein wenig zu beleuchten.
„Guten Abend“, sagte dann auch er, blickte einen Augenblick lang scharf hinüber, und fügte dann hinzu: „Und was Weiter?“
„Ich störe Sie?“, fragte Karl.
„Gewiß, gewiß“, sagte der Mann und brachte die Glühlampe wieder an ihren früheren Ort.
Mit diesen Worten war allerdings jede Anknüpfung abgelehnt, aber Karl verließ trotzdem die Balkonecke, in der er dem Manne am nächsten war, nicht. Stumm sah er zu, wie der Mann in seinem Buche las, die Blätter wendete, hie und da in einem anderen Buche das er immer mit Blitzesschnelle ergriff, irgend etwas nachschlug und öfters Notizen in ein Heft eintrug, wobei er immer überraschend tief das Gesicht zu dem Hefte senkte.
Ob dieser Mann vielleicht ein Student war? Es sah ganz so aus, als ob er studierte. Nicht viel anders — jetzt war es schon lange her — war Karl zu Hause am Tisch der Eltern gesessen und hatte seine Aufgaben geschrieben, während der Vater die Zeitung las oder Bucheintragungen und Korrespondenzen für einen Verein erledigte und die Mutter mit einer Näharbeit beschäftigt war und hoch den Faden aus dem Stoffe zog. Um den Vater nicht zu belästigen, hatte Karl nur das Heft und das Schreibzeug auf den Tisch gelegt, während er die nötigen Bücher rechts und links von sich auf Sesseln angeordnet hatte. Wie still war es dort gewesen! Wie selten waren fremde Leute in jenes Zimmer gekommen! Schon als kleines Kind hatte Karl immer gerne zugesehen, wenn die Mutter gegen Abend die Wohnungstür mit dem Schlüssel absperrte. Sie hatte keine Ahnung davon, daß es jetzt mit Karl so weit gekommen war, daß er fremde Türen mit Messern aufzubrechen suchte.
Und welchen Zweck hatte sein ganzes Studium gehabt! Er hatte ja alles vergessen; wenn es darauf angekommen wäre, hier sein Studium fortzusetzen, es wäre ihm sehr schwer geworden. Er erinnerte sich daran, daß er zu Hause einmal einen Monat lang krank gewesen war; welche Mühe hatte es ihn damals gekostet, sich nachher wieder in dem unterbrochenen Lernen zurechtzufinden. Und nun hatte er außer dem Lehrbuch der englischen Handelskorrespondenz schon so lange kein Buch gelesen. „Sie, junger Mann“, hörte sich Karl plötzlich angesprochen, „könnten Sie sich nicht anderswo aufstellen? Ihr Herüberstarren stört mich schrecklich. Um zwei

Uhr in der Nacht kann man doch schließlich verlangen, auf dem Balkon ungestört arbeiten zu können. Wollen Sie denn etwas von mir?“

„Sie studieren?“, fragte Karl.

„Ja, ja“, sagte der Mann und benützte dieses für das Lernen verlorene Weilchen, um unter seinen Büchern eine neue Ordnung einzurichten.

„Dann will ich Sie nicht stören“, sagte Karl, „ich gehe überhaupt schon ins Zimmer zurück. Gute Nacht.“

Der Mann gab nicht einmal eine Antwort, mit einem plötzlichen Entschlusse hatte er sich nach Beseitigung dieser Störung wieder ans Studieren gemacht und stützte die Stirn schwer in die rechte Hand.

Da erinnerte sich Karl knapp vor dem Vorhang daran, warum er eigentlich herausgekommen war, er wußte ja noch gar nicht, wie es mit ihm stand. Was lastete nur so auf seinem Kopf? Er griff hinauf und staunte, da war keine blutige Verletzung, wie er im Dunkel des Zimmers gefürchtet hatte, es war nur ein noch immer feuchter, turbanartiger Verband. Er war, nach den noch hie und da hängenden Spitzenüberresten zu schließen, aus einem alten Wäschestück Bruneldas gerissen, und Robinson hatte ihn wohl flüchtig Karl um den Kopf gewickelt. Nur hatte er vergessen, ihn auszuwinden, und so war während Karls Bewußtlosigkeit das viele Wasser das Gesicht hinab- und unter das Hemd geronnen und hatte Karl solchen Schrecken eingejagt.

„Sie sind wohl noch immer da?“, fragte der Mann und blinzelte hinüber.

„Jetzt gehe ich aber wirklich schon“, sagte Karl „ich wollte hier nur etwas anschauen, im Zimmer ist es ganz finster.“

„Wer sind Sie denn?“, sagte der Mann, legte den Federhalter in das vor ihm geöffnete Buch und trat an das Geländer. „Wie heißen Sie? Wie kommen Sie zu den Leuten? Sind Sie schon lange hier? Was wollen Sie denn anschauen? Drehen Sie doch Ihre Glühlampe dort auf, damit man Sie sehen kann.“ Karl tat dies, zog aber, ehe er antwortete, noch den Vorhang der Tür fester zu, damit man im Inneren nichts merken konnte. „Verzeihen Sie“, sagte er dann im Flüsterton, „daß ich so leise rede. Wenn mich die drinnen hören, habe ich wieder einen Krawall.“

„Wieder?“, fragte der Mann.

„Ja“, sagte Karl, „ich habe ja erst abends einen großen Streit mit ihnen gehabt. Ich muß da noch eine fürchterliche Beule haben.“ Und er tastete hinten seinen Kopf ab. „Was war denn das für ein Streit?“, fragte der Mann und fügte, da Karl nicht gleich antwortete, hinzu: „Mir können Sie ruhig alles anvertrauen, was Sie gegen diese Herrschaften auf dem Herzen haben. Ich hasse sie nämlich alle drei, und ganz besonders Ihre Madame. Es sollte mich übrigens wundern, wenn man Sie nicht schon gegen mich gehetzt hätte. Ich heiße Josef Mendel und bin Student.“

„Ja“, sagte Karl, „erzählt hat man mir schon von Ihnen, aber nichts Schlimmes. Sie haben wohl einmal Frau Brunelda behandelt, nicht wahr?“

„Das stimmt“, sagte der Student und lachte. „Riecht das Kanapee noch danach?“ „O ja“, sagte Karl.
„Das freut mich aber“, sagte der Student und fuhr mit der Hand durchs Haar. „Und warum macht man Ihnen Beulen?“
„Es war ein Streit“, sagte Karl im Nachdenken darüber, wie er es dem Studenten erklären sollte. Dann aber unterbrach er sich und sagte: „Störe ich Sie denn nicht?“ „Erstens“, sagte der Student, „haben Sie mich schon gestört, und ich bin leider so nervös, daß ich lange Zeit brauche, um mich wieder zurechtzufinden. Seit Sie da Ihre Spaziergänge auf dem Balkon angefangen haben, komme ich mit dem Studieren nicht vorwärts. Zweitens aber mache ich um drei Uhr immer eine Pause. Erzählen Sie also nur ruhig. Es interessiert mich auch.“
„Es ist ganz einfach“, sagte Karl. „Delamarche will, daß ich bei ihm Diener werde. Aber ich will nicht. Ich wäre am liebsten noch gleich abends weggegangen. Er wollte mich nicht lassen, hat die Tür abgesperrt, ich wollte sie aufbrechen, und dann kam es zu der Rauferei. Ich bin unglücklich, daß ich noch hier bin.“
„Haben Sie denn eine andere Stellung?“, fragte der Student.
„Nein“, sagte Karl, „aber daran liegt mir nichts, wenn ich nur von hier fort wäre.“
„Hören Sie einmal“, sagte der Student, „daran liegt Ihnen nichts?“ Und beide schwiegen ein Weilchen. „Warum wollen Sie denn bei den Leuten nicht bleiben?“, fragte dann der Student. „Delamarche ist ein schlechter Mensch“, sagte Karl, „ich kenne ihn schon von früher her. Ich marschierte einmal einen Tag lang mit ihm und war froh, als ich nicht mehr bei ihm war. Und jetzt soll ich Diener bei ihm werden?“
„Wenn alle Diener bei der Auswahl ihrer Herrschaften so heikel sein wollten wie Sie!“, sagte der Student und schien zu lächeln. „Sehen Sie, ich bin während des Tages Verkäufer, niedrigster Verkäufer, eher schon Laufbursche im Warenhaus von Montly. Dieser Montly ist zweifellos ein Schurke, aber das läßt mich ganz ruhig, wütend bin ich nur, daß ich so elend bezahlt werde. Nehmen Sie sich also an mir ein Beispiel.“
„Wie?“, sagte Karl, „Sie sind bei Tag Verkäufer und in der Nacht studieren Sie?“
„Ja“, sagte der Student, „es geht nicht anders. Ich habe schon alles mögliche versucht, aber diese Lebensweise ist noch die beste. Vor Jahren war ich nur Student, bei Tag und Nacht, wissen Sie, nur bin ich dabei fast verhungert, habe in einer schmutzigen alten Höhle geschlafen und wagte mich in meinem damaligen Anzug nicht in die Hörsäle. Aber das ist vorüber.“
„Aber wann schlafen Sie?“, fragte Karl und sah den Studenten verwundert an.

„Ja, schlafen!“, sagte der Student. „Schlafen werde ich, wenn ich mit meinem Studium fertig bin. Vorläufig trinke ich schwarzen Kaffee.“ Und er wandte sich um, zog unter seinem Studiertisch eine große Flasche hervor, goß aus ihr schwarzen Kaffee in ein Täßchen und schüttete ihn in sich hinein, so wie man Medizinen eilig schluckt, um möglichst wenig von ihrem Geschmack zu spüren. „Eine feine Sache, der schwarze Kaffee“, sagte der Student. „Schade, daß Sie so weit sind, daß ich Ihnen nicht ein wenig hinüberreichen kann.“

„Mir schmeckt schwarzer Kaffee nicht“, sagte Karl.

„Mir auch nicht“, sagte der Student und lachte. „Aber was wollte ich ohne ihn anfangen. Ohne den schwarzen Kaffee würde mich Montly keinen Augenblick behalten. Ich sage immer Montly, obwohl der natürlich keine Ahnung hat, daß ich auf der Welt bin. Ganz genau weiß ich nicht, wie ich mich im Geschäft benehmen würde, wenn ich nicht dort im Pult eine gleich große Flasche wie diese immer vorbereitet hätte, denn ich habe noch nie gewagt, mit dem Kaffeetrinken auszusetzen, aber, glauben Sie mir nur, ich würde bald hinter dem Pulte liegen und schlafen. Leider ahnt man das, sie nennen mich dort den „Schwarzen Kaffee“, was ein blödsinniger Witz ist und mir gewiß in meinem
Vorwärtskommen schon geschadet hat.“

„Und wann werden Sie mit Ihrem Studium fertig werden?“, fragte Karl.

„Es geht langsam“, sagte der Student mit gesenktem Kopf. Er verließ das Geländer und setzte sich wieder an den Tisch; die Ellbogen auf das offene Buch aufgestützt, mit den Händen durch seine
Haare fahrend, sagte er dann: „Es kann noch ein bis zwei Jahre dauern.“

„Ich wollte auch studieren“, sagte Karl, als gebe ihm dieser Umstand ein Anrecht auf ein noch größeres Vertrauen, als es der jetzt verstummende Student ihm gegenüber schon bewiesen hatte. „So“, sagte der Student, und es war nicht ganz klar, ob er in seinem Buche schon wieder las oder nur zerstreut hineinstarrte, „seien Sie froh, daß Sie das Studium aufgegeben haben. Ich selbst studiere schon seit Jahren eigentlich nur aus Konsequenz. Befriedigung habe ich wenig davon und Zukunftsaussichten noch weniger. Welche Aussichten wollte ich denn haben! Amerika ist voll von Schwindeldoktoren.“

„Ich wollte Ingenieur werden“, sagte Karl noch eilig zu dem scheinbar schon gänzlich unaufmerksamen Studenten hinüber.

„Und jetzt sollen Sie Diener bei diesen Leuten werden“, sagte der Student und sah flüchtig auf, „das schmerzt Sie natürlich.“

Diese Schlußfolgerung des Studenten war allerdings ein Mißverständnis, aber vielleicht konnte es Karl beim Studenten nützen. Er fragte deshalb: „Könnte ich nicht vielleicht auch eine Stelle im Warenhaus bekommen?“

Diese Frage riß den Studenten völlig von seinem Buche los; der Gedanke, daß er Karl bei seiner Postenbewerbung behilflich sein könnte, kam ihm gar nicht. „Versuchen Sie es“, sagte er, „oder versuchen Sie es lieber nicht. Daß ich meinen Posten bei Montly bekommen habe, ist der bisher größte Erfolg meines Lebens gewesen. Wenn ich zwischen dem Studium und meinem Posten zu wählen hatte, würde ich natürlich den Posten wählen. Meine Anstrengung geht nur darauf hin, die Notwendigkeit einer solchen Wahl nicht eintreten zu lassen.“ „So schwer ist es, dort einen Posten zu bekommen“, sagte Karl mehr für sich.

„Ach, was denken Sie denn“, sagte der Student, „es ist leichter, hier Bezirksrichter zu werden als Türöffner bei Montly.“

Karl schwieg. Dieser Student, der doch so viel erfahrener war als er und der den Delamarche aus irgendwelchen Karl noch unbekannten Gründen haßte, der dagegen Karl gewiß nichts Schlechtes wünschte, fand für Karl kein Wort der Aufmunterung, den Delamarche zu verlassen. Und dabei kannte er noch gar nicht die Gefahr, die Karl von der Polizei drohte und vor der er nur bei Delamarche halbwegs geschützt war.

„Sie haben doch am Abend die Demonstration unten gesehen? Nicht wahr? Wenn man die Verhältnisse nicht kannte, sollte man doch denken, dieser Kandidat, er heißt Lobter, werde doch irgendwelche Aussichten haben oder er komme doch wenigstens in Betracht, nicht?“ „Ich verstehe von Politik nichts“, sagte Karl.

„Das ist ein Fehler“, sagte der Student. „Aber abgesehen davon haben Sie doch Augen und Ohren. Der Mann hat doch zweifellos Freunde und Feinde gehabt, das kann Ihnen doch nicht entgangen sein. Und nun bedenken Sie, der Mann hat, meiner Meinung nach, nicht die geringsten Aussichten, gewählt zu werden. Ich weiß zufällig alles über ihn, es wohnt da bei uns einer, der ihn kennt. Er ist kein unfähiger Mensch, und seinen politischen Ansichten und seiner politischen Vergangenheit nach wäre gerade er der passende Richter für den Bezirk. Aber kein Mensch denkt daran, daß er gewählt werden könnte, er wird so prachtvoll durchfallen, als man durchfallen kann, er wird für die
Wahlkampagne seine paar Dollars hinausgeworfen haben, das wird alles sein.“

Karl und der Student sahen einander ein Weilchen schweigend an. Der Student nickte lächelnd und drückte mit einer Hand die müden Augen.

„Nun, werden Sie noch nicht schlafen gehen?“, fragte er dann. „Ich muß ja auch wieder studieren. Sehen Sie, wieviel ich noch durchzuarbeiten habe.“ Und er blätterte ein halbes Buch rasch durch, um Karl einen Begriff von der Arbeit zu geben, die noch auf ihn wartete.

„Dann also gute Nacht“, sagte Karl und verbeugte sich.

„Kommen Sie doch einmal zu uns herüber“, sagte der Student, der schon wieder an seinem Tisch saß, „natürlich nur, wenn Sie Lust haben. Sie werden hier immer große Gesellschaft finden. Von neun bis zehn Uhr abends habe ich auch für Sie Zeit.“ „Sie raten mir also, bei Delamarche zu bleiben?“, fragte Karl.

„Unbedingt“, sagte der Student und senkte schon den Kopf zu seinen Büchern. Es schien, als hätte gar nicht er das Wort gesagt; wie von einer Stimme gesprochen, die tiefer war als jene des Studenten, klang es noch in Karls Ohren nach. Langsam ging er zum Vorhang, warf noch einen Blick auf den Studenten, der jetzt ganz unbeweglich, von der großen Finsternis umgeben, in seinem Lichtschein saß, und schlüpfte ins Zimmer. Die vereinten Atemzüge der drei Schläfer empfingen ihn. Er suchte die Wand entlang das Kanapee und, als er es gefunden hatte, streckte er sich ruhig auf ihm aus, als sei es sein gewohntes Lager. Da ihm der Student, der den Delamarche und die hiesigen Verhältnisse genau kannte und überdies ein gebildeter Mann war, geraten hatte, hier zu bleiben, hatte er vorläufig keine Bedenken. So hohe Ziele wie der Student hatte er nicht, wer weiß, ob es ihm sogar zu Hause gelungen wäre, das Studium zu Ende zu führen, und wenn es zu Hause kaum möglich schien, so konnte niemand verlangen, daß er es hier im fremden Lande tue. Die Hoffnung aber, einen Posten zu finden, in dem er etwas leisten und für seine Leistungen anerkannt werden könnte, war gewiß größer, wenn er vorläufig die Dienerstelle bei Delamarche annahm und aus dieser Sicherheit heraus eine günstige Gelegenheit abwartete. Es schienen sich ja in dieser Straße viele Büros mittleren und unteren Ranges zu befinden, die vielleicht im Falle des Bedarfes bei der Auswahl ihres Personals nicht gar zu wählerisch waren. Er wollte ja gern, wenn es sein mußte, Geschäftsdiener werden, aber schließlich war es ja gar nicht ausgeschlossen, daß er auch für reine Büroarbeit aufgenommen werden konnte und einstmals als Bürobeamter an seinem Schreibtisch sitzen und ohne Sorgen ein Weilchen lang aus dem offenen Fenster schauen würde wie jener Beamte, den er heute früh beim Durchmarsch durch die Höfe gesehen hatte. Beruhigend fiel ihm ein, als er die Augen schloß, daß er doch jung war und daß Delamarche ihn doch einmal freigeben würde; dieser Haushalt sah ja wirklich nicht danach aus, als sei er für die Ewigkeit gemacht. Wenn aber Karl einmal einen solchen Posten in einem Büro hätte, dann wollte er sich mit nichts anderem beschäftigen als mit seinen Büroarbeiten und nicht die Kräfte zersplittern wie der Student. Wenn es nötig sein sollte, wollte er auch die Nacht fürs Büro verwenden, was man ja im Beginn bei seiner geringen kaufmännischen Vorbildung sowieso von ihm verlangen würde. Er wollte nur an das Interesse des Geschäftes denken, dem er zu dienen hätte, und allen Arbeiten sich unterziehen, selbst solchen, die andere Bürobeamte als ihrer nicht würdig zurückweisen würden.

Die guten Vorsätze drängten sich in seinem Kopf, als stehe sein künftiger Chef vor dem Kanapee und lese sie von seinem Gesicht ab.
In solchen Gedanken schlief Karl ein und nur im ersten Halbschlaf störte ihn noch ein gewaltiges Seufzen Bruneldas, die, scheinbar von schweren Träumen geplagt, sich auf ihrem Lager wälzte.

Das Naturtheater von Oklahoma

Karl sah an einer Straßenecke ein Plakat mit folgender Aufschrift: „Auf dem Rennplatz in Clayton wird heute von sechs Uhr früh bis Mitternacht Personal für das Theater in Oklahoma aufgenommen! Das große Theater von Oklahoma ruft euch! Es ruft nur heute, nur einmal! Wer jetzt die Gelegenheit versäumt, versäumt sie für immer! Wer an seine Zukunft denkt, gehört zu uns! Jeder ist willkommen! Wer Künstler werden will, melde sich! Wir sind das Theater, das jeden brauchen kann, jeden an seinem Ort! Wer sich für uns entschieden hat, den beglückwünschen wir gleich hier! Aber beeilt euch, damit ihr bis Mitternacht vorgelassen werdet! Um zwölf Uhr wird alles geschlossen und nicht mehr geöffnet! Verflucht sei, wer uns nicht glaubt! Auf nach Clayton!“

Es standen zwar viele Leute vor dem Plakat, aber es schien nicht viel Beifall zu finden. Es gab so viel Plakate, Plakaten glaubte niemand mehr. Und dieses Plakat war noch unwahrscheinlicher, als Plakate sonst zu sein pflegen. Vor allem aber hatte es einen großen Fehler, es stand kein Wörtchen von der Bezahlung darin. Wäre sie auch nur ein wenig erwähnungswert gewesen, das Plakat hätte sie gewiß genannt; es hätte das Verlockendste nicht vergessen. Künstler werden wollte niemand, wohl aber wollte jeder für seine Arbeit bezahlt werden.

Für Karl stand aber doch in dem Plakat eine große Verlockung. „Jeder war willkommen“, hieß es. Jeder, also auch Karl. Alles, was er bisher getan hatte, war vergessen, niemand wollte ihm daraus einen Vorwurf machen. Er durfte sich zu einer Arbeit melden, die keine Schande war, zu der man vielmehr öffentlich einladen konnte! Und ebenso öffentlich wurde das Versprechen gegeben, daß man auch ihn annehmen würde. Er verlangte nichts Besseres, er wollte endlich den Anfang einer anständigen Laufbahn finden, und hier zeigte er sich vielleicht. Mochte alles Großsprecherische, das auf dem Plakate stand, eine Lüge sein, mochte das große Theater von Oklahoma ein kleiner Wanderzirkus sein, es wollte Leute aufnehmen, das war genügend. Karl las das Plakat nicht zum zweiten Male, suchte aber noch einmal den Satz: „Jeder ist willkommen“ hervor. Zuerst dachte er daran, zu Fuß nach Clayton zu gehen, aber das wären drei Stunden angestrengten Marsches gewesen, und er wäre dann möglicherweise gerade zurecht gekommen, um zu erfahren, daß man schon alle verfügbaren Stellen besetzt hätte. Nach dem Plakat war allerdings die Zahl der Aufzunehmenden unbegrenzt, aber so waren immer alle derartigen Stellenangebote abgefaßt. Karl sah ein, daß er entweder auf die Stelle verzichten oder fahren mußte. Er überrechnete sein Geld, es hätte ohne diese Fahrt für acht Tage gereicht, er schob die kleinen Münzen auf der flachen Hand hin und her. Ein Herr, der ihn beobachtet hatte, klopfte ihm auf die Schulter und sagte: „Viel Glück zur Fahrt nach Clayton.“

Karl nickte stumm und rechnete weiter. Aber er entschloß sich bald, teilte das für die Fahrt notwendige Geld ab und lief zur Untergrundbahn. Als er in Clayton ausstieg, hörte er gleich den Lärm vieler Trompeten. Es war ein wirrer Lärm, die Trompeten waren nicht gegeneinander abgestimmt, es wurde rücksichtslos geblasen. Aber das störte Karl nicht, es bestätigte ihm vielmehr, daß das Theater von Oklahoma ein großes Unternehmen war. Aber als er aus dem Stationsgebäude trat und die ganze Anlage vor sich überblickte, sah er, daß alles noch größer war, als er nur irgendwie hatte denken können, und er begriff nicht, wie ein Unternehmen nur zu dem Zweck, um Personal zu erhalten, derartige Aufwendungen machen konnte. Vor dem Eingang zum Rennplatz war ein langes, niedriges Podium aufgebaut, auf dem Hunderte von Frauen, als Engel gekleidet, in weißen Tüchern mit großen Flügeln am Rücken, auf langen, goldglänzenden Trompeten bliesen. Sie waren aber nicht unmittelbar auf dem Podium, sondern jede stand auf einem Postament, das aber nicht zu sehen war, denn die langen wehenden Tücher der Engelkleidung hüllten es vollständig ein. Da nun die Postamente sehr hoch, wohl bis zwei Meter hoch waren, sahen die Gestalten der Frauen riesenhaft aus, nur ihre kleinen Köpfe störten ein wenig den Eindruck der Größe, auch ihr gelöstes Haar hing zu kurz und fast lächerlich zwischen den großen Flügeln und an den Seiten hinab. Damit keine Einförmigkeit entstehe, hatte man Postamente in der verschiedensten Größe verwendet; es gab ganz niedrige Frauen, nicht weit über Lebensgröße, aber neben ihnen schwangen sich andere Frauen in solche Höhe hinauf, daß man sie beim leichtesten Windstoß in Gefahr glaubte. Und nun bliesen alle diese Frauen.

Es gab nicht viele Zuhörer. Klein, im Vergleich zu den großen Gestalten, gingen etwa zehn Burschen vor dem Podium hin und her und blickten zu den Frauen hinauf. Sie zeigten einander diese oder jene, sie schienen aber nicht die Absicht zu haben, einzutreten und sich aufnehmen zu lassen. Nur ein einziger älterer Mann war zu sehen, er stand ein wenig abseits. Er hatte gleich auch seine Frau und ein Kind im Kinderwagen mitgebracht. Die Frau hielt mit der einen Hand den Wagen, mit der anderen stützte sie sich auf die Schulter des Mannes. Sie bewunderten zwar das Schauspiel, aber man erkannte doch, daß sie enttäuscht waren. Sie hatten wohl auch erwartet, eine Arbeitsgelegenheit zu finden, dieses Trompetenblasen aber beirrte sie. Karl war in der gleichen Lage. Er trat in die Nähe des Mannes, hörte ein wenig den Trompeten zu und sagte dann: „Hier ist doch die Aufnahmestelle für das Theater von Oklahoma?“

„Ich glaubte es auch“, sagte der Mann, „aber wir warten hier schon seit einer Stunde und hören nichts als die Trompeten. Nirgends ist ein Plakat zu sehen, nirgends ein Ausrufer, nirgends jemand, der Auskunft geben könnte.“

Karl sagte: „Vielleicht wartet man, bis mehr Leute zusammenkommen. Es sind wirklich noch sehr wenig hier."
„Möglich", sagte der Mann, und sie schwiegen wieder. Es war auch schwer, im Lärm der Trompeten etwas zu verstehen. Aber dann flüsterte die Frau etwas ihrem Manne zu, er nickte, und sie rief gleich Karl an: „Könnten Sie nicht in die Rennbahn hinübergehen und fragen, wo die Aufnahme stattfindet?"
„Ja", sagte Karl, „aber ich müßte über das Podium gehen, zwischen den Engeln durch." „Ist das so schwierig?", fragte die Frau.
Für Karl erschien ihr der Weg leicht, ihren Mann aber wollte sie nicht ausschicken.
„Nun ja", sagte Karl, „ich werde gehen."
„Sie sind sehr gefällig", sagte die Frau, und sie wie auch ihr Mann drückten Karl die Hand.
Die Burschen liefen zusammen, um aus der Nähe zu sehen, wie Karl auf das Podium stieg. Es war, als bliesen die Frauen stärker, um den ersten Stellensuchenden zu begrüßen. Diejenigen aber, an deren Postament Karl gerade vorüberging, gaben sogar die Trompeten vom Munde und beugten sich zur Seite, um seinen Weg zu verfolgen. Karl sah auf dem anderen Ende des Podiums einen unruhig auf und ab gehenden Mann, der offenbar nur auf Leute wartete, um ihnen alle Auskunft zu geben, die man nur wünschen konnte. Karl wollte schon auf ihn zugehen, da hörte er über sich seinen Namen rufen.
„Karl!", rief der Engel. Karl sah auf und fing vor freudiger Überraschung zu lachen an. Es war Fanny.
„Fanny!", rief er und grüßte mit der Hand hinauf.
„Komm doch her!", rief Fanny. „Du wirst doch nicht an mir vorüberlaufen!" Und sie schlug die Tücher auseinander, so daß das Postament und eine schmale Treppe, die hinaufführte, freigelegt wurde.
„Ist es erlaubt hinaufzugehen?", fragte Karl.
„Wer will uns verbieten, daß wir einander die Hand drücken!", rief Fanny und blickte sich erzürnt um, ob nicht etwa schon jemand mit dem Verbote käme. Karl lief aber schon die Treppe hinauf. „Langsamer!", rief Fanny. „Das Postament und wir beide stürzen um!" Aber es geschah nichts, Karl kam glücklich bis zur letzten Stufe. „Sieh nur", sagte Fanny, nachdem sie einander begrüßt hatten, „sieh nur, was für eine Arbeit ich bekommen habe."
„Es ist ja schön", sagte Karl und sah sich um. Alle Frauen in der Nähe hatten schon Karl bemerkt und kicherten. „Du bist fast die Höchste", sagte Karl und streckte die Hand aus, um die Höhe der anderen abzumessen.
„Ich habe dich gleich gesehen", sagte Fanny, „als du aus der Station kamst, aber ich bin leider hier in der letzten Reihe, man sieht mich nicht, und rufen

konnte ich auch nicht. Ich habe zwar besonders laut geblasen, aber du hast mich nicht erkannt.“
„Ihr blast ja alle schlecht“, sagte Karl, „laß mich einmal blasen.“
„Aber gewiß“, sagte Fanny und reichte ihm die Trompete, „aber verdirb den Chor nicht, sonst entläßt man mich.“
Karl fing zu blasen an; er hatte gedacht, es sei eine grob gearbeitete Trompete, nur zum Lärmmachen bestimmt, aber nun zeigte es sich, daß es ein Instrument war, das fast jede Feinheit ausführen konnte. Waren alle Instrumente von gleicher Beschaffenheit, so wurde ein großer Mißbrauch mit ihnen getrieben. Karl blies, ohne sich vom Lärm der anderen stören zu lassen, aus voller Brust ein Lied, das er irgendwo in einer Kneipe einmal gehört hatte. Er war froh, eine alte Freundin getroffen zu haben und hier, vor allen bevorzugt, die Trompete blasen zu dürfen und möglicherweise bald eine gute Stellung bekommen zu können. Viele Frauen stellten das Blasen ein und hörten zu; als er plötzlich abbrach, war kaum die Hälfte der Trompeten in Tätigkeit, erst allmählich kam wieder der vollständige Lärm zustande.
„Du bist ja ein Künstler“, sagte Fanny, als Karl ihr die Trompete wieder reichte. „Laß dich als Trompeter aufnehmen.“
„Werden denn auch Männer aufgenommen?“, fragte Karl.
„Ja“, sagte Fanny, „wir blasen zwei Stunden lang. Dann werden wir von Männern, die als Teufel angezogen sind, abgelöst. Die Hälfte bläst, die Hälfte trommelt. Es ist sehr schön, wie überhaupt die ganze Ausstattung sehr kostbar ist. Ist nicht auch unser Kleid sehr schön? und die Flügel?“ Sie sah an sich hinab.
„Glaubst du“, fragte Karl, „daß auch ich noch eine Stelle bekommen werde?“
„Ganz bestimmt“, sagte Fanny, „es ist ja das größte Theater der Welt. Wie gut es sich trifft, daß wir wieder beisammen sein werden. Allerdings kommt es darauf an, welche Stelle du bekommst. Es wäre nämlich auch möglich, daß wir, auch wenn wir beide hier angestellt sind, uns doch gar nicht sähen.“
„Ist denn das Ganze wirklich so groß?“, fragte Karl.
„Es ist das größte Theater der Welt“, sagte Fanny nochmals, „ich habe es allerdings selbst noch nicht gesehen, aber manche meiner Kolleginnen, die schon in Oklahoma waren, sagen, es sei fast grenzenlos.“
„Es melden sich aber wenig Leute“, sagte Karl und zeigte hinunter auf die Burschen und die kleine Familie.
„Das ist wahr“, sagte Fanny. „Bedenke aber, daß wir in allen Städten Leute aufnehmen, daß unsere Werbetruppe immerfort reist und daß es noch viele solcher Truppen gibt.“ „Ist denn das Theater noch nicht eröffnet?“, fragte Karl.
„O ja“, sagte Fanny, „es ist ein altes Theater, aber es wird immerfort vergrößert.“

„Ich wundere mich“, sagte Karl, „daß sich nicht mehr Leute dazu drängen.“
„Ja“, sagte Fanny, „es ist merkwürdig.“
„Vielleicht“, sagte Karl, „schreckt dieser Aufwand an Engeln und Teufeln mehr ab, als er anzieht.“ „Wie du das herausfinden kannst“, sagte Fanny. „Es ist aber möglich. Sag es unserem Führer, vielleicht kannst du ihm dadurch nützen.“ „Wo ist er?“, fragte Karl.
„In der Rennbahn“, sagte Fanny, „auf der Schiedsrichtertribüne.“
„Auch das wundert mich“, sagte Karl, „warum geschieht denn die Aufnahme auf der Rennbahn?“ „Ja“, sagte Fanny, „wir machen überall die größten Vorbereitungen für den größten Andrang. Auf der Rennbahn ist eben viel Platz. Und in allen Ständen, wo sonst die Wetten abgeschlossen werden, sind die Aufnahmekanzleien eingerichtet. Es sollen zweihundert verschiedene Kanzleien sein.“ „Aber“, rief Karl, „hat denn das Theater von Oklahoma so große Einkünfte, um derartige Werbetruppen erhalten zu können?“
„Was kümmert uns denn das?“, sagte Fanny. „Aber nun geh, Karl, damit du nichts versäumst, ich muß auch wieder blasen. Versuche, auf jeden Fall einen Posten bei dieser Truppe zu bekommen, und komm gleich zu mir, es melden. Denke daran, daß ich in großer Unruhe auf die Nachricht warte.“ Sie drückte ihm die Hand, ermahnte ihn zur Vorsicht beim Hinabsteigen, setzte wieder die Trompete an die Lippen, blies aber nicht, ehe sie Karl unten auf dem Boden in Sicherheit sah. Karl legte wieder die Tücher über die Treppe, so wie sie früher gewesen waren, Fanny dankte durch Kopfnicken, und Karl ging, das eben Gehörte nach verschiedenen Richtungen hin überlegend, auf den Mann zu, der schon Karl oben bei Fanny gesehen und sich dem Postament genähert hatte, um ihn zu erwarten.
„Sie wollen bei uns eintreten?“, fragte der Mann. „Ich bin der Personalchef dieser Truppe und heiße Sie willkommen.“ Er war ständig wie aus Höflichkeit ein wenig vorgebeugt, tänzelte, obwohl er sich nicht von der Stelle rührte, und spielte mit seiner Uhrkette.
„Ich danke“, sagte Karl, „ich habe das Plakat Ihrer Gesellschaft gelesen und melde mich, wie es dort verlangt wird.“
„Sehr richtig“, sagte der Mann anerkennend, „leider verhält sich hier nicht jeder so richtig.“ Karl dachte daran, daß er jetzt den Mann darauf aufmerksam machen könnte, daß möglicherweise die Lockmittel der Werbetruppe gerade wegen ihrer Großartigkeit versagten. Aber er sagte es nicht, denn dieser Mann war gar nicht der Führer der Truppe, und außerdem wäre es wenig empfehlend gewesen, wenn er, der noch gar nicht aufgenommen war, gleich Verbesserungsvorschläge gemacht hätte. Darum sagte er nur: „Es wartet draußen noch einer, der sich auch anmelden will und der mich nur vorausgeschickt hat. Darf ich ihn jetzt holen?“
„Natürlich“, sagte der Mann, „je mehr kommen, desto besser.“

„Er hat auch eine Frau bei sich und ein kleines Kind im Kinderwagen. Sollen die auch kommen?“
„Natürlich“, sagte der Mann und schien über Karls Zweifel zu lächeln. „Wir können alle brauchen.“ „Ich bin gleich wieder zurück“, sagte Karl und lief wieder zurück an den Rand des Podiums. Er winkte dem Ehepaar zu und rief, daß alle kommen dürften. Er half, den Kinderwagen auf das Podium heben, und sie gingen nun gemeinsam. Die Burschen, die das sahen, berieten sich miteinander, stiegen dann langsam, bis zum letzten Augenblick noch zögernd, die Hände in den Taschen, auf das Podium hinauf und folgten schließlich Karl und der Familie. Eben kamen aus dem Stationsgebäude der Untergrundbahn neue Passagiere hervor, die, angesichts des Podiums mit den Engeln, staunend die Arme erhoben. Immerhin schien es, als ob die Bewerbung um Stellen nun doch lebhafter werden sollte. Karl war sehr froh, so früh, vielleicht als erster, gekommen zu sein, das Ehepaar war ängstlich und stellte verschiedene Fragen darüber, ob große Anforderungen gestellt würden. Karl sagte, er wisse noch nichts Bestimmtes, er hätte aber wirklich den Eindruck erhalten, daß jeder ohne Ausnahme genommen würde. Er glaube, man dürfe getrost sein. Der Personalchef kam ihnen schon entgegen, war sehr zufrieden, daß so viele kamen, rieb sich die Hände, grüßte jeden einzelnen durch eine kleine Verbeugung und stellte sie alle in eine Reihe. Karl war der erste, dann kam das Ehepaar und dann erst die anderen. Als sie sich alle aufgestellt hatten — die Burschen drängten sich zuerst durcheinander, und es dauerte ein Weilchen, ehe bei ihnen Ruhe eintrat –, sagte der Personalchef, während die Trompeten verstummten: „Im Namen des Theaters von Oklahoma begrüße ich Sie. Sie sind früh gekommen“ (es war aber schon bald Mittag), „das Gedränge ist noch nicht groß, die Formalitäten Ihrer Aufnahme werden daher bald erledigt sein. Sie haben natürlich alle Ihre Legitimationspapiere bei sich.“
Die Burschen holten gleich irgendwelche Papiere aus den Taschen und schwenkten sie gegen den Personalchef hin, der Ehemann stieß seine Frau an, die unter dem Federbett des Kinderwagens ein ganzes Bündel Papiere hervorzog. Karl allerdings hatte keine. Sollte das ein Hindernis für seine Aufnahme werden? Immerhin wußte Karl aus Erfahrung, daß sich derartige Vorschriften, wenn man nur ein wenig entschlossen ist, leicht umgehen lassen. Es war nicht unwahrscheinlich. Der Personalchef überblickte die Reihe, vergewisserte sich, daß alle Papiere hatten, und da auch Karl die Hand, allerdings die leere Hand erhob, nahm er an, auch bei ihm sei alles in Ordnung.
„Es ist gut“, sagte dann der Personalchef und winkte den Burschen ab, die ihre Papiere gleich untersucht haben wollten, „die Papiere werden jetzt in den Aufnahmekanzleien überprüft werden. Wie Sie schon aus unserem Plakat gesehen haben, können wir jeden brauchen. Wir müssen aber natürlich

wissen, welchen Beruf er bisher ausgeübt hat, damit wir ihn an den richtigen Ort stellen können, wo er seine Kenntnisse verwerten kann."

„Es ist ja ein Theater", dachte Karl zweifelnd und hörte sehr aufmerksam zu.

„Wir haben daher", fuhr der Personalchef fort, „in den Buchmacherbuden Aufnahmekanzleien eingerichtet, je eine Kanzlei für eine Berufsgruppe. Jeder von ihnen wird mir also jetzt seinen Beruf angeben, die Familie gehört im allgemeinen zur Aufnahmekanzlei des Mannes. Ich werde Sie dann zu den Kanzleien führen, wo zuerst Ihre Papiere und dann Ihre Kenntnisse von Fachmännern überprüft werden sollen, es wird nur eine ganz kurze Prüfung sein, niemand muß sich fürchten. Dort werden Sie dann auch gleich aufgenommen werden und die weiteren Weisungen erhalten. Fangen wir also an. Hier, die erste Kanzlei, ist, wie schon die Aufschrift sagt, für Ingenieure bestimmt. Ist vielleicht ein Ingenieur unter Ihnen?" Karl meldete sich. Er glaubte, gerade weil er keine Papiere hatte, müsse er bestrebt sein, alle Formalitäten möglichst rasch durchzujagen, eine kleine Berechtigung, sich zu melden, hatte er auch, denn er hatte ja Ingenieur werden wollen. Aber als die Burschen sahen, daß Karl sich meldete, wurden sie neidisch und meldeten sich auch alle; alle meldeten sich. Der Personalchef streckte sich in die Höhe und sagte zu den Burschen: „Sie sind Ingenieur?" Da senkten sie alle langsam die Hände, Karl dagegen bestand auf seiner ersten Meldung. Der Personalchef sah ihn zwar ungläubig an, denn Karl schien ihm zu kläglich angezogen und auch zu jung, um Ingenieur sein zu können, aber er sagte doch nichts weiter, vielleicht aus Dankbarkeit, weil Karl ihm, wenigstens seiner Meinung nach, die Bewerber hereingeführt hatte. Er zeigte bloß einladend nach der Kanzlei, und Karl ging hin, während sich der Personalchef den anderen zuwandte.

In der Kanzlei für Ingenieure saßen an den zwei Seiten eines rechtwinkeligen Pultes zwei Herren und verglichen zwei große Verzeichnisse, die vor ihnen lagen. Der eine las vor, der andere strich in seinem Verzeichnis die vorgelesenen Namen an. Als Karl grüßend vor sie hintrat, legten sie sofort die Verzeichnisse fort und nahmen andere große Bücher vor, die sie aufschlugen. Der eine, offenbar nur ein Schreiber, sagte: „Ich bitte um Ihre Legitimationspapiere." „Ich habe sie leider nicht bei mir", sagte Karl.

„Er hat sie nicht bei sich", sagte der Schreiber zu dem anderen Herrn und schrieb die Antwort gleich in sein Buch ein.

„Sie sind Ingenieur?", fragte dann der andere, der der Leiter der Kanzlei zu sein schien.

„Ich bin es noch nicht", sagte Karl schnell, „aber –"

„Genug", sagte der Herr noch viel schneller, „dann gehören Sie nicht zu uns. Ich bitte, die Aufschrift zu beachten." Karl biß die Zähne zusammen, der Herr mußte es bemerkt haben, denn er sagte: „Es ist kein Grund zur Unruhe. Wir können alle brauchen." Und er winkte einem der Diener, die

beschäftigungslos zwischen den Barrieren umhergingen: „Führen Sie diesen Herrn zu der Kanzlei für Leute mit technischen Kenntnissen.“
Der Diener faßte den Befehl wörtlich auf und faßte Karl bei der Hand. Sie gingen zwischen vielen Buden durch, in einer sah Karl schon einen der Burschen, der schon aufgenommen war und den Herren dort dankend die Hand drückte. In der Kanzlei, in die Karl jetzt gebracht wurde, war, wie Karl vorausgesehen hatte, der Vorgang ähnlich wie in der ersten Kanzlei. Nur schickte man ihn von hier, da man hörte, daß er eine Mittelschule besucht hatte, in die Kanzlei für gewesene Mittelschüler. Als Karl dort aber sagte, er hätte eine europäische Mittelschule besucht, erklärte man sich auch dort für unzuständig und ließ ihn in die Kanzlei für europäische Mittelschüler führen. Es war eine Bude am äußeren Rand, nicht nur kleiner, sondern sogar niedriger als alle anderen. Der Diener, der ihn hierher gebracht hatte, war wütend über die lange Führung und die vielen Abweisungen, an denen seiner Meinung nach Karl allein die Schuld tragen müßte. Er wartete nicht mehr die Fragen ab, sondern lief gleich fort. Diese Kanzlei war wohl auch die letzte Zuflucht. Als Karl den Kanzleileiter erblickte, erschrak er fast über die Ähnlichkeit, die dieser mit einem Professor hatte, der wahrscheinlich noch jetzt an der Realschule zu Hause unterrichtete. Die Ähnlichkeit bestand allerdings, wie sich gleich herausstellte, nur in Einzelheiten; aber die auf der breiten Nase ruhende Brille, der blonde, wie ein Schaustück gepflegte Vollbart, der sanft gebeugte Rücken und die immer unerwartet hervorbrechende laute Stimme hielten Karl noch einige Zeit in Staunen. Glücklicherweise mußte er auch nicht sehr aufmerken, denn es ging hier einfacher zu als in den anderen Kanzleien. Es wurde zwar auch hier eingetragen, daß seine Legitimationspapiere fehlten, und der Kanzleileiter nannte es eine unbegreifliche Nachlässigkeit, aber der Schreiber, der hier die Oberhand hatte, ging schnell darüber hinweg und erklärte nach einigen kurzen Fragen des Leiters, während sich dieser gerade zu einer größeren Frage anschickte, Karl für aufgenommen. Der Leiter wandte sich mit offenem Mund gegen den Schreiber, dieser aber machte eine abschließende Handbewegung, sagte: „Aufgenommen“ und trug auch gleich die Entscheidung ins Buch ein. Offenbar war der Schreiber der Meinung, ein europäischer Mittelschüler zu sein, sei schon etwas so Schmähliches, daß man es jedem, der es von sich behauptete, ohne weiteres glauben könnte. Karl für seinen Teil hatte nichts dagegen einzuwenden, er ging zu ihm hin und wollte ihm danken. Es gab aber noch eine kleine Verzögerung, als man ihn jetzt nach seinem Namen fragte. Er antwortete nicht gleich, er hatte eine Scheu, seinen wirklichen Namen zu nennen und aufschreiben zu lassen. Sobald er hier auch nur die kleinste Stelle erhalten und zur Zufriedenheit ausfüllen würde, dann mochte man seinen Namen erfahren, jetzt aber nicht; allzulange hatte er ihn verschwiegen, als daß er ihn jetzt hätte verraten sollen.

Er nannte daher, da ihm im Augenblick kein anderer Name einfiel, den Rufnamen aus seinen letzten Stellungen: „Negro.“
„Negro?“, fragte der Leiter, drehte den Kopf und machte eine Grimasse, als hätte Karl jetzt den Höhepunkt der Unglaubwürdigkeit erreicht. Auch der Schreiber sah Karl eine Weile lang prüfend an, dann aber wiederholte er „Negro“ und schrieb den Namen ein. „Sie haben doch nicht Negro aufgeschrieben?“, fuhr ihn der Leiter an.
„Ja, Negro“, sagte der Schreiber ruhig und machte eine Handbewegung, als habe nun der Leiter das Weitere zu veranlassen. Der Leiter bezwang sich auch, stand auf und sagte: „Sie sind also für das Theater von Oklahoma –“, aber weiter kam er nicht, er konnte nichts gegen sein Gewissen tun, setzte sich und sagte: „Er heißt nicht Negro.“
Der Schreiber zog die Augenbrauen in die Höhe, stand nun selbst auf und sagte: „Dann teile also ich Ihnen mit, daß Sie für das Theater in Oklahoma aufgenommen sind und daß man Sie jetzt unserem Führer vorstellen wird.“
Wieder wurde ein Diener gerufen, der Karl zur Schiedsrichtertribüne führte. Unten an der Treppe sah Karl den Kinderwagen, und gerade kam auch das Ehepaar herunter, die Frau mit dem Kind auf dem Arm.
„Sind Sie aufgenommen?“, fragte der Mann, er war viel lebhafter als früher, auch die Frau sah ihm lachend über die Schulter. Als Karl antwortete, eben sei er aufgenommen worden und gebe zur Vorstellung, sagte der Mann: „Dann gratuliere ich. Auch wir sind aufgenommen worden. Es scheint ein gutes Unternehmen zu sein, allerdings kann man sich nicht gleich in alles einfinden, so ist es aber überall.“ Sie sagten einander noch „Auf Wiedersehen“, und Karl stieg zur Tribüne hinauf. Er ging langsam, denn der kleine Raum oben schien von Leuten überfüllt zu sein, und er wollte sich nicht eindrängen. Er blieb sogar stehen und überblickte das große Rennfeld, das auf allen Seiten bis an ferne Wälder reichte. Ihn erfaßte die Lust, einmal ein Pferderennen zu sehen, er hatte in Amerika noch keine Gelegenheit dazu gefunden. In Europa war er einmal als kleines Kind zu einem Rennen mitgenommen worden, konnte sich aber an nichts anderes erinnern, als daß er von der Mutter zwischen vielen Menschen, die nicht auseinanderweichen wollten, durchgezogen worden war. Er hatte also eigentlich überhaupt noch kein Rennen gesehen. Hinter ihm fing eine Maschinerie zu schnurren an, er drehte sich um und sah auf dem Apparat, auf dem beim Rennen die Namen der Sieger veröffentlicht werden, jetzt folgende Aufschrift in die Höhe ziehen: „Kaufmann Kalla mit Frau und Kind“. Hier wurden also die Namen der Aufgenommenen den Kanzleien mitgeteilt.
Gerade liefen einige Herren, lebhaft miteinander sprechend, Bleistifte und Notizblätter in den Händen, die Treppe hinunter, Karl drückte sich ans Geländer, um sie vorbeizulassen, und stieg, da nun oben Platz geworden war, hinauf. In einer Ecke der mit Holzgeländern versehenen Plattform — das

Ganze sah wie das flache Dach eines schmalen Turmes aus — saß, die Arme entlang des Holzgeländers ausgestreckt, ein Herr, dem ein breites weißes Seidenband mit der Aufschrift: „Führer der zehnten Werbetruppe des Theaters von Oklahoma“ quer über die Brust hing. Neben ihm stand auf einem Tischchen ein gewiß auch bei den Rennen verwendeter telephonischer Apparat, durch den der Führer offenbar alle notwendigen Angaben über die einzelnen Bewerber noch vor der Vorstellung erfuhr, denn er stellte Karl zunächst gar keine Fragen, sondern sagte zu einem Herrn, der mit gekreuzten Beinen, die Hand am Kinn, neben ihm lehnte: „Negro, ein europäischer Mittelschüler.“

Und als sei damit der sich tief verneigende Karl für ihn erledigt, sah er die Treppe hinunter, ob nicht wieder jemand käme. Aber da niemand kam, hörte er manchmal dem Gespräch, das der andere Herr mit Karl führte, zu, blickte aber meistens über das Rennfeld hin und klopfte mit den Fingern auf das Geländer. Diese zarten und doch kräftigen, langen und schnell bewegten Finger lenkten zeitweilig Karls Aufmerksamkeit auf sich, obwohl ihn der andere Herr genügend in Anspruch nahm.

„Sie sind stellungslos gewesen?“, fragte dieser Herr zunächst. Diese Frage, sowie fast alle anderen Fragen, die er stellte, waren sehr einfach, ganz unverfänglich, und die Antworten wurden überdies nicht durch Zwischenfragen nachgeprüft; trotzdem aber wußte ihnen der Herr durch die Art, wie er sie mit großen Augen aussprach, wie er ihre Wirkung mit vorgebeugtem Oberkörper beobachtete, wie er die Antworten mit auf die Brust gesenktem Kopfe aufnahm und hie und da laut wiederholte, eine besondere Bedeutung zu geben, die man zwar nicht verstand, deren Ahnung aber vorsichtig und befangen machte. Es kam öfters vor, daß es Karl drängte, die gegebene Antwort zu widerrufen und durch eine andere, die vielleicht mehr Beifall finden würde, zu ersetzen, aber er hielt sich doch immer noch zurück, denn er wußte, welch schlechten Eindruck ein derartiges Schwanken machen mußte, und wie unberechenbar überdies die Wirkung der Antworten meist war. Überdies aber schien ja seine Aufnahme schon entschieden zu sein, dieses Bewußtsein gab ihm Rückhalt. Die Frage, ob er stellungslos gewesen sei, beantwortete er mit einem einfachen „Ja.“

„Wo waren Sie zuletzt angestellt?“, fragte dann der Herr. Karl wollte schon antworten, da hob der Herr den Zeigefinger und sagte noch einmal: „Zuletzt!“

Karl hatte auch schon die erste Frage richtig verstanden, unwillkürlich schüttelte er die letzte Bemerkung als beirrend mit dem Kopfe ab und antwortete: „In einem Büro.“

Das war noch die Wahrheit, würde aber der Herr eine nähere Auskunft über die Art des Büros verlangen, so mußte er lügen. Aber das tat der Herr nicht,

sondern stellte die überaus leicht ganz wahrheitsgemäß zu beantwortende Frage: „Waren Sie dort zufrieden?“
„Nein!“, rief Karl, ihm fast in die Rede fallend. Bei einem Seitenblick bemerkte Karl, daß der Führer ein wenig lächelte. Karl bereute die unbedachte Art seiner letzten Antwort, aber es war zu verlockend gewesen, das Nein hinauszuschreien, denn während seiner ganzen letzten Dienstzeit hatte er nur den größten Wunsch gehabt, irgendein fremder Dienstgeber möge einmal eintreten und diese Frage an ihn richten. Seine Antwort konnte aber noch einen anderen Nachteil bringen, denn der Herr konnte nun fragen, warum er nicht zufrieden gewesen sei. Statt dessen fragte er jedoch: „Zu welchem Posten fühlen Sie sich geeignet?“ Diese Frage enthielt möglicherweise wirklich eine Falle, denn wozu wurde sie gestellt, da Karl doch schon als Schauspieler aufgenommen war? Obwohl er das aber erkannte, konnte er sich dennoch nicht zu der Erklärung überwinden, er fühle sich für den Schauspielerberuf besonders geeignet. Er wich daher der Frage aus und sagte, auf die Gefahr hin, trotzig zu erscheinen: „Ich habe das Plakat in der Stadt gelesen, und da dort stand, daß man jeden brauchen kann, habe ich mich gemeldet.“
„Das wissen wir“, sagte der Herr, schwieg und zeigte dadurch, daß er auf seiner früheren Frage beharrte.
„Ich bin als Schauspieler aufgenommen“, sagte Karl zögernd, um dem Herrn die Schwierigkeit, in die ihn die letzte Frage gebracht hatte, begreiflich zu machen.
„Das ist richtig“, sagte der Herr und verstummte wieder.
„Nein“, sagte Karl, und die ganze Hoffnung, einen Posten gefunden zu haben, kam ins Wanken, „ich weiß nicht, ob ich zum Theaterspielen geeignet bin. Ich will mich aber anstrengen und alle Aufträge auszuführen suchen.“
Der Herr wandte sich dem Leiter zu, beide nickten, Karl schien richtig geantwortet zu haben, er faßte wieder Mut und erwartete aufgerichtet die nächste Frage. Die lautete: „Was wollten Sie denn ursprünglich studieren?“
Um die Frage genauer zu bestimmen — an der genauen Bestimmung lag dem Herrn immer sehr viel — fügte er hinzu: „In Europa, meine ich.“ Hierbei nahm er die Hand vom Kinn und machte eine schwache Bewegung, als wolle er damit gleichzeitig andeuten, wie ferne Europa und wie bedeutungslos die dort einmal gefaßten Pläne seien.
Karl sagte: „Ich wollte Ingenieur werden.“ Diese Antwort widerstrebte ihm zwar, es war lächerlich, im vollen Bewußtsein seiner bisherigen Laufbahn in Amerika die alte Erinnerung, daß er einmal habe Ingenieur werden wollen, hier aufzufrischen — wäre er es denn selbst in Europa jemals geworden? –, aber er wußte gerade keine andere Antwort und sagte deshalb diese.
Aber der Herr nahm es ernst, wie er alles ernst nahm. „Nun, Ingenieur“, sagte er, „können Sie wohl nicht gleich werden, vielleicht würde es Ihnen

aber vorläufig entsprechen, irgendwelche niedrigere technische Arbeiten auszuführen."

„Gewiß", sagte Karl, er war sehr zufrieden, er wurde zwar, wenn er das Angebot annahm, aus dem Schauspielerstand unter die technischen Arbeiter geschoben, aber er glaubte tatsächlich, sich bei dieser Arbeit besser bewähren zu können. Übrigens, dies wiederholte er sich immer wieder, es kam nicht so sehr auf die Art der Arbeit an, als vielmehr darauf, sich überhaupt irgendwo dauernd festzuhalten.

„Sind Sie denn kräftig genug für schwerere Arbeit?", fragte der Herr.

„O ja", sagte Karl.

Hierauf ließ der Herr Karl näher zu sich herankommen — und befühlte seinen Arm.

„Es ist ein kräftiger Junge", sagte er dann, indem er Karl am Arm zum Führer hinzog. Der Führer nickte lächelnd, reichte, ohne sich übrigens aus seiner Ruhelage aufzurichten, Karl die Hand und sagte: „Dann sind wir also fertig. In Oklahoma wird alles noch überprüft werden. Machen Sie unserer Werbetruppe Ehre!"

Karl verbeugte sich zum Abschied, er wollte sich dann auch von dem anderen Herrn verabschieden, dieser aber spazierte schon, als sei er mit seiner Arbeit vollständig fertig, das Gesicht in die Höhe gerichtet, auf der Plattform auf und ab. Während Karl hinunterstieg, wurde zur Seite der Treppe auf der Anzeigetafel die Aufschrift hochgezogen: „Negro, technischer Arbeiter."

Da alles hier seinen ordentlichen Gang nahm, hätte es Karl nicht mehr so sehr bedauert, wenn auf der Tafel sein wirklicher Name zu lesen gewesen wäre. Es war alles sogar überaus sorgfältig eingerichtet, denn am Fuß der Treppe wurde Karl schon von einem Diener erwartet, der ihm eine Binde um den Arm festmachte. Als Karl dann den Arm hob, um zu sehen, was auf der Binde stand, war dort der ganz richtige Aufdruck „Technischer Arbeiter."

Wohin Karl nun aber geführt werden mochte, zuerst wollte er doch Fanny melden, wie glücklich alles abgelaufen war. Aber zu seinem Bedauern erfuhr er vom Diener, daß die Engel ebenso wie auch die Teufel schon nach dem nächsten Bestimmungsort der Werbetruppe abgereist seien, um dort die Ankunft der Truppe für den nächsten Tag bekanntzumachen.

„Schade", sagte Karl, es war die erste Enttäuschung, die er in diesem Unternehmen erlebte, „ich hatte eine Bekannte unter den Engeln."

„Sie werden sie in Oklahoma wiedersehen", sagte der Diener, „nun aber kommen Sie, Sie sind der letzte."

Er führte Karl an der hinteren Seite des Podiums entlang, auf dem früher die Engel gestanden waren; jetzt waren dort nur mehr die leeren Postamente. Karls Annahme aber, daß ohne die Musik der Engel mehr Stellensuchende kommen würden, erwies sich nicht als richtig, denn vor dem Podium standen jetzt überhaupt keine Erwachsenen mehr, nur ein paar Kinder kämpften um eine lange weiße Feder, die wahrscheinlich aus einem Engelsflügel gefallen war. Ein Junge hielt sie in die Höhe, während die anderen Kinder mit einer Hand seinen Kopf niederdrücken wollten und mit der anderen Hand nach der Feder langten.

Karl zeigte auf die Kinder, der Diener aber sagte, ohne hinzusehen: „Kommen Sie rascher, es hat sehr lange gedauert, ehe Sie aufgenommen wurden. Man hatte wohl Zweifel."

„Ich weiß nicht", sagte Karl erstaunt, er glaubte es aber nicht. Immer, selbst bei den klarsten Verhältnissen, fand sich doch irgend jemand, der seinem Mitmenschen Sorgen machen wollte. Aber vor dem freundlichen Anblick der großen Zuschauertribüne, zu der sie jetzt kamen, vergaß Karl bald die Bemerkung des Dieners. Auf dieser Tribüne war nämlich eine große, lange Bank, mit einem weißen Tuch gedeckt, alle Aufgenommenen saßen, mit dem Rücken zur Rennbahn, auf der nächst tieferen Bank und wurden bewirtet. Alle waren fröhlich und aufgeregt, gerade als sich Karl unbemerkt als letzter auf die Bank setzte, standen viele mit erhobenen Gläsern auf, und einer hielt einen Trinkspruch auf den Führer der zehnten Werbetruppe, den er den „Vater der Stellensuchenden", nannte. Jemand machte darauf aufmerksam, daß man ihn auch von hier aus sehen könne, und tatsächlich war die Schiedsrichtertribüne mit den zwei Herren in nicht allzu großer Entfernung sichtbar. Nun schwenkten alle ihre Gläser in diese Richtung, auch Karl faßte das vor ihm stehende Glas, aber so laut man auch rief und so sehr man sich bemerkbar zu machen suchte, auf der Schiedsrichtertribüne deutete nichts darauf hin, daß man die Ovation bemerkte oder wenigstens bemerken wolle. Der Führer lehnte in der Ecke wie früher, und der andere Herr stand neben ihm, die Hand am Kinn. Ein wenig enttäuscht setzte man sich wieder, hie und da drehte sich noch einer nach der Schiedsrichtertribüne um, aber bald beschäftigte man sich nur mit dem reichlichen Essen; großes Geflügel, wie es Karl noch nie gesehen hatte, mit vielen Gabeln in dem knusprig gebratenen Fleisch, wurde herumgetragen, Wein wurde immer wieder von den Dienern eingeschenkt — man merkte es kaum, man war über seinen Teller gebückt, und in den Becher fiel der Strahl des roten Weines –, und wer sich an der allgemeinen Unterhaltung nicht beteiligen wollte, konnte Bilder von Ansichten des Theaters von Oklahoma besichtigen, die an einem Ende der Tafel aufgestapelt waren und von Hand zu Hand gehen sollten. Doch kümmerte man sich nicht viel um die Bilder, und so geschah es, daß bei Karl, der der letzte war, nur ein Bild ankam. Nach diesem Bild zu schließen, mußten aber alle sehr sehenswert sein. Dieses Bild stellte die Loge des Präsidenten der Vereinigten Staaten dar. Beim ersten Anblick konnte man denken, es sei nicht eine Loge, sondern die Bühne, so weit geschwungen ragte die Brüstung in den freien Raum. Diese Brüstung war ganz aus Gold in

allen ihren Teilen. Zwischen den wie mit der feinsten Schere ausgeschnittenen Säulchen waren nebeneinander Medaillons früherer Präsidenten angebracht, einer hatte eine auffallend gerade Nase, aufgeworfene Lippen und unter gewölbten Lidern starr gesenkte Augen. Rings um die Loge, von den Seiten und von der Höhe, kamen Strahlen von Licht; weißes und doch mildes Licht enthüllte förmlich den Vordergrund der Loge, während ihre Tiefe hinter rotem, unter vielen Tönungen sich faltendem Samt, der an der ganzen Umrandung niederfiel und durch Schnüre gelenkt wurde, als eine dunkle, rötlich schimmernde Leere erschien. Man konnte sich in dieser Loge kaum Menschen vorstellen, so selbstherrlich sah alles aus. Karl vergaß das Essen nicht, sah aber doch oft die Abbildung an, die er neben seinen Teller gelegt hatte.
Schließlich hätte er doch noch sehr gerne wenigstens eines der übrigen Bilder angesehen, selbst holen wollte er es sich aber nicht, denn ein Diener hatte die Hand auf den Bildern liegen und die Reihenfolge mußte wohl gewahrt werden; er suchte also nur die Tafel zu überblicken und festzustellen, ob sich nicht doch noch ein Bild nähere. Dabei merkte er staunend — zuerst glaubte er es gar nicht — unter den am tiefsten zum Essen gebeugten Gesichtern ein gut bekanntes: Giacomo. Gleich lief er zu ihm hin. „Giacomo!“, rief er.
Dieser, schüchtern wie immer, wenn er überrascht wurde, erhob sich vom Essen, drehte sich in dem schmalen Raum zwischen den Bänken, wischte mit der Hand den Mund, war dann aber sehr froh, Karl zu sehen, bat ihn, sich neben ihn zu setzen, oder bot sich an, zu Karls Platz hinüberzukommen; sie wollten einander alles erzählen und immer beisammen bleiben. Karl wollte die anderen nicht stören, jeder sollte deshalb vorläufig seinen Platz behalten, das Essen werde bald zu Ende sein, und dann wollten sie natürlich immer zueinander halten. Aber Karl blieb doch noch bei Giacomo, nur um ihn anzusehen. Was für Erinnerungen an vergangene Zeiten! Wo war die Oberköchin? Was machte Therese, Giacomo selbst hatte sich in seinem Äußeren fast gar nicht verändert, die Voraussage der Oberköchin, daß er in einem halben Jahr ein knochiger Amerikaner werden müsse, war nicht eingetroffen, er war zart wie früher, die Wangen eingefallen wie früher, augenblicklich allerdings waren sie gerundet, denn er hatte im Mund einen übergroßen Bissen Fleisch, aus dem er die überflüssigen Knochen langsam herauszog, um sie dann auf den Teller zu werfen. Wie Karl an seiner Armbinde ablesen konnte, war auch Giacomo nicht als Schauspieler, sondern als Liftjunge aufgenommen, das Theater von Oklahoma schien wirklich jeden brauchen zu können! In den Anblick Giacomos verloren, blieb aber Karl allzulange von seinem Platze fort. Eben wollte er zurückkehren, da kam der Personalchef, stellte sich auf eine der höher gelegenen Bänke, klatschte in die Hände und hielt eine kleine Ansprache, während die meisten

aufstanden, und die Sitzengebliebenen, die sich nicht vom Essen trennen konnten, durch Stöße der anderen schließlich auch zum Aufstehen gezwungen wurden.
„Ich will hoffen“, sagte er, Karl war inzwischen schon auf den Fußspitzen zu seinem Platz zurückgelaufen, „daß Sie mit unserem Empfangsessen zufrieden waren. Im allgemeinen lobt man das Essen unserer Werbetruppe. Leider muß ich die Tafel schon aufheben, denn der Zug, der Sie nach Oklahoma bringen soll, fährt in fünf Minuten. Es ist zwar eine lange Reise, Sie werden aber sehen, daß für Sie gut gesorgt ist. Hier stelle ich Ihnen den Herrn vor, der Ihren Reisetransport führen wird und dem Sie Gehorsam schulden.“
Ein magerer, kleiner Herr erkletterte die Bank, auf welcher der Personalchef stand, nahm sich kaum Zeit, eine flüchtige Verbeugung zu machen, sondern begann sofort mit ausgestreckten nervösen Händen zu zeigen, wie sie sich alle sammeln, ordnen und in Bewegung setzen sollten. Aber zunächst folgte man ihm nicht, denn derjenige aus der Gesellschaft, der schon früher eine Rede gehalten hatte, schlug mit der Hand auf den Tisch und begann eine längere Dankrede, obwohl — Karl wurde ganz unruhig — eben gesagt worden war, daß der Zug bald abfahre. Aber der Redner achtete nicht einmal darauf, daß auch der Personalchef nicht zuhörte, sondern dem Transportleiter verschiedene Anweisungen gab, er legte seine Rede groß an, zählte alle Gerichte auf, die aufgetragen worden waren, gab über jedes sein Urteil ab, und schloß dann zusammenfassend mit dem Ausruf: „Geehrte Herren, so gewinnt man uns!“ Alle außer den Angesprochenen lachten, aber es war doch mehr Wahrheit als Scherz.
Diese Rede büßte man überdies damit, daß jetzt der Weg zur Bahn im Laufschritt gemacht werden mußte. Das war aber auch nicht sehr schwer, denn — Karl bemerkte es erst jetzt — niemand trug ein Gepäckstück; das einzige Gepäckstück war eigentlich der Kinderwagen, der jetzt an der Spitze der Truppe, vom Vater gelenkt, wie haltlos auf und nieder sprang. Was für besitzlose, verdächtige Leute waren hier zusammengekommen und wurden doch so gut empfangen und behütet! Und dem Transportleiter mußten sie geradezu ans Herz gelegt worden sein. Bald faßte er selbst mit einer Hand die Lenkstange des Kinderwagens und erhob die andere, um die Truppe aufzumuntern, bald war er hinter der letzten Reihe, die er antrieb, bald lief er an den Seiten entlang, faßte einzelne Langsamere aus der Mitte ins Auge und suchte ihnen mit schwingenden Armen darzustellen, wie sie laufen müßten.
Als sie auf dem Bahnhof ankamen, stand der Zug schon bereit. Die Leute auf dem Bahnhof zeigten einander die Truppe, man hörte Ausrufe wie: „Alle diese gehören zum Theater von Oklahoma!“, das Theater schien viel bekannter zu sein, als Karl angenommen hatte, allerdings hatte er sich um Theaterdinge niemals gekümmert. Ein ganzer Waggon war eigens für die

Truppe bestimmt, der Transportleiter drängte zum Einsteigen mehr als der Schaffner. Er sah zuerst in jede einzelne Abteilung, ordnete hie und da etwas, und erst dann stieg er selbst ein. Karl hatte zufällig einen Fensterplatz bekommen und Giacomo neben sich gezogen. So saßen sie aneinandergedrängt und freuten sich im Grunde beide auf die Fahrt. So sorgenlos hatten sie in Amerika noch keine Reise gemacht. Als der Zug zu fahren begann, winkten sie mit den Händen aus dem Fenster, während die Burschen ihnen gegenüber einander anstießen und es lächerlich fanden.
Sie fahren zwei Tage und zwei Nächte. Jetzt erst begriff Karl die Größe Amerikas. Unermüdlich sah er aus dem Fenster, und Giacomo drängte sich so lange mit heran, bis die Burschen gegenüber, die sich viel mit Kartenspiel beschäftigten, dessen überdrüssig wurden und ihm freiwillig den Fensterplatz einräumten. Karl dankte ihnen — Giacomos Englisch war nicht jedem verständlich –, und sie wurden im Laufe der Zeit, wie es unter Coupégenossen nicht anders sein kann, viel freundlicher; doch war auch ihre Freundlichkeit oft lästig, da sie zum Beispiel immer, wenn ihnen eine Karte auf den Boden fiel und sie den Boden nach ihr absuchten, Karl oder Giacomo mit aller Kraft ins Bein zwickten. Giacomo schrie dann, immer von neuem überrascht, und zog das Bein in die Höhe, Karl versuchte einmal, mit einem Fußtritt zu antworten, duldete aber im übrigen alles schweigend. Alles, was ich in dem kleinen, selbst bei offenem Fenster von Rauch überfüllten Coupé ereignete, verging vor dem, was draußen zu sehen war.
Am ersten Tag fuhren sie durch ein hohes Gebirge. Bläulich-schwarze Steinmassen gingen in spitzen Keilen bis an den Zug heran, man beugte sich aus dem Fenster und suchte vergebens ihre Gipfel, dunkle, schmale, zerrissene Täler öffneten sich, man beschrieb mit dem Finger die Richtung, in der sie sich verloren, breite Bergströme kamen, als große Wellen auf dem hügeligen Untergrund eilend und in sich tausend kleine Schaumwellen treibend, sie stürzten sich unter die Brücken, über die der Zug fuhr, und sie waren so nah, daß der Hauch ihrer Kühle das Gesicht erschauern machte.

Der Prozeß

Page intentionally left blank.

Erstes Kapitel

Verhaftung — Gespräch mit Frau Grubach — Dann Fräulein Bürstner

Jemand mußte Josef K. verleumdet haben, denn ohne daß er etwas Böses getan hätte, wurde er eines Morgens verhaftet. Die Köchin der Frau Grubach, seiner Zimmervermieterin, die ihm jeden Tag gegen acht Uhr früh das Frühstück brachte, kam diesmal nicht. Das war noch niemals geschehen. K. wartete noch ein Weilchen, sah von seinem Kopfkissen aus die alte Frau, die ihm gegenüber wohnte und die ihn mit einer an ihr ganz ungewöhnlichen Neugierde beobachtete, dann aber, gleichzeitig befremdet und hungrig, läutete er. Sofort klopfte es und ein Mann, den er in dieser Wohnung noch niemals gesehen hatte, trat ein. Er war schlank und doch fest gebaut, er trug ein anliegendes schwarzes Kleid, das, ähnlich den Reiseanzügen, mit verschiedenen Falten, Taschen, Schnallen, Knöpfen und einem Gürtel versehen war und infolgedessen, ohne daß man sich darüber klar wurde, wozu es dienen sollte, besonders praktisch erschien. „Wer sind Sie?“, fragte K. und saß gleich halb aufrecht im Bett. Der Mann aber ging über die Frage hinweg, als müsse man seine Erscheinung hinnehmen, und sagte bloß seinerseits: „Sie haben geläutet?“ „Anna soll mir das Frühstück bringen“, sagte K. und versuchte, zunächst stillschweigend, durch Aufmerksamkeit und Überlegung festzustellen, wer der Mann eigentlich war. Aber dieser setzte sich nicht allzulange seinen Blicken aus, sondern wandte sich zur Tür, die er ein wenig öffnete, um jemandem, der offenbar knapp hinter der Tür stand, zu sagen: „Er will, daß Anna ihm das Frühstück bringt.“ Ein kleines Gelächter im Nebenzimmer folgte, es war nach dem Klang nicht sicher, ob nicht mehrere Personen daran beteiligt waren. Obwohl der fremde Mann dadurch nichts erfahren haben konnte, was er nicht schon früher gewußt hätte, sagte er nun doch zu K. im Tone einer Meldung: „Es ist unmöglich“. „Das wäre neu“, sagte K., sprang aus dem Bett und zog rasch seine Hosen an. „Ich will doch sehen, was für Leute im Nebenzimmer sind und wie Frau Grubach diese Störung mir gegenüber verantworten wird.“ Es fiel ihm zwar gleich ein, daß er das nicht hätte laut sagen müssen und daß er dadurch gewissermaßen ein Beaufsichtigungsrecht des Fremden anerkannte, aber es schien ihm jetzt nicht wichtig. Immerhin faßte es der Fremde so auf, denn er sagte: „Wollen Sie nicht lieber hierbleiben?“ „Ich will weder hierbleiben, noch von Ihnen angesprochen werden, solange Sie sich mir nicht vorstellen.“ „Es war gut gemeint“, sagte der Fremde und öffnete nun freiwillig die Tür. Im Nebenzimmer, in das K. langsamer eintrat, als er wollte, sah es auf den ersten Blick fast genau so aus wie am Abend vorher. Es war das Wohnzimmer der Frau Grubach, vielleicht war in diesem mit Möbeln, Decken, Porzellan und Photographien überfüllten Zimmer heute ein wenig mehr Raum als sonst, man erkannte das nicht gleich, um so weniger, als die Hauptveränderung in der Anwesenheit eines Mannes bestand, der beim offenen Fenster mit einem Buch saß, von dem er jetzt aufblickte. „Sie hätten in Ihrem Zimmer bleiben sollen! Hat es Ihnen denn Franz nicht gesagt?“ „Ja, was wollen Sie denn? “, sagte K. und sah von der neuen Bekanntschaft zu dem mit Franz Benannten, der in der Tür stehengeblieben war, und dann wieder zurück. Durch das offene Fenster erblickte man wieder die alte Frau, die mit wahrhaft greisenhafter Neugierde zu dem jetzt gegenüberliegenden Fenster getreten war, um auch weiterhin alles zu sehen. „Ich will doch Frau Grubach –“, sagte K., machte eine Bewegung, als reiße er sich von den zwei Männern los, die aber weit von ihm entfernt standen, und wollte weitergehen. „Nein“, sagte der Mann beim Fenster, warf das Buch auf ein Tischchen und stand auf. „Sie dürfen nicht weggehen, Sie sind ja verhaftet.“ „Es sieht so aus“, sagte K. „Und warum denn?“, fragte er dann. „Wir sind nicht dazu bestellt, Ihnen das zu sagen. Gehen Sie in Ihr Zimmer und warten Sie. Das Verfahren ist nun einmal eingeleitet, und Sie werden alles zur richtigen Zeit erfahren. Ich gehe über meinen Auftrag hinaus, wenn ich Ihnen so freundschaftlich zurede. Aber ich hoffe, es hört es niemand sonst als Franz, und der ist selbst gegen alle Vorschrift freundlich zu Ihnen. Wenn Sie auch weiterhin so viel Glück haben wie bei der Bestimmung Ihrer Wächter, dann können Sie zuversichtlich sein.“ K. wollte sich setzen, aber nun sah er, daß im ganzen Zimmer keine Sitzgelegenheit war, außer dem Sessel beim Fenster. „Sie werden noch einsehen, wie wahr das alles ist“, sagte Franz und ging gleichzeitig mit dem andern Mann auf ihn zu. Besonders der letztere überragte K. bedeutend und klopfte ihm öfters auf die Schulter. Beide prüften K.s Nachthemd und sagten, daß er jetzt ein viel schlechteres Hemd werde anziehen müssen, daß sie aber dieses Hemd wie auch seine übrige Wäsche aufbewahren und, wenn seine Sache günstig ausfallen sollte, ihm wieder zurückgeben würden. „Es ist besser, Sie geben die Sachen uns als ins Depot“, sagten sie, „denn im Depot kommen öfters Unterschleife vor und außerdem verkauft man dort alle Sachen nach einer gewissen Zeit, ohne Rücksicht, ob das betreffende Verfahren zu Ende ist oder nicht. Und wie lange dauern doch derartige Prozesse, besonders in letzter Zeit! Sie bekämen dann schließlich allerdings vom Depot den Erlös, aber dieser Erlös ist erstens an sich schon gering, denn beim Verkauf entscheidet nicht die Höhe des Angebotes, sondern die Höhe der Bestechung, und weiter verringern sich solche Erlöse erfahrungsgemäß, wenn sie von Hand zu Hand und von Jahr zu Jahr weitergegeben werden.“ K. achtete auf diese Reden kaum, das Verfügungsrecht über seine Sachen, das er vielleicht noch besaß, schätzte er nicht hoch ein, viel wichtiger war es ihm, Klarheit über seine Lage zu bekommen; in Gegenwart dieser Leute konnte er aber nicht einmal nachdenken, immer wieder stieß der Bauch des zweiten Wächters — es konnten ja nur Wächter sein — förmlich freundschaftlich an ihn, sah er aber auf, dann erblickte er ein zu diesem dicken Körper gar nicht passendes trockenes, knochiges Gesicht mit starker, seitlich gedrehter Nase, das sich über ihn hinweg mit dem anderen Wächter verständigte. Was waren denn das für Menschen? Wovon sprachen sie? Welcher Behörde gehörten sie an? K. lebte doch in einem Rechtsstaat, überall herrschte Friede, alle Gesetze bestanden aufrecht, wer wagte, ihn in seiner Wohnung zu überfallen? Er neigte stets dazu, alles möglichst leicht zu nehmen, das Schlimmste erst beim Eintritt des Schlimmsten zu glauben, keine Vorsorge für die Zukunft zu treffen, selbst wenn alles drohte. Hier schien ihm das aber nicht richtig, man konnte zwar das Ganze als Spaß ansehen, als einen groben Spaß, den ihm aus unbekannten Gründen, vielleicht weil heute sein dreißigster Geburtstag war, die Kollegen in der Bank veranstaltet hatten, es war natürlich möglich, vielleicht brauchte er nur auf irgendeine Weise den Wächtern ins Gesicht zu lachen, und sie würden mitlachen, vielleicht waren es Dienstmänner von der Straßenecke, sie sahen ihnen nicht unähnlich — trotzdem war er diesmal, förmlich schon seit dem ersten Anblick des Wächters Franz, entschlossen, nicht den geringsten Vorteil, den er vielleicht gegenüber diesen Leuten besaß, aus der Hand zu geben. Darin, daß man später sagen würde, er habe keinen Spaß verstanden, sah K. eine ganz geringe Gefahr, wohl aber erinnerte er sich — ohne daß es sonst seine Gewohnheit gewesen wäre, aus Erfahrungen zu lernen — an einige, an sich unbedeutende Fälle, in denen er zum Unterschied von seinen Freunden mit Bewußtsein, ohne das geringste Gefühl für die möglichen Folgen, sich unvorsichtig benommen hatte und dafür durch das Ergebnis gestraft worden war. Es sollte nicht wieder geschehen, zumindest nicht diesmal; war es eine Komödie, so wollte er mitspielen.

Noch war er frei. „Erlauben Sie“, sagte er und ging eilig zwischen den Wächtern durch in sein Zimmer. „Er scheint vernünftig zu sein“, hörte er hinter sich sagen. In seinem Zimmer riß er gleich die Schubladen des Schreibtischs auf, es lag dort alles in großer Ordnung, aber gerade die Legitimationspapiere, die er suchte, konnte er in der Aufregung nicht gleich finden. Schließlich fand er seine Radfahrlegitimation und wollte schon mit ihr zu den Wächtern gehen, dann aber schien ihm das Papier zu geringfügig und er suchte weiter, bis er den Geburtsschein fand. Als er wieder in das Nebenzimmer zurückkam, öffnete sich gerade die gegenüberliegende Tür und Frau Grubach wollte dort eintreten. Man sah sie nur einen Augenblick, denn kaum hatte sie K. erkannt, als sie offenbar verlegen wurde, um Verzeihung bat, verschwand und äußerst vorsichtig die Tür schloß. „Kommen Sie doch herein“, hatte K. gerade noch sagen können. Nun aber stand er mit seinen Papieren in der Mitte des Zimmers, sah noch auf die Tür hin, die sich nicht wieder öffnete, und wurde erst durch einen Anruf der Wächter aufgeschreckt, die bei dem Tischchen am offenen Fenster saßen und, wie K. jetzt erkannte, sein Frühstück verzehrten. „Warum ist sie nicht eingetreten?“, fragte er. „Sie darf nicht“, sagte der große Wächter. „Sie sind doch verhaftet.“ „Wie kann ich denn verhaftet sein, und gar auf diese Weise?“ „Nun fangen Sie also wieder an“, sagte der Wächter und tauchte ein Butterbrot ins Honigfäßchen. „Solche Fragen beantworten wir nicht.“ „Sie werden sie beantworten müssen“, sagte K. „Hier sind meine Legitimationspapiere, zeigen Sie mir jetzt die Ihrigen und vor allem den Verhaftbefehl.“ „Du lieber Himmel!“, sagte der Wächter. „Daß Sie sich in Ihre Lage nicht fügen können und daß Sie es darauf angelegt zu haben scheinen, uns, die wir Ihnen jetzt wahrscheinlich von allen Ihren Mitmenschen am nächsten stehen, nutzlos zu reizen!“ „Es ist so, glauben Sie es doch“, sagte Franz, führte die Kaffeetasse, die er in der Hand hielt, nicht zum Mund, sondern sah K. mit einem langen, wahrscheinlich bedeutungsvollen, aber unverständlichen Blick an. K. ließ sich, ohne es zu wollen, in ein Zwiegespräch der Blicke mit Franz ein, schlug dann aber doch auf seine Papiere und sagte: „Hier sind meine Legitimationspapiere.“ „Was kümmern uns denn die?“, rief nun schon der große Wächter. „Sie führen sich ärger auf als ein Kind. Was wollen Sie denn? Wollen Sie Ihren großen, verfluchten Prozeß dadurch zu einem raschen Ende bringen, daß Sie mit uns, den Wächtern, über Legitimation und Verhaftbefehl diskutieren? Wir sind niedrige Angestellte, die sich in einem Legitimationspapier kaum auskennen und die mit Ihrer Sache nichts anderes zu tun haben, als daß sie zehn Stunden täglich bei Ihnen Wache halten und dafür bezahlt werden. Das ist alles, was wir sind, trotzdem aber sind wir fähig, einzusehen, daß die hohen Behörden, in deren Dienst wir stehen, ehe sie eine solche Verhaftung verfügen, sich sehr genau über die Gründe der Verhaftung und die Person des Verhafteten unterrichten. Es gibt darin keinen Irrtum. Unsere Behörde, soweit ich sie kenne, und ich kenne nur die niedrigsten Grade, sucht doch nicht etwa die Schuld in der Bevölkerung, sondern wird, wie es im Gesetz heißt, von der Schuld angezogen und muß uns Wächter ausschicken. Das ist Gesetz. Wo gäbe es da einen Irrtum?“ „Dieses Gesetz kenne ich nicht“, sagte K. „Desto schlimmer für Sie“, sagte der Wächter. „Es besteht wohl auch nur in Ihren Köpfen“, sagte K., er wollte sich irgendwie in die Gedanken der Wächter einschleichen, sie zu seinen Gunsten wenden oder sich dort einbürgern. Aber der Wächter sagte nur abweisend: „Sie werden es zu fühlen bekommen.“ Franz mischte sich ein und sagte: „Sieh, Willem, er gibt zu, er kenne das Gesetz nicht, und behauptet gleichzeitig, schuldlos zu sein.“ „Du hast ganz recht, aber ihm kann man nichts begreiflich machen“, sagte der andere. K. antwortete nichts mehr; muß ich, dachte er, durch das Geschwätz dieser niedrigsten Organe — sie geben selbst zu, es zu sein — mich noch mehr verwirren lassen? Sie reden doch jedenfalls von Dingen, die sie gar nicht verstehen. Ihre Sicherheit ist nur durch ihre Dummheit möglich. Ein paar

Worte, die ich mit einem mir ebenbürtigen Menschen sprechen werde, werden alles unvergleichlich klarer machen als die längsten Reden mit diesen. Er ging einige Male in dem freien Raum des Zimmers auf und ab, drüben sah er die alte Frau, die einen noch viel älteren Greis zum Fenster gezerrt hatte, den sie umschlungen hielt. K. mußte dieser Schaustellung ein Ende machen: „Führen Sie mich zu Ihrem Vorgesetzten“, sagte er. „Wenn er es wünscht; nicht früher“, sagte der Wächter, der Willem genannt worden war. „Und nun rate ich Ihnen“, fügte er hinzu, „in Ihr Zimmer zu gehen, sich ruhig zu verhalten und darauf zu warten, was über Sie verfügt werden wird. Wir raten Ihnen, zerstreuen Sie sich nicht durch nutzlose Gedanken, sondern sammeln Sie sich, es werden große Anforderungen an Sie gestellt werden. Sie haben uns nicht so behandelt, wie es unser Entgegenkommen verdient hätte, Sie haben vergessen, daß wir, mögen wir auch sein was immer, zumindest jetzt Ihnen gegenüber freie Männer sind, das ist kein kleines Übergewicht. Trotzdem sind wir bereit, falls Sie Geld haben, Ihnen ein kleines Frühstück aus dem Kaffeehaus drüben zu bringen.“

Ohne auf dieses Angebot zu antworten, stand K. ein Weilchen lang still. Vielleicht würden ihn die beiden, wenn er die Tür des folgenden Zimmers oder gar die Tür des Vorzimmers öffnete, gar nicht zu hindern wagen, vielleicht wäre es die einfachste Lösung des Ganzen, daß er es auf die Spitze trieb. Aber vielleicht würden sie ihn doch packen und, war er einmal niedergeworfen, so war auch alle Überlegenheit verloren, die er jetzt ihnen gegenüber in gewisser Hinsicht doch wahrte. Deshalb zog er die Sicherheit der Lösung vor, wie sie der natürliche Verlauf bringen mußte, und ging in sein Zimmer zurück, ohne daß von seiner Seite oder von Seite der Wächter ein weiteres Wort gefallen wäre.

Er warf sich auf sein Bett und nahm vom Waschtisch einen schönen Apfel, den er sich gestern abend für das Frühstück vorbereitet hatte. Jetzt war er sein einziges Frühstück und jedenfalls, wie er sich beim ersten großen Bissen versicherte, viel besser, als das Frühstück aus dem schmutzigen Nachtcafé gewesen wäre, das er durch die Gnade der Wächter hätte bekommen können. Er fühlte sich wohl und zuversichtlich, in der Bank versäumte er zwar heute vormittag seinen Dienst, aber das war bei der verhältnismäßig hohen Stellung, die er dort einnahm, leicht entschuldigt. Sollte er die wirkliche Entschuldigung anführen? Er gedachte es zu tun. Würde man ihm nicht glauben, was in diesem Fall begreiflich war, so konnte er Frau Grubach als Zeugin führen oder auch die beiden Alten von drüben, die wohl jetzt auf dem Marsch zum gegenüberliegenden Fenster waren. Es wunderte K., wenigstens aus dem Gedankengang der Wächter wunderte es ihn, daß sie ihn in das Zimmer getrieben und ihn hier allein gelassen hatten, wo er doch zehnfache Möglichkeit hatte, sich umzubringen. Gleichzeitig allerdings fragte er sich, diesmal aus seinem Gedankengang, was für einen Grund er haben könnte, es

zu tun. Etwa weil die zwei nebenan saßen und sein Frühstück abgefangen hatten? Es wäre so sinnlos gewesen, sich umzubringen, daß er, selbst wenn er es hätte tun wollen, infolge der Sinnlosigkeit dazu nicht imstande gewesen wäre. Wäre die geistige Beschränktheit der Wächter nicht so auffallend gewesen, so hätte man annehmen können, daß auch sie, infolge der gleichen Überzeugung, keine Gefahr darin gesehen hätten, ihn allein zu lassen. Sie mochten jetzt, wenn sie wollten, zusehen, wie er zu einem Wandschränkchen ging, in dem er einen guten Schnaps aufbewahrte, wie er ein Gläschen zuerst zum Ersatz des Frühstücks leerte und wie er ein zweites Gläschen dazu bestimmte, sich Mut zu machen, das letztere nur aus Vorsicht für den unwahrscheinlichen Fall, daß es nötig sein sollte.
Da erschreckte ihn ein Zuruf aus dem Nebenzimmer derartig, daß er mit den Zähnen ans Glas schlug. „Der Aufseher ruft Sie!“, hieß es. Es war nur das Schreien, das ihn erschreckte, dieses kurze, abgehackte, militärische Schreien, das er dem Wächter Franz gar nicht zugetraut hätte. Der Befehl selbst war ihm sehr willkommen. „Endlich!“, rief er zurück, versperrte den Wandschrank und eilte sofort ins Nebenzimmer. Dort standen die zwei Wächter und jagten ihn, als wäre das selbstverständlich, wieder in sein Zimmer zurück. „Was fällt Euch ein?“, riefen sie. „Im Hemd wollt Ihr vor den Aufseher? Er läßt Euch durchprügeln und uns mit!“ „Laßt mich, zum Teufel!“, rief K., der schon bis zu seinem Kleiderkasten zurückgedrängt war, „wenn man mich im Bett überfällt, kann man nicht erwarten, mich im Festanzug zu finden.“ „Es hilft nichts“, sagten die Wächter, die immer, wenn K. schrie, ganz ruhig, ja fast traurig wurden und ihn dadurch verwirrten oder gewissermaßen zur Besinnung brachten. „Lächerliche Zeremonien!“, brummte er noch, hob aber schon einen Rock vom Stuhl und hielt ihn ein Weilchen mit beiden Händen, als unterbreite er ihn dem Urteil der Wächter. Sie schüttelten die Köpfe. „Es muß ein schwarzer Rock sein“, sagten sie. K. warf daraufhin den Rock zu Boden und sagte — er wußte selbst nicht, in welchem Sinne er es sagte –: „Es ist doch noch nicht die Hauptverhandlung.“ Die Wächter lächelten, blieben aber bei ihrem: „Es muß ein schwarzer Rock sein.“ „Wenn ich dadurch die Sache beschleunige, soll es mir recht sein“, sagte K.,öffnete selbst den Kleiderkasten, suchte lange unter den vielen Kleidern, wählte sein bestes schwarzes Kleid, ein Jackettkleid, das durch seine Taille unter den Bekannten fast Aufsehen gemacht hatte, zog nun auch ein anderes Hemd hervor und begann, sich sorgfältig anzuziehen. Im geheimen glaubte er, eine Beschleunigung des Ganzen damit erreicht zu haben, daß die Wächter vergessen hatten, ihn zum Bad zu zwingen. Er beobachtete sie, ob sie sich vielleicht daran doch erinnern würden, aber das fiel ihnen natürlich gar nicht ein, dagegen vergaß Willem nicht, Franz mit der Meldung, daß sich K. anziehe, zum Aufseher zu schicken.

Als er vollständig angezogen war, mußte er knapp vor Willem durch das leere Nebenzimmer in das folgende Zimmer gehen, dessen Tür mit beiden Flügeln bereits geöffnet war. Dieses Zimmer wurde, wie K. genau wußte, seit kurzer Zeit von einem Fräulein Bürstner, einer Schreibmaschinistin, bewohnt, die sehr früh in die Arbeit zu gehen pflegte, spät nach Hause kam und mit der K. nicht viel mehr als die Grußworte gewechselt hatte. Jetzt war das Nachttischchen von ihrem Bett als Verhandlungstisch in die Mitte des Zimmers gerückt, und der Aufseher saß hinter ihm. Er hatte die Beine übereinandergeschlagen und einen Arm auf die Rückenlehne des Stuhles gelegt.

In einer Ecke des Zimmers standen drei junge Leute und sahen die Photographien des Fräulein Bürstner an, die in einer an der Wand aufgehängten Matte steckten. An der Klinke des offenen Fensters hing eine weiße Bluse. Im gegenüberliegenden Fenster lagen wieder die zwei Alten, doch hatte sich ihre Gesellschaft vergrößert, denn hinter ihnen, sie weit überragend, stand ein Mann mit einem auf der Brust offenen Hemd, der seinen rötlichen Spitzbart mit den Fingern drückte und drehte. „Josef K.?", fragte der Aufseher, vielleicht nur um K.s zerstreute Blicke auf sich zu lenken. K. nickte. „Sie sind durch die Vorgänge des heutigen Morgens wohl sehr überrascht?", fragte der Aufseher und verschob dabei mit beiden Händen die wenigen Gegenstände, die auf dem Nachttischchen lagen, die Kerze mit Zündhölzchen, ein Buch und ein Nadelkissen, als seien es Gegenstände, die er zur Verhandlung benötige. „Gewiß", sagte K., und das Wohlgefühl, endlich einem vernünftigen Menschen gegenüberzustehen und über seine Angelegenheit mit ihm sprechen zu können, ergriff ihn. „Gewiß, ich bin überrascht, aber ich bin keineswegs sehr überrascht." „Nicht sehr überrascht?", fragte der Aufseher und stellte nun die Kerze in die Mitte des Tischchens, während er die anderen Sachen um sie gruppierte. „Sie mißverstehen mich vielleicht", beeilte sich K. zu bemerken. „Ich meine" — hier unterbrach sich K. und sah sich nach einem Sessel um. „Ich kann mich doch setzen?", fragte er. „Es ist nicht üblich", antwortete der Aufseher. „Ich meine", sagte nun K. ohne weitere Pause, „ich bin allerdings sehr überrascht, aber man ist, wenn man dreißig Jahre auf der Welt ist und sich allein hat durchschlagen müssen, wie es mir beschieden war, gegen Überraschungen abgehärtet und nimmt sie nicht zu schwer. Besonders die heutige nicht." „Warum besonders die heutige nicht?" „Ich will nicht sagen, daß ich das Ganze für einen Spaß ansehe, dafür scheinen mir die Veranstaltungen, die gemacht wurden, doch zu umfangreich. Es müßten alle Mitglieder der Pension daran beteiligt sein und auch Sie alle, das ginge über die Grenzen eines Spaßes. Ich will also nicht sagen, daß es ein Spaß ist." „Ganz richtig", sagte der Aufseher und sah nach, wieviel Zündhölzchen in der Zündhölzchenschachtel waren. „Andererseits aber", fuhr K. fort und wandte

sich hierbei an alle und hätte gern sogar die drei bei den Photographien sich zugewendet, „andererseits aber kann die Sache auch nicht viel Wichtigkeit haben. Ich folgere das daraus, daß ich angeklagt bin, aber nicht die geringste Schuld auffinden kann, wegen deren man mich anklagen könnte. Aber auch das ist nebensächlich, die Hauptfrage ist, von wem bin ich angeklagt? Welche Behörde führt das Verfahren? Sind Sie Beamte? Keiner hat eine Uniform, wenn man nicht Ihr Kleid" — hier wandte er sich an Franz — „eine Uniform nennen will, aber es ist doch eher ein Reiseanzug. In diesen Fragen verlange ich Klarheit, und ich bin überzeugt, daß wir nach dieser Klarstellung voneinander den herzlichsten Abschied werden nehmen können." Der Aufseher schlug die Zündhölzchenschachtel auf den Tisch nieder. „Sie befinden sich in einem großen Irrtum", sagte er. „Diese Herren hier und ich sind für Ihre Angelegenheit vollständig nebensächlich, ja wir wissen sogar von ihr fast nichts. Wir könnten die regelrechtesten Uniformen tragen, und Ihre Sache würde um nichts schlechter stehen. Ich kann Ihnen auch durchaus nicht sagen, daß Sie angeklagt sind oder vielmehr, ich weiß nicht, ob Sie es sind. Sie sind verhaftet, das ist richtig, mehr weiß ich nicht. Vielleicht haben die Wächter etwas anderes geschwätzt, dann ist es eben nur Geschwätz gewesen. Wenn ich nun aber auch Ihre Fragen nicht beantworte, so kann ich Ihnen doch raten, denken Sie weniger an uns und an das, was mit Ihnen geschehen wird, denken Sie lieber mehr an sich. Und machen Sie keinen solchen Lärm mit dem Gefühl Ihrer Unschuld, es stört den nicht gerade schlechten Eindruck, den Sie im übrigen machen. Auch sollten Sie überhaupt im Reden zurückhaltender sein, fast alles, was Sie vorhin gesagt haben, hätte man auch, wenn Sie nur ein paar Worte gesagt hätten, Ihrem Verhalten entnehmen können, außerdem war es nichts für Sie übermäßig Günstiges."
K. starrte den Aufseher an. Schulmäßige Lehren bekam er hier von einem vielleicht jüngeren Menschen? Für seine Offenheit wurde er mit einer Rüge bestraft? Und über den Grund seiner Verhaftung und über deren Auftraggeber erfuhr er nichts? Er geriet in eine gewisse Aufregung, ging auf und ab, woran ihn niemand hinderte, schob seine Manschetten zurück, befühlte die Brust, strich sein Haar zurecht, kam an den drei Herren vorüber, sagte: „Es ist ja sinnlos", worauf sich diese zu ihm umdrehten und ihn entgegenkommend, aber ernst ansahen und machte endlich wieder vor dem Tisch des Aufsehers halt. „Der Staatsanwalt Hasterer ist mein guter Freund", sagte er, „kann ich ihm telephonieren?" „Gewiß", sagte der Aufseher, „aber ich weiß nicht, welchen Sinn das haben sollte, es müßte denn sein, daß Sie irgendeine private Angelegenheit mit ihm zu besprechen haben." „Welchen Sinn?", rief K., mehr bestürzt als geärgert. „Wer sind Sie denn? Sie wollen einen Sinn und führen das Sinnloseste auf, das es gibt? Ist es nicht zum Steinerweichen? Die Herren haben mich zuerst überfallen, und jetzt sitzen oder stehen sie hier

herum und lassen mich vor Ihnen die Hohe Schule reiten. Welchen Sinn es hätte, an einen Staatsanwalt zu telephonieren, wenn ich angeblich verhaftet bin? Gut, ich werde nicht telephonieren." „Aber doch", sagte der Aufseher und streckte die Hand zum Vorzimmer aus, wo das Telephon war, „bitte, telephonieren Sie doch." „Nein, ich will nicht mehr", sagte K. und ging zum Fenster. Drüben war noch die Gesellschaft beim Fenster und schien nur jetzt dadurch, daß K. ans Fenster herangetreten war, in der Ruhe des Zuschauens ein wenig gestört. Die Alten wollten sich erheben, aber der Mann hinter ihnen beruhigte sie. „Dort sind auch solche Zuschauer", rief K. ganz laut dem Aufseher zu und zeigte mit dem Zeigefinger hinaus. „Weg von dort", rief er dann hinüber. Die drei wichen auch sofort ein paar Schritte zurück, die beiden Alten sogar noch hinter den Mann, der sie mit seinem breiten Körper deckte und, nach seinen Mundbewegungen zu schließen, irgend etwas auf die Entfernung hin Unverständliches sagte. Ganz aber verschwanden sie nicht, sondern schienen auf den Augenblick zu warten, in dem sie sich unbemerkt wieder dem Fenster nähern könnten. „Zudringliche, rücksichtslose Leute!", sagte K., als er sich ins Zimmer zurückwendete. Der Aufseher stimmte ihm möglicherweise zu, wie K. mit einem Seitenblick zu erkennen glaubte. Aber es war ebensogut möglich, daß er gar nicht zugehört hatte, denn er hatte eine Hand fest auf den Tisch gedrückt und schien die Finger ihrer Länge nach zu vergleichen. Die zwei Wächter saßen auf einem mit einer Schmuckdecke verhüllten Koffer und rieben ihre Knie. Die drei jungen Leute hatten die Hände in die Hüften gelegt und sahen ziellos herum. Es war still wie in irgendeinem vergessenen Büro. „Nun, meine Herren", rief K., es schien ihm einen Augenblick lang, als trage er alle auf seinen Schultern, „Ihrem Aussehen nach zu schließen, dürfte meine Angelegenheit beendet sein. Ich bin der Ansicht, daß es am besten ist, über die Berechtigung oder Nichtberechtigung Ihres Vorgehens nicht mehr nachzudenken und der Sache durch einen gegenseitigen Händedruck einen versöhnlichen Abschluß zu geben. Wenn auch Sie meiner Ansicht sind, dann bitte –" und er trat an den Tisch des Aufsehers hin und reichte ihm die Hand. Der Aufseher hob die Augen, nagte an den Lippen und sah auf K.s ausgestreckte Hand; noch immer glaubte K., der Aufseher werde einschlagen. Dieser aber stand auf, nahm einen harten, runden Hut, der auf Fräulein Bürstners Bett lag, und setzte sich ihn vorsichtig mit beiden Händen auf, wie man es bei der Anprobe neuer Hüte tut. „Wie einfach Ihnen alles scheint!", sagte er dabei zu K. „wir sollten der Sache einen versöhnlichen Abschluß geben, meinten Sie? Nein, nein, das geht wirklich nicht. Womit ich andererseits durchaus nicht sagen will, daß Sie verzweifeln sollen. Nein, warum denn? Sie sind nur verhaftet, nichts weiter. Das hatte ich Ihnen mitzuteilen, habe es getan und habe auch gesehen, wie Sie es aufgenommen haben. Damit ist es für heute genug und wir können uns verabschieden, allerdings nur vorläufig. Sie werden wohl jetzt in die Bank gehen wollen?“ „In die Bank?“, fragte K., „ich dachte, ich wäre verhaftet.“ K. fragte mit einem gewissen Trotz, denn obwohl sein Handschlag nicht angenommen worden war, fühlte er sich, insbesondere seitdem der Aufseher aufgestanden war, immer unabhängiger von allen diesen Leuten. Er spielte mit ihnen. Er hatte die Absicht, falls sie weggehen sollten, bis zum Haustor nachzulaufen und ihnen seine Verhaftung anzubieten. Darum wiederholte er auch: „Wie kann ich denn in die Bank gehen, da ich verhaftet bin?“ „Ach so“, sagte der Aufseher, der schon bei der Tür war, „Sie haben mich mißverstanden. Sie sind verhaftet, gewiß, aber das soll Sie nicht hindern, Ihren Beruf zu erfüllen. Sie sollen auch Ihrer gewöhnlichen Lebensweise nicht gehindert sein.“ „Dann ist das Verhaftetsein nicht sehr schlimm“, sagte K. und ging nahe an den Aufseher heran. „Ich meinte es niemals anders“, sagte dieser. „Es scheint aber dann nicht einmal die Mitteilung der Verhaftung sehr notwendig gewesen zu sein“, sagte K. und ging noch näher. Auch die anderen hatten sich genähert. Alle waren jetzt auf einem engen Raum bei der Tür versammelt. „Es war meine Pflicht“, sagte der Aufseher. „Eine dumme Pflicht“, sagte K. unnachgiebig. „Mag sein“, antwortete der Aufseher, „aber wir wollen mit solchen Reden nicht unsere Zeit verlieren. Ich hatte angenommen, daß Sie in die Bank gehen wollen. Da Sie auf alle Worte aufpassen, füge ich hinzu: ich zwinge Sie nicht, in die Bank zu gehen, ich hatte nur angenommen, daß Sie es wollen. Und um Ihnen das zu erleichtern und Ihre Ankunft in der Bank möglichst unauffällig zu machen, habe ich diese drei Herren, Ihre Kollegen, hier zu Ihrer Verfügung gehalten.“ „Wie?“, rief K. und staunte die drei an. Diese so uncharakteristischen, blutarmen, jungen Leute, die er immer noch nur als Gruppe bei den Photographien in der Erinnerung hatte, waren tatsächlich Beamte aus seiner Bank, nicht Kollegen, das war zu viel gesagt und bewies eine Lücke in der Allwissenheit des Aufsehers, aber untergeordnete Beamte aus der Bank waren es allerdings. Wie hatte K. das übersehen können? Wie hatte er doch hingenommen sein müssen von dem Aufseher und den Wächtern, um diese drei nicht zu erkennen! Den steifen, die Hände schwingenden Rabensteiner, den blonden Kullich mit den tiefliegenden Augen und Kaminer mit dem unausstehlichen, durch eine chronische Muskelzerrung bewirkten Lächeln. „Guten Morgen!“, sagte K. nach einem Weilchen und reichte den sich korrekt verbeugenden Herren die Hand. „Ich habe Sie gar nicht erkannt. Nun werden wir also an die Arbeit gehen, nicht?“ Die Herren nickten lachend und eifrig, als hätten sie die ganze Zeit über darauf gewartet, nur als K. seinen Hut vermißte, der in seinem Zimmer liegengeblieben war, liefen sie sämtlich hintereinander, ihn holen, was immerhin auf eine gewisse Verlegenheit schließen ließ. K. stand still und sah ihnen durch die zwei offenen Türen nach, der letzte war natürlich der gleichgültige Rabensteiner, der bloß einen eleganten Trab angeschlagen hatte. Kaminer überreichte den Hut, und K. mußte sich, wie dies übrigens auch öfters in der Bank nötig war, ausdrücklich sagen, daß Kaminers Lächeln nicht Absicht war, ja daß er überhaupt absichtlich nicht lächeln konnte. Im Vorzimmer öffnete dann Frau Grubach, die gar nicht sehr schuldbewußt aussah, der ganzen Gesellschaft die Wohnungstür, und K. sah, wie so oft, auf ihr Schürzenband nieder, das so unnötig tief in ihren mächtigen Leib einschnitt. Unten entschloß sich K., die Uhr in der Hand, ein Automobil zu nehmen, um die schon halbstündige Verspätung nicht unnötig zu vergrößern. Kaminer lief zur Ecke, um den Wagen zu holen, die zwei anderen versuchten offensichtlich, K. zu zerstreuen, als plötzlich Kullich auf das gegenüberliegende Haustor zeigte, in dem eben der große Mann mit dem blonden Spitzbart erschien und, im ersten Augenblick ein wenig verlegen darüber, daß er sich jetzt in seiner ganzen Größe zeigte, zur Wand zurücktrat und sich anlehnte. Die Alten waren wohl noch auf der Treppe. K. ärgerte sich über Kullich, daß dieser auf den Mann aufmerksam machte, den er selbst schon früher gesehen, ja den er sogar erwartet hatte. „Schauen Sie nicht hin!“, stieß er hervor, ohne zu bemerken, wie auffallend eine solche Redeweise gegenüber selbständigen Männern war. Es war aber auch keine Erklärung nötig, denn gerade kam das Automobil, man setzte sich und fuhr los. Da erinnerte sich K., daß er das Weggehen des Aufsehers und der Wächter gar nicht bemerkt hatte, der Aufseher hatte ihm die drei Beamten verdeckt und nun wieder die Beamten den Aufseher. Viel Geistesgegenwart bewies das nicht, und K. nahm sich vor, sich in dieser Hinsicht genauer zu beobachten. Doch drehte er sich noch unwillkürlich um und beugte sich über das Hinterdeck des Automobils vor, um möglicherweise den Aufseher und die Wächter noch zu sehen. Aber gleich wendete er sich wieder zurück und lehnte sich bequem in die Wagenecke, ohne auch nur den Versuch gemacht zu haben, jemanden zu suchen. Obwohl es nicht den Anschein hatte, hätte er gerade jetzt Zuspruch nötig gehabt, aber nun schienen die Herren ermüdet, Rabensteiner sah rechts aus dem Wagen, Kullich links, und nur Kaminer stand mit seinem Grinsen zur Verfügung, über das einen Spaß zu machen leider die Menschlichkeit verbot.

In diesem Frühjahr pflegte K. die Abende in der Weise zu verbringen, daß er nach der Arbeit, wenn dies noch möglich war — er saß meistens bis neun Uhr im Büro –, einen kleinen Spaziergang allein oder mit Beamten machte und dann in eine Bierstube ging, wo er an einem Stammtisch mit meist älteren Herren gewöhnlich bis elf Uhr beisammen saß. Es gab aber auch Ausnahmen von dieser Einteilung, wenn K. zum Beispiel vom Bankdirektor, der seine Arbeitskraft und Vertrauenswürdigkeit sehr schätzte, zu einer Autofahrt oder zu einem Abendessen in seiner Villa eingeladen wurde. Außerdem ging K. einmal in der Woche zu einem Mädchen namens Elsa, die während der Nacht bis in den späten Morgen als Kellnerin in einer Weinstube bediente und während des Tages nur vom Bett aus Besuche empfing.

An diesem Abend aber — der Tag war unter angestrengter Arbeit und vielen ehrenden und freundschaftlichen Geburtstagswünschen schnell verlaufen — wollte K. sofort nach Hause gehen. In allen kleinen Pausen der Tagesarbeit hatte er daran gedacht; ohne genau zu wissen, was er meinte, schien es ihm, als ob durch die Vorfälle des Morgens eine große Unordnung in der ganzen Wohnung der Frau Grubach verursacht worden sei und daß gerade er nötig sei, um die Ordnung wiederherzustellen. War aber einmal diese Ordnung hergestellt, dann war jede Spur jener Vorfälle ausgelöscht und alles nahm seinen alten Gang wieder auf. Insbesondere von den drei Beamten war nichts zu befürchten, sie waren wieder in die große Beamtenschaft der Bank versenkt, es war keine Veränderung an ihnen zu bemerken. K. hatte sie öfters einzeln und gemeinsam in sein Büro berufen, zu keinem andern Zweck, als um sie zu beobachten; immer hatte er sie befriedigt entlassen können. Als er um halb zehn Uhr abends vor dem Hause, in dem er wohnte, ankam, traf er im Haustor einen jungen Burschen, der dort breitbeinig stand und eine Pfeife rauchte. „Wer sind Sie?“, fragte K. sofort und brachte sein Gesicht nahe an den Burschen, man sah nicht viel im Halbdunkel des Flurs. „Ich bin der Sohn des Hausmeisters, gnädiger Herr“, antwortete der Bursche, nahm die Pfeife aus dem Mund und trat zur Seite. „Der Sohn des Hausmeisters?“, fragte K. und klopfte mit seinem Stock ungeduldig den Boden. „Wünscht der gnädige Herr etwas? Soll ich den Vater holen?“ „Nein, nein“, sagte K., in seiner Stimme lag etwas Verzeihendes, als habe der Bursche etwas Böses ausgeführt, er aber verzeihe ihm. „Es ist gut“, sagte er dann und ging weiter, aber ehe er die Treppe hinaufstieg, drehte er sich noch einmal um.

Er hätte geradewegs in sein Zimmer gehen können, aber da er mit Frau Grubach sprechen wollte, klopfte er gleich an ihre Tür an. Sie saß mit einem Strickstrumpf am Tisch, auf dem noch ein Haufen alter Strümpfe lag. K. entschuldigte sich zerstreut, daß er so spät komme, aber Frau Grubach war sehr freundlich und wollte keine Entschuldigung hören, für ihn sei sie immer zu sprechen, er wisse sehr gut, daß er ihr bester und liebster Mieter sei. K. sah sich im Zimmer um, es war wieder vollkommen in seinem alten Zustand, das Frühstücksgeschirr, das früh auf dem Tischchen beim Fenster gestanden hatte, war auch schon weggeräumt. „Frauenhände bringen doch im stillen viel fertig“, dachte er, er hätte das Geschirr vielleicht auf der Stelle zerschlagen, aber gewiß nicht hinaustragen können. Er sah Frau Grubach mit einer gewissen Dankbarkeit an. „Warum arbeiten Sie noch so spät?“, fragte er. Sie saßen nun beide am Tisch, und K. vergrub von Zeit zu Zeit seine Hand in die Strümpfe. „Es gibt viel Arbeit“, sagte sie, „während des Tages gehöre ich den Mietern; wenn ich meine Sachen in Ordnung bringen will, bleiben mir nur die Abende.“ „Ich habe Ihnen heute wohl noch eine außergewöhnliche Arbeit gemacht?“ „Wieso denn?“, fragte sie, etwas eifriger werdend, die Arbeit ruhte in ihrem Schoße. „Ich meine die Männer, die heute früh hier waren.“ „Ach so“, sagte sie und kehrte wieder in ihre Ruhe zurück, „das hat mir keine besondere Arbeit gemacht.“ K. sah schweigend zu, wie sie den Strickstrumpf wieder vornahm. Sie scheint sich zu wundern, daß ich davon spreche, dachte er, sie scheint es nicht für richtig zu halten, daß ich davon spreche. Desto wichtiger ist es, daß ich es tue. Nur mit einer alten Frau kann ich davon sprechen. „Doch, Arbeit hat es gewiß gemacht“, sagte er dann, „aber es wird nicht wieder vorkommen.“ „Nein, das kann nicht wieder vorkommen“, sagte sie bekräftigend und lächelte K. fast wehmütig an. „Meinen Sie das ernstlich?“, fragte K. „Ja“, sagte sie leiser, „aber vor allem dürfen Sie es nicht zu schwer nehmen. Was geschieht nicht alles in der Welt! Da Sie so vertraulich mit mir reden, Herr K., kann ich Ihnen ja eingestehen, daß ich ein wenig hinter der Tür gehorcht habe und daß mir auch die beiden Wächter einiges erzählt haben. Es handelt sich ja um Ihr Glück und das liegt mir wirklich am Herzen, mehr als mir vielleicht zusteht, denn ich bin ja bloß die Vermieterin. Nun, ich habe also einiges gehört, aber ich kann nicht sagen, daß es etwas besonders Schlimmes war. Nein. Sie sind zwar verhaftet, aber nicht so wie ein Dieb verhaftet wird. Wenn man wie ein Dieb verhaftet wird, so ist es schlimm, aber diese Verhaftung –. Es kommt mir wie etwas Gelehrtes vor, entschuldigen Sie, wenn ich etwas Dummes sage, es kommt mir wie etwas Gelehrtes vor, das ich zwar nicht verstehe, das man aber auch nicht verstehen muß.“

„Es ist gar nichts Dummes, was Sie gesagt haben, Frau Grubach, wenigstens bin auch ich zum Teil Ihrer Meinung, nur urteile ich über das Ganze noch schärfer als Sie und halte es einfach nicht einmal für etwas Gelehrtes, sondern überhaupt für nichts. Ich wurde überrumpelt, das war es. Wäre ich gleich nach dem Erwachen, ohne mich durch das Ausbleiben der Anna beirren zu lassen, aufgestanden und ohne Rücksicht auf irgend jemand, der mir in den Weg getreten wäre, zu Ihnen gegangen, hätte ich diesmal ausnahmsweise etwa in der Küche gefrühstückt, hätte mir von Ihnen die Kleidungsstücke aus meinem Zimmer bringen lassen, kurz, hätte ich vernünftig gehandelt, so wäre nichts weiter geschehen, es wäre alles, was werden wollte, erstickt worden. Man ist aber so wenig vorbereitet. In der Bank zum Beispiel bin ich vorbereitet, dort könnte mir etwas Derartiges unmöglich geschehen, ich habe dort einen eigenen Diener, das allgemeine Telephon und das Bürotelephon stehen vor mir auf dem Tisch, immerfort kommen Leute, Parteien und Beamte, außerdem aber und vor allem bin ich dort immerfort im Zusammenhang der Arbeit, daher geistesgegenwärtig, es würde mir geradezu ein Vergnügen machen, dort einer solchen Sache gegenübergestellt zu werden. Nun, es ist vorüber und ich wollte eigentlich auch gar nicht mehr darüber sprechen, nur Ihr Urteil, das Urteil einer vernünftigen Frau, wollte ich hören und bin sehr froh, daß wir darin übereinstimmen. Nun müssen Sie mir aber die Hand reichen, eine solche Übereinstimmung muß durch Handschlag bekräftigt werden.“

Ob sie mir die Hand reichen wird? Der Aufseher hat mir die Hand nicht gereicht, dachte er und sah die Frau anders als früher, prüfend an. Sie stand auf, weil auch er aufgestanden war, sie war ein wenig befangen, weil ihr nicht alles, was K. gesagt hatte, verständlich gewesen war. Infolge dieser Befangenheit sagte sie aber etwas, was sie gar nicht wollte und was auch gar nicht am Platze war: „Nehmen Sie es doch nicht so schwer, Herr K.“, sagte sie, hatte Tränen in der Stimme und vergaß natürlich auch den Handschlag. „Ich wüßte nicht, daß ich es schwernehme“, sagte K., plötzlich ermüdet und das Wertlose aller Zustimmungen dieser Frau einsehend.

Bei der Tür fragte er noch: „Ist Fräulein Bürstner zu Hause?“ „Nein“, sagte Frau Grubach und lächelte bei dieser trockenen Auskunft mit einer verspäteten vernünftigen Teilnahme. „Sie ist im Theater. Wollten Sie etwas von ihr? Soll ich ihr etwas ausrichten?“ „Ach, ich wollte nur ein paar Worte mit ihr reden.“ „Ich weiß leider nicht, wann sie kommt; wenn sie im Theater ist, kommt sie gewöhnlich spät.“ „Das ist ja ganz gleichgültig“, sagte K. und drehte schon den gesenkten Kopf der Tür zu, um wegzugehen, „ich wollte mich nur bei ihr entschuldigen, daß ich heute ihr Zimmer in Anspruch genommen habe.“ „Das ist nicht nötig, Herr K., Sie sind zu rücksichtsvoll, das Fräulein weiß ja von gar nichts, sie war seit dem frühen Morgen noch nicht zu Hause, es ist auch schon alles in Ordnung gebracht, sehen Sie selbst.“ Und sie öffnete die Tür zu Fräulein Bürstners Zimmer. „Danke, ich glaube es“, sagte K., ging dann aber doch zu der offenen Tür. Der Mond schien still in das dunkle Zimmer. Soviel man sehen konnte, war wirklich alles an seinem Platz, auch die Bluse hing nicht mehr an der Fensterklinke. Auffallend hoch schienen die Polster im Bett, sie lagen zum Teil im Mondlicht. „Das Fräulein kommt oft spät nach Hause“, sagte K. und sah Frau Grubach an, als trage sie die Verantwortung dafür. „Wie eben junge Leute sind!“, sagte Frau Grubach entschuldigend. „Gewiß, gewiß“, sagte K., „es kann aber zu weit gehen.“ „Das kann es“, sagte Frau Grubach, „wie sehr haben Sie recht, Herr K. Vielleicht sogar in diesem Fall. Ich will Fräulein Bürstner gewiß nicht verleumden, sie ist ein gutes, liebes Mädchen, freundlich, ordentlich, pünktlich, arbeitsam, ich schätze das alles sehr, aber eines ist wahr, sie sollte stolzer, zurückhaltender sein. Ich habe sie in diesem Monat schon zweimal in entlegenen Straßen und immer mit einem andern Herrn gesehen. Es ist mir sehr peinlich, ich erzähle es, beim wahrhaftigen Gott, nur Ihnen, Herr K., aber es wird sich nicht vermeiden lassen, daß ich auch mit dem Fräulein selbst darüber spreche. Es ist übrigens nicht das Einzige, das sie mir verdächtig macht.“ „Sie sind auf ganz falschem Weg“, sagte K. wütend und fast unfähig, es zu verbergen, „übrigens haben sie offenbar auch meine Bemerkung über das Fräulein mißverstanden, so war es nicht gemeint. Ich warne Sie sogar aufrichtig, dem Fräulein irgend etwas zu sagen, Sie sind durchaus im Irrtum, ich kenne das Fräulein sehr gut, es ist nichts davon wahr, was Sie sagten. Übrigens, vielleicht gehe ich zu weit, ich will Sie nicht hindern, sagen Sie ihr, was Sie wollen. Gute Nacht." „Herr K.", sagte Frau Grubach bittend und eilte K. bis zu seiner Tür nach, die er schon geöffnet hatte, „ich will ja noch gar nicht mit dem Fräulein reden, natürlich will ich sie vorher noch weiter beobachten, nur Ihnen habe ich anvertraut, was ich wußte. Schließlich muß es doch im Sinne jedes Mieters sein, wenn man die Pension rein zu erhalten sucht, und nichts anderes ist mein Bestreben dabei." „Die Reinheit!", rief K. noch durch die Spalte der Tür, „wenn Sie die Pension rein erhalten wollen, müssen Sie zuerst mir kündigen." Dann schlug er die Tür zu, ein leises Klopfen beachtete er nicht mehr.

Dagegen beschloß er, da er gar keine Lust zum Schlafen hatte, noch wachzubleiben und bei dieser Gelegenheit auch festzustellen, wann Fräulein Bürstner kommen würde. Vielleicht wäre es dann auch möglich, so unpassend es sein mochte, noch ein paar Worte mit ihr zu reden. Als er im Fenster lag und die müden Augen drückte, dachte er einen Augenblick sogar daran, Frau Grubach zu bestrafen und Fräulein Bürstner zu überreden, gemeinsam mit ihm zu kündigen. Sofort aber erschien ihm das entsetzlich übertrieben, und er hatte sogar den Verdacht gegen sich, daß er darauf ausging, die Wohnung wegen der Vorfälle am Morgen zu wechseln. Nichts wäre unsinniger und vor allem zweckloser und verächtlicher gewesen.

Als er des Hinausschauens auf die leere Straße überdrüssig geworden war, legte er sich auf das Kanapee, nachdem er die Tür zum Vorzimmer ein wenig geöffnet hatte, um jeden, der die Wohnung betrat, gleich vom Kanapee aus sehen zu können. Etwa bis elf Uhr lag er ruhig, eine Zigarre rauchend, auf dem Kanapee. Von da ab hielt er es aber nicht mehr dort aus, sondern ging ein wenig ins Vorzimmer, als könne er dadurch die Ankunft des Fräulein Bürstner beschleunigen. Er hatte kein besonderes Verlangen nach ihr, er konnte sich nicht einmal genau erinnern, wie sie aussah, aber nun wollte er mit ihr reden und es reizte ihn, daß sie durch ihr spätes Kommen auch noch in den Abschluß dieses Tages Unruhe und Unordnung brachte. Sie war auch schuld daran, daß er heute nicht zu Abend gegessen und daß er den für heute beabsichtigten Besuch bei Elsa unterlassen hatte. Beides konnte er allerdings noch dadurch nachholen, daß er jetzt in das Weinlokal ging, in dem Elsa bedienstet war. Er wollte es auch noch später nach der Unterredung mit Fräulein Bürstner tun. Es war halb zwölf vorüber, als jemand im Treppenhaus zu hören war. K., der, seinen Gedanken hingegeben, im Vorzimmer so, als wäre es sein eigenes Zimmer, laut auf und ab ging, flüchtete hinter seine Tür. Es war Fräulein Bürstner, die gekommen war.

Fröstelnd zog sie, während sie die Tür versperrte, einen seidenen Schal um ihre schmalen Schultern zusammen. Im nächsten Augenblick mußte sie in ihr Zimmer gehen, in das K. gewiß um Mitternacht nicht eindringen durfte; er mußte sie also jetzt ansprechen, hatte aber unglücklicherweise versäumt, das elektrische Licht in seinem Zimmer anzudrehen, so daß sein Vortreten aus dem dunklen Zimmer den Anschein eines Überfalls hatte und wenigstens sehr erschrecken mußte. In seiner Hilflosigkeit und da keine Zeit zu verlieren war, flüsterte er durch den Türspalt: „Fräulein Bürstner." Es klang wie eine Bitte, nicht wie ein Anruf. „Ist jemand hier?", fragte Fräulein Bürstner und sah sich mit großen Augen um. „Ich bin es", sagte K. und trat vor. „Ach, Herr K.!", sagte Fräulein Bürstner lächelnd. „Guten Abend", und sie reichte ihm die Hand. „Ich wollte ein paar Worte mit Ihnen sprechen, wollen Sie mir das jetzt erlauben?" „Jetzt?", fragte Fräulein Bürstner, „muß es jetzt sein? Es ist ein wenig sonderbar, nicht?" „Ich warte seit neun Uhr auf Sie." „Nun ja, ich war im Theater, ich wußte doch nichts von Ihnen." „Der Anlaß für das, was ich Ihnen sagen will, hat sich erst heute ergeben." „So, nun ich habe ja nichts Grundsätzliches dagegen, außer daß ich zum Hinfallen müde bin. Also kommen Sie auf ein paar Minuten in mein Zimmer. Hier könnten wir uns auf keinen Fall unterhalten, wir wecken ja alle und das wäre mir unseretwegen noch unangenehmer als der Leute wegen. Warten Sie hier, bis ich in meinem Zimmer angezündet habe, und drehen Sie dann hier das Licht ab." K. tat so, wartete dann aber noch bis Fräulein Bürstner ihn aus ihrem Zimmer nochmals leise aufforderte zu kommen. „Setzen Sie sich", sagte sie und zeigte auf die Ottomane, sie selbst blieb aufrecht am Bettpfosten trotz der Müdigkeit, von der sie gesprochen hatte; nicht einmal ihren kleinen, aber mit einer Überfülle von Blumen geschmückten Hut legte sie ab. „Was wollten Sie also? Ich bin wirklich neugierig." Sie kreuzte leicht die Beine. „Sie werden vielleicht sagen", begann K., „daß die Sache nicht so dringend war, um jetzt besprochen zu werden, aber –" „Einleitungen überhöre ich immer", sagte Fräulein Bürstner. „Das erleichtert meine Aufgabe", sagte K. „Ihr Zimmer ist heute früh, gewissermaßen durch meine Schuld, ein wenig in Unordnung gebracht worden, es geschah durch fremde Leute gegen meinen Willen und doch, wie gesagt, durch meine Schuld; dafür wollte ich um Entschuldigung bitten." „Mein Zimmer?", fragte Fräulein Bürstner und sah statt des Zimmers K. prüfend an. „Es ist so", sagte K., und nun sahen beide einander zum erstenmal in die Augen, „die Art und Weise, in der es geschah, ist an sich keines Wortes wert." „Aber doch das eigentlich Interessante", sagte Fräulein Bürstner. „Nein", sagte K. „Nun", sagte Fräulein Bürstner, „ich will mich nicht in Geheimnisse eindrängen, bestehen Sie darauf, daß es uninteressant ist, so will ich auch nichts dagegen einwenden. Die Entschuldigung, um die Sie bitten, gebe ich Ihnen gern, besonders da ich keine Spur einer Unordnung finden kann." Sie machte, die flachen Hände tief an die Hüften gelegt, einen Rundgang durch das Zimmer. Bei der Matte mit den Photographien blieb sie stehen. „Sehen Sie doch!“, rief sie. „Meine Photographien sind wirklich durcheinandergeworfen. Das ist aber häßlich. Es ist also jemand unberechtigterweise in meinem Zimmer gewesen.“ K. nickte und verfluchte im stillen den Beamten Kaminer, der seine öde, sinnlose Lebhaftigkeit niemals zähmen konnte. „Es ist sonderbar“, sagte Fräulein Bürstner, „daß ich gezwungen bin, Ihnen etwas zu verbieten, was Sie sich selbst verbieten müßten, nämlich in meiner Abwesenheit mein Zimmer zu betreten.“ „Ich erklärte Ihnen doch, Fräulein“, sagte K. und ging auch zu den Photographien, „daß nicht ich es war, der sich an Ihren Photographien vergangen hat; aber da Sie mir nicht glauben, so muß ich also eingestehen, daß die Untersuchungskommission drei Bankbeamte mitgebracht hat, von denen der eine, den ich bei nächster Gelegenheit aus der Bank hinausbefördern werde, die Photographien wahrscheinlich in die Hand genommen hat. Ja, es war eine Untersuchungskommission hier“, fügte K. hinzu, da ihn das Fräulein mit einem fragenden Blick ansah. „Ihretwegen?“, fragte das Fräulein. „Ja“, antwortete K. „Nein!“, rief das Fräulein und lachte. „Doch“, sagte K., „glauben Sie denn, daß ich schuldlos bin?“ „Nun, schuldlos...“, sagte das Fräulein, „ich will nicht gleich ein vielleicht folgenschweres Urteil aussprechen, auch kenne ich Sie doch nicht, es muß doch schon ein schwerer Verbrecher sein, dem man gleich eine Untersuchungskommission auf den Leib schickt. Da Sie aber doch frei sind — ich schließe wenigstens aus Ihrer Ruhe, daß Sie nicht aus dem Gefängnis entlaufen sind — so können Sie doch kein solches Verbrechen begangen haben.“ „Ja“, sagte K., „aber die Untersuchungskommission kann doch eingesehen haben, daß ich unschuldig bin oder doch nicht so schuldig, wie angenommen wurde.“ „Gewiß, das kann sein“, sagte Fräulein Bürstner sehr aufmerksam. „Sehen Sie“, sagte K., „Sie haben nicht viel Erfahrung in Gerichtssachen.“ „Nein, das habe ich nicht“, sagte Fräulein Bürstner, „und habe es auch schon oft bedauert, denn ich möchte alles wissen und gerade Gerichtssachen interessieren mich ungemein. Das Gericht hat eine eigentümliche Anziehungskraft, nicht? Aber ich werde in dieser Richtung meine Kenntnisse sicher vervollständigen, denn ich trete nächsten Monat als Kanzleikraft in ein Advokatenbüro ein.“ „Das ist sehr gut“, sagte K., „Sie werden mir dann in meinem Prozeß ein wenig helfen können.“ „Das könnte sein“, sagte Fräulein Bürstner, „warum denn nicht? Ich verwende gern meine Kenntnisse.“ „Ich meine es auch im Ernst“, sagte K., „oder zumindest in dem halben Ernst, in dem Sie es meinen. Um einen Advokaten heranzuziehen, dazu ist die Sache doch zu kleinlich, aber einen Ratgeber könnte ich gut brauchen.“ „Ja, aber wenn ich Ratgeber sein soll, müßte ich wissen, worum es sich handelt“, sagte Fräulein Bürstner. „Das ist eben der Haken“, sagte K., „das weiß ich selbst nicht.“ „Dann haben Sie sich also einen Spaß aus mir gemacht“, sagte Fräulein Bürstner übermäßig enttäuscht, „es war höchst unnötig, sich diese späte Nachtzeit dazu auszusuchen.“ Und sie ging von den Photographien weg, wo sie so lange vereinigt gestanden hatten. „Aber nein, Fräulein“, sagte K., „ich mache keinen Spaß. Daß Sie mir nicht glauben wollen! Was ich weiß, habe ich Ihnen schon gesagt. Sogar mehr als ich weiß, denn es war gar keine Untersuchungskommission, ich nenne es so, weil ich keinen andern Namen dafür weiß. Es wurde gar nichts untersucht, ich wurde nur verhaftet, aber von einer Kommission.“ Fräulein Bürstner saß auf der Ottomane und lachte wieder. „Wie war es denn?“, fragte sie. „Schrecklich“, sagte K., aber er dachte jetzt gar nicht daran, sondern war ganz vom Anblick des Fräulein Bürstner ergriffen, die das Gesicht auf eine Hand stützte — der Ellbogen ruhte auf dem Kissen der Ottomane –während die andere Hand langsam die Hüfte strich. „Das ist zu allgemein“, sagte Fräulein Bürstner. „Was ist zu allgemein?“, fragte K. Dann erinnerte er sich und fragte: „Soll ich Ihnen zeigen, wie es gewesen ist?“ Er wollte Bewegung machen und doch nicht weggehen. „Ich bin schon müde“, sagte Fräulein Bürstner. „Sie kamen so spät“, sagte K. „Nun endet es damit, daß ich Vorwürfe bekomme, es ist auch berechtigt, denn ich hätte Sie nicht mehr hereinlassen sollen. Notwendig war es ja auch nicht, wie es sich gezeigt hat.“ „Es war notwendig, das werden Sie erst jetzt sehn“, sagte K. „Darf ich das Nachttischchen von Ihrem Bett herrücken?“ „Was fällt Ihnen ein?“, sagte Fräulein Bürstner, „das dürfen Sie natürlich nicht!“ „Dann kann ich es Ihnen nicht zeigen“, sagte K. aufgeregt, als füge man ihm dadurch einen unermeßlichen Schaden zu. „Ja, wenn Sie es zur Darstellung brauchen, dann rücken Sie das Tischchen nur ruhig fort“, sagte Fräulein Bürstner und fügte nach einem Weilchen mit schwächerer Stimme hinzu: „Ich bin so müde, daß ich mehr erlaube, als gut ist.“ K. stellte das Tischchen in die Mitte des Zimmers und setzte sich dahinter. „Sie müssen sich die Verteilung der Personen richtig vorstellen, es ist sehr interessant. Ich bin der Aufseher, dort auf dem Koffer sitzen zwei Wächter, bei den Photographien stehen drei junge Leute. An der Fensterklinke hängt, was ich nur nebenbei erwähne, eine weiße Bluse. Und jetzt fängt es an. Ja, ich vergesse mich. Die wichtigste Person, also ich, stehe hier vor dem Tischchen. Der Aufseher sitzt äußerst bequem, die Beine übereinandergelegt, den Arm hier über die Lehne hinunterhängend, ein Lümmel sondergleichen. Und jetzt fängt es also wirklich an. Der Aufseher ruft, als ob er mich wecken müßte, er schreit geradezu, ich muß leider, wenn ich es Ihnen begreiflich machen will, auch schreien, es ist übrigens nur mein Name, den er so schreit.“ Fräulein Bürstner, die lachend zuhörte, legte den Zeigefinger an den Mund, um K. am Schreien zu hindern, aber es war zu spät. K. war zu sehr in der Rolle, er rief langsam: „Josef K.!“, übrigens nicht so laut, wie er gedroht hatte, aber doch so, daß sich der Ruf, nachdem er plötzlich ausgestoßen war, erst allmählich im Zimmer zu verbreiten schien.

Da klopfte es an die Tür des Nebenzimmers einigemal, stark, kurz und regelmäßig. Fräulein Bürstner erbleichte und legte die Hand aufs Herz. K. erschrak deshalb besonders stark, weil er noch ein Weilchen ganz unfähig gewesen war, an etwas anderes zu denken als an die Vorfälle des Morgens und an das Mädchen, dem er sie vorführte. Kaum hatte er sich gefaßt, sprang er zu Fräulein Bürstner und nahm ihre Hand. „Fürchten Sie nichts", flüsterte er, „ich werde alles in Ordnung bringen. Wer kann es aber sein? Hier nebenan ist doch nur das Wohnzimmer, in dem niemand schläft." „Doch", flüsterte Fräulein Bürstner an K.s Ohr, „seit gestern schläft hier ein Neffe von Frau Grubach, ein Hauptmann. Es ist gerade kein anderes Zimmer frei. Auch ich habe es vergessen. Daß Sie so schreien mußten! Ich bin unglücklich darüber." „Dafür ist gar kein Grund", sagte K. und küßte, als sie jetzt auf das Kissen zurücksank, ihre Stirn. „Weg, weg", sagte sie und richtete sich eilig wieder auf, „gehen Sie doch, gehen Sie doch, was wollen Sie, er horcht doch an der Tür, er hört doch alles. Wie Sie mich quälen!" „Ich gehe nicht früher", sagte K., „als Sie ein wenig beruhigt sind. Kommen Sie in die andere Ecke des Zimmers, dort kann er uns nicht hören." Sie ließ sich dorthin führen.„Sie überlegen nicht", sagte er, „daß es sich zwar um eine Unannehmlichkeit für Sie handelt, aber durchaus nicht um eine Gefahr. Sie wissen, wie mich Frau Grubach, die in dieser Sache doch entscheidet, besonders da der Hauptmann ihr Neffe ist, geradezu verehrt und alles, was ich sage, unbedingt glaubt. Sie ist auch im übrigen von mir abhängig, denn sie hat eine größere Summe von mir geliehen. Jeden Ihrer Vorschläge über eine Erklärung für unser Beisammen nehme ich an, wenn es nur ein wenig zweckentsprechend ist, und verbürge mich, Frau Grubach dazu zu bringen, die Erklärung nicht nur vor der Öffentlichkeit, sondern wirklich und aufrichtig zu glauben. Mich müssen Sie dabei in keiner Weise schonen. Wollen Sie verbreitet haben, daß ich Sie überfallen habe, so wird Frau Grubach in diesem Sinne unterrichtet werden und wird es glauben, ohne das Vertrauen zu mir zu verlieren, so sehr hängt sie an mir." Fräulein Bürstner sah, still und ein wenig zusammengesunken, vor sich auf den Boden. „Warum sollte Frau Grubach nicht glauben, daß ich Sie überfallen habe?", fügte K. hinzu. Vor sich sah er ihr Haar, geteiltes, niedrig gebauschtes, fest zusammengehaltenes, rötliches Haar. Er glaubte, sie werde ihm den Blick zuwenden, aber sie sagte in unveränderter Haltung: „Verzeihen Sie, ich bin durch das plötzliche Klopfen so erschreckt worden, nicht so sehr durch die Folgen, die die Anwesenheit des Hauptmanns haben könnte. Es war so still nach Ihrem Schrei, und da klopfte es, deshalb bin ich so erschrocken, ich saß auch in der Nähe der Tür, es klopfte fast neben mir. Für Ihre Vorschläge danke ich, aber ich nehme sie nicht an. Ich kann für alles, was in meinem Zimmer geschieht, die Verantwortung tragen, und zwar gegenüber jedem. Ich wundere mich, daß Sie nicht merken, was für eine Beleidigung für mich in Ihren Vorschlägen liegt, neben den guten Absichten natürlich, die ich gewiß anerkenne. Aber nun gehen Sie, lassen Sie mich allein, ich habe es jetzt noch nötiger als früher. Aus den wenigen Minuten, um die Sie gebeten haben, ist nun eine halbe Stunde und mehr geworden." K. faßte sie bei der Hand und dann beim Handgelenk: „Sie sind mir aber nicht böse?", sagte er. Sie streifte seine Hand ab und antwortete: „Nein, nein, ich bin niemals und niemandem böse." Er faßte wieder nach ihrem Handgelenk, sie duldete es jetzt und führte ihn so zur Tür. Er war fest entschlossen, wegzugehen. Aber vor der Tür, als hätte er nicht erwartet, hier eine Tür zu finden, stockte er, diesen Augenblick benützte Fräulein Bürstner, sich loszumachen, die Tür zu öffnen, ins Vorzimmer zu schlüpfen und von dort aus K. leise zu sagen: „Nun kommen Sie doch, bitte. Sehen Sie" — sie zeigte auf die Tür des Hauptmanns, unter der ein Lichtschein hervorkam — „er hat angezündet und unterhält sich über uns." „Ich komme schon", sagte K., lief vor, faßte sie, küßte sie auf den Mund und dann über das ganze Gesicht, wie ein durstiges Tier mit der Zunge über das endlich gefundene Quellwasser hinjagt. Schließlich küßte er sie auf den Hals, wo die Gurgel ist, und dort ließ er die Lippen lange liegen. Ein Geräusch aus dem Zimmer des Hauptmanns ließ ihn aufschauen. „Jetzt werde ich gehen", sagte er, er wollte Fräulein Bürstner beim Taufnamen nennen, wußte ihn aber nicht. Sie nickte müde, überließ ihm, schon halb abgewendet, die Hand zum Küssen, als wisse sie nichts davon, und ging gebückt in ihr Zimmer. Kurz darauf lag K. in seinem Bett. Er schlief sehr bald ein, vor dem Einschlafen dachte er noch ein Weilchen über sein Verhalten nach, er war damit zufrieden, wunderte sich aber, daß er nicht noch zufriedener war; wegen des Hauptmanns machte er sich für Fräulein Bürstner ernstliche Sorgen.

Zweites Kapitel

Erste Untersuchung

K. war telephonisch verständigt worden, daß am nächsten Sonntag eine kleine Untersuchung in seiner Angelegenheit stattfinden würde. Man machte ihn darauf aufmerksam, daß diese Untersuchungen regelmäßig, wenn auch vielleicht nicht jede Woche, so doch häufiger einander folgen würden. Es liege einerseits im allgemeinen Interesse, den Prozeß rasch zu Ende zu führen, anderseits aber müßten die Untersuchungen in jeder Hinsicht gründlich sein und dürften doch wegen der damit verbundenen Anstrengung niemals allzulange dauern. Deshalb habe man den Ausweg dieser rasch aufeinanderfolgenden, aber kurzen Untersuchungen gewählt. Die Bestimmung des Sonntags als Untersuchungstag habe man deshalb vorgenommen, um K. in seiner beruflichen Arbeit nicht zu stören. Man setze voraus, daß er damit einverstanden sei, sollte er einen anderen Termin wünschen, so würde man ihm, so gut es ginge, entgegenkommen. Die Untersuchungen wären beispielsweise auch in der Nacht möglich, aber da sei wohl K. nicht frisch genug. Jedenfalls werde man es, solange K. nichts einwende, beim Sonntag belassen. Es sei selbstverständlich, daß er bestimmt erscheinen müsse, darauf müsse man ihn wohl nicht erst aufmerksam machen. Es wurde ihm die Nummer des Hauses genannt, in dem er sich einfinden solle, es war ein Haus in einer entlegenen Vorstadtstraße, in der K. noch niemals gewesen war.

K. hängte, als er diese Meldung erhalten hatte, ohne zu antworten, den Hörer an; er war gleich entschlossen, Sonntag hinzugehen, es war gewiß notwendig, der Prozeß kam in Gang und er mußte sich dem entgegenstellen, diese erste Untersuchung sollte auch die letzte sein. Er stand noch nachdenklich beim Apparat, da hörte er hinter sich die Stimme des Direktor-Stellvertreters, der telephonieren wollte, dem aber K. den Weg verstellte. „Schlechte Nachrichten?“, fragte der Direktor-Stellvertreter leichthin, nicht um etwas zu erfahren, sondern um K. vom Apparat wegzubringen. „Nein, nein“, sagte K., trat beiseite, ging aber nicht weg. Der Direktor-Stellvertreter nahm den Hörer und sagte, während er auf die telephonische Verbindung wartete, über das Hörrohr hinweg: „Eine Frage, Herr K.: Möchten Sie mir Sonntag früh das Vergnügen machen, eine Partie auf meinem Segelboot mitzumachen? Es wird eine größere Gesellschaft sein, gewiß auch Ihre Bekannten darunter. Unter anderem Staatsanwalt Hasterer. Wollen Sie kommen? Kommen Sie doch!“ K. versuchte, darauf achtzugeben, was der Direktor-Stellvertreter sagte. Es war nicht unwichtig für ihn, denn diese Einladung des Direktor-Stellvertreters, mit dem er sich niemals sehr gut vertragen hatte, bedeutete einen Versöhnungsversuch von dessen Seite und zeigte, wie wichtig K. in der Bank geworden war und wie wertvoll seine

Freundschaft oder wenigstens seine Unparteilichkeit dem zweithöchsten Beamten der Bank erschien. Diese Einladung war eine Demütigung des Direktor-Stellvertreters, mochte sie auch nur in Erwartung der telephonischen Verbindung über das Hörrohr hinweggesagt sein. Aber K. mußte eine zweite Demütigung folgen lassen, er sagte: „Vielen Dank! Aber ich habe leider Sonntag keine Zeit, ich habe schon eine Verpflichtung." „Schade", sagte der Direktor-Stellvertreter und wandte sich dem telephonischen Gespräch zu, das gerade hergestellt worden war. Es war kein kurzes Gespräch, aber K. blieb in seiner Zerstreutheit die ganze Zeit über neben dem Apparat stehen. Erst als der Direktor-Stellvertreter abläutete, erschrak er und sagte, um sein unnützes Dastehen nur ein wenig zu entschuldigen: „Ich bin jetzt antelephoniert worden, ich möchte irgendwo hinkommen, aber man hat vergessen, mir zu sagen, zu welcher Stunde." „Fragen Sie doch noch einmal nach", sagte der Direktor-Stellvertreter. „Es ist nicht so wichtig", sagte K., obwohl dadurch seine frühere, schon an sich mangelhafte Entschuldigung noch weiter verfiel. Der Direktor Stellvertreter sprach noch im Weggehen über andere Dinge. K. zwang sich auch zu antworten, dachte aber hauptsächlich daran, daß es am besten sein werde, Sonntag um neun Uhr vormittags hinzukommen, da zu dieser Stunde an Werktagen alle Gerichte zu arbeiten anfangen.

Sonntag war trübes Wetter. K. war sehr ermüdet, da er wegen einer Stammtischfeierlichkeit bis spät in die Nacht im Gasthaus geblieben war, er hätte fast verschlafen. Eilig, ohne Zeit zu haben, zu überlegen und die verschiedenen Pläne, die er während der Woche ausgedacht hatte, zusammenzustellen, kleidete er sich an und lief, ohne zu frühstücken, in die ihm bezeichnete Vorstadt. Eigentümlicherweise traf er, obwohl er wenig Zeit hatte, umherzublicken, die drei an seiner Angelegenheit beteiligten Beamten, Rabensteiner, Kullich und Kaminer. Die ersten zwei fuhren in einer Elektrischen quer über K.s Weg, Kaminer aber saß auf der Terrasse eines Kaffeehauses und beugte sich gerade, als K. vorüberkam, neugierig über die Brüstung. Alle sahen ihm wohl nach und wunderten sich, wie ihr Vorgesetzter lief; es war irgendein Trotz, der K. davon abgehalten hatte, zu fahren, er hatte Abscheu vor jeder, selbst der geringsten fremden Hilfe in dieser seiner Sache, auch wollte er niemanden in Anspruch nehmen und dadurch selbst nur im allerentferntesten einweihen; schließlich hatte er aber auch nicht die geringste Lust, sich durch allzu große Pünktlichkeit vor der Untersuchungskommission zu erniedrigen. Allerdings lief er jetzt, um nur möglichst um neun Uhr einzutreffen, obwohl er nicht einmal für eine bestimmte Stunde bestellt war.

Er hatte gedacht, das Haus schon von der Ferne an irgendeinem Zeichen, das er sich selbst nicht genau vorgestellt hatte, oder an einer besonderen Bewegung vor dem Eingang schon von weitem zu erkennen. Aber die

Juliusstraße, in der es sein sollte und an deren Beginn K. einen Augenblick lang stehenblieb, enthielt auf beiden Seiten fast ganz einförmige Häuser, hohe, graue, von armen Leuten bewohnte Miethäuser. Jetzt, am Sonntagmorgen, waren die meisten Fenster besetzt, Männer in Hemdärmeln lehnten dort und rauchten oder hielten kleine Kinder vorsichtig und zärtlich an den Fensterrand. Andere Fenster waren hoch mit Bettzeug angefüllt, über dem flüchtig der zerraufte Kopf einer Frau erschien. Man rief einander über die Gasse zu, ein solcher Zuruf bewirkte gerade über K. ein großes Gelächter. Regelmäßig verteilt befanden sich in der langen Straße kleine, unter dem Straßenniveau liegende, durch ein paar Treppen erreichbare Läden mit verschiedenen Lebensmitteln. Dort gingen Frauen aus und ein oder standen auf den Stufen und plauderten. Ein Obsthändler, der seine Waren zu den Fenstern hinauf empfahl, hätte, ebenso unaufmerksam wie K., mit seinem Karren diesen fast niedergeworfen. Eben begann ein in besseren Stadtvierteln ausgedientes Grammophon mörderisch zu spielen.
K. ging tiefer in die Gasse hinein, langsam, als hätte er nun schon Zeit oder als sähe ihn der Untersuchungsrichter aus irgendeinem Fenster und wisse also, daß sich K. eingefunden habe. Es war kurz nach neun. Das Haus lag ziemlich weit, es war fast ungewöhnlich ausgedehnt, besonders die Toreinfahrt war hoch und weit. Sie war offenbar für Lastfuhren bestimmt, die zu den verschiedenen Warenmagazinen gehörten, die jetzt versperrt den großen Hof umgaben und Aufschriften von Firmen trugen, von denen K. einige aus dem Bankgeschäft kannte. Gegen seine sonstige Gewohnheit sich mit allen diesen Äußerlichkeiten genauer befassend, blieb er auch ein wenig am Eingang des Hofes stehen. In seiner Nähe auf einer Kiste saß ein bloßfüßiger Mann und las eine Zeitung. Auf einem Handkarren schaukelten zwei Jungen. Vor einer Pumpe stand ein schwaches, junges Mädchen in einer Nachtjoppe und blickte, während das Wasser in ihre Kanne strömte, auf K. hin. In einer Ecke des Hofes wurde zwischen zwei Fenstern ein Strick gespannt, auf dem die zum Trocknen bestimmte Wäsche schon hing. Ein Mann stand unten und leitete die Arbeit durch ein paar Zurufe.
K. wandte sich der Treppe zu, um zum Untersuchungszimmer zu kommen, stand dann aber wieder still, denn außer dieser Treppe sah er im Hof noch drei verschiedene Treppenaufgänge und überdies schien ein kleiner Durchgang am Ende des Hofes noch in einen zweiten Hof zu führen. Er ärgerte sich, daß man ihm die Lage des Zimmers nicht näher bezeichnet hatte, es war doch eine sonderbare Nachlässigkeit oder Gleichgültigkeit, mit der man ihn behandelte, er beabsichtigte, das sehr laut und deutlich festzustellen. Schließlich stieg er doch die Treppe hinauf und spielte in Gedanken mit einer Erinnerung an den Ausspruch des Wächters Willem, daß das Gericht von der Schuld angezogen werde, woraus eigentlich folgte, daß

das Untersuchungszimmer an der Treppe liegen mußte, die K. zufällig wählte.
Er störte im Hinaufgehen viele Kinder, die auf der Treppe spielten und ihn, wenn er durch ihre Reihe schritt, böse ansahen. „Wenn ich nächstens wieder hergehen sollte“, sagte er sich, „muß ich entweder Zuckerwerk mitnehmen, um sie zu gewinnen, oder den Stock, um sie zu prügeln.“ Knapp vor dem ersten Stockwerk mußte er sogar ein Weilchen warten, bis eine Spielkugel ihren Weg vollendet hatte, zwei kleine Jungen mit den verzwickten Gesichtern erwachsener Strolche hielten ihn indessen an den Beinkleidern; hätte er sie abschütteln wollen, hätte er ihnen wehtun müssen, und er fürchtete ihr Geschrei.
Im ersten Stockwerk begann die eigentliche Suche. Da er doch nicht nach der Untersuchungskommission fragen konnte, erfand er einen Tischler Lanz — der Name fiel ihm ein, weil der Hauptmann, der Neffe der Frau Grubach, so hieß — und wollte nun in allen Wohnungen nachfragen, ob hier ein Tischler Lanz wohne, um so die Möglichkeit zu bekommen, in die Zimmer hineinzusehen. Es zeigte sich aber, daß das meistens ohne weiteres möglich war, denn fast alle Türen standen offen und die Kinder liefen ein und aus. Es waren in der Regel kleine, einfenstrige Zimmer, in denen auch gekocht wurde. Manche Frauen hielten Säuglinge im Arm und arbeiteten mit der freien Hand auf dem Herd. Halbwüchsige, scheinbar nur mit Schürzen bekleidete Mädchen liefen am fleißigsten hin und her. In allen Zimmern standen die Betten noch in Benützung, es lagen dort Kranke oder noch Schlafende oder Leute, die sich dort in Kleidern streckten. An den Wohnungen, deren Türen geschlossen waren, klopfte K. an und fragte, ob hier ein Tischler Lanz wohne. Meistens öffnete eine Frau, hörte die Frage an und wandte sich ins Zimmer zu jemandem, der sich aus dem Bett erhob. „Der Herr fragt, ob ein Tischler Lanz hier wohnt.“ „Tischler Lanz?“, fragte der aus dem Bett. „Ja“, sagte K., obwohl sich hier die Untersuchungskommission zweifellos nicht befand und daher seine Aufgabe beendet war. Viele glaubten, es liege K. sehr viel daran, den Tischler Lanz zu finden, dachten lange nach, nannten einen Tischler, der aber nicht Lanz hieß, oder einen Namen, der mit Lanz eine ganz entfernte Ähnlichkeit hatte, oder sie fragten bei Nachbarn oder begleiteten K. zu einer weit entfernten Tür, wo ihrer Meinung nach ein derartiger Mann möglicherweise in Aftermiete wohne oder wo jemand sei, der bessere Auskunft als sie selbst geben könne. Schließlich mußte K. kaum mehr selbst fragen, sondern wurde auf diese Weise durch die Stockwerke gezogen. Er bedauerte seinen Plan, der ihm zuerst so praktisch erschienen war. Vor dem fünften Stockwerk entschloß er sich, die Suche aufzugeben, verabschiedete sich von einem freundlichen, jungen Arbeiter, der ihn weiter hinaufführen wollte, und ging hinunter. Dann aber ärgerte ihm wieder das Nutzlose dieser ganzen Unternehmung, er ging

nochmals zurück und klopfte an die erste Tür des fünften Stockwerkes. Das erste, was er in dem kleinen Zimmer sah, war eine große Wanduhr, die schon zehn Uhr zeigte. „Wohnt ein Tischler Lanz hier?“, fragte er. „Bitte“, sagte eine junge Frau mit schwarzen, leuchtenden Augen, die gerade in einem Kübel Kinderwäsche wusch, und zeigte mit der nassen Hand auf die offene Tür des Nebenzimmers.

K. glaubte in eine Versammlung einzutreten. Ein Gedränge der verschiedensten Leute — niemand kümmerte sich um den Eintretenden — füllte ein mittelgroßes, zweifenstriges Zimmer, das knapp an der Decke von einer Galerie umgeben war, die gleichfalls vollständig besetzt war und wo die Leute nur gebückt stehen konnten und mit Kopf und Rücken an die Decke stießen. K., dem die Luft zu dumpf war, trat wieder hinaus und sagte zu der jungen Frau, die ihn wahrscheinlich falsch verstanden hatte: „Ich habe nach einem Tischler, einem gewissen Lanz, gefragt?“ „Ja“, sagte die Frau, „gehen Sie, bitte, hinein.“ K. hätte ihr vielleicht nicht gefolgt, wenn die Frau nicht auf ihn zugegangen wäre, die Türklinke ergriffen und gesagt hätte: „Nach Ihnen muß ich schließen, es darf niemand mehr hinein.“ „Sehr vernünftig“, sagte K., „es ist aber jetzt schon zu voll.“ Dann ging er aber doch wieder hinein.

Zwischen zwei Männern hindurch, die sich unmittelbar bei der Tür unterhielten — der eine machte mit beiden, weit vorgestreckten Händen die Bewegung des Geldaufzählens, der andere sah ihm scharf in die Augen –, faßte eine Hand nach K. Es war ein kleiner, rotbäckiger Junge. „Kommen Sie, kommen Sie“, sagte er. K. ließ sich von ihm führen, es zeigte sich, daß in dem durcheinanderwimmelnden Gedränge doch ein schmaler Weg frei war, der möglicherweise zwei Parteien schied; dafür sprach auch, daß K. in den ersten Reihen rechts und links kaum ein ihm zugewendetes Gesicht sah, sondern nur die Rücken von Leuten, welche ihre Reden und Bewegungen nur an Leute ihrer Partei richteten. Die meisten waren schwarz angezogen, in alten, lang und lose hinunterhängenden Feiertagsröcken. Nur diese Kleidung beirrte K., sonst hätte er das Ganze für eine politische Bezirksversammlung angesehen.

Am anderen Ende des Saales, zu dem K. geführt wurde, stand auf einem sehr niedrigen, gleichfalls überfüllten Podium ein kleiner Tisch, der Quere nach aufgestellt, und hinter ihm, nahe am Rand des Podiums, saß ein kleiner, dicker, schnaufender Mann, der sich gerade mit einem hinter ihm Stehenden — dieser hatte den Ellbogen auf die Sessellehne gestützt und die Beine gekreuzt — unter großem Gelächter unterhielt. Manchmal warf er den Arm in die Luft, als karikiere er jemanden. Der Junge, der K. führte, hatte Mühe, seine Meldung vorzubringen. Zweimal hatte er schon, auf den Fußspitzen stehend, etwas auszurichten versucht, ohne von dem Mann oben beachtet worden zu sein. Erst als einer der Leute oben auf dem Podium auf den

Jungen aufmerksam machte, wandte sich der Mann ihm zu und hörte hinuntergebeugt seinen leisen Bericht an. Dann zog er seine Uhr und sah schnell nach K. hin. „Sie hätten vor einer Stunde und fünf Minuten erscheinen sollen“, sagte er. K. wollte etwas antworten, aber er hatte keine Zeit, denn kaum hatte der Mann ausgesprochen, erhob sich in der rechten Saalhälfte ein allgemeines Murren. „Sie hätten vor einer Stunde und fünf Minuten erscheinen sollen“, wiederholte nun der Mann mit erhobener Stimme und sah nun auch schnell in den Saal hinunter. Sofort wurde auch das Murren stärker und verlor sich, da der Mann nichts mehr sagte, nur allmählich. Es war jetzt im Saal viel stiller als bei K.s Eintritt. Nur die Leute auf der Galerie hörten nicht auf, ihre Bemerkungen zu machen. Sie schienen, soweit man oben in dem Halbdunkel, Dunst und Staub etwas unterscheiden konnte, schlechter angezogen zu sein als die unten. Manche hatten Polster mitgebracht, die sie zwischen den Kopf und die Zimmerdecke gelegt hatten, um sich nicht wundzudrücken.

K. hatte sich entschlossen, mehr zu beobachten als zu reden, infolgedessen verzichtete er auf die Verteidigung wegen seines angeblichen Zuspätkommens und sagte bloß: „Mag ich zu spät gekommen sein, jetzt bin ich hier.“ Ein Beifallklatschen, wieder aus der rechten Saalhälfte, folgte. Leicht zu gewinnende Leute, dachte K. und war nur gestört durch die Stille in der linken Saalhälfte, die gerade hinter ihm lag und aus der sich nur ganz vereinzeltes Händeklatschen erhoben hatte. Er dachte nach, was er sagen könnte, um alle auf einmal oder, wenn das nicht möglich sein sollte, wenigstens zeitweilig auch die anderen zu gewinnen.

„Ja“, sagte der Mann, „aber ich bin nicht mehr verpflichtet, Sie jetzt zu verhören“ — wieder das Murren, diesmal aber mißverständlich, denn der Mann fuhr, indem er den Leuten mit der Hand abwinkte, fort, — „ich will es jedoch ausnahmsweise heute noch tun. Eine solche Verspätung darf sich aber nicht mehr wiederholen. Und nun treten Sie vor!“ Irgend jemand sprang vom Podium hinunter, so daß für K. ein Platz frei wurde, auf den er hinaufstieg. Er stand eng an den Tisch gedrückt, das Gedränge hinter ihm war so groß, daß er ihm Widerstand leisten mußte, wollte er nicht den Tisch des Untersuchungsrichters und vielleicht auch diesen selbst vom Podium hinunterstoßen.

Der Untersuchungsrichter kümmerte sich aber nicht darum, sondern saß recht bequem auf seinem Sessel und griff, nachdem er dem Mann hinter ihm ein abschließendes Wort gesagt hatte, nach einem kleinen Anmerkungsbuch, dem einzigen Gegenstand auf seinem Tisch. Es war schulheftartig, alt, durch vieles Blättern ganz aus der Form gebracht. „Also“, sagte der Untersuchungsrichter, blätterte in dem Heft und wandte sich im Tone einer Feststellung an K., „Sie sind Zimmermaler?“ „Nein“, sagte K., „sondern erster Prokurist einer großen Bank.“ Dieser Antwort folgte bei der rechten

Partei unten ein Gelächter, das so herzlich war, daß K. mitlachen mußte. Die Leute stützten sich mit den Händen auf ihre Knie und schüttelten sich wie unter schweren Hustenanfällen. Es lachten sogar einzelne auf der Galerie. Der ganz böse gewordene Untersuchungsrichter, der wahrscheinlich gegen die Leute unten machtlos war, suchte sich an der Galerie zu entschädigen, sprang auf, drohte der Galerie, und seine sonst wenig auffallenden Augenbrauen drängten sich buschig, schwarz und groß über seinen Augen.

Die linke Saalhälfte war aber noch immer still, die Leute standen dort in Reihen, hatten ihre Gesichter dem Podium zugewendet und hörten den Worten, die oben gewechselt wurden, ebenso ruhig zu wie dem Lärm der anderen Partei, sie duldeten sogar, daß einzelne aus ihren Reihen mit der anderen Partei hie und da gemeinsam vorgingen. Die Leute der linken Partei, die übrigens weniger zahlreich waren, mochten im Grunde ebenso unbedeutend sein wie die der rechten Partei, aber die Ruhe ihres Verhaltens ließ sie bedeutungsvoller erscheinen. Als K. jetzt zu reden begann, war er überzeugt, in ihrem Sinne zu sprechen.

„Ihre Frage, Herr Untersuchungsrichter, ob ich Zimmermaler bin — vielmehr, Sie haben gar nicht gefragt, sondern es mir auf den Kopf zugesagt –, ist bezeichnend für die ganze Art des Verfahrens, das gegen mich geführt wird. Sie können einwenden, daß es ja überhaupt kein Verfahren ist, Sie haben sehr recht, denn es ist ja nur ein Verfahren, wenn ich es als solches anerkenne. Aber ich erkenne es also für den Augenblick jetzt an, aus Mitleid gewissermaßen. Man kann sich nicht anders als mitleidig dazu stellen, wenn man es überhaupt beachten will. Ich sage nicht, daß es ein liederliches Verfahren ist, aber ich möchte Ihnen diese Bezeichnung zur Selbsterkenntnis angeboten haben.“ K. unterbrach sich und sah in den Saal hinunter. Was er gesagt hatte, war scharf, schärfer, als er es beabsichtigt hatte, aber doch richtig. Es hätte Beifall hier oder dort verdient, es war jedoch alles still, man wartete offenbar gespannt auf das Folgende, es bereitete sich vielleicht in der Stille ein Ausbruch vor, der allem ein Ende machen würde. Störend war es, daß sich jetzt die Tür am Saalende öffnete, die junge Wäscherin, die ihre Arbeit wahrscheinlich beendet hatte, eintrat und trotz aller Vorsicht, die sie aufwendete, einige Blicke auf sich zog. Nur der Untersuchungsrichter machte K. unmittelbare Freude, denn er schien von den Worten sofort getroffen zu werden. Er hatte bisher stehend zugehört, denn er war von K.s Ansprache überrascht worden, während er sich für die Galerie aufgerichtet hatte. Jetzt, in der Pause, setzte er sich allmählich, als sollte es nicht bemerkt werden. Wahrscheinlich um seine Miene zu beruhigen, nahm er wieder das Heftchen vor.

„Es hilft nichts“, fuhr K. fort, „auch Ihr Heftchen, Herr Untersuchungsrichter, bestätigt, was ich sage.“ Zufrieden damit, nur seine ruhigen Worte in der fremden Versammlung zu hören, wagte es K. sogar, kurzerhand das Heft dem Untersuchungsrichter wegzunehmen und es mit den Fingerspitzen, als scheue er sich davor, an einem mittleren Blatte hochzuheben, so daß beiderseits die engbeschriebenen, fleckigen, gelbrandigen Blätter hinunterhingen. „Das sind die Akten des Untersuchungsrichters“, sagte er und ließ das Heft auf den Tisch hinunterfallen. „Lesen Sie darin ruhig weiter, Herr Untersuchungsrichter, vor diesem Schuldbuch fürchte ich mich wahrhaftig nicht, obwohl es mir unzugänglich ist, denn ich kann es nur mit zwei Fingern anfassen und würde es nicht in die Hand nehmen.“ Es konnte nur ein Zeichen tiefer Demütigung sein oder es mußte zumindest so aufgefaßt werden, daß der Untersuchungsrichter nach dem Heftchen, wie es auf den Tisch gefallen war, griff, es ein wenig in Ordnung zu bringen suchte und es wieder vornahm, um darin zu lesen. Die Gesichter der Leute in der ersten Reihe waren so gespannt auf K. gerichtet, daß er ein Weilchen lang zu ihnen hinuntersah. Es waren durchwegs ältere Männer, einige waren weißbärtig. Waren vielleicht sie die Entscheidenden, die die ganze Versammlung beeinflussen konnten, welche auch durch die Demütigung des Untersuchungsrichters sich nicht aus der Regungslosigkeit bringen ließ, in welche sie seit K.s Rede versunken war?

„Was mir geschehen ist“, fuhr K. fort, etwas leiser als früher, und suchte immer wieder die Gesichter der ersten Reihe ab, was seiner Rede einen etwas fahrigen Ausdruck gab, „was mir geschehen ist, ist ja nur ein einzelner Fall und als solcher nicht sehr wichtig, da ich es nicht sehr schwer nehme, aber es ist das Zeichen eines Verfahrens, wie es gegen viele geübt wird. Für diese stehe ich hier ein, nicht für mich.“

Er hatte unwillkürlich seine Stimme erhoben. Irgendwo klatschte jemand mit erhobenen Händen und rief: „Bravo! Warum denn nicht? Bravo! Und wieder Bravo!“ Die in der ersten Reihe griffen hier und da in ihre Bärte, keiner kehrte sich wegen des Ausrufs um. Auch K. maß ihm keine Bedeutung bei, war aber doch aufgemuntert; er hielt es jetzt gar nicht mehr für nötig, daß alle Beifall klatschten, es genügte, wenn die Allgemeinheit über die Sache nachzudenken begann und nur manchmal einer durch Überredung gewonnen wurde.

„Ich will nicht Rednererfolg“, sagte K. aus dieser Überlegung heraus, „er dürfte mir auch nicht erreichbar sein. Der Herr Untersuchungsrichter spricht wahrscheinlich viel besser, es gehört ja zu seinem Beruf. Was ich will, ist nur die öffentliche Besprechung eines öffentlichen Mißstandes. Hören Sie: Ich bin vor etwa zehn Tagen verhaftet worden, über die Tatsache der Verhaftung selbst lache ich, aber das gehört jetzt nicht hierher. Ich wurde früh im Bett überfallen, vielleicht hatte man — es ist nach dem, was der Untersuchungsrichter sagte, nicht ausgeschlossen — den Befehl, irgendeinen Zimmermaler, der ebenso unschuldig ist wie ich, zu verhaften, aber man wählte mich. Das Nebenzimmer war von zwei groben Wächtern besetzt.

Wenn ich ein gefährlicher Räuber wäre, hätte man nicht bessere Vorsorge treffen können. Diese Wächter waren überdies demoralisiertes Gesindel, sie schwätzten mir die Ohren voll, sie wollten sich bestechen lassen, sie wollten mir unter Vorspiegelungen Wäsche und Kleider herauslocken, sie wollten Geld, um mir angeblich ein Frühstück zu bringen, nachdem sie mein eigenes Frühstück vor meinen Augen schamlos aufgegessen hatten. Nicht genug daran. Ich wurde in ein drittes Zimmer vor den Aufseher geführt. Es war das Zimmer einer Dame, die ich sehr schätze, und ich mußte zusehen, wie dieses Zimmer meinetwegen, aber ohne meine Schuld, durch die Anwesenheit der Wächter und des Aufsehers gewissermaßen verunreinigt wurde. Es war nicht leicht, ruhig zu bleiben. Es gelang mir aber, und ich fragte den Aufseher vollständig ruhig — wenn er hier wäre, müßte er es bestätigen –, warum ich verhaftet sei. Was antwortete nun dieser Aufseher, den ich jetzt noch vor mir sehe, wie er auf dem Sessel der erwähnten Dame als eine Darstellung des stumpfsinnigsten Hochmuts sitzt? Meine Herren, er antwortete im Grunde nichts, vielleicht wußte er wirklich nichts, er hatte mich verhaftet und war damit zufrieden. Er hat sogar noch ein übriges getan und in das Zimmer jener Dame drei niedrige Angestellte meiner Bank gebracht, die sich damit beschäftigten, Photographien, Eigentum der Dame, zu betasten und in Unordnung zu bringen. Die Anwesenheit dieser Angestellten hatte natürlich noch einen andern Zweck, sie sollten, ebenso wie meine Vermieterin und ihr Dienstmädchen, die Nachricht von meiner Verhaftung verbreiten, mein öffentliches Ansehen schädigen und insbesondere in der Bank meine Stellung erschüttern. Nun ist nichts davon, auch nicht im geringsten, gelungen, selbst meine Vermieterin, eine ganz einfache Person — ich will ihren Namen hier in ehrendem Sinne nennen, sie heißt Frau Grubach –, selbst Frau Grubach war verständig genug, einzusehen, daß eine solche Verhaftung nicht mehr bedeutet, als einen Anschlag, den nicht genügend beaufsichtigte Jungen auf der Gasse ausführen. Ich wiederhole, mir hat das Ganze nur Unannehmlichkeiten und vorübergehenden Ärger bereitet, hätte es aber nicht auch schlimmere Folgen haben können?“

Als K. sich hier unterbrach und nach dem stillen Untersuchungsrichter hinsah, glaubte er zu bemerken, daß dieser gerade mit einem Blick jemandem in der Menge ein Zeichen gab. K. lächelte und sagte: „Eben gibt hier neben mir der Herr Untersuchungsrichter jemandem von Ihnen ein geheimes Zeichen. Es sind also Leute unter Ihnen, die von hier oben dirigiert werden. Ich weiß nicht, ob das Zeichen jetzt Zischen oder Beifall bewirken sollte, und verzichte dadurch, daß ich die Sache vorzeitig verrate, ganz bewußt darauf, die Bedeutung des Zeichens zu erfahren. Es ist mir vollständig gleichgültig, und ich ermächtige den Herrn Untersuchungsrichter öffentlich, seine bezahlten Angestellten dort unten, statt mit geheimen

Zeichen, laut mit Worten zu befehligen, indem er etwa einmal sagt: „Jetzt zischt!“, und das nächste Mal: „Jetzt klatscht!“
In Verlegenheit oder Ungeduld rückte der Untersuchungsrichter auf seinem Sessel hin und her. Der Mann hinter ihm, mit dem er sich schon früher unterhalten hatte, beugte sich wieder zu ihm, sei es, um ihm im allgemeinen Mut zuzusprechen oder um ihm einen besonderen Rat zu geben. Unten unterhielten sich die Leute leise, aber lebhaft. Die zwei Parteien, die früher so entgegengesetzte Meinungen gehabt zu haben schienen, vermischten sich, einzelne Leute zeigten mit dem Finger auf K., andere auf den Untersuchungsrichter. Der neblige Dunst im Zimmer war äußerst lästig, er verhinderte sogar eine genauere Beobachtung der Fernerstehenden. Besonders für die Galeriebesucher mußte er störend sein, sie waren gezwungen, allerdings unter scheuen Seitenblicken nach dem Untersuchungsrichter, leise Fragen an die Versammlungsteilnehmer zu stellen, um sich näher zu unterrichten. Die Antworten wurden im Schutz der vorgehaltenen Hände ebenso leise gegeben.
„Ich bin gleich zu Ende“, sagte K. und schlug, da keine Glocke vorhanden war, mit der Faust auf den Tisch; im Schrecken darüber fuhren die Köpfe des Untersuchungsrichters und seines Ratgebers augenblicklich auseinander: „Mir steht die ganze Sache fern, ich beurteile sie daher ruhig, und Sie können, vorausgesetzt, daß Ihnen an diesem angeblichen Gericht etwas gelegen ist, großen Vorteil davon haben, wenn Sie mir zuhören. Ihre gegenseitigen Besprechungen dessen, was ich vorbringe, bitte ich Sie für späterhin zu verschieben, denn ich habe keine Zeit und werde bald weggehen.“ Sofort war es still, so sehr beherrschte K. schon die Versammlung. Man schrie nicht mehr durcheinander wie am Anfang, man klatschte nicht einmal mehr Beifall, aber man schien schon überzeugt oder auf dem nächsten Wege dazu.
„Es ist kein Zweifel“, sagte K. sehr leise, denn ihn freute das angespannte Aufhorchen der ganzen Versammlung, in dieser Stille entstand ein Sausen, das aufreizender war als der verzückteste Beifall, „es ist kein Zweifel, daß hinter allen Äußerungen dieses Gerichtes, in meinem Fall also hinter der Verhaftung und der heutigen Untersuchung, eine große Organisation sich befindet. Eine Organisation, die nicht nur bestechliche Wächter, läppische Aufseher und Untersuchungsrichter, die günstigsten Falles bescheiden sind, beschäftigt, sondern die weiterhin jedenfalls eine Richterschaft hohen und höchsten Grades unterhält, mit dem zahllosen, unumgänglichen Gefolge von Dienern, Schreibern, Gendarmen und andern Hilfskräften, vielleicht sogar Henkern, ich scheue vor dem Wort nicht zurück. Und der Sinn dieser großen Organisation, meine Herren? Er besteht darin, daß unschuldige Personen verhaftet werden und gegen sie ein sinnloses und meistens, wie in meinem Fall, ergebnisloses Verfahren eingeleitet wird. Wie ließe sich bei dieser

Sinnlosigkeit des Ganzen die schlimmste Korruption der Beamtenschaft vermeiden? Das ist unmöglich, das brächte auch der höchste Richter nicht einmal für sich selbst zustande. Darum suchen die Wächter den Verhafteten die Kleider vom Leib zu stehlen, darum brechen Aufseher in fremde Wohnungen ein, darum sollen Unschuldige, statt verhört, lieber vor ganzen Versammlungen entwürdigt werden. Die Wächter haben nur von Depots erzählt, in die man das Eigentum der Verhafteten bringt, ich wollte einmal diese Depotplätze sehen, in denen das mühsam erarbeitete Vermögen der Verhafteten fault, soweit es nicht von diebischen Depotbeamten gestohlen ist."

K. wurde durch ein Kreischen vom Saalende unterbrochen, er beschattete die Augen, um hinsehen zu können, denn das trübe Tageslicht machte den Dunst weißlich und blendete. Es handelte sich um die Waschfrau, die K. gleich bei ihrem Eintritt als eine wesentliche Störung erkannt hatte. Ob sie jetzt schuldig war oder nicht, konnte man nicht erkennen. K. sah nur, daß ein Mann sie in einen Winkel bei der Tür gezogen hatte und dort an sich drückte. Aber nicht sie kreischte, sondern der Mann, er hatte den Mund breit gezogen und blickte zur Decke. Ein kleiner Kreis hatte sich um beide gebildet, die Galeriebesucher in der Nähe schienen darüber begeistert, daß der Ernst, den K. in die Versammlung eingeführt hatte, auf diese Weise unterbrochen wurde. K. wollte unter dem ersten Eindruck gleich hinlaufen, auch dachte er, allen würde daran gelegen sein, dort Ordnung zu schaffen und zumindest das Paar aus dem Saal zu weisen, aber die ersten Reihen vor ihm blieben ganz fest, keiner rührte sich, und keiner ließ K. durch. Im Gegenteil, man hinderte ihn, alte Männer hielten den Arm vor, und irgendeine Hand — er hatte nicht Zeit, sich umzudrehen — faßte ihn hinten am Kragen. K. dachte nicht eigentlich mehr an das Paar, ihm war, als werde seine Freiheit eingeschränkt, als mache man mit der Verhaftung ernst, und er sprang rücksichtslos vom Podium hinunter. Nun stand er Aug in Aug dem Gedränge gegenüber. Hatte er die Leute nicht richtig beurteilt? Hatte er seiner Rede zuviel Wirkung zugetraut? Hatte man sich verstellt, solange er gesprochen hatte, und hatte man jetzt, da er zu den Schlußfolgerungen kam, die Verstellung satt? Was für Gesichter rings um ihn! Kleine, schwarze Äuglein huschten hin und her, die Wangen hingen herab, wie bei Versoffenen, die langen Bärte waren steif und schütter, und griff man in sie, so war es, als bilde man bloß Krallen, nicht als griffe man in Bärte. Unter den Bärten aber — und das war die eigentliche Entdeckung, die K. machte — schimmerten am Rockkragen Abzeichen in verschiedener Größe und Farbe. Alle hatten diese Abzeichen, soweit man sehen konnte. Alle gehörten zueinander, die scheinbaren Parteien rechts und links, und als er sich plötzlich umdrehte, sah er die gleichen Abzeichen am Kragen des Untersuchungsrichters der, die Hände im Schoß, ruhig hinuntersah. „So", rief K. und warf die Arme in die Höhe, die plötzliche

Erkenntnis wollte Raum, „ihr seid ja alle Beamte, wie ich sehe, ihr seid ja die korrupte Bande, gegen die ich sprach, ihr habt euch hier gedrängt, als Zuhörer und Schnüffler, habt scheinbare Parteien gebildet, und eine hat applaudiert, um mich zu prüfen, ihr wolltet lernen, wie man Unschuldige verführen soll! Nun, ihr seid nicht nutzlos hier gewesen, hoffe ich, entweder habt ihr euch darüber unterhalten, daß jemand die Verteidigung der Unschuld von euch erwartet hat, oder aber — laß mich oder ich schlage“, rief K. einem zitternden Greis zu, der sich besonders nahe an ihn geschoben hatte — „oder aber ihr habt wirklich etwas gelernt. Und damit wünsche ich euch Glück zu euerem Gewerbe.“ Er nahm schnell seinen Hut, der am Rande des Tisches lag, und drängte sich unter allgemeiner Stille, jedenfalls der Stille vollkommenster Überraschung, zum Ausgang. Der Untersuchungsrichter schien aber noch schneller als K. gewesen zu sein, denn er erwartete ihn bei der Tür. „Einen Augenblick“, sagte er. K. blieb stehen, sah aber nicht auf den Untersuchungsrichter, sondern auf die Tür, deren Klinke er schon ergriffen hatte. „Ich wollte Sie nur darauf aufmerksam machen“, sagte der Untersuchungsrichter, „daß Sie sich heute — es dürfte Ihnen noch nicht zu Bewußtsein gekommen sein — des Vorteils beraubt haben, den ein Verhör für den Verhafteten in jedem Falle bedeutet.“ K. lachte die Tür an. „Ihr Lumpen“, rief er, „ich schenke euch alle Verhöre“, öffnete die Tür und eilte die Treppe hinunter. Hinter ihm erhob sich der Lärm der wieder lebendig gewordenen Versammlung, welche die Vorfälle wahrscheinlich nach Art von Studierenden zu besprechen begann.

Drittes Kapitel

Im leeren Sitzungssaal — Der Student — Die Kanzleien

K. wartete während der nächsten Woche von Tag zu Tag auf eine neuerliche Verständigung, er konnte nicht glauben, daß man seinen Verzicht auf Verhöre wörtlich genommen hatte, und als die erwartete Verständigung bis Samstagabend wirklich nicht kam, nahm er an, er sei stillschweigend in das gleiche Haus für die gleiche Zeit wieder vorgeladen. Er begab sich daher Sonntags wieder hin, ging diesmal geradewegs über Treppen und Gänge; einige Leute, die sich seiner erinnerten, grüßten ihn an ihren Türen, aber er mußte niemanden mehr fragen und kam bald zu der richtigen Tür. Auf sein Klopfen wurde ihm gleich aufgemacht, und ohne sich weiter nach der bekannten Frau umzusehen, die bei der Tür stehenblieb, wollte er gleich ins Nebenzimmer. „Heute ist keine Sitzung“, sagte die Frau. „Warum sollte keine Sitzung sein?“, fragte er und wollte es nicht glauben. Aber die Frau überzeugte ihn, indem sie die Tür des Nebenzimmers öffnete. Es war wirklich leer und sah in seiner Leere noch kläglicher aus als am letzten Sonntag. Auf dem Tisch, der unverändert auf dem Podium stand, lagen einige Bücher. „Kann ich mir die Bücher anschauen?“, fragte K., nicht aus besonderer Neugierde, sondern nur, um nicht vollständig nutzlos hier gewesen zu sein. „Nein“, sagte die Frau und schloß wieder die Tür, „das ist nicht erlaubt. Die Bücher gehören dem Untersuchungsrichter.“ „Ach so“, sagte K. und nickte, „die Bücher sind wohl Gesetzbücher und es gehört zu der Art dieses Gerichtswesens, daß man nicht nur unschuldig, sondern auch unwissend verurteilt wird.“ „Es wird so sein“, sagte die Frau, die ihn nicht genau verstanden hatte. „Nun, dann gehe ich wieder“, sagte K.

„Soll ich dem Untersuchungsrichter etwas melden?“, fragte die Frau. „Sie kennen ihn?“, fragte K. „Natürlich“, sagte die Frau, „mein Mann ist ja Gerichtsdiener.“ Erst jetzt merkte K., daß das Zimmer, in dem letzthin nur ein Waschbottich gestanden war, jetzt ein völlig eingerichtetes Wohnzimmer bildete. Die Frau bemerkte sein Staunen und sagte: „Ja, wir haben hier freie Wohnung, müssen aber an Sitzungstagen das Zimmer ausräumen. Die Stellung meines Mannes hat manche Nachteile.“ „Ich staune nicht so sehr über das Zimmer“, sagte K. und blickte sie böse an, „als vielmehr darüber, daß Sie verheiratet sind.“ „Spielen Sie vielleicht auf den Vorfall in der letzten Sitzung an, durch den ich Ihre Rede störte?“, fragte die Frau. „Natürlich“, sagte K., „heute ist es ja schon vorüber und fast vergessen, aber damals hat es mich geradezu wütend gemacht. Und nun sagen Sie selbst, daß Sie eine verheiratete Frau sind.“ „Es war nicht zu Ihrem Nachteil, daß ihre Rede abgebrochen wurde.

Man hat nachher noch sehr ungünstig über sie geurteilt.“

„Mag sein“, sagte K. ablenkend, „aber Sie entschuldigt das nicht.“ „Ich bin vor allen entschuldigt, die mich kennen“, sagte die Frau, „der, welcher mich damals umarmt hat, verfolgt mich schon seit langem. Ich mag im allgemeinen nicht verlockend sein, für ihn bin ich es aber. Es gibt hierfür keinen Schutz, auch mein Mann hat sich schon damit abgefunden; will er seine Stellung behalten, muß er es dulden, denn jener Mann ist Student und wird voraussichtlich zu größerer Macht kommen. Er ist immerfort hinter mir her, gerade ehe Sie kamen, ist er fortgegangen.“ „Es paßt zu allem anderen“, sagte K., „es überrascht mich nicht.“ „Sie wollen hier wohl einiges verbessern?“, fragte die Frau langsam und prüfend, als sage sie etwas, was sowohl für sie als für K. gefährlich war. „Ich habe das schon aus Ihrer Rede geschlossen, die mir persönlich sehr gut gefallen hat. Ich habe allerdings nur einen Teil gehört, den Anfang habe ich versäumt und während des Schlusses lag ich mit dem Studenten auf dem Boden. — Es ist ja so widerlich hier“, sagte sie nach einer Pause und faßte K.s Hand. „Glauben Sie, daß es Ihnen gelingen wird, eine Besserung zu erreichen?“ K. lächelte und drehte seine Hand ein wenig in ihren weichen Händen. „Eigentlich“, sagte er, „bin ich nicht dazu angestellt, Besserungen hier zu erreichen, wie Sie sich ausdrücken, und wenn Sie es zum Beispiel dem Untersuchungsrichter sagten, würden Sie ausgelacht oder bestraft werden. Tatsächlich hätte ich mich auch aus freiem Willen in diese Dinge gewiß nicht eingemischt, und meinen Schlaf hätte die Verbesserungsbedürftigkeit dieses Gerichtswesens niemals gestört. Aber ich bin dadurch, daß ich angeblich verhaftet wurde — ich bin nämlich verhaftet –, gezwungen worden, hier einzugreifen, und zwar um meinetwillen. Wenn ich aber dabei auch Ihnen irgendwie nützlich sein kann, werde ich es natürlich sehr gerne tun. Nicht etwa nur aus Nächstenliebe, sondern außerdem deshalb, weil auch Sie mir helfen können.“ „Wie könnte ich denn das?“, fragte die Frau. „Indem Sie mir zum Beispiel die Bücher dort auf dem Tisch zeigen.“ „Aber gewiß“, rief die Frau und zog ihn eiligst hinter sich her. Es waren alte, abgegriffene Bücher, ein Einbanddeckel war in der Mitte fast zerbrochen, die Stücke hingen nur durch Fasern zusammen. „Wie schmutzig hier alles ist“, sagte K. kopfschüttelnd, und die Frau wischte mit ihrer Schürze, ehe K. nach den Büchern greifen konnte, wenigstens oberflächlich den Staub weg. K. schlug das oberste Buch auf, es erschien ein unanständiges Bild. Ein Mann und eine Frau saßen nackt auf einem Kanapee, die gemeine Absicht des Zeichners war deutlich zu erkennen, aber seine Ungeschicklichkeit war so groß gewesen, daß schließlich doch nur ein Mann und eine Frau zu sehen waren, die allzu körperlich aus dem Bilde hervorragten, übermäßig aufrecht dasaßen und sich infolge falscher Perspektive nur mühsam einander zuwendeten. K. blätterte nicht weiter, sondern schlug nur noch das Titelblatt des zweiten Buches auf, es war ein Roman mit dem Titel: „Die Plagen, welche Grete von ihrem Manne Hans zu erleiden hatte.“ „Das sind die Gesetzbücher, die hier studiert werden“, sagte K., „von solchen Menschen soll ich gerichtet werden.“ „Ich werde Ihnen helfen“, sagte die Frau. „Wollen Sie?“ „Könnten Sie denn das wirklich, ohne sich selbst in Gefahr zu bringen? Sie sagten doch vorhin, Ihr Mann sei sehr abhängig von Vorgesetzten.“ „Trotzdem will ich Ihnen helfen“, sagte die Frau, „kommen Sie, wir müssen es besprechen. Über meine Gefahr reden Sie nicht mehr, ich fürchte die Gefahr nur dort, wo ich sie fürchten will. Kommen Sie.“ Sie zeigte auf das Podium und bat ihn, sich mit ihr auf die Stufe zu setzen. „Sie haben schöne dunkle Augen“, sagte sie, nachdem sie sich gesetzt hatten, und sah K. von unten ins Gesicht, „man sagt mir, ich hätte auch schöne Augen, aber Ihre sind viel schöner. Sie fielen mir übrigens gleich damals auf, als Sie zum erstenmal hier eintraten. Sie waren auch der Grund, warum ich dann später hierher ins Versammlungszimmer ging, was ich sonst niemals tue und was mir sogar gewissermaßen verboten ist.“ Das ist also alles, dachte K., sie bietet sich mir an, sie ist verdorben wie alle hier rings herum, sie hat die Gerichtsbeamten satt, was ja begreiflich ist, und begrüßt deshalb jeden beliebigen Fremden mit einem Kompliment wegen seiner Augen. Und K. stand stillschweigend auf, als hätte er seine Gedanken laut ausgesprochen und dadurch der Frau sein Verhalten erklärt. „Ich glaube nicht, daß Sie mir helfen können“, sagte er, „um mir wirklich zu helfen, müßte man Beziehungen zu hohen Beamten haben. Sie aber kennen gewiß nur die niedrigen Angestellten, die sich hier in Mengen herumtreiben. Diese kennen Sie gewiß sehr gut und könnten bei ihnen auch manches durchsetzen, das bezweifle ich nicht, aber das Größte, was man bei ihnen durchsetzen könnte, wäre für den endgültigen Ausgang des Prozesses gänzlich belanglos. Sie aber hätten sich dadurch doch einige Freunde verscherzt. Das will ich nicht. Führen Sie ihr bisheriges Verhältnis zu diesen Leuten weiter, es scheint mir nämlich, daß es Ihnen unentbehrlich ist. Ich sage das nicht ohne Bedauern, denn, um Ihr Kompliment doch auch irgendwie zu erwidern, auch Sie gefallen mir gut, besonders wenn Sie mich wie jetzt so traurig ansehen, wozu übrigens für Sie gar kein Grund ist. Sie gehören zu der Gesellschaft, die ich bekämpfen muß, befinden sich aber in ihr sehr wohl, Sie lieben sogar den Studenten, und wenn Sie ihn nicht lieben, so ziehen Sie ihn doch wenigstens Ihrem Manne vor. Das konnte man aus Ihren Worten leicht erkennen.“ „Nein!“, rief sie, blieb sitzen und griff nach K.s Hand, die er ihr nicht rasch genug entzog. „Sie dürfen jetzt nicht weggehen, Sie dürfen nicht mit einem falschen Urteil über mich weggehen! Brächten Sie es wirklich zustande, jetzt wegzugehen? Bin ich wirklich so wertlos, daß Sie mir nicht einmal den Gefallen tun wollen, noch ein kleines Weilchen hierzubleiben?“ „Sie mißverstehen mich“, sagte K. und setzte sich, „wenn Ihnen wirklich daran liegt, daß ich hier bleibe, bleibe ich gern, ich habe ja Zeit, ich kam doch in der Erwartung her, daß heute eine Verhandlung sein werde. Mit dem, was ich früher sagte, wollte ich Sie nur bitten, in meinem Prozeß nichts für mich zu unternehmen. Aber auch das muß Sie nicht kränken, wenn Sie bedenken, daß mir am Ausgang des Prozesses gar nichts liegt und daß ich über eine Verurteilung nur lachen werde. Vorausgesetzt, daß es überhaupt zu einem wirklichen Abschluß des Prozesses kommt, was ich sehr bezweifle. Ich glaube vielmehr, daß das Verfahren infolge Faulheit oder Vergeßlichkeit oder vielleicht sogar infolge Angst der Beamtenschaft schon abgebrochen ist oder in der nächsten Zeit abgebrochen werden wird. Möglich ist allerdings auch, daß man in Hoffnung auf irgendeine größere Bestechung den Prozeß scheinbar weiterführen wird, ganz vergeblich, wie ich heute schon sagen kann, denn ich besteche niemanden. Es wäre immerhin eine Gefälligkeit, die Sie mir leisten könnten, wenn Sie dem Untersuchungsrichter oder irgend jemandem sonst, der wichtige Nachrichten gern verbreitet, mitteilten, daß ich niemals und durch keine Kunststücke, an denen die Herren wohl reich sind, zu einer Bestechung zu bewegen sein werde. Es wäre ganz aussichtslos, das können Sie ihnen offen sagen. Übrigens wird man es vielleicht selbst schon bemerkt haben, und selbst wenn dies nicht sein sollte, liegt mir gar nicht so viel daran, daß man es jetzt schon erfährt. Es würde ja dadurch den Herren nur Arbeit erspart werden, allerdings auch mir einige Unannehmlichkeiten, die ich aber gern auf mich nehme, wenn ich weiß, daß jede gleichzeitig ein Hieb für die anderen ist. Und daß es so wird, dafür will ich sorgen. Kennen Sie eigentlich den Untersuchungsrichter?" „Natürlich", sagte die Frau, „an den dachte ich sogar zuerst, als ich Ihnen Hilfe anbot. Ich wußte nicht, daß er nur ein niedriger Beamter ist, aber da Sie es sagen, wird es wahrscheinlich richtig sein. Trotzdem glaube ich, daß der Bericht, den er nach oben liefert, immerhin einigen Einfluß hat. Und er schreibt soviel Berichte. Sie sagen, daß die Beamten faul sind, alle gewiß nicht, besonders dieser Untersuchungsrichter nicht, er schreibt sehr viel. Letzten Sonntag zum Beispiel dauerte die Sitzung bis gegen Abend. Alle Leute gingen weg, der Untersuchungsrichter aber blieb im Saal, ich mußte ihm eine Lampe bringen, ich hatte nur eine kleine Küchenlampe, aber er war mit ihr zufrieden und fing gleich zu schreiben an. Inzwischen war auch mein Mann gekommen, der an jenem Sonntag gerade Urlaub hatte, wir holten die Möbel, richteten wieder unser Zimmer ein, es kamen dann noch Nachbarn, wir unterhielten uns noch bei einer Kerze, kurz, wir vergaßen den Untersuchungsrichter und gingen schlafen. Plötzlich in der Nacht, es muß schon tief in der Nacht gewesen sein, wache ich auf, neben dem Bett steht der Untersuchungsrichter und blendet die Lampe mit der Hand ab, so daß auf meinen Mann kein Licht fällt, es war unnötige Vorsicht, mein Mann hat einen solchen Schlaf, daß ihn auch das Licht nicht geweckt hätte. Ich war so erschrocken, daß ich fast geschrien hätte, aber der Untersuchungsrichter war sehr freundlich, ermahnte mich zur Vorsicht, flüsterte mir zu, daß er bis jetzt geschrieben habe, daß er mir jetzt die Lampe zurückbringe und daß er niemals den Anblick vergessen werde, wie er mich schlafend gebunden habe. Mit dem allem wollte ich Ihnen nur sagen, daß der Untersuchungsrichter tatsächlich viele Berichte schreibt, insbesondere über Sie, denn Ihre Einvernahme war gewiß einer der Hauptgegenstände der sonntäglichen Sitzung. Solche langen Berichte können aber doch nicht ganz bedeutungslos sein. Außerdem aber können Sie doch auch aus dem Vorfall sehen, daß sich der Untersuchungsrichter um mich bewirbt und daß ich gerade jetzt in der ersten Zeit, er muß mich überhaupt erst jetzt bemerkt haben, großen Einfluß auf ihn haben kann. Daß ihm viel an mir liegt, dafür habe ich jetzt auch noch andere Beweise. Er hat mir gestern durch den Studenten, zu dem er viel Vertrauen hat und der sein Mitarbeiter ist, seidene Strümpfe zum Geschenk geschickt, angeblich dafür, daß ich das Sitzungszimmer aufräume, aber das ist nur ein Vorwand, denn diese Arbeit ist doch nur meine Pflicht und für sie wird mein Mann bezahlt. Es sind schöne Strümpfe, sehen Sie" — sie streckte die Beine, zog die Röcke bis zum Knie hinauf und sah auch selbst die Strümpfe an –, „es sind schöne Strümpfe, aber doch eigentlich zu fein und für mich nicht geeignet."

Plötzlich unterbrach sie sich, legte ihre Hand auf K.s Hand, als wolle sie ihn beruhigen, und flüsterte: „Still, Berthold sieht uns zu." K. hob langsam den Blick. In der Tür des Sitzungszimmers stand ein junger Mann, er war klein, hatte nicht ganz gerade Beine und suchte sich durch einen kurzen, schütteren, rötlichen Vollbart, in dem er die Finger fortwährend herumführte, Würde zu geben. K. sah ihn neugierig an, es war ja der erste Student der unbekannten Rechtswissenschaft, dem er gewissermaßen menschlich begegnete, ein Mann, der wahrscheinlich auch einmal zu höheren Beamtenstellen gelangen würde. Der Student dagegen kümmerte sich um K. scheinbar gar nicht, er winkte nur mit einem Finger, den er für einen Augenblick aus seinem Barte zog, der Frau und ging zum Fenster, die Frau beugte sich zu K. und flüsterte: „Seien Sie mir nicht böse, ich bitte Sie vielmals, denken Sie auch nicht schlecht von mir, ich muß jetzt zu ihm gehen, zu diesem scheußlichen Menschen, sehen Sie nur seine krummen Beine an. Aber ich komme gleich zurück, und dann gehe ich mit Ihnen, wenn Sie mich mitnehmen, ich gehe, wohin Sie wollen, Sie können mit mir tun, was sie wollen, ich werde glücklich sein, wenn ich von hier für möglichst lange Zeit fort bin, am liebsten allerdings für immer." Sie streichelte noch K.s Hand, sprang auf und lief zum Fenster. Unwillkürlich haschte noch K. nach ihrer Hand ins Leere. Die Frau verlockte ihn wirklich, er fand trotz allem Nachdenken keinen haltbaren Grund dafür, warum er der Verlockung nicht nachgeben sollte. Den flüchtigen Einwand, daß ihn die Frau für das Gericht einfange, wehrte er ohne Mühe ab. Auf welche Weise konnte sie ihn einfangen? Blieb er nicht immer so frei, daß er das ganze Gericht, wenigstens soweit es ihn betraf, sofort zerschlagen konnte? Konnte er nicht dieses geringe Vertrauen zu sich haben? Und ihr Anerbieten einer Hilfe klang aufrichtig und war vielleicht nicht wertlos. Und es gab vielleicht keine bessere Rache an dem Untersuchungsrichter und seinem Anhang, als daß er ihnen diese Frau entzog und an sich nahm. Es könnte sich dann einmal der Fall ereignen, daß der Untersuchungsrichter nach mühevoller Arbeit an Lügenberichten über K. in später Nacht das Bett der Frau leer fand. Und leer deshalb, weil sie K. gehörte, weil diese Frau am Fenster, dieser üppige, gelenkige, warme Körper im dunklen Kleid aus grobem, schwerem Stoff, durchaus nur K. gehörte. Nachdem er auf diese Weise die Bedenken gegen die Frau beseitigt hatte, wurde ihm das leise Zwiegespräch am Fenster zu lang, er klopfte mit den Knöcheln auf das Podium und dann auch mit der Faust. Der Student sah kurz über die Schulter der Frau hinweg nach K. hin, ließ sich aber nicht stören, ja drückte sich sogar eng an die Frau und umfaßte sie. Sie senkte tief den Kopf, als höre sie ihm aufmerksam zu, er küßte sie, als sie sich bückte, laut auf den Hals, ohne sich im Reden wesentlich zu unterbrechen. K. sah darin die Tyrannei bestätigt, die der Student nach den klagen der Frau über sie ausübte, stand auf und ging im Zimmer auf und ab. Er überlegte unter Seitenblicken nach dem Studenten, wie er ihn möglichst schnell wegschaffen könnte, und es war ihm daher nicht unwillkommen, als der Student, offenbar gestört durch K.s Herumgehen, das schon zeitweilig zu einem Trampeln ausgeartet war, bemerkte: „Wenn Sie ungeduldig sind, können Sie weggehen. Sie hätten auch schon früher weggehen können, es hätte Sie niemand vermißt. Ja, Sie hätten sogar weggehen sollen, und zwar schon bei meinem Eintritt, und zwar schleunigst.“ Es mochte in dieser Bemerkung alle mögliche Wut zum Ausdruck kommen, jedenfalls lag darin aber auch der Hochmut des künftigen Gerichtsbeamten, der zu einem mißliebigen Angeklagten sprach. K. blieb ganz nahe bei ihm stehen und sagte lächelnd: „Ich bin ungeduldig, das ist richtig, aber diese Ungeduld wird am leichtesten dadurch zu beseitigen sein, daß Sie uns verlassen. Wenn Sie aber vielleicht hergekommen sind, um zu studieren — ich hörte, daß Sie Student sind –, so will ich Ihnen gerne Platz machen und mit der Frau weggehen. Sie werden übrigens noch viel studieren müssen, ehe Sie Richter werden. Ich kenne zwar Ihr Gerichtswesen noch nicht sehr genau, nehme aber an, daß es mit groben Reden allein, die Sie allerdings schon unverschämt gut zu führen wissen, noch lange nicht getan ist.“ „Man hätte ihn nicht so frei herumlaufen lassen sollen“, sagte der Student, als wolle er der Frau eine Erklärung für K.s beleidigende Rede geben, „es war ein Mißgriff. Ich habe es dem Untersuchungsrichter gesagt. Man hätte ihn zwischen den Verhören zumindest in seinem Zimmer halten sollen. Der Untersuchungsrichter ist manchmal unbegreiflich.“ „Unnütze Reden“, sagte K. und streckte die Hand nach der Frau aus, „kommen Sie.“ „Ach so“, sagte der Student, „nein, nein, die bekommen Sie nicht“, und mit einer Kraft, die man ihm nicht zugetraut hätte, hob er sie auf einen Arm und lief mit gebeugtem Rücken, zärtlich zu ihr aufsehend, zur Tür. Eine gewisse Angst vor K. war hierbei nicht zu verkennen, trotzdem wagte er es, K. noch zu reizen, indem er mit der freien Hand den Arm der Frau streichelte und drückte. K. lief ein paar Schritte neben ihm her, bereit, ihn zu fassen und, wenn es sein mußte, zu würgen, da sagte die Frau: „Es hilft nichts, der Untersuchungsrichter läßt mich holen, ich darf nicht mit Ihnen gehen, dieses kleine Scheusal“, sie fuhr hierbei dem Studenten mit der Hand übers Gesicht, „dieses kleine Scheusal läßt mich nicht.“ „Und Sie wollen nicht befreit werden!“, schrie K. und legte die Hand auf die Schulter des Studenten, der mit den Zähnen nach ihr schnappte. „Nein!“, rief die Frau und wehrte K. mit beiden Händen ab, „nein, nein, nur das nicht, woran denken Sie denn! Das wäre mein Verderben. Lassen Sie ihn doch, o bitte, lassen Sie ihn doch. Er führt ja nur den Befehl des Untersuchungsrichters aus und trägt mich zu ihm.“ „Dann mag er laufen und Sie will ich nie mehr sehen“, sagte K. wütend vor Enttäuschung und gab dem Studenten einen Stoß in den Rücken, daß er kurz stolperte, um gleich darauf, vor Vergnügen darüber, daß er nicht gefallen war, mit seiner Last desto höher zu springen. K. ging ihnen langsam nach, er sah ein, daß das die erste zweifellose Niederlage war, die er von diesen Leuten erfahren hatte. Es war natürlich kein Grund, sich deshalb zu ängstigen, er erhielt die Niederlage nur deshalb, weil er den Kampf aufsuchte. Wenn er zu Hause bliebe und sein gewohntes Leben führte, war er jedem dieser Leute tausendfach überlegen und konnte jeden mit einem Fußtritt von seinem Wege räumen. Und er stellte sich die allerlächerlichste Szene vor, die es zum Beispiel geben würde, wenn dieser klägliche Student, dieses aufgeblasene Kind, dieser krumme Bartträger vor Elsas Bett knien und mit gefalteten Händen um Gnade bitten würde. K. gefiel diese Vorstellung so, daß er beschloß, wenn sich nur irgendeine Gelegenheit dafür ergeben sollte, den Studenten einmal zu Elsa mitzunehmen.

Aus Neugierde eilte K. noch zur Tür, er wollte sehen, wohin die Frau getragen wurde, der Student würde sie doch nicht etwa über die Straßen auf dem Arm tragen. Es zeigte sich, daß der Weg viel kürzer war. Gleich gegenüber der Wohnung führte eine schmale hölzerne Treppe wahrscheinlich zum Dachboden, sie machte eine Wendung, so daß man ihr Ende nicht sah. Über diese Treppe trug der Student die Frau hinauf, schon sehr langsam und stöhnend, denn er war durch das bisherige Laufen geschwächt. Die Frau grüßte mit der Hand zu K. hinunter und suchte durch Auf- und Abziehen der Schultern zu zeigen, daß sie an der Entführung unschuldig sei, viel Bedauern lag aber in dieser Bewegung nicht. K. sah sie ausdruckslos wie eine Fremde an, er wollte weder verraten, daß er enttäuscht war, noch auch, daß er die Enttäuschung leicht überwinden könne.

Die zwei waren schon verschwunden, K. aber stand noch immer in der Tür. Er mußte annehmen, daß ihn die Frau nicht nur betrogen, sondern mit der Angabe, daß sie zum Untersuchungsrichter getragen werde, auch belogen habe. Der Untersuchungsrichter würde doch nicht auf dem Dachboden sitzen und warten. Die Holztreppe erklärte nichts, solange man sie auch ansah. Da bemerkte K. einen kleinen Zettel neben dem Aufgang, ging hinüber und las in einer kindlichen, ungeübten Schrift: „Aufgang zu den Gerichtskanzleien." Hier auf dem Dachboden dieses Miethauses waren also die Gerichtskanzleien? Das war keine Einrichtung, die viel Achtung einzuflößen imstande war und es war für einen Angeklagten beruhigend, sich vorzustellen, wie wenig Geldmittel diesem Gericht zur Verfügung standen, wenn es seine Kanzleien dort unterbrachte, wo die Mietsparteien, die schon selbst zu den Ärmsten gehörten, ihren unnützen Kram hinwarfen. Allerdings war es nicht ausgeschlossen, daß man Geld genug hatte, daß aber die Beamtenschaft sich darüber warf, ehe es für Gerichtszwecke verwendet wurde. Das war nach den bisherigen Erfahrungen K.s sogar sehr wahrscheinlich, nur war dann eine solche Verlotterung des Gerichtes für einen Angeklagten zwar entwürdigend, aber im Grunde noch beruhigender, als es die Armut des Gerichtes gewesen wäre. Nun war es K. auch begreiflich, daß man sich beim ersten Verhör schämte, den Angeklagten auf den Dachboden vorzuladen und es vorzog, ihn in seiner Wohnung zu belästigen. In welcher Stellung befand sich doch K. gegenüber dem Richter, der auf dem Dachboden saß, während er selbst in der Bank ein großes Zimmer mit einem Vorzimmer hatte und durch eine riesige Fensterscheibe auf den belebten Stadtplatz hinuntersehen konnte! Allerdings hatte er keine Nebeneinkünfte aus Bestechungen oder Unterschlagungen und konnte sich auch vom Diener keine Frau auf dem Arm ins Büro tragen lassen. Darauf wollte K. aber, wenigstens in diesem Leben, gerne verzichten.
K. stand noch vor dem Anschlagzettel, als ein Mann die Treppe heraufkam, durch die offene Tür ins Wohnzimmer sah, aus dem man auch das Sitzungszimmer sehen konnte, und schließlich K. fragte, ob er hier nicht vor kurzem eine Frau gesehen habe. „Sie sind der Gerichtsdiener, nicht?", fragte K. „Ja", sagte der Mann, „ach so, Sie sind der Angeklagte K., jetzt erkenne ich Sie auch, seien Sie willkommen." Und er reichte K., der es gar nicht erwartet hatte, die Hand. „Heute ist aber keine Sitzung angezeigt", sagte dann der Gerichtsdiener, als K. schwieg. „Ich weiß", sagte K. und betrachtete den Zivilrock des Gerichtsdieners, der als einziges amtliches Abzeichen neben einigen gewöhnlichen Knöpfen auch zwei vergoldete Knöpfe aufwies, die von einem alten Offiziersmantel abgetrennt zu sein schienen. „Ich habe vor einem Weilchen mit Ihrer Frau gesprochen. Sie ist nicht mehr hier. Der Student hat sie zum Untersuchungsrichter getragen." „Sehen Sie", sagte der Gerichtsdiener, „immer trägt man sie mir weg. Heute ist doch Sonntag, und

ich bin zu keiner Arbeit verpflichtet, aber nur, um mich von hier zu entfernen, schickt man mich mit einer jedenfalls unnützen Meldung weg. Und zwar schickt man mich nicht weit weg, so daß ich die Hoffnung habe, wenn ich mich sehr beeile, vielleicht noch rechtzeitig zurückzukommen. Ich laufe also, so sehr ich kann, schreie dem Amt, zu dem ich geschickt wurde, meine Meldung durch den Türspalt so atemlos zu, daß man sie kaum verstanden haben wird, laufe wieder zurück, aber der Student hat sich noch mehr beeilt als ich, er hatte allerdings auch einen kürzeren Weg, er mußte nur die Bodentreppe hinunterlaufen. Wäre ich nicht so abhängig, ich hätte den Studenten schon längst hier an der Wand zerdrückt. Hier neben dem Anschlagzettel. Davon träume ich immer. Hier, ein wenig über dem Fußboden, ist er festgedrückt, die Arme gestreckt, die Finger gespreizt, die krummen Beine zum Kreis gedreht, und ringsherum Blutspritzer. Bisher war es aber nur Traum." „Eine andere Hilfe gibt es nicht?", fragte K. lächelnd. „Ich wüßte keine", sagte der Gerichtsdiener. „Und jetzt wird es ja noch ärger, bisher hat er sie nur zu sich getragen, jetzt trägt er sie, was ich allerdings längst erwartet habe, auch zum Untersuchungsrichter." „Hat denn Ihre Frau gar keine Schuld dabei", fragte K., er mußte sich bei dieser Frage bezwingen, so sehr fühlte auch er jetzt die Eifersucht. „Aber gewiß", sagte der Gerichtsdiener, „sie hat sogar die größte Schuld. Sie hat sich ja an ihn gehängt. Was ihn betrifft, er läuft allen Weibern nach. In diesem Hause allein ist er schon aus fünf Wohnungen, in die er sich eingeschlichen hat, hinausgeworfen worden. Meine Frau ist allerdings die Schönste im ganzen Haus, und gerade ich darf mich nicht wehren." „Wenn es sich so verhält, dann gibt es allerdings keine Hilfe",sagte K. „Warum denn nicht?", fragte der Gerichtsdiener. „Man müßte den Studenten, der ein Feigling ist, einmal, wenn er meine Frau anrühren will, so durchprügeln, daß er es niemals mehr wagt. Aber ich darf es nicht, und andere machen mir den Gefallen nicht, denn alle fürchten seine Macht. Nur ein Mann wie Sie könnte es tun." „Wieso denn ich?", fragte K. erstaunt. „Sie sind doch angeklagt", sagte der Gerichtsdiener. „Ja", sagte K., „aber desto mehr müßte ich doch fürchten, daß er, wenn auch vielleicht nicht Einfluß auf den Ausgang des Prozesses, so doch wahrscheinlich auf die Voruntersuchung hat." „Ja, gewiß", sagte der Gerichtsdiener, als sei die Ansicht K.s genau so richtig wie seine eigene. „Es werden aber bei uns in der Regel keine aussichtslosen Prozesse geführt." „Ich bin nicht Ihrer Meinung", sagte K., „das soll mich aber nicht hindern, gelegentlich den Studenten in Behandlung zu nehmen." „Ich wäre Ihnen sehr dankbar", sagte der Gerichtsdiener etwas förmlich, er schien eigentlich doch nicht an die Erfüllbarkeit seines höchsten Wunsches zu glauben. „Es würden vielleicht", fuhr K. fort, „auch noch andere Ihrer Beamten und vielleicht sogar alle das gleiche verdienen." „Ja, ja", sagte der Gerichtsdiener, als handle es sich um etwas Selbstverständliches. Dann sah er K. mit einem

zutraulichen Blick an, wie er es bisher trotz aller Freundlichkeit nicht getan hatte, und fügte hinzu: „Man rebelliert eben immer.“ Aber das Gespräch schien ihm doch ein wenig unbehaglich geworden zu sein, denn er brach es ab, indem er sagte: „Jetzt muß ich mich in der Kanzlei melden. Wollen Sie mitkommen?“ „Ich habe dort nichts zu tun“, sagte K. „Sie können die Kanzleien ansehen. Es wird sich niemand um Sie kümmern.“ „Ist es denn sehenswert?“, fragte K. zögernd, hatte aber große Lust, mitzugehen. „Nun“, sagte der Gerichtsdiener, „ich dachte, es würde Sie interessieren.“ „Gut“, sagte K. schließlich, „ich gehe mit.“ Und er lief schneller als der Gerichtsdiener die Treppe hinauf.
Beim Eintritt wäre er fast hingefallen, denn hinter der Tür war noch eine Stufe. „Auf das Publikum nimmt man nicht viel Rücksicht“, sagte er. „Man nimmt überhaupt keine Rücksicht“, sagte der Gerichtsdiener, „sehen Sie nur hier das Wartezimmer.“ Es war ein langer Gang, von dem aus roh gezimmerte Türen zu den einzelnen Abteilungen des Dachbodens führten. Obwohl kein unmittelbarer Lichtzutritt bestand, war es doch nicht vollständig dunkel, denn manche Abteilungen hatten gegen den Gang zu statt einheitlicher Bretterwände bloße, allerdings bis zur Decke reichende Holzgitter, durch die einiges Licht drang und durch die man auch einzelne Beamte sehen konnte, wie sie an Tischen schrieben oder geradezu am Gitter standen und durch die Lücken die Leute auf dem Gang beobachteten. Es waren, wahrscheinlich weil Sonntag war, nur wenig Leute auf dem Gang. Sie machten einen sehr bescheidenen Eindruck. In fast regelmäßigen Entfernungen voneinander saßen sie auf den zwei Reihen langer Holzbänke, die zu beiden Seiten des Ganges angebracht waren. Alle waren vernachlässigt angezogen, obwohl die meisten nach dem Gesichtsausdruck, der Haltung, der Barttracht und vielen, kaum sicherzustellenden kleinen Einzelheiten den höheren Klassen angehörten. Da keine Kleiderhaken vorhanden waren, hatten sie die Hüte, wahrscheinlich einer dem Beispiel des anderen folgend, unter die Bank gestellt. Als die, welche zunächst der Tür saßen, K. und den Gerichtsdiener erblickten, erhoben sie sich zum Gruß, da das die Folgenden sahen, glaubten sie auch grüßen zu müssen, so daß alle beim Vorbeigehen der beiden sich erhoben. Sie standen niemals vollständig aufrecht, der Rücken war geneigt, die Knie geknickt, sie standen wie Straßenbettler. K. wartete auf den ein wenig hinter ihm gehenden Gerichtsdiener und sagte: „Wie gedemütigt die sein müssen.“ „Ja“, sagte der Gerichtsdiener, „es sind Angeklagte, alle, die Sie hier sehn, sind Angeklagte.“ „Wirklich!“, sagte K. „Dann sind es ja meine Kollegen.“ Und er wandte sich an den nächsten, einen großen, schlanken, schon fast grauhaarigen Mann. „Worauf warten Sie hier?“, fragte K. höflich. Die unerwartete Ansprache aber machte den Mann verwirrt, was um so peinlicher aussah, da es sich offenbar um einen welterfahrenen Menschen handelte, der

anderswo gewiß sich zu beherrschen verstand und die Überlegenheit, die er sich über viele erworben hatte, nicht leicht aufgab. Hier aber wußte er auf eine so einfache Frage nicht zu antworten und sah auf die anderen hin, als seien sie verpflichtet, ihm zu helfen, und als könne niemand von ihm eine Antwort verlangen, wenn diese Hilfe ausbliebe. Da trat der Gerichtsdiener hinzu und sagte, um den Mann zu beruhigen und aufzumuntern: „Der Herr hier fragt ja nur, worauf Sie warten. Antworten Sie doch.“ Die ihm wahrscheinlich bekannte Stimme des Gerichtsdieners wirkte besser: „Ich warte –“, begann er und stockte. Offenbar hatte er diesen Anfang gewählt, um ganz genau auf die Fragestellung zu antworten, fand aber jetzt die Fortsetzung nicht. Einige der Wartenden hatten sich genähert und umstanden die Gruppe, der Gerichtsdiener sagte zu ihnen: „Weg, weg, macht den Gang frei.“ Sie wichen ein wenig zurück, aber nicht bis zu ihren früheren Sitzen. Inzwischen hatte sich der Gefragte gesammelt und antwortete sogar mit einem kleinen Lächeln: „Ich habe vor einem Monat einige Beweisanträge in meiner Sache gemacht und warte auf die Erledigung.“ „Sie scheinen sich ja viele Mühe zu geben“, sagte K. „Ja“, sagte der Mann, „es ist ja meine Sache.“ „Jeder denkt nicht so wie Sie“, sagte K., „ich zum Beispiel bin auch angeklagt, habe aber, so wahr ich selig werden will, weder einen Beweisantrag gestellt, noch auch sonst irgend etwas Derartiges unternommen. Halten Sie denn das für nötig?“ „Ich weiß nicht genau“, sagte der Mann wieder in vollständiger Unsicherheit; er glaubte offenbar, K. mache mit ihm einen Scherz, deshalb hätte er wahrscheinlich am liebsten, aus Furcht, irgendeinen neuen Fehler zu machen, seine frühere Antwort ganz wiederholt, vor K.s ungeduldigem Blick aber sagte er nur: „Was mich betrifft, ich habe Beweisanträge gestellt.“ „Sie glauben wohl nicht, daß ich angeklagt bin?“, fragte K. „O bitte, gewiß“, sagte der Mann, und trat ein wenig zur Seite, aber in der Antwort war nicht Glaube, sondern nur Angst. „Sie glauben mir also nicht?“, fragte K. und faßte ihn, unbewußt durch das demütige Wesen des Mannes aufgefordert, beim Arm, als wolle er ihn zum Glauben zwingen. Aber er wollte ihm nicht Schmerz bereiten, hatte ihn auch nur ganz leicht angegriffen, trotzdem schrie der Mann auf, als habe K. ihn nicht mit zwei Fingern, sondern mit einer glühenden Zange erfaßt. Dieses lächerliche Schreien machte ihn K. endgültig überdrüssig; glaubte man ihm nicht, daß er angeklagt war, so war es desto besser; vielleicht hielt er ihn sogar für einen Richter. Und er faßte ihn nun zum Abschied wirklich fester, stieß ihn auf die Bank zurück und ging weiter. „Die meisten Angeklagten sind so empfindlich“, sagte der Gerichtsdiener. Hinter ihnen sammelten sich jetzt fast alle Wartenden um den Mann, der schon zu schreien aufgehört hatte, und schienen ihn über den Zwischenfall genau auszufragen. K. entgegen kam jetzt ein Wächter, der hauptsächlich an einem Säbel kenntlich war, dessen Scheide, wenigstens der Farbe nach, aus Aluminium bestand. K.

staunte darüber und griff sogar mit der Hand hin. Der Wächter, der wegen des Schreiens gekommen war, fragte nach dem Vorgefallenen. Der Gerichtsdiener suchte ihn mit einigen Worten zu beruhigen, aber der Wächter erklärte, doch noch selbst nachsehen zu müssen, salutierte und ging weiter mit sehr eiligen, aber sehr kurzen, wahrscheinlich durch Gicht abgemessenen Schritten.

K. kümmerte sich nicht lange um ihn und die Gesellschaft auf dem Gang, besonders da er etwa in der Hälfte des Ganges die Möglichkeit sah, rechts durch eine türlose Öffnung einzubiegen. Er verständigte sich mit dem Gerichtsdiener darüber, ob das der richtige Weg sei, der Gerichtsdiener nickte, und K. bog nun wirklich dort ein. Es war ihm lästig, daß er immer einen oder zwei Schritte vor dem Gerichtsdiener gehen mußte, es konnte wenigstens an diesem Ort den Anschein haben, als ob er verhaftet vorgeführt werde. Er wartete also öfters auf den Gerichtsdiener, aber dieser blieb gleich wieder zurück. Schließlich sagte K., um seinem Unbehagen ein Ende zu machen: „Nun habe ich gesehen, wie es hier aussieht, ich will jetzt weggehen." „Sie haben noch nicht alles gesehen", sagte der Gerichtsdiener vollständig unverfänglich. „Ich will nicht alles sehen", sagte K., der sich übrigens wirklich müde fühlte, „ich will gehen, wie kommt man zum Ausgang?" „Sie haben sich doch nicht schon verirrt?", fragte der Gerichtsdiener erstaunt, „Sie gehen hier bis zur Ecke und dann rechts den Gang hinunter geradeaus zur Tür." „Kommen Sie mit", sagte K., „zeigen Sie mir den Weg, ich werde ihn verfehlen, es sind hier so viele Wege." „Es ist der einzige Weg", sagte der Gerichtsdiener nun schon vorwurfsvoll, „ich kann nicht wieder mit Ihnen zurückgehen, ich muß doch meine Meldung vorbringen und habe schon viel Zeit durch Sie versäumt." „Kommen Sie mit!", wiederholte K. jetzt schärfer, als habe er endlich den Gerichtsdiener auf einer Unwahrheit ertappt. „Schreien Sie doch nicht so", flüsterte der Gerichtsdiener, „es sind ja hier überall Büros. Wenn Sie nicht allein zurückgehen wollen, so gehen Sie noch ein Stückchen mit mir oder warten Sie hier, bis ich meine Meldung erledigt habe, dann will ich ja gern mit Ihnen wieder zurückgehen." „Nein, nein", sagte K., „ich werde nicht warten und Sie müssen jetzt mit mir gehen." K. hatte sich noch gar nicht in dem Raum umgesehen, in dem er sich befand, erst als jetzt eine der vielen Holztüren, die ringsherum standen, sich öffnete, blickte er hin. Ein Mädchen, das wohl durch K.s lautes Sprechen herbeigerufen war, trat ein und fragte: „Was wünscht der Herr?" Hinter ihr in der Ferne sah man im Halbdunkel noch einen Mann sich nähern. K. blickte den Gerichtsdiener an. Dieser hatte doch gesagt, daß sich niemand um K. kümmern werde, und nun kamen schon zwei, es brauchte nur wenig und die Beamtenschaft wurde auf ihn aufmerksam, würde eine Erklärung seiner Anwesenheit haben wollen. Die einzig verständliche und annehmbare war die, daß er Angeklagter war und das Datum des nächsten Verhörs erfahren wollte, gerade diese Erklärung aber wollte er nicht geben, besonders da sie auch nicht wahrheitsgemäß war, denn er war nur aus Neugierde gekommen oder, was als Erklärung noch unmöglicher war, aus dem Verlangen, festzustellen, daß das Innere dieses Gerichtswesens ebenso widerlich war wie sein Äußeres. Und es schien ja, daß er mit dieser Annahme recht hatte, er wollte nicht weiter eindringen, er war beengt genug von dem, was er bisher gesehen hatte, er war gerade jetzt nicht in der Verfassung, einem höheren Beamten gegenüberzutreten, wie er hinter jeder Tür auftauchen konnte, er wollte weggehen, und zwar mit dem Gerichtsdiener oder allein, wenn es sein mußte.

Aber sein stummes Dastehen mußte auffallend sein, und wirklich sahen ihn das Mädchen und der Gerichtsdiener derartig an, als ob in der nächsten Minute irgendeine große Verwandlung mit ihm geschehen müsse, die sie zu beobachten nicht versäumen wollten. Und in der Türöffnung stand der Mann, den K. früher in der Ferne bemerkt hatte, er hielt sich am Deckbalken der niedrigen Tür fest und schaukelte ein wenig auf den Fußspitzen, wie ein ungeduldiger Zuschauer. Das Mädchen aber erkannte doch zuerst, daß das Benehmen K.s in einem leichten Unwohlsein seinen Grund hatte, sie brachte einen Sessel und fragte: „Wollen Sie sich nicht setzen?“ K. setzte sich sofort und stützte, um noch besseren Halt zu bekommen, die Ellbogen auf die Lehnen. „Sie haben ein wenig Schwindel, nicht?“, fragte sie ihn. Er hatte nun ihr Gesicht nahe vor sich, es hatte den strengen Ausdruck, wie ihn manche Frauen gerade in ihrer schönsten Jugend haben. „Machen Sie sich darüber keine Gedanken“, sagte sie, „das ist hier nichts Außergewöhnliches, fast jeder bekommt einen solchen Anfall, wenn er zum erstenmal herkommt. Sie sind zum erstenmal hier? Nun ja, das ist also nichts Außergewöhnliches. Die Sonne brennt hier auf das Dachgerüst, und das heiße Holz macht die Luft so dumpf und schwer. Der Ort ist deshalb für Büroräumlichkeiten nicht sehr geeignet, so große Vorteile er allerdings sonst bietet. Aber was die Luft betrifft, so ist sie an Tagen großen Parteienverkehrs, und das ist fast jeder Tag, kaum mehr atembar. Wenn Sie dann noch bedenken, daß hier auch vielfach Wäsche zum Trocknen ausgehängt wird — man kann es den Mietern nicht gänzlich untersagen –, so werden Sie sich nicht mehr wundern, daß Ihnen ein wenig übel wurde. Aber man gewöhnt sich schließlich an die Luft sehr gut. Wenn Sie zum zweiten- oder drittenmal herkommen, werden Sie das Drückende hier kaum mehr spüren. Fühlen Sie sich schon besser?“ K. antwortete nicht, es war ihm zu peinlich, durch diese plötzliche Schwäche den Leuten hier ausgeliefert zu sein, überdies war ihm, da er jetzt die Ursachen seiner Übelkeit erfahren hatte, nicht besser, sondern noch ein wenig schlechter.

Das Mädchen merkte es gleich, nahm, um K. eine Erfrischung zu bereiten, eine Hakenstange, die an der Wand lehnte, und stieß damit eine kleine Luke auf, die gerade über K. angebracht war und ins Freie führte. Aber es fiel so viel Ruß herein, daß das Mädchen die Luke gleich wieder zuziehen und mit ihrem Taschentuch die Hände K.s vom Ruß reinigen mußte, denn K. war zu müde, um das selbst zu besorgen. Er wäre gern hier ruhig sitzengeblieben, bis er sich zum Weggehen genügend gekräftigt hatte, das mußte aber um so früher geschehen, je weniger man sich um ihn kümmern würde. Nun sagte aber überdies das Mädchen: „Hier können Sie nicht bleiben, hier stören wir den Verkehr –“ K. fragte mit den Blicken, welchen Verkehr er denn hier störe — „Ich werde Sie, wenn Sie wollen, ins Krankenzimmer führen. Helfen Sie mir, bitte“, sagte sie zu dem Mann in der Tür, der auch gleich näher kam. Aber K. wollte nicht ins Krankenzimmer, gerade das wollte er ja vermeiden, weiter geführt zu werden, je weiter er kam, desto ärger mußte es werden. „Ich kann schon gehen“, sagte er deshalb und stand, durch das bequeme Sitzen verwöhnt, zitternd auf. Dann aber konnte er sich nicht aufrecht halten. „Es geht doch nicht“, sagte er kopfschüttelnd und setzte sich seufzend wieder nieder. Er erinnerte sich an den Gerichtsdiener, der ihn trotz allem leicht hinausführen könnte, aber der schien schon längst weg zu sein, K. sah zwischen dem Mädchen und dem Mann, die vor ihm standen, hindurch, konnte aber den Gerichtsdiener nicht finden.

„Ich glaube“, sagte der Mann, der übrigens elegant gekleidet war und besonders durch eine graue Weste auffiel, die in zwei langen, scharfgeschnittenen Spitzen endigte, „das Unwohlsein des Herrn geht auf die Atmosphäre hier zurück, es wird daher am besten und auch ihm am liebsten sein, wenn wir ihn nicht erst ins Krankenzimmer, sondern überhaupt aus den Kanzleien hinausführen.“ „Das ist es“, rief K. und fuhr vor lauter Freude fast noch in die Rede des Mannes hinein, „mir wird gewiß sofort besser werden, ich bin auch gar nicht so schwach, nur ein wenig Unterstützung unter den Achseln brauche ich, ich werde Ihnen nicht viel Mühe machen, es ist ja auch kein langer Weg, führen Sie mich nur zur Tür, ich setze mich dann noch ein wenig auf die Stufen und werde gleich erholt sein, ich leide nämlich gar nicht unter solchen Anfällen, es kommt mir selbst überraschend. Ich bin doch auch Beamter und an Büroluft gewöhnt, aber hier scheint es doch zu arg, Sie sagen es selbst. Wollen Sie also die Freundlichkeit haben, mich ein wenig zu führen, ich habe nämlich Schwindel, und es wird mir schlecht wenn ich allein aufstehe.“ Und er hob die Schultern, um es den beiden zu erleichtern, ihm unter die Arme zu greifen.

Aber der Mann folgte der Aufforderung nicht, sondern hielt die Hände ruhig in den Hosentaschen und lachte laut. „Sehen Sie“, sagte er zu dem Mädchen, „ich habe also doch das Richtige getroffen. Dem Herrn ist nur hier nicht wohl, nicht im allgemeinen.“ Das Mädchen lächelte auch, schlug aber dem Mann leicht mit den Fingerspitzen auf den Arm, als hätte er sich mit K. einen zu starken Spaß erlaubt. „Aber was denken Sie denn“, sagte der Mann noch immer lachend, „ich will ja den Herrn wirklich hinausführen." „Dann ist es gut", sagte das Mädchen, indem sie ihren zierlichen Kopf für einen Augenblick neigte. „Messen Sie dem Lachen nicht zuviel Bedeutung zu", sagte das Mädchen zu K., der, wieder traurig geworden, vor sich hinstarrte und keine Erklärung zu brauchen schien, „dieser Herr — ich darf Sie doch vorstellen?" (der Herr gab mit einer Handbewegung die Erlaubnis) „dieser Herr also ist der Auskunftgeber. Er gibt den wartenden Parteien alle Auskunft, die sie brauchen, und da unser Gerichtswesen in der Bevölkerung nicht sehr bekannt ist, werden viele Auskünfte verlangt. Er weiß auf alle Fragen eine Antwort, Sie können ihn, wenn Sie einmal Lust dazu haben, daraufhin erproben. Das ist aber nicht sein einziger Vorzug, sein zweiter Vorzug ist die elegante Kleidung. Wir, das heißt die Beamtenschaft, meinten einmal, man müsse den Auskunftgeber, der immerfort, und zwar als erster, mit Parteien verhandelt, des würdigen ersten Eindrucks halber, auch elegant anziehen. Wir anderen sind, wie Sie gleich an mir sehen können, leider sehr schlecht und altmodisch angezogen; es hat auch nicht viel Sinn, für die Kleidung etwas zu verwenden, da wir fast unaufhörlich in den Kanzleien sind, wir schlafen ja auch hier. Aber, wie gesagt, für den Auskunftgeber hielten wir einmal schöne Kleidung für nötig. Da sie aber von unserer Verwaltung, die in dieser Hinsicht etwas sonderbar ist, nicht erhältlich war, machten wir eine Sammlung — auch Parteien steuerten bei — und wir kauften ihm dieses schöne Kleid und noch andere. Alles wäre jetzt vorbereitet, einen guten Eindruck zu machen, aber durch sein Lachen verdirbt er es wieder und erschreckt die Leute." „So ist es", sagte der Herr spöttisch, „aber ich verstehe nicht, Fräulein, warum Sie dem Herrn alle unsere Intimitäten erzählen oder besser, aufdrängen, denn er will sie ja gar nicht erfahren. Sehen Sie nur, wie er, offenbar mit seinen eigenen Angelegenheiten beschäftigt, dasitzt." K. hatte nicht einmal Lust, zu widersprechen, die Absicht des Mädchens mochte eine gute sein, sie war vielleicht darauf gerichtet, ihn zu zerstreuen oder ihm die Möglichkeit zu geben, sich zu sammeln, aber das Mittel war verfehlt. „Ich mußte ihm Ihr Lachen erklären", sagte das Mädchen. „Es war ja beleidigend." „Ich glaube, er würde noch ärgere Beleidigungen verzeihen, wenn ich ihn schließlich hinausführe." K. sagte nichts, sah nicht einmal auf, er duldete es, daß die zwei über ihn wie über eine Sache verhandelten, es war ihm sogar am liebsten. Aber plötzlich fühlte er die Hand des Auskunftgebers an einem Arm und die Hand des Mädchens am anderen. „Also auf, Sie schwacher Mann", sagte der Auskunftgeber. „Ich danke Ihnen beiden vielmals", sagte K., freudig überrascht, erhob sich langsam und führte selbst die fremden Hände an die Stellen, an denen er die Stütze am meisten brauchte. „Es sieht so aus", sagte das Mädchen leise in K.s Ohr, während sie sich dem Gang näherten, „als ob mir besonders viel daran gelegen wäre, den Auskunftgeber in ein gutes Licht zu stellen, aber man mag es glauben, ich will doch die Wahrheit sagen. Er hat kein hartes Herz. Er ist nicht verpflichtet, kranke Parteien hinauszuführen, und tut es doch, wie Sie sehen. Vielleicht ist niemand von uns hartherzig, wir wollten vielleicht alle gern helfen, aber als Gerichtsbeamte bekommen wir leicht den Anschein, als ob wir hartherzig wären und niemandem helfen wollten. Ich leide geradezu darunter.“ „Wollen Sie sich nicht hier ein wenig setzen?“, fragte der Auskunftgeber, sie waren schon im Gang und gerade vor dem Angeklagten, den K. früher angesprochen hatte. K. schämte sich fast vor ihm, früher war er so aufrecht vor ihm gestanden, jetzt mußten ihn zwei stützen, seinen Hut balancierte der Auskunftgeber auf den gespreizten Fingern, die Frisur war zerstört, die Haare hingen ihm in die schweißbedeckte Stirn. Aber der Angeklagte schien nichts davon zu bemerken, demütig stand er vor dem Auskunftgeber, der über ihn hinwegsah, und suchte nur seine Anwesenheit zu entschuldigen. „Ich weiß“, sagte er, „daß die Erledigung meiner Anträge heute noch nicht gegeben werden kann. Ich bin aber doch gekommen, ich dachte, ich könnte doch hier warten, es ist Sonntag, ich habe ja Zeit und hier störe ich nicht.“ „Sie müssen das nicht so sehr entschuldigen“, sagte der Auskunftgeber, „Ihre Sorgsamkeit ist ja ganz lobenswert, Sie nehmen hier zwar unnötigerweise den Platz weg, aber ich will Sie trotzdem, solange es mir nicht lästig wird, durchaus nicht hindern, den Gang Ihrer Angelegenheit genau zu verfolgen. Wenn man Leute gesehen hat, die ihre Pflicht schändlich vernachlässigten, lernt man es, mit Leuten, wie Sie sind, Geduld zu haben. Setzen Sie sich.“ „Wie er mit den Parteien zu reden versteht“,flüsterte das Mädchen. K. nickte, fuhr aber gleich auf, als ihn der Auskunftgeber wieder fragte: „Wollen Sie sich nicht hier niedersetzen?“ „Nein“, sagte K., ich will mich nicht ausruhen. Er hatte das mit möglichster Bestimmtheit gesagt, in Wirklichkeit hätte es ihm sehr wohlgetan, sich niederzusetzen. Er war wie seekrank. Er glaubte auf einem Schiff zu sein, das sich in schwerem Seegang befand. Es war ihm, als stürze das Wasser gegen die Holzwände, als komme aus der Tiefe des Ganges ein Brausen her, wie von überschlagendem Wasser, als schaukle der Gang in der Quere und als würden die wartenden Parteien zu beiden Seiten gesenkt und gehoben. Desto unbegreiflicher war die Ruhe des Mädchens und des Mannes, die ihn führten. Er war ihnen ausgeliefert, ließen sie ihn los, so mußte er hinfallen wie ein Brett. Aus ihren kleinen Augen gingen scharfe Blicke hin und her, ihre gleichmäßigen Schritte fühlte K., ohne sie mitzumachen, denn er wurde fast von Schritt zu Schritt getragen. Endlich merkte er, daß sie zu ihm sprachen, aber er verstand sie nicht, er hörte nur den Lärm, der alles erfüllte und durch den hindurch ein unveränderlicher hoher Ton, wie von einer Sirene, zu klingen schien. „Lauter“, flüsterte er mit gesenktem Kopf und schämte sich, denn er wußte, daß sie laut genug, wenn auch für ihn unverständlich, gesprochen hatten. Da kam endlich, als wäre die

Wand vor ihm durchrissen, ein frischer Luftzug ihm entgegen, und er hörte neben sich sagen: „Zuerst will er weg, dann aber kann man ihm hundertmal sagen, daß hier der Ausgang ist, und er rührt sich nicht.“ K. merkte, daß er vor der Ausgangstür stand, die das Mädchen geöffnet hatte. Ihm war, als wären alle seine Kräfte mit einemmal zurückgekehrt, um einen Vorgeschmack der Freiheit zu gewinnen, trat er gleich auf eine Treppenstufe und verabschiedete sich von dort aus von seinen Begleitern, die sich zu ihm hinabbeugten. „Vielen Dank“, wiederholte er, drückte beiden wiederholt die Hände und ließ erst ab, als er zu sehen glaubte, daß sie, an die Kanzleiluft gewöhnt, die verhältnismäßig frische Luft, die von der Treppe kam, schlecht ertrugen. Sie konnten kaum antworten, und das Mädchen wäre vielleicht abgestürzt, wenn nicht K. äußerst schnell die Tür geschlossen hätte. K. stand dann noch einen Augenblick still, strich sich mit Hilfe eines Taschenspiegels das Haar zurecht, hob seinen Hut auf, der auf dem nächsten Treppenabsatz lag — der Auskunftgeber hatte ihn wohl hingeworfen — und lief dann die Treppe hinunter, so frisch und in so langen Sprüngen, daß er vor diesem Umschwung fast Angst bekam. Solche Überraschungen hatte ihm sein sonst ganz gefestigter Gesundheitszustand noch nie bereitet. Wollte etwa sein Körper revolutionieren und ihm einen neuen Prozeß bereiten, da er den alten so mühelos ertrug? Er lehnte den Gedanken nicht ganz ab, bei nächster Gelegenheit zu einem Arzt zu gehen, jedenfalls aber wollte er — darin konnte er sich selbst beraten — alle künftigen Sonntagvormittage besser als diesen verwenden.

Viertes Kapitel

Die Freundin des Fräulein Bürstner

In der nächsten Zeit war es K. unmöglich, mit Fräulein Bürstner auch nur einige wenige Worte zu sprechen. Er versuchte auf die verschiedenste Weise, an sie heranzukommen, sie aber wußte es immer zu verhindern. Er kam gleich nach dem Büro nach Hause, blieb in seinem Zimmer, ohne das Licht anzudrehen, auf dem Kanapee sitzen und beschäftigte sich mit nichts anderem, als das Vorzimmer zu beobachten. Ging etwa das Dienstmädchen vorbei und schloß die Tür des scheinbar leeren Zimmers, so stand er nach einem Weilchen auf und öffnete sie wieder. Des Morgens stand er um eine Stunde früher auf als sonst, um vielleicht Fräulein Bürstner allein treffen zu können, wenn sie ins Büro ging. Aber keiner dieser Versuche gelang. Dann schrieb er ihr einen Brief sowohl ins Büro als auch in die Wohnung, suchte darin nochmals sein Verhalten zu rechtfertigen, bot sich zu jeder Genugtuung an, versprach, niemals die Grenzen zu überschreiten, die sie ihm setzen würde, und bat nur, ihm die Möglichkeit zu geben, einmal mit ihr zu sprechen, besonders da er auch bei Frau Grubach nichts veranlassen könne, solange er sich nicht vorher mit ihr beraten habe, schließlich teilte er ihr mit, daß er den nächsten Sonntag während des ganzen Tages in seinem Zimmer auf ein Zeichen von ihr warten werde, das ihm die Erfüllung seiner Bitte in Aussicht stellen oder das ihm wenigstens erklären solle, warum sie die Bitte nicht erfüllen könne, obwohl er doch versprochen habe, sich in allem ihr zu fügen. Die Briefe kamen nicht zurück, aber es erfolgte auch keine Antwort. Dagegen gab es Sonntag ein Zeichen, dessen Deutlichkeit genügend war. Gleich früh bemerkte K. durch das Schlüsselloch eine besondere Bewegung im Vorzimmer, die sich bald aufklärte. Eine Lehrerin des Französischen, sie war übrigens eine Deutsche und hieß Montag, ein schwaches, blasses, ein wenig hinkendes Mädchen, das bisher ein eigenes Zimmer bewohnt hatte, übersiedelte in das Zimmer des Fräulein Bürstner. Stundenlang sah man sie durch das Vorzimmer schlürfen. Immer war noch ein Wäschestück oder ein Deckchen oder ein Buch vergessen, das besonders geholt und in die neue Wohnung hinübergetragen werden mußte.

Als Frau Grubach K. das Frühstück brachte — sie überließ, seitdem sie K. so erzürnt hatte, auch nicht die geringste Bedienung dem Dienstmädchen –, konnte sich K. nicht zurückhalten, sie zum erstenmal seit fünf Tagen anzusprechen. „Warum ist denn heute ein solcher Lärm im Vorzimmer?“, fragte er, während er den Kaffee eingoß, „könnte das nicht eingestellt werden? Muß denn gerade am Sonntag aufgeräumt werden?“ Obwohl K. nicht zu Frau Grubach aufsah, bemerkte er doch, daß sie, wie erleichtert, aufatmete. Selbst diese strengen Fragen K.s faßte sie als Verzeihung oder als Beginn der Verzeihung auf. „Es wird nicht aufgeräumt, Herr K.“, sagte sie,

„Fräulein Montag übersiedelt nur zu Fräulein Bürstner und schafft ihre Sachen hinüber.“ Sie sagte nichts weiter, sondern wartete, wie K. es aufnehmen und ob er ihr gestatten würde, weiterzureden. K. stellte sie aber auf die Probe, rührte nachdenklich den Kaffee mit dem Löffel und schwieg. Dann sah er zu ihr auf und sagte: „Haben Sie schon Ihren früheren Verdacht wegen Fräulein Bürstner aufgegeben?“ „Herr K.“, rief Frau Grubach, die nur auf diese Frage gewartet hatte, und hielt K. ihre gefalteten Hände hin. „Sie haben eine gelegentliche Bemerkung letzthin so schwer genommen. Ich habe ja nicht im entferntesten daran gedacht, Sie oder irgend jemand zu kränken. Sie kennen mich doch schon lange genug, Herr K., um davon überzeugt sein zu können. Sie wissen gar nicht, wie ich die letzten Tage gelitten habe! Ich sollte meine Mieter verleumden! Und Sie, Herr K., glaubten es! Und sagten, ich solle Ihnen kündigen! Ihnen kündigen!“ Der letzte Ausruf erstickte schon unter Tränen, sie hob die Schürze zum Gesicht und schluchzte laut.
„Weinen Sie doch nicht, Frau Grubach“, sagte K. und sah zum Fenster hinaus, er dachte nur an Fräulein Bürstner und daran, daß sie ein fremdes Mädchen in ihr Zimmer aufgenommen hatte.
„Weinen Sie doch nicht“, sagte er nochmals, als er sich ins Zimmer zurückwandte und Frau Grubach noch immer weinte. „Es war ja damals auch von mir nicht so schlimm gemeint. Wir haben eben einander gegenseitig mißverstanden. Das kann auch alten Freunden einmal geschehen.“ Frau Grubach rückte die Schürze unter die Augen, um zu sehen, ob K. wirklich versöhnt sei. „Nun ja, es ist so“, sagte K. und wagte nun, da, nach dem Verhalten der Frau Grubach zu schließen, der Hauptmann nichts verraten hatte, noch hinzuzufügen: „Glauben Sie denn wirklich, daß ich mich wegen eines fremden Mädchens mit Ihnen verfeinden könnte?“ „Das ist es ja eben, Herr K.“, sagte Frau Grubach, es war ihr Unglück, daß sie, sobald sie sich nur irgendwie freier fühlte, gleich etwas Ungeschicktes sagte. „Ich fragte mich immerfort: Warum nimmt sich Herr K. so sehr des Fräulein Bürstner an? Warum zankt er ihretwegen mit mir, obwohl er weiß, daß mir jedes böse Wort von ihm den Schlaf nimmt? Ich habe ja über das Fräulein nichts anderes gesagt, als was ich mit eigenen Augen gesehen habe.“ K. sagte dazu nichts, er hätte sie mit dem ersten Wort aus dem Zimmer jagen müssen, und das wollte er nicht. Er begnügte sich damit, den Kaffee zu trinken und Frau Grubach ihre Überflüssigkeit fühlen zu lassen. Draußen hörte man wieder den schleppenden Schritt des Fräulein Montag, welche das ganze Vorzimmer durchquerte. „Hören Sie es?“, fragte K. und zeigte mit der Hand nach der Tür. „Ja“, sagte Frau Grubach und seufzte, „ich wollte ihr helfen und auch vom Dienstmädchen helfen lassen, aber sie ist eigensinnig, sie will alles selbst übersiedeln. Ich wundere mich über Fräulein Bürstner. Mir ist es oft lästig, daß ich Fräulein Montag in Miete habe, Fräulein Bürstner aber nimmt sie sogar zu sich ins Zimmer.“ Das muß Sie gar nicht kümmern, sagte K. und

zerdrückte die Zuckerreste in der Tasse. „Haben Sie denn dadurch einen Schaden?“ „Nein“, sagte Frau Grubach, „an und für sich ist es mir ganz willkommen, ich bekomme dadurch ein Zimmer frei und kann dort meinen Neffen, den Hauptmann, unterbringen. Ich fürchtete schon längst, daß er Sie in den letzten Tagen, während derer ich ihn nebenan im Wohnzimmer wohnen lassen mußte, gestört haben könnte. Er nimmt nicht viel Rücksicht.“ „Was für Einfälle!“, sagte K. und stand auf, „davon ist ja keine Rede. Sie scheinen mich wohl für überempfindlich zu halten, weil ich diese Wanderungen des Fräulein Montag — jetzt geht sie wieder zurück — nicht vertragen kann.“ Frau Grubach kam sich recht machtlos vor. „Soll ich, Herr K., sagen, daß sie den restlichen Teil der Übersiedelung aufschieben soll? Wenn Sie wollen, tue ich es sofort.“ „Aber sie soll doch zu Fräulein Bürstner übersiedeln!“, sagte K. „Ja“, sagte Frau Grubach, sie verstand nicht ganz, was K. meinte. „Nun also“, sagte K., „dann muß sie doch ihre Sachen hinübertragen.“ Frau Grubach nickte nur. Diese stumme Hilflosigkeit, die äußerlich nicht anders aussah als Trotz, reizte K. noch mehr. Er fing an, im Zimmer vom Fenster zur Tür auf und ab zu gehen und nahm dadurch Frau Grubach die Möglichkeit, sich zu entfernen, was sie sonst wahrscheinlich getan hätte.

Gerade war K. einmal wieder bis zur Tür gekommen, als es klopfte. Es war das Dienstmädchen, welches meldete, daß Fräulein Montag gern mit Herrn K. ein paar Worte sprechen möchte und daß sie ihn deshalb bitte, ins Eßzimmer zu kommen, wo sie ihn erwarte. K. hörte das Dienstmädchen nachdenklich an, dann wandte er sich mit einem fast höhnischen Blick nach der erschrockenen Frau Grubach um. Dieser Blick schien zu sagen, daß K. diese Einladung des Fräulein Montag schon längst vorausgesehen habe und daß sie auch sehr gut mit der Quälerei zusammenpasse, die er diesen Sonntagvormittag von den Mietern der Frau Grubach erfahren mußte. Er schickte das Dienstmädchen zurück mit der Antwort, daß er sofort komme, ging dann zum Kleiderkasten, um den Rock zu wechseln und hatte als Antwort für Frau Grubach, welche leise über die lästige Person jammerte, nur die Bitte, sie möge das Frühstücksgeschirr schon forttragen. „Sie haben ja fast nichts angerührt“, sagte Frau Grubach. Ach, tragen Sie es doch weg! rief K., es war ihm, als sei irgendwie allem Fräulein Montag beigemischt und mache es widerwärtig.

Als er durch das Vorzimmer ging, sah er nach der geschlossenen Tür von Fräulein Bürstners Zimmer. Aber er war nicht dorthin eingeladen, sondern in das Eßzimmer, dessen Tür er aufriß, ohne zu klopfen.

Es war ein sehr langes, aber schmales, einfenstriges Zimmer. Es war dort nur so viel Platz vorhanden, daß man in den Ecken an der Türseite zwei Schränke schief hatte aufstellen können, während der übrige Raum vollständig von dem langen Speisetisch eingenommen war, der in der Nähe der Tür begann und bis knapp zum großen Fenster reichte, welches dadurch fast unzugänglich geworden war. Der Tisch war bereits gedeckt, und zwar für viele Personen, da am Sonntag fast alle Mieter hier zu Mittag aßen.

Als K. eintrat, kam Fräulein Montag vom Fenster her an der einen Seite des Tisches entlang K. entgegen. Sie grüßten einander stumm. Dann sagte Fräulein Montag, wie immer den Kopf ungewöhnlich aufgerichtet: „Ich weiß nicht, ob Sie mich kennen. K. sah sie mit zusammengezogenen Augen an.“ „Gewiß“, sagte er, „Sie wohnen doch schon längere Zeit bei Frau Grubach.“ „Sie kümmern sich aber, wie ich glaube, nicht viel um die Pension“, sagte Fräulein Montag. „Nein“, sagte K. „Wollen Sie sich nicht setzen?“, sagte Fräulein Montag. Sie zogen beide schweigend zwei Sessel am äußersten Ende des Tisches hervor und setzten sich einander gegenüber. Aber Fräulein Montag stand gleich wieder auf, denn sie hatte ihr Handtäschchen auf dem Fensterbrett liegengelassen und ging es holen; sie schleifte durch das ganze Zimmer. Als sie, das Handtäschchen leicht schwenkend, wieder zurückkam, sagte sie: „Ich möchte nur im Auftrag meiner Freundin ein paar Worte mit Ihnen sprechen. Sie wollte selbst kommen, aber sie fühlt sich heute ein wenig unwohl. Sie möchten sie entschuldigen und mich statt ihrer anhören. Sie hätte Ihnen auch nichts anderes sagen können, als ich Ihnen sagen werde. Im Gegenteil, ich glaube, ich kann Ihnen sogar mehr sagen, da ich doch verhältnismäßig unbeteiligt bin. Glauben Sie nicht auch?“

„Was wäre denn zu sagen?“, antwortete K., der dessen müde war, die Augen des Fräulein Montag fortwährend auf seine Lippe gerichtet zu sehen. Sie maßte sich dadurch eine Herrschaft schon darüber an, was er erst sagen wollte. „Fräulein Bürstner will mir offenbar die persönliche Aussprache, um die ich sie gebeten habe, nicht bewilligen.“ „Das ist es“, sagte Fräulein Montag, „oder vielmehr, so ist es gar nicht, Sie drücken es sonderbar scharf aus. Im allgemeinen werden doch Aussprachen weder bewilligt, noch geschieht das Gegenteil. Aber es kann geschehen, daß man Aussprachen für unnötig hält, und so ist es eben hier. Jetzt, nach Ihrer Bemerkung, kann ich ja offen reden. Sie haben meine Freundin schriftlich oder mündlich um eine Unterredung gebeten. Nun weiß aber meine Freundin, so muß ich wenigstens annehmen, was diese Unterredung betreffen soll, und ist deshalb aus Gründen, die ich nicht kenne, überzeugt, daß es niemandem Nutzen bringen würde, wenn die Unterredung wirklich zustande käme. Im übrigen erzählte sie mir erst gestern und nur ganz flüchtig davon, sie sagte hierbei, daß auch Ihnen jedenfalls nicht viel an der Unterredung liegen könne, denn Sie wären nur durch einen Zufall auf einen derartigen Gedanken gekommen und würden selbst auch ohne besondere Erklärung, wenn nicht schon jetzt, so doch sehr bald die Sinnlosigkeit des Ganzen erkennen. Ich antwortete darauf, daß das richtig sein mag, daß ich es aber zur vollständigen Klarstellung doch für vorteilhaft hielte, Ihnen eine ausdrückliche Antwort zukommen zu lassen.

Ich bot mich an, diese Aufgabe zu übernehmen, nach einigem Zögern gab meine Freundin mir nach. Ich hoffe, nun aber auch in Ihrem Sinne gehandelt zu haben; denn selbst die kleinste Unsicherheit in der geringfügigsten Sache ist doch immer quälend, und wenn man sie, wie in diesem Falle, leicht beseitigen kann, so soll es doch besser sofort geschehen." „Ich danke Ihnen", sagte K. sofort, stand langsam auf, sah Fräulein Montag an, dann über den Tisch hin, dann aus dem Fenster — das gegenüberliegende Haus stand in der Sonne — und ging zur Tür. Fräulein Montag folgte ihm ein paar Schritte, als vertraue sie ihm nicht ganz. Vor der Tür mußten aber beide zurückweichen, denn sie öffnete sich, und der Hauptmann Lanz trat ein. K. sah ihn zum erstenmal aus der Nähe. Es war ein großer, etwa vierzigjähriger Mann mit braungebranntem, fleischigem Gesicht. Er machte eine leichte Verbeugung, die auch K. galt, ging dann zu Fräulein Montag und küßte ihr ehrerbietig die Hand. Er war sehr gewandt in seinen Bewegungen. Seine Höflichkeit gegen Fräulein Montag stach auffallend von der Behandlung ab, die sie von K. erfahren hatte. Trotzdem schien Fräulein Montag K. nicht böse zu sein, denn sie wollte ihn sogar, wie K. zu bemerken glaubte, dem Hauptmann vorstellen. Aber K. wollte nicht vorgestellt werden, er wäre nicht imstande gewesen, weder dem Hauptmann noch Fräulein Montag gegenüber irgendwie freundlich zu sein, der Handkuß hatte sie für ihn zu einer Gruppe verbunden, die ihm unter dem Anschein äußerster Harmlosigkeit und Uneigennützigkeit von Fräulein Bürstner abhalten wollte. K. glaubte jedoch, nicht nur das zu erkennen, er erkannte auch, daß Fräulein Montag ein gutes, allerdings zweischneidiges Mittel gewählt hatte. Sie übertrieb die Bedeutung der Beziehung zwischen Fräulein Bürstner und K., sie übertrieb vor allem die Bedeutung der erbetenen Aussprache und versuchte, es gleichzeitig so zu wenden, als ob es K. sei, der alles übertreibe. Sie sollte sich täuschen, K. wollte nichts übertreiben, er wußte, daß Fräulein Bürstner ein kleines Schreibmaschinenfräulein war, das ihm nicht lange Widerstand leisten sollte. Hierbei zog er absichtlich gar nicht in Berechnung, was er von Frau Grubach über Fräulein Bürstner erfahren hatte. Das alles überlegte er, während er kaum grüßend das Zimmer verließ. Er wollte gleich in sein Zimmer gehen, aber ein kleines Lachen des Fräulein Montag, das er hinter sich aus dem Eßzimmer hörte, brachte ihn auf den Gedanken, daß er vielleicht beiden, dem Hauptmann wie Fräulein Montag, eine Überraschung bereiten könnte. Er sah sich um und horchte, ob aus irgendeinem der umliegenden Zimmer eine Störung zu erwarten wäre, es war überall still, nur die Unterhaltung aus dem Eßzimmer war zu hören und aus dem Gang, der zur Küche führte, die Stimme der Frau Grubach. Die Gelegenheit schien günstig, K. ging zur Tür von Fräulein Bürstners Zimmer und klopfte leise. Da sich nichts rührte, klopfte er nochmals, aber es erfolgte noch immer keine Antwort. Schlief sie? Oder war sie wirklich unwohl? Oder verleugnete sie sich nur deshalb, weil sie ahnte, daß es nur K. sein konnte, der so leise klopfte? K. nahm an, daß sie sich verleugne, und klopfte stärker, öffnete schließlich, da das Klopfen keinen Erfolg hatte, vorsichtig und nicht ohne das Gefühl, etwas Unrechtes und überdies Nutzloses zu tun, die Tür. Im Zimmer war niemand. Es erinnerte übrigens kaum mehr an das Zimmer, wie es K. gekannt hatte. An der Wand waren nun zwei Betten hintereinander aufgestellt, drei Sessel in der Nähe der Tür waren mit Kleidern und Wäsche überhäuft, ein Schrank stand offen. Fräulein Bürstner war wahrscheinlich fortgegangen, während Fräulein Montag im Eßzimmer auf K. eingeredet hatte. K. war dadurch nicht sehr bestürzt, er hatte kaum mehr erwartet, Fräulein Bürstner so leicht zu treffen, er hatte diesen Versuch fast nur aus Trotz gegen Fräulein Montag gemacht. Um so peinlicher war es ihm aber, als er, während er die Tür wieder schloß, in der offenen Tür des Eßzimmers Fräulein Montag und den Hauptmann sich unterhalten sah. Sie standen dort vielleicht schon, seitdem K. die Tür geöffnet hatte, sie vermieden jeden Anschein, als ob sie K. etwa beobachteten, sie unterhielten sich leise und verfolgten K.s Bewegungen mit den Blicken nur so, wie man während eines Gespräches zerstreut umherblickt. Aber auf K. lagen diese Blicke doch schwer, er beeilte sich, an der Wand entlang in sein Zimmer zu kommen.

Fünftes Kapitel

Der Prügler

Als K. an einem der nächsten Abende den Korridor passierte, der sein Büro von der Haupttreppe trennte — er ging diesmal fast als der letzte nach Hause, nur in der Expedition arbeiteten noch zwei Diener im kleinen Lichtfeld einer Glühlampe –, hörte er hinter einer Tür, hinter der er immer nur eine Rumpelkammer vermutet hatte, ohne sie jemals selbst gesehen zu haben, Seufzer ausstoßen. Er blieb erstaunt stehen und horchte noch einmal auf, um festzustellen, ob er sich nicht irrte — es wurde ein Weilchen still, dann waren es aber doch wieder Seufzer. — Zuerst wollte er einen der Diener holen, man konnte vielleicht einen Zeugen brauchen, dann aber faßte ihn eine derart unbezähmbare Neugierde, daß er die Tür förmlich aufriß. Es war, wie er richtig vermutet hatte, eine Rumpelkammer. Unbrauchbare, alte Drucksorten, umgeworfene leere irdene Tintenflaschen lagen hinter der Schwelle. In der Kammer selbst aber standen drei Männer, gebückt in dem niedrigen Raum. Eine auf einem Regal festgemachte Kerze gab ihnen Licht. „Was treibt ihr hier?", fragte K., sich vor Aufregung überstürzend, aber nicht laut. Der eine Mann, der die anderen offenbar beherrschte und zuerst den Blick auf sich lenkte, stak in einer Art dunkler Lederkleidung, die den Hals bis tief zur Brust und die ganzen Arme nackt ließ. Er antwortete nicht. Aber die zwei anderen riefen: „Herr! Wir sollen geprügelt werden, weil du dich beim Untersuchungsrichter über uns beklagt hast." Und nun erst erkannte K., daß es wirklich die Wächter Franz und Willem waren, und daß der dritte eine Rute in der Hand hielt, um sie zu prügeln. „Nun", sagte K. und starrte sie an, „ich habe mich nicht beklagt, ich habe nur gesagt, wie es sich in meiner Wohnung zugetragen hat. Und einwandfrei habt ihr euch ja nicht benommen." „Herr", sagte Willem, während Franz sich hinter ihm vor dem dritten offenbar zu sichern suchte, „wenn Ihr wüßtet, wie schlecht wir bezahlt sind, Ihr würdet besser über uns urteilen. Ich habe eine Familie zu ernähren, und Franz hier wollte heiraten, man sucht sich zu bereichern, wie es geht, durch bloße Arbeit gelingt es nicht, selbst durch die angestrengteste. Euere feine Wäsche hat mich verlockt, es ist natürlich den Wächtern verboten, so zu handeln, es war unrecht, aber Tradition ist es, daß die Wäsche den Wächtern gehört, es ist immer so gewesen, glaubt es mir; es ist ja auch verständlich, was bedeuten denn noch solche Dinge für den, welcher so unglücklich ist, verhaftet zu werden? Bringt er es dann allerdings öffentlich zur Sprache, dann muß die Strafe erfolgen." „Was ihr jetzt sagt, wußte ich nicht, ich habe auch keineswegs eure Bestrafung verlangt, mir ging es um ein Prinzip." „Franz", wandte sich Willem zum anderen Wächter, „sagte ich dir nicht, daß der Herr unsere Bestrafung nicht verlangt hat? Jetzt hörst du, daß er nicht einmal gewußt hat, daß wir bestraft werden müssen." „Laß dich nicht durch solche Reden rühren“, sagte der dritte zu K., „die Strafe ist ebenso gerecht als unvermeidlich.“ „Höre nicht auf ihn“, sagte Willem und unterbrach sich nur, um die Hand, über die er einen Rutenhieb bekommen hatte, schnell an den Mund zu führen, „wir werden nur gestraft, weil du uns angezeigt hast. Sonst wäre uns nichts geschehen, selbst wenn man erfahren hätte, was wir getan haben. Kann man das Gerechtigkeit nennen? Wir zwei, insbesondere aber ich, hatten uns als Wächter durch lange Zeit sehr bewährt — du selbst mußt eingestehen, daß wir, vom Gesichtspunkt der Behörde gesehen, gut gewacht haben — wir hatten Aussicht, vorwärtszukommen und wären gewiß bald auch Prügler geworden wie dieser, der eben das Glück hatte, von niemandem angezeigt worden zu sein, denn eine solche Anzeige kommt wirklich nur sehr selten vor. Und jetzt, Herr, ist alles verloren, unsere Laufbahn beendet, wir werden noch viel untergeordnetere Arbeiten leisten müssen, als es der Wachdienst ist, und überdies bekommen wir jetzt diese schrecklich schmerzhaften Prügel.“ „Kann denn die Rute solche Schmerzen machen?“, fragte K. und prüfte die Rute, die der Prügler vor ihm schwang. „Wir werden uns ja ganz nackt ausziehen müssen“, sagte Willem. „Ach so“, sagte K. und sah den Prügler genau an, er war braun gebrannt wie ein Matrose und hatte ein wildes, frisches Gesicht. „Gibt es keine Möglichkeit, den beiden die Prügel zu ersparen?“, fragte er ihn. „Nein“, sagte der Prügler und schüttelte lächelnd den Kopf. „Zieht euch aus!“, befahl er den Wächtern. Und zu K. sagte er: „Du mußt ihnen nicht alles glauben, sie sind durch die Angst vor den Prügeln schon ein wenig schwachsinnig geworden. Was dieser hier, zum Beispiel“, er zeigte auf Willem — „über seine mögliche Laufbahn erzählt hat, ist geradezu lächerlich. Sieh an, wie fett er ist — die ersten Rutenstreiche werden überhaupt im Fett verlorengehen. — Weißt du, wodurch er so fett geworden ist? Er hat die Gewohnheit, allen Verhafteten das Frühstück aufzuessen. Hat er nicht auch dein Frühstück aufgegessen? Nun, ich sagte es ja. Aber ein Mann mit einem solchen Bauch kann nie und nimmermehr Prügler werden, das ist ganz ausgeschlossen.“ „Es gibt auch solche Prügler“, behauptete Willem, der gerade seinen Hosengürtel löste. „Nein“, sagte der Prügler und strich ihm mit der Rute derartig über den Hals, daß er zusammenzuckte, „du sollst nicht zuhören, sondern dich ausziehen.“ „Ich würde dich gut belohnen, wenn du sie laufen läßt“, sagte K. und zog, ohne den Prügler nochmals anzusehen — solche Geschäfte werden beiderseits mit niedergeschlagenen Augen am besten abgewickelt — seine Brieftasche hervor. „Du willst wohl dann auch mich anzeigen“, sagte der Prügler, „und auch noch mir Prügel verschaffen. Nein, nein!“ „Sei doch vernünftig“, sagte K., „wenn ich gewollt hätte, daß diese beiden bestraft werden, würde ich sie doch jetzt nicht loskaufen wollen. Ich könnte einfach die Tür hier zuschlagen, nichts weiter sehen und hören wollen und nach Hause gehen. Nun tue ich das aber nicht, vielmehr liegt mir ernstlich daran, sie zu befreien; hätte ich geahnt, daß sie bestraft werden sollen oder auch nur bestraft werden können, hätte ich ihre Namen nie genannt. Ich halte sie nämlich gar nicht für schuldig, schuldig ist die Organisation, schuldig sind die hohen Beamten." „So ist es!", riefen die Wächter und bekamen sofort einen Hieb über ihren schon entkleideten Rücken. „Hättest du hier unter deiner Rute einen hohen Richter", sagte K. und drückte, während er sprach, die Rute, die sich schon wieder erheben wollte, nieder, „ich würde dich wahrhaftig nicht hindern, loszuschlagen, im Gegenteil, ich würde dir noch Geld geben, damit du dich für die gute Sache kräftigst." „Was du sagst, klingt ja glaubwürdig", sagte der Prügler, „aber ich lasse mich nicht bestechen. Ich bin zum Prügeln angestellt, also prügle ich." Der Wächter Franz, der vielleicht in Erwartung eines guten Ausgangs des Eingreifens von K. bisher ziemlich zurückhaltend gewesen war, trat jetzt, nur noch mit den Hosen bekleidet, zur Tür, hing sich niederkniend an K.s Arm und flüsterte: „Wenn du für uns beide Schonung nicht durchsetzen kannst, so versuche wenigstens, mich zu befreien. Willem ist älter als ich, in jeder Hinsicht weniger empfindlich, auch hat er schon einmal vor ein paar Jahren eine leichte Prügelstrafe bekommen, ich aber bin noch nicht entehrt und bin doch zu meiner Handlungsweise nur durch Willem gebracht worden, der im Guten und Schlechten mein Lehrer ist. Unten vor der Bank wartet meine arme Braut auf den Ausgang, ich schäme mich ja so erbärmlich." Er trocknete mit K.s Rock sein von Tränen ganz überlaufenes Gesicht. „Ich warte nicht mehr", sagte der Prügler, faßte die Rute mit beiden Händen und hieb auf Franz ein, während Willem in einem Winkel kauerte und heimlich zusah, ohne eine Kopfwendung zu wagen. Da erhob sich der Schrei, den Franz ausstieß, ungeteilt und unveränderlich, er schien nicht von einem Menschen, sondern von einem gemarterten Instrument zu stammen, der ganze Korridor tönte von ihm, das ganze Haus mußte es hören. „Schrei nicht", rief K., er konnte sich nicht zurückhalten, und während er gespannt in die Richtung sah, aus der die Diener kommen mußten, stieß er an Franz, nicht stark, aber doch stark genug, daß der Besinnungslose niederfiel und im Krampf mit den Händen den Boden absuchte; den Schlägen entging er aber nicht, die Rute fand ihn auch auf der Erde; während er sich unter ihr wälzte, schwang sich ihre Spitze regelmäßig auf und ab. Und schon erschien in der Ferne ein Diener und ein paar Schritte hinter ihm ein zweiter. K. hatte schnell die Tür zugeworfen, war zu einem der Hoffenster getreten und öffnete es. Das Schreien hatte vollständig aufgehört. Um die Diener nicht herankommen zu lassen, rief er: „Ich bin es!" „Guten Abend, Herr Prokurist!", rief es zurück. „Ist etwas geschehen?" „Nein, nein", antwortete K., „es schreit nur ein Hund auf dem Hof." Als die Diener sich doch nicht rührten, fügte er hinzu: „Sie können bei Ihrer Arbeit bleiben." Um sich in kein Gespräch mit den Dienern einlassen zu müssen, beugte er sich aus dem Fenster. Als er nach einem

Weilchen wieder in den Korridor sah, waren sie schon weg. K. aber blieb nun beim Fenster, in die Rumpelkammer wagte er nicht zu gehen und nach Hause gehen wollte er auch nicht. Es war ein kleiner viereckiger Hof, in den er hinuntersah, ringsherum waren Büroräume untergebracht, alle Fenster waren jetzt schon dunkel, nur die obersten fingen einen Widerschein des Mondes auf. K. suchte angestrengt mit den Blicken in das Dunkel eines Hofwinkels einzudringen, in dem einige Handkarren ineinandergefahren waren. Es quälte ihn, daß es ihm nicht gelungen war, das Prügeln zu verhindern, aber es war nicht seine Schuld, daß es nicht gelungen war, hätte Franz nicht geschrien — gewiß, es mußte sehr weh getan haben, aber in einem entscheidenden Augenblick muß man sich beherrschen — hätte er nicht geschrien, so hätte K., wenigstens sehr wahrscheinlich, noch ein Mittel gefunden, den Prügler zu überreden. Wenn die ganze unterste Beamtenschaft Gesindel war, warum hätte gerade der Prügler, der das unmenschlichste Amt hatte, eine Ausnahme machen sollen, K. hatte auch gut beobachtet, wie ihm beim Anblick der Banknote die Augen geleuchtet hatten, er hatte mit dem Prügeln offenbar nur deshalb Ernst gemacht, um die Bestechungssumme noch ein wenig zu erhöhen. Und K. hätte nicht gespart, es lag ihm wirklich daran, die Wächter zu befreien; wenn er nun schon angefangen hatte, die Verderbnis dieses Gerichtswesens zu bekämpfen, so war es selbstverständlich, daß er auch von dieser Seite eingriff. Aber in dem Augenblick, wo Franz zu schreien angefangen hatte, war natürlich alles zu Ende. K. konnte nicht zulassen, daß die Diener und vielleicht noch alle möglichen Leute kämen und ihn in Unterhandlungen mit der Gesellschaft in der Rumpelkammer überraschten. Diese Aufopferung konnte wirklich niemand von K. verlangen. Wenn er das zu tun beabsichtigt hätte, so wäre es ja fast einfacher gewesen, K. hätte sich selbst ausgezogen und dem Prügler als Ersatz für die Wächter angeboten. Übrigens hätte der Prügler diese Vertretung gewiß nicht angenommen, da er dadurch, ohne einen Vorteil zu gewinnen, dennoch seine Pflicht schwer verletzt hätte, und wahrscheinlich doppelt verletzt hätte, denn K. mußte wohl, solange er im Verfahren stand, für alle Angestellten des Gerichts unverletzlich sein. Allerdings konnten hier auch besondere Bestimmungen gelten. Jedenfalls hatte K. nichts anderes tun können, als die Tür zuschlagen, obwohl dadurch auch jetzt noch für K. durchaus nicht jede Gefahr beseitigt blieb. Daß er noch zuletzt Franz einen Stoß gegeben hatte, war bedauerlich und nur durch seine Aufregung zu entschuldigen. In der Ferne hörte er die Schritte der Diener; um ihnen nicht auffällig zu werden, schloß er das Fenster und ging in der Richtung zur Haupttreppe. Bei der Tür zur Rumpelkammer blieb er ein wenig stehen und horchte. Es war ganz still. Der Mann konnte die Wächter totgeprügelt haben, sie waren ja ganz in seine Macht gegeben. K. hatte schon die Hand nach der Klinke ausgestreckt, zog sie dann aber wieder zurück. Helfen konnte er niemandem mehr, und die Diener mußten gleich kommen; er gelobte sich aber, die Sache noch zur Sprache zu bringen und die wirklich Schuldigen, die hohen Beamten, von denen sich ihm noch keiner zu zeigen gewagt hatte, soweit es in seinen Kräften war, gebührend zu bestrafen. Als er die Freitreppe der Bank hinunterging, beobachtete er sorgfältig alle Passanten, aber selbst in der weiteren Umgebung war kein Mädchen zu sehen, das auf jemanden gewartet hätte. Die Bemerkung Franzens, daß seine Braut auf ihn warte, erwies sich als eine allerdings verzeihliche Lüge, die nur den Zweck gehabt hatte, größeres Mitleid zu erwecken.

Auch noch am nächsten Tage kamen K. die Wächter nicht aus dem Sinn; er war bei der Arbeit zerstreut und mußte, um sie zu bewältigen, noch ein wenig länger im Büro bleiben als am Tag vorher. Als er auf dem Nachhausewege wieder an der Rumpelkammer vorbeikam, öffnete er sie wie aus Gewohnheit. Vor dem, was er statt des erwarteten Dunkels erblickte, wußte er sich nicht zu fassen. Alles war unverändert, so wie er es am Abend vorher beim Öffnen der Tür gefunden hatte. Die Drucksorten und Tintenflaschen gleich hinter der Schwelle, der Prügler mit der Rute, die noch vollständig ausgezogenen Wächter, die Kerze auf dem Regal, und die Wächter begannen zu klagen und riefen: „Herr!“ Sofort warf K. die Tür zu und schlug noch mit den Fäusten gegen sie, als sei sie dann fester verschlossen. Fast weinend lief er zu den Dienern, die ruhig an den Kopiermaschinen arbeiteten und erstaunt in ihrer Arbeit innehielten. „Räumt doch endlich die Rumpelkammer aus!“, rief er. „Wir versinken ja im Schmutz!“ Die Diener waren bereit, es am nächsten Tag zu tun, K. nickte, jetzt spät am Abend konnte er sie nicht mehr zu der Arbeit zwingen, wie er es eigentlich beabsichtigt hatte. Er setzte sich ein wenig, um die Diener ein Weilchen lang in der Nähe zu behalten, warf einige Kopien durcheinander, wodurch er den Anschein zu erwecken glaubte, daß er sie überprüfe, und ging dann, da er einsah, daß die Diener nicht wagen würden, gleichzeitig mit ihm wegzugehen, müde und gedankenlos nach Hause.

Sechstes Kapitel

Der Onkel — Leni

Eines Nachmittags — K. war gerade vor dem Postabschluß sehr beschäftigt — drängte sich zwischen zwei Dienern, die Schriftstücke hineintrugen, K.s Onkel Karl, ein kleiner Grundbesitzer vom Lande, ins Zimmer. K. erschrak bei dem Anblick weniger, als er schon vor längerer Zeit bei der Vorstellung vom Kommen des Onkels erschrocken war. Der Onkel mußte kommen, das stand bei K. schon etwa einen Monat lang fest. Schon damals hatte er ihn zu sehen geglaubt, wie er, ein wenig gebückt, den eingedrückten Panamahut in der Linken, die Rechte schon von weitem ihm entgegenstreckte und sie mit rücksichtsloser Eile über den Schreibtisch hinreichte, alles umstoßend, was ihm im Wege war. Der Onkel befand sich immer in Eile, denn er war von dem unglücklichen Gedanken verfolgt, bei seinem immer nur eintägigen Aufenthalt in der Hauptstadt müsse er alles erledigen können, was er sich vorgenommen hatte, und dürfe überdies auch kein gelegentlich sich darbietendes Gespräch oder Geschäft oder Vergnügen sich entgehen lassen. Dabei mußte ihm K., der ihm als seinem gewesenen Vormund besonders verpflichtet war, in allem möglichen behilflich sein und ihn außerdem bei sich übernachten lassen. „Das Gespenst vom Lande" pflegte er ihn zu nennen.

Gleich nach der Begrüßung — sich in den Fauteuil zusetzen, wozu ihn K. einlud, hatte er keine Zeit — bat er K. um ein kurzes Gespräch unter vier Augen. „Es ist notwendig", sagte er, mühselig schluckend, „zu meiner Beruhigung ist es notwendig." K. schickte sofort die Diener aus dem Zimmer, mit der Weisung, niemand einzulassen. „Was habe ich gehört, Josef?", rief der Onkel, als sie allein waren, setzte sich auf den Tisch und stopfte unter sich, ohne hinzusehen, verschiedene Papiere, um besser zu sitzen. K. schwieg, er wußte, was kommen würde, aber, plötzlich von der anstrengenden Arbeit entspannt, wie er war, gab er sich zunächst einer angenehmen Mattigkeit hin und sah durch das Fenster auf die gegenüberliegende Straßenseite, von der von seinem Sitz aus nur ein kleiner, dreieckiger Ausschnitt zu sehen war, ein Stück leerer Häusermauer zwischen zwei Geschäftsauslagen. „Du schaust aus dem Fenster!", rief der Onkel mit erhobenen Armen, „um Himmels willen, Josef, antworte mir doch! Ist es wahr, kann es denn wahr sein?" „Lieber Onkel", sagte K. und riß sich von seiner Zerstreutheit los, „ich weiß ja gar nicht, was du von mir willst." „Josef", sagte der Onkel warnend, „die Wahrheit hast du immer gesagt, soviel ich weiß. Soll ich deine letzten Worte als schlimmes Zeichen auffassen?" „Ich ahne ja, was du willst", sagte K. folgsam, „du hast wahrscheinlich von meinem Prozeß gehört." „So ist es", antwortete der Onkel, langsam nickend, „ich habe von deinem Prozeß gehört." „Von wem denn?“, fragte K. „Erna hat es mir geschrieben“, sagte der Onkel, „sie hat ja keinen Verkehr mit dir, du kümmerst dich leider nicht viel um sie, trotzdem hat sie es erfahren. Heute habe ich den Brief bekommen und bin natürlich sofort hergefahren. Aus keinem anderen Grund, aber es scheint ein genügender Grund zu sein. Ich kann dir die Briefstelle, die dich betrifft, vorlesen.“ Er zog den Brief aus der Brieftasche. „Hier ist es.“ Sie schreibt: „Josef habe ich schon lange nicht gesehen, vorige Woche war ich einmal in der Bank, aber Josef war so beschäftigt, daß ich nicht vorgelassen wurde; ich habe fast eine Stunde gewartet, mußte dann aber nach Hause, weil ich Klavierstunde hatte. Ich hätte gern mit ihm gesprochen, vielleicht wird sich nächstens eine Gelegenheit finden. Zu meinem Namenstag hat er mir eine große Schachtel Schokolade geschickt, es war sehr lieb und aufmerksam. Ich hatte vergessen, es Euch damals zu schreiben, erst jetzt, da Ihr mich fragt, erinnere ich mich daran. Schokolade, müßt Ihr wissen, verschwindet nämlich in der Pension sofort, kaum ist man zum Bewußtsein dessen gekommen, daß man mit Schokolade beschenkt worden ist, ist sie auch schon weg. Aber was Josef betrifft, wollte ich Euch noch etwas sagen. Wie erwähnt, wurde ich in der Bank nicht zu ihm vorgelassen, weil er gerade mit einem Herrn verhandelte. Nachdem ich eine Zeitlang ruhig gewartet hatte, fragte ich einen Diener, ob die Verhandlung noch lange dauern werde. Er sagte, das dürfte wohl sein, denn es handle sich wahrscheinlich um den Prozeß, der gegen den Herrn Prokuristen geführt werde. Ich fragte, was denn das für ein Prozeß sei, ob er sich nicht irre, er aber sagte, er irre sich nicht, es sei ein Prozeß, und zwar ein schwerer Prozeß, mehr aber wisse er nicht. Er selbst möchte dem Herrn Prokuristen gerne helfen, denn dieser sei ein guter und gerechter Herr, aber er wisse nicht, wie er es anfangen sollte, und er möchte nur wünschen, daß sich einflußreiche Herren seiner annehmen würden. Dies werde auch sicher geschehen, und es werde schließlich ein gutes Ende nehmen, vorläufig aber stehe es, wie er aus der Laune des Herrn Prokuristen entnehmen könne, gar nicht gut. Ich legte diesen Reden natürlich nicht viel Bedeutung bei, suchte auch den einfältigen Diener zu beruhigen, verbot ihm, anderen gegenüber davon zu sprechen, und halte das Ganze für ein Geschwätz. Trotzdem wäre es vielleicht gut, wenn Du, liebster Vater, bei Deinem nächsten Besuch der Sache nachgehen wolltest, es wird Dir leicht sein, Genaueres zu erfahren und, wenn es wirklich nötig sein sollte, durch Deine großen, einflußreichen Bekanntschaften einzugreifen. Sollte es aber nicht nötig sein, was ja das wahrscheinlichste ist, so wird es wenigstens Deiner Tochter bald Gelegenheit geben, Dich zu umarmen, was sie freuen würde.“ — Ein gutes Kind“, sagte der Onkel, als er die Vorlesung beendet hatte, und wischte einige Tränen aus den Augen fort. K. nickte, er hatte infolge der verschiedenen Störungen der letzten Zeit vollständig Erna vergessen, sogar ihren Geburtstag hatte er vergessen, und die Geschichte von der Schokolade

war offenbar nur zu dem Zweck erfunden, um ihn vor Onkel und Tante in Schutz zu nehmen. Es war sehr rührend, und mit den Theaterkarten, die er ihr von jetzt ab regelmäßig schicken wollte, gewiß nicht genügend belohnt, aber zu Besuchen in der Pension und zu Unterhaltungen mit einer kleinen achtzehnjährigen Gymnasiastin fühlte er sich jetzt nicht geeignet. „Und was sagst du jetzt?“, fragte der Onkel, der durch den Brief alle Eile und Aufregung vergessen hatte und ihn noch einmal zu lesen schien. „Ja, Onkel“, sagte K., „es ist wahr.“ „Wahr?“, rief der Onkel.
„Was ist wahr? Wie kann es denn wahr sein? Was für ein Prozeß? Doch nicht ein Strafprozeß?“
„Ein Strafprozeß“, antwortete K. „Und du sitzt ruhig hier und hast einen Strafprozeß auf dem Halse?“, rief der Onkel, der immer lauter wurde. „Je ruhiger ich bin, desto besser ist es für den Ausgang“, sagte K. müde, „fürchte nichts.“ „Das kann mich nicht beruhigen!“, rief der Onkel, „Josef, lieber Josef, denke an dich, an deine Verwandten, an unsern guten Namen! Du warst bisher unsere Ehre, du darfst nicht unsere Schande werden. Deine Haltung“, er sah K. mit schief geneigtem Kopfe an, „gefällt mir nicht, so verhält sich kein unschuldig Angeklagter, der noch bei Kräften ist. Sag mir nur schnell, worum es sich handelt, damit ich dir helfen kann. Es handelt sich natürlich um die Bank?“
„Nein“, sagte K. und stand auf, „du sprichst aber zu laut, lieber Onkel, der Diener steht wahrscheinlich an der Tür und horcht. Das ist mir unangenehm. Wir wollen lieber weggehen. Ich werde dir dann alle Fragen, so gut es geht, beantworten. Ich weiß sehr gut, daß ich der Familie Rechenschaft schuldig bin.“ „Richtig!“, schrie der Onkel, „sehr richtig, beeile dich nur, Josef, beeile dich!“ „Ich muß nur noch einige Aufträge geben“, sagte K. und berief telephonisch seinen Vertreter zu sich, der in wenigen Augenblicken eintrat. Der Onkel, in seiner Aufregung, zeigte ihm mit der Hand, daß K. ihn habe rufen lassen, woran auch sonst kein Zweifel gewesen wäre. K., der vor dem Schreibtisch stand, erklärte dem jungen Mann, der kühl, aber aufmerksam zuhörte, mit leiser Stimme unter Zuhilfenahme verschiedener Schriftstücke, was in seiner Abwesenheit heute noch erledigt werden müsse. Der Onkel störte, indem er zuerst mit großen Augen und nervösem Lippenbeißen dabeistand, ohne allerdings zuzuhören, aber der Anschein dessen war schon störend genug. Dann aber ging er im Zimmer auf und ab und blieb hie und da vor dem Fenster oder vor einem Bild stehen, wo bei er immer in verschiedene Ausrufe ausbrach, wie:„Mir ist es vollständig unbegreiflich!“ oder „Jetzt sagt mir nur, was soll denn daraus werden!“ Der junge Mann tat, als bemerke er nichts davon, hörte ruhig K.s Aufträge bis zu Ende an, notierte sich auch einiges und ging, nachdem er sich vor K. wie auch vor dem Onkel verneigt hatte, der ihm aber gerade den Rücken zukehrte, aus dem Fenster sah und mit ausgestreckten Händen die Vorhänge

zusammenknüllte. Die Tür hatte sich noch kaum geschlossen, als der Onkel ausrief: „Endlich ist der Hampelmann weggegangen, jetzt können doch auch wir gehen. Endlich!“ Es gab leider kein Mittel, den Onkel zu bewegen, in der Vorhalle, wo einige Beamte und Diener herumstanden und die gerade auch der Direktor-Stellvertreter kreuzte, die Fragen wegen des Prozesses zu unterlassen. „Also, Josef“, begann der Onkel, während er die Verbeugungen der Umstehenden durch leichtes Salutieren beantwortete, „jetzt sag mir offen, was es für ein Prozeß ist.“ K. machte einige nichtssagende Bemerkungen, lachte auch ein wenig, und erst auf der Treppe erklärte er dem Onkel, daß er vor den Leuten nicht habe offen reden wollen. „Richtig“, sagte der Onkel, „aber jetzt rede.“ Mit geneigtem Kopf, eine Zigarre in kurzen, eiligen Zügen rauchend, hörte er zu. „Vor allem, Onkel“, sagte K., „handelt es sich gar nicht um einen Prozeß vor dem gewöhnlichen Gericht.“ „Das ist schlimm“, sagte der Onkel. „Wie?“, sagte K. und sah den Onkel an. „Daß das schlimm ist, meine ich“, wiederholte der Onkel. Sie standen auf der Freitreppe, die zur Straße führte; da der Portier zu horchen schien, zog K. den Onkel hinunter; der lebhafte Straßenverkehr nahm sie auf Der Onkel, der sich in K. eingehängt hatte, fragte nicht mehr so dringend nach dem Prozeß, sie gingen sogar eine Zeitlang schweigend weiter. „Wie ist es aber geschehen?“, fragte endlich der Onkel, so plötzlich stehenbleibend, daß die hinter ihm gehenden Leute erschreckt auswichen. „Solche Dinge kommen doch nicht plötzlich, sie bereiten sich seit langem vor, es müssen Anzeichen dessen gewesen sein, warum hast du mir nicht geschrieben? Du weißt, daß ich für dich alles tue, ich bin ja gewissermaßen noch dein Vormund und war bis heute stolz darauf. Ich werde dir natürlich auch jetzt noch helfen, nur ist es jetzt, wenn der Prozeß schon im Gange ist, sehr schwer. Am besten wäre es jedenfalls, wenn du dir jetzt einen kleinen Urlaub nimmst und zu uns aufs Land kommst. Du bist auch ein wenig abgemagert, jetzt merke ich es. Auf dem Land wirst du dich kräftigen, das wird gut sein, es stehen dir ja gewiß Anstrengungen bevor. Außerdem aber wirst du dadurch dem Gericht gewissermaßen entzogen sein. Hier haben sie alle möglichen Machtmittel, die sie notwendigerweise automatisch auch dir gegenüber anwenden; auf das Land müßten sie aber erst Organe delegieren oder nur brieflich, telegraphisch, telephonisch auf dich einzuwirken suchen. Das schwächt natürlich die Wirkung ab, befreit dich zwar nicht, aber läßt dich aufatmen.“ „Sie könnten mir ja verbieten, wegzufahren“, sagte K., den die Rede des Onkels ein wenig in ihren Gedankengang gezogen hatte. „Ich glaube nicht, daß sie das tun werden“, sagte der Onkel nachdenklich, „so groß ist der Verlust an Macht nicht, den sie durch deine Abreise erleiden.“ „Ich dachte“, sagte K. und faßte den Onkel unterm Arm, um ihn am Stehenbleiben hindern zu können, „daß du dem Ganzen noch weniger Bedeutung beimessen würdest als ich, und jetzt nimmst du es selbst so schwer.“ „Josef“, rief der Onkel und wollte sich ihm entwinden, um stehenbleiben zu können, aber K. ließ ihn nicht, „du bist verwandelt, du hattest doch immer ein so richtiges Auffassungsvermögen, und gerade jetzt verläßt es dich? Willst du denn den Prozeß verlieren? Weißt du, was das bedeutet? Das bedeutet, daß du einfach gestrichen wirst. Und daß die ganze Verwandtschaft mitgerissen oder wenigstens bis auf den Boden gedemütigt wird. Josef, nimm dich doch zusammen. Deine Gleichgültigkeit bringt mich um den Verstand. Wenn man dich ansieht, möchte man fast dem Sprichwort glauben: „Einen solchen Prozeß haben, heißt ihn schon verloren haben.“

„Lieber Onkel“, sagte K., „die Aufregung ist so unnütz, sie ist es auf deiner Seite und wäre es auch auf meiner. Mit Aufregung gewinnt man die Prozesse nicht, laß auch meine praktischen Erfahrungen ein wenig gelten, so wie ich deine, selbst wenn sie mich überraschen, immer und auch jetzt sehr achte. Da du sagst, daß auch die Familie durch den Prozeß in Mitleidenschaft gezogen würde — was ich für meinen Teil durchaus nicht begreifen kann, das ist aber Nebensache –, so will ich dir gerne in allem folgen. Nur den Landaufenthalt halte ich selbst in deinem Sinn nicht für vorteilhaft, denn das würde Flucht und Schuldbewußtsein bedeuten. Überdies bin ich hier zwar mehr verfolgt, kann aber auch selbst die Sache mehr betreiben.“ „Richtig“, sagte der Onkel in einem Ton, als kämen sie jetzt endlich einander näher, „ich machte den Vorschlag nur, weil ich, wenn du hier bliebst, die Sache von deiner Gleichgültigkeit gefährdet sah und es für besser hielt, wenn ich statt deiner für dich arbeitete. Willst du es aber mit aller Kraft selbst betreiben, so ist es natürlich weit besser.“ „Darin wären wir also einig“, sagte K. „Und hast du jetzt einen Vorschlag dafür, was ich zunächst machen soll?“ „Ich muß mir natürlich die Sache noch überlegen“, sagte der Onkel, „du mußt bedenken, daß ich jetzt schon zwanzig Jahre fast ununterbrochen auf dem Lande bin, dabei läßt der Spürsinn in diesen Richtungen nach. Verschiedene wichtige Verbindungen mit Persönlichkeiten, die sich hier vielleicht besser auskennen, haben sich von selbst gelockert. Ich bin auf dem Land ein wenig verlassen, das weißt du ja. Selbst merkt man es eigentlich erst bei solchen Gelegenheiten. Zum Teil kam mir deine Sache auch unerwartet, wenn ich auch merkwürdigerweise nach Ernas Brief schon etwas Derartiges ahnte und es heute bei deinem Anblick fast mit Bestimmtheit wußte. Aber das ist gleichgültig, das Wichtigste ist jetzt, keine Zeit zu verlieren.“ Schon während seiner Rede hatte er, auf den Fußspitzen stehend, einem Automobil gewinkt und zog jetzt, während er gleichzeitig dem Wagenlenker eine Adresse zurief, K. hinter sich in den Wagen. „Wir fahren jetzt zum Advokaten Huld“, sagte er, „er war mein Schulkollege. Du kennst den Namen gewiß auch? Nicht? Das ist aber merkwürdig. Er hat doch als Verteidiger und Armenadvokat einen bedeutenden Ruf. Ich aber habe besonders zu ihm als Menschen großes Vertrauen.“ „Mir ist alles recht, was du unternimmst“, sagte K., obwohl ihm

die eilige und dringliche Art, mit der der Onkel die Angelegenheit behandelte, Unbehagen verursachte. Es war nicht sehr erfreulich, als Angeklagter zu einem Armenadvokaten zu fahren. „Ich wußte nicht“, sagte er, „daß man in einer solchen Sache auch einen Advokaten zuziehen könne.“ „Aber natürlich“, sagte der Onkel, „das ist ja selbstverständlich. Warum denn nicht? Und nun erzähle mir, damit ich über die Sache genau unterrichtet bin, alles, was bisher geschehen ist.“ K. begann sofort zu erzählen, ohne irgend etwas zu verschweigen, seine vollständige Offenheit war der einzige Protest, den er sich gegen des Onkels Ansicht, der Prozeß sei eine große Schande, erlauben konnte. Fräulein Bürstners Namen erwähnte er nur einmal und flüchtig, aber das beeinträchtigte nicht die Offenheit, denn Fräulein Bürstner stand mit dem Prozeß in keiner Verbindung. Während er erzählte, sah er aus dem Fenster und beobachtete, wie sie sich gerade jener Vorstadt näherten, in der die Gerichtskanzleien waren, er machte den Onkel darauf aufmerksam, der aber das Zusammentreffen nicht besonders auffallend fand. Der Wagen hielt vor einem dunklen Haus. Der Onkel läutete gleich im Parterre bei der ersten Tür; während sie warteten, fletschte er lächelnd seine großen Zähne und flüsterte: „Acht Uhr, eine ungewöhnliche Zeit für Parteienbesuche. Huld nimmt es mir aber nicht übel.“ Im Guckfenster der Tür erschienen zwei große, schwarze Augen, sahen ein Weilchen die zwei Gäste an und verschwanden; die Tür öffnete sich aber nicht. Der Onkel und K. bestätigten einander gegenseitig die Tatsache, die zwei Augen gesehen zu haben. „Ein neues Stubenmädchen, das sich vor Fremden fürchtet“, sagte der Onkel und klopfte nochmals. Wieder erschienen die Augen, man konnte sie jetzt fast für traurig halten, vielleicht war das aber auch nur eine Täuschung, hervorgerufen durch die offene Gasflamme, die nahe über den Köpfen stark zischend brannte, aber wenig Licht gab. „Öffnen Sie“, rief der Onkel und hieb mit der Faust gegen die Tür, „es sind Freunde des Herrn Advokaten!“ „Der Herr Advokat ist krank“, flüsterte es hinter ihnen. In einer Tür am andern Ende des kleinen Ganges stand ein Herr im Schlafrock und machte mit äußerst leiser Stimme diese Mitteilung. Der Onkel, der schon wegen des langen Wartens wütend war, wandte sich mit einem Ruck um, rief: „Krank? Sie sagen, er ist krank?“ und ging fast drohend, als sei der Herr die Krankheit, auf ihn zu. „Man hat schon geöffnet“, sagte der Herr, zeigte auf die Tür des Advokaten, raffte seinen Schlafrock zusammen und verschwand. Die Tür war wirklich geöffnet worden, ein junges Mädchen — K. erkannte die dunklen, ein wenig hervorgewälzten Augen wieder — stand in langer, weißer Schürze im Vorzimmer und hielt eine Kerze in der Hand. „Nächstens öffnen Sie früher!“, sagte der Onkel statt einer Begrüßung, während das Mädchen einen kleinen Knicks machte.
„Komm, Josef“, sagte er dann zu K., der sich langsam an dem Mädchen vorüberschob. „Der Herr Advokat ist krank“, sagte das Mädchen, da der

Onkel, ohne sich aufzuhalten, auf eine Tür zueilte. K. staunte das Mädchen noch an, während es sich schon umgedreht hatte, um die Wohnungstüre wieder zu versperren, es hatte ein puppenförmig gerundetes Gesicht, nicht nur die bleichen Wangen und das Kinn verliefen rund, auch die Schläfen und die Stirnränder. „Josef!“, rief der Onkel wieder, und das Mädchen fragte er: „Es ist das Herzleiden?“ „Ich glaube wohl“, sagte das Mädchen, es hatte Zeit gefunden, mit der Kerze voranzugehen und die Zimmertür zu öffnen. In einem Winkel des Zimmers, wohin das Kerzenlicht noch nicht drang, erhob sich im Bett ein Gesicht mit langem Bart. „Leni, wer kommt denn?“, fragte der Advokat, der, durch die Kerze geblendet, die Gäste nicht erkannte. „Albert, dein alter Freund ist es“, sagte der Onkel. „Ach, Albert“, sagte der Advokat und ließ sich auf die Kissen zurückfallen, als bedürfe es diesem Besuch gegenüber keiner Verstellung. „Steht es wirklich so schlecht?“, fragte der Onkel und setzte sich auf den Bettrand. „Ich glaube es nicht. Es ist ein Anfall deines Herzleidens und wird vorübergehen wie die früheren.“ „Möglich“, sagte der Advokat leise, „es ist aber ärger, als es jemals gewesen ist. Ich atme schwer, schlafe gar nicht und verliere täglich an Kraft.“ „So“, sagte der Onkel und drückte den Panamahut mit seiner großen Hand fest aufs Knie. „Das sind schlechte Nachrichten. Hast du übrigens die richtige Pflege? Es ist auch so traurig hier, so dunkel. Es ist schon lange her, seit ich zum letztenmal hier war, damals schien es mir freundlicher. Auch dein kleines Fräulein hier scheint nicht sehr lustig, oder sie verstellt sich.“ Das Mädchen stand noch immer mit der Kerze nahe bei der Tür; soweit ihr unbestimmter Blick erkennen ließ, sah sie eher K. an als den Onkel, selbst als dieser jetzt von ihr sprach. K. lehnte an einem Sessel, den er in die Nähe des Mädchens geschoben hatte. „Wenn man so krank ist wie ich“, sagte der Advokat, „muß man Ruhe haben. Mir ist es nicht traurig.“ Nach einer kleinen Pause fügte er hinzu: „Und Leni pflegt mich gut, sie ist brav.“ Den Onkel konnte das aber nicht überzeugen, er war sichtlich gegen die Pflegerin voreingenommen, und wenn er auch dem Kranken nichts entgegnete, so verfolgte er doch die Pflegerin mit strengen Blicken, als sie jetzt zum Bett hinging, die Kerze auf das Nachttischchen stellte, sich über den Kranken hinbeugte und beim Ordnen der Kissen mit ihm flüsterte. Er vergaß fast die Rücksicht auf den Kranken, stand auf, ging hinter der Pflegerin hin und her, und K. hätte es nicht gewundert, wenn er sie hinten an den Röcken erfaßt und vom Bett fortgezogen hätte. K. selbst sah allem ruhig zu, die Krankheit des Advokaten war ihm sogar nicht ganz unwillkommen, dem Eifer, den der Onkel für seine Sache entwickelt hatte, hatte er sich nicht entgegenstellen können, die Ablenkung, die dieser Eifer jetzt ohne sein Zutun erfuhr, nahm er gerne hin. Da sagte der Onkel, vielleicht nur in der Absicht, die Pflegerin zu beleidigen: „Fräulein, bitte, lassen Sie uns ein Weilchen allein, ich habe mit meinem Freund eine persönliche Angelegenheit zu besprechen.“ Die Pflegerin, die noch weit über den Kranken hingebeugt war und gerade das Leintuch an der Wand glättete, wendete nur den Kopf und sagte sehr ruhig, was einen auffallenden Unterschied zu den vor Wut stockenden und dann wieder überfließenden Reden des Onkels bildete: „Sie sehen, der Herr ist so krank, er kann keine Angelegenheiten besprechen.“ Sie hatte die Worte des Onkels wahrscheinlich nur aus Bequemlichkeit wiederholt, immerhin konnte es selbst von einem Unbeteiligten als spöttisch aufgefaßt werden, der Onkel aber fuhr natürlich wie ein Gestochener auf. „Du Verdammte“, sagte er im ersten Gurgeln der Aufregung noch ziemlich unverständlich, K. erschrak, obwohl er etwas Ähnliches erwartet hatte, und lief auf den Onkel zu, mit der bestimmten Absicht, ihm mit beiden Händen den Mund zu schließen. Glücklicherweise erhob sich aber hinter dem Mädchen der Kranke, der Onkel machte ein finsteres Gesicht, als schlucke er etwas Abscheuliches hinunter, und sagte dann ruhiger: „Wir haben natürlich auch noch den Verstand nicht verloren; wäre das, was ich verlange, nicht möglich, würde ich es nicht verlangen. Bitte, gehen Sie jetzt!“ Die Pflegerin stand aufgerichtet am Bett, dem Onkel voll zugewendet, mit der einen Hand streichelte sie, wie K. zu bemerken glaubte, die Hand des Advokaten. „Du kannst vor Leni alles sagen“, sagte der Kranke, zweifellos im Ton einer dringenden Bitte. „Es betrifft mich nicht“, sagte der Onkel, „es ist nicht mein Geheimnis.“ Und er drehte sich um, als gedenke er in keine Verhandlungen mehr einzugehen, gebe aber noch eine kleine Bedenkzeit. „Wen betrifft es denn?“, fragte der Advokat mit erlöschender Stimme und legte sich wieder zurück. „Meinen Neffen“, sagte der Onkel, „ich habe ihn auch mitgebracht.“ Und er stellte vor: „Prokurist Josef K.“ „Oh“, sagte der Kranke viel lebhafter und streckte K. die Hand entgegen, „verzeihen Sie, ich habe Sie gar nicht bemerkt.

Geh, Leni“, sagte er dann zu der Pflegerin, die sich auch gar nicht mehr wehrte, und reichte ihr die Hand, als gelte es einen Abschied für lange Zeit. „Du bist also“, sagte er endlich zum Onkel, der, auch versöhnt, näher getreten war, „nicht gekommen, mir einen Krankenbesuch zu machen, sondern du kommst in Geschäften.“

Es war, als hätte die Vorstellung eines Krankenbesuches den Advokaten bisher gelähmt, so gekräftigt sah er jetzt aus, blieb ständig auf einen Ellbogen aufgestützt, was ziemlich anstrengend sein mußte, und zog immer wieder an einem Bartstrahn in der Mitte seines Bartes. „Du siehst schon viel gesünder aus“, sagte der Onkel, „seit diese Hexe draußen ist.“ Er unterbrach sich, flüsterte: „Ich wette, daß sie horcht!“ und er sprang zur Tür. Aber hinter der Tür war niemand, der Onkel kam zurück, nicht enttäuscht, denn ihr Nichthorchen erschien ihm als eine noch größere Bosheit, wohl aber verbittert: „Du verkennst sie“, sagte der Advokat, ohne die Pflegerin weiter in Schutz zu nehmen; vielleicht wollte er damit ausdrücken, daß sie nicht schutzbedürftig sei. Aber in viel teilnehmenderem Tone fuhr er fort: „Was die Angelegenheit deines Herrn Neffen betrifft, so würde ich mich allerdings glücklich schätzen, wenn meine Kraft für diese äußerst schwierige Aufgabe ausreichen könnte; ich fürchte sehr, daß sie nicht ausreichen wird, jedenfalls will ich nichts unversucht lassen; wenn ich nicht ausreiche, könnte man ja noch jemanden anderen beiziehen. Um aufrichtig zu sein, interessiert mich die Sache zu sehr, als daß ich es über mich bringen könnte, auf jede Beteiligung zu verzichten. Hält es mein Herz nicht aus, so wird es doch wenigstens hier eine würdige Gelegenheit finden, gänzlich zu versagen." K. glaubte, kein Wort dieser ganzen Rede zu verstehen, er sah den Onkel an, um dort eine Erklärung zu finden, aber dieser saß, mit der Kerze in der Hand, auf dem Nachttischchen, von dem bereits eine Arzneiflasche auf den Teppich gerollt war, nickte zu allem, was der Advokat sagte, war mit allem einverstanden und sah hie und da auf K. mit der Aufforderung zu gleichem Einverständnis hin. Hatte vielleicht der Onkel schon früher dem Advokaten von dem Prozeß erzählt? Aber das war unmöglich, alles, was vorhergegangen war, sprach dagegen. „Ich verstehe nicht –", sagte er deshalb. „Ja, habe vielleicht ich Sie mißverstanden?", fragte der Advokat ebenso erstaunt und verlegen wie K. „Ich war vielleicht voreilig. Worüber wollten Sie denn mit mir sprechen? Ich dachte, es handle sich um Ihren Prozeß?" „Natürlich", sagte der Onkel und fragte dann K.: „Was willst du denn?" „Ja, aber woher wissen Sie denn etwas über mich und meinen Prozeß?", fragte K. „Ach so", sagte der Advokat lächelnd, „ich bin doch Advokat, ich verkehre in Gerichtskreisen, man spricht über verschiedene Prozesse, und auffallendere, besonders wenn es den Neffen eines Freundes betrifft, behält man im Gedächtnis. Das ist doch nichts Merkwürdiges." „Was willst du denn?", fragte der Onkel K. nochmals. „Du bist so unruhig." „Sie verkehren in diesen Gerichtskreisen?", fragte K. „Ja", sagte der Advokat. „Du fragst wie ein Kind", sagte der Onkel. „Mit wem sollte ich denn verkehren, wenn nicht mit Leuten meines Faches?", fügte der Advokat hinzu. Es klang so unwiderleglich, daß K. gar nicht antwortete. „Sie arbeiten doch bei dem Gericht im Justizpalast, und nicht bei dem auf dem Dachboden", hatte er sagen wollen, konnte sich aber nicht überwinden, es wirklich zu sagen. „Sie müssen doch bedenken", fuhr der Advokat fort, in einem Tone, als erkläre er etwas Selbstverständliches überflüssigerweise und nebenbei, „Sie müssen doch bedenken, daß ich aus einem solchen Verkehr auch große Vorteile für meine Klientel ziehe, und zwar in vielfacher Hinsicht, man darf nicht einmal immer davon reden. Natürlich bin ich jetzt infolge meiner Krankheit ein wenig behindert, aber ich bekomme trotzdem Besuch von guten Freunden vom Gericht und erfahre doch einiges. Erfahre vielleicht mehr als manche, die in bester Gesundheit den ganzen Tag bei Gericht verbringen. So habe ich zum Beispiel gerade jetzt einen lieben Besuch." Und er zeigte in eine dunkle

Zimmerecke. „Wo denn?“, fragte K. in der ersten Überraschung fast grob. Er sah unsicher herum; das Licht der kleinen Kerze drang bis zur gegenüberliegenden Wand bei weitem nicht. Und wirklich begann sich dort in der Ecke etwas zu rühren. Im Licht der Kerze, die der Onkel jetzt hochhielt, sah man dort, bei einem kleinen Tischchen, einen älteren Herrn sitzen. Er hatte wohl gar nicht geatmet, daß er so lange unbemerkt geblieben war. Jetzt stand er umständlich auf, offenbar unzufrieden damit, daß man auf ihn aufmerksam gemacht hatte. Es war, als wolle er mit den Händen, die er wie kurze Flügel bewegte, alle Vorstellungen und Begrüßungen abwehren, als wolle er auf keinen Fall die anderen durch seine Anwesenheit stören und als bitte er dringend wieder um die Versetzung ins Dunkel und um das Vergessen seiner Anwesenheit. Das konnte man ihm nun aber nicht mehr zugestehen. „Ihr habt uns nämlich überrascht“, sagte der Advokat zur Erklärung und winkte dabei dem Herrn aufmunternd zu, näherzukommen, was dieser langsam, zögernd herumblickend und doch mit einer gewissen Würde tat, „der Herr Kanzleidirektor — ach so, Verzeihung, ich habe nicht vorgestellt — hier mein Freund Albert K., hier sein Neffe, Prokurist Josef K., und hier der Herr Kanzleidirektor — der Herr Kanzleidirektor also war so freundlich, mich zu besuchen. Den Wert eines solchen Besuches kann eigentlich nur der Eingeweihte würdigen, welcher weiß, wie der Herr Kanzleidirektor mit Arbeit überhäuft ist. Nun, er kam aber trotzdem, wir unterhielten uns friedlich, soweit meine Schwäche es erlaubte, wir hatten zwar Leni nicht verboten, Besuche einzulassen, denn es waren keine zu erwarten, aber unsere Meinung war doch, daß wir allein bleiben sollten, dann aber kamen deine Fausthiebe, Albert, der Herr Kanzleidirektor rückte mit Sessel und Tisch in den Winkel, nun aber zeigt sich, daß wir möglicherweise, das heißt, wenn der Wunsch danach besteht, eine gemeinsame Angelegenheit zu besprechen haben und sehr gut wieder zusammenrücken können. — Herr Kanzleidirektor“, sagte er mit Kopfneigen und unterwürfigem Lächeln und zeigte auf einen Lehnstuhl in der Nähe des Bettes. „Ich kann leider nur noch ein paar Minuten bleiben“, sagte der Kanzleidirektor freundlich, setzte sich breit in den Lehnstuhl und sah auf die Uhr, „die Geschäfte rufen mich. Jedenfalls will ich nicht die Gelegenheit vorübergehen lassen, einen Freund meines Freundes kennenzulernen.“ Er neigte den Kopf leicht gegen den Onkel, der von der neuen Bekanntschaft sehr befriedigt schien, aber infolge seiner Natur Gefühle der Ergebenheit nicht ausdrücken konnte und die Worte des Kanzleidirektors mit verlegenem, aber lautem Lachen begleitete. Ein häßlicher Anblick! K. konnte ruhig alles beobachten, denn um ihn kümmerte sich niemand, der Kanzleidirektor nahm, wie es seine Gewohnheit schien, da er nun schon einmal hervorgezogen war, die Herrschaft über das Gespräch an sich, der Advokat, dessen erste Schwäche vielleicht nur dazu hatte dienen sollen, den neuen Besuch zu vertreiben, hörte aufmerksam, die Hand am

Ohre zu, der Onkel als Kerzenträger — er balancierte die Kerze auf seinem Schenkel, der Advokat sah öfter besorgt hin — war bald frei von Verlegenheit und nur noch entzückt, sowohl von der Art der Rede des Kanzleidirektors als auch von den sanften, wellenförmigen Handbewegungen, mit denen er sie begleitete. K., der am Bettpfosten lehnte, wurde vom Kanzleidirektor vielleicht sogar mit Absicht vollständig vernachlässigt und diente den alten Herren nur als Zuhörer. Übrigens wußte er kaum, wovon die Rede war und dachte bald an die Pflegerin und an die schlechte Behandlung, die sie vom Onkel erfahren hatte, bald daran, ob er den Kanzleidirektor nicht schon einmal gesehen hatte, vielleicht sogar in der Versammlung bei seiner ersten Untersuchung. Wenn er sich auch vielleicht täuschte, so hätte sich doch der Kanzleidirektor den Versammlungsteilnehmern in der ersten Reihe, den alten Herren mit den schütteren Bärten, vorzüglich eingefügt.

Da ließ ein Lärm aus dem Vorzimmer, wie von zerbrechendem Porzellan, alle aufhorchen. „Ich will nachsehen, was geschehen ist“, sagte K. und ging langsam hinaus, als gebe er den anderen noch Gelegenheit, ihn zurückzuhalten. Kaum war er ins Vorzimmer getreten und wollte sich im Dunkel zurechtfinden, als sich auf die Hand, mit der er die Tür noch festhielt, eine kleine Hand legte, viel kleiner als K.s Hand, und die Tür leise schloß. Es war die Pflegerin, die hier gewartet hatte. „Es ist nichts geschehen“, flüsterte sie, „ich habe nur einen Teller gegen die Mauer geworfen, um Sie herauszuholen.“ In seiner Befangenheit sagte K.: „Ich habe auch an Sie gedacht.“ „Desto besser“, sagte die Pflegerin, „kommen Sie.“ Nach ein paar Schritten kamen sie zu einer Tür aus mattem Glas, welche die Pflegerin vor K. öffnete. „Treten Sie doch ein“, sagte sie. Es war jedenfalls das Arbeitszimmer des Advokaten; soweit man im Mondlicht sehen konnte, das jetzt nur einen kleinen, viereckigen Teil des Fußbodens an jedem der drei großen Fenster erhellte, war es mit schweren, alten Möbelstücken ausgestattet. „Hierher“, sagte die Pflegerin und zeigte auf eine dunkle Truhe mit holzgeschnitzter Lehne. Noch als er sich gesetzt hatte, sah sich K. im Zimmer um, es war ein hohes, großes Zimmer, die Kundschaft des Armenadvokaten mußte sich hier verloren vorkommen. K. glaubte, die kleinen Schritte zu sehen, mit denen die Besucher zu dem gewaltigen Schreibtisch vorrückten. Dann aber vergaß er dies und hatte nur noch Augen für die Pflegerin, die ganz nahe neben ihm saß und ihn fast an die Seitenlehne drückte. „Ich dachte“, sagte sie, „Sie würden von selbst zu mir herauskommen, ohne daß ich Sie erst rufen müßte. Es war doch merkwürdig. Zuerst sahen Sie mich gleich beim Eintritt ununterbrochen an und dann ließen Sie mich warten. Nennen Sie mich übrigens Leni“, fügte sie noch rasch und unvermittelt zu, als solle kein Augenblick dieser Aussprache versäumt werden. „Gern“, sagte K. „Was aber die Merkwürdigkeit betrifft,

Leni, so ist sie leicht zu erklären. Erstens mußte ich doch das Geschwätz der alten Herren anhören und konnte nicht grundlos weglaufen, zweitens aber bin ich nicht frech, sondern eher schüchtern, und auch Sie, Leni, sahen wahrhaftig nicht so aus, als ob Sie in einem Sprung zu gewinnen wären." „Das ist es nicht", sagte Leni, legte den Arm über die Lehne und sah K. an, „aber ich gefiel Ihnen nicht und gefalle Ihnen auch wahrscheinlich jetzt nicht." „Gefallen wäre ja nicht viel", sagte K. ausweichend. „Oh!", sagte sie lächelnd und gewann durch K.s Bemerkung und diesen kleinen Ausruf eine gewisse Überlegenheit. Deshalb schwieg K. ein Weilchen. Da er sich an das Dunkel im Zimmer schon gewöhnt hatte, konnte er verschiedene Einzelheiten der Einrichtung unterscheiden. Besonders fiel ihm ein großes Bild auf, das rechts von der Tür hing, er beugte sich vor, um es besser zu sehen. Es stellte einen Mann im Richtertalar dar; er saß auf einem hohen Thronsessel, dessen Vergoldung vielfach aus dem Bilde hervorstach. Das Ungewöhnliche war, daß dieser Richter nicht in Ruhe und Würde dort saß, sondern den linken Arm fest an Rücken und Seitenlehne drückte, den rechten Arm aber völlig frei hatte und nur mit der Hand die Seitenlehne umfaßte, als wolle er im nächsten Augenblick mit einer heftigen und vielleicht empörten Wendung aufspringen, um etwas Entscheidendes zu sagen oder gar das Urteil zu verkünden. Der Angeklagte war wohl zu Füßen der Treppe zu denken, deren oberste, mit einem gelben Teppich bedeckte Stufen noch auf dem Bilde zu sehen waren. „Vielleicht ist das mein Richter", sagte K. und zeigte mit einem Finger auf das Bild. „Ich kenne ihn", sagte Leni und sah auch zum Bilde auf, „er kommt öfters hierher. Das Bild stammt aus seiner Jugend, er kann aber niemals dem Bilde auch nur ähnlich gewesen sein, denn er ist fast winzig klein. Trotzdem hat er sich auf dem Bild so in die Länge ziehen lassen, denn er ist unsinnig eitel, wie alle hier. Aber auch ich bin eitel und sehr unzufrieden damit, daß ich Ihnen gar nicht gefalle." Auf die letzte Bemerkung antwortete K. nur damit, daß er Leni umfaßte und an sich zog, sie lehnte still den Kopf an seine Schulter. Zu dem Übrigen aber sagte er: „Was für einen Rang hat er?" „Er ist Untersuchungsrichter", sagte sie, ergriff K.s Hand, mit der er sie umfaßt hielt, und spielte mit seinen Fingern. „Wieder nur Untersuchungsrichter", sagte K. enttäuscht, „die hohen Beamten verstecken sich. Aber er sitzt doch auf einem Thronsessel." „Das ist alles Erfindung", sagte Leni, das Gesicht über K.s Hand gebeugt, „in Wirklichkeit sitzt er auf einem Küchensessel, auf dem eine alte Pferdedecke zusammengelegt ist. Aber müssen Sie denn immerfort an Ihren Prozeß denken?", fügte sie langsam hinzu. „Nein, durchaus nicht", sagte K., „ich denke wahrscheinlich sogar zu wenig an ihn." „Das ist nicht der Fehler, den Sie machen", sagte Leni, „Sie sind zu unnachgiebig, so habe ich es gehört." „Wer hat das gesagt?", fragte K., er fühlte ihren Körper an seiner Brust und sah auf ihr reiches, dunkles, fest gedrehtes Haar hinab. „Ich würde zuviel

verraten, wenn ich das sagte“, antwortete Leni. „Fragen Sie, bitte, nicht nach Namen, stellen Sie aber Ihren Fehler ab, seien Sie nicht mehr so unnachgiebig, gegen dieses Gericht kann man sich ja nicht wehren, man muß das Geständnis machen. Machen Sie doch bei nächster Gelegenheit das Geständnis. Erst dann ist die Möglichkeit zu entschlüpfen gegeben, erst dann. Jedoch selbst das ist ohne fremde Hilfe nicht möglich, wegen dieser Hilfe aber müssen Sie sich nicht ängstigen, die will ich Ihnen selbst leisten.“
„Sie verstehen viel von diesem Gericht und von den Betrügereien, die hier nötig sind“, sagte K., und hob sie, da sie sich allzu stark an ihn drängte, auf seinen Schoß. „So ist es gut“, sagte sie und richtete sich auf seinem Schoß ein, indem sie den Rock glättete und die Bluse zurechtzog. Dann hing sie sich mit beiden Händen an seinen Hals, lehnte sich zurück und sah ihn lange an. „Und wenn ich das Geständnis nicht mache, dann können Sie mir nicht helfen?“, fragte K. versuchsweise. Ich werbe Helferinnen, dachte er fast verwundert, zuerst Fräulein Bürstner, dann die Frau des Gerichtsdieners und endlich diese kleine Pflegerin, die ein unbegreifliches Bedürfnis nach mir zu haben scheint. Wie sie auf meinem Schoß sitzt, als sei es ihr einzig richtiger Platz! „Nein“, antwortete Leni und schüttelte langsam den Kopf, „dann kann ich Ihnen nicht helfen. Aber Sie wollen ja meine Hilfe gar nicht, es liegt Ihnen nichts daran, Sie sind eigensinnig und lassen sich nicht überzeugen.“
„Haben Sie eine Geliebte?“, fragte sie nach einem Weilchen. „Nein“, sagte K. „O doch“, sagte sie. „Ja, wirklich“, sagte K., „denken Sie nur, ich habe sie verleugnet und trage doch sogar ihre Photographie bei mir.“ Auf ihre Bitten zeigte er ihr eine Photographie Elsas, zusammengekrümmt auf seinem Schoß, studierte sie das Bild.
Es war eine Momentphotographie, Elsa war nach einem Wirbeltanz aufgenommen, wie sie ihn in dem Weinlokal gern tanzte, ihr Rock flog noch im Faltenwurf der Drehung um sie her, die Hände hatte sie auf die festen Hüften gelegt und sah mit straffem Hals lachend zur Seite; wem ihr Lachen galt, konnte man aus dem Bild nicht erkennen. „Sie ist stark geschnürt“, sagte Leni und zeigte auf die Stelle, wo dies ihrer Meinung nach zu sehen war. „Sie gefällt mir nicht, sie ist unbeholfen und roh. Vielleicht ist sie aber Ihnen gegenüber sanft und freundlich, darauf könnte man nach dem Bilde schließen.
So große, starke Mädchen wissen oft nichts anderes, als sanft und freundlich zu sein. Würde sie sich aber für Sie opfern können?“ „Nein“, sagte K., „sie ist weder sanft und freundlich, noch würde sie sich für mich opfern können.
Auch habe ich bisher weder das eine noch das andere von ihr verlangt. Ja, ich habe noch nicht einmal das Bild so genau angesehen wie Sie.“ „Es liegt Ihnen also gar nicht viel an ihr“, sagte Leni, „sie ist also gar nicht Ihre Geliebte.“ „Doch“, sagte K. „Ich nehme mein Wort nicht zurück.“ „Mag sie also jetzt Ihre Geliebte sein“, sagte Leni, „Sie würden sie aber nicht sehr

vermissen, wenn Sie sie verlören oder für jemand anderen, zum Beispiel für mich, eintauschten." „Gewiß", sagte K. lächelnd, „das wäre denkbar, aber sie hat einen großen Vorteil Ihnen gegenüber, sie weiß nichts von meinem Prozeß, und selbst wenn sie etwas davon wüßte, würde sie nicht daran denken. Sie würde mich nicht zur Nachgiebigkeit zu überreden suchen." „Das ist kein Vorteil", sagte Leni. „Wenn sie keine sonstigen Vorteile hat, verliere ich nicht den Mut. Hat sie irgendeinen körperlichen Fehler?" „Einen körperlichen Fehler?", fragte K. „Ja", sagte Leni, „ich habe nämlich einen solchen kleinen Fehler, sehen Sie." Sie spannte den Mittel- und Ringfinger ihrer rechten Hand auseinander, zwischen denen das Verbindungshäutchen fast bis zum obersten Gelenk der kurzen Finger reichte. K. merkte im Dunkel nicht gleich, was sie ihm zeigen wollte, sie führte deshalb seine Hand hin, damit er es abtaste. „Was für ein Naturspiel", sagte K. und fügte, als er die ganze Hand überblickt hatte, hinzu: „Was für eine hübsche Kralle!" Mit einer Art Stolz sah Leni zu, wie K. staunend immer wieder ihre zwei Finger auseinanderzog und zusammenlegte, bis er sie schließlich flüchtig küßte und losließ. „Oh!", rief sie aber sofort, „Sie haben mich geküßt!" Eilig, mit offenem Mund erkletterte sie mit den Knien seinen Schoß. K. sah fast bestürzt zu ihr auf, jetzt, da sie ihm so nahe war, ging ein bitterer, aufreizender Geruch wie von Pfeffer von ihr aus, sie nahm seinen Kopf an sich, beugte sich über ihn hinweg und biß und küßte seinen Hals, biß selbst in seine Haare. „Sie haben mich eingetauscht!", rief sie von Zeit zu Zeit, „sehen Sie, nun haben Sie mich eingetauscht!" Da glitt ihr Knie aus, mit einem kleinen Schrei fiel sie fast auf den Teppich, K. umfaßte sie, um sie noch zu halten, und wurde zu ihr hinabgezogen. „Jetzt gehörst du mir", sagte sie.

„Hier hast du den Hausschlüssel, komm, wann du willst", waren ihre letzten Worte, und ein zielloser Kuß traf ihn noch im Weggehen auf den Rücken. Als er aus dem Haustor trat, fiel ein leichter Regen, er wollte in die Mitte der Straße gehen, um vielleicht Leni noch beim Fenster erblicken zu können, da stürzte aus einem Automobil, das vor dem Hause wartete und das K. in seiner Zerstreutheit gar nicht bemerkt hatte, der Onkel, faßte ihn bei den Armen und stieß ihn gegen das Haustor, als wolle er ihn dort festnageln. „Junge", rief er, „wie konntest du nur das tun! Du hast deiner Sache, die auf gutem Wege war, schrecklich geschadet. Verkriechst dich mit einem kleinen, schmutzigen Ding, das überdies offensichtlich die Geliebte des Advokaten ist, und bleibst stundenlang weg.

Suchst nicht einmal einen Vorwand, verheimlichst nichts, nein, bist ganz offen, läufst zu ihr und bleibst bei ihr. Und unterdessen sitzen wir beisammen, der Onkel, der sich für dich abmüht, der Advokat, der für dich gewonnen werden soll, der Kanzleidirektor vor allem, dieser große Herr, der deine Sache in ihrem jetzigen Stadium geradezu beherrscht. Wir wollen beraten, wie dir zu helfen wäre, ich muß den Advokaten vorsichtig behandeln, dieser wieder den Kanzleidirektor, und du hättest doch allen Grund, mich wenigstens zu unterstützen. Statt dessen bleibst du fort. Schließlich läßt es sich nicht verheimlichen, nun, es sind höfliche, gewandte Männer, sie sprechen nicht davon, sie schonen mich, schließlich können aber auch sie sich nicht mehr überwinden, und da sie von der Sache nicht reden können, verstummen sie. Wir sind minutenlang schweigend dagesessen und haben gehorcht, ob du nicht doch endlich kämest. Alles vergebens. Endlich steht der Kanzleidirektor, der viel länger geblieben ist, als er ursprünglich wollte, auf, verabschiedet sich, bedauert mich sichtlich, ohne mir helfen zu können, wartet in unbegreiflicher Liebenswürdigkeit noch eine Zeitlang in der Tür, dann geht er. Ich war natürlich glücklich, daß er weg war, mir war schon die Luft zum Atmen ausgegangen. Auf den kranken Advokaten hat alles noch stärker eingewirkt, er konnte, der gute Mann, gar nicht sprechen, als ich mich von ihm verabschiedete. Du hast wahrscheinlich zu seinem vollständigen Zusammenbrechen beigetragen und beschleunigst so den Tod eines Mannes, auf den du angewiesen bist. Und mich, deinen Onkel, läßt du hier im Regen — fühle nur, ich bin ganz durchnäßt — stundenlang warten und mich in Sorgen abquälen.“

Siebentes Kapitel

Advokat — Fabrikant Maler

An einem Wintervormittag — draußen fiel Schnee im trüben Licht — saß K., trotz der frühen Stunde schon äußerst müde, in seinem Büro. Um sich wenigstens vor den unteren Beamten zu schützen, hatte er dem Diener den Auftrag gegeben, niemanden von ihnen einzulassen, da er mit einer größeren Arbeit beschäftigt sei. Aber statt zu arbeiten, drehte er sich in seinem Sessel, verschob langsam einige Gegenstände auf dem Tisch, ließ dann aber, ohne es zu wissen, den ganzen Arm ausgestreckt auf der Tischplatte liegen und blieb mit gesenktem Kopf unbeweglich sitzen.

Der Gedanke an den Prozeß verließ ihn nicht mehr. Öfters schon hatte er überlegt, ob es nicht gut wäre, eine Verteidigungsschrift auszuarbeiten und bei Gericht einzureichen. Er wollte darin eine kurze Lebensbeschreibung vorlegen und bei jedem irgendwie wichtigeren Ereignis erklären, aus welchen Gründen er so gehandelt hatte, ob diese Handlungsweise nach seinem gegenwärtigen Urteil zu verwerfen oder zu billigen war und welche Gründe er für dieses oder jenes anführen konnte. Die Vorteile einer solchen Verteidigungsschrift gegenüber der bloßen Verteidigung durch den übrigens auch sonst nicht einwandfreien Advokaten waren zweifellos. K. wußte ja gar nicht, was der Advokat unternahm; viel war es jedenfalls nicht, schon einen Monat lang hatte er ihn nicht mehr zu sich berufen, und auch bei keiner der früheren Besprechungen hatte K. den Eindruck gehabt, daß dieser Mann viel für ihn erreichen könne. Vor allem hatte er ihn fast gar nicht ausgefragt. Und hier war doch so viel zu fragen. Fragen war die Hauptsache. K. hatte das Gefühl, als ob er selbst alle hier nötigen Fragen stellen könnte. Der Advokat dagegen, statt zu fragen, erzählte selbst oder saß ihm stumm gegenüber, beugte sich, wahrscheinlich wegen seines schwachen Gehörs, ein wenig über den Schreibtisch vor, zog an einem Bartstrahn innerhalb seines Bartes und blickte auf den Teppich nieder, vielleicht gerade auf die Stelle, wo K. mit Leni gelegen war. Hier und da gab er K. einige leere Ermahnungen, wie man sie Kindern gibt. Ebenso nutzlose wie langweilige Reden, die K. in der Schlußabrechnung mit keinem Heller zu bezahlen gedachte. Nachdem der Advokat ihn genügend gedemütigt zu haben glaubte, fing er gewöhnlich an, ihn wieder ein wenig aufzumuntern. Er habe schon, erzählte er dann, viele ähnliche Prozesse ganz oder teilweise gewonnen. Prozesse, die, wenn auch in Wirklichkeit vielleicht nicht so schwierig wie dieser, äußerlich noch hoffnungsloser waren. Ein Verzeichnis dieser Prozesse habe er hier in der Schublade — hierbei klopfte er an irgendeine Lade des Tisches –, die Schriften könne er leider nicht zeigen, da es sich um Amtsgeheimnisse handle. Trotzdem komme jetzt natürlich die große Erfahrung, die er durch alle diese Prozesse erworben habe, K. zugute. Er habe natürlich sofort zu arbeiten begonnen, und die erste Eingabe sei schon fast fertiggestellt. Sie sei sehr wichtig, weil der erste Eindruck, den die Verteidigung mache, oft die ganze Richtung des Verfahrens bestimme. Leider, darauf müsse er K. allerdings aufmerksam machen, geschehe es manchmal, daß die ersten Eingaben bei Gericht gar nicht gelesen würden. Man lege sie einfach zu den Akten und weise darauf hin, daß vorläufig die Einvernahme und Beobachtung des Angeklagten wichtiger sei als alles Geschriebene. Man fügt, wenn der Petent dringlich wird, hinzu, daß man vor der Entscheidung, sobald alles Material gesammelt ist, im Zusammenhang natürlich, alle Akten, also auch diese erste Eingabe, überprüfen wird. Leider sei aber auch dies meistens nicht richtig, die erste Eingabe werde gewöhnlich verlegt oder gehe gänzlich verloren, und selbst wenn sie bis zum Ende erhalten bleibt, werde sie, wie der Advokat allerdings nur gerüchtweise erfahren hat, kaum gelesen. Das alles sei bedauerlich, aber nicht ganz ohne Berechtigung. K. möge doch nicht außer acht lassen, daß das Verfahren nicht öffentlich sei, es kann, wenn das Gericht es für nötig hält, öffentlich werden, das Gesetz aber schreibt Öffentlichkeit nicht vor. Infolge dessen sind auch die Schriften des Gerichts, vor allem die Anklageschrift, dem Angeklagten und seiner Verteidigung unzugänglich, man weiß daher im allgemeinen nicht oder wenigstens nicht genau, wogegen sich die erste Eingabe zu richten hat, sie kann daher eigentlich nur zufälligerweise etwas enthalten, was für die Sache von Bedeutung ist. Wirklich zutreffende und beweisführende Eingaben kann man erst später ausarbeiten, wenn im Laufe der Einvernahmen des Angeklagten die einzelnen Anklagepunkte und ihre Begründung deutlicher hervor treten oder erraten werden können. Unter diesen Verhältnissen ist natürlich die Verteidigung in einer sehr ungünstigen und schwierigen Lage. Aber auch das ist beabsichtigt. Die Verteidigung ist nämlich durch das Gesetz nicht eigentlich gestattet, sondern nur geduldet, und selbst darüber, ob aus der betreffenden Gesetzesstelle wenigstens Duldung herausgelesen werden soll, besteht Streit. Es gibt daher strenggenommen gar keine vom Gericht anerkannten Advokaten, alle, die vor diesem Gericht als Advokaten auftreten, sind im Grunde nur Winkeladvokaten. Das wirkt natürlich auf den ganzen Stand sehr entwürdigend ein, und wenn K. nächstens einmal in die Gerichtskanzleien gehen werde, könne er sich ja, um auch das einmal gesehen zu haben, das Advokatenzimmer ansehen. Er werde vor der Gesellschaft, die dort beisammen sei, vermutlich erschrecken. Schon die ihnen zugewiesene enge, niedrige Kammer zeige die Verachtung, die das Gericht für diese Leute hat. Licht bekommt die Kammer nur durch eine kleine Luke, die so hochgelegen ist, daß man, wenn man hinausschauen will, wo einem übrigens der Rauch eines knapp davor gelegenen Kamins in die Nase fährt und das Gesicht schwärzt, erst einen Kollegen suchen muß, der einen auf den Rücken nimmt. Im Fußboden dieser Kammer — um nur noch ein Beispiel für diese Zustände anzuführen — ist nun schon seit mehr als einem Jahr ein Loch, nicht so groß, daß ein Mensch durchfallen könnte, aber groß genug, daß man mit einem Bein ganz einsinkt. Das Advokatenzimmer liegt auf dem zweiten Dachboden; sinkt also einer ein, so hängt das Bein in den ersten Dachboden hinunter, und zwar gerade in den Gang, wo die Parteien warten. Es ist nicht zuviel gesagt, wenn man in Advokatenkreisen solche Verhältnisse schändlich nennt. Beschwerden an die Verwaltung haben nicht den geringsten Erfolg, wohl aber ist es den Advokaten auf das strengste verboten, irgend etwas in dem Zimmer auf eigene Kostenändern zu lassen. Aber auch diese Behandlung der Advokaten hat ihre Begründung. Man will die Verteidigung möglichst ausschalten, alles soll auf den Angeklagten selbst gestellt sein. Kein schlechter Standpunkt im Grunde, nichts wäre aber verfehlter, als daraus zu folgern, daß bei diesem Gericht die Advokaten für den Angeklagten unnötig sind. Im Gegenteil, bei keinem anderen Gericht sind sie so notwendig wie bei diesem. Das Verfahren ist nämlich im allgemeinen nicht nur vor der Öffentlichkeit geheim, sondern auch vor dem Angeklagten. Natürlich nur soweit dies möglich ist, es ist aber in sehr weitem Ausmaß möglich. Auch der Angeklagte hat nämlich keinen Einblick in die Gerichtsschriften, und aus den Verhören auf die ihnen zugrunde liegenden Schriften zu schließen, ist sehr schwierig, insbesondere aber für den Angeklagten, der doch befangen ist und alle möglichen Sorgen hat, die ihn zerstreuen. Hier greift nun die Verteidigung ein. Bei den Verhören dürfen im allgemeinen Verteidiger nicht anwesend sein, sie müssen daher nach den Verhören, und zwar möglichst noch an der Tür des Untersuchungszimmers, den Angeklagten über das Verhör ausforschen und diesen oft schon sehr verwischten Berichten das für die Verteidigung Taugliche entnehmen. Aber das Wichtigste ist dies nicht, denn viel kann man auf diese Weise nicht erfahren, wenn natürlich auch hier wie überall ein tüchtiger Mann mehr erfährt als andere. Das Wichtigste bleiben trotzdem die persönlichen Beziehungen des Advokaten, in ihnen liegt der Hauptwert der Verteidigung. Nun habe ja wohl K. schon seinen eigenen Erlebnissen entnommen, daß die allerunterste Organisation des Gerichtes nicht ganz vollkommen ist, pflichtvergessene und bestechliche Angestellte aufweist, wodurch gewissermaßen die strenge Abschließung des Gerichtes Lücken bekommt. Hier nun drängt sich die Mehrzahl der Advokaten ein, hier wird bestochen und ausgehorcht, ja es kamen, wenigstens in früherer Zeit, sogar Fälle von Aktendiebstählen vor. Es ist nicht zu leugnen, daß auf diese Weise für den Augenblick einige sogar überraschend günstige Resultate für den Angeklagten sich erzielen lassen, damit stolzieren auch diese kleinen Advokaten herum und locken neue Kundschaft an, aber für den weiteren Fortgang des Prozesses bedeutet es entweder nichts oder nichts Gutes. Wirklichen Wert aber haben nur ehrliche persönliche Beziehungen, und zwar mit höheren Beamten, womit natürlich nur höhere Beamten der unteren Grade gemeint sind. Nur dadurch kann der Fortgang des Prozesses, wenn auch zunächst nur unmerklich, später aber immer deutlicher beeinflußt werden. Das können natürlich nur wenige Advokaten, und hier sei die Wahl K.s sehr günstig gewesen. Nur noch vielleicht ein oder zwei Advokaten könnten sich mit ähnlichen Beziehungen ausweisen wie Dr. Huld. Diese kümmern sich allerdings um die Gesellschaft im Advokatenzimmer nicht und haben auch nichts mit ihr zu tun. Um so enger sei aber die Verbindung mit den Gerichtsbeamten. Es sei nicht einmal immer nötig, daß Dr. Huld zu Gericht gehe, in den Vorzimmern der Untersuchungsrichter auf ihr zufälliges Erscheinen warte und je nach ihrer Laune einen meist nur scheinbaren Erfolg erziele oder auch nicht einmal diesen. Nein, K. habe es ja selbst gesehen, die Beamten, und darunter recht hohe, kommen selbst, geben bereitwillig Auskunft, offene oder wenigstens leicht deutbare, besprechen den nächsten Fortgang der Prozesse, ja sie lassen sich sogar in einzelnen Fällen überzeugen und nehmen die fremde Ansicht gern an. Allerdings dürfe man ihnen gerade in dieser letzteren Hinsicht nicht allzusehr vertrauen, so bestimmt sie ihre neue, für die Verteidigung günstige Absicht auch aussprechen, gehen sie doch vielleicht geradewegs in ihre Kanzlei und geben für den nächsten Tag einen Gerichtsbeschluß, der gerade das Entgegengesetzte enthält und vielleicht für den Angeklagten noch viel strenger ist als ihre erste Absicht, von der sie gänzlich abgekommen zu sein behaupteten. Dagegen könne man sich natürlich nicht wehren, denn das, was sie zwischen vier Augen gesagt haben, ist eben auch nur zwischen vier Augen gesagt und lasse keine öffentliche Folgerung zu, selbst wenn die Verteidigung nicht auch sonst bestrebt sein müßte, sich die Gunst der Herren zu erhalten. Andererseits sei es allerdings auch richtig, daß die Herren nicht etwa nur aus Menschenliebe oder aus freundschaftlichen Gefühlen sich mit der Verteidigung, natürlich nur mit einer sachverständigen Verteidigung, in Verbindung setzen, sie sind vielmehr in gewisser Hinsicht auch auf sie angewiesen. Hier mache sich eben der Nachteil einer Gerichtsorganisation geltend, die selbst in ihren Anfängen das geheime Gericht festsetzt. Den Beamten fehlt der Zusammenhang mit der Bevölkerung, für die gewöhnlichen, mittleren Prozesse sind sie gut ausgerüstet, ein solcher Prozeß rollt fast von selbst auf seiner Bahn ab und braucht nur hier und da einen Anstoß, gegenüber den ganz einfachen Fällen aber, wie auch gegenüber den besonders schwierigen sind sie oft ratlos, sie haben, weil sie fortwährend, Tag und Nacht, in ihr Gesetz eingezwängt sind, nicht den richtigen Sinn für menschliche Beziehungen, und das entbehren sie in solchen Fällen schwer. Dann kommen sie zum Advokaten um Rat, und hinter ihnen trägt ein Diener die Akten, die sonst so geheim sind. An diesem Fenster hätte man manche Herren, von denen man es am wenigsten erwarten würde, antreffen können, wie sie geradezu trostlos auf die Gasse hinaussahen, während der Advokat an seinem Tisch die Akten studierte, um ihnen einen guten Rat geben zu können. Übrigens könne man gerade bei solchen Gelegenheiten sehen, wie ungemein ernst die Herren ihren Beruf nehmen und wie sie über Hindernisse, die sie ihrer Natur nach nicht bewältigen können, in große Verzweiflung geraten. Ihre Stellung sei auch sonst nicht leicht, man dürfe ihnen nicht Unrecht tun und ihre Stellung nicht für leicht ansehen. Die Rangordnung und Steigerung des Gerichtes sei unendlich und selbst für den Eingeweihten nicht absehbar. Das Verfahren vor den Gerichtshöfen sei aber im allgemeinen auch für die unteren Beamten geheim, sie können daher die Angelegenheiten, die sie bearbeiten, in ihrem ferneren Weitergang kaum jemals vollständig verfolgen, die Gerichtssache erscheint also in ihrem Gesichtskreis, ohne daß sie oft wissen, woher sie kommt, und sie geht weiter, ohne daß sie erfahren, wohin. Die Belehrung also, die man aus dem Studium der einzelnen Prozeßstadien, der schließlichen Entscheidung und ihrer Gründe schöpfen kann, entgeht diesen Beamten. Sie dürfen sich nur mit jenem Teil des Prozesses befassen, der vom Gesetz für sie abgegrenzt ist, und wissen von dem Weiteren, also von den Ergebnissen ihrer eigenen Arbeit, meist weniger als die Verteidigung, die doch in der Regel fast bis zum Schluß des Prozesses mit dem Angeklagten in Verbindung bleibt. Auch in diese Richtung also können sie von der Verteidigung manches Wertvolle erfahren. Wundere sich K. noch, wenn er alles dieses im Auge behalte, über die Gereiztheit der Beamten, die sich manchmal den Parteien gegenüber in — jeder mache diese Erfahrung — beleidigender Weise äußert. Alle Beamten seien gereizt, selbst wenn sie ruhig scheinen. Natürlich haben die kleinen Advokaten besonders viel darunter zu leiden. Man erzählt zum Beispiel folgende Geschichte, die sehr den Anschein der Wahrheit hat. Ein alter Beamter, ein guter, stiller Herr, hatte eine schwierige Gerichtssache, welche besonders durch die Eingaben des Advokaten verwickelt worden war, einen Tag und eine Nacht ununterbrochen studiert — diese Beamten sind tatsächlich fleißig, wie niemand sonst. — Gegen Morgen nun, nach vierundzwanzigstündiger, wahrscheinlich nicht sehr ergiebiger Arbeit, ging er zur Eingangstür, stellte sich dort in Hinterhalt und warf jeden Advokaten, der eintreten wollte, die Treppe hinunter. Die Advokaten sammelten sich unten auf dem Treppenansatz und berieten, was sie tun sollten; einerseits haben sie keinen eigentlichen Anspruch darauf, eingelassen zu werden, können daher rechtlich gegen den Beamten kaum etwas unternehmen und müssen sich, wie schon erwähnt, auch hüten, die Beamtenschaft gegen sich aufzubringen. Andererseits aber ist jeder nicht bei Gericht verbrachte Tag für sie verloren, und es lag ihnen also viel daran einzudringen. Schließlich einigten sie sich darauf, daß sie den alten Herrn ermüden wollten. Immer wieder wurde ein Advokat ausgeschickt, der die Treppe hinauflief und sich dann unter möglichstem, allerdings passivem Widerstand hinunterwerfen ließ, wo er dann von den Kollegen aufgefangen wurde. Das dauerte etwa eine Stunde, dann wurde der alte Herr, er war ja auch von der Nachtarbeit schon erschöpft, wirklich müde und ging in seine Kanzlei zurück. Die unten wollten es erst gar nicht glauben und schickten zuerst einen aus, der hinter der Tür nachsehen sollte, ob dort wirklich leer war. Dann erst zogen sie ein und wagten wahrscheinlich nicht einmal zu murren. Denn den Advokaten — und selbst der Kleinste kann doch die Verhältnisse wenigstens zum Teil übersehen — liegt es vollständig ferne, bei Gericht irgendwelche Verbesserungen einführen oder durchsetzen zu wollen, während — und dies ist sehr bezeichnend — fast jeder Angeklagte, selbst ganz einfältige Leute, gleich beim allerersten Eintritt in den Prozeß an Verbesserungsvorschläge zu denken anfangen und damit oft Zeit und Kraft verschwenden, die anders viel besser verwendet werden könnten. Das einzig Richtige sei es, sich mit den vorhandenen Verhältnissen abzufinden. Selbst wenn es möglich wäre, Einzelheiten zu verbessern — es ist aber ein unsinniger Aberglaube –, hätte man bestenfalls für künftige Fälle etwas erreicht, sich selbst aber unermeßlich dadurch geschadet, daß man die besondere Aufmerksamkeit der immer rachsüchtigen Beamtenschaft erregt hat. Nur keine Aufmerksamkeit erregen! Sich ruhig verhalten, selbst wenn es einem noch so sehr gegen den Sinn geht! Einzusehen versuchen, daß dieser große Gerichtsorganismus gewissermaßen ewig in der Schwebe bleibt und daß man zwar, wenn man auf seinem Platz selbständig etwas ändert, den Boden unter den Füßen sich wegnimmt und selbst abstürzen kann, während der große Organismus sich selbst für die kleine Störung leicht an einer anderen Stelle — alles ist doch in Verbindung — Ersatz schafft und unverändert bleibt, wenn er nicht etwa, was sogar wahrscheinlich ist, noch geschlossener, noch aufmerksamer, noch strenger, noch böser wird. Man überlasse doch die Arbeit dem Advokaten, statt sie zu stören. Vorwürfe nützen ja nicht viel, besonders wenn man ihre Ursachen in ihrer ganzen Bedeutung nicht begreiflich machen kann, aber gesagt müsse es doch werden, wieviel K. seiner Sache durch das Verhalten gegenüber dem Kanzleidirektor geschadet habe. Dieser einflußreiche Mann sei aus der Liste jener, bei denen man für K. etwas unternehmen könne, schon fast zu streichen. Selbst flüchtige Erwähnungen des Prozesses überhöre er mit deutlicher Absicht. In manchem seien ja die Beamten wie Kinder. Oft können sie durch Harmlosigkeiten, unter die allerdings K.s Verhalten leider nicht gehörte, derartig verletzt werden, daß sie selbst mit guten Freunden zu reden aufhören, sich von ihnen abwenden, wenn sie ihnen begegnen, und ihnen in allem möglichen entgegenarbeiten. Dann aber einmal, überraschenderweise ohne besonderen Grund, lassen sie sich durch einen kleinen Scherz, den man nur deshalb wagt, weil alles aussichtslos scheint, zum Lachen bringen und sind versöhnt. Es sei eben gleichzeitig schwer und leicht, sich mit ihnen zu verhalten, Grundsätze dafür gibt es kaum. Manchmal sei es zum Verwundern, daß ein einziges Durchschnittsleben dafür hinreiche, um so viel zu erfassen, daß man hier mit einigem Erfolg arbeiten könne. Es kommen allerdings trübe Stunden, wie sie ja jeder hat, wo man glaubt, nicht das geringste erzielt zu haben, wo es einem scheint, als hätten nur die von Anfang an für einen guten Ausgang bestimmten Prozesse ein gutes Ende genommen, wie es auch ohne Mithilfe geschehen wäre, während alle anderen verlorengegangen sind, trotz allem Nebenherlaufen, aller Mühe, allen kleinen, scheinbaren Erfolgen, über die man solche Freude hatte. Dann scheint einem allerdings nichts mehr sicher, und man würde auf bestimmte Fragen hin nicht einmal zu leugnen wagen, daß man ihrem Wesen nach gut verlaufende Prozesse gerade durch die Mithilfe auf Abwege gebracht hat. Auch das ist ja eine Art Selbstvertrauen, aber es ist das einzige, daß dann übrigbleibt. Solchen Anfällen — es sind natürlich nur Anfälle, nichts weiter — sind Advokaten besonders dann ausgesetzt, wenn ihnen ein Prozeß, den sie weit genug und zufriedenstellend geführt haben, plötzlich aus der Hand genommen wird. Das ist wohl das Ärgste, das einem Advokaten geschehen kann. Nicht etwa durch den Angeklagten wird ihnen der Prozeß entzogen, das geschieht wohl niemals, ein Angeklagter, der einmal einen bestimmten Advokaten genommen hat, muß bei ihm bleiben, geschehe was immer. Wie könnte er sich überhaupt, wenn er einmal Hilfe in Anspruch genommen hat, allein noch erhalten? Das geschieht also nicht, wohl aber geschieht es manchmal, daß der Prozeß eine Richtung nimmt, wo der Advokat nicht mehr mitkommen darf. Der Prozeß und der Angeklagte und alles wird dem Advokaten einfach entzogen; dann können auch die besten Beziehungen zu den Beamten nicht mehr helfen, denn sie selbst wissen nichts. Der Prozeß ist eben in ein Stadium getreten, wo keine Hilfe mehr geleistet werden darf, wo ihn unzugängliche Gerichtshöfe bearbeiten, wo auch der Angeklagte für den Advokaten nicht mehr erreichbar ist. Man kommt dann eines Tages nach Hause und findet auf seinem Tisch alle die vielen Eingaben, die man mit allem Fleiß und mit den schönsten Hoffnungen in dieser Sache gemacht hat, sie sind zurückgestellt worden, da sie in das neue Prozeßstadium nicht übertragen werden dürfen, es sind wertlose Fetzen. Dabei muß der Prozeß noch nicht verloren sein, durchaus nicht, wenigstens liegt kein entscheidender Grund für diese Annahme vor, man weiß bloß nichts mehr von dem Prozeß und wird auch nichts mehr von ihm erfahren. Nun sind ja solche Fälle glücklicherweise Ausnahmen, und selbst wenn K.s Prozeß ein solcher Fall sein sollte, sei er doch vorläufig noch weit von solchem Stadium entfernt. Hier sei aber noch reichliche Gelegenheit für Advokatenarbeit gegeben, und daß sie ausgenützt werde, dessen dürfe K. sicher sein. Die Eingabe sei, wie erwähnt, noch nicht überreicht, das eile aber auch nicht, viel wichtiger seien die einleitenden

Besprechungen mit maßgebenden Beamten, und die hätten schon stattgefunden. Mit verschiedenem Erfolg, wie offen zugestanden werden soll. Es sei viel besser, vorläufig Einzelheiten nicht zu verraten, durch die K. nur ungünstig beeinflußt und allzu hoffnungsfreudig oder allzu ängstlich gemacht werden könnte, nur so viel sei gesagt, daß sich einzelne sehr günstig ausgesprochen und sich auch sehr bereitwillig gezeigt haben, während andere sich weniger günstig geäußert, aber doch ihre Mithilfe keineswegs verweigert haben. Das Ergebnis sei also im ganzen sehr erfreulich, nur dürfe man daraus keine besonderen Schlüsse ziehen, da alle Vorverhandlungen ähnlich beginnen und durchaus erst die weitere Entwicklung den Wert dieser Vorverhandlungen zeigt. Jedenfalls sei noch nichts verloren, und wenn es noch gelingen sollte, den Kanzleidirektor trotz allem zu gewinnen — es sei schon verschiedenes zu diesem Zwecke eingeleitet –, dann sei das Ganze — wie die Chirurgen sagen — eine reine Wunde, und man könne getrost das Folgende erwarten.
In solchen und ähnlichen Reden war der Advokat unerschöpflich. Sie wiederholten sich bei jedem Besuch. Immer gab es Fortschritte, niemals aber konnte die Art dieser Fortschritte mitgeteilt werden. Immerfort wurde an der ersten Eingabe gearbeitet, aber sie wurde nicht fertig, was sich meistens beim nächsten Besuch als großer Vorteil herausstellte, da die letzte Zeit, was man nicht hätte voraussehen können, für die Übergabe sehr ungünstig gewesen wäre. Bemerkte K. manchmal, ganz ermattet von den Reden, daß es doch, selbst unter Berücksichtigung aller Schwierigkeiten, sehr langsam vorwärtsgehe, wurde ihm entgegnet, es gehe gar nicht langsam vorwärts, wohl aber wäre man schon viel weiter, wenn K. sich rechtzeitig an den Advokaten gewendet hätte. Das hatte er aber leider versäumt, und diese Versäumnis werde auch noch weitere Nachteile bringen, nicht nur zeitliche.
Die einzige wohltätige Unterbrechung dieser Besuche war Leni, die es immer so einzurichten wußte, daß sie dem Advokaten in Anwesenheit K.s den Tee brachte. Dann stand sie hinter K., sah scheinbar zu, wie der Advokat, mit einer Art Gier tief zur Tasse hinabgebeugt, den Tee eingoß und trank, und ließ im geheimen ihre Hand von K. erfassen. Es herrschte völliges Schweigen. Der Advokat trank. K. drückte Lenis Hand, und Leni wagte es manchmal, K.s Haare sanft zu streicheln. „Du bist noch hier?“, fragte der Advokat, nachdem er fertig war. „Ich wollte das Geschirr wegnehmen“, sagte Leni, es gab noch einen letzten Händedruck, der Advokat wischte sich den Mund und begann mit neuer Kraft auf K. einzureden.
War es Trost oder Verzweiflung, was der Advokat erreichen wollte? K. wußte es nicht, wohl aber hielt er es für feststehend, daß seine Verteidigung nicht in guten Händen war. Es mochte ja alles richtig sein, was der Advokat erzählte, wenn es auch durchsichtig war, daß er sich möglichst in den Vordergrund stellen wollte und wahrscheinlich noch niemals einen so großen Prozeß

geführt hatte, wie es K.s Prozeß seiner Meinung nach war. Verdächtig aber blieben die unaufhörlich hervorgehobenen persönlichen Beziehungen zu den Beamten. Mußten sie denn ausschließlich zu K.s Nutzen ausgebeutet werden? Der Advokat vergaß nie zu bemerken, daß es sich nur um niedrige Beamte handelte, also um Beamte in sehr abhängiger Stellung, für deren Fortkommen gewisse Wendungen der Prozesse wahrscheinlich von Bedeutung sein konnten. Benützten sie vielleicht den Advokaten dazu, um solche für den Angeklagten natürlich immer ungünstige Wendungen zu erzielen? Vielleicht taten sie das nicht in jedem Prozeß, gewiß, das war nicht wahrscheinlich, es gab dann wohl wieder Prozesse, in deren Verlauf sie dem Advokaten für seine Dienste Vorteile einräumten, denn es mußte ihnen ja auch daran gelegen sein, seinen Ruf ungeschädigt zu erhalten. Verhielt es sich aber wirklich so, in welcher Weise würden sie bei K.s Prozeß eingreifen, der, wie der Advokat erklärte, ein sehr schwieriger, also wichtiger Prozeß war und gleich anfangs bei Gericht große Aufmerksamkeit erregt hatte? Es konnte nicht sehr zweifelhaft sein, was sie tun würden. Anzeichen dessen konnte man ja schon darin sehen, daß die erste Eingabe noch immer nicht überreicht war, obwohl der Prozeß schon Monate dauerte und daß sich alles, den Angaben des Advokaten nach, in den Anfängen befand, was natürlich sehr geeignet war, den Angeklagten einzuschläfern und hilflos zu erhalten, um ihn dann plötzlich mit der Entscheidung zu überfallen oder wenigstens mit der Bekanntmachung, daß die zu seinen Ungunsten abgeschlossene Untersuchung an die höheren Behörden weitergegeben werde. Es war unbedingt nötig, daß K. selbst eingriff. Gerade in Zuständen großer Müdigkeit, wie an diesem Wintervormittag, wo ihm alles willenlos durch den Kopf zog, war diese Überzeugung unabweisbar. Die Verachtung, die er früher für den Prozeß gehabt hatte, galt nicht mehr. Wäre er allein in der Welt gewesen, hätte er den Prozeß leicht mißachten können, wenn es allerdings auch sicher war, daß dann der Prozeß überhaupt nicht entstanden wäre. Jetzt aber hatte ihn der Onkel schon zum Advokaten gezogen, Familienrücksichten sprachen mit; seine Stellung war nicht mehr vollständig unabhängig von dem Verlauf des Prozesses, er selbst hatte unvorsichtigerweise mit einer gewissen unerklärlichen Genugtuung vor Bekannten den Prozeß erwähnt, andere hatten auf unbekannte Weise davon erfahren, das Verhältnis zu Fräulein Bürstner schien entsprechend dem Prozeß zu schwanken — kurz, er hatte kaum mehr die Wahl, den Prozeß anzunehmen oder abzulehnen, er stand mitten darin und mußte sich wehren. War er müde, dann war es schlimm.
Zu übertriebener Sorge war allerdings vorläufig kein Grund. Er hatte es verstanden, sich in der Bank in verhältnismäßig kurzer Zeit zu seiner hohen Stellung emporzuarbeiten und sich, von allen anerkannt, in dieser Stellung zu erhalten, er mußte jetzt nur diese Fähigkeiten, die ihm das ermöglicht hatten, ein wenig dem Prozeß zuwenden, und es war kein Zweifel, daß es gut

ausgehen müßte. Vor allem war es, wenn etwas erreicht werden sollte, notwendig, jeden Gedanken an eine mögliche Schuld von vornherein abzulehnen. Es gab keine Schuld. Der Prozeß war nichts anderes als ein großes Geschäft, wie er es schon oft mit Vorteil für die Bank abgeschlossen hatte, ein Geschäft, innerhalb dessen, wie das die Regel war, verschiedene Gefahren lauerten, die eben abgewehrt werden mußten. Zu diesem Zwecke durfte man allerdings nicht mit Gedanken an irgendeine Schuld spielen, sondern den Gedanken an den eigenen Vorteil möglichst festhalten. Von diesem Gesichtspunkt aus war es auch unvermeidlich, dem Advokaten die Vertretung sehr bald, am besten noch an diesem Abend, zu entziehen. Es war zwar nach seinen Erzählungen etwas Unerhörtes und wahrscheinlich sehr Beleidigendes, aber K. konnte nicht dulden, daß seinen Anstrengungen in dem Prozeß Hindernisse begegneten, die vielleicht von seinem eigenen Advokaten veranlaßt waren. War aber einmal der Advokat abgeschüttelt, dann mußte die Eingabe sofort überreicht und womöglich jeden Tag darauf gedrängt werden, daß man sie berücksichtige. Zu diesem Zwecke würde es natürlich nicht genügen, daß K. wie die anderen im Gang saß und den Hut unter die Bank stellte. Er selbst oder die Frauen oder andere Boten mußten Tag für Tag die Beamten überlaufen und sie zwingen, statt durch das Gitter auf den Gang zu schauen, sich zu ihrem Tisch zu setzen und K.s Eingabe zu studieren. Von diesen Anstrengungen dürfte man nicht ablassen, alles müßte organisiert und überwacht werden, das Gericht sollte einmal auf einen Angeklagten stoßen, der sein Recht zu wahren verstand. Wenn sich aber auch K. dies alles durchzuführen getraute, die Schwierigkeit der Abfassung der Eingabe war überwältigend. Früher, etwa noch vor einer Woche, hatte er nur mit einem Gefühl der Scham daran denken können, daß er einmal genötigt sein könnte, eine solche Eingabe selbst zu machen; daß dies auch schwierig sein konnte, daran hatte er gar nicht gedacht. Er erinnerte sich, wie er einmal an einem Vormittag, als er gerade mit Arbeit überhäuft war, plötzlich alles zur Seite geschoben und den Schreibblock vorgenommen hatte, um versuchsweise den Gedankengang einer derartigen Eingabe zu entwerfen und ihn vielleicht dem schwerfälligen Advokaten zur Verfügung zu stellen, und wie gerade in diesem Augenblick die Tür des Direktionszimmers sich öffnete und der Direktor-Stellvertreter mit großem Gelächter eintrat. Es war für K. damals sehr peinlich gewesen, obwohl der Direktor-Stellvertreter natürlich nicht über die Eingabe gelacht hatte, von der er nichts wußte, sondern über einen Börsenwitz, den er eben gehört hatte, einen Witz, der zum Verständnis eine Zeichnung erforderte, die nun der Direktor-Stellvertreter, über K.s Tisch gebeugt, mit K.s Bleistift, den er ihm aus der Hand nahm, auf dem Schreibblock ausführte, der für die Eingabe bestimmt gewesen war.

Heute wußte K. nichts mehr von Scham, die Eingabe mußte gemacht werden. Wenn er im Büro keine Zeit für sie fand, was sehr wahrscheinlich war, dann mußte er sie zu Hause in den Nächten machen. Würden auch die Nächte nicht genügen, dann mußte er einen Urlaub nehmen. Nur nicht auf halbem Wege stehenbleiben, das war nicht nur in Geschäften, sondern immer und überall das Unsinnigste. Die Eingabe bedeutete freilich eine fast endlose Arbeit. Man mußte keinen sehr ängstlichen Charakter haben und konnte doch leicht zu dem Glauben kommen, daß es unmöglich war, die Eingabe jemals fertigzustellen. Nicht aus Faulheit oder Hinterlist, die den Advokaten allein an der Fertigstellung hindern konnten, sondern weil in Unkenntnis der vorhandenen Anklage und gar ihrer möglichen Erweiterungen das ganze Leben in den kleinsten Handlungen und Ereignissen in die Erinnerung zurückgebracht, dargestellt und von allen Seiten überprüft werden mußte. Und wie traurig war eine solche Arbeit überdies. Sie war vielleicht geeignet, einmal nach der Pensionierung den kindisch gewordenen Geist zu beschäftigen und ihm zu helfen, die langen Tage hinzubringen. Aber jetzt, wo K. alle Gedanken zu seiner Arbeit brauchte, wo jede Stunde, da er noch im Aufstieg war und schon für den Direktor-Stellvertreter eine Drohung bedeutete, mit größter Schnelligkeit verging und wo er die kurzen Abende und Nächte als junger Mensch genießen wollte, jetzt sollte er mit der Verfassung dieser Eingabe beginnen. Wieder ging sein Denken in Klagen aus. Fast unwillkürlich, nur um dem ein Ende zu machen, tastete er mit dem Finger nach dem Knopf der elektrischen Glocke, die ins Vorzimmer führte. Während er ihn niederdrückte, blickte er zur Uhr auf. Es war elf Uhr, zwei Stunden, eine lange, kostbare Zeit, hatte er verträumt und war natürlich noch matter als vorher. Immerhin war die Zeit nicht verloren, er hatte Entschlüsse gefaßt, die wertvoll sein konnten. Die Diener brachten außer verschiedener Post zwei Visitenkarten von Herren, die schon längere Zeit auf K. warteten. Es waren gerade sehr wichtige Kundschaften der Bank, die man eigentlich auf keinen Fall hätte warten lassen sollen. Warum kamen sie zu so ungelegener Zeit, und warum, so schienen wieder die Herren hinter der geschlossenen Tür zu fragen, verwendete der fleißige K. für Privatangelegenheiten die beste Geschäftszeit? Müde von dem Vorhergegangenen und müde das Folgende erwartend, stand K. auf, um den ersten zu empfangen.

Es war ein kleiner, munterer Herr, ein Fabrikant, den K. gut kannte. Er bedauerte, K. in wichtiger Arbeit gestört zu haben, und K. bedauerte seinerseits, daß er den Fabrikanten so lange hatte warten lassen. Schon dieses Bedauern aber sprach er in derartig mechanischer Weise und mit fast falscher Betonung aus, daß der Fabrikant, wenn er nicht ganz von der Geschäftssache eingenommen gewesen wäre, es hätte bemerken müssen. Statt dessen zog er eilig Rechnungen und Tabellen aus allen Taschen, breitete sie vor K. aus, erklärte verschiedene Posten, verbesserte einen kleinen Rechenfehler, der ihm sogar bei diesem flüchtigen Überblick aufgefallen war, erinnerte K. an ein ähnliches Geschäft, das er mit ihm vor etwa einem Jahr abgeschlossen hatte, erwähnte nebenbei, daß sich diesmal eine andere Bank unter größten Opfern um das Geschäft bewerbe, und verstummte schließlich, um nun K.s Meinung zu erfahren. K. hatte auch tatsächlich im Anfang die Rede des Fabrikanten gut verfolgt, der Gedanke an das wichtige Geschäft hatte dann auch ihn ergriffen, nur leider nicht für die Dauer, er war bald vom Zuhören abgekommen, hatte dann noch ein Weilchen zu den lauteren Ausrufen des Fabrikanten mit dem Kopf genickt, hatte aber schließlich auch das unterlassen und sich darauf eingeschränkt, den kahlen, auf die Papiere hinabgebeugten Kopf anzusehen und sich zu fragen, wann der Fabrikant endlich erkennen werde, daß seine ganze Rede nutzlos sei. Als er nun verstummte, glaubte K. zuerst wirklich, es geschehe dies deshalb, um ihm Gelegenheit zu dem Eingeständnis zu geben, daß er nicht fähig sei, zuzuhören. Nur mit Bedauern merkte er aber an dem gespannten Blick des offenbar auf alle Entgegnungen gefaßten Fabrikanten, daß die geschäftliche Besprechung fortgesetzt werden müsse. Er neigte also den Kopf wie vor einem Befehl und begann mit dem Bleistift langsam über den Papieren hin- und herzufahren, hier und da hielt er inne und starrte eine Ziffer an. Der Fabrikant vermutete Einwände, vielleicht waren die Ziffern wirklich nicht feststehend, vielleicht waren sie nicht das Entscheidende, jedenfalls bedeckte der Fabrikant die Papiere mit der Hand und begann von neuem, ganz nahe an K. heranrückend, eine allgemeine Darstellung des Geschäftes. „Es ist schwierig“, sagte K., rümpfte die Lippen und sank, da die Papiere, das einzig Faßbare, verdeckt waren, haltlos gegen die Seitenlehne. Er blickte sogar nur schwach auf, als sich die Tür des Direktionszimmers öffnete und dort, nicht ganz deutlich, etwa wie hinter einem Gazeschleier, der Direktor-Stellvertreter erschien. K. dachte nicht weiter darüber nach, sondern verfolgte nur die unmittelbare Wirkung, die für ihn sehr erfreulich war. Denn sofort hüpfte der Fabrikant vom Sessel auf und eilte dem Direktor-Stellvertreter entgegen, K. aber hätte ihn noch zehnmal flinker machen wollen, denn er fürchtete, der Direktor-Stellvertreter könnte wieder verschwinden. Es war unnütze Furcht, die Herren trafen einander, reichten einander die Hände und gingen gemeinsam auf K.s Schreibtisch zu. Der Fabrikant beklagte sich, daß er beim Prokuristen so wenig Neigung für das Geschäft gefunden habe, und zeigte auf K., der sich unter dem Blick des Direktor-Stellvertreters wieder über die Papiere beugte. Als dann die beiden sich an den Schreibtisch lehnten und der Fabrikant sich daran machte, nun den Direktor-Stellvertreter für sich zu erobern, war es K., als werde über seinem Kopf von zwei Männern, deren Größe er sich übertrieben vorstellte, über ihn selbst verhandelt. Langsam suchte er mit vorsichtig aufwärts gedrehten Augen zu erfahren, was sich oben ereignete, nahm vom Schreibtisch, ohne hinzusehen, eines der Papiere, legte es auf die flache Hand und hob es allmählich, während er selbst aufstand, zu den Herren hinauf. Er dachte hierbei an nichts Bestimmtes, sondern handelte nur in dem Gefühl, daß er sich so verhalten müßte, wenn er einmal die große Eingabe fertiggestellt hätte, die ihn gänzlich entlasten sollte. Der Direktor-Stellvertreter, der sich an dem Gespräch mit aller Aufmerksamkeit beteiligte, sah nur flüchtig auf das Papier, überlas gar nicht, was dort stand, denn was dem Prokuristen wichtig war, war ihm unwichtig, nahm es aus K.s Hand, sagte: „Danke, ich weiß schon alles" und legte es ruhig wieder auf den Tisch zurück. K. sah ihn verbittert von der Seite an. Der Direktor-Stellvertreter aber merkte es gar nicht oder wurde, wenn er es merkte, dadurch nur aufgemuntert, lachte öfters laut auf, brachte einmal durch eine schlagfertige Entgegnung den Fabrikanten in deutliche Verlegenheit, aus der er ihn aber sofort riß, indem er sich selbst einen Einwand machte, und lud ihn schließlich ein, in sein Büro hinüberzukommen, wo sie die Angelegenheit zu Ende führen könnten. „Es ist eine sehr wichtige Sache", sagte er zu dem Fabrikanten, „ich sehe das vollständig ein. Und dem Herrn Prokuristen" — selbst bei dieser Bemerkung redete er eigentlich nur zum Fabrikanten — „wird es gewiß lieb sein, wenn wir es ihm abnehmen. Die Sache verlangt ruhige Überlegung. Er aber scheint heute sehr überlastet zu sein, auch warten ja einige Leute im Vorzimmer schon stundenlang auf ihn." K. hatte gerade noch genügend Fassung, sich vom Direktor-Stellvertreter wegzudrehen und sein freundliches, aber starres Lächeln nur dem Fabrikanten zuzuwenden, sonst griff er gar nicht ein, stützte sich, ein wenig vorgebeugt, mit beiden Händen auf den Schreibtisch wie ein Kommis hinter dem Pult und sah zu, wie die zwei Herren unter weiteren Reden die Papiere vom Tisch nahmen und im Direktionszimmer verschwanden. In der Tür drehte sich noch der Fabrikant um, sagte, er verabschiede sich noch nicht, sondern werde natürlich dem Herrn Prokuristen über den Erfolg der Besprechung berichten, auch habe er ihm noch eine andere kleine Mitteilung zu machen.

Endlich war K. allein. Er dachte gar nicht daran, irgendeine andere Partei vorzulassen, und nur undeutlich kam ihm zu Bewußtsein, wie angenehm es sei, daß die Leute draußen in dem Glauben waren, er verhandle noch mit dem Fabrikanten und es könne aus diesem Grunde niemand, nicht einmal der Diener, bei ihm eintreten. Er ging zum Fenster, setzte sich auf die Brüstung, hielt sich mit einer Hand an der Klinke fest und sah auf den Platz hinaus. Der Schnee fiel noch immer, es hatte sich noch gar nicht aufgehellt.

Lange saß er so, ohne zu wissen, was ihm eigentlich Sorgen machte, nur von Zeit zu Zeit blickte er ein wenig erschreckt über die Schulter hinweg zur Vorzimmertür, wo er irrtümlicherweise ein Geräusch zu hören geglaubt hatte. Da aber niemand kam, wurde er ruhiger, ging zum Waschtisch, wusch sich mit kaltem Wasser und kehrte mit freierem Kopf zu seinem Fensterplatz zurück. Der Entschluß, seine Verteidigung selbst in die Hand zu nehmen, stellte sich ihm schwerwiegender dar, als er ursprünglich angenommen hatte.

Solange er die Verteidigung auf den Advokaten überwälzt hatte, war er doch noch vom Prozeß im Grunde wenig betroffen gewesen, er hatte ihn von der Ferne beobachtet und hatte unmittelbar von ihm kaum erreicht werden können, er hatte nachsehen können, wann er wollte, wie seine Sache stand, aber er hatte auch den Kopf wieder zurückziehen können, wann er wollte. Jetzt hingegen, wenn er seine Verteidigung selbst führen würde, mußte er sich — wenigstens für den Augenblick — ganz und gar dem Gericht aussetzen, der Erfolg dessen sollte ja für später seine vollständige und endgültige Befreiung sein, aber um diese zu erreichen, mußte er sich vorläufig jedenfalls in viel größere Gefahr begeben als bisher. Hätte er daran zweifeln wollen, so hätte ihn das heutige Beisammensein mit dem Direktor-Stellvertreter und dem Fabrikanten hinreichend vom Gegenteil überzeugen können. Wie war er doch dagesessen, schon vom bloßen Entschluß, sich selbst zu verteidigen, gänzlich benommen? Wie sollte es aber später werden? Was für Tage standen ihm bevor! Würde er den Weg finden, der durch alles hindurch zum guten Ende führte? Bedeutete nicht eine sorgfältige Verteidigung — und alles andere war sinnlos –, bedeutete nicht eine sorgfältige Verteidigung gleichzeitig die Notwendigkeit, sich von allem anderen möglichst anzuschließen? Würde er das glücklich überstehen? Und wie sollte ihm die Durchführung dessen in der Bank gelingen? Es handelte sich ja nicht nur um die Eingabe, für die ein Urlaub vielleicht genügt hätte, obwohl die Bitte um einen Urlaub gerade jetzt ein großes Wagnis gewesen wäre, es handelte sich doch um einen ganzen Prozeß, dessen Dauer unabsehbar war. Was für ein Hindernis war plötzlich in K.s Laufbahn geworfen worden!

Und jetzt sollte er für die Bank arbeiten? — Er sah auf den Schreibtisch hin. — Jetzt sollte er Parteien vorlassen und mit ihnen verhandeln? Während sein Prozeß weiterrollte, während oben auf dem Dachboden die Gerichtsbeamten über den Schriften dieses Prozesses saßen, sollte er die Geschäfte der Bank besorgen? Sah es nicht aus wie eine Folter, die, vom Gericht anerkannt, mit dem Prozeß zusammenhing und ihn begleitete? Und würde man etwa in der Bank bei der Beurteilung seiner Arbeit seine besondere Lage berücksichtigen? Niemand und niemals. Ganz unbekannt war ja sein Prozeß nicht, wenn es auch noch nicht ganz klar war, wer davon wußte und wieviel. Bis zum Direktor-Stellvertreter aber war das Gerücht hoffentlich noch nicht gedrungen, sonst hätte man schon deutlich sehen müssen, wie er es ohne jede Kollegialität und Menschlichkeit gegen K. ausnützen würde. Und der Direktor? Gewiß, er war K. gut gesinnt, und er hätte wahrscheinlich, sobald er vom Prozeß erfahren hätte, soweit es an ihm lag, manche Erleichterungen für K. schaffen wollen, aber er wäre damit gewiß nicht durchgedrungen, denn er unterlag jetzt, da das Gegengewicht, das K. bisher gebildet hatte, schwächer zu werden anfing, immer mehr dem Einfluß des Direktor-

Stellvertreters, der außerdem auch den leidenden Zustand des Direktors zur Stärkung der eigenen Macht ausnützte. Was hatte also K. zu erhoffen? Vielleicht schwächte er durch solche Überlegungen seine Widerstandskraft, aber es war doch auch notwendig, sich selbst nicht zu täuschen und alles so klar zu sehen, als es augenblicklich möglich war.

Ohne besonderen Grund, nur um vorläufig noch nicht zum Schreibtisch zurückkehren zu müssen, öffnete er das Fenster. Es ließ sich nur schwer öffnen, er mußte mit beiden Händen die Klinke drehen. Dann zog durch das Fenster in dessen ganzer Breite und Höhe der mit Rauch vermischte Nebel in das Zimmer und füllte es mit einem leichten Brandgeruch. Auch einige Schneeflocken wurden hereingeweht. „Ein häßlicher Herbst“, sagte hinter K. der Fabrikant, der vom Direktor-Stellvertreter kommend unbemerkt ins Zimmer getreten war. K. nickte und sah unruhig auf die Aktentasche des Fabrikanten, aus der dieser nun wohl die Papiere herausziehen würde, um K. das Ergebnis der Verhandlungen mit dem Direktor-Stellvertreter mitzuteilen. Der Fabrikant aber folgte K.s Blick, klopfte auf seine Tasche und sagte, ohne sie zu öffnen: „Sie wollen hören, wie es ausgefallen ist. Ich trage schon fast den Geschäftsabschluß in der Tasche. Ein reizender Mensch, Ihr Direktor-Stellvertreter, aber durchaus nicht ungefährlich.“ Er lachte, schüttelte K.s Hand und wollte auch ihn zum Lachen bringen. Aber K. schien es nun wieder verdächtig, daß ihm der Fabrikant die Papiere nicht zeigen wollte, und er fand an der Bemerkung des Fabrikanten nichts zum Lachen „Herr Prokurist“, sagte der Fabrikant, „Sie leiden wohl unter dem Wetter? Sie sehen heute so bedrückt aus.“ „Ja“, sagte K. und griff mit der Hand an die Schläfe, „Kopfschmerzen, Familiensorgen.“ „Sehr richtig“, sagte der Fabrikant, der ein eiliger Mensch war und niemanden ruhig anhören konnte, „jeder hat sein Kreuz zu tragen.“ Unwillkürlich hatte K. einen Schritt gegen die Tür gemacht, als wolle er den Fabrikanten hinausbegleiten, dieser aber sagte: „Ich hätte, Herr Prokurist, noch eine kleine Mitteilung für Sie. Ich fürchte sehr, daß ich Sie gerade heute damit vielleicht belästige, aber ich war schon zweimal in der letzten Zeit bei Ihnen und habe es jedesmal vergessen. Schiebe ich es aber noch weiterhin auf, verliert es wahrscheinlich vollständig seinen Zweck. Das wäre aber schade, denn im Grunde ist meine Mitteilung vielleicht doch nicht wertlos.“ Ehe K. Zeit hatte zu antworten, trat der Fabrikant nahe an ihn heran, klopfte mit dem Fingerknöchel leicht an seine Brust und sagte leise: „Sie haben einen Prozeß, nicht wahr?“ K. trat zurück und rief sofort: „Das hat Ihnen der Direktor-Stellvertreter gesagt!“ „Ach nein“, sagte der Fabrikant, „woher sollte denn der Direktor-Stellvertreter es wissen?“ „Und Sie?“, fragte K. schon viel gefaßter. „Ich erfahre hie und da etwas von dem Gericht“, sagte der Fabrikant, „das betrifft eben die Mitteilung, die ich Ihnen machen wollte.“ „So viel Leute sind mit dem Gericht in Verbindung!“, sagte K. mit gesenktem Kopf und führte den

Fabrikanten zum Schreibtisch. Sie setzten sich wieder wie früher und der Fabrikant sagte: „Es ist leider nicht sehr viel, was ich Ihnen mitteilen kann. Aber in solchen Dingen soll man nicht das geringste vernachlässigen. Außerdem drängt es mich aber, Ihnen irgendwie zu helfen, und sei meine Hilfe noch so bescheiden. Wir waren doch bisher gute Geschäftsfreunde, nicht? Nun also." K. wollte sich wegen seines Verhaltens bei der heutigen Besprechung entschuldigen, aber der Fabrikant duldete keine Unterbrechung, schob die Aktentasche hoch unter die Achsel, um zu zeigen, daß er Eile habe, und fuhr fort: „Von Ihrem Prozeß weiß ich durch einen gewissen Titorelli. Es ist ein Maler, Titorelli ist nur sein Künstlername, seinen wirklichen Namen kenne ich gar nicht einmal. Er kommt schon seit Jahren von Zeit zu Zeit in mein Büro und bringt kleine Bilder mit, für die ich ihm — er ist fast ein Bettler — immer eine Art Almosen gebe. Es sind übrigens hübsche Bilder, Heidelandschaften und dergleichen. Diese Verkäufe — wir hatten uns schon beide daran gewöhnt — gingen ganz glatt vor sich. Einmal aber wiederholten sich diese Besuche doch zu oft, ich machte ihm Vorwürfe, wir kamen ins Gespräch, es interessierte mich, wie er sich allein durch Malen erhalten könne, und ich erfuhr nun zu meinem Staunen, daß seine Haupteinnahmequelle das Porträtmalen sei. „Er arbeite für das Gericht", sagte er. „Für welches Gericht?", fragte ich. Und nun erzählte er mir von dem Gericht. Sie werden sich wohl am besten vorstellen können, wie erstaunt ich über diese Erzählungen war. Seitdem höre ich bei jedem seiner Besuche irgendwelche Neuigkeiten vom Gericht und bekomme so allmählich einen gewissen Einblick in die Sache. Allerdings ist Titorelli geschwätzig, und ich muß ihn oft abwehren, nicht nur, weil er gewiß auch lügt, sondern vor allem, weil ein Geschäftsmann wie ich, der unter den eigenen Geschäftssorgen fast zusammenbricht, sich nicht noch viel um fremde Dinge kümmern kann. Aber das nur nebenbei. Vielleicht — so dachte ich jetzt — kann Ihnen Titorelli ein wenig behilflich sein, er kennt viele Richter, und wenn er selbst auch keinen großen Einfluß haben sollte, so kann er Ihnen doch Ratschläge geben, wie man verschiedenen einflußreichen Leuten beikommen kann. Und wenn auch diese Ratschläge an und für sich nicht entscheidend sein sollten, so werden sie doch, meiner Meinung nach, in Ihrem Besitz von großer Bedeutung sein. Sie sind ja fast ein Advokat. Ich pflege immer zu sagen: Prokurist K. ist fast ein Advokat. Oh, ich habe keine Sorgen wegen Ihres Prozesses. Wollen Sie nun aber zu Titorelli gehen? Auf meine Empfehlung hin wird er gewiß alles tun, was ihm möglich ist. Ich denke wirklich, Sie sollten hingehen. Es muß natürlich nicht heute sein, einmal, gelegentlich. Allerdings sind Sie — das will ich noch sagen — dadurch, daß ich Ihnen diesen Rat gebe, nicht im geringsten verpflichtet, auch wirklich zu Titorelli hinzugehen. Nein, wenn Sie Titorelli entbehren zu können glauben, ist es gewiß besser, ihn ganz beiseite zu lassen. Vielleicht haben Sie schon einen ganz genauen Plan, und

Titorelli könnte ihn stören. Nein, dann gehen Sie natürlich auf keinen Fall hin! Es kostet gewiß auch Überwindung, sich von einem solchen Burschen Ratschläge geben zu lassen. Nun, wie Sie wollen. Hier ist das Empfehlungsschreiben und hier die Adresse."

Enttäuscht nahm K. den Brief und steckte ihn in die Tasche. Selbst im günstigsten Falle war der Vorteil, den ihm die Empfehlung bringen konnte, unverhältnismäßig kleiner als der Schaden, der darin lag, daß der Fabrikant von seinem Prozeß wußte und daß der Maler die Nachricht weiterverbreitete. Er konnte sich kaum dazu zwingen, dem Fabrikanten, der schon auf dem Weg zur Tür war, mit ein paar Worten zu danken. „Ich werde hingehen", sagte er, als er sich bei der Tür vom Fabrikanten verabschiedete, „oder ihm, da ich jetzt sehr beschäftigt bin, schreiben, er möge einmal zu mir ins Büro kommen." „Ich wußte ja", sagte der Fabrikant, „daß Sie den besten Ausweg finden würden. Allerdings dachte ich, daß Sie es lieber vermeiden wollen, Leute wie diesen Titorelli in die Bank einzuladen, um mit ihm hier über den Prozeß zu sprechen. Es ist auch nicht immer vorteilhaft, Briefe an solche Leute aus der Hand zu geben. Aber Sie haben gewiß alles durchgedacht und wissen, was Sie tun dürfen." K. nickte und begleitete den Fabrikanten noch durch das Vorzimmer. Aber trotz äußerlicher Ruhe war er über sich sehr erschrocken; daß er Titorelli schreiben würde, hatte er eigentlich nur gesagt, um dem Fabrikanten irgendwie zu zeigen, daß er die Empfehlung zu schätzen wisse und die Möglichkeiten, mit Titorelli zusammenzukommen, sofort überlege, aber wenn er Titorellis Beistand für wertvoll angesehen hätte, hätte er auch nicht gezögert, ihm wirklich zu schreiben. Die Gefahren aber, die das zur Folge haben könnte, hatte er erst durch die Bemerkung des Fabrikanten erkannt. Konnte er sich auf seinen eigenen Verstand tatsächlich schon so wenig verlassen? Wenn es möglich war, daß er einen fragwürdigen Menschen durch einen deutlichen Brief in die Bank einlud, um von ihm, nur durch eine Tür vom Direktor-Stellvertreter getrennt, Ratschläge wegen seines Prozesses zu erbitten, war es dann nicht möglich und sogar sehr wahrscheinlich, daß er auch andere Gefahren übersah oder in sie hineinrannte? Nicht immer stand jemand neben ihm, um ihn zu warnen. Und gerade jetzt, wo er mit gesammelten Kräften auftreten sollte, mußten derartige, ihm bisher fremde Zweifel an seiner eigenen Wachsamkeit auftreten! Sollten die Schwierigkeiten, die er bei Ausführung seiner Büroarbeit fühlte, nun auch im Prozeß beginnen? Jetzt allerdings begriff er es gar nicht mehr, wie es möglich gewesen war, daß er an Titorelli hatte schreiben und ihn in die Bank einladen wollen.

Er schüttelte noch den Kopf darüber, als der Diener an seine Seite trat und ihn auf drei Herren aufmerksam machte, die hier im Vorzimmer auf einer Bank saßen. Sie warteten schon lange darauf, zu K. vorgelassen zu werden. Jetzt, da der Diener mit K. sprach, waren sie aufgestanden, und jeder wollte eine günstige Gelegenheit ausnützen, um sich vor den anderen an K. heranzumachen. Da man von seiten der Bank so rücksichtslos war, sie hier im Wartezimmer ihre Zeit verlieren zu lassen, wollten auch sie keine Rücksicht mehr üben. „Herr Prokurist", sagte schon der eine. Aber K. hatte sich vom Diener den Winterrock bringen lassen und sagte, während er ihn mit Hilfe des Dieners anzog, allen dreien: „Verzeihen Sie, meine Herren, ich habe augenblicklich leider keine Zeit, Sie zu empfangen. Ich bitte Sie sehr um Verzeihung, aber ich habe einen dringenden Geschäftsgang zu erledigen und muß sofort weggehen. Sie haben ja selbst gesehen, wie lange ich jetzt aufgehalten wurde. Wären Sie so freundlich, morgen oder wann immer wiederzukommen? Oder wollen wir die Sachen vielleicht telephonisch besprechen? Oder wollen Sie mir vielleicht jetzt kurz sagen, worum es sich handelt, und ich gebe Ihnen dann eine ausführliche schriftliche Antwort. Am besten wäre es allerdings, Sie kämen nächstens." Diese Vorschläge K.s brachten die Herren, die nun vollständig nutzlos gewartet haben sollten, in solches Staunen, daß sie einander stumm ansahen. „Wir sind also einig?", fragte K., der sich nach dem Diener umgewendet hatte, der ihm nun auch den Hut brachte. Durch die offene Tür von K.s Zimmer sah man, wie sich draußen der Schneefall sehr verstärkt hatte. K. schlug daher den Mantelkragen in die Höhe und knöpfte ihn hoch unter dem Halse zu.

Da trat gerade aus dem Nebenzimmer der Direktor-Stellvertreter, sah lächelnd K. im Winterrock mit den Herren verhandeln und fragte: „Sie gehen jetzt weg, Herr Prokurist?" „Ja", sagte K. und richtete sich auf, „ich habe einen Geschäftsgang zu machen." Aber der Direktor-Stellvertreter hatte sich schon den Herren zugewendet. „Und die Herren?", fragte er. „Ich glaube, sie warten schon lange." „Wir haben uns schon geeinigt", sagte K. Aber nun ließen sich die Herren nicht mehr halten, umringten K. und erklärten, daß sie nicht stundenlang gewartet hätten, wenn ihre Angelegenheiten nicht wichtig wären und nicht jetzt, und zwar ausführlich und unter vier Augen, besprochen werden müßten. Der Direktor-Stellvertreter hörte ihnen ein Weilchen zu, betrachtete auch K., der den Hut in der Hand hielt und ihn stellenweise von Staub reinigte, und sagte dann: „Meine Herren, es gibt ja einen sehr einfachen Ausweg. Wenn Sie mit mir vorlieb nehmen wollen, übernehme ich sehr gerne die Verhandlungen statt des Herrn Prokuristen. Ihre Angelegenheiten müssen natürlich sofort besprochen werden. Wir sind Geschäftsleute wie Sie und wissen die Zeit von Geschäftsleuten richtig zu bewerten. Wollen Sie hier eintreten?" Und er öffnete die Tür, die zu dem Vorzimmer seines Büros führte.

Wie sich doch der Direktor-Stellvertreter alles anzueignen verstand, was K. jetzt notgedrungen aufgeben mußte! Gab aber K. nicht mehr auf, als unbedingt nötig war? Während er mit unbestimmten und, wie er sich eingestehen mußte, sehr geringen Hoffnungen zu einem unbekannten Maler lief, erlitt hier sein Ansehen eine unheilbare Schädigung. Es wäre wahrscheinlich viel besser gewesen, den Winterrock wieder auszuziehen und wenigstens die zwei Herren, die ja nebenan doch noch warten mußten, für sich zurückzugewinnen. K. hätte es vielleicht auch versucht, wenn er nicht jetzt in seinem Zimmer den Direktor-Stellvertreter erblickt hätte, wie er im Bücherständer, als wäre es sein eigener, etwas suchte. Als K. sich erregt der Tür näherte, rief er: „Ach, Sie sind noch nicht weggegangen!“ Er wandte ihm sein Gesicht zu, dessen viele straffe Falten nicht Alter, sondern Kraft zu beweisen schienen, und fing sofort wieder zu suchen an. „Ich suche eine Vertragsabschrift“, sagte er, „die sich, wie der Vertreter der Firma behauptet, bei Ihnen befinden soll. Wollen Sie mir nicht suchen helfen?“ K. machte einen Schritt, aber der Direktor-Stellvertreter sagte: „Danke, ich habe es schon gefunden“, und kehrte mit einem großen Paket Schriften, das nicht nur die Vertragsabschrift, sondern gewiß noch vieles andere enthielt, wieder in sein Zimmer zurück.

„Jetzt bin ich ihm nicht gewachsen“, sagte sich K., „wenn aber meine persönlichen Schwierigkeiten einmal beseitigt sein werden, dann soll er wahrhaftig der erste sein, der es zu fühlen bekommt, und zwar möglichst bitter.“ Durch diesen Gedanken ein wenig beruhigt, gab K. dem Diener, der schon lange die Tür zum Korridor für ihn offenhielt, den Auftrag, dem Direktor gelegentlich die Meldung zu machen, daß er sich auf einem Geschäftsgang befinde, und verließ, fast glücklich darüber, sich eine Zeitlang vollständiger seiner Sache widmen zu können, die Bank.

Er fuhr sofort zum Maler, der in einer Vorstadt wohnte, die jener, in welcher sich die Gerichtskanzleien befanden, vollständig entgegengesetzt war. Es war eine noch ärmere Gegend, die Häuser noch dunkler, die Gassen voll Schmutz, der auf dem zerflossenen Schnee langsam umhertrieb. Im Hause, in dem der Maler wohnte, war nur ein Flügel des großen Tores geöffnet, in den anderen aber war unten in der Mauer eine Lücke gebrochen, aus der gerade, als sich K. näherte, eine widerliche, gelbe, rauchende Flüssigkeit herausschoß, vor der sich einige Ratten in den nahen Kanal flüchteten. Unten an der Treppe lag ein kleines Kind bäuchlings auf der Erde und weinte, aber man hörte es kaum infolge des alles übertönenden Lärms, der aus einer Klempnerwerkstätte auf der anderen Seite des Torganges kam. Die Tür der Werkstätte war offen, drei Gehilfen standen im Halbkreis um irgendein Werkstück, auf das sie mit den Hämmern schlugen. Eine große Platte Weißblech, die an der Wand hing, warf ein bleiches Licht, das zwischen zwei Gehilfen eindrang und die Gesichter und Arbeitsschürzen erhellte. K. hatte für alles nur einen flüchtigen Blick, er wollte möglichst rasch hier fertig werden, nur den Maler mit ein paar Worten ausforschen und sofort wieder in die Bank zurückgehen. Wenn er hier nur den kleinsten Erfolg hatte, sollte das auf seine heutige Arbeit in der Bank noch eine gute Wirkung ausüben. Im dritten Stockwerk mußte er seinen Schritt mäßigen, er war ganz außer Atem, die Treppen, ebenso wie die Stockwerke, waren übermäßig hoch, und der Maler sollte ganz oben in einer Dachkammer wohnen. Auch war die Luft sehr drückend, es gab keinen Treppenhof, die enge Treppe war auf beiden Seiten von Mauern eingeschlossen, in denen nur hier und da fast ganz oben kleine Fenster angebracht waren. Gerade als K. ein wenig stehenblieb, liefen ein paar kleine Mädchen aus einer Wohnung heraus und eilten lachend die Treppe weiter hinauf. K. folgte ihnen langsam, holte eines der Mädchen ein, das gestolpert und hinter den andern zurückgeblieben war, und fragte es, während sie nebeneinander weiterstiegen: „Wohnt hier ein Maler Titorelli?“ Das Mädchen, ein kaum dreizehnjähriges, etwas buckliges Mädchen, stieß ihn darauf mit dem Ellbogen an und sah von der Seite zu ihm auf. Weder ihre Jugend noch ihr Körperfehler hatte verhindern können, daß sie schon ganz verdorben war. Sie lächelte nicht einmal, sondern sah K. ernst mit scharfem, aufforderndem Blicke an. K. tat, als hätte er ihr Benehmen nicht bemerkt, und fragte: „Kennst du den Maler Titorelli?“ Sie nickte und fragte ihrerseits: „Was wollen Sie von ihm?“ K. schien es vorteilhaft, sich noch schnell ein wenig über Titorelli zu unterrichten: „Ich will mich von ihm malen lassen“, sagte er. „Malen lassen?“, fragte sie, öffnete übermäßig den Mund, schlug leicht mit der Hand gegen K., als hätte er etwas außerordentlich Überraschendes oder Ungeschicktes gesagt, hob mit beiden Händen ihr ohnedies sehr kurzes Röckchen und lief, so schnell sie konnte, hinter den andern Mädchen her, deren Geschrei schon undeutlich in der Höhe sich verlor. Bei der nächsten Wendung der Treppe aber traf K. schon wieder alle Mädchen. Sie waren offenbar von der Buckligen von K.s Absicht verständigt worden und erwarteten ihn. Sie standen zu beiden Seiten der Treppe, drückten sich an die Mauer, damit K. bequem zwischen ihnen durchkomme, und glätteten mit der Hand ihre Schürzen. Alle Gesichter, wie auch diese Spalierbildung, stellten eine Mischung von Kindlichkeit und Verworfenheit dar. Oben, an der Spitze der Mädchen, die sich jetzt hinter K. lachend zusammenschlossen, war die Bucklige, welche die Führung übernahm. K. hatte es ihr zu verdanken, daß er gleich den richtigen Weg fand. Er wollte nämlich geradeaus weitersteigen, sie aber zeigte ihm, daß er eine Abzweigung der Treppe wählen müsse, um zu Titorelli zu kommen. Die Treppe, die zu ihm führte, war besonders schmal, sehr lang, ohne Biegung, in ihrer ganzen Länge zu übersehen und oben unmittelbar vor Titorellis Tür abgeschlossen. Diese Tür, die durch ein kleines, schief über ihr eingesetztes Oberlichtfenster im Gegensatz zur übrigen Treppe verhältnismäßig hell beleuchtet wurde, war aus nicht übertünchten Balken zusammengesetzt, auf die der Name Titorelli mit roter Farbe in breiten Pinselstrichen gemalt war. K. war mit seinem Gefolge noch kaum in der Mitte der Treppe, als oben, offenbar veranlaßt durch das Geräusch der vielen Schritte, die Tür ein wenig

geöffnet wurde und ein wahrscheinlich nur mit einem Nachthemd bekleideter Mann in der Türspalte erschien. „Oh!“, rief er, als er die Menge kommen sah, und verschwand. Die Bucklige klatschte vor Freude in die Hände, und die übrigen Mädchen drängten hinter K., um ihn schneller vorwärtszutreiben.
Sie waren aber noch nicht einmal hinaufgekommen, als oben der Maler die Tür gänzlich aufriß und mit einer tiefen Verbeugung K. einlud, einzutreten. Die Mädchen dagegen wehrte er ab, er wollte keine von ihnen einlassen, sosehr sie baten und sosehr sie versuchten, wenn schon nicht mit seiner Erlaubnis, so gegen seinen Willen einzudringen. Nur der Buckligen gelang es, unter seinem ausgestreckten Arm durchzuschlüpfen, aber der Maler jagte hinter ihr her, packte sie bei den Röcken, wirbelte sie einmal um sich herum und setzte sie dann vor die Tür bei den anderen Mädchen ab, die es, während der Maler seinen Posten verlassen hatte, doch nicht gewagt hatten, die Schwelle zu überschreiten. K. wußte nicht, wie er das Ganze beurteilen sollte, es hatte nämlich den Anschein, als ob alles in freundschaftlichem Einvernehmen geschehe. Die Mädchen bei der Tür streckten, eines hinter dem anderen, die Hälse in die Höhe, riefen dem Maler verschiedene scherzhaft gemeinte Worte zu, die K. nicht verstand, und auch der Maler lachte, während die Bucklige in seiner Hand fast flog. Dann schloß er die Tür, verbeugte sich nochmals vor K., reichte ihm die Hand und sagte, sich vorstellend: „Kunstmaler Titorelli.“ K. zeigte auf die Tür, hinter der die Mädchen flüsterten, und sagte: „Sie scheinen im Hause sehr beliebt zu sein.“ „Ach, die Fratzen!“, sagte der Maler und suchte vergebens sein Nachthemd am Halse zuzuknöpfen. Er war im übrigen bloßfüßig und nur noch mit einer breiten, gelblichen Leinenhose bekleidet, die mit einem Riemen festgemacht war, dessen langes Ende frei hin und her schlug. „Diese Fratzen sind mir eine wahre Last“, fuhr er fort, während er vom Nachthemd, dessen letzter Knopf gerade abgerissen war, abließ, einen Sessel holte und K. zum Niedersetzen nötigte. „Ich habe eine von ihnen — sie ist heute nicht einmal dabei — einmal gemalt, und seitdem verfolgen mich alle. Wenn ich selbst hier bin, kommen sie nur herein, wenn ich es erlaube, bin ich aber einmal weg, dann ist immer zumindest eine da. Sie haben sich einen Schlüssel zu meiner Tür machen lassen, den sie untereinander verleihen. Man kann sich kaum vorstellen, wie lästig das ist. Ich komme zum Beispiel mit einer Dame, die ich malen soll, nach Hause, öffne die Tür mit meinem Schlüssel und finde etwa die Bucklige dort beim Tischchen, wie sie sich mit dem Pinsel die Lippen rot färbt, während ihre kleinen Geschwister, die sie zu beaufsichtigen hat, sich herumtreiben und das Zimmer in allen Ecken verunreinigen. Oder ich komme, wie es mir erst gestern geschehen ist, spätabends nach Hause — entschuldigen Sie, bitte, mit Rücksicht darauf meinen Zustand und die Unordnung im Zimmer –, also ich komme spätabends nach Hause und will ins Bett steigen, da zwickt mich etwas ins Bein, ich schaue unter das Bett

und ziehe wieder so ein Ding heraus. Warum sie sich so zu mir drängen, weiß ich nicht, daß ich sie nicht zu mir zu locken suche, dürften Sie eben bemerkt haben. Natürlich bin ich dadurch auch in meiner Arbeit gestört. Wäre mir dieses Atelier nicht umsonst zur Verfügung gestellt, ich wäre schon längst ausgezogen."

Gerade rief hinter der Tür ein Stimmchen, zart und ängstlich: „Titorelli, dürfen wir schon kommen?" „Nein", antwortete der Maler. „Ich allein auch nicht?", fragte es wieder. „Auch nicht", sagte der Maler, ging zur Tür und sperrte sie ab.

K. hatte sich inzwischen im Zimmer umgesehen, er wäre niemals selbst auf den Gedanken gekommen, daß man dieses elende kleine Zimmer ein Atelier nennen könnte. Mehr als zwei lange Schritte konnte man der Länge und Quere nach kaum hier machen. Alles, Fußboden, Wände und Zimmerdecke, war aus Holz, zwischen den Balken sah man schmale Ritzen. K. gegenüber stand an der Wand das Bett, das mit verschiedenfarbigem Bettzeug überladen war. In der Mitte des Zimmers war auf einer Staffelei ein Bild, das mit einem Hemd verhüllt war, dessen Ärmel bis zum Boden baumelten. Hinter K. war das Fenster, durch das man im Nebel nicht weiter sehen konnte als über das mit Schnee bedeckte Dach des Nachbarhauses.

Das Umdrehen des Schlüssels im Schloß erinnerte K. daran, daß er bald hatte weggehen wollen. Er zog daher den Brief des Fabrikanten aus der Tasche, reichte ihn dem Maler und sagte: „Ich habe durch diesen Herrn, Ihren Bekannten, von Ihnen erfahren und bin auf seinen Rat hin gekommen." Der Maler las den Brief flüchtig durch und warf ihn aufs Bett. Hätte der Fabrikant nicht auf das bestimmteste von Titorelli als von seinem Bekannten gesprochen, als von einem armen Menschen, der auf seine Almosen angewiesen war, so hätte man jetzt wirklich glauben können, Titorelli kenne den Fabrikanten nicht oder wisse sich an ihn wenigstens nicht zu erinnern. Überdies fragte nun der Maler: „Wollen Sie Bilder kaufen oder sich selbst malen lassen?" K. sah den Maler erstaunt an. Was stand denn eigentlich in dem Brief? K. hatte es als selbstverständlich angenommen, daß der Fabrikant in dem Brief den Maler davon unterrichtet hatte, daß K. nichts anderes wollte, als sich hier wegen seines Prozesses zu erkundigen. Er war doch gar zu eilig und unüberlegt hierhergelaufen! Aber er mußte jetzt dem Maler irgendwie antworten und sagte mit einem Blick auf die Staffelei: „Sie arbeiten gerade an einem Bild?" „Ja", sagte der Maler und warf das Hemd, das über der Staffelei hing, dem Brief nach auf das Bett. „Es ist ein Porträt. Eine gute Arbeit, aber noch nicht ganz fertig." Der Zufall war K. günstig, die Möglichkeit, vom Gericht zu reden, wurde ihm förmlich dargeboten, denn es war offenbar das Porträt eines Richters. Es war übrigens dem Bild im Arbeitszimmer des Advokaten auffallend ähnlich. Es handelte sich hier zwar um einen ganz anderen Richter, einen dicken Mann mit schwarzem, buschigem Vollbart, der seitlich weit die Wangen hinaufreichte, auch war jenes Bild ein Ölbild, dieses aber mit Pastellfarben schwach und undeutlich angesetzt. Aber alles übrige war ähnlich, denn auch hier wollte sich gerade der Richter von seinem Thronsessel, dessen Seitenlehnen er festhielt, drohend erheben. „Das ist ja ein Richter", hatte K. gleich sagen wollen, hielt sich dann aber vorläufig noch zurück und näherte sich dem Bild, als wolle er es in den Einzelheiten studieren. Eine große Figur, die in der Mitte der Rückenlehne des Thronsessels stand, konnte er sich nicht erklären und fragte den Maler nach ihr. Sie müsse noch ein wenig ausgearbeitet werden, antwortete der Maler, holte von einem Tischchen einen Pastellstift und strichelte mit ihm ein wenig an den Rändern der Figur, ohne sie aber dadurch für K. deutlicher zu machen.„Es ist die Gerechtigkeit", sagte der Maler schließlich. „Jetzt erkenne ich sie schon", sagte K., „hier ist die Binde um die Augen und hier die Waage. Aber sind nicht an den Fersen Flügel und befindet sie sich nicht im Lauf?" „Ja", sagte der Maler, „ich mußte es über Auftrag so malen, es ist eigentlich die Gerechtigkeit und die Siegesgöttin in einem." „Das ist keine gute Verbindung", sagte K. lächelnd, „die Gerechtigkeit muß ruhen, sonst schwankt die Waage, und es ist kein gerechtes Urteil möglich." „Ich füge mich darin meinem Auftraggeber", sagte der Maler. „Ja gewiß", sagte K., der mit seiner Bemerkung niemanden hatte kränken wollen. „Sie haben die Figur so gemalt, wie sie auf dem Thronsessel wirklich steht." „Nein", sagte der Maler, „ich habe weder die Figur noch den Thronsessel gesehen, das alles ist Erfindung, aber es wurde mir angegeben, was ich zu malen habe." „Wie?", fragte K., er tat absichtlich, als verstehe er den Maler nicht völlig, „es ist doch ein Richter, der auf dem Richterstuhl sitzt?" „Ja", sagte der Maler, „aber er ist kein hoher Richter und ist niemals auf einem solchen Thronsessel gesessen." „Und läßt sich doch in so feierlicher Haltung malen? Er sitzt ja da wie ein Gerichtspräsident." „Ja, eitel sind die Herren", sagte der Maler. „Aber sie haben die höhere Erlaubnis, sich so malen zu lassen. Jedem ist genau vorgeschrieben, wie er sich malen lassen darf. Nur kann man leider gerade nach diesem Bilde die Einzelheiten der Tracht und des Sitzes nicht beurteilen, die Pastellfarben sind für solche Darstellungen nicht geeignet." „Ja", sagte K., „es ist sonderbar, daß es in Pastellfarben gemalt ist." „Der Richter wünschte es so", sagte der Maler, „es ist für eine Dame bestimmt." Der Anblick des Bildes schien ihm Lust zur Arbeit gemacht zu haben, er krempelte die Hemdärmel aufwärts, nahm einige Stifte in die Hand, und K. sah zu, wie unter den zitternden Spitzen der Stifte anschließend an den Kopf des Richters ein rötlicher Schatten sich bildete, der strahlenförmig gegen den Rand des Bildes verging. Allmählich umgab dieses Spiel des Schattens den Kopf wie ein Schmuck oder eine hohe Auszeichnung. Um die Figur der Gerechtigkeit aber blieb es bis auf eine unmerkliche Tönung hell, in dieser Helligkeit schien die Figur besonders vorzudringen, sie erinnerte kaum mehr an die Göttin der Gerechtigkeit, aber auch nicht an die des Sieges, sie sah jetzt vielmehr vollkommen wie die Göttin der Jagd aus. Die Arbeit des Malers zog K. mehr an, als er wollte; schließlich aber machte er sich doch Vorwürfe, daß er so lange schon hier war und im Grunde noch nichts für seine eigene Sache unternommen hatte. „Wie heißt dieser Richter?“, fragte er plötzlich. „Das darf ich nicht sagen“, antwortete der Maler, er war tief zum Bild hinabgebeugt und vernachlässigte deutlich seinen Gast, den er doch zuerst so rücksichtsvoll empfangen hatte. K. hielt das für eine Laune und ärgerte sich darüber, weil er dadurch Zeit verlor. „Sie sind wohl ein Vertrauensmann des Gerichtes?“, fragte er. Sofort legte der Maler die Stifte beiseite, richtete sich auf, rieb die Hände aneinander und sah K. lächelnd an. „Nur immer gleich mit der Wahrheit heraus“, sagte er, „Sie wollen etwas über das Gericht erfahren, wie es ja auch in Ihrem Empfehlungsschreiben steht, und haben zunächst über meine Bilder gesprochen, um mich zu gewinnen. Aber ich nehme das nicht übel, Sie konnten ja nicht wissen, daß das bei mir unangebracht ist. Oh, bitte!“, sagte er scharf abwehrend, als K. etwas einwenden wollte. Und fuhr dann fort: „Im übrigen haben Sie mit Ihrer Bemerkung vollständig recht, ich bin ein Vertrauensmann des Gerichtes.“ Er machte eine Pause, als wolle er K. Zeit lassen, sich mit dieser Tatsache abzufinden. Man hörte jetzt wieder hinter der Tür die Mädchen. Sie drängten sich wahrscheinlich um das Schlüsselloch, vielleicht konnte man auch durch die Ritzen ins Zimmer hineinsehen. K. unterließ es, sich irgendwie zu entschuldigen, denn er wollte den Maler nicht ablenken, wohl aber wollte er nicht, daß der Maler sich allzusehr überhebe und sich auf diese Weise gewissermaßen unerreichbar mache, er fragte deshalb: „Ist das eine öffentlich anerkannte Stellung?“ „Nein“, sagte der Maler kurz, als sei ihm dadurch die weitere Rede verschlagen. K. wollte ihn aber nicht verstummen lassen und sagte: „Nun, oft sind derartige nicht anerkannte Stellungen einflußreicher als die anerkannten.“ „Das ist eben bei mir der Fall“, sagte der Maler und nickte mit zusammengezogener Stirn. „Ich sprach gestern mit dem Fabrikanten über Ihren Fall, er fragte mich, ob ich Ihnen nicht helfen wollte, ich antwortete: „Der Mann kann ja einmal zu mir kommen“, und nun freue ich mich, Sie so bald hier zu sehen. Die Sache scheint Ihnen ja sehr nahezugehen, worüber ich mich natürlich gar nicht wundere. Wollen Sie vielleicht zunächst Ihren Rock ablegen?“ Obwohl K. beabsichtigte, nur ganz kurze Zeit hierzubleiben, war ihm diese Aufforderung des Malers doch sehr willkommen. Die Luft im Zimmer war ihm allmählich drückend geworden, öfters hatte er schon verwundert auf einen kleinen, zweifellos nicht geheizten Eisenofen in der Ecke hingesehen, die Schwüle im Zimmer war unerklärlich. Während er den Winterrock ablegte und auch noch den Rock aufknöpfte, sagte der Maler, sich entschuldigend: „Ich muß Wärme haben. Es ist hier doch sehr behaglich, nicht? Das Zimmer ist in dieser

Hinsicht sehr gut gelegen.“ K. sagte nichts dazu, aber es war eigentlich nicht die Wärme, die ihm Unbehagen machte, es war vielmehr die dumpfe, das Atmen fast behindernde Luft, das Zimmer war wohl schon lange nicht gelüftet. Diese Unannehmlichkeit wurde für K. dadurch verstärkt, daß ihn der Maler bat, sich auf das Bett zu setzen, während er selbst sich auf den einzigen Stuhl des Zimmers vor der Staffelei niedersetzte. Außerdem schien es der Maler mißzuverstehen, warum K. nur am Bettrand blieb, er bat vielmehr, K. möchte es sich bequem machen und ging, da K. zögerte, selbst hin und drängte ihn tief in die Betten und Polster hinein. Dann kehrte er wieder zu seinem Sessel zurück und stellte endlich die erste sachliche Frage, die K. alles andere vergessen ließ. „Sie sind unschuldig?“, fragte er. „Ja“, sagte K. Die Beantwortung dieser Frage machte ihm geradezu Freude, besonders da sie gegenüber einem Privatmann, also ohne jede Verantwortung erfolgte. Noch niemand hatte ihn so offen gefragt. Um diese Freude auszukosten, fügte er noch hinzu: „Ich bin vollständig unschuldig.“ „So“, sagte der Maler, senkte den Kopf und schien nachzudenken. Plötzlich hob er wieder den Kopf und sagte: „Wenn Sie unschuldig sind, dann ist ja die Sache sehr einfach.“ K.s Blick trübte sich, dieser angebliche Vertrauensmann des Gerichtes redete wie ein unwissendes Kind. „Meine Unschuld vereinfacht die Sache nicht“, sagte K. Er mußte trotz allem lächeln und schüttelte langsam den Kopf „Es kommt auf viele Feinheiten an, in denen sich das Gericht verliert. Zum Schluß aber zieht es von irgendwoher, wo ursprünglich gar nichts gewesen ist, eine große Schuld hervor.“ „Ja, ja, gewiß“, sagte der Maler, als störe K. unnötigerweise seinen Gedankengang. „Sie sind aber doch unschuldig?“ „Nun ja“, sagte K. „Das ist die Hauptsache“, sagte der Maler. Er war durch Gegengründe nicht zu beeinflussen, nur war es trotz seiner Entschiedenheit nicht klar, ob er aus Überzeugung oder nur aus Gleichgültigkeit so redete. K. wollte das zunächst feststellen und sagte deshalb: „Sie kennen ja gewiß das Gericht viel besser als ich, ich weiß nicht viel mehr, als was ich darüber, allerdings von ganz verschiedenen Leuten, gehört habe. Darin stimmten aber alle überein, daß leichtsinnige Anklagen nicht erhoben werden und daß das Gericht, wenn es einmal anklagt, fest von der Schuld des Angeklagten überzeugt ist und von dieser Überzeugung nur schwer abgebracht werden kann.“ „Schwer?“, fragte der Maler und warf eine Hand in die Höhe. „Niemals ist das Gericht davon abzubringen. Wenn ich hier alle Richter nebeneinander auf eine Leinwand male und Sie werden sich vor dieser Leinwand verteidigen, so werden Sie mehr Erfolg haben als vor dem wirklichen Gericht.“ „Ja“, sagte K. für sich und vergaß, daß er den Maler nur hatte ausforschen wollen.

Wieder begann ein Mädchen hinter der Tür zu fragen: „Titorelli, wird er denn nicht schon bald weggehen?“ „Schweigt!“, rief der Maler zur Tür hin, „seht ihr denn nicht, daß ich mit dem Herrn eine Besprechung habe?“ Aber das

Mädchen gab sich damit nicht zufrieden, sondern fragte: „Du wirst ihn malen?“ Und als der Maler nicht antwortete, sagte sie noch: „Bitte, mal ihn nicht, einen so häßlichen Menschen.“ Ein Durcheinander unverständlicher zustimmender Zurufe folgte. Der Maler machte einen Sprung zur Tür, öffnete sie bis zu einem Spalt — man sah die bittend vorgestreckten, gefalteten Hände der Mädchen — und sagte: „Wenn ihr nicht still seid, werfe ich euch alle die Treppe hinunter. Setzt euch hier auf die Stufen und verhaltet euch ruhig.“ Wahrscheinlich folgten sie nicht gleich, so daß er kommandieren mußte: „Nieder auf die Stufen!“ Erst dann wurde es still.

„Verzeihen Sie“, sagte der Maler, als er zu K. wieder zurückkehrte. K. hatte sich kaum zur Tür hingewendet, er hatte es vollständig dem Maler überlassen, ob und wie er ihn in Schutz nehmen wollte. Er machte auch jetzt kaum eine Bewegung, als sich der Maler zu ihm niederbeugte und ihm, um draußen nicht gehört zu werden, ins Ohr flüsterte: „Auch diese Mädchen gehören zum Gericht.“ „Wie?“, fragte K., wich mit dem Kopf zur Seite und sah den Maler an. Dieser aber setzte sich wieder auf seinen Sessel und sagte halb im Scherz, halb zur Erklärung: „Es gehört ja alles zum Gericht.“ „Das habe ich noch nicht bemerkt“, sagte K. kurz, die allgemeine Bemerkung des Malers nahm dem Hinweis auf die Mädchen alles Beunruhigende. Trotzdem sah K. ein Weilchen lang zur Tür hin, hinter der die Mädchen jetzt still auf den Stufen saßen. Nur eines hatte einen Strohhalm durch eine Ritze zwischen den Balken gesteckt und führte ihn langsam auf und ab.

„Sie scheinen noch keinen Überblick über das Gericht zu haben“, sagte der Maler, er hatte die Beine weit auseinandergestreckt und klatschte mit den Fußspitzen auf den Boden. „Da Sie aber unschuldig sind, werden Sie ihn auch nicht benötigen. Ich allein hole Sie heraus.“ „Wie wollen Sie das tun?“, fragte K. „Da Sie doch vor kurzem selbst gesagt haben, daß das Gericht für Beweisgründe vollständig unzugänglich ist.“ „Unzugänglich nur für Beweisgründe, die man vor dem Gericht vorbringt“, sagte der Maler und hob den Zeigefinger, als habe K. eine feine Unterscheidung nicht bemerkt. „Anders verhält es sich aber damit, was man in dieser Hinsicht hinter dem öffentlichen Gericht versucht, also in den Beratungszimmern, in den Korridoren oder zum Beispiel auch hier, im Atelier.“ Was der Maler jetzt sagte, schien K. nicht mehr so unglaubwürdig, es zeigte vielmehr eine große Übereinstimmung mit dem, was K. auch von anderen Leuten gehört hatte. Ja, es war sogar sehr hoffnungsvoll. Waren die Richter durch persönliche Beziehungen wirklich so leicht zu lenken, wie es der Advokat dargestellt hatte, dann waren die Beziehungen des Malers zu den eitlen Richtern besonders wichtig und jedenfalls keineswegs zu unterschätzen. Dann fügte sich der Maler sehr gut in den Kreis von Helfern, die K. allmählich um sich versammelte. Man hatte einmal in der Bank sein Organisationstalent gerühmt, hier, wo er ganz allein auf sich gestellt war, zeigte sich eine gute

Gelegenheit, es auf das Äußerste zu erproben. Der Maler beobachtete die Wirkung, die seine Erklärung auf K. gemacht hatte und sagte dann mit einer gewissen Ängstlichkeit: „Fällt es Ihnen nicht auf, daß ich fast wie ein Jurist spreche? Es ist der ununterbrochene Verkehr mit den Herren vom Gericht, der mich so beeinflußt. Ich habe natürlich viel Gewinn davon, aber der künstlerische Schwung geht zum großen Teil verloren.“ „Wie sind Sie denn zum erstenmal mit den Richtern in Verbindung gekommen?“, fragte K., er wollte zuerst das Vertrauen des Malers gewinnen, bevor er ihn geradezu in seine Dienste nahm. „Das war sehr einfach“, sagte der Maler, „ich habe diese Verbindung geerbt. Schon mein Vater war Gerichtsmaler. Es ist das eine Stellung, die sich immer vererbt. Man kann dafür neue Leute nicht brauchen. Es sind nämlich für das Malen der verschiedenen Beamtengrade so verschiedene, vielfache und vor allem geheime Regeln aufgestellt, daß sie überhaupt nicht außerhalb bestimmter Familien bekannt werden. Dort in der Schublade zum Beispiel habe ich die Aufzeichnungen meines Vaters, die ich niemandem zeige. Aber nur wer sie kennt, ist zum Malen von Richtern befähigt. Jedoch, selbst wenn ich sie verlöre, blieben mir noch so viele Regeln, die ich allein in meinem Kopfe trage, daß mir niemand meine Stellung streitig machen könnte. Es will doch jeder Richter so gemalt werden, wie die alten, großen Richter gemalt worden sind, und das kann nur ich.“ „Das ist beneidenswert“, sagte K., der an seine Stellung in der Bank dachte. „Ihre Stellung ist also unerschütterlich?“ „Ja, unerschütterlich“, sagte der Maler und hob stolz die Achseln. „Deshalb kann ich es auch wagen, hier und da einem armen Manne, der einen Prozeß hat, zu helfen.“ „Und wie tun Sie das?“, fragte K., als sei es nicht er, den der Maler soeben einen armen Mann genannt hatte. Der Maler aber ließ sich nicht ablenken, sondern sagte: „In Ihrem Fall zum Beispiel werde ich, da Sie vollständig unschuldig sind, folgendes unternehmen.“ Die wiederholte Erwähnung seiner Unschuld wurde K. schon lästig. Ihm schien es manchmal, als mache der Maler durch solche Bemerkungen einen günstigen Ausgang des Prozesses zur Voraussetzung seiner Hilfe, die dadurch natürlich in sich selbst zusammenfiel. Trotz diesen Zweifeln bezwang sich aber K. und unterbrach den Maler nicht. Verzichten wollte er auf die Hilfe des Malers nicht, dazu war er entschlossen, auch schien ihm diese Hilfe durchaus nicht fragwürdiger als die des Advokaten zu sein. K. zog sie jener sogar bei weitem vor, weil sie harmloser und offener dargeboten wurde.

Der Maler hatte seinen Sessel näher zum Bett gezogen und fuhr mit gedämpfter Stimme fort: „Ich habe vergessen, Sie zunächst zu fragen, welche Art der Befreiung Sie wünschen. Es gibt drei Möglichkeiten, nämlich die wirkliche Freisprechung, die scheinbare Freisprechung und die Verschleppung. Die wirkliche Freisprechung ist natürlich das Beste, nur habe ich nicht den geringsten Einfluß auf diese Art der Lösung. Es gibt meiner

Meinung nach überhaupt keine einzelne Person, die auf die wirkliche Freisprechung Einfluß hätte. Hier entscheidet wahrscheinlich nur die Unschuld des Angeklagten. Da Sie unschuldig sind, wäre es wirklich möglich, daß Sie sich allein auf Ihre Unschuld verlassen. Dann brauchen Sie aber weder mich noch irgendeine andere Hilfe.“

Diese geordnete Darstellung verblüffte K. anfangs, dann aber sagte er ebenso leise wie der Maler: „Ich glaube, Sie widersprechen sich.“ „Wie denn?“, fragte der Maler geduldig und lehnte sich lächelnd zurück. Dieses Lächeln erweckte in K. das Gefühl, als ob er jetzt daran gehe, nicht in den Worten des Malers, sondern in dem Gerichtsverfahren selbst Widersprüche zu entdecken. Trotzdem wich er aber nicht zurück und sagte: „Sie haben früher die Bemerkung gemacht, daß das Gericht für Beweisgründe unzugänglich ist, später haben Sie dies auf das öffentliche Gericht eingeschränkt, und jetzt sagen Sie sogar, daß der Unschuldige vor dem Gericht keine Hilfe braucht. Darin liegt schon ein Widerspruch. Außerdem aber haben Sie früher gesagt, daß man die Richter persönlich beeinflussen kann, stellen aber jetzt in Abrede, daß die wirkliche Freisprechung, wie Sie sie nennen, jemals durch persönliche Beeinflussung zu erreichen ist. Darin liegt der zweite Widerspruch.“ „Diese Widersprüche sind leicht aufzuklären“, sagte der Maler. „Es ist hier von zwei verschiedenen Dingen die Rede, von dem, was im Gesetz steht, und von dem, was ich persönlich erfahren habe, das dürfen Sie nicht verwechseln. Im Gesetz, ich habe es allerdings nicht gelesen, steht natürlich einerseits, daß der Unschuldige freigesprochen wird, andererseits steht dort aber nicht, daß die Richter beeinflußt werden können. Nun habe aber ich gerade das Gegenteil dessen erfahren. Ich weiß von keiner wirklichen Freisprechung, wohl aber von vielen Beeinflussungen. Es ist natürlich möglich, daß in allen mir bekannten Fällen keine Unschuld vorhanden war. Aber ist das nicht unwahrscheinlich? In so vielen Fällen keine einzige Unschuld? Schon als Kind hörte ich dem Vater genau zu, wenn er zu Hause von Prozessen erzählte, auch die Richter, die in sein Atelier kamen, erzählten vom Gericht, man spricht in unseren Kreisen überhaupt von nichts anderem; kaum bekam ich die Möglichkeit, selbst zu Gericht zu gehen, nützte ich sie immer aus, unzählbare Prozesse habe ich in wichtigen Stadien angehört und, soweit sie sichtbar sind, verfolgt, und — ich muß es zugeben — nicht einen einzigen wirklichen Freispruch erlebt.“ „Keinen einzigen Freispruch also“, sagte K., als rede er zu sich selbst und zu seinen Hoffnungen. „Das bestätigt aber die Meinung, die ich von dem Gericht schon habe. Es ist also auch von dieser Seite zwecklos. Ein einziger Henker könnte das ganze Gericht ersetzen.“ „Sie dürfen nicht verallgemeinern“, sagte der Maler unzufrieden, „ich habe ja nur von meinen Erfahrungen gesprochen.“ „Das genügt doch“, sagte K., „oder haben Sie von Freisprüchen aus früherer Zeit gehört?“ „Solche Freisprüche“, antwortete der Maler, „soll es allerdings gegeben haben. Nur ist es sehr schwer, das festzustellen. Die abschließenden Entscheidungen des Gerichts werden nicht veröffentlicht, sie sind nicht einmal den Richtern zugänglich, infolgedessen haben sich über alte Gerichtsfälle nur Legenden erhalten. Diese enthalten allerdings sogar in der Mehrzahl wirkliche Freisprechungen, man kann sie glauben, nachweisbar sind sie aber nicht. Trotzdem muß man sie nicht ganz vernachlässigen, eine gewisse Wahrheit enthalten sie wohl gewiß, auch sind sie sehr schön, ich selbst habe einige Bilder gemalt, die solche Legenden zum Inhalt haben." „Bloße Legenden ändern meine Meinung nicht", sagte K., „man kann sich wohl auch vor Gericht auf diese Legenden nicht berufen?" Der Maler lachte. „Nein, das kann man nicht", sagte er. „Dann ist es nutzlos, darüber zu reden", sagte K., er wollte vorläufig alle Meinungen des Malers hinnehmen, selbst wenn er sie für unwahrscheinlich hielt und sie anderen Berichten widersprachen. Er hatte jetzt nicht die Zeit, alles was der Maler sagte, auf die Wahrheit hin zu überprüfen oder gar zu widerlegen, es war schon das Äußerste erreicht, wenn er den Maler dazu bewog, ihm in irgendeiner, sei es auch in einer nicht entscheidenden Weise zu helfen. Darum sagte er: „Sehen wir also von der wirklichen Freisprechung ab, Sie erwähnten aber noch zwei andere Möglichkeiten." „Die scheinbare Freisprechung und die Verschleppung. Um die allein kann es sich handeln", sagte der Maler. „Wollen Sie aber nicht, ehe wir davon reden, den Rock ausziehen? Es ist Ihnen wohl heiß." „Ja", sagte K., der bisher auf nichts als auf die Erklärungen des Malers geachtet hatte, dem aber jetzt, da er an die Hitze erinnert worden war, starker Schweiß auf der Stirn ausbrach. „Es ist fast unerträglich." Der Maler nickte, als verstehe er K.s Unbehagen sehr gut. „Könnte man nicht das Fenster öffnen?", fragte K. „Nein", sagte der Maler. „Es ist bloß eine fest eingesetzte Glasscheibe, man kann es nicht öffnen." Jetzt erkannte K., daß er die ganze Zeit über darauf gehofft hatte, plötzlich werde der Maler oder er zum Fenster gehen und es aufreißen. Er war darauf vorbereitet, selbst den Nebel mit offenem Mund einzuatmen. Das Gefühl, hier von der Luft vollständig abgesperrt zu sein, verursachte ihm Schwindel. Er schlug leicht mit der Hand auf das Federbett neben sich und sagte mit schwacher Stimme: „Das ist ja unbequem und ungesund." „O nein", sagte der Maler zur Verteidigung seines Fensters, „dadurch, daß es nicht aufgemacht werden kann, wird, obwohl es nur eine einfache Scheibe ist, die Wärme hier besser festgehalten als durch ein Doppelfenster. Will ich aber lüften, was nicht sehr notwendig ist, da durch die Balkenritzen überall Luft eindringt, kann ich eine meiner Türen oder sogar beide öffnen." K., durch diese Erklärung ein wenig getröstet, blickte herum, um die zweite Tür zu finden. Der Maler bemerkte das und sagte: „Sie ist hinter Ihnen, ich mußte sie durch das Bett verstellen." Jetzt erst sah K. die kleine Tür in der Wand. „Es ist eben hier alles viel zu klein für ein Atelier", sagte der Maler, als wolle er einem Tadel K.s zuvorkommen. „Ich mußte mich einrichten, so gut es ging. Das Bett vor der Tür steht natürlich an einem sehr schlechten Platz. Der Richter zum Beispiel, den ich jetzt male, kommt immer durch die Tür beim Bett, und ich habe ihm auch einen Schlüssel von dieser Tür gegeben, damit er, auch wenn ich nicht zu Hause bin, hier im Atelier auf mich warten kann. Nun kommt er aber gewöhnlich früh am Morgen, während ich noch schlafe. Es reißt mich natürlich immer aus dem tiefsten Schlaf, wenn sich neben dem Bett die Tür öffnet. Sie würden jede Ehrfurcht vor den Richtern verlieren, wenn Sie die Flüche hörten, mit denen ich ihn empfange, wenn er früh über mein Bett steigt. Ich könnte ihm allerdings den Schlüssel wegnehmen, aber es würde dadurch nur ärger werden. Man kann hier alle Türen mit der geringsten Anstrengung aus den Angeln brechen.“ Während dieser ganzen Rede überlegte K., ob er den Rock ausziehen sollte, er sah aber schließlich ein, daß er, wenn er es nicht tat, unfähig war, hier noch länger zu bleiben, er zog daher den Rock aus, legte ihn aber über die Knie, um ihn, falls die Besprechung zu Ende wäre, wieder anziehen zu können. Kaum hatte er den Rock ausgezogen, rief eines der Mädchen: „Er hat schon den Rock ausgezogen!“ und man hörte, wie sich alle zu den Ritzen drängten, um das Schauspiel selbst zu sehen. „Die Mädchen glauben nämlich“, sagte der Maler, „daß ich Sie malen werde und daß Sie sich deshalb ausziehen.“ „So“, sagte K., nur wenig belustigt, denn er fühlte sich nicht viel besser als früher, obwohl er jetzt in Hemdärmeln dasaß. Fast mürrisch fragte er: „Wie nannten Sie die zwei anderen Möglichkeiten?“ Er hatte die Ausdrücke schon wieder vergessen. „Die scheinbare Freisprechung und die Verschleppung“, sagte der Maler. „Es liegt an Ihnen, was Sie davon wählen. Beides ist durch meine Hilfe erreichbar, natürlich nicht ohne Mühe, der Unterschied in dieser Hinsicht ist der, daß die scheinbare Freisprechung eine gesammelte zeitweilige, die Verschleppung eine viel geringere, aber dauernde Anstrengung verlangt. Zunächst also die scheinbare Freisprechung. Wenn Sie diese wünschen sollten, schreibe ich auf einem Bogen Papier eine Bestätigung Ihrer Unschuld auf. Der Text für eine solche Bestätigung ist mir von meinem Vater überliefert und ganz unangreifbar. Mit dieser Bestätigung mache ich nun einen Rundgang bei den mir bekannten Richtern. Ich fange also etwa damit an, daß ich dem Richter, den ich jetzt male, heute abend, wenn er zur Sitzung kommt, die Bestätigung vorlege. Ich lege ihm die Bestätigung vor, erkläre ihm, daß Sie unschuldig sind, und verbürge mich für Ihre Unschuld. Das ist aber keine bloß äußerliche, sondern eine wirkliche, bindende Bürgschaft.“ In den Blicken des Malers lag es wie ein Vorwurf, daß K. ihm die Last einer solchen Bürgschaft auferlegen wolle. „Das wäre ja sehr freundlich“, sagte K. „Und der Richter würde Ihnen glauben und mich trotzdem nicht wirklich freisprechen?“ „Wie ich schon sagte“, antwortete der Maler. „Übrigens ist es durchaus nicht sicher, daß jeder mir glauben würde,

mancher Richter wird zum Beispiel verlangen, daß ich Sie selbst zu ihm hinführe. Dann müßten Sie also einmal mitkommen. Allerdings ist in einem solchen Falle die Sache schon halb gewonnen, besonders da ich Sie natürlich vorher genau darüber unterrichten würde, wie Sie sich bei dem betreffenden Richter zu verhalten haben. Schlimmer ist es bei den Richtern, die mich — auch das wird vorkommen — von vornherein abweisen. Auf diese müssen wir, wenn ich es auch an mehrfachen Versuchen gewiß nicht fehlen lassen werde, verzichten, wir dürfen das aber auch, denn einzelne Richter können hier nicht den Ausschlag geben. Wenn ich nun auf dieser Bestätigung eine genügende Anzahl von Unterschriften der Richter habe, gehe ich mit dieser Bestätigung zu dem Richter, der Ihren Prozeß gerade führt. Möglicherweise habe ich auch seine Unterschrift, dann entwickelt sich alles noch ein wenig rascher als sonst. Im allgemeinen gibt es aber dann überhaupt nicht mehr viel Hindernisse, es ist dann für den Angeklagten die Zeit der höchsten Zuversicht. Es ist merkwürdig, aber wahr, die Leute sind in dieser Zeit zuversichtlicher als nach dem Freispruch. Es bedarf jetzt keiner besonderen Mühe mehr. Der Richter besitzt in der Bestätigung die Bürgschaft einer Anzahl von Richtern, kann Sie unbesorgt freisprechen und wird es, allerdings nach Durchführung verschiedener Formalitäten, mir und anderen Bekannten zu Gefallen zweifellos tun. Sie aber treten aus dem Gericht und sind frei."
„Dann bin ich also frei", sagte K. zögernd. „Ja", sagte der Maler, „aber nur scheinbar frei oder, besser ausgedrückt, zeitweilig frei. Die untersten Richter nämlich, zu denen meine Bekannten gehören, haben nicht das Recht, endgültig freizusprechen, dieses Recht hat nur das oberste, für Sie, für mich und für uns alle ganz unerreichbare Gericht. Wie es dort aussieht, wissen wir nicht und wollen wir, nebenbei gesagt, auch nicht wissen. Das große Recht, von der Anklage zu befreien, haben also unsere Richter nicht, wohl aber haben sie das Recht, von der Anklage loszulösen. Das heißt, wenn Sie auf diese Weise freigesprochen werden, sind Sie für den Augenblick der Anklage entzogen, aber sie schwebt auch weiterhin über Ihnen und kann, sobald nur der höhere Befehl kommt, sofort in Wirkung treten. Da ich mit dem Gericht in so guter Verbindung stehe, kann ich Ihnen auch sagen, wie sich in den Vorschriften für die Gerichtskanzleien der Unterschied zwischen der wirklichen und der scheinbaren Freisprechung rein äußerlich zeigt. Bei einer wirklichen Freisprechung sollen die Prozeßakten vollständig abgelegt werden, sie verschwinden gänzlich aus dem Verfahren, nicht nur die Anklage, auch der Prozeß und sogar der Freispruch sind vernichtet, alles ist vernichtet. Anders beim scheinbaren Freispruch. Mit dem Akt ist keine weitere Veränderung vor sich gegangen, als daß er um die Bestätigung der Unschuld, um den Freispruch und um die Begründung des Freispruchs bereichert worden ist. Im übrigen aber bleibt er im Verfahren, er wird, wie es der ununterbrochene Verkehr der Gerichtskanzleien erfordert, zu den höheren

Gerichten weitergeleitet, kommt zu den niedrigeren zurück und pendelt so mit größeren und kleineren Schwingungen, mit größeren und kleineren Stockungen auf und ab. Diese Wege sind unberechenbar.
Von außen gesehen, kann es manchmal den Anschein bekommen, daß alles längst vergessen, der Akt verloren und der Freispruch ein vollkommener ist. Ein Eingeweihter wird das nicht glauben. Es geht kein Akt verloren, es gibt bei Gericht kein Vergessen. Eines Tages — niemand erwartet es — nimmt irgendein Richter den Akt aufmerksamer in die Hand, erkennt, daß in diesem Fall die Anklage noch lebendig ist, und ordnet die sofortige Verhaftung an. Ich habe hier angenommen, daß zwischen dem scheinbaren Freispruch und der neuen Verhaftung eine lange Zeit vergeht, das ist möglich, und ich weiß von solchen Fällen, es ist aber ebensogut möglich, daß der Freigesprochene vom Gericht nach Hause kommt und dort schon Beauftragte warten, um ihn wieder zu verhaften. Dann ist natürlich das freie Leben zu Ende.“ „Und der Prozeß beginnt von neuem?“, fragte K. fast ungläubig. „Allerdings“, sagte der Maler, „der Prozeß beginnt von neuem, es besteht aber wieder die Möglichkeit, ebenso wie früher, einen scheinbaren Freispruch zu erwirken. Man muß wieder alle Kräfte zusammennehmen und darf sich nicht ergeben.“ Das letztere sagte der Maler vielleicht unter dem Eindruck, den K., der ein wenig zusammengesunken war, auf ihn machte. „Ist aber“, fragte K., als wolle er jetzt irgendwelchen Enthüllungen des Malers zuvorkommen, „die Erwirkung eines zweiten Freispruchs nicht schwieriger als die des ersten?“ „Man kann“, antwortete der Maler, „in dieser Hinsicht nichts Bestimmtes sagen. Sie meinen wohl, daß die Richter durch die zweite Verhaftung in ihrem Urteil zuungunsten des Angeklagten beeinflußt werden? Das ist nicht der Fall. Die Richter haben ja schon beim Freispruch diese Verhaftung vorgesehen. Dieser Umstand wirkt also kaum ein. Wohl aber kann aus zahllosen sonstigen Gründen die Stimmung der Richter sowie ihre rechtliche Beurteilung des Falles eine andere geworden sein, und die Bemühungen um den zweiten Freispruch müssen daher den veränderten Umständen angepaßt werden und im allgemeinen ebenso kräftig sein wie die vor dem ersten Freispruch.“ „Aber dieser zweite Freispruch ist doch wieder nicht endgültig“, sagte K. und drehte abweisend den Kopf. „Natürlich nicht“, sagte der Maler, „dem zweiten Freispruch folgt die dritte Verhaftung, dem dritten Freispruch die vierte Verhaftung, und so fort. Das liegt schon im Begriff des scheinbaren Freispruchs.“ K. schwieg. „Der scheinbare Freispruch scheint Ihnen offenbar nicht vorteilhaft zu sein“, sagte der Maler, „vielleicht entspricht Ihnen die Verschleppung besser. Soll ich Ihnen das Wesen der Verschleppung erklären?“ K. nickte. Der Maler hatte sich breit in seinen Sessel zurückgelehnt, das Nachthemd war weit offen, er hatte eure Hand daruntergeschoben, mit der er über die Brust und die Seiten strich. „Die Verschleppung“,sagte der Maler und sah einen Augenblick vor sich hin, als

suche er eine vollständig zutreffende Erklärung, „die Verschleppung besteht darin, daß der Prozeß dauernd im niedrigsten Prozeßstadium erhalten wird. Um dies zu erreichen, ist es nötig, daß der Angeklagte und der Helfer, insbesondere aber der Helfer in ununterbrochener persönlicher Fühlung mit dem Gericht bleibt. Ich wiederhole, es ist hierfür kein solcher Kraftaufwand nötig wie bei der Erreichung eines scheinbaren Freispruchs, wohl aber ist eine viel größere Aufmerksamkeit nötig. Man darf den Prozeß nicht aus den Augen verlieren, man muß zu dem betreffenden Richter in regelmäßigen Zwischenräumen und außerdem bei besonderen Gelegenheiten gehen und ihn auf jede Weise sich freundlich zu erhalten suchen; ist man mit dem Richter nicht persönlich bekannt, so muß man durch bekannte Richter ihn beeinflussen lassen, ohne daß man etwa deshalb die unmittelbaren Besprechungen aufgeben dürfte. Versäumt man in dieser Hinsicht nichts, so kann man mit genügender Bestimmtheit annehmen, daß der Prozeß über sein erstes Stadium nicht hinauskommt. Der Prozeß hört zwar nicht auf, aber der Angeklagte ist vor einer Verurteilung fast ebenso gesichert, wie wenn er frei wäre. Gegenüber dem scheinbaren Freispruch hat die Verschleppung den Vorteil, daß die Zukunft des Angeklagten weniger unbestimmt ist, er bleibt vor dem Schrecken der plötzlichen Verhaftungen bewahrt und muß nicht fürchten, etwa gerade zu Zeiten, wo seine sonstigen Umstände dafür am wenigsten günstig sind, die Anstrengungen und Aufregungen auf sich nehmen zu müssen, welche mit der Erreichung des scheinbaren Freispruchs verbunden sind. Allerdings hat auch die Verschleppung für den Angeklagten gewisse Nachteile, die man nicht unterschätzen darf. Ich denke hierbei nicht daran, daß hier der Angeklagte niemals frei ist, das ist er ja auch bei der scheinbaren Freisprechung im eigentlichen Sinne nicht. Es ist ein anderer Nachteil. Der Prozeß kann nicht stillstehen, ohne daß wenigstens scheinbare Gründe dafür vorliegen. Es muß deshalb im Prozeß nach außen hin etwas geschehen. Es müssen also von Zeit zu Zeit verschiedene Anordnungen getroffen werden, der Angeklagte muß verhört werden, Untersuchungen müssen stattfinden und so weiter. Der Prozeß muß eben immerfort in dem kleinen Kreis, auf den er künstlich eingeschränkt worden ist, gedreht werden. Das bringt natürlich gewisse Unannehmlichkeiten für den Angeklagten mit sich, die Sie sich aber wiederum nicht zu schlimm vorstellen dürfen. Es ist ja alles nur äußerlich, die Verhöre beispielsweise sind also nur ganz kurz, wenn man einmal keine Zeit oder keine Lust hat, hinzugehen, darf man sich entschuldigen, man kann sogar bei gewissen Richtern die Anordnungen für eine lange Zeit im voraus gemeinsam festsetzen, es handelt sich im Wesen nur darum, daß man, da man Angeklagter ist, von Zeit zu Zeit bei seinem Richter sich meldet." Schon während der letzten Worte hatte K. den Rock über den Arm gelegt und war aufgestanden. „Er steht schon auf!", rief es sofort draußen vor der Tür. „Sie wollen schon fortgehen?", fragte der Maler, der auch aufgestanden war. „Es ist gewiß die Luft, die Sie von hier vertreibt. Es ist mir sehr peinlich. Ich hätte Ihnen auch noch manches zu sagen. Ich mußte mich ganz kurz fassen. Ich hoffe aber, verständlich gewesen zu sein." „O ja", sagte K., dem von der Anstrengung, mit der er sich zum Zuhören gezwungen hatte, der Kopf schmerzte. Trotz dieser Bestätigung sagte der Maler, alles noch einmal zusammenfassend, als wolle er K. auf den Heimweg einen Trost mitgeben: „Beide Methoden haben das Gemeinsame, daß sie eine Verurteilung des Angeklagten verhindern." „Sie verhindern aber auch die wirkliche Freisprechung", sagte K. leise, als schäme er sich, das erkannt zu haben. „Sie haben den Kern der Sache erfaßt", sagte der Maler schnell. K. legte die Hand auf seinen Winterrock, konnte sich aber nicht einmal entschließen, den Rock anzuziehen. Am liebsten hätte er alles zusammengepackt und wäre damit an die frische Luft gelaufen. Auch die Mädchen konnten ihn nicht dazu bewegen, sich anzuziehen, obwohl sie, verfrüht, einander schon zuriefen, daß er sich anziehe. Dem Maler lag daran, K.s Stimmung irgendwie zu deuten, er sagte deshalb: „Sie haben sich wohl hinsichtlich meiner Vorschläge noch nicht entschieden. Ich billige das. Ich hätte Ihnen sogar davon abgeraten, sich sofort zu entscheiden. Die Vorteile und Nachteile sind haarfein. Man muß alles genau abschätzen. Allerdings darf man auch nicht zuviel Zeit verlieren." „Ich werde bald wiederkommen", sagte K., der in einem plötzlichen Entschluß den Rock anzog, den Mantel über die Schulter warf und zur Tür eilte, hinter der jetzt die Mädchen zu schreien anfingen. K. glaubte, die schreienden Mädchen durch die Tür zu sehen. „Sie müssen aber Wort halten", sagte der Maler, der ihm nicht gefolgt war, „sonst komme ich in die Bank, um selbst nachzufragen." „Sperren Sie doch die Tür auf", sagte K. und riß an der Klinke, die die Mädchen, wie er an dem Gegendruck merkte, draußen festhielten. „Wollen Sie von den Mädchen belästigt werden?", fragte der Maler. „Benützen Sie doch lieber diesen Ausgang", und er zeigte auf die Tür hinter dem Bett. K. war damit einverstanden und sprang zum Bett zurück. Aber statt die Tür dort zu öffnen, kroch der Maler unter das Bett und fragte von unten: „Nur noch einen Augenblick; wollen Sie nicht noch ein Bild sehen, das ich Ihnen verkaufen könnte?" K. wollte nicht unhöflich sein, der Maler hatte sich wirklich seiner angenommen und versprochen, ihm weiterhin zu helfen, auch war infolge der Vergeßlichkeit K.s über die Entlohnung für die Hilfe noch gar nicht gesprochen worden, deshalb konnte ihn K. jetzt nicht abweisen und ließ sich das Bild zeigen, wenn er auch vor Ungeduld zitterte, aus dem Atelier wegzukommen. Der Maler zog unter dem Bett einen Haufen ungerahmter Bilder hervor, die so mit Staub bedeckt waren, daß dieser, als ihn der Maler vom obersten Bild wegzublasen suchte, längere Zeit atemraubend K. vor den Augen wirbelte. „Eine Heidelandschaft", sagte der Maler und reichte K. das Bild. Es stellte zwei schwache Bäume dar, die weit voneinander entfernt im dunklen Gras standen. Im Hintergrund war ein vielfarbiger Sonnenuntergang. „Schön“, sagte K., „ich kaufe es.“ K. hatte unbedacht sich so kurz geäußert, er war daher froh, als der Maler, statt dies übelzunehmen, ein zweites Bild vom Boden aufhob. „Hier ist ein Gegenstück zu diesem Bild“, sagte der Maler. Es mochte als Gegenstück beabsichtigt sein, es war aber nicht der geringste Unterschied gegenüber dem ersten Bild zu merken, hier waren die Bäume, hier das Gras und dort der Sonnenuntergang. Aber K. lag wenig daran. „Es sind schöne Landschaften“, sagte er, „ich kaufe beide und werde sie in meinem Büro aufhängen.“ „Das Motiv scheint Ihnen zu gefallen“, sagte der Maler und holte ein drittes Bild herauf, „es trifft sich gut, daß ich noch ein ähnliches Bild hier habe.“ Es war aber nicht ähnlich, es war vielmehr die völlig gleiche Heidelandschaft. Der Maler nützte diese Gelegenheit, alte Bilder zu verkaufen, gut aus. „Ich nehme auch dieses noch“, sagte K. „Wieviel kosten die drei Bilder?“ „Darüber werden wir nächstens sprechen“, sagte der Maler. „Sie haben jetzt Eile, und wir bleiben doch in Verbindung. Im übrigen freut es mich, daß Ihnen die Bilder gefallen, ich werde Ihnen alle Bilder mitgeben, die ich hier unten habe. Es sind lauter Heidelandschaften, ich habe schon viele Heidelandschaften gemalt. Manche Leute weisen solche Bilder ab, weil sie zu düster sind, andere aber, und Sie gehören zu ihnen, lieben gerade das Düstere.“ Aber K. hatte jetzt keinen Sinn für die beruflichen Erfahrungen des Bettelmalers. „Packen Sie alle Bilder ein!“, rief er, dem Maler in die Rede fallend, „morgen kommt mein Diener und wird sie holen.“ „Es ist nicht nötig“, sagte der Maler. „Ich hoffe, ich werde Ihnen einen Träger verschaffen können, der gleich mit Ihnen gehen wird.“ Und er beugte sich endlich über das Bett und sperrte die Tür auf. „Steigen Sie ohne Scheu auf das Bett“, sagte der Maler, „das tut jeder, der hier hereinkommt.“ K. hätte auch ohne diese Aufforderung keine Rücksicht genommen, er hatte sogar schon einen Fuß mitten auf das Federbett gesetzt, da sah er durch die offene Tür hinaus und zog den Fuß wieder zurück. „Was ist das?“, fragte er den Maler. „Worüber staunen Sie?“, fragte dieser, seinerseits staunend. „Es sind die Gerichtskanzleien. Wußten Sie nicht, daß hier Gerichtskanzleien sind? Gerichtskanzleien sind doch fast auf jedem Dachboden, warum sollten sie gerade hier fehlen? Auch mein Atelier gehört eigentlich zu den Gerichtskanzleien, das Gericht hat es mir aber zur Verfügung gestellt.“ K. erschrak nicht so sehr darüber, daß er auch hier Gerichtskanzleien gefunden hatte, er erschrak hauptsächlich über sich, über seine Unwissenheit in Gerichtssachen. Als eine Grundregel für das Verhalten eines Angeklagten erschien es ihm, immer vorbereitet zu sein, sich niemals überraschen zu lassen, nicht ahnungslos nach rechts zu schauen, wenn links der Richter neben ihm stand — und gerade gegen diese Grundregel verstieß er immer wieder. Vor ihm dehnte sich ein langer Gang, aus dem eine Luft wehte, mit der verglichen die Luft im Atelier erfrischend war. Bänke waren zu beiden Seiten des Ganges aufgestellt, genau so wie im Wartezimmer der Kanzlei, die für K. zuständig war. Es schienen genaue Vorschriften für die Einrichtung von Kanzleien zu bestehen. Augenblicklich war der Parteienverkehr hier nicht sehr groß. Ein Mann saß dort halb liegend, das Gesicht hatte er auf der Bank in seine Arme vergraben und schien zu schlafen; ein anderer stand im Halbdunkel am Ende des Ganges. K. stieg nun über das Bett, der Maler folgte ihm mit den Bildern. Sie trafen bald einen Gerichtsdiener — K. erkannte jetzt schon alle Gerichtsdiener an dem Goldknopf, den diese an ihrem Zivilanzug unter den gewöhnlichen Knöpfen hatten — und der Maler gab ihm den Auftrag, K. mit den Bildern zu begleiten. K. wankte mehr, als er ging, das Taschentuch hielt er an den Mund gedrückt. Sie waren schon nahe dem Ausgang, da stürmten ihnen die Mädchen entgegen, die also K. auch nicht erspart geblieben waren. Sie hatten offenbar gesehen, daß die zweite Tür des Ateliers geöffnet worden war und hatten den Umweg gemacht, um von dieser Seite einzudringen. „Ich kann Sie nicht mehr begleiten!“, rief der Maler lachend unter dem Andrang der Mädchen. „Auf Wiedersehen! Und überlegen Sie nicht zu lange!“ K. sah sich nicht einmal nach ihm um. Auf der Gasse nahm er den ersten Wagen, der ihm in den Weg kam. Es lag ihm daran, den Diener loszuwerden, dessen Goldknopf ihm unaufhörlich in die Augen stach, wenn er auch sonst wahrscheinlich niemandem auffiel. In seiner Dienstfertigkeit wollte sich der Diener noch auf den Kutschbock setzen. K. jagte ihn aber hinunter. Mittag war schon längst vorüber, als K. vor der Bank ankam. Er hätte gern die Bilder im Wagen gelassen, fürchtete aber, bei irgendeiner Gelegenheit genötigt zu werden, sich dem Maler gegenüber mit ihnen auszuweisen. Er ließ sie daher in sein Büro schaffen und versperrte sie in die unterste Lade seines Tisches, um sie wenigstens für die allernächsten Tage vor den Blicken des Direktor-Stellvertreters in Sicherheit zu bringen.

Achtes Kapitel

Kaufmann Block — Kündigung des Advokaten

Endlich hatte sich K. doch entschlossen, dem Advokaten seine Vertretung zu entziehen. Zweifel daran, ob es richtig war, so zu handeln, waren zwar nicht auszurotten, aber die Überzeugung von der Notwendigkeit dessen überwog. Die Entschließung hatte K. an dem Tage, an dem er zum Advokaten gehen wollte, viel Arbeitskraft entzogen, er arbeitete besonders langsam, er mußte sehr lange im Büro bleiben, und es war schon zehn Uhr vorüber, als er endlich vor der Tür des Advokaten stand. Noch ehe er läutete, überlegte er, ob es nicht besser wäre, dem Advokaten telephonisch oder brieflich zu kündigen, die persönliche Unterredung würde gewiß sehr peinlich werden. Trotzdem wollte K. schließlich auf sie nicht verzichten, bei jeder anderen Art der Kündigung würde diese stillschweigend oder mit ein paar förmlichen Worten angenommen werden, und K. würde, wenn nicht etwa Leni einiges erforschen könnte, niemals erfahren, wie der Advokat die Kündigung aufgenommen hatte und was für Folgen für K. diese Kündigung nach der nicht unwichtigen Meinung des Advokaten haben könnte. Saß aber der Advokat K. gegenüber und wurde er von der Kündigung überrascht, so würde K., selbst wenn der Advokat sich nicht viel entlocken ließ, aus seinem Gesicht und seinem Benehmen alles, was er wollte, leicht entnehmen können. Es war sogar nicht ausgeschlossen, daß er überzeugt wurde, daß es doch gut wäre, dem Advokaten die Verteidigung zu überlassen und daß er dann seine Kündigung zurückzog.

Das erste Läuten an der Tür des Advokaten war, wie gewöhnlich, zwecklos. „Leni könnte flinker sein“, dachte K. Aber es war schon ein Vorteil, wenn sich nicht die andere Partei einmischte, wie sie es gewöhnlich tat, sei es, daß der Mann im Schlafrock oder sonst jemand zu belästigen anfing. Während K. zum zweitenmal den Knopf drückte, sah er nach der anderen Tür zurück, diesmal aber blieb auch sie geschlossen. Endlich erschienen an dem Guckfenster der Tür des Advokaten zwei Augen, es waren aber nicht Lenis Augen. Jemand schloß die Tür auf, stemmte sich aber vorläufig noch gegen sie, rief in die Wohnung zurück: „Er ist es!“ und öffnete erst dann vollständig. K. hatte gegen die Tür gedrängt, denn schon hörte er, wie hinter ihm in der Tür der anderen Wohnung der Schlüssel hastig im Schloß gedreht wurde. Als sich daher die Tür vor ihm endlich öffnete, stürmte er geradezu ins Vorzimmer und sah noch, wie durch den Gang, der zwischen den Zimmern hindurchführte, Leni, welcher der Warnungsruf des Türöffners gegolten hatte, im Hemd davonlief. Er blickte ihr ein Weilchen nach und sah sich dann nach dem Türöffner um. Es war ein kleiner, dürrer Mann mit Vollbart, er hielt eine Kerze in der Hand. „Sie sind hier angestellt?“, fragte K.

„Nein“, antwortete der Mann, „ich bin hier fremd, der Advokat ist nur mein Vertreter, ich bin hier wegen einer Rechtsangelegenheit.“ „Ohne Rock?“, fragte K. und zeigte mit einer Handbewegung auf die mangelhafte Bekleidung des Mannes. „Ach, verzeihen Sie!“, sagte der Mann und beleuchtete sich selbst mit der Kerze, als sähe er selbst zum erstenmal seinen Zustand. „Leni ist Ihre Geliebte?“, fragte K. kurz. Er hatte die Beine ein wenig gespreizt, die Hände, in denen er den Hut hielt, hinten verschlungen. Schon durch den Besitz eines starken Überrocks fühlte er sich dem mageren Kleinen sehr überlegen. „O Gott“, sagte der und hob die eine Hand in erschrockener Abwehr vor das Gesicht, „nein, nein, was denken Sie denn?“ „Sie sehen glaubwürdig aus“, sagte K. lächelnd, „trotzdem — kommen Sie.“ Er winkte ihm mit dem Hut und ließ ihn vor sich gehen. „Wie heißen Sie denn?“, fragte K. auf dem Weg. „Block, Kaufmann Block“, sagte der Kleine und drehte sich bei dieser Vorstellung nach K. um, stehenbleiben ließ ihn aber K. nicht. „Ist das Ihr wirklicher Name?“, fragte K. „Gewiß“, war die Antwort, „warum haben Sie denn Zweifel?“ „Ich dachte, Sie könnten Grund haben, Ihren Namen zu verschweigen“, sagte K. Er fühlte sich so frei, wie man es sonst nur ist, wenn man in der Fremde mit niedrigen Leuten spricht, alles, was einen selbst betrifft, bei sich behält, nur gleichmütig von den Interessen der anderen redet, sie dadurch vor sich selbst erhöht, aber auch nach Belieben fallen lassen kann. Bei der Tür des Arbeitszimmers des Advokaten blieb K. stehen, öffnete sie und rief dem Kaufmann, der folgsam weitergegangen war, zu: „Nicht so eilig! Leuchten Sie hier!“ K. dachte, Leni könnte sich hier versteckt haben, er ließ den Kaufmann alle Winkel absuchen, aber das Zimmer war leer. Vor dem Bild des Richters hielt K. den Kaufmann hinten an den Hosenträgern zurück. „Kennen Sie den?“, fragte er und zeigte mit dem Zeigefinger in die Höhe. Der Kaufmann hob die Kerze, sah blinzelnd hinauf und sagte: „Es ist ein Richter.“ „Ein hoher Richter?“, fragte K. und stellte sich seitlich vor den Kaufmann, um den Eindruck, den das Bild auf ihn machte, zu beobachten. Der Kaufmann sah bewundernd aufwärts. „Es ist ein hoher Richter“, sagte er. „Sie haben keinen großen Einblick“, sagte K. „Unter den niedrigen Untersuchungsrichtern ist er der niedrigste.“ „Nun erinnere ich mich“, sagte der Kaufmann und senkte die Kerze, „ich habe es auch schon gehört.“ „Aber natürlich“, rief K., „ich vergaß ja, natürlich müssen Sie es schon gehört haben.“ „Aber warum denn, warum denn“ ? fragte der Kaufmann, während er sich, von K. mit den Händen angetrieben, zur Tür fortbewegte. Draußen auf dem Gang sagte K.: „Sie wissen doch, wo sich Leni versteckt hat?“ „Versteckt?“, sagte der Kaufmann, „nein, sie dürfte aber in der Küche sein und dem Advokaten eine Suppe kochen.“ „Warum haben Sie das nicht gleich gesagt?“, fragte K. „Ich wollte Sie ja hinführen, Sie haben mich aber wieder zurückgerufen“, antwortete der Kaufmann, wie verwirrt durch die widersprechenden Befehle.

„Sie glauben wohl sehr schlau zu sein“, sagte K., „führen Sie mich also!“ In der Küche war K. noch nie gewesen, sie war überraschend groß und reich ausgestattet. Allein der Herd war dreimal so groß wie gewöhnliche Herde, von dem übrigen sah man keine Einzelheiten, denn die Küche wurde jetzt nur von einer kleinen Lampe beleuchtet, die beim Eingang hing. Am Herd stand Leni in weißer Schürze, wie immer, und leerte Eier in einen Topf aus, der auf einem Spiritusfeuer stand. „Guten Abend, Josef“, sagte sie mit einem Seitenblick. „Guten Abend“, sagte K. und zeigte mit einer Hand auf einen abseits stehenden Sessel, auf den sich der Kaufmann setzen sollte, was dieser auch tat. K. aber ging ganz nahe hinter Leni, beugte sich über ihre Schulter und fragte: „Wer ist der Mann?“ Leni umfaßte K. mit einer Hand, die andere quirlte die Suppe, zog ihn nach vorn zu sich und sagte: „Es ist ein bedauernswerter Mensch, ein armer Kaufmann, ein gewisser Block. Sieh ihn nur an.“ Sie blickten beide zurück. Der Kaufmann saß auf dem Sessel, auf den ihn K. gewiesen hatte, er hatte die Kerze, deren Licht jetzt unnötig war, ausgepustet und drückte mit den Fingern den Docht, um den Rauch zu verhindern. „Du warst im Hemd“, sagte K. und wendete ihren Kopf mit der Hand wieder dem Herd zu. Sie schwieg. „Er ist dein Geliebter?“, fragte K. Sie wollte nach dem Suppentopf greifen, aber K. nahm ihre beiden Hände und sagte: „Nun antworte!“ Sie sagte: „Komm ins Arbeitszimmer, ich werde dir alles erklären.“ „Nein“, sagte K., „ich will, daß du es hier erklärst.“ Sie hing sich an ihn und wollte ihn küssen. K. wehrte sie aber ab und sagte: „Ich will nicht, daß du mich jetzt küßt.“ „Josef“, sagte Leni und sah K. bittend und doch offen in die Augen, „du wirst doch nicht auf Herrn Block eifersüchtig sein. — Rudi“, sagte sie dann, sich an den Kaufmann wendend, „so hilf mir doch, du siehst, ich werde verdächtigt, laß die Kerze.“ Man hätte denken können, er hätte nicht achtgegeben, aber er war vollständig eingeweiht. „Ich wüßte auch nicht, warum Sie eifersüchtig sein sollten“, sagte er wenig schlagfertig. „Ich weiß es eigentlich auch nicht“, sagte K. und sah den Kaufmann lächelnd an. Leni lachte laut, benützte die Unaufmerksamkeit K.s, um sich in seinen Arm einzuhängen, und flüsterte: „Laß ihn jetzt, du siehst ja, was für ein Mensch er ist. Ich habe mich seiner ein wenig angenommen, weil er eine große Kundschaft des Advokaten ist, aus keinem andern Grund. Und du? Willst du noch heute mit dem Advokaten sprechen? Er ist heute sehr krank, aber wenn du willst, melde ich dich doch an. Über Nacht bleibst du aber bei mir, ganz gewiß. Du warst auch schon so lange nicht bei uns, selbst der Advokat hat nach dir gefragt. Vernachlässige den Prozeß nicht! Auch ich habe dir Verschiedenes mitzuteilen, was ich erfahren habe. Nun aber zieh fürs erste deinen Mantel aus!“ Sie half ihm, sich ausziehen, nahm ihm den Hut ab, lief mit den Sachen ins Vorzimmer, sie anzuhängen, lief dann wieder zurück und sah nach der Suppe. „Soll ich zuerst dich anmelden oder ihm zuerst die Suppe bringen?“ „Melde mich zuerst an", sagte K. Er war ärgerlich, er hatte ursprünglich beabsichtigt, mit Leni seine Angelegenheit, insbesondere die fragliche Kündigung genau zu besprechen, die Anwesenheit des Kaufmanns hatte ihm aber die Lust dazu genommen. Jetzt aber hielt er seine Sache doch für zu wichtig, als daß dieser kleine Kaufmann vielleicht entscheidend eingreifen sollte, und so rief er Leni, die schon auf dem Gang war, wieder zurück. „Bring ihm doch zuerst die Suppe", sagte er, „er soll sich für die Unterredung mit mir stärken, er wird es nötig haben." „Sie sind auch ein Klient des Advokaten", sagte, wie zur Feststellung, der Kaufmann leise aus seiner Ecke. Es wurde aber nicht gut aufgenommen. „Was kümmert Sie denn das?", sagte K., und Leni sagte: „Wirst du still sein. — Dann bringe ich ihm also zuerst die Suppe", sagte Leni zu K. und goß die Suppe auf einen Teller. „Es ist dann nur zu befürchten, daß er bald einschläft, nach dem Essen schläft er bald ein." „Das, was ich ihm sagen werde, wird ihn wacherhalten", sagte K., er wollte immerfort durchblicken lassen, daß er etwas Wichtiges mit dem Advokaten zu verhandeln beabsichtige, er wollte von Leni gefragt werden, was es sei, und dann erst sie um Rat fragen. Aber sie erfüllte pünktlich bloß die ausgesprochenen Befehle. Als sie mit der Tasse an ihm vorüberging, stieß sie absichtlich sanft an ihn und flüsterte: „Wenn er die Suppe gegessen hat, melde ich dich gleich an, damit ich dich möglichst bald wiederbekomme." „Geh nur", sagte K., „geh nur." „Sei doch freundlicher", sagte sie und drehte sich in der Tür mit der Tasse nochmals ganz um.

K. sah ihr nach; nun war es endgültig beschlossen, daß der Advokat entlassen würde, es war wohl auch besser, daß er vorher mit Leni nicht mehr darüber sprechen konnte; sie hatte kaum den genügenden Überblick über das Ganze, hätte gewiß abgeraten, hätte möglicherweise K. auch wirklich von der Kündigung diesmal abgehalten, er wäre weiterhin in Zweifel und Unruhe geblieben, und schließlich hätte er nach einiger Zeit seinen Entschluß doch ausgeführt, denn dieser Entschluß war allzu zwingend. Je früher er aber ausgeführt wurde, desto mehr Schaden wurde abgehalten. Vielleicht wußte übrigens der Kaufmann etwas darüber zu sagen.

K. wandte sich um, kaum bemerkte das der Kaufmann, als er sofort aufstehen wollte. „Bleiben Sie sitzen", sagte K. und zog einen Sessel neben ihn. „Sind Sie schon ein alter Klient des Advokaten?", fragte K. „Ja", sagte der Kaufmann, „ein sehr alter Klient." „Wieviel Jahre vertritt er Sie denn schon?", fragte K. „Ich weiß nicht, wie Sie es meinen", sagte der Kaufmann, „in geschäftlichen Rechtsangelegenheiten — ich habe ein Getreidegeschäft — vertritt mich der Advokat schon, seit ich das Geschäft übernommen habe, also etwa seit zwanzig Jahren, in meinem eigenen Prozeß, auf den Sie wahrscheinlich anspielen, vertritt er mich auch seit Beginn, es ist schon länger als fünf Jahre. Ja, weit über fünf Jahre", fügte er dann hinzu und zog eine alte Brieftasche hervor, „hier habe ich alles aufgeschrieben; wenn Sie wollen, sage ich Ihnen die genauen Daten. Es ist schwer, alles zu behalten. Mein Prozeß dauert wahrscheinlich schon viel länger, er begann kurz nach dem Tod meiner Frau, und das ist schon länger als fünfeinhalb Jahre." K. rückte näher zu ihm. „Der Advokat übernimmt also auch gewöhnliche Rechtssachen?", fragte er. Diese Verbindung der Gerichte und Rechtswissenschaften schien K. ungemein beruhigend. „Gewiß", sagte der Kaufmann und flüsterte dann K. zu: „Man sagt sogar, daß er in diesen Rechtssachen tüchtiger ist als in den anderen." Aber dann schien er das Gesagte zu bereuen, er legte K. eine Hand auf die Schulter und sagte: „Ich bitte Sie sehr, verraten Sie mich nicht." K. klopfte ihm zur Beruhigung auf den Schenkel und sagte: „Nein, ich bin kein Verräter." „Er ist nämlich rachsüchtig", sagte der Kaufmann. „Gegen einen so treuen Klienten wird er gewiß nichts tun", sagte K. „O doch", sagte der Kaufmann, „wenn er aufgeregt ist, kennt er keine Unterschiede, übrigens bin ich ihm nicht eigentlich treu." „Wieso denn nicht?", fragte K. „Soll ich es Ihnen anvertrauen?", fragte der Kaufmann zweifelnd. „Ich denke, Sie dürfen es", sagte K. „Nun", sagte der Kaufmann, „ich werde es Ihnen zum Teil anvertrauen, Sie müssen mir aber auch ein Geheimnis sagen, damit wir uns gegenüber dem Advokaten gegenseitig festhalten." „Sie sind sehr vorsichtig", sagte K., „aber ich werde Ihnen ein Geheimnis sagen, das Sie vollständig beruhigen wird. Worin besteht also Ihre Untreue gegenüber dem Advokaten?" „Ich habe", sagte der Kaufmann zögernd und in einem Ton, als gestehe er etwas Unehrenhaftes ein, „ich habe außer ihm noch andere Advokaten." „Das ist doch nichts so Schlimmes", sagte K., ein wenig enttäuscht. „Hier ja", sagte der Kaufmann, der noch seit seinem Geständnis schwer atmete, infolge K.s Bemerkung aber mehr Vertrauen faßte. „Es ist nicht erlaubt. Und am allerwenigsten ist es erlaubt, neben einem sogenannten Advokaten auch noch Winkeladvokaten zu nehmen. Und gerade das habe ich getan, ich habe außer ihm noch fünf Winkeladvokaten." „Fünf!", rief K., erst die Zahl setzte ihn in Erstaunen, „fünf Advokaten außer diesem?" Der Kaufmann nickte: „Ich verhandle gerade noch mit einem sechsten." „Aber wozu brauchen Sie denn soviel Advokaten?", fragte K. „Ich brauche alle", sagte der Kaufmann. „Wollen Sie mir das nicht erklären?", fragte K. „Gern", sagte der Kaufmann. „Vor allem will ich doch meinen Prozeß nicht verlieren, das ist doch selbstverständlich. Infolgedessen darf ich nichts, was mir nützen könnte, außer acht lassen; selbst wenn die Hoffnung auf Nutzen in einem bestimmten Falle nur ganz gering ist, darf ich sie auch nicht verwerfen. Ich habe deshalb alles, was ich besitze, auf den Prozeß verwendet. So habe ich zum Beispiel alles Geld meinem Geschäft entzogen, früher füllten die Büroräume meines Geschäfts fast ein Stockwerk, heute genügt eine kleine Kammer im Hinterhaus, wo ich mit einem Lehrjungen arbeite. Diesen Rückgang hat natürlich nicht nur die Entziehung des Geldes verschuldet, sondern mehr noch die Entziehung meiner Arbeitskraft. Wenn man für seinen Prozeß etwas tun will, kann man sich mit anderem nur wenig befassen.“ „Sie arbeiten also auch selbst bei Gericht?“, fragte K. „Gerade darüber möchte ich gern etwas erfahren.“ „Darüber kann ich nur wenig berichten“, sagte der Kaufmann, „anfangs habe ich es wohl auch versucht, aber ich habe bald wieder davon abgelassen. Es ist zu erschöpfend und bringt nicht viel Erfolg. Selbst dort zu arbeiten und zu unterhandeln, hat sich wenigstens für mich als ganz unmöglich erwiesen. Es ist ja dort schon das bloße Sitzen und Warten eine große Anstrengung. Sie kennen ja selbst die schwere Luft in den Kanzleien.“ „Wieso wissen Sie denn, daß ich dort war?“, fragte K. „Ich war gerade im Wartezimmer, als Sie durchgingen.“ „Was für ein Zufall das ist!“, rief K., ganz hingenommen und die frühere Lächerlichkeit des Kaufmanns ganz vergessend. „Sie haben mich also gesehen! Sie waren im Wartezimmer, als ich durchging. Ja, ich bin dort einmal durchgegangen.“ „Es ist kein so großer Zufall“, sagte der Kaufmann, „ich bin dort fast jeden Tag.“ „Ich werde nun wahrscheinlich auch öfters hingehen müssen“, sagte K., „nur werde ich wohl kaum mehr so ehrenvoll aufgenommen werden wie damals. Alle standen auf. Man dachte wohl, ich sei ein Richter.“ „Nein“, sagte der Kaufmann, „wir grüßten damals den Gerichtsdiener. Daß Sie ein Angeklagter sind, das wußten wir. Solche Nachrichten verbreiten sich sehr rasch.“ „Das wußten Sie also schon“, sagte K., „dann erschien Ihnen aber mein Benehmen vielleicht hochmütig. Sprach man sich nicht darüber aus?“ „Nein“, sagte der Kaufmann, „im Gegenteil. Aber das sind Dummheiten.“ „Was für Dummheiten denn?“, fragte K. „Warum fragen Sie danach?“, sagte der Kaufmann ärgerlich. „Sie scheinen die Leute dort noch nicht zu kennen und werden es vielleicht unrichtig auffassen. Sie müssen bedenken, daß in diesem Verfahren immer wieder viele Dinge zur Sprache kommen, für die der Verstand nicht mehr ausreicht, man ist einfach zu müde und abgelenkt für vieles, und zum Ersatz verlegt man sich auf den Aberglauben. Ich rede von den anderen, bin aber selbst gar nicht besser. Ein solcher Aberglaube ist es zum Beispiel, daß viele aus dem Gesicht des Angeklagten, insbesondere aus der Zeichnung der Lippen, den Ausgang des Prozesses erkennen wollen. Diese Leute also haben behauptet, Sie würden, nach Ihren Lippen zu schließen, gewiß und bald verurteilt werden. Ich wiederhole, es ist ein lächerlicher Aberglaube und in den meisten Fällen durch die Tatsachen auch vollständig widerlegt, aber wenn man in jener Gesellschaft lebt, ist es schwer, sich solchen Meinungen zu entziehen. Denken Sie nur, wie stark dieser Aberglaube wirken kann. Sie haben doch einen dort angesprochen, nicht? Er konnte Ihnen aber kaum antworten. Es gibt natürlich viele Gründe, um dort verwirrt zu sein, aber einer davon war auch der Anblick Ihrer Lippen. Er hat später erzählt, er hätte auf Ihren Lippen auch das Zeichen seiner eigenen Verurteilung zu sehen geglaubt.“ „Meine Lippen?“, fragte K., zog einen Taschenspiegel hervor und sah sich an. „Ich kann an meinen Lippen nichts Besonderes erkennen. Und Sie?“ „Ich auch nicht“, sagte der Kaufmann, „ganz und gar nicht.“ „Wie abergläubisch diese Leute sind!“, rief K. aus. „Sagte ich es nicht?“, fragte der Kaufmann. „Verkehren sie denn soviel untereinander und tauschen sie ihre Meinungen aus?“, sagte K. „Ich habe mich bisher ganz abseits gehalten.“ „Im allgemeinen verkehren sie nicht miteinander“, sagte der Kaufmann, „das wäre nicht möglich, es sind ja so viele. Es gibt auch wenig gemeinsame Interessen. Wenn manchmal in einer Gruppe der Glaube an ein gemeinsames Interesse auftaucht, so erweist er sich bald als ein Irrtum. Gemeinsam läßt sich gegen das Gericht nichts durchsetzen. Jeder Fall wird für sich untersucht, es ist ja das sorgfältigste Gericht. Gemeinsam kann man also nichts durchsetzen, nur ein einzelner erreicht manchmal etwas im geheimen; erst wenn es erreicht ist, erfahren es die anderen; keiner weiß, wie es geschehen ist. Es gibt also keine Gemeinsamkeit, man kommt zwar hie und da in den Wartezimmern zusammen, aber dort wird wenig besprochen. Die abergläubischen Meinungen bestehen schon seit alters her und vermehren sich förmlich von selbst.“ „Ich sah die Herren dort im Wartezimmer“, sagte K., „ihr Warten kam mir so nutzlos vor.“ „Das Warten ist nicht nutzlos“, sagte der Kaufmann, „nutzlos ist nur das selbständige Eingreifen. Ich sagte schon, daß ich jetzt außer diesem noch fünf Advokaten habe. Man sollte doch glauben — ich selbst glaubte es zuerst –, jetzt könnte ich ihnen die Sache vollständig überlassen. Das wäre aber ganz falsch. Ich kann sie ihnen weniger überlassen, als wenn ich nur einen hätte. Sie verstehen das wohl nicht?“ „Nein“, sagte K. und legte, um den Kaufmann an seinem allzu schnellen Reden zu hindern, die Hand beruhigend auf seine Hand, „ich möchte Sie nur bitten, ein wenig langsamer zu reden, es sind doch lauter für mich sehr wichtige Dinge, und ich kann Ihnen nicht recht folgen.“ „Gut, daß Sie mich daran erinnern“, sagte der Kaufmann, „Sie sind ja ein Neuer, ein Junger. Ihr Prozeß ist ein halbes Jahr alt, nicht wahr? Ja, ich habe davon gehört. Ein so junger Prozeß! Ich aber habe diese Dinge schon unzähligemal durchgedacht, sie sind mir das Selbstverständlichste auf der Welt.“ „Sie sind wohl froh, daß Ihr Prozeß schon so weit fortgeschritten ist?“, fragte K., er wollte nicht geradezu fragen, wie die Angelegenheiten des Kaufmanns stünden. Er bekam aber auch keine deutliche Antwort. „Ja, ich habe meinen Prozeß fünf Jahre lang fortgewälzt“, sagte der Kaufmann und senkte den Kopf,„es ist keine kleine Leistung.“ Dann schwieg er ein Weilchen. K. horchte, ob Leni nicht schon komme. Einerseits wollte er nicht, daß sie komme, denn er hatte noch vieles zu fragen und wollte auch nicht von Leni in diesem vertraulichen Gespräch mit dem Kaufmann angetroffen werden, andererseits aber ärgerte er sich darüber, daß sie trotz seiner Anwesenheit so lange beim Advokaten blieb, viel länger, als zum Reichen der Suppe nötig war. „Ich erinnere mich noch an die Zeit genau“, begann der Kaufmann wieder, und K. war gleich voll Aufmerksamkeit, „als mein Prozeß etwa so alt war wie jetzt Ihr Prozeß. Ich hatte damals nur diesen Advokaten, war aber nicht sehr mit ihm zufrieden.“ Hier erfahre ich ja alles, dachte K. und nickte lebhaft mit dem Kopf, als könne er dadurch den Kaufmann aufmuntern, alles Wissenswerte zu sagen. „Mein Prozeß“, fuhr der Kaufmann fort, „kam nicht vorwärts, es fanden zwar Untersuchungen statt, ich kam auch zu jeder, sammelte Material, erlegte alle meine Geschäftsbücher bei Gericht, was, wie ich später erfuhr, nicht einmal nötig war, ich lief immer wieder zum Advokaten, er brachte auch verschiedene Eingaben ein –.“ „Verschiedene Eingaben?“, fragte K. „Ja, gewiß“, sagte der Kaufmann. „Das ist mir sehr wichtig“, sagte K., „in meinem Fall arbeitet er noch immer an der ersten Eingabe. Er hat noch nichts getan. Ich sehe jetzt, er vernachlässigt mich schändlich.“ „Daß die Eingabe noch nicht fertig ist, kann verschiedene berechtigte Gründe haben“, sagte der Kaufmann. „Übrigens hatte es sich bei meinen Eingaben später gezeigt, daß sie ganz wertlos waren. Ich habe sogar eine durch das Entgegenkommen eines Gerichtsbeamten selbst gelesen. Sie war zwar gelehrt, aber eigentlich inhaltlos. Vor allem sehr viel Latein, das ich nicht verstehe, dann seitenlange allgemeine Anrufungen des Gerichtes, dann Schmeicheleien für einzelne bestimmte Beamte, die zwar nicht genannt waren, die aber ein Eingeweihter jedenfalls erraten mußte, dann Selbstlob des Advokaten, wobei er sich auf geradezu hündische Weise vor dem Gericht demütigte, und endlich Untersuchungen von Rechtsfällen aus alter Zeit, die dem meinigen ähnlich sein sollten. Diese Untersuchungen waren allerdings, soweit ich ihnen folgen konnte, sehr sorgfältig gemacht. Ich will auch mit diesem allen kein Urteil über die Arbeit des Advokaten abgeben, auch war die Eingabe, die ich gelesen habe, nur eine unter mehreren, jedenfalls aber, und davon will ich jetzt sprechen, konnte ich damals in meinem Prozeß keinen Fortschritt sehen.“ „Was für einen Fortschritt wollten Sie denn sehen?“, fragte K. „Sie fragen ganz vernünftig“, sagte der Kaufmann lächelnd, „man kann in diesem Verfahren nur selten Fortschritte sehen. Aber damals wußte ich das nicht. Ich bin Kaufmann und war es damals noch viel mehr als heute, ich wollte greifbare Fortschritte haben, das Ganze sollte sich zum Ende neigen oder wenigstens den regelrechten Aufstieg nehmen. Statt dessen gab es nur Einvernehmungen, die meist den gleichen Inhalt hatten; die Antworten hatte ich schon bereit wie eine Litanei; mehrmals in der Woche kamen Gerichtsboten in mein Geschäft, in meine Wohnung oder wo sie mich sonst antreffen konnten; das war natürlich störend (heute ist es wenigstens in dieser Hinsicht viel besser, der telephonische Anruf stört viel weniger), auch unter meinen Geschäftsfreunden, insbesondere aber unter meinen Verwandten, fingen Gerüchte von meinem Prozeß sich zu verbreiten an, Schädigungen gab es also von allen Seiten, aber nicht das geringste

Anzeichen sprach dafür, daß auch nur die erste Gerichtsverhandlung in der nächsten Zeit stattfinden würde. Ich ging also zum Advokaten und beklagte mich. Er gab mir zwar lange Erklärungen, lehnte es aber entschieden ab, etwas in meinem Sinne zu tun, niemand habe Einfluß auf die Festsetzung der Verhandlung, in einer Eingabe darauf zu dringen — wie ich es verlangte –, sei einfach unerhört und würde mich und ihn verderben. Ich dachte: Was dieser Advokat nicht will oder kann, wird ein anderer wollen und können. Ich sah mich also nach anderen Advokaten um. Ich will es gleich vorwegnehmen: keiner hat die Festsetzung der Hauptverhandlung verlangt oder durchgesetzt, es ist, allerdings mit einem Vorbehalt, von dem ich noch sprechen werde, wirklich unmöglich, hinsichtlich dieses Punktes hat mich also dieser Advokat nicht getäuscht; im übrigen aber hatte ich es nicht zu bedauern, mich noch an andere Advokaten gewendet zu haben. Sie dürften wohl von Dr. Huld auch schon manches über die Winkeladvokaten gehört haben, er hat sie Ihnen wahrscheinlich als sehr verächtlich dargestellt, und das sind sie wirklich. Allerdings unterläuft ihm immer, wenn er von ihnen spricht und sich und seine Kollegen zu ihnen in Vergleich setzt, ein kleiner Fehler, auf den ich Sie ganz nebenbei auch aufmerksam machen will. Er nennt dann immer die Advokaten seines Kreises zur Unterscheidung die „großen Advokaten“. Das ist falsch, es kann sich natürlich jeder „groß“ nennen, wenn es ihm beliebt, in diesem Fall aber entscheidet doch nur der Gerichtsgebrauch. Nach diesem gibt es nämlich außer den Winkeladvokaten noch kleine und große Advokaten. Dieser Advokat und seine Kollegen sind jedoch nur die kleinen Advokaten, die großen Advokaten aber, von denen ich nur gehört und die ich nie gesehen habe, stehen im Rang unvergleichlich höher über den kleinen Advokaten als diese über den verachteten Winkeladvokaten.“ „Die großen Advokaten?“, fragte K. „Wer sind denn die? Wie kommt man zu ihnen?“ „Sie haben also noch nie von ihnen gehört“, sagte der Kaufmann. „Es gibt kaum einen Angeklagten, der nicht, nachdem er von ihnen erfahren hat, eine Zeitlang von ihnen träumen würde. Lassen Sie sich lieber nicht dazu verführen. Wer die großen Advokaten sind, weiß ich nicht, und zu ihnen kommen kann man wohl gar nicht. Ich kenne keinen Fall, von dem sich mit Bestimmtheit sagen ließe, daß sie eingegriffen hätten. Manchen verteidigen sie, aber durch eigenen Willen kann man das nicht erreichen, sie verteidigen nur den, den sie verteidigen wollen. Die Sache, deren sie sich annehmen, muß aber wohl über das niedrige Gericht schon hinausgekommen sein. Im übrigen ist es besser, nicht an sie zu denken, denn sonst kommen einem die Besprechungen mit den anderen Advokaten, deren Ratschläge und deren Hilfeleistungen so widerlich und nutzlos vor, ich habe es selbst erfahren, daß man am liebsten alles wegwerfen, sich zu Hause ins Bett legen und von nichts mehr hören wollte. Das wäre aber natürlich wieder das Dümmste, auch hätte man im Bett nicht lange Ruhe.“ „Sie dachten damals also nicht an die großen Advokaten?“, fragte K. „Nicht lange“, sagte der Kaufmann und lächelte wieder, „vollständig vergessen kann man sie leider nicht, besonders die Nacht ist solchen Gedanken günstig. Aber damals wollte ich ja sofortige Erfolge, ich ging daher zu den Winkeladvokaten.“

„Wie ihr hier beieinander sitzt!“, rief Leni, die mit der Tasse zurückgekommen war und in der Tür stehenblieb. Sie saßen wirklich eng beisammen, bei der kleinsten Wendung mußten sie mit den Köpfen aneinanderstoßen, der Kaufmann, der, abgesehen von seiner Kleinheit, auch noch den Rücken gekrümmt hielt, hatte K. gezwungen, sich auch tief zu bücken, wenn er alles hören wollte. „Noch ein Weilchen!“, rief K. Leni abwehrend zu und zuckte ungeduldig mit der Hand, die er noch immer auf des Kaufmanns Hand liegen hatte. „Er wollte, daß ich ihm von meinem Prozeß erzähle“, sagte der Kaufmann zu Leni. „Erzähle nur, erzähle“, sagte diese. Sie sprach mit dem Kaufmann liebevoll, aber doch auch herablassend, K. gefiel das nicht; wie er jetzt erkannt hatte, hatte der Mann doch einen gewissen Wert, zumindest hatte er Erfahrungen, die er gut mitzuteilen verstand. Leni beurteilte ihn wahrscheinlich unrichtig. Er sah ärgerlich zu, als Leni jetzt dem Kaufmann die Kerze, die er die ganze Zeit über festgehalten hatte, abnahm, ihm die Hand mit ihrer Schürze abwischte und dann neben ihm niederkniete, um etwas Wachs wegzukratzen, das von der Kerze auf seine Hose getropft war. „Sie wollten mir von den Winkeladvokaten erzählen“, sagte K. und schob, ohne eine weitere Bemerkung, Lenis Hand weg. „Was willst du denn?“, fragte Leni, schlug leicht nach K. und setzte ihre Arbeit fort. „Ja, von den Winkeladvokaten“, sagte der Kaufmann und fuhr sich über die Stirn, als denke er nach. K. wollte ihm nachhelfen und sagte: „Sie wollten sofortige Erfolge haben und gingen deshalb zu den Winkeladvokaten.“ „Ganz richtig“, sagte der Kaufmann, setzte aber nicht fort. „Er will vielleicht vor Leni nicht davon sprechen“, dachte K., bezwang seine Ungeduld, das Weitere gleich jetzt zu hören, und drang nun nicht mehr weiter in ihn.

„Hast du mich angemeldet?“, fragte er Leni. „Natürlich“, sagte diese, „er wartet auf dich. Laß jetzt Block, mit Block kannst du auch später reden, er bleibt doch hier.“ K. zögerte noch. „Sie bleiben hier?“, fragte er den Kaufmann, er wollte dessen eigene Antwort, er wollte nicht, daß Leni vom Kaufmann wie von einem Abwesenden sprach, er war heute gegen Leni voll geheimen Ärgers. Und wieder antwortete nur Leni: „Er schläft hier öfters.“ „Schläft hier?“, rief K., er hatte gedacht, der Kaufmann werde hier nur auf ihn warten, während er die Unterredung mit dem Advokaten rasch erledigen würde, dann aber würden sie gemeinsam fortgehen und alles gründlich und ungestört besprechen. „Ja“, sagte Leni, „nicht jeder wird wie du, Josef, zu beliebiger Stunde beim Advokaten vorgelassen. Du scheinst dich ja gar nicht darüber zu wundern, daß dich der Advokat trotz seiner Krankheit noch um elf Uhr nachts empfängt. Du nimmst das, was deine Freunde für dich tun, doch als gar zu selbstverständlich an. Nun, deine Freunde oder zumindest ich, tun es gerne. Ich will keinen anderen Dank und brauche auch keinen anderen, als daß du mich liebhast." „Dich liebhaben?", dachte K. im ersten Augenblick, erst dann ging es ihm durch den Kopf: „Nun ja, ich habe sie lieb." Trotzdem sagte er, alles andere vernachlässigend: „Er empfängt mich, weil ich sein Klient bin. Wenn auch dafür noch fremde Hilfe nötig wäre, müßte man bei jedem Schritt immer gleichzeitig betteln und danken." „Wie schlimm er heute ist, nicht?", fragte Leni den Kaufmann. „Jetzt bin ich der Abwesende", dachte K. und wurde fast sogar auf den Kaufmann böse, als dieser, die Unhöflichkeit Lenis übernehmend, sagte: „Der Advokat empfängt ihn auch noch aus anderen Gründen. Sein Fall ist nämlich interessanter als der meine. Außerdem aber ist sein Prozeß in den Anfängen, also wahrscheinlich noch nicht sehr verfahren, da beschäftigt sich der Advokat noch gern mit ihm. Später wird das anders werden." „Ja, ja", sagte Leni und sah den Kaufmann lachend an, „wie er schwatzt! Ihm darfst du nämlich", hierbei wandte sie sich an K., „gar nichts glauben. So lieb er ist, so geschwätzig ist er. Vielleicht mag ihn der Advokat auch deshalb nicht leiden. Jedenfalls empfängt er ihn nur, wenn er in Laune ist. Ich habe mir schon viel Mühe gegeben, das zu ändern, aber es ist unmöglich. Denke nur, manchmal melde ich Block an, er empfängt ihn aber erst am dritten Tag nachher. Ist Block aber zu der Zeit, wenn er vorgerufen wird, nicht zur Stelle, so ist alles verloren und er muß von neuem angemeldet werden. Deshalb habe ich Block erlaubt, hier zu schlafen, es ist ja schon vorgekommen, daß er in der Nacht um ihn geläutet hat. Jetzt ist also Block auch in der Nacht bereit. Allerdings geschieht es jetzt wieder, daß der Advokat, wenn es sich zeigt, daß Block da ist, seinen Auftrag, ihn vorzulassen, manchmal widerruft." K. sah fragend zum Kaufmann hin. Dieser nickte und sagte, so offen wie er früher mit K. gesprochen hatte, vielleicht war er zerstreut vor Beschämung: „Ja, man wird später sehr abhängig von seinem Advokaten." „Er klagt ja nur zum Schein", sagte Leni. „Er schläft ja hier sehr gern, wie er mir schon oft gestanden hat." Sie ging zu einer kleinen Tür und stieß sie auf. „Willst du sein Schlafzimmer sehen?", fragte sie. K. ging hin und sah von der Schwelle aus in den niedrigen fensterlosen Raum, der von einem schmalen Bett vollständig ausgefüllt war. In dieses Bett mußte man über den Bettpfosten steigen. Am Kopfende des Bettes war eine Vertiefung in der Mauer, dort standen, peinlich geordnet, eine Kerze, Tintenfaß und Feder sowie ein Bündel Papiere, wahrscheinlich Prozeßschriften. „Sie schlafen im Dienstmädchenzimmer?", fragte K. und wendete sich zum Kaufmann zurück. „Leni hat es mir eingeräumt", antwortete der Kaufmann, „es ist sehr vorteilhaft." K. sah ihn lange an; der erste Eindruck, den er von dem Kaufmann erhalten hatte, war vielleicht doch der richtige gewesen; Erfahrungen hatte er, denn sein Prozeß dauerte schon lange, aber er hatte diese Erfahrungen teuer bezahlt. Plötzlich ertrug K. den Anblick des Kaufmanns nicht mehr. „Bring ihn doch ins Bett!“, rief er Leni zu, die ihn gar nicht zu verstehen schien. Er selbst aber wollte zum Advokaten gehen und durch die Kündigung sich nicht nur vom Advokaten, sondern auch von Leni und dem Kaufmann befreien. Aber noch ehe er zur Tür gekommen war, sprach ihn der Kaufmann mit leiser Stimme an: „Herr Prokurist“, K. wandte sich mit bösem Gesicht um. „Sie haben Ihr Versprechen vergessen“, sagte der Kaufmann und streckte sich von seinem Sitz aus bittend K. entgegen. „Sie wollten mir noch ein Geheimnis sagen.“ „Wahrhaftig“, sagte K. und streifte auch Leni, die ihn aufmerksam ansah, mit einem Blick, „also hören Sie: es ist allerdings fast kein Geheimnis mehr. Ich gehe jetzt zum Advokaten, um ihn zu entlassen.“ „Er entläßt ihn!“, rief der Kaufmann, sprang vom Sessel und lief mit erhobenen Armen in der Küche umher. Immer wieder rief er: „Er entläßt den Advokaten!“ Leni wollte gleich auf K. losfahren, aber der Kaufmann kam ihr in den Weg, wofür sie ihm mit den Fäusten einen Hieb gab. Noch mit den zu Fäusten geballten Händen lief sie dann hinter K., der aber einen großen Vorsprung hatte. Er war schon in das Zimmer des Advokaten eingetreten, als ihn Leni einholte. Die Tür hatte er hinter sich fast geschlossen, aber Leni, die mit dem Fuß den Türflügel offenhielt, faßte ihn beim Arm und wollte ihn zurückziehen. Aber er drückte ihr Handgelenk so stark, daß sie unter einem Seufzer ihn loslassen mußte. Ins Zimmer einzutreten, wagte sie nicht gleich, K. aber versperrte die Tür mit dem Schlüssel.

„Ich warte schon sehr lange auf Sie“, sagte der Advokat vom Bett aus, legte ein Schriftstück, das er beim Licht einer Kerze gelesen hatte, auf das Nachttischchen und setzte sich eine Brille auf, mit der er K. scharf ansah. Statt sich zu entschuldigen, sagte K.: „Ich gehe bald wieder weg.“ Der Advokat hatte K.s Bemerkung, weil sie keine Entschuldigung war, unbeachtet gelassen und sagte: „Ich werde Sie nächstens zu dieser späten Stunde nicht mehr vorlassen.“ „Das kommt meinem Anliegen entgegen“, sagte K. Der Advokat sah ihn fragend an. „Setzen Sie sich“, sagte er. „Weil Sie es wünschen“, sagte K., zog einen Sessel zum Nachttischchen und setzte sich. „Es schien mir, daß Sie die Tür abgesperrt haben“, sagte der Advokat. „Ja“, sagte K., „es war Lenis wegen.“ Er hatte nicht die Absicht, irgend jemanden zu schonen. Aber der Advokat fragte: „War sie wieder zudringlich?“ „Zudringlich?“, fragte K. „Ja“, sagte der Advokat, er lachte dabei, bekam einen Hustenanfall und begann, nachdem dieser vergangen war, wieder zu lachen. „Sie haben doch wohl ihre Zudringlichkeit schon bemerkt?“, fragte er und klopfte K. auf die Hand, die dieser zerstreut auf das Nachttischchen gestützt hatte und die er jetzt rasch zurückzog. „Sie legen dem nicht viel Bedeutung bei“, sagte der Advokat, als K. schwieg, „desto besser. Sonst hätte ich mich vielleicht bei Ihnen entschuldigen müssen. Es ist eine Sonderbarkeit Lenis, die ich ihr übrigens längst verziehen habe und von der ich auch nicht reden würde, wenn Sie nicht eben jetzt die Tür abgesperrt hätten. Diese Sonderbarkeit, Ihnen allerdings müßte ich sie wohl am wenigsten erklären, aber Sie sehen mich so bestürzt an und deshalb tue ich es, diese Sonderbarkeit besteht darin, daß Leni die meisten Angeklagten schön findet. Sie hängt sich an alle, liebt alle, scheint allerdings auch von allen geliebt zu werden; um mich zu unterhalten, erzählt sie mir dann, wenn ich es erlaube, manchmal davon. Ich bin über das Ganze nicht so erstaunt, wie Sie es zu sein scheinen. Wenn man den richtigen Blick dafür hat, findet man die Angeklagten wirklich oft schön. Das allerdings ist eine merkwürdige, gewissermaßen naturwissenschaftliche Erscheinung. Es tritt natürlich als Folge der Anklage nicht etwa eine deutliche, genau zu bestimmende Veränderung des Aussehens ein. Es ist doch nicht wie bei anderen Gerichtssachen, die meisten bleiben in ihrer gewöhnlichen Lebensweise und werden, wenn sie einen guten Advokaten haben, der für sie sorgt, durch den Prozeß nicht behindert. Trotzdem sind diejenigen, welche darin Erfahrung haben, imstande, aus der größten Menge die Angeklagten, Mann für Mann, zu erkennen. Woran? werden Sie fragen. Meine Antwort wird Sie nicht befriedigen. Die Angeklagten sind eben die Schönsten. Es kann nicht die Schuld sein, die sie schön macht, denn — so muß wenigstens ich als Advokat sprechen — es sind doch nicht alle schuldig, es kann auch nicht die richtige Strafe sein, die sie jetzt schon schön macht, denn es werden doch nicht alle bestraft, es kann also nur an dem gegen sie erhobenen Verfahren liegen, das ihnen irgendwie anhaftet. Allerdings gibt es unter den Schönen auch besonders schöne. Schön sind aber alle, selbst Block, dieser elende Wurm."

K. war, als der Advokat geendet hatte, vollständig gefaßt, er hatte sogar zu den letzten Worten auffallend genickt und sich so selbst die Bestätigung seiner alten Ansicht gegeben, nach welcher der Advokat ihn immer und so auch diesmal durch allgemeine Mitteilungen, die nicht zur Sache gehörten, zu zerstreuen und von der Hauptfrage, was er an tatsächlicher Arbeit für K.s Sache getan hatte, abzulenken suchte. Der Advokat merkte wohl, daß ihm K. diesmal mehr Widerstand leistete als sonst, denn er verstummte jetzt, um K. die Möglichkeit zu geben, selbst zu sprechen, und fragte dann, da K. stumm blieb: „Sind Sie heute mit einer bestimmten Absicht zu mir gekommen?" „Ja", sagte K. und blendete mit der Hand ein wenig die Kerze ab, um den Advokaten besser zu sehen, „ich wollte Ihnen sagen, daß ich Ihnen mit dem heutigen Tage meine Vertretung entziehe." „Verstehe ich Sie recht?", fragte der Advokat, erhob sich halb im Bett und stützte sich mit einer Hand auf die Kissen. „Ich nehme es an", sagte K., der straff aufgerichtet, wie auf der Lauer, dasaß. „Nun, wir können ja auch diesen Plan besprechen", sagte der Advokat nach einem Weilchen. „Es ist kein Plan mehr", sagte K. „Mag sein", sagte der Advokat, „wir wollen aber trotzdem nichts übereilen.“ Er gebrauchte das Wort „wir“, als habe er nicht die Absicht, K. freizulassen, und als wolle er, wenn er schon nicht sein Vertreter sein dürfte, wenigstens sein Berater bleiben. „Es ist nicht übereilt“, sagte K., stand langsam auf und trat hinter seinen Sessel, „es ist gut überlegt und vielleicht sogar zu lange. Der Entschluß ist endgültig.“ „Dann erlauben Sie mir nur noch einige Worte“, sagte der Advokat, hob das Federbett weg und setzte sich auf den Bettrand. Seine nackten, weißhaarigen Beine zitterten vor Kälte. Er bat K., ihm vom Kanapee eine Decke zu reichen. K. holte die Decke und sagte: „Sie setzen sich ganz unnötig einer Verkühlung aus.“ „Der Anlaß ist wichtig genug“, sagte der Advokat, während er mit dem Federbett den Oberkörper umhüllte und dann die Beine in die Decke einwickelte. „Ihr Onkel ist mein Freund, und auch Sie sind mir im Laufe der Zeit lieb geworden. Ich gestehe das offen ein. Ich brauche mich dessen nicht zu schämen.“ Diese rührseligen Reden des alten Mannes waren K. sehr unwillkommen, denn sie zwangen ihn zu einer ausführlicheren Erklärung, die er gern vermieden hätte, und sie beirrten ihn außerdem, wie er sich offen eingestand, wenn sie allerdings auch seinen Entschluß niemals rückgängig machen konnten. „Ich danke Ihnen für Ihre freundliche Gesinnung“, sagte er, „ich erkenne auch an, daß Sie sich meiner Sache so sehr angenommen haben, wie es Ihnen möglich ist und wie es Ihnen für mich vorteilhaft scheint. Ich jedoch habe in der letzten Zeit die Überzeugung gewonnen, daß das nicht genügend ist. Ich werde natürlich niemals versuchen, Sie, einen soviel älteren und erfahreneren Mann, von meiner Ansicht überzeugen zu wollen; wenn ich es manchmal unwillkürlich versucht habe, so verzeihen Sie mir, die Sache aber ist, wie Sie sich selbst ausdrückten, wichtig genug, und es ist meiner Überzeugung nach notwendig, viel kräftiger in den Prozeß einzugreifen, als es bisher geschehen ist.“ „Ich verstehe Sie“, sagte der Advokat, „Sie sind ungeduldig.“ „Ich bin nicht ungeduldig“, sagte K. ein wenig gereizt und achtete nicht mehr soviel auf seine Worte. „Sie dürften bei meinem ersten Besuch, als ich mit meinem Onkel zu Ihnen kam, bemerkt haben, daß mir an dem Prozeß nicht viel lag, wenn man mich nicht gewissermaßen gewaltsam an ihn erinnerte, vergaß ich ihn vollständig. Aber mein Onkel bestand darauf, daß ich Ihnen meine Vertretung übergebe, ich tat es, um ihm gefällig zu sein. Und nun hätte man doch erwarten sollen, daß mir der Prozeß noch leichter fallen würde als bis dahin, denn man übergibt doch dem Advokaten die Vertretung, um die Last des Prozesses ein wenig von sich abzuwälzen. Es geschah aber das Gegenteil. Niemals früher hatte ich so große Sorgen wegen des Prozesses wie seit der Zeit, seitdem Sie mich vertreten. Als ich allein war, unternahm ich nichts in meiner Sache, aber ich fühlte es kaum, jetzt dagegen hatte ich einen Vertreter, alles war dafür eingerichtet, daß etwas geschehe, unaufhörlich und immer gespannter erwartete ich Ihr Eingreifen, aber es blieb aus. Ich bekam von Ihnen allerdings verschiedene Mitteilungen über das Gericht, die ich vielleicht von niemandem sonst hätte bekommen können. Aber das kann mir nicht genügen, wenn mir jetzt der Prozeß, förmlich im geheimen, immer näher an den Leib rückt." K. hatte den Sessel von sich gestoßen und stand, die Hände in den Rocktaschen, aufrecht da. „Von einem gewissen Zeitpunkt der Praxis an", sagte der Advokat leise und ruhig, „ereignet sich nichts wesentlich Neues mehr. Wie viele Parteien sind in ähnlichen Stadien der Prozesse ähnlich wie Sie vor mir gestanden und haben ähnlich gesprochen!" „Dann haben", sagte K., „alle diese ähnlichen Parteien ebenso recht gehabt wie ich. Das widerlegt mich gar nicht." „Ich wollte Sie damit nicht widerlegen", sagte der Advokat, „ich wollte aber noch hinzufügen, daß ich bei Ihnen mehr Urteilskraft erwartet hätte als bei den anderen, besonders da ich Ihnen mehr Einblick in das Gerichtswesen und in meine Tätigkeit gegeben habe, als ich es sonst Parteien gegenüber tue. Und nun muß ich sehen, daß Sie trotz allem nicht genügend Vertrauen zu mir haben. Sie machen es mir nicht leicht." Wie sich der Advokat vor K. demütigte! Ohne jede Rücksicht auf die Standesehre, die gewiß gerade in diesem Punkte am empfindlichsten ist. Und warum tat er das? Er war doch dem Anschein nach ein vielbeschäftigter Advokat und überdies ein reicher Mann, es konnte ihm an und für sich weder an dem Verdienst entgang noch an dem Verlust eines Klienten viel liegen. Außerdem war er kränklich und hätte selbst darauf bedacht sein sollen, daß ihm Arbeit abgenommen werde. Und trotzdem hielt er K. so fest! Warum? War es persönliche Anteilnahme für den Onkel oder sah er K.s Prozeß wirklich für so außerordentlich an und hoffte, sich darin auszuzeichnen, entweder für K. oder — diese Möglichkeit war eben niemals auszuschließen — für die Freunde beim Gericht? An ihm selbst war nichts zu erkennen, so rücksichtslos prüfend ihn auch K. ansah. Man hätte fast annehmen können, er warte mit absichtlich verschlossener Miene die Wirkung seiner Worte ab. Aber er deutete offenbar das Schweigen K.s für sich allzu günstig, wenn er jetzt fortfuhr: „Sie werden bemerkt haben, daß ich zwar eine große Kanzlei habe, aber keine Hilfskräfte beschäftige. Das war früher anders, es gab eine Zeit, wo einige junge Juristen für mich arbeiteten, heute arbeite ich allein. Es hängt dies zum Teil mit der Änderung meiner Praxis zusammen, indem ich mich immer mehr auf Rechtssachen von der Art der Ihrigen beschränkte, zum Teil mit der immer tieferen Erkenntnis, die ich von diesen Rechtssachen erhielt. Ich fand, daß ich diese Arbeit niemandem überlassen dürfe, wenn ich mich nicht an meinen Klienten und an der Aufgabe, die ich übernommen hatte, versündigen wollte. Der Entschluß aber, alle Arbeit selbst zu leisten, hatte die natürlichen Folgen: ich mußte fast alle Ansuchen um Vertretungen abweisen und konnte nur denen nachgeben, die mir besonders nahegingen — nun, es gibt ja genug Kreaturen, und sogar ganz in der Nähe, die sich auf jeden Brocken stürzen, den ich wegwerfe. Und außerdem wurde ich vor Überanstrengung krank. Aber trotzdem bereue ich meinen Entschluß nicht, es ist möglich, daß ich mehr Vertretungen hätte abweisen sollen, als ich getan habe, daß ich aber den übernommenen Prozessen mich ganz hingegeben habe, hat sich als unbedingt notwendig herausgestellt und durch die Erfolge belohnt. Ich habe einmal in einer Schrift den Unterschied sehr schön ausgedrückt gefunden, der zwischen der Vertretung in gewöhnlichen Rechtssachen und der Vertretung in diesen Rechtssachen besteht. Es hieß dort: der Advokat führt seinen Klienten an einem Zwirnsfaden bis zum Urteil, der andere aber hebt seinen Klienten gleich auf die Schultern und trägt ihn, ohne ihn abzusetzen, zum Urteil und noch darüber hinaus. So ist es. Aber es war nicht ganz richtig, wenn ich sagte, daß ich diese große Arbeit niemals bereue. Wenn sie, wie in Ihrem Fall, so vollständig verkannt wird, dann, nun dann bereue ich fast." K. wurde durch diese Reden mehr ungeduldig als überzeugt. Er glaubte irgendwie aus dem Tonfall des Advokaten herauszuhören, was ihn erwartete, wenn er nachgäbe, wieder würden die Vertröstungen beginnen, die Hinweise auf die fortschreitende Eingabe, auf die gebesserte Stimmung der Gerichtsbeamten, aber auch auf die großen Schwierigkeiten, die sich der Arbeit entgegenstellten, — kurz, all das bis zum Überdruß Bekannte würde hervorgeholt werden, um K. wieder mit unbestimmten Hoffnungen zu täuschen und mit unbestimmten Drohungen zu quälen. Das mußte endgültig verhindert werden, er sagte deshalb: „Was wollen Sie in meiner Sache unternehmen, wenn Sie die Vertretung behalten?" Der Advokat fügte sich sogar dieser beleidigenden Frage und antwortete: „In dem, was ich für Sie bereits unternommen habe, weiter fortfahren." „Ich wußte es ja", sagte K., „nun ist aber jedes weitere Wort überflüssig." „Ich werde noch einen Versuch machen", sagte der Advokat, als geschehe das, was K. erregte, nicht K., sondern ihm. „Ich habe nämlich die Vermutung, daß Sie nicht nur zu der falschen Beurteilung meines Rechtsbeistandes, sondern auch zu Ihrem sonstigen Verhalten dadurch verleitet werden, daß man Sie, obwohl Sie Angeklagter sind, zu gut behandelt oder, richtiger ausgedrückt, nachlässig, scheinbar nachlässig behandelt. Auch dieses letztere hat seinen Grund; es ist oft besser, in Ketten, als frei zu sein. Aber ich möchte Ihnen doch zeigen, wie andere Angeklagte behandelt werden, vielleicht gelingt es Ihnen, daraus eine Lehre zu nehmen. Ich werde jetzt nämlich Block vorrufen, sperren Sie die Tür auf und setzen Sie sich hier neben den Nachttisch!" „Gerne", sagte K. und tat, was der Advokat verlangt hatte; zu lernen war er immer bereit. Um sich aber für jeden Fall zu sichern, fragte er noch: „Sie haben aber zur Kenntnis genommen, daß ich Ihnen meine Vertretung entziehe?" „Ja", sagte der Advokat, „Sie können es aber heute noch rückgängig machen." Er legte sich wieder ins Bett zurück, zog das Federbett bis zum Kinn und drehte sich der Wand zu. Dann läutete er.

Fast gleichzeitig mit dem Glockenzeichen erschien Leni, sie suchte durch rasche Blicke zu erfahren, was geschehen war; daß K. ruhig beim Bett des Advokaten saß, schien ihr beruhigend. Sie nickte K., der sie starr ansah, lächelnd zu. „Hole Block“, sagte der Advokat. Statt ihn aber zu holen, trat sie nur vor die Tür, rief: „Block! Zum Advokaten!“ und schlüpfte dann, wahrscheinlich weil der Advokat zur Wand abgekehrt blieb und sich um nichts kümmerte, hinter K.s Sessel. Sie störte ihn von nun ab, indem sie sich über die Sessellehne vorbeugte oder mit den Händen, allerdings sehr zart und vorsichtig, durch sein Haar fuhr und über seine Wangen strich. Schließlich suchte K. sie daran zu hindern, indem er sie bei einer Hand erfaßte, die sie ihm nach einigem Widerstreben überließ.

Block war auf den Anruf hin gleich gekommen, blieb aber vor der Tür stehen und schien zu überlegen, ob er eintreten sollte. Er zog die Augenbrauen hoch und neigte den Kopf, als horche er, ob sich der Befehl, zum Advokaten zu kommen, wiederholen würde. K. hätte ihn zum Eintreten aufmuntern können, aber er hatte sich vorgenommen, nicht nur mit dem Advokaten, sondern mit allem, was hier in der Wohnung war, endgültig zu brechen und verhielt sich deshalb regungslos. Auch Leni schwieg. Block merkte, daß ihn wenigstens niemand verjage und trat auf den Fußspitzen ein, das Gesicht gespannt, die Hände auf dem Rücken verkrampft. Die Tür hatte er für einen möglichen Rückzug offen gelassen. K. blickte er gar nicht an, sondern immer nur das hohe Federbett, unter dem der Advokat, da er sich ganz nahe an die Wand geschoben hatte, nicht einmal zu sehen war. Da hörte man aber seine Stimme: „Block hier?“, fragte er. Diese Frage gab Block, der schon eine große Strecke weitergerückt war, förmlich einen Stoß in die Brust und dann einen in den Rücken, er taumelte, blieb tief gebückt stehen und sagte: „Zu dienen.“ „Was willst du?“, fragte der Advokat, „du kommst ungelegen.“ „Wurde ich nicht gerufen?“, fragte Block mehr sich selbst als den Advokaten, hielt die Hände zum Schutze vor und war bereit, wegzulaufen. „Du wurdest gerufen“, sagte der Advokat, „trotzdem kommst du ungelegen.“ Und nach einer Pause fügte er hinzu: „Du kommst immer ungelegen.“ Seitdem der Advokat sprach, sah Block nicht mehr auf das Bett hin, er starrte vielmehr irgendwo in eine Ecke und lauschte nur, als sei der Anblick des Sprechers zu blendend, als daß er ihn ertragen könnte. Es war aber auch das Zuhören schwer, denn der Advokat sprach gegen die Wand, und zwar leise und schnell. „Wollt Ihr, daß ich weggehe?“, fragte Block. „Nun bist du einmal da“, sagte der Advokat. „Bleib!“ Man hätte glauben können, der Advokat habe nicht Blocks Wunsch erfüllt, sondern ihm, etwa mit Prügeln, gedroht, denn jetzt fing Block wirklich zu zittern an. „Ich war gestern“, sagte der Advokat, „beim Dritten Richter, meinem Freund, und habe allmählich das Gespräch auf dich gelenkt. Willst du wissen, was er sagte?“ „O bitte“, sagte Block. Da der Advokat nicht gleich antwortete, wiederholte Block nochmals die Bitte und neigte sich, als wolle er niederknien. Da fuhr ihn aber K. an: „Was tust du?“, rief er. Da ihn Leni an dem Ausruf hatte hindern wollen, faßte er auch ihre zweite Hand. Es war nicht der Druck der Liebe, mit dem er sie festhielt, sie seufzte auch öfters und suchte ihm die Hände zu entwinden. Für K.s Ausruf aber wurde Block gestraft, denn der Advokat fragte ihn: „Wer ist denn dein Advokat?“ „Ihr seid es“, sagte Block. „Und außer mir?“, fragte der Advokat. „Niemand außer Euch“, sagte Block. „Dann folge auch niemandem sonst“, sagte der Advokat. Block erkannte das vollständig an, er maß K. mit bösen Blicken und schüttelte heftig gegen ihn den Kopf. Hätte man dieses Benehmen in Worte übersetzt, so wären es grobe Beschimpfungen gewesen. Mit diesem Menschen hatte K. freundschaftlich über seine eigene Sache reden wollen! „Ich werde dich nicht mehr stören“, sagte K., in den Sessel zurückgelehnt. „Knie nieder oder krieche auf allen vieren, tu, was du willst. Ich werde mich darum nicht kümmern.“ Aber Block hatte doch Ehrgefühl, wenigstens gegenüber K., denn er ging, mit den Fäusten fuchtelnd, auf ihn zu, und rief so laut, als er es nur in der Nähe des Advokaten wagte: „Sie dürfen nicht so mit mir reden, das ist nicht erlaubt. Warum beleidigen Sie mich? Und überdies noch hier, vor dem Herrn Advokaten, wo wir beide, Sie und ich, nur aus Barmherzigkeit geduldet sind? Sie sind kein besserer Mensch als ich, denn Sie sind auch angeklagt und haben auch einen Prozeß. Wenn Sie aber trotzdem noch ein Herr sind, dann bin ich ein ebensolcher Herr, wenn nicht gar ein noch größerer. Und ich will auch als ein solcher angesprochen werden, gerade von Ihnen. Wenn Sie sich aber dadurch für bevorzugt halten, daß Sie hier sitzen und ruhig zuhören dürfen, während ich, wie Sie sich ausdrücken, auf allen vieren krieche, dann erinnere ich Sie an den alten Rechtsspruch: für den Verdächtigen ist Bewegung besser als Ruhe, denn der, welcher ruht, kann immer, ohne es zu wissen, auf einer Waagschale sein und mit seinen Sünden gewogen werden.“ K. sagte nichts, er staunte nur mit unbeweglichen Augen diesen verwirrten Menschen an. Was für Veränderungen waren mit ihm nur schon in der letzten Stunde vor sich gegangen! War es der Prozeß, der ihn so hin und her warf und ihn nicht erkennen ließ, wo Freund und wo Feind war? Sah er denn nicht, daß der Advokat ihn absichtlich demütigte und diesmal nichts anderes bezweckte, als sich vor K. mit seiner Macht zu brüsten und sich dadurch vielleicht auch K. zu unterwerfen? Wenn Block aber nicht fähig war, das zu erkennen oder wenn er den Advokaten so sehr fürchtete, daß ihm jene Erkenntnis nichts helfen konnte, wie kam es, daß er doch wieder so schlau oder so kühn war, den Advokaten zu betrügen und ihm zu verschweigen, daß er außer ihm noch andere Advokaten für sich arbeiten ließ? Und wie wagte er es, K. anzugreifen, da dieser doch gleich sein Geheimnis verraten konnte? Aber er wagte noch mehr, er ging zum Bett des Advokaten und begann, sich nun auch dort über K. zu beschweren: „Herr Advokat“, sagte er, „habt Ihr gehört, wie dieser Mann mit mir gesprochen hat? Man kann noch die Stunden seines Prozesses zählen, und schon will er mir, einem Mann, der fünf Jahre im Prozesse steht, gute Lehren geben. Er beschimpft mich sogar. Weiß nichts und beschimpft mich, der ich, soweit meine schwachen Kräfte reichen, genau studiert habe, was Anstand, Pflicht und Gerichtsgebrauch verlangt.“ „Kümmere dich um niemanden“, sagte der Advokat, „und tue, was dir richtig scheint.“ „Gewiß“, sagte Block, als spreche er sich selbst Mut zu, und kniete unter einem kurzen Seitenblick nun knapp beim Bett nieder. „Ich knie schon, mein Advokat“, sagte er. Der Advokat schwieg aber. Block streichelte mit einer Hand vorsichtig das Federbett. In der Stille, die jetzt herrschte, sagte Leni, indem sie sich von K.s Händen befreite: „Du machst mir Schmerzen. Laß mich. Ich gehe zu Block.“ Sie ging hin und setzte sich auf den Bettrand. Block war über ihr Kommen sehr erfreut, er bat sie gleich durch lebhafte, aber stumme Zeichen, sich beim Advokaten für ihn einzusetzen. Er benötigte offenbar die Mitteilungen des Advokaten sehr dringend, aber vielleicht nur zu dem Zweck, um sie durch seine übrigen Advokaten ausnützen zu lassen. Leni wußte wahrscheinlich genau, wie man dem Advokaten beikommen könne, sie zeigte auf die Hand des Advokaten und spitzte die Lippen wie zum Kuß. Gleich führte Block den Handkuß aus und wiederholte ihn, auf eine Aufforderung Lenis hin, noch zweimal. Aber der Advokat schwieg noch immer. Da beugte sich Leni über den Advokaten hin, der schöne Wuchs ihres Körpers wurde sichtbar, als sie sich so streckte, und strich, tief zu seinem Gesicht geneigt, über sein langes, weißes Haar. Das zwang ihm nun doch eine Antwort ab. „Ich zögere, es ihm mitzuteilen“, sagte der Advokat, und man sah, wie er den Kopf ein wenig schüttelte, vielleicht, um des Druckes von Lenis Hand mehr teilhaftig zu werden. Block horchte mit gesenktem Kopf, als übertrete er durch dieses Horchen ein Gebot. „Warum zögerst du denn?“, fragte Leni. K. hatte das Gefühl, als höre er ein einstudiertes Gespräch, das sich schon oft wiederholt hatte, das sich noch oft wiederholen würde und das nur für Block seine Neuheit nicht verlieren konnte. „Wie hat er sich heute verhalten?“, fragte der Advokat, statt zu antworten. Ehe sich Leni darüber äußerte, sah sie zu Block hinunter und beobachtete ein Weilchen, wie er die Hände ihr entgegenhob und bittend aneinander rieb. Schließlich nickte sie ernst, wandte sich zum Advokaten und sagte: „Er war ruhig und fleißig.“ Ein alter Kaufmann, ein Mann mit langem Bart, flehte ein junges Mädchen um ein günstiges Zeugnis an. Mochte er dabei auch Hintergedanken haben, nichts konnte ihn in den Augen eines Mitmenschen rechtfertigen. K. begriff nicht, wie der Advokat daran hatte denken können, durch diese Vorführung ihn zu gewinnen. Hätte er ihn nicht schon früher verjagt, er hätte es durch diese Szene erreicht. Er entwürdigte fast den Zuseher. So bewirkte also die Methode des Advokaten, welcher K. glücklicherweise nicht lange genug ausgesetzt gewesen war, daß der Klient schließlich die ganze Welt vergaß und nur auf diesem Irrweg zum Ende des Prozesses sich fortzuschleppen hoffte. Das war kein Klient mehr, das war der Hund des Advokaten. Hätte ihm dieser befohlen, unter das Bett wie in eine Hundehütte zu kriechen und von dort aus zu bellen, er hätte es mit Lust getan. Als sei K. beauftragt, alles, was hier gesprochen wurde, genau in sich aufzunehmen, an einem höheren Ort die Anzeige davon zu erstatten und einen Bericht abzulegen, hörte er prüfend und überlegen zu. „Was hat er während des ganzen Tages getan?“, fragte der Advokat. „Ich habe ihn“, sagte Leni, „damit er mich bei der Arbeit nicht störe, in dem Dienstmädchenzimmer eingesperrt, wo er sich ja gewöhnlich aufhält. Durch die Lücke konnte ich von Zeit zu Zeit nachsehen, was er machte. Er kniete immer auf dem Bett, hatte die Schriften, die du ihm geliehen hast, auf dem Fensterbrett aufgeschlagen und las in ihnen. Das hat einen guten Eindruck auf mich gemacht; das Fenster führt nämlich nur in einen Luftschacht und gibt fast kein Licht. Daß Block trotzdem las, zeigte mir, wie folgsam er ist.“ „Es freut mich, das zu hören“, sagte der Advokat. „Hat er aber auch mit Verständnis gelesen?“ Block bewegte während dieses Gesprächs unaufhörlich die Lippen, offenbar formulierte er die Antworten, die er von Leni erhoffte.„Darauf kann ich natürlich“, sagte Leni, „nicht mit Bestimmtheit antworten. Jedenfalls habe ich gesehen, daß er gründlich las. Er hat den ganzen Tag über die gleiche Seite gelesen und beim Lesen den Finger die Zeilen entlanggeführt. Immer, wenn ich zu ihm hineinsah, hat er geseufzt, als mache ihm das Lesen viel Mühe. Die Schriften, die du ihm geliehen hast, sind wahrscheinlich schwer verständlich.“ „Ja“, sagte der Advokat, „das sind sie allerdings. Ich glaube auch nicht, daß er etwas von ihnen versteht. Sie sollen ihm nur eine Ahnung davon geben, wie schwer der Kampf ist, den ich zu seiner Verteidigung führe. Und für wen führe ich diesen schweren Kampf? Für — es ist fast lächerlich, es auszusprechen — für Block. Auch was das bedeutet, soll er begreifen lernen. Hat er ununterbrochen studiert?“ „Fast ununterbrochen“, antwortete Leni, „nur einmal hat er mich um Wasser zum Trinken gebeten. Da habe ich ihm ein Glas durch die Luke gereicht. Um acht Uhr habe ich ihn dann herausgelassen und ihm etwas zu essen gegeben.“ Block streifte K. mit einem Seitenblick, als werde hier Rühmendes von ihm erzählt und müsse auch auf K. Eindruck machen. Er schien jetzt gute Hoffnungen zu haben, bewegte sich freier und rückte auf den Knien hin und her. Desto deutlicher war es, wie er unter den folgenden Worten des Advokaten erstarrte. „Du lobst ihn“, sagte der Advokat. „Aber gerade das macht es mir schwer, zu reden. Der Richter hatte sich nämlich nicht günstig ausgesprochen, weder über Block selbst, noch über seinen Prozeß.“ „Nicht günstig?“, fragte Leni. „Wie ist das möglich?“ Block sah sie mit einem so gespannten Blick an, als traue er ihr die Fähigkeit zu, jetzt noch die längst ausgesprochenen Worte des Richters zu seinen

Gunsten zu wenden.„Nicht günstig“, sagte der Advokat. „Er war sogar unangenehm berührt, als ich von Block zu sprechen anfing. „Reden Sie nicht von Block“, sagte er. „Er ist mein Klient“, sagte ich. „Sie lassen sich mißbrauchen“, sagte er. „Ich halte seine Sache nicht für verloren“, sagte ich. „Sie lassen sich mißbrauchen“, wiederholte er. „Ich glaube es nicht“, sagte ich. „Block ist im Prozeß fleißig und immer hinter seiner Sache her. Er wohnt fast bei mir, um immer auf dem laufenden zu sein. Solchen Eifer findet man nicht immer. Gewiß, er ist persönlich nicht angenehm, hat häßliche Umgangsformen und ist schmutzig, aber in prozessualer Hinsicht ist er untadelhaft.“ Ich sagte untadelhaft, ich übertrieb absichtlich. Darauf sagte er: „Block ist bloß schlau. Er hat viel Erfahrung angesammelt und versteht es, den Prozeß zu verschleppen. Aber seine Unwissenheit ist noch viel größer als seine Schlauheit. Was würde er wohl dazu sagen, wenn er erführe, daß sein Prozeß noch gar nicht begonnen hat, wenn man ihm sagte, daß noch nicht einmal das Glockenzeichen zum Beginn des Prozesses gegeben ist.“ Ruhig, Block“, sagte der Advokat, denn Block begann sich gerade auf unsicheren Knien zu erheben und wollte offenbar um Aufklärung bitten. Es war jetzt das erstemal, daß sich der Advokat mit ausführlicheren Worten geradezu an Block wendete. Mit müden Augen sah er halb ziellos, halb zu Block hinunter, der unter diesem Blick wieder langsam in die Knie zurücksank. „Diese Äußerung des Richters hat für dich gar keine Bedeutung“, sagte der Advokat. „Erschrick doch nicht bei jedem Wort. Wenn sich das wiederholt, werde ich dir gar nichts mehr verraten. Man kann keinen Satz beginnen, ohne daß du einen anschaust, als ob jetzt dein Endurteil käme. Schäme dich hier vor meinem Klienten! Auch erschütterst du das Vertrauen, das er in mich setzt. Was willst du denn? Noch lebst du, noch stehst du unter meinem Schutz. Sinnlose Angst! Du hast irgendwo gelesen, daß das Endurteil in manchen Fällen unversehens komme, aus beliebigem Munde, zu beliebiger Zeit. Mit vielen Vorbehalten ist das allerdings wahr, ebenso wahr aber ist es, daß mich deine Angst anwidert und daß ich darin einen Mangel des notwendigen Vertrauens sehe. Was habe ich denn gesagt? Ich habe die Äußerung eines Richters wiedergegeben. Du weißt, die verschiedenen Ansichten häufen sich um das Verfahren bis zur Undurchdringlichkeit. Dieser Richter zum Beispiel nimmt den Anfang des Verfahrens zu einem anderen Zeitpunkt an als ich. Ein Meinungsunterschied, nichts weiter. In einem gewissen Stadium des Prozesses wird nach altem Brauch ein Glockenzeichen gegeben. Nach der Ansicht dieses Richters beginnt damit der Prozeß. Ich kann dir jetzt nicht alles sagen, was dagegen spricht, du würdest es auch nicht verstehen, es genüge dir, daß viel dagegen spricht.“ Verlegen fuhr Block unten mit den Fingern durch das Fell des Bettvorlegers, die Angst wegen des Ausspruchs des Richters ließ ihn zeitweise die eigene Untertänigkeit gegenüber dem Advokaten vergessen, er dachte dann nur an sich und drehte die Worte des Richters nach allen Seiten. „Block“, sagte Leni in warnendem Ton und zog ihn am Rockkragen ein wenig in die Höhe. „Laß jetzt das Fell und höre dem Advokaten zu“.

Dieses Kapitel wurde nicht vollendet. (Anmerkung des Herausgebers)

Neuntes Kapitel

Im Dom

K. bekam den Auftrag, einem italienischen Geschäftsfreund der Bank, der für sie sehr wichtig war und sich zum erstenmal in dieser Stadt aufhielt, einige Kunstdenkmäler zu zeigen. Es war ein Auftrag, den er zu anderer Zeit gewiß für ehrend gehalten hätte, den er aber jetzt, da er nur mit großer Anstrengung sein Ansehen in der Bank noch wahren konnte, widerwillig übernahm. Jede Stunde, die er dem Büro entzogen wurde, machte ihm Kummer; er konnte zwar die Bürozeit bei weitem nicht mehr so ausnützen wie früher, er brachte manche Stunden nur unter dem notdürftigsten Anschein wirklicher Arbeit hin, aber desto größer waren seine Sorgen, wenn er nicht im Büro war. Er glaubte dann zu sehen, wie der Direktor-Stellvertreter, der ja immer auf der Lauer gewesen war, von Zeit zu Zeit in sein Büro kam, sich an seinen Schreibtisch setzte, seine Schriftstücke durchsuchte, Parteien, mit denen K. seit Jahren fast befreundet gewesen war, empfing und ihm abspenstig machte, ja vielleicht sogar Fehler aufdeckte, von denen sich K. während der Arbeit jetzt immer aus tausend Richtungen bedroht sah und die er nicht mehr vermeiden konnte. Wurde er daher einmal, sei es in noch so auszeichnender Weise, zu einem Geschäftsweg oder gar zu einer kleinen Reise beauftragt — solche Aufträge hatten sich in der letzten Zeit ganz zufällig gehäuft –, dann lag immerhin die Vermutung nahe, daß man ihn für ein Weilchen aus dem Büro entfernen und seine Arbeit überprüfen wolle oder wenigstens, daß man im Büro ihn für leicht entbehrlich halte. Die meisten dieser Aufträge hätte er ohne Schwierigkeit ablehnen können, aber er wagte es nicht, denn, wenn seine Befürchtung auch nur im geringsten begründet war, bedeutete die Ablehnung des Auftrags Geständnis seiner Angst. Aus diesem Grunde nahm er solche Aufträge scheinbar gleichmütig hin und verschwieg sogar, als er eine anstrengende zweitägige Geschäftsreise machen sollte, eine ernstliche Verkühlung, um sich nur nicht der Gefahr auszusetzen, mit Berufung auf das gerade herrschende regnerische Herbstwetter von der Reise abgehalten zu werden. Als er von dieser Reise mit wütenden Kopfschmerzen zurückkehrte, erfuhr er, daß er dazu bestimmt sei, am nächsten Tag den italienischen Geschäftsfreund zu begleiten. Die Verlockung, sich wenigstens dieses eine Mal zu weigern, war sehr groß, vor allem war das, was man ihm hier zugedacht hatte, keine unmittelbar mit dem Geschäft zusammenhängende Arbeit, aber die Erfüllung dieser gesellschaftlichen Pflicht gegenüber dem Geschäftsfreund war an sich zweifellos wichtig genug, nur nicht für K., der wohl wußte, daß er sich nur durch Arbeitserfolge erhalten könne und daß es, wenn ihm das nicht gelänge, vollständig wertlos war, wenn er diesen Italiener unerwarteterweise sogar bezaubern sollte; er wollte nicht einmal für einen Tag aus dem Bereich der Arbeit geschoben werden, denn die Furcht,

nicht mehr zurückgelassen zu werden, war zu groß, eine Furcht, die er sehr genau als übertrieben erkannte, die ihn aber doch beengte. In diesem Fall allerdings war es fast unmöglich, einen annehmbaren Einwand zu erfinden, K.s Kenntnis des Italienischen war zwar nicht sehr groß, aber immerhin genügend; das Entscheidende aber war, daß K. aus früherer Zeit einige kunsthistorische Kenntnisse besaß, was in äußerst übertriebener Weise dadurch in der Bank bekanntgeworden war, daß K. eine Zeitlang, übrigens auch nur aus geschäftlichen Gründen, Mitglied des Vereins zur Erhaltung der städtischen Kunstdenkmäler gewesen war. Nun war aber der Italiener, wie man gerüchteweise erfahren hatte, ein Kunstliebhaber, und die Wahl K.s zu seinem Begleiter war daher selbstverständlich.
Es war ein sehr regnerischer, stürmischer Morgen, als K. voll Ärger über den Tag, der ihm bevorstand, schon um sieben Uhr ins Büro kam, um wenigstens einige Arbeit noch fertigzubringen, ehe der Besuch ihn allem entziehen würde. Er war sehr müde, denn er hatte die halbe Nacht mit dem Studium einer italienischen Grammatik verbracht, um sich ein wenig vorzubereiten; das Fenster, an dem er in der letzten Zeit viel zu oft zu sitzen pflegte, lockte ihn mehr als der Schreibtisch, aber er widerstand und setzte sich zur Arbeit. Leider trat gerade der Diener ein und meldete, der Herr Direktor habe ihn geschickt, um nachzusehen, ob der Herr Prokurist schon hier sei; sei er hier, dann möge er so freundlich sein und ins Empfangszimmer hinüberkommen, der Herr aus Italien sei schon da. „Ich komme schon“, sagte K., steckte ein kleines Wörterbuch in die Tasche, nahm ein Album der städtischen Sehenswürdigkeiten, das er für den Fremden vorbereitet hatte, unter den Arm und ging durch das Büro des Direktor-Stellvertreters in das Direktionszimmer. Er war glücklich darüber, so früh ins Büro gekommen zu sein und sofort zur Verfügung stehen zu können was wohl niemand ernstlich erwartet hatte. Das Büro des Direktor-Stellvertreters war natürlich noch leer wie in tiefer Nacht, wahrscheinlich hatte der Diener auch ihn ins Empfangszimmer berufen sollen, es war aber erfolglos gewesen. Als K. ins Empfangszimmer eintrat, erhoben sich die zwei Herren aus den tiefen Fauteuils. Der Direktor lächelte freundlich, offenbar war er sehr erfreut über K.s Kommen, er besorgte sofort die Vorstellung, der Italiener schüttelte K. kräftig die Hand und nannte lächelnd irgend jemanden einen Frühaufsteher. K. verstand nicht genau, wen er meinte, es war überdies ein sonderbares Wort, dessen Sinn K. erst nach einem Weilchen erriet. Er antwortete mit einigen glatten Sätzen, die der Italiener wieder lachend hinnahm, wobei er mehrmals mit nervöser Hand über seinen graublauen, buschigen Schnurrbart fuhr. Dieser Bart war offenbar parfümiert, man war fast versucht, sich zu nähern und zu riechen. Als sich alle gesetzt hatten und ein kleines, einleitendes Gespräch begann, bemerkte K. mit großem Unbehagen, daß er den Italiener nur bruchstückweise verstand. Wenn er ganz ruhig sprach,

verstand er ihn fast vollständig, das waren aber nur seltene Ausnahmen, meistens quoll ihm die Rede aus dem Mund, er schüttelte den Kopf wie vor Lust darüber. Bei solchen Reden aber verwickelte er sich regelmäßig in irgendeinen Dialekt, der für K. nichts Italienisches mehr hatte, den aber der Direktor nicht nur verstand, sondern auch sprach, was K. allerdings hätte voraussehen können, denn der Italiener stammte aus Süditalien, wo auch der Direktor einige Jahre gewesen war. Jedenfalls erkannte K., daß ihm die Möglichkeit, sich mit dem Italiener zu verständigen, zum größten Teil genommen war, denn auch dessen Französisch war nur schwer verständlich, auch verdeckte der Bart die Lippenbewegungen, deren Anblick vielleicht zum Verständnis geholfen hätte. K. begann viel Unannehmlichkeiten vorauszusehen, vorläufig gab er es auf, den Italiener verstehen zu wollen — in der Gegenwart des Direktors, der ihn so leicht verstand, wäre es unnötige Anstrengung gewesen –, und er beschränkte sich darauf, ihn verdrießlich zu beobachten, wie er tief und doch leicht in dem Fauteuil ruhte, wie er öfters an seinem kurzen, scharf geschnittenen Röckchen zupfte und wie er einmal mit erhobenen Armen und lose in den Gelenken bewegten Händen irgend etwas darzustellen versuchte, das K. nicht begreifen konnte, obwohl er vorgebeugt die Hände nicht aus den Augen ließ. Schließlich machte sich bei K., der sonst unbeschäftigt, nur mechanisch mit den Blicken dem Hin und Her der Reden folgte, die frühere Müdigkeit geltend, und er ertappte sich einmal zu seinem Schrecken, glücklicherweise noch rechtzeitig, dabei, daß er in der Zerstreutheit gerade hatte aufstehen, sich umdrehen und weggehen wollen. Endlich sah der Italiener auf die Uhr und sprang auf. Nachdem er sich vom Direktor verabschiedet hatte, drängte er sich an K., und zwar so dicht, daß K. seinen Fauteuil zurückschieben mußte, um sich bewegen zu können. Der Direktor, der gewiß an K.s Augen die Not erkannte, in der er sich gegenüber diesem Italienisch befand, mischte sich in das Gespräch, und zwar so klug und so zart, daß es den Anschein hatte, als füge er nur kleine Ratschläge bei, während er in Wirklichkeit alles, was der Italiener, unermüdlich ihm in die Rede fallend, vorbrachte, in aller Kürze K. verständlich machte. K. erfuhr von ihm, daß der Italiener vorläufig noch einige Geschäfte zu besorgen habe, daß er leider auch im ganzen nur wenig Zeit haben werde, daß er auch keinesfalls beabsichtige, in Eile alle Sehenswürdigkeiten abzulaufen, daß er sich vielmehr — allerdings nur, wenn K. zustimme, bei ihm allein liege die Entscheidung — entschlossen habe, nur den Dom, diesen aber gründlich, zu besichtigen. Er freue sich ungemein, diese Besichtigung in Begleitung eines so gelehrten und liebenswürdigen Mannes — damit war K. gemeint, der mit nichts anderem beschäftigt war, als den Italiener zu überhören und die Worte des Direktors schnell aufzufassen — vornehmen zu können, und er bitte ihn, wenn ihm die Stunde gelegen sei, in zwei Stunden, etwa um zehn Uhr, sich im Dom einzufinden. Er selbst hoffe, um diese Zeit schon bestimmt dort sein zu können. K. antwortete einiges Entsprechende, der Italiener drückte zuerst dem Direktor, dann K., dann nochmals dem Direktor die Hand und ging, von beiden gefolgt, nur noch halb ihnen zugewendet, im Reden aber noch immer nicht aussetzend, zur Tür. K. blieb dann noch ein Weilchen mit dem Direktor beisammen, der heute besonders leidend aussah. Er glaubte, sich bei K. irgendwie entschuldigen zu müssen und sagte — sie standen vertraulich nahe beisammen –, zuerst hätte er beabsichtigt, selbst mit dem Italiener zu gehen, dann aber — er gab keinen näheren Grund an — habe er sich entschlossen, lieber K. zu schicken. Wenn er den Italiener nicht gleich im Anfang verstehe, so müsse er sich dadurch nicht verblüffen lassen, das Verständnis komme sehr rasch, und wenn er auch viel überhaupt nicht verstehen sollte, so sei es auch nicht so schlimm, denn für den Italiener sei es nicht gar so wichtig, verstanden zu werden. Übrigens sei K.s Italienisch überraschend gut, und er werde sich gewiß ausgezeichnet mit der Sache abfinden. Damit war K. verabschiedet. Die Zeit, die ihm noch freiblieb, verbrachte er damit, seltene Vokabeln, die er zur Führung im Dom benötigte, aus dem Wörterbuch herauszuschreiben. Es war eine äußerst lästige Arbeit, Diener brachten die Post, Beamte kamen mit verschiedenen Anfragen und blieben, da sie K. beschäftigt sahen, bei der Tür stehen, rührten sich aber nicht weg, bevor sie K. angehört hatte, der Direktor-Stellvertreter ließ es sich nicht entgehen, K. zu stören, kam öfters herein, nahm ihm das Wörterbuch aus der Hand und blätterte offenbar ganz sinnlos darin, selbst Parteien tauchten, wenn sich die Tür öffnete, im Halbdunkel des Vorzimmers auf und verbeugten sich zögernd — sie wollten auf sich aufmerksam machen, waren aber dessen nicht sicher, ob sie gesehen wurden –, das alles bewegte sich um K. als um seinen Mittelpunkt, während er selbst die Wörter, die er brauchte, zusammenstellte, dann im Wörterbuch suchte, dann herausschrieb, dann ihre Aussprache übte und schließlich auswendig zu lernen versuchte. Sein früheres gutes Gedächtnis schien ihn aber ganz verlassen zu haben, manchmal wurde er auf den Italiener, der ihm diese Anstrengung verursachte, so wütend, daß er das Wörterbuch unter Papieren vergrub, mit der festen Absicht, sich nicht mehr vorzubereiten, dann aber sah er ein, daß er doch nicht stumm mit dem Italiener vor den Kunstwerken im Dom auf und ab gehen könne, und er zog mit noch größerer Wut das Wörterbuch wieder hervor. Gerade um halb zehn Uhr, als er weggehen wollte, erfolgte ein telephonischer Anruf, Leni wünschte ihm guten Morgen und fragte nach seinem Befinden, K. dankte eilig und bemerkte, er könne sich jetzt unmöglich in ein Gespräch einlassen, denn er müsse in den Dom. „In den Dom?“, fragte Leni. „Nun ja, in den Dom.“ „Warum denn in den Dom?“, sagte Leni. K. suchte es ihr in Kürze zu erklären, aber kaum hatte er damit angefangen, sagte Leni plötzlich: „Sie hetzen dich.“ Bedauern, das er nicht herausgefordert und nicht erwartet hatte, vertrug K. nicht, er verabschiedete sich mit zwei Worten, sagte aber doch,

während er den Hörer an seinen Platz hängte, halb zu sich, halb zu dem fernen Mädchen, das es nicht mehr hörte: „Ja, sie hetzen mich."
Nun war es aber schon spät, es bestand schon fast die Gefahr, daß er nicht rechtzeitig ankam. Im Automobil fuhr er hin, im letzten Augenblick hatte er sich noch an das Album erinnert, das er früh zu übergeben keine Gelegenheit gefunden hatte und das er deshalb jetzt mitnahm. Er hielt es auf seinen Knien und trommelte darauf unruhig während der ganzen Fahrt. Der Regen war schwächer geworden, aber es war feucht, kühl und dunkel, man würde im Dom wenig sehen, wohl aber würde sich dort, infolge des langen Stehens auf den kalten Fliesen, K.s Verkühlung sehr verschlimmern. Der Domplatz war ganz leer, K. erinnerte sich, daß es ihm schon als kleinem Kind aufgefallen war, daß in den Häusern dieses engen Platzes immer fast alle Fenstervorhänge herabgelassen waren. Bei dem heutigen Wetter war es allerdings verständlicher als sonst. Auch im Dom schien es leer zu sein, es fiel natürlich niemandem ein, jetzt hierherzukommen. K. durchlief beide Seitenschiffe, er traf nur ein altes Weib, das, eingehüllt in ein warmes Tuch, vor einem Marienbild kniete und es anblickte. Von weitem sah er dann noch einen hinkenden Diener in einer Mauertür verschwinden. K. war pünktlich gekommen, gerade bei seinem Eintritt hatte es zehn geschlagen, der Italiener war aber noch nicht hier. K. ging zum Haupteingang zurück, stand dort eine Zeitlang unentschlossen und machte dann im Regen einen Rundgang um den Dom, um nachzusehen, ob der Italiener nicht vielleicht bei irgendeinem Seiteneingang warte. Er war nirgends zu finden. Sollte der Direktor etwa die Zeitangabe mißverstanden haben? Wie konnte man auch diesen Menschen richtig verstehen? Wie es aber auch sein mochte, jedenfalls mußte K. zumindest eine halbe Stunde auf ihn warten. Da er müde war, wollte er sich setzen, er ging wieder in den Dom, fand auf einer Stufe einen kleinen, teppichartigen Fetzen, zog ihn mit der Fußspitze vor eine nahe Bank, wickelte sich fester in seinen Mantel, schlug den Kragen in die Höhe und setzte sich. Um sich zu zerstreuen, schlug er das Album auf, blätterte darin ein wenig, mußte aber bald aufhören, denn es wurde so dunkel, daß er, als er aufblickte, in dem nahen Seitenschiff kaum eine Einzelheit unterscheiden konnte.
In der Ferne funkelte auf dem Hauptaltar ein großes Dreieck von Kerzenlichtern, K. hätte nicht mit Bestimmtheit sagen können, ob er sie schon früher gesehen hatte. Vielleicht waren sie erst jetzt angezündet worden. Die Kirchendiener sind berufsmäßige Schleicher, man bemerkt sie nicht. Als sich K. zufällig umdrehte, sah er nicht weit hinter sich eine hohe, starke, an einer Säule befestigte Kerze gleichfalls brennen. So schön das war, zur Beleuchtung der Altarbilder, die meistens in der Finsternis der Seitenaltäre hingen, war das gänzlich unzureichend, es vermehrte vielmehr die Finsternis. Es war vom Italiener ebenso vernünftig als unhöflich

gehandelt, daß er nicht gekommen war, es wäre nichts zu sehen gewesen, man hätte sich damit begnügen müssen, mit K.s elektrischer Taschenlampe einige Bilder zollweise abzusuchen. Um zu versuchen, was man davon erwarten könnte, ging K. zu einer nahen Seitenkapelle, stieg ein paar Stufen bis zu einer niedrigen Marmorbrüstung und, über sie vorgebeugt, beleuchtete er mit der Lampe das Altarbild. Störend schwebte das ewige Licht davor. Das erste, was K. sah und zum Teil erriet, war ein großer, gepanzerter Ritter, der am äußersten Rande des Bildes dargestellt war. Er stützte sich auf sein Schwert, das er in den kahlen Boden vor sich — nur einige Grashalme kamen hie und da hervor — gestoßen hatte. Er schien aufmerksam einen Vorgang zu beobachten, der sich vor ihm abspielte. Es war erstaunlich, daß er so stehenblieb und sich nicht näherte. Vielleicht war er dazu bestimmt, Wache zu stehen. K., der schon lange keine Bilder gesehen hatte, betrachtete den Ritter längere Zeit, obwohl er immerfort mit den Augen zwinkern mußte, da er das grüne Licht der Lampe nicht vertrug. Als er dann das Licht über den übrigen Teil des Bildes streichen ließ, fand er eine Grablegung Christi in gewöhnlicher Auffassung, es war übrigens ein neueres Bild. Er steckte die Lampe ein und kehrte wieder zu seinem Platz zurück.

Es war nun schon wahrscheinlich unnötig, auf den Italiener zu warten, draußen war aber gewiß strömender Regen, und da es hier nicht so kalt war, wie K. erwartet hatte, beschloß er, vorläufig hierzubleiben. In seiner Nachbarschaft war die große Kanzel, auf ihrem kleinen, runden Dach waren halb liegend zwei leere, goldene Kreuze angebracht, die einander mit ihrer äußersten Spitze überquerten. Die Außenwand der Brüstung und der Übergang zur tragenden Säule war von grünem Laubwerk gebildet, in das kleine Engel griffen, bald lebhaft, bald ruhend. K. trat vor die Kanzel und untersuchte sie von allen Seiten, die Bearbeitung des Steines war überaus sorgfältig, das tiefe Dunkel zwischen dem Laubwerk und hinter ihm schien wie eingefangen und festgehalten, K. legte seine Hand in eine solche Lücke und tastete dann den Stein vorsichtig ab, von dem Dasein dieser Kanzel hatte er bisher gar nicht gewußt. Da bemerkte er zufällig hinter der nächsten Bankreihe einen Kirchendiener, der dort in einem hängenden, faltigen, schwarzen Rock stand, in der linken Hand eine Schnupftabakdose hielt und ihn betrachtete. Was will denn der Mann? dachte K. Bin ich ihm verdächtig? Will er ein Trinkgeld? Als sich aber nun der Kirchendiener von K. bemerkt sah, zeigte er mit der Rechten, zwischen zwei Fingern hielt er noch eine Prise Tabak, in irgendeiner unbestimmten Richtung. Sein Benehmen war fast unverständlich, K. wartete noch ein Weilchen, aber der Kirchendiener hörte nicht auf, mit der Hand etwas zu zeigen und bekräftigte es noch durch Kopfnicken. „Was will er denn?“, fragte K. leise, er wagte es nicht, hier zu rufen; dann aber zog er die Geldtasche und drängte sich durch die nächste Bank, um zu dem Mann zu kommen. Doch dieser machte sofort eine abwehrende Bewegung mit der Hand, zuckte die Schultern und hinkte davon. Mit einer ähnlichen Gangart, wie es dieses eilige Hinken war, hatte K. als Kind das Reiten auf Pferden nachzuahmen versucht. „Ein kindischer Alter“, dachte K., „sein Verstand reicht nur noch zum Kirchendienst aus. Wie er stehenbleibt, wenn ich stehe, und wie er lauert, ob ich weitergehen will.“ Lächelnd folgte K. dem Alten durch das ganze Seitenschiff fast bis zur Höhe des Hauptaltars, der Alte hörte nicht auf, etwas zu zeigen, aber K. drehte sich absichtlich nicht um, das Zeigen hatte keinen anderen Zweck, als ihn von der Spur des Alten abzubringen. Schließlich ließ er wirklich von ihm, er wollte ihn nicht zu sehr ängstigen, auch wollte er die Erscheinung, für den Fall, daß der Italiener doch noch kommen sollte, nicht ganz verscheuchen.

Als er in das Hauptschiff trat, um seinen Platz zu suchen, auf dem er das Album liegengelassen hatte, bemerkte er an einer Säule, fast angrenzend an die Bänke des Altarchors, eine kleine Nebenkanzel, ganz einfach, aus kahlem, bleichem Stein. Sie war so klein, daß sie aus der Ferne wie eine noch leere Nische erschien, die für die Aufnahme einer Heiligenstatue bestimmt war. Der Prediger konnte gewiß keinen vollen Schritt von der Brüstung zurücktreten. Außerdem begann die steinerne Einwölbung der Kanzel ungewöhnlich tief und stieg, zwar ohne jeden Schmuck, aber derartig geschweift in die Höhe, daß ein mittelgroßer Mann dort nicht aufrecht stehen konnte, sondern sich dauernd über die Brüstung vorbeugen mußte. Das Ganze war wie zur Qual des Predigers bestimmt, es war unverständlich, wozu man diese Kanzel benötigte, da man doch die andere, große und so kunstvoll geschmückte zur Verfügung hatte.

K. wäre auch diese kleine Kanzel gewiß nicht aufgefallen, wenn nicht oben eine Lampe befestigt gewesen wäre, wie man sie kurz vor einer Predigt bereitzustellen pflegt. Sollte jetzt etwa eine Predigt stattfinden? In der leeren Kirche? K. sah an der Treppe hinab, die an die Säule sich anschmiegend zur Kanzel führte und so schmal war, als solle sie nicht für Menschen, sondern nur zum Schmuck der Säule dienen. Aber unten an der Kanzel, K. lächelte vor Staunen, stand wirklich der Geistliche, hielt die Hand am Geländer, bereit aufzusteigen, und sah auf K. hin. Dann nickte er ganz leicht mit dem Kopf, worauf K. sich bekreuzigte und verbeugte, was er schon früher hätte tun sollen. Der Geistliche gab sich einen kleinen Aufschwung und stieg mit kurzen, schnellen Schritten die Kanzel hinauf. Sollte wirklich eine Predigt beginnen? War vielleicht der Kirchendiener doch nicht so ganz vom Verstand verlassen und hatte K. dem Prediger zutreiben wollen, was allerdings in der leeren Kirche äußerst notwendig gewesen war? Übrigens gab es ja noch irgendwo vor einem Marienbild ein altes Weib, das auch hätte kommen sollen. Und wenn es schon eine Predigt sein sollte, warum wurde sie nicht von der Orgel eingeleitet? Aber die blieb still und blinkte nur schwach aus der Finsternis ihrer großen Höhe.

K. dachte daran, ob er sich jetzt nicht eiligst entfernen sollte, wenn er es jetzt nicht tat, war keine Aussicht, daß er es während der Predigt tun könnte, er mußte dann bleiben, solange sie dauerte, im Büro verlor er soviel Zeit, auf den Italiener zu warten, war er längst nicht mehr verpflichtet, er sah auf seine Uhr, es war elf. Aber konnte denn wirklich gepredigt werden? Konnte K. allein die Gemeinde darstellen? Wie, wenn er ein Fremder gewesen wäre, der nur dir Kirche besichtigen wollte? Im Grunde war er auch nichts anderes. Es war unsinnig daran zu denken, daß gepredigt werden sollte, jetzt um elf Uhr, an einem Werktag, bei gräßlichstem Wetter. Der Geistliche — ein Geistlicher war es zweifellos, ein junger Mann mit glattem, dunklem Gesicht — ging offenbar nur hinauf, um die Lampe zu löschen, die irrtümlich angezündet worden war.
Es war aber nicht so, der Geistliche prüfte vielmehr das Licht und schraubte es noch ein wenig auf, dann drehte er sich langsam der Brüstung zu, die er vorn an der kantigen Einfassung mit beiden Händen erfaßte. So stand er eine Zeitlang und blickte, ohne den Kopf zu rühren, umher. K. war ein großes Stück zurückgewichen und lehnte mit den Ellbogen an der vordersten Kirchenbank. Mit unsicheren Augen sah er irgendwo, ohne den Ort genau zu bestimmen, den Kirchendiener, mit krummem Rücken, friedlich, wie nach beendeter Aufgabe, sich zusammenkauern. Was für eine Stille herrschte jetzt im Dom! Aber K. mußte sie stören, er hatte nicht die Absicht, hierzubleiben; wenn es die Pflicht des Geistlichen war, zu einer bestimmten Stunde, ohne Rücksicht auf die Umstände, zu predigen, so mochte er es tun, es würde auch ohne K.s Beistand gelingen, ebenso wie die Anwesenheit K.s die Wirkung gewiß nicht steigern würde. Langsam setzte sich also K. in Gang, tastete sich auf den Fußspitzen an der Bank hin, kam dann in den breiten Hauptweg und ging auch dort ganz ungestört, nur daß der steinerne Boden unter dem leisesten Schritt erklang und die Wölbungen schwach, aber ununterbrochen, in vielfachem, gesetzmäßigem Fortschreiten davon widerhallten. K. fühlte sich ein wenig verlassen, als er dort, vom Geistlichen vielleicht beobachtet, zwischen den leeren Bänken allein hindurchging, auch schien ihm die Größe des Doms gerade an der Grenze des für Menschen noch Erträglichen zu liegen. Als er zu seinem früheren Platz kam, haschte er förmlich, ohne weiteren Aufenthalt, nach dem dort liegengelassenen Album und nahm es an sich. Fast hatte er schon das Gebiet der Bänke verlassen und näherte sich dem freien Raum, der zwischen ihnen und dem Ausgang lag, als er zum erstenmal die Stimme des Geistlichen hörte. Eine mächtige, geübte Stimme. Wie durchdrang sie den zu ihrer Aufnahme bereiten Dom! Es war aber nicht die Gemeinde, die der Geistliche anrief, es war ganz eindeutig, und es gab keine Ausflüchte, er rief: „Josef K.!" K. stockte und sah vor sich auf den Boden. Vorläufig war er noch frei, er konnte noch weitergehen und durch eine der drei kleinen, dunklen Holztüren, die nicht weit vor ihm waren, sich

davonmachen. Es würde eben bedeuten, daß er nicht verstanden hatte, oder daß er zwar verstanden hatte, sich aber darum nicht kümmern wollte. Falls er sich aber umdrehte, war er festgehalten, denn dann hatte er das Geständnis gemacht, daß er gut verstanden hatte, daß er wirklich der Angerufene war und daß er auch folgen wollte. Hätte der Geistliche nochmals gerufen, wäre K. gewiß fortgegangen, aber da alles still blieb, solange K. auch wartete, drehte er doch ein wenig den Kopf, denn er wollte sehen, was der Geistliche jetzt mache. Er stand ruhig auf der Kanzel wie früher, es war aber deutlich zu sehen, daß er K.s Kopfwendung bemerkt hatte. Es wäre ein kindliches Versteckenspiel gewesen, wenn sich jetzt K. nicht vollständig umgedreht hätte. Er tat es und wurde vom Geistlichen durch ein Winken des Fingers näher gerufen. Da jetzt alles offen geschehen konnte, lief er — er tat es auch aus Neugierde und um die Angelegenheit abzukürzen — mit langen, fliegenden Schritten der Kanzel entgegen. Bei den ersten Bänken machte er halt, aber dem Geistlichen schien die Entfernung noch zu groß, er streckte die Hand aus und zeigte mit dem scharf gesenkten Zeigefinger auf eine Stelle knapp vor der Kanzel. K. folgte auch darin, er mußte auf diesem Platz den Kopf schon weit zurückbeugen, um den Geistlichen noch zu sehen. „Du bist Josef K.“, sagte der Geistliche und erhob eine Hand auf der Brüstung in einer unbestimmten Bewegung. „Ja“, sagte K., er dachte daran, wie offen er früher immer seinen Namen genannt hatte, seit einiger Zeit war er ihm eine Last, auch kannten jetzt seinen Namen Leute, mit denen er zum erstenmal zusammenkam, wie schön war es, sich zuerst vorzustellen und dann erst gekannt zu werden. „Du bist angeklagt“, sagte der Geistliche besonders leise. „Ja“, sagte K., „man hat mich davon verständigt.“ „Dann bist du der, den ich suche“, sagte der Geistliche. „Ich bin der Gefängniskaplan.“ „Ach so“, sagte K. „Ich habe dich hierher rufen lassen“, sagte der Geistliche, „um mit dir zu sprechen.“ „Ich wußte es nicht“, sagte K. „Ich bin hierhergekommen, um einem Italiener den Dom zu zeigen.“ „Laß das Nebensächliche“, sagte der Geistliche. „Was hältst du in der Hand? Ist es ein Gebetbuch?“ „Nein“, antwortete K., „es ist ein Album der städtischen Sehenswürdigkeiten.“ „Leg es aus der Hand“, sagte der Geistliche. K. warf es so heftig weg, daß es aufklappte und mit zerdrückten Blättern ein Stück über den Boden schleifte. „Weißt du, daß dein Prozeß schlecht steht?“, fragte der Geistliche. „Es scheint mir auch so“, sagte K. „Ich habe mir alle Mühe gegeben, bisher aber ohne Erfolg. Allerdings habe ich die Eingabe noch nicht fertig.“ „Wie stellst du dir das Ende vor?“, fragte der Geistliche. „Früher dachte ich, es müsse gut enden“, sagte K., „jetzt zweifle ich daran manchmal selbst. Ich weiß nicht, wie es enden wird. Weißt du es?“ „Nein“, sagte der Geistliche, „aber ich fürchte, es wird schlecht enden. Man hält dich für schuldig. Dein Prozeß wird vielleicht über ein niedriges Gericht gar nicht hinauskommen. Man hält wenigstens vorläufig deine Schuld für erwiesen.“ „Ich bin aber nicht schuldig“, sagte K., „es ist ein Irrtum. Wie kann denn ein Mensch überhaupt schuldig sein. Wir sind hier doch alle Menschen, einer wie der andere.“ „Das ist richtig“, sagte der Geistliche, „aber so pflegen die Schuldigen zu reden.“ „Hast auch du ein Vorurteil gegen mich?“, fragte K. „Ich habe kein Vorurteil gegen dich“, sagte der Geistliche. „Ich danke dir“, sagte K., „alle anderen aber, die an dem Verfahren beteiligt sind, haben ein Vorurteil gegen mich. Sie flößen es auch den Unbeteiligten ein. Meine Stellung wird immer schwieriger.“ „Du mißverstehst die Tatsachen“, sagte der Geistliche, „das Urteil kommt nicht mit einemmal, das Verfahren geht allmählich ins Urteil über.“ „So ist es also“, sagte K. und senkte den Kopf „Was willst du nächstens in deiner Sache tun?“, fragte der Geistliche. „Ich will noch Hilfe suchen“, sagte K. und hob den Kopf, um zu sehen, wie der Geistliche es beurteile. „Es gibt noch gewisse Möglichkeiten, die ich nicht ausgenützt habe.“ „Du suchst zuviel fremde Hilfe“, sagte der Geistliche mißbilligend, „und besonders bei Frauen. Merkst du denn nicht, daß es nicht die wahre Hilfe ist?“ „Manchmal und sogar oft könnte ich dir recht geben“, sagte K., „aber nicht immer. Die Frauen haben eine große Macht. Wenn ich einige Frauen, die ich kenne, dazu bewegen könnte, gemeinschaftlich für mich zu arbeiten, müßte ich durchdringen. Besonders bei diesem Gericht, das fast nur aus Frauenjägern besteht. Zeig dem Untersuchungsrichter eine Frau aus der Ferne, und er überrennt, um nur rechtzeitig hinzukommen, den Gerichtstisch und den Angeklagten.“ Der Geistliche neigte den Kopf zur Brüstung, jetzt erst schien die Überdachung der Kanzel ihn niederzudrücken. Was für ein Unwetter mochte draußen sein? Das war kein trüber Tag mehr, das war schon tiefe Nacht. Keine Glasmalerei der großen Fenster war imstande, die dunkle Wand auch nur mit einem Schimmer zu unterbrechen. Und gerade jetzt begann der Kirchendiener, die Kerzen auf dem Hauptaltar, eine nach der anderen, auszulöschen. „Bist du mir böse?“, fragte K. den Geistlichen. „Du weißt vielleicht nicht, was für einem Gericht du dienst.“ Er bekam keine Antwort. „Es sind doch nur meine Erfahrungen“, sagte K. Oben blieb es noch immer still. „Ich wollte dich nicht beleidigen“, sagte K. Da schrie der Geistliche zu K. hinunter: „Siehst du denn nicht zwei Schritte weit?“ Es war im Zorn geschrien, aber gleichzeitig wie von einem, der jemanden fallen sieht und, weil er selbst erschrocken ist, unvorsichtig, ohne Willen schreit.

Nun schwiegen beide lange. Gewiß konnte der Geistliche in dem Dunkel, das unten herrschte, K. nicht genau erkennen, während K. den Geistlichen im Licht der kleinen Lampe deutlich sah. Warum kam der Geistliche nicht herunter? Eine Predigt hatte er ja nicht gehalten, sondern K. nur einige Mitteilungen gemacht, die ihm, wenn er sie genau beachtete, wahrscheinlich mehr schaden als nützen würden. Wohl aber schien K. die gute Absicht des Geistlichen zweifellos zu sein, es war nicht unmöglich, daß er sich mit ihm, wenn er herunterkäme, einigen würde, es war nicht unmöglich, daß er von ihm einen entscheidenden und annehmbaren Rat bekäme, der ihm zum Beispiel zeigen würde, nicht etwa wie der Prozeß zu beeinflussen war, sondern wie man aus dem Prozeß ausbrechen, wie man ihn umgehen, wie man außerhalb des Prozesses leben könnte. Diese Möglichkeit mußte bestehen, K. hatte in der letzten Zeit öfters an sie gedacht. Wußte aber der Geistliche eine solche Möglichkeit, würde er sie vielleicht, wenn man ihn darum bat, verraten, obwohl er selbst zum Gerichte gehörte und obwohl er, als K. das Gericht angegriffen hatte, sein sanftes Wesen unterdrückt und K. sogar angeschrien hatte.

„Willst du nicht herunterkommen?“, sagte K. „Es ist doch keine Predigt zu halten. Komm zu mir herunter.“ „Jetzt kann ich schon kommen“, sagte der Geistliche, er bereute vielleicht sein Schreien. Während er die Lampe von ihrem Haken löste, sagte er: „Ich mußte zuerst aus der Entfernung mit dir sprechen. Ich lasse mich sonst zu leicht beeinflussen und vergesse meinen Dienst.“

K. erwartete ihn unten an der Treppe. Der Geistliche streckte ihm schon von einer oberen Stufe im Hinuntergehen die Hand entgegen. „Hast du ein wenig Zeit für mich?“, fragte K. „Soviel Zeit, als du brauchst“, sagte der Geistliche und reichte K. die kleine Lampe, damit er sie trage. Auch in der Nähe verlor sich eine gewisse Feierlichkeit aus seinem Wesen nicht. „Du bist sehr freundlich zu mir“, sagte K., sie gingen nebeneinander im dunklen Seitenschiff auf und ab. „Du bist eine Ausnahme unter allen, die zum Gericht gehören. Ich habe mehr Vertrauen zu dir als zu irgend jemandem von ihnen, so viele ich schon kenne. Mit dir kann ich offen reden.“ „Täusche dich nicht“, sagte der Geistliche. „Worin sollte ich mich denn täuschen?“, fragte K. „In dem Gericht täuschst du dich“, sagte der Geistliche, „in den einleitenden Schriften zum Gesetz heißt es von dieser Täuschung: Vor dem Gesetz steht ein Türhüter. Zu diesem Türhüter kommt ein Mann vom Lande und bittet um Eintritt in das Gesetz. Aber der Türhüter sagt, daß er ihm jetzt den Eintritt nicht gewähren könne. Der Mann überlegt und fragt dann, ober also später werde eintreten dürfen. „Es ist möglich“, sagt der Türhüter, „jetzt aber nicht.“ Da das Tor zum Gesetz offensteht wie immer und der Türhüter beiseite tritt, bückt sich der Mann, um durch das Tor in das Innere zu sehen. Als der Türhüter das merkt, lacht er und sagt: „Wenn es dich so lockt, versuche es doch, trotz meinem Verbot hineinzugehen. Merke aber: Ich bin mächtig. Und ich bin nur der unterste Türhüter. Von Saal zu Saal stehen aber Türhüter, einer mächtiger als der andere. Schon den Anblick des dritten kann nicht einmal ich mehr vertragen.“ Solche Schwierigkeiten hat der Mann vom Lande nicht erwartet, das Gesetz soll doch jedem und immer zugänglich sein, denkt er, aber als er jetzt den Türhüter in seinem Pelzmantel genauer ansieht, seine große Spitznase, den langen, dünnen, schwarzen, tartarischen Bart, entschließt er sich doch, lieber zu warten, bis er die Erlaubnis zum Eintritt bekommt. Der Türhüter gibt ihm einen Schemel und läßt ihn seitwärts von der Tür sich niedersetzen. Dort sitzt er Tage und Jahre. Er macht viele Versuche, eingelassen zu werden und ermüdet den Türhüter durch seine Bitten. Der Türhüter stellt öfters kleine Verhöre mit ihm an, fragt ihn nach seiner Heimat aus und nach vielem anderen, es sind aber teilnahmslose Fragen, wie sie große Herren stellen, und zum Schlusse sagt er ihm immer wieder, daß er ihn noch nicht einlassen könne. Der Mann, der sich für seine Reise mit vielem ausgerüstet hat, verwendet alles, und sei es noch so wertvoll, um den Türhüter zu bestechen. Dieser nimmt zwar alles an, aber sagt dabei: „Ich nehme es nur an, damit du nicht glaubst, etwas versäumt zu haben." Während der vielen Jahre beobachtet der Mann den Türhüter fast ununterbrochen. Er vergißt die anderen Türhüter, und dieser erste scheint ihm das einzige Hindernis für den Eintritt in das Gesetz. Er verflucht den unglücklichen Zufall in den ersten Jahren laut, später, als er alt wird, brummt er nur noch vor sich hin. Er wird kindisch, und da er in dem jahrelangen Studium des Türhüters auch die Flöhe in seinem Pelzkragen erkannt hat, bittet er auch die Flöhe, ihm zu helfen und den Türhüter umzustimmen. Schließlich wird sein Augenlicht schwach, und er weiß nicht, ob es um ihn wirklich dunkler wird oder ob ihn nur die Augen täuschen. Wohl aber erkennt er jetzt im Dunkel einen Glanz, der unverlöschlich aus der Türe des Gesetzes bricht. Nun lebt er nicht mehr lange. Vor seinem Tode sammeln sich in seinem Kopfe alle Erfahrungen der ganzen Zeit zu einer Frage, die er bisher an den Türhüter noch nicht gestellt hat. Er winkt ihm zu, da er seinen erstarrenden Körper nicht mehr aufrichten kann. Der Türhüter muß sich tief zu ihm hinunterneigen, denn die Größenunterschiede haben sich sehr zuungunsten des Mannes verändert. „Was willst du denn jetzt noch wissen?", fragt der Türhüter, „du bist unersättlich." „Alle streben doch nach dem Gesetz", sagt der Mann, „wie kommt es, daß in den vielen Jahren niemand außer mir Einlaß verlangt hat?" Der Türhüter erkennt, daß der Mann schon am Ende ist, und um sein vergehendes Gehör noch zu erreichen, brüllt er ihn an: „Hier konnte niemand sonst Einlaß erhalten, denn dieser Eingang war nur für dich bestimmt. Ich gehe jetzt und schließe ihn."

„Der Türhüter hat also den Mann getäuscht", sagte K. sofort, von der Geschichte sehr stark angezogen. „Sei nicht übereilt", sagte der Geistliche, „übernimm nicht die fremde Meinung ungeprüft. Ich habe dir die Geschichte im Wortlaut der Schrift erzählt. Von Täuschung steht darin nichts." „Es ist aber klar", sagte K., „und deine erste Deutung war ganz richtig. Der Türhüter hat die erlösende Mitteilung erst dann gemacht, als sie dem Manne nicht mehr helfen konnte." „Er wurde nicht früher gefragt", sagte der Geistliche, „bedenke auch, daß er nur Türhüter war, und als solcher hat er seine Pflicht erfüllt." „Warum glaubst du, daß er seine Pflicht erfüllt hat?", fragte K., „er hat sie nicht erfüllt. Seine Pflicht war es vielleicht, alle Fremden abzuwehren, diesen Mann aber, für den der Eingang bestimmt war, hätte er einlassen müssen." „Du hast nicht genug Achtung vor der Schrift und veränderst die Geschichte", sagte der Geistliche. „Die Geschichte enthält über den Einlaß ins Gesetz zwei wichtige Erklärungen des Türhüters, eine am Anfang, eine am Ende. Die eine Stelle lautet: daß er ihm jetzt den Eintritt nicht gewähren könne, und die andere: dieser Eingang war nur für dich bestimmt. Bestände zwischen diesen beiden Erklärungen ein Widerspruch, dann hättest du recht, und der Türhüter hätte den Mann getäuscht. Nun besteht aber kein Widerspruch. Im Gegenteil, die erste Erklärung deutet sogar auf die zweite hin. Man könnte fast sagen, der Türhüter ging über seine Pflicht hinaus, indem er dem Mann eine zukünftige Möglichkeit des Einlasses in Aussicht stellte. Zu jener Zeit scheint es nur seine Pflicht gewesen zu sein, den Mann abzuweisen, und tatsächlich wundern sich viele Erklärer der Schrift darüber, daß der Türhüter jene Andeutung überhaupt gemacht hat, denn er scheint die Genauigkeit zu lieben und wacht streng über sein Amt. Durch viele Jahre verläßt er seinen Posten nicht und schließt das Tor erst ganz zuletzt, er ist sich der Wichtigkeit seines Dienstes sehr bewußt, denn er sagt: „Ich bin mächtig", er hat Ehrfurcht vor den Vorgesetzten, denn er sagt: „Ich bin nur der unterste Türhüter", er ist nicht geschwätzig, denn während der vielen Jahre stellt er nur, wie es heißt, „teilnahmslose Fragen", er ist nicht bestechlich, denn er sagt über ein Geschenk: „Ich nehme es nur an, damit du nicht glaubst, etwas versäumt zu haben", er ist, wo es um Pflichterfüllung geht, weder zu rühren noch zu erbittern, denn es heißt von dem Mann, „er ermüdet den Türhüter durch sein Bitten", schließlich deutet auch sein Äußeres auf einen pedantischen Charakter hin, die große Spitznase und der lange, dünne, schwarze, tartarische Bart. Kann es einen pflichttreueren Türhüter geben? Nun mischen sich aber in den Türhüter noch andere Wesenszüge ein, die für den, der Einlaß verlangt, sehr günstig sind und welche es immerhin begreiflich machen, daß er in jener Andeutung einer zukünftigen Möglichkeit über seine Pflicht etwas hinausgehen konnte. Es ist nämlich nicht zu leugnen, daß er ein wenig einfältig und im Zusammenhang damit ein wenig eingebildet ist. Wenn auch seine Äußerungen über seine Macht und über die Macht der anderen Türhüter und über deren sogar für ihn unerträglichen Anblick — ich sage, wenn auch alle diese Äußerungen an sich richtig sein mögen, so zeigt doch die Art, wie er diese Äußerungen vorbringt, daß seine Auffassung durch Einfalt und Überhebung getrübt ist. Die Erklärer sagen hiezu: „Richtiges Auffassen einer Sache und Mißverstehen der gleichen Sache schließen einander nicht vollständig aus." Jedenfalls aber muß man annehmen, daß jene Einfalt und Überhebung, so geringfügig sie sich vielleicht auch äußern, doch die Bewachung des Eingangs schwächen, es sind Lücken im Charakter des Türhüters. Hiezu kommt noch, daß der Türhüter seiner Naturanlage nach freundlich zu sein scheint, er ist durchaus nicht immer Amtsperson. Gleich in den ersten Augenblicken macht er den Spaß, daß er den Mann trotz dem ausdrücklich aufrechterhaltenen Verbot zum Eintritt einlädt, dann schickt er ihn nicht etwa fort, sondern gibt ihm, wie es heißt, einen Schemel und läßt ihn seitwärts von der Tür sich niedersetzen. Die Geduld, mit der er durch alle die Jahre die Bitten des Mannes erträgt, die kleinen Verhöre, die Annahme der Geschenke, die Vornehmheit, mit der er es zuläßt, daß der Mann neben ihm laut den unglücklichen Zufall verflucht, der den Türhüter hier aufgestellt hat — alles dieses läßt auf Regungen des Mitleids schließen. Nicht jeder Türhüter hätte so gehandelt. Und schließlich beugt er sich noch auf einen Wink hin tief zu dem Mann hinab, um ihm Gelegenheit zur letzten Frage zu geben. Nur eine schwache Ungeduld — der Türhüter weiß ja, daß alles zu Ende ist — spricht sich in den Worten aus: „Du bist unersättlich.“ Manche gehen sogar in dieser Art der Erklärung noch weiter und meinen, die Worte „Du bist unersättlich“, drücken eine Art freundschaftlicher Bewunderung aus, die allerdings von Herablassung nicht frei ist. Jedenfalls schließt sich so die Gestalt des Türhüters anders ab, als du es glaubst.“ „Du kennst die Geschichte genauer als ich und längere Zeit“, sagte K. Sie schwiegen ein Weilchen. Dann sagte K.: „Du glaubst also, der Mann wurde nicht getäuscht?“ „Mißverstehe mich nicht“, sagte der Geistliche, „ich zeige dir nur die Meinungen, die darüber bestehen. Du mußt nicht zuviel auf Meinungen achten. Die Schrift ist unveränderlich und die Meinungen sind oft nur ein Ausdruck der Verzweiflung darüber. In diesem Falle gibt es sogar eine Meinung, nach welcher gerade der Türhüter der Getäuschte ist.“ „Das ist eine weitgehende Meinung“, sagte K. „Wie wird sie begründet?“ „Die Begründung“, antwortete der Geistliche, „geht von der Einfalt des Türhüters aus. Man sagt, daß er das Innere des Gesetzes nicht kennt, sondern nur den Weg, den er vor dem Eingang immer wieder abgehen muß. Die Vorstellungen, die er von dem Innern hat, werden für kindlich gehalten, und man nimmt an, daß er das, wovor er dem Manne Furcht machen will, selbst fürchtet. Ja, er fürchtet es mehr als der Mann, denn dieser will ja nichts anderes als eintreten, selbst als er von den schrecklichen Türhütern des Innern gehört hat, der Türhüter dagegen will nicht eintreten, wenigstens erfährt man nichts darüber. Andere sagen zwar, daß er bereits im Innern gewesen sein muß, denn er ist doch einmal in den Dienst des Gesetzes aufgenommen worden, und das könne nur im Innern geschehen sein. Darauf ist zu antworten, daß er wohl auch durch einen Ruf aus dem Innern zum Türhüter bestellt worden sein könnte und daß er zumindest tief im Innern nicht gewesen sein dürfte, da er doch schon den Anblick des dritten Türhüters nicht mehr ertragen kann. Außerdem aber wird auch nicht berichtet, daß er während der vielen Jahre außer der Bemerkung über die Türhüter irgend etwas von dem Innern erzählt hätte. Es könnte ihm verboten sein, aber auch vom Verbot hat er nichts erzählt. Aus alledem schließt man, daß er über das Aussehen und die Bedeutung des Innern nichts weiß und sich darüber in Täuschung befindet. Aber auch über den Mann vom Lande soll er sich in Täuschung befinden, denn er ist diesem Mann untergeordnet und weiß es nicht. Daß er den Mann als einen Untergeordneten behandelt, erkennt man aus vielem, das dir noch erinnerlich sein dürfte. Daß er ihm aber tatsächlich untergeordnet ist, soll nach dieser Meinung ebenso deutlich hervorgehen. Vor allem ist der Freie dem Gebundenen übergeordnet. Nun ist der Mann tatsächlich frei, er kann hingehen, wohin er will, nur der Eingang in das Gesetz ist ihm verboten, und überdies nur von einem einzelnen, vom Türhüter. Wenn er sich auf den Schemel seitwärts vom Tor niedersetzt und dort sein Leben lang bleibt, so geschieht dies freiwillig, die Geschichte erzählt von keinem Zwang. Der Türhüter dagegen ist durch sein Amt an seinen Posten gebunden, er darf sich nicht auswärts entfernen, allem Anschein nach aber auch nicht in das Innere gehen, selbst wenn er es wollte. Außerdem ist er zwar im Dienst des Gesetzes, dient aber nur für diesen Eingang, also auch nur für diesen Mann, für den dieser Eingang allein bestimmt ist. Auch aus diesem Grunde ist er ihm untergeordnet. Es ist anzunehmen, daß er durch viele Jahre, durch ein ganzes Mannesalter gewissermaßen nur leeren Dienst geleistet hat, denn es wird gesagt, daß ein Mann kommt, also jemand im Mannesalter, daß also der Türhüter lange warten mußte, ehe sich sein Zweck erfüllte, und zwar so lange warten mußte, als es dem Mann beliebte, der doch freiwillig kam. Aber auch das Ende des Dienstes wird durch das Lebensende des Mannes bestimmt, bis zum Ende also bleibt er ihm untergeordnet. Und immer wieder wird betont, daß von alledem der Türhüter nichts zu wissen scheint. Daran wird aber nichts Auffälliges gesehen, denn nach dieser Meinung befindet sich der Türhüter noch in einer viel schwereren Täuschung, sie betrifft seinen Dienst. Zuletzt spricht er nämlich vom Eingang und sagt: „Ich gehe jetzt und schließe ihn“, aber am Anfang heißt es, daß das Tor zum Gesetz offensteht wie immer, steht es aber immer offen, immer, das heißt unabhängig von der Lebensdauer des Mannes, für den es bestimmt ist, dann wird es auch der Türhüter nicht schließen können. Darüber gehen die Meinungen auseinander, ob der Türhüter mit der Ankündigung, daß er das Tor schließen wird, nur eine Antwort geben oder seine Dienstpflicht betonen oder den Mann noch im letzten Augenblick in Reue und Trauer setzen will. Darin aber sind viele einig, daß er das Tor nicht wird schließen können. Sie glauben sogar, daß er, wenigstens am Ende, auch in seinem Wissen dem Manne untergeordnet ist, denn dieser sieht den Glanz, der aus dem Eingang des Gesetzes bricht, während der Türhüter als solcher wohl mit dem Rücken zum Eingang steht und auch durch keine Äußerung zeigt, daß er eine Veränderung bemerkt hätte.“ „Das ist gut begründet“, sagte K., der einzelne Stellen aus der Erklärung des Geistlichen halblaut für sich wiederholt hatte. „Es ist gut begründet, und ich glaube nun auch, daß der Türhüter getäuscht ist. Dadurch bin ich aber von meiner früheren Meinung nicht abgekommen, denn beide decken sich teilweise. Es ist unentscheidend, ob der Türhüter klar sieht oder getäuscht wird. Ich sagte, der Mann wird getäuscht. Wenn der Türhüter klar sieht, könnte man daran zweifeln, wenn der Türhüter aber getäuscht ist, dann muß sich seine Täuschung notwendig auf den Mann übertragen. Der Türhüter ist dann zwar kein Betrüger, aber so einfältig, daß er sofort aus dem Dienst gejagt werden müßte. Du mußt doch bedenken, daß die Täuschung, in der sich der Türhüter befindet, ihm nichts schadet, dem Mann aber tausendfach." „Hier stößt du auf eine Gegenmeinung", sagte der Geistliche. „Manche sagen nämlich, daß die Geschichte niemandem ein Recht gibt, über den Türhüter zu urteilen. Wie er uns auch erscheinen mag, ist er doch ein Diener des Gesetzes, also zum Gesetz gehörig, also dem menschlichen Urteil entrückt. Man darf dann auch nicht glauben, daß der Türhüter dem Manne untergeordnet ist. Durch seinen Dienst auch nur an den Eingang des Gesetzes gebunden zu sein, ist unvergleichlich mehr, als frei in der Welt zu leben. Der Mann kommt erst zum Gesetz, der Türhüter ist schon dort. Er ist vom Gesetz zum Dienst bestellt, an seiner Würdigkeit zu zweifeln, hieße am Gesetz zweifeln." „Mit dieser Meinung stimme ich nicht überein", sagte K. kopfschüttelnd, „denn wenn man sich ihr anschließt, muß man alles, was der Türhüter sagt, für wahr halten. Daß das aber nicht möglich ist, hast du ja selbst ausführlich begründet." „Nein", sagte der Geistliche, „man muß nicht alles für wahr halten, man muß es nur für notwendig halten." „Trübselige Meinung", sagte K. „Die Lüge wird zur Weltordnung gemacht."

K. sagte das abschließend, aber sein Endurteil war es nicht. Er war zu müde, um alle Folgerungen der Geschichte übersehen zu können, es waren auch ungewohnte Gedankengänge, in die sie ihn führte, unwirkliche Dinge, besser geeignet zur Besprechung für die Gesellschaft der Gerichtsbeamten als für ihn. Die einfache Geschichte war unförmlich geworden, er wollte sie von sich abschütteln, und der Geistliche, der jetzt ein großes Zartgefühl bewies, duldete es und nahm K.s Bemerkung schweigend auf, obwohl sie mit seiner eigenen Meinung gewiß nicht übereinstimmte. Sie gingen eine Zeitlang schweigend weiter, K. hielt sich eng neben dem Geistlichen, ohne zu wissen, wo er sich befand. Die Lampe in seiner Hand war längst erloschen. Einmal blinkte gerade vor ihm das silberne Standbild eines Heiligen nur mit dem Schein des Silbers und spielte gleich wieder ins Dunkel über. Um nicht vollständig auf den Geistlichen angewiesen zu bleiben, fragte ihn K.: „Sind wir jetzt nicht in der Nähe des Haupteinganges?" „Nein", sagte der Geistliche, „wir sind weit von ihm entfernt. Willst du schon fortgehen?" Obwohl K. gerade jetzt nicht daran gedacht hatte, sagte er sofort: „Gewiß, ich muß fortgehen. Ich bin Prokurist einer Bank, man wartet auf mich, ich bin nur hergekommen, um einem ausländischen Geschäftsfreund den Dom zu zeigen.“ „Nun“, sagte der Geistliche, und reichte K. die Hand, „dann geh.“ „Ich kann mich aber im Dunkel allein nicht zurechtfinden“, sagte K. „Geh links zur Wand“, sagte der Geistliche, „dann weiter die Wand entlang, ohne sie zu verlassen, und du wirst einen Ausgang finden.“ Der Geistliche hatte sich erst ein paar Schritte entfernt, aber K. rief schon sehr laut: „Bitte, warte noch!“ „Ich warte“, sagte der Geistliche. „Willst du nicht noch etwas von mir?“, fragte K. „Nein“, sagte der Geistliche. „Du warst früher so freundlich zu mir“, sagte K., „und hast mir alles erklärt, jetzt aber entläßt du mich, als läge dir nichts an mir.“ „Du mußt doch fortgehen“, sagte der Geistliche. „Nun ja“, sagte K., „sieh das doch ein.“ „Sieh du zuerst ein, wer ich bin“, sagte der Geistliche. „Du bist der Gefängniskaplan“, sagte K. und ging näher zum Geistlichen hin, seine sofortige Rückkehr in die Bank war nicht so notwendig, wie er sie dargestellt hatte, er konnte recht gut noch hierbleiben. „Ich gehöre also zum Gericht“, sagte der Geistliche. „Warum sollte ich also etwas von dir wollen. Das Gericht will nichts von dir. Es nimmt dich auf, wenn du kommst, und es entläßt dich, wenn du gehst.“

Zehntes Kapitel

Ende

Am Vorabend seines einunddreißigsten Geburtstages — es war gegen neun Uhr abends, die Zeit der Stille auf den Straßen — kamen zwei Herren in K.s Wohnung. In Gehröcken, bleich und fett, mit scheinbar unverrückbaren Zylinderhüten. Nach einer kleinen Förmlichkeit bei der Wohnungstür wegen des ersten Eintretens wiederholte sich die gleiche Förmlichkeit in größerem Umfange vor K.s Tür. Ohne daß ihm der Besuch angekündigt gewesen wäre, saß K., gleichfalls schwarz angezogen, in einem Sessel in der Nähe der Türe und zog langsam neue, scharf sich über die Finger spannende Handschuhe an, in der Haltung, wie man Gäste erwartet. Er stand gleich auf und sah die Herren neugierig an. „Sie sind also für mich bestimmt?“, fragte er. Die Herren nickten, einer zeigte mit dem Zylinderhut in der Hand auf den anderen. K. gestand sich ein, daß er einen anderen Besuch erwartet hatte. Er ging zum Fenster und sah noch einmal auf die dunkle Straße. Auch fast alle Fenster auf der anderen Straßenseite waren schon dunkel, in vielen die Vorhänge herabgelassen. In einem beleuchteten Fenster des Stockwerkes spielten kleine Kinder hinter einem Gitter miteinander und tasteten, noch unfähig, sich von ihren Plätzen fortzubewegen, mit den Händchen nacheinander. „Alte, untergeordnete Schauspieler schickt man um mich“, sagte sich K. und sah sich um, um sich nochmals davon zu überzeugen. „Man sucht auf billige Weise mit mir fertig zu werden.“ K. wendete sich plötzlich ihnen zu und fragte: „An welchem Theater spielen Sie?“ „Theater?“, fragte der eine Herr mit zuckenden Mundwinkeln den anderen um Rat. Der andere gebärdete sich wie ein Stummer, der mit dem widerspenstigsten Organismus kämpft. „Sie sind nicht darauf vorbereitet, gefragt zu werden“, sagte sich K. und ging seinen Hut holen.

Schon auf der Treppe wollten sich die Herren in K. einhängen, aber K. sagte: „Erst auf der Gasse, ich bin nicht krank.“ Gleich aber vor dem Tor hängten sie sich in ihn in einer Weise ein, wie K. noch niemals mit einem Menschen gegangen war. Sie hielten die Schultern eng hinter den seinen, knickten die Arme nicht ein, sondern benützten sie, um K.s Arme in ihrer ganzen Länge zu umschlingen, unten erfaßten sie K.s Hände mit einem schulmäßigen, eingeübten, unwiderstehlichen Griff. K. ging straff gestreckt zwischen ihnen, sie bildeten jetzt alle drei eine solche Einheit, daß, wenn man einen von ihnen zerschlagen hätte, alle zerschlagen gewesen wären. Es war eine Einheit, wie sie fast nur Lebloses bilden kann.

Unter den Laternen versuchte K. öfters, so schwer es bei diesem engen Aneinander ausgeführt werden konnte, seine Begleiter deutlicher zu sehen, als es in der Dämmerung seines Zimmers möglich gewesen war. „Vielleicht sind es Tenöre“, dachte er im Anblick ihres schweren Doppelkinns. Er ekelte sich vor der Reinlichkeit ihrer Gesichter. Man sah förmlich noch die säubernde Hand, die in ihre Augenwinkel gefahren, die ihre Oberlippe gerieben, die die Falten am Kinn ausgekratzt hatte. Als K. das bemerkte, blieb er stehen, infolgedessen blieben auch die andern stehen; sie waren am Rand eines freien, menschenleeren, mit Anlagen geschmückten Platzes. „Warum hat man gerade Sie geschickt!“, rief er mehr, als er fragte. Die Herren wußten scheinbar keine Antwort, sie warteten mit dem hängenden, freien Arm, wie Krankenwärter, wenn der Kranke sich ausruhen will. „Ich gehe nicht weiter“, sagte K. versuchsweise. Darauf brauchten die Herren nicht zu antworten, es genügte, daß sie den Griff nicht lockerten und K. von der Stelle wegzuheben versuchten, aber K. widerstand. „Ich werde nicht mehr viel Kraft brauchen, ich werde jetzt alle anwenden“, dachte er. Ihm fielen die Fliegen ein, die mit zerreißenden Beinchen von der Leimrute wegstreben. „Die Herren werden schwere Arbeit haben.“

Da stieg vor ihnen aus einer tiefer gelegenen Gasse auf einer kleinen Treppe Fräulein Bürstner zum Platz empor. Es war nicht ganz sicher, ob sie es war, die Ähnlichkeit war freilich groß. Aber K. lag auch nichts daran, ob es bestimmt Fräulein Bürstner war, bloß die Wertlosigkeit seines Widerstandes kam ihm gleich zum Bewußtsein. Es war nichts Heldenhaftes, wenn er widerstand, wenn er jetzt den Herren Schwierigkeiten bereitete, wenn er jetzt in der Abwehr noch den letzten Schein des Lebens zu genießen versuchte. Er setzte sich in Gang, und von der Freude, die er dadurch den Herren machte, ging noch etwas auf ihm selbst über. Sie duldeten es jetzt, daß er die Wegrichtung bestimmte, und er bestimmte sie nach dem Weg, den das Fräulein vor ihnen nahm, nicht etwa, weil er sie einholen, nicht etwa, weil er sie möglichst lange sehen wollte, sondern nur deshalb, um die Mahnung, die sie für ihn bedeutete, nicht zu vergessen. „Das einzige, was ich jetzt tun kann“, sagte er sich, und das Gleichmaß seiner Schritte und der Schritte der beiden anderen bestätigte seine Gedanken, „das einzige, was ich jetzt tun kann, ist, bis zum Ende den ruhig einteilenden Verstand behalten. Ich wollte immer mit zwanzig Händen in die Welt hineinfahren und überdies zu einem nicht zu billigenden Zweck. Das war unrichtig. Soll ich nun zeigen, daß nicht einmal der einjährige Prozeß mich belehren konnte? Soll ich als ein begriffsstutziger Mensch abgehen? Soll man mir nach sagen dürfen, daß ich am Anfang des Prozesses ihn beenden wollte und jetzt, an seinem Ende, ihn wieder beginnen will? Ich will nicht, daß man das sagt. Ich bin dafür dankbar, daß man mir auf diesem Weg diese halbstummen, verständnislosen Herren mitgegeben hat und daß man es mir überlassen hat, mir selbst das Notwendige zu sagen.“

Das Fräulein war inzwischen in eine Seitengasse eingebogen, aber K. konnte sie schon entbehren und überließ sich seinen Begleitern. Alle drei zogen nun in vollem Einverständnis über eine Brücke im Mondschein, jeder kleinen

Bewegung, die K. machte, gaben die Herren jetzt bereitwillig nach, als er ein wenig zum Geländer sich wendete, drehten auch sie sich in ganzer Front dorthin. Das im Mondlicht glänzende und zitternde Wasser teilte sich um eine kleine Insel, auf der, wie zusammengedrängt, Laubmassen von Bäumen und Sträuchern sich aufhäuften. Unter ihnen, jetzt unsichtbar, führten Kieswege mit bequemen Bänken, auf denen K. in manchem Sommer sich gestreckt und gedehnt hatte. „Ich wollte ja gar nicht stehenbleiben", sagte er zu seinen Begleitern, beschämt durch ihre Bereitwilligkeit. Der eine schien dem anderen hinter K.s Rücken einen sanften Vorwurf wegen des mißverständlichen Stehenbleibens zu machen, dann gingen sie weiter.

Sie kamen durch einige ansteigende Gassen, in denen hie und da Polizisten standen oder gingen; bald in der Ferne, bald in nächster Nähe. Einer mit buschigem Schnurrbart, die Hand am Griff des Säbels, trat wie mit Absicht nahe an die nicht ganz unverdächtige Gruppe. Die Herren stockten, der Polizeimann schien schon den Mund zu öffnen, da zog K. mit Macht die Herren vorwärts. Öfters drehte er sich vorsichtig um, ob der Polizeimann nicht folge; als sie aber eine Ecke zwischen sich und dem Polizeimann hatten, fing K. zu laufen an, die Herren mußten trotz großer Atemnot auch mit laufen.

So kamen sie rasch aus der Stadt hinaus, die sich in dieser Richtung fast ohne Übergang an die Felder anschloß. Ein kleiner Steinbruch, verlassen und öde, lag in der Nähe eines noch ganz städtischen Hauses. Hier machten die Herren halt, sei es, daß dieser Ort von allem Anfang an ihr Ziel gewesen war, sei es, daß sie zu erschöpft waren, um noch weiter zu laufen. Jetzt ließen sie K. los, der stumm wartete, nahmen die Zylinderhüte ab und wischten sich, während sie sich im Steinbruch umsahen, mit den Taschentüchern den Schweiß von der Stirn. Überall lag der Mondschein mit seiner Natürlichkeit und Ruhe, die keinem anderen Licht gegeben ist.

Nach Austausch einiger Höflichkeiten hinsichtlich dessen, wer die nächsten Aufgaben auszuführen habe — die Herren schienen die Aufträge ungeteilt bekommen zu haben –, ging der eine zu K. und zog ihm den Rock, die Weste und schließlich das Hemd aus. K. fröstelte unwillkürlich, worauf ihm der Herr einen leichten, beruhigenden Schlag auf den Rücken gab. Dann legte er die Sachen sorgfältig zusammen, wie Dinge, die man noch gebrauchen wird, wenn auch nicht in allernächster Zeit. Um K. nicht ohne Bewegung der immerhin kühlen Nachtluft auszusetzen, nahm er ihn unter den Arm und ging mit ihm ein wenig auf und ab, während der andere Herr den Steinbruch nach irgendeiner passenden Stelle absuchte. Als er sie gefunden hatte, winkte er, und der andere Herr geleitete K. hin. Es war nahe der Bruchwand, es lag dort ein losgebrochener Stein. Die Herren setzten K. auf die Erde nieder, lehnten ihn an den Stein und betteten seinen Kopf obenauf. Trotz aller Anstrengung, die sie sich gaben, und trotz allem Entgegenkommen, das ihnen K. bewies, blieb seine Haltung eine sehr gezwungene und unglaubwürdige. Der eine Herr bat daher den anderen, ihm für ein Weilchen das Hinlegen K.s allein zu überlassen, aber auch dadurch wurde es nicht besser. Schließlich ließen sie K. in einer Lage, die nicht einmal die beste von den bereits erreichten Lagen war. Dann öffnete der eine Herr seinen Gehrock und nahm aus einer Scheide, die an einem um die Weste gespannten Gürtel hing, ein langes, dünnes beiderseitig geschärftes Fleischermesser, hielt es hoch und prüfte die Schärfe im Licht. Wieder begannen die widerlichen Höflichkeiten, einer reichte über K. hinweg das Messer dem anderen, dieser reichte es wieder über K. zurück. K. wußte jetzt genau, daß es seine Pflicht gewesen wäre, das Messer, als es von Hand zu Hand über ihm schwebte, selbst zu fassen und sich einzubohren. Aber er tat es nicht, sondern drehte den noch freien Hals und sah umher. Vollständig konnte er sich nicht bewähren, alle Arbeit den Behörden nicht abnehmen, die Verantwortung für diesen letzten Fehler trug der, der ihm den Rest der dazu nötigen Kraft versagt hatte. Seine Blicke fielen auf das letzte Stockwerk des an den Steinbruch angrenzenden Hauses. Wie ein Licht aufzuckt, so fuhren die Fensterflügel eines Fensters dort auseinander, ein Mensch, schwach und dünn in der Ferne und Höhe, beugte sich mit einem Ruck weit vor und streckte die Arme noch weiter aus. Wer war es? Ein Freund? Ein guter Mensch? Einer, der teilnahm? Einer, der helfen wollte? War es ein einzelner? Waren es alle? War noch Hilfe? Gab es Einwände, die man vergessen hatte? Gewiß gab es solche. Die Logik ist zwar unerschütterlich, aber einem Menschen, der leben will, widersteht sie nicht. Wo war der Richter, den er nie gesehen hatte? Wo war das hohe Gericht, bis zu dem er nie gekommen war? Er hob die Hände und spreizte alle Finger.

Aber an K.s Gurgel legten sich die Hände des einen Herrn, während der andere das Messer ihm tief ins Herz stieß und zweimal dort drehte. Mit brechenden Augen sah noch K., wie die Herren, nahe vor seinem Gesicht, Wange an Wange aneinandergelehnt, die Entscheidung beobachteten. „Wie ein Hund!“, sagte er, es war, als sollte die Scham ihn überleben.

Page intentionally left blank.

Das erste Kapitel

Es war spätabends, als K. ankam. Das Dorf lag in tiefem Schnee. Vom Schloßberg war nichts zu sehen, Nebel und Finsternis umgaben ihn, auch nicht der schwächste Lichtschein deutete das große Schloß an. Lange stand K. auf der Holzbrücke, die von der Landstraße zum Dorf führte, und blickte in die scheinbare Leere empor. Dann ging er, ein Nachtlager suchen; im Wirtshaus war man noch wach, der Wirt hatte zwar kein Zimmer zu vermieten, aber er wollte, von dem späten Gast äußerst überrascht und verwirrt, K. in der Wirtsstube auf einem Strohsack schlafen lassen. K. war damit einverstanden. Einige Bauern waren noch beim Bier, aber er wollte sich mit niemandem unterhalten, holte selbst den Strohsack vom Dachboden und legte sich in der Nähe des Ofens hin. Warm war es, die Bauern waren still, ein wenig prüfte er sie noch mit den müden Augen, dann schlief er ein. Aber kurze Zeit darauf wurde er schon geweckt. Ein junger Mann, städtisch angezogen, mit schauspielerhaftem Gesicht, die Augen schmal, die Augenbrauen stark, stand mit dem Wirt neben ihm. Die Bauern waren auch noch da, einige hatten ihre Sessel herumgedreht, um besser zu sehen und zu hören. Der junge Mensch entschuldigte sich sehr höflich, K. geweckt zu haben, stellte sich als Sohn des Schloßkastellans vor und sagte dann: „Dieses Dorf ist Besitz des Schlosses, wer hier wohnt oder übernachtet, wohnt oder übernachtet gewissermaßen im Schloß. Niemand darf das ohne gräfliche Erlaubnis. Sie aber haben eine solche Erlaubnis nicht oder haben sie wenigstens nicht vorgezeigt.“ K. hatte sich halb aufgerichtet, hatte die Haare zurechtgestrichen, blickte die Leute von unten her an und sagte: „In welches Dorf habe ich mich verirrt? Ist denn hier ein Schloß?“

„Allerdings“, sagte der junge Mann langsam, während hier und dort einer den Kopf über K. schüttelte, „das Schloß des Herrn Grafen Westwest.“

„Und man muß die Erlaubnis zum Übernachten haben?“, fragte K., als wolle er sich davon überzeugen, ob er die früheren Mitteilungen nicht vielleicht geträumt hätte.

„Die Erlaubnis muß man haben“, war die Antwort, und es lag darin ein großer Spott für K., als der junge Mann mit ausgestrecktem Arm den Wirt und die Gäste fragte: „Oder muß man etwa die Erlaubnis nicht haben?“

„Dann werde ich mir also die Erlaubnis holen müssen“, sagte K. gähnend und schob die Decke von sich, als wolle er aufstehen.

„Ja von wem denn?“, fragte der junge Mann.

„Vom Herrn Grafen“, sagte K., „es wird nichts anderes übrigbleiben.“

„Jetzt um Mitternacht die Erlaubnis vom Herrn Grafen holen?“, rief der junge Mann und trat einen Schritt zurück.

„Ist das nicht möglich?“, fragte K. gleichmütig. „Warum haben Sie mich also geweckt?“

Nun geriet aber der junge Mann außer sich. „Landstreichermanieren!“, rief er. „Ich verlange Respekt vor der gräflichen Behörde! Ich habe Sie deshalb geweckt, um Ihnen mitzuteilen, daß Sie sofort das gräfliche Gebiet verlassen müssen.“
„Genug der Komödie“, sagte K. auffallend leise, legte sich nieder und zog die Decke über sich. „Sie gehen, junger Mann, ein wenig zu weit, und ich werde morgen noch auf Ihr Benehmen zurückkommen. Der Wirt und die Herren dort sind Zeugen, soweit ich überhaupt Zeugen brauche. Sonst aber lassen Sie es sich gesagt sein, daß ich der Landvermesser bin, den der Graf hat kommen lassen. Meine Gehilfen mit den Apparaten kommen morgen im Wagen nach. Ich wollte mir den Marsch durch den Schnee nicht entgehen lassen, bin aber leider einigemal vom Weg abgeirrt und deshalb erst so spät angekommen. Daß es jetzt zu spät war, im Schloß mich zu melden, wußte ich schon aus eigenem, noch vor Ihrer Belehrung. Deshalb habe ich mich auch mit diesem Nachtlager hier begnügt, das zu stören Sie die — gelinde gesagt — Unhöflichkeit hatten. Damit sind meine Erklärungen beendet. Gute Nacht, meine Herren.“ Und K. drehte sich zum Ofen hin. „Landvermesser?“, hörte er noch hinter seinem Rücken zögernd fragen, dann war allgemeine Stille. Aber der junge Mann faßte sich bald und sagte zum Wirt in einem Ton, der genug gedämpft war, um als Rücksichtnahme auf K.s Schlaf zu gelten, und laut genug, um ihm verständlich zu sein: „Ich werde telefonisch anfragen.“ Wie, auch ein Telefon war in diesem Dorfwirtshaus? Man war vorzüglich eingerichtet. Im einzelnen überraschte es K., im ganzen hatte er es freilich erwartet. Es zeigte sich, daß das Telefon fast über seinem Kopf angebracht war, in seiner Verschlafenheit hatte er es übersehen. Wenn nun der junge Mann telefonieren mußte, dann konnte er beim besten Willen K.s Schlaf nicht schonen, es handelte sich nur darum, ob K. ihn telefonieren lassen sollte, er beschloß, es zuzulassen. Dann hatte es aber freilich auch keinen Sinn, den Schlafenden zu spielen, und er kehrte deshalb in die Rückenlage zurück. Er sah die Bauern scheu zusammenrücken und sich besprechen, die Ankunft eines Landvermessers war nichts Geringes. Die Tür der Küche hatte sich geöffnet, türfüllend stand dort die mächtige Gestalt der Wirtin, auf den Fußspitzen näherte sich ihr der Wirt, um ihr zu berichten. Und nun begann das Telefongespräch. Der Kastellan schlief, aber ein Unterkastellan, einer der Unterkastellane, ein Herr Fritz, war da. Der junge Mann, der sich als Schwarzer vorstellte, erzählte, wie er K. gefunden, einen Mann in den Dreißigern, recht zerlumpt, auf einem Strohsack ruhig schlafend, mit einem winzigen Rucksack als Kopfkissen, einen Knotenstock in Reichweite. Nun sei er ihm natürlich verdächtig gewesen, und da der Wirt offenbar seine Pflicht vernachlässigt hatte, sei es seine, Schwarzers, Pflichtgewesen, der Sache auf den Grund zu gehen. Das Gewecktwerden, das Verhör, die pflichtgemäße Androhung der Verweisung aus der Grafschaft habe K. sehr

ungnädig aufgenommen, wie es sich schließlich gezeigt habe, vielleicht mit Recht, denn er behaupte, ein vom Herrn Grafen bestellter Landvermesser zu sein. Natürlich sei es zumindest formale Pflicht, die Behauptung nachzuprüfen, und Schwarzer bitte deshalb Herrn Fritz, sich in der Zentralkanzlei zu erkundigen, ob ein Landvermesser dieser Art wirklich erwartet werde, und die Antwort gleich zu telefonieren.

Dann war es still, Fritz erkundigte sich drüben, und hier wartete man auf die Antwort. K. blieb wie bisher, drehte sich nicht einmal um, schien gar nicht neugierig, sah vor sich hin. Die Erzählung Schwarzers in ihrer Mischung von Bosheit und Vorsicht gab ihm eine Vorstellung von der gewissermaßen diplomatischen Bildung, über die im Schloß selbst kleine Leute wie Schwarzer leicht verfügten. Und auch an Fleiß ließen sie es dort nicht fehlen; die Zentralkanzlei hatte Nachtdienst. Und gab offenbar sehr schnell Antwort, denn schon klingelte Fritz. Dieser Bericht schien allerdings sehr kurz, denn sofort warf Schwarzer wütend den Hörer hin. „Ich habe es ja gesagt!“, schrie er. „Keine Spur von Landvermesser, ein gemeiner, lügnerischer Landstreicher, wahrscheinlich aber Ärgeres.“ Einen Augenblick dachte K., alle, Schwarzer, Bauern, Wirt und Wirtin, würden sich auf ihn stürzen. Um wenigstens dem ersten Ansturm auszuweichen, verkroch er sich ganz unter die Decke. Da läutete das Telefon nochmals, und, wie es K. schien, besonders stark. Er steckte langsam den Kopf wieder hervor. Obwohl es unwahrscheinlich war, daß es wieder K. betraf, stockten alle, und Schwarzer kehrte zum Apparat zurück. Er hörte dort eine längere Erklärung ab und sagte dann leise: „Ein Irrtum also? Das ist mir recht unangenehm. Der Bürochef selbst hat telefoniert? Sonderbar, sonderbar. Wie soll ich es dem Herrn Landvermesser erklären?“

K. horchte auf. Das Schloß hatte ihn also zum Landvermesser ernannt. Das war einerseits ungünstig für ihn, denn es zeigte, daß man im Schloß alles Nötige über ihn wußte, die Kräfteverhältnisse abgewogen hatte und den Kampf lächelnd aufnahm. Es war aber andererseits auch günstig, denn es bewies, seiner Meinung nach, daß man ihn unterschätzte und daß er mehr Freiheit haben würde, als er hätte von vornherein hoffen dürfen. Und wenn man glaubte, durch diese geistig gewiß überlegene Anerkennung seiner Landvermesserschaft ihn dauernd in Schrecken halten zu können, so täuschte man sich; es überschauerte ihn leicht, das war aber alles.

Dem sich schüchtern nähernden Schwarzer winkte K. ab; ins Zimmer des Wirtes zu übersiedeln, wozu man ihn drängte, weigerte er sich, nahm nur vom Wirt einen Schlaftrunk an, von der Wirtin ein Waschbecken mit Seife und Handtuch und mußte gar nicht erst verlangen, daß der Saal geleert wurde, denn alles drängte mit abgewendeten Gesichtern hinaus, um nicht etwa morgen von ihm erkannt zu werden. Die Lampe wurde ausgelöscht, und

er hatte endlich Ruhe. Er schlief tief, kaum ein-, zweimal von vorüberhuschenden Ratten flüchtig gestört, bis zum Morgen.
Nach dem Frühstück, das, wie überhaupt K.s ganze Verpflegung, nach Angabe des Wirts vom Schloß bezahlt werden sollte, wollte er gleich ins Dorf gehen. Aber da der Wirt, mit dem er bisher in Erinnerung an sein gestriges Benehmen nur das Notwendigste gesprochen hatte, mit stummer Bitte sich immerfort um ihn herumdrehte, erbarmte er sich seiner und ließ ihn für ein Weilchen bei sich niedersetzen.
„Ich kenne den Grafen noch nicht", sagte K., „er soll gute Arbeit gut bezahlen, ist das wahr? Wenn man, wie ich, so weit von Frau und Kind reist, dann will man auch etwas heimbringen."
„In dieser Hinsicht muß sich der Herr keine Sorge machen, über schlechte Bezahlung hört man keine Klage." — „Nun", sagte K., „ich gehöre ja nicht zu den Schüchternen und kann auch einem Grafen meine Meinung sagen, aber in Frieden mit den Herren fertig zu werden ist natürlich weit besser."
Der Wirt saß K. gegenüber am Rand der Fensterbank, bequemer wagte er sich nicht zu setzen, und sah K. die ganze Zeit über mit großen, braunen, ängstlichen Augen an. Zuerst hatte er sich an K. herangedrängt, und nun schien es, als wolle er am liebsten weglaufen. Fürchtete er, über den Grafen ausgefragt zu werden? Fürchtete er die Unzuverlässigkeit des „Herrn", für den er K. hielt? K. mußte ihn ablenken. Er blickte auf die Uhr und sagte: „Nun werden bald meine Gehilfen kommen, wirst du sie hier unterbringen können?"
„Gewiß, Herr", sagte er, „werden sie aber nicht mit dir im Schlosse wohnen?"
Verzichtete er so leicht und gern auf die Gäste und auf K. besonders, den er unbedingt ins Schloß verwies?
„Das ist noch nicht sicher", sagte K., „erst muß ich erfahren, was für eine Arbeit man für mich hat. Sollte ich zum Beispiel hier unten arbeiten, dann wird es auch vernünftiger sein, hier unten zu wohnen. Auch fürchte ich, daß mir das Leben oben im Schlosse nicht zusagen würde. Ich will immer frei sein."
„Du kennst das Schloß nicht", sagte der Wirt leise.
„Freilich", sagte K., „man soll nicht verfrüht urteilen. Vorläufig weiß ich ja vom Schloß nichts weiter, als daß man es dort versteht, sich den richtigen Landvermesser auszusuchen. Vielleicht gibt es dort noch andere Vorzüge." Und er stand auf, um den unruhig seine Lippen beißenden Wirt von sich zu befreien. Leicht war das Vertrauen dieses Mannes nicht zu gewinnen.
Im Fortgehen fiel K. an der Wand ein dunkles Porträt in einem dunklen Rahmen auf. Schon von seinem Lager aus hatte er es bemerkt, hatte aber in der Entfernung die Einzelheiten nicht unterschieden und geglaubt, das eigentliche Bild sei aus dem Rahmen fortgenommen und nur ein schwarzer

Rückendeckel sei zu sehen. Aber es war doch ein Bild, wie sich jetzt zeigte, das Brustbild eines etwa fünfzigjährigen Mannes. Den Kopf hielt er so tief auf die Brust gesenkt, daß man kaum etwas von den Augen sah, entscheidend für die Senkung schien die hohe, lastende Stirn und die starke, hinabgekrümmte Nase. Der Vollbart, infolge der Kopfhaltung am Kinn eingedrückt, stand weiter unten ab. Die linke Hand lag gespreizt in den vollen Haaren, konnte aber den Kopf nicht mehr heben. „Wer ist das?“, fragte K. „Der Graf?“ K. stand vor dem Bild und blickte sich gar nicht nach dem Wirt um. „Nein“, sagte der Wirt, „der Kastellan.“ — „Einen schönen Kastellan haben sie im Schloß, das ist wahr“, sagte K., „schade, daß er einen so mißratenen Sohn hat.“ — „Nein“, sagte der Wirt, zog K. ein wenig zu sich herunter und flüsterte ihm ins Ohr: „Schwarzer hat gestern übertrieben, sein Vater ist nur ein Unterkastellan und sogar einer der letzten.“ In diesem Augenblick kam der Wirt K. wie ein Kind vor. „Der Lump!“, sagte K. lachend, aber der Wirt lachte nicht mit, sondern sagte: „Auch sein Vater ist mächtig.“ — „Geh!“, sagte K. „Du hältst jeden für mächtig. Mich etwa auch?“ — „Dich“, sagte er schüchtern, aber ernsthaft, „halte ich nicht für mächtig.“ — „Du verstehst also doch recht gut zu beobachten“, sagte K., „mächtig bin ich nämlich, im Vertrauen gesagt, wirklich nicht. Und habe infolgedessen vor den Mächtigen wahrscheinlich nicht weniger Respekt als du, nur bin ich nicht so aufrichtig wie du und will es nicht immer eingestehen.“ Und K. klopfte dem Wirt, um ihn zu trösten und sich geneigter zu machen, leicht auf die Wange. Nun lächelte er doch ein wenig. Er war wirklich ein Junge mit seinem weichen, fast bartlosen Gesicht. Wie war er zu seiner breiten, ältlichen Frau gekommen, die man nebenan hinter einem Guckfenster, weit die Ellbogen vom Leib, in der Küche hantieren sah? K. wollte aber jetzt nicht mehr weiter in ihn dringen, das endlich bewirkte Lächeln nicht verjagen. Er gab ihm also nur noch einen Wink, ihm die Tür zu öffnen, und trat in den schönen Wintermorgen hinaus.

Nun sah er oben das Schloß deutlich umrissen in der klaren Luft und noch verdeutlicht durch den alle Formen nachbildenden, in dünner Schicht überall liegenden Schnee. Übrigens schien oben auf dem Berg viel weniger Schnee zu sein als hier im Dorf, wo sich K. nicht weniger mühsam vorwärts brachte als gestern auf der Landstraße. Hier reichte der Schnee bis zu den Fenstern der Hütten und lastete gleich wieder auf dem niedrigen Dach, aber oben auf dem Berg ragte alles frei und leicht empor, wenigstens schien es so von hier aus.

Im ganzen entsprach das Schloß, wie es sich hier von der Ferne zeigte, K.s Erwartungen. Es war weder eine alte Ritterburg noch ein neuer Prunkbau, sondern eine ausgedehnte Anlage, die aus wenigen zweistöckigen, aber aus vielen eng aneinander stehenden niedrigen Bauten bestand; hätte man nicht gewußt, daß es ein Schloß sei, hätte man es für ein Städtchen halten können.

Nur einen Turm sah K., ob er zu einem Wohngebäude oder einer Kirche gehörte, war nicht zu erkennen. Schwärme von Krähen umkreisten ihn.

Die Augen auf das Schloß gerichtet, ging K. weiter, nichts sonst kümmerte ihn. Aber im Näherkommen enttäuschte ihn das Schloß, es war doch nur ein recht elendes Städtchen, aus Dorfhäusern zusammengetragen, ausgezeichnet nur dadurch, daß vielleicht alles aus Stein gebaut war; aber der Anstrich war längst abgefallen, und der Stein schien abzubröckeln. Flüchtig erinnerte sich K. an sein Heimatstädtchen; es stand diesem angeblichen Schlosse kaum nach. Wäre es K. nur auf die Besichtigung angekommen, dann wäre es schade um die lange Wanderschaft gewesen und er hätte vernünftiger gehandelt, wieder einmal die alte Heimat zu besuchen, wo er schon so lange nicht gewesen war. Und er verglich in Gedanken den Kirchturm der Heimat mit dem Turm dort oben. Jener Turm, bestimmt, ohne Zögern geradewegs nach oben sich verjüngend, breitdachig, abschließend mit roten Ziegeln, ein irdisches Gebäude — was können wir anderes bauen? — aber mit höherem Ziel als die niedrige Häusermenge und mit klarerem Ausdruck, als ihn der trübe Werktag hat. Der Turm hier oben — es war der einzig sichtbare –, der Turm eines Wohnhauses, wie es sich jetzt zeigte, vielleicht des Hauptschlosses, war ein einförmiger Rundbau, zum Teil gnädig von Efeu verdeckt, mit kleinen Fenstern, die jetzt in der Sonne aufstrahlten — etwas Irrsinniges hatte das –, und einem söllerartigen Abschluß, dessen Mauerzinnen unsicher, unregelmäßig, brüchig, wie von ängstlicher oder nachlässiger Kinderhand gezeichnet, sich in den blauen Himmel zackten. Es war, wie wenn ein trübseliger Hausbewohner, der gerechterweise im entlegensten Zimmer des Hauses sich hätte eingesperrt halten sollen, das Dach durchbrochen und sich erhoben hätte, um sich der Welt zu zeigen.

Wieder stand K. still, als hätte er im Stillestehen mehr Kraft des Urteils. Aber er wurde gestört. Hinter der Dorfkirche, bei der er stehengeblieben war — es war eigentlich nur eine Kapelle, scheunenartig erweitert, um die Gemeinde aufnehmen zu können –, war die Schule.

Ein niedriges, langes Gebäude, merkwürdig den Charakter des Provisorischen und des sehr Alten vereinigend, lag es hinter einem umgitterten Garten, der jetzt ein Schneefeld war. Eben kamen die Kinder mit dem Lehrer heraus. In einem dichten Haufen umgaben sie den Lehrer, aller Augen blickten auf ihn, unaufhörlich schwatzten sie von allen Seiten, K. verstand ihr schnelles Sprechen gar nicht. Der Lehrer, ein junger, kleiner, schmalschulteriger Mensch, aber ohne daß es lächerlich wurde, sehr aufrecht, hatte K. schon von der Ferne ins Auge gefaßt, allerdings war außer seiner Gruppe K. der einzige Mensch weit und breit. K., als Fremder, grüßte zuerst, gar einen so befehlshaberischen kleinen Mann. „Guten Tag, Herr Lehrer“, sagte er.

Mit einem Schlag verstummten die Kinder, diese plötzliche Stille als Vorbereitung für seine Worte mochte wohl dem Lehrer gefallen. „Ihr sehet das Schloß an?“, fragte er sanftmütiger, als K. erwartet hatte, aber in einem Tone, als billige er nicht das, was K. tue. „Ja“, sagte K., „ich bin hier fremd, erst seit gestern abend im Ort.“ — „Das Schloß gefällt Euch nicht?“, fragte der Lehrer schnell. „Wie?“, fragte K. zurück, ein wenig verblüfft, und wiederholte in milderer Form die Frage: „Ob mir das Schloß gefällt? Warum nehmet Ihr an, daß es mir nicht gefällt?“ –

„Keinem Fremden gefällt es“, sagte der Lehrer. Um hier nichts Unwillkommenes zu sagen, wendete K. das Gespräch und fragte: „Sie kennen wohl den Grafen?“ — „Nein“, sagte der Lehrer und wollte sich abwenden. K. gab aber nicht nach und fragte nochmals: „Wie? Sie kennen den Grafen nicht?“ — „Wie sollte ich ihn kennen?“, sagte der Lehrer leise und fügte laut auf französisch hinzu: „Nehmen Sie Rücksicht auf die Anwesenheit unschuldiger Kinder.“ K. holte daraus das Recht zu fragen: „Könnte ich Sie, Herr Lehrer, einmal besuchen? Ich bleibe längere Zeit hier und fühle mich schon jetzt ein wenig verlassen; zu den Bauern gehöre ich nicht und ins Schloß wohl auch nicht.“ — „Zwischen den Bauern und dem Schloß ist kein großer Unterschied“, sagte der Lehrer. „Mag sein“, sagte K., „das ändert an meiner Lage nichts. Könnte ich Sie einmal besuchen?“ — „Ich wohne in der Schwanengasse beim Fleischhauer.“ Das war nun zwar mehr eine Adressenangabe als eine Einladung, dennoch sagte K.: „Gut, ich werde kommen.“ Der Lehrer nickte und zog mit den gleich wieder losschreienden Kinderhaufen weiter. Sie verschwanden bald in einem jäh abfallenden Gäßchen.

K. aber war zerstreut, durch das Gespräch verärgert. Zum erstenmal seit seinem Kommen fühlte er wirkliche Müdigkeit. Der weite Weg hierher schien ihn ursprünglich gar nicht angegriffen zu haben, wie war er durch die Tage gewandert, ruhig, Schritt für Schritt! — Jetzt aber zeigten sich doch die Folgen der übergroßen Anstrengung, zur Unzeit freilich. Es zog ihn unwiderstehlich hin, neue Bekanntschaften zu suchen, aber jede neue Bekanntschaft verstärkte die Müdigkeit. Wenn er sich in seinem heutigen Zustand zwang, seinen Spaziergang wenigstens bis zum Eingang des Schlosses auszudehnen, war übergenug getan.

So ging er wieder vorwärts, aber es war ein langer Weg. Die Straße nämlich, die Hauptstraße des Dorfes, führte nicht zum Schloßberg, sie führte nur nahe heran, dann aber, wie absichtlich, bog sie ab, und wenn sie sich auch vom Schloß nicht entfernte, so kam sie ihm doch auch nicht näher. Immer erwartete K., daß nun endlich die Straße zum Schloß einlenken müsse und nur, weil er es erwartete, ging er weiter; offenbar infolge seiner Müdigkeit zögerte er, die Straße zu verlassen, auch staunte er über die Länge des Dorfes, das kein Ende nahm, immer wieder die kleinen Häuschen und vereisten Fensterscheiben und Schnee und Menschenleere — endlich riß er sich los von dieser festhaltenden Straße, ein schmales Gäßchen nahm ihn auf, noch tieferer Schnee, das Herausziehen der einsinkenden Füße war eine schwere Arbeit, Schweiß brach ihm aus, plötzlich stand er still und konnte nicht mehr weiter.

Nun, er war ja nicht verlassen, rechts und links standen Bauernhütten. Er machte einen Schneeball und warf ihn gegen ein Fenster. Gleich öffnete sich die Türe — die erste sich öffnende Türe während des ganzen Dorfweges — und ein alter Bauer, in brauner Pelzjoppe, den Kopf seitwärts geneigt, freundlich und schwach, stand dort. „Darf ich ein wenig zu Euch kommen?“, sagte K., „ich bin sehr müde.“ Er hörte gar nicht, was der Alte sagte, dankbar nahm er es an, daß ihm ein Brett entgegengeschoben wurde, das ihn gleich aus dem Schnee rettete, und mit ein paar Schritten stand er in der Stube.

Eine große Stube im Dämmerlicht. Der von draußen Kommende sah zuerst gar nichts. K. taumelte gegen einen Waschtrog, eine Frauenhand hielt ihn zurück. Aus einer Ecke kam viel Kindergeschrei. Aus einer anderen Ecke wälzte sich Rauch und machte aus dem Halblicht Finsternis. K. stand wie in Wolken. „Er ist ja betrunken“, sagte jemand. „Wer seid Ihr?“, rief eine herrische Stimme und wohl zu dem Alten gewendet: „Warum hast du ihn hereingelassen? Kann man alles hereinlassen, was auf den Gassen herumschleicht?“ — „Ich bin der gräfliche Landvermesser“, sagte K. und suchte sich so vor den noch immer Unsichtbaren zu verantworten. „Ach, es ist der Landvermesser“, sagte eine weibliche Stimme, und nun folgte eine vollkommene Stille. „Ihr kennt mich?“, fragte K. „Gewiß“, sagte noch kurz die gleiche Stimme. Daß man K. kannte, schien ihn nicht zu empfehlen.

Endlich verflüchtigte sich ein wenig der Rauch, und K. konnte sich langsam zurechtfinden. Es schien ein allgemeiner Waschtag zu sein. In der Nähe der Türe wurde Wäsche gewaschen. Der Rauch war aber aus der anderen Ecke gekommen, wo in einem Holzschaff, so groß, wie K. noch nie eines gesehen hatte — es hatte etwa den Umfang von zwei Betten –, in dampfendem Wasser zwei Männer badeten. Aber noch überraschender, ohne daß man genau wußte, worin das Überraschende bestand, war die rechte Ecke. Aus einer großen Lücke, der einzigen in der Stubenrückwand, kam dort, wohl vom Hof her, bleiches Schneelicht und gab dem Kleid einer Frau, die tief in der Ecke in einem hohen Lehnstuhl müde fast lag, einen Schein wie von Seide. Sie trug einen Säugling an der Brust. Um sie herum spielten ein paar Kinder, Bauernkinder, wie zu sehen war, sie aber schien nicht zu ihnen zu gehören, freilich, Krankheit und Müdigkeit macht auch Bauern fein.

„Setzt Euch!“, sagte der eine der Männer, ein Vollbärtiger, überdies mit einem Schnauzbart, unter dem er den Mund schnaufend immer offenhielt, zeigte, komisch anzusehen, mit der Hand über den Rand des Kübels auf eine Truhe hin und bespritzte dabei K. mit warmem Wasser das ganze Gesicht.

Auf der Truhe saß schon, vor sich hin dämmernd, der Alte, der K. eingelassen hatte. K. war dankbar, sich endlich setzen zu dürfen. Nun kümmerte sich niemand mehr um ihn. Die Frau beim Waschtrog, blond, in jugendlicher Fülle, sang leise bei der Arbeit, die Männer im Bad stampften und drehten sich, die Kinder wollten sich ihnen nähern, wurden aber durch mächtige Wasserspritzer, die auch K. nicht verschonten, immer wieder zurückgetrieben, die Frau im Lehnstuhl lag wie leblos, nicht einmal auf das Kind an ihrer Brust blickte sie hinab, sondern unbestimmt in die Höhe.
K. hatte sie wohl lange angesehen, dieses sich nicht verändernde schöne, traurige Bild, dann aber mußte er eingeschlafen sein, denn als er, von einer lauten Stimme gerufen, aufschreckte, lag sein Kopf an der Schulter des Alten neben ihm. Die Männer hatten ihr Bad beendet, in dem sich jetzt die Kinder, von der blonden Frau beaufsichtigt, herumtrieben, und standen angezogen vor K. Es zeigte sich, daß der schreierische Vollbärtige der Geringere von den zweien war. Der andere nämlich, nicht größer als der Vollbärtige und mit viel geringerem Bart, war ein stiller, langsam denkender Mann von breiter Gestalt, auch das Gesicht breit, den Kopf hielt er gesenkt. „Herr Landvermesser", sagte er, „hier könnt Ihr nicht bleiben. Verzeiht die Unhöflichkeit." — „Ich wollte auch nicht bleiben", sagte K., „nur ein wenig mich ausruhen. Das ist geschehen, und nun gehe ich." — „Ihr wundert Euch wahrscheinlich über die geringe Gastfreundlichkeit", sagte der Mann, „aber Gastfreundlichkeit ist bei uns nicht Sitte, wir brauchen keine Gäste." Ein wenig erfrischt vom Schlaf, ein wenig hellhöriger als früher, freute sich K. über die offenen Worte. Er bewegte sich freier, stützte seinen Stock einmal hier, einmal dort auf, näherte sich der Frau im Lehnstuhl, war übrigens auch der körperlich Größte im Zimmer.
„Gewiß", sagte K., „wozu brauchtet ihr Gäste. Aber hier und da braucht man doch einen, zum Beispiel mich, den Landvermesser." — „Das weiß ich nicht", sagte der Mann langsam, „hat man Euch gerufen, so braucht man Euch wahrscheinlich, das ist wohl eine Ausnahme, wir aber, wir kleinen Leute, halten uns an die Regel, das könnt Ihr uns nicht verdenken." — „Nein, nein", sagte K., „ich habe Euch nur zu danken, Euch und allen hier." Und unerwartet für jedermann kehrte sich K. förmlich in einem Sprunge um und stand vor der Frau. Aus müden, blauen Augen blickte sie K. an, ein seidenes, durchsichtiges Kopftuch reichte ihr bis in die Mitte der Stirn hinab, der Säugling schlief an ihrer Brust. „Wer bist du?", fragte K. wegwerfend — es war undeutlich, ob die Verächtlichkeit K. oder ihrer eigenen Antwort galt — sagte sie: „Ein Mädchen aus dem Schloß." Das alles hatte nur einen Augenblick gedauert, schon hatte K. rechts und links einen der Männer und wurde, als gäbe es kein anderes Verständigungsmittel, schweigend, aber mit aller Kraft zur Tür gezogen. Der Alte freute sich über irgend etwas dabei und

klatschte in die Hände. Auch die Wäscherin lachte bei den plötzlich wie toll lärmenden Kindern.

K. aber stand bald auf der Gasse, die Männer beaufsichtigten ihn von der Schwelle aus. Es fiel wieder Schnee; trotzdem schien es ein wenig heller zu sein Der Vollbärtige rief ungeduldig: „Wohin wollt Ihr gehen? Hier führt es zum Schloß, hier zum Dorf." Ihm antwortete K. nicht, aber zu dem anderen, der ihm trotz seiner Überlegenheit der Umgänglichere schien, sagte er: „Wer seid Ihr? Wem habe ich für den Aufenthalt zu danken?" — „Ich bin der Gerbermeister Lasemann", war die Antwort, „zu danken habt Ihr aber niemandem." — „Gut", sagte K., „vielleicht werden wir noch zusammenkommen." — „Ich glaube nicht", sagte der Mann. In diesem Augenblick rief der Vollbärtige mit erhobener Hand: „Guten Tag, Artur, guten Tag, Jeremias!" K. wandte sich um, es zeigten sich in diesem Dorf also doch noch Menschen auf der Gasse! Aus der Richtung vom Schlosse her kamen zwei junge Männer von mittlerer Größe, beide sehr schlank, in engen Kleidern, auch im Gesicht einander sehr ähnlich. Die Gesichtsfarbe war ein dunkles Braun, von dem ein Spitzbart in seiner besonderen Schwärze dennoch abstach. Sie gingen bei diesen Straßenverhältnissen erstaunlich schnell, warfen im Takt die schlanken Beine. „Was habt ihr?", rief der Vollbärtige. Man konnte sich nur rufend mit ihnen verständigen, so schnell gingen sie und hielten nicht ein. „Geschäfte!", riefen sie lachend zurück. „Wo?" — „Im Wirtshaus." — „Dorthin gehe auch ich!", schrie K. auf einmal mehr als alle anderen, er hatte großes Verlangen, von den zweien mitgenommen zu werden; ihre Bekanntschaft schien ihm zwar nicht sehr ergiebig, aber gute, aufmunternde Wegbegleiter waren sie offenbar. Sie hörten K.s Worte, nickten jedoch nur und waren schon vorüber.

K. stand noch immer im Schnee, hatte wenig Lust, den Fuß aus dem Schnee zu heben, um ihn ein Stückchen weiter in die Tiefe zu senken; der Gerbermeister und sein Genosse, zufrieden damit, K. endgültig hinausgeschafft zu haben, schoben sich langsam, immer nach K. zurückblickend, durch die nur wenig geöffnete Tür ins Haus, und K. war mit dem ihn einhüllenden Schnee allein. „Gelegenheit zu einer kleinen Verzweiflung", fiel ihm ein, „wenn ich nur zufällig, nicht absichtlich hier stünde." Da öffnete sich in der Hütte linker Hand ein winziges Fenster; geschlossen hatte es tiefblau ausgesehen, vielleicht im Widerschein des Schnees, und war so winzig, daß, als es jetzt geöffnet war, nicht das ganze Gesicht des Hinausschauenden zu sehen war, sondern nur die Augen, alte, braune Augen. „Dort steht er", hörte K. eine zittrige Frauenstimme sagen. „Es ist der Landvermesser", sagte eine Männerstimme. Dann trat der Mann zum Fenster und fragte nicht unfreundlich, aber doch so, als sei ihm daran gelegen, daß auf der Straße vor seinem Haus alles in Ordnung sei: „Auf wen wartet Ihr?" — „Auf einen Schlitten, der mich mitnimmt", sagte K. „Hier kommt kein Schlitten“, sagte der Mann, „hier ist kein Verkehr.“ — „Es ist doch die Straße, die zum Schloß führt“, wendete K. ein. „Trotzdem, trotzdem“, sagte der Mann mit einer gewissen Unerbittlichkeit, „hier ist kein Verkehr.“ Dann schwiegen beide. Aber der Mann überlegte offenbar etwas, denn das Fenster, aus dem Rauch strömte, hielt er noch immer offen. „Ein schlechter Weg“, sagte K., um ihm nachzuhelfen. Er aber sagte nur: „Ja freilich.“

Nach einem Weilchen sagte er aber doch: „Wenn Ihr wollt, fahre ich Euch mit meinem Schlitten.“ — „Tut das, bitte“, sagte K. erfreut, „wieviel verlangt Ihr dafür?“ — „Nichts“, sagte der Mann. K. wunderte sich sehr. „Ihr seid doch der Landvermesser“, sagte der Mann erklärend, „und gehört zum Schloß. Wohin wollt Ihr denn fahren?“ — „Ins Schloß“, sagte K. schnell. „Dann fahre ich nicht“, sagte der Mann sofort.„Ich gehöre doch zum Schloß“, sagte K., des Mannes eigene Worte wiederholend. „Mag sein“, sagte der Mann abweisend. „Dann fahrt mich also zum Wirtshaus“, sagte K. „Gut“, sagte der Mann, „ich komme gleich mit dem Schlitten.“ Das Ganze machte nicht den Eindruck besonderer Freundlichkeit, sondern eher den einer Art sehr eigensüchtigen, ängstlichen, fast pedantischen Bestrebens, K. von dem Platz vor dem Hause wegzuschaffen.

Das Hoftor öffnete sich, und ein kleiner Schlitten für leichte Lasten, ganz flach, ohne irgendwelchen Sitz, von einem schwachen Pferdchen gezogen, kam hervor, dahinter der Mann, gebückt, schwach, hinkend, mit magerem, rotem, verschnupftem Gesicht, das besonders klein erschien durch einen fest um den Kopf gewickelten Wollschal. Der Mann war sichtlich krank und nur, um K. wegbefördern zu können, war er doch hervorgekommen. K. erwähnte etwas Derartiges, aber der Mann winkte ab. Nur daß er der Fuhrmann Gerstäcker war, erfuhr K., und daß er diesen unbequemen Schlitten genommen habe, weil er gerade bereitstand und das Hervorziehen eines anderen zuviel Zeit gebraucht hätte. „Setzt Euch“, sagte er und zeigte mit der Peitsche hinten auf den Schlitten. „Ich werde mich neben Euch setzen“, sagte K. „Ich werde gehen“, sagte Gerstäcker. „Warum denn?“, fragte K. „Ich werde gehen“, wiederholte Gerstäcker und bekam einen Hustenanfall, der ihn so schüttelte, daß er die Beine in den Schnee stemmen und mit den Händen den Schlittenrand halten mußte. K. sagte nichts weiter, setzte sich hinten auf den Schlitten, der Husten beruhigte sich langsam und sie fuhren. Das Schloß dort oben, merkwürdig dunkel schon, das K. heute noch zu erreichen gehofft hatte, entfernte sich wieder. Als sollte ihm aber noch zum vorläufigen Abschied ein Zeichen gegeben werden, erklang dort ein Glockenton, fröhlich beschwingt, eine Glocke, die wenigstens einen Augenblick lang das Herz erbeben ließ, so, als drohe ihm — denn auch schmerzlich war der Klang — die Erfüllung dessen, wonach es sich unsicher sehnte. Aber bald verstummte diese große Glocke und wurde von einem schwachen, eintönigen Glöckchen abgelöst, vielleicht noch oben, vielleicht aber schon im Dorfe. Dieses Geklingel paßte freilich besser zu der langsamen Fahrt und dem jämmerlichen, aber unerbittlichen Fuhrmann.

„Du“, rief K. plötzlich — sie waren schon in der Nähe der Kirche, der Weg ins Wirtshaus nicht mehr weit, K. durfte schon etwas wagen –, „ich wundere mich sehr, daß du auf deine eigene Verantwortung mich herumzufahren wagst, darfst du denn das?“ Gerstäcker kümmerte sich nicht darum und schritt ruhig weiter neben dem Pferdchen. „He!“, rief K., ballte etwas Schnee vom Schlitten zusammen und traf Gerstäcker damit voll ins Ohr. Nun blieb dieser stehen und drehte sich um; als ihn K. aber nun so nahe bei sich sah — der Schlitten hatte sich noch ein wenig weitergeschoben –, diese gebückte, gewissermaßen mißhandelte Gestalt, das rote, müde, schmale Gesicht mit irgendwie verschiedenen Wangen, die eine flach, die andere eingefallen, den offenen, aufhorchenden Mund, in dem nur ein paar vereinzelte Zähne waren, mußte er das, was er früher aus Bosheit gesagt hatte, jetzt aus Mitleid wiederholen, ob Gerstäcker nicht dafür, daß er K. transportierte, gestraft werden könne. „Was willst du?“, fragte Gerstäcker verständnislos, erwartete aber auch keine weitere Erklärung, rief dem Pferdchen zu, und sie fuhren wieder.

Das zweite Kapitel

Als sie — K. erkannte es an einer Wegbiegung — fast beim Wirtshaus waren, war es zu seinem Erstaunen schon völlig finster. War er so lange fort gewesen? Doch nur ein, zwei Stunden etwa nach seiner Berechnung, und am Morgen war er fortgegangen, und kein Essenbedürfnis hatte er gehabt, und bis vor kurzem war gleichmäßige Tageshelle gewesen, erst jetzt die Finsternis. „Kurze Tage, kurze Tage!", sagte er zu sich, glitt vom Schlitten und ging dem Wirtshaus zu.

Oben auf der kleinen Vortreppe des Hauses stand, ihm sehr willkommen, der Wirt und leuchtete mit erhobener Laterne ihm entgegen. Flüchtig an den Fuhrmann sich erinnernd, blieb K. stehen, irgendwo hustete es im Dunkeln, das war er. Nun, er würde ihn ja nächstens wiedersehen. Erst als er oben beim Wirt war, der demütig grüßte, bemerkte er zu beiden Seiten der Tür je einen Mann. Er nahm die Laterne aus der Hand des Wirts und beleuchtete die zwei; es waren die Männer, die er schon getroffen hatte und die Artur und Jeremias angerufen worden waren. Sie salutierten jetzt. In Erinnerung an seine Militärzeit, an diese glücklichen Zeiten, lachte er. „Wer seid ihr?", fragte er und sah vom einen zum anderen. „Euere Gehilfen", antworteten sie. „Es sind die Gehilfen", bestätigte leise der Wirt. „Wie?", fragte K. „Ihr seid meine alten Gehilfen, die ich nachkommen ließ, die ich erwarte?" Sie bejahten es. „Das ist gut", sagte K. nach einem Weilchen, „es ist gut, daß ihr gekommen seid." — „Übrigens", sagte K. nach einem weiteren Weilchen, „ihr habt euch sehr verspätet, ihr seid sehr nachlässig." — „Es war ein weiter Weg", sagte der eine. „Ein weiter Weg", wiederholte K., „aber ich habe euch getroffen, wie ihr vom Schlosse kamt." — „Ja", sagten sie, ohne weitere Erklärung. „Wo habt ihr die Apparate?", fragte K. „Wir haben keine", sagten sie. „Die Apparate, die ich euch anvertraut habe", sagte K. „Wir haben keine", wiederholten sie. „Ach, seid ihr Leute!", sagte K., „versteht ihr etwas von Landvermessung?" — „Nein", sagten sie. „Wenn ihr aber meine alten Gehilfen seid, müßt ihr doch das verstehen", sagte K. Sie schwiegen. „Dann kommt also", sagte K. und schob sie vor sich ins Haus.

Sie saßen dann zu dritt ziemlich schweigsam in der Wirtsstube beim Bier, an einem kleinen Tischchen, K. in der Mitte, rechts und links die Gehilfen. Sonst war nur ein Tisch mit Bauern besetzt, ähnlich wie am Abend vorher. „Es ist schwer mit euch", sagte K. und verglich wie schon öfters ihre Gesichter, „wie soll ich euch denn unterscheiden? Ihr unterscheidet euch nur durch die Namen, sonst seid ihr einander ähnlich wie" — er stockte, unwillkürlich fuhr er dann fort –, „sonst seid ihr einander ja ähnlich wie Schlangen." Sie lächelten. „Man unterscheidet uns sonst gut", sagten sie zur Rechtfertigung. „Ich glaube es", sagte K., „ich war ja selbst Zeuge dessen, aber ich sehe nur mit meinen Augen, und mit denen kann ich euch nicht unterscheiden. Ich werde euch deshalb wie einen einzigen Mann behandeln und beide Artur nennen, so heißt doch einer von euch. Du etwa?“ — fragte K. den einen. „Nein“, sagte dieser, „ich heiße Jeremias.“ — „Es ist ja gleichgültig“, sagte K., „ich werde euch beide Artur nennen. Schicke ich Artur irgendwohin, so geht ihr beide, gebe ich Artur eine Arbeit, so macht ihr sie beide, das hat zwar für mich einen großen Nachteil, daß ich euch nicht für gesonderte Arbeit verwenden kann, aber dafür den Vorteil, daß ihr für alles, was ich euch auftrage, gemeinsam ungeteilt die Verantwortung tragt. Wie ihr untereinander die Arbeit aufteilt, ist mir gleichgültig, nur ausreden dürft ihr euch nicht aufeinander, ihr seid für mich ein einziger Mann.“ Sie überlegten das und sagten: „Das wäre uns recht unangenehm.“ — „Wie denn nicht“, sagte K., „natürlich muß euch das unangenehm sein, aber es bleibt so.“ Schon ein Weilchen lang hatte K. einen der Bauern den Tisch umschleichen sehen, endlich entschloß er sich, ging auf einen Gehilfen zu und wollte ihm etwas zuflüstern. „Verzeiht“, sagte K., schlug mit der Hand auf den Tisch und stand auf, „dies sind meine Gehilfen, und wir haben jetzt eine Besprechung. Niemand hat das Recht, uns zu stören.“ — „O bitte, o bitte“, sagte der Bauer ängstlich und ging rücklings zu seiner Gesellschaft zurück. „Dieses müßt ihr vor allem beachten“, sagte K. dann wieder sitzend. „Ihr dürft mit niemandem ohne meine Erlaubnis sprechen. Ich bin hier ein Fremder, und wenn ihr meine alten Gehilfen seid, dann seid auch ihr Fremde. Wir drei Fremden müssen deshalb zusammenhalten, reicht mir daraufhin eure Hände.“ Allzu bereitwillig streckten sie sie K. entgegen. „Laßt euch die Pratzen“, sagte er, „mein Befehl aber gilt. Ich werde jetzt schlafen gehen und auch euch rate ich, das zu tun. Heute haben wir einen Arbeitstag versäumt, morgen muß die Arbeit sehr frühzeitig beginnen. Ihr müßt einen Schlitten zur Fahrt ins Schloß verschaffen und um sechs Uhr hier vor dem Haus mit ihm bereitstehen.“ — „Gut“, sagte der eine. Der andere aber fuhr dazwischen: „Du sagst: Gut, und weißt doch, daß es unmöglich ist.“ — „Ruhe“, sagte K., „ihr wollt wohl anfangen, euch voneinander zu unterscheiden.“ Doch nun sagte auch schon der erste: „Er hat recht, es ist unmöglich, ohne Erlaubnis darf kein Fremder ins Schloß.“ — „Wo muß man um die Erlaubnis ansuchen?“ — „Ich weiß nicht, vielleicht beim Kastellan.“ — „Dann werden wir dort telefonisch ansuchen, telefoniert sofort an den Kastellan, beide!“ Sie liefen zum Apparat, erlangten die Verbindung — wie sie sich dort drängten! Im Äußerlichen waren sie lächerlich folgsam — und fragten, ob K. mit ihnen morgen ins Schloß kommen dürfe. Das „Nein!“ der Antwort hörte K. bis zu seinem Tisch. Die Antwort war aber noch ausführlicher, sie lautete: „Weder morgen noch ein andermal.“ — „Ich werde selbst telefonieren“, sagte K. und stand auf. Während K. und seine Gehilfen bisher, abgesehen von dem Zwischenfall des einen Bauern, wenig beachtet worden waren, erregte seine letzte Bemerkung allgemeine Aufmerksamkeit. Alle erhoben sich mit K., und obwohl sie der Wirt zurückzudrängen suchte, gruppierten sie sich beim Apparat in engem Halbkreis um ihn. Es überwog unter ihnen die Meinung, daß K. gar keine Antwort bekommen werde. K. mußte sie bitten, ruhig zu sein, er verlange nicht, ihre Meinungen zu hören.

Aus der Hörmuschel kam ein Summen, wie K. es sonst beim Telefonieren nie gehört hatte. Es war, wie wenn sich aus dem Summen zahlloser kindlicher Stimmen — aber auch dieses Summen war keines, sondern war Gesang fernster, allerfernster Stimmen –, wie wenn sich aus diesem Summen in einer geradezu unmöglichen Weise eine einzige hohe, aber starke Stimme bilde, die an das Ohr schlug, so, wie wenn sie fordere, tiefer einzudringen als nur in das armselige Gehör. K. horchte, ohne zu telefonieren, den linken Arm hatte er auf das Telefonpult gestützt und horchte so.

Er wußte nicht wie lange; so lange, bis ihn der Wirt am Rock zupfte, ein Bote sei für ihn gekommen. „Weg!“, schrie K. unbeherrscht, vielleicht in das Telefon hinein, denn nun meldete sich jemand. Es entwickelte sich folgendes Gespräch: „Hier Oswald, wer dort?“, rief es, eine strenge, hochmütige Stimme, mit einem kleinen Sprachfehler, wie es K. schien, den sie über sich selbst hinaus durch eine weitere Zugabe von Strenge auszugleichen versuchte. K. zögerte, sich zu nennen, dem Telefon gegenüber war er wehrlos, der andere konnte ihn niederdonnern, die Hörmuschel weglegen, und K. hatte sich einen vielleicht nicht unwichtigen Weg versperrt. K.s Zögern machte den Mann ungeduldig. „Wer dort?“, wiederholte er und fügte hinzu: „Es wäre mir sehr lieb, wenn dortseits nicht soviel telefoniert würde, erst vor einem Augenblick ist telefoniert worden.“ K. ging auf diese Bemerkung nicht ein und meldete mit einem plötzlichen Entschluß: „Hier der Gehilfe des Herrn Landvermessers.“ „Welcher Gehilfe? Welcher Herr? Welcher Landvermesser?“ K. fiel das gestrige Telefongespräch ein. „Fragen Sie Fritz“, sagte er kurz. Es half, zu seinem eigenen Erstaunen. Aber mehr noch als darüber, daß es half, staunte er über die Einheitlichkeit des Dienstes dort. Die Antwort war: „Ich weiß schon. Der ewige Landvermesser. Ja, ja. Was weiter? Welcher Gehilfe?“ „Josef“, sagte K. Ein wenig störte ihn hinter seinem Rücken das Murmeln der Bauern; offenbar waren sie nicht damit einverstanden, daß er sich nicht richtig meldete. K. hatte aber keine Zeit, sich mit ihnen zu beschäftigen, denn das Gespräch nahm ihn sehr in Anspruch. „Josef?“, fragte es zurück. „Die Gehilfen heißen“ — eine kleine Pause, offenbar verlangte er die Namen jemandem anderen ab — „Artur und Jeremias.“ „Das sind die neuen Gehilfen“, sagte K. „Nein, das sind die alten.“ — „Es sind die neuen, ich aber bin der alte, der dem Herrn Landvermesser heute nachkam.“ — „Nein!“, schrie es nun. „Wer bin ich also?“, fragte K., ruhig wie bisher. Und nach einer Pause sagte die gleiche Stimme mit dem gleichen Sprachfehler und war doch wie eine andere tiefere, achtungswertere Stimme: „Du bist der alte Gehilfe.“

K. horchte dem Stimmklang nach und überhörte dabei fast die Frage: „Was willst du?“ Am liebsten hätte er den Hörer schon weggelegt. Von diesem Gespräch erwartete er nichts mehr. Nur gezwungen fragte er noch schnell: „Wann darf mein Herr ins Schloß kommen?“ — „Niemals“, war die Antwort. „Gut“, sagte K. und hing den Hörer an.

Die Bauern hinter ihm waren schon ganz nahe an ihn herangerückt. Die Gehilfen waren, mit vielen Seitenblicken nach ihm, damit beschäftigt, die Bauern von ihm abzuhalten. Es schien aber nur Komödie zu sein, auch gaben die Bauern, von dem Ergebnis des Gesprächs befriedigt, langsam nach. Da wurde ihre Gruppe von hinten mit raschem Schritt von einem Mann geteilt, der sich vor K. verneigte und ihm einen Brief übergab.

K. behielt den Brief in der Hand und sah den Mann an, der ihm im Augenblick wichtiger schien. Es bestand eine große Ähnlichkeit zwischen ihm und den Gehilfen, er war so schlank wie sie, ebenso knapp gekleidet, auch so gelenkig und flink wie sie, aber doch ganz anders.

Hätte K. doch lieber ihn als Gehilfen gehabt! Ein wenig erinnerte er ihn an die Frau mit dem Säugling, die er beim Gerbermeister gesehen hatte. Er war fast weiß gekleidet, das Kleid war wohl nicht aus Seide, es war ein Winterkleid wie alle anderen, aber die Zartheit und Feierlichkeit eines Seidenkleides hatte es. Sein Gesicht war hell und offen, die Augen übergroß. Sein Lächeln war ungemein aufmunternd; er fuhr mit der Hand über sein Gesicht, so, als wolle er dieses Lächeln verscheuchen, doch gelang ihm das nicht. „Wer bist du?“, fragte K. „Barnabas heiße ich“, sagte er. „Ein Bote bin ich.“ Männlich und doch sanft öffneten und schlossen sich seine Lippen beim Reden. „Gefällt es dir hier?“, fragte K. und zeigte auf die Bauern, für die er noch immer nicht an Interesse verloren hatte und die mit ihren förmlich gequälten Gesichtern — der Schädel sah aus, als sei er oben platt geschlagen worden, und die Gesichtszüge hatten sich im Schmerz des Geschlagenwerdens gebildet –, ihren wulstigen Lippen, ihren offenen Mündern zusahen, aber doch auch wieder nicht zusahen, denn manchmal irrte ihr Blick ab und blieb, ehe er zurückkehrte, an irgendeinem gleichgültigen Gegenstande haften, und dann zeigte K. auch auf die Gehilfen, die einander umfaßt hielten, Wange an Wange lehnten und lächelten, man wußte nicht, ob demütig oder spöttisch, er zeigte ihm diese alle, so, als stellte er ein ihm durch besondere Umstände aufgezwungenes Gefolge vor und erwartete — darin lag Vertraulichkeit, auf die kam es K. an –, daß Barnabas ständig unterscheiden werde zwischen ihm und ihnen. Aber Barnabas nahm — in aller Unschuld freilich, das war zu erkennen — die Frage gar nicht auf, ließ sie über sich ergehen, wie ein wohlerzogener Diener ein für ihn nur scheinbar bestimmtes Wort des Herrn, blickte nur im Sinne der Frage umher, begrüßte durch Handwinken Bekannte unter den Bauern und tauschte mit den Gehilfen ein paar Worte aus, das alles frei und selbständig, ohne sich mit ihnen zu vermischen. K. kehrte — abgewiesen, aber nicht beschämt — zu dem Brief in seiner Hand zurück und öffnete ihn. Sein Wortlaut war: „Sehr geehrter Herr! Sie sind, wie Sie wissen, in die herrschaftlichen Dienste aufgenommen. Ihr nächster Vorgesetzter ist der Gemeindevorsteher des Dorfes, der Ihnen auch alles Nähere über Ihre Arbeit und die Lohnbedingungen mitteilen wird und dem Sie auch Rechenschaft schuldig sein werden. Trotzdem werde aber auch ich Sie nicht aus den Augen verlieren. Barnabas, der Überbringer dieses Briefes, wird von Zeit zu Zeit bei Ihnen nachfragen, um Ihre Wünsche zu erfahren und mir mitzuteilen. Sie werden mich immer bereit finden, Ihnen, soweit es möglich ist, gefällig zu sein. Es liegt mir daran, zufriedene Arbeiter zu haben.“ Die Unterschrift war nicht leserlich, beigedruckt aber war ihr: Der Vorstand der X. Kanzlei. „Warte!“, sagte K. zu dem sich verbeugenden Barnabas, dann rief er den Wirt, daß er ihm ein Zimmer zeige, er wollte mit dem Brief eine Zeitlang allein sein. Dabei erinnerte er sich daran, daß Barnabas bei aller Zuneigung, die er für ihn hatte, doch nichts anderes als ein Bote war, und ließ ihm Bier geben. Er gab acht, wie er es annehmen würde, er nahm es offenbar sehr gern an und trank sogleich. Dann ging K. mit dem Wirt. In dem Häuschen hatte man für K. nichts als ein kleines Dachzimmer bereitstellen können, und selbst das hatte Schwierigkeiten gemacht, denn man hatte zwei Mägde, die bisher dort geschlafen hatten, anderswo unterbringen müssen. Eigentlich hatte man nichts anderes getan, als die Mägde weggeschafft, das Zimmer war sonst wohl unverändert, keine Bettwäsche zu dem einzigen Bett, nur ein paar Polster und eine Pferdedecke in dem Zustand, wie alles nach der letzten Nacht zurückgeblieben war. An der Wand ein paar Heiligenbilder und Fotografien von Soldaten. Nicht einmal gelüftet war worden, offenbar hoffte man, der neue Gast werde nicht lange bleiben, und tat nichts dazu, ihn zu halten. K. war aber mit allem einverstanden, wickelte sich in die Decke, setzte sich an den Tisch und begann bei einer Kerze, den Brief nochmals zu lesen. Er war nicht einheitlich, es gab Stellen, wo mit ihm wie mit einem Freien gesprochen wurde, dessen eigenen Willen man anerkennt, so war die Überschrift, so war die Stelle, die seine Wünsche betraf. Es gab aber wieder Stellen, wo er offen oder versteckt als ein kleiner, vom Sitz jenes Vorstandes kaum bemerkbarer Arbeiter behandelt wurde, der Vorstand mußte sich anstrengen, „ihn nicht aus den Augen zu verlieren“, sein Vorgesetzter war nur der Dorfvorsteher, dem er sogar Rechenschaft schuldig war, sein einziger Kollege war vielleicht der Dorfpolizist. Das waren zweifellos Widersprüche, sie waren so sichtbar, daß sie beabsichtigt sein mußten. Den einer solchen Behörde gegenüber wahnwitzigen Gedanken, daß hier Unentschlossenheit mitgewirkt habe, streifte K. kaum. Vielmehr sah er darin eine ihm offen dargebotene Wahl, es war ihm überlassen, was er aus den Anordnungen des Briefes machen wollte, ob er Dorfarbeiter mit einer immerhin

auszeichnenden, aber nur scheinbaren Verbindung mit dem Schloß sein wolle oder aber scheinbarer Dorfarbeiter, der in Wirklichkeit sein ganzes Arbeitsverhältnis von den Nachrichten des Barnabas bestimmen ließ. K. zögerte nicht zu wählen, hätte auch ohne die Erfahrungen, die er schon gemacht hatte, nicht gezögert. Nur als Dorfarbeiter, möglichst weit den Herren vom Schloß entrückt, war er imstande, etwas im Schloß zu erreichen, diese Leute im Dorfe, die noch so mißtrauisch gegen ihn waren, würden zu sprechen anfangen, wenn er, wo nicht ihr Freund, so doch ihr Mitbürger geworden war, und war er einmal ununterscheidbar von Gerstäcker oder Lasemann — und sehr schnell mußte das geschehen, davon hing alles ab –, dann erschlossen sich ihm gewiß mit einem Schlag alle Wege, die ihm, wenn es nur auf die Herren oben und ihre Gnade angekommen wäre, für immer nicht nur versperrt, sondern unsichtbar geblieben wären. Freilich, eine Gefahr bestand, und sie war in dem Brief genug betont, mit einer gewissen Freude war sie dargestellt, als sei sie unentrinnbar. Es war das Arbeitersein. Dienst, Vorgesetzter, Arbeit, Lohnbestimmungen, Rechenschaft, Arbeiter, davon wimmelte der Brief, und selbst, wenn anderes, Persönlicheres gesagt war, war es von jenem Gesichtspunkt aus gesagt. Wollte K. Arbeiter werden, so konnte er es werden, aber dann in allem furchtbaren Ernst, ohne jeden Ausblick anderswohin. K. wußte, daß nicht mit wirklichem Zwang gedroht war, den fürchtete er nicht und hier am wenigsten, aber die Gewalt der entmutigenden Umgebung, der Gewöhnung an Enttäuschungen, die Gewalt der unmerklichen Einflüsse jedes Augenblicks, die fürchtete er allerdings, aber mit dieser Gefahr mußte er den Kampf wagen.
Der Brief verschwieg ja auch nicht, daß K., wenn es zu Kämpfen kommen sollte, die Verwegenheit gehabt hatte, zu beginnen; es war mit Feinheit gesagt, und nur ein unruhiges Gewissen — ein unruhiges, kein schlechtes — konnte es merken, es waren die drei Worte „wie Sie wissen“ hinsichtlich seiner Aufnahme in den Dienst. K. hatte sich gemeldet, und seither wußte er, wie sich der Brief ausdrückte, daß er aufgenommen war.
K. nahm ein Bild von der Wand und hing den Brief an den Nagel; in diesem Zimmer würde er wohnen, hier sollte der Brief hängen.
Dann stieg er in die Wirtsstube hinunter. Barnabas saß mit den Gehilfen bei einem Tischchen. „Ach, da bist du“, sagte K. ohne Anlaß, nur weil er froh war, Barnabas zu sehen. Er sprang gleich auf. Kaum war K. eingetreten, erhoben sich die Bauern, um sich ihm zu nähern, es war schon ihre Gewohnheit geworden, ihm immer nachzulaufen. „Was wollt ihr denn immerfort von mir?“, rief K. Sie nahmen es nicht übel und drehten sich langsam zu ihren Plätzen zurück. Einer sagte im Abgehen zur Erklärung, leichthin, mit einem undeutbaren Lächeln, das einige andere aufnahmen: „Man hört immer etwas Neues“, und er leckte sich die Lippen, als sei das Neue eine Speise. K. sagte nichts Versöhnliches, es war gut, wenn sie ein

wenig Respekt vor ihm bekamen, aber kaum saß er bei Barnabas, spürte er schon den Atem eines Bauern im Nacken; er kam, wie er sagte, das Salzfaß zu holen, aber K. stampfte vor Ärger auf, der Bauer lief denn auch ohne Salzfaß weg. Es war wirklich leicht, K. beizukommen, man mußte zum Beispiel nur die Bauern gegen ihn hetzen, ihre hartnäckige Teilnahme schien ihm böser als die Verschlossenheit der anderen, und außerdem war es auch Verschlossenheit, denn hätte K. sich zu ihrem Tisch gesetzt, wären sie gewiß dort nicht sitzengeblieben. Nur die Gegenwart des Barnabas hielt ihn ab, Lärm zu machen. Aber er drehte sich doch noch drohend nach ihnen um, auch sie waren ihm zugekehrt. Wie er sie aber so dasitzen sah, jeden auf seinem Platz, ohne sich miteinander zu besprechen, ohne sichtbare Verbindung untereinander, nur dadurch miteinander verbunden, daß sie alle auf ihn starrten, schien es ihm, als sei es gar nicht Bosheit, was sie ihn verfolgen ließ; vielleicht wollten sie wirklich etwas von ihm und konnten es nur nicht sagen, und war es nicht das, dann war es vielleicht nur Kindlichkeit, die hier zu Hause zu sein schien; war nicht auch der Wirt kindlich, der ein Glas Bier, das er irgendeinem Gast bringen sollte, mit beiden Händen hielt, stillstand, nach K. sah und einen Zuruf der Wirtin überhörte, die sich aus dem Küchenfensterchen vorgebeugt hatte?

Ruhiger wandte sich K. an Barnabas, die Gehilfen hätte er gern entfernt, fand aber keinen Vorwand. Übrigens blickten sie still auf ihr Bier. „Den Brief", begann K., „habe ich gelesen. Kennst du den Inhalt?" — „Nein", sagte Barnabas, sein Blick schien mehr zu sagen als seine Worte. Vielleicht täuschte sich K. hier im Guten, wie bei den Bauern im Bösen, als das Wohltuende seiner Gegenwart blieb. „Es ist auch von dir in dem Brief die Rede, du sollst nämlich hie und da Nachrichten zwischen mir und dem Vorstand vermitteln, deshalb hatte ich gedacht, daß du den Inhalt kennst." — „Ich bekam", sagte Barnabas, „nur den Auftrag, den Brief zu übergeben, zu warten, bis er gelesen ist und, wenn es dir nötig scheint, eine mündliche oder schriftliche Antwort zurückzubringen." — „Gut", sagte K., „es bedarf keines Schreibens, richte dem Herrn Vorstand — wie heißt er denn? Ich konnte die Unterschrift nicht lesen." — „Klamm", sagte Barnabas. „Richte also Herrn Klamm meinen Dank für die Aufnahme aus wie auch für seine besondere Freundlichkeit, die ich als einer, der sich hier noch gar nicht bewährt hat, zu schätzen weiß. Ich werde mich vollständig nach seinen Absichten verhalten. Besondere Wünsche habe ich heute nicht." Barnabas, der genau aufgemerkt hatte, bat, den Auftrag vor K. wiederholen zu dürfen. K. erlaubte es, Barnabas wiederholte alles wortgetreu. Dann stand er auf, um sich zu verabschieden.

Die ganze Zeit über hatte K. sein Gesicht geprüft, nun tat er es zum letztenmal. Barnabas war etwa so groß wie K., trotzdem schien sein Blick sich zu K. zu senken, aber fast demütig geschah das, es war unmöglich, daß dieser Mann jemanden beschämte. Freilich, er war nur ein Bote, kannte nicht den Inhalt der Briefe, die er auszutragen hatte, aber auch sein Blick, sein Lächeln, sein Gang schien eine Botschaft zu sein, mochte er auch von dieser nichts wissen. Und K. reichte ihm die Hand, was ihn offenbar überraschte, denn er hatte sich nur verneigen wollen.

Gleich, als er gegangen war — vor dem Öffnen der Türe hatte er noch ein wenig mit der Schulter an der Tür gelehnt und mit einem Blick, der keinem einzelnen mehr galt, die Stube umfaßt –, sagte K. zu den Gehilfen: „Ich hole aus dem Zimmer meine Aufzeichnungen, dann besprechen wir die nächste Arbeit." Sie wollten mitgehen. „Bleibt!", sagte K. Sie wollten noch immer mitgehen. Noch strenger mußte K. den Befehl wiederholen. Im Flur war Barnabas nicht mehr. Aber er war doch eben jetzt weggegangen. Doch auch vor dem Haus — neuer Schnee fiel — sah K. ihn nicht. Er rief: „Barnabas!" Keine Antwort. Sollte er noch im Haus sein? Es schien keine andere Möglichkeit zu geben. Trotzdem schrie K. noch aus aller Kraft den Namen. Der Name donnerte durch die Nacht. Und aus der Ferne kam nun doch eine schwache Antwort; so weit war also Barnabas schon. K. rief ihn zurück und ging ihm gleichzeitig entgegen; wo sie einander trafen, waren sie vom Wirtshaus nicht mehr zu sehen.

„Barnabas", sagte K. und konnte ein Zittern seiner Stimme nicht bezwingen, „ich wollte dir noch etwas sagen. Ich merke dabei, daß es doch recht schlecht eingerichtet ist, daß ich nur auf dein zufälliges Kommen angewiesen bin, wenn ich etwas aus dem Schloß brauche. Wenn ich dich jetzt nicht zufällig noch erreicht hätte — wie du fliegst, ich dachte, du wärest noch im Haus –, wer weiß, wie lange ich auf dein nächstes Erscheinen hätte warten müssen." — „Du kannst ja", sagte Barnabas, „den Vorstand bitten, daß ich immer zu bestimmten, von dir angegebenen Zeiten komme." — „Auch das würde nicht genügen", sagte K., „vielleicht will ich ein Jahr lang gar nichts sagen lassen, aber gerade eine Viertelstunde nach deinem Weggehen etwas Unaufschiebbares." — „Soll ich also", sagte Barnabas, „dem Vorstand melden, daß zwischen ihm und dir eine andere Verbindung hergestellt werden soll als durch mich?" — „Nein, nein", sagte K., „ganz und gar nicht, ich erwähne diese Sache nur nebenbei, diesmal habe ich dich ja noch glücklich erreicht." — „Wollen wir", sagte Barnabas, „ins Wirtshaus zurückgehen, damit du mir dort den neuen Auftrag geben kannst?" Schon hatte er einen Schritt weiter zum Haus hin gemacht. „Barnabas", sagte K., „es ist nicht nötig, ich gehe ein Stückchen Wegs mit dir." — „Warum willst du nicht ins Wirtshaus gehen?", fragte Barnabas. „Die Leute stören mich dort", sagte K., „die Zudringlichkeit der Bauern hast du selbst gesehen." — „Wir können in dein Zimmer gehen", sagte Barnabas. „Es ist das Zimmer der Mägde", sagte K., „schmutzig und dumpf; um dort nicht bleiben zu müssen, wollte ich ein wenig mit dir gehen; du mußt nur", fügte K. hinzu, um sein

Zögern endgültig zu überwinden, „mich in dich einhängen lassen, denn du gehst sicherer." Und K. hing sich an seinen Arm. Es war ganz finster, sein Gesicht sah K. gar nicht, seine Gestalt undeutlich, den Arm hatte er, schon ein Weilchen vorher, zu ertasten gesucht.

Barnabas gab nach, sie entfernten sich vom Wirtshaus. Freilich fühlte K., daß er trotz größter Anstrengung gleichen Schritt mit Barnabas zu halten nicht imstande war, seine freie Bewegung hinderte, und daß unter gewöhnlichen Umständen schon an dieser Nebensächlichkeit alles scheitern müsse, gar in Seitengassen wie jener, wo K. am Vormittag im Schnee versunken war und aus der er nur von Barnabas getragen herauskommen konnte. Doch hielt er solche Besorgnisse jetzt von sich fern, auch tröstete es ihn, daß Barnabas schwieg; wenn sie schweigend gingen, dann konnte doch auch für Barnabas nur das Weitergehen selbst den Zweck ihres Beisammenseins bilden. Sie gingen, aber K. wußte nicht, wohin; nichts konnte er erkennen. Nicht einmal, ob sie schon an der Kirche vorübergekommen waren, wußte er. Durch die Mühe, welche ihm das bloße Gehen verursachte, geschah es, daß er seine Gedanken nicht beherrschen konnte. Statt auf das Ziel gerichtet zu bleiben, verwirrten sie sich. Immer wieder tauchte die Heimat auf, und Erinnerungen an sie erfüllten ihn. Auch dort stand auf dem Hauptplatz eine Kirche, zum Teil war sie von einem alten Friedhof und dieser von einer hohen Mauer umgeben. Nur sehr wenige Jungen hatten diese Mauer schon erklettert, auch K. war es noch nicht gelungen. Nicht Neugier trieb sie dazu, der Friedhof hatte vor ihnen kein Geheimnis mehr. Durch seine kleine Gittertür waren sie schon oft hineingekommen, nur die glatte, hohe Mauer wollten sie bezwingen. An einem Vormittag — der stille, leere Platz war von Licht überflutet, wann hatte K. ihn je früher oder später so gesehen? — gelang es ihm überraschend leicht; an einer Stelle, wo er schon oft abgewiesen worden war, erkletterte er, eine kleine Fahne zwischen den Zähnen, die Mauer im ersten Anlauf. Noch rieselte Gerölle unter ihm ab, schon war er oben. Er rammte die Fahne ein, der Wind spannte das Tuch, er blickte hinunter und in die Runde, auch über die Schulter hinweg, auf die in der Erde versinkenden Kreuze; niemand war jetzt und hier größer als er. Zufällig kam dann der Lehrer vorüber, trieb K. mit einem ärgerlichen Blick hinab. Beim Absprung verletzte sich K. am Knie, nur mit Mühe kam er nach Hause, aber auf der Mauer war er doch gewesen. Das Gefühl dieses Sieges schien ihm damals für ein langes Leben einen Halt zu geben, was nicht ganz töricht gewesen war, denn jetzt, nach vielen Jahren in der Schneenacht am Arm des Barnabas, kam es ihm zu Hilfe.

Er hing sich fester ein, fast zog ihn Barnabas, das Schweigen wurde nicht unterbrochen. Von dem Weg wußte K. nur, daß sie, nach dem Zustand der Straße zu schließen, noch in keine Seitengasse eingebogen waren. Er gelobte sich, durch keine Schwierigkeit des Weges oder gar durch die Sorge um den

Rückweg sich vom Weitergehen abhalten zu lassen. Um schließlich weitergeschleift werden zu können, würde seine Kraft wohl noch ausreichen. Und konnte denn der Weg unendlich sein? Bei Tag war das Schloß wie ein leichtes Ziel vor ihm gelegen, und der Bote kannte gewiß den kürzesten Weg. Da blieb Barnabas stehen. Wo waren sie? Ging es nicht mehr weiter? Würde Barnabas K. verabschieden? Es würde ihm nicht gelingen. K. hielt Barnabas' Arm fest, daß es fast ihn selbst schmerzte. Oder sollte das Unglaubliche geschehen sein, und sie waren schon im Schloß oder vor seinen Toren? Aber sie waren ja, soweit K. wußte, gar nicht gestiegen. Oder hatte ihn Barnabas einen so unmerklich ansteigenden Weg geführt? „Wo sind wir?“, fragte K. leise, mehr sich als ihn. „Zu Hause“, sagte Barnabas ebenso. „Zu Hause?“ — „Jetzt aber gib acht, Herr, daß du nicht ausgleitest. Der Weg geht abwärts.“ — „Abwärts?“ — „Es sind nur ein paar Schritte“, fügte er hinzu, und schon klopfte er an eine Tür.

Ein Mädchen öffnete; sie standen an der Schwelle einer großen Stube fast im Finstern, denn nur über einem Tisch links im Hintergrunde hing eine winzige Öllampe. „Wer kommt mit dir, Barnabas?“, fragte das Mädchen. „Der Landvermesser“, sagte er. „Der Landvermesser“, wiederholte das Mädchen lauter zum Tisch hin. Darauf hin erhoben sich dort zwei alte Leute, Mann und Frau, und noch ein Mädchen. Man begrüßte K. Barnabas stellte ihm alle vor, es waren seine Eltern und seine Schwestern Olga und Amalia. K. sah sie kaum an, man nahm ihm den nassen Rock ab, um ihn beim Ofen zu trocknen. K. ließ es geschehen.

Also nicht sie waren zu Hause, nur Barnabas war zu Hause. Aber warum waren sie hier? K. Nahm Barnabas zur Seite und fragte: „Warum bist du nach Hause gegangen? Oder wohnt ihr schon im Bereich des Schlosses?“ — „Im Bereich des Schlosses?“, wiederholte Barnabas, als verstehe er K. nicht. „Barnabas“, sagte K., „du wolltest doch aus dem Wirtshaus ins Schloß gehen.“ — „Nein, Herr“, sagte Barnabas, „ich wollte nach Hause gehen; ich gehe erst früh ins Schloß, ich schlafe niemals dort.“ — „So“, sagte K., „du wolltest nicht ins Schloß gehen, nur hierher.“ — Matter schien ihm sein Lächeln, unscheinbarer er selbst. — „Warum hast du mir das nicht gesagt?“ — „Du hast mich nicht gefragt, Herr“, sagte Barnabas, „du wolltest mir nur noch einen Auftrag geben, aber weder in der Wirtsstube noch in deinem Zimmer, da dachte ich, du könntest mir den Auftrag ungestört hier bei meinen Eltern geben. Sie werden sich alle gleich entfernen, wenn du es befiehlst; auch könntest du, wenn es dir bei uns besser gefällt, hier übernachten. Habe ich nicht recht getan?“ K. konnte nicht antworten. Ein Mißverständnis war es also gewesen, ein gemeines, niedriges Mißverständnis, und K. hatte sich ihm ganz hingegeben. Hatte sich bezaubern lassen von des Barnabas enger, seidenglänzender Jacke, die dieser jetzt aufknöpfte und unter der ein grobes, grauschmutziges, viel geflicktes

Hemd erschien über der mächtigen, kantigen Brust eines Knechtes. Und alles ringsum entsprach dem nicht nur, überbot es noch, der alte, gichtische Vater, der mehr mit Hilfe der tastenden Hände als der sich langsam schiebenden, steifen Beine vorwärts kam, die Mutter mit auf der Brust gefalteten Händen, die wegen ihrer Fülle auch nur die winzigsten Schritte machen konnte. Beide, Vater und Mutter, gingen schon, seitdem K. eingetreten war, aus ihrer Ecke auf ihn zu und hatten ihn noch lange nicht erreicht. Die Schwestern, Blondinen, einander und dem Barnabas ähnlich, aber mit härteren Zügen als Barnabas, große, starke Mägde, umstanden die Ankömmlinge und erwarteten von K. irgendein Begrüßungswort. Er konnte aber nichts sagen; er hatte geglaubt, hier im Dorf habe jeder für ihn Bedeutung, und es war wohl auch so, nur gerade diese Leute hier bekümmerten ihn gar nicht. Wäre er imstande gewesen, allein den Weg ins Wirtshaus zu bewältigen, er wäre gleich fortgegangen. Die Möglichkeit, früh mit Barnabas ins Schloß zu gehen, lockte ihn gar nicht. Jetzt in der Nacht, unbeachtet, hätte er ins Schloß dringen wollen, von Barnabas geführt, aber von jenem Barnabas, wie er ihm bisher erschienen war, einem Mann, der ihm näher war als alle, die er bisher hier gesehen hatte, und von dem er gleichzeitig geglaubt hatte, daß er weit über seinen sichtbaren Rang hinaus eng mit dem Schloß verbunden war. Mit dem Sohn dieser Familie aber, zu der er völlig gehörte und mit der er schon beim Tisch saß, mit einem Mann, der bezeichnenderweise nicht einmal im Schloß schlafen durfte, an seinem Arm am hellen Tag ins Schloß zu gehen, war unmöglich, war ein lächerlich hoffnungsloser Versuch.
K. setzte sich auf eine Fensterbank, entschlossen, dort auch die Nacht zu verbringen und keinen Dienst sonst von der Familie in Anspruch zu nehmen. Die Leute aus dem Dorf, die ihn wegschickten oder die vor ihm Angst hatten, schienen ihm ungefährlicher, denn sie verwiesen ihn im Grund auf ihn selbst, halfen ihm, seine Kräfte gesammelt zu halten; solche scheinbare Helfer aber, die ihn, statt ins Schloß, dank einer kleinen Maskerade, in ihre Familien führten, lenkten ihn ab, ob sie wollten oder nicht, arbeiteten an der Zerstörung seiner Kräfte. Einen einladenden Zuruf vom Familientisch beachtete er gar nicht, mit gesenktem Kopf blieb er auf seiner Bank.
Da stand Olga auf, die sanftere der Schwestern, auch eine Spur mädchenhafter Verlegenheit zeigte sie, kam zu K. und bat ihn, zum Tisch zu kommen. Brot und Speck sei dort vorbereitet, Bier werde sie noch holen. „Von wo?“, fragte K. „Aus dem Wirtshaus“, sagte sie. Das war K. sehr willkommen. Er bat sie, kein Bier zu holen, aber ihn ins Wirtshaus zu begleiten, er habe dort noch wichtige Arbeiten liegen. Es stellte sich nun aber heraus, daß sie nicht so weit, nicht in sein Wirtshaus gehen wollte, sondern in ein anderes, viel näheres, den Herrenhof. Trotzdem bat K., sie begleiten zu dürfen, vielleicht, so dachte er, findet sich dort eine Schlafgelegenheit; wie sie auch sein mochte, er hätte sie dem besten Bett hier im Hause vorgezogen.

Olga antwortete nicht gleich, blickte sich nach dem Tisch um. Dort war der Bruder aufgestanden, nickte bereitwillig und sagte: „Wenn der Herr es wünscht.“ Fast hätte K. diese Zustimmung dazu bewegen können, seine Bitte zurückzuziehen, nur Wertlosem konnte jener zustimmen. Aber als nun die Frage besprochen wurde, ob man K. in das Wirtshaus einlassen werde, und alle daran zweifelten, bestand er doch dringend darauf, mitzugehen, ohne sich aber die Mühe zu nehmen, einen verständlichen Grund für seine Bitte zu erfinden; diese Familie mußte ihn hinnehmen, wie er war, er hatte gewissermaßen kein Schamgefühl vor ihr. Darin beirrte ihn nur Amalia ein wenig mit ihrem ernsten, geraden, unrührbaren; vielleicht auch etwas stumpfen Blick.
Auf dem kurzen Weg ins Wirtshaus — K. hatte sich in Olga eingehängt und wurde von ihr, er konnte sich nicht anders helfen, fast so gezogen wie früher von ihrem Bruder — erfuhr er, daß dieses Wirtshaus eigentlich nur für Herren aus dem Schloß bestimmt sei, die dort, wenn sie etwas im Dorf zu tun hätten, äßen und sogar manchmal übernachteten. Olga sprach mit K. leise und wie vertraut, es war angenehm, mit ihr zu gehen, fast so wie mit dem Bruder. K. wehrte sich gegen das Wohlgefühl, aber es bestand.
Das Wirtshaus war äußerlich sehr ähnlich dem Wirtshaus, in dem K. wohnte. Es gab im Dorf wohl überhaupt keine großen äußeren Unterschiede, aber kleine Unterschiede waren doch gleich zu merken, die Vortreppe hatte ein Geländer, eine schöne Laterne war über der Tür befestigt. Als sie eintraten, flatterte ein Tuch über ihren Köpfen, es war eine Fahne mit den gräflichen Farben. Im Flur begegnete ihnen gleich, offenbar auf einem beaufsichtigenden Rundgang befindlich, der Wirt; mit kleinen Augen, prüfend oder schläfrig, sah er K. im Vorübergehen an und sagte: „Der Herr Landvermesser darf nur bis in den Ausschank gehen.“ — „Gewiß“, sagte Olga, die sich K.s gleich annahm, „er begleitet mich nur.“ K. aber, undankbar, machte sich von Olga los und nahm den Wirt beiseite. Olga wartete unterdessen geduldig am Ende des Flurs. „Ich möchte hier gerne übernachten“, sagte K. „Das ist leider unmöglich“, sagte der Wirt. „Sie scheinen es noch nicht zu wissen. Das Haus ist ausschließlich für die Herren vom Schloß bestimmt.“ — „Das mag Vorschrift sein“, sagte K., „aber mich irgendwo in einem Winkel schlafen zu lassen ist gewiß möglich.“ — „Ich würde Ihnen außerordentlich gern entgegenkommen“, sagte der Wirt, „aber auch abgesehen von der Strenge der Vorschrift, über die Sie nach Art eines Fremden sprechen, ist es auch deshalb undurchführbar, weil die Herren äußerst empfindlich sind; ich bin überzeugt, daß sie unfähig sind, wenigstens unvorbereitet, den Anblick eines Fremden zu ertragen; wenn ich Sie also hier übernachten ließe und Sie durch einen Zufall — und die Zufälle sind immer auf seiten der Herren — entdeckt würden, wäre nicht nur ich verloren, sondern auch Sie selbst. Es klingt lächerlich, aber es ist wahr.“ Dieser hohe,

fest zugeknöpfte Herr, der, die eine Hand gegen die Wand gestemmt, die andere in die Hüfte, die Beine gekreuzt, ein wenig zu K. herabgeneigt, vertraulich zu ihm sprach, schien kaum mehr zum Dorf zu gehören, wenn auch noch sein dunkles Kleid nur bäuerisch festlich aussah. „Ich glaube Ihnen vollkommen“, sagte K., „und auch die Bedeutung der Vorschrift unterschätze ich gar nicht, wenn ich mich auch ungeschickt ausgedrückt habe. Nur auf eines will ich Sie noch aufmerksam machen; ich habe im Schloß wertvolle Verbindungen und werde noch wertvollere bekommen, sie sichern Sie gegen jede Gefahr, die durch mein Übernachten hier entstehen könnte, und bürgen Ihnen dafür, daß ich imstande bin, für eine kleine Gefälligkeit vollwertig zu danken.“ — „Ich weiß“, sagte der Wirt und wiederholte nochmals: „Das weiß ich.“ Nun hätte K. sein Verlangen nachdrücklicher stellen können, aber gerade diese Antwort des Wirtes zerstreute ihn, deshalb fragte er nur: „Übernachten heute viele Herren vom Schloß hier?“ — „In dieser Hinsicht ist es heute vorteilhaft“, sagte der Wirt gewissermaßen lockend. „Es ist nur ein Herr hiergeblieben.“ Noch immer konnte K. nicht drängen, hoffte nun auch schon, fast aufgenommen zu sein; so fragte er nur noch nach dem Namen des Herrn. „Klamm“, sagte der Wirt nebenbei, während er sich nach seiner Frau umdrehte, welche in sonderbar abgenützten, veralteten, mit Rüschen und Falten überladenen, aber feinen städtischen Kleidern herangerauscht kam. Sie wollte den Wirt holen, der Herr Vorstand habe irgendeinen Wunsch. Ehe der Wirt aber ging, wandte er sich noch an K., als habe nicht mehr er selbst, sondern K. wegen des Übernachtens zu entscheiden. K. konnte aber nichts sagen, besonders der Umstand, daß gerade sein Vorgesetzter hier war, verblüffte ihn. Ohne daß er es sich selbst ganz erklären konnte, fühlte er sich Klamm gegenüber nicht so frei wie sonst gegenüber dem Schloß; von ihm hier ertappt zu werden, wäre für K. zwar kein Schrecken im Sinne des Wirtes, aber doch eine peinliche Unzukömmlichkeit gewesen, so etwa, als würde er jemandem, dem er zu Dankbarkeit verpflichtet war, leichtsinnig einen Schmerz bereiten; dabei bedrückte es ihn schwer, zu sehen, daß sich in solcher Bedenklichkeit offenbar schon die gefürchteten Folgen des Untergeordnetseins, des Arbeiterseins, zeigten und daß er nicht einmal hier, wo sie deutlich auftraten, imstande war, sie niederzukämpfen. So stand er, zerbiß sich die Lippen und sagte nichts. Noch einmal, ehe der Wirt in einer Tür verschwand, sah er zu K. zurück. Dieser sah ihm nach und ging nicht von der Stelle, bis Olga kam und ihn fortzog. „Was wolltest du vom Wirt?“, fragte Olga. „Ich wollte hier übernachten“, sagte K. „Du wirst doch bei uns übernachten“, sagte Olga verwundert. „Ja, gewiß“, sagte K. und überließ ihr die Deutung der Worte.

Das dritte Kapitel

Im Ausschank, einem großen, in der Mitte völlig leeren Zimmer, saßen an den Wänden bei Fässern und auf ihnen einige Bauern, die aber anders aussahen als die Leute in K.s Wirtshaus. Sie waren reinlicher und einheitlicher in graugelblichen, groben Stoff gekleidet, die Jacken waren gebauscht, die Hosen anliegend. Es waren kleine, auf den ersten Blick einander sehr ähnliche Männer mit flachen, knochigen und doch rundwangigen Gesichtern. Alle waren ruhig und bewegten sich kaum, nur mit den Blicken verfolgten sie die Eintretenden, aber langsam und gleichgültig. Trotzdem übten sie, weil es so viele waren und weil es so still war, eine gewisse Wirkung auf K. aus. Er nahm wieder Olgas Arm, um damit den Leuten sein Hiersein zu erklären. In einer Ecke erhob sich ein Mann, ein Bekannter Olgas, und wollte auf sie zugehen, aber K. drehte sie mit dem eingehängten Arm in eine andere Richtung. Niemand außer ihr konnte es bemerken, sie duldete es mit einem lächelnden Seitenblick.

Das Bier wurde von einem jungen Mädchen ausgeschenkt, das Frieda hieß. Ein unscheinbares, kleines, blondes Mädchen mit traurigen Augen und mageren Wangen, das aber durch ihren Blick überraschte, einen Blick von besonderer Überlegenheit. Als dieser Blickauf K. fiel, schien es ihm, daß dieser Blick schon K. betreffende Dinge erledigt hatte, von deren Vorhandensein er selbst noch gar nicht wußte, von deren Vorhandensein aber der Blick ihn überzeugte. K. hörte nicht auf, Frieda von der Seite anzusehen, auch als sie schon mit Olga sprach. Freundinnen schienen Olga und Frieda nicht zu sein, sie wechselten nur wenige kalte Worte. K. wollte nachhelfen und fragte deshalb unvermittelt: „Kennen Sie Herrn Klamm?“ Olga lachte auf. „Warum lachst du?“, fragte K. ärgerlich. „Ich lache doch nicht“, sagte sie, lachte aber weiter. „Olga ist noch ein recht kindisches Mädchen“, sagte K. und beugte sich weit über den Schenktisch, um nochmals Friedas Blick fest auf sich zu ziehen. Sie aber hielt ihn gesenkt und sagte leise: „Wollen Sie Herrn Klamm sehen?“ K. bat darum. Sie zeigte auf eine Tür, gleich links neben sich. „Hier ist ein kleines Guckloch, hier können Sie durchsehen.“ — „Und die Leute hier?“, fragte K. Sie warf die Unterlippe auf und zog K. mit einer ungemein weichen Hand zur Tür. Durch das kleine Guckloch, das offenbar zu Beobachtungszwecken gebohrt worden war, übersah er fast das ganze Nebenzimmer.

An einem Schreibtisch in der Mitte des Zimmers, in einem bequemen Rundlehnstuhl, saß, grell von einer vor ihm niederhängenden Glühlampe beleuchtet, Herr Klamm. Ein mittelgroßer, dicker, schwerfälliger Herr. Das Gesicht war noch glatt, aber die Wangen senkten sich doch schon mit dem Gewicht des Alters ein wenig hinab. Der schwarze Schnurrbart war lang ausgezogen.

Ein schief aufgesetzter, spiegelnder Zwicker verdeckte die Augen. Wäre Herr Klamm völlig beim Tisch gesessen, hätte K. nur sein Profil gesehen; da ihm aber Klamm stark zugedreht war, sah er ihm voll ins Gesicht. Den linken Ellbogen hatte Klamm auf dem Tisch liegen, die rechte Hand, in der er eine Virginia hielt, ruhte auf dem Knie. Auf dem Tisch stand ein Bierglas; da die Randleiste des Tisches hoch war, konnte K. nicht genau sehen, ob dort irgendwelche Schriften lagen, es schien ihm aber, als wäre er leer. Der Sicherheit halber bat er Frieda, durch das Loch zu schauen und ihm darüber Auskunft zu geben. Da sie aber vor kurzem im Zimmer gewesen war, konnte sie K. ohne weiteres bestätigen, daß dort keine Schriften lagen. K. fragte Frieda, ob er schon weggehen müsse, sie aber sagte, er könne hindurchschauen, solange er Lust habe. K. war jetzt mit Frieda allein, Olga hatte, wie er flüchtig feststellte, doch den Weg zu ihrem Bekannten gefunden, saß hoch auf einem Faß und strampelte mit den Füßen. „Frieda“, sagte K. flüsternd, „kennen Sie Herrn Klamm sehr gut!“ — „Ach ja“, sagte sie. „Sehr gut.“ Sie lehnte neben K. und ordnete spielerisch, wie K. jetzt erst auffiel, ihre leichte, ausgeschnittene, cremefarbige Bluse, die wie fremd auf ihrem armen Körper lag. Dann sagte sie: „Erinnern Sie sich nicht an Olgas Lachen?“ — „Ja, die Unartige“, sagte K. „Nun“, sagte sie versöhnlich, „es war Grund zum Lachen. Sie fragten, ob ich Klamm kenne, und ich bin doch“ — hier richtete sie sich unwillkürlich ein wenig auf, und wieder ging ihr sieghafter, mit dem, was gesprochen wurde, gar nicht zusammenhängender Blick über K. hin –, „ich bin doch seine Geliebte.“ — „Klamms Geliebte“, sagte K. Sie nickte. „Dann sind Sie“, sagte K. lächelnd, um nicht allzuviel Ernst zwischen ihnen aufkommen zu lassen, „für mich eine respektable Person.“ — „Nicht nur für Sie“, sagte Frieda freundlich, aber ohne sein Lächeln aufzunehmen. K. hatte ein Mittel gegen ihren Hochmut und wandte es an; er fragte: „Waren Sie schon im Schloß?“ Es verfing aber nicht, denn sie antwortete: „Nein, aber ist es nicht genug, daß ich hier im Ausschank bin?“ Ihr Ehrgeiz war offenbar toll, und gerade an K., so schien es, wollte sie ihn sättigen. „Freilich“, sagte K., „hier im Ausschank, Sie verstehen ja die Arbeit des Wirtes.“ — „So ist es“, sagte sie, „und begonnen habe ich als Stallmagd im Wirtshaus „Zur Brücke.“ — „Mit diesen zarten Händen?“, sagte K. halb fragend, und wußte selbst nicht, ob er nur schmeichelte oder auch wirklich von ihr bezwungen war. Ihre Hände allerdings waren klein und zart; aber man hätte sie auch schwach und nichtssagend nennen können. „Darauf hat damals niemand geachtet“, sagte sie, „und selbst jetzt –“ K. sah sie fragend an. Sie schüttelte den Kopf und wollte nicht weiterreden. „Sie haben natürlich“, sagte K., „Ihre Geheimnisse, und Sie werden über sie nicht mit jemandem reden, den Sie eine halbe Stunde lang kennen und der noch keine Gelegenheit hatte, Ihnen zu erzählen, wie es sich eigentlich mit ihm verhält.“ Das war nun aber, wie sich zeigte, eine unpassende Bemerkung, es war, als hätte er Frieda aus einem ihm günstigen Schlummer geweckt. Sie nahm aus der Ledertasche, die sie am Gürtel hängen hatte, ein Hölzchen, verstopfte damit das Guckloch, sagte zu K., sichtbar sich bezwingend, um ihn von der Änderung ihrer Gesinnung nichts merken zu lassen: „Was Sie betrifft, so weiß ich doch alles, Sie sind der Landvermesser“, fügte dann hinzu: „Nun muß ich aber an die Arbeit“, und ging an ihren Platz hinter dem Ausschanktisch, während sich von den Leuten hier und da einer erhob, um sein leeres Glas von ihr füllen zu lassen. K. wollte noch einmal unauffällig mit ihr sprechen, nahm deshalb von einem Ständer ein leeres Glas und ging zu ihr. „Nur eines noch, Fräulein Frieda“, sagte er, „es ist außerordentlich und eine auserlesene Kraft ist dazu nötig, sich von einer Stallmagd zum Ausschankmädchen vorzuarbeiten, ist damit aber für einen solchen Menschen das endgültige Ziel erreicht? Unsinnige Frage. Aus Ihren Augen, lachen Sie mich nicht aus, Fräulein Frieda, spricht nicht so sehr der vergangene, als der zukünftige Kampf. Aber die Widerstände der Welt sind groß, sie werden größer mit den größeren Zielen, und es ist keine Schande, sich die Hilfe selbst eines kleinen, einflußlosen, aber ebenso kämpfenden Mannes zu sichern. Vielleicht könnten wir einmal in Ruhe miteinander sprechen, nicht von so vielen Augen angestarrt.“ — „Ich weiß nicht, was Sie wollen“, sagte sie, und in ihrem Ton schienen diesmal gegen ihren Willen nicht die Siege ihres Lebens, sondern die unendlichen Enttäuschungen mitzuklingen. „Wollen Sie mich vielleicht von Klamm abziehen? Du lieber Himmel!“ und sie schlug die Hände zusammen. „Sie haben mich durchschaut“, sagte K., wie ermüdet von soviel Mißtrauen, „gerade das war meine geheimste Absicht. Sie sollten Klamm verlassen und meine Geliebte werden. Und nun kann ich ja gehen. Olga!“, rief K. „Wir gehen nach Hause.“ Folgsam glitt Olga vom Faß, kam aber nicht gleich von den sie umringenden Freunden los. Da sagte Frieda leise, drohend K. anblickend: „Wann kann ich mit Ihnen sprechen?“ — „Kann ich hier übernachten?“, fragte K. „Ja“, sagte Frieda. „Kann ich gleich hierbleiben?“ — „Gehen Sie mit Olga fort, damit ich die Leute hier wegschaffen kann. In einem Weilchen können Sie dann kommen.“ — „Gut“, sagte K. und wartete ungeduldig auf Olga. Aber die Bauern ließen sie nicht, sie hatten einen Tanz erfunden, dessen Mittelpunkt Olga war, im Reigen tanzten sie herum, und immer bei einem gemeinsamen Schrei trat einer zu Olga, faßte sie mit einer Hand fest um die Hüften und wirbelte sie einige Male herum, der Reigen wurde immer schneller, die Schreie, hungrig, röchelnd, wurden allmählich fast ein einziger. Olga, die früher den Kreis hatte lachend durchbrechen wollen, taumelte nur noch mit aufgelöstem Haar von einem zum anderen. „Solche Leute schickt man mir her“, sagte Frieda und biß im Zorn an ihren dünnen Lippen. „Wer ist es?“, fragte K. „Klamms Dienerschaft“, sagte Frieda. „Immer wieder bringt er dieses Volk mit, dessen Gegenwart mich zerrüttet. Ich weiß kaum, was ich heute mit Ihnen, Herr Landvermesser, gesprochen habe; war es etwas Böses, verzeihen Sie es, die Gegenwart dieser Leute ist schuld daran, sie sind das Verächtlichste und Widerlichste, was ich kenne, und ihnen muß ich das Bier in die Gläser füllen. Wie oft habe ich Klamm schon gebeten, sie zu Hause zu lassen; muß ich die Dienerschaft anderer Herren schon ertragen, er könnte doch Rücksicht auf mich nehmen, aber alles Bitten ist umsonst, eine Stunde vor seiner Ankunft stürmen sie immer schon herein, wie das Vieh in den Stall. Aber nun sollen sie wirklich in den Stall, in den sie gehören. Wären Sie nicht da, würde ich die Tür hier aufreißen, und Klamm selbst müßte sie hinaustreiben." — „Hört er sie denn nicht?", fragte K. „Nein", sagte Frieda. „Er schläft." — „Wie!", rief K. „Er schläft? Als ich ins Zimmer gesehen habe, war er doch noch wach und saß beim Tisch." — „So sitzt er noch immer", sagte Frieda, „auch als Sie ihn gesehen haben, hat er schon geschlafen. Hätte ich Sie denn sonst hineinsehen lassen? Das war seine Schlafstellung, die Herren schlafen sehr viel, das kann man kaum verstehen. Übrigens, wenn er nicht so viel schliefe, wie könnte er diese Leute ertragen? Nun werde ich sie aber selbst hinaustreiben müssen." Sie nahm eine Peitsche aus der Ecke und sprang mit einem einzigen hohen, nicht ganz sicheren Sprung, so wie etwa ein Lämmchen springt, auf die Tanzenden zu. Zuerst wandten sie sich gegen sie, als sei eine neue Tänzerin angekommen, und tatsächlich sah es einen Augenblick lang so aus, als wolle Frieda die Peitsche fallen lassen, aber dann hob sie sie wieder. „Im Namen Klamms", rief sie, „in den Stall!

Alle in den Stall!" Nun sahen sie, daß es ernst war; in einer für K. unverständlichen Angst begannen sie, in den Hintergrund zu drängen, unter dem Stoß der ersten ging dort eine Tür auf, Nachtluft wehte herein, alle verschwanden mit Frieda, die sie offenbar über den Hof in den Stall trieb.

In der nun plötzlich eingetretenen Stille aber hörte K. Schritte vom Flur. Um sich irgendwie zu sichern, sprang er hinter das Ausschankpult, unter welchem die einzige Möglichkeit sich zu verstecken war. Zwar war ihm der Aufenthalt im Ausschank nicht verboten, aber da er hier übernachten wollte, mußte er vermeiden, jetzt noch gesehen zu werden. Deshalb glitt er, als die Tür wirklich geöffnet wurde, unter den Tisch. Dort entdeckt zu werden war freilich auch nicht ungefährlich, immerhin war dann die Ausrede nicht unglaubwürdig, daß er sich vor den wildgewordenen Bauern versteckt habe. Es war der Wirt. „Frieda!", rief er und ging einige Male im Zimmer auf und ab.

Glücklicherweise kam Frieda bald und erwähnte K. nicht, klagte nur über die Bauern und ging, in dem Bestreben, K. zu suchen, hinter das Pult. Dort konnte K. ihren Fuß berühren und fühlte sich von jetzt an sicher. Da Frieda K. nicht erwähnte, mußte es der Wirt schließlich tun. „Und wo ist der Landvermesser?", fragte er. Er war wohl überhaupt ein höflicher, durch den dauernden und verhältnismäßig freien Verkehr mit weit Höhergestellten fein erzogener Mann, aber mit Frieda sprach er in einer besonders achtungsvollen Art, das fiel vor allem deshalb auf, weil er trotzdem im Gespräch nicht aufhörte, Arbeitgeber gegenüber einer Angestellten zu sein, gegenüber einer recht kecken Angestellten überdies. „Den Landvermesser habe ich ganz vergessen“, sagte Frieda und setzte K. ihren kleinen Fuß auf die Brust. „Er ist wohl schon längst fortgegangen.“ — „Ich habe ihn aber nicht gesehen“, sagte der Wirt, „und war fast die ganze Zeit über im Flur.“ — „Hier ist er aber nicht“, sagte Frieda kühl. „Vielleicht hat er sich versteckt“, sagte der Wirt, „nach dem Eindruck, den ich von ihm hatte, ist ihm manches zuzutrauen.“ — „Diese Kühnheit wird er doch wohl nicht haben“, sagte Frieda und drückte stärker ihren Fuß auf K. Etwas Fröhliches, Freies war in ihrem Wesen, was K. früher gar nicht bemerkt hatte, und es nahm ganz unwahrscheinlich überhand, als sie plötzlich lachend mit den Worten: „Vielleicht ist er hier unten versteckt“, sich zu K. hinabbeugte, ihn flüchtig küßte und wieder aufsprang und betrübt sagte: „Nein, er ist nicht hier.“ Aber auch der Wirt gab Anlaß zum Erstaunen, als er nun sagte: „Es ist mir sehr unangenehm, daß ich nicht mit Bestimmtheit weiß, ob er fortgegangen ist. Es handelt sich nicht nur um Herrn Klamm, es handelt sich um die Vorschrift. Die Vorschrift gilt aber für Sie, Fräulein Frieda, so wie für mich. Für den Ausschank haften Sie, das übrige Haus werde ich noch durchsuchen. Gute Nacht! Angenehme Ruhe!“ Er konnte das Zimmer noch gar nicht verlassen haben, schon hatte Frieda das elektrische Licht ausgedreht und war bei K. unter dem Pult. „Mein Liebling! Mein süßer Liebling!“, flüsterte sie, aber rührte K. gar nicht an, wie ohnmächtig vor Liebe lag sie auf dem Rücken und breitete die Arme aus, die Zeit war wohl unendlich vor ihrer glücklichen Liebe, sie seufzte mehr als sang irgendein kleines Lied. Dann schrak sie auf, da K. still in Gedanken blieb, und fing an, wie ein Kind ihn zu zerren: „Komm, hier unten erstickt man ja!“ Sie umfaßten einander, der kleine Körper brannte in K.s Händen, sie rollten in einer Besinnungslosigkeit, aus der sich K. fortwährend, aber vergeblich, zu retten suchte, ein paar Schritte weit, schlugen dumpf an Klamms Tür und lagen dann in den kleinen Pfützen Biers und dem sonstigen Unrat, von dem der Boden bedeckt war. Dort vergingen Stunden, Stunden gemeinsamen Atems, gemeinsamen Herzschlags, Stunden, in denen K. immerfort das Gefühl hatte, er verirre sich oder er sei so weit in der Fremde, wie vor ihm noch kein Mensch, einer Fremde, in der selbst die Luft keinen Bestandteil der Heimatluft habe, in der man vor Fremdheit ersticken müsse und in deren unsinnigen Verlockungen man doch nichts tun könne als weiter gehen, weiter sich verirren. Und so war es wenigstens zunächst für ihn kein Schrecken, sondern ein tröstliches Aufdämmern, als aus Klamms Zimmer mit tiefer, befehlend-gleichgültiger Stimme nach Frieda gerufen wurde. „Frieda“, sagte K. in Friedas Ohr und gab so den Ruf weiter. In einem förmlich eingeborenen Gehorsam wollte Frieda aufspringen, aber dann besann sie sich, wo sie war, streckte sich, lachte still und sagte: „Ich werde doch nicht etwa gehen, niemals werde ich zu ihm gehen.“ K. wollte dagegensprechen, wollte sie drängen, zu Klamm zu gehen, begann die Reste ihrer Bluse zusammenzusuchen, aber er konnte nichts sagen, allzu glücklich war er, Frieda in seinen Händen zu halten, allzu ängstlich-glücklich auch, denn es schien ihm, wenn Frieda ihn verlasse, verlasse ihn alles, was er habe. Und als sei Frieda gestärkt durch K.s Zustimmung, ballte sie die Faust, klopfte mit ihr an die Tür und rief: „Ich bin beim Landvermesser! Ich bin beim Landvermesser!“ Nun wurde Klamm allerdings still. Aber K. erhob sich, kniete neben Frieda und blickte sich im trüben Vormorgenlicht um. Was war geschehen? Wo waren seine Hoffnungen? Was konnte er nun von Frieda erwarten, da alles verraten war? Statt vorsichtigst, entsprechend der Größe des Feindes und des Zieles, vorwärtszugehen, hatte er sich hier eine Nacht lang in den Bierpfützen gewälzt, deren Geruch jetzt betäubend war. „Was hast du getan?“, sagte er vor sich hin. „Wir beide sind verloren.“ — „Nein“, sagte Frieda, „nur ich bin verloren, doch ich habe dich gewonnen. Sei ruhig. Sieh aber, wie die zwei lachen.“ — „Wer?“, fragte K. und wandte sich um. Auf dem Pult saßen seine beiden Gehilfen, ein wenig übernächtig, aber fröhlich; es war die Fröhlichkeit, welche treue Pflichterfüllung gibt. „Was wollt ihr hier?“, schrie K., als seien sie an allem schuld. Er suchte ringsherum die Peitsche, die Frieda abends gehabt hatte. „Wir mußten dich doch suchen“, sagten die Gehilfen, „da du nicht herunter zu uns in die Wirtsstube kamst; wir suchten dich dann bei Barnabas und fanden dich endlich hier. Hier sitzen wir die ganze Nacht. Leicht ist ja der Dienst nicht.“ — „Ich brauche euch bei Tag, nicht in der Nacht“, sagte K., „fort mit euch.“ — „Jetzt ist es ja Tag“, sagten sie und rührten sich nicht. Es war wirklich Tag, die Hoftüre wurde geöffnet, die Bauern mit Olga, die K. ganz vergessen hatte, strömten herein. Olga war lebendig wie am Abend, so übel auch ihre Kleider und Haare zugerichtet waren, schon in der Tür suchten ihre Augen K. „Warum bist du nicht mit mir nach Hause gegangen?“, sagte sie, fast unter Tränen. „Wegen eines solchen Frauenzimmers!“, sagte sie dann und wiederholte das einige Male. Frieda, die für einen Augenblick verschwunden war, kam mit einem kleinen Wäschebündel zurück. Olga trat traurig beiseite. „Nun können wir gehen“, sagte Frieda; es war selbstverständlich, daß sie das Wirtshaus „Zur Brücke“, meinte, in das sie gehen sollten. K. mit Frieda, hinter ihnen die Gehilfen, das war der Zug. Die Bauern zeigten viel Verachtung für Frieda, es war selbstverständlich, weil sie sie bisher streng beherrscht hatte; einer nahm sogar einen Stock und tat so, als wolle er sie nicht fortlassen, ehe sie über den Stock springe; aber ihr Blick genügte, um ihn zu vertreiben. Draußen im Schnee atmete K. ein wenig auf. Das Glück, im Freien zu sein, war so groß, daß es diesmal die Schwierigkeit des Wegs erträglich machte; wäre K. allein gewesen, wäre er noch besser gegangen. Im Wirtshaus ging er gleich in sein Zimmer und legte sich aufs Bett, Frieda machte sich daneben auf dem Boden ein Lager zurecht. Die Gehilfen waren mit eingedrungen, wurden vertrieben, kamen dann aber durchs Fenster wieder herein. K. war zu müde, um sie nochmals zu vertreiben. Die Wirtin kam eigens herauf, um Frieda zu begrüßen, wurde von Frieda „Mütterchen" genannt; es gab eine unverständlich herzliche Begrüßung mit Küssen und langem Aneinanderdrücken. Ruhe war in dem Zimmerchen überhaupt wenig, öfters kamen auch die Mägde in ihren Männerstiefeln hereingepoltert, um irgend etwas zu bringen oder zu holen. Brauchten sie etwas aus dem mit verschiedenen Dingen vollgestopften Bett, zogen sie es rücksichtslos unter K. hervor. Frieda begrüßten sie als ihresgleichen. Trotz dieser Unruhe blieb doch K. im Bett, den ganzen Tag und die ganze Nacht. Kleine Handreichungen besorgte ihm Frieda. Als er am nächsten Morgen sehr erfrischt endlich aufstand, war es schon der vierte Tag seines Aufenthalts im Dorf.

Das vierte Kapitel

Er hätte gern mit Frieda vertraulich gesprochen, aber die Gehilfen, mit denen übrigens Frieda hie und da auch scherzte und lachte, hinderten ihn daran durch ihre bloße, aufdringliche Gegenwart. Anspruchsvoll waren sie allerdings nicht, sie hatten sich in einer Ecke auf dem Boden auf zwei alten Frauenröcken eingerichtet. Es war, wie sie mit Frieda öfter besprachen, ihr Ehrgeiz, den Herrn Landvermesser nicht zu stören und möglichst wenig Raum zu brauchen, sie machten in dieser Hinsicht, immer freilich unter Lispeln und Kichern, verschiedene Versuche, verschränkten Arme und Beine, kauerten sich gemeinsam zusammen, in der Dämmerung sah man in ihrer Ecke nur ein großes Knäuel. Trotzdem aber wußte man leider aus den Erfahrungen bei Tageslicht, daß es sehr aufmerksame Beobachter waren, immer zu K. herüberstarrten, sei es auch, daß sie in scheinbar kindlichem Spiel etwa ihre Hände als Fernrohre verwendeten und ähnlichen Unsinn trieben oder auch nur herüberblinzelten und hauptsächlich mit der Pflege ihrer Bärte beschäftigt schienen, an denen ihnen sehr viel gelegen war und die sie unzähligemal der Länge und Fülle nach miteinander verglichen und von Frieda beurteilen ließen.

Oft sah K. von seinem Bett aus dem Treiben der drei in völliger Gleichgültigkeit zu.

Als er sich nun kräftig genug fühlte, das Bett zu verlassen, eilten alle herbei, ihn zu bedienen. So kräftig, sich gegen ihre Dienste wehren zu können, war er noch nicht, er merkte, daß er dadurch in eine gewisse Abhängigkeit von ihnen geriet, die schlechte Folgen haben konnte, aber er mußte es geschehen lassen. Es war auch gar nicht sehr unangenehm, bei Tisch den guten Kaffee zu trinken, den Frieda geholt hatte, sich am Ofen zu wärmen, den Frieda geheizt hatte, die Gehilfen in ihrem Eifer und Ungeschick die Treppen hinab- und herauflaufen zu lassen, um Waschwasser, Seife, Kamm und Spiegel zu bringen und schließlich, weil K. einen leisen, dahin deutbaren Wunsch ausgesprochen hatte, auch ein Gläschen Rum. Inmitten dieses Befehlens und Bedientwerdens sagte K., mehr aus behaglicher Laune als in der Hoffnung auf einen Erfolg: „Geht nun weg, ihr zwei, ich brauche vorläufig nichts mehr und will allein mit Fräulein Frieda sprechen.“ Und als er nicht gerade Widerstand auf ihren Gesichtern sah, sagte er noch, um sie zu entschädigen: „Wir drei gehen dann zum Gemeindevorsteher, wartet unten in der Stube auf mich.“ Merkwürdigerweise folgten sie, nur daß sie vor dem Weggehen noch sagten: „Wir könnten auch hier warten.“ Und K. antwortete: „Ich weiß es, aber ich will es nicht.“

Ärgerlich aber und in gewissem Sinne doch auch willkommen war es K., als Frieda, die sich gleich nachdem Weggehen der Gehilfen auf seinen Schoß setzte, sagte: „Was hast du, Liebling, gegen die Gehilfen? Vor ihnen müssen

wir keine Geheimnisse haben. Sie sind treu.“ — „Ach, treu“, sagte K., „sie lauern mir fortwährend auf, es ist sinnlos, aber abscheulich.“ — „Ich glaube dich zu verstehen“, sagte sie und hing sich an seinen Hals und wollte noch etwas sagen, konnte aber nicht weitersprechen; und weil der Sessel gleich neben dem Bette stand, schwankten sie hinüber und fielen hin. Dort lagen sie, aber nicht so hingegeben wie damals in der Nacht. Sie suchte etwas, und er suchte etwas, wütend, Grimassen schneidend, sich mit dem Kopf einbohrend in der Brust des anderen, suchten sie, und ihre Umarmungen und ihre sich aufwerfenden Körper machten sie nicht vergessen, sondern erinnerten sie an die Pflicht, zu suchen; wie Hunde verzweifelt im Boden scharren, so scharrten sie an ihren Körpern; und hilflos, enttäuscht, um noch letztes Glück zu holen, fuhren manchmal ihre Zungen breit über des anderen Gesicht. Erst die Müdigkeit ließ sie still und einander dankbar werden. Die Mägde kamen dann auch herauf. „Sieh, wie die hier liegen“, sagte eine und warf aus Mitleid ein Tuch über sie.
Als sich später K. aus dem Tuch frei machte und umhersah, waren — das wunderte ihn nicht — die Gehilfen wieder in ihrer Ecke, ermahnten, mit dem Finger auf K. zeigend, einer den anderen zum Ernst und salutierten; aber außerdem saß dicht beim Bett die Wirtin und strickte an einem Strumpf, eine kleine Arbeit, welche wenig paßte zu ihrer riesigen, das Zimmer fast verdunkelnden Gestalt. „Ich warte schon lange“, sagte sie und hob ihr breites, von vielen Altersfalten durchzogenes, aber in seiner großen Masse doch noch glattes, vielleicht einmal schönes Gesicht. Die Worte klangen wie ein Vorwurf, ein unpassender, denn K. hatte ja nicht verlangt, daß sie komme. Er bestätigte daher nur durch Kopfnicken ihre Worte und setzte sich aufrecht. Auch Frieda stand auf, verließ aber K. und lehnte sich an den Sessel der Wirtin. „Könnte nicht, Frau Wirtin“, sagte K. zerstreut, „das, was Sie mir sagen wollen, aufgeschoben werden, bis ich vom Gemeindevorsteher zurückkomme. Ich habe eine wichtige Besprechung dort.“ — „Diese ist wichtiger, glauben Sie mir, Herr Landvermesser“, sagte die Wirtin, „dort handelt es sich wahrscheinlich nur um eine Arbeit, hier aber handelt es sich um einen Menschen, um Frieda, meine liebe Magd.“ — „Ach so“, sagte K., „dann freilich; nur weiß ich nicht, warum man diese Angelegenheit nicht uns beiden überläßt.“ — „Aus Liebe, aus Sorge“, sagte die Wirtin und zog Friedas Kopf, die stehend nur bis zur Schulter der sitzenden Wirtin reichte, an sich. „Da Frieda zu Ihnen ein solches Vertrauen hat“, sagte K., „kann auch ich nicht anders. Und da Frieda erst vor kurzem meine Gehilfen treu genannt hat, so sind wir ja Freunde unter uns. Dann kann ich Ihnen also, Frau Wirtin, sagen, daß ich es für das beste halten würde, wenn Frieda und ich heiraten, und zwar sehr bald. Leider, leider werde ich Frieda dadurch nicht ersetzen können, was sie durch mich verloren hat, die Stellung im Herrenhof und die Freundschaft Klamms.“ Frieda hob ihr Gesicht, ihre Augen waren voll

Tränen, nichts von Sieghaftigkeit war in ihnen. „Warum ich? Warum bin ich gerade dazu ausersehen?“ — „Wie?“, fragten K. und die Wirtin gleichzeitig. „Sie ist verwirrt, das arme Kind“, sagte die Wirtin, „verwirrt vom Zusammentreffen zu vielen Glücks und Unglücks.“ Und wie zur Bestätigung dieser Worte stürzte sich Frieda jetzt auf K., küßte ihn wild, als sei niemand sonst im Zimmer, und fiel dann weinend, immer noch ihn umarmend, vor ihm in die Knie. Während K. mit beiden Händen Friedas Haar streichelte, fragte er die Wirtin: „Sie scheinen mir recht zu geben?“ — „Sie sind ein Ehrenmann“, sagte die Wirtin, auch sie hatte Tränen in der Stimme, sah ein wenig verfallen aus und atmete schwer; trotzdem fand sie noch die Kraft, zu sagen: „Es werden jetzt nur gewisse Sicherungen zu bedenken sein, die Sie Frieda geben müssen, denn wie groß auch nun meine Achtung vor Ihnen ist, so sind Sie doch ein Fremder, können sich auf niemanden berufen, Ihre häuslichen Verhältnisse sind hier unbekannt. Sicherungen sind also nötig, das werden Sie einsehen, lieber Herr Landvermesser, haben Sie doch selbst hervorgehoben, wieviel Frieda durch die Verbindung mit Ihnen immerhin auch verliert.“ — „Gewiß, Sicherungen, natürlich“, sagte K., „die werden am besten wohl vor dem Notar gegeben werden, aber auch andere gräfliche Behörden werden sich ja vielleicht noch einmischen. Übrigens habe auch ich noch vor der Hochzeit unbedingt etwas zu erledigen. Ich muß mit Klamm sprechen.“ — „Das ist unmöglich“, sagte Frieda, erhob sich ein wenig und drückte sich an K., „was für ein Gedanke!“ — „Es muß sein“, sagte K. „Wenn es mir unmöglich ist, es zu erwirken, mußt du es tun.“ — „Ich kann nicht, K., ich kann nicht“, sagte Frieda, „niemals wird Klamm mit dir reden. Wie kannst du nur glauben, daß Klamm mit dir reden wird!“ — „Und mit dir würde er reden?“, fragte K. „Auch nicht“, sagte Frieda, „nicht mit dir, nicht mit mir, es sind bare Unmöglichkeiten.“ Sie wandte sich an die Wirtin mit ausgebreiteten Armen: „Sehen Sie nur, Frau Wirtin, was er verlangt.“ „Sie sind eigentümlich, Herr Landvermesser“, sagte die Wirtin und war erschreckend, wie sie jetzt aufrechter dasaß, die Beine auseinandergestellt, die mächtigen Knie vorgetrieben durch den dünnen Rock. „Sie verlangen Unmögliches.“ — „Warum ist es unmöglich?“, fragte K. „Das werde ich Ihnen erklären“, sagte die Wirtin in einem Ton, als sei diese Erklärung nicht etwa eine letzte Gefälligkeit, sondern schon die erste Strafe, die sie austeilte, „das werde ich Ihnen gern erklären. Ich gehöre zwar nicht zum Schloß und bin nur eine Frau und bin nur eine Wirtin, hier in einem Wirtshaus letzten Ranges — es ist nicht letzten Ranges, aber nicht weit davon –, und so könnte es sein, daß Sie meiner Erklärung nicht viel Bedeutung beilegen, aber ich habe in meinem Leben die Augen offen gehabt und bin mit vielen Leuten zusammengekommen und habe die ganze Last der Wirtschaft allein getragen, denn mein Mann ist zwar ein guter Junge, aber ein Gastwirt ist er nicht, und was Verantwortlichkeit ist, wird er nie begreifen. Sie zum Beispiel verdanken es doch nur seiner Nachlässigkeit — ich war an dem Abend schon müde zum Zusammenbrechen –, daß Sie hier im Dorf sind, daß Sie hier auf dem Bett in Frieden und Behagen sitzen.“ — „Wie?“, fragte K., aus einer gewissen Zerstreutheit aufwachend, aufgeregt mehr von der Neugierde als von Ärger. „Nur seiner Nachlässigkeit verdanken Sie es!“, rief die Wirtin nochmals, mit gegen K. ausgestrecktem Zeigefinger. Frieda suchte sie zu beschwichtigen. „Was willst du“, sagte die Wirtin mit rascher Wendung des ganzen Leibes. „Der Herr Landvermesser hat mich gefragt, und ich muß ihm antworten. Wie soll er es denn sonst verstehen, was uns selbstverständlich ist, daß Herr Klamm niemals mit ihm sprechen wird, was sage ich „wird“, niemals mit ihm sprechen kann. Hören Sie, Herr Landvermesser! Herr Klamm ist ein Herr aus dem Schloß, das bedeutet schon an und für sich, ganz abgesehen von Klamms sonstiger Stellung, einen sehr hohen Rang. Was sind nun aber Sie, um dessen Heiratseinwilligung wir uns hier so demütig bewerben! Sie sind nicht aus dem Schloß, Sie sind nicht aus dem Dorfe, Sie sind nichts. Leider aber sind Sie doch etwas, ein Fremder, einer, der überzählig und überall im Weg ist, einer, wegen dessen man immerfort Scherereien hat, wegen dessen man die Mägde ausquartieren muß, einer, dessen Absichten unbekannt sind, einer, der unsere liebste kleine Frieda verführt hat und dem man sie leider zur Frau geben muß. Wegen alles dessen mache ich Ihnen ja im Grunde keine Vorwürfe. Sie sind, was Sie sind; ich habe in meinem Leben schon zuviel gesehen, als daß ich nicht noch diesen Anblick ertragen sollte. Nun aber stellen Sie sich vor, was Sie eigentlich verlangen. Ein Mann wie Klamm soll mit Ihnen sprechen! Mit Schmerz habe ich gehört, daß Frieda Sie hat durchs Guckloch schauen lassen, schon als sie das tat, war sie von Ihnen verführt. Sagen Sie doch, wie haben Sie überhaupt Klamms Anblick ertragen? Sie müssen nicht antworten, ich weiß es, Sie haben ihn sehr gut ertragen. Sie sind ja gar nicht imstande, Klamm wirklich zu sehen, das ist nicht Überhebung meinerseits, denn ich selbst bin es auch nicht imstande. Klamm soll mit Ihnen sprechen, aber er spricht doch nicht einmal mit Leuten aus dem Dorf, noch niemals hat er selbst mit jemandem aus dem Dorf gesprochen. Es war ja die große Auszeichnung Friedas, eine Auszeichnung, die mein Stolz sein wird bis an mein Ende, daß er wenigstens Friedas Namen zu rufen pflegte und daß sie zu ihm sprechen konnte nach Belieben und die Erlaubnis des Gucklochs bekam, gesprochen aber hat er auch mit ihr nicht. Und daß er Frieda manchmal rief, muß gar nicht die Bedeutung haben, die man dem gerne zusprechen möchte, er rief einfach den Namen „Frieda“ — wer kennt seine Absichten? –, daß Frieda natürlich eilends kam, war ihre Sache, und daß sie ohne Widerspruch zu ihm gelassen wurde, war Klamms Güte, aber daß er sie geradezu gerufen hätte, kann man nicht behaupten. Freilich, nun ist auch das, was war, für immer dahin. Vielleicht wird Klamm noch den Namen „Frieda“, rufen, das ist möglich, aber zugelassen wird sie zu ihm gewiß nicht mehr, ein Mädchen, das sich mit Ihnen abgegeben hat. Und nur eines, nur eines kann ich nicht verstehen mit meinem armen Kopf, daß ein Mädchen, von dem man sagte, es sei Klamms Geliebte — ich halte das übrigens für eine sehr übertriebene Bezeichnung –, sich von Ihnen auch nur berühren ließ."

„Gewiß, das ist merkwürdig", sagte K., und nahm Frieda, die sich, wenn auch mit gesenktem Kopf, gleich fügte, zu sich auf den Schoß, „es beweist aber, glaube ich, daß sich auch sonst nicht alles genauso verhält, wie Sie glauben. So haben Sie zum Beispiel gewiß recht, wenn Sie sagen, daß ich vor Klamm ein Nichts bin; und wenn ich jetzt auch verlange, mit Klamm zu sprechen, und nicht einmal durch Ihre Erklärungen davon abgebracht bin, so ist damit noch nicht gesagt, daß ich imstande bin, den Anblick Klamms ohne dazwischenstehende Tür auch nur zu ertragen, und ob ich nicht schon bei seinem Erscheinen aus dem Zimmer renne. Aber eine solche, wenn auch berechtigte Befürchtung ist für mich noch kein Grund, die Sache nicht doch zu wagen. Gelingt es mir aber, ihm standzuhalten, dann ist es gar nicht nötig, daß er mit mir spricht, es genügt mir, wenn ich den Eindruck sehe, den meine Worte auf ihn machen, und machen sie keinen oder hört er sie gar nicht, habe ich doch den Gewinn, frei vor einem Mächtigen gesprochen zu haben. Sie aber, Frau Wirtin, mit Ihrer großen Lebens- und Menschenkenntnis, und Frieda, die noch gestern Klamms Geliebte war — ich sehe keinen Grund, von diesem Wort abzugehen –, können mir gewiß leicht die Gelegenheit verschaffen, mit Klamm zu sprechen; ist es auf keine andere Weise möglich, dann eben im Herrenhof, vielleicht ist er auch heute noch dort."

„Es ist unmöglich", sagte die Wirtin, „und ich sehe, daß Ihnen die Fähigkeit fehlt, es zu begreifen. Aber sagen Sie doch, worüber wollen Sie denn mit Klamm sprechen?" — „Über Frieda natürlich", sagte K.

„Über Frieda?", fragte die Wirtin verständnislos und wandte sich an Frieda. „Hörst du, Frieda, über dich will er, er, mit Klamm, mit Klamm sprechen."

„Ach", sagte K., „Sie sind, Frau Wirtin, eine so kluge, achtungeinflößende Frau, und doch erschreckt Sie jede Kleinigkeit. Nun also, ich will über Frieda mit ihm sprechen, das ist doch nicht so sehr ungeheuerlich als vielmehr selbstverständlich. Denn Sie irren gewiß auch, wenn Sie glauben, daß Frieda von dem Augenblick an, wo ich auftrat, für Klamm bedeutungslos geworden ist. Sie unterschätzen ihn, wenn Sie das glauben. Ich fühle gut, daß es anmaßend von mir ist, Sie in dieser Hinsicht belehren zu wollen, aber ich muß es doch tun. Durch mich kann in Klamms Beziehung zu Frieda nichts geändert worden sein. Entweder bestand keine wesentliche Beziehung — das sagen eigentlich diejenigen, welche Frieda den Ehrennamen Geliebte nehmen –, nun, dann besteht sie auch heute nicht; oder aber sie bestand, wie könnte sie dann durch mich, wie Sie richtig sagten, ein Nichts in Klamms Augen, wie könnte sie dann durch mich gestört sein. Solche Dinge glaubt man im ersten Augenblick des Schreckens, aber schon die kleinste Überlegung muß das richtigstellen. Lassen wir übrigens doch Frieda ihre Meinung hierzu sagen.“

Mit in die Ferne schweifendem Blick, die Wange an K.s Brust, sagte Frieda: „Es ist gewiß so, wie Mütterchen sagt: Klamm will nichts mehr von mir wissen. Aber freilich nicht deshalb, weil du, Liebling, kamst, nichts Derartiges hätte ihn erschüttern können. Wohl aber, glaube ich, ist es sein Werk, daß wir uns dort unter dem Pult zusammengefunden haben; gesegnet, nicht verflucht sei die Stunde.“ — „Wenn es so ist“, sagte K. langsam, denn süß waren Friedas Worte, er schloß ein paar Sekunden lang die Augen, um sich von den Worten durchdringen zu lassen, „wenn es so ist, ist noch weniger Grund, sich vor einer Aussprache mit Klamm zu fürchten.“

„Wahrhaftig“, sagte die Wirtin und sah K. von hoch herab an, „Sie erinnern mich manchmal an meinen Mann, so trotzig und kindlich wie er sind Sie auch. Sie sind ein paar Tage im Ort, und schon wollen Sie alles besser kennen als die Eingeborenen, besser als ich alte Frau und als Frieda, die im Herrenhof so viel gesehen und gehört hat. Ich leugne nicht, daß es möglich ist, einmal auch etwas ganz gegen die Vorschriften und gegen das Althergebrachte zu erreichen; ich habe etwas Derartiges nicht erlebt, aber es gibt angeblich Beispiele dafür, mag sein; aber dann geschieht es gewiß nicht auf die Weise, wie Sie es tun, indem man immerfort „Nein, nein“, sagt und nur auf seinen Kopf schwört und die wohlmeinendsten Ratschläge überhört. Glauben Sie denn, meine Sorge gilt Ihnen? Habe ich mich um Sie gekümmert, solange Sie allein waren? Obwohl es gut gewesen wäre und manches sich hätte vermeiden lassen. Das einzige, was ich damals meinem Mann über Sie sagte, war: „Halte dich von ihm fern.“ Das hätte auch heute noch für mich gegolten, wenn nicht Frieda jetzt in Ihr Schicksal mit hineingezogen worden wäre. Ihr verdanken Sie — ob es Ihnen gefällt oder nicht — meine Sorgfalt, ja sogar meine Beachtung. Und Sie dürfen mich nicht einfach abweisen, weil Sie mir, der einzigen, die über der kleinen Frieda mit mütterlicher Sorge wacht, streng verantwortlich sind. Möglich, daß Frieda recht hat und alles, was geschehen ist, der Wille Klamms ist; aber von Klamm weiß ich jetzt nichts; ich werde niemals mit ihm sprechen, er ist mir gänzlich unerreichbar; Sie aber sitzen hier, halten meine Frieda und werden — warum soll ich es verschweigen? — von mir gehalten. Ja, von mir gehalten, denn versuchen Sie es, junger Mann, wenn ich Sie auch aus dem Hause weise, irgendwo im Dorf ein Unterkommen zu finden, und sei es in einer Hundehütte.“

„Danke“, sagte K., „das sind offene Worte, und ich glaube Ihnen vollkommen. So unsicher ist also meine Stellung und damit zusammenhängend auch die Stellung Friedas.“

„Nein!“, rief die Wirtin wütend dazwischen. „Friedas Stellung hat in dieser Hinsicht gar nichts mit Ihrer zu tun. Frieda gehört zu meinem Haus, und niemand hat das Recht, ihre Stellung hier eine unsichere zu nennen.“

„Gut, gut“, sagte K., „ich gebe Ihnen auch darin recht, besonders da Frieda aus mir unbekannten Gründen zuviel Angst vor Ihnen zu haben scheint, um sich einzumischen. Bleiben wir also vorläufig nur bei mir. Meine Stellung ist höchst unsicher, das leugnen Sie nicht, sondern strengen sich vielmehr an, es zu beweisen. Wie bei allem, was Sie sagen, ist auch dieses nur zum größten Teil richtig, aber nicht ganz. So weiß ich zum Beispiel von einem recht guten Nachtlager, das mir freisteht.“

„Wo denn? Wo denn?“, riefen Frieda und die Wirtin, so gleichzeitig und so begierig, als hätten sie die gleichen Beweggründe für ihre Frage. — „Bei Barnabas“, sagte K.

„Die Lumpen!“, rief die Wirtin. „Die abgefeimten Lumpen! Bei Barnabas! Hört ihr –“ und sie wandte sich nach der Ecke, die Gehilfen aber waren schon längst hervorgekommen und standen Arm in Arm hinter der Wirtin, die jetzt, als brauche sie einen Halt, die Hand des einen ergriff, „hört ihr, wo sich der Herr herumtreibt, in der Familie des Barnabas! Freilich, dort bekommt er ein Nachtlager, ach, hätte er es doch lieber dort gehabt als im Herrenhof. Aber wo wart denn ihr?“

„Frau Wirtin“, sagte K., noch ehe die Gehilfen antworteten, „es sind meine Gehilfen, Sie aber behandeln sie so, wie wenn es Ihre Gehilfen, aber meine Wächter wären. In allem anderen bin ich bereit, höflichst über Ihre Meinungen zumindest zu diskutieren, hinsichtlich meiner Gehilfen aber nicht, denn hier liegt die Sache doch zu klar! Ich bitte Sie daher, mit meinen Gehilfen nicht zu sprechen, und wenn meine Bitte nicht genügen sollte, verbiete ich meinen Gehilfen, Ihnen zu antworten.“ „Ich darf also nicht mit euch sprechen“, sagte die Wirtin, und alle drei lachten, die Wirtin spöttisch, aber viel sanfter, als K. es erwartet hatte, die Gehilfen in ihrer gewöhnlichen, viel und nichts bedeutenden, jede Verantwortung ablehnenden Art.

„Werde nur nicht böse“, sagte Frieda, „du mußt unsere Aufregung richtig verstehen. Wenn man will, verdanken wir es nur Barnabas, daß wir jetzt einander gehören. Als ich dich zum erstenmal im Ausschank sah — du kamst herein, eingehängt in Olga –, wußte ich zwar schon einiges über dich, aber im ganzen warst du mir doch völlig gleichgültig. Nun, nicht nur du warst mir gleichgültig, fast alles, fast alles war mir gleichgültig. Ich war ja auch damals mit vielem unzufrieden, und manches ärgerte mich, aber was war das für eine Unzufriedenheit und was für ein Ärger! Es beleidigte mich zum Beispiel einer der Gäste im Ausschank, sie waren ja immer hinter mir her — du hast die Burschen dort gesehen, es kamen aber noch viel ärgere, Klamms Dienerschaft war nicht die ärgste –, also einer beleidigte mich, was bedeutete mir das? Es war mir, als sei es vor vielen Jahren geschehen oder als sei es gar nicht mir geschehen oder als hätte ich es nur erzählen hören oder als hätte ich selbst es schon vergessen. Aber ich kann es nicht beschreiben, ich kann es mir nicht einmal mehr vorstellen, so hat sich alles geändert, seitdem Klamm mich verlassen hat."

Und Frieda brach ihre Erzählung ab, traurig senkte sie den Kopf, die Hände hielt sie gefaltet im Schoß.

„Sehen Sie", rief die Wirtin, und sie tat es so, als spreche sie nicht selbst, sondern leihe nur Frieda ihre Stimme, sie rückte auch näher und saß nun knapp neben Frieda, „sehen Sie nun, Herr Landvermesser, die Folgen Ihrer Taten, und auch Ihre Gehilfen, mit denen ich ja nicht sprechen darf, mögen zu ihrer Belehrung zusehen! Sie haben Frieda aus dem glückseligsten Zustand gerissen, der ihr je beschieden war, und es ist Ihnen vor allem deshalb gelungen, weil Frieda in ihrem kindlich übertriebenen Mitleid es nicht ertragen konnte, daß Sie an Olgas Arm hingen und so der Barnabasschen Familie ausgeliefert schienen. Sie hat Sie gerettet und sich dabei geopfert. Und nun, da es geschehen ist und Frieda alles, was sie hatte, eingetauscht hat für das Glück, auf Ihrem Knie zu sitzen, nun kommen Sie und spielen es als Ihren großen Trumpf aus, daß Sie einmal die Möglichkeit hatten, bei Barnabas übernachten zu dürfen. Damit wollen Sie wohl beweisen, daß Sie von mir unabhängig sind. Gewiß, wenn Sie wirklich bei Barnabas übernachtet hätten, wären Sie so unabhängig von mir, daß Sie im Nu, aber allerschleunigst, mein Haus verlassen müßten."

„Ich kenne die Sünden der Barnabasschen Familie nicht", sagte K., während er Frieda, die wie leblos war, vorsichtig aufhob, langsam auf das Bett setzte und selbst aufstand, „vielleicht haben Sie darin recht, aber ganz gewiß hatte ich recht, als ich Sie ersucht habe, unsere Angelegenheiten, Friedas und meine, uns beiden allein zu überlassen. Sie erwähnten damals etwas von Liebe und Sorge, davon habe ich dann aber weiter nicht viel gemerkt, desto mehr aber von Haß und Hohn und Hausverweisung. Sollten Sie es darauf angelegt haben, Frieda von mir oder mich von Frieda abzubringen, so war es ja recht geschickt gemacht; aber es wird Ihnen doch, glaube ich, nicht gelingen, und wenn es Ihnen gelingen sollte, so werden Sie es — erlauben Sie auch mir einmal eine dunkle Drohung — bitter bereuen. Was die Wohnung betrifft, die Sie mir gewähren — Sie können damit nur dieses abscheuliche Loch meinen –, so ist es durchaus nicht gewiß, daß Sie es aus eigenem Willen tun, vielmehr scheint darüber eine Weisung der gräflichen Behörde vorzuliegen. Ich werde nun dort melden, daß mir hier gekündigt worden ist, und wenn man mir dann eine andere Wohnung zuweist, werden Sie wohl befreit aufatmen, ich aber noch tiefer. Und nun gehe ich in dieser und in anderen Angelegenheiten zum Gemeindevorstand; bitte, nehmen Sie sich wenigstens Friedas an, die Sie mit Ihren sozusagen mütterlichen Reden übel genug zugerichtet haben."

Dann wandte er sich an die Gehilfen. „Kommt!“, sagte er, nahm den Klammschen Brief vom Haken und wollte gehen. Die Wirtin hatte ihm schweigend zugesehen, erst als er die Hand schon auf der Türklinke hatte, sagte sie: „Herr Landvermesser, noch etwas gebe ich Ihnen mit auf den Weg, denn welche Reden Sie auch führen mögen und wie Sie mich auch beleidigen wollen, mich alte Frau, so sind Sie doch Friedas künftiger Mann. Nur deshalb sage ich es Ihnen, daß Sie hinsichtlich der hiesigen Verhältnisse entsetzlich unwissend sind, der Kopf schwirrt einem, wenn man Ihnen zuhört, und wenn man das, was Sie sagen und meinen, in Gedanken mit der wirklichen Lage vergleicht. Zu verbessern ist diese Unwissenheit nicht mit einem Male und vielleicht gar nicht; aber vieles kann besser werden, wenn Sie mir nur ein wenig glauben und sich diese Unwissenheit immer vor Augen halten. Sie werden dann zum Beispiel sofort gerechter gegen mich werden und zu ahnen beginnen, was für einen Schrecken ich durchgemacht habe — und die Folgen des Schreckens halten noch an –, als ich erkannt habe, daß meine liebste Kleine gewissermaßen den Adler verlassen hat, um sich der Blindschleiche zu verbinden, aber das wirkliche Verhältnis ist ja noch viel schlimmer, und ich muß es immerfort zu vergessen suchen, sonst könnte ich kein ruhiges Wort mit Ihnen sprechen. Ach, nun sind Sie wieder böse. Nein, gehen Sie noch nicht, nur diese Bitte hören Sie noch an: Wohin Sie auch kommen, bleiben Sie sich dessen bewußt, daß Sie hier der Unwissendste sind, und seien Sie vorsichtig; hier bei uns, wo Friedas Gegenwart Sie vor Schaden schützt, mögen Sie sich dann das Herz freischwätzen, hier können Sie uns dann zum Beispiel zeigen, wie Sie mit Klamm zu sprechen beabsichtigen; nur in Wirklichkeit, nur in Wirklichkeit, bitte, bitte, tun Sie's nicht!“

Sie stand auf, ein wenig schwankend vor Aufregung, ging zu K., faßte seine Hand und sah ihn bittend an. „Frau Wirtin“, sagte K., „ich verstehe nicht, warum Sie wegen einer solchen Sache sich dazu erniedrigen, mich zu bitten. Wenn es, wie Sie sagen, für mich unmöglich ist, mit Klamm zu sprechen, so werde ich es eben nicht erreichen, ob man mich bittet oder nicht. Wenn es aber doch möglich sein sollte, warum soll ich es dann nicht tun, besonders da dann mit dem Wegfall Ihres Haupteinwandes auch Ihre weiteren Befürchtungen sehr fraglich werden. Freilich, unwissend bin ich, die Wahrheit bleibt jedenfalls bestehen, und das ist sehr traurig für mich; aber es hat doch auch den Vorteil, daß der Unwissende mehr wagt, und deshalb will ich die Unwissenheit und ihre gewiß schlimmen Folgen gerne noch ein Weilchen tragen, solange die Kräfte reichen. Diese Folgen treffen aber doch im wesentlichen nur mich, und deshalb vor allem verstehe ich nicht, warum Sie bitten. Für Frieda werden Sie doch gewiß immer sorgen, und verschwinde ich gänzlich aus Friedas Gesichtskreis, kann es doch in Ihrem Sinn nur ein Glück bedeuten. Was fürchten Sie also? Sie fürchten doch nicht etwa — dem Unwissenden scheint alles möglich“, hier öffnete K. schon die Tür — , „Sie fürchten doch nicht etwa für Klamm?“ Die Wirtin sah ihm schweigend nach, wie er die Treppe hinabeilte und die Gehilfen ihm folgten.

Das fünfte Kapitel

Die Besprechung mit dem Vorsteher machte K. fast zu seiner eigenen Verwunderung wenig Sorgen. Er suchte es sich dadurch zu erklären, daß nach seinen bisherigen Erfahrungen der amtliche Verkehr mit den gräflichen Behörden für ihn sehr einfach gewesen war. Das lag einerseits daran, daß hinsichtlich der Behandlung seiner Angelegenheit offenbar ein für allemal ein bestimmter, äußerlich ihm sehr günstiger Grundsatz ausgegeben worden war, und andererseits lag es an der bewunderungswürdigen Einheitlichkeit des Dienstes, die man besonders dort, wo sie scheinbar nicht vorhanden war, als eine besonders vollkommene ahnte. K. war, wenn er manchmal nur an diese Dinge dachte, nicht weit davon entfernt, seine Lage zufriedenstellend zu finden, obwohl er sich immer nach solchen Anfällen des Behagens schnell sagte, daß gerade darin die Gefahr lag.
Der direkte Verkehr mit Behörden war ja nicht allzu schwer, denn die Behörden hatten, so gut sie auch organisiert sein mochten, immer nur im Namen entlegener, unsichtbarer Herren entlegene, unsichtbare Dinge zu verteidigen, während K. für etwas lebendigst Nahes kämpfte, für sich selbst; überdies, zumindest in der allerersten Zeit, aus eigenem Willen, denn er war der Angreifer; und nicht nur er kämpfte für sich, sondern offenbar noch andere Kräfte, die er nicht kannte, aber an die er nach den Maßnahmen der Behörden glauben konnte. Dadurch nun aber, daß die Behörden K. von vornherein in unwesentlichen Dingen — um mehr hatte es sich bisher nicht gehandelt — weit entgegenkamen, nahmen sie ihm die Möglichkeit kleiner, leichter Siege und mit dieser Möglichkeit auch die zugehörige Genugtuung und die aus ihr sich ergebende, gut begründete Sicherheit für weitere größere Kämpfe. Statt dessen ließen sie K., allerdings nur innerhalb des Dorfes, überall durchgleiten, wo er wollte, verwöhnten und schwächten ihn dadurch, schalteten hier überhaupt jeden Kampf aus und verlegten ihn dafür in das außeramtliche, völlig unübersichtliche, trübe, fremdartige Leben. Auf diese Weise konnte es, wenn er nicht immer auf der Hut war, wohl geschehen, daß er eines Tages trotz aller Liebenswürdigkeit der Behörden und trotz der vollständigen Erfüllung aller so übertrieben leichten amtlichen Verpflichtungen, getäuscht durch die ihm erwiesene scheinbare Gunst, sein sonstiges Leben so unvorsichtig führte, daß er hier zusammenbrach und die Behörde, noch immer sanft und freundlich, gleichsam gegen ihren Willen, aber im Namen irgendeiner ihm unbekannten öffentlichen Ordnung kommen mußte, um ihn aus dem Weg zu räumen. Und was war es eigentlich hier, jenes sonstige Leben? Nirgends noch hatte K. Amt und Leben so verflochten gesehen wie hier, so verflochten, daß es manchmal scheinen konnte, Amt und Leben hätten ihre Plätzegewechselt. Was bedeutete zum Beispiel die bis jetzt nur formelle Macht, welche Klamm über K.s Dienst ausübte, verglichen mit

der Macht, die Klamm in K.s Schlafkammer in aller Wirklichkeit hatte. So kam es, daß hier ein etwas leichtsinnigeres Verfahren, eine gewisse Entspannung, nur direkt gegenüber den Behörden am Platze war, während sonst aber immer große Vorsicht nötig war, ein Herumblicken nach allen Seiten, vor jedem Schritt.

Seine Auffassung der hiesigen Behörden fand K. zunächst beim Vorsteher sehr bestätigt. Der Vorsteher, ein freundlicher, dicker, glattrasierter Mann, war krank, hatte einen schweren Gichtanfall und empfing K. im Bett. „Das ist also unser Herr Landvermesser“, sagte er, wollte sich zur Begrüßung aufrichten, konnte es aber nicht zustande bringen und warf sich, entschuldigend auf die Beine zeigend, wieder zurück in die Kissen. Eine stille, im Dämmerlicht des kleinfenstrigen, durch Vorhänge noch verdunkelten Zimmers fast schattenhafte Frau brachte K. einen Sessel und stellte ihn zum Bett. „Setzen Sie sich, setzen Sie sich, Herr Landvermesser“, sagte der Vorsteher, „und sagen Sie mir Ihre Wünsche.“ K. las den Brief Klamms vor und knüpfte einige Bemerkungen daran. Wieder hatte er das Gefühl der außerordentlichen Leichtigkeit des Verkehrs mit Behörden. Sie trugen förmlich jede Last, alles konnte man ihnen auferlegen, und selbst blieb man unberührt und frei. Als fühle das in seiner Art auch der Vorsteher, drehte er sich unbehaglich im Bett. Schließlich sagte er: „Ich habe, Herr Landvermesser, wie Sie ja gemerkt haben, von der ganzen Sache gewußt. Daß ich selbst noch nichts veranlaßt habe, hat seinen Grund erstens in meiner Krankheit und dann darin, daß Sie so lange nicht kamen, ich dachte schon, Sie seien von der Sache abgekommen. Nun aber, da Sie so freundlich sind, selbst mich aufzusuchen, muß ich Ihnen freilich die volle, unangenehme Wahrheit sagen. Sie sind als Landvermesser aufgenommen, wie Sie sagen; aber, leider, wir brauchen keinen Landvermesser. Es wäre nicht die geringste Arbeit für ihn da. Die Grenzen unserer kleinen Wirtschaften sind abgesteckt, alles ist ordentlich eingetragen. Besitzwechsel kommt kaum vor, und kleine Grenzstreitigkeiten regeln wir selbst. Was soll uns also ein Landvermesser?“ K. war, ohne daß er allerdings früher darüber nachgedacht hätte, im Innersten davon überzeugt, eine ähnliche Mitteilung erwartet zu haben. Eben deshalb konnte er gleich sagen: „Das überrascht mich sehr. Das wirft alle meine Berechnungen über den Haufen. Ich kann nur hoffen, daß ein Mißverständnis vorliegt.“ — „Leider nicht“, sagte der Vorsteher, „es ist so, wie ich sage.“ — „Aber wie ist das möglich!“, rief K. „Ich habe doch diese endlose Reise nicht gemacht, um jetzt wieder zurückgeschickt zu werden!“ — „Das ist eine andere Frage“, sagte der Vorsteher, „die ich nicht zu entscheiden habe, aber wie jenes Mißverständnis möglich war, das kann ich Ihnen allerdings erklären. In einer so großen Behörde wie der gräflichen kann es einmal vorkommen, daß eine Abteilung dieses anordnet, die andere jenes, keine weiß von der anderen, die übergeordnete Kontrolle ist zwar äußerst genau, kommt aber ihrer Natur nach zu spät, und so kann immerhin eine kleine Verwirrung entstehen. Immer sind es freilich nur winzigste Kleinigkeiten wie zum Beispiel Ihr Fall. In großen Dingen ist mir noch kein Fehler bekannt geworden, aber die Kleinigkeiten sind oft auch peinlich genug. Was nun Ihren Fall betrifft, so will ich Ihnen, ohne Amtsgeheimnisse zu machen — dazu bin ich nicht genug Beamter, ich bin Bauer und dabei bleibt es –, den Hergang offen erzählen. Vor langer Zeit, ich war damals erst einige Monate Vorsteher, kam ein Erlaß, ich weiß nicht mehr von welcher Abteilung, in welchem in der den Herren dort eigentümlichen kategorischen Art mitgeteilt war, daß ein Landvermesser berufen werden solle, und der Gemeinde aufgetragen war, alle für seine Arbeiten notwendigen Pläne und Aufzeichnungen bereitzuhalten. Dieser Erlaß kann natürlich nicht Sie betroffen haben, denn das war vor vielen Jahren, und ich hätte mich nicht daran erinnert, wenn ich nicht jetzt krank wäre und im Bett über die lächerlichsten Dinge nachzudenken Zeit genug hätte.“ — „Mizzi“, sagte er, plötzlich seinen Bericht unterbrechend, zu der Frau, die noch immer in unverständlicher Tätigkeit durch das Zimmer huschte, „bitte, sieh dort im Schrank nach, vielleicht findest du den Erlaß.“ — „Er ist nämlich“, sagte er erklärend zu K., „aus meiner ersten Zeit, damals habe ich noch alles aufgehoben.“ Die Frau öffnete gleich den Schrank, K. und der Vorsteher sahen zu. Der Schrank war mit Papieren vollgestopft. Beim Öffnen rollten zwei große Aktenbündel heraus, welche rund gebunden waren, so wie man Brennholz zu binden pflegt, die Frau sprang erschrocken zur Seite. „Unten dürfte es sein, unten“, sagte der Vorsteher, vom Bett aus dirigierend. Folgsam warf die Frau, mit beiden Armen die Akten zusammenfassend, alles aus dem Schrank, um zu den unteren Papieren zu gelangen. Die Papiere bedeckten schon das halbe Zimmer. „Viel Arbeit ist geleistet worden“, sagte der Vorsteher nickend, „und das ist nur ein kleiner Teil. Die Hauptmasse habe ich in der Scheune aufbewahrt, und der größte Teil ist allerdings verlorengegangen. Wer kann das alles zusammenhalten! In der Scheune ist aber noch sehr viel.“ — „Wirst du den Erlaß finden können?“, wandte er sich dann wieder zu seiner Frau. „Du mußt einen Akt suchen, auf dem das Wort „Landvermesser“ blau unterstrichen ist.“ — „Es ist zu dunkel hier“, sagte die Frau, „ich werde eine Kerze holen“, und sie ging über die Papiere hinweg aus dem Zimmer. „Meine Frau ist mir eine große Stütze“, sagte der Vorsteher, „in dieser schweren Amtsarbeit, die doch nur nebenbei geleistet werden muß. Ich habe zwar für die schriftlichen Arbeiten noch eine Hilfskraft, den Lehrer, aber es ist trotzdem unmöglich, fertig zu werden, es bleibt immer viel Unerledigtes zurück, das ist dort in jenem Kasten gesammelt“, und er zeigte auf einen anderen Schrank. „Und gar, wenn ich jetzt krank bin, nimmt es überhand“, sagte er und legte sich müde, aber doch auch stolz zurück. „Könnte ich nicht“, sagte K., als die Frau mit der Kerze zurückgekommen war und vor dem Kasten kniend den Erlaß suchte, „Ihrer Frau beim Suchen helfen?“ Der Vorsteher schüttelte lächelnd den Kopf: „Wie ich schon sagte, ich habe keine Amtsgeheimnisse vor Ihnen; aber Sie selbst in den Akten suchen zu lassen, so weit kann ich denn doch nicht gehen.“ Es wurde jetzt still im Zimmer, nur das Rascheln der Papiere war zu hören, der Vorsteher schlummerte vielleicht sogar ein wenig. Ein leises Klopfen an der Tür ließ K. sich umdrehen. Es waren natürlich die Gehilfen. Immerhin waren sie schon ein wenig erzogen, stürmten nicht gleich ins Zimmer, sondern flüsterten zunächst durch die ein wenig geöffnete Tür: „Es ist uns zu kalt draußen.“ — „Wer ist es?“, fragte der Vorsteher aufschreckend. „Es sind nur meine Gehilfen“, sagte K., „ich weiß nicht, wo ich sie auf mich warten lassen soll, draußen ist es zu kalt, und hier sind sie lästig.“ — „Mich stören sie nicht“, sagte der Vorsteher freundlich. „Lassen Sie sie hereinkommen. Übrigens kenne ich sie ja. Alte Bekannte.“ — „Mir aber sind sie lästig“, sagte K. offen, ließ den Blick von den Gehilfen zum Vorsteher und wieder zurück zu den Gehilfen wandern und fand aller drei Lächeln ununterscheidbar gleich. „Wenn ihr aber nun schon hier seid“, sagte er dann versuchsweise, „so bleibt und helft dort der Frau Vorsteher einen Akt suchen, auf dem das Wort „Landvermesser“ blau unterstrichen ist.“ Der Vorsteher erhob keinen Widerspruch. Was K. nicht durfte, die Gehilfen durften es, sie warfen sich auch gleich auf die Papiere, aber sie wühlten mehr in den Haufen, als daß sie suchten, und während einer eine Schrift buchstabierte, riß sie ihm der andere immer aus der Hand. Die Frau dagegen kniete vor dem leeren Kasten, sie schien gar nicht mehr zu suchen, jedenfalls stand die Kerze sehr weit von ihr.

„Die Gehilfen“, sagte der Vorsteher mit einem selbstzufriedenen Lächeln, so als gehe alles auf seine Anordnungen zurück, aber niemand sei imstande, das auch nur zu vermuten, „sie sind Ihnen also lästig, aber es sind doch Ihre eigenen Gehilfen.“ — „Nein“, sagte K. kühl, „sie sind mir erst hier zugelaufen.“ — „Wie denn, zugelaufen“, sagte der Vorsteher, „zugeteilt worden, meinen Sie wohl.“ — „Nun denn, zugeteilt worden“, sagte K. „Sie könnten aber ebensogut herabgeschneit sein, so bedenkenlos war diese Zuteilung.“ — „Bedenkenlos geschieht hier nichts“, sagte der Vorsteher, vergaß sogar den Fußschmerz und setzte sich aufrecht. „Nichts“, sagte K., „und wie verhält es sich mit meiner Berufung?“ — „Auch Ihre Berufung war wohl erwogen“, sagte der Vorsteher, „nur Nebenumstände haben verwirrend eingegriffen, ich werde es Ihnen an Hand der Akten nachweisen.“ — „Die Akten werden ja nicht gefunden werden“, sagte K. „Nicht gefunden?“, rief der Vorsteher. „Mizzi, bitte, such ein wenig schneller! Ich kann Ihnen jedoch zunächst die Geschichte auch ohne Akten erzählen. Jenen Erlaß, von dem ich schon sprach, beantworteten wir dankend damit, daß wir keinen Landvermesser brauchen. Diese Antwort scheint aber nicht an die ursprüngliche Abteilung, ich will sie A nennen, zurückgelangt zu sein, sondern irrtümlicherweise an eine andere Abteilung B. Die Abteilung A blieb also ohne Antwort, aber leider bekam auch B nicht unsere ganze Antwort; sei es, daß der Akteninhalt bei uns zurückgeblieben war, sei es, daß er auf dem Weg verlorengegangen ist — in der Abteilung selbst gewiß nicht, dafür will ich bürgen –, jedenfalls kam auch in der Abteilung B nur ein Aktenumschlag an, auf dem nichts weiter vermerkt war, als daß der einliegende, leider in Wirklichkeit aber fehlende Akt von der Berufung eines Landvermessers handle. Die Abteilung A wartete inzwischen auf unsere Antwort, sie hatte zwar Vermerke über die Angelegenheit, aber wie das begreiflicherweise öfters geschieht und bei der Präzision aller Erledigungen geschehen darf, verließ sich der Referent darauf, daß wir antworten würden und daß er dann entweder den Landvermesser berufen oder nach Bedürfnis weiter über die Sache mit uns korrespondieren würde. Infolgedessen vernachlässigte er die Vormerke, und das Ganze geriet bei ihm in Vergessenheit. In der Abteilung B kam aber der Aktenumschlag an einen wegen seiner Gewissenhaftigkeit berühmten Referenten, Sordini heißt er, ein Italiener; es ist selbst mir, einem Eingeweihten, unbegreiflich, warum ein Mann von seinen Fähigkeiten in der fast untergeordneten Stellung gelassen wird. Dieser Sordini schickte uns natürlich den leeren Aktenumschlag zur Ergänzung zurück. Nun waren aber seit jenem ersten Schreiben der Abteilung A schon viele Monate, wenn nicht Jahre vergangen; begreiflicherweise, denn wenn, wie es die Regel ist, ein Akt den richtigen Weg geht, gelangt er an seine Abteilung spätestens in einem Tag und wird am gleichen Tag noch erledigt; wenn er aber einmal den Weg verfehlt — und er muß bei der Vorzüglichkeit der Organisation den falschen Weg förmlich mit Eifer suchen, sonst findet er ihn nicht –, dann, dann dauert es freilich sehr lange. Als wir daher Sordinis Note bekamen, konnten wir uns an die Angelegenheit nur noch ganz unbestimmt erinnern, wir waren damals nur zwei für die Arbeit, Mizzi und ich, der Lehrer war mir damals noch nicht zugeteilt, Kopien bewahrten wir nur in den wichtigsten Angelegenheiten auf, kurz, wir konnten nur sehr unbestimmt antworten, daß wir von einer solchen Berufung nichts wüßten und daß nach einem Landvermesser bei uns kein Bedarf sei."

„Aber", unterbrach sich hier der Vorsteher, als sei er im Eifer des Erzählens zu weit gegangen oder als sei es wenigstens möglich, daß er zu weit gegangen sei, „langweilt Sie die Geschichte nicht?" „Nein", sagte K. „Sie unterhält mich."

Darauf der Vorsteher: „Ich erzähle es Ihnen nicht zur Unterhaltung."

„Es unterhält mich nur dadurch", sagte K., „daß ich einen Einblick in das lächerliche Gewirre bekomme, welches unter Umständen über die Existenz eines Menschen entscheidet."

„Sie haben noch keinen Einblick bekommen“, sagte ernst der Vorsteher, „und ich kann Ihnen weiter erzählen. Von unserer Antwort war natürlich ein Sordini nicht befriedigt. Ich bewundere den Mann, obwohl er für mich eine Qual ist. Er mißtraut nämlich jedem, auch wenn er zum Beispiel irgend jemanden bei unzähligen Gelegenheiten als den vertrauenswürdigsten Menschen kennengelernt hat, mißtraut er ihm bei der nächsten Gelegenheit, wie wenn er ihn gar nicht kennte oder richtiger, wie wenn er ihn als Lumpen kennte. Ich halte das für richtig, ein Beamter muß so vorgehen; leider kann ich diesen Grundsatz meiner Natur nach nicht befolgen, Sie sehen ja, wie ich Ihnen, einem Fremden, alles offen vorlege, ich kann eben nicht anders. Sordini dagegen faßte unserer Antwort gegenüber sofort Mißtrauen. Es entwickelte sich nun eine große Korrespondenz. Sordini fragte, warum es mir plötzlich eingefallen sei, daß kein Landvermesser berufen werden solle; ich antwortete mit Hilfe von Mizzis ausgezeichnetem Gedächtnis, daß doch die erste Anregung von Amts wegen ausgegangen sei (daß es sich um eine andere Abteilung handelte, hatten wir natürlich schon längst vergessen); Sordini dagegen: warum ich diese amtliche Zuschrift erst jetzt erwähne; ich wiederum: weil ich mich erst jetzt an sie erinnert habe; Sordini: das sei sehr merkwürdig; ich: das sei gar nicht merkwürdig bei einer so lange sich hinziehenden Angelegenheit; Sordini: es sei doch merkwürdig, denn die Zuschrift, an die ich mich erinnert habe, existiere nicht; ich: natürlich existiere sie nicht, weil der ganze Akt verlorengegangen sei; Sordini: es müßte aber doch ein Vermerk hinsichtlich jener ersten Zuschrift bestehen, der aber bestehe nicht. Da stockte ich, denn daß in Sordinis Abteilung ein Fehler unterlaufen sei, wagte ich weder zu behaupten noch zu glauben. Sie machen vielleicht, Herr Landvermesser, Sordini in Gedanken den Vorwurf, daß ihn die Rücksicht auf meine Behauptung wenigstens dazu hätte bewegen sollen, sich bei anderen Abteilungen nach der Sache zu erkundigen. Gerade das aber wäre unrichtig gewesen, ich will nicht, daß an diesem Manne auch nur in Ihren Gedanken ein Makel bleibt. Es ist ein Arbeitsgrundsatz der Behörde, daß mit Fehlermöglichkeiten überhaupt nicht gerechnet wird. Dieser Grundsatz ist berechtigt durch die vorzügliche Organisation des Ganzen, und er ist notwendig, wenn äußerste Schnelligkeit der Erledigung erreicht werden soll. Sordini durfte sich also bei anderen Abteilungen gar nicht erkundigen, übrigens hätten ihm diese Abteilungen gar nicht geantwortet, weil sie gleich gemerkt hätten, daß es sich um Ausforschung einer Fehlermöglichkeit handle.“

„Erlauben Sie, Herr Vorsteher, daß ich Sie mit einer Frage unterbreche“, sagte K., „erwähnten Sie nicht früher einmal eine Kontrollbehörde? Die Wirtschaft ist ja nach Ihrer Darstellung eine derartige, daß einem bei der Vorstellung, die Kontrolle könnte ausbleiben, übel wird.“

„Sie sind sehr streng", sagte der Vorsteher. „Aber vertausendfachen Sie Ihre Strenge, und sie wird noch immer nichts sein, verglichen mit der Strenge, welche die Behörde gegen sich selbst anwendet. Nur ein völlig Fremder kann Ihre Frage stellen. Ob es Kontrollbehörden gibt? Es gibt nur Kontrollbehörden. Freilich, sie sind nicht dazu bestimmt, Fehler im groben Wortsinn herauszufinden, denn Fehler kommen ja nicht vor, und selbst, wenn einmal ein Fehler vorkommt, wie in Ihrem Fall, wer darf denn endgültig sagen, daß es ein Fehler ist." „Das wäre etwas völlig Neues!", rief K.
„Mir ist es etwas sehr Altes", sagte der Vorsteher. „Ich bin nicht viel anders als Sie selbst davon überzeugt, daß ein Fehler vorgekommen ist, und Sordini ist infolge der Verzweiflung darüber schwer erkrankt, und die ersten Kontrollämter, denen wir die Aufdeckung der Fehlerquelle verdanken, erkennen hier auch den Fehler. Aber wer darf behaupten, daß die zweiten Kontrollämter ebenso urteilen und auch die dritten und weiterhin die anderen?" „Mag sein", sagte K., „in solche Überlegungen will ich mich doch lieber nicht einmischen, auch höre ich ja zum erstenmal von diesen Kontrollämtern und kann sie natürlich noch nicht verstehen. Nur glaube ich, daß hier zweierlei unterschieden werden müsse: nämlich erstens das, was innerhalb der Ämter vorgeht und was dann wieder amtlich so oder so aufgefaßt werden kann, und zweitens meine wirkliche Person, ich, der ich außerhalb der Ämter stehe und dem von den Ämtern eine Beeinträchtigung droht, die so unsinnig wäre, daß ich noch immer an den Ernst der Gefahr nicht glauben kann. Für das erstere gilt wahrscheinlich das, was Sie, Herr Vorsteher, mit so verblüffender, außerordentlicher Sachkenntnis erzählen, nur möchte ich aber dann auch ein Wort über mich hören."
„Ich komme auch dazu", sagte der Vorsteher, „doch könnten Sie es nicht verstehen, wenn ich nicht noch einiges vorausschickte. Schon daß ich jetzt die Kontrollämter erwähnte, war verfrüht. Ich kehre also zu den Unstimmigkeiten mit Sordini zurück. Wie erwähnt, ließ meine Abwehr allmählich nach. Wenn aber Sordini auch nur den geringsten Vorteil gegenüber irgend jemandem in Händen hat, hat er schon gesiegt, denn nun erhöht sich noch seine Aufmerksamkeit, Energie, Geistesgegenwart; und er ist für den Angegriffenen ein schrecklicher, für die Feinde des Angegriffenen ein herrlicher Anblick. Nur weil ich in anderen Fällen auch dieses letztere erlebt habe, kann ich so von ihm erzählen, wie ich es tue. Übrigens ist es mir noch nie gelungen, ihn mit Augen zu sehen, er kann nicht herunterkommen, er ist zu sehr mit Arbeit überhäuft, sein Zimmer ist mir so geschildert worden, daß alle Wände mit Säulen von großen, aufeinandergestapelten Aktenbündeln verdeckt sind, es sind dies nur die Akten, die Sordini gerade in Arbeit hat, und da immerfort den Bündeln Akten entnommen und eingefügt werden und alles in großer Eile geschieht, stürzen diese Säulen immerfort zusammen, und gerade dieses fortwährende, kurz aufeinanderfolgende

Krachen ist für Sordinis Arbeitszimmer bezeichnend geworden. Nun ja, Sordini ist ein Arbeiter, und dem kleinsten Fall widmet er die gleiche Sorgfalt wie dem größten."

„Sie nennen, Herr Vorsteher", sagte K., „meinen Fall immer einen der kleinsten, und doch hat er viele Beamte sehr beschäftigt, und wenn er vielleicht auch anfangs sehr klein war, so ist er doch durch den Eifer von Beamten von Herrn Sordinis Art zu einem großen Fall geworden. Leider, und sehr gegen meinen Willen, denn mein Ehrgeiz geht nicht dahin, große, mich betreffende Aktensäulen entstehen und zusammenkrachen zu lassen, sondern als kleiner Landvermesser bei einem kleinen Zeichentisch ruhig zu arbeiten."

„Nein", sagte der Vorsteher, „es ist kein großer Fall. In dieser Hinsicht haben Sie keinen Grund zur Klage, es ist einer der kleinsten Fälle unter den kleinen. Der Umfang der Arbeit bestimmt nicht den Rang des Falles, Sie sind noch weit entfernt vom Verständnis für die Behörde, wenn Sie das glauben. Aber selbst wenn es auf den Umfang der Arbeit ankäme, wäre Ihr Fall einer der geringsten, die gewöhnlichen Fälle, also jene ohne sogenannte Fehler, geben noch viel mehr und freilich auch viel ergiebigere Arbeit. Übrigens wissen Sie ja noch gar nichts von der eigentlichen Arbeit, die Ihr Fall verursachte, von der will ich ja jetzt erzählen. Zunächst ließ mich nun Sordini aus dem Spiel, aber seine Beamten kamen, täglich fanden protokollarische Verhöre angesehener Gemeindemitglieder im Herrenhof statt. Die meisten hielten zu mir, nur einige wurden stutzig; die Frage der Landvermessung geht einem Bauern nahe, sie witterten irgendwelche geheime Verabredungen und Ungerechtigkeiten, fanden überdies einen Führer, und Sordini mußte aus ihren Angaben die Überzeugung gewinnen, daß, wenn ich die Frage im Gemeinderat vorgebracht hätte, nicht alle gegen die Berufung eines Landvermessers gewesen wären. So wurde eine Selbstverständlichkeit — daß nämlich kein Landvermesser nötig ist — immerhin zumindest fragwürdig gemacht. Besonders zeichnete sich hierbei ein gewisser Brunswick aus — Sie kennen ihn wohl nicht –, er ist vielleicht nicht schlecht, aber dumm und phantastisch, er ist ein Schwager von Lasemann."

„Vom Gerbermeister?", fragte K. und beschrieb den Vollbärtigen, den er bei Lasemann gesehen hatte.

„Ja, das ist er", sagte der Vorsteher.

„Ich kenne auch seine Frau", sagte K., ein wenig aufs Geratewohl.

„Das ist möglich", sagte der Vorsteher und verstummte.

„Sie ist schön", sagte K., „aber ein wenig bleich und kränklich. Sie stammt wohl aus dem Schloß?" Das war halb fragend gesagt.

Der Vorsteher sah auf die Uhr, goß Medizin auf einen Löffel und schluckte sie hastig.

„Sie kennen im Schloß wohl nur die Büroeinrichtungen?", fragte K. grob.

„Ja", sagte der Vorsteher mit einem ironischen und doch dankbaren Lächeln. „Sie sind auch das Wichtigste. Und was Brunswick betrifft: Wenn wir ihn aus der Gemeinde ausschließen könnten, wären wir fast alle glücklich und Lasemann nicht am wenigsten. Aber damals gewann Brunswick einigen Einfluß, ein Redner ist er zwar nicht, aber ein Schreier, und auch das genügt manchen. Und so kam es, daß ich gezwungen wurde, die Sache dem Gemeinderate vorzulegen, übrigens zunächst Brunswicks einziger Erfolg, denn natürlich wollte der Gemeinderat mit großer Mehrheit von einem Landvermesser nichts wissen. Auch das ist nun schon jahrelang her, aber die ganze Zeit über ist die Sache nicht zur Ruhe gekommen, zum Teil durch die Gewissenhaftigkeit Sordinis, der die Beweggründe sowohl der Majorität als auch der Opposition durch die sorgfältigsten Erhebungen zu erforschen suchte, zum Teil durch die Dummheit und den Ehrgeiz Brunswicks, der verschiedene persönliche Verbindungen mit den Behörden hat, die er mit immer neuen Erfindungen seiner Phantasie in Bewegung brachte. Sordini allerdings ließ sich von Brunswick nicht täuschen, wie könnte Brunswick Sordini täuschen? — Aber eben um sich nicht täuschen zu lassen, waren neue Erhebungen nötig, und noch ehe sie beendigt waren, hatte Brunswick schon wieder etwas Neues ausgedacht, sehr beweglich ist er ja, es gehört das zu seiner Dummheit. Und nun komme ich auf eine besondere Eigenschaft unseres behördlichen Apparates zu sprechen. Entsprechend seiner Präzision ist er auch äußerst empfindlich. Wenn eine Angelegenheit sehr lange erwogen worden ist, kann es, auch ohne daß die Erwägungen schon beendet wären, geschehen, daß plötzlich blitzartig an einer unvorhersehbaren und auch später nicht mehr auffindbaren Stelle eine Erledigung hervorkommt, welche die Angelegenheit, wenn auch meistens sehr richtig, so doch immerhin willkürlich abschließt. Es ist, als hätte der behördliche Apparat die Spannung, die jahrelange Aufreizung durch die gleiche, vielleicht an sich geringfügige Angelegenheit nicht mehr ertragen und aus sich selbst heraus, ohne Mithilfe der Beamten, die Entscheidung getroffen. Natürlich ist kein Wunder geschehen, und gewiß hat irgendein Beamter die Erledigung geschrieben oder eine ungeschriebene Entscheidung getroffen, jedenfalls aber kann, wenigstens von uns aus, von hier aus, ja selbst vom Amt aus nicht festgestellt werden, welcher Beamte in diesem Fall entschieden hat, und aus welchen Gründen. Erst die Kontrollämter stellen das viel später fest; wir aber erfahren es nicht mehr, es würde übrigens dann auch kaum jemanden noch interessieren. Nun sind, wie gesagt, gerade diese Entscheidungen meistens vortrefflich, störend ist an ihnen nur, daß man, wie es gewöhnlich die Sache mit sich bringt, von diesen Entscheidungen zu spät erfährt und daher inzwischen über längst entschiedene Angelegenheiten noch immer leidenschaftlich berät. Ich weiß nicht, ob in Ihrem Fall eine solche Entscheidung ergangen ist — manches spricht dafür, manches dagegen –;

wenn es aber geschehen wäre, so wäre die Berufung an Sie geschickt worden, und Sie hätten die große Reise hierher gemacht, viel Zeit wäre dabei vergangen, und inzwischen hätte noch immer Sordini hier in der gleichen Sache bis zur Erschöpfung gearbeitet, Brunswick intrigiert, und ich wäre von beiden gequält worden. Diese Möglichkeit deute ich nur an, bestimmt aber weiß ich folgendes: Ein Kontrollamt entdeckte inzwischen, daß aus der Abteilung A vor vielen Jahren an die Gemeinde eine Anfrage wegen eines Landvermessers ergangen sei, ohne daß bisher eine Antwort gekommen wäre. Man fragte neuerlich bei mir an, und nun war freilich die ganze Sache aufgeklärt, die Abteilung A begnügte sich mit meiner Antwort, daß kein Landvermesser nötig sei, und Sordini mußte erkennen, daß er in diesem Falle nicht zuständig gewesen war und, freilich schuldlos, so viele unnütze, nervenzerstörende Arbeit geleistet hatte. Wenn nicht neue Arbeit von allen Seiten sich herangedrängt hätte wie immer und wenn nicht Ihr Fall doch nur ein sehr kleiner Fall gewesen wäre — man kann fast sagen, der kleinste unter den kleinen –, so hätten wir wohl alle aufgeatmet, ich glaube, sogar Sordini selbst. Nur Brunswick grollte, aber das war nur lächerlich. Und nun stellen Sie sich, Herr Landvermesser, meine Enttäuschung vor, als jetzt, nach glücklicher Beendigung der ganzen — Angelegenheit und auch seither ist schon wieder viel Zeit verflossen –, plötzlich Sie auftreten und es den Anschein bekommt, als sollte die Sache wieder von vorn beginnen. Daß ich fest entschlossen bin, dies, soweit es an mir liegt, auf keinen Fall zuzulassen, das werden Sie wohl verstehen?“

„Gewiß“, sagte K., „noch besser aber verstehe ich, daß hier ein entsetzlicher Mißbrauch mit mir, vielleicht sogar mit den Gesetzen getrieben wird. Ich werde mich für meine Person dagegen zu wehren wissen.“

„Wie wollen Sie das tun?“, fragte der Vorsteher.

„Das kann ich nicht verraten“, sagte K.

„Ich will mich nicht aufdrängen“, sagte der Vorsteher, „nur gebe ich Ihnen zu bedenken, daß Sie in mir — ich will nicht sagen, einen Freund, denn wir sind ja völlig Fremde — aber gewissermaßen einen Geschäftsfreund haben. Nur daß Sie als Landvermesser aufgenommen werden, lasse ich nicht zu; sonst aber können Sie sich immer mit Vertrauen an mich wenden, freilich in den Grenzen meiner Macht, die nicht groß ist.“

„Sie sprechen immer davon“, sagte K., „daß ich als Landvermesser aufgenommen werden soll, aber ich bin doch schon aufgenommen. Hier ist Klamms Brief.“

„Klamms Brief“, sagte der Vorsteher. „Er ist wertvoll und ehrwürdig durch Klamms Unterschrift, die echt zu sein scheint, sonst aber — doch ich wage es nicht, mich allein dazu zu äußern. — Mizzi!“, rief er, und dann: „Aber was macht ihr denn?“

Die so lange unbeachteten Gehilfen und Mizzi hatten offenbar den gesuchten Akt nicht gefunden, hatten dann alles wieder in den Schrank sperren wollen, aber es war ihnen wegen der ungeordneten Überfülle der Akten nicht gelungen. Da waren wohl die Gehilfen auf den Gedanken gekommen, den sie jetzt ausführten. Sie hatten den Schrank auf den Boden gelegt, alle Akten hineingestopft, hatten sich dann mit Mizzi auf die Schranktüre gesetzt und suchten jetzt so, sie langsam niederzudrücken. „Der Akt ist also nicht gefunden", sagte der Vorsteher. „Schade, aber die Geschichte kennen Sie ja schon, eigentlich brauchen wir den Akt nicht mehr, übrigens wird er gewiß noch gefunden werden, er ist wahrscheinlich beim Lehrer, bei dem noch sehr viele Akten sind. Aber komm nun mit der Kerze her, Mizzi, und lies mit mir diesen Brief."

Mizzi kam und sah nun noch grauer und unscheinbarer aus, als sie auf dem Bettrand saß und sich an den starken, lebenerfüllten Mann drückte, der sie umfaßt hielt. Nur ihr kleines Gesicht fiel jetzt im Kerzenlicht auf, mit klaren, strengen, nur durch den Verfall des Alters gemilderten Linien. Kaum hatte sie in den Brief geblickt, faltete sie leicht die Hände. „Von Klamm", sagte sie. Sie lasen dann gemeinsam den Brief, flüsterten ein wenig miteinander, und schließlich, während die Gehilfen gerade „Hurra!", riefen, denn sie hatten endlich die Schranktür zugedrückt, und Mizzi sah still dankbar zu ihnen hin, sagte der Vorsteher: „Mizzi ist völlig meiner Meinung, und nun kann ich es wohl auszusprechen wagen. Dieser Brief ist überhaupt keine amtliche Zuschrift, sondern ein Privatbrief. Das ist schon an der Überschrift: „Sehr geehrter Herr!" deutlich erkennbar. Außerdem ist darin mit keinem Worte gesagt, daß Sie als Landvermesser aufgenommen sind, es ist vielmehr nur im allgemeinen von herrschaftlichen Diensten die Rede, und auch das ist nicht bindend ausgesprochen, sondern Sie sind nur aufgenommen „wie Sie wissen", das heißt, die Beweislast dafür, daß Sie aufgenommen sind, ist Ihnen auferlegt. Endlich werden Sie in amtlicher Hinsicht ausschließlich an mich, den Vorsteher, als Ihren nächsten Vorgesetzten verwiesen, der Ihnen alles Nähere mitteilen soll, was ja zum größten Teil schon geschehen ist. Für einen, der amtliche Zuschriften zu lesen versteht und infolgedessen nichtamtliche Briefe noch besser liest, ist das alles überdeutlich. Daß Sie, ein Fremder, das nicht erkennen, wundert mich nicht. Im ganzen bedeutet der Brief nichts anderes, als daß Klamm persönlich sich um Sie zu kümmern beabsichtigt für den Fall, daß Sie in herrschaftliche Dienste aufgenommen werden."

„Sie deuten, Herr Vorsteher", sagte K., „den Brief so gut, daß schließlich nichts anderes übrigbleibt als die Unterschrift auf einem leeren Blatt Papier. Merken Sie nicht, wie Sie damit Klamms Namen, den Sie zu achten vorgeben, herabwürdigen?"

„Das ist ein Mißverständnis", sagte der Vorsteher. „Ich verkenne die Bedeutung des Briefes nicht, ich setze ihn durch meine Auslegung nicht herab, im Gegenteil. Ein Privatbrief Klamms hat natürlich viel mehr Bedeutung als eine amtliche Zuschrift; nur gerade die Bedeutung, die Sie ihm beilegen, hat er nicht."

„Kennen Sie Schwarzer?", fragte K.

„Nein", sagte der Vorsteher, „du vielleicht, Mizzi? Auch nicht. Nein, wir kennen ihn nicht."

„Das ist merkwürdig", sagte K., „er ist der Sohn eines Unterkastellans."

„Lieber Herr Landvermesser", sagte der Vorsteher, „wie soll ich denn alle Söhne aller Unterkastellane kennen?"

„Gut", sagte K., „dann müssen Sie mir also glauben, daß er es ist. Mit diesem Schwarzer hatte ich noch am Tage meiner Ankunft einen ärgerlichen Auftritt. Er erkundigte sich dann telefonisch bei dem Unterkastellan namens Fritz und bekam die Auskunft, daß ich als Landvermesser aufgenommen sei. Wie erklären Sie sich das, Herr Vorsteher?"

„Sehr einfach", sagte der Vorsteher, „Sie sind eben noch niemals mit unseren Behörden in Berührung gekommen. Alle diese Berührungen sind nur scheinbar, Sie aber halten sie infolge Ihrer Unkenntnis der Verhältnisse für wirklich. Und was das Telefon betrifft: Sehen Sie, bei mir, der ich wohl wahrlich genug mit den Behörden zu tun habe, gibt es kein Telefon. In Wirtsstuben und dergleichen, da mag es gute Dienste leisten, so etwa wie ein Musikautomat, mehr ist es auch nicht. Haben Sie schon einmal hier telefoniert, ja? Nun also, dann werden Sie mich vielleicht verstehen. Im Schloß funktioniert das Telefon offenbar ausgezeichnet; wie man mir erzählt hat, wird dort ununterbrochen telefoniert, was natürlich das Arbeiten sehr beschleunigt. Dieses ununterbrochene Telefonieren hören wir in den hiesigen Telefonen als Rauschen und Gesang, das haben Sie gewiß auch gehört. Nun ist aber dieses Rauschen und dieser Gesang das einzig Richtige und Vertrauenswerte, was uns die hiesigen Telefone übermitteln, alles andere ist trügerisch. Es gibt keine bestimmte telefonische Verbindung mit dem Schloß, keine Zentralstelle, welche unsere Anrufe weiterleitet; wenn man von hier aus jemanden im Schloß anruft, läutet es dort bei allen Apparaten der untersten Abteilungen oder vielmehr, es würde bei allen läuten, wenn nicht, wie ich bestimmt weiß, bei fast allen dieses Läutewerk abgestellt wäre. Hier und da aber hat ein übermüdeter Beamter das Bedürfnis, sich ein wenig zu zerstreuen, besonders am Abend oder bei Nacht, und schaltet das Läutewerk ein; dann bekommen wir Antwort, allerdings eine Antwort, die nichts ist als Scherz. Es ist das ja auch sehr verständlich. Wer darf denn Anspruch erheben, wegen seiner privaten kleinen Sorgen mitten in die wichtigsten und immer rasend vor sich gehenden Arbeiten hineinzuläuten? Ich begreife auch nicht, wie selbst ein Fremder glauben kann, daß, wenn er zum Beispiel

Sordini anruft, es auch wirklich Sordini ist, der ihm antwortet. Vielmehr ist es wahrscheinlich ein kleiner Registrator einer ganz anderen Abteilung. Dagegen kann es allerdings in auserlesener Stunde geschehen, daß, wenn man den kleinen Registrator anruft, Sordini selbst die Antwort gibt. Dann freilich ist es besser, man läuft vom Telefon weg, ehe der erste Laut zu hören ist.“

„So habe ich das allerdings nicht angesehen“, sagte K., „diese Einzelheiten konnte ich nicht wissen; viel Vertrauen aber hatte ich zu diesen telefonischen Gesprächen nicht und war mir immer dessen bewußt, daß nur das wirkliche Bedeutung hat, was man geradezu im Schloß erfährt oder erreicht.“ „Nein“, sagte der Vorsteher, an einem Wort sich festhaltend, „wirkliche Bedeutung kommt diesen telefonischen Antworten durchaus zu, wie denn nicht? Wie sollte eine Auskunft, die ein Beamter aus dem Schloß gibt, bedeutungslos sein? Ich sagte es schon gelegentlich des Klammschen Briefes; alle diese Äußerungen haben keine amtliche Bedeutung; wenn Sie ihnen amtliche Bedeutung zuschreiben, gehen Sie in die Irre; dagegen ist ihre private Bedeutung in freundschaftlichem oder feindseligem Sinne sehr groß, meist größer, als eine amtliche Bedeutung jemals sein könnte.“ „Gut“, sagte K., „angenommen, daß sich alles so verhält, dann hätte ich also eine Menge guter Freunde im Schloß; genau besehen, war schon damals vor vielen Jahren der Einfall jener Abteilung, man könnte einmal einen Landvermesser kommen lassen, ein Freundschaftsakt mir gegenüber, und in der Folgezeit reihte sich dann einer an den anderen, bis ich dann, allerdings zu bösem Ende, hergelockt wurde und man mir mit dem Hinauswurf droht.“

„Es ist eine gewisse Wahrheit in Ihrer Auffassung“, sagte der Vorsteher, „Sie haben darin recht, daß man die Äußerungen des Schlosses nicht wortwörtlich hinnehmen darf. Aber Vorsicht ist doch überall nötig, nicht nur hier, und desto nötiger, je wichtiger die Äußerung ist, um die es sich handelt. Was Sie dann aber vom Herlocken sagten, ist mir unbegreiflich. Wären Sie meinen Ausführungen besser gefolgt, dann müßten Sie doch wissen, daß die Frage Ihrer Hierherberufung viel zu schwierig ist, als daß wir sie hier im Laufe einer kleinen Unterhaltung beantworten könnten.“

„So bleibt dann das Ergebnis“, sagte K., „daß alles sehr unklar und unlösbar ist, bis auf den Hinauswurf.“

„Wer wollte wagen, Sie hinauszuwerfen, Herr Landvermesser?“, sagte der Vorsteher. „Eben die Unklarheit der Vorfragen verbürgt Ihnen die höflichste Behandlung, nur sind Sie dem Anschein nach zu empfindlich. Niemand hält Sie hier zurück, aber das ist doch noch kein Hinauswurf.“

„Oh, Herr Vorsteher“, sagte K., „nun sind wieder Sie es, der manches allzu klar sieht. Ich werde Ihnen einiges davon aufzählen, was mich hier zurückhält: die Opfer, die ich brachte, um von zu Hause fortzukommen, die lange, schwere Reise, die begründeten Hoffnungen, die ich mir wegen der

Aufnahme hier machte, meine vollständige Vermögenslosigkeit, die Unmöglichkeit, jetzt wieder eine andere entsprechende Arbeit zu Hause zu finden, und endlich, nicht zum wenigsten, meine Braut, die eine Hiesige ist."

„Ach, Frieda", sagte der Vorsteher ohne jede Überraschung. „Ich weiß. Aber Frieda würde Ihnen überallhin folgen. Was freilich das übrige betrifft, so sind hier allerdings gewisse Erwägungen nötig, und ich werde darüber ins Schloß berichten. Sollte eine Entscheidung kommen oder sollte es vorher nötig werden, Sie noch einmal zu verhören, werde ich Sie holen lassen. Sind Sie damit einverstanden?"

„Nein, gar nicht", sagte K., „ich will keine Gnadengeschenke vom Schloß, sondern mein Recht." „Mizzi", sagte der Vorsteher zu seiner Frau, die noch immer an ihn gedrückt dasaß und traumverloren mit Klamms Brief spielte, aus dem sie ein Schiffchen geformt hatte, erschrocken nahm es ihr K. jetzt fort. „Mizzi, das Bein fängt mich wieder sehr zu schmerzen an, wir werden den Umschlag erneuern müssen."

K. erhob sich. „Dann werde ich mich also empfehlen", sagte er. „Ja", sagte Mizzi, die schon eine Salbe zurechtmachte, „es zieht auch zu stark." K. wandte sich um; die Gehilfen hatten, in ihrem immer unpassenden Diensteifer, gleich auf K.s Bemerkung hin beide Türflügel geöffnet. K. konnte, um das Krankenzimmer vor der mächtig eindringenden Kälte zu bewahren, nur flüchtig vor dem Vorsteher sich verbeugen. Dann lief er, die Gehilfen mit sich reißend, aus dem Zimmer und schloß schnell die Tür.

Das sechste Kapitel

Vor dem Wirtshaus erwartete ihn der Wirt. Ohne gefragt zu werden, hätte er nicht zu sprechen gewagt, deshalb fragte ihn K., was er wolle. „Hast du schon eine neue Wohnung?", fragte der Wirt, zu Boden sehend. „Du fragst im Auftrage deiner Frau", sagte K., „du bist wohl sehr abhängig von ihr?" — „Nein", sagte der Wirt, „ich frage nicht in ihrem Auftrag. Aber sie ist sehr aufgeregt und unglücklich deinetwegen, kann nicht arbeiten, liegt im Bett und seufzt und klagt fortwährend." — „Soll ich zu ihr gehen?", fragte K. „Ich bitte dich darum", sagte der Wirt, „ich wollte dich schon vom Vorsteher holen, horchte dort an der Tür, aber ihr wart im Gespräch, ich wollte nicht stören, auch hatte ich Sorge wegen meiner Frau, lief wieder zurück, sie ließ mich aber nicht zu sich, so blieb mir nichts übrig, als auf dich zu warten." — „Dann komm also schnell", sagte K., „ich werde sie bald beruhigen." — „Wenn es nur gelingen wollte", sagte der Wirt.

Sie gingen durch die lichte Küche, wo drei oder vier Mägde, jede weit von der anderen, bei ihrer zufälligen Arbeit im Anblick K.s förmlich erstarrten. Schon in der Küche hörte man das Seufzen der Wirtin. Sie lag in einem durch eine leichte Bretterwand von der Küche abgetrennten, fensterlosen Verschlag. Er hatte nur Raum für ein großes Ehebett und einen Schrank. Das Bett war so aufgestellt, daß man von ihm aus die ganze Küche übersehen und die Arbeit beaufsichtigen konnte. Dagegen war von der Küche aus im Verschlag kaum etwas zu sehen. Dort war es ganz finster, nur das weißrote Bettzeug schimmerte ein wenig hervor. Erst wenn man eingetreten war und die Augen sich eingewöhnt hatten, unterschied man Einzelheiten.

„Endlich kommen Sie", sagte die Wirtin schwach. Sie lag auf dem Rücken ausgestreckt, der Atem machte ihr offenbar Beschwerden, sie hatte das Federbett zurückgeworfen. Sie sah im Bett viel jünger aus als in den Kleidern, aber ein Nachthäubchen aus zartem Spitzengewebe, das sie trug, obwohl es zu klein war und auf ihrer Frisur schwankte, machte die Verfallenheit des Gesichtes mitleiderregend. „Wie hätte ich kommen sollen?", sagte K. sanft. „Sie haben mich doch nicht rufen lassen." — „Sie hätten mich nicht so lange warten lassen sollen", sagte die Wirtin mit dem Eigensinn des Kranken. „Setzen Sie sich", sagte sie und zeigte auf den Bettrand, „ihr anderen geht aber fort!" Außer den Gehilfen hatten sich inzwischen auch die Mägde eingedrängt. „Ich will auch fortgehen, Gardena", sagte der Wirt. K. hörte zum erstenmal den Namen der Frau. „Natürlich", sagte sie langsam und, als sei sie mit anderen Gedanken beschäftigt, fügte sie zerstreut hinzu: „Warum solltest denn gerade du bleiben?" Aber als sich alle in die Küche zurückgezogen hatten — auch die Gehilfen folgten diesmal gleich, allerdings waren sie hinter einer Magd her –, war Gardena doch

aufmerksam genug, um zu erkennen, daß man aus der Küche alles hören konnte, was hier gesprochen wurde, denn der Verschlag hatte keine Tür, und so befahl sie allen, auch die Küche zu verlassen. Es geschah sofort.
„Bitte“, sagte dann Gardena, „Herr Landvermesser, gleich vorn im Schrank hängt ein Umhängetuch, reichen Sie es mir, ich will mich damit zudecken, ich ertrage das Federbett nicht, ich atme so schwer.“ Und als ihr K. das Tuch gebracht hatte, sagte sie: „Sehen Sie, das ist ein schönes Tuch, nicht wahr?“ K. schien es ein gewöhnliches Wolltuch zu sein, er befühlte es nur aus Gefälligkeit noch einmal, sagte aber nichts. „Ja, es ist ein schönes Tuch“, sagte Gardena und hüllte sich ein. Sie lag nun friedlich da; alles Leid schien von ihr genommen zu sein, ja sogar ihre vom Liegen in Unordnung gebrachten Haare fielen ihr ein, sie setzte sich für ein Weilchen auf und verbesserte die Frisur ein wenig rings um das Häubchen. Sie hatte reiches Haar.
K. wurde ungeduldig und sagte: „Sie ließen mich, Frau Wirtin, fragen, ob ich schon eine andere Wohnung habe.“ — „Ich ließ Sie fragen?“, sagte die Wirtin. „Nein, das ist ein Irrtum.“ — „Ihr Mann hat mich eben jetzt danach gefragt.“ — „Das glaube ich“, sagte die Wirtin, „ich bin mit ihm geschlagen. Als ich Sie nicht hier haben wollte, hat er Sie hier gehalten, jetzt, da ich glücklich bin, daß Sie hier wohnen, treibt er Sie fort. So ähnlich macht er es immer.“ — „Sie haben also“, sagte K., „Ihre Meinung über mich so sehr geändert? In ein, zwei Stunden?“ — „Ich habe meine Meinung nicht geändert“, sagte die Wirtin, wieder schwächer, „reichen Sie mir Ihre Hand. So. Und nun versprechen Sie mir, völlig aufrichtig zu sein, auch ich will es Ihnen gegenüber sein.“ — „Gut“, sagte K., „wer wird aber anfangen?“ — „Ich“, sagte die Wirtin. Es machte nicht den Eindruck, als wolle sie K. damit entgegenkommen, sondern als sei sie begierig, als erste zu reden.
Sie zog eine Fotografie unter dem Polster hervor und reichte sie K. „Sehen Sie dieses Bild an“, sagte sie bittend. Um es besser zu sehen, machte K. einen Schritt in die Küche, aber auch dort war es nicht leicht, etwas auf dem Bild zu erkennen, denn dieses war vom Alter ausgebleicht, vielfach gebrochen, zerdrückt und fleckig. „Es ist in keinem sehr guten Zustand“, sagte K. „Leider, leider“, sagte die Wirtin, „wenn man es durch Jahre immer bei sich herumträgt, wird es so. Aber wenn Sie es genau ansehen, werden Sie doch alles erkennen, ganz gewiß. Ich kann Ihnen übrigens helfen, sagen Sie mir, was Sie sehen, es freut mich sehr, von dem Bild zu hören. Was also?“ — „Einen jungen Mann“, sagte K. „Richtig“, sagte die Wirtin, „und was macht er?“ — „Er liegt, glaube ich, auf einem Brett, streckt sich und gähnt.“ Die Wirtin lachte. „Das ist ganz falsch“, sagte sie. „Aber hier ist doch das Brett, und hier liegt er“, beharrte K. auf seinem Standpunkt. „Sehen Sie doch genauer hin“, sagte die Wirtin ärgerlich, „liegt er wirklich?“ — „Nein“, sagte nun K., „er liegt nicht, er schwebt und, nun sehe ich es, es ist gar kein Brett,

sondern wahrscheinlich eine Schnur, und der junge Mann macht einen Hochsprung.“ — „Nun also?“, sagte die Wirtin erfreut, „er springt, so üben die amtlichen Boten. Ich habe ja gewußt, daß Sie es erkennen werden. Sehen Sie auch sein Gesicht?“ — „Vom Gesicht sehe ich nur sehr wenig“, sagte K., „er strengt sich offenbar sehr an, der Mund ist offen, die Augen zusammengekniffen, und das Haar flattert.“ — „Sehr gut“, sagte die Wirtin anerkennend. „Mehr kann einer, der ihn nicht persönlich gesehen hat, nicht erkennen. Aber es war ein schöner Junge; ich habe ihn nur einmal flüchtig gesehen und werde ihn nie vergessen.“ — „Wer war es denn?“, fragte K. „Es war“, sagte die Wirtin, „der Bote, durch den Klamm mich zum ersten Male zu sich berief.“

K. konnte nicht genau zuhören, er wurde durch Klirren von Glas abgelenkt. Er fand gleich die Ursache der Störung. Die Gehilfen standen draußen im Hof, hüpften im Schnee von einem Fuß auf den anderen. Sie taten, als wären sie glücklich, K. wiederzusehen; vor Glück zeigten sie ihn einander und tippten dabei immerfort an das Küchenfenster. Auf eine drohende Bewegung K.s ließen sie sofort davon ab, suchten einander zurückzudrängen, aber einer entwischte gleich dem anderen, und schon waren sie wieder beim Fenster. K. eilte in den Verschlag, wo ihn die Gehilfen von außen nicht sehen konnten und er sie nicht sehen mußte. Aber das leise, wie bittende Klirren der Fensterscheibe verfolgte ihn auch dort noch lange.

„Wieder einmal die Gehilfen“, sagte er der Wirtin zu seiner Entschuldigung und zeigte hinaus. Sie aber achtete nicht auf ihn, das Bild hatte sie ihm fortgenommen, angesehen, geglättet und wieder unter das Polster geschoben. Ihre Bewegungen waren langsamer geworden, aber nicht vor Müdigkeit, sondern unter der Last der Erinnerung. Sie hatte K. erzählen wollen und hatte ihn vergessen über der Erzählung. Sie spielte mit den Fransen ihres Tuches. Erst nach einem Weilchen blickte sie auf, fuhr sich mit der Hand über die Augen und sagte: „Auch dieses Tuch ist von Klamm. Und auch das Häubchen. Das Bild, das Tuch und das Häubchen, das sind die drei Andenken, die ich an ihn habe. Ich bin nicht jung wie Frieda, ich bin nicht so ehrgeizig wie sie, auch nicht so zartfühlend, sie ist sehr zartfühlend; kurz, ich weiß mich in das Leben zu schicken, aber das muß ich eingestehen, ohne die drei Dinge hätte ich es hier nicht so lange ausgehalten, ja, ich hätte es wahrscheinlich keinen Tag hier ausgehalten. Diese drei Andenken scheinen Ihnen vielleicht gering, aber sehen Sie: Frieda, die so lange mit Klamm verkehrt hat, besitzt gar kein Andenken, ich habe sie gefragt, sie ist zu schwärmerisch und auch zu ungenügsam; ich dagegen, die nur dreimal bei Klamm war — später ließ er mich nicht mehr rufen, ich weiß nicht, warum –, habe doch wie in Vorahnung der Kürze meiner Zeit diese Andenken mitgebracht. Freilich, man muß sich darum kümmern, Klamm selbst gibt

nichts, aber wenn man dort etwas Passendes liegen sieht, kann man es sich ausbitten."
K. fühlte sich unbehaglich gegenüber diesen Geschichten, sosehr sie ihn auch betrafen.
„Wie lange ist denn das alles her?", fragte er seufzend.
„Über zwanzig Jahre", sagte die Wirtin. „Weit über zwanzig Jahre."
„So lange hält man Klamm die Treue", sagte K. „Sind Sie sich aber, Frau Wirtin, dessen auch bewußt, daß Sie mir mit solchen Geständnissen, wenn ich an meine zukünftige Ehe denke, schwere Sorgen machen?"
Die Wirtin fand es ungebührlich, daß sich K. mit seinen Angelegenheiten hier einmischen wollte, und sah ihn erzürnt von der Seite an.
„Nicht so böse, Frau Wirtin", sagte K. „Ich sagte ja kein Wort gegen Klamm, aber ich bin doch durch die Macht der Ereignisse in gewisse Beziehungen zu Klamm getreten; das kann der größte Verehrer Klamms nicht leugnen. Nun also. Infolgedessen muß ich bei Klamms Erwähnung immer auch an mich denken, das ist nicht zu ändern. Übrigens, Frau Wirtin" — hier faßte K. ihre zögernde Hand –, „denken Sie daran, wie schlecht unsere letzte Unterhaltung ausgefallen ist und daß wir diesmal in Frieden auseinandergehen wollen."
„Sie haben recht", sagte die Wirtin und beugte den Kopf, „aber schonen Sie mich. Ich bin nicht empfindlicher als andere, im Gegenteil, jeder hat empfindliche Stellen, ich habe nur diese eine." „Leider ist es gleichzeitig auch die meine", sagte K., „ich aber werde mich gewiß beherrschen; nun aber erklären Sie mir, Frau Wirtin, wie soll ich in der Ehe diese entsetzliche Treue gegenüber Klamm ertragen, vorausgesetzt, daß auch Frieda Ihnen darin ähnlich ist?"
„Entsetzliche Treue?", wiederholte die Wirtin grollend. „Ist es denn Treue? Treu bin ich meinem Mann, aber Klamm? Klamm hat mich einmal zu seiner Geliebten gemacht, kann ich diesen Rang jemals verlieren? Und wie Sie es bei Frieda ertragen sollen? Ach, Herr Landvermesser, wer sind Sie denn, der so zu fragen wagt?" „Frau Wirtin", sagte K. warnend. „Ich weiß", sagte die Wirtin, sich fügend, „aber mein Mann hat solche Fragen nicht gestellt. Ich weiß nicht, wer unglücklich zu nennen ist, ich damals oder Frieda jetzt. Frieda, die mutwillig Klamm verließ, oder ich, die er nicht mehr hat rufen lassen. Vielleicht ist es doch Frieda, wenn sie es auch noch nicht in vollem Umfang zu wissen scheint. Aber meine Gedanken beherrschte doch mein Unglück damals ausschließlicher, denn immerfort mußte ich mich fragen und höre im Grunde auch heute noch nicht auf, so zu fragen: Warum ist das geschehen? Dreimal hat dich Klamm rufen lassen und zum viertenmal nicht mehr und niemals mehr zum viertenmal! Was beschäftigte mich damals mehr? Worüber konnte ich denn sonst mit meinem Mann sprechen, den ich damals kurz nachher heiratete? Bei Tag hatten wir keine Zeit, wir hatten dieses Wirtshaus in einem elenden Zustand übernommen und mußten es in

die Höhe zu bringen suchen, aber in der Nacht? Jahrelang drehten sich unsere nächtlichen Gespräche nur um Klamm und die Gründe seiner Sinnesänderung. Und wenn mein Mann bei diesen Unterhaltungen einschlief, weckte ich ihn, und wir sprachen weiter."

„Nun werde ich", sagte K., „wenn Sie erlauben, eine sehr grobe Frage stellen." Die Wirtin schwieg.

„Ich darf also nicht fragen", sagte K., „auch das genügt mir."

„Freilich", sagte die Wirtin, „auch das genügt Ihnen, und das besonders. Sie mißdeuten alles, auch das Schweigen. Sie können eben nicht anders. Ich erlaube Ihnen zu fragen."

„Wenn ich alles mißdeute", sagte K., „mißdeute ich vielleicht auch meine Frage, vielleicht ist sie gar nicht so grob. Ich wollte nur wissen, wie Sie Ihren Mann kennengelernt haben und wie dieses Wirtshaus in Ihren Besitz gekommen ist?"

Die Wirtin runzelte die Stirn, sagte aber gleichmütig: „Das ist eine sehr einfache Geschichte. Mein Vater war Schmied, und Hans, mein jetziger Mann, der Pferdeknecht bei einem Großbauern war, kam öfters zu meinem Vater. Es war damals nach der letzten Zusammenkunft mit Klamm, ich war sehr unglücklich und hätte es eigentlich nicht sein dürfen, denn alles war ja korrekt vor sich gegangen, und daß ich nicht mehr zu Klamm durfte, war eben Klamms Entscheidung, war also korrekt; nur die Gründe waren dunkel, in denen durfte ich forschen, aber unglücklich hätte ich nicht sein dürfen. Nun, ich war es doch und konnte nicht arbeiten und saß in unserem Vorgärtchen, den ganzen Tag. Dort sah mich Hans, setzte sich manchmal zu mir, ich klagte ihm nicht, aber er wußte, worum es ging, und weil er ein guter Junge ist, kam es vor, daß er mit mir weinte. Und als der damalige Gastwirt, dem die Frau gestorben war und der deshalb das Gewerbe aufgeben mußte — auch war er schon ein alter Mann –, einmal an unserem Gärtchen vorüberkam und uns dort sitzen sah, blieb er stehen und bot uns kurzerhand das Wirtshaus zur Pacht an, wollte, weil er Vertrauen zu uns habe, kein Geld im voraus und setzte die Pacht sehr billig an. Dem Vater wollte ich nicht zur Last fallen, alles andere war mir gleichgültig, und so reichte ich in Gedanken an das Wirtshaus und an die neue, vielleicht ein wenig Vergessen bringende Arbeit Hans die Hand. Das ist die Geschichte."

Es war ein Weilchen still, dann sagte K.: „Die Handlungsweise des Gastwirts war schön, aber unvorsichtig, oder hatte er besondere Gründe für sein Vertrauen zu Ihnen beiden?"

„Er kannte Hans gut", sagte die Wirtin, „er war Hansens Onkel."

„Dann freilich", sagte K. „Hansens Familie war also offenbar viel an der Verbindung mit Ihnen gelegen?"

„Vielleicht", sagte die Wirtin, „ich weiß es nicht, ich kümmerte mich nie darum."

„Es muß doch aber so gewesen sein“, sagte K., „wenn die Familie bereit war, solche Opfer zu bringen und das Wirtshaus einfach, ohne Sicherung, in Ihre Hände zu geben.“

„Es war nicht unvorsichtig, wie sich später gezeigt hat“, sagte die Wirtin. „Ich warf mich in die Arbeit, stark war ich, des Schmiedes Tochter, ich brauchte nicht Magd, nicht Knecht; ich war überall, in der Wirtsstube, in der Küche, im Stall, im Hof, ich kochte so gut, daß ich sogar dem Herrenhof Gäste abjagte. Sie waren zu Mittag noch nicht in der Wirtsstube, Sie kennen nicht unsere Mittagsgäste, damals waren noch mehr, seitdem haben sich schon viele verlaufen. Und das Ergebnis war, daß wir nicht nur die Pacht richtig zahlen konnten, sondern nach einigen Jahren das Ganze kauften und es heute fast schuldenfrei ist. Das weitere Ergebnis freilich war, daß ich mich dabei zerstörte, herzkrank wurde und nun eine alte Frau geworden bin. Sie glauben vielleicht, daß ich viel älter als Hans bin, aber in Wirklichkeit ist er nur um zwei oder drei Jahre jünger und wird allerdings niemals altern, denn bei seiner Arbeit — Pfeiferauchen, den Gästen zuhören, dann die Pfeife ausklopfen und manchmal ein Bier holen –, bei dieser Arbeit altert man nicht.“

„Ihre Leistungen sind bewundernswert“, sagte K., „daran ist kein Zweifel, aber wir sprachen von den Zeiten vor Ihrer Heirat, und damals wäre es doch merkwürdig gewesen, wenn Hansens Familie unter Geldopfern oder zumindest mit Übernahme eines so großen Risikos, wie es die Hingabe des Wirtshauses war, zur Heirat gedrängt und hierbei keine andere Hoffnung gehabt hätte als Ihre Arbeitskraft, die man ja noch gar nicht kannte, und Hansens Arbeitskraft, deren Nichtvorhandensein man doch schon erfahren haben mußte.“

„Nun ja“, sagte die Wirtin müde, „ich weiß ja, worauf Sie zielen und wie fehl Sie dabei gehen. Von Klamm war in allen diesen Dingen keine Spur. Warum hätte er für mich sorgen sollen oder richtiger: wie hätte er überhaupt für mich sorgen können? Er wußte ja nichts mehr von mir. Daß er mich nicht mehr hatte rufen lassen, war ein Zeichen, daß er mich vergessen hatte. Wen er nicht mehr rufen läßt, vergißt er völlig. Ich wollte davon vor Frieda nicht reden. Es ist aber nicht nur Vergessen, es ist mehr als das. Den, welchen man vergessen hat, kann man ja wieder kennenlernen. Bei Klamm ist das nicht möglich. Wen er nicht mehr rufen läßt, den hat er nicht nur für die Vergangenheit völlig vergessen, sondern förmlich auch für alle Zukunft. Wenn ich mir viel Mühe gebe, kann ich mich ja hineindenken in Ihre Gedanken, in Ihre hier sinnlosen, in der Fremde, aus der Sie kommen, vielleicht gültigen Gedanken. Möglicherweise versteigen Sie sich bis zu der Tollheit, zu glauben, Klamm hätte mir gerade meinen Hans deshalb zum Manne gegeben, damit ich nicht viel Hindernis habe, zu ihm zu kommen, wenn er mich in Zukunft einmal riefe. Nun, weiter kann auch Tollheit nicht

gehen. Wo wäre der Mann, der mich hindern könnte, zu Klamm zu laufen, wenn mir Klamm ein Zeichen gibt? Unsinn, völliger Unsinn; man verwirrt sich selbst, wenn man mit diesem Unsinn spielt.“ „Nein“, sagte K., „verwirren wollen wir uns nicht, ich war mit meinen Gedanken noch lange nicht so weit, wie Sie annehmen, wenn auch, um die Wahrheit zu sagen, auf dem Wege dorthin. Vorläufig wunderte mich aber nur, daß die Verwandtschaft so viel von der Heirat erhoffte und daß diese Hoffnungen sich tatsächlich auch erfüllten, allerdings durch den Einsatz Ihres Herzens, Ihrer Gesundheit. Der Gedanke an einen Zusammenhang dieser Tatsachen mit Klamm drängte sich mir dabei allerdings auf, aber nicht oder noch nicht in der Grobheit, mit der Sie es darstellten, offenbar nur zu dem Zweck, um mich wieder einmal anfahren zu können, weil Ihnen das Freude macht. Mögen Sie die Freude haben! Mein Gedanke aber war der: Zunächst ist Klamm offenbar die Veranlassung der Heirat. Ohne Klamm wären Sie nicht unglücklich gewesen, nicht untätig im Vorgärtchen gesessen, ohne Klamm hätte Sie Hans dort nicht gesehen, ohne Ihre Traurigkeit hätte der schüchterne Hans Sie nie anzusprechen gewagt, ohne Klamm hätten Sie sich nie mit Hans in Tränen gefunden, ohne Klamm hätte der alte, gute Onkel-Gastwirt niemals Hans und Sie dort friedlich beisammen gesehen, ohne Klamm wären Sie nicht gleichgültig gegen das Leben gewesen, hätten also Hans nicht geheiratet. Nun, in dem allen ist doch schon genug Klamm, sollte ich meinen. Es geht aber noch weiter. Hätten Sie nicht Vergessen gesucht, hätten Sie gewiß nicht so rücksichtslos gegen sich selbst gearbeitet und die Wirtschaft nicht so hoch gebracht. Also auch hier Klamm. Aber Klamm ist auch noch, abgesehen davon, die Ursache Ihrer Krankheit, denn Ihr Herz war schon vor Ihrer Heirat von der unglücklichen Leidenschaft erschöpft. Bleibt nur noch die Frage, was Hansens Verwandte so sehr an der Heirat lockte. Sie selbst erwähnten einmal, daß Klamms Geliebte zu sein eine unverlierbare Rangerhöhung bedeutet; nun, so mag sie also dies gelockt haben. Außerdem aber glaube ich, die Hoffnung, daß der gute Stern, der Sie zu Klamm geführt hat — vorausgesetzt, daß es ein guter Stern war, aber Sie behaupten es –, zu Ihnen gehöre, also bei Ihnen bleiben müsse und Sie nicht etwa so schnell und plötzlich verlassen werde, wie Klamm es getan hat.“ „Meinen Sie das alles im Ernst?“, fragte die Wirtin.
„Im Ernst“, sagte K. schnell, „nur glaube ich, daß Hansens Verwandtschaft mit ihren Hoffnungen weder ganz recht noch ganz unrecht hatte, und ich glaube auch den Fehler zu erkennen, den sie gemacht haben. Äußerlich scheint ja alles gelungen, Hans ist gut versorgt, hat eine stattliche Frau, steht in Ehren, die Wirtschaft ist schuldenfrei. Aber eigentlich ist doch nicht alles gelungen, er wäre mit einem einfachen Mädchen, dessen erste große Liebe er gewesen wäre, gewiß viel glücklicher geworden; wenn er, wie Sie es ihm vorwerfen, manchmal in der Wirtsstube wie verloren dasteht, so deshalb,

weil er sich wirklich wie verloren fühlt — ohne darüber unglücklich zu sein, gewiß, soweit kenne ich ihn schon –, aber ebenso gewiß ist es, daß dieser hübsche, verständige Junge mit einer anderen Frau glücklicher, womit ich gleichzeitig meine, selbständiger, fleißiger, männlicher geworden wäre. Und Sie selbst sind doch gewiß nicht glücklich und, wie Sie sagten, ohne die drei Andenken wollten Sie gar nicht weiterleben, und herzkrank sind Sie auch. Also hatte die Verwandtschaft mit ihren Hoffnungen unrecht? Ich glaube nicht. Der Segen war über Ihnen, aber man verstand nicht, ihn herunterzuholen."

„Was hat man denn versäumt?", fragte die Wirtin. Sie lag nun ausgestreckt auf dem Rücken und blickte zur Decke empor.

„Klamm zu fragen", sagte K.

„So wären wir also wieder bei Ihnen", sagte die Wirtin.

„Oder bei Ihnen", sagte K. „Unsere Angelegenheiten grenzen aneinander."

„Was wollen Sie also von Klamm?", fragte die Wirtin. Sie hatte sich aufrecht gesetzt, die Kissen aufgeschüttelt, um sitzend sich anlehnen zu können, und sah K. voll in die Augen. „Ich habe Ihnen meinen Fall, aus dem Sie einiges hätten lernen können, offen erzählt. Sagen Sie mir nun ebenso offen, was Sie Klamm fragen wollen. Nur mit Mühe habe ich Frieda überredet, in ihr Zimmer hinaufzugehen und dort zu bleiben; ich fürchtete, Sie würden in ihrer Anwesenheit nicht genug offen sprechen."

„Ich habe nichts zu verbergen", sagte K. „Zunächst aber will ich Sie auf etwas aufmerksam machen. Klamm vergißt gleich, sagten Sie. Das kommt mir nun erstens sehr unwahrscheinlich vor, zweitens aber ist es unbeweisbar, offenbar nichts anderes als eine Legende, ausgedacht vom Mädchenverstand derjenigen, welche bei Klamm gerade in Gnade waren. Ich wundere mich, daß Sie einer so platten Erfindung glauben."

„Es ist keine Legende", sagte die Wirtin, „es ist vielmehr der allgemeinen Erfahrung entnommen." „Also auch durch neue Erfahrung zu widerlegen", sagte K. „Dann gibt es aber auch noch einen Unterschied zwischen Ihrem und Friedas Fall. Daß Klamm Frieda nicht mehr gerufen hätte, ist gewissermaßen gar nicht vorgekommen, vielmehr hat er sie gerufen, aber sie hat nicht gefolgt. Es ist sogar möglich, daß er noch immer auf sie wartet."

Die Wirtin schwieg und ließ nur ihren Blick beobachtend an K. auf und ab gehen. Dann sagte sie: „Ich will allem, was Sie zu sagen haben, ruhig zuhören. Reden Sie lieber offen, als daß Sie mich schonen. Nur eine Bitte habe ich. Gebrauchen Sie nicht Klamms Namen. Nennen Sie ihn „Er" oder sonst wie, aber nicht beim Namen."

„Gern", sagte K., „aber was ich von ihm will, ist schwer zu sagen. Zunächst will ich ihn in der Nähe sehen, dann will ich seine Stimme hören, dann will ich von ihm wissen, wie er sich zu unserer Heirat verhält. Worum ich ihn dann vielleicht noch bitten werde, hängt vom Verlauf der Unterredung ab. Es kann manches zur Sprache kommen, aber das wichtigste ist doch für mich, daß ich ihm gegenüberstehe. Ich habe nämlich noch mit keinem wirklichen Beamten unmittelbar gesprochen. Es scheint das schwerer zu erreichen zu sein, als ich glaubte. Nun aber habe ich die Pflicht, mit ihm als einem Privatmann zu sprechen, und dieses ist meiner Meinung nach viel leichter durchzusetzen. Als Beamten kann ich ihn nur in seinem vielleicht unzugänglichen Büro sprechen, im Schloß oder, was schon fraglich ist, im Herrenhof. Als Privatmann aber überall, im Haus, auf der Straße, wo es mir nur gelingt, ihm zu begegnen. Daß ich dann nebenbei auch den Beamten mir gegenüber haben werde, werde ich gern hinnehmen, aber es ist nicht mein erstes Ziel."

„Gut", sagte die Wirtin und drückte ihr Gesicht in die Kissen, als sage sie etwas Schamloses. „Wenn ich durch meine Verbindungen es erreiche, daß Ihre Bitte um eine Unterredung zu Klamm geleitet wird, versprechen Sie mir, bis zum Herabkommen der Antwort nichts auf eigene Faust zu unternehmen?"

„Das kann ich nicht versprechen", sagte K., „so gerne ich Ihre Bitte oder Ihre Laune erfüllen wollte. Die Sache drängt nämlich, besonders nach dem ungünstigen Ergebnis meiner Besprechung mit dem Vorsteher."

„Dieser Einwand entfällt", sagte die Wirtin, „der Vorsteher ist eine ganz belanglose Person. Haben Sie denn das nicht bemerkt? Er könnte keinen Tag in seiner Stellung bleiben, wenn nicht seine Frau wäre, die alles führt."

„Mizzi?", fragte K. Die Wirtin nickte. „Sie war dabei", sagte K.

„Hat sie sich geäußert?", fragte die Wirtin.

„Nein", sagte K., „ich hatte aber auch nicht den Eindruck, daß sie das könnte."

„Nun ja", sagte die Wirtin, „so irrig sehen Sie hier alles an. Jedenfalls: Was der Vorsteher über Sie verfügt hat, hat keine Bedeutung, und mit der Frau werde ich gelegentlich reden. Und wenn ich Ihnen nun noch verspreche, daß die Antwort Klamms spätestens in einer Woche kommen wird, haben Sie wohl keinen Grund mehr, mir nicht nachzugeben."

„Das alles ist nicht entscheidend", sagte K. „Mein Entschluß steht fest und ich würde ihn auch auszuführen versuchen, wenn eine ablehnende Antwort käme. Wenn ich aber diese Absicht von vornherein habe, kann ich doch nicht vorher um die Unterredung bitten lassen. Was ohne die Bitte vielleicht ein kühner, aber doch gutgläubiger Versuch bleibt, wäre nach einer ablehnenden Antwort offene Widersetzlichkeit. Das wäre freilich viel schlimmer."

„Schlimmer?", sagte die Wirtin. „Widersetzlichkeit ist es auf jeden Fall. Und nun tun Sie nach Ihrem Willen. Reichen Sie mir den Rock."

Ohne Rücksicht auf K. zog sie sich den Rock an und eilte in die Küche. Schon seit längerer Zeit hörte man Unruhe von der Wirtsstube her. An das Guckfenster war geklopft worden. Die Gehilfen hatten es einmal aufgestoßen und hereingerufen, daß sie Hunger hätten. Auch andere Gesichter waren dann dort erschienen. Sogar einen leisen, aber mehrstimmigen Gesang hörte man. Freilich, K.s Gespräch mit der Wirtin hatte das Kochen des Mittagessens sehr verzögert, es war noch nicht fertig, aber die Gäste waren versammelt. Immerhin hatte niemand gewagt, gegen das Verbot der Wirtin die Küche zu betreten. Nun aber, da die Beobachter am Guckfenster meldeten, die Wirtin komme schon, liefen die Mägde gleich in die Küche, und als K. die Wirtsstube betrat, strömte die erstaunlich zahlreiche Gesellschaft, mehr als zwanzig Leute, Männer und Frauen, provinzmäßig, aber nicht bäuerisch angezogen, vom Guckfenster, wo sie versammelt gewesen waren, zu den Tischen, um sich Plätze zu sichern. Nur an einem kleinen Tisch in einem Winkel saß schon ein Ehepaar mit einigen Kindern; der Mann, ein freundlicher, blauäugiger Herr mit zerrauftem, grauem Haar und Bart, stand zu den Kindern hinabgebeugt und gab mit einem Messer den Takt zu ihrem Gesang, den er immerfort zu dämpfen bemüht war; vielleicht wollte er sie durch den Gesang den Hunger vergessen machen. Die Wirtin entschuldigte sich vor der Gesellschaft mit einigen gleichgültig hingesprochenen Worten, niemand machte ihr Vorwürfe. Sie sah sich nach dem Wirt um, der sich aber vor der Schwierigkeit der Lage wohl schon längst geflüchtet hatte. Dann ging sie langsam in die Küche; für K., der zu Frieda in sein Zimmer eilte, hatte sie keinen Blick mehr.

Das siebente Kapitel

Oben traf K. den Lehrer. Das Zimmer war erfreulicherweise kaum wiederzuerkennen, so fleißig war Frieda gewesen. Es war gut gelüftet worden, der Ofen reichlich geheizt, der Fußboden gewaschen, das Bett geordnet, die Sachen der Mägde, dieser hassenswerte Unrat, einschließlich ihrer Bilder, waren verschwunden, der Tisch, der einem früher, wohin man sich auch wendete, mit seiner schmutzüberkrusteten Platte förmlich nachgestarrt hatte, war mit einer weißen, gestrickten Decke überzogen. Nun konnte man schon Gäste empfangen; daß K.s kleiner Wäschevorrat, den Frieda offenbar früh gewaschen hatte, beim Ofen zum Trocknen ausgehängt war, störte wenig. Der Lehrer und Frieda waren bei Tisch gesessen, sie erhoben sich bei K.s Eintritt. Frieda begrüßte K. mit einem Kuß, der Lehrer verbeugte sich ein wenig. K., zerstreut und noch in der Unruhe des Gesprächs mit der Wirtin, begann, sich zu entschuldigen, daß er den Lehrer bisher noch nicht hatte besuchen können; es war so, als nehme er an, der Lehrer hätte, ungeduldig wegen K.s Ausbleiben, nun selbst den Besuch gemacht. Der Lehrer aber, in seiner gemessenen Art, schien sich nun erst selbst langsam zu erinnern, daß einmal zwischen ihm und K. eine Art Besuch verabredet worden war. „Sie sind ja, Herr Landvermesser“, sagte er langsam, „der Fremde, mit dem ich vor ein paar Tagen auf dem Kirchplatz gesprochen habe.“ — „Ja“, sagte K. kurz; was er damals in seiner Verlassenheit geduldet hatte, mußte er hier, in seinem Zimmer, sich nicht gefallen lassen. Er wandte sich an Frieda und beriet sich mit ihr wegen eines wichtigen Besuches, den er sofort zu machen habe und bei dem er möglichst gut angezogen sein müsse. Frieda rief sofort, ohne K. weiter auszufragen, die Gehilfen, die gerade mit der Untersuchung der neuen Tischdecke beschäftigt waren, und befahl ihnen, K.s Kleider und Stiefel, die er gleich auszuziehen begann, unten im Hof sorgfältig zu putzen. Sie selbst nahm ein Hemd von der Schnur und lief in die Küche hinunter, um es zu bügeln.

Jetzt war K. mit dem Lehrer, der wieder still beim Tisch saß, allein; er ließ ihn noch ein wenig warten, zog sich das Hemd aus und begann, sich beim Waschbecken zu waschen. Erst jetzt, den Rücken dem Lehrer zugekehrt, fragte er ihn nach dem Grund seines Kommens. „Ich komme im Auftrag des Herrn Gemeindevorstehers“, sagte er. K. war bereit, den Auftrag zu hören. Da aber K.s Worte in dem Wasserschwall schwer verständlich waren, mußte der Lehrer näher kommen und lehnte sich neben K. an die Wand. K. entschuldigte sein Waschen und seine Unruhe mit der Dringlichkeit des beabsichtigten Besuches. Der Lehrer ging darüber hinweg und sagte: „Sie waren unhöflich gegenüber dem Herrn Gemeindevorsteher, diesem alten, verdienten, vielerfahrenen, ehrwürdigen Mann.“ — „Daß ich unhöflich gewesen wäre, weiß ich nicht“, sagte K., während er sich abtrocknete, „daß ich aber an anderes zu denken hatte als an ein feines Benehmen, ist richtig, denn es handelte sich um meine Existenz, die bedroht ist durch eine schmachvolle amtliche Wirtschaft, deren Einzelheiten ich Ihnen nicht darlegen muß, da Sie selbst ein tätiges Glied dieser Behörde sind. Hat sich der Gemeindevorsteher über mich beklagt?“ — „Wem gegenüber hätte er sich beklagen sollen?“, sagte der Lehrer. „Und selbst, wenn er jemanden hätte, würde er sich denn jemals beklagen? Ich habe nur ein kleines Protokoll nach seinem Diktat über Ihre Besprechung aufgesetzt und daraus über die Güte des Herrn Vorstehers und über die Art Ihrer Antworten genug erfahren.“ Während K. seinen Kamm suchte, den Frieda irgendwo eingeordnet haben mußte, sagte er: „Wie? Ein Protokoll? In meiner Abwesenheit nachträglich aufgesetzt von jemandem, der gar nicht bei der Besprechung war? Das ist nicht übel. Und warum denn ein Protokoll? War es denn eine amtliche Handlung?“ — „Nein“, sagte der Lehrer, „eine halbamtliche, auch das Protokoll ist nur halbamtlich; es wurde nur gemacht, weil bei uns in allem strenge Ordnung sein muß. Jedenfalls liegt es nun vor und dient nicht zu Ihrer Ehre.“ K., der den Kamm, der ins Bett geglitten war, endlich gefunden hatte, sagte ruhiger: „Mag es vorliegen. Sind Sie gekommen, mir das zu melden?“ — „Nein“, sagte der Lehrer, „aber ich bin kein Automat und mußte Ihnen meine Meinung sagen. Mein Auftrag dagegen ist ein weiterer Beweis der Güte des Herrn Vorstehers; ich betone, daß mir diese Güte unbegreiflich ist und daß ich nur unter dem Zwang meiner Stellung und in Verehrung des Herrn Vorstehers den Auftrag ausführe.“ K., gewaschen und gekämmt, saß nun in Erwartung des Hemdes und der Kleider bei Tisch; er war wenig neugierig auf das, was der Lehrer ihm brachte; auch war er beeinflußt von der geringen Meinung, welche die Wirtin vom Vorsteher hatte. „Es ist wohl schon Mittag vorüber?“, fragte er in Gedanken an den Weg, den er vorhatte, dann verbesserte er sich und sagte: „Sie wollten mir etwas vom Vorsteher ausrichten.“ — „Nun ja“, sagte der Lehrer mit einem Achselzucken, als schüttle er jede eigene Verantwortung von sich ab. „Der Herr Vorsteher befürchtet, daß Sie, wenn die Entscheidung Ihrer Angelegenheit zu lange ausbleibt, etwas Unbedachtes auf eigene Faust tun werden. Ich für meinen Teil weiß nicht, warum er das befürchtet; meine Ansicht ist, daß Sie doch am besten tun mögen, was Sie wollen. Wir sind nicht Ihre Schutzengel und haben keine Verpflichtung, Ihnen auf allen Ihren Wegen nachzulaufen. Nun gut. Der Herr Vorsteher ist anderer Meinung. Die Entscheidung selbst, welche Sache der gräflichen Behörden ist, kann er freilich nicht beschleunigen. Wohl aber will er in seinem Wirkungskreis eine vorläufige, wahrhaftig generöse Entscheidung treffen, es liegt nur an Ihnen, sie anzunehmen: Er bietet Ihnen vorläufig die Stelle eines Schuldieners an.“ Darauf, was ihm angeboten wurde, achtete K. zunächst kaum, aber die Tatsache, daß ihm etwas angeboten wurde, schien ihm nicht bedeutungslos.

Es deutete darauf hin, daß er nach Ansicht des Vorstehers imstande war, um sich zu wehren, Dinge auszuführen, vor denen sich zu schützen für die Gemeinde selbst gewisse Aufwendungen rechtfertigte. Und wie wichtig man die Sache nahm! Der Lehrer, der hier schon eine Zeitlang gewartet und vorher noch das Protokoll aufgesetzt hatte, mußte ja vom Vorsteher geradezu hergejagt worden sein. Als der Lehrer sah, daß er nun doch K. nachdenklich gemacht hatte, fuhr er fort: „Ich machte meine Einwendungen. Ich wies darauf hin, daß bisher kein Schuldiener nötig gewesen sei; die Frau des Kirchendieners räumt von Zeit zu Zeit auf, und Fräulein Gisa, die Lehrerin, beaufsichtigt es. Ich habe Plage genug mit den Kindern, ich will mich nicht auch noch mit einem Schuldiener ärgern. Der Herr Vorsteher entgegnete, daß es aber doch sehr schmutzig in der Schule sei. Ich erwiderte, der Wahrheit gemäß, daß es nicht sehr arg sei. Und, fügte ich hinzu, wird es dann besser werden, wenn wir den Mann als Schuldiener nehmen? Ganz gewiß nicht. Abgesehen davon, daß er von solchen Arbeiten nichts versteht, hat doch das Schulhaus nur zwei große Lehrzimmer ohne Nebenräume, der Schuldiener muß also mit seiner Familie in einem der Lehrzimmer wohnen, schlafen, vielleicht gar kochen, das kann natürlich die Reinlichkeit nicht vergrößern. Aber der Herr Vorsteher verwies darauf, daß diese Stelle für Sie eine Rettung in der Not sei und daß Sie daher sich mit allen Kräften bemühen werden, sie gut auszufüllen; ferner meinte der Herr Vorsteher, gewinnen wir mit Ihnen auch noch die Kräfte Ihrer Frau und Ihrer Gehilfen, so daß nicht nur die Schule, sondern auch der Schulgarten in musterhafter Ordnung wird gehalten werden können. Das alles widerlegte ich mit Leichtigkeit. Schließlich konnte der Herr Vorsteher gar nichts mehr zu Ihren Gunsten vorbringen, lachte und sagte nur, Sie seien doch Landvermesser und würden daher die Beete im Schulgarten besonders schön gerade ziehen können. Nun, gegen Späße gibt es keine Einwände, und so ging ich mit dem Auftrag zu Ihnen.“ „Sie machen sich unnütze Sorgen, Herr Lehrer“, sagte K. „Es fällt mir nicht ein, die Stelle anzunehmen.“ „Vorzüglich“, sagte der Lehrer, „vorzüglich, ganz ohne Vorbehalt lehnen Sie ab“, und er nahm den Hut, verbeugte sich und ging.

Gleich darauf kam Frieda mit verstörtem Gesicht herauf, das Hemd brachte sie ungebügelt, Fragen beantwortete sie nicht; um sie zu zerstreuen, erzählte ihr K. von dem Lehrer und dem Angebot; kaum hörte sie es, warf sie das Hemd auf das Bett und lief wieder fort. Sie kam bald zurück, aber mit dem Lehrer, der verdrießlich aussah und gar nicht grüßte. Frieda bat ihn um ein wenig Geduld — offenbar hatte sie das auf dem Weg hierher schon einige Male getan —, zog dann K. durch eine Seitentür, von der er gar nicht gewußt hatte, auf den benachbarten Dachboden und erzählte dort schließlich aufgeregt außer Atem, was ihr geschehen war. Die Wirtin, empört darüber, daß sie sich vor K. zu Geständnissen und, was noch ärger war, zur Nachgiebigkeit hinsichtlich einer Unterredung Klamms mit K. erniedrigt und nichts damit erreicht hatte als, wie sie sagte, kalte und überdies unaufrichtige Abweisung, sei entschlossen, K. nicht mehr in ihrem Hause zu dulden; habe er Verbindungen mit dem Schloß, so möge er sie nur schnell ausnützen, denn noch heute, noch jetzt müsse er das Haus verlassen, und nur auf direkten behördlichen Befehl und Zwang werde sie ihn wieder aufnehmen; doch hoffe sie, daß es nicht dazu kommen werde, denn auch sie habe Verbindungen mit dem Schloß und werde sie geltend zu machen verstehen. Übrigens sei er ja in das Wirtshaus nur infolge der Nachlässigkeit des Wirtes gekommen und sei auch sonst gar nicht in Not, denn noch heute morgen habe er sich eines für ihn bereitstehenden Nachtlagers gerühmt. Frieda natürlich solle bleiben; wenn Frieda mit K. ausziehen sollte, werde sie, die Wirtin, tief unglücklich sein, schon unten in der Küche sei sie bei dem bloßen Gedanken weinend neben dem Herd zusammengesunken, die arme, herzleidende Frau! Aber wie könnte sie anders handeln, jetzt, da es sich, in ihrer Vorstellung wenigstens, geradezu um die Ehre von Klamms Andenken handle! So stehe es also mit der Wirtin. Frieda freilich werde ihm, K., folgen, wohin er wolle, in Schnee und Eis, darüber sei natürlich kein weiteres Wort zu verlieren, aber sehr schlimm sei doch ihrer beider Lage jedenfalls, darum habe sie das Angebot des Vorstehers mit großer Freude begrüßt, sei es auch eine für K. nicht passende Stelle, so sei sie doch, das werde ausdrücklich betont, eine nur vorläufige, man gewinne Zeit und werde leicht andere Möglichkeiten finden, selbst wenn die endgültige Entscheidung ungünstig ausfallen sollte. „Im Notfall“, rief schließlich Frieda, schon an K.s Hals, „wandern wir aus, was hält uns hier im Dorf? Vorläufig aber, nicht wahr, Liebster, nehmen wir das Angebot an. Ich habe den Lehrer zurückgebracht, du sagst ihm „Angenommen“, nichts weiter, und wir übersiedeln in die Schule.“

„Das ist schlimm“, sagte K., ohne es aber ganz ernsthaft zu meinen, denn die Wohnung kümmerte ihn wenig, auch fror er sehr in seiner Unterwäsche hier auf dem Dachboden, der, auf zwei Seiten ohne Wand und Fenster, scharf von kalter Luft durchzogen wurde, „jetzt hast du das Zimmer so schön hergerichtet, und nun sollen wir ausziehen! Ungern, ungern würde ich die Stelle annehmen, schon die augenblickliche Demütigung vor diesem kleinen Lehrer ist mir peinlich, und nun soll er gar mein Vorgesetzter werden. Wenn man nur noch ein Weilchen hierbleiben könnte, vielleicht ändert sich meine Lage noch heute nachmittag. Wenn wenigstens du hier bliebest, könnte man es abwarten und dem Lehrer nur eine unbestimmte Antwort geben. Für mich finde ich immer ein Nachtlager, wenn es sein muß, wirklich bei Bar...“ Frieda verschloß ihm mit der Hand den Mund. „Das nicht“, sagte sie ängstlich, „bitte, sage das nicht wieder. Sonst aber folge ich dir in allem. Wenn du willst, bleibe ich allein hier, so traurig es für mich wäre. Wenn du willst, lehnen wir den Antrag ab, so unrichtig das meiner Meinung nach wäre. Denn sieh, wenn du eine andere Möglichkeit findest, gar noch heute nachmittag, nun, so ist es selbstverständlich, daß wir die Stelle in der Schule sofort aufgeben, niemand wird uns daran hindern. Und was die Demütigung vor dem Lehrer betrifft, so laß mich dafür sorgen, daß es keine wird, ich selbst werde mit ihm sprechen, du wirst nur stumm dabeistehen, und auch später wird es nicht anders sein, niemals wirst du, wenn du nicht willst, selbst mit ihm sprechen müssen, ich allein werde in Wirklichkeit seine Untergebene sein, und nicht einmal ich werde es sein, denn ich kenne seine Schwächen. So ist also nichts verloren, wenn wir die Stelle annehmen, vieles aber, wenn wir sie ablehnen; vor allem würdest du wirklich auch nur für dich allein, wenn du nicht noch heute etwas vom Schloß erreichst, nirgends, nirgends im Dorf ein Nachtlager finden, ein Nachtlager nämlich, für das ich mich als deine künftige Frau nicht schämen müßte. Und wenn du kein Nachtlager bekommst, willst du dann etwa von mir verlangen, daß ich hier im warmen Zimmer schlafe, während ich weiß, daß du draußen in Nacht und Kälte umherirrst?“ K., der die ganze Zeit über, die Arme über der Brust gekreuzt, mit den Händen seinen Rücken schlug, um sich ein wenig zu erwärmen, sagte: „Dann bleibt nichts übrig, als anzunehmen. Komm!“

Im Zimmer eilte er gleich zum Ofen; um den Lehrer kümmerte er sich nicht; dieser saß beim Tisch, zog die Uhr hervor und sagte: „Es ist spät geworden.“ — „Dafür sind wir aber jetzt auch völlig einig, Herr Lehrer“, sagte Frieda. „Wir nehmen die Stelle an.“ — „Gut“, sagte der Lehrer, „aber die Stelle ist dem Herrn Landvermesser angeboten. Er selbst muß sich äußern.“ Frieda kam K. zu Hilfe. „Freilich“, sagte sie, „er nimmt die Stelle an, nicht wahr, K.?“ So konnte K. seine Erklärung auf ein einfaches „Ja“ beschränken, das nicht einmal an den Lehrer, sondern an Frieda gerichtet war. „Dann“, sagte der Lehrer, „bleibt mir nur noch übrig, Ihnen Ihre Dienstpflichten vorzuhalten, damit wir in dieser Hinsicht ein für allemal einig sind; Sie haben, Herr Landvermesser, täglich beide Schulzimmer zu reinigen und zu heizen, kleinere Reparaturen im Haus, ferner an den Schul- und Turngeräten selbst vorzunehmen, den Weg durch den Garten schneefrei zu halten, Botengänge für mich und das Fräulein Lehrerin zu machen und in der wärmeren Jahreszeit alle Gartenarbeit zu besorgen. Dafür haben Sie das Recht, nach Ihrer Wahl in einem der Schulzimmer zu wohnen; doch müssen Sie, wenn nicht gleichzeitig in beiden Zimmern unterrichtet wird und Sie gerade in dem Zimmer, in welchem unterrichtet wird, wohnen, natürlich in das andere Zimmer übersiedeln. Kochen dürfen Sie in der Schule nicht, dafür werden Sie und die Ihren auf Kosten der Gemeinde hier im Wirtshaus verpflegt. Daß Sie sich der Würde der Schule gemäß verhalten müssen und daß insbesondere die Kinder, gar während des Unterrichts, niemals etwa Zeugen unliebsamer Szenen in Ihrer Häuslichkeit werden dürfen, erwähne ich nur nebenbei, denn als gebildeter Mann müssen Sie das wissen. In Zusammenhang damit bemerke ich noch, daß wir darauf bestehen müssen, daß Sie Ihre Beziehungen zu Fräulein Frieda möglichst bald legitimieren. Über dies alles und noch einige Kleinigkeiten wird ein Dienstvertrag aufgesetzt, den Sie gleich, wenn Sie ins Schulhaus einziehen, unterzeichnen müssen.“ K. erschien das alles unwichtig, so, als ob es ihn nicht betreffe oder jedenfalls nicht binde; nur die Großtuerei des Lehrers reizte ihn, und er sagte leichthin: „Nun ja, es sind die üblichen Verpflichtungen.“ Um diese Bemerkung ein wenig zu verwischen, fragte Frieda nach dem Gehalt. „Ob Gehalt gezahlt wird“, sagte der Lehrer, „wird erst nach einmonatigem Probedienst erwogen werden.“ — „Das ist aber hart für uns“, sagte Frieda. „Wir sollen fast ohne Geld heiraten, unsere Hauswirtschaft aus nichts schaffen. Könnten wir nicht doch, Herr Lehrer, durch eine Eingabe an die Gemeinde um ein kleines sofortiges Gehalt bitten? Würden Sie dazu raten?“ — „Nein“, sagte der Lehrer, der seine Worte immer an K. richtete. „Einer solchen Eingabe würde nur entsprochen werden, wenn ich es empfehle, und ich würde es nicht tun. Die Verleihung der Stelle ist ja nur eine Gefälligkeit Ihnen gegenüber, und Gefälligkeiten muß man, wenn man sich seiner öffentlichen Verantwortung bewußt bleibt, nicht zu weit treiben.“ Nun mischte sich aber doch K. ein, fast gegen seinen Willen. „Was die Gefälligkeit betrifft, Herr Lehrer“, sagte er, „glaube ich, daß Sie irren. Diese Gefälligkeit ist vielleicht eher auf meiner Seite.“ — „Nein“, sagte der Lehrer lächelnd, nun hatte er doch K. zum Reden gezwungen. „Darüber bin ich genau unterrichtet. Wir brauchen den Schuldiener etwa so dringend wie den Landvermesser. Schuldiener wie Landvermesser, es ist eine Last an unserem Halse. Es wird mich noch viel Nachdenken kosten, wie ich die Ausgaben vor der Gemeinde begründen soll. Am besten und wahrheitsgemäßesten wäre es, die Forderung nur auf den Tisch zu werfen und gar nicht zu begründen.“ — „So meine ich es ja“, sagte K., „gegen Ihren Willen müssen Sie mich aufnehmen. Obwohl es Ihnen schweres Nachdenken verursacht, müssen Sie mich aufnehmen. Wenn nun jemand genötigt ist, einen anderen aufzunehmen, und dieser andere sich aufnehmen läßt, so ist er es doch, der gefällig ist.“ — „Sonderbar“, sagte der Lehrer, „was sollte uns zwingen, Sie aufzunehmen? Des Herrn Vorstehers gutes, übergutes Herz zwingt uns. Sie werden, Herr Landvermesser, das sehe ich wohl, manche Phantasien aufgeben müssen, ehe Sie ein brauchbarer Schuldiener werden. Und für die Gewährung eines eventuellen Gehaltes machen natürlich solche Bemerkungen wenig Stimmung. Auch merke ich leider, daß mir Ihr Benehmen noch viel zu schaffen geben wird; die ganze Zeit über verhandeln Sie ja mit mir — ich sehe es immerfort an und glaube es fast nicht — in Hemd und Unterhosen.“ — „Ja“, rief K. lachend und schlug in die Hände, „die entsetzlichen Gehilfen! Wo bleiben sie denn?“ Frieda eilte zur Tür; der Lehrer, der merkte, daß nun K. für ihn nicht mehr zu sprechen war, fragte Frieda, wann sie in die Schule einziehen würden. „Heute“, sagte Frieda.

„Dann komme ich morgen früh revidieren“, sagte der Lehrer, grüßte durch Handwinken, wollte durch die Tür, die Frieda für sich geöffnet hatte, hinausgehen, stieß aber mit den Mägden zusammen, die schon mit ihren Sachen kamen, um sich im Zimmer wieder einzurichten. Er mußte zwischen ihnen, die vor niemandem zurückgewichen wären, durchschlüpfen, Frieda folgte ihm. „Ihr habt es aber eilig“, sagte K., der diesmal sehr zufrieden mit ihnen war, „wir sind noch hier, und ihr müßt schon einrücken?“ Sie antworteten nicht und drehten nur verlegen ihre Bündel, aus denen K. die wohlbekannten schmutzigen Fetzen hervorhängen sah. „Ihr habt wohl euere Sachen noch niemals gewaschen“, sagte K., es war nicht böse, sondern mit einer gewissen Zuneigung gesagt. Sie merkten es, öffneten gleichzeitig ihren harten Mund, zeigten die schönen, starken, tiermäßigen Zähne und lachten lautlos. „Nun kommt“, sagte K., „richtet euch ein, es ist ja euer Zimmer.“ Als sie aber noch immer zögerten — ihr Zimmer schien ihnen wohl allzusehr verwandelt –, nahm K. eine beim Arm, um sie weiterzuführen. Aber er ließ sie gleich los, so erstaunt war beider Blick, den sie, nach einer kurzen gegenseitigen Verständigung, nun nicht mehr von K. wandten. „Jetzt habt ihr mich aber lange genug angesehen“, sagte K., irgendein unangenehmes Gefühl abwehrend, nahm Kleider und Stiefel, die eben Frieda, schüchtern von den Gehilfen gefolgt, gebracht hatte, und zog sich an. Unbegreiflich war ihm immer, und jetzt wieder, die Geduld, die Frieda mit den Gehilfen hatte. Sie hatte sie, die doch die Kleider im Hof hätten putzen sollen, nach längerem Suchen friedlich unten beim Mittagessen gefunden, die ungeputzten Kleider vor sich zusammengepreßt auf dem Schoß, sie hatte dann selbst alles putzen müssen; und doch zankte sie, die gemeines Volk gut zu beherrschen wußte, gar nicht mit ihnen, erzählte überdies in ihrer Gegenwart von ihrer großen Nachlässigkeit wie von einem kleinen Scherz und klopfte gar noch dem einen leicht, wie schmeichelnd, auf die Wange. K. wollte ihr nächstens darüber Vorhaltungen machen. Jetzt aber war es höchste Zeit, wegzugehen. „Die Gehilfen bleiben hier, dir bei der Übersiedlung zu helfen“, sagte K. Sie waren allerdings nicht damit einverstanden; satt und fröhlich, wie sie waren, hätten sie sich gern ein wenig Bewegung gemacht. Erst als Frieda sagte: „Gewiß, ihr bleibt hier“, fügten sie sich. „Weißt du, wohin ich gehe?“, fragte K. „Ja“, sagte Frieda. „Und du hältst mich also nicht mehr zurück?“, fragte K. „Du wirst so viele Hindernisse finden“, sagte sie, „was würde da mein Wort bedeuten!“ Sie küßte K. zum Abschied, gab ihm, da er nicht zu Mittag gegessen hatte, ein Päckchen mit Brot und Wurst, das sie von unten für ihn mitgebracht hatte, erinnerte ihn daran, daß er dann nicht mehr hierher, sondern gleich in die Schule kommen solle, und begleitete ihn, die Hand auf seiner Schulter, bis vor die Tür hinaus.

Das achte Kapitel

Zunächst war K. froh, dem Gedränge der Mägde und Gehilfen in dem warmen Zimmer entgangen zu sein. Auch fror es ein wenig, der Schnee war fester, das Gehen leichter. Nur fing es freilich schon zu dunkeln an, und er beschleunigte die Schritte.

Das Schloß, dessen Umrisse sich schon aufzulösen begannen, lag still wie immer, niemals noch hatte K. dort das geringste Zeichen von Leben gesehen, vielleicht war es gar nicht möglich, aus dieser Ferne etwas zu erkennen, und doch verlangten es die Augen und wollten die Stille nicht dulden. Wenn K. das Schloß ansah, so war es ihm manchmal, als beobachte er jemanden, der ruhig dasitze und vor sich hinsehe, nicht etwa in Gedanken verloren und dadurch gegen alles abgeschlossen, sondern frei und unbekümmert, so, als sei er allein und niemand beobachte ihn, und doch mußte er merken, daß er beobachtet wurde, aber es rührte nicht im geringsten an seiner Ruhe, und wirklich — man wußte nicht, war es Ursache oder Folge –, die Blicke des Beobachters konnten sich nicht festhalten und glitten ab. Dieser Eindruck wurde heute noch verstärkt durch das frühe Dunkel; je länger er hinsah, desto weniger erkannte er, desto tiefer sank alles in Dämmerung.

Gerade als K. zu dem noch unbeleuchteten Herrenhof kam, öffnete sich ein Fenster im ersten Stock, ein junger, dicker, glattrasierter Herr im Pelzrock beugte sich heraus und blieb dann im Fenster. K.s Gruß schien er auch nicht mit dem leichtesten Kopfnicken zu beantworten. Weder im Flur noch im Ausschank traf K. jemanden, der Geruch von abgestandenem Bier war noch schlimmer als letzthin, etwas Derartiges kam wohl im Wirtshaus „Zur Brücke“ nicht vor. K. ging sofort zu der Tür, durch die er letzthin Klamm beobachtet hatte, drückte vorsichtig die Klinke nieder, aber die Tür war versperrt; dann suchte er die Stelle zu ertasten, wo das Guckloch war, aber der Verschluß war wahrscheinlich so gut eingepaßt, daß er die Stelle auf diese Weise nicht finden konnte, er zündete deshalb ein Streichholz an. Da wurde er durch einen Schrei erschreckt. In dem Winkel zwischen Tür und Kredenztisch, nahe beim Ofen, saß zusammengeduckt ein junges Mädchen und starrte ihn in dem Aufleuchten des Streichholzes mit mühsam geöffneten, schlaftrunkenen Augen an. Es war offenbar die Nachfolgerin Friedas. Sie faßte sich bald, drehte das elektrische Licht an, der Ausdruck ihres Gesichtes war noch böse, da erkannte sie K. „Ah, der Herr Landvermesser“, sagte sie lächelnd, reichte ihm die Hand und stellte sich vor: „Ich heiße Pepi.“ Sie war klein, rot, gesund, das üppige, rötlichblonde Haar war in einen starken Zopf geflochten, außerdem krauste es sich rund um das Gesicht, sie hatte ein ihr sehr wenig passendes, glatt niederfallendes Kleid aus grauglänzendem Stoff, unten war es kindlich ungeschickt von einem in eine Masche endigenden Seidenband zusammengezogen, so daß es sie beengte. Sie erkundigte sich nach Frieda, und ob sie nicht bald zurückkommen werde. Das war eine Frage, die nahe an Boshaftigkeit grenzte. „Ich bin“, sagte sie dann, „gleich nach Friedas Weggang in Eile hierher berufen worden, weil man doch nicht eine Beliebige hier verwenden kann, ich war bis jetzt Zimmermädchen, aber es ist kein guter Tausch, den ich gemacht habe. Viel Abend- und Nachtarbeit ist hier, das ist sehr ermüdend, ich werde es kaum ertragen, ich wundere mich nicht, daß Frieda es aufgegeben hat.“ — „Frieda war hier sehr zufrieden“, sagte K., um Pepi endlich auf den Unterschied aufmerksam zu machen, der zwischen ihr und Frieda bestand und den sie vernachlässigte. „Glauben Sie ihr nicht“, sagte Pepi. „Frieda kann sich beherrschen wie nicht leicht jemand. Was sie nicht gestehen will, gesteht sie nicht, und dabei merkt man gar nicht, daß sie etwas zu gestehen hätte. Ich diene doch jetzt hier schon einige Jahre mit ihr, immer haben wir zusammen in einem Bett geschlafen, aber vertraut bin ich mit ihr nicht, gewiß denkt sie heute schon nicht mehr an mich. Ihre einzige Freundin vielleicht ist die alte Wirtin aus dem Brückengasthaus, und das ist doch auch bezeichnend.“ — „Frieda ist meine Braut“, sagte K. und suchte nebenbei die Gucklochstelle in der Tür. „Ich weiß“, sagte Pepi, „deshalb erzähle ich es ja. Sonst hätte es doch für Sie keine Bedeutung.“ — „Ich verstehe“, sagte K. „Sie meinen, daß ich stolz darauf sein kann, ein so verschlossenes Mädchen für mich gewonnen zu haben.“ — „Ja“, sagte sie und lachte zufrieden, so, als habe sie K. zu einem geheimen Einverständnis hinsichtlich Friedas gewonnen.

Aber es waren nicht eigentlich ihre Worte, die K. beschäftigten und ein wenig vom Suchen ablenkten, sondern ihre Erscheinung war es und ihr Vorhandensein an dieser Stelle. Freilich, sie war viel jünger als Frieda, fast kindlich noch, und ihre Kleidung war lächerlich, sie hatte sich offenbar angezogen entsprechend den übertriebenen Vorstellungen, die sie von der Bedeutung eines Ausschankmädchens hatte. Und diese Vorstellungen hatte sie gar noch in ihrer Art mit Recht, denn die Stellung, für die sie noch gar nicht paßte, war wohl unverhofft und unverdient und nur vorläufig ihr zuteil geworden, nicht einmal das Ledertäschchen, das Frieda immer im Gürtel getragen hatte, hatte man ihr anvertraut. Und ihre angebliche Unzufriedenheit mit der Stellung war nichts als Überhebung. Und doch, trotz ihrem kindlichen Unverstand hatte auch sie wahrscheinlich Beziehungen zum Schloß; sie war ja, wenn sie nicht log, Zimmermädchen gewesen; ohne von ihrem Besitz zu wissen, verschlief sie hier die Tage, aber eine Umarmung dieses kleinen, dicken, ein wenig rundrückigen Körpers konnte ihr zwar den Besitz nicht entreißen, konnte aber an ihn rühren und aufmuntern für den schweren Weg. Dann war es vielleicht nicht anders als bei Frieda? O doch, es war anders. Man mußte nur an Friedas Blick denken, um das zu verstehen. Niemals hätte K. Pepi angerührt. Aber doch mußte er jetzt für ein Weilchen seine Augen bedecken, so gierig sah er sie an.

„Es muß ja nicht angezündet sein“, sagte Pepi und drehte das Licht wieder aus, „ich habe nur angezündet, weil Sie mich so sehr erschreckt haben. Was wollen Sie denn hier? Hat Frieda etwas vergessen?“ — „Ja“, sagte K. und zeigte auf die Tür, „hier im Zimmer nebenan eine Tischdecke, eine weiße, gestrickte.“ — „Ja, ihre Tischdecke“, sagte Pepi, „ich erinnere mich, eine schöne Arbeit, ich habe ihr dabei geholfen, aber in diesem Zimmer ist sie wohl kaum.“ — „Frieda glaubt es. Wer wohnt denn hier?“, fragte K. „Niemand“, sagte Pepi. „Es ist das Herrenzimmer, hier trinken und essen die Herren, das heißt, es ist dafür bestimmt, aber die meisten bleiben oben in ihren Zimmern.“ — „Wenn ich wüßte“, sagte K., „daß jetzt nebenan niemand ist, würde ich sehr gerne hineingehen und die Decke suchen. Aber es ist eben unsicher; Klamm, zum Beispiel, pflegt oft dort zu sitzen.“ — „Klamm ist jetzt gewiß nicht dort“, sagte Pepi, „er fährt ja gleich weg, der Schlitten wartet schon im Hof.“ Sofort, ohne ein Wort der Erklärung, verließ K. den Ausschank, wandte sich im Flur anstatt zum Ausgang gegen das Innere des Hauses und hatte nach wenigen Schritten den Hof erreicht. Wie still und schön es hier war! Ein viereckiger Hof, auf drei Seiten vom Hause, gegen die Straße zu — eine Nebenstraße, die K. nicht kannte — von einer hohen, weißen Mauer mit einem großen, schweren, jetzt offenen Tor begrenzt. Hier, auf der Hofseite, schien das Haus höher als auf der Vorderseite, wenigstens war der erste Stock vollständig ausgebaut und hatte ein größeres Ansehen, denn er war von einer hölzernen, bis auf einen kleinen Spalt in Augenhöhe geschlossenen Galerie umlaufen. K. schief gegenüber, noch im Mitteltrakt, aber schon im Winkel, wo sich der gegenüberliegende Seitenflügel anschloß, war ein Eingang ins Haus, offen, ohne Tür. Davor stand ein dunkler, geschlossener, mit zwei Pferden bespannter Schlitten. Bis auf den Kutscher, den K. auf die Entfernung hin jetzt in der Dämmerung mehr vermutete als erkannte, war niemand zu sehen.

Die Hände in den Taschen, vorsichtig sich umschauend, nahe an der Mauer, umging K. zwei Seiten des Hofes, bis er beim Schlitten war. Der Kutscher, einer jener Bauern, die letzthin im Ausschank gewesen waren, hatte ihn, im Pelz versunken, teilnahmslos herankommen sehen, so wie man etwa den Weg einer Katze verfolgt. Auch als K. schon bei ihm stand, grüßte, und sogar die Pferde ein wenig unruhig wurden wegen des aus dem Dunkel auftauchenden Mannes, blieb er gänzlich unbekümmert. Das war K. sehr willkommen. Angelehnt an die Mauer, packte er sein Essen aus, gedachte dankbar Friedas, die ihn so gut versorgt hatte, und spähte dabei in das Innere des Hauses. Eine rechtwinklig gebrochene Treppe führte herab und war unten von einem niedrigen, aber scheinbar tiefen Gang gekreuzt; alles war rein, weiß getüncht, scharf und gerade abgegrenzt.

Das Warten dauerte länger, als K. gedacht hatte. Längst schon war er mit dem Essen fertig, die Kälte war empfindlich, aus der Dämmerung war schon völlige Finsternis geworden, und Klamm kam immer noch nicht. „Das kann noch sehr lange dauern“, sagte plötzlich eine rauhe Stimme so nahe bei K., daß er zusammenfuhr. Es war der Kutscher, der, wie aufgewacht, sich streckte und laut gähnte. „Was kann denn lange dauern?“, fragte K., nicht undankbar wegen der Störung, denn die fortwährende Stille und Spannung war schon lästig gewesen. „Ehe Sie weggehen werden“, sagte der Kutscher. K. verstand ihn nicht, fragte aber nicht weiter, er glaubte auf diese Weise den Hochmütigen am besten zum Reden zu bringen. Ein Nichtantworten hier in der Finsternis war fast aufreizend. Und tatsächlich fragte der Kutscher nach einem Weilchen: „Wollen Sie Kognak?“ — „Ja“, sagte K. unüberlegt, durch das Angebot allzusehr verlockt, denn ihn fröstelte. „Dann machen Sie den Schlitten auf“, sagte der Kutscher, „in der Seitentasche sind einige Flaschen, nehmen Sie eine, trinken Sie und reichen Sie sie mir dann. Mir ist es wegen des Pelzes zu beschwerlich hinunterzusteigen.“ Es verdroß K., solche Handreichungen zu machen, aber da er sich nun mit dem Kutscher schon eingelassen hatte, gehorchte er, selbst auf die Gefahr hin, beim Schlitten etwa von Klamm überrascht zu werden. Er öffnete die breite Tür und hätte gleich aus der Tasche, welche auf der Innenseite der Tür angebracht war, die Flasche herausziehen können, aber da nun die Tür offen war, trieb es ihn so sehr in das Innere des Schlittens, daß er nicht widerstehen konnte, nur einen Augenblick lang wollte er darin sitzen. Er huschte hinein. Außerordentlich war die Wärme im Schlitten, und sie blieb so, obwohl die Tür, die K. nicht zu schließen wagte, weit offen war. Man wußte gar nicht, ob man auf einer Bank saß, sosehr lag man in Decken, Polstern und Pelzen; nach allen Seiten konnte man sich drehen und strecken, immer versank man weich und warm. Die Arme ausgebreitet, den Kopf durch Polster gestützt, die immer bereit waren, blickte K. aus dem Schlitten in das dunkle Haus. Warum dauerte es so lange, ehe Klamm herunterkam? Wie betäubt von der Wärme nach dem langen Stehen im Schnee, wünschte K., daß Klamm endlich komme. Der Gedanke, daß er in seiner jetzigen Lage von Klamm lieber nicht gesehen werden sollte, kam ihm nur undeutlich, als leise Störung, zu Bewußtsein. Unterstützt in dieser Vergeßlichkeit wurde er durch das Verhalten des Kutschers, der doch wissen mußte, daß er im Schlitten war, und ihn dort ließ, sogar ohne den Kognak von ihm zu fordern. Das war rücksichtsvoll, aber K. wollte ihn ja bedienen. Schwerfällig, ohne seine Lage zu verändern, langte er nach der Seitentasche, aber nicht in der offenen Tür, die zu weit entfernt war, sondern hinter sich in die geschlossene, nun, es war gleichgültig, auch in dieser waren Flaschen. Er holte eine hervor, schraubte den Verschluß auf und roch dazu, unwillkürlich mußte er lächeln, der Geruch war so süß, so schmeichelnd, so wie man von jemand, den man sehr lieb hat, Lob und gute

Worte hört und gar nicht genau weiß, worum es sich handelt, und es gar nicht wissen will und nur glücklich ist in dem Bewußtsein, daß er es ist der so spricht. „Sollte das Kognak sein?“, fragte sich K. zweifelnd und kostete aus Neugier. Doch, es war Kognak, merkwürdigerweise, und brannte und wärmte. Wie es sich beim Trinken verwandelte, aus etwas, das fast nur Träger süßen Duftes war, in ein kutschermäßiges Getränk! „Ist es möglich?“, fragte sich K., wie vorwurfsvoll gegen sich selbst, und trank noch einmal.

Da — K. war gerade in einem langen Schluck befangen — wurde es hell, das elektrische Licht brannte, innen auf der Treppe, im Gange, im Flur, außen über dem Eingang. Man hörte Schritte die Treppe herabkommen, die Flasche entfiel K.s Hand, der Kognak ergoß sich über einen Pelz, K. sprang aus dem Schlitten, gerade hatte er noch die Tür zuschlagen können, was einen dröhnenden Lärm gab, als kurz darauf ein Herr langsam aus dem Hause trat. Das einzig Tröstliche schien, daß es nicht Klamm war, oder war gerade dieses zu bedauern? Es war der Herr, den K. schon im Fenster des ersten Stockes gesehen hatte. Ein junger Herr, äußerst wohlaussehend, weiß und rot, aber sehr ernst. Auch K. sah ihn düster an, aber er meinte sich selbst mit diesem Blick. Hätte er doch lieber seine Gehilfen hergeschickt; sich so zu benehmen, wie er es getan hatte, hätten auch sie verstanden. Ihm gegenüber der Herr schwieg noch, so, als hätte er für das zu Sagende nicht genug Atem in seiner überbreiten Brust. „Das ist ja entsetzlich“, sagte er dann und schob seinen Hut ein wenig aus der Stirn. Wie? Der Herr wußte doch wahrscheinlich nichts von K.s Aufenthalt im Schlitten und fand schon irgend etwas entsetzlich? Etwa daß K. bis in den Hof gedrungen war? „Wie kommen Sie denn hierher?“, fragte der Herr schon leiser, schon ausatmend, sich ergebend in das Unabänderliche. Was für Fragen! Was für Antworten! Sollte etwa K. noch ausdrücklich selbst dem Herrn bestätigen, daß sein mit soviel Hoffnungen begonnener Weg vergebens gewesen war? Statt zu antworten, wandte sich K. zum Schlitten, öffnete ihn und holte seine Mütze, die er darin vergessen hatte. Mit Unbehagen merkte er, wie der Kognak auf das Trittbrett tropfte.

Dann wandte er sich wieder dem Herrn zu; ihm zu zeigen, daß er im Schlitten gewesen war, hatte er nun keine Bedenken mehr, es war auch nicht das schlimmste; wenn er gefragt würde, allerdings nur dann, wollte er nicht verschweigen, daß ihn der Kutscher selbst zumindest zum Öffnen des Schlittens veranlaßt hatte. Das eigentlich Schlimme aber war ja, daß ihn der Herr überrascht hatte, daß nicht genug Zeit mehr gewesen war, sich vor ihm zu verstecken, um dann ungestört auf Klamm warten zu können, oder daß er nicht genug Geistesgegenwart gehabt hatte, im Schlitten zu bleiben, die Tür zu schließen und dort auf den Pelzen Klamm zu erwarten oder dort wenigstens zu bleiben, solange dieser Herr in der Nähe war. Freilich, er hatte ja nicht wissen können, ob nicht vielleicht doch schon jetzt Klamm selbst

komme, in welchem Fall es natürlich viel besser gewesen wäre, ihn außerhalb des Schlittens zu empfangen. Ja, es war mancherlei hier zu bedenken gewesen, jetzt aber gar nichts mehr, denn es war zu Ende.
„Kommen Sie mit mir“, sagte der Herr, nicht eigentlich befehlend, aber der Befehl lag nicht in den Worten, sondern in einem sie begleitenden kurzen, absichtlich gleichgültigen Schwenken der Hand. „Ich warte hier auf jemanden“, sagte K., nicht mehr in Hoffnung auf irgendeinen Erfolg, sondern nur grundsätzlich. „Kommen Sie“, sagte der Herr nochmals ganz unbeirrt, so, als wolle er zeigen, daß er niemals daran gezweifelt habe, daß K. auf jemanden warte. „Aber ich verfehle dann den, auf den ich warte“, sagte K. mit einem Zucken des Körpers. Trotz allem, was geschehen war, hatte er das Gefühl, daß das, was er bisher erreicht hatte, eine Art Besitz war, den er zwar nur noch scheinbar festhielt, aber doch nicht auf einen beliebigen Befehl hin ausliefern mußte. „Sie verfehlen ihn auf jeden Fall, ob Sie warten oder gehen“, sagte der Herr, zwar schroff in seiner Meinung, aber auffallend nachgiebig für K.s Gedankengang. „Dann will ich ihn lieber beim Warten verfehlen“, sagte K. trotzig, durch bloße Worte dieses jungen Herrn würde er sich gewiß nicht von hier vertreiben lassen. Darauf schloß der Herr mit einem überlegenen Ausdruck des zurückgelehnten Gesichtes für ein Weilchen die Augen, so, als wolle er von K.s Unverständigkeit wieder zu seiner eigenen Vernunft zurückkehren, umlief mit der Zungenspitze die Lippen des ein wenig geöffneten Mundes und sagte dann zum Kutscher: „Spannen Sie die Pferde aus.“
Der Kutscher, ergeben dem Herrn, aber mit einem bösen Seitenblick auf K., mußte nun doch im Pelz heruntersteigen und begann, sehr zögernd, so, als erwarte er nicht vom Herrn einen Gegenbefehl, aber von K. eine Sinnesänderung, die Pferde mit dem Schlitten rückwärts näher zum Seitenflügel zurückzuführen, in welchem offenbar hinter einem großen Tor der Stall mit dem Wagenschuppen untergebracht war. K. sah sich allein zurückbleiben; auf der einen Seite entfernte sich der Schlitten, auf der anderen, auf dem Weg, den K. gekommen war, der junge Herr, beide allerdings sehr langsam, so, als wollten sie K. zeigen, daß es noch in seiner Macht gelegen sei, sie zurückzuholen. Vielleicht hatte er diese Macht, aber sie hätte ihm nichts nützen können; den Schlitten zurückzuholen bedeutete sich selbst zu vertreiben. So blieb er still als einziger, der den Platz behauptete, aber es war ein Sieg, der keine Freude machte. Abwechselnd sah er dem Herrn und dem Kutscher nach. Der Herr hatte schon die Tür erreicht, durch die K. zuerst den Hof betreten hatte, noch einmal blickte er zurück, K. glaubte ihn den Kopf schütteln zu sehen über soviel Hartnäckigkeit, dann wandte er sich mit einer entschlossenen, kurzen, endgültigen Bewegung um und betrat den Flur, in dem er gleich verschwand. Der Kutscher blieb länger auf dem Hof, er hatte viel Arbeit mit dem Schlitten, er mußte das schwere

Stalltor aufmachen, durch Rückwärtsfahren den Schlitten an seinen Ort bringen, die Pferde ausspannen, zu ihrer Krippe führen, das alles machte er ernst, ganz in sich gekehrt, ohne jede Hoffnung auf eine baldige Fahrt; dieses schweigende Hantieren ohne jeden Seitenblick auf K. schien diesem ein viel härterer Vorwurf zu sein als das Verhalten des Herrn. Und als nun, nach Beendigung der Arbeit im Stall, der Kutscher quer über den Hof ging, in seinem langsamen, schaukelnden Gang, das große Tor zumachte, dann zurückkam, alles langsam und förmlich nur in Betrachtung seiner eigenen Spur im Schnee, dann sich im Stall einschloß und nun auch alles elektrische Licht verlöschte — wem hätte es leuchten sollen? — und nur noch oben der Spalt in der Holzgalerie hell blieb und den irrenden Blick ein wenig festhielt da schien es K., als habe man nun alle Verbindung mit ihm abgebrochen und als sei er nun freilich freier als jemals und könne hier auf dem ihm sonst verbotenen Ort warten, solange er wolle, und habe sich diese Freiheit erkämpft, wie kaum ein anderer es könnte, und niemand dürfe ihn anrühren oder vertreiben, ja kaum ansprechen; aber — diese Überzeugung war zumindest ebenso stark — als gäbe es gleichzeitig nichts Sinnloseres, nichts Verzweifelteres als diese Freiheit, dieses Warten, diese Unverletzlichkeit.

Das neunte Kapitel

Und er riß sich los und ging ins Haus zurück, diesmal nicht an der Mauer entlang, sondern mitten durch den Schnee, traf im Flur den Wirt, der ihn stumm grüßte und auf die Tür des Ausschanks zeigte, folgte dem Wink, weil ihn fror und weil er Menschen sehen wollte, war aber sehr enttäuscht, als er dort an einem Tischchen, das wohl eigens hingestellt worden war, denn sonst begnügte man sich dort mit Fässern, den jungen Herrn sitzen und vor ihm — ein für K. bedrückender Anblick — die Wirtin aus dem Brückengasthaus stehen sah. Pepi, stolz, mit zurückgeworfenem Kopf, ewig gleichem Lächeln, ihrer Würde unwiderlegbar sich bewußt, schwenkend den Zopf bei jeder Wendung, eilte hin und wieder, brachte Bier und dann Tinte und Feder, denn der Herr hatte Papiere vor sich ausgebreitet, verglich Daten, die er einmal in diesem, dann wieder einmal in einem Papiere am anderen Ende des Tisches fand, und wollte nun schreiben. Die Wirtin, von ihrer Höhe, überblickte still, mit ein wenig aufgestülpten Lippen, wie ausruhend, den Herrn und die Papiere, so, als habe sie schon alles Nötige gesagt und es sei gut aufgenommen worden. „Der Herr Landvermesser, endlich", sagte der Herr bei K.s Eintritt mit kurzem Aufschauen, dann vertiefte er sich wieder in seine Papiere. Auch die Wirtin streifte K. nur mit einem gleichgültigen, gar nicht überraschten Blick. Pepi aber schien K. überhaupt erst zu bemerken, als er zum Ausschankpult trat und einen Kognak bestellte.

K. lehnte dort, drückte die Hand an die Augen und kümmerte sich um nichts. Dann nippte er von dem Kognak und schob ihn zurück, weil er ungenießbar sei. „Alle Herren trinken ihn", sagte Pepi kurz, goß den Rest aus, wusch das Gläschen und stellte es ins Regal. „Die Herren haben auch besseren", sagte K. „Möglich", sagte Pepi, „ich aber nicht." Damit hatte sie K. erledigt und war wieder dem Herrn zu Diensten, der aber nichts benötigte und hinter dem sie nur im Bogen immerfort auf und ab ging, mit respektvollen Versuchen, über seine Schultern hinweg einen Blick auf die Papiere zu werfen; es war aber nur wesenlose Neugier und Großtuerei, welche auch die Wirtin mit zusammengezogenen Augenbrauen mißbilligte.

Plötzlich aber horchte die Wirtin auf und starrte, ganz dem Horchen hingegeben, ins Leere. K. drehte sich um, er hörte gar nichts Besonderes, auch die anderen schienen nichts zu hören, aber die Wirtin lief auf den Fußspitzen mit großen Schritten zu der Tür im Hintergrund, die in den Hof führte, blickte durchs Schlüsselloch, wandte sich dann zu den anderen mit aufgerissenen Augen, erhitztem Gesicht, winkte sie mit dem Finger zu sich, und nun blickten sie abwechselnd durch, der Wirtin blieb zwar der größte Anteil, aber auch Pepi wurde immer bedacht, der Herr war der verhältnismäßig Gleichgültigste. Pepi und der Herr kamen auch bald zurück, nur die Wirtin sah noch immer angestrengt hindurch, tief gebückt, fast kniend, man hatte fast den Eindruck, als beschwöre sie jetzt nur noch das Schlüsselloch, sie durchzulassen, denn zu sehen war wohl schon längst nichts mehr. Als sie sich dann endlich doch erhob, mit den Händen das Gesicht überfuhr, die Haare ordnete, tief Atem holte, die Augen scheinbar erst wieder an das Zimmer und die Leute hier gewöhnen mußte und es mit Widerwillen tat, sagte K., nicht um sich etwas bestätigen zu lassen, was er wußte, sondern um einem Angriff zuvorzukommen, den er fast fürchtete, so verletzlich war er jetzt: „Ist also Klamm schon fortgefahren?“ Die Wirtin ging stumm an ihm vorüber, aber der Herr sagte von seinem Tischchen her: „Ja, gewiß. Da Sie Ihren Wachtposten aufgegeben hatten, konnte ja Klamm fahren. Aber wunderbar ist es, wie empfindlich der Herr ist. Bemerkten Sie, Frau Wirtin, wie unruhig Klamm ringsumher sah?“ Die Wirtin schien das nicht bemerkt zu haben, aber der Herr fuhr fort: „Nun, glücklicherweise war ja nichts mehr zu sehen, der Kutscher hatte auch die Fußspuren im Schnee glattgekehrt.“ — „Die Frau Wirtin hat nichts bemerkt“, sagte K., aber er sagte es nicht aus irgendeiner Hoffnung, sondern nur gereizt durch des Herrn Behauptung, die so abschließend und inappellabel hatte klingen wollen. „Vielleicht war ich gerade nicht beim Schlüsselloch“, sagte die Wirtin, zunächst um den Herrn in Schutz zu nehmen; dann aber wollte sie auch Klamm sein Recht geben und fügte hinzu: „Allerdings, ich glaube nicht an eine so große Empfindlichkeit Klamms. Wir freilich haben Angst um ihn und suchen ihn zu schützen und gehen hierbei von der Annahme einer äußersten Empfindlichkeit Klamms aus. Das ist gut so und gewiß Klamms Wille. Wie es sich aber in Wirklichkeit verhält, wissen wir nicht. Gewiß, Klamm wird mit jemandem, mit dem er nicht sprechen will, niemals sprechen, soviel Mühe sich auch dieser Jemand gibt und so unerträglich er sich vordrängt, aber diese Tatsache allein, daß Klamm niemals mit ihm sprechen, niemals ihn vor sein Angesicht kommen lassen wird, genügt ja, warum sollte er in Wirklichkeit den Anblick irgend jemandes nicht ertragen können. Zumindest läßt es sich nicht beweisen, da es niemals zur Probe kommen wird.“ Der Herr nickte eifrig. „Es ist das natürlich im Grunde auch meine Meinung“, sagte er, „habe ich mich ein wenig anders ausgedrückt, so geschah es, um dem Herrn Landvermesser verständlich zu sein. Richtig jedoch ist, daß sich Klamm, als er ins Freie trat, mehrmals im Halbkreis umgesehen hat.“ — „Vielleicht hat er mich gesucht“, sagte K. „Möglich“, sagte der Herr, „darauf bin ich nicht verfallen.“ Alle lachten, Pepi, die kaum etwas von dem Ganzen verstand, am lautesten. „Da wir jetzt so fröhlich beisammen sind“, sagte dann der Herr, „würde ich Sie, Herr Landvermesser, sehr bitten, durch einige Angaben meine Akten zu ergänzen.“ — „Es wird hier viel geschrieben“, sagte K. und blickte von der Ferne auf die Akten hin. „Ja, eine schlechte Angewohnheit“, sagte der Herr und lachte wieder, „aber vielleicht wissen Sie noch gar nicht, wer ich bin. Ich bin Momus, der Dorfsekretär Klamms.“ Nach diesen Worten wurde es im ganzen Zimmer ernst; obwohl die Wirtin und Pepi den Herrn natürlich kannten, waren sie doch wie betroffen von der Nennung des Namens und der Würde. Und sogar der Herr selbst, als habe er für die eigene Aufnahmefähigkeit zuviel gesagt und als wolle er wenigstens vor jeder nachträglichen, den eigenen Worten innewohnenden Feierlichkeit sich flüchten, vertiefte sich in die Akten und begann zu schreiben, daß man im Zimmer nichts als die Feder hörte. „Was ist denn das: Dorfsekretär?“, fragte K. nach einem Weilchen. Für Momus, der es jetzt, nachdem er sich vorgestellt hatte, nicht mehr für angemessen hielt, solche Erklärungen selbst zu geben, sagte die Wirtin: „Herr Momus ist der Sekretär Klamms wie irgendeiner der Klammschen Sekretäre, aber sein Amtssitz und, wenn ich nicht irre, auch seine Amtswirksamkeit –“, Momus schüttelte aus dem Schreiben heraus lebhaft den Kopf, und die Wirtin verbesserte sich, „also nur sein Amtssitz, nicht seine Amtswirksamkeit ist auf das Dorf eingeschränkt. Herr Momus besorgt die im Dorfe nötig werdenden schriftlichen Arbeiten Klamms und empfängt alle aus dem Dorf stammenden Ansuchen an Klamm als erster.“ Als K., noch wenig ergriffen von diesen Dingen, die Wirtin mit leeren Augen ansah, fügte sie, halb verlegen, hinzu: „So ist es eingerichtet, alle Herren aus dem Schloß haben ihre Dorfsekretäre.“ Momus, der viel aufmerksamer als K. zugehört hatte, sagte ergänzend zur Wirtin: „Die meisten Dorfsekretäre arbeiten nur für einen Herrn, ich aber für zwei, für Klamm und für Vallabene.“ — „Ja“, sagte die Wirtin, sich nun ihrerseits auch erinnernd, und wandte sich an K. „Herr Momus arbeitet für zwei Herren, für Klamm und für Vallabene, ist also zweifacher Dorfsekretär.“ — „Zweifacher gar“, sagte K. und nickte Momus, der jetzt, fast vorgebeugt, voll zu ihm aufsah, zu, so wie man einem Kind zunickt, das man eben hat loben hören. Lag darin eine gewisse Verachtung, so wurde sie entweder nicht bemerkt oder geradezu verlangt. Gerade vor K., der doch nicht einmal würdig genug war, um von Klamm auch nur zufällig gesehen werden zu dürfen, wurden die Verdienste eines Mannes aus der nächsten Umgebung Klamms ausführlich dargestellt mit der unverhüllten Absicht, K.s Anerkennung und Lob herauszufordern. Und doch hatte K. nicht den richtigen Sinn dafür; er, der sich mit allen Kräften um einen Blick Klamms bemühte, schätzte zum Beispiel die Stellung eines Momus, der unter Klamms Augen leben durfte, nicht hoch ein, fern war ihm Bewunderung oder gar Neid, denn nicht Klamms Nähe an sich war ihm das Erstrebenswerte, sondern daß er, K., nur er, kein anderer mit seinen, mit keines anderen Wünschen an Klamm herankam und an ihn herankam, nicht um bei ihm zu ruhen, sondern um an ihm vorbeizukommen, weiter, ins Schloß.

Und er sah auf seine Uhr und sagte: „Nun muß ich aber nach Hause gehen.“ Sofort veränderte sich das Verhältnis zu Momus' Gunsten. „Ja, freilich“, sagte dieser, „die Schuldienerpflichten rufen. Aber einen Augenblick müssen Sie mir noch widmen. Nur ein paar kurze Fragen." — „Ich habe keine Lust dazu", sagte K. und wollte zur Tür gehen. Momus schlug einen Akt gegen den Tisch und stand auf: „Im Namen Klamms fordere ich Sie auf, meine Fragen zu beantworten." — „In Klamms Namen?", wiederholte K. „Kümmern ihn denn meine Dinge?" — „Darüber", sagte Momus, „habe ich kein Urteil und Sie doch wohl noch viel weniger, das wollen wir also beide getrost ihm überlassen. Wohl aber fordere ich Sie, in meiner mir von Klamm verliehenen Stellung, auf, zu bleiben und zu antworten." — „Herr Landvermesser", mischte sich die Wirtin ein, „ich hüte mich, Ihnen noch weiter zu raten; ich bin ja mit meinen bisherigen Ratschlägen, den wohlmeinendsten, die es geben kann, in unerhörter Weise von Ihnen abgewiesen worden, und hierher zum Herrn Sekretär — ich habe nichts zu verbergen — bin ich nur gekommen, um das Amt von Ihrem Benehmen und Ihren Absichten gebührend zu verständigen und mich für alle Zeiten davor zu bewahren, daß Sie etwa neu bei mir einquartiert würden, so stehen wir zueinander, und daran wird wohl nichts mehr geändert werden, und wenn ich daher jetzt meine Meinung sage, so tue ich es nicht etwa, um Ihnen zu helfen, sondern um dem Herrn Sekretär die schwere Aufgabe, die es bedeutet, mit einem Mann wie Ihnen zu verhandeln, ein wenig zu erleichtern. Trotzdem aber können Sie eben wegen meiner vollständigen Offenheit — anders als offen kann ich mit Ihnen nicht verkehren, und selbst so geschieht es widerwillig — aus meinen Worten auch für sich Nutzen ziehen, wenn Sie nur wollen. Für diesen Fall mache ich Sie nun also darauf aufmerksam, daß der einzige Weg, der für Sie zu Klamm führt, hier durch die Protokolle des Herrn Sekretärs geht. Aber ich will nicht übertreiben, vielleicht führt der Weg nicht bis zu Klamm, vielleicht hört er weit vor ihm auf, darüber entscheidet das Gutdünken des Herrn Sekretärs. Jedenfalls aber ist es der einzige Weg, der für Sie wenigstens in der Richtung zu Klamm führt. Und auf diesen einzigen Weg wollen Sie verzichten, aus keinem anderen Grund als aus Trotz?" — „Ach, Frau Wirtin", sagte K., „es ist weder der einzige Weg zu Klamm, noch ist er mehr wert als die anderen. Und Sie, Herr Sekretär, entscheiden darüber, ob das, was ich hier sagen würde, bis zu Klamm dringen darf oder nicht?" — „Allerdings", sagte Momus und blickte mit stolz gesenkten Augen rechts und links, wo nichts zu sehen war, „wozu wäre ich sonst Sekretär." — „Nun sehen Sie, Frau Wirtin", sagte K., „nicht zu Klamm brauche ich einen Weg, sondern erst zum Herrn Sekretär." — „Diesen Weg wollte ich Ihnen öffnen", sagte die Wirtin. „Habe ich Ihnen nicht am Vormittag angeboten, Ihre Bitte an Klamm zu leiten? Dies wäre durch den Herrn Sekretär geschehen. Sie aber haben es abgelehnt, und doch wird Ihnen jetzt nichts anderes übrigbleiben als nur dieser Weg. Freilich, nach Ihrer heutigen Aufführung, nach dem versuchten Überfall auf Klamm, mit noch weniger Aussicht auf Erfolg. Aber diese letzte, kleinste, verschwindende, eigentlich gar nicht vorhandene Hoffnung ist doch Ihre einzige.“ — „Wie kommt es, Frau Wirtin“, sagte K., „daß Sie ursprünglich mich so sehr davon abzuhalten versucht haben, zu Klamm vorzudringen, und jetzt meine Bitte gar so ernst nehmen und mich beim Mißlingen meiner Pläne gewissermaßen für verloren zu halten scheinen? Wenn man mir einmal aus aufrichtigem Herzen davon abraten konnte, überhaupt zu Klamm zu streben, wie ist es möglich, daß man mich jetzt scheinbar ebenso aufrichtig auf dem Weg zu Klamm, mag er zugegebenerweise auch gar nicht bis hin führen, geradezu vorwärts treibt?“ — „Treibe ich Sie denn vorwärts?“, sagte die Wirtin. „Heißt es vorwärts treiben, wenn ich sage, daß Ihre Versuche hoffnungslos sind? Das — wäre doch wahrhaftig das Äußerste an Kühnheit, wenn Sie auf solche Weise die Verantwortung für sich auf mich überwälzen wollten. Ist es vielleicht die Gegenwart des Herrn Sekretärs, die Ihnen dazu Lust macht? Nein, Herr Landvermesser, ich treibe Sie zu gar nichts an. Nur das eine kann ich gestehen, daß ich Sie, als ich Sie zum erstenmal sah, vielleicht ein wenig überschätzte. Ihr schneller Sieg über Frieda erschreckte mich, ich wußte nicht, wessen Sie noch fähig sein könnten, ich wollte weiteres Unheil verhüten und glaubte, dies durch nichts anderes erreichen zu können, als daß ich Sie durch Bitten und Drohungen zu erschüttern versuchte. Inzwischen habe ich über das Ganze ruhiger zu denken gelernt. Mögen Sie tun, was Sie wollen. Ihre Taten werden vielleicht draußen im Schnee auf dem Hof tiefe Fußspuren hinterlassen, mehr aber nicht.“ — „Ganz scheint mir der Widerspruch nicht aufgeklärt zu sein“, sagte K., „doch ich gebe mich damit zufrieden, auf ihn aufmerksam gemacht zu haben. Nun bitte ich aber Sie, Herr Sekretär, mir zu sagen, ob die Meinung der Frau Wirtin richtig ist, daß nämlich das Protokoll, das Sie mit mir aufnehmen wollen, in seinen Folgen dazu führen könnte, daß ich vor Klamm erscheinen darf. Ist dies der Fall, bin ich sofort bereit, alle Fragen zu beantworten. In dieser Hinsicht bin ich überhaupt zu allem bereit.“ — „Nein“, sagte Momus, „solche Zusammenhänge bestehen nicht. Es handelt sich nur darum, für die Klammsche Dorfregistratur eine genaue Beschreibung des heutigen Nachmittags zu erhalten. Die Beschreibung ist schon fertig, nur zwei, drei Lücken sollen Sie noch ausfüllen, der Ordnung halber; ein anderer Zweck besteht nicht und kann auch nicht erreicht werden.“ K. sah die Wirtin schweigend an. „Warum sehen Sie mich an“, fragte die Wirtin, „habe ich vielleicht etwas anderes gesagt? So ist er immer, Herr Sekretär, so ist er immer. Fälscht die Auskünfte, die man ihm gibt, und behauptet dann, falsche Auskunft bekommen zu haben. Ich sagte ihm seit jeher, heute und immer, daß er nicht die geringste Aussicht hat, von Klamm empfangen zu werden; nun, wenn es also keine Aussicht gibt, wird er sie auch durch dieses Protokoll nicht bekommen. Kann etwas deutlicher sein? Weiter sage ich, daß dieses Protokoll die einzige wirkliche amtliche Verbindung ist, die er mit Klamm haben kann; auch das ist doch deutlich genug und unanzweifelbar. Wenn er mir nun aber nicht glaubt, immerfort — ich weiß nicht, warum und wozu — hofft, zu Klamm vordringen zu können, dann kann ihm, wenn man in seinem Gedankengange bleibt, nur die einzige wirkliche amtliche Verbindung helfen, die er mit Klamm hat, also dieses Protokoll. Nur dieses habe ich gesagt, und wer etwas anderes behauptet, verdreht böswillig die Worte." — „Wenn es so ist, Frau Wirtin", sagte K., „dann bitte ich Sie um Entschuldigung, dann habe ich Sie mißverstanden; ich glaubte nämlich — irrigerweise, wie sich jetzt herausstellt — aus Ihren früheren Worten herauszuhören, daß doch irgendeine allerkleinste Hoffnung für mich besteht." — „Gewiß", sagte die Wirtin, „das ist allerdings meine Meinung, Sie verdrehen meine Worte wieder, nur diesmal nach der entgegengesetzten Richtung. Eine derartige Hoffnung für Sie besteht meiner Meinung nach und gründet sich allerdings nur auf dieses Protokoll. Es verhält sich aber damit nicht so, daß Sie einfach den Herrn Sekretär mit der Frage anfallen können: „Werde ich zu Klamm dürfen, wenn ich die Fragen beantworte?" Wenn ein Kind so fragt, lacht man darüber, wenn es ein Erwachsener tut, ist es eine Beleidigung des Amtes, der Herr Sekretär hat es nur durch die Feinheit seiner Antwort gnädig verdeckt. Die Hoffnung aber, die ich meine, besteht eben darin, daß Sie durch das Protokoll eine Art Verbindung, vielleicht eine Art Verbindung mit Klamm haben. Ist das nicht Hoffnung genug? Wenn man Sie nach Ihren Verdiensten fragt, die Sie des Geschenkes einer solchen Hoffnung würdig machen, könnten Sie das Geringste vorbringen? Freilich, Genaueres läßt sich über diese Hoffnung nicht sagen, und insbesondere der Herr Sekretär wird in seiner amtlichen Eigenschaft niemals auch nur die geringste Andeutung darüber machen können. Für ihn handelt es sich, wie er sagte, nur um eine Beschreibung des heutigen Nachmittags, der Ordnung halber; mehr wird er nicht sagen, auch wenn Sie ihn gleich jetzt mit Bezug auf meine Worte danach fragen." — „Wird denn, Herr Sekretär", fragte K., „Klamm dieses Protokoll lesen?" — „Nein", sagte Momus, „warum denn? Klamm kann doch nicht alle Protokolle lesen, er liest sogar überhaupt keines. „Bleibt mir vom Leibe mit eueren Protokollen!", pflegt er zu sagen." — „Herr Landvermesser", klagte die Wirtin, „Sie erschöpfen mich mit solchen Fragen. Ist es denn nötig oder auch nur wünschenswert, daß Klamm dieses Protokoll liest und von den Nichtigkeiten Ihres Lebens wortwörtlich Kenntnis bekommt; wollen Sie nicht lieber demütigst bitten, daß man das Protokoll vor Klamm verbirgt, eine Bitte übrigens, die ebenso unvernünftig wäre wie die frühere — denn wer kann vor Klamm etwas verbergen? –, die aber doch einen sympathischeren Charakter erkennen ließe. Und ist es denn für das, was Sie Ihre Hoffnung nennen, nötig? Haben Sie nicht selbst erklärt, daß Sie zufrieden sein würden, wenn Sie nur Gelegenheit hätten, vor Klamm zu

sprechen, auch wenn er Sie nicht ansehen und Ihnen nicht zuhören würde? Und erreichen Sie durch dieses Protokoll nicht zumindest dieses, vielleicht aber viel mehr?“
– „Viel mehr?“, fragte K. „Auf welche Weise?“ — „Wenn Sie nur nicht immer“, rief die Wirtin, „wie ein Kind alles gleich in eßbarer Form dargeboten haben wollten! Wer kann denn Antwort auf solche Fragen geben? Das Protokoll kommt in die Dorfregistratur Klamms, das haben Sie gehört, mehr kann darüber mit Bestimmtheit nicht gesagt werden. Kennen Sie aber dann schon die ganze Bedeutung des Protokolls, des Herrn Sekretärs, der Dorfregistratur? Wissen Sie, was es bedeutet, wenn der Herr Sekretär Sie verhört? Vielleicht oder wahrscheinlich weiß er es selbst nicht. Er sitzt ruhig hier und tut seine Pflicht, der Ordnung halber, wie er sagte. Bedenken Sie aber, daß ihn Klamm ernannt hat, daß er im Namen Klamms arbeitet, daß das, was er tut, wenn es auch niemals bis zu Klamm gelangt, doch von vornherein Klamms Zustimmung hat. Und wie kann etwas Klamms Zustimmung haben, was nicht von seinem Geiste erfüllt ist? Fern sei es von mir, damit etwa in plumper Weise dem Herrn Sekretär schmeicheln zu wollen, er würde es sich auch selbst sehr verbitten, aber ich rede nicht von seiner selbständigen Persönlichkeit, sondern davon, was er ist, wenn er Klamms Zustimmung hat, wie eben jetzt: Dann ist er ein Werkzeug, auf dem die Hand Klamms liegt, und wehe jedem, der sich ihm nicht fügt.“
Die Drohungen der Wirtin fürchtete K. nicht, der Hoffnungen, mit denen sie ihn zu fangen suchte, war er müde. Klamm war fern. Einmal hatte die Wirtin Klamm mit einem Adler verglichen, und das war K. lächerlich erschienen, jetzt aber nicht mehr; er dachte an seine Ferne, an seine uneinnehmbare Wohnung, an seine, nur vielleicht von Schreien, wie sie K. noch nie gehört hatte, unterbrochene Stummheit, an seinen herabdringenden Blick, der sich niemals nachweisen, niemals widerlegen ließ, an seine von K.s Tiefe her unzerstörbaren Kreise, die er oben nach unverständlichen Gesetzen zog, nur für Augenblicke sichtbar: das alles war Klamm und dem Adler gemeinsam. Gewiß aber hatte damit dieses Protokoll nichts zu tun, über dem jetzt gerade Momus eine Salzbrezel auseinanderbrach, die er sich zum Bier schmecken ließ und mit der er alle Papiere mit Salz und Kümmel überstreute.
„Gute Nacht“, sagte K., „ich habe eine Abneigung gegen jedes Verhör“, und er ging nun wirklich zur Tür. „Er geht also doch“, sagte Momus fast ängstlich zur Wirtin. „Er wird es nicht wagen“, sagte diese, mehr hörte K. nicht, er war schon im Flur. Es war kalt, und ein starker Wind wehte. Aus einer Tür gegenüber kam der Wirt, er schien dort hinter einem Guckloch den Flur unter Aufsicht gehalten zu haben. Die Schöße seines Rockes mußte er sich um den Leib schlagen, so riß der Wind selbst hier im Flur an ihnen. „Sie gehen schon, Herr Landvermesser?“, sagte er. „Sie wundern sich darüber?“, fragte K. „Ja“, sagte der Wirt. „Werden Sie denn nicht verhört?“ — „Nein“, sagte

K. „Ich ließ mich nicht verhören." — „Warum nicht?", fragte der Wirt. „Ich weiß nicht", sagte K., „warum ich mich verhören lassen solle, warum ich einem Spaß oder einer amtlichen Laune mich fügen solle. Vielleicht hätte ich es ein anderes Mal gleichfalls aus Spaß oder Laune getan, heute aber nicht." — „Nun ja, gewiß", sagte der Wirt, aber es war nur eine höfliche, keine überzeugte Zustimmung. „Ich muß jetzt die Dienerschaft in den Ausschank lassen", sagte er dann, „es ist schon längst ihre Stunde. Ich wollte nur das Verhör nicht stören." — „Für so wichtig hielten Sie es?", fragte K. „O ja", sagte der Wirt. „Ich hätte es also nicht ablehnen sollen", sagte K. „Nein", sagte der Wirt, „das hätten Sie nicht tun sollen." Da K. schwieg, fügte er hinzu, sei es, um K. zu trösten, sei es, um schneller fortzukommen: „Nun, nun, es muß aber deshalb nicht gleich Schwefel vom Himmel regnen." — „Nein", sagte K., „danach sieht das Wetter nicht aus." Und sie gingen lachend auseinander.

Das zehnte Kapitel

Auf die wild umwehte Freitreppe trat K. hinaus und blickte in die Finsternis. Ein böses, böses Wetter. Irgendwie im Zusammenhang damit fiel ihm ein, wie sich die Wirtin bemüht hatte, ihn dem Protokoll gefügig zu machen, wie er aber standgehalten hatte. Es war freilich keine offene Bemühung, im geheimen hatte sie ihn gleichzeitig vom Protokoll fortgezerrt; schließlich wußte man nicht, ob man standgehalten oder nachgegeben hatte. Eine intrigante Natur, scheinbar sinnlos arbeitend wie der Wind, nach fernen, fremden Aufträgen, in die man nie Einsicht bekam.

Kaum hatte er ein paar Schritte auf der Landstraße gemacht, als er in der Ferne zwei schwankende Lichter sah; dieses Zeichen des Lebens freute ihn, und er eilte auf sie zu, die ihm auch ihrerseits entgegenschwebten. Er wußte nicht, warum er so enttäuscht war, als er die Gehilfen erkannte. Sie kamen ihm doch, wahrscheinlich von Frieda geschickt, entgegen, und die Laternen, die ihn von der Finsternis befreiten, in der es ringsum gegen ihn lärmte, waren wohl sein Eigentum, trotzdem war er enttäuscht, er hatte Fremde erwartet, nicht diese alten Bekannten, die ihm eine Last waren. Aber es waren nicht nur die Gehilfen, aus dem Dunkel zwischen ihnen trat Barnabas hervor. „Barnabas!“, rief K. und streckte ihm die Hand entgegen. „Kommst du zu mir?“ Die Überraschung des Wiedersehens machte zunächst allen Ärger vergessen, den Barnabas K. einmal verursacht hatte. „Zu dir“, sagte Barnabas unverändert freundlich wie einst. „Mit einem Brief von Klamm.“ — „Ein Brief von Klamm!“, sagte K., den Kopf zurückwerfend, und nahm ihn eilig aus des Barnabas Hand. „Leuchtet!“, sagte er zu den Gehilfen, die sich rechts und links eng an ihn drückten und die Laternen hoben. K. mußte den großen Briefbogen zum Lesen ganz klein zusammenfalten, um ihn vor dem Wind zu schützen. Dann las er: „Dem Herrn Landvermesser im Brückenhof! Die Landvermesserarbeiten, die Sie bisher ausgeführt haben, finden meine Anerkennung. Auch die Arbeiten der Gehilfen sind lobenswert, Sie wissen sie gut zur Arbeit anzuhalten. Lassen Sie nicht nach in Ihrem Eifer! Führen Sie die Arbeiten zu einem guten Ende. Eine Unterbrechung würde mich erbittern. Im übrigen seien Sie getrost, die Entlohnungsfrage wird nächstens entschieden werden. Ich behalte Sie im Auge.“ K. sah vom Brief erst auf, als die viel langsamer als er lesenden Gehilfen zur Feier der guten Nachrichten dreimal laut „Hurra!“, riefen und die Laternen schwenkten. „Seid ruhig“, sagte er und zu Barnabas: „Es ist ein Mißverständnis.“ Barnabas verstand ihn nicht. „Es ist ein Mißverständnis“, wiederholte K., und die Müdigkeit des Nachmittags kam wieder, der Weg ins Schulhaus schien ihm noch so weit, und hinter Barnabas stand dessen ganze Familie auf, und die Gehilfen drückten sich noch immer an ihn, so daß er sie mit dem Ellenbogen wegstieß; wie hatte Frieda sie ihm entgegenschicken können, da er doch befohlen hatte, sie sollten bei ihr bleiben. Den Nachhauseweg hätte er auch allein gefunden, und leichter allein als in dieser Gesellschaft. Nun hatte überdies der eine ein Tuch um den Hals geschlungen, dessen freie Enden im Wind flatterten und einigemal gegen das Gesicht K.s geschlagen hatten, der andere Gehilfe hatte allerdings immer gleich das Tuch von K.s Gesicht mit seinen langen, spitzen, immerfort spielenden Fingern weggenommen, damit aber die Sache nicht besser gemacht. Beide schienen sogar an dem Hin und Her Gefallen gefunden zu haben, wie sie überhaupt der Wind und die Unruhe der Nacht begeisterte. „Fort!“, schrie K. „Wenn ihr mir schon entgegengekommen seid, warum habt ihr nicht meinen Stock mitgebracht? Womit soll ich euch denn nach Hause treiben?“ Sie duckten sich hinter Barnabas, aber so verängstigt waren sie nicht, daß sie nicht doch ihre Laternen rechts und links auf die Achseln ihres Beschützers gestellt hätten, er schüttelte sie freilich gleich ab. „Barnabas“, sagte K., und es legte sich ihm schwer aufs Herz, daß ihn Barnabas sichtlich nicht verstand, daß in ruhigen Zeiten seine Jacke schön glänzte, wenn es aber Ernst wurde, keine Hilfe, nur stummer Widerstand zu finden war, Widerstand, gegen den man nicht ankämpfen konnte, denn er selbst war wehrlos, nur sein Lächeln leuchtete, aber es half ebensowenig wie die Sterne oben gegen den Sturmwind hier unten. „Sieh, was mir der Herr schreibt“, sagte K. und hielt ihm den Brief vors Gesicht. „Der Herr ist falsch unterrichtet. Ich mache doch keine Vermesserarbeit, und was die Gehilfen wert sind, siehst du selbst. Und die Arbeit, die ich nicht mache, kann ich freilich auch nicht unterbrechen, nicht einmal die Erbitterung des Herrn kann ich erregen, wie sollte ich seine Anerkennung verdienen! Und getrost kann ich niemals sein.“ — „Ich werde es ausrichten“, sagte Barnabas, der die ganze Zeit über am Brief vorbeigesehen hatte, den er allerdings auch gar nicht hätte lesen können, denn er hatte ihn dicht vor dem Gesicht. „Ach“, sagte K., „du versprichst mir, daß du es ausrichten wirst, aber kann ich dir denn wirklich glauben? So sehr brauche ich einen vertrauenswürdigen Boten, jetzt mehr als jemals.“ K. biß in die Lippen vor Ungeduld. „Herr“, sagte Barnabas mit einer weichen Neigung des Halses — fast hätte K. sich wieder von ihr verführen lassen, Barnabas zu glauben –, „ich werde es gewiß ausrichten; auch was du mir letzthin aufgetragen hast, werde ich gewiß ausrichten.“ — „Wie!“, rief K. „Hast du denn das noch nicht ausgerichtet? Warst du denn nicht am nächsten Tag im Schloß?“ — „Nein“, sagte Barnabas. „Mein guter Vater ist alt, du hast ihn ja gesehen, und es war gerade viel Arbeit da, ich mußte ihm helfen, aber nun werde ich bald wieder einmal ins Schloß gehen.“ — „Aber was tust du denn, unbegreiflicher Mensch!“, rief K. und schlug sich an die Stirn. „Gehen denn nicht Klamms Sachen allen anderen vor? Du hast das hohe Amt eines Boten und verwaltest es so schmählich? Wen kümmert die Arbeit deines Vaters? Klamm wartet auf die Nachrichten, und du, statt im Lauf dich zu überschlagen, ziehst es vor, den Mist aus dem Stall zu führen.“ — „Mein Vater ist Schuster“, sagte Barnabas unbeirrt, „er hatte Aufträge von Brunswick, und ich bin ja des Vaters Geselle.“ — „Schuster — Aufträge — Brunswick“, rief K. verbissen, als mache er jedes der Worte für immer unbrauchbar. „Und wer braucht denn hier Stiefel auf den ewig leeren Wegen? Und was kümmert mich diese ganze Schusterei; eine Botschaft habe ich dir anvertraut, nicht damit du sie auf der Schusterbank vergißt und verwirrst, sondern damit du sie gleich hinträgst zum Herrn.“ Ein wenig beruhigte sich hier K., als ihm einfiel, daß ja Klamm wahrscheinlich die ganze Zeit über nicht im Schloß, sondern im Herrenhof gewesen war, aber Barnabas reizte ihn wieder, als er K.s erste Nachricht, zum Beweis, daß er sie gut behalten hatte, aufzusagen begann. „Genug, ich will nichts wissen“, sagte K. „Sei mir nicht böse, Herr“, sagte Barnabas und, wie wenn er unbewußt K. strafen wollte, entzog er ihm seinen Blick und senkte die Augen, aber es war wohl Bestürzung wegen K.s Schreien. „Ich bin dir nicht böse“, sagte K., und seine Unruhe wandte sich nun gegen ihn selbst. „Dir nicht, aber es ist sehr schlimm für mich, nur einen solchen Boten zu haben für die wichtigsten Dinge.“

„Sieh“, sagte Barnabas, und es schien, als sage er, um seine Botenehre zu verteidigen, mehr, als er dürfte, „Klamm wartet doch nicht auf die Nachrichten, er ist sogar ärgerlich, wenn ich komme. „Wieder neue Nachrichten“, sagte er einmal, und meistens steht er auf, wenn er mich von der Ferne kommen sieht, geht ins Nebenzimmer und empfängt mich nicht. Es ist auch nicht bestimmt, daß ich gleich mit jeder Botschaft kommen soll, wäre es bestimmt, käme ich natürlich gleich, aber es ist nichts darüber bestimmt, und wenn ich niemals käme, würde ich nicht darum gemahnt werden.

Wenn ich eine Botschaft bringe, geschieht es freiwillig.“

„Gut“, sagte K., Barnabas beobachtend und geflissentlich wegsehend von den Gehilfen, welche abwechselnd hinter Barnabas' Schultern wie aus der Versenkung langsam aufstiegen und schnell mit einem leichten, dem Winde nachgemachten Pfeifen, als seien sie von K.s Anblick erschreckt, wieder verschwanden, so vergnügten sie sich lange. „Wie es bei Klamm ist, weiß ich nicht; daß du dort alles genau erkennen kannst, bezweifle ich, und selbst, wenn du es könntest, wir könnten diese Dinge nicht bessern. Aber eine Botschaft überbringen, das kannst du, und darum bitte ich dich. Eine ganz kurze Botschaft. Kannst du sie gleich morgen überbringen und gleich morgen mir die Antwort sagen oder wenigstens ausrichten, wie du aufgenommen wurdest? Kannst du das und willst du das tun? Es wäre für mich sehr wertvoll. Und vielleicht bekomme ich noch Gelegenheit, dir entsprechend zu danken, oder vielleicht hast du schon jetzt einen Wunsch, den ich dir erfüllen kann.“ — „Gewiß werde ich den Auftrag ausführen“, sagte Barnabas. „Und

willst du dich anstrengen, ihn möglichst gut auszuführen, Klamm selbst ihn überreichen, von Klamm selbst die Antwort bekommen und gleich, alles gleich, morgen, noch am Vormittag, willst du das?"
„Ich werde mein Bestes tun", sagte Barnabas, „aber das tue ich immer." — „Wir wollen jetzt nicht mehr darüber streiten", sagte K. „Das ist der Auftrag: Der Landvermesser K. bittet den Herrn Vorstand, ihm zu erlauben, persönlich bei ihm vorzusprechen; er nimmt von vornherein jede Bedingung an, welche an eine solche Erlaubnis geknüpft werden könnte. Zu seiner Bitte ist er deshalb gezwungen, weil bisher alle Mittelspersonen vollständig versagt haben, zum Beweis führt er an, daß er nicht die geringste Vermesserarbeit bisher ausgeführt hat und nach den Mitteilungen des Gemeindevorstehers auch niemals ausführen wird, mit verzweifelter Beschämung hat er deshalb den letzten Brief des Herrn Vorstandes gelesen, nur die persönliche Vorsprache beim Herrn Vorstand kann hier helfen. Der Landvermesser weiß, wieviel er damit erbittet, aber er wird sich anstrengen, die Störung dem Herrn Vorstand möglichst wenig fühlbar zu machen, jeder zeitlichen Beschränkung unterwirft er sich, auch einer etwa als notwendig erachteten Festsetzung der Zahl der Worte, die er bei der Unterredung gebrauchen darf, fügt er sich, schon mit zehn Worten glaubt er auskommen zu können. In tiefer Ehrfurcht und äußerster Ungeduld erwartet er die Entscheidung." K. hatte in Selbstvergessenheit gesprochen, so, als stehe er vor Klamms Tür und spreche mit dem Türhüter. „Es ist viel länger geworden, als ich dachte", sagte er dann, „aber du mußt es doch mündlich ausrichten, einen Brief will ich nicht schreiben, er würde ja doch wieder nur den endlosen Aktenweg gehen." So kritzelte es K. nur für Barnabas auf einem Stück Papier auf eines Gehilfen Rücken, während der andere leuchtete, aber K. konnte es schon nach dem Diktat des Barnabas aufschreiben, der alles behalten hatte und es schülerhaft genau aufsagte, ohne sich um das falsche Einsagen der Gehilfen zu kümmern. „Dein Gedächtnis ist außerordentlich", sagte K. und gab ihm das Papier, „nun aber, bitte, zeige dich außerordentlich auch im anderen. Und die Wünsche? Hast du keine? Es würde mich, ich sage es offen, hinsichtlich des Schicksals meiner Botschaft ein wenig beruhigen, wenn du welche hättest?" Zuerst blieb Barnabas still, dann sagte er: „Meine Schwestern lassen dich grüßen." — „Deine Schwestern", sagte K., „ja, die großen, starken Mädchen." — „Beide lassen dich grüßen, aber besonders Amalia", sagte Barnabas, „sie hat mir auch heute diesen Brief für dich aus dem Schloß gebracht." An dieser Mitteilung vor allen anderen sich festhaltend, fragte K.: „Könnte sie nicht auch meine Botschaft ins Schloß bringen? Oder könntet ihr nicht beide gehen und jeder sein Glück versuchen?" — „Amalia darf nicht in die Kanzleien", sagte Barnabas, „sonst würde sie es gewiß sehr gerne tun." — „Ich werde vielleicht morgen zu euch kommen", sagte K., „komm nur du zuerst mit der Antwort. Ich erwarte dich in der Schule. Grüß auch von mir

deine Schwestern.“ K.s Versprechen schien Barnabas sehr glücklich zu machen, nach dem verabschiedenden Händedruck berührte er überdies noch K. flüchtig an der Schulter. So, als sei jetzt alles wieder wie damals, als Barnabas zuerst in seinem Glanz unter die Bauern in die Wirtsstube getreten war, empfand K. diese Berührung, lächelnd allerdings, als eine Auszeichnung. Sanftmütiger geworden, ließ er auf dem Rückweg die Gehilfen tun, was sie wollten.

Das elfte Kapitel

Ganz durchfroren kam er zu Hause an, es war überall finster, die Kerzen in den Laternen waren niedergebrannt, von den Gehilfen geführt, die sich hier schon auskannten, tastete er sich in ein Schulzimmer durch. „Euere erste lobenswerte Leistung", sagte er in Erinnerung an Klamms Brief; noch halb im Schlaf, rief aus einer Ecke Frieda: „Laßt K. schlafen! Stört ihn doch nicht!" So beschäftigte K. ihre Gedanken, selbst wenn sie, von Schläfrigkeit überwältigt, ihn nicht hatte erwarten können. Nun wurde Licht gemacht; allerdings konnte die Lampe nicht stark genug aufgedreht werden, denn es war nur sehr wenig Petroleum da. Die junge Wirtschaft hatte noch verschiedene Mängel. Eingeheizt war zwar, aber das große Zimmer, das auch zum Turnen verwendet wurde — die Turngeräte standen herum und hingen von der Decke herab –, hatte schon alles vorrätige Holz verbraucht, war auch, wie man K. versicherte, schon sehr angenehm warm gewesen, aber leider wieder ganz ausgekühlt. Es war zwar ein großer Holzvorrat in einem Schuppen vorhanden, dieser Schuppen aber war versperrt, und den Schlüssel hatte der Lehrer, der eine Entnahme des Holzes nur für das Heizen während der Unterrichtsstunden gestattete. Das wäre erträglich gewesen, wenn man Betten gehabt hätte, um sich in sie zu flüchten. Aber in dieser Hinsicht war nichts anderes da als ein einziger Strohsack, anerkennenswert reinlich mit einem wollenen Umhängetuch Friedas überzogen, aber ohne Federbett, und nur mit zwei groben, steifen Decken, die kaum wärmten. Und selbst diesen armen Strohsack sahen die Gehilfen begehrlich an, aber Hoffnung, auf ihm jemals liegen zu dürfen, hatten sie natürlich nicht. Ängstlich blickte Frieda K. an; daß sie ein Zimmer, und sei es das elendste, wohnlich einzurichten verstand, hatte sie ja im Brückenhof bewiesen, aber hier hatte sie nicht mehr leisten können, ganz ohne Mittel, wie sie gewesen war. „Unser einziger Zimmerschmuck sind die Turngeräte", sagte sie, unter Tränen mühselig lachend. Aber hinsichtlich der größten Mängel, der ungenügenden Schlafgelegenheit und Heizung, versprach sie mit Bestimmtheit schon für den nächsten Tag Abhilfe und bat K., nur bis dahin Geduld zu haben. Kein Wort, keine Andeutung, keine Miene ließ darauf schließen, daß sie gegen K. auch nur die kleinste Bitterkeit im Herzen trug, obwohl er doch, wie er sich sagen mußte, sie sowohl aus dem Herrenhof als auch jetzt aus dem Brückenhof gerissen hatte. Deshalb bemühte sich aber K., alles erträglich zu finden, was ihm auch gar nicht so schwer war, weil er in Gedanken mit Barnabas wanderte und seine Botschaft Wort für Wort wiederholte, aber nicht so, wie er sie Barnabas übergeben hatte, sondern so, wie er glaubte, daß sie vor Klamm erklingen werde. Daneben aber freute er sich allerdings auch aufrichtig auf den Kaffee, den ihm Frieda auf einem Spiritusbrenner kochte, und verfolgte, an dem erkaltenden Ofen lehnend, ihre flinken, vielerfahrenen

Bewegungen, mit denen sie auf dem Kathedertisch die unvermeidliche, weiße Decke ausbreitete, eine geblümte Kaffeetasse hinstellte, daneben Brot und Speck und sogar eine Sardinenbüchse. Nun war alles fertig, auch Frieda hatte noch nicht gegessen, sondern auf K. gewartet. Zwei Sessel waren vorhanden, dort saßen K. und Frieda beim Tisch, die Gehilfen zu ihren Füßen auf dem Podium, aber sie blieben niemals ruhig, auch beim Essen störten sie. Obwohl sie reichlich von allem bekommen hatten und noch lange nicht fertig waren, erhoben sie sich von Zeit zu Zeit, um festzustellen, ob noch viel auf dem Tisch war und sie noch einiges für sich erwarten konnten. K. kümmerte sich um sie nicht, erst durch Friedas Lachen wurde er auf sie aufmerksam. Er bedeckte ihre Hand auf dem Tisch schmeichelnd mit seiner und fragte leise, warum sie ihnen so vieles nachsehe, ja sogar Unarten freundlich hinnehme. Auf diese Weise werde man sie niemals loswerden, während man es durch eine gewissermaßen kräftige, ihrem Benehmen auch wirklich entsprechende Behandlung erreichen könnte, entweder sie zu zügeln oder, was noch wahrscheinlicher und auch besser wäre, ihnen die Stellung so zu verleiden, daß sie endlich durchbrennen würden. Es scheine ja kein sehr angenehmer Aufenthalt hier im Schulhaus werden zu wollen; nun, er werde ja auch nicht lange dauern, aber von allen Mängeln würde man kaum etwas merken, wenn die Gehilfen fort wären und sie beide allein wären in dem stillen Haus. Merke sie denn nicht auch, daß die Gehilfen frecher würden von Tag zu Tag, so, als ermutige sie eigentlich erst Friedas Gegenwart und die Hoffnung, daß K. vor ihr nicht so fest zugreifen werde, wie er es sonst tun würde. Übrigens gäbe es vielleicht ganz einfache Mittel, sie sofort ohne alle Umstände loszuwerden, vielleicht kenne sie sogar Frieda, die doch mit den hiesigen Verhältnissen so vertraut sei. Und den Gehilfen selbst tue man doch wahrscheinlich nur einen Gefallen, wenn man sie irgendwie vertreibe, denn groß sei ja das Wohlleben nicht, das sie hier führten, und selbst das Faulenzen, das sie bisher genossen hatten, werde ja hier wenigstens zum Teil aufhören, denn sie würden arbeiten müssen, während Frieda nach den Aufregungen der letzten Tage sich schonen müsse und er, K., damit beschäftigt sein werde, einen Ausweg aus ihrer Notlage zu finden. Jedoch werde er, wenn die Gehilfen fortgehen sollten, dadurch sich so erleichtert fühlen, daß er leicht alle Schuldienerarbeit neben allem Sonstigen werde ausführen können.

Frieda, die aufmerksam zugehört hatte, streichelte langsam seinen Arm und sagte, daß das alles auch ihre Meinung sei, daß er aber vielleicht doch die Unarten der Gehilfen überschätze, es seien junge Burschen, lustig und etwas einfältig, zum erstenmal in Diensten eines Fremden, aus der strengen Schloßzucht entlassen, daher immerfort ein wenig erregt und erstaunt, und in diesem Zustand führten sie eben manchmal Dummheiten aus, über die sich zu ärgern zwar natürlich sei, aber vernünftiger sei es zu lachen. Sie könne sich manchmal nicht zurückhalten zu lachen. Trotzdem sei sie völlig mit K. einverstanden, daß es das beste wäre, sie wegzuschicken und allein zu zweit zu sein. Sie rückte näher zu K. und verbarg ihr Gesicht an seiner Schulter. Und dort sagte sie, so schwer verständlich, daß sich K. zu ihr hinabbeugen mußte, sie wisse aber kein Mittel gegen die Gehilfen und sie fürchte, alles, was K. vorgeschlagen hatte, werde versagen. Soviel sie wisse, habe ja K. selbst sie verlangt, und nun habe er sie und werde sie behalten. Am besten sei es, sie leichthin zu nehmen als das leichte Volk, das sie auch sind, so ertrage man sie am besten.

K. war mit der Antwort nicht zufrieden; halb im Scherz, halb im Ernst sagte er, sie scheine ja mit ihnen im Bunde zu sein oder wenigstens eine große Zuneigung zu ihnen zu haben; nun, es seien ja hübsche Burschen, aber es gäbe niemanden, den man nicht bei einigem guten Willen loswerden könne, und er werde es ihr an den Gehilfen beweisen.

Frieda sagte, sie werde ihm sehr dankbar sein, wenn es ihm gelinge. Übrigens werde sie von jetzt ab nicht mehr über sie lachen und kein unnötiges Wort mit ihnen sprechen. Sie finde auch nichts mehr an ihnen zu lachen, es sei auch wirklich nichts Geringes, immerfort von zwei Männern beobachtet zu werden, sie habe gelernt, die zwei mit seinen Augen anzusehen. Und wirklich zuckte sie ein wenig zusammen, als sich jetzt die Gehilfen wieder erhoben, teils um die Eßvorräte zu revidieren, teils um dem fortwährenden Flüstern auf den Grund zu kommen. K. nützte das aus, um Frieda die Gehilfen zu verleiden, zog Frieda an sich, und eng beisammen beendeten sie das Essen. Nun hätte man schlafen gehen sollen, und alle waren sehr müde, ein Gehilfe war sogar über dem Essen eingeschlafen, das unterhielt den anderen sehr, und er wollte die Herrschaft dazu bringen, sich das dumme Gesicht des Schlafenden anzusehen, aber es gelang ihm nicht, abweisend saßen K. und Frieda oben. In der unerträglich werdenden Kälte zögerten sie, auch schlafen zu gehen; schließlich erklärte K., es müsse noch eingeheizt werden, sonst sei es nicht möglich, zu schlafen. Er forschte nach irgendeiner Axt, die Gehilfen wußten von einer und brachten sie, und nun ging es zum Holzschuppen. Nach kurzer Zeit war die leichte Tür erbrochen, entzückt, als hätten sie etwas so Schönes noch nicht erlebt, einander jagend und stoßend, begannen die Gehilfen, Holz ins Schulzimmer zu tragen, bald war ein großer Haufen dort, es wurde eingeheizt, alle lagerten sich um den Ofen, eine Decke bekamen die Gehilfen, um sich in sie einzuwickeln, sie genügte ihnen vollauf, denn es wurde verabredet, daß immer einer wachen und das Feuer erhalten solle, bald war es beim Ofen so warm, daß man gar nicht mehr die Decke brauchte, die Lampe wurde ausgelöscht, und glücklich über die Wärme und Stille streckten sich K. und Frieda zum Schlaf.

Als K. in der Nacht durch irgendein Geräusch erwachte und in der ersten unsicheren Schlafbewegung nach Frieda tastete, merkte er, daß statt Friedas ein Gehilfe neben ihm lag. Es war das, wahrscheinlich infolge der Reizbarkeit, die schon das plötzliche Gewecktwerden mit sich brachte, der größte Schrecken, den er bisher im Dorf erlebt hatte. Mit einem Schrei erhob er sich halb und gab besinnungslos dem Gehilfen einen solchen Faustschlag, daß der zu weinen anfing. Das Ganze klärte sich übrigens gleich auf. Frieda war dadurch geweckt worden, daß — wenigstens war es ihr so erschienen — irgendein großes Tier, eine Katze wahrscheinlich, ihr auf die Brust gesprungen und dann gleich weggelaufen sei. Sie war aufgestanden und suchte mit einer Kerze das ganze Zimmer nach dem Tiere ab. Das hatte der eine Gehilfe benützt, um sich für ein Weilchen den Genuß des Strohsackes zu verschaffen, was er jetzt bitter büßte. Frieda aber konnte nichts finden, vielleicht war es nur eine Täuschung gewesen, sie kehrte zu K. zurück, auf dem Weg strich sie, als hätte sie das Abendgespräch vergessen, dem zusammengekauert wimmernden Gehilfen tröstend über das Haar. K. sagte dazu nichts; nur den Gehilfen befahl er, mit dem Heizen aufzuhören, denn es war, unter Verbrauch fast des ganzen angesammelten Holzes, schon überheiß geworden.

Das zwölfte Kapitel

Am Morgen erwachten alle erst, als schon die ersten Schulkinder da waren und neugierig die Lagerstätte umringten. Das war unangenehm, denn infolge der großen Hitze, die jetzt gegen Morgen allerdings wieder einer empfindlichen Kühle gewichen war, hatten sich alle bis auf das Hemd ausgekleidet und gerade, als sie sich anzuziehen anfingen, erschien Gisa, die Lehrerin, ein blondes, großes, schönes, nur ein wenig steifes Mädchen, in der Tür. Sie war sichtlich auf den neuen Schuldiener vorbereitet und hatte wohl auch vom Lehrer Verhaltungsmaßregeln erhalten, denn schon auf der Schwelle sagte sie: „Das kann ich nicht dulden. Das wären schöne Verhältnisse. Sie haben bloß die Erlaubnis, im Schulzimmer zu schlafen, ich aber habe nicht die Verpflichtung, in Ihrem Schlafzimmer zu unterrichten. Eine Schuldienerfamilie, die sich bis in den Vormittag in den Betten räkelt. Pfui!“ Nun, dagegen wäre einiges zu sagen, besonders hinsichtlich der Familie und der Betten, dachte K., während er mit Frieda — die Gehilfen waren dazu nicht zu gebrauchen, auf dem Boden liegend, staunten sie die Lehrerin und die Kinder an — eiligst den Barren und das Pferd herbeischob, beide mit den Decken überwarf und so einen kleinen Raum bildete, in dem man, vor den Blicken der Kinder gesichert, sich wenigstens anziehen konnte. Ruhe hatte man allerdings keinen Augenblick lang, zuerst zankte die Lehrerin, weil im Waschbecken kein frisches Wasser war; gerade hatte K. daran gedacht, das Waschbecken für sich und Frieda zu holen, er gab die Absicht zunächst auf, um die Lehrerin nicht allzusehr zu reizen, aber der Verzicht half nichts, denn kurz darauf erfolgte ein großer Krach, unglücklicherweise hatte man nämlich versäumt, die Reste des Nachtmahls vom Katheder zu räumen, die Lehrerin entfernte alles mit dem Lineal, alles flog auf die Erde; daß das Sardinenöl und die Kaffeereste ausflossen und der Kaffeetopf in Trümmer ging, mußte die Lehrerin nicht kümmern, der Schuldiener würde ja gleich Ordnung machen. Noch nicht ganz angezogen, sahen K. und Frieda am Barren lehnend der Vernichtung ihres kleinen Besitzes zu; die Gehilfen, die offenbar gar nicht daran dachten, sich anzuziehen, lugten zum großen Vergnügen der Kinder unten zwischen den Decken durch. Am meisten schmerzte Frieda natürlich der Verlust des Kaffeetopfes; erst als K., um sie zu trösten, ihr versicherte, er werde gleich zum Gemeindevorsteher gehen und Ersatz verlangen und bekommen, faßte sie sich so weit, daß sie, nur in Hemd und Unterrock, aus der Umzäunung hinauslief, um wenigstens die Decke zu holen und vor weiterer Beschmutzung zu bewahren. Es gelang ihr auch, obwohl die Lehrerin, um sie abzuschrecken, mit dem Lineal immerfort nervenzerrüttend auf den Tisch hämmerte. Als K. und Frieda sich angezogen hatten, mußten sie die Gehilfen, die von den Ereignissen wie benommen waren, nicht nur mit Befehlen und

Stößen zum Anziehen drängen, sondern zum Teil sogar selbst anziehen. Dann, als alle fertig waren, verteilte K. die nächsten Arbeiten: Die Gehilfen sollten Holz holen und einheizen, zuerst aber im anderen Schulzimmer, von dem noch große Gefahren drohten — denn dort war wahrscheinlich schon der Lehrer. Frieda sollte den Fußboden reinigen und K. würde Wasser holen und sonst Ordnung machen; ans Frühstücken war vorläufig nicht zu denken. Um sich aber im allgemeinen über die Stimmung der Lehrerin zu unterrichten, wollte K. als erster hinausgehen, die anderen sollten erst folgen, wenn er sie riefe, er traf diese Einrichtung einerseits, weil er durch Dummheiten der Gehilfen die Lage nicht von vornherein verschlimmern lassen wollte, und andererseits, weil er Frieda möglichst schonen wollte, denn sie hatte Ehrgeiz, er keinen, sie war empfindlich, er nicht, sie dachte nur an die gegenwärtigen kleinen Abscheulichkeiten, er aber an Barnabas und die Zukunft. Frieda folgte allen seinen Anordnungen genau, ließ kaum die Augen von ihm. Kaum war er vorgetreten, rief die Lehrerin unter dem Gelächter der Kinder, das von jetzt ab überhaupt nicht mehr aufhörte: „Na, ausgeschlafen?“ und als K. darauf nicht achtete, weil es doch keine eigentliche Frage war, sondern auf den Waschtisch losging, fragte die Lehrerin: „Was haben Sie denn mit meiner Mieze gemacht?“ Eine große, alte, fleischige Katze lag träg ausgebreitet auf dem Tisch, und die Lehrerin untersuchte ihre offenbar ein wenig verletzte Pfote. Frieda hatte also doch recht gehabt, diese Katze war zwar nicht auf sie gesprungen, denn springen konnte sie wohl nicht mehr, aber über sie hinweggekrochen, war über die Anwesenheit von Menschen in dem sonst leeren Hause erschrocken, hatte sich eilig versteckt und bei dieser ihr ungewohnten Eile sich verletzt. K. suchte es der Lehrerin ruhig zu erklären, diese aber faßte nur das Ergebnis auf und sagte: „Nun ja, ihr habt sie verletzt, damit habt ihr euch hier eingeführt. Sehen Sie doch!“ und sie rief K. auf das Katheder, zeigte ihm die Pfote, und ehe er sich dessen versah, hatte sie ihm mit den Krallen einen Strich über den Handrücken gemacht; die Krallen waren zwar schon stumpf, aber die Lehrerin hatte, diesmal ohne Rücksicht auf die Katze, sie so fest eingedrückt, daß es doch blutige Striemen wurden. „Und jetzt gehen Sie an Ihre Arbeit“, sagte sie ungeduldig und beugte sich wieder zur Katze hinab. Frieda, welche mit den Gehilfen hinter dem Barren zugesehen hatte, schrie beim Anblick des Blutes auf. K. zeigte die Hand den Kindern und sagte: „Seht, das hat mir eine böse, hinterlistige Katze gemacht.“ Er sagte es freilich nicht der Kinder wegen, deren Geschrei und Gelächter schon so selbstverständlich geworden war, daß es keines weiteren Anlasses oder Anreizes bedurfte und daß kein Wort es durchdringen oder beeinflussen konnte. Da aber auch die Lehrerin nur durch einen kurzen Seitenblick die Beleidigung beantwortete und sonst mit der Katze beschäftigt blieb, die erste Wut also durch die blutige Bestrafung befriedigt schien, rief K. Frieda und die Gehilfen, und die Arbeit begann. Als

K. den Eimer mit dem Schmutzwasser hinausgetragen, frisches Wasser gebracht hatte und nun das Schulzimmer auszukehren begann, trat ein etwa zwölfjähriger Junge aus einer Bank, berührte K.s Hand und sagte etwas im großen Lärm gänzlich Unverständliches. Da hörte plötzlich aller Lärm auf, K. wandte sich um. Das den ganzen Morgen über Gefürchtete war geschehen. In der Tür stand der Lehrer, mit jeder Hand hielt er, der kleine Mann, einen Gehilfen beim Kragen; er hatte sie wohl beim Holzholen abgefangen, denn mit mächtiger Stimme rief er und legte nach jedem Wort eine Pause ein: „Wer hat es gewagt, in den Holzschuppen einzubrechen? Wo ist der Kerl, daß ich ihn zermalme?“ Da erhob sich Frieda vom Boden, den sie zu Füßen der Lehrerin reinzuwaschen sich abmühte, sah nach K. hin, so, als wolle sie sich Kraft holen, und sagte, wobei etwas von ihrer alten Überlegenheit in Blick und Haltung war: „Das habe ich getan, Herr Lehrer. Ich wußte mir keine andere Hilfe. Sollten früh die Schulzimmer geheizt sein, mußte man den Schuppen öffnen; in der Nacht den Schlüssel von Ihnen zu holen wagte ich nicht; mein Bräutigam war im Herrenhof, es war möglich, daß er die Nacht über dort blieb, so mußte ich mich allein entscheiden. Habe ich unrecht getan, verzeihen Sie es meiner Unerfahrenheit; ich bin schon von meinem Bräutigam genug ausgezankt worden, als er sah, was geschehen war. Ja, er verbot mir sogar, früh einzuheizen, weil er glaubte, daß Sie durch Versperrung des Schuppens gezeigt hätten, daß Sie nicht geheizt haben wollten, bevor Sie selbst gekommen wären. Daß nicht geheizt ist, ist also seine Schuld, daß aber der Schuppen erbrochen wurde, meine.“ — „Wer hat die Tür erbrochen?“, fragte der Lehrer die Gehilfen, die noch immer vergeblich seinen Griff abzuschütteln versuchten. „Der Herr“, sagten beide und zeigten, damit kein Zweifel sei, auf K. Frieda lachte, und dieses Lachen schien noch beweisender als ihre Worte, dann begann sie den Lappen, mit dem sie den Boden gewaschen hatte, in den Eimer auszuwinden, so, als sei durch ihre Erklärung der Zwischenfall beendet und die Aussagen der Gehilfen nur ein nachträglicher Scherz; erst als sie wieder, zur Arbeit bereit, niedergekniet war, sagte sie: „Unsere Gehilfen sind Kinder, die trotz ihren Jahren noch in diese Schulbänke gehören. Ich habe nämlich gegen Abend die Tür mit der Axt allein geöffnet, es war sehr einfach, die Gehilfen brauchte ich dazu nicht, sie hätten nur gestört. Als dann in der Nacht aber mein Bräutigam kam und hinausging, um den Schaden zu besehen und womöglich zu reparieren, liefen die Gehilfen mit, wahrscheinlich weil sie fürchteten, hier allein zu bleiben, sahen meinen Bräutigam an der aufgerissenen Tür arbeiten, und deshalb sagen sie jetzt — nun, es sind Kinder –.“

Zwar schüttelten die Gehilfen während Friedas Erklärung immerfort die Köpfe, zeigten weiter auf K. und strengten sich an, durch stummes Mienenspiel Frieda von ihrer Meinung abzubringen; da es ihnen aber nicht gelang, fügten sie sich endlich, nahmen Friedas Worte als Befehl, und auf eine neuerliche Frage des Lehrers antworteten sie nicht mehr. „So“, sagte der Lehrer, „ihr habt also gelogen? Oder wenigstens leichtsinnig den Schuldiener beschuldigt?“ Sie schwiegen noch immer, aber ihr Zittern und ihre ängstlichen Blicke schienen auf Schuldbewußtsein zu deuten. „Dann werde ich euch sofort durchprügeln“, sagte der Lehrer und schickte ein Kind ins andere Zimmer um den Rohrstab. Als er dann den Stab hob, rief Frieda: „Die Gehilfen haben ja die Wahrheit gesagt“, warf verzweifelt den Lappen in den Eimer, daß das Wasser aufspritzte, und lief hinter den Barren, wo sie sich versteckte. „Ein verlogenes Volk“, sagte die Lehrerin, die den Verband der Pfote eben beendigt hatte und das Tier auf den Schoß nahm, für den es fast zu breit war.

„Bleibt also der Herr Schuldiener“, sagte der Lehrer, stieß die Gehilfen fort und wandte sich K. zu, der während der ganzen Zeit, auf den Besen gestützt, zugehört hatte: „Dieser Herr Schuldiener, der aus Feigheit ruhig zugibt, daß man andere fälschlich seiner eigenen Lumpereien beschuldigt.“ — „Nun“, sagte K., der wohl merkte, daß Friedas Dazwischentreten den ersten hemmungslosen Zorn des Lehrers doch gemildert hatte, „wenn die Gehilfen ein wenig durchgeprügelt worden wären, hätte es mir nicht leid getan; wenn sie bei zehn gerechten Anlässen geschont worden sind, können sie es einmal bei einem ungerechten abbüßen. Aber auch sonst wäre es mir willkommen gewesen, wenn ein unmittelbarer Zusammenstoß zwischen mir und Ihnen, Herr Lehrer, vermieden worden wäre, vielleicht wäre es sogar auch Ihnen lieb. Da nun aber Frieda mich den Gehilfen geopfert hat –“, hier machte K. eine Pause, man hörte in der Stille hinter den Decken Frieda schluchzen –, „muß nun natürlich die Sache ins reine gebracht werden.“ — „Unerhört“, sagte die Lehrerin. „Ich bin völlig Ihrer Meinung, Fräulein Gisa“, sagte der Lehrer. „Sie, Schuldiener, sind natürlich wegen dieses schändlichen Dienstvergehens auf der Stelle entlassen; die Strafe, die noch folgen wird, behalte ich mir vor; jetzt aber scheren Sie sich sofort mit allen Ihren Sachen aus dem Haus. Es wird uns eine wahre Erleichterung sein, und der Unterricht wird endlich beginnen können. Also schleunig!“ — „Ich rühre mich von hier nicht fort“, sagte K. „Sie sind mein Vorgesetzter, aber nicht derjenige, welcher mir die Stelle verliehen hat, das ist der Herr Gemeindevorsteher, nur seine Kündigung nehme ich an. Er aber hat mir die Stelle doch wohl nicht gegeben, daß ich hier mit meinen Leuten erfriere, sondern — wie Sie selbst sagten — damit er unbesonnene Verzweiflungstaten meinerseits verhindert. Mich jetzt plötzlich zu entlassen wäre daher geradewegs gegen seine Absicht; solange ich nicht das Gegenteil aus seinem eigenen Munde höre, glaube ich es nicht. Es geschieht übrigens wahrscheinlich auch zu Ihrem großen Vorteil, wenn ich Ihrer leichtsinnigen Kündigung nicht folge.“ — „Sie folgen also nicht?“, fragte der Lehrer. K. schüttelte den Kopf. „Überlegen Sie es wohl“, sagte der Lehrer. „Ihre Entschlüsse sind nicht immer die allerbesten; denken Sie zum Beispiel an den gestrigen Nachmittag, als Sie es ablehnten, verhört zu werden." — „Warum erwähnen Sie das jetzt?", fragte K. „Weil es mir beliebt", sagte der Lehrer, „und nun wiederhole ich zum letzten Male: Hinaus!" Als aber auch das keine Wirkung hatte, ging der Lehrer zum Katheder und beriet sich leise mit der Lehrerin, diese sagte etwas von der Polizei, aber der Lehrer lehnte es ab, schließlich einigten sie sich, der Lehrer forderte die Kinder auf, in seine Klasse hinüberzugehen, sie würden dort mit den anderen Kindern gemeinsam unterrichtet werden. Diese Abwechslung freute alle, gleich war unter Lachen und Schreien das Zimmer geleert, der Lehrer und die Lehrerin folgten als letzte. Die Lehrerin trug das Klassenbuch und auf ihm die in ihrer Fülle ganz teilnahmslose Katze. Der Lehrer hätte die Katze gern hiergelassen, aber eine darauf bezügliche Andeutung wehrte die Lehrerin mit dem Hinweis auf die Grausamkeit K.s entschieden ab; so bürdete K. zu allem Ärger auch noch die Katze dem Lehrer auf. Es beeinflußte dies wohl auch die letzten Worte, die der Lehrer in der Tür an K. richtete: „Das Fräulein verläßt mit den Kindern notgedrungen dieses Zimmer, weil Sie renitenterweise meiner Kündigung nicht folgen und weil niemand von ihr, einem jungen Mädchen, verlangen kann, daß sie inmitten Ihrer schmutzigen Familienwirtschaft Unterricht erteilt. Sie bleiben also allein und können sich, ungestört durch den Widerwillen anständiger Zuschauer, hier so breit machen, wie Sie wollen. Aber es wird nicht lange dauern, dafür bürge ich." Damit schlug er die Tür zu.

Das dreizehnte Kapitel

Kaum waren alle fort. sagte K. zu den Gehilfen: „Geht hinaus!“ Verblüfft durch diesen unerwarteten Befehl, folgten sie, aber als K. hinter ihnen die Tür zusperrte, wollten sie wieder zurück, winselten draußen und klopften an die Tür. „Ihr seid entlassen!“, rief K. „Niemals mehr nehme ich euch in meine Dienste.“ Das wollten sie sich nun freilich nicht gefallen lassen und hämmerten mit Händen und Füßen gegen die Tür. „Zurück zu dir, Herr!“, riefen sie, als wäre K. das trockene Land und sie daran, in der Flut zu versinken. Aber K. hatte kein Mitleid, ungeduldig wartete er, bis der unerträgliche Lärm den Lehrer zwingen werde, einzugreifen. Es geschah bald. „Lassen Sie Ihre verfluchten Gehilfen ein!“, schrie er. „Ich habe sie entlassen!“, schrie K. zurück; es hatte die ungewollte Nebenwirkung, dem Lehrer zu zeigen, wie es auffiel, wenn jemand kräftig genug war, nicht nur zu kündigen, sondern auch die Kündigung auszuführen. Der Lehrer versuchte nun, die Gehilfen gütlich zu beruhigen, sie sollten hier nur ruhig warten, schließlich werde K. sie doch wieder einlassen müssen. Dann ging er. Und es wäre nun vielleicht still geblieben, wenn nicht K. ihnen wieder zuzurufen angefangen hätte, daß sie nun endgültig entlassen seien und nicht die geringste Hoffnung auf Wiederaufnahme hätten. Daraufhin begannen sie wieder zu lärmen wie zuvor. Wieder kam der Lehrer, aber nun verhandelte er nicht mehr mit ihnen, sondern trieb sie, offenbar mit dem gefürchteten Rohrstab, aus dem Haus.

Bald erschienen sie vor den Fenstern des Turnzimmers, klopften an die Scheiben und schrien; aber die Worte waren nicht mehr zu verstehen. Sie blieben jedoch auch dort nicht lange, in dem tiefen Schnee konnten sie nicht herumspringen, wie es ihre Unruhe verlangte. Sie eilten deshalb zu dem Gitter des Schulgartens, sprangen auf den steinernen Unterbau, wo sie auch, allerdings nur von der Ferne, einen besseren Einblick in das Zimmer hatten; sie liefen dort, an dem Gitter sich festhaltend, hin und her, blieben dann wieder stehen und streckten flehend die gefalteten Hände gegen K. aus. So trieben sie es lange, ohne Rücksicht auf die Nutzlosigkeit ihrer Anstrengungen; sie waren wie verblendet, sie hörten wohl auch nicht auf, als K. die Fenstervorhänge herunterließ, um sich von ihrem Anblick zu befreien.

In dem jetzt dämmerigen Zimmer ging K. zu dem Barren, um nach Frieda zu sehen. Unter seinem Blick erhob sie sich, ordnete die Haare, trocknete das Gesicht und machte sich schweigend daran, Kaffee zu kochen. Obwohl sie von allem wußte, verständigte sie doch K. förmlich davon, daß er die Gehilfen entlassen hatte. Sie nickte nur. K. saß in einer Schulbank und beobachtete ihre müden Bewegungen. Es war immer die Frische und Entschlossenheit gewesen, welche ihren nichtigen Körper verschönt hatte; nun war diese Schönheit dahin. Wenige Tage des Zusammenlebens mit K.

hatten genügt, das zu erreichen. Die Arbeit im Ausschank war nicht leicht gewesen, aber ihr wahrscheinlich doch entsprechender. Oder war die Entfernung von Klamm die eigentliche Ursache ihres Verfalles? Die Nähe Klamms hatte sie so unsinnig verlockend gemacht, in dieser Verlockung hatte sie K. an sich gerissen, und nun verwelkte sie in seinen Armen.

„Frieda", sagte K. Sie legte gleich die Kaffeemühle fort und kam zu K. in die Bank. „Du bist mir böse?", fragte sie. „Nein", sagte K. „Ich glaube, du kannst nicht anders. Du hast zufrieden im Herrenhof gelebt. Ich hätte dich dort lassen sollen." — „Ja", sagte Frieda und sah traurig vor sich hin, „du hättest mich dort lassen sollen. Ich bin dessen nicht wert, mit dir zu leben. Von mir befreit, könntest du vielleicht alles erreichen, was du willst. Aus Rücksicht auf mich unterwirfst du dich dem tyrannischen Lehrer, übernimmst du diesen kläglichen Posten, bewirbst dich mühevoll um ein Gespräch mit Klamm. Alles für mich, aber ich lohne es dir schlecht." — „Nein", sagte K. und legte tröstend den Arm um sie. „Alles das sind Kleinigkeiten, die mir nicht weh tun, und zu Klamm will ich ja nicht nur deinetwegen. Und was hast du alles für mich getan! Ehe ich dich kannte, ging ich ja hier ganz in die Irre. Niemand nahm mich auf, und wem ich mich aufdrängte, der verabschiedete mich schnell. Und wenn ich bei jemandem Ruhe hätte finden können, so waren es Leute, vor denen wieder ich mich flüchtete, etwa die Leute des Barnabas." — „Du flüchtetest vor ihnen? Nicht wahr? Liebster!", rief Frieda lebhaft dazwischen und versank dann nach einem zögernden „Ja" K.s wieder in ihre Müdigkeit. Aber auch K. hatte nicht mehr die Entschlossenheit, zu erklären, worin sich durch die Verbindung mit Frieda alles zum Guten für ihn gewendet hatte. Er löste langsam den Arm von ihr und saß ein Weilchen schweigend, bis dann Frieda, so, als hätte K.s Arm ihr Wärme gegeben, die sie jetzt nicht mehr entbehren könne, sagte: „Ich werde dieses Leben hier nicht ertragen. Willst du mich behalten, müssen wir auswandern, irgendwohin, nach Südfrankreich, nach Spanien." — „Auswandern kann ich nicht", sagte K., „ich bin hierhergekommen, um hier zu bleiben. Ich werde hierbleiben." Und in einem Widerspruch, den er gar nicht zu erklären sich Mühe gab, fügte er wie im Selbstgespräch zu: „Was hätte mich denn in dieses öde Land locken können, als das Verlangen hierzubleiben?" Dann sagte er: „Aber auch du willst hierbleiben, es ist ja dein Land. Nur Klamm fehlt dir, und das bringt dich auf verzweifelte Gedanken." — „Klamm sollte mir fehlen?", sagte Frieda. „Von Klamm ist hier ja eine Überfülle, zu viel Klamm; um ihm zu entgehen, will ich fort. Nicht Klamm, sondern du fehlst mir, deinetwegen will ich fort; weil ich mich an dir nicht sättigen kann, hier, wo alle an mir reißen. Würde mir doch lieber die hübsche Larve abgerissen, würde doch lieber mein Körper elend, daß ich in Frieden bei dir leben könnte." K. hörte daraus nur eines. „Klamm ist noch immer in Verbindung mit dir?", fragte er gleich.„Er ruft dich?" — „Von

Klamm weiß ich nichts“, sagte Frieda, „ich rede jetzt von anderen, zum Beispiel von den Gehilfen.“ — „Ah, die Gehilfen!“, sagte K. überrascht. „Sie verfolgen dich?“ — „Hast du es denn nicht bemerkt?“, fragte Frieda. „Nein“, sagte K. und suchte sich vergeblich an Einzelheiten zu erinnern, „zudringliche und lüsterne Jungen sind es wohl, aber daß sie sich an dich herangewagt hätten, habe ich nicht bemerkt.“ — „Nicht?“, sagte Frieda. „Du hast nicht bemerkt, wie sie aus unserem Zimmer im Brückenhof nicht fortzubringen waren, wie sie unsere Beziehungen eifersüchtig überwachten, wie sich einer letzthin auf meinen Platz auf den Strohsack legte, wie sie jetzt gegen dich aussagten, um dich zu vertreiben, zu verderben, um mit mir allein zu sein. Das alles hast du nicht bemerkt?“ K. sah Frieda an, ohne zu antworten. Diese Anklagen gegen die Gehilfen waren wohl richtig, aber sie konnten alle auch viel unschuldiger gedeutet werden, aus dem ganzen lächerlichen, kindischen, fahrigen, unbeherrschten Wesen der beiden. Und sprach nicht gegen die Beschuldigung auch, daß sie doch immer danach gestrebt hatten, überallhin mit K. zu gehen und nicht bei Frieda zurückzubleiben? K. erwähnte etwas Derartiges. „Heuchelei“, sagte Frieda, „das hast du nicht durchschaut? Ja, warum hast du sie denn fortgetrieben, wenn nicht aus diesen Gründen?“ Und sie ging zum Fenster, rückte den Vorhang ein wenig zur Seite, blickte hinaus und rief dann K. zu sich. Noch immer waren die Gehilfen draußen am Gitter, so müde sie auch sichtlich schon waren, streckten sie doch noch von Zeit zu Zeit, alle Kräfte zusammennehmend, die Arme bittend gegen die Schule aus. Einer hatte, um sich nicht immerfort festhalten zu müssen, den Rock hinten auf einer Gitterstange aufgespießt.

„Die Armen! Die Armen!“, sagte Frieda.

„Warum ich sie weggetrieben habe?“, fragte K. „Der unmittelbare Anlaß dafür bist du gewesen.“ — „Ich?“, fragte Frieda, ohne den Blick von draußen abzuwenden. „Deine allzufreundliche Behandlung der Gehilfen“, sagte K., „das Verzeihen ihrer Unarten, das Lachen über sie, das Streicheln ihrer Haare, das fortwährende Mitleid mit ihnen, „die Armen, die Armen“, sagst du wieder, und schließlich der letzte Vorfall, da ich dir als Preis nicht zu hoch war, die Gehilfen von den Prügeln loszukaufen.“ — „Das ist es ja“, sagte Frieda, „davon spreche ich doch, das ist es ja, was mich unglücklich macht, was mich von dir abhält, während ich doch kein größeres Glück für mich weiß, als bei dir zu sein, immerfort, ohne Unterbrechung, ohne Ende, während ich doch davon träume, daß hier auf der Erde kein ruhiger Platz für unsere Liebe ist, nicht im Dorf und nicht anderswo, und ich mir deshalb ein Grab vorstelle, tief und eng; dort halten wir uns umarmt wie mit Zangen, ich verberge mein Gesicht an dir, du deines an mir, und niemand wird uns jemals mehr sehen. Hier aber — sieh die Gehilfen! Nicht dir gilt es, wenn sie die Hände falten, sondern mir.“ — „Und nicht ich“, sagte K., „sehe sie an, sondern du.“ — „Gewiß, ich“, sagte Frieda fast böse, „davon spreche ich doch immerfort. Was würde denn sonst daran liegen, daß die Gehilfen hinter mir her sind; mögen sie auch Abgesandte Klamms sein.“ — „Abgesandte Klamms“, sagte K., den diese Bezeichnung, so natürlich sie ihm gleich erschien, doch sehr überraschte. „Abgesandte Klamms, gewiß“, sagte Frieda, „mögen sie dies sein, so sind sie doch auch gleichzeitig läppische Jungen, die zu ihrer Erziehung noch Prügel brauchen. Was für häßliche, schwarze Jungen es sind. Und wie abscheulich ist der Gegensatz zwischen ihren Gesichtern, die auf Erwachsene, ja fast auf Studenten schließen lassen, und ihrem kindisch-närrischen Benehmen! Glaubst du, daß ich das nicht sehe? Ich schäme mich ja ihrer. Aber das ist es ja eben, sie stoßen mich nicht ab, sondern ich schäme mich ihrer. Ich muß immer zu ihnen hinsehen. Wenn man sich über sie ärgern sollte, muß ich lachen. Wenn man sie schlagen wollte, muß ich über ihr Haar streichen. Und wenn ich neben dir liege in der Nacht, kann ich nicht schlafen, und muß über dich hinweg zusehen, wie der eine, fest in die Decke eingerollt, schläft und der andere vor der offenen Ofentür kniet und heizt, und ich muß mich vorbeugen, daß ich dich fast wecke. Und nicht die Katze erschreckt mich — ach, ich kenne Katzen und ich kenne auch das unruhige, immerfort gestörte Schlummern im Ausschank — nicht die Katze erschreckt mich, ich selbst mache mir Schrecken. Und es bedarf gar nicht dieses Ungetümes von einer Katze, ich fahre beim kleinsten Geräusch zusammen. Einmal fürchte ich, daß du aufwachen wirst und alles zu Ende sein wird, und dann wieder springe ich auf und zünde die Kerze an, damit du nur schnell aufwachst und mich beschützen kannst.“ — „Von dem allen habe ich nichts gewußt“, sagte K., „nur in einer Ahnung dessen habe ich sie vertrieben; nun sind sie aber fort, nun ist vielleicht alles gut.“ — „Ja, endlich sind sie fort“, sagte Frieda, aber ihr Gesicht war gequält, nicht freudig, „nur wissen wir nicht, wer sie sind. Abgesandte Klamms, ich nenne sie in meinen Gedanken, im Spiele so, aber vielleicht sind sie es wirklich. Ihre Augen, diese einfältigen und doch funkelnden Augen, erinnern mich irgendwie an die Augen Klamms, ja, das ist es: Es ist Klamms Blick, der mich manchmal aus ihren Augen durchfährt. Und unrichtig ist es deshalb, wenn ich sagte, daß ich mich ihrer schäme. Ich wollte nur, es wäre so. Ich weiß zwar, daß anderswo und bei anderen Menschen das gleiche Benehmen dumm und anstößig wäre, bei ihnen ist es nicht so. Mit Achtung und Bewunderung sehe ich ihren Dummheiten zu. Wenn es aber Klamms Abgesandte sind, wer befreit uns von ihnen; und wäre es dann überhaupt gut, von ihnen befreit zu werden? Müßtest du sie dann nicht schnell hereinholen und glücklich sein, wenn sie noch kämen?“ — „Du willst, daß ich sie wieder hereinlasse?“, fragte K. „Nein, nein“, sagte Frieda, „nichts will ich weniger. Ihren Anblick, wenn sie nun hereinstürmten, ihre Freude, mich wiederzusehen, ihr Herumhüpfen von Kindern und ihr Armausstrecken von

Männern, das alles würde ich vielleicht gar nicht ertragen können. Wenn ich dann aber wieder bedenke, daß du, wenn du gegen sie hart bleibst, damit vielleicht Klamm selbst den Zutritt zu dir verweigerst, will ich dich mit allen Mitteln vor den Folgen dessen bewahren. Dann will ich, daß du sie hereinkommen läßt. Dann K., nur schnell herein mit ihnen! Nimm keine Rücksicht auf mich, was liegt an mir! Ich werde mich wehren, solange ich kann; wenn ich aber verlieren sollte, nun, so werde ich verlieren, aber dann mit dem Bewußtsein, daß auch dies für dich geschehen ist." — „Du bestärkst mich nur in meinem Urteil hinsichtlich der Gehilfen", sagte K. „Niemals werden sie mit meinem Willen hereinkommen. Daß ich sie hinausgebracht habe, beweist doch, daß man sie unter Umständen beherrschen kann, und damit weiterhin, daß sie nichts Wesentliches mit Klamm zu tun haben. Erst gestern abend bekam ich einen Brief von Klamm, aus dem zu sehen ist, daß Klamm über die Gehilfen ganz falsch unterrichtet ist, woraus wieder geschlossen werden muß, daß sie ihm völlig gleichgültig sind, denn wären sie dies nicht, so hätte er sich gewiß genaue Nachrichten über sie beschaffen können. Daß aber du Klamm in ihnen siehst, beweist nichts, denn noch immer, leider, bist du von der Wirtin beeinflußt und siehst Klamm überall. Noch immer bist du Klamms Geliebte, noch lange nicht meine Frau. Manchmal macht mich das ganz trübe, mir ist dann, wie wenn ich alles verloren hätte, ich habe dann das Gefühl, als sei ich eben erst ins Dorf gekommen, aber nicht hoffnungsvoll, wie ich damals in Wirklichkeit war, sondern im Bewußtsein, daß mich nur Enttäuschungen erwarten und daß ich eine nach der anderen werde durchkosten müssen bis zum letzten Bodensatz. Doch ist das nur manchmal", fügte K. lächelnd hinzu, als er sah, wie Frieda unter seinen Worten zusammensank, „und beweist doch im Grunde etwas Gutes, nämlich, was du mir bedeutest. Und wenn du mich jetzt aufforderst, zwischen dir und den Gehilfen zu wählen, so haben damit die Gehilfen schon verloren. Was für ein Gedanke, zwischen dir und den Gehilfen zu wählen! Nun will ich sie aber endgültig los sein, in Worten und Gedanken. Wer weiß übrigens, ob die Schwäche, die uns beide überkommen hat, nicht daher stammt, daß wir noch immer nicht gefrühstückt haben?" — „Möglich", sagte Frieda, müde lächelnd, und ging an die Arbeit. Auch K. ergriff wieder den Besen. Nach einem Weilchen klopfte es leise. „Barnabas!", schrie K., warf den Besen hin und war mit einigen Sätzen bei der Tür. Über den Namen mehr als über alles andere erschrocken, sah ihn Frieda an. Mit den unsicheren Händen konnte K. das alte Schloß nicht gleich öffnen. „Ich öffne schon", wiederholte er immerfort, statt zu fragen, wer denn eigentlich klopfe. Und mußte dann zusehen, wie durch die weit aufgerissene Tür nicht Barnabas hereinkam, sondern der kleine Junge, der schon früher einmal hatte K. ansprechen wollen. K. hatte aber keine Lust, sich an ihn zu erinnern. „Was willst du denn hier?", sagte er. „Unterrichtet wird nebenan." — „Ich komme von dort“, sagte der Junge und sah mit seinen großen, braunen Augen ruhig zu K. auf, stand aufrecht da, die Arme eng am Leib. „Was willst du also? Schnell!“, sagte K. und beugte sich ein wenig hinab, denn der Junge sprach leise. „Kann ich dir helfen?“, fragte der Junge. „Er will uns helfen“, sagte K. zu Frieda, und dann zum Jungen: „Wie heißt du denn?“ — „Hans Brunswick“, sagte der Junge, „Schüler der vierten Klasse, Sohn des Otto Brunswick, Schustermeisters in der Madeleinegasse.“ — „Sieh mal, Brunswick heißt du“, sagte K. und war nun freundlicher zu ihm. Es stellte sich heraus, daß Hans durch die blutigen Striemen, welche die Lehrerin in K.s Hand eingekratzt hatte, so erregt worden war, daß er sich vorhin entschlossen hatte, K. beizustehen. Eigenmächtig war er jetzt auf die Gefahr großer Strafe hin aus dem Schulzimmer nebenan wie ein Deserteur weggeschlichen. Es mochten vor allem solche knabenhaften Vorstellungen sein, die ihn beherrschten. Ihnen entsprechend war auch der Ernst, der aus allem sprach, was er tat. Nur anfänglich hatte ihn Schüchternheit behindert, bald aber gewöhnte er sich an K. und Frieda, und als er dann heißen, guten Kaffee zu trinken bekommen hatte, war er lebhaft und zutraulich geworden, und seine Fragen waren eifrig und eindringlich, so, als wolle er möglichst schnell das Wichtigste erfahren, um dann selbständig für K. und Frieda Entschlüsse fassen zu können. Es war auch etwas Befehlshaberisches in seinem Wesen; aber es war mit kindlicher Unschuld so gemischt, daß man sich ihm, halb aufrichtig, halb scherzend, gern unterwarf. Jedenfalls nahm er alle Aufmerksamkeit für sich in Anspruch, alle Arbeit hatte aufgehört, das Frühstück zog sich sehr in die Länge. Obwohl er in der Schulbank saß, K. oben auf dem Kathedertisch, Frieda auf einem Sessel nebenan, sah es aus, als sei Hans der Lehrer, als prüfe er und beurteile die Antworten; ein leichtes Lächeln um seinen weichen Mund schien anzudeuten, daß er wohl wisse, es handle sich nur um ein Spiel, aber desto ernsthafter war er im übrigen bei der Sache, vielleicht war es auch gar kein Lächeln, sondern das Glück der Kindheit, das die Lippen umspielte. Auffallend spät erst hatte er zugegeben, daß er K. schon kannte, seit dieser einmal bei Lasemann eingekehrt war. K. war glücklich darüber. „Du spieltest damals zu Füßen der Frau?“, fragte K. „Ja“, sagte Hans, „es war meine Mutter.“ Und nun mußte er von seiner Mutter erzählen, aber er tat es nur zögernd und erst auf wiederholte Aufforderung, es zeigte sich nun doch, daß er ein kleiner Junge war, aus dem zwar manchmal, besonders in seinen Fragen, vielleicht im Vorgefühl der Zukunft, vielleicht aber auch nur infolge der Sinnestäuschung des unruhig-gespannten Zuhörers, fast ein energischer, kluger, weitblickender Mann zu sprechen schien, der dann aber gleich darauf ohne Übergang nur ein Schuljunge war, der manche Fragen gar nicht verstand, andere mißdeutete, der in kindlicher Rücksichtslosigkeit zu leise sprach, obwohl er oft auf den Fehler aufmerksam gemacht worden war, und der schließlich wie aus Trotz gegenüber manchen dringenden Fragen vollkommen schwieg, und zwar ganz ohne Verlegenheit, wie es ein Erwachsener niemals könnte. Es war überhaupt, wie wenn seiner Meinung nach nur ihm das Fragen erlaubt sei, durch das Fragen der anderen aber irgendeine Vorschrift durchbrochen und Zeit verschwendet würde. Er konnte dann lange Zeit stillsitzen mit aufrechtem Körper, gesenktem Kopf, aufgeworfener Unterlippe. Frieda gefiel das so, daß sie ihm öfters Fragen stellte, von denen sie hoffte, daß sie ihn auf diese Weise verstummen lassen würden; es gelang ihr auch manchmal, aber K. ärgerte es. Im ganzen erfuhr man wenig. Die Mutter war ein wenig kränklich, aber was für eine Krankheit es war, blieb unbestimmt, das Kind, das Frau Brunswick auf dem Schoß gehabt hatte, war Hansens Schwester und hieß Frieda (die Namensgleichheit mit der ihn ausfragenden Frau nahm Hans unfreundlich auf), sie wohnten alle im Dorf, aber nicht bei Lasemann, sie waren dort nur zu Besuch gewesen, um gebadet zu werden, weil Lasemann das große Schaff hatte, in dem zu baden und sich herumzutreiben den kleinen Kindern, zu denen aber Hans nicht gehörte, ein besonderes Vergnügen machte; von seinem Vater sprach Hans ehrfurchtsvoll oder ängstlich, aber nur, wenn nicht gleichzeitig von der Mutter die Rede war, gegenüber der Mutter war des Vaters Wert offenbar klein, übrigens blieben alle Fragen über das Familienleben, wie immer man auch heranzukommen suchte, unbeantwortet. Vom Gewerbe des Vaters erfuhr man, daß er der größte Schuster des Ortes war, keiner war ihm gleich, wie öfters auch auf ganz andere Fragen hin wiederholt wurde, er gab sogar den andern Schustern, zum Beispiel auch dem Vater Barnabas', Arbeit, in diesem letzten Falle tat es Brunswick wohl nur aus besonderer Gnade, wenigstens deutete dies die stolze Kopfwendung Hansens an, welche Frieda veranlaßte, zu ihm hinunterzuspringen und ihm einen Kuß zu geben. Die Frage, ob er schon im Schloß gewesen sei, beantwortete er erst nach vielen Wiederholungen, und zwar mit „Nein“ ; die gleiche Frage hinsichtlich der Mutter beantwortete er gar nicht. Schließlich ermüdete K.; auch ihm schien das Fragen unnütz, er gab darin dem Jungen recht, auch war darin etwas Beschämendes, auf dem Umweg über das unschuldige Kind Familiengeheimnisse ausforschen zu wollen, doppelt beschämend allerdings war, daß man auch hier nichts erfuhr. Und als dann K. zum Abschluß den Jungen fragte, worin er denn zu helfen sich anbiete, wunderte er sich nicht mehr zu hören, daß Hans nur hier bei der Arbeit helfen wolle, damit der Lehrer und die Lehrerin mit K. nicht mehr so zankten. K. erklärte Hans, daß eine solche Hilfe nicht nötig sei, Zanken gehöre wohl zu des Lehrers Natur, und man werde wohl auch durch genaueste Arbeit sich kaum davor schützen können, die Arbeit selbst sei nicht schwer, und nur infolge zufälliger Umstände sei er mit ihr heute im Rückstand, übrigens wirke auf K. dieses Zanken nicht so wie auf einen Schüler, er schüttle es ab, es sei ihm fast gleichgültig, auch hoffe er, dem

Lehrer sehr bald völlig entgehen zu können. Da es sich also nur um Hilfe gegen den Lehrer gehandelt habe, danke er dafür bestens und Hans könne wieder zurückgehen, hoffentlich werde er nicht noch bestraft werden. Obwohl es K. gar nicht betonte und nur unwillkürlich andeutete, daß es nur die Hilfe gegenüber dem Lehrer sei, die er nicht brauche, währender die Frage nach anderer Hilfe offenließ, hörte es Hans doch klar heraus und fragte, ob K. vielleicht andere Hilfe brauche; sehr gern würde er ihm helfen, und wenn er es selbst nicht imstande wäre, würde er seine Mutter darum bitten, und dann würde es gewiß gelingen. Auch wenn der Vater Sorgen hat, bittet er die Mutter um Hilfe. Und die Mutter habe auch schon einmal nach K. gefragt, sie selbst gehe kaum aus dem Haus, nur ausnahmsweise sei sie damals bei Lasemann gewesen; er, Hans, aber gehe öfters hin, um mit Lasemanns Kindern zu spielen, und da habe ihn die Mutter einmal gefragt, ob dort vielleicht wieder einmal der Landvermesser gewesen sei. Nun dürfe man die Mutter, weil sie so schwach und müde sei, nicht unnütz aufregen, und so habe er nur einfach gesagt, daß er den Landvermesser dort nicht gesehen habe, und weiter sei davon nicht gesprochen worden; als er ihn nun aber hier in der Schule gefunden habe, habe er ihn ansprechen müssen, damit er der Mutter berichten könne. Denn das habe die Mutter am liebsten, wenn man, ohne ausdrücklichen Befehl, ihre Wünsche erfüllt. Darauf sagte K. nach kurzer Überlegung, er brauche keine Hilfe, er habe alles, was er benötigte, aber es sei sehr lieb von Hans, daß er ihm helfen wolle, und er danke ihm für die gute Absicht, es sei ja möglich, daß er später einmal etwas brauchen werde, dann werde er sich an ihn wenden, die Adresse habe er ja. Dagegen könne vielleicht er, K., diesmal ein wenig helfen, es tue ihm leid, daß Hansens Mutter kränkle und offenbar niemand hier das Leiden verstehe; in einem solchen vernachlässigten Falle kann oft eine schwere Verschlimmerung eines an sich leichten Leidens eintreten. Nun habe er, K., einige medizinische Kenntnisse und, was noch mehr wert sei, Erfahrung in der Krankenbehandlung. Manches, was Ärzten nicht gelungen sei, sei ihm geglückt. Zu Hause habe man ihn wegen seiner Heilwirkung immer „das bittere Kraut“ genannt. Jedenfalls würde er gern Hansens Mutter ansehen und mit ihr sprechen. Vielleicht könnte er einen guten Rat geben, schon um Hansens willen täte er es gern. Hansens Augen leuchteten bei diesem Angebot zuerst auf, verführten K. dazu, dringlicher zu werden, aber das Ergebnis war unbefriedigend, denn Hans sagte auf verschiedene Fragen, und war dabei nicht einmal sehr traurig, zur Mutter dürfe kein fremder Besuch kommen, weil sie sehr schonungsbedürftig sei; obwohl doch K. damals kaum mit ihr gesprochen habe, sei sie nachher einige Tage im Bett gelegen, was freilich öfters geschehe. Der Vater habe sich damals aber über K. sehr geärgert, und er würde gewiß niemals erlauben, daß K. zur Mutter komme; ja, er habe damals K. aufsuchen wollen, um ihn wegen seines Benehmens zu strafen, nur die Mutter habe ihn davon zurückgehalten. Vor allem aber wolle die Mutter selbst im allgemeinen mit niemandem sprechen, und ihre Frage nach K. bedeutete keine Ausnahme von der Regel, im Gegenteil, gerade gelegentlich seiner Erwähnung hätte sie den Wunsch aussprechen können, ihn zu sehen, aber sie habe dies nicht getan und damit deutlich ihren Willen geäußert. Sie wolle nur von K. hören, aber mit ihm sprechen wolle sie nicht. Übrigens sei es gar keine eigentliche Krankheit, woran sie leide, sie wisse sehr wohl die Ursache ihres Zustandes, und manchmal deute sie sie auch an: Es sei wahrscheinlich die Luft hier, die sie nicht vertrage; aber sie wolle doch auch wieder den Ort nicht verlassen, des Vaters und der Kinder wegen, auch sei es schon besser, als es früher gewesen war. Das war es etwa, was K. erfuhr, die Denkkraft Hansens steigerte sich sichtlich, da er seine Mutter vor K. schützen sollte, vor K., dem er angeblich hatte helfen wollen; ja, zu dem guten Zwecke, K. von der Mutter abzuhalten, widersprach er in manchem sogar seinen eigenen früheren Aussagen, zum Beispiel hinsichtlich der Krankheit. Trotzdem aber merkte K. auch jetzt, daß Hans ihm noch immer gutgesinnt war, nur vergaß er über der Mutter alles andere; wen immer man gegenüber der Mutter aufstellte, er kam gleich ins Unrecht, jetzt war es K. gewesen, aber es konnte zum Beispiel auch der Vater sein. K. wollte dieses letztere versuchen und sagte, es sei gewiß sehr vernünftig vom Vater, daß er die Mutter vor jeder Störung so behüte, und wenn er, K., damals etwas Ähnliches nur geahnt hätte, hätte er gewiß die Mutter nicht anzusprechen gewagt, und er lasse jetzt noch nachträglich zu Hause um Entschuldigung bitten. Dagegen könne er nicht ganz verstehen, warum der Vater, wenn die Ursache des Leidens so klargestellt sei, wie Hans sagte, die Mutter zurückhalte, sich in anderer Luft zu erholen; man müsse sagen, daß er sie zurückhalte, denn sie gehe nur der Kinder und seinetwegen nicht fort, die Kinder aber könnte sie mitnehmen, sie müßte ja nicht für lange Zeit fortgehen und auch nicht sehr weit, schon oben auf dem Schloßberg sei die Luft ganz anders. Die Kosten eines solchen Ausflugs müsse der Vater nicht fürchten, er sei ja der größte Schuster im Ort, und gewiß habe auch er oder die Mutter Verwandte oder Bekannte im Schloß, die sie gern aufnehmen würden. Warum lasse er sie nicht fort? Er möge ein solches Leiden nicht unterschätzen; K. habe ja die Mutter nur flüchtig gesehen, aber eben ihre auffallende Blässe und Schwäche habe ihn dazu bewogen, sie anzusprechen; schon damals habe er sich gewundert, daß der Vater in der schlechten Luft des allgemeinen Bade- und Waschraumes die kranke Frau gelassen und sich auch in seinen lauten Reden keine Zurückhaltung auferlegt habe. Der Vater wisse wohl nicht, worum es sich handle; mag sich auch das Leiden in der letzten Zeit vielleicht gebessert haben, ein solches Leiden hat Launen, aber schließlich kommt es doch, wenn man es nicht bekämpft, mit gesammelter Kraft, und nichts kann dann mehr helfen. Wenn K. schon nicht mit der

Mutter sprechen könne, wäre es doch vielleicht gut, wenn er mit dem Vater sprechen und ihn auf dies alles aufmerksam machen würde.
Hans hatte gespannt zugehört, das meiste verstanden, die Drohung des unverständlichen Restes stark empfunden. Trotzdem sagte er, mit dem Vater könne K. nicht sprechen, der Vater habe eine Abneigung gegen ihn, und er würde ihn wahrscheinlich wie der Lehrer behandeln. Er sagte dies lächelnd und schüchtern, wenn er von K. sprach, und verbissen und traurig, wenn er den Vater erwähnte. Doch fügte er hinzu, daß K. vielleicht doch mit der Mutter sprechen könnte, aber nur ohne Wissen des Vaters. Dann dachte Hans mit starrem Blick ein Weilchen nach, ganz wie eine Frau, die etwas Verbotenes tun will und eine Möglichkeit sucht, es ungestraft auszuführen, und sagte, übermorgen wäre es vielleicht möglich, der Vater gehe abends in den Herrenhof, er habe dort Besprechungen, da werde er, Hans, abends kommen und K. zur Mutter führen, vorausgesetzt allerdings, daß die Mutter zustimme, was noch sehr unwahrscheinlich sei. Vor allem tue sie ja nichts gegen den Willen des Vaters, in allem füge sie sich ihm, auch in Dingen, deren Unvernunft selbst er, Hans, klar einsehe. Wirklich suchte nun Hans bei K. Hilfe gegen den Vater; es war, als habe er sich selbst getäuscht, da er geglaubt hatte, er wolle K. helfen, während er in Wirklichkeit hatte ausforschen wollen, ob nicht vielleicht, da niemand aus der alten Umgebung hatte helfen können, dieser plötzlich erschienene und nun von der Mutter sogar erwähnte Fremde dies imstande sei. Wie unbewußt verschlossen, fast hinterhältig war der Junge. Es war bisher aus seiner Erscheinung und seinen Worten kaum zu entnehmen gewesen; erst aus den förmlich nachträglichen, durch Zufall und Absicht hervorgeholten Geständnissen merkte man es. Und nun überlegte er in langen Gesprächen mit K., welche Schwierigkeiten zu überwinden wären. Es waren, beim besten Willen Hansens, fast unüberwindliche Schwierigkeiten; ganz in Gedanken und doch hilfesuchend, sah er mit unruhig zwinkernden Augen K. immerfort an. Vor des Vaters Weggang durfte er der Mutter nichts sagen, sonst erfuhr es der Vater, und alles war unmöglich gemacht, also erst später durfte er es erwähnen; aber auch jetzt, mit Rücksicht auf die Mutter, nicht plötzlich und schnell, sondern langsam und bei passender Gelegenheit; dann erst mußte er der Mutter Zustimmung erbitten, dann erst konnte er K. holen; war es aber dann nicht schon zu spät, drohte nicht schon des Vaters Rückkehr? Nein, es war doch unmöglich. K. bewies dagegen, daß es nicht unmöglich war. Daß die Zeit nicht ausreichen werde, davor müsse man sich nicht fürchten, ein kurzes Gespräch, ein kurzes Beisammensein genüge, und holen müsse Hans K. nicht. K. werde irgendwo in der Nähe des Hauses versteckt warten, und auf ein Zeichen Hansens werde er gleich kommen. Nein, sagte Hans, beim Haus warten dürfe K. nicht — wieder war es die Empfindlichkeit wegen seiner Mutter, die ihn beherrschte –, ohne Wissen der Mutter dürfe K. sich nicht auf

den Weg machen, in ein solches vor der Mutter geheimes Einverständnis dürfe Hans mit K. nicht eintreten; er müsse K. aus der Schule holen, und nicht früher, als es die Mutter wisse und erlaube. Gut, sagte K., dann sei es ja wirklich gefährlich, und es sei dann möglich, daß der Vater ihn im Hause ertappen werde; und wenn schon dies nicht geschehen sollte, so wird doch die Mutter in Angst davor K. überhaupt nicht kommen lassen, und so werde doch alles am Vater scheitern. Dagegen wehrte sich wieder Hans, und so ging der Streit hin und her. Längst schon hatte K. Hans aus der Bank zum Katheder gerufen, hatte ihn zu sich zwischen die Knie gezogen und streichelte ihn manchmal begütigend. Diese Nähe trug auch dazu bei, trotz Hansens zeitweiligem Widerstreben ein Einvernehmen herzustellen. Man einigte sich schließlich auf folgendes: Hans werde zunächst der Mutter die volle Wahrheit sagen; jedoch, um ihr die Zustimmung zu erleichtern, hinzufügen, daß K. auch mit Brunswick selbst sprechen wolle, allerdings nicht wegen der Mutter, sondern wegen seiner Angelegenheiten. Dies war auch richtig, im Laufe des Gesprächs war es K. eingefallen, daß ja Brunswick, mochte er auch sonst ein gefährlicher und böser Mensch sein, sein Gegner eigentlich nicht mehr sein konnte, war er doch, wenigstens nach dem Bericht des Gemeindevorstehers, der Führer derjenigen gewesen, welche, sei es auch aus politischen Gründen, die Berufung eines Landvermessers verlangt hatten. K.s Ankunft im Dorf mußte also für Brunswick willkommen sein; dann waren allerdings die ärgerliche Begrüßung am ersten Tag und die Abneigung, von der Hans sprach, fast unverständlich; vielleicht aber war Brunswick gerade deshalb gekränkt, weil sich K. nicht zuerst an ihn um Hilfe gewendet hatte, vielleicht lag ein anderes Mißverständnis vor, das durch ein paar Worte aufgeklärt werden konnte. Wenn das aber geschehen war, dann konnte K. in Brunswick recht wohl einen Rückhalt gegenüber dem Lehrer, ja sogar gegenüber dem Gemeindevorsteher bekommen, der ganze amtliche Trug — was war es denn anderes? –, mit welchem der Gemeindevorsteher und der Lehrer ihn von den Schloßbehörden abhielten und in die Schuldienerstellung zwängten, konnte aufgedeckt werden; kam es neuerlich zu einem um K. geführten Kampf zwischen Brunswick und dem Gemeindevorsteher, mußte Brunswick K. an seine Seite ziehen, K. würde Gast in Brunswicks Hause werden, Brunswicks Machtmittel würden ihm zur Verfügung gestellt werden, dem Gemeindevorsteher zum Trotz; wer weiß, wohin er dadurch gelangen würde; und in der Nähe der Frau würde er jedenfalls häufig sein — so spielte er mit den Träumen und sie mit ihm, während Hans, nur in Gedanken an die Mutter, das Schweigen K.s sorgenvoll beobachtete, so, wie man es gegenüber einem Arzte tut, der in Nachdenken versunken ist, um für einen schweren Fall ein Hilfsmittel zu finden. Mit diesem Vorschlag K.s, daß er mit Brunswick wegen der Landvermesserstellung sprechen wolle, war Hans einverstanden, allerdings nur deshalb, weil dadurch seine Mutter vor dem Vater geschützt war und es sich überdies nur um einen Notfall handelte, der hoffentlich nicht eintreten würde. Er fragte nur noch, wie K. die späte Stunde des Besuches dem Vater erklären würde, und begnügte sich schließlich, wenn auch mit ein wenig verdüstertem Gesicht, damit, daß K. sagen würde, die unerträgliche Schuldienerstellung und die entehrende Behandlung durch den Lehrer habe ihn in plötzlicher Verzweiflung alle Rücksicht vergessen lassen.

Als nun auf diese Weise alles, soweit man sehen konnte, vorbedacht und die Möglichkeit des Gelingens doch wenigstens nicht mehr ausgeschlossen war, wurde Hans, von der Last des Nachdenkens befreit, fröhlicher, plauderte noch ein Weilchen kindlich, zuerst mit K. und dann auch mit Frieda, die lange wie in ganz anderen Gedanken dagesessen war und jetzt erst wieder an dem Gespräch teilzunehmen begann. Unter anderem fragte sie ihn, was er werden wolle; er überlegte nicht viel und sagte, er wolle ein Mann werden wie K. Als er dann nach seinen Gründen gefragt wurde, wußte er freilich nicht zu antworten, und die Frage, ob er etwa Schuldiener werden wolle, verneinte er mit Bestimmtheit. Erst als man weiter fragte, erkannte man, auf welchem Umweg er zu seinem Wunsche gekommen war. Die gegenwärtige Lage K.s war keineswegs beneidenswert, sondern traurig und verächtlich, das sah auch Hans genau, und er brauchte, um das zu erkennen, gar nicht andere Leute zu beobachten; er selbst hätte am liebsten die Mutter vor jedem Blick und Wort K.s bewahren wollen. Trotzdem aber kam er zu K. und bat ihn um Hilfe und war glücklich, wenn K. zustimmte, auch bei anderen Leuten glaubte er Ähnliches zu erkennen, und vor allem hatte doch die Mutter selbst K. erwähnt. Aus diesem Widerspruch entstand in ihm der Glaube, jetzt sei zwar K. noch niedrig und abschreckend, aber in einer allerdings fast unvorstellbar fernen Zukunft werde er doch alle übertreffen. Und eben diese geradezu törichte Ferne und die stolze Entwicklung, die in sie führen sollte, lockten Hans; um diesen Preis wollte er sogar den gegenwärtigen K. in Kauf nehmen. Das besonders Kindlich-Altkluge dieses Wunsches bestand darin, daß Hans auf K. herabsah wie auf einen Jüngeren, dessen Zukunft sich weiter dehne als seine eigene, die Zukunft eines kleinen Knaben. Und es war auch ein fast trüber Ernst, mit dem er, durch Fragen Friedas immer wieder gezwungen, von diesen Dingen sprach. Erst K. heiterte ihn wieder auf, als er sagte, er wisse, worum ihn Hans beneide, es handle sich um seinen schönen Knotenstock, der auf dem Tisch lag und mit dem Hans, zerstreut im Gespräch, gespielt hatte. Nun, solche Stöcke verstehe K. herzustellen, und er werde, wenn ihr Plan geglückt sei, Hans einen noch schöneren machen. Es war jetzt nicht mehr ganz deutlich, ob nicht Hans wirklich nur den Stock gemeint hatte, so freute er sich über K.s Versprechen und nahm fröhlich Abschied, nicht ohne K. fest die Hand zu drücken und zu sagen: „Also übermorgen."

Es war höchste Zeit, daß Hans weggegangen war, denn kurz darauf riß der Lehrer die Tür auf und schrie, als er K. und Frieda ruhig bei Tisch sitzen sah: „Verzeiht die Störung! Aber sagt mir, wann wird endlich hier aufgeräumt sein? Wir müssen drüben zusammengepfercht sitzen, der Unterricht leidet, ihr aber dehnt und streckt euch hier im großen Turnzimmer, und um noch mehr Platz zu haben, habt ihr auch noch die Gehilfen weggeschickt! Jetzt aber steht wenigstens auf und rührt euch!“ Und nur zu K.: „Du holst mir jetzt das Gabelfrühstück aus dem Brückenhof!“ Das alles war wütend geschrien, aber die Worte waren verhältnismäßig sanft, selbst das an sich grobe Du. K. war sofort bereit zu folgen; nur um den Lehrer auszuhorchen, sagte er: „Ich bin doch gekündigt.“ — „Gekündigt oder nicht gekündigt, hol mir das Gabelfrühstück“, sagte der Lehrer. „Gekündigt oder nicht gekündigt, das eben will ich wissen“, sagte K. „Was schwätzt du?“, sagte der Lehrer. „Du hast doch die Kündigung nicht angenommen.“ — „Das genügt, um sie unwirksam zu machen?“, fragte K. „Mir nicht“, sagte der Lehrer, „das darfst du mir glauben, wohl aber dem Gemeindevorsteher, unbegreiflicherweise. Nun aber lauf, sonst fliegst du wirklich hinaus.“ K. war zufrieden, der Lehrer hatte also mit dem Gemeindevorsteher inzwischen gesprochen oder vielleicht gar nicht gesprochen, sondern nur des Gemeindevorstehers voraussichtliche Meinung sich zurechtgelegt, und diese lautete zu K.s Gunsten. Nun wollte K. gleich um das Gabelfrühstück eilen, aber noch aus dem Gang rief ihn der Lehrer wieder zurück; sei es, daß er die Dienstwilligkeit K.s durch diesen besonderen Befehl nur hatte erproben wollen, um sich danach weiterhin richten zu können, sei es, daß er nun wieder neue Lust zum Kommandieren bekam und es ihn freute, K. eilig laufen und dann auf seinen Befehl hin wie einen Kellner ebenso eilig wieder wenden zu lassen. K. seinerseits wußte, daß er durch allzu großes Nachgeben sich zum Sklaven und Prügeljungen des Lehrers machen würde, aber bis zu einer gewissen Grenze wollte er jetzt die Launen des Lehrers geduldig hinnehmen, denn wenn ihm auch der Lehrer, wie sich gezeigt hatte, rechtmäßig nicht kündigen konnte, qualvoll bis zum Unerträglichen konnte er die Stellung gewiß machen. Aber gerade an dieser Stellung lag jetzt K. mehr als früher. Das Gespräch mit Hans hatte ihm neue, zugegebenermaßen unwahrscheinliche, völlig grundlose, aber nicht mehr zu vergessende Hoffnungen gemacht; sie verdeckten sogar fast Barnabas. Wenn er ihnen nachging, und er konnte nicht anders, so mußte er alle seine Kraft darauf sammeln, sich um nichts anderes sorgen, nicht um das Essen, die Wohnung, die Dorfbehörden, ja selbst um Frieda nicht; und im Grunde handelte es sich ja nur um Frieda, denn alles kümmerte ihn ja nur mit Bezug auf sie. Deshalb mußte er diese Stellung, welche Frieda einige Sicherheit gab, zu behalten suchen, und es durfte ihn nicht reuen, im Hinblick auf diesen Zweck mehr vom Lehrer zu dulden, als er sonst zu dulden über sich gebracht hätte. Das alles war nicht allzu schmerzlich, es gehörte in die Reihe der fortwährenden kleinen Leiden des Lebens, es war nichts im Vergleich zu dem, was K. erstrebte, und er war nicht hergekommen, um ein Leben in Ehren und Frieden zu führen.

Und so war er, wie er gleich hatte ins Wirtshaus laufen wollen, auf den geänderten Befehl hin auch gleich wieder bereit, zuerst das Zimmer in Ordnung zu bringen, damit die Lehrerin mit ihrer Klasse wieder herüberkommen könne. Aber es mußte sehr schnell Ordnung gemacht werden, denn nachher sollte K. doch das Gabelfrühstück holen, und der Lehrer hatte schon großen Hunger und Durst. K. versicherte, es werde alles nach Wunsch geschehen; ein Weilchen sah der Lehrer zu, wie K. sich beeilte, die Lagerstätte wegräumte, die Turngeräte zurechtschob, im Fluge auskehrte, während Frieda das Podium wusch und rieb. Der Eifer schien den Lehrer zu befriedigen; er machte noch darauf aufmerksam, daß vor der Tür ein Haufen Holz zum Heizen vorbereitet sei — zum Schuppen wollte er K. wohl nicht mehr zulassen –, und ging dann mit der Drohung, bald wiederzukommen und nachzuschauen, zu den Kindern hinüber.

Nach einer Weile schweigenden Arbeitens fragte Frieda, warum sich denn K. jetzt dem Lehrer so sehr füge. Es war wohl eine mitleidige, sorgenvolle Frage, aber K., der daran dachte, wie wenig es Frieda gelungen war, nach ihrem ursprünglichen Versprechen ihn vor den Befehlen und Gewalttätigkeiten des Lehrers zu bewahren, sagte nur kurz, daß er nun, da er einmal Schuldiener geworden sei, den Posten auch ausfüllen müsse. Dann war es wieder still, bis K. — gerade durch das kurze Gespräch daran erinnert, daß Frieda schon so lange wie in sorgenvollen Gedanken verloren gewesen war, vor allem fast während des ganzen Gespräches mit Hans — sie jetzt, während er das Holz hereintrug, offen fragte, was sie denn beschäftige. Sie antwortete, langsam zu ihm aufblickend, es sei nichts Bestimmtes; sie denke nur an die Wirtin und an die Wahrheit mancher ihrer Worte. Erst als K. in sie drang, antwortete sie nach mehreren Weigerungen ausführlicher, ohne aber hierbei von ihrer Arbeit abzulassen, was sie nicht aus Fleiß tat, denn die Arbeit ging dabei doch gar nicht vorwärts, sondern nur, um nicht gezwungen zu sein, K. anzusehen. Und nun erzählte sie, wie sie bei K.s Gespräch mit Hans zuerst ruhig zugehört habe, wie sie dann, durch einige Worte K.s aufgeschreckt, schärfer den Sinn der Worte zu erfassen angefangen habe und wie sie von nun ab nicht mehr habe aufhören können, in K.s Worten Bestätigungen einer Mahnung zu hören, die sie der Wirtin verdanke, an deren Berechtigung sie aber niemals hatte glauben wollen. K., ärgerlich über die allgemeinen Redewendungen und selbst durch die tränenvolle, klagende Stimme mehr gereizt als gerührt — vor allem, weil sich die Wirtin nun wieder in sein Leben mischte, wenigstens durch Erinnerungen, da sie in Person bis jetzt wenig Erfolg gehabt hatte –, warf das Holz, das er in den Armen trug, zu Boden, setzte sich darauf und verlangte nun mit ernsten

Worten völlige Klarheit. „Schon öfters“, begann Frieda, „gleich anfangs, hat sich die Wirtin bemüht, mich an dir zweifeln zu machen, sie behauptete nicht, daß du lügst, im Gegenteil, sie sagte, du seist kindlich offen, aber dein Wesen sei so verschieden von dem unseren, daß wir, selbst wenn du offen sprichst, dir zu glauben uns schwer überwinden können, und wenn nicht eine gute Freundin uns früher rettet, erst durch bittere Erfahrung zu glauben uns gewöhnen müssen. Selbst ihr, die einen so scharfen Blick für Menschen hat, sei es kaum anders ergangen. Aber nach dem letzten Gespräch mit dir im Brückenhof sei sie — ich wiederhole nur ihre bösen Worte — auf deine Schliche gekommen, jetzt könntest du sie nicht mehr täuschen, selbst wenn du dich anstrengtest, deine Absichten zu verbergen. Aber du verbirgst ja nichts, das sagte sie immer wieder, und dann sagte sie noch: Streng dich doch an, ihm bei beliebiger Gelegenheit wirklich zuzuhören, nicht nur oberflächlich, nein, wirklich zuzuhören. Nichts weiter als dieses habe sie getan und dabei hinsichtlich meiner folgendes etwa herausgehört: Du hast dich an mich herangemacht — sie gebrauchte dieses schmähliche Wort — nur deshalb, weil ich dir zufällig in den Weg kam, dir nicht gerade mißfiel und weil du ein Ausschankmädchen sehr irrigerweise für das vorbestimmte Opfer jedes die Hand ausstreckenden Gastes hältst. Außerdem wolltest du, und die Wirtin vom Herrenhofwirt erfahren hat, aus irgendwelchen Gründen damals im Herrenhof übernachten, und das war allerdings überhaupt nicht anders als durch mich zu erlangen. Das alles wäre genügender Anlaß gewesen, dich zu meinem Liebhaber für jene Nacht zu machen; damit aber mehr daraus würde, brauchte es auch mehr, und dieses Mehr war Klamm. Die Wirtin behauptet nicht zu wissen, was du von Klamm willst, sie behauptet nur, daß du, ehe du mich kanntest, ebenso heftig zu Klamm strebtest wie nachher. Der Unterschied habe nur darin bestanden, daß du früher hoffnungslos warst, jetzt aber in mir ein zuverlässiges Mittel zu haben glaubtest, wirklich und bald und sogar mit Überlegenheit zu Klamm vorzudringen. Wie erschrak ich — aber das war nur erst flüchtig, ohne tieferen Grund –, als du heute einmal sagtest, ehe du mich kanntest, wärest du hier in die Irre gegangen.

Es sind vielleicht die gleichen Worte, welche die Wirtin gebrauchte; auch sie sagt, daß du erst, seit du mich kanntest, zielbewußt geworden bist. Das sei daher gekommen, daß du glaubtest, in mir eine Geliebte Klamms erobert zu haben und dadurch ein Pfand zu besitzen, das nur zum höchsten Preise ausgelöst werden könne. Über diesen Preis mit Klamm zu verhandeln, sei dein einziges Bestreben. Da dir an mir nichts, am Preise alles liegt, seist du hinsichtlich meiner zu jedem Entgegenkommen bereit, hinsichtlich des Preises hartnäckig. Deshalb ist es dir gleichgültig, daß ich die Stelle im Herrenhof verliere, gleichgültig, daß ich auch den Brückenhof verlassen muß, gleichgültig, daß ich die schwere Schuldienerarbeit werde leisten

müssen. Du hast keine Zärtlichkeit, ja nicht einmal Zeit mehr für mich, du überläßt mich den Gehilfen, Eifersucht kennst du nicht, mein einziger Wert für dich ist, daß ich Klamms Geliebte war, in deiner Unwissenheit strengst du dich an, mich Klamm nicht vergessen zu lassen, damit ich am Ende nicht zu sehr widerstrebe, wenn der entscheidende Zeitpunkt gekommen ist; dennoch kämpfst du auch gegen die Wirtin, der allein du es zutraust, daß sie mich dir entreißen könnte, darum triebst du den Streit mit ihr auf die Spitze, um den Brückenhof mit mir verlassen zu müssen; daß ich, soweit es nur an mir liegt, unter allen Umständen dein Besitz bin, daran zweifelst du nicht. Die Unterredung mit Klamm stellst du dir als ein Geschäft vor, bar gegen bar. Du rechnest mit allen Möglichkeiten; vorausgesetzt, daß du den Preis erreichst, bist du bereit, alles zu tun; will mich Klamm, wirst du mich ihm geben; will er, daß du bei mir bleibst, wirst du bleiben; will er, daß du mich verstößt, wirst du mich verstoßen; aber du bist auch bereit, Komödie zu spielen; wird es vorteilhaft sein, so wirst du vorgeben, mich zu lieben, seine Gleichgültigkeit wirst du dadurch zu bekämpfen suchen, daß du deine Nichtigkeit hervorhebst und ihn durch die Tatsache deiner Nachfolgerschaft beschämst, oder dadurch, daß du meine Liebesgeständnisse hinsichtlich seiner Person, die ich ja wirklich gemacht habe, ihm übermittelst und ihn bittest, er möge mich wieder aufnehmen, unter Zahlung des Preises allerdings; und hilft nichts anderes, dann wirst du im Namen des Ehepaares K. einfach betteln. Wenn du aber dann, so schloß die Wirtin, sehen wirst, daß du dich in allem getäuscht hast, in deinen Annahmen und in deinen Hoffnungen, in deiner Vorstellung von Klamm und seinen Beziehungen zu mir, dann wird meine Hölle beginnen, denn dann werde ich erst recht dein einziger Besitz sein, auf den du angewiesen bleibst, aber zugleich ein Besitz, der sich als wertlos erwiesen hat und den du entsprechend behandeln wirst, da du kein anderes Gefühl für mich hast als das des Besitzers."
Gespannt, mit zusammengezogenem Mund, hatte K. zugehört, das Holz unter ihm war ins Rollen gekommen, er war fast auf den Boden geglitten, er hatte es nicht beachtet; erst jetzt stand er auf, setzte sich auf das Podium, nahm Friedas Hand, die sich ihm schwach zu entziehen suchte, und sagte: „Ich habe in dem Bericht deine und der Wirtin Meinung nicht immer voneinander unterscheiden können." — „Es war nur die Meinung der Wirtin", sagte Frieda. „Ich habe allem zugehört, weil ich die Wirtin verehre; aber es war das erstemal in meinem Leben, daß ich ihre Meinung ganz und gar verwarf. So kläglich schien mir alles, was sie sagte, so fern jedem Verständnis dessen, wie es mit uns zweien stand. Eher schien mir das vollkommene Gegenteil dessen, was sie sagte, richtig. Ich dachte an den trüben Morgen nach unserer ersten Nacht, wie du neben mir knietest mit einem Blick, als sei alles verloren. Und wie es sich dann auch wirklich so gestaltete, daß ich, so sehr ich mich anstrengte, dir nicht half, sondern dich

hinderte. Durch mich wurde die Wirtin deine Feindin, eine mächtige Feindin, die du noch immer unterschätzt; meinetwegen, für die du solche Sorgen hattest, mußtest du um deine Stelle kämpfen, warst im Nachteil gegenüber dem Gemeindevorsteher, mußtest dich dem Lehrer unterwerfen, warst den Gehilfen ausgeliefert, das Schlimmste aber: um meinetwillen hattest du dich vielleicht gegen Klamm vergangen. Daß du jetzt immerfort zu Klamm gelangen wolltest, war ja nur das ohnmächtige Streben, ihn irgendwie zu versöhnen. Und ich sagte mir, daß die Wirtin, die dies alles gewiß viel besser wisse als ich, mich mit ihren Einflüsterungen nur vor allzuschlimmen Selbstvorwürfen bewahren wollte. Gutgemeinte, aber überflüssige Mühe. Meine Liebe zu dir hätte mir über alles hinweggeholfen, sie hätte schließlich auch dich vorwärtsgetragen, wenn nicht hier im Dorf, so anderswo; einen Beweis ihrer Kraft hatte sie ja schon gegeben, vor der Barnabasschen Familie hat sie dich gerettet." — „Das war damals also deine Gegenmeinung", sagte K., „und was hat sich seitdem geändert?" — „Ich weiß nicht", sagte Frieda und blickte auf K.s Hand, welche die ihre hielt, „vielleicht hat sich nichts geändert; wenn du so nahe bei mir bist und so ruhig fragst, dann glaube ich, daß sich nichts geändert hat. In Wirklichkeit aber" — sie nahm K. ihre Hand fort, saß ihm aufrecht gegenüber und weinte, ohne ihr Gesicht zu bedecken; frei hielt sie ihm dieses tränenüberflossene Gesicht entgegen, so, als weine sie nicht über sich selbst und habe also nichts zu verbergen, sondern als weine sie über K.s Verrat und so gebühre ihm auch der Jammer ihres Anblicks –, „in Wirklichkeit aber hat sich alles geändert, seit ich dich mit dem Jungen habe sprechen hören. Wie unschuldig hast du begonnen, fragtest nach den häuslichen Verhältnissen, nach dem und jenem; mir war, als kämst du gerade in den Ausschank, zutunlich, offenherzig, und suchtest so kindlich-eifrig meinen Blick. Es war kein Unterschied gegen damals, und ich wünschte nur, die Wirtin wäre hier, hörte dir zu und versuchte dann noch, an ihrer Meinung festzuhalten. Dann aber, plötzlich, ich weiß nicht, wie es geschah, merkte ich, in welcher Absicht du mit dem Jungen sprachst. Durch die teilnehmenden Worte gewannst du sein nicht leicht zu gewinnendes Vertrauen, um dann ungestört auf dein Ziel loszugehen, das ich mehr und mehr erkannte. Dieses Ziel war die Frau. Aus deinen ihretwegen scheinbar besorgten Reden sprach gänzlich unverdeckt nur die Rücksicht auf deine Geschäfte. Du betrogst die Frau, noch ehe du sie gewonnen hast. Nicht nur meine Vergangenheit, auch meine Zukunft hörte ich aus deinen Worten; es war mir, als sitze die Wirtin neben mir und erkläre mir alles, und ich suche sie mit allen Kräften wegzudrängen, sehe aber klar die Hoffnungslosigkeit solcher Anstrengung, und dabei war es ja eigentlich gar nicht mehr ich, die betrogen wurde — nicht einmal betrogen wurde ich schon –, sondern die fremde Frau. Und als ich mich dann noch aufraffte und Hans fragte, was er werden wolle, und er sagte, er wolle werden wie du, dir also schon so vollkommen gehörte, was war denn jetzt für ein großer Unterschied zwischen ihm, dem guten Jungen, der hier mißbraucht wurde, und mir, damals im Ausschank?“

„Alles“, sagte K., durch die Gewöhnung an den Vorwurf hatte er sich gefaßt, „alles, was du sagst, ist in gewissem Sinne richtig; unwahr ist es nicht, nur feindselig ist es. Es sind Gedanken der Wirtin, meiner Feindin, auch wenn du glaubst, daß es deine eigenen sind, das tröstet mich. Aber lehrreich sind sie, man kann noch manches von der Wirtin lernen. Mir selbst hat sie es nicht gesagt, obwohl sie mich sonst nicht geschont hat; offenbar hat sie dir diese Waffe anvertraut in der Hoffnung, daß du sie in einer für mich besonders schlimmen oder entscheidungsreichen Stunde anwenden würdest. Mißbrauche ich dich, so mißbraucht sie dich ähnlich. Nun aber, Frieda, bedenke: auch wenn alles ganz genau so wäre, wie es die Wirtin sagt, wäre es sehr arg nur in einem Falle, nämlich, wenn du mich nicht lieb hast. Dann, nur dann wäre es wirklich so, daß ich mit Berechnung und List dich gewonnen habe, um mit diesem Besitz zu wuchern. Vielleicht gehörte es dann schon sogar zu meinem Plan, das ich damals, um dein Mitleid hervorzulocken, Arm in Arm mit Olga vor dich trat, und die Wirtin hat nur vergessen, dies noch in meiner Schuldrechnung zu erwähnen. Wenn es aber nicht der arge Fall ist und nicht ein schlaues Raubtier dich damals an sich gerissen hat, sondern du mir entgegenkamst, so wie ich dir entgegenkam und wir uns fanden, selbstvergessen beide, sag, Frieda, wie ist es denn dann? Dann führe ich doch meine Sache so wie deine; es ist hier kein Unterschied, und sondern kann nur eine Feindin. Das gilt überall, auch hinsichtlich Hansens. Bei Beurteilung des Gespräches mit Hans übertreibst du übrigens in deinem Zartgefühl sehr, denn wenn sich Hansens und meine Absichten nicht ganz decken, so geht das doch nicht so weit, daß etwa ein Gegensatz zwischen ihnen bestünde, außerdem ist ja Hans unsere Unstimmigkeit nicht verborgen geblieben, glaubst du das, so würdest du diesen vorsichtigen kleinen Mann sehr unterschätzen, und selbst wenn ihm alles verborgen geblieben sein sollte, so wird doch daraus niemandem ein Leid entstehen, das hoffe ich.“

„Es ist so schwer, sich zurechtzufinden, K.“, sagte Frieda und seufzte. „Ich habe gewiß kein Mißtrauen gegen dich gehabt, und ist etwas Derartiges von der Wirtin auf mich übergegangen, werde ich es glückselig abwerfen und dich auf den Knien um Verzeihung bitten, wie ich es eigentlich die ganze Zeit über tue, wenn ich auch noch so böse Dinge sage. Wahr aber bleibt, daß du viel vor mir geheimhältst; du kommst und gehst, ich weiß nicht woher und wohin. Damals, als Hans klopfte, hast du sogar den Namen „Barnabas“ gerufen. Hättest du doch nur einmal so liebend mich gerufen wie damals aus mir unverständlichem Grund diesen verhaßten Namen. Wenn du kein Vertrauen zu mir hast, wie soll dann bei mir nicht Mißtrauen entstehen; bin ich dann doch völlig der Wirtin überlassen, die du durch dein Verhalten zu bestätigen scheinst. Nicht in allem, ich will nicht behaupten, daß du sie in allem bestätigst; hast du denn nicht doch immerhin meinetwegen die Gehilfen verjagt? Ach, wüßtest du doch, mit welchem Verlangen ich in allem, was du tust und sprichst, auch wenn es mich quält, einen für mich guten Kern suche." — „Vor allem, Frieda", sagte K., „ich verberge dir doch nicht das geringste. Wie mich die Wirtin haßt und wie sie sich anstrengt, dich mir zu entreißen, und mit was für verächtlichen Mitteln sie das tut und wie du ihr nachgibst, Frieda, wie du ihr nachgibst! Sag doch, worin verberge ich dir etwas? Daß ich zu Klamm gelangen will, weißt du, daß du mir dazu nicht verhelfen kannst und daß ich es daher auf eigene Faust erreichen muß, weißt du auch, daß es mir bisher noch nicht gelungen ist, siehst du. Soll ich nun durch Erzählen der nutzlosen Versuche, die mich schon in der Wirklichkeit reichlich demütigen, doppelt mich demütigen? Soll ich mich etwa dessen rühmen, am Schlag des Klammschen Schlittens frierend, einen langen Nachmittag vergeblich gewartet zu haben? Glücklich, nicht mehr an solche Dinge denken zu müssen, eile ich zu dir, und nun kommt mir wieder alles dieses drohend aus dir entgegen. Und Barnabas? Gewiß, ich erwarte ihn. Er ist der Bote Klamms; nicht ich habe ihn dazu gemacht." — „Wieder Barnabas!", rief Frieda. „Ich kann nicht glauben, daß er ein guter Bote ist." — „Du hast vielleicht recht", sagte K., „aber er ist der einzige Bote, der mir geschickt wird." — „Desto schlimmer", sagte Frieda, „desto mehr solltest du dich vor ihm hüten." — „Er hat mir leider bisher keinen Anlaß hierzu gegeben", sagte K. lächelnd. „Er kommt selten, und was er bringt, ist belanglos; nur daß es geradewegs von Klamm herrührt, macht es wertvoll." — „Aber sieh nur", sagte Frieda, „es ist ja nicht einmal mehr Klamm dein Ziel, vielleicht beunruhigt mich das am meisten. Daß du dich immer über mich hinweg zu Klamm drängtest, war schlimm, daß du jetzt von Klamm abzukommen scheinst, ist viel schlimmer, es ist etwas, was nicht einmal die Wirtin vorhersah. Nach der Wirtin endete mein Glück, fragwürdiges und doch sehr wirkliches Glück, mit dem Tage, an dem du endgültig einsahst, daß deine Hoffnung auf Klamm vergeblich war. Nun aber wartest du nicht einmal mehr auf diesen Tag; plötzlich kommt ein kleiner Junge herein, und du beginnst mit ihm um seine Mutter zu kämpfen, so, wie wenn du um deine Lebensluft kämpftest." — „Du hast mein Gespräch mit Hans richtig aufgefaßt", sagte K. „So war es wirklich. Ist aber denn dein ganzes früheres Leben für dich so versunken (bis auf die Wirtin natürlich, die sich nicht mit hinabstoßen läßt), daß du nicht mehr weißt, wie um das Vorwärtskommen gekämpft werden muß, besonders wenn man von tief unten herkommt? Wie alles benützt werden muß, was irgendwie Hoffnung gibt? Und diese Frau kommt vom Schloß, sie selbst hat es mir gesagt, als ich mich am ersten Tag zu Lasemann verirrte. Was lag näher, als sie um Rat oder sogar um Hilfe zu bitten; kennt die Wirtin ganz genau nur alle Hindernisse, die von Klamm abhalten, dann kennt diese Frau wahrscheinlich den Weg, sie ist ihn ja selbst herabgekommen.“ — „Den Weg zu Klamm?“, fragte Frieda. „Zu Klamm, gewiß, wohin denn sonst“, sagte K. Dann sprang er auf: „Nun aber ist es höchste Zeit, das Gabelfrühstück zu holen.“ Dringend, weit über den Anlaß hinaus, bat ihn Frieda zu bleiben, so, wie wenn erst sein Bleiben alles Tröstliche, was er ihr gesagt hatte, bestätigen würde. K. aber erinnerte an den Lehrer, zeigte auf die Tür, die jeden Augenblick mit Donnerkrach aufspringen könnte, versprach auch gleich zu kommen, nicht einmal einheizen müsse sie, er selbst werde es besorgen. Schließlich fügte sich Frieda schweigend. Als K. draußen durch den Schnee stapfte — längst schon hätte der Weg freigeschaufelt sein sollen, merkwürdig, wie langsam die Arbeit vorwärtsging –, sah er am Gitter einen der Gehilfen todmüde sich festhalten. Nur einen, wo war der andere? Hatte K. also wenigstens die Ausdauer des einen gebrochen? Der Zurückgebliebene war freilich noch eifrig genug bei der Sache; das sah man, als er, durch den Anblick K.s belebt, sofort wilder mit dem Armeausstrecken und dem sehnsüchtigen Augenverdrehen begann. „Seine Unnachgiebigkeit ist musterhaft“, sagte sich K. und mußte allerdings hinzufügen, „man erfriert mit ihr am Gitter.“ Äußerlich hatte aber K. für den Gehilfen nichts anderes als ein Drohen mit der Faust, das jede Annäherung ausschloß, ja, der Gehilfe rückte ängstlich noch ein ansehnliches Stück zurück. Eben öffnete Frieda ein Fenster, um, wie es mit K. besprochen war, vor dem Einheizen zu lüften. Gleich ließ der Gehilfe von K. ab und schlich, unwiderstehlich angezogen, zum Fenster. Das Gesicht verzerrt von Freundlichkeit gegenüber dem Gehilfen und flehender Hilflosigkeit zu K. hin, schwenkte sie ein wenig die Hand oben aus dem Fenster — es war nicht einmal deutlich, ob es Abwehr oder Gruß war –, der Gehilfe ließ sich dadurch im Näherkommen auch nicht beirren. Da schloß Frieda eilig das äußere Fenster, blieb aber dahinter, die Hand auf der Klinke, mit zur Seite geneigtem Kopf, großen Augen und einem starren Lächeln. Wußte sie, daß sie den Gehilfen damit mehr lockte, als abschreckte? K. sah aber nicht mehr zurück, er wollte sich lieber möglichst beeilen und bald zurückkommen.

Das vierzehnte Kapitel

Endlich — es war schon dunkel, später Nachmittag — hatte K. den Gartenweg freigelegt, den Schnee zu beiden Seiten des Weges hochgeschichtet und festgeschlagen und war nun mit der Arbeit des Tages fertig. Er stand am Gartentor, im weiten Umkreis allein. Den Gehilfen hatte er vor Stunden schon vertrieben, eine große Strecke gejagt; dann hatte sich der Gehilfe irgendwo zwischen Gärtchen und Hütten versteckt, war nicht mehr aufzufinden gewesen und auch seitdem nicht wieder hervorgekommen. Frieda war zu Hause und wusch entweder schon die Wäsche oder noch immer Gisas Katze; es war ein Zeichen großen Vertrauens seitens Gisas gewesen, daß sie Frieda diese Arbeit übergeben hatte, eine allerdings unappetitliche und unpassende Arbeit, deren Übernahme K. gewiß nicht geduldet hätte, wenn es nicht sehr ratsam gewesen wäre, nach den verschiedenen Dienstversäumnissen jede Gelegenheit zu benützen, durch die man sich Gisa verpflichten konnte. Gisa hatte wohlgefällig zugesehen, wie K. die kleine Kinderbadewanne vom Dachboden gebracht hatte, wie Wasser gewärmt wurde und wie man schließlich vorsichtig die Katze in die Wanne hob. Dann hatte Gisa die Katze sogar völlig Frieda überlassen, denn Schwarzer, K.s Bekannter vom ersten Abend, war gekommen, hatte K. mit einer Mischung von Scheu, zu welcher an jenem Abend der Grund gelegt worden war, und unmäßiger Verachtung, wie sie einem Schuldiener gebührte, begrüßt und hatte sich dann mit Gisa in das andere Schulzimmer begeben. Dort waren die beiden noch immer. Wie man im Brückenhof K. erzählt hatte, lebte Schwarzer, der doch ein Kastellanssohn war, aus Liebe zu Gisa schon lange im Dorfe, hatte es durch seine Verbindungen erreicht, daß er von der Gemeinde zum Hilfslehrer ernannt worden war, übte aber dieses Amt hauptsächlich in der Weise aus, daß er fast keine Unterrichtsstunde Gisas versäumte, entweder in der Schulbank zwischen den Kindern saß oder, lieber, am Podium zu Gisas Füßen. Es störte gar nicht mehr, die Kinder hatten sich schon längst daran gewöhnt, und dies vielleicht um so leichter, als Schwarzer weder Zuneigung noch Verständnis für die Kinder hatte, kaum mit ihnen sprach, nur den Turnunterricht von Gisa übernommen hatte und im übrigen damit zufrieden war, in der Nähe, in der Luft, in der Wärme Gisas zu leben. Sein größtes Vergnügen war es, neben Gisa zu sitzen und Schulhefte zu korrigieren. Auch heute waren sie damit beschäftigt, Schwarzer hatte einen großen Stoß Hefte gebracht, der Lehrer gab ihnen immer auch die seinen und, solange es noch hell gewesen war, hatte K. die beiden an einem Tischchen beim Fenster arbeiten gesehen, Kopf an Kopf, unbeweglich, jetzt sah man dort nur zwei Kerzen flackern. Es war eine ernste, schweigsame Liebe, welche die beiden verband; den Ton gab eben Gisa an, deren schwerfälliges Wesen zwar manchmal, wild geworden, alle Grenzen durchbrach, die aber etwas Ähnliches bei anderen zu anderer Zeit niemals geduldet hätte; so mußte sich auch der lebhafte Schwarzer fügen, langsam gehen, langsam sprechen, viel schweigen; aber er wurde für alles, das sah man, reichlich belohnt durch Gisas einfache, stille Gegenwart. Dabei liebte ihn Gisa vielleicht gar nicht; jedenfalls gaben ihre runden, grauen, förmlich niemals blinzelnden, eher in den Pupillen scheinbar sich drehenden Augen auf solche Fragen keine Antwort; nur daß sie Schwarzer ohne Widerspruch duldete, sah man, aber die Ehrung, von einem Kastellanssohn geliebt zu werden, verstand sie gewiß nicht zu würdigen, und ihren vollen, üppigen Körper trug sie unverändert ruhig dahin, ob Schwarzer ihr mit den Blicken folgte oder nicht. Schwarzer dagegen brachte ihr das ständige Opfer, daß er im Dorfe blieb; Boten des Vaters, die ihn öfters abzuholen kamen, fertigte er so empört ab, als sei schon die kurze, von ihnen verursachte Erinnerung an das Schloß und an seine Sohnespflicht eine empfindliche, nicht zu ersetzende Störung seines Glückes. Und doch hatte er eigentlich reichlich freie Zeit, denn Gisa zeigte sich ihm im allgemeinen nur während der Unterrichtsstunden und beim Heftekorrigieren, dies freilich nicht aus Berechnung, sondern weil sie die Bequemlichkeit und deshalb das Alleinsein über alles liebte und wahrscheinlich am glücklichsten war, wenn sie sich zu Hause in völliger Freiheit auf dem Kanapee ausstrecken konnte, neben sich die Katze, die nicht störte, weil sie sich ja kaum mehr bewegen konnte. So trieb sich Schwarzer einen großen Teil des Tages beschäftigungslos herum, aber auch das war ihm lieb, denn immer hatte er dabei die Möglichkeit, die er auch sehr oft ausnützte, in die Löwengasse zu gehen, wo Gisa wohnte, zu ihrem Dachzimmerchen hinaufzusteigen, an der immer versperrten Tür zu horchen und dann eiligst wieder wegzugehen, nachdem er im Zimmer ausnahmslos die vollkommenste, unbegreifliche Stille festgestellt hatte. Immerhin zeigten sich doch auch bei ihm die Folgen dieser Lebensweise manchmal — aber niemals in Gisas Gegenwart — in lächerlichen Ausbrüchen auf Augenblicke wiedererwachten amtlichen Hochmuts, der freilich gerade zu seiner gegenwärtigen Stellung schlecht genug paßte; es ging dann allerdings meistens nicht sehr gut aus, wie es ja auch K. erlebt hatte.

Erstaunlich war nur, daß man, wenigstens im Brückenhof, doch mit einer gewissen Achtung von Schwarzer sprach, selbst wenn es sich um mehr lächerliche als achtungswerte Dinge handelte, auch Gisa war in diese Achtung mit eingeschlossen. Es war aber dennoch unrichtig, wenn Schwarzer als Hilfslehrer K. außerordentlich überlegen zu sein glaubte, diese Überlegenheit war nicht vorhanden; ein Schuldiener ist für die Lehrerschaft, und gar für einen Lehrer von Schwarzers Art, eine sehr wichtige Person, die man nicht ungestraft mißachten darf und der man die Mißachtung, wenn man aus Standesinteressen auf sie nicht verzichten kann, zumindest mit entsprechender Gegengabe erträglich machen muß. K. wollte bei Gelegenheit daran denken, auch war Schwarzer bei ihm noch vom ersten Abend her in Schuld, die dadurch nicht kleiner geworden war, daß die nächsten Tage dem Empfang Schwarzers eigentlich recht gegeben hatten. Denn es war dabei nicht zu vergessen, daß der Empfang vielleicht allem Folgenden die Richtung gegeben hatte. Durch Schwarzer war ganz unsinnigerweise gleich in der ersten Stunde die volle Aufmerksamkeit der Behörden auf K. gelenkt worden, als er, noch völlig fremd im Dorf, ohne Bekannte, ohne Zuflucht, übermüdet vom Marsch, ganz hilflos, wie er dort auf dem Strohsack lag, jedem behördlichen Zugriff ausgeliefert war. Nur eine Nacht später hätte schon alles anders, ruhig, halb im Verborgenen verlaufen können; jedenfalls hätte niemand etwas von ihm gewußt, keinen Verdacht gehabt, zumindest nicht gezögert, ihn als Wanderburschen einen Tag bei sich zu lassen; man hätte seine Brauchbarkeit und Zuverlässigkeit gesehen, es hätte sich in der Nachbarschaft herumgesprochen, wahrscheinlich hätte er bald als Knecht irgendwo ein Unterkommen gefunden. Natürlich, der Behörde wäre es nicht entgangen. Aber es war ein wesentlicher Unterschied, ob mitten in der Nacht seinetwegen die Zentralkanzlei oder wer sonst beim Telefon gewesen war, aufgerüttelt wurde, eine augenblickliche Entscheidung eingefordert wurde, in scheinbarer Demut, aber doch mit lästiger Unerbittlichkeit eingefordert wurde, überdies von dem oben wahrscheinlich mißliebigen Schwarzer, oder ob statt alles dessen K. am nächsten Tag in den Amtsstunden beim Gemeindevorsteher anklopfte und, wie es sich gehörte, sich als fremder Wanderbursch meldete, der bei einem bestimmten Gemeindemitglied schon eine Schlafstelle hat und wahrscheinlich morgen wieder weiterziehen wird; es wäre denn, daß der ganz unwahrscheinliche Fall eintritt und er hier Arbeit findet, nur für ein paar Tage natürlich, denn länger will er keinesfalls bleiben. So oder ähnlich wäre es ohne Schwarzer geworden. Die Behörde hätte sich auch weiter mit der Angelegenheit beschäftigt, aber ruhig, im Amtswege, ungestört von der ihr wahrscheinlich besonders verhaßten Ungeduld der Partei. Nun war ja K. an dem allen unschuldig, die Schuld traf Schwarzer, aber Schwarzer war der Sohn eines Kastellans, und äußerlich hatte er sich ja korrekt verhalten, man konnte es also nur K. vergelten lassen. Und der lächerliche Anlaß alles dessen? Vielleicht eine ungnädige Laune Gisas an jenem Tag, wegen der Schwarzer schlaflos in der Nacht herumgestrichen war, um sich dann an K. für sein Leid zu entschädigen. Man konnte freilich von anderer Seite her auch sagen, daß K. diesem Verhalten Schwarzers sehr viel verdanke. Nur dadurch war etwas möglich geworden, was K. allein niemals erreicht, nie zu erreichen gewagt hätte und was auch ihrerseits die Behörde kaum je zugegeben hätte, daß er nämlich von allem Anfang an, ohne Winkelzüge, offen, Aug in Aug, der Behörde entgegentrat, soweit dies bei ihr überhaupt möglich war. Aber das war ein schlimmes Geschenk, es ersparte zwar K. viel Lüge und Heimlichtuerei, aber es machte ihn auch fast wehrlos, benachteiligte ihn jedenfalls im Kampf und hätte ihn im Hinblick darauf verzweifelt machen können, wenn er sich nicht hätte sagen müssen, daß der Machtunterschied zwischen der Behörde und ihm so ungeheuerlich war, daß alle Lüge und List, deren er fähig gewesen wäre, den Unterschied nicht wesentlich zu seinen Gunsten hätte herabdrücken können. Doch war dies nur ein Gedanke, mit dem K. sich selbst tröstete, Schwarzer blieb trotzdem in seiner Schuld, hatte er K. damals geschadet, vielleicht konnte er nächstens helfen, K. würde auch weiterhin Hilfe im Allergeringsten, in den allerersten Vorbedingungen nötig haben, so schien ja zum Beispiel auch Barnabas wieder zu versagen.

Friedas wegen hatte K. den ganzen Tag gezögert, in des Barnabas Wohnung nachfragen zu gehen; um ihn nicht vor Frieda empfangen zu müssen, hatte er jetzt draußen gearbeitet und war nach der Arbeit noch hier geblieben in Erwartung des Barnabas, aber Barnabas kam nicht. Nun blieb nichts anderes übrig, als zu den Schwestern zu gehen, nur für ein kleines Weilchen, nur von der Schwelle aus wollte er fragen, bald würde er wieder zurück sein. Und er rammte die Schaufel in den Schnee ein und lief. Atemlos kam er beim Haus des Barnabas an, riß nach kurzem Klopfen die Tür auf und fragte, ohne darauf zu achten, wie es in der Stube aussah: „Ist Barnabas noch immer nicht gekommen?“ Erst jetzt bemerkte er, daß Olga nicht da war, die beiden Alten wieder bei dem weit entfernten Tisch in einem Dämmerzustande saßen, sich noch nicht klargemacht hatten, was bei der Tür geschehen war, und erst langsam die Gesichter hinwendeten und daß schließlich Amalia unter Decken auf der Ofenbank lag und im ersten Schrecken über K.s Erscheinen aufgefahren war und die Hand an die Stirn hielt, um sich zu fassen. Wäre Olga hier gewesen, hätte sie gleich geantwortet, und K. hätte wieder fortgehen können, so mußte er wenigstens die paar Schritte zu Amalia machen, ihr die Hand reichen, die sie schweigend drückte, und sie bitten, die aufgescheuchten Eltern von irgendwelchen Wanderungen abzuhalten, was sie auch mit ein paar Worten tat. K. erfuhr, daß Olga im Hof Holz hackte, Amalia erschöpft — sie nannte keinen Grund — vor kurzem sich hatte niederlegen müssen und Barnabas zwar noch nicht gekommen war, aber sehr bald kommen mußte, denn über Nacht blieb er nie im Schloß. K. dankte für die Auskunft, er konnte nun wieder gehen, Amalia aber fragte, ob er nicht noch auf Olga warten wollte; aber er hatte leider keine Zeit mehr. Dann fragte Amalia, ob er denn schon heute mit Olga gesprochen habe; er verneinte es erstaunt und fragte, ob ihm Olga etwas Besonderes mitteilen wollte. Amalia verzog wie in leichtem Ärger den Mund, nickte K. schweigend zu — es war deutlich eine Verabschiedung — und legte sich wieder zurück. Aus der Ruhelage musterte sie ihn, so, als wundere sie sich, daß er noch da sei. Ihr Blick war kalt, klar, unbeweglich wie immer; er war nicht geradezu auf das gerichtet, was sie beobachtete, sondern ging — das war störend — ein wenig, kaum merklich, aber zweifellos daran vorbei, es schien nicht Schwäche zu sein, nicht Verlegenheit, nicht Unehrlichkeit, die das verursachte, sondern ein fortwährendes, jedem anderen Gefühl überlegenes Verlangen nach Einsamkeit, das vielleicht ihr selbst nur auf diese Weise zu Bewußtsein kam. K. glaubte sich zu erinnern, daß dieser Blick schon am ersten Abend ihn beschäftigt hatte, ja, daß wahrscheinlich der ganze häßliche Eindruck, den diese Familie gleich auf ihn gemacht hatte, auf diesen Blick zurückging, der für sich selbst nicht häßlich war, sondern stolz und in seiner Verschlossenheit aufrichtig. „Du bist immer so traurig, Amalia", sagte K., „quält dich etwas? Kannst du es nicht sagen? Ich habe ein Landmädchen wie dich noch nicht gesehen. Erst heute, erst jetzt ist es mir eigentlich aufgefallen. Stammst du hier aus dem Dorf? Bist du hier geboren?" Amalia bejahte es, so, als habe K. nur die letzte Frage gestellt, dann sagte sie: „Du wirst also doch auf Olga warten?" — „Ich weiß nicht, warum du immerfort das gleiche fragst", sagte K. „Ich kann nicht länger bleiben, weil zu Hause meine Braut wartet."

Amalia stützte sich auf den Ellbogen, sie wußte von keiner Braut. K. nannte den Namen. Amalia kannte sie nicht. Sie fragte, ob Olga von der Verlobung wisse; K. glaubte es wohl, Olga habe ihn ja mit Frieda gesehen, auch verbreiten sich im Dorf solche Nachrichten schnell. Amalia versicherte ihm aber, daß Olga es nicht wisse und daß es sie sehr unglücklich machen werde, denn sie scheine K. zu lieben. Offen habe sie davon nicht gesprochen, denn sie sei sehr zurückhaltend, aber Liebe verrate sich ja unwillkürlich. K. war überzeugt, daß sich Amalia irre. Amalia lächelte, und dieses Lächeln, obwohl es traurig war, erhellte das düster zusammengezogene Gesicht, machte die Stummheit sprechend, machte die Fremdheit vertraut, war die Preisgabe eines Geheimnisses, die Preisgabe eines bisher gehüteten Besitzes, der zwar wieder zurückgenommen werden konnte, aber niemals mehr ganz. Amalia sagte, sie irre sich gewiß nicht; ja, sie wisse noch mehr, sie wisse, daß auch K. Zuneigung zu Olga habe und daß seine Besuche, die irgendwelche Botschaften des Barnabas zum Vorwand haben, in Wirklichkeit nur Olga gelten. Jetzt aber, da Amalia von allem wisse, müsse er es nicht mehr so streng nehmen und dürfe öfters kommen. Nur dieses habe sie ihm sagen wollen. K. schüttelte den Kopf und erinnerte an seine Verlobung. Amalia schien nicht viele Gedanken an diese Verlobung zu verschwenden, der unmittelbare Eindruck K.s, der doch allein vor ihr stand, war für sie entscheidend; sie fragte nur, wann denn K. jenes Mädchen kennengelernt habe, er sei doch erst wenige Tage im Dorf. K. erzählte von dem Abend im Herrenhof, worauf Amalia nur kurz sagte, sie sei sehr dagegen gewesen, daß man ihn in den Herrenhof führte. Sie rief dafür auch Olga als Zeugin an, die mit einem Arm voll Holz eben hereinkam, frisch und gebeizt von der kalten

Luft, lebhaft und kräftig, wie verwandelt durch die Arbeit gegenüber ihrem sonstigen schweren Dastehen im Zimmer. Sie warf das Holz hin, begrüßte unbefangen K. und fragte gleich nach Frieda.
K. verständigte sich durch einen Blick mit Amalia, aber sie schien sich nicht für widerlegt zu halten. Ein wenig gereizt dadurch, erzählte K. ausführlicher, als er es sonst getan hätte, von Frieda, beschrieb, unter wie schwierigen Verhältnissen sie in der Schule immerhin eine Art Haushalt führte, und vergaß sich in der Eile des Erzählens — er wollte ja gleich nach Hause gehen — derart, daß er in der Form eines Abschieds die Schwestern einlud, ihn einmal zu besuchen. Jetzt allerdings erschrak er und stockte, während Amalia sofort, ohne ihm noch zu einem Worte Zeit zu lassen, die Einladung anzunehmen erklärte; nun mußte sich auch Olga anschließen und tat es. K. aber, immerfort von Gedanken an die Notwendigkeit eiligen Abschieds bedrängt und sich unruhig fühlend unter Amalias Blick, zögerte nicht, ohne weitere Verbrämung einzugestehen, daß die Einladung gänzlich unüberlegt und nur von seinem persönlichen Gefühl eingegeben gewesen sei, daß er sie aber leider nicht aufrechterhalten könne, da eine große, ihm allerdings ganz unverständliche Feindschaft zwischen Frieda und dem Barnabasschen Hause bestehe. „Es ist keine Feindschaft“, sagte Amalia, stand von der Bank auf und warf die Decke hinter sich, „ein so großes Ding ist es nicht, es ist bloß ein Nachbeten der allgemeinen Meinung. Und nun geh, geh zu deiner Braut, ich sehe, wie du eilst. Fürchte auch nicht, daß wir kommen, ich sagte es gleich anfangs nur im Scherz, aus Bosheit. Du aber kannst öfters zu uns kommen, dafür ist wohl kein Hindernis, du kannst ja immer die Barnabasschen Botschaften vorschützen. Ich erleichtere es dir noch dadurch, daß ich sagte, daß Barnabas, auch wenn er eine Botschaft vom Schloß für dich bringt, nicht wieder bis in die Schule gehen kann, um sie dir zu melden. Er kann nicht so viel herumlaufen, der arme Junge, er verzehrt sich im Dienst, du wirst selbst kommen müssen, dir die Nachricht zu holen.“ K. hatte Amalia so viel im Zusammenhang noch nicht sagen hören, es klang auch anders als sonst ihre Rede, eine Art Hoheit war darin, die nicht nur K. fühlte, sondern offenbar auch Olga, die doch an sie gewöhnte Schwester. Sie stand ein wenig abseits, die Hände im Schoß, nun wieder in ihrer gewöhnlichen breitbeinigen, ein wenig gebeugten Haltung, die Augen hatte sie auf Amalia gerichtet, während diese nur K. ansah. „Es ist ein Irrtum“, sagte K., „ein großer Irrtum, wenn du glaubst, daß es mir mit dem Warten auf Barnabas nicht ernst ist. Meine Angelegenheiten mit den Behörden in Ordnung zu bringen ist mein höchster, eigentlich mein einziger Wunsch. Und Barnabas soll mir dazu verhelfen, viel von meiner Hoffnung liegt auf ihm. Er hat mich zwar schon einmal sehr enttäuscht; aber das war mehr meine eigene Schuld als seine, es geschah in der Verwirrung der ersten Stunden, ich glaubte damals alles durch einen kleinen Abendspaziergang erreichen zu können, und

daß sich das Unmögliche als unmöglich gezeigt hat, habe ich ihm dann nachgetragen. Selbst im Urteil über euere Familie, über euch hat es mich beeinflußt. Das ist vorüber, ich glaube euch jetzt besser zu verstehen, ihr seid sogar..." K. suchte das richtige Wort, fand es nicht gleich und begnügte sich mit einem beiläufigen — „ihr seid vielleicht gutmütiger als irgend jemand sonst von den Dorfleuten, soweit ich sie bisher kenne. Aber nun, Amalia, beirrst du mich wieder dadurch, daß du, wennschon nicht den Dienst deines Bruders, so doch die Bedeutung, die er für mich hat, herabsetzest. Vielleicht bist du in die Angelegenheiten des Barnabas nicht eingeweiht, dann ist es gut und ich will die Sache auf sich beruhen lassen, vielleicht aber bist du eingeweiht — und ich habe eher diesen Eindruck –, dann ist es schlimm, denn das würde bedeuten, daß mich dein Bruder täuscht." — „Sei ruhig", sagte Amalia, „ich bin nicht eingeweiht, nichts könnte mich dazu bewegen, mich einweihen zu lassen, nichts könnte mich dazu bewegen, nicht einmal die Rücksicht auf dich, für den ich doch manches täte, denn, wie du sagtest, gutmütig sind wir. Aber die Angelegenheiten meines Bruders gehören ihm an, ich weiß nichts von ihnen als das, was ich gegen meinen Willen zufällig hier und da davon höre. Dagegen kann dir Olga volle Auskunft geben, denn sie ist seine Vertraute." Und Amalia ging fort, zuerst zu den Eltern, mit denen sie flüsterte, dann in die Küche; sie war ohne Abschied von K. fortgegangen, so, als wisse sie, er werde noch lange bleiben und es sei kein Abschied nötig.

Das fünfzehnte Kapitel

K. blieb mit etwas erstauntem Gesicht zurück, Olga lachte über ihn, zog ihn zur Ofenbank, sie schien wirklich glücklich zu sein darüber, daß sie jetzt mit ihm allein hier sitzen konnte, aber es war ein friedliches Glück, von Eifersucht war es gewiß nicht getrübt. Und gerade dieses Fernsein von Eifersucht und daher auch von jeglicher Strenge tat K. wohl; gern sah er in diese blauen, nicht lockenden, nicht herrischen, sondern schüchtern ruhenden, schüchtern standhaltenden Augen. Es war, als hätten ihn für alles dieses hier die Warnungen Friedas und der Wirtin nicht empfänglicher, aber aufmerksamer und findiger gemacht. Und er lachte mit Olga, als diese sich wunderte, warum er gerade Amalia gutmütig genannt habe, Amalia sei mancherlei, nur gutmütig sei sie eigentlich nicht. Worauf K. erklärte, das Lob habe natürlich ihr, Olga, gegolten, aber Amalia sei so herrisch, daß sie sich nicht nur alles aneigne, was in ihrer Gegenwart gesprochen werde, sondern daß man ihr auch freiwillig alles zuteile. „Das ist wahr“, sagte Olga, ernster werdend, „wahrer, als du glaubst. Amalia ist jünger als ich, jünger auch als Barnabas, aber sie ist es, die in der Familie entscheidet, im Guten und im Bösen; freilich, sie trägt es auch mehr als alle, das Gute wie das Böse.“ K. hielt das für übertrieben, eben hatte doch Amalia gesagt, daß sie sich zum Beispiel um des Bruders Angelegenheiten nicht kümmere, Olga dagegen alles darüber wisse. „Wie soll ich es erklären?“, sagte Olga. „Amalia kümmert sich weder um Barnabas noch um mich; sie kümmert sich eigentlich um niemanden außer um die Eltern, sie pflegt sie bei Tag und Nacht, jetzt hat sie wieder nach ihren Wünschen gefragt und ist in die Küche für sie kochen gegangen, hat sich ihretwegen überwunden aufzustehen, denn sie ist schon seit Mittag krank und lag hier auf der Bank. Aber obwohl sie sich nicht um uns kümmert, sind wir von ihr abhängig, so, wie wenn sie die Älteste wäre, und wenn sie uns in unseren Dingen riete, würden wir ihr gewiß folgen, aber sie tut es nicht, wir sind ihr fremd. Du hast doch viel Menschenerfahrung, du kommst aus der Fremde; scheint sie dir nicht auch besonders klug?“ — „Besonders unglücklich scheint sie mir“, sagte K., „aber wie stimmt es mit eurem Respekt vor ihr überein, daß zum Beispiel Barnabas diese Botendienste tut, die Amalia mißbilligt, vielleicht sogar mißachtet?“ — „Wenn er wüßte, was er sonst tun sollte, er würde den Botendienst, der ihn gar nicht befriedigt, sofort verlassen.“ — „Ist er denn nicht ausgelernter Schuster?“, fragte K. „Gewiß“, sagte Olga, „er arbeitet ja auch nebenbei für Brunswick und hätte, wenn er wollte, Tag und Nacht Arbeit und reichlichen Verdienst.“ — „Nun also“, sagte K., „dann hätte er doch einen Ersatz für den Botendienst.“ — „Für den Botendienst?“, fragte Olga erstaunt. „Hat er ihn denn des Verdienens halber übernommen?“ — „Mag sein“,sagte K., „aber du erwähntest doch, daß er ihn nicht befriedigt.“ — „Er befriedigt ihn nicht, und aus verschiedenen Gründen“, sagte Olga, „aber es ist doch Schloßdienst, immerhin eine Art Schloßdienst, so sollte man wenigstens glauben.“ — „Wie“, sagte K., „sogar darin seid ihr im Zweifel?“ — „Nun“, sagte Olga, „eigentlich nicht; Barnabas geht in die Kanzleien, verkehrt mit den Dienern wie ihresgleichen, sieht von der Ferne auch einzelne Beamte, bekommt verhältnismäßig wichtige Briefe, ja sogar mündlich auszurichtende Botschaften anvertraut, das ist doch recht viel, und wir können stolz darauf sein, wieviel er in so jungen Jahren schon erreicht hat.“ K. nickte, an die Heimkehr dachte er jetzt nicht. „Er hat auch eine eigene Livree?“, fragte er. „Du meinst die Jacke?“, sagte Olga. „Nein, die hat ihm Amalia gemacht, noch ehe er Bote war. Aber du näherst dich dem wunden Punkt. Er hätte schon längst nicht eine Livree, die es im Schloß nicht gibt, aber einen Anzug vom Amt bekommen sollen, es ist ihm auch zugesichert worden, aber in dieser Hinsicht ist man im Schloß sehr langsam, und das Schlimme ist, daß man niemals weiß, was diese Langsamkeit bedeutet; sie kann bedeuten, daß die Sache im Amtsgang ist, sie kann aber auch bedeuten, daß der Amtsgang noch gar nicht begonnen hat, daß man also zum Beispiel Barnabas immer noch erst erproben will, sie kann aber schließlich auch bedeuten, daß der Amtsgang schon beendet ist, man aus irgendwelchen Gründen die Zusicherung zurückgezogen hat und Barnabas den Anzug niemals bekommt. Genaueres kann man darüber nicht erfahren oder erst nach langer Zeit. Es ist hier die Redensart, vielleicht kennst du sie: Amtliche Entscheidungen sind scheu wie junge Mädchen.“ — „Das ist eine gute Beobachtung“, sagte K., er nahm es noch ernster als Olga, „eine gute Beobachtung, die Entscheidungen mögen noch andere Eigenschaften mit Mädchen gemeinsam haben.“ — „Vielleicht“, sagte Olga. „Ich weiß freilich nicht, wie du es meinst. Vielleicht meinst du es gar lobend. Aber was das Amtskleid betrifft, so ist dies eben eine der Sorgen des Barnabas, und da wir die Sorgen gemeinsam haben, auch meine. Warum bekommt er kein Amtskleid, fragen wir uns vergebens. Nun ist aber diese ganze Sache nicht so einfach. Die Beamten zum Beispiel scheinen überhaupt kein Amtskleid zu haben; soviel wir hier wissen und soviel Barnabas erzählt, gehen die Beamten in gewöhnlichen, allerdings schönen Kleidern herum. Übrigens hast du ja Klamm gesehen. Nun, ein Beamter, auch ein Beamter niedrigster Kategorie, ist natürlich Barnabas nicht und versteigt sich nicht dazu, es sein zu wollen. Aber auch höhere Diener, die man hier im Dorf freilich überhaupt nicht zu sehen bekommt, haben nach des Barnabas Bericht keine Amtsanzüge; das ist ein gewisser Trost, könnte man von vornherein meinen, aber er ist trügerisch, denn ist Barnabas ein höherer Diener? Nein, wenn man ihm noch so sehr geneigt ist, das kann man nicht sagen, ein höherer Diener ist er nicht, schon daß er ins Dorf kommt, ja sogar hier wohnt, ist ein Gegenbeweis, die höheren Diener sind noch zurückhaltender als die Beamten, vielleicht mit Recht, vielleicht sind sie sogar höher als manche Beamte; einiges spricht dafür: sie arbeiten weniger, und es soll nach Barnabas ein wunderbarer Anblick sein, diese auserlesen großen, starken Männer langsam durch die Korridore gehen zu sehen, Barnabas schleicht an ihnen immer herum. Kurz, es kann keine Rede davon sein, daß Barnabas ein höherer Diener ist. Also könnte er einer der niedrigen Dienerschaft sein, aber diese haben eben Amtsanzüge, wenigstens soweit sie ins Dorf herunterkommen, es ist keine eigentliche Livree, es gibt auch viele Verschiedenheiten, aber immerhin erkennt man sofort an den Kleidern den Diener aus dem Schloß, du hast ja solche Leute im Herrenhof gesehen. Das auffallendste an den Kleidern ist, daß sie meistens eng anliegen, ein Bauer oder ein Handwerker könnte ein solches Kleid nicht gebrauchen. Nun, dieses Kleid hat also Barnabas nicht; das ist nicht nur etwa beschämend oder entwürdigend, das könnte man ertragen, aber es läßt, besonders in trüben Stunden — und manchmal, nicht zu selten, haben wir solche, Barnabas und ich — an allem zweifeln. Ist es überhaupt Schloßdienst, was Barnabas tut, fragen wir dann; gewiß, er geht in die Kanzleien, aber sind die Kanzleien das eigentliche Schloß? Und selbst wenn Kanzleien zum Schloß gehören, sind es die Kanzleien, welche Barnabas betreten darf? Er kommt in Kanzleien; aber es ist doch nur ein Teil aller, dann sind Barrieren, und hinter ihnen sind noch andere Kanzleien. Man verbietet ihm nicht gerade weiterzugehen, aber er kann doch nicht weitergehen, wenn er seine Vorgesetzten schon gefunden hat, sie ihn abgefertigt haben und wegschicken. Man ist dort überdies immer beobachtet, wenigstens glaubt man es. Und selbst wenn er weiterginge, was würde es helfen, wenn er dort keine amtliche Arbeit hat und ein Eindringling wäre? Diese Barrieren darfst du dir auch nicht als eine bestimmte Grenze vorstellen, darauf macht mich auch Barnabas immer wieder aufmerksam. Barrieren sind auch in den Kanzleien, in die er geht; es gibt also auch Barrieren, die er passiert, und sie sehen nicht anders aus als die, über die er noch nicht hinweggekommen ist, und es ist auch deshalb nicht von vornherein anzunehmen, daß sich hinter diesen letzteren Barrieren wesentlich andere Kanzleien befinden als jene, in denen Barnabas schon war. Nur eben in jenen trüben Stunden glaubt man das. Und dann geht der Zweifel weiter, man kann sich gar nicht wehren. Barnabas spricht mit Beamten, Barnabas bekommt Botschaften. Aber was für Beamte, was für Botschaften sind es? Jetzt ist er, wie er sagt, Klamm zugeteilt und bekommt von ihm persönlich die Aufträge. Nun, das wäre doch sehr viel, selbst höhere Diener gelangen nicht so weit, es wäre fast zuviel, das ist das Beängstigende. Denk nur, unmittelbar Klamm zugeteilt sein, mit ihm von Mund zu Mund sprechen. Aber es ist doch so? Nun ja, es ist so, aber warum zweifelt denn Barnabas daran, daß der Beamte, der dort als Klamm bezeichnet wird, wirklich Klamm ist?“ — „Olga“, sagte K., „du willst doch nicht scherzen, wie kann über Klamms Aussehen ein Zweifel bestehen, es ist doch bekannt, wie er aussieht, ich selbst habe ihn gesehen." — „Gewiß nicht, K.", sagte Olga. „Scherze sind es nicht, sondern meine allerernstesten Sorgen. Doch erzähle ich es dir nicht, um mein Herz zu erleichtern und deines etwa zu beschweren, sondern weil du nach Barnabas fragtest, Amalia mir den Auftrag gab, zu erzählen, und weil ich glaube, daß es auch für dich nützlich ist, Genaueres zu wissen. Auch wegen Barnabas tue ich es, damit du nicht allzu große Hoffnungen auf ihn setzt, er dich enttäuscht und dann selbst unter deiner Enttäuschung leidet. Er ist sehr empfindlich; er hat zum Beispiel heute nacht nicht geschlafen, weil du gestern abend mit ihm unzufrieden warst; du sollst gesagt haben, daß es sehr schlimm für dich ist, daß du nur einen solchen Boten wie Barnabas hast. Die Worte haben ihn um den Schlaf gebracht.

Du selbst wirst wohl von seinen Aufregungen nicht viel gemerkt haben, Schloßboten müssen sich sehr beherrschen. Aber er hat es nicht leicht, selbst mit dir nicht. Du verlangst ja in deinem Sinn gewiß nicht zuviel von ihm, du hast bestimmte Vorstellungen vom Botendienst mitgebracht, und nach ihnen bemißt du deine Anforderungen. Aber im Schloß hat man andere Vorstellungen vom Botendienst, sie lassen sich mit deinen nicht vereinen, selbst wenn sich Barnabas gänzlich dem Dienst opferte, wozu er leider manchmal bereit scheint. Man müßte sich ja fügen, dürfte nichts dagegen sagen, wäre nur nicht die Frage, ob es wirklich Botendienst ist, was er tut. Dir gegenüber darf er natürlich keinen Zweifel darüber aussprechen; es hieße für ihn, seine eigene Existenz untergraben, wenn er das täte, Gesetze grob verletzen, unter denen er ja noch zu stehen glaubt, und selbst mir gegenüber spricht er nicht frei, abschmeicheln, abküssen muß ich ihm seine Zweifel, und selbst dann wehrt er sich noch zuzugeben, daß die Zweifel Zweifel sind. Er hat etwas von Amalia im Blut. Und alles sagt er mir gewiß nicht, obwohl ich seine einzige Vertraute bin. Aber über Klamm sprechen wir manchmal, ich habe Klamm noch nicht gesehen — du weißt, Frieda liebt mich wenig und hätte mir den Anblick nie gegönnt –, aber natürlich ist sein Aussehen im Dorf bekannt, einzelne haben ihn gesehen, alle von ihm gehört, und es hat sich aus dem Augenschein, aus Gerüchten und auch manchen fälschenden Nebenabsichten ein Bild Klamms ausgebildet, das wohl in den Grundzügen stimmt. Aber nur in den Grundzügen. Sonst ist es veränderlich und vielleicht nicht einmal so veränderlich wie Klamms wirkliches Aussehen. Er soll ganz anders aussehen, wenn er ins Dorf kommt, und anders, wenn er es verläßt, anders, ehe er Bier getrunken hat, anders nachher, anders im Wachen, anders im Schlafen, anders allein, anders im Gespräch und, was hiernach verständlich ist, fast grundverschieden oben im Schloß. Und es sind schon selbst innerhalb des Dorfes ziemlich große Unterschiede, die berichtet werden, Unterschiede der Größe, der Haltung, der Dicke, des Bartes, nur hinsichtlich des Kleides sind die Berichte glücklicherweise einheitlich: Er trägt immer das gleiche Kleid, ein schwarzes Jackettkleid mit langen Schößen. Nun gehen natürlich alle diese Unterschiede auf keine Zauberei zurück, sondern sind sehr begreiflich, entstehen durch die augenblickliche Stimmung, den Grad der Aufregung, die unzähligen Abstufungen der Hoffnung oder Verzweiflung, in welcher sich der Zuschauer, der überdies meist nur augenblickweise Klamm sehen darf, befindet. Ich erzähle dir das alles wieder, so wie es mir Barnabas oft erklärt hat, und man kann sich im allgemeinen, wenn man nicht persönlich unmittelbar an der Sache beteiligt ist, damit beruhigen. Wir können es nicht, für Barnabas ist es eine Lebensfrage, ob er wirklich mit Klamm spricht oder nicht." — „Für mich nicht minder", sagte K., und sie rückten noch näher zusammen auf der Ofenbank. Durch alle die ungünstigen Neuigkeiten Olgas war K. zwar betroffen, doch sah er einen Ausgleich zum großen Teile darin, daß er hier Menschen fand, denen es, wenigstens äußerlich, sehr ähnlich ging wie ihm selbst, denen er sich also anschließen konnte, mit denen er sich in vielem verständigen konnte, nicht nur in manchem, wie mit Frieda. Zwar verlor er allmählich die Hoffnung auf einen Erfolg der Barnabasschen Botschaft, aber je schlechter es Barnabas oben ging, desto näher kam er ihm hier unten, niemals hätte K. gedacht, daß aus dem Dorf selbst ein derart unglückliches Bestreben hervorgehen konnte, wie es das des Barnabas und seiner Schwester war. Es war freilich noch bei weitem nicht genug erklärt und konnte sich schließlich noch ins Gegenteil wenden; man mußte durch das gewisse unschuldige Wesen Olgas sich nicht gleich verführen lassen, auch an die Aufrichtigkeit des Barnabas zu glauben. „Die Berichte über Klamms Aussehen", fuhr Olga fort, „kennt Barnabas sehr gut, hat viele gesammelt und verglichen, vielleicht zu viele, hat einmal selbst Klamm im Dorf durch ein Wagenfenster gesehen oder zu sehen geglaubt, war also genügend vorbereitet, ihn zu erkennen, und hat doch — wie erklärst du es dir? –, als er im Schloß in eine Kanzlei kam und man ihm unter mehreren Beamten einen zeigte und sagte, daß dieser Klamm sei, ihn nicht erkannt und auch nachher noch lange sich nicht daran gewöhnen können, daß es Klamm sein sollte. Fragst du nun aber Barnabas, worin sich jener Mann von der üblichen Vorstellung, die man von Klamm hat, unterscheidet, kann er nicht antworten, vielmehr er antwortet und beschreibt den Beamten im Schloß, aber die Beschreibung deckt sich genau mit der Beschreibung Klamms, wie wir sie kennen. „Nun also, Barnabas", sage ich, „warum zweifelst du, warum quälst du dich?" Worauf er dann, in sichtlicher Bedrängnis, Besonderheiten des Beamten im Schloß aufzuzählen beginnt, die er aber mehr zu erfinden als zu berichten scheint, die aber außerdem so geringfügig sind — sie betreffen zum Beispiel ein besonderes Nicken des Kopfes oder auch nur die aufgeknöpfte Weste –, daß man sie unmöglich ernst nehmen kann. Noch wichtiger scheint mir die Art, wie Klamm mit Barnabas verkehrt. Barnabas hat es mir oft beschrieben, sogar gezeichnet. Gewöhnlich wird Barnabas in ein großes Kanzleizimmer geführt, aber es ist nicht Klamms Kanzlei, überhaupt nicht die Kanzlei eines einzelnen. Der Länge nach ist dieses Zimmer durch ein einziges, von Seitenwand zu Seitenwand reichendes Stehpult in zwei Teile geteilt, einen schmalen, wo einander zwei Personen nur knapp ausweichen können, das ist der Raum der Beamten, und einen breiten, das ist der Raum der Parteien, der Zuschauer, der Diener, der Boten. Auf dem Pult liegen aufgeschlagen große Bücher, eines neben dem anderen, und bei den meisten stehen Beamte und lesen darin. Doch bleiben sie nicht immer beim gleichen Buch, tauschen aber nicht die Bücher, sondern die Plätze, am erstaunlichsten ist es Barnabas, wie sie sich bei solchem Plätzewechsel aneinander vorbeidrücken müssen, eben wegen der Enge des Raumes. Vorn, eng am Stehpult, sind niedrige Tischchen, an denen Schreiber sitzen, welche, wenn die Beamten es wünschen, nach ihrem Diktat schreiben. Immer wundert sich Barnabas, wie das geschieht. Es erfolgt kein ausdrücklicher Befehl des Beamten, auch wird nicht laut diktiert, man merkt kaum, daß diktiert wird, vielmehr scheint der Beamte zu lesen wie früher, nur daß er dabei auch noch flüstert, und der Schreiber hört's. Oft diktiert der Beamte so leise, daß der Schreiber es sitzend gar nicht hören kann, dann muß er immer aufspringen, das Diktierte auffangen, schnell sich setzen und es aufschreiben, dann wieder aufspringen und so fort. Wie merkwürdig das ist! Es ist fast unverständlich. Barnabas freilich hat genug Zeit, das alles zu beobachten, denn dort in dem Zuschauerraum steht er stunden- und manchmal tagelang, ehe Klamms Blick auf ihn fällt. Und auch wenn ihn Klamm schon gesehen hat und Barnabas sich in Habtachtstellung aufrichtet, ist noch nichts entschieden, denn Klamm kann sich wieder von ihm dem Buchzuwenden und ihn vergessen; so geschieht es oft. Was ist es aber für ein Botendienst, der so unwichtig ist? Mir wird wehmütig, wenn Barnabas früh sagt, daß er ins Schloß geht. Dieser wahrscheinlich ganz unnütze Weg, dieser wahrscheinlich verlorene Tag, diese wahrscheinlich vergebliche Hoffnung. Was soll das alles? Und hier ist Schusterarbeit aufgehäuft, die niemand macht und auf deren Ausführung Brunswick drängt.“ „Nun gut“, sagte K. „Barnabas muß lange warten, ehe er einen Auftrag bekommt. Das ist verständlich, es scheint hier ja ein Übermaß von Angestellten zu sein, nicht jeder kann jeden Tag einen Auftrag bekommen, darüber müßt ihr nicht klagen, das trifft wohl jeden. Schließlich aber bekommt doch wohl auch Barnabas Aufträge, mir selbst hat er schon zwei Briefe gebracht.“ „Es ist ja möglich“, sagte Olga, „daß wir unrecht haben zu klagen, besonders ich, die alles nur vom Hörensagen kennt und es als Mädchen auch nicht so gut verstehen kann wie Barnabas, der ja auch noch manches zurückhält. Aber nun höre, wie es sich mit den Briefen verhält, mit den Briefen an dich zum Beispiel. Diese Briefe bekommt er nicht unmittelbar von Klamm, sondern vom Schreiber. An einem beliebigen Tage, zu beliebiger Stunde — deshalb ist auch der Dienst, so leicht er scheint, sehr ermüdend, denn Barnabas muß immerfort aufpassen — erinnert sich der Schreiber an ihn und winkt ihm. Klamm scheint das gar nicht veranlaßt zu haben, er liest ruhig in seinem Buch; manchmal allerdings, aber das tut er auch sonst öfters, putzt er gerade den Zwicker, wenn Barnabas kommt, und sieht ihn dabei vielleicht an; vorausgesetzt, daß er ohne Zwicker überhaupt sieht, Barnabas bezweifelt es, Klamm hat dann die Augen fast geschlossen, er scheint zu schlafen und nur im Traum den Zwicker zu putzen. Inzwischen sucht der Schreiber aus den vielen Akten und Briefschaften, die er unter dem Tisch hat, einen Brief für dich heraus, es ist also kein Brief, den er gerade geschrieben hat, vielmehr ist es, dem Aussehen des Umschlages nach, ein sehr alter Brief, der schon lange dort liegt. Wenn es aber ein alter Brief ist, warum hat man Barnabas so lange warten lassen? Und wohl auch dich? Und schließlich auch den Brief, denn er ist ja jetzt wohl schon veraltet. Und Barnabas bringt man dadurch in den Ruf, ein schlechter, langsamer Bote zu sein. Der Schreiber allerdings macht es sich leicht, gibt Barnabas den Brief, sagt: „Von Klamm für K.", und damit ist Barnabas entlassen. Nun, und dann kommt Barnabas nach Hause, atemlos, den endlich ergatterten Brief unter dem Hemd am bloßen Leib, und wir setzen uns dann hierher auf die Bank wie jetzt, und er erzählt, und wir untersuchen dann alles einzeln und schätzen ab, was er erreicht hat, und finden schließlich, daß es sehr wenig ist — und das wenige fragwürdig, und Barnabas legt den Brief weg und hat keine Lust, ihn zu bestellen, hat aber auch keine Lust, schlafen zu gehen, nimmt die Schusterarbeit vor und versitzt dort auf dem Schemel die Nacht. So ist es, K., und das sind meine Geheimnisse, und nun wunderst du dich wohl nicht mehr, daß Amalia auf sie verzichtet." — „Und der Brief?", fragte K. „Der Brief?", sagte Olga. „Nun, nach einiger Zeit, wenn ich Barnabas genug gedrängt habe, es können Tage und Wochen inzwischen vergangen sein, nimmt er doch den Brief und geht, ihn zuzustellen. In solchen Äußerlichkeiten ist er doch sehr abhängig von mir. Ich kann mich nämlich, wenn ich den ersten Eindruck seiner Erzählung überwunden habe, dann auch wieder fassen, wozu er wahrscheinlich, weil er eben mehr weiß, nicht imstande ist. Und so kann ich ihm dann immer wieder etwa sagen: „Was willst du denn eigentlich, Barnabas? Von welcher Laufbahn, welchem Ziele träumst du? Willst du vielleicht so weit kommen, daß du uns, daß du mich gänzlich verlassen mußt? Ist das etwa dein Ziel? Muß ich das nicht glauben, da es ja sonst unverständlich wäre, warum du mit dem schon Erreichten so entsetzlich unzufrieden bist? Sieh dich doch um, ob jemand unter unseren Nachbarn schon so weit gekommen ist? Freilich, ihre Lage ist anders als die unsrige, und sie haben keinen Grund, über ihre Wirtschaft hinauszustreben, aber auch ohne zu vergleichen muß man doch einsehen, daß bei dir alles in bestem Gange ist. Hindernisse sind da,

Fragwürdigkeiten, Enttäuschungen, aber das bedeutet doch nur, was wir schon vorher gewußt haben, daß dir nichts geschenkt wird, daß du dir vielmehr jede einzelne Kleinigkeit selbst erkämpfen mußt; ein Grund mehr, um stolz, nicht um niedergeschlagen zu sein. Und dann kämpfst du doch auch für uns? Bedeutet dir das gar nichts? Gibt dir das keine neue Kraft? Und daß ich glücklich und fast hochmütig bin, einen solchen Bruder zu haben, gibt dir das keine Sicherheit? Wahrhaftig, nicht in dem, was du im Schloß erreicht hast, aber in dem, was ich bei dir erreicht habe, enttäuschst du mich. Du darfst ins Schloß, bist ein ständiger Besucher der Kanzleien, verbringst ganze Tage im gleichen Raum mit Klamm, bist öffentlich anerkannter Bote, hast ein Amtskleid zu beanspruchen, bekommst wichtige Briefschaften auszutragen; das alles bist du, das alles darfst du und kommst herunter, und statt daß wir uns weinend vor Glück in den Armen liegen, scheint dich bei meinem Anblick aller Mut zu verlassen; an allem zweifelst du, nur der Schusterleisten lockt dich, und den Brief, diese Bürgschaft unserer Zukunft, läßt du liegen.“ So rede ich zu ihm, und nachdem ich das tagelang wiederholt habe, nimmt er einmal seufzend den Brief und geht. Aber es ist wahrscheinlich gar nicht die Wirkung meiner Worte, sondern es treibt ihn nur wieder ins Schloß, und ohne den Auftrag ausgerichtet zu haben, würde er es nicht wagen hinzugehen.“ — „Aber du hast doch auch mit allem recht, was du ihm sagst“, sagte K. „Bewunderungswürdig richtig hast du alles zusammengefaßt. Wie erstaunlich klar du denkst!“ „Nein“, sagte Olga, „es täuscht dich, und so täusche ich vielleicht auch ihn. Was hat er denn erreicht? In eine Kanzlei darf er eintreten, aber es scheint nicht einmal eine Kanzlei, eher ein Vorzimmer der Kanzleien, vielleicht nicht einmal das, vielleicht ein Zimmer, wo alle zurückgehalten werden sollen, die nicht in die wirklichen Kanzleien dürfen. Mit Klamm spricht er, aber ist es Klamm? Ist es nicht eher jemand, der Klamm ein wenig ähnlich ist? Ein Sekretär vielleicht, wenn's hoch geht, der Klamm ein wenig ähnlich ist und sich anstrengt, ihm noch ähnlicher zu werden, und sich dann wichtig macht, in Klamms verschlafener, träumerischer Art. Dieser Teil seines Wesens ist am leichtesten nachzuahmen, daran versuchen sich manche, von seinem sonstigen Wesen freilich lassen sie wohlweislich die Finger. Und ein so oft ersehnter und so selten erreichter Mann, wie es Klamm ist, nimmt in der Vorstellung der Menschen leicht verschiedene Gestalten an. Klamm hat zum Beispiel hier einen Dorfsekretär namens Momus. So? Du kennst ihn? Auch er hält sich sehr zurück, aber ich habe ihn doch schon einige Male gesehen. Ein junger, starker Herr, nicht? Und sieht also wahrscheinlich Klamm gar nicht ähnlich. Und doch kannst du im Dorf Leute finden, die beschwören würden, daß Momus Klamm ist und kein anderer. So arbeiten die Leute an ihrer eigenen Verwirrung. Und muß es im Schloß anders sein? Jemand hat Barnabas gesagt, daß jener Beamte Klamm ist, und tatsächlich besteht eine Ähnlichkeit zwischen beiden, aber eine von Barnabas immerfort angezweifelte Ähnlichkeit. Und alles spricht für seine Zweifel. Klamm sollte hier in einem allgemeinen Raum, zwischen anderen Beamten, den Bleistift hinter dem Ohr, sich drängen müssen? Das ist doch höchst unwahrscheinlich. Barnabas pflegt, ein wenig kindlich, manchmal — dies ist aber schon eine zuversichtliche Laune — zu sagen: Der Beamte sieht ja Klamm sehr ähnlich; würde er in einer eigenen Kanzlei sitzen, am eigenen Schreibtisch, und wäre an der Tür sein Name — ich hätte keine Zweifel mehr. Das ist kindlich, aber doch auch verständig. Noch viel verständiger allerdings wäre es, wenn Barnabas sich, wenn er oben ist, gleich bei mehreren Leuten erkundigte, wie sich die Dinge wirklich verhalten; es stehen doch seiner Angabe nach genug Leute in dem Zimmer herum. Und wären auch ihre Angaben nicht viel verläßlicher als die Angabe jenes, der ungefragt ihm Klamm gezeigt hat, es müßten sich doch zumindest aus ihrer Mannigfaltigkeit irgendwelche Anhaltspunkte, Vergleichspunkte ergeben. Es ist das nicht mein Einfall, sondern der Einfall des Barnabas, aber er wagt nicht, ihn auszuführen; aus Furcht, er könnte durch irgendwelche ungewollte Verletzung unbekannter Vorschriften seine Stelle verlieren, wagt er niemanden anzusprechen, so unsicher fühlt er sich; diese doch eigentlich jämmerliche Unsicherheit beleuchtet mir seine Stellung schärfer als alle Beschreibungen. Wie zweifelhaft und drohend muß ihm dort alles erscheinen, wenn er nicht einmal zu einer unschuldigen Frage den Mund aufzutun. wagt. Wenn ich das überlege, klage ich mich an, daß ich ihn allein in jenen unbekannten Räumen lasse, wo es derart zugeht, daß sogar er, der eher waghalsig als feig ist, dort vor Furcht wahrscheinlich zittert“

„Hier, glaube ich, kommst du zu dem Entscheidenden“, sagte K. „Das ist es. Nach allem, was du erzählt hast, glaube ich, jetzt klar zu sehen. Barnabas ist zu jung für diese Aufgabe. Nichts von dem, was er erzählt, kann man ohne weiteres ernst nehmen. Da er oben vor Furcht vergeht, kann er dort nicht beobachten, und zwingt man ihn, hier dennoch zu berichten, erhält man verwirrte Märchen. Ich wundere mich nicht darüber. Die Ehrfurcht vor der Behörde ist euch hier eingeboren, wird euch weiter während des ganzen Lebens auf die verschiedensten Arten und von allen Seiten eingeflößt, und ihr selbst helft dabei mit, wie ihr nur könnt. Doch sage ich im Grunde nichts dagegen; wenn eine Behörde gut ist, warum sollte man vor ihr nicht Ehrfurcht haben. Nur darf man dann nicht einen unbelehrten Jüngling wie Barnabas, der über den Umkreis des Dorfes nicht hinausgekommen ist, plötzlich ins Schloß schicken und dann wahrheitsgetreue Berichte von ihm verlangen wollen und jedes seiner Worte wie ein Offenbarungswort untersuchen und von der Deutung das eigene Lebensglück abhängig machen. Nichts kann verfehlter sein. Freilich habe auch ich, nicht anders als du, mich von ihm beirren lassen und sowohl Hoffnungen auf ihn gesetzt, als Enttäuschungen durch ihn erlitten, die beide nur auf seinen Worten, also fast gar nicht, begründet waren.“ Olga schwieg. „Es wird mir nicht leicht“, sagte K., „dich in dem Vertrauen zu deinem Bruder zu beirren, da ich doch sehe, wie du ihn liebst und was du von ihm erwartest. Es muß aber geschehen, und nicht zum wenigsten deiner Liebe und deiner Erwartungen wegen. Denn sieh, immer wieder hindert dich etwas — ich weiß nicht, was es ist –, voll zu erkennen, was Barnabas nicht etwa erreicht hat, aber was ihm geschenkt worden ist. Er darf in die Kanzleien oder, wenn du es so willst, in einen Vorraum; nun, dann ist's also ein Vorraum, aber es sind Türen da, die weiterführen, Barrieren, die man durchschreiten kann, wenn man das Geschick dazu hat. Mir zum Beispiel ist dieser Vorraum, wenigstens vorläufig, völlig unzugänglich. Mit wem Barnabas dort spricht, weiß ich nicht, vielleicht ist jener Schreiber der niedrigste Diener, aber auch wenn er der niedrigste ist, kann er zu dem nächsthöheren führen, und wenn er nicht zu ihm führen kann, so kann er ihn doch wenigstens nennen, und wenn er ihn nicht nennen kann, so kann er doch auf jemanden verweisen, der ihn wird nennen können. Der angebliche Klamm mag mit dem wirklichen nicht das geringste gemeinsam haben, die Ähnlichkeit mag nur für die vor Aufregung blinden Augen des Barnabas bestehen, er mag der niedrigste der Beamten, er mag noch nicht einmal Beamter sein, aber irgendeine Aufgabe hat er doch bei jenem Pult, irgend etwas liest er in seinem großen Buch, irgend etwas flüstert er dem Schreiber zu, irgend etwas denkt er, wenn einmal in langer Zeit sein Blick auf Barnabas fällt, und selbst wenn das alles nicht wahr ist und er und seine Handlungen gar nichts bedeuten, so hat ihn doch jemand dort hingestellt und hat dies mit irgendeiner Absicht getan. Mit dem allem will ich sagen, daß irgend etwas da ist, irgend etwas dem Barnabas angeboten wird, wenigstens irgend etwas, und daß es nur die Schuld des Barnabas ist, wenn er damit nichts anderes erreichen kann als Zweifel, Angst und Hoffnungslosigkeit. Und dabei bin ich ja immer noch von dem ungünstigsten Fall ausgegangen, der sogar sehr unwahrscheinlich ist. Denn wir haben ja die Briefe in der Hand, denen ich zwar nicht viel traue, aber viel mehr als des Barnabas Worten. Mögen es auch alte, wertlose Briefe sein, die wahllos aus einem Haufen genauso wertloser Briefe hervorgezogen wurden, wahllos und mit nicht mehr Verstand, als die Kanarienvögel auf den Jahrmärkten aufwenden, um das Lebenslos eines Beliebigen aus einem Haufen herauszupicken, und mag das so sein, so haben diese Briefe doch wenigstens irgendeinen Bezug auf meine Arbeit; sichtlich sind sie für mich, wenn auch vielleicht nicht für meinen Nutzen bestimmt; sind, wie der Gemeindevorsteher und seine Frau bezeugt haben, von Klamm eigenhändig gefertigt und haben, wiederum nach dem Gemeindevorsteher, zwar nur eine private und wenig durchsichtige, aber doch eine große Bedeutung.“ — „Sagte das der Gemeindevorsteher?“, fragte Olga. „Ja, das sagte er“, antwortete K. „Ich werde es Barnabas erzählen“, sagte Olga schnell, „das wird ihn sehr aufmuntern.“ — „Er braucht aber nicht Aufmunterung“, sagte K., „ihn aufmuntern bedeutet, ihm zu sagen, daß er recht hat, daß er nur in seiner bisherigen Art fortfahren soll, aber eben auf diese Art wird er niemals etwas erreichen. Du kannst jemanden, der die Augen verbunden hat, noch so sehr aufmuntern, durch das Tuch zu starren, er wird doch niemals etwas sehen; erst wenn man ihm das Tuch abnimmt, kann er sehen. Hilfe braucht Barnabas, nicht Aufmunterung. Bedenke doch nur: dort oben ist die Behörde in ihrer unentwirrbaren Größe — ich glaubte, annähernde Vorstellungen von ihr zu haben, ehe ich hierher kam, wie kindlich war das alles –, dort also ist die Behörde und ihr tritt Barnabas entgegen, niemand sonst, nur er, erbarmungswürdig allein, zuviel Ehre noch für ihn, wenn er nicht sein Leben lang verschollen in einen dunklen Winkel der Kanzleien geduckt bleibt.“ — „Glaube nicht, K. “, sagte Olga, „daß wir die Schwere der Aufgabe, die Barnabas übernommen hat, unterschätzen. An Ehrfurcht vor der Behörde fehlt es uns ja nicht, das hast du selbst gesagt.“ — „Aber es ist irregeleitete Ehrfurcht“, sagte K. „Ehrfurcht am unrechten Ort, solche Ehrfurcht entwürdigt ihren Gegenstand. Ist es noch Ehrfurcht zu nennen, wenn Barnabas das Geschenk des Eintritts in jenen Raum dazu mißbraucht, um untätig dort die Tage zu verbringen, oder wenn er herabkommt und diejenigen, vor denen er eben gezittert hat, verdächtigt und verkleinert oder wenn er aus Verzweiflung oder Müdigkeit Briefe nicht gleich austrägt und ihm anvertraute Botschaften nicht gleich ausrichtet? Das ist doch wohl keine Ehrfurcht mehr. Aber der Vorwurf geht noch weiter, geht auch gegen dich, Olga; ich kann dir ihn nicht ersparen. Du hast Barnabas, obwohl du Ehrfurcht vor der Behörde zu haben glaubst, in aller seiner Jugend und Schwäche und Verlassenheit ins Schloß geschickt oder wenigstens nicht zurückgehalten.“

„Den Vorwurf, den du mir machst“, sagte Olga, „mache ich mir auch, seit jeher schon. Allerdings nicht, daß ich Barnabas ins Schloß geschickt habe, ist mir vorzuwerfen, ich habe ihn nicht geschickt, er ist selbst gegangen, aber ich hätte ihn wohl mit allen Mitteln, mit Gewalt, mit List, mit Überredung, zurückhalten sollen. Ich hätte ihn zurückhalten sollen, aber wenn heute jener Tag, jener Entscheidungstag wäre und ich die Not des Barnabas, die Not unserer Familie so fühlte wie damals und heute und wenn Barnabas wieder, aller Verantwortung und Gefahr deutlich sich bewußt, lächelnd und sanft sich von mir losmachte, um zu gehen, ich würde ihn auch heute nicht zurückhalten, trotz allen Erfahrungen der Zwischenzeit und, ich glaube, auch du an meiner Stelle könntest nicht anders. Du kennst nicht unsere Not, deshalb tust du uns, vor allem aber Barnabas, unrecht. Wir hatten damals mehr Hoffnung als heute, aber groß war unsere Hoffnung auch damals nicht, groß war nur unsere Not und ist es geblieben. Hat dir denn Frieda nichts über uns erzählt?“ — „Nur Andeutungen“, sagte K., „nichts Bestimmtes; aber schon euer Name erregt sie.“ — „Und auch die Wirtin hat nichts erzählt?“ —

„Nein, nichts.“ — „Und auch sonst niemand?“ — „Niemand.“ — „Natürlich, wie könnte jemand etwas erzählen. Jeder weiß etwas über uns, entweder die Wahrheit, soweit sie den Leuten zugänglich ist, oder wenigstens irgendein übernommenes oder meist selbst erfundenes Gerücht, und jeder denkt an uns mehr, als nötig ist, aber geradezu erzählen wird es niemand, diese Dinge in den Mund zu nehmen, scheuen sie sich. Und sie haben recht darin. Es ist schwer, es hervorzubringen, selbst dir gegenüber, K., und ist es denn nicht auch möglich, daß du, wenn du es angehört hast, weggehst und nichts mehr von uns wirst wissen wollen, so wenig es dich auch zu betreffen scheint. Dann haben wir dich verloren, der du mir jetzt, ich gestehe es, fast mehr bedeutest als der bisherige Schloßdienst des Barnabas. Und doch — dieser Widerspruch quält mich schon den ganzen Abend — mußt du es erfahren, denn sonst bekommst du keinen Überblick über unsere Lage, bliebest, was mich besonders schmerzen würde, ungerecht zu Barnabas; die notwendige völlige Einigkeit würde uns fehlen, und du könntest weder uns helfen noch unsere Hilfe, die außerordentliche, annehmen. Aber es bleibt noch eine Frage: Willst du es denn überhaupt wissen?“ — „Warum fragst du das?“, sagte K. „Wenn es notwendig ist, will ich es wissen; aber warum fragst du so?“ — „Aus Aberglauben“, sagte Olga. „Du wirst hineingezogen sein in unsere Dinge, unschuldig, nicht viel schuldiger als Barnabas.“ — „Erzähle schnell“, sagte K., „ich fürchte mich nicht. Du machst es auch durch Weiberängstlichkeit schlimmer, als es ist.“

Amalias Geheimnis „Urteile selbst“, sagte Olga, „übrigens klingt es sehr einfach, man versteht nicht gleich, wie es eine große Bedeutung haben kann. Es gibt einen großen Beamten im Schloß, der heißt Sortini.“ — „Ich habe schon von ihm gehört“, sagte K., „er war an meiner Berufung beteiligt.“ — „Das glaube ich nicht“, sagte Olga, „Sortini tritt in der Öffentlichkeit kaum auf. Irrst du dich nicht mit Sordini, mit „d“ geschrieben?“ — „Du hast recht“, sagte K. „Sordini war es.“ — „Ja“, sagte Olga, „Sordini ist sehr bekannt, einer der fleißigsten Beamten, von dem viel gesprochen wird; Sortini dagegen ist sehr zurückgezogen und den meisten fremd. Vor mehr als drei Jahren sah ich ihn zum ersten und letzten Male. Es war am dritten Juli bei einem Fest des Feuerwehrvereins, das Schloß hatte sich auch beteiligt und eine neue Feuerspritze gespendet. Sortini, der sich zum Teil mit Feuerwehrangelegenheiten beschäftigen soll (vielleicht war er aber auch nur in Vertretung — da meistens vertreten einander die Beamten gegenseitig, und es ist deshalb schwer, die Zuständigkeit dieses oder jenes Beamten zu erkennen), nahm an der Übergabe der Spritze teil; es waren natürlich auch noch andere aus dem Schloß gekommen, Beamte und Dienerschaft, und Sortini war, wie es seinem Charakter entspricht, ganz im Hintergrunde. Es ist ein kleiner, schwacher, nachdenklicher Herr; etwas, was allen, die ihn überhaupt bemerkten, auffiel, war die Art, wie sich bei ihm die Stirn in

Falten legte, alle Falten — und es war eine Menge, obwohl er gewiß nicht mehr als vierzig ist — zogen sich nämlich geradewegs fächerartig über die Stirn zur Nasenwurzel hin, ich habe etwas Derartiges nie gesehen. Nun, das war also jenes Fest. Wir, Amalia und ich, hatten uns schon seit Wochen darauf gefreut, die Sonntagskleider waren zum Teil neu zurechtgemacht, besonders das Kleid Amalias war schön, die weiße Bluse vorn hoch aufgebauscht, eine Spitzenreihe über der anderen, die Mutter hatte alle ihre Spitzen dazu geborgt, ich war damals neidisch und weinte vor dem Fest die halbe Nacht durch. Erst als am Morgen die Brückenhofwirtin uns zu besichtigen kam...“ — „Die Brückenhofwirtin?“, fragte K. „Ja“, sagte Olga, „sie war sehr mit uns befreundet, sie kam also, mußte zugeben, daß Amalia im Vorteil war, und borgte mir deshalb, um mich zu beruhigen, ihr eigenes Halsband aus böhmischen Granaten. Als wir dann aber ausgehfertig waren, Amalia vor mir stand, wir sie alle bewunderten und der Vater sagte: „Heute, denkt an mich, bekommt Amalia einen Bräutigam“, da, ich weiß nicht warum, nahm ich mir das Halsband, meinen Stolz, ab und hing es Amalia um, gar nicht neidisch mehr. Ich beugte mich eben vor ihrem Sieg, und ich glaubte, jeder müsse sich vor ihr beugen, vielleicht überraschte uns damals, daß sie anders aussah als sonst, denn eigentlich schön war sie ja nicht, aber ihr düsterer Blick, den sie in dieser Art seitdem behalten hat, ging hoch über uns hinweg, und man beugte sich fast tatsächlich und unwillkürlich vor ihr. Alle bemerkten es, auch Lasemann und seine Frau, die uns abholen kamen.“ — „Lasemann?“, fragte K. „Ja, Lasemann“, sagte Olga. „Wir waren doch sehr angesehen, und das Fest hätte zum Beispiel nicht gut ohne uns anfangen können, denn der Vater war dritter Übungsleiter der Feuerwehr.“ — „So rüstig war der Vater noch?“, fragte K. „Der Vater?“, fragte Olga, als verstehe sie nicht ganz. „Vor drei Jahren war er noch gewissermaßen ein junger Mann; er hat zum Beispiel bei einem Brand im Herrenhof einen Beamten, den schweren Galater, im Laufschritt auf dem Rücken hinausgetragen. Ich bin selbst dabei gewesen, es war zwar keine Feuergefahr, nur das trockene Holz neben einem Ofen fing zu rauchen an, aber Galater bekam Angst, rief aus dem Fenster um Hilfe, die Feuerwehr kam, und mein Vater mußte ihn hinaustragen, obwohl schon das Feuer gelöscht war. Nun, Galater ist ein schwer beweglicher Mann und muß in solchen Fällen vorsichtig sein. Ich erzähle es nur des Vaters wegen, viel mehr als drei Jahre sind seitdem nicht vergangen, und nun sieh, wie er dort sitzt.“ Erst jetzt sah K., daß Amalia schon wieder in der Stube war, aber sie war weit entfernt beim Tisch der Eltern, sie fütterte dort die Mutter, welche die rheumatischen Arme nicht bewegen konnte, und sprach dabei dem Vater zu, er möge sich wegen des Essens noch ein wenig gedulden, gleich werde sie auch zu ihm kommen, um ihn zu füttern. Doch hatte sie mit ihrer Mahnung keinen Erfolg, denn der Vater, sehr gierig, schon zu seiner Suppe zu kommen, überwand seine

Körperschwäche und suchte, die Suppe bald vom Löffel zu schlürfen, bald gleich vom Teller aufzutrinken, und brummte böse, als ihm weder das eine noch das andere gelang, der Löffel längst leer war, ehe er zum Munde kam, und niemals der Mund, nur immer der herabhängende Schnauzbart in die Suppe tauchte und es nach allen Seiten, nur in seinen Mund nicht, tropfte und sprühte. „Das haben drei Jahre aus ihm gemacht?“, fragte K., aber noch immer hatte er für die Alten und für die ganze Ecke des Familientisches dort kein Mitleid, nur Widerwillen. „Drei Jahre“, sagte Olga langsam, „oder, genauer, ein paar Stunden eines Festes. Das Fest war auf einer Wiese vor dem Dorf am Bach, es war schon ein großes Gedränge, als wir ankamen, auch aus den Nachbardörfern war viel Volk gekommen, man war ganz verwirrt von dem Lärm. Zuerst wurden wir natürlich vom Vater zur Feuerspritze geführt, er lachte vor Freude, als er sie sah, eine neue Spritze machte ihn glücklich, er fing an, sie zu betasten und uns zu erklären, er duldete keinen Widerspruch und keine Zurückhaltung der anderen; war etwas unter der Spritze zu besichtigen, mußten wir uns alle bücken und fast unter die Spritze kriechen; Barnabas, der sich damals wehrte, bekam deshalb Prügel. Nur Amalia kümmerte sich um die Spritze nicht, stand aufrecht dabei in ihrem schönen Kleid, und niemand wagte, ihr etwas zu sagen, ich lief manchmal zu ihr und faßte ihren Arm unter, aber sie schwieg. Ich kann es mir noch heute nicht erklären, wie es kam, daß wir so lange vor der Spritze standen und erst, als sich der Vater von ihr losmachte, Sortini bemerkten, der offenbar schon die ganze Zeit über hinter der Spritze an einem Spritzenhebel gelehnt hatte. Es war freilich ein entsetzlicher Lärm damals, nicht nur wie es sonst bei Festen ist. Das Schloß hatte nämlich der Feuerwehr auch noch einige Trompeten geschenkt, besondere Instrumente, auf denen man mit der kleinsten Kraftanstrengung, ein Kind konnte das, die wildesten Töne hervorbringen konnte; wenn man das hörte, glaubte man, die Türken seien schon da, und man konnte sich nicht daran gewöhnen, bei jedem neuen Blasen fuhr man wieder zusammen. Und weil es neue Trompeten waren, wollte sie jeder versuchen, und weil es doch ein Volksfest war, erlaubte man es. Gerade um uns, vielleicht hatte sie Amalia angelockt, waren einige solche Bläser; es war schwer, die Sinne dabei zusammenzuhalten, und wenn man nun auch noch, nach dem Gebot des Vaters, Aufmerksamkeit für die Spritze haben sollte, so war das das Äußerste, was man leisten konnte, und so entging uns Sortini, den wir ja vorher auch gar nicht gekannt hatten, so ungewöhnlich lange. „Dort ist Sortini“, flüsterte endlich — ich stand dabei — Lasemann dem Vater zu. Der Vater verbeugte sich tief und gab auch uns aufgeregt ein Zeichen, uns zu verbeugen. Ohne ihn bisher zu kennen, hatte der Vater seit jeher Sortini als einen Fachmann in Feuerwehrangelegenheiten verehrt und öfters zu Hause von ihm gesprochen, es war uns daher auch sehr überraschend und bedeutungsvoll, jetzt Sortini in Wirklichkeit zu sehen.

Sortini aber kümmerte sich um uns nicht — es war das keine Eigenheit Sortinis, die meisten Beamten scheinen in der Öffentlichkeit teilnahmslos –, auch war er müde, nur seine Amtspflicht hielt ihn hier unten; es sind nicht die schlechtesten Beamten, welche gerade solche Repräsentationspflichten als besonders drückend empfinden; andere Beamten und Diener mischten sich, da sie nun schon einmal da waren, unter das Volk; er aber blieb bei der Spritze, und jeden, der sich ihm mit irgendeiner Bitte oder Schmeichelei zu nähern suchte, vertrieb er durch sein Schweigen. So kam es, daß er uns noch später bemerkte als wir ihn. Erst als wir uns ehrfurchtsvoll verbeugten und der Vater uns zu entschuldigen suchte, blickte er nach uns hin, blickte der Reihe nach von einem zum andern, müde; es war, als seufzte er darüber, daß neben dem einen immer wieder noch ein zweiter sei, bis er dann bei Amalia haltmachte, zu der er aufschauen mußte, denn sie war viel größer als er. Da stutzte er, sprang über die Deichsel, um Amalia näher zu sein, wir mißverstanden es zuerst und wollten uns alle unter Anführung des Vaters ihm nähern, aber er hielt uns ab mit erhobener Hand und winkte uns dann zu gehen. Das war alles. Wir neckten dann Amalia viel damit, daß sie nun wirklich einen Bräutigam gefunden habe, in unserem Unverstand waren wir den ganzen Nachmittag über sehr fröhlich; Amalia aber war schweigsamer als jemals. „Sie hat sich ja toll und voll in Sortini verliebt“, sagte Brunswick, der immer ein wenig grob ist und für Naturen wie Amalia kein Verständnis hat; aber diesmal schien uns seine Bemerkung fast richtig; wir waren überhaupt närrisch an dem Tag und alle, bis auf Amalia, von dem süßen Schloßwein wie betäubt, als wir nach Mitternacht nach Hause kamen.“ — „Und Sortini?“, fragte K. „Ja, Sortini“, sagte Olga, „Sortini sah ich während des Festes im Vorübergehen noch öfters, er saß auf der Deichsel, hatte die Arme über der Brust gekreuzt und blieb so, bis der Schloßwagen kam, um ihn abzuholen. Nicht einmal zu den Feuerwehrübungen ging er, bei denen der Vater damals, gerade in der Hoffnung, daß Sortini zusehe, vor allen Männern seines Alters sich auszeichnete.“ — „Und habt ihr nicht mehr von ihm gehört?“, fragte K. „Du scheinst ja für Sortini große Verehrung zu haben.“ „Ja, Verehrung“, sagte Olga. „Ja, und gehört haben wir auch noch von ihm. Am nächsten Morgen wurden wir aus unserem Weinschlaf durch einen Schrei Amalias geweckt; die anderen fielen gleich wieder in die Betten zurück, ich war aber gänzlich wach und lief zu Amalia. Sie stand beim Fenster und hielt einen Brief in der Hand, den ihr eben ein Mann durch das Fenster gereicht hatte, der Mann wartete noch auf Antwort. Amalia hatte den Brief — er war kurz — schon gelesen und hielt ihn in der schlaff hinabhängenden Hand; wie liebte ich sie, immer wenn sie so müde war. Ich kniete neben ihr nieder und las so den Brief. Kaum war ich fertig, nahm ihn Amalia, nach einem kurzen Blick auf mich, wieder auf, brachte es aber nicht mehr über sich, ihn zu lesen, zerriß ihn, warf die Fetzen dem Mann draußen ins Gesicht und schloß das Fenster. Das war jener entscheidende Morgen. Ich nenne ihn entscheidend, aber jeder Augenblick des vorhergehenden Nachmittags ist ebenso entscheidend gewesen.“ — „Und was stand in dem Brief?“, fragte K. „Ja, das habe ich noch nicht erzählt“, sagte Olga. „Der Brief war von Sortini, adressiert war er an das Mädchen mit dem Granatenhalsband. Den Inhalt kann ich nicht wiedergeben. Es war eine Aufforderung, zu ihm in den Herrenhof zu kommen, und zwar sollte Amalia sofort kommen, denn in einer halben Stunde mußte Sortini wegfahren. Der Brief war in den gemeinsten Ausdrücken gehalten, die ich noch nie gehört hatte und nur aus dem Zusammenhang halb erriet. Wer Amalia nicht kannte und nur diesen Brief gelesen hatte, mußte das Mädchen, an das jemand so zu schreiben gewagt hatte, für entehrt halten, auch wenn es gar nicht berührt worden sein sollte. Und es war kein Liebesbrief, kein Schmeichelwort war darin, Sortini war vielmehr offenbar böse, daß der Anblick Amalias ihn ergriffen, ihn von seinen Geschäften abgehalten hatte. Wir legten es uns später so zurecht, daß Sortini wahrscheinlich gleich abends hatte ins Schloß fahren wollen, nur Amalias wegen im Dorf geblieben war und am Morgen, voll Zorn darüber, daß es ihm auch in der Nacht nicht gelungen war, Amalia zu vergessen, den Brief geschrieben hatte. Man mußte dem Brief gegenüber zuerst empört sein, auch die Kaltblütigste, dann aber hätte bei einer anderen als Amalia wahrscheinlich vor dem bösen, drohenden Ton die Angst überwogen, bei Amalia blieb es bei der Empörung, Angst kennt sie nicht, nicht für sich, nicht für andere. Und während ich mich dann wieder ins Bett verkroch und mir den abgebrochenen Schlußsatz wiederholte: „Daß du also gleich kommst, oder –!“, blieb Amalia auf der Fensterbank und sah hinaus, als erwarte sie noch weitere Boten und sei bereit, jeden so zu behandeln wie den ersten.“ — „Das sind also die Beamten“, sagte K. zögernd, „solche Exemplare findet man unter ihnen. Was hat dein Vater gemacht? Ich hoffe, er hat sich kräftig an zuständiger Stelle über Sortini beschwert, wenn er nicht den kürzeren und sicheren Weg in den Herrenhof vorgezogen hat. Das allerhäßlichste an der Geschichte ist ja nicht die Beleidigung Amalias, die konnte leicht gutgemacht werden, ich weiß nicht, warum du so übermäßig großes Gewicht gerade darauflegst; warum sollte Sortini mit einem solchen Brief Amalia für immer bloßgestellt haben, nach deiner Erzählung könnte man das glauben, gerade das ist aber doch nicht möglich, eine Genugtuung war Amalia leicht zu verschaffen, und in ein paar Tagen war der Vorfall vergessen; Sortini hat nicht Amalia bloßgestellt, sondern sich selbst. Vor Sortini also schrecke ich zurück, vor der Möglichkeit, daß es einen solchen Mißbrauch der Macht gibt. Was in diesem Fall mißlang, weil es klipp und klar gesagt und völlig durchsichtig war und an Amalia einen überlegenen Gegner fand, kann in tausend anderen Fällen, bei nur ein wenig ungünstigeren Fällen, völlig gelingen und kann sich jedem Blick entziehen, auch dem Blick des Mißbrauchten.“

„Still“, sagte Olga, „Amalia sieht herüber.“ Amalia hatte die Fütterung der Eltern beendet und war jetzt daran, die Mutter auszuziehen; sie hatte ihr gerade den Rock losgebunden, hing sich die Arme der Mutter um den Hals, hob sie so ein wenig, streifte ihr den Rock ab und setzte sie dann sanft wieder nieder. Der Vater, immer unzufrieden damit, daß die Mutter zuerst bedient wurde — was aber offenbar nur deshalb geschah, weil die Mutter noch hilfloser war als er –, versuchte, vielleicht auch, um die Tochter für ihre vermeintliche Langsamkeit zu strafen, sich selbst zu entkleiden, aber obwohl er bei dem Unnötigsten und Leichtesten anfing, den übergroßen Pantoffeln, in welchen seine Füße nur lose staken, wollte es ihm auf keine Weise gelingen, sie abzustreifen; er mußte es unter heiserem Röcheln bald aufgeben und lehnte wieder steif in seinem Stuhl.

„Das Entscheidende erkennst du nicht“, sagte Olga, „du magst ja recht haben mit allem, aber das Entscheidende war, daß Amalia nicht in den Herrenhof ging; wie sie den Boten behandelt hatte, das mochte an sich noch hingehen, das hätte sich vertuschen lassen; damit aber, daß sie nicht hinging, war der Fluch über unsere Familie ausgesprochen, und nun war allerdings auch die Behandlung des Boten etwas Unverzeihliches, ja, es wurde sogar für die Öffentlichkeit in den Vordergrund geschoben.“ — „Wie!“, rief K. und dämpfte sofort die Stimme, da Olga bittend die Hände hob. „Du, die Schwester, sagst doch nicht etwa, daß Amalia Sortini hätte folgen und in den Herrenhof hätte laufen sollen?“ „Nein“, sagte Olga, „möge ich beschützt werden vor derartigem Verdacht; wie kannst du das glauben? Ich kenne niemanden, der so fest im Recht wäre wie Amalia bei allem, was sie tut. Wäre sie in den Herrenhof gegangen, hätte ich ihr freilich ebenso recht gegeben; daß sie aber nicht gegangen ist, war heldenhaft. Was mich betrifft, ich gestehe es dir offen, wenn ich einen solchen Brief bekommen hätte, ich wäre gegangen. Ich hätte die Furcht vor dem Kommenden nicht ertragen, das konnte nur Amalia. Es gab ja manche Auswege, eine andere hätte sich zum Beispiel recht schön geschmückt, und es wäre ein Weilchen darüber vergangen, und dann wäre sie in den Herrenhof gekommen und hätte erfahren, daß Sortini schon fort, vielleicht, daß er gleich nach Entsendung des Botenweggefahren sei, etwas, was sogar sehr wahrscheinlich ist, denn die Launen der Herren sind flüchtig. Aber Amalia tat das nicht und nichts Ähnliches, sie war zu tief beleidigt und antwortete ohne Vorbehalt. Hätte sie nur irgendwie zum Schein gefolgt, nur die Schwelle des Herrenhofes zur Zeit gerade überschritten, das Verhängnis hätte sich abwenden lassen, wir haben hier sehr kluge Advokaten, die aus einem Nichts alles, was man nur will, zu machen verstehen, aber in diesem Fall war nicht einmal das günstige Nichts vorhanden; im Gegenteil, es war noch die Entwürdigung des Sortinischen

Briefes da und die Beleidigung des Boten." — „Aber was für ein Verhängnis denn", sagte K., „was für Advokaten; man konnte doch wegen der verbrecherischen Handlungsweise Sortinis nicht Amalia anklagen oder gar bestrafen?" — „Doch", sagte Olga, „das konnte man; freilich nicht nach einem regelrechten Prozeß, und man bestrafte sie auch nicht unmittelbar, wohl aber bestrafte man sie auf andere Weise, sie und unsere ganze Familie, und wie schwer diese Strafe ist, das fängst du wohl an zu erkennen. Dir scheint das ungerecht und ungeheuerlich, das ist eine im Dorf völlig vereinzelte Meinung, sie ist uns sehr günstig und sollte uns trösten, und so wäre es auch, wenn sie nicht sichtlich auf Irrtümer zurückginge. Ich kann dir das leicht beweisen, verzeih, wenn ich dabei von Frieda spreche, aber zwischen Frieda und Klamm ist — abgesehen davon, wie es sich schließlich gestaltet hat — etwas ganz Ähnliches vorgegangen wie zwischen Amalia und Sortini, und doch findest du das, wenn du auch anfangs erschrocken sein magst, jetzt schon richtig. Und das ist nicht Gewöhnung, so abstumpfen kann man durch Gewöhnung nicht, wenn es sich um einfache Beurteilung handelt, das ist bloß Ablegen von Irrtümern." — „Nein, Olga", sagte K., „ich weiß nicht, warum du Frieda in die Sache hineinziehst, der Fall wäre doch gänzlich anders, misch nicht so Grundverschiedenes durcheinander und erzähle weiter." — „Bitte", sagte Olga, „nimm es mir nicht übel, wenn ich auf dem Vergleich bestehe, es ist ein Rest von Irrtümern, auch hinsichtlich Friedas noch, wenn du sie gegen einen Vergleich verteidigen zu müssen glaubst. Sie ist gar nicht zu verteidigen, sondern nur zu loben. Wenn ich die Fälle vergleiche, so sage ich ja nicht, daß sie gleich sind; sie verhalten sich zueinander wie Weiß und Schwarz, und Weiß ist Frieda. Schlimmstenfalls kann man über Frieda lachen, wie ich es unartigerweise — ich habe es später sehr bereut — im Ausschank getan habe, aber selbst wer hier lacht, ist schon boshaft oder neidisch, immerhin, man kann lachen. Amalia aber kann man, wenn man nicht durch Blut mit ihr verbunden ist, nur verachten. Deshalb sind es zwar grundverschiedene Fälle, wie du sagst, aber doch auch ähnliche." — „Sie sind auch nicht ähnlich", sagte K. und schüttelte unwillig den Kopf, „laß Frieda beiseite, Frieda hat keinen solchen sauberen Brief wie Amalia von Sortini bekommen, und Frieda hat Klamm wirklich geliebt, und wer es bezweifelt, kann sie fragen, sie liebt ihn noch heute." — „Sind das aber große Unterschiede?", fragte Olga. „Glaubst du, Klamm hätte Frieda nicht ebenso schreiben können? Wenn die Herren vom Schreibtisch aufstehen, sind sie so, sie finden sich in der Welt nicht zurecht, sie sagen dann in der Zerstreutheit das Allergröbste, nicht alle, aber viele. Der Brief an Amalia kann ja in Gedanken, in völliger Nichtachtung des wirklich Geschriebenen auf das Papier geworfen worden sein. Was wissen wir von den Gedanken der Herren? Hast du nicht selbst gehört oder es erzählen hören, in welchem Ton Klamm mit Frieda verkehrt hat? Von Klamm ist es bekannt, daß er sehr grob ist; er spricht angeblich stundenlang nicht, und dann sagt er plötzlich eine derartige Grobheit, daß es einen schaudert. Von Sortini ist das nicht bekannt, wie er ja überhaupt sehr unbekannt ist. Eigentlich weiß man von ihm nur, daß sein Name dem Sordinis ähnlich ist; wäre nicht diese Namensähnlichkeit, würde man ihn wahrscheinlich gar nicht kennen. Auch als Feuerwehrfachmann verwechselt man ihn wahrscheinlich mit Sordini, welcher der eigentliche Fachmann ist und die Namensähnlichkeit ausnützt, um besonders die Repräsentationspflichten auf Sortini abzuwälzen und so in seiner Arbeit ungestört zu bleiben. Wenn nun ein solcher weltungewandter Mann wie Sortini plötzlich von Liebe zu einem Dorfmädchen ergriffen wird, so nimmt das natürlich andere Formen an, als wenn der Tischlergehilfe von nebenan sich verliebt. Auch muß man doch bedenken, daß zwischen einem Beamten und einer Schusterstochter doch ein großer Abstand besteht, der irgendwie überbrückt werden muß, Sortini versuchte es auf diese Art, ein anderer mag's anders machen. Zwar heißt es, daß wir alle zum Schloß gehören und gar kein Abstand besteht und nichts zu überbrücken ist, und das stimmt auch vielleicht für gewöhnlich, aber wir haben leider Gelegenheit gehabt zu sehen, daß es, gerade, wenn es darauf ankommt, gar nicht stimmt. Jedenfalls wird dir nach dem allem die Handlungsweise Sortinis verständlicher, weniger ungeheuerlich geworden sein, und sie ist tatsächlich, mit jener Klamms verglichen, viel verständlicher und, selbst wenn man ganz nah beteiligt ist, viel erträglicher. Wenn Klamm einen zarten Brief schreibt, ist es peinlicher als der gröbste Brief Sortinis. Verstehe mich dabei recht, ich wage nicht, über Klamm zu urteilen, ich vergleiche nur, weil du dich gegen den Vergleich wehrst. Klamm ist doch wie ein Kommandant über den Frauen, befiehlt bald dieser, bald jener, zu ihm zu kommen, duldet keine lange, und so, wie er zu kommen befiehlt, befiehlt er auch zu gehen. Ach, Klamm würde sich gar nicht die Mühe geben, erst einen Brief zu schreiben. Und ist es nun im Vergleich damit noch immer ungeheuerlich, wenn der ganz zurückgezogen lebende Sortini, dessen Beziehungen zu Frauen zumindest unbekannt sind, einmal sich niedersetzt und in seiner schönen Beamtenschrift einen allerdings abscheulichen Brief schreibt? Und wenn sich also hier kein Unterschied zu Klamms Gunsten ergibt, sondern das Gegenteil, so sollte ihn Friedas Liebe bewirken? Das Verhältnis der Frauen zu den Beamten ist, glaube mir, sehr schwer oder vielmehr immer sehr leicht zu beurteilen. Hier fehlt es an Liebe nie. Unglückliche Beamtenliebe gibt es nicht. Es ist in dieser Hinsicht kein Lob, wenn man von einem Mädchen sagt — ich rede hier bei weitem nicht nur von Frieda –, daß sie sich dem Beamten nur deshalb hingegeben hat, weil sie ihn liebte. Sie liebte ihn und hat sich ihm hingegeben, so war es, aber zu loben ist dabei nichts. Amalia aber hat Sortini nicht geliebt, wendest du ein. Nun ja, sie hat ihn nicht geliebt, aber vielleicht hat sie ihn doch geliebt, wer kann das entscheiden? Nicht einmal sie selbst. Wie kann sie glauben, ihn nicht geliebt zu haben, wenn sie ihn so kräftig abgewiesen hat, wie wahrscheinlich noch niemals ein Beamter abgewiesen worden ist? Barnabas sagt, daß sie noch jetzt manchmal zittert von der Bewegung, mit der sie vor drei Jahren das Fenster zugeschlagen hat. Das ist auch wahr, und deshalb darf man sie nicht fragen; sie hat mit Sortini abgeschlossen und weiß nichts mehr als das; ob sie ihn liebt oder nicht, weiß sie nicht. Wir aber wissen, daß Frauen nicht anders können, als Beamte lieben, wenn sich diese ihnen einmal zuwenden; ja, sie lieben die Beamten schon vorher, sosehr sie es leugnen wollen, und Sortini hat sich Amalia ja nicht nur zugewendet, sondern ist über die Deichsel gesprungen, als er Amalia sah, mit den von der Schreibtischarbeit steifen Beinen ist er über die Deichsel gesprungen. Aber Amalia ist ja eine Ausnahme, wirst du sagen. Ja, das ist sie, das hat sie bewiesen, als sie sich weigerte, zu Sortini zu gehen, das ist der Ausnahme genug; daß sie nun aber außerdem Sortini auch nicht geliebt haben sollte, das wäre nun schon der Ausnahme fast zuviel, das wäre gar nicht mehr zu fassen. Wir waren ja gewiß an jenem Nachmittag mit Blindheit beschlagen, aber daß wir damals durch allen Nebel etwas von Amalias Verliebtheit zu bemerken glaubten, zeigte doch wohl noch etwas Besinnung. Wenn man aber das alles zusammenhält, was bleibt dann für ein Unterschied zwischen Frieda und Amalia? Einzig der, daß Frieda tat, was Amalia verweigert hat." — „Mag sein", sagte K., „für mich aber ist der Hauptunterschied der, daß Frieda meine Braut ist, Amalia aber mich im Grunde nur so weit bekümmert, als sie die Schwester des Barnabas, des Schloßboten, ist und ihr Schicksal in den Dienst des Barnabas vielleicht mit verflochten ist. Hätte ihr ein Beamter ein derart schreiendes Unrecht getan, wie es nach deiner Erzählung anfangs mir schien, hätte mich das sehr beschäftigt, aber auch dies viel mehr als öffentliche Angelegenheit denn als persönliches Leid Amalias. Nun ändert sich aber nach deiner Erzählung das Bild in einer mir zwar nicht ganz verständlichen, aber, da du es bist, die erzählt, in einer genügend glaubwürdigen Weise, und ich will diese Sache deshalb sehr gern völlig vernachlässigen, ich bin kein Feuerwehrmann, was kümmert mich Sortini. Wohl aber kümmert mich Frieda, und da ist es mir sonderbar, wie du, der ich völlig vertraute und gerne immer vertrauen will, Frieda auf dem Umweg über Amalia immerfort anzugreifen und mir verdächtig zu machen suchst. Ich nehme nicht an, daß du das mit Absicht oder gar mit böser Absicht tust; sonst hätte ich doch schon längst fortgehen müssen. Du tust es nicht mit Absicht, die Umstände verleiten dich dazu; aus Liebe zu Amalia willst du sie hoch erhaben über alle Frauen hinstellen, und da du in Amalia selbst zu diesem Zwecke nicht genug Rühmenswertes findest, hilfst du dir damit, daß du andere Frauen verkleinerst. Amalias Tat ist merkwürdig, aber je mehr du von dieser Tat erzählst, desto weniger läßt es sich entscheiden, ob sie groß oder klein, klug oder töricht, heldenhaft oder feig gewesen ist, ihre Beweggründe hält Amalia in ihrer Brust verschlossen, niemand wird sie ihr entreißen. Frieda dagegen hat gar nichts Merkwürdiges getan, sondern ist nur ihrem Herzen gefolgt, für jeden, der sich gutwillig damit befaßt, ist das klar, jeder kann es nachprüfen, für Klatsch ist kein Raum. Ich aber will weder Amalia heruntersetzen noch Frieda verteidigen, sondern dir nur klarmachen, wie ich mich zu Frieda verhalte und wie jeder Angriff gegen Frieda gleichzeitig ein Angriff gegen meine Existenz ist. Ich bin aus eigenem Willen hierhergekommen, und aus eigenem Willen habe ich mich hier festgehakt, aber alles, was seither geschehen ist, und vor allem meine Zukunftsaussichten — so trübe sie auch sein mögen, immerhin, sie bestehen –, alles dies verdanke ich Frieda, das läßt sich nicht wegdiskutieren. Ich war hier zwar als Landvermesser aufgenommen, aber das war nur scheinbar, man spielte mit mir, man trieb mich aus jedem Haus, man spielt auch heute mit mir, aber wieviel umständlicher ist das, ich habe gewissermaßen an Umfang gewonnen, und das bedeutet schon etwas, ich habe, so geringfügig das alles ist, doch schon ein Heim, eine Stellung und wirkliche Arbeit, ich habe eine Braut, die, wenn ich andere Geschäfte habe, mir die Berufsarbeit abnimmt, ich werde sie heiraten und Gemeindemitglied werden, ich habe außer den amtlichen auch noch eine, bisher freilich unausnützbare, persönliche Beziehung zu Klamm. Das ist doch wohl nicht wenig? Und wenn ich zu euch komme, wen begrüßt ihr? Wem vertraust du die Geschichte euerer Familie an? Von wem erhoffst du die Möglichkeit, sei es auch nur die winzige, unwahrscheinliche Möglichkeit irgendeiner Hilfe? Doch wohl nicht von mir, dem Landvermesser, den zum Beispiel noch vor einer Woche Lasemann und Brunswick mit Gewalt aus ihrem Haus gedrängt haben, sondern du erhoffst das von dem Mann, der schon irgendwelche Machtmittel hat, diese Machtmittel aber verdanke ich Frieda, Frieda, die so bescheiden ist, daß sie, wenn du sie nach etwas Derartigem zu fragen versuchen wirst, gewiß nicht das geringste davon wird wissen wollen. Und doch scheint es nach dem allem, daß Frieda in ihrer Unschuld mehr getan hat als Amalia in allem ihrem Hochmut; denn sieh, ich habe den Eindruck, daß du Hilfe für Amalia suchst. Und von wem? Doch eigentlich von keinem anderen als von Frieda?" — „Habe ich wirklich so häßlich von Frieda gesprochen?", sagte Olga. „Ich wollte es gewiß nicht und glaube es auch nicht getan zu haben, aber möglich ist es, unsere Lage ist derart, daß wir mit aller Welt zerfallen sind, und fangen wir zu klagen an, reißt es uns fort, wir wissen nicht, wohin. Du hast auch recht, es ist ein großer Unterschied jetzt zwischen uns und Frieda, und es ist gut, ihn einmalzu betonen. Vor drei Jahren waren wir Bürgermädchen und Frieda, die Waise, Magd im Brückenhof, wir gingen an ihr vorüber, ohne sie mit dem Blick zu streifen; wir waren gewiß zu hochmütig, aber wir waren so erzogen worden. An dem Abend im Herrenhof magst du aber den jetzigen

Stand erkannt haben: Frieda mit der Peitsche in der Hand und ich in dem Haufen der Knechte. Aber es ist ja noch schlimmer. Frieda mag uns verachten, es entspricht ihrer Stellung, die tatsächlichen Verhältnisse erzwingen es. Aber wer verachtet uns nicht alles! Wer sich entschließt, uns zu verachten, kommt gleich in die allergrößte Gesellschaft. Kennst du die Nachfolgerin Friedas? Pepi heißt sie. Ich habe sie erst vorgestern abend kennengelernt; bisher war sie Zimmermädchen. Sie übertrifft gewiß Frieda an Verachtung für mich. Sie sah mich aus dem Fenster, wie ich Bier holen kam, lief zur Tür und versperrte sie, ich mußte lange bitten und ihr das Band versprechen, das ich im Haare trug, ehe sie mir aufmachte. Als ich es ihr aber dann gab, warf sie es in den Winkel. Nun, sie mag mich verachten, zum Teil bin ich ja auf ihr Wohlwollen angewiesen, und sie ist Ausschankmädchen im Herrenhof; freilich, sie ist es nur vorläufig und hat gewiß nicht die Eigenschaften, die nötig sind, um dort dauernd angestellt zu werden. Man mag nur zuhören, wie der Wirt mit Pepi spricht, und mag es damit vergleichen, wie er mit Frieda sprach. Aber das hindert Pepi nicht, auch Amalia zu verachten, Amalia, deren Blick allein genügen würde, die ganze kleine Pepi mit allen ihren Zöpfen und Maschen so schnell aus dem Zimmer zu schaffen, wie sie es, nur auf ihre eigenen dicken Beinchen angewiesen, niemals zustande brächte. Was für ein empörendes Geschwätz mußte ich gestern wieder von ihr über Amalia anhören, bis sich dann schließlich die Gäste meiner annahmen, in der Art freilich, wie du es schon einmal gesehen hast." — „Wie verängstigt du bist", sagte K., „ich habe ja nur Frieda auf den ihr gebührenden Platz gestellt, aber nicht euch herabsetzen wollen, wie du es jetzt auffaßt. Irgend etwas Besonderes hat euere Familie auch für mich, das habe ich nicht verschwiegen; wie dieses Besondere aber Anlaß zur Verachtung geben könnte, das verstehe ich nicht." — „Ach, K.", sagte Olga, „auch du wirst es noch verstehen, fürchte ich; daß Amalias Verhalten gegenüber Sortini der erste Anlaß dieser Verachtung war, kannst du das auf keine Weise verstehen?" — „Das wäre doch zu sonderbar", sagte K., „bewundern oder verurteilen könnte man Amalia deshalb, aber verachten? Und wenn man, aus mir unverständlichem Gefühl, wirklich Amalia verachtet, warum dehnt man die Verachtung auf euch aus, auf die unschuldige Familie? Daß zum Beispiel Pepi dich verachtet, ist ein starkes Stück, und ich will, wenn ich wieder einmal in den Herrenhof komme, es ihr heimzahlen." — „Wolltest du, K.", sagte Olga, „alle unsere Verächter umstimmen, das wäre eine harte Arbeit, denn alles geht vom Schloß aus. Ich erinnere mich noch genau an den Vormittag, der jenem Morgen folgte. Brunswick, der damals unser Gehilfe war, war gekommen wie jeden Tag, der Vater hatte ihm Arbeit zugeteilt und ihn nach Hause geschickt, wir saßen dann beim Frühstück, alle, bis auf Amalia und mich, waren sehr lebhaft, der Vater erzählte immerfort von dem Fest, er hatte hinsichtlich der Feuerwehr

verschiedene Pläne, im Schloß ist nämlich eine eigene Feuerwehr, die zu dem Fest auch eine Abordnung geschickt hatte, mit der manches besprochen worden war, die anwesenden Herren aus dem Schloß hatten die Leistungen unserer Feuerwehr gesehen, sich sehr günstig über sie ausgesprochen, die Leistungen der Schloßfeuerwehr damit verglichen, das Ergebnis war uns günstig, man hatte von der Notwendigkeit einer Neuorganisation der Schloßfeuerwehr gesprochen, dazu waren Instruktoren aus dem Dorf nötig, es kamen zwar einige dafür in Betracht, aber der Vater hatte doch Hoffnung, daß die Wahl auf ihn fallen werde. Davon sprach er nun, und wie es so seine liebe Art war, sich bei Tisch recht auszubreiten, saß er da, mit den Armen den halben Tisch umfassend, und wie er aus dem offenen Fenster zum Himmel aufsah, war sein Gesicht so jung und hoffnungsfreudig; niemals mehr sollte ich ihn so sehen. Da sagte Amalia mit einer Überlegenheit, die wir an ihr nicht kannten, solchen Reden der Herren müsse man nicht sehr vertrauen, die Herren pflegen bei derartigen Gelegenheiten gern etwas Gefälliges zu sagen, aber Bedeutung habe das wenig oder gar nicht, kaum gesprochen, sei es schon für immer vergessen, freilich, bei der nächsten Gelegenheit gehe man ihnen wieder auf den Leim. Die Mutter verwies ihr solche Reden, der Vater lachte nur über ihre Altklugheit und Vielerfahrenheit, dann aber stutzte er, schien etwas zu suchen, dessen Fehlen er erst jetzt merkte, aber es fehlte doch nichts, und sagte: Brunswick habe etwas von einem Boten und einem zerrissenen Brief erzählt, und er fragte, ob wir etwas davon wußten, wen es betreffe und wie es sich damit verhalte. Wir schwiegen, Barnabas, damals noch jung wie ein Lämmchen, sagte irgend etwas besonders Dummes oder Keckes, man sprach von anderem, und die Sache kam in Vergessenheit."
Amalias Strafe „Aber kurz darauf wurden wir schon von allen Seiten mit Fragen wegen der Briefgeschichte überschüttet, es kamen Freunde und Feinde, Bekannte und Fremde; man blieb aber nicht lange, die besten Freunde verabschiedeten sich am allereiligsten. Lasemann, immer sonst langsam und würdig, kam herein, so, als wolle er nur das Ausmaß der Stube prüfen, ein Blick im Umkreis, und er war fertig, es sah wie ein schreckliches Kinderspiel aus, als Lasemann sich flüchtete und der Vater von anderen Leuten sich losmachte und hinter ihm her eilte bis zur Schwelle des Hauses und es dann aufgab; Brunswick kam und kündigte dem Vater; er wolle sich selbständig machen, sagte er ganz ehrlich, ein kluger Kopf, der den Augenblick zu nützen verstand; Kundschaften kamen und suchten in Vaters Lagerraum ihre Stiefel hervor, die sie zur Reparatur hier liegen hatten, zuerst versuchte der Vater, die Kundschaften umzustimmen — und wir alle unterstützten ihn nach unseren Kräften –, später gab es der Vater auf und half stillschweigend den Leuten beim Suchen, im Auftragsbuch wurde Zeile für Zeile gestrichen, die Ledervorräte, welche die Leute bei uns hatten, wurden herausgegeben, Schulden bezahlt, alles ging ohne den geringsten Streit, man

war zufrieden, wenn es gelang, die Verbindung mit uns schnell und vollständig zu lösen, mochte man dabei auch Verluste haben, das kam nicht in Betracht. Und schließlich, was ja vorauszusehen war, erschien Seemann, der Obmann der Feuerwehr; ich sehe die Szene noch vor mir: Seemann, groß und stark, aber ein wenig gebeugt und lungenkrank, immer ernst, er kann gar nicht lachen, steht vor meinem Vater, den er bewundert hat, dem er in vertrauten Stunden die Stelle eines Obmannstellvertreters in Aussicht gestellt hat, und soll ihm nun mitteilen, daß ihn der Verein verabschiedet und um Rückgabe des Diploms ersucht. Die Leute, die gerade bei uns waren, ließen ihre Geschäfte ruhen und drängten sich im Kreis um die zwei Männer. Seemann kann nichts sagen, klopft nur immerfort dem Vater auf die Schulter, so, als wolle er dem Vater die Worte ausklopfen, die er selbst sagen soll und nicht finden kann. Dabei lacht er immerfort, wodurch er wohl sich und alle ein wenig beruhigen will; aber da er nicht lachen kann und man ihn noch niemals lachen gehört, fällt es niemandem ein zu glauben, daß das ein Lachen sei. Der Vater aber ist von diesem Tag schon zu müde und verzweifelt, um jemandem helfen zu können, ja, er scheint zu müde, um überhaupt nachzudenken, worum es sich handelt. Wir waren ja alle in gleicher Weise verzweifelt, aber da wir jung waren, konnten wir an einen solchen vollständigen Zusammenbruch nicht glauben, immer dachten wir, daß in der Reihe der vielen Besucher endlich doch jemand kommen werde, der Halt befiehlt und alles wieder zu einer rückläufigen Bewegung zwingt. Seemann erschien uns in unserem Unverstand dafür besonders geeignet. Mit Spannung warteten wir, daß sich aus diesem fortwährenden Lachen endlich das klare Wort loslösen werde. Worüber war denn jetzt zu lachen, doch nur über das dumme Unrecht, das uns geschah. Herr Obmann, Herr Obmann, sagen Sie es doch endlich den Leuten, dachten wir und drängten uns an ihn heran, was ihn aber nur zu merkwürdigen Drehbewegungen veranlaßte. Endlich fing er, zwar nicht, um unsere geheimen Wünsche zu erfüllen, sondern um den aufmunternden oder ärgerlichen Zurufen der Leute zu entsprechen, doch zu reden an. Noch immer hatten wir Hoffnung. Er begann mit großem Lob des Vaters. Nannte ihn eine Zierde des Vereins, ein unerreichbares Vorbild des Nachwuchses, ein unentbehrliches Mitglied, dessen Ausscheiden den Verein fast zerstören müsse. Das war alles sehr schön; hätte er doch hier geendet! Aber er sprach weiter. Wenn sich nun trotzdem der Verein entschlossen habe, den Vater, vorläufig allerdings nur, um den Abschied zu ersuchen, werde man den Ernst der Gründe erkennen, die den Verein dazu zwangen. Vielleicht hätte es ohne die glänzenden Leistungen des Vaters am gestrigen Fest gar nicht so weit kommen müssen, aber eben diese Leistungen hätten die amtliche Aufmerksamkeit besonders erregt; der Verein stand jetzt in vollem Licht und müsse auf seine Reinheit noch mehr bedacht sein als früher. Und nun war die Beleidigung des Boten geschehen, da habe der Verein keinen anderen Ausweg gefunden, und er, Seemann, habe das schwere Amt übernommen, es zu melden. Der Vater möge es ihm nicht noch mehr erschweren. Wie froh war Seemann, das hervorgebracht zu haben, aus Zuversicht darüber war er nicht einmal mehr übertrieben rücksichtsvoll, er zeigte auf das Diplom, das an der Wand hing, und winkte mit dem Finger. Der Vater nickte und ging es holen, konnte es aber mit den zitternden Händen nicht vom Haken bringen; ich stieg auf einen Sessel und half ihm. Und von diesem Augenblick an war alles zu Ende; er nahm das Diplom nicht einmal mehr aus dem Rahmen, sondern gab Seemann alles, wie es war. Dann setzte er sich in einen Winkel, rührte sich nicht und sprach mit niemandem mehr, wir mußten mit den Leuten allein verhandeln, so gut es ging." — „Und worin siehst du hier den Einfluß des Schlosses?", fragte K. „Vorläufig scheint es noch nicht eingegriffen zu haben. Was du bisher erzählt hast, war nur gedankenlose Ängstlichkeit der Leute, Freude am Schaden des Nächsten, unzuverlässige Freundschaft, Dinge, die überall anzutreffen sind, und auf seiten deines Vaters allerdings auch — wenigstens scheint es mir so — eine gewisse Kleinlichkeit; denn jenes Diplom, was war es? Bestätigung seiner Fähigkeiten, und die behielt er doch, machten sie ihn unentbehrlich, desto besser, und er hätte dem Obmann die Sache wirklich schwer nur dadurch gemacht, daß er ihm das Diplom gleich beim zweiten Wort vor die Füße geworfen hätte. Besonders bezeichnend scheint mir aber, daß du Amalia gar nicht erwähnst, Amalia, die doch alles verschuldet hatte, stand wahrscheinlich ruhig im Hintergrund und betrachtete die Verwüstung." — „Nein", sagte Olga, „niemandem ist ein Vorwurf zu machen, niemand konnte anders handeln, das alles war schon Einfluß des Schlosses." — „Einfluß des Schlosses", wiederholte Amalia, die unvermerkt vom Hofe her eingetreten war, die Eltern lagen längst zu Bett. „Schloßgeschichten werden erzählt? Noch immer sitzt ihr beisammen? Und du hattest dich doch gleich verabschieden wollen, K., und nun geht es schon auf zehn. Bekümmern dich denn solche Geschichten überhaupt? Es gibt hier Leute, die sich von solchen Geschichten nähren, sie setzen sich zusammen, so wie ihr hier sitzt, und traktieren sich gegenseitig; du scheinst mir aber nicht zu diesen Leuten zu gehören." — „Doch", sagte K., „ich gehöre genau zu ihnen; dagegen machen Leute, die sich um solche Geschichten nicht bekümmern und nur andere sich bekümmern lassen, nicht viel Eindruck auf mich." — „Nun ja", sagte Amalia, „aber das Interesse der Leute ist ja sehr verschiedenartig, ich hörte einmal von einem jungen Mann, der beschäftigte sich mit den Gedanken an das Schloß bei Tag und Nacht, alles andere vernachlässigte er, man fürchtete für seinen Alltagsverstand, weil sein ganzer Verstand oben im Schloß war. Schließlich aber stellte es sich heraus, daß er nicht eigentlich das Schloß, sondern nur die Tochter einer Aufwaschfrau in den Kanzleien gemeint hatte, die bekam er nun allerdings und dann war alles wieder gut." — „Der Mann würde mir gefallen, glaube ich“, sagte K. „Daß dir der Mann gefallen würde“, sagte Amalia, „bezweifle ich, aber vielleicht seine Frau. Nun laßt euch aber nicht stören, ich gehe allerdings schlafen, und auslöschen werde ich müssen, der Eltern wegen; sie schlafen zwar gleich fest ein, aber nach einer Stunde ist schon der eigentliche Schlaf zu Ende, und dann stört sie der kleinste Schein. Gute Nacht.“ Und wirklich wurde es gleich finster, Amalia machte sich wohl irgendwo auf der Erde beim Bett der Eltern ihr Lager zurecht. „Wer ist denn dieser junge Mann, von dem sie sprach?“, fragte K. „Ich weiß nicht“, sagte Olga. „Vielleicht Brunswick, obwohl es für ihn nicht ganz paßt, vielleicht aber auch ein anderer. Es ist nicht leicht, sie genau zu verstehen, weil man oft nicht weiß, ob sie ironisch oder ernst spricht. Meistens ist es ja ernst, aber es klingt ironisch.“ — „Laß die Deutungen!“, sagte K. „Wie kamst du denn in diese große Abhängigkeit von ihr? War es schon vor dem großen Unglück so? Oder erst nachher? Und hast du niemals den Wunsch, von ihr unabhängig zu werden? Und ist denn diese Abhängigkeit irgendwie vernünftig begründet? Sie ist die Jüngste und hat als solche zu gehorchen. Sie hat, schuldig oder unschuldig, das Unglück über die Familie gebracht. Statt dafür jeden neuen Tag jeden von euch von neuem um Verzeihung zu bitten, trägt sie den Kopf höher als alle, kümmert sich um nichts als knapp gnadenweise um die Eltern, will in nichts eingeweiht werden, wie sie sich ausdrückt, und wenn sie endlich einmal mit euch spricht, dann ist es meistens ernst, aber es klingt ironisch. Oder herrscht sie etwa durch ihre Schönheit, die du manchmal erwähnst? Nun, ihr seid euch alle drei sehr ähnlich, das aber, wodurch sie sich von euch zweien unterscheidet, ist durchaus zu ihren Ungunsten, schon als ich sie zum erstenmal sah, schreckte mich ihr stumpfer, liebloser Blick ab. Und dann ist sie zwar die Jüngste, aber davon merkt man nichts in ihrem Äußeren, sie hat das alterlose Aussehen der Frauen, die kaum altern, die aber auch kaum jemals eigentlich jung gewesen sind. Du siehst sie jeden Tag, du merkst gar nicht die Härte ihres Gesichtes. Darum kann ich auch Sortinis Neigung, wenn ich es überlege, nicht einmal sehr ernst nehmen, vielleicht wollte er sie mit dem Brief nur strafen, aber nicht rufen.“ — „Von Sortini will ich nicht reden“, sagte Olga. „Bei den Herren im Schloß ist alles möglich, ob es nun um das schönste oder um das häßlichste Mädchen geht. Sonst aber irrst du hinsichtlich Amalias vollkommen. Sieh, ich habe doch keinen Anlaß, dich für Amalia besonders zu gewinnen, und versuche ich es dennoch, tue ich es nur deinetwegen. Amalia war irgendwie die Ursache unseres Unglücks, das ist gewiß, aber selbst der Vater, der doch am schwersten von dem Unglück getroffen war und sich in seinen Worten niemals sehr beherrschen konnte, gar zu Hause nicht, selbst der Vater hat Amalia auch in den schlimmsten Zeiten kein Wort des Vorwurfs gesagt. Und das nicht etwa deshalb, weil er Amalias Vorgehen gebilligt hätte; wie hätte er, ein Verehrer Sortinis, es billigen können; nicht von der Ferne konnte er es verstehen; sich und alles, was er hatte, hätte er Sortini wohl gern zum Opfer gebracht, allerdings nicht so, wie es jetzt wirklich geschah, unter Sortinis wahrscheinlichem Zorn. Wahrscheinlichem Zorn, denn wir erfuhren nichts mehr von Sortini; war er bisher zurückgezogen gewesen, so war er es von jetzt ab, als sei er überhaupt nicht mehr. Und nun hättest du Amalia sehen sollen in jener Zeit. Wir alle wußten, daß keine ausdrückliche Strafe kommen werde. Man zog sich nur von uns zurück. Die Leute hier wie auch das Schloß. Während man aber den Rückzug der Leute natürlich merkte, war vom Schloß gar nichts zu merken. Wir hatten ja früher auch keine Fürsorge des Schlosses gemerkt, wie hätten wir jetzt einen Umschwung merken können. Diese Ruhe war das Schlimmste. Bei weitem nicht der Rückzug der Leute, sie hatten es ja nicht aus irgendeiner Überzeugung getan, hatten vielleicht auch gar nichts Ernstliches gegen uns, die heutige Verachtung bestand noch gar nicht, nur aus Angst hatten sie es getan, und jetzt warteten sie, wie es weiter ausgehen werde. Auch Not hatten wir noch keine zu fürchten, alle Schuldner hatten uns gezahlt, die Abschlüsse waren vorteilhaft gewesen, was uns an Lebensmitteln fehlte, darin halfen uns im geheimen Verwandte aus, es war leicht, es war ja in der Erntezeit, allerdings Felder hatten wir keine, und mitarbeiten ließ man uns nirgends, wir waren zum erstenmal im Leben fast zum Müßiggang verurteilt. Und nun saßen wir beisammen, bei geschlossenen Fenstern, in der Hitze des Juli und August. Es geschah nichts. Keine Vorladung, keine Nachricht, kein Bericht, kein Besuch, nichts." — „Nun", sagte K., „da nichts geschah und auch keine ausdrückliche Strafe zu erwarten war, wovor habt ihr euch gefürchtet? Was seid ihr doch für Leute!" — „Wie soll ich es dir erklären?", sagte Olga. „Wir fürchteten nichts Kommendes, wir litten schon nur unter dem Gegenwärtigen, wir waren mitten in der Bestrafung darin. Die Leute im Dorf warteten ja nur darauf, daß wir zu ihnen kämen, daß der Vater seine Werkstatt wieder aufmachte, daß Amalia, die sehr schöne Kleider zu nähen verstand, allerdings nur für die Vornehmsten, wieder zu Bestellungen käme, es tat ja allen Leuten leid, was sie getan hatten; wenn im Dorf eine angesehene Familie plötzlich ganz ausgeschaltet wird, hat jeder irgendeinen Nachteil davon, sie hatten, als sie sich von uns lossagten, nur ihre Pflicht zu tun geglaubt, wir hätten es an ihrer Stelle auch nicht anders getan. Sie hatten ja auch nicht genau gewußt, worum es sich gehandelt hatte, nur der Bote war, die Hand voll Papierfetzen, in den Herrenhof zurückgekommen. Frieda hatte ihn ausgehen und dann wiederkommen gesehen, ein paar Worte mit ihm gesprochen und das, was sie erfahren hatte, gleich verbreitet; aber wieder gar nicht aus Feindseligkeit gegen uns, sondern einfach aus Pflicht, wie es im gleichen Falle die Pflicht jedes anderen gewesen wäre. Und nun wäre den Leuten, wie ich schon sagte, eine glückliche Lösung des Ganzen am willkommensten gewesen. Wenn wir plötzlich einmal gekommen wären mit der Nachricht, daß alles schon in Ordnung sei, daß es zum Beispiel nur ein inzwischen völlig aufgeklärtes Mißverständnis gewesen sei oder daß es zwar ein Vergehen gewesen sei, aber es sei schon durch die Tat gutgemacht oder — selbst das hätte den Leuten genügt — daß es uns durch unsere Verbindungen ins Schloß gelungen sei, die Sache niederzuschlagen; man hätte uns ganz gewiß wieder mit offenen Armen aufgenommen, Küsse, Umarmungen, Feste hätte es gegeben, ich habe Derartiges bei anderen einige Male erlebt. Aber nicht einmal eine solche Nachricht wäre nötig gewesen; wenn wir nur freigekommen wären und uns angeboten, die alten Verbindungen wieder aufgenommen hätten, ohne auch nur ein Wort über die Briefgeschichte zu verlieren, es hätte genügt, mit Freude hätten alle auf die Besprechung der Sache verzichtet; es war ja, neben der Angst, vor allem die Peinlichkeit der Sache gewesen, weshalb man sich von uns getrennt hatte, einfach um nichts von der Sache zu hören, nicht von ihr sprechen, nicht an sie denken, in keiner Weise von ihr berührt werden zu müssen. Wenn Frieda die Sache verraten hatte, so hatte sie es nicht getan, um sich an ihr zu freuen, sondern um sich und alle vor ihr zu bewahren, um die Gemeinde darauf aufmerksam zu machen, daß hier etwas geschehen war, von dem man sich auf das sorgfältigste fernzuhalten hatte. Nicht wir kamen hier als Familie in Betracht, sondern nur die Sache und wir nur der Sache wegen, in die wir uns verflochten hatten. Wenn wir also nur wieder hervorgekommen wären, das Vergangene ruhen gelassen hätten, durch unser Verhalten gezeigt hätten, daß wir die Sache überwunden hatten, gleichgültig auf welche Weise, und die Öffentlichkeit so die Überzeugung gewonnen hätte, daß die Sache, wie immer sie auch beschaffen gewesen sein mag, nicht wieder zur Besprechung kommen werde, auch so wäre alles gut gewesen; überall hätten wir die alte Hilfsbereitschaft gefunden, selbst wenn wir die Sache nur unvollständig vergessen hätten, man hätte es verstanden und hätte uns geholfen, es völlig zu vergessen. Statt dessen aber saßen wir zu Hause. Ich weiß nicht, worauf wir warteten, auf Amalias Entscheidung wohl, sie hatte damals an jenem Morgen die Führung der Familie an sich gerissen und hielt sie fest. Ohne besondere Veranstaltungen, ohne Befehle, ohne Bitten, fast nur durch Schweigen. Wir anderen hatten freilich viel zu beraten, es war ein fortwährendes Flüstern vom Morgen bis zum Abend, und manchmal rief mich der Vater in plötzlicher Beängstigung zu sich, und ich verbrachte am Bettrand die halbe Nacht. Oder manchmal hockten wir uns zusammen, ich und Barnabas, der ja erst sehr wenig von dem Ganzen verstand und immerfort ganz glühend Erklärungen verlangte, immerfort die gleichen, er wußte wohl, daß die sorgenlosen Jahre, die andere seines Alters erwarteten, für ihn nicht mehr vorhanden waren, so saßen wir zusammen — ganz ähnlich, K., wie wir zwei jetzt — und vergaßen, daß es Nacht wurde und wieder Morgen. Die Mutter war die Schwächste von uns allen, wohl weil sie nicht nur das gemeinsame Leid, sondern auch noch jedes einzelnen Leid mitgelitten hat, und so konnten wir mit Schrecken Veränderungen an ihr wahrnehmen, die, wie wir ahnten, unserer ganzen Familie bevorstanden. Ihr bevorzugter Platz war der Winkel eines Kanapees — wir haben es längst nicht mehr –, es steht in Brunswicks großer Stube, dort saß sie und — man wußte nicht genau, was es war — schlummerte oder hielt, wie die bewegten Lippen anzudeuten schienen, lange Selbstgespräche. Es war ja so natürlich, daß wir immerfort die Briefgeschichte besprachen, kreuz und quer, in allen sicheren Einzelheiten und allen unsicheren Möglichkeiten, und daß wir immerfort im Aussinnen von Mitteln zur guten Lösung uns übertrafen, es war natürlich und unvermeidlich, aber nicht gut, wir kamen ja dadurch immerfort tiefer in das, dem wir entgehen wollten. Und was halfen denn diese noch so ausgezeichneten Einfälle; keiner war ausführbar ohne Amalia, alle waren nur Vorbereitungen, sinnlos dadurch, daß ihre Ergebnisse gar nicht bis zu Amalia kamen und, wenn sie hingekommen wären, nichts anderes angetroffen hätten als Schweigen. Nun, glücklicherweise verstehe ich heute Amalia besser als damals. Sie trug mehr als wir alle; es ist unbegreiflich, wie sie es ertragen hat und noch heute unter uns lebt. Die Mutter trug vielleicht unser aller Leid, sie trug es, weil es über sie hereingebrochen ist, und sie trug es nicht lange; daß sie es heute noch irgendwie trägt, kann man nicht sagen, und schon damals war ihr Sinn verwirrt. Aber Amalia trug nicht nur das Leid, sondern hatte auch den Verstand, es zu durchschauen, wir sahen nur die Folgen, sie sah in den Grund, wir hofften auf irgendwelche kleinen Mittel, sie wußte, das alles entschieden war, wir hatten zu flüstern, sie hatte nur zu schweigen, Aug in Aug mit der Wahrheit stand sie und lebte und ertrug dieses Leben damals wie heute. Wie viel besser ging es uns in aller unserer Not als ihr. Wir mußten freilich unser Haus verlassen; Brunswick bezog es, man wies uns diese Hütte zu, mit einem Handkarren brachten wir unser Eigentum in einigen Fahrten hier herüber, Barnabas und ich zogen, der Vater und Amalia halfen hinten nach, die Mutter, die wir gleich anfangs hergebracht hatten, empfing uns, auf einer Kiste sitzend, immer mit leisem Jammern. Aber ich erinnere mich, daß wir, selbst während der mühevollen Fahrten — die auch sehr beschämend waren, denn öfters begegneten wir Erntewagen, deren Begleitung vor uns verstummte und die Blicke wandte –, daß wir, Barnabas und ich, selbst während dieser Fahrten es nicht unterlassen konnten, von unseren Sorgen und Plänen zu sprechen, daß wir im Gespräch manchmal stehenblieben und erst das „Hallo!“ des Vaters uns an unsere Pflicht wieder erinnerte. Aber alle Besprechungen änderten auch nach der Übersiedlung unser Leben nicht, nur daß wir jetzt allmählich auch die Armut zu fühlen bekamen. Die Zuschüsse der Verwandten hörten auf, unsere Mittel waren fast zu Ende, und gerade in jener Zeit begann die Verachtung für uns, wie du sie kennst, sich zu entwickeln. Man merkte, daß wir nicht die Kraft hatten, uns aus der

Briefgeschichte herauszuarbeiten, und man nahm uns das sehr übel, man unterschätzte nicht die Schwere unseres Schicksals, obwohl man es nicht genau kannte, man wußte, daß man selbst die Probe wahrscheinlich nicht besser bestanden hätte als wir, aber um so notwendiger war es, sich von uns völlig zu trennen; man hätte, wenn wir es überwunden hätten, uns entsprechend hoch geehrt, da es uns aber nicht gelungen war, tat man das, was man bisher nur vorläufig getan hatte, endgültig: Man schloß uns aus jedem Kreise aus. Nun sprach man von uns nicht mehr wie von Menschen, unser Familienname wurde nicht mehr genannt; wenn man von uns sprechen mußte, nannte man uns nach Barnabas, dem Unschuldigsten von uns, selbst unsere Hütte geriet in Verruf, und, wenn du dich prüfst, wirst du gestehen, daß auch du beim ersten Eintritt die Berechtigung dieser Verachtung zu merken glaubtest; später, als wieder manchmal Leute zu uns kamen, rümpften sie die Nase über ganz belanglose Dinge, etwa darüber, daß die kleine Öllampe dort über dem Tisch hing.

Wo sollte sie denn anders hängen als über dem Tisch, ihnen aber erschien es unerträglich. Hängten wir aber die Lampe anderswohin, änderte sich doch nichts an ihrem Widerwillen. Alles, was wir waren und hatten, traf die gleiche Verachtung.“

Bittgänge

„Und was taten wir unterdessen? Das Schlimmste, was wir hätten tun können, etwas, wofür wir gerechter hätten verachtet werden dürfen, als wofür es wirklich geschah: Wir verrieten Amalia, wir rissen uns los von ihrem schweigenden Befehl, wir konnten nicht mehr so weiterleben, ganz ohne Hoffnung konnten wir nicht leben, und wir begannen, jeder auf seine Art, das Schloß zu bitten oder zu bestürmen, es möge uns verzeihen. Wir wußten zwar, daß wir nicht imstande waren, etwas gutzumachen, wir wußten auch, daß die einzige hoffnungsvolle Verbindung, die wir mit dem Schloß hatten, die Sortinis, des unserem Vater geneigten Beamten, eben durch die Ereignisse uns unzugänglich geworden war, trotzdem machten wir uns an die Arbeit. Der Vater begann, es begannen die sinnlosen Bittwege zum Vorsteher, zu den Sekretären, den Advokaten, den Schreibern, meistens wurde er nicht empfangen, und wenn er durch List oder Zufall doch empfangen wurde — wie jubelten wir bei solcher Nachricht und rieben uns die Hände –, wurde er äußerst schnell abgewiesen und nie wieder empfangen. Es war auch allzu leicht, ihm zu antworten, das Schloß hat es immer so leicht. Was wollte er denn? Was war ihm geschehen? Wofür wollte er eine Verzeihung? Wann und von wem war denn im Schloß auch nur ein Finger gegen ihn gerührt worden? Gewiß, er war verarmt, hatte die Kundschaft verloren und so fort, aber das waren Erscheinungen des täglichen Lebens, Handwerks- und Marktangelegenheiten, sollte sich denn das Schloß um alles kümmern? Es kümmerte sich ja in Wirklichkeit um alles, aber es konnte doch nicht grob eingreifen in die Entwicklung, einfach und zu keinem anderen Zweck, als dem Interesse eines einzelnen Mannes zu dienen. Sollte es etwa seine Beamten ausschicken, und sollten diese den Kunden des Vaters nachlaufen und sie ihm mit Gewalt zurückbringen? Aber, wendete der Vater dann ein — wir besprachen diese Dinge alle genau zu Hause vorher und nachher in einen Winkel gedrückt, wie versteckt vor Amalia, die alles zwar merkte, aber es geschehen ließ –, aber, wendete der Vater dann ein, er beklage sich ja nicht wegen der Verarmung, alles, was er hier verloren habe, wolle er leicht wieder einholen, das alles sei nebensächlich, wenn ihm nur verziehen würde. „Aber was solle ihm denn verziehen werden?“, antwortete man ihm, eine Anzeige sei bisher nicht eingelaufen, wenigstens stehe sie noch nicht in den Protokollen, zumindest nicht in den der advokatorischen Öffentlichkeit zugänglichen Protokollen; infolgedessen sei auch, soweit es sich feststellen lasse, weder etwas gegen ihn unternommen worden noch sei etwas im Zuge. Könne er vielleicht eine amtliche Verfügung nennen, die gegen ihn erlassen worden sei? Das konnte der Vater nicht. Oder habe ein Eingriff eines amtlichen Organs stattgefunden? Davon wußte der Vater nichts. Nun also, wenn er nichts wisse und wenn nichts geschehen sei, was wolle er denn? Was könnte ihm verziehen werden? Höchstens, daß er jetzt zwecklos die Ämter belästige, aber gerade dieses sei unverzeihlich. Der Vater ließ nicht ab, er war damals noch immer sehr kräftig, und der aufgezwungene Müßiggang gab ihm reichlich Zeit. „Ich werde Amalia die Ehre zurückgewinnen, es wird nicht mehr lange dauern“, sagte er zu Barnabas und mir einigemal während des Tages, aber nur sehr leise, denn Amalia durfte es nicht hören; trotzdem war es nur Amalias wegen gesagt, denn in Wirklichkeit dachte er gar nicht an das Zurückgewinnen der Ehre, sondern nur an Verzeihung. Aber um Verzeihung zu bekommen, mußte er erst die Schuld feststellen; und die wurde ihm ja in den Ämtern abgeleugnet. Er verfiel auf den Gedanken — und dies zeigte, daß er doch schon geistig geschwächt war –, man verheimliche ihm die Schuld, weil er nicht genug zahle, er zahlte bisher nämlich immer nur die festgesetzten Gebühren, die, wenigstens für unsere Verhältnisse, hoch genug waren. Er glaubte aber jetzt, er müsse mehr zahlen, was gewiß unrichtig war, denn bei unseren Ämtern nimmt man zwar der Einfachheit halber, um unnötige Rede zu vermeiden, Bestechungen an, aber erreichen kann man dadurch nichts. War es aber die Hoffnung des Vaters, wollten wir ihn darin nicht stören. Wir verkauften, was wir noch hatten — es war fast nur noch Unentbehrliches –, um dem Vater die Mittel für seine Nachforschungen zu verschaffen, und lange Zeit hatten wir jeden Morgen die Genugtuung, daß der Vater, wenn er morgens sich auf den Weg machte, immer wenigstens mit einigen Münzen in der Tasche klimpern konnte. Wir freilich hungerten den Tag über, während das einzige, was wir wirklich durch die Geldbeschaffung bewirkten, war, daß der Vater in einer gewissen Hoffnungsfreudigkeit erhalten wurde. Dieses aber war kaum ein Vorteil. Er plagte sich auf seinen Gängen, und was ohne das Geld sehr bald das verdiente Ende genommen hätte, zog sich so in die Länge. Da man für die Überzahlungen in Wirklichkeit nichts Außerordentliches leisten konnte, versuchte manchmal ein Schreiber wenigstens scheinbar, etwas zu leisten versprach Nachforschungen, deutete an, daß man gewisse Spuren schon gefunden hätte, die man nicht aus Pflicht, sondern nur dem Vater zuliebe verfolgen werde; der Vater, statt zweifelnder zu werden, wurde immer gläubiger. Er kam mit einer solchen, deutlich sinnlosen Versprechung zurück, so, als bringe er schon wieder den vollen Segen ins Haus, und es war qualvoll anzusehen, wie er immer hinter Amalias Rücken, mit verzerrtem Lächeln und groß aufgerissenen Augen auf Amalia hindeutend, uns zu verstehen geben wollte, wie die Errettung Amalias, die niemanden mehr als sie selbst überraschen werde, infolge seiner Bemühungen ganz nahe bevorstehe, aber alles sei noch Geheimnis, und wir wollten es streng hüten. So wäre es gewiß noch sehr lange weitergegangen, wenn wir schließlich nicht vollständig außerstande gewesen wären, dem Vater das Geld noch zu liefern. Zwar war inzwischen Barnabas von Brunswick als Gehilfe nach vielen Bitten aufgenommen worden, allerdings nur in der Weise, daß er abends im Dunkel die Aufträge abholte und wieder im Dunkel die Arbeit zurückbrachte — es ist zuzugeben, daß Brunswick hier eine gewisse Gefahr für sein Geschäft unseretwegen auf sich nahm, aber dafür zahlte er ja dem Barnabas sehr wenig, und die Arbeit des Barnabas ist fehlerlos –, doch genügte der Lohn knapp nur, um uns vor völligem Verhungern zu bewahren. Mit großer Schonung und nach viel Vorbereitungen kündigten wir dem Vater die Einstellung unserer Geldunterstützungen an, aber er nahm es sehr ruhig auf. Mit dem Verstand war er nicht mehr fähig, das Aussichtslose seiner Interventionen einzusehen, aber müde war er der fortwährenden Enttäuschungen doch.

Zwar sagte er — er sprach nicht mehr so deutlich wie früher, er hatte fast zu deutlich gesprochen –, daß er nur noch sehr wenig Geld gebraucht hätte, morgen oder heute schon hätte er alles erfahren, und nun sei alles vergebens gewesen, nur am Geld sei es gescheitert und so fort, aber der Ton, in dem er es sagte, zeigte, daß er das alles nicht glaubte. Auch hatte er gleich, unvermittelt, neue Pläne. Da es ihm nicht gelungen war, die Schuld nachzuweisen, und er infolgedessen auch weiter im amtlichen Wege nichts erreichen konnte, mußte er sich ausschließlich aufs Bitten verlegen und die Beamten persönlich angehen. Es gab unter ihnen gewiß auch solche mit gutem, mitleidigem Herzen, dem sie zwar im Amt nicht nachgeben durften, wohl aber außerhalb des Amtes, wenn man zu gelegener Stunde sie überraschte.“

Hier unterbrach K., der bisher ganz versunken Olga zugehört hatte, die Erzählung mit der Frage: „Und du hältst das nicht für richtig?“ Zwar mußte ihm die weitere Erzählung darauf Antwort geben, aber er wollte es gleich wissen.

„Nein“, sagte Olga, „von Mitleid oder dergleichen kann gar nicht die Rede sein. So jung und unerfahren wir auch waren, das wußten wir, und auch der Vater wußte es natürlich, aber er hatte es vergessen, dieses, wie das allermeiste. Er hatte sich den Plan zurechtgelegt, in der Nähe des Schlosses auf der Landstraße, dort wo die Wagen der Beamten vorüberfuhren, sich aufzustellen und, wenn es irgendwie ging, seine Bitte um Verzeihung vorzubringen. Aufrichtig gesagt, ein Plan ohne allen Verstand, selbst wenn das Unmögliche geschehen wäre und die Bitte wirklich bis zum Ohr eines Beamten gekommen wäre. Kann denn ein einzelner Beamter verzeihen? Das könnte doch höchstens Sache der Gesamtbehörde sein, aber selbst diese kann wahrscheinlich nicht verzeihen, sondern nur richten. Aber kann denn überhaupt ein Beamter, selbst wenn er aussteigen und mit der Sache sich befassen wollte, nach dem, was der Vater, der arme, müde, gealterte Mann, ihm vormurmelt, sich ein Bild von der Sache machen? Die Beamten sind sehr gebildet, aber doch nur einseitig, in seinem Fach durchschaut ein Beamter auf ein Wort hin gleich ganze Gedankenreihen, aber Dinge aus einer anderen Abteilung kann man ihm stundenlang erklären, er wird vielleicht höflich nicken, aber kein Wort verstehen. Das ist ja alles selbstverständlich; man suche doch nur selbst die kleinen amtlichen Angelegenheiten, die einen selbst betreffen, winziges Zeug, das ein Beamter mit einem Achselzucken erledigt, man suche nur dieses bis auf den Grund zu verstehen, und man wird ein ganzes Leben zu tun haben und nicht zu Ende kommen. Aber wenn der Vater an einen zuständigen Beamten geraten wäre, so kann doch dieser ohne Vorakten nichts erledigen und insbesondere nicht auf der Landstraße, er kann eben nicht verzeihen, sondern nur amtlich erledigen und zu diesem Zweck wieder nur auf den Amtsweg verweisen, aber auf diesem etwas zu erreichen, war ja dem Vater schon völlig mißlungen. Wie weit mußte es schon mit dem Vater gekommen sein, daß er mit diesem neuen Plan irgendwie durchdringen wollte! Wenn irgendeine Möglichkeit solcher Art auch nur im entferntesten bestünde, müßte es ja dort auf der Landstraße von Bittgängern wimmeln, aber da es sich hier um eine Unmöglichkeit handelt, welche einem schon die elementarste Schulbildung einprägt, ist es dort völlig leer. Vielleicht bestärkte auch das den Vater in seiner Hoffnung, er nährte sie von überall her. Es war hier auch sehr nötig; ein gesunder Verstand mußte sich ja gar nicht in jene großen Überlegungen einlassen, er mußte schon im Äußerlichsten die Unmöglichkeit klar erkennen. Wenn die Beamten ins Dorf fahren oder zurück ins Schloß, so sind das doch keine Lustfahrten, in Dorf und Schloß wartet Arbeit auf sie, daher fahren sie im schärfsten Tempo. Es fällt ihnen auch nicht ein, aus dem Wagenfenster zu schauen und draußen Gesuchsteller zu suchen, sondern die Wagen sind vollgepackt mit Akten, welche die Beamten studieren.“

„Ich habe aber“, sagte K., „das Innere eines Beamtenschlittens gesehen, in welchem keine Akten waren.“ In der Erzählung Olgas eröffnete sich ihm eine so große, fast unglaubwürdige Welt, daß er es sich nicht versagen konnte, mit seinen kleinen Erlebnissen an sie zu rühren, um sich ebenso von ihrem Dasein als auch von dem eigenen deutlicher zu überzeugen.

„Das ist möglich“, sagte Olga, „dann ist es aber noch schlimmer, dann hat der Beamte so wichtige Angelegenheiten, daß die Akten zu kostbar oder zu umfangreich sind, um mitgenommen werden zu können, solche Beamte lassen dann Galopp fahren. Jedenfalls, für den Vater kann keiner Zeit erübrigen. Und außerdem: Es gibt mehrere Zufahrten ins Schloß. Einmal ist die eine in Mode, dann fahren die meisten dort, einmal eine andere, dann drängt sich alles hin. Nach welchen Regeln dieser Wechsel stattfindet, ist noch nicht herausgefunden worden. Einmal um acht Uhr morgens fahren alle auf einer anderen, zehn Minuten später wieder auf einer dritten, eine halbe Stunde später vielleicht wieder auf der ersten, und dort bleibt es dann den ganzen Tag, aber jeden Augenblick besteht die Möglichkeit einer Änderung. Zwar vereinigen sich in der Nähe des Dorfes alle Zufahrtsstraßen, aber dort rasen schon alle Wagen, während in der Schloßnähe das Tempo noch ein wenig gemäßigter ist. Aber so wie die Ausfahrordnung hinsichtlich der Straßen unregelmäßig und nicht zu durchschauen ist, so ist es auch mit der Zahl der Wagen. Es gibt ja oft Tage, wo gar kein Wagen zu sehen ist; dann aber fahren sie wieder in Mengen. Und allem diesem gegenüber stell dir nun unseren Vater vor. In seinem besten Anzug — bald ist es sein einziger — zieht er jeden Morgen, von unseren Segenswünschen begleitet, aus dem Haus. Ein kleines Abzeichen der Feuerwehr, das er eigentlich zu Unrecht behalten hat, nimmt er mit, um es außerhalb des Dorfes anzustecken, im Dorf selbst fürchtet er, es zu zeigen, obwohl es so klein ist, daß man es auf zwei Schritte Entfernung kaum sieht, aber nach des Vaters Meinung soll es sogar geeignet sein, die vorüberfahrenden Beamten auf ihn aufmerksam zu machen. Nicht weit vom Zugang zum Schloß ist eine Handelsgärtnerei, sie gehört einem gewissen Bertuch, er liefert Gemüse ins Schloß, dort auf dem schmalen Steinpostament des Gartengitters wählte sich der Vater einen Platz. Bertuch duldete es, weil er früher mit dem Vater befreundet gewesen war und auch zu seinen treuesten Kundschaften gehört hatte, er hat nämlich einen ein wenig verkrüppelten Fuß und glaubte, nur der Vater sei imstande, ihm einen passenden Stiefel zu machen. Dort saß nun der Vater Tag für Tag, es war ein trüber, regnerischer Herbst, aber das Wetter war ihm völlig gleichgültig;

morgens zu bestimmter Stunde hatte er die Hand an der Klinke und winkte uns zum Abschied zu, abends kam er — es schien, als werde er täglich gebückter — völlig durchnäßt zurück und warf sich in eine Ecke. Zuerst erzählte er uns von seinen kleinen Erlebnissen, etwa, daß ihm Bertuch aus Mitleid und alter Freundschaft eine Decke über das Gitter zugeworfen hatte oder daß er in einem vorüberfahrenden Wagen den oder jenen Beamten zu erkennen geglaubt habe oder daß wieder ihn schon hie und da ein Kutscher erkenne und zum Scherz mit dem Peitschenriemen streife. Später hörte er dann auf, diese Dinge zu erzählen, offenbar hoffte er nicht mehr, auch nur irgend etwas dort zu erreichen, er hielt es schon nur für seine Pflicht, seinen öden Beruf, hinzugehen und dort den Tag zu verbringen. Damals begannen seine rheumatischen Schmerzen, der Winter näherte sich, es kam früher Schneefall, bei uns fängt der Winter sehr bald an; nun, und so saß er dort einmal auf den regennassen Steinen, dann wieder im Schnee. In der Nacht seufzte er vor Schmerzen, morgens war er manchmal unsicher, ob er gehen sollte, überwand sich dann aber doch und ging. Die Mutter hängte sich an ihn und wollte ihn nicht fortlassen; er, wahrscheinlich furchtsam geworden infolge der nicht mehr gehorsamen Glieder, erlaubte ihr mitzugehen, so wurde auch die Mutter von den Schmerzen gepackt. Wir waren oft bei ihnen, brachten Essen oder kamen nur zu Besuch oder wollten sie zur Rückkehr nach Hause überreden; wie oft fanden wir sie dort zusammengesunken und aneinanderlehnend auf ihrem schmalen Sitz, gekauert in eine dünne Decke, die sie kaum umschloß, ringsherum nichts als das Grau von Schnee und Nebel und weit und breit und tagelang kein Mensch oder Wagen, ein Anblick, K., ein Anblick! Bis dann eines Morgens der Vater die steifen Beine nicht mehr aus dem Bett brachte, es war trostlos, in einer leichten Fieberphantasie glaubte er zu sehen, wie eben jetzt oben bei Bertuch ein Wagen haltmachte, ein Beamter ausstieg, das Gitter nach dem Vater absuchte und kopfschüttelnd und ärgerlich wieder in den Wagen zurückkehrte. Der Vater stieß dabei solche Schreie aus, daß es war, als wolle er sich von hier aus dem Beamten oben bemerkbar machen und erklären, wie unverschuldet seine Abwesenheit sei. Und es wurde eine lange Abwesenheit, er kehrte gar nicht mehr dorthin zurück, wochenlang mußte er im Bett bleiben. Amalia übernahm die Bedienung, die Pflege, die Behandlung, alles, und hat es mit Pausen eigentlich bis heute behalten. Sie kennt Heilkräuter, welche die Schmerzen beruhigen, sie braucht fast keinen Schlaf, sie erschrickt nie, fürchtet nichts, hat niemals Ungeduld, sie leistete alle Arbeit für die Eltern; während wir aber, ohne etwas helfen zu können, unruhig umherflatterten, blieb sie bei allem kühl und still. Als dann aber das Schlimmste vorüber war und der Vater, vorsichtig und rechts und links gestützt, wieder aus dem Bett sich herausarbeiten konnte, zog sich Amalia gleich zurück und überließ ihn uns.“

„Nun galt es, wieder irgendeine Beschäftigung für den Vater zu finden, für die er noch fähig war, irgend etwas, was ihn zumindest in dem Glauben erhielt, daß es dazu diene, die Schuld von der Familie abzuwälzen. Etwas Derartiges zu finden war nicht schwer, so zweckdienlich wie das Sitzen vor Bertuchs Garten war im Grunde alles, aber ich fand etwas, was sogar mir einige Hoffnung gab. Wann immer bei Ämtern oder Schreibern oder sonstwo von unserer Schuld die Rede gewesen war, war immer wieder nur die Beleidigung des Sortinischen Boten erwähnt worden, weiter wagte niemand zu dringen. Nun, sagte ich mir, wenn die allgemeine Meinung, sei es auch nur scheinbar, nur von der Botenbeleidigung weiß, ließe sich, sei es auch wieder nur scheinbar, alles wiedergutmachen, wenn man den Boten versöhnen könnte. Es ist ja keine Anzeige eingelaufen, wie man erklärt, noch kein Amt hat also die Sache in der Hand, und es steht demnach dem Boten frei, für seine Person, und um mehr handelt es sich nicht, zu verzeihen. Das alles konnte ja keine entscheidende Bedeutung haben, war nur Schein und konnte wieder nichts anderes ergeben, aber dem Vater würde es doch Freude machen, und die vielen Auskunftgeber, die ihn so gequält hatten, könnte man damit vielleicht zu seiner Genugtuung ein wenig in die Enge treiben. Zuerst mußte man freilich den Boten finden. Als ich meinen Plan dem Vater erzählte, wurde er zuerst sehr ärgerlich, er war nämlich äußerst eigensinnig geworden, zum Teil glaubte er — während der Krankheit hatte sich das entwickelt –, daß wir ihn immer am letzten Erfolg gehindert hätten: zuerst durch Einstellung der Geldunterstützung, jetzt durch Zurückhalten im Bett, zum Teil war er gar nicht mehr fähig, fremde Gedanken völlig aufzunehmen. Ich hatte noch nicht zu Ende erzählt, schon war mein Plan verworfen; nach seiner Meinung mußte er bei Bertuchs Garten weiter warten, und da er gewiß nicht mehr imstandesein würde, täglich hinaufzugehen, müßten wir ihn im Handkarren hinbringen. Aber ich ließ nicht ab, und allmählich söhnte er sich mit dem Gedanken aus, störend war ihm dabei nur, daß er in dieser Sache ganz von mir abhängig war, denn nur ich hatte damals den Boten gesehen, er kannte ihn nicht. Freilich, ein Diener gleicht dem anderen, und völlig sicher dessen, daß ich jenen wiedererkennen würde, war auch ich nicht. Wir begannen dann, in den Herrenhof zu gehen und unter der Dienerschaft dort zu suchen. Es war zwar ein Diener Sortinis gewesen, und Sortini kam nicht mehr ins Dorf, aber die Herren wechseln häufig die Diener, man konnte ihn recht wohl in der Gruppe eines anderen Herrn finden, und wenn er selbst nicht zu finden war, so konnte man doch vielleicht von den anderen Dienern Nachricht über ihn bekommen. Zu diesem Zweck mußte man allerdings allabendlich im Herrenhof sein, und man sah uns nirgends gern, wie erst an einem solchen Ort; als zahlende Gäste konnten wir ja auch nicht auftreten. Aber es zeigte sich, daß man uns doch brauchen konnte; du weißt wohl, was für eine Plage die Dienerschaft für Frieda war, es sind im Grunde meist ruhige Leute, durch leichten Dienst verwöhnt und schwerfällig gemacht. „Es möge dir gehen wie einem Diener“ heißt ein Segensspruch der Beamten, und tatsächlich sollen, was Wohlleben betrifft, die Diener die eigentlichen Herren im Schloß sein, sie wissen das auch zu würdigen und sind im Schloß, wo sie sich unter seinen Gesetzen bewegen, still und würdig — vielfach ist mir das bestätigt worden –, und man findet auch hier unter den Dienern noch Reste dessen, aber nur Reste, sonst sind sie dadurch, daß die Schloßgesetze für sie im Dorf nicht mehr vollständig gelten, wie verwandelt; ein wildes, unbotmäßiges, statt von den Gesetzen von ihren unersättlichen Trieben beherrschtes Volk. Ihre Schamlosigkeit kennt keine Grenzen, ein Glück für das Dorf, daß sie den Herrenhof nur über Befehl verlassen dürfen, im Herrenhof selbst aber muß man mit ihnen auszukommen suchen; Frieda nun fiel das sehr schwer, und so war es ihr sehr willkommen, daß sie mich dazu verwenden konnte, die Diener zu beruhigen; seit mehr als zwei Jahren, zumindest zweimal in der Woche, verbringe ich die Nacht mit den Dienern im Stall. Früher, als der Vater noch in den Herrenhof mitgehen konnte, schlief er irgendwo im Ausschankzimmer und wartete so auf die Nachrichten, die ich früh bringen würde. Es war wenig. Den gesuchten Boten haben wir bis heute noch nicht gefunden, er soll noch immer in den Diensten Sortinis sein, der ihn sehr hochschätzt, und soll ihm gefolgt sein, als sich Sortini in entferntere Kanzleien zurückzog. Meist haben ihn die Diener ebensolange nicht gesehen wie wir, und wenn einer ihn inzwischen doch gesehen haben will, ist es wohl ein Irrtum. So wäre also mein Plan eigentlich mißlungen und ist es doch nicht völlig, den Boten haben wir zwar nicht gefunden, und dem Vater haben die Wege in den Herrenhof und die Übernachtungen dort, vielleicht sogar das Mitleid mit mir, soweit er dessen noch fähig ist, leider den Rest gegeben, und er ist schon seit fast zwei Jahren in diesem Zustand, in dem du ihn gesehen hast, und dabei geht es ihm vielleicht noch besser als der Mutter, deren Ende wir täglich erwarten und das sich nur dank der übermäßigen Anstrengung Amalias verzögert. Was ich aber doch im Herrenhof erreicht habe, ist eine gewisse Verbindung mit dem Schloß; verachte mich nicht, wenn ich sage, daß ich das, was ich getan habe, nicht bereue. Was mag das für eine große Verbindung mit dem Schloß sein, wirst du dir vielleicht denken. Und du hast recht; eine große Verbindung ist es nicht. Ich kenne jetzt zwar viele Diener, die Diener aller der Herren fast, die in den letzten Jahren ins Dorf kamen, und wenn ich einmal ins Schloß kommen sollte, so werde ich dort nicht fremd sein. Freilich, es sind nur Diener im Dorf, im Schloß sind sie ganz anders und erkennen dort wahrscheinlich niemanden mehr und jemanden, mit dem sie im Dorf verkehrt haben, ganz besonders nicht, mögen sie es auch im Stall hundertmal beschworen haben, daß sie sich auf ein Wiedersehen im Schloß sehr freuen. Ich habe es ja übrigens auch schon erfahren, wie wenig allen solche Versprechungen bedeuten. Aber das Wichtigste ist das ja gar nicht. Nicht nur durch die Diener selbst habe ich eine Verbindung mit dem Schloß, sondern vielleicht und hoffentlich auch noch so, daß jemand, der von oben mich und was ich tue beobachtet — und die Verwaltung der großen Dienerschaft ist freilich ein äußerst wichtiger und sorgenvoller Teil der behördlichen Arbeit –, daß dann derjenige, der mich so beobachtet, vielleicht zu einem milderen Urteil über mich kommt als andere, daß er vielleicht erkennt, daß ich in einer jämmerlichen Art zwar, doch auch für unsere Familie kämpfe und die Bemühungen des Vaters fortsetze. Wenn man es so ansieht, vielleicht wird man es mir dann auch verzeihen, daß ich von den Dienern Geld annehme und für unsere Familie verwende. Und noch anderes habe ich erreicht, das allerdings machst auch du zu meiner Schuld. Ich habe von den Knechten manches darüber erfahren, wie man auf Umwegen, ohne das schwierige und jahrelang dauernde öffentliche Aufnahmeverfahren in die Schloßdienste kommen kann, man ist dann zwar auch nicht öffentlicher Angestellter, sondern nur ein heimlich und halb Zugelassener, man hat weder Rechte noch Pflichten, daß man keine Pflichten hat, das ist das Schlimmere, aber eines hat man, da man doch in der Nähe bei allem ist: Man kann günstige Gelegenheiten erkennen und benützen, man ist kein Angestellter, aber zufällig kann sich irgendeine Arbeit finden, ein Angestellter ist gerade nicht bei der Hand, ein Zuruf, man eilt herbei, und was man vor einem Augenblick noch nicht war, man ist es geworden, ist Angestellter. Allerdings, wann findet sich eine solche Gelegenheit? Manchmal gleich, kaum ist man hingekommen, kaum hat man sich umgesehen, ist die Gelegenheit schon da, es hat nicht einmal jeder die Geistesgegenwart, sie so, als Neuling, gleich zu fassen, aber ein anderes Mal dauert es wieder mehr Jahre als das öffentliche Aufnahmeverfahren, und regelrecht öffentlich aufgenommen kann ein solcher Halbzugelassener gar nicht mehr werden. Bedenken sind hier also genug; sie schweigen aber dem gegenüber, daß bei der öffentlichen Aufnahme sehr peinlich ausgewählt wird und ein Mitglied einer irgendwie anrüchigen Familie von vornherein verworfen ist, ein solcher unterzieht sich zum Beispiel diesem Verfahren, zittert jahrelang wegen des Ergebnisses, von allen Seiten fragt man ihn erstaunt, seit dem ersten Tag, wie er etwas derartig Aussichtsloses wagen konnte, er hofft aber doch, wie könnte er sonst leben; aber nach vielen Jahren, vielleicht als Greis, erfährt er die Ablehnung, erfährt, daß alles verloren ist und sein Leben vergeblich war. Auch hier gibt es freilich Ausnahmen, darum wird man eben so leicht verlockt. Es kommt vor, daß gerade anrüchige Leute schließlich aufgenommen werden, es gibt Beamte, welche förmlich gegen ihren Willen den Geruch solchen Wildes lieben, bei den Aufnahmeprüfungen schnuppern sie in der Luft, verziehen den Mund, verdrehen die Augen, ein solcher Mann scheint für sie gewissermaßen ungeheuer appetitanreizend zu sein, und sie müssen sich sehr fest an die Gesetzbücher halten, um dem widerstehen zu können. Manchmal hilft das allerdings dem Mann nicht zur Aufnahme, sondern nur zur endlosen Ausdehnung des Aufnahmeverfahrens, das dann überhaupt nicht beendet, sondern nach dem Tode des Mannes nur abgebrochen wird. So ist also sowohl die gesetzmäßige Aufnahme als auch die andere voll offener und versteckter Schwierigkeiten, und ehe man sich auf etwas Derartiges einläßt, ist es sehr ratsam, alles genau zu erwägen. Nun, daran haben wir es nicht fehlen lassen, Barnabas und ich. Immer, wenn ich aus dem Herrenhof kam, setzten wir uns zusammen, ich erzählte das Neueste, was ich erfahren hatte, tagelang sprachen wir es durch, und die Arbeit in des Barnabas Hand ruhte oft länger, als es gut war. Und hier mag ich eine Schuld in deinem Sinne haben. Ich wußte doch, daß auf die Erzählungen der Knechte nicht viel Verlaß war. Ich wußte, daß sie niemals Lust hatten, mir vom Schloß zu erzählen, immer zu anderem ablenkten, jedes Wort sich abbetteln ließen, dann aber freilich, wenn sie im Gang waren, loslegten, Unsinn schwatzten, großtaten, einander in Übertreibungen und Erfindungen überboten, so daß offenbar in dem endlosen Geschrei, in welchem einer den anderen ablöste, dort im dunklen Stalle bestenfalls ein paar magere Andeutungen der Wahrheit enthalten sein mochten. Ich aber erzählte dem Barnabas alles wieder, so wie ich es mir gemerkt hatte, und er, der noch gar keine Fähigkeit hatte, zwischen Wahrem und Erlogenem zu unterscheiden und infolge der Lage unserer Familie fast verdurstete vor Verlangen nach diesen Dingen, er trank alles in sich hinein und glühte vor Eifer nach Weiterem. Und tatsächlich ruhte auf Barnabas mein neuer Plan. Bei den Knechten war nichts mehr zu erreichen. Der Bote Sortinis war nicht zu finden und würde niemals zu finden sein, immer weiter schien sich Sortini und damit auch der Bote zurück zuziehen, oft geriet ihr Aussehen und Name schon in Vergessenheit, und ich mußte sie oft lange beschreiben, um damit nichts zu erreichen, als daß man sich mühsam an sie erinnerte, aber darüber hinaus nichts über sie sagen konnte. Und was mein Leben mit den Knechten betraf, so hatte ich natürlich keinen Einfluß darauf, wie es beurteilt wurde, konnte nur hoffen, daß man es so aufnehmen würde, wie es getan war, und daß dafür ein Geringes von der Schuld unserer Familie abgezogen würde, aber äußere Zeichen dessen bekam ich nicht. Doch blieb ich dabei, da ich für mich keine andere Möglichkeit sah, im Schloß etwas für uns zu bewirken. Für Barnabas aber sah ich eine solche Möglichkeit. Aus den Erzählungen der Knechte konnte ich, wenn ich dazu Lust hatte, und diese Lust hatte ich in Fülle, entnehmen, daß jemand, der in Schloßdienste aufgenommen ist, sehr viel für seine Familie erreichen kann. Freilich, was war an diesen Erzählungen Glaubwürdiges? Das war unmöglich festzustellen, nur daß es sehr wenig war, war klar. Denn wenn mir zum Beispiel ein Knecht, den ich niemals mehr sehen würde oder den ich, wenn ich ihn auch sehen sollte, kaum wiedererkennen würde, feierlich zusicherte, meinem Bruder zu einer Anstellung im Schloß zu verhelfen oder zumindest, wenn Barnabas sonst wie ins Schloß kommen sollte, ihn zu unterstützen, also etwa ihn zu erfrischen — denn nach den Erzählungen der Knechte kommt es vor, daß Anwärter für Stellungen während der überlangen Wartezeit ohnmächtig oder verwirrt werden und dann verloren sind, wenn nicht Freunde für sie sorgen –, wenn solches und vieles andere mir erzählt wurde, so waren das wahrscheinlich berechtigte Warnungen, aber die zugehörigen Versprechungen waren völlig leer. Für Barnabas nicht; zwar warnte ich ihn, ihnen zu glauben, aber schon, daß ich sie ihm erzählte, war genügend, um ihn für meine Pläne einzunehmen. Was ich selbst dafür anführte, wirkte auf ihn weniger, auf ihn wirkten hauptsächlich die Erzählungen der Knechte. Und so war ich eigentlich gänzlich auf mich allein angewiesen, mit den Eltern konnte sich überhaupt niemand außer Amalia verständigen, je mehr ich die alten Pläne meines Vaters in meiner Art verfolgte, desto mehr schloß sich Amalia vor mir ab, vor dir oder anderen spricht sie mit mir, allein niemals mehr, den Knechten im Herrenhof war ich ein Spielzeug, das zu zerbrechen sie sich wütend anstrengten, kein einziges vertrauliches Wort habe ich während der zwei Jahre mit einem von ihnen gesprochen, nur Hinterhältiges oder Erlogenes oder Irrsinniges, blieb mir also nur Barnabas, und Barnabas war noch sehr jung. Wenn ich bei meinen Berichten den Glanz in seinen Augen sah, den er seitdem behalten hat, erschrak ich und ließ doch nicht ab, zu Großes schien mir auf dem Spiel zu sein. Freilich, die großen, wenn auch leeren Pläne meines Vaters hatte ich nicht, ich hatte nicht diese Entschlossenheit der Männer, ich blieb bei der Wiedergutmachung der Beleidigung des Boten und wollte gar noch, daß man mir diese Bescheidenheit als Verdienst anrechne. Aber was mir allein mißlungen war, wollte ich jetzt durch Barnabas anders und sicher erreichen. Einen Boten hatten wir beleidigt und ihn aus den vorderen Kanzleien verscheucht; was lag näher, als in der Person des Barnabas einen neuen Boten anzubieten, durch Barnabas die Arbeit des beleidigten Boten ausführen zu lassen und dem Beleidigten es so zu ermöglichen, ruhig in der Ferne zu bleiben, wie lange er wollte, wie lange er es zum Vergessen der Beleidigung brauchte. Ich merkte zwar gut, daß in aller Bescheidenheit dieses Planes auch Anmaßung lag, daß es den Eindruck erwecken konnte, als ob wir der Behörde diktieren wollten, wie sie Personalfragen ordnen sollte, oder als ob wir daran zweifelten, daß die Behörde aus eigenem das Beste anzuordnen fähig war und es sogar schon längst angeordnet hatte, ehe wir nur auf den Gedanken gekommen waren, daß hier etwas getan werden könnte. Doch glaubte ich dann wieder, daß es unmöglich sei, daß mich die Behörde so mißverstehe oder daß sie, wenn sie es tun sollte, es dann mit Absicht tun würde, das heißt, daß dann von vornherein ohne nähere Untersuchung alles, was ich tue, verworfen sei. So ließ ich also nicht ab, und der Ehrgeiz des Barnabas tat das seine. In dieser Zeit der Vorbereitungen wurde Barnabas so hochmütig, daß er die Schusterarbeit für sich, den künftigen Kanzleiangestellten, zu schmutzig fand; ja, daß er es sogar wagte, Amalia, wenn sie ihm, selten genug, ein Wort sagte, zu widersprechen, und zwar grundsätzlich. Ich gönnte ihm gern diese kurze Freude, denn mit dem ersten Tag, an welchem er ins Schloß ging, war Freude und Hochmut, wie es leicht vorauszusehen gewesen war, gleich vorüber. Es begann nun jener scheinbare Dienst, von dem ich dir schon erzählt habe. Erstaunlich war es, wie Barnabas ohne Schwierigkeiten zum erstenmal das Schloß oder richtiger jene Kanzlei betrat, die sozusagen sein Arbeitsraum geworden ist. Dieser Erfolg machte mich damals fast toll, ich lief, als es mir Barnabasabends beim Nachhausekommen zuflüsterte, zu Amalia, packte sie, drückte sie in eine Ecke und küßte sie mit Lippen und Zähnen, daß sie vor Schmerz und Schrecken weinte. Sagen konnte ich vor Erregung nichts, auch hatten wir ja schon so lange nicht miteinander gesprochen, ich verschob es auf die nächsten Tage. An den nächsten Tagen aber war freilich nichts mehr zu sagen. Bei dem so schnell Erreichten blieb es auch. Zwei Jahre lang führte Barnabas dieses einförmige, herzbeklemmende Leben. Die Knechte versagten gänzlich, ich gab Barnabas einen kleinen Brief mit, in dem ich ihn der Aufmerksamkeit der Knechte empfahl, die ich gleichzeitig an ihre Versprechungen erinnerte, und Barnabas, sooft er einen Knecht sah, zog den Brief heraus und hielt ihn ihm vor, und wenn er auch wohl manchmal an Knechte geriet, die mich nicht kannten, und wenn auch für die Bekannten seine Art, den Brief stumm vorzuzeigen — denn zu sprechen wagte er oben nicht –, ärgerlich war, so war es doch schändlich, daß niemand ihm half, und es war eine Erlösung, die wir aus eigenem uns freilich auch und längst hätten verschaffen können, als ein Knecht, dem vielleicht der Brief schon einige Male aufgedrängt worden war, ihn zusammenknüllte und in einen Papierkorb warf. Fast hätte er dabei, so fiel mir ein, sagen können: „Ähnlich pflegt ja auch ihr Briefe zu behandeln.“ So ergebnislos aber diese ganze Zeit sonst war, auf Barnabas wirkte sie günstig, wenn man es günstig nennen will, daß er vorzeitig alterte, vorzeitig ein Mann wurde; ja, in manchem ernst und einsichtig über die Mannheit hinaus. Mich macht es oft sehr traurig, ihn anzusehen und ihn mit dem Jungen zu vergleichen, der er noch vor zwei Jahren war. Und dabei habe ich gar nicht den Trost und Rückhalt, den er mir als Mann vielleicht geben könnte. Ohne mich wäre er kaum ins Schloß gekommen, aber seit er dort ist, ist er von mir unabhängig. Ich bin seine einzige Vertraute, aber er erzählt mir gewiß nur einen kleinen Teil dessen, was er auf dem Herzen hat. Er erzählt mir viel vom Schloß, aber aus seinen

Erzählungen, aus den kleinen Tatsachen, die er mitteilt, kann man bei weitem nicht verstehen, wie ihn dieses so verwandelt haben könnte. Man kann insbesondere nicht verstehen, warum er den Mut, den er als Junge bis zu unser aller Verzweiflung hatte, jetzt als Mann dort oben so gänzlich verloren hat. Freilich, dieses nutzlose Dastehen und Warten Tag für Tag und immer wieder von neuem und ohne jede Aussicht auf Veränderung, das zermürbt und macht zweiflerisch und schließlich zu anderem als zu diesem verzweifelten Dastehen sogar unfähig. Aber warum hat er auch früher gar keinen Widerstand geleistet? Besonders, da er bald erkannte, daß ich recht gehabt hatte und für den Ehrgeiz dort nichts zu holen war, wohl aber vielleicht für die Besserung der Lage unserer Familie. Denn dort geht alles — die Launen der Diener ausgenommen — sehr bescheiden zu, der Ehrgeiz sucht dort in der Arbeit Befriedigung, und da dabei die Sache selbst das Übergewicht bekommt, verliert er sich gänzlich, für kindliche Wünsche ist dort kein Raum. Wohl aber glaubte Barnabas, wie er mir erzählte, deutlich zusehen, wie groß die Macht und das Wissen selbst dieser doch recht fragwürdigen Beamten war, in deren Zimmer er sein durfte. Wie sie diktierten, schnell, mit halbgeschlossenen Augen, kurzen Handbewegungen, wie sie nur mit dem Zeigefinger ohne jedes Wort die brummigen Diener abfertigten, die, in solchen Augenblicken schwer atmend, glücklich lächelten, oder wie sie eine wichtige Stelle in ihren Büchern fanden, voll darauf schlugen, und wie die anderen, soweit es in der Enge möglich war, herbeiliefen und die Hälse danach streckten. Das und ähnliches gab Barnabas große Vorstellungen von diesen Männern, und er hatte den Eindruck, daß, wenn er so weit käme, von ihnen bemerkt zu werden und mit ihnen ein paar Worte sprechen zu dürfen — nicht als Fremder, sondern als Kanzleikollege, allerdings untergeordneter Art –, Unabsehbares für unsere Familie erreicht werden könnte. Aber so weit ist es eben noch nicht gekommen, und etwas, was ihn dem annähern könnte, wagt Barnabas nicht zu tun, obwohl er schon genau weiß, daß er trotz seiner Jugend innerhalb unserer Familie durch die unglücklichen Verhältnisse zu der verantwortungsschweren Stellung des Familienvaters selbst hinaufgerückt ist. Und nun, um das letzte noch zu gestehen: Vor einer Woche bist du gekommen. Ich hörte im Herrenhof jemanden es erwähnen, kümmerte mich aber nicht darum; ein Landvermesser war gekommen; ich wußte nicht einmal, was das ist. Aber am nächsten Abend kommt Barnabas — ich pflegte ihm sonst zu bestimmter Stunde ein Stück Weges entgegenzugehen — früher als sonst nach Hause, sieht Amalia in der Stube, zieht mich deshalb auf die Straße hinaus, drückt dort das Gesicht auf meine Schulter und weint minutenlang. Er ist wieder der kleine Junge von ehemals. Es ist ihm etwas geschehen, dem er nicht gewachsen ist. Es ist, als hätte sich vor ihm plötzlich eine ganz neue Welt aufgetan, und das Glück und die Sorgen aller dieser Neuheit kann er nicht ertragen. Und dabei ist ihm nichts anderes geschehen, als daß er einen Brief an dich zur Bestellung bekommen hat. Aber es ist freilich der erste Brief, die erste Arbeit, die er überhaupt je bekommen hat.“

Olga brach ab. Es war still, bis auf das schwere, manchmal röchelnde Atmen der Eltern. K. sagte nur leichthin, wie zur Ergänzung von Olgas Erzählung: „Ihr habt euch mir gegenüber verstellt. Barnabas überbrachte den Brief wie ein alter, vielbeschäftigter Bote, und du ebenso wie Amalia, die diesmal also mit euch einig war, tatet so, als sei der Botendienst und die Briefe nur irgendein Nebenbei.“ — „Du mußt zwischen uns unterscheiden“, sagte Olga. „Barnabas ist durch die zwei Briefe wieder ein glückliches Kind geworden, trotz allen Zweifeln, die er an seiner Tätigkeit hat. Diese Zweifel hat er nur für sich und mich; dir gegenüber aber sucht er seine Ehre darin, als wirklicher Bote aufzutreten, so wie seiner Vorstellung nach wirkliche Boten auftreten. So mußte ich ihm zum Beispiel, obwohl doch jetzt seine Hoffnung auf einen Amtsanzug steigt, binnen zwei Stunden seine Hose so ändern, daß sie der enganliegenden Hose des Amtskleides wenigstens ähnlich ist und er darin vor dir, der du in dieser Hinsicht natürlich noch leicht zu täuschen bist, bestehen kann. Das ist Barnabas. Amalia aber mißachtet wirklich den Botendienst, und jetzt, nachdem er ein wenig Erfolg zu haben scheint, wie sie an Barnabas und mir und unserem Beisammensitzen und Tuscheln leicht erkennen kann, jetzt mißachtet sie ihn noch mehr als früher. Sie spricht also die Wahrheit, laß dich niemals täuschen, indem du daran zweifelst. Wenn aber ich, K., manchmal den Botendienst herabgewürdigt habe, so geschah es nicht mit der Absicht, dich zu täuschen, sondern aus Angst. Diese zwei Briefe, die durch des Barnabas Hand bisher gegangen sind, sind seit drei Jahren das erste, allerdings noch genug zweifelhafte Gnadenzeichen, das unsere Familie bekommen hat. Diese Wendung, wenn es eine Wendung ist und keine Täuschung — Täuschungen sind häufiger als Wendungen –, ist mit deiner Ankunft hier im Zusammenhang, unser Schicksal ist in eine gewisse Abhängigkeit von dir geraten, vielleicht sind diese zwei Briefe nur ein Anfang, und des Barnabas Tätigkeit wird sich über den dich betreffenden Botendienst hinaus ausdehnen — das wollen wir hoffen, solange wir es dürfen –; vorläufig aber zielt alles nur auf dich ab. Dort oben nun müssen wir uns mit dem zufriedengeben, was man uns zuteilt, hier unten aber können wir doch vielleicht auch selbst etwas tun, das ist: deine Gunst uns sichern oder wenigstens vor deiner Abneigung uns bewahren oder, was das wichtigste ist, dich nach unseren Kräften und Erfahrungen schützen, damit dir die Verbindung mit dem Schloß — von der wir vielleicht leben könnten — nicht verlorengeht. Wie dies alles nun am besten einleiten? Daß du keinen Verdacht gegen uns faßt, wenn wir uns dir nähern, denn du bist hier fremd und deshalb gewiß nach allen Seiten hin voll Verdachtes, voll berechtigten Verdachtes. Außerdem sind wir ja verachtet und du von der allgemeinen

Meinung beeinflußt, besonders durch deine Braut; wie sollen wir zu dir vordringen, ohne uns zum Beispiel, wenn wir es auch gar nicht beabsichtigen, gegen deine Braut zu stellen und dich damit zu kränken. Und die Botschaften, die ich, ehe du sie bekamst, genau gelesen habe — Barnabas hat sie nicht gelesen, als Bote hat er es sich nicht erlaubt –, schienen auf den ersten Blick nicht sehr wichtig, veraltet, nahmen sich selbst die Wichtigkeit, indem sie dich auf den Gemeindevorsteher verwiesen. Wie sollten wir uns nun in dieser Hinsicht dir gegenüber verhalten? Betonten wir ihre Wichtigkeit, machten wir uns verdächtig, daß wir so offenbar Unwichtiges überschätzten und als Überbringer dieser Nachrichten dir anpriesen, unsere Zwecke, nicht deine verfolgten, ja, wir konnten dadurch die Nachrichten selbst in deinen Augen herabsetzen und dich so, sehr wider Willen, täuschen. Legten wir aber den Briefen nicht viel Wert bei, machten wir uns ebenso verdächtig, denn warum beschäftigten wir uns dann mit dem Zustellen dieser unwichtigen Briefe, warum widersprachen einander unsere Handlungen und unsere Worte, warum täuschten wir so nicht nur dich, den Adressaten, sondern auch unseren Auftraggeber, der uns gewiß die Briefe nicht übergeben hatte, damit wir sie durch unsere Erklärungen beim Adressaten entwerteten. Und die Mitte zwischen den Übertreibungen zu halten, also die Briefe richtig zu beurteilen, ist ja unmöglich, sie wechseln selbst fortwährend ihren Wert, die Überlegungen, zu denen sie Anlaß geben, sind endlos, und wo man dabei gerade haltmacht, ist nur durch den Zufall bestimmt, also auch die Meinung eine zufällige. Und wenn nun noch die Angst um dich dazwischenkommt, verwirrt sich alles, du darfst meine Worte nicht zu streng beurteilen. Wenn zum Beispiel, wie es einmal geschehen ist, Barnabas mit der Nachricht kommt, daß du mit seinem Botendienst unzufrieden bist und er im ersten Schrecken und leider auch nicht ohne Botenempfindlichkeit sich angeboten hat, von diesem Dienst zurückzutreten, dann bin ich allerdings, um den Fehler gutzumachen, imstande, zu täuschen, zu lügen, zu betrügen, alles Böse zu tun, wenn es nur hilft. Aber das tue ich dann, wenigstens nach meinem Glauben, so gut deinetwegen wie unseretwegen."

Es klopfte. Olga lief zur Tür und sperrte auf. In das Dunkel fiel ein Lichtstreifen aus einer Blendlaterne.

Der späte Besucher stellte flüsternde Fragen und bekam geflüsterte Antwort, wollte sich aber damit nicht begnügen und in die Stube eindringen. Olga konnte ihn wohl nicht mehr zurückhalten und rief deshalb Amalia, von der sie offenbar hoffte, daß diese, um den Schlaf der Eltern zu schützen, alles aufwenden werde, um den Besucher zu entfernen. Tatsächlich eilte sie auch schon herbei, schob Olga beiseite, trat auf die Straße und schloß hinter sich die Tür. Es dauerte nur einen Augenblick, gleich kam sie wieder zurück, so schnell hatte sie erreicht, was Olga unmöglich gewesen war.

K. erfuhr dann von Olga, daß der Besuch ihm gegolten hatte; es war einer der Gehilfen, der ihn im Auftrag Friedas suchte. Olga hatte K. vor dem Gehilfen schützen wollen, wenn K. seinen Besuch hier später Frieda gestehen wollte, mochte er es tun, aber es sollte nicht durch den Gehilfen entdeckt werden. K. billigte das. Das Angebot Olgas aber, hier die Nacht zu verbringen und auf Barnabas zu warten, lehnte er ab; an und für sich hätte er es vielleicht angenommen, denn es war schon spät in der Nacht, und es schien ihm, daß er jetzt, ob er wolle oder nicht, mit dieser Familie derart verbunden sei, daß ein Nachtlager hier aus anderen Gründen vielleicht peinlich, mit Rücksicht auf diese Verbundenheit aber das für ihn Natürlichste im ganzen Dorf sei, trotzdem lehnte er ab, der Besuch des Gehilfen hatte ihn aufgeschreckt, es war ihm unverständlich, wie Frieda, die doch seinen Willen kannte, und die Gehilfen, die ihn fürchten gelernt hatten, wieder derart zusammengekommen waren, daß sich Frieda nicht scheute, einen Gehilfen um ihn zu schicken, einen übrigens nur, während der andere wohl bei ihr geblieben war. Er fragte Olga, ob sie eine Peitsche habe, die hatte sie nicht, aber eine gute Weidenrute hatte sie, die nahm er, dann fragte er, ob es noch einen zweiten Ausgang aus dem Haus gebe, es gab einen solchen Ausgang durch den Hof, nur mußte man dann noch über den Zaun des Nachbargartens klettern und durch diesen Garten gehen, ehe man auf die Straße kam. Das wollte K. tun. Während ihn Olga durch den Hof und zum Zaun führte, suchte K. sie schnell wegen ihrer Sorgen zu beruhigen, erklärte, daß er ihr wegen ihrer kleinen Kunstgriffe in der Erzählung gar nicht böse sei, sondern sie sehr wohl verstehe, dankte ihr für das Vertrauen, das sie zu ihm hatte und durch ihre Erzählung bewiesen hatte, und trug ihr auf, Barnabas gleich nach seiner Rückkehr in die Schule zu schicken, und sei es noch in der Nacht. Zwar seien die Botschaften des Barnabas nicht seine einzige Hoffnung, sonst stünde es schlimm um ihn, aber verzichten wolle er keineswegs auf sie, er wolle sich an sie halten und dabei Olga nicht vergessen, denn noch wichtiger fast als die Botschaften sei ihm Olga selbst, ihre Tapferkeit, ihre Umsicht, ihre Klugheit, ihre Aufopferung für die Familie. Wenn er zwischen Olga und Amalia zu wählen hätte, würde ihn das nicht viel Überlegung kosten. Und er drückte ihr noch herzlich die Hand, während er sich schon auf den Zaun des Nachbargartens schwang.

Das sechzehnte Kapitel

Als er dann auf der Straße war, sah er, soweit die trübe Nacht es erlaubte, weiter oben vor des Barnabas Haus noch immer den Gehilfen auf und ab gehen, manchmal blieb er stehen und versuchte, durch das verhängte Fenster in die Stube zu leuchten. K. rief ihn an; ohne sichtlich zu erschrecken, ließ er von dem Ausspionieren des Hauses ab und kam auf K. zu. „Wen suchst du?“, fragte K. und prüfte am Schenkel die Biegsamkeit der Weidenrute. „Dich“, sagte der Gehilfe im Näherkommen. „Wer bist du denn?“, sagte K. plötzlich, denn es schien nicht der Gehilfe zu sein. Er schien älter, müder, faltiger, aber voller im Gesicht, auch sein Gang war ganz anders als der flinke, in den Gelenken wie elektrisierte Gang der Gehilfen, er war langsam, ein wenig hinkend, vornehm kränklich. „Du erkennst mich nicht?“, fragte der Mann. „Jeremias, dein alter Gehilfe.“ — „So“, sagte K. und zog wieder die Weidenrute ein wenig hervor, die er schon hinter dem Rücken versteckt hatte. „Du siehst aber ganz anders aus.“ — „Es ist, weil ich allein bin“, sagte Jeremias. „Bin ich allein, dann ist auch die fröhliche Jugend dahin.“ — „Wo ist denn Artur?“, fragte K. „Artur?“, fragte Jeremias. „Der kleine Liebling? Er hat den Dienst verlassen. Du warst aber auch ein wenig grob und hart zu uns. Die zarte Seele hat es nicht ertragen. Er ist ins Schloß zurückgekehrt und führt Klage über dich.“ — „Und du?“, fragte K. „Ich konnte bleiben“, sagte Jeremias, „Artur führt die Klage auch für mich.“ — „Worüber klagt ihr denn?“, fragte K. „Darüber“, sagte Jeremias, „daß du keinen Spaß verstehst. Was haben wir denn getan? Ein wenig gescherzt, ein wenig gelacht, ein wenig deine Braut geneckt. Alles übrigens nach dem Auftrag. Als uns Galater zu dir schickte –“ — „Galater?“, fragte K. „Ja, Galater“, sagte Jeremias. „Er vertrat damals gerade Klamm. Als er uns zu dir schickte, sagte er — ich habe es mir genau gemerkt, denn darauf berufen wir uns ja –: „Ihr geht hin als die Gehilfen des Landvermessers.“ Wir sagten: „Wir verstehen aber nichts von dieser Arbeit.“ Er darauf: „Das ist nicht das wichtigste; wenn es nötig sein wird, wird er es euch beibringen. Das wichtigste ist aber, daß ihr ihn ein wenig erheitert. Wie man mir berichtet, nimmt er alles sehr schwer. Er ist jetzt ins Dorf gekommen, und gleich ist ihm das ein großes Ereignis, während es doch in Wirklichkeit gar nichts ist. Das sollt ihr ihm beibringen.“ — „Nun“, sagte K., „hat Galater recht gehabt und habt ihr den Auftrag ausgeführt?“ — „Das weiß ich nicht“, sagte Jeremias. „In der kurzen Zeit war es wohl auch nicht möglich. Ich weiß nur, daß du sehr grob warst, und darüber klagen wir. Ich verstehe nicht, wie du, der du doch auch nur ein Angestellter bist und nicht einmal ein Schloßangestellter, nicht einsehen kannst, daß ein solcher Dienst eine harte Arbeit ist und daß es sehr unrecht ist, mutwillig, fast kindisch dem Arbeiter die Arbeit so zu erschweren, wie du es getan hast. Diese Rücksichtslosigkeit, mit der du uns am Gitter frieren ließest, oder wie du Artur, einen Menschen, den ein böses Wort tagelang schmerzt, mit der Faust auf der Matratze fast erschlagen hast oder wie du mich am Nachmittag kreuz und quer durch den Schnee jagtest, daß ich dann eine Stunde brauchte, um mich von der Hetze zu erholen. Ich bin doch nicht mehr jung!“ — „Lieber Jeremias“, sagte K., „mit dem allem hast du recht, nur solltest du es bei Galater vorbringen. Er hat euch aus eigenem Willen geschickt, ich habe euch nicht von ihm erbeten. Und da ich euch nicht verlangt habe, konnte ich euch auch wieder zurückschicken und hätte es auch lieber in Frieden getan als mit Gewalt, aber ihr wolltet es offenbar nicht anders. Warum hast du übrigens nicht gleich, als ihr zu mir kamt, so offen gesprochen wie jetzt?“ — „Weil ich im Dienst war“, sagte Jeremias, „das ist doch selbstverständlich.“ — „Und jetzt bist du nicht mehr im Dienst?“, fragte K. „Jetzt nicht mehr“, sagte Jeremias, „Artur hat im Schloß den Dienst aufgesagt, oder es ist zumindest das Verfahren im Gang, das uns von ihm endgültig befreien soll.“ — „Aber du suchst mich doch noch so, als wärest du im Dienst“, sagte K. „Nein“, sagte Jeremias, „ich suche dich nur, um Frieda zu beruhigen. Als du sie nämlich wegen der Barnabasschen Mädchen verlassen hast, war sie sehr unglücklich, nicht so sehr wegen des Verlustes als wegen deines Verrates; allerdings hatte sie es schon lange kommen gesehen und schon viel deshalb gelitten. Ich kam gerade wiedereinmal zum Schulfenster, um nachzusehen, ob du doch vielleicht schon vernünftiger geworden seist. Aber du warst nicht dort, nur Frieda saß in einer Schulbank und weinte. Da ging ich also zu ihr, und wir einigten uns. Es ist auch schon alles ausgeführt. Ich bin Zimmerkellner im Herrenhof, wenigstens solange meine Sache im Schloß nicht erledigt ist, und Frieda ist wieder im Ausschank. Es ist für Frieda besser. Es lag für sie keine Vernunft darin, deine Frau zu werden. Auch hast du das Opfer, das sie dir bringen wollte, nicht zu würdigen verstanden. Nun hat aber die Gute noch immer manchmal Bedenken, ob dir nicht Unrecht geschehen ist, ob du vielleicht doch nicht bei den Barnabasschen warst. Obwohl natürlich gar kein Zweifel darin sein konnte, wo du warst, bin ich doch noch gegangen, es ein für allemal festzustellen; denn nach all den Aufregungen verdient es Frieda endlich einmal, ruhig zu schlafen, ich allerdings auch. So bin ich also gegangen und habe nicht nur dich gefunden, sondern nebenbei auch noch sehen können, daß dir die Mädchen wie am Schnürchen folgen. Besonders die Schwarze, eine wahre Wildkatze, hat sich für dich eingesetzt. Nun, jeder nach seinem Geschmack. Jedenfalls aber war es nicht nötig, daß du den Umweg über den Nachbargarten gemacht hast, ich kenne den Weg.“

Nun war es also doch geschehen, was vorauszusehen, aber nicht zu verhindern gewesen war. Frieda hatte ihn verlassen. Es mußte nichts Endgültiges sein, so schlimm war es nicht; Frieda war zurückzuerobern, sie war leicht von Fremden zu beeinflussen, gar von diesen Gehilfen, welche

Friedas Stellung für ähnlich der ihren hielten und nun, da sie gekündigt hatten, auch Frieda dazu veranlaßt hatten, aber K. mußte nur vor sie treten, an alles erinnern, was für ihn sprach, und sie war wieder reuevoll die seine, gar wenn er etwa imstande gewesen wäre, den Besuch bei den Mädchen durch einen Erfolg zu rechtfertigen, den er ihnen verdankte. Aber trotz diesen Überlegungen, mit welchen er sich wegen Frieda zu beruhigen suchte, war er nicht beruhigt. Noch vor kurzem hatte er sich Olga gegenüber Friedas gerühmt und sie seinen einzigen Halt genannt; nun, dieser Halt war nicht der festeste, nicht der Eingriff eines Mächtigen war nötig, um K. Friedas zu berauben, es genügte auch dieser nicht sehr appetitliche Gehilfe, dieses Fleisch, das manchmal den Eindruck machte, als sei es nicht recht lebendig. Jeremias hatte sich schon zu entfernen angefangen; K. rief ihn zurück. „Jeremias", sagte er, „ich will ganz offen zu dir sein, beantworte mir auch ehrlich eine Frage. Wir sind ja nicht mehr im Verhältnis des Herrn und des Dieners, worüber nicht nur du froh bist, sondern auch ich, wir haben also keinen Grund, einander zu betrügen. Hier vor deinen Augen zerbreche ich die Rute, die für dich bestimmt gewesen ist, denn nicht aus Angst vor dir habe ich den Weg durch den Garten gewählt, sondern, um dich zu überraschen und die Rute einigemal an dir abzuziehen. Nun, nimm mir das nicht mehr übel, das ist alles vorüber; wärest du nicht ein vom Amt mir aufgezwungener Diener, sondern einfach ein Bekannter gewesen, wir hätten uns gewiß, wenn mich auch dein Aussehen manchmal ein wenig stört, ausgezeichnet vertragen. Und wir könnten ja auch das, was wir in dieser Hinsicht versäumt haben, jetzt nachtragen." — „Glaubst du?", sagte der Gehilfe und drückte gähnend die müden Augen. „Ich könnte dir ja die Sache ausführlicher erklären, aber ich habe keine Zeit, ich muß zu Frieda, das Kindchen wartet auf mich, sie hat den Dienst noch nicht angetreten, der Wirt hat ihr auf mein Zureden — sie wollte sich, wahrscheinlich, um zu vergessen, gleich in die Arbeit stürzen — noch eine kleine Erholungszeit gegeben, die wollen wir doch wenigstens miteinander verbringen. Was deinen Vorschlag betrifft, so habe ich gewiß keinen Anlaß, dich zu belügen, aber ebensowenig, dir etwas anzuvertrauen. Bei mir ist es nämlich anders als bei dir. Solange ich im Dienstverhältnis zu dir stand, warst du mir natürlich eine sehr wichtige Person, nicht wegen deiner Eigenschaften, sondern wegen des Dienstauftrags, und ich hätte alles für dich getan, was du wolltest, jetzt aber bist du mir gleichgültig. Auch das Zerbrechen der Rute rührt mich nicht, es erinnert mich nur daran, einen wie rohen Herrn ich hatte, mich für dich einzunehmen ist es nicht geeignet." — „Du sprichst so mit mir", sagte K., „wie wenn es ganz gewiß wäre, daß du von mir niemals mehr etwas zu fürchten haben wirst. So ist es aber doch eigentlich nicht. Du bist wahrscheinlich doch noch nicht frei von mir, so schnell finden die Erledigungen hier nicht statt." — „Manchmal noch schneller", warf Jeremias ein. „Manchmal", sagte K., „nichts deutet aber darauf hin, daß es diesmal geschehen ist, zumindest hast weder du, noch habe ich eine schriftliche Erledigung in Händen. Das Verfahren ist also erst im Gang, und ich habe durch meine Verbindungen noch gar nicht eingegriffen, werde es aber tun. Fällt es ungünstig für dich aus, so hast du nicht sehr dafür vorgearbeitet, dir deinen Herrn geneigt zu machen, und es war vielleicht sogar überflüssig, die Weidenrute zu zerbrechen. Und Frieda hast du zwar fortgeführt, wovon dir ganz besonders der Kamm geschwollen ist; aber bei allem Respekt vor deiner Person — den ich habe, auch wenn du für mich keinen mehr hast –, ein paar Worte, von mir an Frieda gerichtet, genügen, das weiß ich, um die Lügen, mit denen du sie eingefangen hast, zu zerreißen. Und nur Lügen konnten Frieda mir abwendig machen." — „Diese Drohungen schrecken mich nicht", sagte Jeremias. „Du willst mich doch gar nicht zum Gehilfen haben, du fürchtest mich doch als Gehilfen, du fürchtest Gehilfen überhaupt, nur aus Furcht hast du den guten Artur geschlagen." — „Vielleicht", sagte K. „Hat es deshalb weniger weh getan? Vielleicht werde ich auf diese Weise meine Furcht vor dir noch öfters zeigen können. Sehe ich, daß dir die Gehilfenschaft wenig Freude macht, macht es wiederum mir über alle Furcht hinweg den größten Spaß, dich dazu zu zwingen. Und zwar werde ich es mir diesmal angelegen sein lassen, dich allein, ohne Artur, zu bekommen; ich werde dir dann mehr Aufmerksamkeit zuwenden können." — „Glaubst du", sagte Jeremias, „daß ich auch nur die geringste Furcht vor dem allen habe?" — „Ich glaube wohl", sagte K., „ein wenig Furcht hast du gewiß und, wenn du klug bist, viel Furcht. Warum wärst du denn sonst nicht schon zu Frieda gegangen? Sag, hast du sie denn lieb?" — „Lieb?", sagte Jeremias. „Sie ist ein gutes, kluges Mädchen, eine gewesene Geliebte Klamms, also respektabel auf jeden Fall. Und wenn sie mich fortwährend bittet, sie von dir zu befreien, warum sollte ich ihr den Gefallen nicht tun, besonders, da ich damit doch auch dir kein Leid antue, der du mit den verfluchten Barnabasschen dich getröstet hast." — „Nun sehe ich deine Angst", sagte K., „eine ganz jämmerliche Angst, du versuchst mich durch Lügen einzufangen. Frieda hat nur um eines gebeten: sie von den wildgewordenen, hündisch lüsternen Gehilfen zu befreien; leider habe ich nicht Zeit gehabt, ihre Bitte ganz zu erfüllen, und jetzt sind die Folgen meiner Versäumnis da."

„Herr Landvermesser, Herr Landvermesser!", rief jemand durch die Gasse. Es war Barnabas. Atemlos kam er an, vergaß aber nicht, sich vor K. zu verbeugen. „Es ist mir gelungen", sagte er. „Was ist gelungen?", fragte K. „Du hast meine Bitte Klamm vorgebracht?" — „Das ging nicht", sagte Barnabas. „Ich habe mich sehr bemüht, aber es war unmöglich, ich habe mich vorgedrängt, stand den ganzen Tag über, ohne dazu aufgefordert zu sein, so nahe am Pult, daß mich einmal ein Schreiber, dem ich im Licht war, sogar wegschob, meldete mich, was verboten ist, mit erhobener Hand, wenn

Klamm aufsah, blieb am längsten in der Kanzlei, war schon nur allein mit den Dienern dort, hatte noch einmal die Freude, Klamm zurückkommen zu sehen, aber es war nicht meinetwegen, er wollte nur schnell noch etwas in einem Buche nachsehen und ging gleich wieder, schließlich kehrte mich der Diener, da ich mich noch immer nicht rührte, fast mit dem Besen aus der Tür. Ich gestehe das alles, damit du nicht wieder unzufrieden bist mit meinen Leistungen." — „Was hilft mir all dein Fleiß, Barnabas", sagte K., „wenn er gar keinen Erfolg hat." — „Aber ich hatte Erfolg", sagte Barnabas. „Als ich aus meiner Kanzlei trat — ich nenne sie meine Kanzlei –, sehe ich, wie aus den tieferen Korridoren ein Herr langsam herankommt, sonst war schon alles leer; es war ja schon sehr spät. Ich beschloß, auf ihn zu warten; es war eine gute Gelegenheit, noch dort zu bleiben, am liebsten wäre ich ja überhaupt dort geblieben, um dir die schlechte Meldung nicht bringen zu müssen. Aber es lohnte sich auch sonst, auf den Herrn zu warten, es war Erlanger. Du kennst ihn nicht? Er ist einer der ersten Sekretäre Klamms. Ein schwacher, kleiner Herr, er hinkt ein wenig. Er erkannte mich sofort, er ist berühmt wegen seines Gedächtnisses und seiner Menschenkenntnis, er zieht nur die Augenbrauen zusammen, das genügt ihm, um jeden zu erkennen, oft auch Leute, die er nie gesehen hat, von denen er nur gehört oder gelesen hat, mich zum Beispiel dürfte er kaum je gesehen haben. Aber obwohl er jeden Menschen gleich erkennt, fragt er zuerst, so, wie wenn er unsicher wäre. „Bist du nicht Barnabas?", sagte er zu mir. Und dann fragte er: „Du kennst den Landvermesser, nicht?" Und dann sagte er: „Das trifft sich gut; ich fahre jetzt in den Herrenhof. Der Landvermesser soll mich dort besuchen. Ich wohne im Zimmer Nummer fünfzehn. Doch müßte er gleich jetzt kommen. Ich habe nur einige Besprechungen dort und fahre um fünf Uhr früh wieder zurück. Sag ihm, daß mir viel daran liegt, mit ihm zu sprechen."

Plötzlich setzte sich Jeremias in Lauf. Barnabas, der ihn in seiner Aufregung bisher kaum beachtet hatte, fragte: „Was will denn Jeremias?" — „Mir bei Erlanger zuvorkommen", sagte K., lief schon hinter Jeremias her, fing ihn ein, hing sich an seinen Arm und sagte: „Ist es die Sehnsucht nach Frieda, die dich plötzlich ergriffen hat? Ich habe sie nicht minder, und so werden wir in gleichem Schritte gehen."

Das siebzehnte Kapitel

Vor dem dunklen Herrenhof stand eine kleine Gruppe Männer, zwei oder drei hatten Handlaternen mit, so daß manche Gesichter kenntlich waren. K. fand nur einen Bekannten, Gerstäcker, den Fuhrmann. Gerstäcker begrüßte ihn mit der Frage: „Du bist noch immer im Dorf?“ — „Ja“, sagte K., „ich bin für die Dauer gekommen.“ — „Mich kümmert es ja nicht“, sagte Gerstäcker, hustete kräftig und wandte sich anderen zu.
Es stellte sich heraus, daß alle auf Erlanger warteten. Erlanger war schon angekommen, verhandelte aber, ehe er die Parteien empfing, noch mit Momus. Das allgemeine Gespräch drehte sich darum, daß man nicht im Hause warten durfte, sondern hier draußen im Schnee stehen mußte. Es war zwar nicht sehr kalt; trotzdem war es rücksichtslos, die Parteien vielleicht stundenlang in der Nacht vor dem Haus zu lassen. Das war freilich nicht die Schuld Erlangers, der vielmehr sehr entgegenkommend war, davon kaum wußte und sich gewiß sehr geärgert hätte, wenn es ihm gemeldet worden wäre. Es war die Schuld der Herrenhofwirtin, die in ihrem schon krankhaften Streben nach Feinheit es nicht leiden wollte, daß viele Parteien auf einmal in den Herrenhof kamen. „Wenn es schon sein muß und sie kommen müssen“, pflegte sie zu sagen, „dann, um des Himmels willen, nur immer einer hinter dem andern.“ Und sie hatte es durchgesetzt, daß die Parteien, die zuerst einfach in einem Korridor, später auf der Treppe, dann im Flur, zuletzt im Ausschank gewartet hatten, schließlich auf die Gasse hinausgeschoben worden waren. Und selbst das genügte ihr noch nicht. Es war ihr unerträglich, im eigenen Hause immerfort „belagert zu werden“, wie sie sich ausdrückte. Es war ihr unverständlich, wozu es überhaupt Parteienverkehr gab. „Um vorn die Haustreppe schmutzig zu machen“, hatte ihr einmal ein Beamter auf ihre Frage, wahrscheinlich im Ärger, gesagt; ihr aber war das sehr einleuchtend gewesen, und sie pflegte diesen Ausspruch gern zu zitieren. Sie strebte danach, und dies begegnete sich nun schon mit den Wünschen der Parteien, daß gegenüber dem Herrenhof ein Gebäude aufgeführt werde, in welchem die Parteien warten könnten. Am liebsten wäre es ihr gewesen, wenn auch die Parteienbesprechungen und Verhöre außerhalb des Herrenhofes stattgefunden hätten, aber dem widersetzten sich die Beamten, und wenn sich die Beamten ernstlich widersetzten, so drang natürlich die Wirtin nicht durch, obwohl sie in Nebenfragen kraft ihres unermüdlichen und dabei frauenhaft zarten Eifers eine Art kleiner Tyrannei ausübte. Die Besprechungen und Verhöre würde aber die Wirtin voraussichtlich auch weiterhin im Herrenhof dulden müssen, denn die Herren aus dem Schloß weigerten sich, im Dorfe in Amtsangelegenheiten den Herrenhof zu verlassen. Sie waren immer in Eile, nur sehr wider Willen waren sie im Dorfe, über das unbedingt Notwendige ihren Aufenthalt hier

auszudehnen hatten sie nicht die geringste Lust, und es konnte daher nicht von ihnen verlangt werden, nur mit Rücksicht auf den Hausfrieden im Herrenhof, zeitweilig mit allen ihren Schriften über die Straße in irgendein anderes Haus zu ziehen und so Zeit zu verlieren. Am liebsten erledigten ja die Beamten die Amtssachen im Ausschank oder in ihrem Zimmer, womöglich während des Essens oder vom Bett aus vor dem Einschlafen oder morgens, wenn sie zu müde waren, aufzustehen, und sich im Bett noch ein wenig strecken wollten. Dagegen schien die Frage der Errichtung eines Wartegebäudes einer günstigen Lösung sich zu nähern, freilich war es eine empfindliche Strafe für die Wirtin — man lachte ein wenig darüber –, daß gerade die Angelegenheit des Wartegebäudes zahlreiche Besprechungen nötig machte und die Gänge des Hauses kaum leer wurden.

Über all diese Dinge unterhielt man sich halblaut unter den Wartenden, K. war es auffallend, daß zwar der Unzufriedenheit genug war, niemand aber etwas dagegen einzuwenden hatte, daß Erlanger die Parteien mitten in der Nacht berief. Er fragte danach und erhielt die Auskunft, daß man dafür Erlanger sogar sehr dankbar sein müsse. Es sei ja ausschließlich sein guter Wille und die hohe Auffassung, die er von seinem Amte habe, die ihn dazu bewegten, überhaupt ins Dorf zu kommen; er könnte ja, wenn er wollte — und es würde dies sogar den Vorschriften vielleicht besser entsprechen –, irgendeinen unteren Sekretär schicken und von ihm die Protokolle aufnehmen lassen. Aber er weigerte sich eben meistens, dies zu tun, wolle selbst alles sehen und hören, müsse dann aber zu diesem Zweck seine Nächte opfern, denn in seinem Amtsplan sei keine Zeit für Dorfreisen vorgesehen. K. wandte ein, daß doch auch Klamm bei Tag ins Dorf komme und sogar mehrere Tage hier bleibe; sei denn Erlanger, der doch nur Sekretär sei, oben unentbehrlicher? Einige lachten gutmütig, andere schwiegen betreten, diese letzteren bekamen das Übergewicht, und es wurde K. kaum geantwortet. Nur einer sagte zögernd, natürlich sei Klamm unentbehrlich, im Schloß wie im Dorf.

Da öffnete sich die Haustür und Momus erschien zwischen zwei lampentragenden Dienern. „Die ersten, die zum Herrn Sekretär Erlanger vorgelassen werden“, sagte er, „sind: Gerstäcker und K. Sind die beiden hier?“ Sie meldeten sich, aber noch vor ihnen schlüpfte Jeremias mit einem „Ich bin hier Zimmerkellner“, von Momus lächelnd mit einem Schlag auf die Schulter begrüßt, ins Haus. Ich werde auf Jeremias mehr achten müssen, sagte sich K., wobei er sich dessen bewußt blieb, daß Jeremias wahrscheinlich viel ungefährlicher war als Artur, der im Schloß gegen ihn arbeitete. Vielleicht war es sogar klüger, sich von ihnen als Gehilfen quälen zu lassen, als sie so unkontrolliert umherstreichen und ihre Intrigen, für die sie eine besondere Anlage zu haben schienen, frei betreiben zu lassen.

Als K. an Momus vorüberkam, tat dieser, als erkenne er erst jetzt in ihm den Landvermesser. „Ah, der Herr Landvermesser“, sagte er, „der, welcher sich so ungern verhören läßt, drängt sich zum Verhör. Bei mir wäre es damals einfacher gewesen. Nun freilich, es ist schwer, die richtigen Verhöre auszuwählen.“ Als K. auf diese Ansprache hin stehenbleiben wollte, sagte Momus: „Gehen Sie, gehen Sie! Damals hätte ich Ihre Antworten gebraucht, jetzt nicht.“ Trotzdem sagte K., erregt durch des Momus Benehmen: „Ihr denkt nur an Euch. Bloß des Amtes wegen antworte ich nicht; weder damals noch heute.“ Momus sagte: „An wen sollen wir denn denken? Wer ist denn sonst noch hier? Gehen Sie!“ Im Flur empfing sie ein Diener und führte sie den K. schon bekannten Weg über den Hof, dann durch das Tor und in den niedrigen, ein wenig sich senkenden Gang. In den oberen Stockwerken wohnten offenbar nur die höheren Beamten, die Sekretäre dagegen wohnten an diesem Gang, auch Erlanger, obwohl er einer ihrer obersten war. Der Diener löschte seine Laterne aus, denn hier war helle elektrische Beleuchtung. Alles war hier klein, aber zierlich gebaut. Der Raum war möglichst ausgenützt. Der Gang genügte knapp, aufrecht in ihm zu gehen. An den Seiten war eine Tür fast neben der anderen. Die Seitenwände reichten nicht bis zur Decke, dies wahrscheinlich aus Ventilationsrücksichten, denn die Zimmerchen hatten wohl hier in dem tiefen, kellerartigen Gang keine Fenster. Der Nachteil dieser nicht ganz schließenden Wände war die Unruhe im Gang und notwendigerweise auch in den Zimmern. Viele Zimmer schienen besetzt zu sein, in den meisten war man noch wach, man hörte Stimmen, Hammerschläge, Gläserklingen. Doch hatte man nicht den Eindruck besonderer Lustigkeit. Die Stimmen waren gedämpft, man verstand kaum hier und da ein Wort, es schienen auch nicht Unterhaltungen zu sein, wahrscheinlich diktierte nur jemand etwas oder las etwas vor, gerade aus den Zimmern, aus denen der Klang von Gläsern und Tellern kam, hörte man kein Wort, und die Hammerschläge erinnerten K. daran, was ihm irgendwo erzählt worden war, daß manche Beamte, um sich von der fortwährenden geistigen Anstrengung zu erholen, sich zeitweilig mit Tischlerei, Feinmechanik und dergleichen beschäftigen. Der Gang selbst war leer, nur vor einer Tür saß ein bleicher, schmaler, großer Herr im Pelz, unter dem die Nachtwäsche hervorsah; wahrscheinlich war es ihm im Zimmer zu dumpf geworden, so hatte er sich herausgesetzt und las da eine Zeitung, aber nicht aufmerksam, gähnend ließ er öfters vom Lesen ab, beugte sich vor und blickte den Gang entlang; vielleicht erwartete er eine Partei, die er vorgeladen hatte und die zu kommen säumte. Als sie an ihm vorübergekommen waren, sagte der Diener in bezug auf den Herrn zu Gerstäcker: „Der Pinzgauer!“ Gerstäcker nickte. „Er ist schon lange nicht unten gewesen“, sagte er. „Schon sehr lange nicht“, bestätigte der Diener.

Schließlich kamen sie vor eine Tür, die nicht anders als die übrigen war und hinter der doch, wie der Diener mitteilte, Erlanger wohnte. Der Diener ließ sich von K. auf die Schulter heben und sah oben durch den freien Spalt ins Zimmer. „Er liegt“, sagte der Diener herabsteigend, „auf dem Bett, allerdings in Kleidern, aber ich glaube doch, daß er schlummert. Manchmal überfällt ihn so die Müdigkeit, hier im Dorf, bei der geänderten Lebensweise. Wir werden warten müssen. Wenn er aufwacht, wird er läuten. Es ist allerdings schon vorgekommen, daß er seinen ganzen Aufenthalt im Dorf verschlafen hat und nach dem Aufwachen gleich wieder ins Schloß zurückfahren mußte. Es ist ja freiwillige Arbeit, die er hier leistet.“ — „Wenn er jetzt nur schon lieber bis zu Ende schliefe“, sagte Gerstäcker, „denn wenn er nach dem Aufwachen noch ein wenig Zeit zur Arbeit hat, ist er sehr unwillig darüber, daß er geschlafen hat, sucht alles eilig zu erledigen, und man kann sich kaum aussprechen.“ — „Sie kommen wegen der Vergebung der Fuhren für den Bau?“, fragte der Diener. Gerstäcker nickte, zog den Diener beiseite und redete leise zu ihm; aber der Diener hörte kaum zu, blickte über Gerstäcker, den er um mehr als Haupteslänge überragte, hinweg und strich sich ernst und langsam das Haar.

Das achtzehnte Kapitel

Da sah K., wie er ziellos umherblickte, weit in der Ferne an einer Wendung des Ganges Frieda; sie tat, als erkenne sie ihn nicht, blickte nur starr auf ihn, in der Hand trug sie eine Tasse mit leerem Geschirr. Er sagte dem Diener, der aber gar nicht auf ihn achtete — je mehr man zu dem Diener sprach, desto geistesabwesender schien er zu werden –, er werde gleich zurückkommen, und lief zu Frieda. Bei ihr angekommen, faßte er sie bei den Schultern, so, als ergreife er wieder von ihr Besitz, stellte einige belanglose Fragen und suchte dabei prüfend in ihren Augen. Aber ihre starre Haltung löste sich kaum, zerstreut versuchte sie einige Umstellungen des Geschirrs auf der Tasse und sagte: „Was willst du denn von mir? Geh doch zu den — nun, du weißt ja, wie sie heißen. Du kommst ja gerade von ihnen, ich kann es dir ansehen." K. lenkte schnell ab; die Aussprache sollte nicht so plötzlich kommen und bei dem Bösesten, bei dem für ihn Ungünstigsten anfangen. „Ich dachte, du wärest im Ausschank", sagte er. Frieda sah ihn erstaunt an und fuhr ihm dann sanft mit der einen Hand, die sie frei hatte, über Stirn und Wange. Es war, als habe sie sein Aussehen vergessen und wollte es sich so wieder ins Bewußtsein zurückrufen, auch ihre Augen hatten den verschleierten Ausdruck des mühsam Sich-Erinnerns. „Ich bin für den Ausschank wieder aufgenommen", sagte sie dann langsam, als sei es unwichtig, was sie sage, aber unter den Worten führe sie noch ein Gespräch mit K., und dies sei das wichtigere. „Diese Arbeit taugt nicht für mich, die kann auch eine jede andere besorgen; jede, die aufbetten und ein freundliches Gesicht machen kann und die Belästigung durch die Gäste nicht scheut, sondern sie sogar noch hervorruft, eine jede solche kann Stubenmädchen sein. Aber im Ausschank, da ist es etwas anderes. Ich bin auch gleich wieder für den Ausschank aufgenommen worden, obwohl ich ihn damals nicht sehr ehrenvoll verlassen habe; freilich hatte ich jetzt Protektion. Aber der Wirt war glücklich, daß ich Protektion hatte und es ihm deshalb leicht möglich war, mich wieder aufzunehmen. Es war sogar so, daß man mich drängen mußte, den Posten anzunehmen; wenn du bedenkst, woran mich der Ausschank erinnert, wirst du es begreifen. Schließlich habe ich den Posten angenommen. Hier bin ich nur aushilfsweise. Pepi hat gebeten, ihr nicht die Schande anzutun, sofort den Ausschank verlassen zu müssen, wir haben ihr deshalb, weil sie doch fleißig gewesen ist und alles so besorgt hat, wie es nur ihre Fähigkeiten erlaubt haben, eine vierundzwanzigstündige Frist gegeben." — „Das ist alles sehr gut eingerichtet", sagte K., „nur hast du einmal meinetwegen den Ausschank verlassen; und nun, da wir kurz vor der Hochzeit sind, kehrst du wieder in ihn zurück?" — „Es wird keine Hochzeit geben", sagte Frieda. „Weil ich untreu war?", fragte K.; Frieda nickte. „Nun sieh, Frieda", sagte K., „über diese angebliche Untreue haben wir schon öfters gesprochen, und immer hast du schließlich einsehen müssen, daß es ein ungerechter Verdacht war. Seitdem aber hat sich auf meiner Seite nichts geändert, alles ist unschuldig geblieben, wie es war und wie es nicht anders werden kann. Also muß sich etwas auf deiner Seite geändert haben, durch fremde Einflüsterungen oder etwas anderes. Unrecht tust du mir auf jeden Fall; denn sieh, wie verhält es sich mit diesen zwei Mädchen? Die eine, die dunkle — ich schäme mich fast, mich so im einzelnen verteidigen zu müssen, aber du forderst es heraus –, die dunkle also ist mir wahrscheinlich nicht weniger peinlich als dir; wenn ich mich nur irgendwie von ihr fernhalten kann, tue ich es, und sie erleichtert das ja auch, man kann nicht zurückhaltender sein, als sie es ist." — „Ja", rief Frieda aus, die Worte kamen ihr wie gegen ihren Willen hervor, K. war froh, sie so abgelenkt zu sehen; sie war anders, als sie sein wollte, „die magst du für zurückhaltend ansehen, die Schamloseste von allen nennst du zurückhaltend, und du meinst es, so unglaubwürdig es ist, ehrlich, du verstellst dich nicht, das weiß ich. Die Brückenhofwirtin sagt von dir: „Leiden kann ich ihn nicht, aber verlassen kann ich ihn auch nicht, man kann doch auch beim Anblick eines kleinen Kindes, das noch nicht gut gehen kann und sich weit vorwagt, unmöglich sich beherrschen; man muß eingreifen." — „Nimm diesmal ihre Lehre an", sagte K. lächelnd, „aber jenes Mädchen — ob es zurückhaltend oder schamlos ist, können wir beiseitelassen –, ich will von ihm nichts wissen." — „Aber warum nennst du sie zurückhaltend?", fragte Frieda unnachgiebig. K. hielt diese Teilnahme für ein ihm günstiges Zeichen. „Hast du es erprobt oder willst du andere dadurch herabsetzen?" — „Weder das eine noch das andere", sagte K., „ich nenne sie so aus Dankbarkeit, weil sie es mir leicht macht, sie zu übersehen, und weil ich, selbst wenn sie mich nur öfters anspräche, es nicht über mich bringen könnte, wieder hinzugehen, was doch ein großer Verlust für mich wäre, denn ich muß hingehen wegen unserer gemeinsamen Zukunft, wie du weißt. Und deshalb muß ich auch mit dem anderen Mädchen sprechen, das ich zwar wegen seiner Tüchtigkeit, Umsicht und Selbstlosigkeit schätze, von dem aber doch niemand behaupten kann, daß es verführerisch ist." — „Die Knechte sind anderer Meinung", sagte Frieda. „In dieser wie auch wohl in vieler anderer Hinsicht", sagte K. „Aus den Gelüsten der Knechte willst du auf meine Untreue schließen?" Frieda schwieg und duldete es, daß K. ihr die Tasse aus der Hand nahm, auf den Boden stellte, seinen Arm unter den ihren schob und im kleinen Raum langsam mit ihr hin und her zu gehen begann. „Du weißt nicht, was Treue ist", sagte sie, sich ein wenig wehrend gegen seine Nähe. „Wie du dich auch zu den Mädchen verhalten magst, ist ja nicht das Wichtigste; daß du in diese Familie überhaupt gehst und zurückkommst, den Geruch ihrer Stube in den Kleidern, ist schon eine unerträgliche Schande für mich. Und du läufst aus der Schule fort, ohne etwas zu sagen, und bleibst gar bei ihnen die halbe

Nacht. Und läßt, wenn man nach dir fragt, dich von den Mädchen verleugnen, leidenschaftlich verleugnen, besonders von der unvergleichlich Zurückhaltenden. Schleichst dich auf einem geheimen Weg aus dem Haus, vielleicht gar, um den Ruf der Mädchen zu schonen, den Ruf jener Mädchen! Nein, sprechen wir nicht mehr davon!" — „Von diesem nicht", sagte K., „aber von etwas anderem, Frieda. Von diesem ist ja auch nichts zu sagen. Warum ich hingehen muß, weißt du. Es wird mir nicht leicht, aber ich überwinde mich. Du solltest es mir nicht schwerer machen, als es ist. Heute dachte ich, nur für einen Augenblick hinzugehen und nachzufragen, ob Barnabas, der eine wichtige Botschaft schon längst hätte bringen sollen, endlich gekommen ist. Er war nicht gekommen, aber er mußte, wie man mir versicherte und wie es auch glaubwürdig war, sehr bald kommen. Ihn mir in die Schule nachkommen lassen, wollte ich nicht, um dich durch seine Gegenwart nicht zu belästigen. Die Stunden vergingen, und er kam leider nicht. Wohl aber kam ein anderer, der mir verhaßt ist. Von ihm mich ausspionieren zu lassen, hatte ich keine Lust und ging also durch den Nachbargarten, aber auch vor ihm verbergen wollte ich mich nicht, sondern ging dann auf der Straße frei auf ihn zu, mit einer sehr biegsamen Weidenrute, wie ich gestehe. Das ist alles, darüber ist also weiter nichts zu sagen; wohl aber über etwas anderes. Wie verhält es sich denn mit den Gehilfen, die zu erwähnen mir fast so widerlich ist wie dir die Erwähnung jener Familie? Vergleiche dein Verhältnis zu ihnen damit, wie ich mich zu der Familie verhalte. Ich verstehe deinen Widerwillen gegenüber der Familie und kann ihn teilen. Nur um der Sache willen gehe ich zu ihnen, fast scheint es mir manchmal, daß ich ihnen Unrecht tue, sie ausnütze. Du und die Gehilfen dagegen! Du hast gar nicht in Abrede gestellt, daß sie dich verfolgen, und hast eingestanden, daß es dich zu ihnen zieht. Ich war dir nicht böse deshalb, habe eingesehen, daß hier Kräfte im Spiel sind, denen du nicht gewachsen bist, war schon glücklich darüber, daß du dich wenigstens wehrst, habe geholfen, dich zu verteidigen, und nur weil ich ein paar Stunden darin nachgelassen habe im Vertrauen auf deine Treue, allerdings auch in der Hoffnung, daß das Haus unweigerlich verschlossen ist, die Gehilfen endgültig in die Flucht geschlagen sind — ich unterschätzte sie noch immer, fürchte ich –, nur weil ich ein paar Stunden darin nachgelassen habe und jener Jeremias, genau betrachtet, ein nicht sehr gesunder, ältlicher Bursche, die Keckheit gehabt hat, ans Fenster zu treten, nur deshalb soll ich dich, Frieda, verlieren und als Begrüßung zu hören bekommen: „Es wird keine Hochzeit geben." Wäre ich es nicht eigentlich, der Vorwürfe machen dürfte, und ich mache sie nicht, mache sie noch immer nicht." Und wieder schien es K. gut, Frieda ein wenig abzulenken, und er bat sie, ihm etwas zu essen zu bringen, weil er schon seit Mittag nichts gegessen habe. Frieda, offenbar auch durch die Bitte erleichtert, nickte und lief, etwas zu holen, nicht den

Gang weiter, wo K. die Küche vermutete, sondern seitlich, ein paar Stufen abwärts. Sie brachte bald einen Teller mit Aufschnitt und eine Flasche Wein, aber es waren wohl nur schon die Reste einer Mahlzeit: Flüchtig waren die einzelnen Stücke neu ausgebreitet, um es unkenntlich zu machen, sogar Wurstschalen waren dort vergessen und die Flasche war zu drei Vierteln geleert. Doch sagte K. nichts darüber und machte sich mit gutem Appetit ans Essen. „Du warst in der Küche?", fragte er. „Nein, in meinem Zimmer", sagte sie, „ich habe hier unten ein Zimmer." — „Hättest du mich doch mitgenommen", sagte K. „Ich werde hinuntergehen, um mich zum Essen ein wenig zu setzen." — „Ich werde dir einen Sessel bringen", sagte Frieda und war schon auf dem Weg. „Danke", sagte K. und hielt sie zurück, „ich werde weder hinuntergehen, noch brauche ich mehr einem Sessel." Frieda ertrug trotzig seinen Griff, hatte den Kopf tief geneigt und biß auf die Lippen. „Nun ja, er ist unten", sagte sie. „Hast du es anders erwartet? Er liegt in meinem Bett, er hat sich draußen verkühlt, er fröstelt, er hat kaum gegessen. Im Grunde ist alles deine Schuld; hättest du die Gehilfen nicht verjagt und wärst jenen Leuten nicht nachgelaufen, wir könnten jetzt friedlich in der Schule sitzen. Nur du hast unser Glück zerstört. Glaubst du, daß Jeremias, solange er im Dienst war, es gewagt hätte, mich zu entführen? Dann verkennst du die hiesige Ordnung ganz und gar. Er wollte zu mir, er hat sich gequält, er hat auf mich gelauert, das war aber nur ein Spiel, so wie ein hungriger Hund spielt und es doch nicht wagt, auf den Tisch zu springen. Und ebenso ich. Es zog mich zu ihm, er ist mein Spielkamerad aus der Kinderzeit — wir spielten miteinander auf dem Abhang des Schloßberges, schöne Zeiten, du hast mich niemals nach meiner Vergangenheit gefragt. — Doch das alles war nicht entscheidend, solange Jeremias durch den Dienst gehalten war, denn ich kannte ja meine Pflicht als deine zukünftige Frau. Dann aber vertriebst du die Gehilfen und rühmtest dich noch dessen, als hättest du damit etwas für mich getan; nun, in einem gewissen Sinne ist es wahr. Bei Artur gelang deine Absicht, allerdings nur vorläufig, er ist zart, er hat nicht die keine Schwierigkeit fürchtende Leidenschaft des Jeremias, auch hast du ihn ja durch den Faustschlag in der Nacht — jener Schlag war auch gegen unser Glück geführt — nahezu zerstört, er flüchtete ins Schloß, um zu klagen, und wenn er auch bald wiederkommen wird, immerhin, er ist jetzt fort. Jeremias aber blieb. Im Dienst fürchtet er ein Augenzucken des Herrn, außerhalb des Dienstes aber fürchtet er nichts. Er kam und nahm mich; von dir verlassen, von ihm, dem alten Freund, beherrscht, konnte ich mich nicht halten. Ich habe das Schultor nicht aufgesperrt, er zerschlug das Fenster und zog mich hinaus. Wir flohen hierher, der Wirt achtet ihn, auch kann den Gästen nichts willkommener sein, als einen solchen Zimmerkellner zu haben, so wurden wir aufgenommen, er wohnt nicht bei mir, sondern wir haben ein gemeinsames Zimmer." — „Trotz allem", sagte K., „bedauere ich es nicht, die Gehilfen aus dem Dienst getrieben zu haben. War das Verhältnis so, wie du es beschreibst, deine Treue also nur durch die dienstliche Gebundenheit der Gehilfen bedingt, dann war es gut, daß alles ein Ende nahm. Das Glück der Ehe inmitten der zwei Raubtiere, die sich nur unter der Knute duckten, wäre nicht sehr groß gewesen. Dann bin ich auch jener Familie dankbar, welche unabsichtlich ihr Teil beigetragen hat, um uns zu trennen.“ Sie schwiegen und gingen wieder nebeneinander auf und ab, ohne daß zu unterscheiden gewesen wäre, wer jetzt damit begonnen hätte. Frieda, nahe an K., schien ärgerlich, daß er sie nicht wieder unter den Arm nahm. „Und so wäre alles in Ordnung“, fuhr K. fort, „und wir könnten Abschied nehmen, du zu deinem Herrn Jeremias gehen, der wahrscheinlich noch vom Schulgarten her verkühlt ist und den du mit Rücksicht darauf schon viel zu lange allein gelassen hast, und ich allein in die Schule oder, da ich ja ohne dich dort nichts zu tun habe, sonst irgendwohin, wo man mich aufnimmt. Wenn ich nun trotzdem zögere, so deshalb, weil ich aus gutem Grund noch immer ein wenig daran zweifle, was du mir erzählt hast. Ich habe von Jeremias den gegenteiligen Eindruck. Solange er im Dienst war, ist er hinter dir her gewesen, und ich glaube nicht, daß der Dienst ihn auf die Dauer zurückgehalten hätte, dich einmal ernstlich zu überfallen. Jetzt aber, seit er den Dienst für aufgehoben ansieht, ist es anders. Verzeih, wenn ich es mir auf folgende Weise erkläre: Seit du nicht mehr die Braut seines Herrn bist, bist du keine solche Verlockung mehr für ihn wie früher. Du magst seine Freundin aus der Kinderzeit sein, doch legt er — ich kenne ihn eigentlich nur aus einem kurzen Gespräch heute nacht — solchen Gefühlsdingen meiner Meinung nach nicht viel Wert bei. Ich weiß nicht, warum er dir als ein leidenschaftlicher Charakter erscheint. Seine Denkweise scheint mir eher besonders kühl. Er hat in bezug auf mich irgendeinen, mir vielleicht nicht sehr günstigen Auftrag von Galater bekommen, diesen strengt er sich an auszuführen, mit einer gewissen Dienstleidenschaft, wie ich zugeben will — sie ist hier nicht allzu selten –, dazu gehört, daß er unser Verhältnis zerstört; er hat es vielleicht auf verschiedene Weise versucht, eine davon war die, daß er dich durch sein lüsternes Schmachten zu verlocken suchte, eine andere — hier hat ihn die Wirtin unterstützt –, daß er von meiner Untreue fabelte, sein Anschlag ist ihm gelungen, irgendeine Erinnerung an Klamm, die ihn umgibt, mag mitgeholfen haben, den Posten hat er zwar verloren, aber vielleicht gerade in dem Augenblick, in dem er ihn nicht mehr benötigte, jetzt erntet er die Früchte seiner Arbeit und zieht dich aus dem Schulfenster, damit ist aber seine Arbeit beendet und, von der Dienstleidenschaft verlassen, wird er müde, er wäre lieber an Stelle Arturs, der gar nicht klagt, sondern sich Lob und neue Aufträge holt, aber es muß doch auch jemand zurückbleiben, der die weitere Entwicklung der Dinge verfolgt. Eine etwas lästige Pflicht ist es ihm, dich zu versorgen. Von Liebe zu dir ist keine Spur, er hat es mir offen gestanden, als Geliebte Klamms bist du ihm natürlich respektabel, und in deinem Zimmer sich einzunisten und sich einmal als kleiner Klamm zu fühlen, tut ihm gewiß sehr wohl, das aber ist alles, du selbst bedeutest ihm jetzt nichts, nur ein Nachtrag zu seiner Hauptaufgabe ist es ihm, daß er dich hier untergebracht hat; um dich nicht zu beunruhigen, ist er auch selbst geblieben, aber nur vorläufig, solange er nicht neue Nachrichten vom Schloß bekommt und seine Verkühlung von dir nicht auskuriert ist." — „Wie du ihn verleumdest!", sagte Frieda und schlug ihre kleinen Fäuste aneinander. „Verleumden?", sagte K. „Nein, ich will ihn nicht verleumden. Wohl aber tue ich ihm vielleicht Unrecht, das ist freilich möglich. Ganz offen an der Oberfläche liegt es ja nicht, was ich über ihn gesagt habe; es läßt sich auch anders deuten. Aber verleumden? Verleumden könnte doch nur den Zweck haben, damit gegen deine Liebe zu ihm anzukämpfen. Wäre es nötig und wäre Verleumdung ein geeignetes Mittel, ich würde nicht zögern, ihn zu verleumden. Niemand könnte mich deshalb verurteilen, er ist durch seine Auftraggeber in solchem Vorteil mir gegenüber, daß ich, ganz allein auf mich angewiesen, auch ein wenig verleumden dürfte. Es wäre ein verhältnismäßig unschuldiges und letzten Endes ja auch ohnmächtiges Verteidigungsmittel. Laß also die Fäuste ruhen." Und K. nahm Friedas Hand in die seine; Frieda wollte sie ihm entziehen, aber lächelnd und nicht mit großer Kraftanstrengung. „Aber ich muß nicht verleumden", sagte K., „denn du liebst ihn ja nicht, glaubst es nur und wirst mir dankbar sein, wenn ich dich von der Täuschung befreie. Sieh, wenn jemand dich von mir fortbringen wollte, ohne Gewalt, aber mit möglichst sorgfältiger Berechnung, dann müßte er es durch die beiden Gehilfen tun. Scheinbar gute, kindliche, lustige, verantwortungslose, von hoch her, vom Schloß hergeblasene Jungen, ein wenig Kindheitserinnerung auch dabei, das ist doch schon alles sehr liebenswert, besonders, wenn ich etwa das Gegenteil von alledem bin, dafür immerfort hinter Geschäften herlaufe, die dir nicht ganz verständlich, die dir ärgerlich sind, die mich mit Leuten zusammenbringen, die dir hassenswert sind und etwas davon bei aller meiner Unschuld auch auf mich übertragen. Das Ganze ist nur eine bösartige, allerdings sehr kluge Ausnützung der Mängel unseres Verhältnisses. Jedes Verhältnis hat seine Mängel, gar unseres, wir kamen ja jeder aus einer ganz anderen Welt zusammen, und seit wir einander kennen, nahm das Leben eines jeden von uns einen ganz neuen Weg, wir fühlen uns noch unsicher, es ist doch allzu neu. Ich rede nicht von mir, das ist nicht so wichtig, ich bin ja im Grunde immerfort beschenkt worden, seit du deine Augen zum erstenmal mir zuwandtest; und an das Beschenkt werden sich gewöhnen, ist nicht schwer. Du aber, von allem anderen abgesehen, wurdest von Klamm losgerissen; ich kann nicht ermessen, was das bedeutet, aber eine Ahnung dessen habe ich doch allmählich schon bekommen, man taumelt, man kann sich nicht zurechtfinden, und wenn ich

auch bereit war, dich immer aufzunehmen, so war ich doch nicht immer zugegen, und wenn ich zugegen war, hielten dich manchmal deine Träumereien fest oder noch Lebendigeres, wie etwa die Wirtin; kurz, es gab Zeiten, wo du von mir wegsahst, dich irgendwohin ins Halbunbestimmte sehntest, armes Kind, und es mußten nur in solchen Zwischenzeiten in der Richtung deines Blicks passende Leute aufgestellt werden, und du warst an sie verloren, erlagst der Täuschung, daß das, was nur Augenblicke waren, Gespenster, alte Erinnerungen, im Grunde vergangenes und immer mehr vergehendes einstmaliges Leben, daß dieses noch dein wirkliches jetziges Leben sei. Ein Irrtum, Frieda, nichts als die letzte, richtig angesehen, verächtliche Schwierigkeit unserer endlichen Vereinigung. Komme zu dir, fasse dich; wenn du auch dachtest, daß die Gehilfen von Klamm geschickt sind — es ist gar nicht wahr, sie kommen von Galater –, und wenn sie dich auch mit Hilfe dieser Täuschung so bezaubern konnten, daß du selbst in ihrem Schmutz und ihrer Unzucht Spuren von Klamm zu finden meintest — so, wie jemand in einem Misthaufen einen einst verlorenen Edelstein zu sehen glaubt, während er ihn in Wirklichkeit dort gar nicht finden könnte, selbst wenn er dort wirklich wäre –, so sind es doch nur Burschen von der Art der Knechte im Stall, nur daß sie nicht ihre Gesundheit haben, ein wenig frische Luft sie krank macht und aufs Bett wirft, das sie sich allerdings mit knechtischer Pfiffigkeit auszusuchen verstehen.“
Frieda hatte ihren Kopf an K.s Schulter gelehnt, die Arme umeinander geschlungen, gingen sie schweigend auf und ab. „Wären wir doch“, sagte Frieda langsam, ruhig, fast behaglich, so, als wisse sie, daß ihr nur eine ganz kleine Frist der Ruhe an K.s Schulter gewährt sei, diese aber wolle sie bis zum Letzten genießen, „wären wir doch gleich noch in jener Nacht ausgewandert, wir könnten irgendwo in Sicherheit sein, immer beisammen, deine Hand immer nahe genug, sie zu fassen; wie brauche ich deine Nähe; wie bin ich, seit ich dich kenne, ohne deine Nähe verlassen; deine Nähe ist, glaube mir, der einzige Traum, den ich träume, keinen anderen.“ Da rief es in dem Seitengang, es war Jeremias, er stand dort auf der untersten Stufe, er war nur im Hemd, hatte aber ein Umhängetuch Friedas um sich geschlagen. Wie er dort stand, das Haar zerrauft, den dünnen Bart wie verregnet, die Augen mühsam, bittend und vorwurfsvoll aufgerissen, die dunklen Wangen gerötet, aber wie aus allzu lockerem Fleisch bestehend, die nackten Beine zitternd vor Kälte, so daß die langen Fransen des Tuches mitzitterten, war er wie ein aus dem Spital entflohener Kranker, demgegenüber man an nichts anderes denken durfte, als ihn wieder ins Bett zurückzubringen. So faßte es auch Frieda auf, entzog sich K. und war gleich unten bei ihm. Ihre Nähe, die sorgsame Art, mit der sie das Tuch fester um ihn zog, die Eile, mit der sie ihn gleich zurück ins Zimmer drängen wollte, schien ihn schon ein wenig kräftiger zu machen; es war, als erkenne er K. erst jetzt. „Ah, der Herr

Landvermesser“, sagte er, Frieda, die keine Unterhaltung mehr zulassen wollte, zur Begütigung die Wange streichelnd. „Verzeihen Sie die Störung. Mir ist aber gar nicht wohl, das entschuldigt doch. Ich glaube, ich fiebere, ich muß einen Tee haben und schwitzen. Das verdammte Gitter im Schulgarten, daran werde ich wohl noch zu denken haben, und jetzt, schon verkühlt, bin ich noch in der Nacht herumgelaufen. Man opfert, ohne es gleich zu merken, seine Gesundheit für Dinge, die es wahrhaftig nicht wert sind.
Sie aber, Herr Landvermesser, müssen sich durch mich nicht stören lassen, kommen Sie zu uns ins Zimmer herein, machen Sie einen Krankenbesuch und sagen Sie dabei Frieda, was noch zu sagen ist. Wenn zwei, die aneinander gewöhnt sind, auseinandergehen, haben sie natürlich einander in den letzten Augenblicken so viel zu sagen, daß das ein dritter, gar wenn er im Bett liegt und auf den versprochenen Tee wartet, unmöglich begreifen kann. Aber kommen Sie nur herein, ich werde ganz still sein.“ — „Genug, genug“, sagte Frieda und zerrte an seinem Arm. „Er fiebert und weiß nicht, was er spricht. Du aber, K., geh nicht mit, ich bitte dich. Es ist mein und des Jeremias Zimmer oder vielmehr nur mein Zimmer, ich verbiete dir, mit hineinzugehen. Du verfolgst mich, ach K., warum verfolgst du mich? Niemals, niemals werde ich zu dir zurückkommen, ich schaudere, wenn ich an eine solche Möglichkeit denke. Geh doch zu deinen Mädchen; im bloßen Hemd sitzen sie auf der Ofenbank zu deinen Seiten, wie man mir erzählt hat, und wenn jemand kommt, dich abzuholen, fauchen sie ihn an. Wohl bist du dort zu Hause, wenn es dich gar so sehr hinzieht. Ich habe dich immer von dort abgehalten, mit wenig Erfolg, aber immerhin abgehalten, das ist vorüber, du bist frei. Ein schönes Leben steht dir bevor, wegen der einen wirst du vielleicht mit den Knechten ein wenig kämpfen müssen, aber was die zweite betrifft, gibt es niemanden im Himmel und auf Erden, der sie dir mißgönnt. Der Bund ist von vornherein gesegnet. Sag nichts dagegen, gewiß, du kannst alles widerlegen, aber zum Schluß ist gar nichts widerlegt. Denk nur, Jeremias, er hat alles widerlegt!“ Sie verständigten sich durch Kopfnicken und Lächeln. „Aber“, fuhr Frieda fort, „angenommen, er hätte alles widerlegt, was wäre damit erreicht, was kümmert es mich? Wie es dort bei jenen zugehen mag, ist völlig ihre und seine Sache, meine nicht. Meine ist es, dich zu pflegen, so lange, bis du wieder gesund wirst, wie du's einstmals warst, ehe dich K. meinetwegen quälte.“ — „Sie kommen also wirklich nicht mit, Herr Landvermesser?“, fragte Jeremias, wurde nun aber von Frieda, die sich gar nicht mehr nach K. umdrehte, endgültig fortgezogen. Man sah unten eine kleine Tür, noch niedriger als die Türen hier im Gange — nicht nur Jeremias, auch Frieda mußte sich beim Hineingehen bücken –, innen schien es hell und warm zu sein; man hörte noch ein wenig flüstern, wahrscheinlich liebreiches Überreden, um Jeremias ins Bett zu bringen, dann wurde die Tür geschlossen.

Erst jetzt merkte K., wie still es auf dem Gang geworden war, nicht nur hier in diesem Teil des Ganges, wo er mit Frieda gewesen war und der zu den Wirtschaftsräumen zu gehören schien, sondern auch in dem langen Gang mit den früher so lebhaften Zimmern. So waren also die Herren doch endlich eingeschlafen. Auch K. war sehr müde, vielleicht hatte er aus Müdigkeit sich gegen Jeremias nicht so gewehrt, wie er es hätte tun sollen. Es wäre vielleicht klüger gewesen, sich nach Jeremias zu richten, der seine Verkühlung sichtlich übertrieb –seine Jämmerlichkeit stammte nicht von Verkühlung, sondern war ihm angeboren und durch keinen Gesundheitstee zu vertreiben –, ganz sich nach Jeremias zu richten, die wirklich große Müdigkeit ebenso zur Schau zu stellen, hier auf dem Gang niederzusinken, was schon an sich sehr wohl tun müßte, ein wenig zu schlummern und dann vielleicht auch ein wenig gepflegt zu werden. Nur wäre es nicht so günstig ausgegangen wie bei Jeremias, der in diesem Wettbewerb um das Mitleid gewiß, und wahrscheinlich mit Recht, gesiegt hätte und offenbar auch in jedem anderen Kampf K. war so müde, daß er daran dachte, ob er nicht versuchen könnte, in eines dieser Zimmer zu gehen, von denen gewiß manche leer waren, und sich in einem schönen Bett auszuschlafen. Das hätte seiner Meinung nach Entschädigung für vieles werden können. Auch einen Schlaftrunk hatte er bereit. Auf dem Geschirrbrett, das Frieda auf dem Boden liegengelassen hatte, war eine kleine Karaffe Rum gewesen. K. scheute nicht die Anstrengung des Rückwegs und trank das Fläschchen leer.
Nun fühlte er sich wenigstens kräftig genug, vor Erlanger zu treten. Er suchte Erlangers Zimmertür, aber da der Diener und Gerstäcker nicht mehr zu sehen und alle Türen gleich waren, konnte er sie nicht finden. Doch glaubte er, sich zu erinnern, an welcher Stelle des Ganges die Tür etwa gewesen war, und beschloß, eine Tür zu öffnen, die seiner Meinung nach wahrscheinlich die gesuchte war. Der Versuch konnte nicht allzu gefährlich sein, war es das Zimmer Erlangers, so würde ihn dieser wohl empfangen, war es das Zimmer eines anderen, so würde es doch möglich sein, sich zu entschuldigen und wieder zu gehen, und schlief der Gast, was am wahrscheinlichsten war, würde K.s Besuch gar nicht bemerkt werden; schlimm konnte es nur werden, wenn das Zimmer leer war, denn dann würde K. kaum der Versuchung widerstehen können, sich ins Bett zu legen und endlos zu schlafen. Er sah noch einmal rechts und links den Gang entlang, ob nicht doch jemand käme, der ihm Auskunft geben und das Wagnis unnötig machen könnte, aber der lange Gang war still und leer. Dann horchte K. an der Tür, auch hier kein Gast. Er klopfte so leise, daß ein Schlafender dadurch nicht hätte geweckt werden können, und als auch jetzt nichts erfolgte, öffnete er äußerst vorsichtig die Tür. Aber nun empfing ihn ein leichter Schrei.
Es war ein kleines Zimmer, von einem breiten Bett mehr als zur Hälfte ausgefüllt, auf dem Nachttischchen brannte die elektrische Lampe, neben ihr

war eine Reisehandtasche. Im Bett, aber ganz unter der Decke verborgen, bewegte sich jemand unruhig und flüsterte durch einen Spalt zwischen Decke und Bettuch: „Wer ist es?“ Nun konnte K. nicht ohne weiteres mehr fort, unzufrieden betrachtete er das üppige, aber leider nicht leere Bett, erinnerte sich dann an die Frage und nannte seinen Namen. Das schien eine gute Wirkung zu haben, der Mann im Bett zog ein wenig die Decke vom Gesicht, aber ängstlich bereit, sich gleich wieder ganz zu bedecken, wenn draußen etwas nicht stimmen sollte. Dann aber schlug er die Decke ohne Bedenken zurück und setzte sich aufrecht. Erlanger war es gewiß nicht. Es war ein kleiner, wohl aussehender Herr, dessen Gesicht dadurch einen gewissen Widerspruch in sich trug, daß die Wangen kindlich rund, die Augen kindlich fröhlich waren, daß aber die hohe Stirn, die spitze Nase, der schmale Mund, dessen Lippen kaum zusammenhalten wollten, das sich fast verflüchtigende Kinn gar nicht kindlich waren, sondern überlegenes Denken verrieten. Es war wohl die Zufriedenheit damit, die Zufriedenheit mit sich selbst, die ihm einen starken Rest gesunder Kindlichkeit bewahrt hatte. „Kennen Sie Friedrich?“, fragte er. K. verneinte. „Aber er kennt Sie“, sagte der Herr lächelnd. K. nickte; an Leuten, die ihn kannten, fehlte es nicht, das war sogar eines der Haupthindernisse auf seinem Wege. „Ich bin sein Sekretär“, sagte der Herr, „mein Name ist Bürgel.“ — „Entschuldigen Sie“, sagte K. und langte nach der Klinke, „ich habe leider Ihre Tür mit einer anderen verwechselt. Ich bin nämlich zu Sekretär Erlanger berufen.“ — „Wie schade“, sagte Bürgel. „Nicht daß Sie anderswohin berufen sind, sondern daß Sie die Türen verwechselt haben. Ich schlafe nämlich, einmal geweckt, ganz gewiß nicht wieder ein. Nun, das muß Sie aber nicht gar so betrüben, das ist mein persönliches Unglück. Warum sind auch die Türen hier unversperrbar, nicht? Das hat freilich seinen Grund. Weil nach einem alten Spruch die Türen der Sekretäre immer offen sein sollen. Aber so wörtlich müßte auch das allerdings nicht genommen werden.“ Bürgel sah K. fragend und fröhlich an, im Gegensatz zu seiner Klage schien er recht wohl ausgeruht; so müde, wie K. jetzt, war Bürgel wohl noch überhaupt nie gewesen. „Wohin wollen Sie denn jetzt gehen?“, fragte Bürgel. „Es ist vier Uhr. Jeden, zu dem Sie gehen wollten, müßten Sie wecken, nicht jeder ist an Störungen so gewöhnt wie ich, nicht jeder wird es so geduldig hinnehmen, die Sekretäre sind ein nervöses Volk. Bleiben Sie also ein Weilchen. Gegen fünf Uhr beginnt man hier aufzustehen, dann werden Sie am besten Ihrer Vorladung entsprechen können. Lassen Sie, bitte, also endlich die Klinke los und setzen Sie sich irgendwohin, der Platz ist hier freilich beengt, am besten wird es sein, wenn Sie sich hier auf den Bettrand setzen. Sie wundern sich, daß ich weder Sessel noch Tisch hier habe? Nun, ich hatte die Wahl, entweder eine vollständige Zimmereinrichtung mit einem schmalen Hotelbett zu bekommen oder dieses große Bett und sonst nichts als den Waschtisch. Ich habe das große Bett gewählt, in einem Schlafzimmer ist doch wohl das Bett die Hauptsache! Ach, wer sich ausstrecken und gut schlafen könnte, dieses Bett müßte für einen guten Schläfer wahrhaft köstlich sein. Aber auch mir, der ich immerfort müde bin, ohne schlafen zu können, tut es wohl, ich verbringe darin einen großen Teil des Tages, erledige darin alle Korrespondenzen, führe hier die Parteieinvernahmen aus. Es geht recht gut. Die Parteien haben allerdings keinen Platz zum Sitzen, aber das verschmerzen sie, es ist doch auch für sie angenehmer, wenn sie stehen und der Protokollist sich wohl fühlt, als wenn sie bequem sitzen und dabei angeschnauzt werden. Dann habe ich nur noch diesen Platz am Bettrand zu vergeben, aber das ist kein Amtsplatz und nur für nächtliche Unterhaltungen bestimmt. Aber Sie sind so still, Herr Landvermesser?“ — „Ich bin sehr müde“, sagte K., der sich auf die Aufforderung hin sofort, grob, ohne Respekt, aufs Bett gesetzt und an den Pfosten gelehnt hatte. „Natürlich“, sagte Bürgel lachend, „hier ist jeder müde. Es ist zum Beispiel keine kleine Arbeit, die ich gestern und auch heute schon geleistet habe. Es ist ja völlig ausgeschlossen, daß ich jetzt einschlafe, wenn aber doch dieses Allerunwahrscheinlichste geschehen und ich noch, solange Sie hier sind, einschlafen sollte, dann, bitte, halten Sie sich still und machen Sie auch die Tür nicht auf. Aber keine Angst, ich schlafe gewiß nicht ein und günstigenfalls nur für ein paar Minuten. Es verhält sich nämlich mit mir so, daß ich, wahrscheinlich weil ich an Parteienverkehr so sehr gewöhnt bin, immerhin noch am leichtesten einschlafe, wenn ich Gesellschaft habe.“ — „Schlafen Sie nur, bitte, Herr Sekretär“, sagte K., erfreut von dieser Ankündigung, „ich werde dann, wenn Sie erlauben, auch ein wenig schlafen.“ — „Nein, nein“, lachte Bürgel wieder, „auf die bloße Einladung hin kann ich leider nicht einschlafen, nur im Laufe des Gespräches kann sich die Gelegenheit dazu ergeben, am ehesten schläfert mich ein Gespräch ein. Ja, die Nerven leiden bei unserem Geschäft. Ich, zum Beispiel, bin Verbindungssekretär. Sie wissen nicht, was das ist? Nun, ich bilde die stärkste Verbindung“ — hierbei rieb er sich eilig in unwillkürlicher Fröhlichkeit die Hände — „zwischen Friedrich und dem Dorf, ich bilde die Verbindung zwischen seinen Schloß- und Dorfsekretären, bin meist im Dorf, aber nicht ständig; jeden Augenblick muß ich darauf gefaßt sein, ins Schloß hinaufzufahren. Sie sehen die Reisetasche, ein unruhiges Leben, nicht für jeden taugt's. Andererseits ist es richtig, daß ich diese Art der Arbeit nicht mehr entbehren könnte, alle andere Arbeit schiene mir schal. Wie verhält es sich denn mit der Landvermesserei?“ — „Ich mache keine solche Arbeit, ich werde nicht als Landvermesser beschäftigt“, sagte K., er war wenig mit seinen Gedanken bei der Sache, eigentlich brannte er nur darauf, daß Bürgel einschlafe, aber auch das tat er nur aus einem gewissen Pflichtgefühl gegen sich selbst, zuinnerst glaubte er zu wissen, daß der Augenblick von Bürgels Einschlafen noch unabsehbar fern sei. „Das ist erstaunlich“, sagte Bürgel mit lebhaftem Werfen des Kopfes und zog einen Notizblock unter der Decke hervor, um sich etwas zu notieren. „Sie sind Landvermesser und haben keine Landvermesserarbeit.“ K. nickte mechanisch, er hatte oben auf dem Bettpfosten den linken Arm ausgestreckt und den Kopf auf ihn gelegt, schon verschiedentlich hatte er es sich bequem zu machen versucht, diese Stellung war aber die bequemste von allen, er konnte nun auch ein wenig besser darauf achten, was Bürgel sagte. „Ich bin bereit“, fuhr Bürgel fort, „diese Sache weiter zu verfolgen. Bei uns hier liegen doch die Dinge ganz gewiß nicht so, daß man eine fachliche Kraft unausgenützt lassen dürfte. Und auch für Sie muß es doch kränkend sein; leiden Sie denn nicht darunter?“ — „Ich leide darunter“, sagte K. langsam und lächelte für sich, denn gerade jetzt litt er darunter nicht im geringsten. Auch machte das Anerbieten Bürgels wenig Eindruck auf ihn. Es war durchaus dilettantisch. Ohne etwas von den Umständen zu wissen, unter welchen K.s Berufung erfolgt war, von den Schwierigkeiten, welchen sie in der Gemeinde und im Schloß begegnete, von den Verwicklungen, welche während K.s hiesigem Aufenthalt sich schon ergeben oder angekündigt hatten, ohne von dem allen etwas zu wissen, ja sogar ohne zu zeigen, daß ihn, was von einem Sekretär ohne weiteres hätte angenommen werden sollen, wenigstens eine Ahnung dessen berühre, erbot er sich, aus dem Handgelenk mit Hilfe seines kleinen Notizblockes die Sache da oben in Ordnung zu bringen. „Sie scheinen schon einige Enttäuschungen gehabt zu haben“, sagte Bürgel und bewies damit doch wieder einige Menschenkenntnis, wie sich K. überhaupt, seit er das Zimmer betreten hatte, von Zeit zu Zeit aufforderte, Bürgel nicht zu unterschätzen, aber in seinem Zustand war es schwer, etwas anderes als die eigene Müdigkeit gerecht zu beurteilen. „Nein“, sagte Bürgel, als antworte er auf einen Gedanken K.s und wolle ihm rücksichtsvoll die Mühe des Aussprechens ersparen. „Sie müssen sich nicht durch Enttäuschungen abschrecken lassen. Es scheint hier manches ja daraufhin eingerichtet, abzuschrecken, und wenn man neu hier ankommt, scheinen einem die Hindernisse völlig undurchdringlich. Ich will nicht untersuchen, wie es sich damit eigentlich verhält, vielleicht entspricht der Schein tatsächlich der Wirklichkeit, in meiner Stellung fehlt mir der richtige Abstand, um das festzustellen, aber merken Sie auf, es ergeben sich dann doch wieder manchmal Gelegenheiten, die mit der Gesamtlage fast nicht übereinstimmen, Gelegenheiten, bei welchen durch ein Wort, durch einen Blick, durch ein Zeichen des Vertrauens mehr erreicht werden kann als durch lebenslange, auszehrende Bemühungen. Gewiß, so ist es. Freilich stimmen dann diese Gelegenheiten doch wieder insofern mit der Gesamtlage überein, als sie niemals ausgenützt werden. Aber warum werden sie denn nicht ausgenützt, frage ich immer wieder.“ K. wußte es nicht; zwar merkte er, daß ihn das, wovon Bürgel sprach, wahrscheinlich sehr betraf, aber er hatte jetzt eine große Abneigung gegen alle Dinge, die ihn betrafen, er rückte mit dem

Kopf ein wenig beiseite, als mache er dadurch den Fragen Bürgels den Weg frei und könne von ihnen nicht mehr berührt werden. „Es ist“, fuhr Bürgel fort, streckte die Arme und gähnte, was in einem verwirrenden Widerspruch zum Ernst seiner Worte war, „es ist eine ständige Klage der Sekretäre, daß sie gezwungen sind, die meisten Dorfverhöre in der Nacht durchzuführen. Warum aber klagen sie darüber? Weil es sie zu sehr anstrengt? Weil sie die Nacht lieber zum Schlafen verwenden wollen? Nein, darüber klagen sie gewiß nicht. Es gibt natürlich unter den Sekretären Fleißige und minder Fleißige, wie überall; aber über allzu große Anstrengung klagt niemand von ihnen, gar öffentlich nicht. Es ist das einfach nicht unsere Art. Wir kennen in dieser Hinsicht keinen Unterschied zwischen gewöhnlicher Zeit und Arbeitszeit. Solche Unterscheidungen sind uns fremd. Was also haben aber dann die Sekretäre gegen die Nachtverhöre? Ist es etwa gar Rücksicht auf die Parteien? Nein, nein, das ist es auch nicht. Gegen die Parteien sind die Sekretäre rücksichtslos, allerdings nicht um das geringste rücksichtsloser als gegen sich selbst, sondern nur genauso rücksichtslos. Eigentlich ist ja diese Rücksichtslosigkeit nichts als eiserne Befolgung und Durchführung des Dienstes, die größte Rücksichtnahme, welche sich die Parteien nur wünschen können. Dies wird auch im Grunde — ein oberflächlicher Beobachter merkt das freilich nicht völlig — anerkannt; ja, es sind zum Beispiel in diesem Falle gerade die Nachtverhöre, welche den Parteien willkommen sind, es laufen keine grundsätzlichen Beschwerden gegen die Nachtverhöre ein. Warum also doch die Abneigung der Sekretäre?“ Auch das wußte K. nicht, er wußte so wenig, er unterschied nicht einmal, ob Bürgel ernstlich oder nur scheinbar die Antwort forderte. Wenn du mich in dein Bett legen läßt, dachte er, werde ich dir morgen mittag oder noch lieber abends alle Fragen beantworten. Aber Bürgel schien auf ihn nicht zu achten, allzusehr beschäftigte ihn die Frage, die er sich selbst vorgelegt hatte: „Soviel ich erkenne und soviel ich selbst erfahren habe, haben die Sekretäre hinsichtlich der Nachtverhöre etwa folgendes Bedenken: Die Nacht ist deshalb für Verhandlungen mit den Parteien weniger geeignet, weil es nachts schwer oder geradezu unmöglich ist, den amtlichen Charakter der Verhandlungen voll zu wahren. Das liegt nicht an Äußerlichkeiten, die Formen können natürlich in der Nacht nach Belieben ebenso streng beobachtet werden wie bei Tag. Das ist es also nicht, dagegen leidet die amtliche Beurteilung in der Nacht. Man ist unwillkürlich geneigt, in der Nacht die Dinge von einem mehr privaten Gesichtspunkt zu beurteilen, die Vorbringungen der Parteien bekommen mehr Gewicht, als ihnen zukommt, es mischen sich in die Beurteilung gar nicht hingehörige Erwägungen der sonstigen Lage der Parteien, ihrer Leiden und Sorgen, ein; die notwendige Schranke zwischen Parteien und Beamten, mag sie äußerlich fehlerlos vorhanden sein, lockert sich, und wo sonst, wie es sein soll, nur Fragen und Antworten hin- und widergingen, scheint sich manchmal ein sonderbarer, ganz und gar unpassender Austausch der Personen zu vollziehen. So sagen es wenigstens die Sekretäre, also Leute allerdings, die von Berufs wegen mit einem ganz außerordentlichen Feingefühl für solche Dinge begabt sind. Aber selbst sie — dies wurde schon oft in unseren Kreisen besprochen — merken während der Nachtverhöre von jenen ungünstigen Einwirkungen wenig; im Gegenteil, sie strengen sich von vornherein an, ihnen entgegenzuarbeiten und glauben schließlich, ganz besonders gute Leistungen zustande gebracht zu haben. Liest man aber später die Protokolle nach, staunt man oft über ihre offen zutage liegenden Schwächen. Und es sind dies Fehler, und zwar immer wieder halb unberechtigte Gewinne der Parteien, welche wenigstens nach unseren Vorschriften im gewöhnlichen kurzen Wege nicht mehr gutzumachen sind. Ganz gewiß werden sie einmal noch von einem Kontrollamt verbessert werden, aber dies wird nur dem Recht nützen, jener Partei aber nicht mehr schaden können. Sind unter solchen Umständen die Klagen der Sekretäre nicht sehr berechtigt?“ K. hatte schon ein kleines Weilchen in einem halben Schlummer verbracht, nun war er wieder aufgestört. Warum dies alles? Warum dies alles? fragte er sich und betrachtete unter den gesenkten Augenlidern Bürgel nicht wie einen Beamten, der mit ihm schwierige Fragen besprach, sondern nur wie irgend etwas, das ihn am Schlafen hinderte und dessen sonstigen Sinn er nicht ausfindig machen konnte. Bürgel aber, ganz seinem Gedankengang hingegeben, lächelte, als sei es ihm eben gelungen, K. ein wenig irrezuführen. Doch war er bereit, ihn gleich wieder auf den richtigen Weg zurückzubringen. „Nun“, sagte er, „ganz berechtigt kann man diese Klagen ohne weiteres auch wieder nicht nennen. Die Nachtverhöre sind zwar nirgends geradezu vorgeschrieben, man vergeht sich also gegen keine Vorschrift, wenn man sie zu vermeiden sucht, aber die Verhältnisse, die Überfülle der Arbeit, die Beschäftigungsart der Beamten im Schloß, ihre schwere Abkömmlichkeit, die Vorschrift, daß das Parteienverhör erst nach vollständigem Abschluß der sonstigen Untersuchung, dann aber sofort zu erfolgen habe, alles dieses und anderes mehr hat die Nachtverhöre doch zu einer unumgänglichen Notwendigkeit gemacht. Wenn sie nun aber eine Notwendigkeit geworden sind — so sage ich –, ist dies doch auch, wenigstens mittelbar, ein Ergebnis der Vorschriften, und an dem Wesen der Nachtverhöre mäkeln, hieße dann fast — ich übertreibe natürlich ein wenig, darum, als Übertreibung, darf ich es aussprechen –, hieße dann sogar an den Vorschriften mäkeln.

Dagegen mag es den Sekretären zugestanden bleiben, daß sie sich innerhalb der Vorschriften gegen die Nachtverhöre und ihre vielleicht nur scheinbaren Nachteile zu sichern suchen, so gut es geht. Das tun sie ja auch, und zwar in größtem Ausmaß. Sie lassen nur Verhandlungsgegenstände zu, von denen in jedem Sinne möglichst wenig zu befürchten ist, prüfen sich vor den

Verhandlungen genau und sagen, wenn das Ergebnis der Prüfung es verlangt, auch noch im letzten Augenblick alle Einvernahmen ab, stärken sich, indem sie eine Partei oft zehnmal berufen, ehe sie sie wirklich vornehmen, lassen sich gern von Kollegen vertreten, welche für den betreffenden Fall unzuständig sind und ihn daher mit größerer Leichtigkeit behandeln können, setzen die Verhandlungen wenigstens auf den Anfang oder das Ende der Nacht an und vermeiden die mittleren Stunden, solcher Maßnahmen gibt es noch viele, sie lassen sich nicht leicht beikommen, die Sekretäre, sie sind fast ebenso widerstandsfähig wie verletzlich.“ K. schlief, es war zwar kein eigentlicher Schlaf, er hörte Bürgels Worte vielleicht besser als während des früheren todmüden Wachens, Wort für Wort schlug an sein Ohr, aber das lästige Bewußtsein war geschwunden, er fühlte sich frei, nicht Bürgel hielt ihn mehr, nur er tastete noch manchmal nach Bürgel hin, er war noch nicht in der Tiefe des Schlafes, aber eingetaucht in ihn war er. Niemand sollte ihm das mehr rauben. Und es war ihm, als sei ihm damit ein großer Sieg gelungen, und schon war auch eine Gesellschaft da, dies zu feiern, und er oder auch jemand anders hob das Champagnerglas zu Ehren dieses Sieges. Und damit alle wissen sollten, worum es sich handle, wurde der Kampf und der Sieg noch einmal wiederholt oder vielleicht gar nicht wiederholt, sondern fand erst jetzt statt und war schon früher gefeiert worden, und es wurde nicht abgelassen, ihn zu feiern, weil der Ausgang glücklicherweise gewiß war. Ein Sekretär, nackt, sehr ähnlich der Statue eines griechischen Gottes, wurde von K. im Kampf bedrängt. Es war sehr komisch, und K. lächelte darüber sanft im Schlaf, wie der Sekretär aus seiner stolzen Haltung durch K.s Vorstöße immer aufgeschreckt wurde und etwa den hochgestreckten Arm und die geballte Faust schnell dazu verwenden mußte, um seine Blößen zu decken, und doch damit noch immer zu langsam war. Der Kampf dauerte nicht lange; Schritt für Schritt, und es waren sehr große Schritte, rückte K. vor. War es überhaupt ein Kampf? Es gab kein ernstliches Hindernis, nur hier und da ein Piepsen des Sekretärs. Dieser griechische Gott piepste wie ein Mädchen, das gekitzelt wird. Und schließlich war er fort, K. war allein in einem großen Raum, kampfbereit drehte er sich um und suchte den Gegner; es war aber niemand mehr da, auch die Gesellschaft hatte sich verlaufen, nur das Champagnerglas lag zerbrochen auf der Erde. K. zertrat es völlig. Die Scherben aber stachen, zusammenzuckend erwachte er doch wieder, ihm war übel wie einem kleinen Kind, wenn es geweckt wird. Trotzdem streifte ihn beim Anblick der entblößten Brust Bürgels vom Traum her der Gedanke: Hier hast du ja deinen griechischen Gott! Reiß ihn doch aus den Federn. „Es gibt aber“, sagte Bürgel, nachdenklich das Gesicht zur Zimmerdecke erhoben, als suche er in der Erinnerung nach Beispielen, könne aber keine finden, „es gibt aber dennoch trotz allen Vorsichtsmaßregeln für die Parteien eine Möglichkeit, diese nächtliche Schwäche der Sekretäre — immer vorausgesetzt, daß es eine Schwäche ist — für sich auszunützen. Freilich, eine sehr seltene oder, besser gesagt, eine fast niemals vorkommende Möglichkeit. Sie besteht darin, daß die Partei mitten in der Nacht unangemeldet kommt. Sie wundern sich vielleicht, daß dies, obwohl es so naheliegend scheint, gar so selten geschehen soll. Nun ja, Sie sind mit unseren Verhältnissen nicht vertraut. Aber auch Ihnen dürfte doch schon die Lückenlosigkeit der amtlichen Organisation aufgefallen sein. Aus dieser Lückenlosigkeit aber ergibt sich, daß jeder, der irgendein Anliegen hat oder aus sonstigen Gründen über etwas verhört werden muß, sofort, ohne Zögern, meistens sogar noch ehe er selbst sich die Sache zurechtgelegt hat, ja, noch ehe er selbst von ihr weiß, schon die Vorladung erhält. Er wird diesmal noch nicht einvernommen, meistens noch nicht einvernommen, so reif ist die Angelegenheit gewöhnlich noch nicht, aber die Vorladung hat er, unangemeldet kann er nicht mehr kommen, er kann höchstens zur Unzeit kommen, nun, dann wird er nur auf das Datum und die Stunde der Vorladung aufmerksam gemacht, und kommt er dann zu rechter Zeit wieder, wird er in der Regel weggeschickt, das macht keine Schwierigkeit mehr; die Vorladung in der Hand der Partei und die Vormerkung in den Akten, das sind für die Sekretäre zwar nicht immer ausreichende, aber doch starke Abwehrwaffen. Das bezieht sich allerdings nur auf den für die Sache gerade zuständigen Sekretär; die anderen überraschend in der Nacht anzugehen, stünde doch noch jedem frei. Doch wird das kaum jemand tun, es ist fast sinnlos. Zunächst würde man dadurch den zuständigen Sekretär sehr erbittern, wir Sekretäre sind zwar untereinander hinsichtlich der Arbeit gewiß nicht eifersüchtig, jeder trägt ja eine allzu hoch bemessene, wahrhaftig ohne jede Kleinlichkeit aufgeladene Arbeitslast, aber gegenüber den Parteien dürfen wir Störungen der Zuständigkeit keinesfalls dulden. Mancher hat schon die Partie verloren, weil er, da er an zuständiger Stelle nicht vorwärtszukommen glaubte, an unzuständiger durchzuschlüpfen versuchte. Solche Versuche müssen übrigens auch daran scheitern, daß ein unzuständiger Sekretär, selbst wenn er nächtlich überrumpelt wird und besten Willens ist zu helfen, eben infolge seiner Unzuständigkeit kaum mehr eingreifen kann als irgendein beliebiger Advokat, oder im Grunde viel weniger, denn ihm fehlt ja — selbst wenn er sonst irgend etwas tun könnte, da er doch die geheimen Wege des Rechtes besser kennt als alle die advokatischen Herrschaften –, es fehlt ihm einfach für Dinge, bei denen er nicht zuständig ist, jede Zeit, keinen Augenblick kann er dafür aufwenden. Wer würde also bei diesen Aussichten seine Nächte dafür verwenden, unzuständige Sekretäre abzugeben, auch sind ja die Parteien voll beschäftigt, wenn sie neben ihrem sonstigen Berufe den Vorladungen und Winken der zuständigen Stellen entsprechen wollen, „voll beschäftigt" freilich im Sinne der Parteien, was natürlich noch bei weitem nicht das gleiche ist, wie „voll beschäftigt" im Sinne der Sekretäre." K.

nickte lächelnd, er glaubte jetzt, alles genau zu verstehen; nicht deshalb, weil es ihn bekümmerte, sondern weil er nun überzeugt war, in den nächsten Augenblicken würde er völlig einschlafen, diesmal ohne Traum und Störung; zwischen den zuständigen Sekretären auf der einen Seite und den unzuständigen auf der anderen und angesichts der Masse der voll beschäftigten Parteien würde er in tiefen Schlaf sinken und auf diese Weise allem entgehen. An die leise, selbstzufriedene, für das eigene Einschlafen offenbar vergeblich arbeitende Stimme Bürgels hatte er sich nun so gewöhnt, daß sie seinen Schlaf mehr befördern als stören würde. Klappere, Mühle, klappere, dachte er, du klapperst nur für mich. „Wo ist nun also", sagte Bürgel, mit zwei Fingern an der Unterlippe spielend, mit geweiteten Augen, gestrecktem Hals, etwa als nähere er sich nach einer mühseligen Wanderung einem entzückenden Aussichtspunkt, „wo ist nun also jene erwähnte, seltene, fast niemals vorkommende Möglichkeit? Das Geheimnis steckt in den Vorschriften über die Zuständigkeit. Es ist nämlich nicht so und kann bei einer großen lebendigen Organisation nicht so sein, daß für jede Sache nur ein bestimmter Sekretär zuständig ist. Es ist nur so, dass einer die Hauptzuständigkeit hat, viele andere aber auch zu gewissen Teilen eine, wenn auch kleinere Zuständigkeit haben. Wer könnte allein, und wäre es der größte Arbeiter, alle Beziehungen auch nur des kleinsten Vorfalles auf seinem Schreibtisch zusammenhalten? Selbst was ich von der Hauptzuständigkeit gesagt habe, ist zuviel gesagt. Ist nicht in der kleinsten Zuständigkeit auch schon die ganze? Entscheidet hier nicht die Leidenschaft, mit welcher die Sache ergriffen wird? Und ist die nicht immer die gleiche, immer in voller Stärke da? In allem mag es Unterschiede unter den Sekretären geben, und es gibt solcher Unterschiede unzählige, in der Leidenschaft aber nicht; keiner von ihnen wird sich zurückhalten können, wenn an ihn die Aufforderung herantritt, sich mit einem Fall, für den er nur die geringste Zuständigkeit besitzt, zu beschäftigen. Nach außen allerdings muß eine geordnete Verhandlungsmöglichkeit geschaffen werden, und so tritt für die Parteien je ein bestimmter Sekretär in den Vordergrund, an den sie sich amtlich zu halten haben. Es muß dies aber nicht einmal derjenige sein, der die größte Zuständigkeit für den Fall besitzt, hier entscheidet die Organisation und ihre besonderen augenblicklichen Bedürfnisse. Dies ist die Sachlage. Und nun erwägen Sie, Herr Landvermesser, die Möglichkeit, daß eine Partei durch irgendwelche Umstände trotz den Ihnen schon beschriebenen, im allgemeinen völlig ausreichenden Hindernissen dennoch mitten in der Nacht einen Sekretär überrascht, der eine gewisse Zuständigkeit für den betreffenden Fall besitzt. An eine solche Möglichkeit haben Sie wohl noch nicht gedacht? Das will ich Ihnen gern glauben. Es ist ja auch nicht nötig, an sie zu denken, denn sie kommt ja fast niemals vor. Was für ein sonderbar und ganz bestimmt geformtes, kleines und geschicktes Körnchen müßte eine solche Partei sein, um durch das unübertreffliche Sieb durchzugleiten? Sie glauben, es kann gar nicht vorkommen? Sie haben recht, es kann gar nicht vorkommen. Aber eines Nachts — wer kann für alles bürgen? — kommt es doch vor. Ich kenne unter meinen Bekannten allerdings niemanden, dem es schon geschehen wäre, nun beweist das zwar sehr wenig, meine Bekanntschaft ist im Vergleich zu den hier in Betracht kommenden Zahlen beschränkt, und außerdem ist es auch gar nicht sicher, daß ein Sekretär, dem etwas Derartiges geschehen ist, es auch gestehen will, es ist immerhin eine sehr persönliche und gewissermaßen die amtliche Scham ernst berührende Angelegenheit. Immerhin beweist aber meine Erfahrung vielleicht, daß es sich um eine so seltene, eigentlich nur dem Gerücht nach vorhandene, durch gar nichts anderes bestätigte Sache handelt, daß es also sehr übertrieben ist, sich vor ihr zu fürchten. Selbst wenn sie wirklich geschehen sollte, kann man sie — sollte man glauben — förmlich dadurch unschädlich machen, daß man ihr, was sehr leicht ist, beweist, für sie sei kein Platz auf dieser Welt. Jedenfalls ist es krankhaft, wenn man sich aus Angst vor ihr etwa unter der Decke versteckt und nicht wagt hinauszuschauen. Und selbst wenn die vollkommene Unwahrscheinlichkeit plötzlich hätte Gestalt bekommen sollen, ist dann schon alles verloren? Im Gegenteil. Daß alles verloren sei, ist noch unwahrscheinlicher als das Unwahrscheinlichste. Freilich, wenn die Partei im Zimmer ist, ist es schon sehr schlimm. Es beengt das Herz. — Wie lange wirst du Widerstand leisten können? fragte man sich. Es wird aber gar kein Widerstand sein, das weiß man. Sie müssen sich die Lage nur richtig vorstellen. Die niemals gesehene, immer erwartete, mit wahrem Durst erwartete und immer vernünftigerweise als unerreichbar angesehene Partei sitzt da. Schon durch ihre stumme Anwesenheit lädt sie ein, in ihr armes Leben einzudringen, sich darin umzutun wie in eigenem Besitz und dort unter ihren vergeblichen Forderungen mitzuleiden. Diese Einladung in der stillen Nacht ist berückend. Man folgt ihr und hat nun eigentlich aufgehört, Amtsperson zu sein. Es ist eine Lage, in der es schon bald unmöglich wird, eine Bitte abzuschlagen. Genaugenommen ist man verzweifelt; noch genauer genommen, ist man sehr glücklich. Verzweifelt, denn die Wehrlosigkeit, mit der man hier sitzt und auf die Bitte der Partei wartet und weiß, daß man sie, wenn sie einmal ausgesprochen ist, erfüllen muß, wenn sie auch, wenigstens soweit man es selbst übersehen kann, die Amtsorganisation förmlich zerreißt: das ist ja wohl das Ärgste, was einem in der Praxis begegnen kann. Vor allem — von allem anderen abgesehen –, weil es auch eine über alle Begriffe gehende Rangerhöhung ist, die man hier für den Augenblick für sich gewaltsam in Anspruch nimmt. Unserer Stellung nach sind wir ja gar nicht befugt, Bitten, wie die, um die es sich hier handelt, zu erfüllen, aber durch die Nähe dieser nächtlichen Partei wachsen uns gewissermaßen auch die Amtskräfte, wir verpflichten uns zu Dingen, die außerhalb unseres Bereiches sind; ja, wir werden sie auch ausführen. Die Partei zwingt uns in der Nacht, wie der Räuber im Wald, Opfer ab, deren wir sonst niemals fähig wären; nun gut, so ist es jetzt, wenn die Partei noch da ist, uns stärkt und zwingt und aneifert und alles noch halb besinnungslos im Gange ist; wie wird es aber nachher sein, wenn es vorüber ist, die Partei, gesättigt und unbekümmert, uns verläßt und wir dastehen, allein, wehrlos im Angesicht unseres Amtsmißbrauches — das ist gar nicht auszudenken! Und trotzdem sind wir glücklich. Wie selbstmörderisch das Glück sein kann! Wir könnten uns ja anstrengen, der Partei die wahre Lage geheimzuhalten. Sie selbst aus eigenem merkt ja kaum etwas. Sie ist ja ihrer Meinung nach wahrscheinlich nur aus irgendwelchen gleichgültigen, zufälligen Gründen — übermüdet, enttäuscht, rücksichtslos und gleichgültig aus Übermüdung und Enttäuschung — in ein anderes Zimmer gedrungen, als sie wollte, sie sitzt unwissend da und beschäftigt sich in Gedanken, wenn sie sich überhaupt beschäftigt, mit ihrem Irrtum oder mit ihrer Müdigkeit. Könnte man sie nicht dabei verlassen? Man kann es nicht. In der Geschwätzigkeit der Glücklichen muß man ihr alles erklären. Man muß, ohne sich im geringsten schonen zu können, ihr ausführlich zeigen, was geschehen ist, und aus welchen Gründen dies geschehen ist, wie außerordentlich selten und wie einzig groß die Gelegenheit ist, man muß zeigen, wie die Partei zwar in diese Gelegenheit in aller Hilflosigkeit, wie sie deren kein anderes Wesen als eben nur eine Partei fähig sein kann, hineingetappt ist, wie sie aber jetzt, wenn sie will, Herr Landvermesser, alles beherrschen kann und dafür nichts anderes zu tun hat, als ihre Bitte irgendwie vorzubringen, für welche die Erfüllung schon bereit ist, ja, welcher sie sich entgegenstreckt, das alles muß man zeigen; es ist die schwere Stunde des Beamten. Wenn man aber auch das getan hat, ist, Herr Landvermesser, das Notwendigste geschehen, man muß sich bescheiden und warten."

K. schlief, abgeschlossen gegen alles, was geschah. Sein Kopf, der zuerst auf dem linken Arm oben auf dem Bettpfosten gelegen war, war im Schlaf abgeglitten und hing nun frei, langsam tiefer sinkend; die Stütze des Armes oben genügte nicht mehr, unwillkürlich verschaffte K. sich eine neue dadurch, daß er die rechte Hand gegen die Bettdecke stemmte, wobei er zufällig gerade den unter der Decke aufragenden Fuß Bürgels ergriff. Bürgel sah hin und überließ ihm den Fuß, so lästig das sein mochte.

Da klopfte es mit einigen starken Schlägen an die Seitenwand. K. schrak auf und sah die Wand an. „Ist nicht der Landvermesser dort?", fragte es. „Ja", sagte Bürgel, befreite seinen Fuß von K. und streckte sich plötzlich wild und mutwillig wie ein kleiner Junge. „Dann soll er endlich herüberkommen", sagte es wieder; auf Bürgel oder darauf, daß er etwa K. noch benötigen könnte, wurde keine Rücksicht genommen. „Es ist Erlanger", sagte Bürgel flüsternd; daß Erlanger im Nebenzimmer war, schien ihn nicht zu überraschen. „Gehen Sie gleich zu ihm, er ärgert sich schon, suchen Sie ihn zu besänftigen. Er hat einen guten Schlaf; wir haben uns aber doch zu laut unterhalten; man kann sich und seine Stimme nicht beherrschen, wenn man von gewissen Dingen spricht. Nun, gehen Sie doch, Sie scheinen sich ja aus dem Schlaf gar nicht herausarbeiten zu können. Gehen Sie, was wollen Sie denn noch hier? Nein, Sie müssen sich wegen Ihrer Schläfrigkeit nicht entschuldigen, warum denn? Die Leibeskräfte reichen nur bis zu einer gewissen Grenze; wer kann dafür, daß gerade diese Grenze auch sonst bedeutungsvoll ist? Nein, dafür kann niemand. So korrigiert sich selbst die Welt in ihrem Lauf und behält das Gleichgewicht. Das ist ja eine vorzügliche, immer wieder unvorstellbar vorzügliche Einrichtung, wenn auch in anderer Hinsicht trostlos. Nun, gehen Sie, ich weiß nicht, warum Sie mich so ansehen. Wenn Sie noch lange zögern, kommt Erlanger über mich, das möchte ich sehr gern vermeiden. Gehen Sie doch; wer weiß, was Sie drüben erwartet, hier ist ja alles voll Gelegenheiten. Nur gibt es freilich Gelegenheiten, die gewissermaßen zu groß sind, um benützt zu werden, es gibt Dinge, die an nichts anderem als an sich selbst scheitern. Ja, das ist staunenswert. Übrigens hoffe ich jetzt doch, ein wenig einschlafen zu können. Freilich ist es schon fünf Uhr, und der Lärm wird bald beginnen. Wenn wenigstens Sie schon gehen wollten!"

Betäubt von dem plötzlichen Geweckwerden aus tiefem Schlaf, noch grenzenlos schlafbedürftig, mit überall infolge der unbequemen Haltung schmerzhaftem Körper, konnte sich K. lange nicht entschließen aufzustehen, hielt sich die Stirn und sah hinab auf seinen Schoß. Selbst die fortwährenden Verabschiedungen Bürgels hätten ihn nicht dazu bewegen können, fortzugehen, nur ein Gefühl der völligen Nutzlosigkeit jeden weiteren Aufenthaltes in diesem Zimmer brachte ihn langsam dazu. Unbeschreiblich öde schien ihm dieses Zimmer. Ob es so geworden oder seit jeher so gewesen war, wußte er nicht. Nicht einmal wieder einzuschlafen würde ihm hier gelingen. Diese Überzeugung war sogar das Entscheidende; darüber ein wenig lächelnd, erhob er sich, stützte sich, wo er nur eine Stütze fand, am Bett, an der Wand, an der Tür, und ging, als hätte er sich längst von Bürgel verabschiedet, ohne Gruß hinaus.

Das neunzehnte Kapitel

Wahrscheinlich wäre er ebenso gleichgültig an Erlangers Zimmer vorübergegangen, wenn Erlanger nicht in der offenen Türe gestanden wäre und ihm gewinkt hätte. Ein kurzer, einmaliger Wink mit dem Zeigefinger. Erlanger war zum Weggehen schon völlig bereit, er trug einen schwarzen Pelzmantel mit knappem, hochgeknöpftem Kragen. Ein Diener reichte ihm gerade die Handschuhe und hielt noch eine Pelzmütze. „Sie hätten schon längst kommen sollen“, sagte Erlanger. K. wollte sich entschuldigen. Erlanger zeigte durch ein müdes Schließen der Augen, daß er darauf verzichte. „Es handelt sich um folgendes“, sagte er. „Im Ausschank war früher eine gewisse Frieda bedienstet; ich kenne nur ihren Namen, sie selbst kenne ich nicht, sie bekümmert mich nicht. Diese Frieda hat manchmal Klamm das Bier serviert. Jetzt scheint dort ein anderes Mädchen zu sein. Nun ist diese Veränderung natürlich belanglos, wahrscheinlich für jeden, und für Klamm ganz gewiß. Je größer aber eine Arbeit ist, und Klamms Arbeit ist freilich die größte, desto weniger Kraft bleibt, sich gegen die Außenwelt zu wehren, infolgedessen kann dann jede belanglose Veränderung der belanglosesten Dinge ernstlich stören. Die kleinste Veränderung auf dem Schreibtisch, die Beseitigung eines dort seit jeher vorhanden gewesenen Schmutzflecks, das alles kann stören und ebenso ein neues Serviermädchen. Nun stört freilich das alles, selbst wenn es jeden anderen und bei jeder beliebigen Arbeit störte, Klamm nicht; davon kann gar keine Rede sein. Trotzdem sind wir verpflichtet, über Klamms Behagen derart zu wachen, daß wir selbst Störungen, die für ihn keine sind — und wahrscheinlich gibt es für ihn überhaupt keine –, beseitigen, wenn sie uns als mögliche Störungen auffallen. Nicht seinetwegen, nicht seiner Arbeit wegen beseitigen wir diese Störungen, sondern unseretwegen, unseres Gewissens und unserer Ruhe wegen. Deshalb muß jene Frieda sofort wieder in den Ausschank zurückkehren, vielleicht wird sie gerade dadurch, daß sie zurückkehrt, stören; nun, dann werden wir sie wieder wegschicken, vorläufig aber muß sie zurückkehren. Sie leben mit ihr, wie man mir gesagt hat, veranlassen Sie daher sofort ihre Rückkehr. Auf persönliche Gefühle kann dabei keine Rücksicht genommen werden, das ist ja selbstverständlich, daher lasse ich mich auch nicht in die geringste weitere Erörterung der Sache ein. Ich tue schon viel mehr, als nötig ist, wenn ich erwähne, daß Ihnen, wenn Sie sich in dieser Kleinigkeit bewähren, dies in Ihrem Fortkommen gelegentlich nützlich sein kann. Das ist alles, was ich Ihnen zu sagen habe.“ Er nickte K. zum Abschied zu, setzte sich die von dem Diener gereichte Pelzmütze auf und ging, vom Diener gefolgt, schnell, aber ein wenig hinkend, den Gang hinab.

Manchmal wurden hier Befehle gegeben, die sehr leicht zu erfüllen waren, aber diese Leichtigkeit freute K. nicht. Nicht nur, weil der Befehl Frieda betraf, und zwar als Befehl gemeint war, aber K. wie ein Verlachen klang, sondern vor allem deshalb, weil aus ihm für K. die Nutzlosigkeit aller seiner Bestrebungen entgegensah. Über ihn hinweg gingen die Befehle, die ungünstigen und die günstigen, und auch die günstigen hatten wohl einen letzten ungünstigen Kern, jedenfalls aber gingen alle über ihn hinweg, und er war viel zu tief gestellt, um in sie einzugreifen oder gar sie verstummen zu machen und für seine Stimme Gehör zu bekommen. Wenn dir Erlanger abwinkt, was willst du tun; und wenn er nicht abwinkte, was könntest du ihm sagen? Zwar blieb sich K. dessen bewußt, daß seine Müdigkeit ihm heute mehr geschadet hatte als alle Ungunst der Verhältnisse, aber warum konnte er, der geglaubt hatte, sich auf seinen Körper verlassen zu können, und der ohne diese Überzeugung sich gar nicht auf den Weg gemacht hätte, warum konnte er einige schlechte und eine schlaflose Nacht nicht ertragen, warum wurde er gerade hier so unbeherrschbar müde, wo niemand müde war, oder wo vielmehr jeder, und immerfort, müde war, ohne daß dies aber die Arbeit schädigte; ja, es schien sie vielmehr zu fördern. Daraus war zu schließen, daß es in ihrer Art eine ganz andere Müdigkeit war als jene K.s. Hier war es wohl die Müdigkeit inmitten glücklicher Arbeit; etwas, was nach außen hin wie Müdigkeit aussah und eigentlich unzerstörbare Ruhe, unzerstörbarer Frieden war. Wenn man mittags ein wenig müde ist, so gehört das zum glücklichen natürlichen Verlauf des Tages. Die Herren hier haben immerfort Mittag, sagte sich K.

Und es stimmte sehr damit überein, daß es jetzt um fünf Uhr schon überall zu seiten des Ganges lebendig wurde. Dieses Stimmengewirr in den Zimmern hatte etwas äußerst Fröhliches. Einmal klang es wie der Jubel von Kindern, die sich zu einem Ausflug bereitmachen, ein andermal wie der Aufbruch im Hühnerstall, wie die Freude, in völliger Übereinstimmung mit dem erwachenden Tag zu sein, irgendwo ahmte sogar ein Herr den Ruf eines Hahnes nach. Der Gang selbst war zwar noch leer, aber die Türen waren schon in Bewegung, immer wieder wurde eine ein wenig geöffnet und schnell wieder geschlossen, es schwirrte im Gang von solchem Türöffnen und -schließen, hie und da sah K. auch schon oben im Spalt der nicht bis zur Decke reichenden Wände morgendlich zerraufte Köpfe erscheinen und gleich verschwinden. Aus der Ferne kam langsam ein kleines, von einem Diener geführtes Wägelchen, welches Akten enthielt. Ein zweiter Diener ging daneben, hatte ein Verzeichnis in der Hand und verglich danach offenbar die Nummern der Türen mit jenen der Akten. Vor den meisten Türen blieb das Wägelchen stehen, gewöhnlich öffnete sich dann auch die Tür, und die zugehörigen Akten, manchmal auch nur ein Blättchen — in solchen Fällen entspann sich ein kleines Gespräch vom Zimmer zum Gang, wahrscheinlich wurden dem Diener Vorwürfe gemacht –, wurden ins Zimmer hineingereicht. Blieb die Tür geschlossen, wurden die Akten sorgfältig auf der Türschwelle aufgehäuft. In solchen Fällen schien es K., als ob die Bewegung der Türen in der Umgebung nicht nachließe, obwohl auch dort schon die Akten verteilt worden waren, sondern eher sich verstärke. Vielleicht lugten die anderen begehrlich nach den auf der Türschwelle unbegreiflicherweise noch unbehoben liegenden Akten, sie konnten nicht verstehen, wie jemand nur die Tür zu öffnen brauche, um in den Besitz seiner Akten zu kommen, und es doch nicht tue; vielleicht war es sogar möglich, daß endgültig unbehobene Akten später unter die anderen Herren verteilt würden, welche schon jetzt durch häufiges Nachschauen sich überzeugen wollten, ob die Akten noch immer auf der Schwelle lägen und ob also noch immer für sie Hoffnung vorhanden sei. Übrigens waren diese liegengebliebenen Akten meistens besonders große Bündel; und K. nahm an, daß sie aus einer gewissen Prahlerei oder Bosheit oder auch aus berechtigtem, die Kollegen aufmunterndem Stolz vorläufig liegengelassen worden waren. In dieser Annahme bestärkte ihn, daß manchmal, immer wenn er gerade nicht hinsah, der Sack, nachdem er lange genug zur Schau gestellt gewesen war, plötzlich und eiligst ins Zimmer hineingezogen wurde und die Tür dann wieder unbeweglich wie früher blieb, auch die Türen in der Umgebung beruhigten sich dann, enttäuscht oder auch zufrieden damit, daß dieser Gegenstand fortwährender Reizung endlich beseitigt war, doch kamen sie dann allmählich wieder in Bewegung.

K. betrachtete das alles nicht nur mit Neugier, sondern auch mit Teilnahme. Er fühlte sich fast wohl inmitten des Getriebes, sah hierhin und dorthin und folgte — wenn auch in entsprechender Entfernung — den Dienern, die sich freilich schon öfters mit strengem Blick, gesenktem Kopf, aufgeworfenen Lippen nach ihm umgewandt hatten, und sah ihrer Verteilungsarbeit zu. Sie ging, je weiter sie fortschritt, immer weniger glatt vonstatten, entweder stimmte das Verzeichnis nicht ganz oder waren die Akten für den Diener nicht immer gut unterscheidbar oder erhoben die Herren aus anderen Gründen Einwände; jedenfalls kam es vor, daß manche Verteilungen rückgängig gemacht werden mußten, dann fuhr das Wägelchen zurück, und es wurde durch den Türspalt wegen Rückgabe von Akten verhandelt. Die Verhandlungen machten schon an sich große Schwierigkeiten, es kam aber häufig genug vor, daß, wenn es sich um die Rückgabe handelte, gerade Türen, die früher in der lebhaftesten Bewegung gewesen waren, jetzt unerbittlich geschlossen blieben, wie wenn sie von der Sache gar nichts mehr wissen wollten. Dann begannen erst die eigentlichen Schwierigkeiten. Derjenige, welcher Anspruch auf die Akten zu haben glaubte, war äußerst ungeduldig, machte in seinem Zimmer großen Lärm, klatschte in die Hände, stampfte mit den Füßen, rief durch den Türspalt immer wieder eine bestimmte Aktennummer in den Gang hinaus. Dann blieb das Wägelchen oft ganz verlassen. Der eine Diener war damit beschäftigt, den Ungeduldigen zu besänftigen, der andere kämpfte vor der geschlossenen Tür um die Rückgabe. Beide hatten es schwer. Der Ungeduldige wurde durch die Besänftigungsversuche oft noch ungeduldiger, er konnte die leeren Worte des Dieners gar nicht mehr anhören, er wollte nicht Trost, er wollte Akten; ein solcher Herr goß einmal oben durch den Spalt ein ganzes Waschbecken auf den Diener aus. Der andere Diener, offenbar der im Rang höhere, hatte es aber noch viel schwerer. Ließ sich der betreffende Herr auf Verhandlungen überhaupt ein, gab es sachliche Besprechungen, bei welchen sich der Diener auf sein Verzeichnis, der Herr auf seine Vormerkungen und gerade auf die Akten berief, die er zurückgeben sollte, die er aber vorläufig fest in der Hand hielt, so daß kaum ein Eckchen von ihnen für die begehrlichen Augen des Dieners sichtbar blieb. Auch mußte dann der Diener wegen neuer Beweise zu dem Wägelchen zurücklaufen, das auf dem ein wenig sich senkenden Gang immer von selbst ein Stück weitergerollt war, oder er mußte zu dem die Akten beanspruchenden Herrn gehen und dort die Einwände des bisherigen Besitzers für neue Gegeneinwände austauschen. Solche Verhandlungen dauerten sehr lange, bisweilen einigte man sich, der Herr gab etwa einen Teil der Akten heraus oder bekam als Entschädigung andere Akten, da nur eine Verwechslung vorgelegen hatte; es kam aber auch vor, daß jemand auf alle verlangten Akten ohne weiteres verzichten mußte, sei es, daß er durch die Beweise des Dieners in die Enge getrieben war, sei es, daß er des fortwährenden Handelns müde war, dann aber gab er die Akten nicht dem Diener, sondern warf sie mit plötzlichem Entschluß weit in den Gang hinaus, daß sich die Bindfäden lösten und die Blätter flogen und die Diener viel Mühe hatten, alles wieder in Ordnung zu bringen. Aber alles war noch verhältnismäßig einfacher, als wenn der Diener auf seine Bitten um Rückgabe überhaupt keine Antwort bekam, dann stand er vor der verschlossenen Tür, bat, beschwor, zitierte sein Verzeichnis, berief sich auf Vorschriften, alles vergeblich, aus dem Zimmer kam kein Laut und, ohne Erlaubnis einzutreten, hatte der Diener offenbar kein Recht. Dann verließ auch diesen vorzüglichen Diener manchmal die Selbstbeherrschung, er ging zu seinem Wägelchen, setzte sich auf die Akten, wischte sich den Schweiß von der Stirn und unternahm ein Weilchen lang gar nichts, als hilflos mit den Füßen zu schlenkern. Das Interesse an der Sache war ringsherum sehr groß, überall wisperte es, kaum eine Tür war ruhig, und oben an der Wandbrüstung verfolgten merkwürdigerweise mit Tüchern fast gänzlich vermummte Gesichter, die überdies kein Weilchen lang ruhig an ihrer Stelle blieben, alle Vorgänge. Inmitten dieser Unruhe war es K. auffällig, daß Bürgels Tür die ganze Zeit über geschlossen blieb und daß die Diener diesen Teil des Ganges schon passiert hatten, Bürgel aber keine Akten zugeteilt worden waren.

Vielleicht schlief er noch, was allerdings in diesem Lärm einen sehr gesunden Schlaf bedeutet hätte, warum aber hatte er keine Akten bekommen? Nur sehr wenige Zimmer, und überdies wahrscheinlich unbewohnte, waren in dieser Weise übergangen worden. Dagegen war in dem Zimmer Erlangers schon ein neuer und besonders unruhiger Gast, Erlanger mußte von ihm in der Nacht förmlich ausgetrieben worden sein, das paßte wenig zu Erlangers kühlem, weitläufigem Wesen, aber daß er K. an der Türschwelle hatte erwarten müssen, deutete doch darauf hin.

Von allen abseitigen Beobachtungen kehrte dann K. immer bald wieder zu dem Diener zurück; für diesen Diener traf das wahrlich nicht zu, was man K. sonst von den Dienern im allgemeinen, von ihrer Untätigkeit, ihrem bequemen Leben, ihrem Hochmut erzählt hatte, es gab wohl auch Ausnahmen unter den Dienern oder, was wahrscheinlicher war, verschiedene Gruppen unter ihnen, denn hier waren, wie K. merkte, viele Abgrenzungen, von denen er bisher kaum eine Andeutung zu sehen bekommen hatte. Besonders die Unnachgiebigkeit dieses Dieners gefiel ihm sehr. Im Kampf mit diesen kleinen, hartnäckigen Zimmern — K. schien es oft ein Kampf mit den Zimmern, da er die Bewohner kaum zu sehen bekam — ließ der Diener nicht nach. Er ermattete zwar — wer wäre nicht ermattet? –, aber bald hatte er sich wieder erholt, glitt vom Wägelchen herunter und ging aufrecht mit zusammengebissenen Zähnen wieder gegen die zu erobernde Tür los. Und es geschah, daß er zweimal und dreimal zurückgeschlagen wurde, auf sehr einfache Weise allerdings, nur durch das verteufelte Schweigen, und dennoch gar nicht besiegt war. Da er sah, daß er durch offenen Angriff nichts erreichen konnte, versuchte er es auf andere Weise, zum Beispiel, soweit es K. richtig verstand, durch List. Er ließ dann scheinbar von der Tür ab, ließ sie gewissermaßen ihre Schweigsamkeit erschöpfen, wandte sich anderen Türen zu, nach einer Weile kehrte er wieder zurück, rief den anderen Diener, alles auffallend und laut, und begann auf der Schwelle der verschlossenen Tür Akten aufzuhäufen, so, als habe er seine Meinung geändert, und dem Herrn sei rechtmäßigerweise nichts wegzunehmen, sondern vielmehr zuzuteilen. Dann ging er weiter, behielt aber die Tür immer im Auge, und wenn dann der Herr, wie es gewöhnlich geschah, bald vorsichtig die Tür öffnete, um die Akten zu sich hineinzuziehen, war der Diener mit ein paar Sprüngen dort, schob den Fuß zwischen Tür und Pfosten und zwang so den Herrn, wenigstens von Angesicht zu Angesicht mit ihm zu verhandeln, was dann gewöhnlich doch zu einem halbwegs befriedigenden Ergebnis führte. Und gelang es nicht so oder schien ihm bei einer Tür dies nicht die richtige Art, versuchte er es anders. Er verlegte sich dann zum Beispiel auf den Herrn, welcher die Akten beanspruchte. Dann schob er den anderen, immer nur mechanisch arbeitenden Diener, eine recht wertlose Hilfskraft, beiseite und begann selbst auf den Herrn einzureden, flüsternd, heimlich, den Kopf tief ins Zimmer steckend, wahrscheinlich machte er ihm Versprechungen und sicherte ihm auch für die nächste Verteilung eine entsprechende Bestrafung des anderen Herrn zu, wenigstens zeigte er öfters nach der Tür des Gegners und lachte, soweit es seine Müdigkeit erlaubte. Dann aber gab es Fälle, ein oder zwei, wo er freilich alle Versuche aufgab, aber auch hier glaubte K., daß es nur ein scheinbares Aufgeben oder zumindest ein Aufgeben aus berechtigten Gründen sei, denn ruhig ging er weiter, duldete, ohne sich umzusehen, den Lärm des benachteiligten Herrn, nur ein zeitweises, länger dauerndes Schließen der Augen zeigte, daß er unter dem Lärm litt. Doch beruhigte sich dann auch allmählich der Herr, wie ununterbrochenes Kinderweinen allmählich in immer vereinzelteres Schluchzen übergeht, war es auch mit seinem Geschrei; aber auch, nachdem es schon ganz still geworden war, gab es doch wieder noch manchmal einen vereinzelten Schrei oder ein flüchtiges Öffnen und Zuschlagen jener Tür. Jedenfalls zeigte es sich, daß auch hier der Diener wahrscheinlich völlig richtig vorgegangen war. Nur ein Herr blieb schließlich, der sich nicht beruhigen wollte, lange schwieg er, aber nur, um sich zu erholen, dann fuhr er wieder los, nicht schwächer als früher. Es war nicht ganz klar, warum er so schrie und klagte, vielleicht war es gar nicht wegen der Aktenverteilung. Inzwischen hatte der Diener seine Arbeit beendigt; nur ein einziger Akt, eigentlich nur ein Papierchen, ein Zettel von einem Notizblock, war durch Verschulden der Hilfskraft im Wägelchen zurückgeblieben, und nun wußte man nicht, wem ihn zuzuteilen. Das könnte recht gut mein Akt sein, ging es K. durch den Kopf. Der Gemeindevorsteher hatte ja immer von diesem allerkleinsten Fall gesprochen. Und K. suchte, so willkürlich und lächerlich er selbst im Grunde seine Annahme fand, sich dem Diener, der den Zettel nachdenklich durchsah, zu nähern; das war nicht ganz leicht, denn der Diener vergalt K.s Zuneigung schlecht, auch inmitten der härtesten Arbeit hatte er immer noch Zeit gefunden, um böse oder ungeduldig mit nervösem Kopfrücken nach K. hinzusehen. Erst jetzt, nach beendigter Verteilung, schien er K. ein wenig vergessen zu haben, wie er auch sonst gleichgültiger geworden war, seine große Erschöpfung machte das begreiflich, auch mit dem Zettel gab er sich nicht viel Mühe, er las ihn vielleicht gar nicht durch, er tat nur so, und obwohl er hier auf dem Gang wahrscheinlich jedem Zimmerherrn mit der Zuteilung des Zettels eine Freude gemacht hätte, entschloß er sich anders, er war des Verteilens schon satt, mit dem Zeigefinger an den Lippen, gab er seinem Begleiter ein Zeichen zu schweigen, zerriß — K. war noch lange nicht bei ihm — den Zettel in kleine Stücke und steckte sie in die Tasche. Es war wohl die erste Unregelmäßigkeit, die K. hier im Bürobetriebe gesehen hatte, allerdings war es möglich, daß er auch sie unrichtig verstand. Und selbst wenn es eine Unregelmäßigkeit war, war sie zu verzeihen; bei den Verhältnissen, die hier herrschten, konnte der Diener nicht fehlerlos arbeiten, einmal mußte der angesammelte Ärger, die angesammelte Unruhe ausbrechen, und äußerte sie sich nur im Zerreißen eines kleinen Zettels, war es noch unschuldig genug. Noch immer gellte ja die Stimme des durch nichts zu beruhigenden Herrn durch den Gang, und die Kollegen, die in anderer Hinsicht sich nicht sehr freundschaftlich zueinander verhielten, schienen hinsichtlich des Lärms völlig einer Meinung zu sein; es war allmählich, als habe der Herr die Aufgabe übernommen, Lärm für alle zu machen, die ihn nur durch Zurufe und Kopfnicken aufmunterten, bei der Sache zu bleiben. Aber nun kümmerte sich der Diener gar nicht mehr darum, er war mit seiner Arbeit fertig, zeigte auf den Handgriff des Wägelchens, daß ihn der andere Diener fasse, und so zogen sie wieder weg, wie sie gekommen waren, nur zufriedener und so schnell, daß das Wägelchen vor ihnen hüpfte. Nur einmal zuckten sie noch zusammen und blickten zurück, als der immerfort schreiende Herr, vor dessen Tür sich jetzt K. umhertrieb, weil er gern verstanden hätte, was der Herr eigentlich wollte, mit dem Schreien offenbar nicht mehr das Auskommen fand, wahrscheinlich den Knopf einer elektrischen Glocke entdeckt hatte und, wohl entzückt darüber, so entlastet zu sein, statt des Schreiens jetzt ununterbrochen zu läuten anfing. Daraufhin begann ein großes Gemurmel in den anderen Zimmern, es schien Zustimmung zu bedeuten, der Herr schien etwas zu tun, was alle gern schon längst getan hätten und nur aus unbekanntem Grunde hatten unterlassen müssen. War es vielleicht die Bedienung, vielleicht Frieda, die der Herr herbeiläuten wollte? Da mochte er lange läuten. Frieda war ja damit beschäftigt, Jeremias in nasse Tücher zu wickeln, und selbst, wenn er schon gesund sein sollte, hatte sie keine Zeit, denn dann lag sie in seinen Armen. Aber das Läuten hatte doch sofort eine Wirkung. Schon eilte aus der Ferne der Herrenhofwirt selbst herbei, schwarz gekleidet und zugeknöpft wie immer; aber es war, als vergesse er seine Würde, so lief er; die Arme hatte er halb ausgebreitet, so, als sei er wegen eines großen Unglücks gerufen und komme, um es zu fassen und an seiner Brust gleich zu ersticken, und unter jeder kleinen Unregelmäßigkeit des Läutens schien er kurz hochzuspringen und sich noch mehr zu beeilen. Ein großes Stück hinter ihm erschien nun auch noch seine Frau, auch sie lief mit ausgebreiteten Armen, aber ihre Schritte waren kurz und geziert, und K. dachte, sie werde zu spät kommen, der Wirt werde inzwischen alles Nötige getan haben. Und um dem Wirt für seinen Lauf Platz zu machen, stellte sich K. eng an die Wand. Aber der Wirt blieb gerade bei K. stehen, als sei dieser sein Ziel, und gleich war auch die Wirtin da, und beide überhäuften ihn mit Vorwürfen, die er in der Eile und Überraschung nicht verstand, besonders, da sich auch die Glocke des Herrn einmischte und sogar andere Glocken zu arbeiten begannen, jetzt nicht mehr aus Not, sondern nur zum Spiel und im Überfluß der Freude. K. war, weil ihm viel daran lag, seine Schuld genau zu verstehen, sehr damit einverstanden, daß ihn der Wirt unter den Arm nahm und mit ihm aus diesem Lärm fortging, der sich immerfort noch steigerte, denn hinter ihnen — K. drehte sich gar nicht um, weil der Wirt und noch mehr, von der anderen Seite her, die Wirtin auf ihn einredeten — öffneten sich nun die Türen ganz, der Gang belebte sich, ein Verkehr schien sich dort zu entwickeln, wie in einem lebhaften, engen Gäßchen, die Türen vor ihnen warteten offenbar ungeduldig darauf, daß K. endlich vorüberkomme, damit sie die Herren entlassen könnten, und in das alles hinein läuteten, immer wieder angeschlagen, die Glocken, wie um einen Sieg zu feiern. Nun endlich — sie waren schon wieder in dem stillen, weißen Hof, wo einige Schlitten warteten — erfuhr K. allmählich, worum es sich handelte. Weder der Wirt noch die Wirtin konnten begreifen, daß K. etwas Derartiges zu tun hatte wagen können. „Aber was hatte er denn getan?“ Immer wieder fragte es K., konnte es aber lange nicht erfragen, weil die Schuld den beiden allzu selbstverständlich war und sie daher an seinen guten Glauben nicht im entferntesten dachten. Nur sehr langsam erkannte K. alles. Er war zu Unrecht in dem Gang gewesen, ihm war im allgemeinen höchstens, und dies nur gnadenweise und gegen Widerruf, der Ausschank zugänglich. War er von einem Herrn vorgeladen, mußte er natürlich am Ort der Vorladung erscheinen, sich aber immer dessen bewußt bleiben — er hatte doch wohl wenigstens den üblichen Menschenverstand? –, daß er irgendwo war, wo er eigentlich nicht hingehörte, wohin ihn nur ein Herr, höchst widerwillig, nur, weil es eine amtliche Angelegenheit verlangte und entschuldigte, gerufen hatte. Er hatte daher schnell zu erscheinen, sich dem Verhör zu unterziehen, dann aber womöglich noch schneller zu verschwinden. Hatte er denn dort auf dem Gang gar nicht das Gefühl der schweren Ungehörigkeit gehabt? Aber wenn er es gehabt hätte, wie hätte er sich dort herumtreiben können wie ein Tier auf der Weide? Sei er nicht zu einem Nachtverhör vorgeladen gewesen, und wisse er nicht, warum die Nachtverhöre eingeführt sind? Die Nachtverhöre — und hier bekam K. eine neue Erklärung ihres Sinnes — hätten doch nur den Zweck, Parteien, deren Anblick den Herren bei Tag unerträglich wäre, abzuhören, schnell, in der Nacht, bei künstlichem Licht, mit der Möglichkeit, gleich nach dem Verhör alle Häßlichkeit im Schlaf zu vergessen. Das Benehmen K.s aber habe aller Vorsichtsmaßregeln gespottet. Selbst Gespenster verschwinden gegen Morgen, aber K. sei dort geblieben, die Hände in den Taschen, so, als erwarte er, daß, da er sich nicht entfernte, der ganze Gang mit allen Zimmern und Herren sich entfernen werde. Und dies wäre auch — dessen könne er auch sicher sein — ganz gewiß geschehen, wenn es nur irgendwie möglich wäre, denn das Zartgefühl der Herren sei grenzenlos. Keiner werde K. etwa forttreiben oder auch nur das allerdings Selbstverständliche sagen, daß er endlich fortgehen solle; keiner werde das tun, obwohl sie während K.s Anwesenheit vor Aufregung wahrscheinlich zittern und der Morgen, ihre liebste Zeit, ihnen vergällt wird. Statt gegen K. vorzugehen, ziehen sie es vor, zu leiden, wobei allerdings wohl die Hoffnung mitspielt, daß K. doch endlich das in die Augen Schlagende auch werde allmählich erkennen müssen und, entsprechend dem Leid der Herren, selbst auch darunter bis zur Unerträglichkeit werde leiden müssen, so entsetzlich unpassend, allen sichtbar, hier auf dem Gang am Morgen zu stehen. Vergebliche Hoffnung. Sie wissen nicht oder wollen es in ihrer Freundlichkeit und Herablassung nicht wissen, daß es auch unempfindliche, harte, durch keine Ehrfurcht zu erweichende Herzen gibt. Sucht nicht selbst die Nachtmotte, das arme Tier, wenn der Tag kommt, einen stillen Winkel auf, macht sich platt, möchte am liebsten verschwinden und ist unglücklich darüber, daß sie es nicht kann? K. dagegen stellt sich dorthin, wo er am sichtbarsten ist, und könnte er dadurch das Heraufkommen des Tages verhindern, würde er es tun. Er kann es nicht verhindern, aber verzögern, erschweren kann er es leider. Hat er nicht die Verteilung der Akten mit angesehen? Etwas, was niemand mit ansehen dürfe, außer die nächsten Beteiligten. Etwas, was weder Wirt noch Wirtin in ihrem eigenen Hause haben sehen dürfen. Wovon sie nur andeutungsweise haben erzählen hören, wie zum Beispiel heute von den Dienern. Habe er denn nicht bemerkt, unter welchen Schwierigkeiten die Aktenverteilung vor sich gegangen sei, etwas an sich Unbegreifliches, da doch jeder der Herren nur der Sache dient, niemals an seinen Einzelvorteil denkt und daher mit allen Kräften darauf hinarbeiten müßte, daß die Aktenverteilung, diese wichtige, grundlegende Arbeit, schnell und leicht und fehlerlos erfolge? Und sei denn K. wirklich auch nicht von der Ferne die Ahnung aufgetaucht, daß die Hauptursache aller Schwierigkeiten die sei, daß die Verteilung bei fast geschlossenen Türen durchgeführt werden müsse, ohne die Möglichkeit unmittelbaren Verkehrs zwischen den Herren, die sich miteinander natürlich im Nu verständigen könnten, während die Vermittlung durch die Diener fast stundenlang dauern müsse, niemals klaglos geschehen kann, eine dauernde Qual für Herren und Diener ist und wahrscheinlich noch bei der späteren Arbeit schädliche Folgen haben wird. Und warum konnten die Herren nicht miteinander verkehren? Ja, verstehe es denn K. noch immer nicht? Etwas Ähnliches sei der Wirtin — und der Wirt bestätigte es auch für seine Person — noch nicht vorgekommen, und sie hätten doch schon mit mancherlei widerspenstigen Leuten zu tun gehabt. Dinge, die man sonst nicht auszusprechen wage, müsse man ihm offen sagen, denn sonst verstehe er das Allernotwendigste nicht. Nun also, da es gesagt werden müsse: Seinetwegen, nur und ausschließlich seinetwegen, haben die Herren aus ihren Zimmern nicht hervorkommen können, da sie am Morgen, kurz nach dem Schlaf, zu schamhaft, zu verletzlich sind, um sich fremden Blicken aussetzen zu können; sie fühlen sich förmlich, mögen sie auch noch so vollständig angezogen sein, zu sehr entblößt, um sich zu zeigen. Es ist ja schwer zu sagen, weshalb sie sich schämen, vielleicht schämen sie sich, diese ewigen Arbeiter, nur deshalb, weil sie geschlafen haben. Aber vielleicht noch mehr, als sich zu zeigen, schämen sie sich, fremde Leute zu sehen; was sie glücklich mit Hilfe der Nachtverhöre überwunden haben, den Anblick der ihnen so schwer erträglichen Parteien, wollen sie nicht jetzt am Morgen plötzlich unvermittelt in aller Naturwahrheit von neuem auf sich eindringen lassen. Dem sind sie eben nicht gewachsen. Was für ein Mensch muß das sein, der das nicht respektiert! Nun, es muß ein Mensch wie K. sein. Einer, der sich über alles, über das Gesetz sowie über die allergewöhnlichste menschliche Rücksichtnahme, mit dieser stumpfen Gleichgültigkeit und Verschlafenheit hinwegsetzt, dem nichts daran liegt, daß er die Aktenverteilung fast unmöglich macht und den Ruf des Hauses schädigt, und der das noch nie Geschehene zustande bringt, daß sich die zur Verzweiflung gebrachten Herren selbst zu wehren anfangen, nach einer für gewöhnliche Menschen unausdenkbaren Selbstüberwindung zur Glocke greifen und Hilfe herbeirufen, um den auf andere Weise nicht zu erschütternden K. zu vertreiben! Sie, die Herren, rufen um Hilfe! Wären denn nicht längst Wirt und Wirtin und ihr ganzes Personal herbeigelaufen, wenn sie es nur gewagt hätten, ungerufen, am Morgen, vor den Herren zu erscheinen, sei es auch nur, um Hilfe zu bringen und dann gleich zu verschwinden. Zitternd vor Empörung über K., trostlos wegen ihrer Ohnmacht, hätten sie hier am Beginn des Ganges gewartet, und das eigentlich nie erwartete Läuten sei für sie eine Erlösung gewesen. Nun, das Schlimmste sei vorüber! Könnten sie doch nur einen Blick hineintun in das fröhliche Treiben der endlich von K. befreiten Herren! Für K. sei es freilich nicht vorüber; er werde sich für das, was er hier angerichtet habe, gewiß zu verantworten haben.

Sie waren inzwischen bis in den Ausschank gekommen; warum der Wirt trotz all seinem Zorn K. doch noch hierher geführt hatte, war nicht ganz klar, vielleicht hatte er doch erkannt, daß K.s Müdigkeit es ihm zunächst unmöglich machte, das Haus zu verlassen. Ohne eine Aufforderung, sich zu setzen, abzuwarten, sank K. gleich auf einem der Fässer förmlich zusammen. Dort im Finstern war ihm wohl. In dem großen Raum brannte jetzt nur eine schwache elektrische Lampe über den Bierhähnen. Auch draußen war noch tiefe Finsternis, es schien Schneetreiben zu sein. War man hier in der Wärme, mußte man dankbar sein und Vorsorgetreffen, daß man nicht vertrieben werde. Der Wirt und die Wirtin standen noch immer vor ihm, als bedeute er immerhin noch eine gewisse Gefahr, als sei es bei seiner völligen Unzuverlässigkeit gar nicht ausgeschlossen, daß er sich plötzlich aufmache und versuche, wieder in den Gang einzudringen. Auch waren sie selbst müde von dem nächtlichen Schrecken und dem vorzeitigen Aufstehen, besonders die Wirtin, die ein seidenartig knisterndes, breiträckiges, braunes, ein wenig unordentlich geknöpftes und gebundenes Kleid anhatte — wo hatte sie es in der Eile hervorgeholt? –, den Kopf wie geknickt an die Schulter ihres Mannes gelehnt hielt, mit einem feinen Tüchelchen die Augen betupfte und dazwischen kindlich böse Blicke auf K. richtete. Um das Ehepaar zu beruhigen, sagte K., daß alles, was sie ihm jetzt erzählt hätten, ihm völlig neu sei, daß er aber trotz der Unkenntnis dessen doch nicht so lange im Gang geblieben wäre, wo er wirklich nichts zu tun hatte und gewiß niemanden hätte quälen wollen, sondern das alles nur aus übergroßer Müdigkeit geschehen sei. Er danke ihnen dafür, daß sie der peinlichen Szene ein Ende gemacht hätten, sollte er zur Verantwortung gezogen werden, werde ihm das sehr willkommen sein, denn nur so könne er eine allgemeine Mißdeutung seines Benehmens verhindern. Nur die Müdigkeit und nichts anderes sei daran schuld gewesen. Diese Müdigkeit aber stamme daher, daß er die Anstrengung der Verhöre noch nicht gewöhnt sei. Er sei ja noch nicht lange hier. Werde er darin einige Erfahrung haben, werde etwas Ähnliches nicht wieder vorkommen können. Vielleicht nehme er die Verhöre zu ernst, aber das sei doch wohl an sich kein Nachteil. Er habe zwei Verhöre, kurz nacheinander, durchzumachen gehabt, eines bei Bürgel und das zweite bei Erlanger, besonders das erste habe ihn sehr erschöpft, das zweite allerdings habe nicht lange gedauert, Erlanger habe ihn nur um eine Gefälligkeit gebeten, aber beide zusammen seien mehr, als er auf einmal ertragen könne, vielleicht wäre etwas Derartiges auch für einen anderen, etwa den Herrn Wirt, zuviel. Aus dem zweiten Verhör sei er eigentlich nur schon fortgetaumelt. Es sei fast eine Art Trunkenheit gewesen; er habe ja die zwei Herren zum erstenmal gesehen und gehört und ihnen doch auch antworten müssen. Alles sei, soviel er wisse, recht gut ausgefallen, dann aber sei jenes Unglück geschehen, das man ihm aber nach dem Vorhergegangenen wohl kaum zur Schuld anrechnen könne. Leider hätten nur Erlanger und Bürgel seinen Zustand erkannt, und sicher hätten sie sich seiner angenommen und alles weitere verhütet, aber Erlanger habe nach dem Verhör gleich weggehen müssen, offenbar um ins Schloß zu fahren, und Bürgel sei, wahrscheinlich eben von jenem Verhör ermüdet — wie hätte es also K. ungeschwächt überdauern sollen? –, eingeschlafen und habe sogar die ganze Aktenverteilung verschlafen. Hätte K. eine ähnliche Möglichkeit gehabt, er hätte sie mit Freuden benützt und gern auf alle verbotenen Einblicke verzichtet, dies um so leichter, als er ja in Wirklichkeit gar nichts zu sehen imstande gewesen sei und deshalb auch die empfindlichsten Herren sich ungescheut vor ihm hätten zeigen können.

Die Erwähnung der beiden Verhöre — gar jenes mit Erlanger — und der Respekt, mit welchem K. von den Herren sprach, stimmten ihm den Wirt günstig. Er schien schon K.s Bitte, ein Brett auf die Fässer legen und dort wenigstens bis zur Morgendämmerung schlafen zu dürfen, erfüllen zu wollen, die Wirtin war aber deutlich dagegen, an ihrem Kleid, dessen Unordnung ihr erst jetzt zu Bewußtsein gekommen war, hier und dort nutzlos rückend, schüttelte sie immer wieder den Kopf; ein offenbar alter Streit, die Reinlichkeit des Hauses betreffend, war wieder daran, auszubrechen. Für K. in seiner Müdigkeit nahm das Gespräch des Ehepaares übergroße Bedeutung an. Von hier wieder weggetrieben zu werden schien ihm ein alles bisher Erlebte übersteigendes Unglück zu sein. Das durfte nicht geschehen, selbst wenn Wirt und Wirtin sich gegen ihn einigen sollten. Lauernd sah er, zusammengekrümmt auf dem Faß, die beiden an, bis die Wirtin in ihrer ungewöhnlichen Empfindlichkeit, die K. längst aufgefallen war, plötzlich beiseite trat und — wahrscheinlich hatte sie mit dem Wirt schon von anderen Dingen gesprochen — ausrief: „Wie er mich ansieht! Schick ihn doch endlich fort!“ K. aber, die Gelegenheit ergreifend, und nun völlig, fast bis zur Gleichgültigkeit davon überzeugt, daß er bleiben werde, sagte: „Ich sehe nicht dich an, nur dein Kleid.“

„Warum mein Kleid?“, fragte die Wirtin erregt. K. zuckte die Achseln. „Komm!“, sagte die Wirtin zum Wirt. „Er ist ja betrunken, der Lümmel. Laß ihn hier seinen Rausch ausschlafen!“ Und sie befahl noch Pepi, die auf ihren Ruf hin aus dem Dunkel auftauchte, zerrauft, müde, einen Besen lässig in der Hand, K. irgendein Kissen hinzuwerfen.

Das zwanzigste Kapitel

Als K. erwachte, glaubte er zuerst, kaum geschlafen zu haben; das Zimmer war unverändert leer und warm, alle Wände in Finsternis, die eine Glühlampe über den Bierhähnen erloschen, auch vor den Fenstern Nacht. Aber als er sich streckte, das Kissen hinunterfiel und Bett und Fässer knarrten, kam gleich Pepi, und nun erfuhr er, daß es schon Abend war und er weit über zwölf Stunden geschlafen hatte. Die Wirtin hatte einige Male während des Tages nach ihm gefragt, auch Gerstäcker, der am Morgen, als K. mit der Wirtin gesprochen hatte, hier im Dunkel beim Bier gewartet, aber dann K. nicht mehr zu stören gewagt hatte, war inzwischen einmal hier gewesen, um nach K. zu sehen, und schließlich war angeblich auch Frieda gekommen und war einen Augenblick bei K. gestanden, doch war sie kaum K.s wegen gekommen, sondern weil sie verschiedenes hier vorzubereiten hatte, denn am Abend sollte sie ja wieder ihren alten Dienst antreten. „Sie mag dich wohl nicht mehr?“, fragte Pepi, während sie Kaffee und Kuchen brachte. Aber sie fragte es nicht mehr boshaft nach ihrer früheren Art, sondern traurig, als habe sie inzwischen die Bosheit der Welt kennengelernt, gegenüber der alle eigene Bosheit versagt und sinnlos wird; wie zu einem Leidensgenossen sprach sie zu K., und als er den Kaffee kostete und sie zu sehen glaubte, daß er ihn nicht genug süß finde, lief sie und brachte ihm die volle Zuckerdose. Ihre Traurigkeit hatte sie freilich nicht gehindert, sich heute vielleicht noch mehr zu schmücken als das letzte mal; an Maschen und an Bändern, die durch das Haar geflochten waren, hatte sie eine Fülle, die Stirn entlang und an den Schläfen waren die Haare sorgfältig gebrannt, und um den Hals hatte sie ein Kettchen, das in den tiefen Ausschnitt der Bluse hinabhing. Als K. in der Zufriedenheit, endlich einmal ausgeschlafen zu sein und einen guten Kaffee trinken zu dürfen, heimlich nach einer Masche langte und sie zu öffnen versuchte, sagte Pepi müde: „Laß mich doch“, und setzte sich neben ihn auf ein Faß. Und K. mußte sie gar nicht nach ihrem Leid fragen, sie begann selbst gleich zu erzählen, den Blick starr in K.s Kaffeetopf gerichtet, als brauche sie eine Ablenkung, selbst während sie erzählte, als könne sie, selbst wenn sie sich mit ihrem Leid beschäftigte, sich ihm nicht ganz hingeben, denn das ginge über ihre Kräfte. Zunächst erfuhr K., daß eigentlich er an Pepis Unglück schuld sei, daß sie es ihm aber nicht nachtrage. Und sie nickte eifrig während der Erzählung, um keinen Widerspruch K.s aufkommen zu lassen. Zuerst habe er Frieda aus dem Ausschank fortgenommen und dadurch Pepis Aufstieg ermöglicht. Es ist sonst nichts anderes ausdenkbar, was Frieda hätte bewegen können, ihren Posten aufzugeben, sie saß dort im Ausschank wie die Spinne im Netz, hatte überall ihre Fäden, die nur sie kannte; sie gegen ihren Willen auszuheben, wäre ganz unmöglich gewesen, nur Liebe zu einem Niedrigen, also etwas,

was sich mit ihrer Stellung nicht vertrug, konnte sie von ihrem Platze treiben. Und Pepi? Hatte sie denn jemals daran gedacht, die Stelle für sich zu gewinnen? Sie war Zimmermädchen, hatte eine unbedeutende, wenig aussichtsreiche Stelle, Träume von großer Zukunft hatte sie wie jedes Mädchen, Träume kann man sich nicht verbieten, aber ernstlich dachte sie nicht an ein Weiterkommen, sie hatte sich mit dem Erreichten abgefunden. Und nun verschwand Frieda plötzlich aus dem Ausschank, es war so plötzlich gekommen, daß der Wirt nicht gleich einen passenden Ersatz zur Hand hatte, er suchte und sein Blick fiel auf Pepi, die sich freilich entsprechend vorgedrängt hatte. In jener Zeit liebte sie K., wie sie noch nie jemanden geliebt hatte; sie war monatelang unten in ihrer winzigen, dunklen Kammer gesessen und war vorbereitet, dort Jahre und, ungünstigstenfalls, ihr ganzes Leben unbeachtet zu verbringen, und nun war plötzlich K. erschienen, ein Held, ein Mädchenbefreier, und hatte ihr den Weg nach oben frei gemacht. Er wußte allerdings nichts von ihr, hatte es nicht ihretwegen getan, aber das verschlug ihrer Dankbarkeit nichts, in der Nacht, die ihrer Anstellung vorherging — die Anstellung war noch unsicher, aber doch schon sehr wahrscheinlich –, verbrachte sie Stunden damit, mit ihm zu sprechen, ihm ihren Dank ins Ohr zu flüstern. Und es erhöhte noch seine Tat in ihren Augen, daß es gerade Frieda war, deren Last er auf sich genommen hatte; etwas unbegreiflich Selbstloses lag darin, daß er, um Pepi hervorzuholen, Frieda zu seiner Geliebten machte, Frieda, ein unhübsches, ältliches, mageres Mädchen mit kurzem, schütterem Haar, überdies ein hinterhältiges Mädchen, das immer irgendwelche Geheimnisse hat, was ja wohl mit ihrem Aussehen zusammenhängt; ist am Gesicht und Körper die Jämmerlichkeit zweifellos, muß sie doch wenigstens andere Geheimnisse haben, die niemand nachprüfen kann, etwa ihr angebliches Verhältnis zu Klamm. Und selbst solche Gedanken waren Pepi damals gekommen: Ist es möglich, daß K. wirklich Frieda liebt, täuscht er sich nicht oder täuscht er vielleicht gar nur Frieda, und wird vielleicht das einzige Ergebnis alles dessen doch nur Pepis Aufstieg sein, und wird dann K. den Irrtum merken oder ihn nicht mehr verbergen wollen und nicht mehr Frieda, sondern nur Pepi sehen, was gar keine irrsinnige Einbildung Pepis sein mußte, denn mit Frieda konnte sie es als Mädchen gegen Mädchen sehr wohl aufnehmen, was niemand leugnen wird, und es war doch auch vor allem Friedas Stellung gewesen und der Glanz, den Frieda ihr zu geben verstanden hatte, von welchem K. im Augenblick geblendet worden war. Und da hatte nun Pepi davon geträumt, K. werde, wenn sie die Stellung habe, bittend zu ihr kommen, und sie werde nun die Wahl haben, entweder K. zu erhören und die Stelle zu verlieren oder ihn abzuweisen und weiter zu steigen. Und sie hatte sich zurechtgelegt, sie werde auf alles verzichten und sich zu ihm hinabwenden und ihn wahre Liebe lehren, die er bei Frieda nie erfahren könnte und die unabhängig ist von allen Ehrenstellungen der Welt. Aber dann ist es anders gekommen. Und was war daran schuld? K. vor allem und dann freilich Friedas Durchtriebenheit. K. vor allem; denn was will er, was ist er für ein sonderbarer Mensch? Wonach strebt er, was sind das für wichtige Dinge, die ihn beschäftigen und die ihn das Allernächste, das Allerbeste, das Allerschönste vergessen lassen? Pepi ist das Opfer, und alles ist dumm, und alles ist verloren; und wer die Kraft hätte, den ganzen Herrenhof anzuzünden und zu verbrennen, aber vollständig, daß keine Spur zurückbleibt, verbrennen wie ein Papier im Ofen, der wäre heute Pepis Auserwählter. Ja, Pepi kam also in den Ausschank, heute vor vier Tagen, kurz vor dem Mittagessen. Es ist keine leichte Arbeit hier, es ist fast eine menschenmordende Arbeit, aber was zu erreichen ist, ist auch nicht klein. Pepi hatte auch früher nicht in den Tag hineingelebt, und wenn sie auch niemals in kühnsten Gedanken diese Stelle für sich in Anspruch genommen hätte, so hatte sie doch reichlich Beobachtungen gemacht, wußte, was es mit dieser Stelle auf sich hatte, unvorbereitet hatte sie die Stelle nicht übernommen. Unvorbereitet kann man sie gar nicht übernehmen, sonst verliert man sie in den ersten Stunden. Gar wenn man sich nach Art der Zimmermädchen hier aufführen wollte! Als Zimmermädchen kommt man sich ja mit der Zeit ganz verloren und vergessen vor; es ist eine Arbeit wie in einem Bergwerk, wenigstens im Gang der Sekretäre ist es so, tagelang sieht man dort bis auf wenige Tagesparteien, die hin und her huschen und nicht aufzuschauen wagen, keinen Menschen außer den zwei, drei anderen Zimmermädchen, und die sind ähnlich verbittert. Des Morgens darf man überhaupt nicht aus dem Zimmer, da wollen die Sekretäre allein unter sich sein, das Essen bringen ihnen die Knechte aus der Küche, damit haben die Zimmermädchen gewöhnlich nichts zu tun, auch während der Essenszeit darf man sich nicht auf dem Gang zeigen. Nur während die Herren arbeiten, dürfen die Zimmermädchen aufräumen, aber natürlich nicht in den bewohnten, nur in den gerade leeren Zimmern, und die Arbeit muß ganz leise geschehen, damit die Arbeit der Herren nicht gestört wird. Aber wie ist es möglich, leise aufzuräumen, wenn die Herren mehrere Tage lang in den Zimmern wohnen, überdies auch die Knechte, dieses schmutzige Pack, drin herumhantieren, und das Zimmer, wenn es endlich dem Zimmermädchen freigegeben ist, in einem solchen Zustand ist, daß nicht einmal eine Sintflut es reinwaschen könnte. Wahrhaftig, es sind hohe Herren, aber man muß kräftig seinen Ekel überwinden, um nach ihnen aufräumen zu können. Die Zimmermädchen haben ja nicht übermäßig viel Arbeit, aber kernige. Und niemals ein gutes Wort, immer nur Vorwürfe, besonders dieser quälendste und häufigste: daß beim Aufräumen Akten verlorengegangen sind. In Wirklichkeit geht nichts verloren, jedes Papierchen liefert man beim Wirt ab, aber Akten gehen freilich doch verloren, nur eben nicht durch die Mädchen.

Und dann kommen Kommissionen, und die Mädchen müssen ihr Zimmer verlassen, und die Kommission durchwühlt die Betten, die Mädchen haben ja kein Eigentum, ihre wenigen Sachen haben in einem Rückenkorb Platz, aber die Kommission sucht doch stundenlang. Natürlich findet sie nichts, wie sollten dort Akten hinkommen? Was machen sich die Mädchen aus Akten? Aber das Ergebnis sind doch wieder nur durch den Wirt vermittelte Schimpfworte und Drohungen seitens der enttäuschten Kommission. Und niemals Ruhe, nicht bei Tag, nicht bei Nacht, Lärm die halbe Nacht und Lärm vom frühesten Morgen. Wenn man dort wenigstens nicht wohnen müßte, aber das muß man, denn in den Zwischenzeiten je nach Bestellung Kleinigkeiten aus der Küche zu bringen, ist doch Sache der Zimmermädchen, besonders in der Nacht. Immer plötzlich der Faustschlag gegen die Tür der Zimmermädchen, das Diktieren der Bestellung, das Hinunterlaufen in die Küche, das Aufrütteln der schlafenden Küchenjungen, das Hinausstellen der Tasse mit den bestellten Dingen vor die Tür der Zimmermädchen, woher es die Knechte holen, wie traurig ist das alles. Aber es ist nicht das Schlimmste. Das Schlimmste ist vielmehr, wenn keine Bestellung kommt, wenn es nämlich in tiefer Nacht, wo alles schon schlafen sollte und auch die meisten endlich wirklich schlafen, manchmal vor der Tür der Zimmermädchen herumzuschleichen anfängt. Dann steigen die Mädchen aus ihren Betten — die Betten sind übereinander, es ist ja dort überall sehr wenig Raum, das ganze Zimmer der Mädchen ist eigentlich nichts anderes als ein großer Schrank mit drei Fächern –, horchen an der Tür, knien nieder, umarmen einander in Angst. Und immerfort hört man den Schleicher vor der Tür. Alle wären schon glücklich, wenn er endlich hereinkäme, aber es geschieht nichts, niemand kommt herein. Und dabei muß man sich sagen, daß hier nicht unbedingt eine Gefahr drohen muß, vielleicht ist es nur jemand, der vor der Tür auf und ab geht, überlegt, ob er eine Bestellung machen soll, und sich dann doch nicht dazu entschließen kann. Vielleicht ist es nur das, vielleicht aber ist es etwas ganz anderes. Eigentlich kennt man ja die Herren gar nicht, man hat sie ja kaum gesehen. Jedenfalls vergehen die Mädchen drinnen vor Angst und, wenn es draußen endlich still ist, lehnen sie an der Wand und haben nicht genug Kraft, wieder in ihre Betten zu steigen. Dieses Leben wartet wieder auf Pepi, noch heute abend soll sie wieder ihren Platz im Mädchenzimmer beziehen. Und warum? Wegen K. und Frieda. Wieder zurück in dieses Leben, dem sie kaum entflohen ist, dem sie zwar mit K.s Hilfe, aber doch auch mit größter eigener Anstrengung entflohen ist. Denn in jenem Dienst dort vernachlässigen sich die Mädchen, auch die sonst sorgsamsten. Für wen sollen sie sich schmücken? Niemand sieht sie, bestenfalls das Personal in der Küche; welcher das genügt, die mag sich schmücken. Sonst aber immerfort in ihrem Zimmerchen oder in den Zimmern der Herren, welche in reinen Kleidern auch nur zu betreten

Leichtsinn und Verschwendung ist. Und immer in dem künstlichen Licht und in der dumpfen Luft — es wird immerfort geheizt — und eigentlich immer müde. Den einen freien Nachmittag in der Woche verbringt man am besten, indem man ihn in irgendeinem Verschlag in der Küche ruhig und angstlos verschläft. Wozu sich also schmücken? Ja, man zieht sich kaum an. Und nun wurde Pepi plötzlich in den Ausschank versetzt, wo, vorausgesetzt, daß man sich dort behaupten wollte, gerade das Gegenteil nötig war, wo man immer unter den Augen der Leute war, und darunter sehr verwöhnter und aufmerksamer Herren, und wo man daher immer möglichst fein und angenehm aussehen mußte. Nun, das war eine Wendung. Und Pepi darf von sich sagen, daß sie nichts versäumt hat. Wie es sich später gestalten würde, das machte Pepi nicht besorgt. Daß sie die Fähigkeiten hatte, welche für diese Stelle nötig waren, das wußte sie, dessen war sie ganz gewiß, diese Überzeugung hat sie auch noch jetzt, und niemand kann sie ihr nehmen, auch heute, am Tage ihrer Niederlage, nicht. Nur, wie sie sich in der allerersten Zeit bewähren würde, das war schwierig, weil sie doch ein armes Zimmermädchen war, ohne Kleider und Schmuck, und weil die Herren nicht die Geduld haben zu warten, wie man sich entwickelt, sondern gleich ohne Übergang ein Ausschankmädchen haben wollen, wie es sich gebührt, sonst wenden sie sich ab. Man sollte denken, ihre Ansprüche wären nicht gar groß, da doch Frieda sie befriedigen konnte. Das ist aber nicht richtig. Pepi hat oft darüber nachgedacht, ist ja auch öfter mit Frieda zusammengekommen und hat eine Zeitlang mit ihr geschlafen. Es ist nicht leicht, Frieda auf die Spur zu kommen, und wer nicht sehr acht gibt — und welche Herren geben denn sehr acht? –, ist von ihr gleich irregeführt. Niemand weiß genauer als Frieda selbst, wie kläglich sie aussieht, wenn man sie zum Beispiel zum erstenmal ihre Haare auflösen sieht, schlägt man vor Mitleid die Hände zusammen, ein solches Mädchen dürfte, wenn es rechtlich zuginge, nicht einmal Zimmermädchen sein; sie weiß es auch, und manche Nacht hat sie darüber geweint, sich an Pepi gedrückt und Pepis Haare um den eigenen Kopf gelegt. Aber wenn sie im Dienst ist, sind alle Zweifel verschwunden, sie hält sich für die Allerschönste, und jedem weiß sie es auf die richtige Weise einzuflößen. Sie kennt die Leute, und das ist ihre eigentliche Kunst. Und lügt schnell und betrügt, damit die Leute nicht Zeit haben, sie genauer anzusehen. Natürlich genügt das nicht für die Dauer, die Leute haben doch Augen, und die würden schließlich recht behalten. Aber in dem Augenblick, wo sie eine solche Gefahr merkt, hat sie schon ein anderes Mittel bereit, in der letzten Zeit zum Beispiel ihr Verhältnis mit Klamm. Ihr Verhältnis mit Klamm! Glaubst du nicht daran, kannst du es ja nachprüfen; geh zu Klamm und frag ihn. Wie schlau, wie schlau. Und wenn du etwa nicht wagen solltest, wegen einer solchen Anfrage zu Klamm zu gehen und vielleicht mit unendlich wichtigeren Anfragen nicht vorgelassen werden solltest und Klamm dir sogar

völlig verschlossen ist — nur dir und deinesgleichen, denn Frieda zum Beispiel hüpft zu ihm hinein, wann sie will –, wenn das so ist, so kannst du die Sache trotzdem nachprüfen, du brauchst nur zu warten! Klamm wird doch ein derartig falsches Gerücht nicht lange dulden können, er ist doch gewiß wild dahinter her, was man von ihm im Ausschank und in den Gastzimmern erzählt, das alles hat für ihn die größte Wichtigkeit, und ist es falsch, wird er es gleich richtigstellen.
Aber er stellt es nicht richtig; nun, dann ist nichts richtigzustellen und es ist die lautere Wahrheit. Was man sieht, ist zwar nur, daß Frieda das Bier in Klamms Zimmer trägt und mit der Bezahlung wieder herauskommt; aber das, was man nicht sieht, erzählt Frieda, und man muß es ihr glauben. Und sie erzählt es gar nicht, sie wird doch nicht solche Geheimnisse ausplaudern; nein, um sie herum plaudern sich die Geheimnisse von selbst aus, und, da sie nun einmal ausgeplaudert sind, scheut sie sich allerdings nicht mehr, auch selbst von ihnen zu reden, aber bescheiden, ohne irgend etwas zu behaupten, sie beruft sich nur auf das ohnehin allgemein Bekannte. Nicht auf alles, davon zum Beispiel, daß Klamm, seit sie im Ausschank ist, weniger Bier trinkt als früher, nicht viel weniger Bier, aber doch deutlich weniger, davon spricht sie nicht, es kann ja auch verschiedene Gründe haben, es ist eben eine Zeit gekommen, in der das Bier Klamm weniger schmeckt, oder er vergißt gar über Frieda das Biertrinken. Jedenfalls also ist, wie erstaunlich das auch sein mag, Frieda Klamms Geliebte. Was aber Klamm genügt, wie sollten das nicht auch die anderen bewundern; und so ist Frieda, ehe man sich dessen versieht, eine große Schönheit geworden, ein Mädchen, genau so beschaffen, wie es der Ausschank braucht; ja, fast zu schön, zu mächtig, schon genügt ihr der Ausschank kaum. Und tatsächlich — es erscheint den Leuten merkwürdig, daß sie noch immer im Ausschank ist; ein Ausschankmädchen zu sein ist viel, von da aus erscheint die Verbindung mit Klamm sehr glaubwürdig, wenn aber einmal das Ausschankmädchen Klamms Geliebte ist, warum läßt er sie, und gar so lange, im Ausschank? Warum führt er sie nicht höher? Man kann tausendmal den Leuten sagen, daß hier kein Widerspruch besteht, daß Klamm bestimmte Gründe hat, so zu handeln, oder daß plötzlich einmal, vielleicht schon in allernächster Zeit, Friedas Erhöhung kommen wird, das alles macht nicht viel Wirkung; die Leute haben bestimmte Vorstellungen und lassen sich durch alle Kunst auf die Dauer von ihnen nicht ablenken. Es hat ja niemand mehr daran gezweifelt, daß Frieda Klamms Geliebte ist, selbst die, welche es offenbar besser wußten, waren schon zu müde, um zu zweifeln. Sei in Teufels Namen Klamms Geliebte, dachten sie, aber wenn du es schon bist, dann wollen wir es auch an deinem Aufstieg merken. Aber man merkte nichts, und Frieda blieb im Ausschank wie bisher und war im geheimen noch sehr froh, daß es so blieb. Aber bei den Leuten verlor sie an Ansehen, das konnte ihr natürlich nicht unbemerkt

bleiben, sie merkt ja gewöhnlich Dinge, noch ehe sie vorhanden sind. Ein wirklich schönes, liebenswürdiges Mädchen muß, wenn es sich einmal im Ausschank eingelebt hat, keine Künste aufwenden; solange es schön ist, wird es, wenn nicht ein besonderer, unglücklicher Zufall eintritt, Ausschankmädchen sein. Ein Mädchen wie Frieda aber muß immerfort um ihre Stelle besorgt sein, natürlich zeigt sie es verständigerweise nicht, eher pflegt sie zu klagen und die Stelle zu verwünschen. Aber im geheimen beobachtet sie die Stimmung fortwährend. Und so sah sie, wie die Leute gleichgültig wurden, das Auftreten Friedas war nichts mehr, was auch nur lohnte, die Augen zu heben, nicht einmal die Knechte kümmerten sich mehr um sie, die hielten sich verständigerweise an Olga und dergleichen Mädchen, auch am Benehmen des Wirts merkte sie, daß sie immer weniger unentbehrlich war, immer neue Geschichten von Klamm konnte man auch nicht erfinden, alles hat Grenzen, und so entschloß sich die gute Frieda zu etwas Neuem. Wer nur imstande gewesen wäre, es gleich zu durchschauen! Pepi hat es geahnt, aber durchschaut hat sie es leider nicht. Frieda entschloß sich, Skandal zu machen, sie, die Geliebte Klamms, wirft sich irgendeinem Beliebigen, womöglich dem Allergeringsten, hin. Das wird Aufsehen machen, davon wird man lange reden und endlich, endlich wird man sich wieder daran erinnern, was es bedeutet, Klamms Geliebte zu sein, und was es bedeutet, diese Ehre im Rausche einer neuen Liebe zu verwerfen. Schwer war es nur, den geeigneten Mann zu finden, mit dem das kluge Spiel zu spielen war. Ein Bekannter Friedas durfte es nicht sein, nicht einmal einer von den Knechten, er hätte sie wahrscheinlich mit großen Augen angesehen und wäre weitergegangen, vor allem hätte er nicht genug Ernst bewahrt, und es wäre mit aller Redefertigkeit unmöglich gewesen, zu verbreiten, daß Frieda von ihm überfallen worden sei, sich seiner nicht habe erwehren können und in einer besinnungslosen Stunde ihm erlegen sei. Und wenn es auch ein Allergeringster sein sollte, so mußte es doch einer sein, von dem glaubhaft gemacht werden konnte, daß er trotz seiner stumpfen, unfeinen Art sich doch nach niemandem anderen als gerade nach Frieda sehnte und kein höheres Verlangen hatte, als — du lieber Himmel! — Frieda zu heiraten. Aber wenn es auch ein gemeiner Mann sein sollte, womöglich noch niedriger als ein Knecht, viel niedriger als ein Knecht, so doch einer, wegen dessen einen nicht jedes Mädchen verlacht, an dem vielleicht auch ein anderes urteilsfähiges Mädchen einmal etwas Anziehendes finden könnte. Wo findet man aber einen solchen Mann? Ein anderes Mädchen hätte ihn wahrscheinlich ein Leben lang vergeblich gesucht. Friedas Glück führt ihr den Landvermesser in den Ausschank, vielleicht gerade an dem Abend, an dem ihr der Plan zum erstenmal in den Sinn kommt. Der Landvermesser! Ja, woran denkt denn K.? Was hat er für besondere Dinge im Kopf? Wird er etwas Besonderes erreichen? Eine gute Anstellung, eine Auszeichnung? Will er etwas Derartiges? Nun, dann hätte er es von allem Anfang an anders anstellen müssen. Er ist doch gar nichts, es ist ein Jammer, seine Lage anzusehen. Er ist Landvermesser, das ist vielleicht etwas, er hat also etwas gelernt, aber wenn man nichts damit anzufangen weiß, ist es doch auch wieder nichts. Und dabei stellt er Ansprüche, ohne den geringsten Rückhalt zu haben, stellt er Ansprüche, nicht geradezu, aber man merkt, daß er irgendwelche Ansprüche macht, das ist doch aufreizend. Ob er denn wisse, daß sich sogar ein Zimmermädchen etwas vergibt, wenn sie länger mit ihm spricht. Und mit allen diesen besonderen Ansprüchen plumpst er gleich am ersten Abend in die gröbste Falle. Schämt er sich denn nicht? Was hat ihn denn an Frieda so bestochen? Jetzt könnte er es doch gestehen. Hat sie ihm denn wirklich gefallen können, dieses magere, gelbliche Ding? Ach nein, er hat sie ja gar nicht angesehen, sie hat ihm nur gesagt, daß sie Klamms Geliebte sei, bei ihm schlug das noch als Neuigkeit ein, und da war er verloren! Sie aber mußte nun ausziehen, jetzt war natürlich kein Platz mehr für sie im Herrenhof. Pepi hat sie noch am Morgen vor dem Auszug gesehen, das Personal war zusammengelaufen, neugierig auf den Anblick war doch jeder. Und so groß war noch ihre Macht, daß man sie bedauerte; alle, auch ihre Feinde, bedauerten sie; so richtig erwies sich schon am Anfang ihre Rechnung; an einen solchen Mann sich weggeworfen zu haben, schien allen unbegreiflich und ein Schicksalsschlag, die kleinen Küchenmädchen, die natürlich jedes Ausschankmädchen bewundern, waren untröstlich. Selbst Pepi war davon berührt, nicht einmal sie konnte sich ganz wehren, wenn auch ihre Aufmerksamkeit eigentlich etwas anderem galt. Ihr fiel auf, wie wenig traurig Frieda eigentlich war. Es war doch im Grunde ein entsetzliches Unglück, das sie betroffen hatte, sie tat ja auch so, als wenn sie sehr unglücklich wäre, aber es war nicht genug, dieses Spiel konnte Pepi nicht täuschen. Was hielt sie also aufrecht? Etwa das Glück der neuen Liebe? Nun, diese Erwägung schied aus. Was war es aber sonst? Was gab ihr die Kraft, sogar gegen Pepi, die damals schon als ihre Nachfolgerin galt, kühl freundlich zu sein wie immer? Pepi hatte damals nicht genug Zeit, darüber nachzudenken, sie hatte zuviel zu tun mit den Vorbereitungen für die neue Stelle. Sie sollte sie wahrscheinlich in ein paar Stunden antreten und hatte noch keine schöne Frisur, kein elegantes Kleid, keine feine Wäsche, keine brauchbaren Schuhe. Das alles mußte in ein paar Stunden beschafft werden; konnte man sich nicht richtig ausstatten, dann war es besser, auf die Stelle überhaupt zu verzichten, denn dann verlor man sie schon in der ersten halben Stunde ganz gewiß. Nun, es gelang zum Teil. Fürs Frisieren hat sie eine besondere Anlage, einmal hat die Wirtin sogar sie kommen lassen, ihr die Frisur zu machen, es ist das eine besondere Leichtigkeit der Hand, die ihr gegeben ist, freilich fügt sich auch ihr reiches Haar gleich, wie man nur will. Auch für das Kleid war Hilfe da. Ihre beiden Kolleginnen hielten treu zu ihr, es ist auch eine gewisse Ehre für sie, wenn ein Mädchen gerade aus ihrer Gruppe Ausschankmädchen wird, und dann hätte ihnen ja Pepi später, wenn sie zur Macht gekommen wäre, manche Vorteile verschaffen können. Eines der Mädchen hatte seit langem einen teueren Stoff liegen, es war ihr Schatz, öfters hatte sie ihn von den anderen bewundern lassen, träumte wohl davon, ihn einmal für sich großartig zu verwenden und — das war sehr schön von ihr gehandelt — jetzt, da ihn Pepi brauchte, opferte sie ihn. Und beide halfen ihr bereitwilligst beim Nähen, hätten sie es für sich genäht, sie hätten nicht eifriger sein können. Das war sogar eine sehr fröhliche, beglückende Arbeit. Sie saßen, jede auf ihrem Bett, eine über der anderen, nähten und sangen und reichten einander die fertigen Teile und das Zubehör hinauf und hinab. Wenn Pepi daran denkt, fällt es ihr immer schwerer aufs Herz, daß alles vergeblich war und daß sie mit leeren Händen wieder zu ihren Freundinnen kommt! Was für ein Unglück und wie leichtsinnig verschuldet, vor allem von K.! Wie sich damals alle freuten über das Kleid, es schien die Bürgschaft des Gelingens, und wenn sich nachträglich noch ein Platz für ein Bändchen fand, verschwand der letzte Zweifel. Und ist es nicht wirklich schön, das Kleid? Es ist jetzt schon verdrückt und ein wenig fleckig, Pepi hatte eben kein zweites Kleid, hatte Tag und Nacht dieses tragen müssen, aber noch immer sieht man, wie schön es ist, nicht einmal die verfluchte Barnabassche brächte ein besseres zustande. Und daß man es nach Belieben zuziehen und wieder lockern kann, oben und unten, daß es also zwar nur ein Kleid ist, aber so veränderlich — das ist ein besonderer Vorzug und war eigentlich ihre Erfindung. Es ist freilich auch nicht schwer, für sie zu nähen, Pepi rühmt sich dessen nicht; jungen, gesunden Mädchen paßt ja alles. Viel schwerer war es, Wäsche und Stiefel zu beschaffen, und hier beginnt eigentlich der Mißerfolg. Auch hier halfen die Freundinnen aus, so gut sie konnten, aber sie konnten nicht viel. Es war doch nur grobe Wäsche, die sie zusammenbrachte und zusammenflickte, und statt gestöckelter Stiefelchen mußte es bei Hausschuhen bleiben, die man lieber versteckt als zeigt. Man tröstete Pepi: Frieda war doch auch nicht sehr schön angezogen, und manchmal zog sie so schlampig herum, daß die Gäste sich lieber von den Kellerburschen servieren ließen als von ihr. So war es tatsächlich, aber Frieda durfte das tun, sie war schon in Gunst und Ansehen; wenn eine Dame einmal beschmutzt und nachlässig angezogen sich zeigt, so ist das um so lockender, aber bei einem Neuling wie Pepi? Und außerdem konnte sich Frieda gar nicht gut anziehen, sie ist ja von allem Geschmack verlassen; hat jemand schon eine gelbliche Haut, so muß er sie freilich behalten, aber er muß nicht, wie Frieda, noch eine tief ausgeschnittene, cremefarbene Bluse dazu anziehen, so daß einem vor lauter Gelb die Augen übergingen. Und selbst wenn das nicht gewesen wäre, sie war ja zu geizig, um sich gut anzuziehen; alles, was sie verdiente, hielt sie zusammen, niemand wußte, wofür. Sie brauchte im Dienst kein

Geld, sie kam mit Lügen und Kniffen aus, dieses Beispiel wollte und konnte Pepi nicht nachahmen, und darum war es berechtigt, daß sie sich so schmückte, um sich ganz zur Geltung zu bringen, gar am Beginn. Hätte sie es nur mit stärkeren Mitteln tun können, sie wäre trotz aller Schlauheit Friedas, trotz aller Torheit K.s Siegerin geblieben. Es fing ja auch sehr gut an. Die wenigen Handgriffe und Kenntnisse, die nötig waren, hatte sie schon vorher in Erfahrung gebracht. Kaum war sie im Ausschank, war sie dort schon eingelebt. Niemand vermißte bei der Arbeit Frieda. Erst am zweiten Tag erkundigten sich manche Gäste, wo denn eigentlich Frieda sei. Es geschah kein Fehler, der Wirt war zufrieden, den ersten Tag war er in seiner Angst immerfort im Ausschank gewesen, später kam er nur noch hie und da, schließlich überließ er, da die Kasse stimmte — die Eingänge waren durchschnittlich sogar etwas größer als zu Friedas Zeit — Pepi schon alles. Sie führte Neuerungen ein. Frieda hatte, nicht aus Fleiß, sondern aus Geiz, aus Herrschsucht, aus Angst, jemandem etwas von ihren Rechten abzutreten, auch die Knechte, zum Teil wenigstens, besonders wenn jemand zusah, beaufsichtigt, Pepi dagegen wies diese Arbeit völlig den Kellerburschen zu, die dafür ja auch viel besser taugen. Dadurch erübrigte sie mehr Zeit für die Herrenzimmer, die Gäste wurden schnell bedient; trotzdem konnte sie mit jedem noch ein paar Worte sprechen, nicht wie Frieda, die sich angeblich gänzlich für Klamm aufbewahrte und jedes Wort, jede Annäherung eines anderen als eine Kränkung Klamms ansah. Das war freilich auch klug, denn wenn sie einmal jemanden an sich heranließ, war es eine unerhörte Gunst. Pepi aber haßt solche Künste, auch sind sie am Anfang nicht brauchbar. Pepi war zu jedem freundlich, und jeder vergalt es ihr mit Freundlichkeit. Alle waren sichtlich froh über die Änderung; wenn sich die abgearbeiteten Herren endlich ein Weilchen zum Bier setzen dürfen, kann man sie durch ein Wort, durch einen Blick, durch ein Zucken der Achseln förmlich verwandeln. So eifrig fuhren alle Hände durch Pepis Locken, daß sie wohl zehnmal im Tag ihre Frisur erneuern mußte, der Verführung dieser Locken und Maschen widersteht keiner, nicht einmal der sonst so gedankenlose K. So verflogen aufregende, arbeitsvolle, aber erfolgreiche Tage. Wären sie nicht so schnell verflogen, wären ihrer doch ein wenig mehr gewesen! Vier Tage sind zu wenig, wenn man sich auch bis zur Erschöpfung anstrengt, vielleicht hätte schon der fünfte Tag genügt, aber vier Tage waren zu wenig. Pepi hatte zwar schon in vier Tagen Gönner und Freunde erworben, hätte sie allen Blicken trauen dürfen, schwamm sie ja, wenn sie mit den Bierkrügen daherkam, in einem Meer von Freundschaft, ein Schreiber namens Bartmeier ist vernarrt in sie, hat ihr dieses Kettchen und Anhängsel verehrt und in das Anhängsel sein Bild gegeben, was allerdings eine Keckheit war; dieses und anderes war geschehen, aber es waren doch nur vier Tage, in vier Tagen kann, wenn Pepi sich dafür einsetzt, Frieda fast, aber doch nicht ganz vergessen werden; und sie wäre doch vergessen worden, vielleicht noch früher, hätte sie nicht vorsorglich durch ihren großen Skandal sich im Mund der Leute erhalten, sie war den Leuten dadurch neu geworden, nur aus Neugierde hätten sie sie gerne wiedergesehen; was ihnen öde bis zum Überdruß geworden war, hatte durch des sonst gänzlich gleichgültigen K.s Verdienst wieder einen Reiz für sie, Pepi hätten sie dafür freilich nicht hingegeben, solange sie dastand und durch ihre Gegenwart wirkte, aber es sind meist ältere Herren, schwerfällig in ihren Gewohnheiten, ehe sie sich an ein neues Ausschankmädchen gewöhnen, dauert es, und sei der Tausch noch so vorteilhaft, doch ein paar Tage, gegen den eigenen Willen der Herren dauert es ein paar Tage, vielleicht nur fünf Tage, aber vier Tage reichen nicht aus, Pepi galt trotz allem nur immer noch als die Provisorische. Und dann das vielleicht größte Unglück: In diesen vier Tagen kam Klamm, obwohl er während der ersten beiden Tage im Dorfe war, in das Gastzimmer nicht herunter. Wäre er gekommen, das wäre Pepis entscheidendste Erprobung gewesen, eine Erprobung übrigens, die sie am wenigsten fürchtete, auf die sie sich eher freute. Sie wäre — an solche Dinge rührt man freilich am besten gar nicht mit Worten — Klamms Geliebte nicht geworden und hätte sich auch nicht zu einer solchen hinaufgelogen, aber sie hätte zumindest so nett wie Frieda das Bierglas auf den Tisch zu stellen gewußt, ohne Friedas Aufdringlichkeiten hübsch gegrüßt und hübsch sich empfohlen, und wenn Klamm überhaupt in den Augen eines Mädchens etwas sucht, er hätte es in Pepis Augen zur völligen Sättigung gefunden. Aber warum kam er nicht? Aus Zufall? Pepi hatte das damals auch geglaubt. Die beiden Tage lang erwartete sie ihn jeden Augenblick, auch in der Nacht wartete sie. Jetzt wird Klamm kommen, dachte sie immerfort und lief hin und her ohne anderen Grund als die Unruhe der Erwartung und das Verlangen, ihn als erste sofort bei seinem Eintritt zu sehen. Diese fortwährende Enttäuschung ermüdete sie sehr; vielleicht leistete sie deshalb nicht so viel, als sie hätte leisten können. Sie schlich, wenn sie ein wenig Zeit hatte, hinauf in den Korridor, den zu betreten dem Personal streng verboten ist, dort drückte sie sich in eine Nische und wartete. Wenn doch jetzt Klamm käme, dachte sie, wenn ich doch den Herrn aus seinem Zimmer nehmen und auf meinen Armen in das Gastzimmer hinuntertragen könnte. Unter dieser Last würde ich nicht zusammensinken, und wäre sie noch so groß. Aber er kam nicht. In diesem Korridor oben ist es so still, daß man es sich gar nicht vorstellen kann, wenn man nicht dort gewesen ist. Es ist so still, daß man es dort gar nicht lange aushalten kann, die Stille treibt einen fort. Aber immer wieder: zehnmal vertrieben, zehnmal wieder stieg Pepi hinauf. Es war ja sinnlos. Wenn Klamm kommen wollte, würde er kommen, wenn er aber nicht kommen wollte, würde ihn Pepi nicht herauslocken, auch wenn sie in der Nische vor Herzklopfen halb erstickte. Es war sinnlos, aber wenn er nicht kam, war ja fast alles sinnlos. Und er kam nicht. Heute weiß Pepi, warum

Klamm nicht kam. Frieda hätte eine herrliche Unterhaltung gehabt, wenn sie oben im Korridor Pepi in der Nische, beide Hände am Herzen, hätte sehen können. Klamm kam nicht herunter, weil Frieda es nicht zuließ. Nicht durch ihre Bitten hat sie das bewirkt, ihre Bitten dringen nicht zu Klamm. Aber sie hat, diese Spinne, Verbindungen, von denen niemand weiß. Wenn Pepi einem Gast etwas sagt, sagt sie es offen, auch der Nebentisch kann es hören. Frieda hat nichts zu sagen, sie stellt das Bier auf den Tisch und geht; nur ihr seidener Unterrock, das einzige, wofür sie Geld ausgibt, rauscht. Wenn sie aber einmal etwas sagt, dann nicht offen, dann flüstert sie es dem Gast zu, bückt sich hinab, daß man am Nachbartisch die Ohren spitzt. Was sie sagt, ist ja wahrscheinlich belanglos, aber doch nicht immer, Verbindungen hat sie, stützt die einen durch die anderen, und mißlingen die meisten — wer würde sich dauernd um Frieda kümmern? –, hält hie und da doch eine fest. Diese Verbindungen begann sie jetzt auszunützen. K. gab ihr die Möglichkeit dazu, statt bei ihr zu sitzen und sie zu bewachen, hält er sich kaum zu Hause auf, wandert herum, hat Besprechungen hier und dort, für alles hat er Aufmerksamkeit, nur nicht für Frieda, und um ihr schließlich noch mehr Freiheit zu geben, übersiedelt er aus dem Brückenhof in die leere Schule. Das alles ist ja ein schöner Anfang der Flitterwochen. Nun, Pepi ist gewiß die letzte, die K. Vorwürfe deshalb machen wird, daß er es nicht bei Frieda ausgehalten hat; man kann es bei ihr nicht aushalten. Aber warum hat er sie dann nicht ganz verlassen, warum ist er immer wieder zu ihr zurückgekehrt, warum hat er durch seine Wanderungen den Anschein erweckt, daß er für sie kämpft? Es sah ja aus, als habe er erst durch die Berührung mit Frieda seine tatsächliche Nichtigkeit entdeckt, wolle sich Friedas würdig machen, wolle sich irgendwie hinaufhaspeln, verzichte deshalb vorläufig auf das Beisammensein, um sich später ungestört für die Entbehrungen entschädigen zu dürfen. Inzwischen verliert Frieda nicht die Zeit, sie sitzt in der Schule, wohin sie ja K. wahrscheinlich gelenkt hat, und beobachtet den Herrenhof und beobachtet K. Boten hat sie ausgezeichnete zur Hand: K.s Gehilfen, die ihr — man begreift es nicht, selbst wenn man K. kennt, begreift man's nicht — K. gänzlich überläßt. Sie schickt sie zu ihren alten Freunden, bringt sich in Erinnerung, klagt darüber, daß sie von einem Mann wie K. gefangengehalten ist, hetzt gegen Pepi, verkündet ihre baldige Ankunft, bittet um Hilfe, beschwört sie, Klamm nichts zu verraten, tut so, als müsse Klamm geschont werden und dürfe daher auf keinen Fall in den Ausschank hinuntergelassen werden. Was sie dem einen gegenüber als Schonung Klamms ausgibt, nützt sie dem Wirt gegenüber als ihren Erfolg aus, macht darauf aufmerksam, daß Klamm nicht mehr kommt. Wie könnte er denn kommen, wenn unten nur eine Pepi bedient? Zwar hat der Wirt keine Schuld, diese Pepi war immerhin noch der beste Ersatz, der zu finden war, nur genügt er nicht, nicht einmal für ein paar Tage. Von dieser ganzen Tätigkeit Friedas weiß K. nichts; wenn er nicht herumwandert, liegt er ahnungslos zu ihren Füßen, während sie die Stunden zählt, die sie noch vom Ausschank trennen. Aber nicht nur diesen Botendienst leisten die Gehilfen, sie dienen auch dazu, K. eifersüchtig zu machen, ihn warmzuhalten! Seit ihrer Kindheit kennt Frieda die Gehilfen, Geheimnisse haben sie gewiß keine mehr voreinander, aber K. zu Ehren fangen sie an, sich nacheinander zu sehnen, und es entsteht für K. die Gefahr, daß es eine große Liebe wird. Und K. tut Frieda alles zu Gefallen, auch das Widersprechendste, er läßt sich von den Gehilfen eifersüchtig machen, duldet aber doch, daß alle drei beisammen bleiben, während er allein auf seine Wanderungen geht. Es ist fast, als sei er Friedas dritter Gehilfe. Da entscheidet sich Frieda endlich auf Grund ihrer Beobachtungen zum großen Schlag: Sie beschließt zurückzukehren. Und es ist wirklich höchste Zeit, es ist bewunderungswürdig, wie Frieda, die Schlaue, dieses erkennt und ausnützt; diese Kraft der Beobachtung und des Entschlusses sind Friedas unnachahmbare Kunst; wenn Pepi sie hätte, wie anders würde ihr Leben verlaufen. Wäre Frieda noch ein, zwei Tage länger in der Schule geblieben, ist Pepi nicht mehr zu vertreiben, ist endgültig Ausschankmädchen, von allen geliebt und gehalten, hat genug Geld verdient, um die notdürftige Ausstattung blendend zu ergänzen, noch ein, zwei Tage, und Klamm ist durch keine Ränke mehr vom Gastzimmer abzuhalten, kommt, trinkt, fühlt sich behaglich und ist, wenn er Friedas Abwesenheit überhaupt bemerkt, mit der Veränderung hoch zufrieden, noch ein, zwei Tage, und Frieda mit ihrem Skandal, mit ihren Verbindungen, mit den Gehilfen, mit allem, ist ganz und gar vergessen, niemals kommt sie mehr hervor. Dann könnte sie sich vielleicht desto fester an K. halten und könnte, vorausgesetzt, daß sie dessen fähig ist, ihn wirklich liebenlernen? Nein, auch das nicht. Denn mehr als einen Tag braucht auch K. nicht mehr, um ihrer überdrüssig zu werden, um zu erkennen, wie schmählich sie ihn täuscht, mit allem, mit ihrer angeblichen Schönheit, ihrer angeblichen Treue und am meisten mit der angeblichen Liebe Klamms; nur einen Tag noch, nicht mehr, braucht er, um sie mit der ganzen schmutzigen Gehilfenwirtschaft aus dem Hause zu jagen; man denke, nicht einmal K. braucht mehr. Und da, zwischen diesen beiden Gefahren, da sich förmlich schon das Grab über ihr zu schließen anfängt — K. in seiner Einfalt hält ihr noch den letzten, schmalen Weg frei –, da brennt sie durch — das hat kaum jemand mehr erwartet, es geht gegen die Natur –, plötzlich ist sie es, die K., den noch immer sie liebenden, immer sie verfolgenden, fortjagt und unter dem nachhelfenden Druck der Freunde und Gehilfen dem Wirt als Retterin erscheint, durch ihren Skandal viel lockender als früher, erwiesenermaßen begehrt von den Niedrigsten wie von den Höchsten, dem Niedrigen aber nur für einen Augenblick verfallen, bald ihn fortstoßend, wie es sich gehört, und ihm und allen wieder unerreichbar wie früher; nur daß man früher das alles schon mit

Recht bezweifelte, jetzt aber wieder überzeugt worden ist. So kommt sie zurück, der Wirt, mit einem Seitenblick auf Pepi, zögert — soll er sie opfern, die sich so bewährt hat? –, aber bald ist er überredet, zuviel spricht für Frieda und vor allem, sie wird ja Klamm für die Gastzimmer zurückgewinnen. Dabei halten wir jetzt, abends. Pepi wird nicht warten, bis Frieda kommt und aus der Übernahme der Stelle einen Triumph macht. Die Kasse hat sie der Wirtin schon übergeben, sie kann gehen. Das Bettfach unten in dem Mädchenzimmer ist für sie bereit, sie wird hinkommen, von den weinenden Freundinnen begrüßt, wird sich das Kleid vom Leib, die Bänder aus den Haaren reißen und alles in einen Winkel stopfen, wo es gut verborgen ist und nicht unnötig an Zeiten erinnert, die vergessen bleiben sollen. Dann wird sie den großen Eimer und den Besen nehmen, die Zähne zusammenbeißen und an die Arbeitgehen. Vorläufig aber mußte sie noch alles K. erzählen, damit er, der ohne Hilfe auch jetzt dies noch nicht erkannt hätte, einmal deutlich sieht, wie häßlich er an Pepi gehandelt und wie unglücklich er sie gemacht habe. Freilich, auch er ist dabei nur mißbraucht worden.

Pepi hatte geendet. Sie wischte sich aufatmend ein paar Tränen von den Augen und Wangen und sah dann K. kopfnickend an, so, als wolle sie sagen, im Grunde handle es sich gar nicht um ihr Unglück, sie werde es tragen und brauche hierzu weder Hilfe noch Trost irgend jemandes und K.s am wenigsten, sie kenne trotz ihrer Jugend das Leben, und ihr Unglück sei nur eine Bestätigung ihrer Kenntnisse, aber um K. handle es sich, ihm habe sie ein Bild vorhalten wollen, noch nach dem Zusammenbrechen aller ihrer Hoffnungen habe sie das zu tun für nötig gehalten. „Was für eine wilde Phantasie du hast, Pepi“, sagte K. „Es ist ja gar nicht wahr, daß du erst jetzt alle diese Dinge entdeckt hast; das ist ja nichts anderes als Träume aus euerem dunklen, engen Mädchenzimmer unten, die dort an ihrem Platz sind, hier aber, im freien Ausschank, sich sonderbar ausnehmen. Mit solchen Gedanken konntest du dich hier nicht behaupten, das ist ja selbstverständlich. Schon dein Kleid und deine Frisur, deren du dich so rühmst, sind nur Ausgeburten jenes Dunkels und jener Betten in euerem Zimmer, dort sind sie gewiß sehr schön, hier aber lacht jeder im geheimen oder offen darüber. Und was erzählst du sonst? Ich sei also mißbraucht und betrogen worden? Nein, liebe Pepi, ich bin so wenig mißbraucht und betrogen worden wie du. Es ist richtig, Frieda hat mich gegenwärtig verlassen oder ist, wie du es ausdrückst, mit einem Gehilfen durchgebrannt, einen Schimmer der Wahrheit siehst du, und es ist auch wirklich sehr unwahrscheinlich, daß sie noch meine Frau werden wird, aber es ist ganz und gar unwahr, daß ich ihrer überdrüssig geworden wäre oder sie gar am nächsten Tag schon verjagt hätte oder daß sie mich betrogen hätte, wie sonst vielleicht eine Frau einen Mann betrügt. Ihr Zimmermädchen seid gewohnt, durch das Schlüsselloch zu spionieren, und davon behaltet ihr die Denkweise, von einer Kleinigkeit, die ihr wirklich seht, ebenso großartig wie falsch auf das Ganze zu schließen. Die Folge dessen ist, daß ich zum Beispiel in diesem Fall viel weniger weiß als du. Ich kann bei weitem nicht so genau wie du erklären, warum Frieda mich verlassen hat. Die wahrscheinlichste Erklärung scheint mir die auch von dir gestreifte, aber nicht ausgenützte, daß ich sie vernachlässigt habe. Das ist leider wahr, ich habe sie vernachlässigt, aber das hatte besondere Gründe, die nicht hierher gehören; ich wäre glücklich, wenn sie zu mir zurückkäme, aber ich würde gleich wieder anfangen, sie zu vernachlässigen. Es ist so. Da sie bei mir war, bin ich immerfort auf den von dir verlachten Wanderungen gewesen; jetzt, da sie weg ist, bin ich fast beschäftigungslos, bin müde, habe Verlangen nach immer vollständigerer Beschäftigungslosigkeit. Hast du keinen Rat für mich, Pepi?" — „Doch", sagte Pepi, plötzlich lebhaft werdend und K. bei den Schultern fassend, „wir sind beide die Betrogenen, bleiben wir beisammen. Komm mit hinunter zu den Mädchen!" — „Solange du über Betrogenwerden klagst", sagte K., „kann ich mich nicht mit dir verständigen. Du willst immerfort betrogen worden sein, weil dir das schmeichelt und weil es dich rührt. Die Wahrheit aber ist, daß du für diese Stelle nicht geeignet bist. Wie klar muß diese Nichteignung sein, wenn sogar ich, der deiner Meinung nach Unwissendste, das einsehe. Du bist ein gutes Mädchen, Pepi, aber es ist nicht ganz leicht, das zu erkennen, ich zum Beispiel habe dich zuerst für grausam und hochmütig gehalten, das bist du aber nicht, es ist nur die Stelle, welche dich verwirrt, weil du für sie nicht geeignet bist. Ich will nicht sagen, daß die Stelle für dich zu hoch ist; es ist ja keine außerordentliche Stelle, vielleicht ist sie, wenn man genau hinsieht, etwas ehrenvoller als deine frühere Stelle, im ganzen aber ist der Unterschied nicht groß, beide sind eher zum Verwechseln einander ähnlich; ja, man könnte fast behaupten, daß Zimmermädchensein dem Ausschank vorzuziehen wäre, denn dort ist man immer unter Sekretären, hier dagegen muß man, wenn man auch in den Gastzimmern die Vorgesetzten der Sekretäre bedienen darf, doch auch mit ganz niedrigem Volk sich abgeben, zum Beispiel mit mir; ich darf ja von Rechts wegen gar nicht anderswo mich aufhalten als eben hier im Ausschank, und die Möglichkeit, mit mir zu verkehren, sollte so über alle Maßen ehrenvoll sein? Nun, dir scheint es so, und vielleicht hast du auch Gründe dafür. Aber eben deshalb bist du ungeeignet. Es ist eine Stelle wie eine andere, für dich aber ist sie das Himmelreich, infolgedessen faßt du alles mit übertriebenem Eifer an, schmückst dich, wie deiner Meinung nach die Engel geschmückt sind — sie sind aber in Wirklichkeit anders –, zitterst für die Stelle, fühlst dich immerfort verfolgt, suchst alle, die deiner Meinung nach dich stützen könnten, durch übergroße Freundlichkeiten zu gewinnen, störst sie aber dadurch und stößt sie ab, denn sie wollen im Wirtshaus Frieden und nicht zu ihren Sorgen noch die Sorgen der Ausschankmädchen. Es ist nur möglich, daß nach Friedas Abgang niemand von den hohen Gästen das Ereignis eigentlich gemerkt hat, heute aber wissen sie davon und sehnen sich wirklich nach Frieda, denn Frieda hat alles doch wohl ganz anders geführt. Wie sie auch sonst sein mag und wie sie auch ihre Stelle zu schätzen wußte, im Dienst war sie vielerfahren, kühl und beherrscht, du hebst es ja selbst hervor, ohne allerdings von der Lehre zu profitieren. Hast du einmal ihren Blick beachtet? Das war schon gar nicht mehr der Blick eines Ausschankmädchens, das war schon fast der Blick einer Wirtin. Alles sah sie und dabei auch jeden einzelnen, und der Blick, der für den einzelnen übrigblieb, war noch stark genug, um ihn zu unterwerfen. Was lag daran, daß sie vielleicht ein wenig mager, ein wenig ältlich war, daß man sich reineres Haar vorstellen konnte, das sind Kleinigkeiten, verglichen mit dem, was sie wirklich hatte, und derjenige, welchen diese Mängel gestört hatten, hätte damit nur gezeigt, daß ihm der Sinn für Größeres fehlte. Klamm kann man dies gewiß nicht vorwerfen, und es ist nur der falsche Gesichtswinkel eines jungen, unerfahrenen Mädchens, der dich an Klamms Liebe zu Frieda nicht glauben läßt. Klamm scheint dir — und dies mit Recht — unerreichbar, und deshalb glaubst du, auch Frieda hätte an Klamm nicht herankommen können. Du irrst. Ich würde darin allein Friedas Wort vertrauen, selbst wenn ich nicht untrügliche Beweise dafür hätte. So unglaublich es dir vorkommt und so wenig du es mit deinen Vorstellungen von Welt und Beamtentum und Vornehmheit und Wirkung der Frauenschönheit vereinen kannst, es ist doch wahr, so wie wir hier nebeneinander sitzen und ich deine Hand zwischen die meinen nehme, so saßen wohl, als sei es die selbstverständlichste Sache von der Welt, auch Klamm und Frieda nebeneinander, und er kam freiwillig herunter, ja eilte sogar herab, niemand lauerte ihm im Korridor auf und vernachlässigte die übliche Arbeit, Klamm mußte sich selbst bemühen herabzukommen, und die Fehler in Friedas Kleidung, vor denen du dich entsetzt hättest, störten ihn gar nicht. Du willst ihr nicht glauben! Und weißt nicht, wie du dich damit bloßstellst, wie du gerade damit deine Unerfahrenheit zeigst! Selbst jemand, der gar nichts von dem Verhältnis zu Klamm wüßte, müßte an ihrem Wesen erkennen, daß es jemand geformt hat, der mehr war als du und ich und alles Volk im Dorfe, und daß ihre Unterhaltungen über die Scherze hinausgingen, wie sie zwischen Gästen und Kellnerinnen üblich sind und das Ziel deines Lebens scheinen. Aber ich tue dir Unrecht. Du erkennst ja selbst sehr gut Friedas Vorzüge, merkst ihre Beobachtungsgabe, ihre Entschlußkraft, ihren Einfluß auf die Menschen, nur deutest du freilich alles falsch, glaubst, daß sie alles eigensüchtig nur zu ihrem Vorteil und zum Bösen verwende oder gar als Waffe gegen dich. Nein, Pepi, selbst wenn sie solche Pfeile hätte, auf so kleine Entfernung könnte sie sie nicht abschießen. Und eigensüchtig? Eher könnte man sagen, daß sie unter Aufopferung dessen, was sie hatte, und dessen, was sie erwarten durfte, uns beiden die Gelegenheit gegeben hat, uns auf höherem Posten zu bewähren, daß wir beide aber sie enttäuscht haben und sie geradezu zwingen, wieder hierher zurückzukehren. Ich weiß nicht, ob es so ist, auch ist mir meine Schuld gar nicht klar, nur wenn ich mich mit dir vergleiche, taucht mir etwas Derartiges auf, so, als ob wir uns beide zu sehr, zu lärmend, zu kindisch, zu unerfahren bemüht hätten, um etwas, das zum Beispiel mit Friedas Ruhe, mit Friedas Sachlichkeit leicht und unmerklich zu gewinnen ist, durch Weinen, durch Kratzen, durch Zerren zu bekommen — so, wie ein Kind am Tischtuch zerrt, aber nichts gewinnt, sondern nur die ganze Pracht hinunterwirft und sie sich für immer unerreichbar macht –; ich weiß nicht, ob es so ist, aber daß es eher so ist, als wie du es erzählst, das weiß ich." — „Nun ja", sagte Pepi, „du bist verliebt in Frieda, weil sie dir weggelaufen ist; es ist nicht schwer, in sie verliebt zu sein, wenn sie weg ist. Aber mag es sein, wie du willst, und magst du in allem recht haben, auch darin, daß du mich lächerlich machst, was willst du jetzt tun? Frieda hat dich verlassen, weder nach meiner Erklärung noch nach deiner hast du Hoffnung, daß sie zu dir zurückkommt, und selbst wenn sie kommen sollte, irgendwo mußt du die Zwischenzeit verbringen, es ist kalt, und du hast weder Arbeit noch Bett, komm zu uns, meine Freundinnen werden dir gefallen, wir werden es dir behaglich machen, du wirst uns bei der Arbeit helfen, die wirklich für Mädchen allein zu schwer ist, wir Mädchen werden nicht auf uns angewiesen sein und in der Nacht nicht mehr Angst leiden. Komm zu uns! Auch meine Freundinnen kennen Frieda, wir werden dir von ihr Geschichten erzählen, bis du dessen überdrüssig geworden bist. Komm doch! Auch Bilder von Frieda haben wir und werden sie dir zeigen. Damals war Frieda noch bescheidener als heute, du wirst sie kaum wiedererkennen, höchstens an ihren Augen, die schon damals gelauert haben. Nun, wirst du also kommen?" — „Ist es denn erlaubt? Gestern gab es doch noch den großen Skandal, weil ich auf euerem Gang ertappt worden bin." — „Weil du ertappt wurdest, aber wenn du bei uns bist, wirst du nicht ertappt werden. Niemand wird von dir wissen, nur wir drei. Ah, es wird lustig sein. Schon kommt mir das Leben dort viel erträglicher vor als vor einem Weilchen noch. Vielleicht verliere ich jetzt gar nicht so viel dadurch, daß ich von hier fort muß. Du, wir haben uns auch zu dritt nicht gelangweilt, man muß sich das bittere Leben versüßen, es wird uns ja schon in der Jugend bitter gemacht, nun, wir drei halten zusammen, wir leben so hübsch, als es dort möglich ist, besonders Henriette wird dir gefallen, aber auch Emilie, ich habe ihnen schon von dir erzählt, man hört dort solche Geschichten ungläubig an, als könne außerhalb des Zimmers eigentlich nichts geschehen, warm und eng ist es dort, und wir drücken uns noch enger aneinander; nein, obwohl wir aufeinander angewiesen sind, sind wir einander nicht überdrüssig geworden; im Gegenteil, wenn ich an die Freundinnen denke, ist es mir fast recht, daß ich wieder zurückkomme; warum soll ich es weiterbringen als sie? Das war es ja eben, was uns zusammenhielt, daß uns allen dreien die Zukunft in gleicher Weise versperrt war, und nun bin ich doch durchgebrochen und war von ihnen abgetrennt. Freilich, ich habe sie nicht vergessen, und es war meine nächste Sorge, wie ich etwas für sie tun könnte; meine eigene Stellung war noch unsicher — wie unsicher sie war, wußte ich gar nicht –, und schon sprach ich mit dem Wirt über Henriette und Emilie. Hinsichtlich Henriettes war der Wirt nicht ganz unnachgiebig, für Emilie, die viel älter als wir ist, sie ist etwa in Friedas Alter, gab er mir allerdings keine Hoffnung. Aber denk nur, sie wollen ja gar nicht fort, sie wissen, daß es ein elendes Leben ist, das sie dort führen, aber sie haben sich schon gefügt, die guten Seelen, ich glaube, ihre Tränen beim Abschied galten am meisten der Trauer darüber, daß ich das gemeinsame Zimmer verlassen mußte, in die Kälte hinausging — uns scheint dort alles kalt, was außerhalb des Zimmers ist — und in den großen, fremden Räumen mit großen, fremden Menschen mich herumschlagen müsse, zu keinem anderen Zweck, als um das Leben zu fristen, was mir doch auch in der gemeinsamen Wirtschaft bisher gelungen war. Sie werden wahrscheinlich gar nicht staunen, wenn ich jetzt zurückkomme, und nur um mir nachzugeben, werden sie ein wenig weinen und mein Schicksal beklagen. Aber dann werden sie dich sehen und merken, daß es doch gut gewesen ist, daß ich fort war. Daß wir jetzt einen Mann als Helfer und Schutz haben, wird sie glücklich machen, und geradezu entzückt werden sie darüber sein, daß alles ein Geheimnis bleiben muß und daß wir durch dieses Geheimnis noch enger verbunden sein werden als bisher. Komm, o bitte, komm zu uns! Es entsteht ja keine Verpflichtung für dich, du wirst nicht an unser Zimmer für immer gebunden sein, so wie wir. Wenn es dann Frühjahr wird und du anderswo ein Unterkommen findest und es dir bei uns nicht mehr gefällt, kannst du ja gehen; nur allerdings das Geheimnis mußt du auch dann wahren und nicht etwa uns verraten, denn das wäre dann unsere letzte Stunde im Herrenhof, und auch sonst mußt du natürlich, wenn du bei uns bist, vorsichtig sein, dich nirgends zeigen, wo wir es nicht für ungefährlich ansehen, und überhaupt unseren Ratschlägen folgen; das ist das einzige, was dich bindet, und daran muß dir ja auch ebenso gelegen sein wie uns, sonst aber bist du völlig frei, die Arbeit, die wir dir zuteilen werden, wird nicht zu schwer sein, davor fürchte dich nicht. Kommst du also?“ — „Wie lange haben wir noch bis zum Frühjahr?“, fragte K. „Bis zum Frühjahr?“, wiederholte Pepi. „Der Winter ist bei uns lang, ein sehr langer Winter und einförmig. Darüber aber klagen wir unten nicht, gegen den Winter sind wir gesichert. Nun, einmal kommt auch das Frühjahr und der Sommer, und es hat wohl auch seine Zeit; aber in der Erinnerung, jetzt, scheint Frühjahr und Sommer so kurz, als wären es nicht viel mehr als zwei Tage, und selbst an diesen Tagen, auch durch den allerschönsten Tag, fällt dann noch manchmal Schnee.“

Da öffnete sich die Tür. Pepi zuckte zusammen, sie hatte sich in Gedanken zu sehr aus dem Ausschank entfernt, aber es war nicht Frieda, es war die Wirtin. Sie tat erstaunt, K. noch hier zu finden. K. entschuldigte sich damit, daß er auf die Wirtin gewartet habe, gleichzeitig dankte er dafür, daß es ihm erlaubt worden war, hier zu übernachten. Die Wirtin verstand nicht, warum K. auf sie gewartet habe. K. sagte, er hätte den Eindruck gehabt, daß die Wirtin noch mit ihm sprechen wolle, er bitte um Entschuldigung, wenn das ein Irrtum gewesen sei, übrigens müsse er nun allerdings gehen, allzulange habe er die Schule, wo er Diener sei, sich selbst überlassen, an allem sei die gestrige Vorladung schuld, er habe noch zu wenig Erfahrung in diesen Dingen, es werde gewiß nicht wieder geschehen, daß er der Frau Wirtin solche Unannehmlichkeiten mache wie gestern. Und er verbeugte sich, um zu gehen. Die Wirtin sah ihn an, mit einem Blick, als träume sie. Durch den Blick wurde K. auch länger festgehalten, als er wollte. Nun lächelte sie auch noch ein wenig, und erst durch K.s erstauntes Gesicht wurde sie gewissermaßen geweckt; es war, als hätte sie eine Antwort auf ihr Lächeln erwartet und erst jetzt, da sie ausblieb, erwachte sie. „Du hattest gestern, glaube ich, die Keckheit, etwas über mein Kleid zu sagen." K. konnte sich nicht erinnern. „Du kannst dich nicht erinnern? Zur Keckheit gehört dann hinterher die Feigheit." K. entschuldigte sich mit seiner gestrigen Müdigkeit, es sei gut möglich, daß er gestern etwas geschwätzt habe, jedenfalls könne er sich nicht mehr erinnern. Was hätte er auch über der Frau Wirtin Kleider haben sagen können? Daß sie so schön seien, wie er noch nie welche gesehen habe. Zumindest habe er noch keine Wirtin in solchen Kleidern bei der Arbeit gesehen. „Laß diese Bemerkungen!", sagte die Wirtin schnell. „Ich will von dir kein Wort mehr über die Kleider hören. Du hast dich nicht um meine Kleider zu kümmern. Das verbiete ich dir ein für allemal." K. verbeugte sich nochmals und ging zur Tür. „Was soll denn das heißen", rief die Wirtin hinter ihm her, „daß du in solchen Kleidern noch keine Wirtin bei der Arbeit gesehen hast? Was sollen solche sinnlosen Bemerkungen? Das ist doch völlig sinnlos. Was willst du damit sagen?" K. wandte sich um und bat die Wirtin, sich nicht aufzuregen. Natürlich sei die Bemerkung sinnlos. Er verstehe doch auch gar nichts von Kleidern. In seiner Lage erscheine ihm schon jedes ungeflickte und reine Kleid kostbar. Er sei nur erstaunt gewesen, die Frau Wirtin dort, im Gang, in der Nacht, unter allen den kaum angezogenen Männern in einem so schönen Abendkleid erscheinen zu sehen, nichts weiter. „Nun also", sagte die Wirtin, „endlich scheinst du dich doch an deine gestrige Bemerkung zu erinnern. Und vervollständigst sie durch weiteren Unsinn. Daß du nichts von Kleidern verstehst, ist richtig. Dann aber unterlasse auch — darum will ich dich ernstlich gebeten haben –, darüber abzuurteilen, was kostbare Kleider sind oder unpassende Abendkleider und dergleichen... Überhaupt" — hierbei war es, als überliefe sie ein

Kälteschauer — „sollst du dir nichts an meinen Kleidern zu schaffen machen, hörst du?“ Und als K. sich schweigend wieder umwenden wollte, fragte sie: „Woher hast du denn dein Wissen von den Kleidern?“ K. zuckte die Achseln, er habe kein Wissen. „Du hast keines“, sagte die Wirtin. „Du sollst dir aber auch keines anmaßen. Komm hinüber in das Kontor, ich werde dir etwas zeigen, dann wirst du deine Keckheiten hoffentlich für immer unterlassen.“ Sie ging voraus durch die Tür; Pepi sprang zu K., unter dem Vorwand, von K. die Zahlung zu bekommen, verständigten sie sich schnell, es war sehr leicht, da K. den Hof kannte, dessen Tor in die Seitenstraße führte, neben dem Tor war ein kleines Pförtchen, hinter dem wollte Pepi in einer Stunde etwa stehen und es auf dreimaliges Klopfen öffnen.

Das Privatkontor lag gegenüber dem Ausschank, nur der Flur war zu durchqueren, die Wirtin stand schon im beleuchteten Kontor und sah ungeduldig K. entgegen. Es gab aber noch eine Störung. Gerstäcker hatte im Flur gewartet und wollte mit K. sprechen. Es war nicht leicht, ihn abzuschütteln, auch die Wirtin half mit und verwies Gerstäcker seine Zudringlichkeit. „Wohin denn? Wohin denn?“, hörte man Gerstäcker noch rufen, als die Tür schon geschlossen war, und die Worte vermischten sich häßlich mit Seufzern und Husten.

Es war ein kleines, überheiztes Zimmer. An den Schmalwänden standen ein Stehpult und eine eiserne Kasse, an den Längswänden ein Kasten und eine Ottomane. Am meisten Raum nahm der Kasten in Anspruch; nicht nur, daß er die ganze Längswand ausfüllte, auch durch seine Tiefe engte er das Zimmer sehr ein, drei Schiebetüren waren nötig, ihn völlig zu öffnen. Die Wirtin zeigte auf die Ottomane, daß sich K. setzen möge, sie selbst setzte sich auf den Drehsessel beim Pult. „Hast du nicht einmal Schneiderei gelernt?“, fragte die Wirtin. — „Nein, niemals“, sagte K. — „Was bist du denn eigentlich?“ — „Landvermesser.“ — „Was ist denn das?“ K. erklärte es, die Erklärung machte sie gähnen. „Du sagst nicht die Wahrheit. Warum sagst du denn nicht die Wahrheit?“ — „Auch du sagst sie nicht.“ — „Ich? Du beginnst wohl wieder mit deinen Keckheiten? Und wenn ich sie nicht sagte — habe ich mich denn vor dir zu verantworten? Und worin sage ich denn nicht die Wahrheit?“ — „Du bist nicht nur Wirtin, wie du vorgibst.“ — „Sieh mal! Du bist voll Entdeckungen! Was bin ich denn noch? Deine Keckheiten nehmen nun aber schon wahrhaftig überhand.“ — „Ich weiß nicht, was du sonst bist. Ich sehe nur, daß du eine Wirtin bist und außerdem Kleider trägst, die nicht für eine Wirtin passen und wie sie auch sonst meines Wissens niemand hier im Dorfe trägt.“ — „Nun also kommen wir zu dem Eigentlichen. Du kannst es ja nicht verschweigen, vielleicht bist du gar nicht keck, du bist nur wie ein Kind, das irgendeine Dummheit weiß und durch nichts dazu gebracht werden könnte, sie zu verschweigen. Rede also! Was ist das Besondere dieser Kleider?“ –„Du wirst böse sein, wenn ich es sage.“ —

„Nein, ich werde darüber lachen, es wird ja kindliches Geschwätz sein. Wie sind also die Kleider?“ — „Du willst es wissen. Nun, sie sind aus gutem Material, recht kostbar, aber sie sind veraltet, überladen, oft überarbeitet, abgenützt und passen weder für deine Jahre noch deine Gestalt, noch deine Stellung. Sie sind mir aufgefallen, gleich als ich dich das erstemal sah, es war vor einer Woche etwa, hier, im Flur.“ — „Da haben wir es also! Sie sind veraltet, überladen und was denn noch? Und woher willst du das alles wissen?“ — „Das sehe ich, dazu braucht man keine Belehrung.“ — „Das siehst du ohne weiteres. Du mußt nirgends nachfragen und weißt gleich, was die Mode verlangt. Da wirst du mir ja unentbehrlich werden, denn für schöne Kleider habe ich allerdings eine Schwäche. Und was wirst du dazu sagen, daß dieser Schrank voll von Kleidern ist?“ Sie stieß die Schiebetüren beiseite, man sah ein Kleid gedrängt am anderen, dicht in der ganzen Breite des Schrankes, es waren meist dunkle, graue, braune, schwarze Kleider, alle sorgfältig aufgehängt und ausgebreitet. „Das sind meine Kleider, alle veraltet, überladen, wie du meinst. Es sind aber nur die Kleider, für die ich oben in meinem Zimmer keinen Platz habe, dort habe ich noch zwei Schränke voll, zwei Schränke, jeder fast so groß wie dieser. Staunst du?“

„Nein, ich habe etwas Ähnliches erwartet; ich sagte ja, daß du nicht nur Wirtin bist, du zielst auf etwas anderes ab.“

„Ich ziele nur darauf ab, mich schön zu kleiden, und du bist entweder ein Narr oder ein Kind oder ein sehr böser, gefährlicher Mensch. Geh, nun geh schon!“ K. war schon im Flur, und Gerstäcker hielt ihn wieder am Ärmel fest, als die Wirtin ihm nachrief: „Ich bekomme morgen ein neues Kleid, vielleicht lasse ich dich holen.“

Zwei Gespräche

Page intentionally left blank.

Gespräch mit dem Beter

Es gab eine Zeit, in der ich Tag um Tag in eine Kirche ging, denn ein Mädchen, in das ich mich verliebt hatte, betete dort kniend eine halbe Stunde am Abend, unterdessen ich sie in Ruhe betrachten konnte.

Als einmal das Mädchen nicht gekommen war und ich unwillig auf die Betenden blickte, fiel mir ein junger Mensch auf, der sich mit seiner ganzen mageren Gestalt auf den Boden geworfen hatte. Von Zeit zu Zeit packte er mit der ganzen Kraft seines Körpers seinen Schädel und schmetterte ihn seufzend in seine Handflächen, die auf den Steinen auflagen.

In der Kirche waren nur einige alte Weiber, die oft ihr eingewickeltes Köpfchen mit seitlicher Neigung drehten, um nach dem Betenden hinzusehn. Diese Aufmerksamkeit schien ihn glücklich zu machen, denn vor jedem seiner frommen Ausbrüche ließ er seine Augen umgehn, ob die zuschauenden Leute zahlreich wären. Ich fand das ungebührlich und beschloß, ihn anzureden, wenn er aus der Kirche ginge, und ihn auszufragen, warum er in dieser Weise bete. Ja, ich war ärgerlich, weil mein Mädchen nicht gekommen war.

Aber erst nach einer Stunde stand er auf, schlug ein sorgfältiges Kreuz und ging stoßweise zum Becken. Ich stellte mich auf dem Wege zwischen Becken und Tür auf und wußte, daß ich ihn nicht ohne Erklärung durchlassen würde. Ich verzerrte meinen Mund, wie ich es immer als Vorbereitung tue, wenn ich mit Bestimmtheit reden will. Ich trat mit dem rechten Beine vor und stützte mich darauf, während ich das linke nachlässig auf der Fußspitze hielt; auch das gibt mir Festigkeit.

Nun ist es möglich, daß dieser Mensch schon auf mich schielte, als er das Weihwasser in sein Gesicht spritzte, vielleicht auch hatte er mich schon früher mit Besorgnis bemerkt, denn jetzt unerwartet rannte er zur Türe hinaus. Die Glastür schlug zu. Und als ich gleich nachher aus der Türe trat, sah ich ihn nicht mehr, denn dort gab es einige schmale Gassen und der Verkehr war mannigfaltig. In den nächsten Tagen blieb er aus, aber mein Mädchen kam. Sie war in dem schwarzen Kleide, welches auf den Schultern durchsichtige Spitzen hatte — der Halbmond des Hemdrandes lag unter ihnen –, von deren unterem Rande die Seide in einem wohlgeschnittenen Kragen niederging. Und da das Mädchen kam, vergaß ich den jungen Mann, und selbst dann kümmerte ich mich nicht um ihn, als er später wieder regelmäßig kam und nach seiner Gewohnheit betete. Aber immer ging er mit großer Eile an mir vorüber, mit abgewendetem Gesicht. Vielleicht lag es daran, daß ich mir ihn immer nur in Bewegung denken konnte, so daß es mir, selbst wenn er stand, schien, als schleiche er. Einmal verspätete ich mich in meinem Zimmer. Trotzdem ging ich noch in die Kirche. Ich fand das Mädchen nicht mehr dort und wollte nach Hause gehn. Da lag dort wieder

dieser junge Mensch. Die alte Begebenheit fiel mir jetzt ein und machte mich neugierig.
Auf den Fußspitzen glitt ich zum Türgang, gab dem blinden Bettler, der dort saß, eine Münze und drückte mich neben ihn hinter den geöffneten Türflügel; dort saß ich eine Stunde lang und machte vielleicht ein listiges Gesicht. Ich fühlte mich dort wohl und beschloß, öfters herzukommen. In der zweiten Stunde fand ich es unsinnig, hier wegen des Beters zu sitzen. Und dennoch ließ ich noch eine dritte Stunde schon zornig die Spinnen über meine Kleider kriechen, während die letzten Menschen lautatmend aus dem Dunkel der Kirche traten. Da kam er auch. Er ging vorsichtig, und seine Füße betasteten zuerst leichthin den Boden, ehe sie auftraten.
Ich stand auf, machte einen großen und geraden Schritt und ergriff den jungen Menschen. „Guten Abend", sagte ich und stieß ihn, meine Hand an seinem Kragen, die Stufen hinunter auf den beleuchteten Platz. Als wir unten waren, sagte er mit einer völlig ungefestigten Stimme: „Guten Abend, lieber, lieber Herr, zürnen Sie mir nicht, Ihrem höchst ergebenen Diener". „Ja", sagte ich, „ich will Sie einiges fragen, mein Herr; voriges Mal entkamen Sie mir, das wird Ihnen heute kaum gelingen." „Sie sind mitleidig, mein Herr, und Sie werden mich nach Hause gehen lassen. Ich bin bedauernswert, das ist die Wahrheit." „Nein", schrie ich in den Lärm der vorüberfahrenden Straßenbahn,„ich lasse Sie nicht. Gerade solche Geschichten gefallen mir. Sie sind ein Glücksfang. Ich beglückwünsche mich." Da sagte er: „Ach Gott, Sie haben ein lebhaftes Herz und einen Kopf aus einem Block. Sie nennen mich einen Glücksfang, wie glücklich müssen Sie sein! Denn mein Unglück ist ein schwankendes Unglück, ein auf einer dünnen Spitze schwankendes Unglück, und berührt man es, so fällt es auf den Frager. Gute Nacht, mein Herr."
„Gut", sagte ich und hielt seine rechte Hand fest, „wenn Sie mir nicht antworten werden, werde ich hier auf der Gasse zu rufen anfangen. Und alle Ladenmädchen, die jetzt aus den Geschäften kommen, und alle ihre Liebhaber, die sich auf sie freuen, werden zusammenlaufen, denn sie werden glauben, ein Droschkenpferd sei gestürzt oder etwas dergleichen sei geschehen. Dann werde ich Sie den Leuten zeigen."
Da küßte er weinend abwechselnd meine beiden Hände. „Ich werde Ihnen sagen, was Sie wissen wollen, aber bitte, gehen wir lieber in die Seitengasse drüben." Ich nickte, und wir gingen hin. Aber er begnügte sich nicht mit dem Dunkel der Gasse, in der nur weit voneinander gelbe Laternen waren, sondern er führte mich in den niedrigen Flurgang eines alten Hauses unter ein Lämpchen, das vor der Holztreppe tropfend hing.
Dort nahm er wichtig sein Taschentuch und sagte, es auf eine Stufe breitend: „Setzt Euch doch, lieber Herr, da könnt Ihr besser fragen, ich bleibe stehen, da kann ich besser antworten. Quält mich aber nicht."

Da setzte ich mich und sagte, indem ich mit schmalen Augen zu ihm aufblickte: „Ihr seid ein gelungener Tollhäusler, das seid Ihr! Wie benehmt Ihr Euch doch in der Kirche! Wie ärgerlich ist das und wie unangenehm den Zuschauern! Wie kann man andächtig sein, wenn man Euch anschauen muß.“ Er hatte seinen Körper an die Mauer gepreßt, nur den Kopf bewegte er frei in der Luft. „Ärgert Euch nicht — warum sollt Ihr Euch ärgern über Sachen, die Euch nicht angehören. Ich ärgere mich, wenn ich mich ungeschickt benehme; benimmt sich aber ein anderer schlecht, dann freue ich mich. Also ärgert Euch nicht, wenn ich sage, daß es der Zweck meines Lebens ist, von den Leuten angeschaut zu werden.“

„Was sagt Ihr da“, rief ich, viel zu laut für den niedrigen Gang, aber ich fürchtete mich dann, die Stimme zu schwächen, „wirklich, was sagtet Ihr da. Ja, ich ahne schon, ja ich ahnte es schon, seit ich Euch zum erstenmal sah, in welchem Zustand Ihr seid. Ich habe Erfahrung, und es ist nicht scherzend gemeint, wenn ich sage, daß es eine Seekrankheit auf festem Lande ist. Deren Wesen ist so, daß Ihr den wahrhaftigen Namen der Dinge vergessen habt und über sie jetzt in einer Eile zufällige Namen schüttet. Nur schnell, nur schnell! Aber kaum seid Ihr von ihnen weggelaufen, habt Ihr wieder ihre Namen vergessen. Die Pappel in den Feldern, die Ihr den „Turm von Babel“ genannt habt, denn Ihr wußtet nicht oder wolltet nicht wissen, daß es eine Pappel war, schaukelt wieder namenlos, und Ihr müßtet sie nennen „Noah, wie er betrunken war.“ Ich war ein wenig bestürzt, als er sagte: „Ich bin froh, daß ich das, was Ihr sagtet, nicht verstanden habe.“

Aufgeregt sagte ich rasch: „Dadurch, daß Ihr froh seid darüber, zeigt Ihr, daß Ihr es verstanden habt.“

„Freilich habe ich es gezeigt, gnädiger Herr, aber auch Ihr habt merkwürdig gesprochen.“

Ich legte meine Hände auf eine obere Stufe, lehnte mich zurück und fragte in dieser fast unangreifbaren Haltung, welche die letzte Rettung der Ringkämpfer ist: „Ihr habt eine lustige Art, Euch zu retten, indem Ihr Eueren Zustand bei den anderen voraussetzt.“

Daraufhin wurde er mutig. Er legte die Hände ineinander, um seinem Körper eine Einheit zu geben, und sagte unter leichtem Widerstreben: „Nein, ich tue das nicht gegen alle, zum Beispiel auch gegen Euch nicht, weil ich es nicht kann. Aber ich wäre froh, wenn ich es könnte, denn dann hätte ich die Aufmerksamkeit der Leute in der Kirche nicht mehr nötig. Wisset Ihr, warum ich sie nötig habe?“

Diese Frage machte mich unbeholfen. Sicherlich, ich wußte es nicht, und ich glaube, ich wollte es auch nicht wissen. Ich hatte ja auch nicht hierherkommen wollen, sagte ich mir damals, aber der Mensch hatte mich gezwungen, ihm zuzuhören. So brauchte ich ja jetzt bloß meinen Kopf zu

schütteln, um ihm zu zeigen, daß ich es nicht wußte, aber ich konnte meinen Kopf in keine Bewegung bringen.
Der Mensch, welcher mir gegenüberstand, lächelte. Dann duckte er sich auf seine Knie nieder und erzählte mit schläfriger Grimasse:„Es hat niemals eine Zeit gegeben, in der ich durch mich selbst von meinem Leben überzeugt war. Ich erfasse nämlich die Dinge um mich nur in so hinfälligen Vorstellungen, daß ich immer glaube, die Dinge hätten einmal gelebt, jetzt aber seien sie versinkend. Immer, lieber Herr, habe ich eine Lust, die Dinge so zu sehen, wie sie sich geben mögen, ehe sie sich mir zeigen. Sie sind da wohl, schön und ruhig. Es muß so sein, denn ich höre oft Leute in dieser Weise von ihnen reden."
Da ich schwieg und nur durch unwillkürliche Zuckungen in mein Gesicht zeigte, wie unbehaglich mir war, fragte er: „Sie glauben nicht daran, daß die Leute so reden?"
Ich glaubte, nicken zu müssen, konnte es aber nicht. „Wirklich, Sie glauben nicht daran? Ach, hören Sie doch; als ich als Kind nach einem kurzen Mittagsschlaf die Augen öffnete, hörte ich, noch ganz im Schlaf befangen, meine Mutter in natürlichem Ton vom Balkon hinunterfragen: „Was machen Sie, meine Liebe. Es ist so heiß." Eine Frau antwortete aus dem Garten: „Ich jause im Grünen." Sie sagten es ohne Nachdenken und nicht allzu deutlich, als müßte es jeder erwartet haben." Ich glaubte, ich sei gefragt, daher griff ich in die hintere Hosentasche und tat, als suchte ich dort etwas. Aber ich suchte nichts, sondern ich wollte nur meinen Anblick verändern, um meine Teilnahme am Gespräch zu zeigen. Dabei sagte ich, daß dieser Vorfall so merkwürdig sei und daß ich ihn keineswegs begreife. Ich fügte auch hinzu daß ich an dessen Wahrheit nicht glaube und daß er zu einem bestimmten Zweck, den ich gerade nicht einsehe, erfunden sein müsse. Dann schloß ich die Augen, denn sie schmerzten mich.
„Oh, das ist doch gut, daß Ihr meiner Meinung seid, und es war uneigennützig, daß Ihr mich angehalten habt, um mir das zu sagen. Nicht wahr, warum sollte ich mich schämen — oder warum sollten wir uns schämen –, daß ich nicht aufrecht und schwer gehe, nicht mit dem Stock auf das Pflaster schlage und nicht die Kleider der Leute streife, welche laut vorübergehen. Sollte ich nicht viel mehr mit Recht trotzig klagen dürfen, daß ich als Schatten mit eckigen Schultern die Häuser entlang hüpfe, manchmal in den Scheiben der Auslagsfenster verschwindend.
Was sind das für Tage, die ich verbringe! Warum ist alles so schlecht gebaut, daß bisweilen hohe Häuser einstürzen, ohne daß man einen äußeren Grund finden könnte. Ich klettere dann über die Schutthaufen und frage jeden, dem ich begegne: „Wie konnte das nur geschehn! In unserer Stadt- ein neues Haus — das ist heute schon das fünfte — bedenken Sie doch." Da kann mir keiner antworten. Oft fallen Menschen auf der Gasse und bleiben tot liegen.

Da öffnen alle Geschäftsleute ihre mit Waren verhangenen Türen, kommen gelenkig herbei, schaffen den Toten in ein Haus, kommen dann, Lächeln um Mund und Augen, heraus und reden: „Guten Tag — der Himmel ist blaß — ich verkaufe viele Kopftücher — ja, der Krieg.“ Ich hüpfe ins Haus, und, nachdem ich mehrere Male die Hand mit dem gebogenen Finger furchtsam gehoben habe, klopfe ich endlich an dem Fensterchen des Hausmeisters. „Lieber Mann“, sage ich freundlich, „es wurde ein toter Mensch zu Ihnen gebracht. Zeigen Sie mir ihn, ich bitte Sie.“ Und als er den Kopf schüttelt, als wäre er unentschlossen, sage ich bestimmt: „Lieber Mann. Ich bin Geheimpolizist. Zeigen Sie mir gleich den Toten.“ „Einen Toten?“, fragt er jetzt und ist fast beleidigt. „Nein, wir haben keinen Toten hier. Es ist ein anständiges Haus.“ Ich grüße und gehe.

Dann aber, wenn ich einen großen Platz zu durchqueren habe, vergesse ich alles. Die Schwierigkeit dieses Unternehmens verwirrt mich, und ich denke oft bei mir: „Wenn man so große Plätze nur aus Übermut baut, warum baut man nicht auch ein Steingeländer, das durch den Platz führen könnte. Heute bläst ein Südwestwind. Die Luft auf dem Platz ist aufgeregt. Die Spitze des Rathausturmes beschreibt kleine Kreise. Warum macht man nicht Ruhe in dem Gedränge? Alle Fensterscheiben lärmen, und die Laternenpfähle biegen sich wie Bambus. Der Mantel der heiligen Maria auf der Säule windet sich, und die stürmische Luft reißt an ihm. Sieht es denn niemand? Die Herren und Damen, die auf den Steinen gehen sollten, schweben. Wenn der Wind Atem holt, bleiben sie stehen, sagen einige Worte zueinander und verneigen sich grüßend, stößt aber der Wind wieder, können sie ihm nicht widerstehn, und alle heben gleichzeitig ihre Füße. Zwar müssen sie fest ihre Hüte halten, aber ihre Augen schauen lustig, als wäre milde Witterung. Nur ich fürchte mich.“

Mißhandelt, wie ich war, sagte ich: „Die Geschichte, die Sie früher erzählt haben von Ihrer Frau Mutter und der Frau im Garten finde ich gar nicht merkwürdig. Nicht nur, daß ich viele derartige Geschichten gehört und erlebt habe, so habe ich sogar bei manchen mitgewirkt. Diese Sache ist doch ganz natürlich. Meinen Sie, ich hätte, wenn ich auf dem Balkon gewesen wäre, nicht dasselbe sagen können und aus dem Garten dasselbe antworten können? Ein so einfacher Vorfall.“

Als ich das gesagt hatte, schien er sehr beglückt. Er sagte, daß ich hübsch gekleidet sei und daß ihm meine Halsbinde sehr gefalle. Und was für eine feine Haut ich hätte. Und Geständnisse würden am klarsten wenn man sie widerriefe.

Gespräch mit dem Betrunkenen

Als ich aus dem Haustor mit kleinen Schritten trat, wurde ich von dem Himmel mit Mond und Sternen und großer Wölbung und von dem Ringplatz mit Rathaus, Mariensäule und Kirche überfallen. Ich ging ruhig aus dem Schatten ins Mondlicht, knöpfte den Überzieher auf und wärmte mich; dann ließ ich durch Erheben der Hände das Sausen der Nacht schweigen und fing zu überlegen an: „Was ist es doch, daß ihr tut, als wenn ihr wirklich wäret. Wollt ihr mich glauben machen, daß ich unwirklich bin, komisch auf dem grünen Pflaster stehend? Aber doch ist es schon lange her, daß du wirklich warst, du Himmel, und du Ringplatz bist niemals wirklich gewesen."

„Es ist ja wahr, noch immer seid ihr mir überlegen, aber doch nur dann, wenn ich euch in Ruhe lasse."

„Gott sei Dank, Mond, du bist nicht mehr Mond, aber vielleicht ist es nachlässig von mir, daß ich dich Mondbenannten noch immer Mond nenne. Warum bist du nicht mehr so übermütig, wenn ich dich nenne „Vergessene Papierlaterne in merkwürdiger Farbe". Und warum ziehst du dich fast zurück, wenn ich dich „Mariensäule" nenne, und ich erkenne deine drohende Haltung nicht mehr, Mariensäule, wenn ich dich nenne „Mond, der gelbes Licht wirft."

„Es scheint nun wirklich, daß es euch nicht gut tut, wenn man über euch nachdenkt; ihr nehmt ab an Mut und Gesundheit."

„Gott, wie zuträglich muß es erst sein, wenn Nachdenkender vom Betrunkenen lernt!"

„Warum ist alles still geworden. Ich glaube, es ist kein Wind mehr. Und die Häuschen, die oft wie auf kleinen Rädern über den Platz rollen, sind ganz festgestampft — still — still — man sieht gar nicht den dünnen, schwarzen Strich, der sie sonst vom Boden trennt."

Und ich setzte mich in Lauf. Ich lief ohne Hindernis dreimal um den großen Platz herum, und da ich keinen Betrunkenen traf, lief ich, ohne die Schnelligkeit zu unterbrechen und ohne Anstrengung zu verspüren, gegen die Karlsgasse. Mein Schatten lief oft kleiner als ich neben mir an der Wand, wie in einem Hohlweg zwischen Mauer und Straßengrund.

Als ich bei dem Hause der Feuerwehr vorüberkam, hörte ich vom Kleinen Ring her Lärm, und als ich dort einbog, sah ich einen Betrunkenen am Gitterwerk des Brunnens stehn, die Arme waagrecht haltend und mit den Füßen, die in Holzpantoffeln staken, auf die Erde stampfend.

Ich blieb zuerst stehn, um meine Atmung ruhig werden zu lassen, dann ging ich zu ihm, nahm meinen Zylinder vom Kopfe und stellte mich vor:

„Guten Abend, zarter Edelmann, ich bin dreiundzwanzig Jahre alt, aber ich habe noch keinen Namen. Sie aber kommen sicher mit erstaunlichem, ja mit singbarem Namen aus dieser großen Stadt Paris. Der ganz unnatürliche Geruch des ausgleitenden Hofes von Frankreich umgibt Sie."

„Sicher haben Sie mit ihren gefärbten Augen jene großen Damen gesehn, die schon auf der hohen und lichten Terrasse stehn, sich in schmaler Taille ironisch umwendend, während das Ende ihrer auch auf der Treppe ausgebreiteten bemalten Schleppe noch über dem Sand des Gartens liegt. — Nicht wahr, auf langen Stangen, überall verteilt, steigen Diener in grauen, frechgeschnittenen Fräcken und weißen Hosen, die Beine um die Stange gelegt, den Oberkörper aber oft nach hinten und zur Seite gebogen, denn sie müssen an Stricken riesige graue Leinwandtücher von der Erde heben und in die Höhe spannen, weil die große Dame einen nebligen Morgen wünscht."

Da er rülpste, sagte ich fast erschrocken: „Wirklich, ist es wahr, Sie kommen, Herr, aus unserem Paris, aus dem stürmischen Paris, ach, aus diesem schwärmerischen Hagelwetter?" Als er wieder rülpste, sagte ich verlegen: „Ich weiß, es widerfährt mir eine große Ehre."

Und ich knöpfte mit raschen Fingern meinen Überzieher zu, dann redete ich inbrünstig und schüchtern:

„Ich weiß, Sie halten mich einer Antwort nicht für würdig, aber ich müßte ein verweintes Leben führen, wenn ich Sie heute nicht fragte."

„Ich bitte Sie, so geschmückter Herr, ist das wahr, was man mir erzählt hat. Gibt es in Paris Menschen, die nur aus verzierten Kleidern bestehn, und gibt es dort Häuser, die bloß Portale haben, und ist es wahr, daß an Sommertagen der Himmel fliehend blau ist, nur verschönt durch angepreßte weiße Wölkchen, die alle die Form von Herzen haben? Und gibt es dort ein Panoptikum mit großem Zulauf, in dem bloß Bäume stehn mit den Namen der berühmtesten Helden, Verbrecher und Verliebten auf kleinen angehengten Tafeln." „Und dann noch diese Nachricht! Diese offenbar lügnerische Nachricht!"

„Nicht wahr, diese Straßen von Paris sind plötzlich verzweigt; sie sind unruhig, nicht wahr? Es ist nicht immer alles in Ordnung, wie könnte es auch sein! Es geschieht einmal ein Unfall, Leute sammeln sich, aus den Nebenstraßen kommend mit dem großstädtischen Schritt, der das Pflaster nur wenig berührt; alle sind zwar in Neugierde, aber auch in Furcht vor Enttäuschung; sie atmen schnell und strecken ihre kleinen Köpfe vor. Wenn sie aber einander berühren, so verbeugen sie sich tief und bitten um Verzeihung: „Es tut mir sehr leid, — es geschah ohne Absicht — das Gedränge ist groß, verzeihen Sie, ich bitte — es war sehr ungeschickt von mir — ich gebe das zu. Mein Name ist — mein Name ist Jerome Faroche, Gewürzkrämer bin ich in der Rue du Cabotin — gestatten Sie, daß ich Sie für morgen zum Mittagessen einlade — auch meine Frau würde so große Freude haben." So reden sie, während doch die Gasse betäubt ist und der Rauch der Schornsteine zwischen die Häuser fällt. So ist es doch. Und wäre es möglich, daß da einmal auf einem belebten Boulevard eines vornehmen Viertels zwei Wagen halten. Diener öffnen ernst die Türen. Acht edle sibirische Wolfshunde tänzeln hinunter und jagen bellend über die Fahrbahn in Sprüngen. Und da sagt man, daß es verkleidete junge Pariser Stutzer sind.“

Er hatte die Augen fest geschlossen. Als ich schwieg, steckte er beide Hände in den Mund und riß am Unterkiefer. Sein Kleid war ganz beschmutzt. Man hatte ihn vielleicht aus einer Weinstube hinausgeworfen und er war darüber noch nicht im klaren.

Es war vielleicht diese kleine, ganz ruhige Pause zwischen Tag und Nacht, wo uns der Kopf, ohne daß wir es erwarten, im Genick hängt und wo alles, ohne daß wir es merken, stillsteht, da wir es nicht betrachten, und dann verschwindet. Während wir mit gebogenem Leib allein bleiben, uns dann umschaun, aber nichts mehr sehn, auch keinen Widerstand der Luft mehr fühlen, aber innerlich uns an der Erinnerung halten, daß in gewissem Abstand von uns Häuser stehn mit Dächern und glücklicherweise eckigen Schornsteinen, durch die das Dunkel in die Häuser fließt, durch die Dachkammern in die verschiedenartigen Zimmer. Und es ist ein Glück, daß morgen ein Tag sein wird, an dem, so unglaublich es ist, man alles wird sehen können.

Da riß der Betrunkene seine Augenbrauen hoch, so daß zwischen ihnen und den Augen ein Glanz entstand, und erklärte in Absätzen: „Das ist so nämlich — ich bin nämlich schläfrig, daher werde ich schlafen gehn. — Ich habe nämlich einen Schwager am Wenzelsplatz — dorthin geh' ich, denn dort wohne ich, denn dort habe ich mein Bett. — Ich geh' jetzt. — Ich weiß nämlich nur nicht, wie er heißt und wo er wohnt — mir scheint, das habe ich vergessen — aber das macht nichts, denn ich weiß ja nicht einmal, ob ich überhaupt einen Schwager habe. — Jetzt gehe ich nämlich. — Glauben Sie, daß ich ihn finden werde?“

Darauf sagte ich ohne Bedenken: „Das ist sicher. Aber Sie kommen aus der Fremde, und Ihre Dienerschaft ist zufällig nicht bei Ihnen. Gestatten Sie, daß ich Sie führe.“ Er antwortete nicht. Da reichte ich ihm meinen Arm, damit er sich einhänge.

Page intentionally left blank.

Kinder auf der Landstraße

Ich hörte die Wagen an dem Gartengitter vorüberfahren, manchmal sah ich sie auch durch die schwach bewegten Lücken im Laub. Wie krachte in dem heißen Sommer das Holz in ihren Speichen und Deichseln! Arbeiter kamen von den Feldern und lachten, daß es eine Schande war.

Ich saß auf unserer kleinen Schaukel, ich ruhte mich gerade aus zwischen den Bäumen im Garten meiner Eltern.

Vor dem Gitter hörte es nicht auf. Kinder im Laufschritt waren im Augenblick vorüber; Getreidewagen mit Männern und Frauen auf den Garben und rings herum verdunkelten die Blumenbeete; gegen Abend sah ich einen Herrn mit einem Stock langsam spazierengehn, und ein paar Mädchen, die Arm in Arm ihm entgegenkamen, traten grüßend ins seitliche Gras.

Dann flogen Vögel wie sprühend auf, ich folgte ihnen mit den Blicken, sah, wie sie in einem Atemzug stiegen, bis ich nicht mehr glaubte, daß sie stiegen, sondern, daß ich falle, und fest mich an den Seilen haltend, aus Schwäche ein wenig zu schaukeln anfing. Bald schaukelte ich stärker, als die Luft schon kühler wehte und statt der fliegenden Vögel zitternde Sterne erschienen.

Bei Kerzenlicht bekam ich mein Nachtmahl. Oft hatte ich beide Arme auf der Holzplatte und, schon müde, biß ich in mein Butterbrot. Die stark durchbrochenen Vorhänge bauschten sich im warmen Wind, und manchmal hielt sie einer, der draußen vorüberging, mit seinen Händen fest, wenn er mich besser sehen und mit mir reden wollte. Meistens verlöschte die Kerze bald und in dem dunklen Kerzenrauch trieben sich noch eine Zeitlang die versammelten Mücken herum. Fragte mich einer vom Fenster aus, so sah ich ihn an, als schaue ich ins Gebirge oder in die bloße Luft, und auch ihm war an einer Antwort nicht viel gelegen.

Sprang dann einer über die Fensterbrüstung und meldete, die anderen seien schon vor dem Haus, so stand ich freilich seufzend auf.

„Nein, warum seufzst du so? Was ist denn geschehn? Ist es ein besonderes, nie gut zu machendes Unglück? Werden wir uns nie davon erholen können? Ist wirklich alles verloren?“

Nichts war verloren. Wir liefen vor das Haus. „Gott sei Dank, da seid ihr endlich!“ — „Du kommst halt immer zu spät!“ — „Wieso denn ich?“ — „Gerade du, bleib zu Hause, wenn du nicht mitwillst.“ — „Keine Gnaden!“ — „Was? Keine Gnaden? Wie redest du?“

Wir durchstießen den Abend mit dem Kopf. Es gab keine Tages- und keine Nachtzeit. Bald rieben sich unsere Westenknöpfe aneinander wie Zähne, bald liefen wir in gleichbleibender Entfernung, Feuer im Mund, wie Tiere in den Tropen. Wie Kürassiere in alten Kriegen, stampfend und hoch in der Luft, trieben wir einander die kurze Gasse hinunter und mit diesem Anlauf in den Beinen die Landstraße weiter hinauf. Einzelne traten in den Straßengraben, kaum verschwanden sie vor der dunklen Böschung, standen sie schon wie fremde Leute oben auf dem Feldweg und schauten herab. „Kommt doch herunter!“ — „Kommt zuerst herauf!“ — „Damit ihr uns herunterwerfet, fällt uns nicht ein, so gescheit sind wir noch.“ — „So feig seid ihr, wollt ihr sagen. Kommt nur, kommt!“ — „Wirklich? Ihr? Gerade ihr werdet uns hinunterwerfen? Wie müßtet ihr aussehen?“

Wir machten den Angriff, wurden vor die Brust gestoßen und legten uns in das Gras des Straßengrabens, fallend und freiwillig. Alles war gleichmäßig erwärmt, wir spürten nicht Wärme, nicht Kälte im Gras, nur müde wurde man.

Wenn man sich auf die rechte Seite drehte, die Hand unters Ohr gab, da wollte man gerne einschlafen. Zwar wollte man sich noch einmal aufraffen mit erhobenem Kinn, dafür aber in einen tieferen Graben fallen. Dann wollte man, den Arm quer vorgehalten, die Beine schiefgeweht, sich gegen die Luft werfen und wieder bestimmt in einen noch tieferen Graben fallen. Und damit wollte man gar nicht aufhören.

Wie man sich im letzten Graben richtig zum Schlafen aufs äußerste strecken würde, besonders in den Knien, daran dachte man noch kaum und lag, zum Weinen aufgelegt, wie krank, auf dem Rücken. Man zwinkerte, wenn einmal ein Junge, die Ellbogen bei den Hüften, mit dunklen Sohlen über uns von der Böschung auf die Straße sprang.

Den Mond sah man schon in einiger Höhe, ein Postwagen fuhr in seinem Licht vorbei. Ein schwacher Wind erhob sich allgemein, auch im Graben fühlte man ihn, und in der Nähe fing der Wald zu rauschen an. Da lag einem nicht mehr so viel daran, allein zu sein.

„Wo seid ihr?“ — „Kommt her!“ — „Alle zusammen!“ — „Was versteckst du dich, laß den Unsinn!“ — „Wißt ihr nicht, daß die Post schon vorüber ist?“ — „Aber nein! Schon vorüber?“ — „Natürlich, während du geschlafen hast, ist sie vorübergefahren.“ — „Ich habe geschlafen? Nein so etwas!“ — „Schweig nur, man sieht es dir doch an.“ — „Aber ich bitte dich.“ — „Kommt!“

Wir liefen enger beisammen, manche reichten einander die Hände, den Kopf konnte man nicht genug hoch haben, weil es abwärts ging. Einer schrie einen indianischen Kriegsruf heraus, wir bekamen in die Beine einen Galopp wie niemals, bei den Sprüngen hob uns in den Hüften der Wind. Nichts hätte uns aufhalten können; wir waren so im Laufe, daß wir selbst beim Überholen die Arme verschränken und ruhig uns umsehen konnten.

Auf der Wildbachbrücke blieben wir stehn; die weiter gelaufen waren, kehrten zurück. Das Wasser unten schlug an Steine und Wurzeln, als wäre es nicht schon Spätabend. Es gab keinen Grund dafür, warum nicht einer auf das Geländer der Brücke sprang.

Hinter Gebüschen in der Ferne fuhr ein Eisenbahnzug heraus, alle Kupees waren beleuchtet, die Glasfenster sicher herabgelassen. Einer von uns begann einen Gassenhauer zu singen, aber wir alle wollten singen. Wir sangen viel rascher, als der Zug fuhr, wir schaukelten die Arme, weil die Stimme nicht genügte, wir kamen mit unseren Stimmen in ein Gedränge, in dem uns wohl war. Wenn man seine Stimme unter andere mischt, ist man wie mit einem Angelhaken gefangen. So sangen wir, den Wald im Rücken, den fernen Reisenden in die Ohren. Die Erwachsenen wachten noch im Dorfe, die Mütter richteten die Betten für die Nacht.

Es war schon Zeit. Ich küßte den, der bei mir stand, reichte den drei Nächsten nur so die Hände, begann, den Weg zurückzulaufen, keiner rief mich. Bei der ersten Kreuzung, wo sie mich nicht mehr sehen konnten, bog ich ein und lief auf Feldwegen wieder in den Wald. Ich strebte zu der Stadt im Süden hin, von der es in unserem Dorfe hieß:

„Dort sind Leute! Denkt euch, die schlafen nicht!“

„Und warum denn nicht?“

„Weil sie nicht müde werden.“

„Und warum denn nicht?“

„Weil sie Narren sind.“

„Werden denn Narren nicht müde?“

„Wie könnten Narren müde werden!“

Entlarvung eines Bauernfängers

Endlich gegen zehn Uhr abends kam ich mit einem mir von früher nur flüchtig bekannten Mann, der sich mir diesmal unversehens wieder angeschlossen und mich zwei Stunden lang in den Gassen herumgezogen hatte, vor dem herrschaftlichen Hause an, in das ich zu einer Gesellschaft geladen war.

„So!“, sagte ich und klatschte in die Hände zum Zeichen der unbedingten Notwendigkeit des Abschieds. Weniger bestimmte Versuche hatte ich schon einige gemacht. Ich war schon ganz müde. „Gehn Sie gleich hinauf?“, fragte er. In seinem Munde hörte ich ein Geräusch wie vom Aneinanderschlagen der Zähne. „Ja.“

Ich war doch eingeladen, ich hatte es ihm gleich gesagt. Aber ich war eingeladen, hinaufzukommen, wo ich schon so gerne gewesen wäre, und nicht hier unten vor dem Tor zu stehn und an den Ohren meines Gegenübers vorüberzuschauen. Und jetzt noch mit ihm stumm zu werden, als seien wir zu einem langen Aufenthalt auf diesem Fleck entschlossen. Dabei nahmen an diesem Schweigen gleich die Häuser ringsherum ihren Anteil, und das Dunkel über ihnen bis zu den Sternen. Und die Schritte unsichtbarer Spaziergänger, deren Wege zu erraten man nicht Lust hatte, der Wind, der immer wieder an die gegenüberliegende Straßenseite sich drückte, ein Grammophon, das gegen die geschlossenen Fenster irgendeines Zimmers sang, — sie ließen aus diesem Schweigen sich hören, als sei es ihr Eigentum seit jeher und für immer.

Und mein Begleiter fügte sich in seinem und — nach einem Lächeln — auch in meinem Namen, streckte die Mauer entlang den rechten Arm aufwärts und lehnte sein Gesicht, die Augen schließend, an ihn.

Doch dieses Lächeln sah ich nicht mehr ganz zu Ende, denn Scham drehte mich plötzlich herum. Erst an diesem Lächeln also hatte ich erkannt, daß das ein Bauernfänger war, nichts weiter. Und ich war doch schon monatelang in dieser Stadt, hatte geglaubt, diese Bauernfänger durch und durch zu kennen, wie sie bei Nacht aus Seitenstraßen, die Hände vorgestreckt, wie Gastwirte uns entgegentreten, wie sie sich um die Anschlagsäule, bei der wir stehen, herumdrücken, wie zum Versteckenspielen und hinter der Säulenrundung hervor zumindest mit einem Auge spionieren, wie sie in Straßenkreuzungen, wenn wir ängstlich werden, auf einmal vor uns schweben auf der Kante unseres Trottoirs! Ich verstand sie doch so gut, sie waren ja meine ersten städtischen Bekannten in den kleinen Wirtshäusern gewesen, und ich verdankte ihnen den ersten Anblick einer Unnachgiebigkeit, die ich mir jetzt so wenig von der Erde wegdenken konnte, daß ich sie schon in mir zu fühlen begann. Wie standen sie einem noch gegenüber, selbst wenn man ihnen schon längst entlaufen war, wenn es also längst nichts mehr zu fangen gab!

Wie setzten sie sich nicht, wie fielen sie nicht hin, sondern sahen einen mit Blicken an, die noch immer, wenn auch nur aus der Ferne, überzeugten! Und ihre Mittel waren stets die gleichen: Sie stellten sich vor uns hin, so breit sie konnten; suchten uns abzuhalten von dort, wohin wir strebten; bereiteten uns zum Ersatz eine Wohnung in ihrer eigenen Brust, und bäumte sich endlich das gesammelte Gefühl in uns auf, nahmen sie es als Umarmung, in die sie sich warfen, das Gesicht voran.

Und diese alten Späße hatte ich diesmal erst nach so langem Beisammensein erkannt. Ich zerrieb mir die Fingerspitzen aneinander, um die Schande ungeschehen zu machen.

Mein Mann aber lehnte hier noch wie früher, hielt sich noch immer für einen Bauernfänger, und die Zufriedenheit mit seinem Schicksal rötete ihm die freie Wange.

„Erkannt!“, sagte ich und klopfte ihm noch leicht auf die Schulter. Dann eilte ich die Treppe hinauf, und die so grundlos treuen Gesichter der Dienerschaft oben im Vorzimmer freuten mich wie eine schöne Überraschung. Ich sah sie alle der Reihe nach an, während man mir den Mantel abnahm und die Stiefel abstaubte. Aufatmend und langgestreckt betrat ich dann den Saal.

Der plötzliche Spaziergang

Wenn man sich am Abend endgültig entschlossen zu haben scheint, zu Hause zu bleiben, den Hausrock angezogen hat, nach dem Nachtmahl beim beleuchteten Tische sitzt und jene Arbeit oder jenes Spiel vorgenommen hat, nach dessen Beendigung man gewohnheitsgemäß schlafen geht, wenn draußen ein unfreundliches Wetter ist, welches das Zuhausebleiben selbstverständlich macht, wenn man jetzt auch schon so lange bei Tisch stillgehalten hat, daß das Weggehen allgemeines Erstaunen hervorrufen müßte, wenn nun auch schon das Treppenhaus dunkel und das Haustor gesperrt ist, und wenn man nun trotz alledem in einem plötzlichen Unbehagen aufsteht, den Rock wechselt, sofort straßenmäßig angezogen erscheint, weggehen zu müssen erklärt, es nach kurzem Abschied auch tut, je nach der Schnelligkeit, mit der man die Wohnungstür zuschlägt, mehr oder weniger Ärger zu hinterlassen glaubt, wenn man sich auf der Gasse wiederfindet, mit Gliedern, die diese schon unerwartete Freiheit, die man ihnen verschafft hat, mit besonderer Beweglichkeit beantworten, wenn man durch diesen einen Entschluß alle Entschlußfähigkeit in sich gesammelt fühlt, wenn man mit größerer als der gewöhnlichen Bedeutung erkennt, daß man ja mehr Kraft als Bedürfnis hat, die schnellste Veränderung leicht zu bewirken und zu ertragen, und wenn man so die langen Gassen hinläuft, — dann ist man für diesen Abend gänzlich aus seiner Familie ausgetreten, die ins Wesenlose abschwenkt, während man selbst, ganz fest, schwarz vor Umrissenheit, hinten die Schenkel schlagend, sich zu seiner wahren Gestalt erhebt. Verstärkt wird alles noch, wenn man zu dieser späten Abendzeit einen Freund aufsucht, um nachzusehen, wie es ihm geht.

Entschlüsse

Aus einem elenden Zustand sich zu erheben, muß selbst mit gewollter Energie leicht sein. Ich reiße mich vom Sessel los, umlaufe den Tisch, mache Kopf und Hals beweglich, bringe Feuer in die Augen, spanne die Muskeln um sie herum. Arbeite jedem Gefühl entgegen, begrüße A. stürmisch, wenn er jetzt kommen wird, dulde B. freundlich in meinem Zimmer, ziehe bei C. alles, was gesagt wird, trotz Schmerz und Mühe mit langen Zügen in mich hinein.

Aber selbst wenn es so geht, wird mit jedem Fehler, der nicht ausbleiben kann, das Ganze, das Leichte und das Schwere, stocken, und ich werde mich im Kreise zurückdrehen müssen.

Deshalb bleibt doch der beste Rat, alles hinzunehmen, als schwere Masse sich verhalten, und fühle man sich selbst fortgeblasen, keinen unnötigen Schritt sich ablocken lassen, den anderen mit Tierblick anschaun, keine Reue fühlen, kurz, das, was vom Leben als Gespenst noch übrig ist, mit eigener Hand niederdrücken, das heißt, die letzte grabmäßige Ruhe noch vermehren und nichts außer ihr mehr bestehen lassen.

Eine charakteristische Bewegung eines solchen Zustandes ist das Hinfahren des kleinen Fingers über die Augenbrauen.

Der Ausflug ins Gebirge

„Ich weiß nicht“, rief ich ohne Klang, „ich weiß ja nicht. Wenn niemand kommt, dann kommt eben niemand. Ich habe niemandem etwas Böses getan, niemand hat mir etwas Böses getan, niemand aber will mir helfen. Lauter niemand. Aber so ist es doch nicht. Nur daß mir niemand hilft –, sonst wäre lauter Niemand hübsch. Ich würde ganz gern — warum denn nicht — einen Ausflug mit einer Gesellschaft von lauter Niemand machen. Natürlich ins Gebirge, wohin denn sonst? Wie sich diese Niemand aneinanderdrängen, diese vielen quergestreckten und eingehängten Arme, diese vielen Füße, durch winzige Schritte getrennt! Versteht sich, daß alle in Frack sind. Wir gehen so lala, der Wind fährt durch die Lücken, die wir und unsere Gliedmaßen offen lassen. Die Hälse werden im Gebirge frei! Es ist ein Wunder, daß wir nicht singen.“

Das Unglück des Junggesellen

Es scheint so arg, Junggeselle zu bleiben, als alter Mann unter schwerer Wahrung der Würde um Aufnahme zu bitten, wenn man einen Abend mit Menschen verbringen will, krank zu sein und aus dem Winkel seines Bettes wochenlang das leere Zimmer anzusehn, immer vor dem Haustor Abschied zu nehmen, niemals neben seiner Frau sich die Treppe hinaufzudrängen, in seinem Zimmer nur Seitentüren zu haben, die in fremde Wohnungen führen, sein Nachtmahl in einer Hand nach Hause zu tragen, fremde Kinder anstaunen zu müssen und nicht immerfort wiederholen zu dürfen: „Ich habe keine“, sich im Aussehn und Benehmen nach ein oder zwei Junggesellen der Jugenderinnerungen auszubilden.

So wird es sein, nur daß man auch in Wirklichkeit heute und später selbst dastehen wird, mit einem Körper und einem wirklichen Kopf, also auch einer Stirn, um mit der Hand an sie zu schlagen.

Der Kaufmann

Es ist möglich, daß einige Leute Mitleid mit mir haben, aber ich spüre nichts davon. Mein kleines Geschäft erfüllt mich mit Sorgen, die mich innen an Stirne und Schläfen schmerzen, aber ohne mir Zufriedenheit in Aussicht zu stellen, denn mein Geschäft ist klein.

Für Stunden im voraus muß ich Bestimmungen treffen, das Gedächtnis des Hausdieners wachhalten, vor befürchteten Fehlern warnen und in einer Jahreszeit die Moden der folgenden berechnen, nicht wie sie unter Leuten meines Kreises herrschen werden, sondern bei unzugänglichen Bevölkerungen auf dem Lande.

Mein Geld haben fremde Leute; ihre Verhältnisse können mir nicht deutlich sein; das Unglück, das sie treffen könnte, ahne ich nicht; wie könnte ich es abwehren! Vielleicht sind sie verschwenderisch geworden und geben ein Fest in einem Wirtshausgarten, und andere halten sich für ein Weilchen auf der Flucht nach Amerika bei diesem Feste auf.

Wenn nun am Abend eines Werktages das Geschäft gesperrt wird und ich plötzlich Stunden vor mir sehe, in denen ich für die ununterbrochenen Bedürfnisse meines Geschäftes nichts werde arbeiten können, dann wirft sich meine am Morgen weit vorausgeschickte Aufregung in mich, wie eine zurückkehrende Flut, hält es aber in mir nicht aus und ohne Ziel reißt sie mich mit.

Und doch kann ich diese Laune gar nicht benützen und kann nur nach Hause gehn, denn ich habe Gesicht und Hände schmutzig und verschwitzt, das Kleid fleckig und staubig, die Geschäftsmütze auf dem Kopfe und von Kistennägeln zerkratzte Stiefel. Ich gehe dann wie auf Wellen, klappere mit den Fingern beider Hände, und mir entgegenkommenden Kindern fahre ich über das Haar.

Aber der Weg ist kurz. Gleich bin ich in meinem Hause, öffne die Lifttür und trete ein.

Ich sehe, daß ich jetzt und plötzlich allein bin. Andere, die über Treppen steigen müssen, ermüden dabei ein wenig, müssen mit eilig atmenden Lungen warten, bis man die Tür der Wohnung öffnen kommt, haben dabei einen Grund für Ärger und Ungeduld, kommen jetzt ins Vorzimmer, wo sie den Hut aufhängen, und erst bis sie durch den Gang an einigen Glastüren vorbei in ihr eigenes Zimmer kommen, sind sie allein.

Ich aber bin gleich allein im Lift, und schaue, auf die Knie gestützt, in den schmalen Spiegel. Als der Lift sich zu heben anfängt, sage ich: „Seid still, tretet zurück, wollt ihr in den Schatten der Bäume, hinter die Draperien der Fenster, in das Laubengewölbe?“

Ich rede mit den Zähnen und die Treppengeländer gleiten an den Milchglasscheiben hinunter wie stürzendes Wasser.

„Flieget weg; euere Flügel, die ich niemals gesehen habe, mögen euch ins dörfliche Tal tragen oder nach Paris, wenn es euch dorthin treibt.
Doch genießet die Aussicht des Fensters, wenn die Prozessionen aus allen drei Straßen kommen, einander nicht ausweichen, durcheinandergehn und zwischen ihren letzten Reihen den freien Platz wieder entstehen lassen. Winket mit den Tüchern, seid entsetzt, seid gerührt, lobet die schöne Dame, die vorüberfährt.
Geht über den Bach auf der hölzernen Brücke, nickt den badenden Kindern zu und staunet über das Hurra der tausend Matrosen auf dem fernen Panzerschiff.
Verfolget nur den unscheinbaren Mann, und wenn ihr ihn in einen Torweg gestoßen habt, beraubt ihn und seht ihm dann, jeder die Hände in den Taschen, nach, wie er traurig seines Weges in die linke Gasse geht.
Die verstreut auf ihren Pferden galoppierende Polizei bändigt die Tiere und drängt euch zurück. Lasset sie, die leeren Gassen werden sie unglücklich machen, ich weiß es. Schon reiten sie, ich bitte, paarweise weg, langsam um die Straßenecken, fliegend über die Plätze.“
Dann muß ich aussteigen, den Aufzug hinunterlassen, an der Türglocke läuten, und das Mädchen öffnet die Tür, während ich grüße.

Zerstreutes Hinausschaun

Was werden wir in diesen Frühlingstagen tun, die jetzt rasch kommen? Heute früh war der Himmel grau, geht man aber jetzt zum Fenster, so ist man überrascht und lehnt die Wange an die Klinke des Fensters.

Unten sieht man das Licht der freilich schon sinkenden Sonne auf dem Gesicht des kindlichen Mädchens, das so geht und sich umschaut, und zugleich sieht man den Schatten des Mannes darauf, der hinter ihm rascher kommt.

Dann ist der Mann schon vorübergegangen und das Gesicht des Kindes ist ganz hell.

Der Nachhauseweg

Man sehe die Überzeugungskraft der Luft nach dem Gewitter! Meine Verdienste erscheinen mir und überwältigen mich, wenn ich mich auch nicht sträube.

Ich marschiere und mein Tempo ist das Tempo dieser Gassenseite, dieser Gasse, dieses Viertels. Ich bin mit Recht verantwortlich für alle Schläge gegen Türen, auf die Platten der Tische, für alle Trinksprüche, für die Liebespaare in ihren Betten, in den Gerüsten der Neubauten, in dunklen Gassen an die Häusermauern gepreßt, auf den Ottomanen der Bordelle.

Ich schätze meine Vergangenheit gegen meine Zukunft, finde aber beide vortrefflich, kann keiner von beiden den Vorzug geben und nur die Ungerechtigkeit der Vorsehung, die mich so begünstigt, muß ich tadeln. Nur als ich in mein Zimmer trete, bin ich ein wenig nachdenklich, aber ohne daß ich während des Treppensteigens etwas Nachdenkenswertes gefunden hätte. Es hilft mir nicht viel, daß ich das Fenster gänzlich öffne und daß in einem Garten die Musik noch spielt.

Die Vorüberlaufenden

Wenn man in der Nacht durch eine Gasse spazierengeht, und ein Mann, von weitem schon sichtbar — denn die Gasse vor uns steigt an und es ist Vollmond –, uns entgegenläuft, so werden wir ihn nicht anpacken, selbst wenn er schwach und zerlumpt ist, selbst wenn jemand hinter ihm läuft und schreit, sondern wir werden ihn weiterlaufen lassen.

Denn es ist Nacht, und wir können nicht dafür, daß die Gasse im Vollmond vor uns aufsteigt, und überdies, vielleicht haben diese zwei die Hetze zu ihrer Unterhaltung veranstaltet, vielleicht verfolgen beide einen dritten, vielleicht wird der erste unschuldig verfolgt, vielleicht will der zweite morden, und wir würden Mitschuldige des Mordes, vielleicht wissen die zwei nichts voneinander, und es läuft nur jeder auf eigene Verantwortung in sein Bett, vielleicht sind es Nachtwandler, vielleicht hat der erste Waffen.

Und endlich, dürfen wir nicht müde sein, haben wir nicht so viel Wein getrunken? Wir sind froh, daß wir auch den zweiten nicht mehr sehn.

Der Fahrgast

Ich stehe auf der Plattform des elektrischen Wagens und bin vollständig unsicher in Rücksicht meiner Stellung in dieser Welt, in dieser Stadt, in meiner Familie. Auch nicht beiläufig könnte ich angeben, welche Ansprüche ich in irgendeiner Richtung mit Recht vorbringen könnte. Ich kann es gar nicht verteidigen, daß ich auf dieser Plattform stehe, mich an dieser Schlinge halte, von diesem Wagen mich tragen lasse, daß Leute dem Wagen ausweichen oder still gehn, oder vor den Schaufenstern ruhn. — Niemand verlangt es ja von mir, aber das ist gleichgültig.
Der Wagen nähert sich einer Haltestelle, ein Mädchen stellt sich nahe den Stufen, zum Aussteigen bereit. Sie erscheint mir so deutlich, als ob ich sie betastet hätte. Sie ist schwarz gekleidet, die Rockfalten bewegen sich fast nicht, die Bluse ist knapp und hat einen Kragen aus weißer kleinmaschiger Spitze, die linke Hand hält sie flach an die Wand, der Schirm in ihrer Rechten steht auf der zweitobersten Stufe. Ihr Gesicht ist braun, die Nase, an den Seiten schwach gepreßt, schließt rund und breit ab. Sie hat viel braunes Haar und verwehte Härchen an der rechten Schläfe. Ihr kleines Ohr liegt eng an, doch sehe ich, da ich nahe stehe, den ganzen Rücken der rechten Ohrmuschel und den Schatten an der Wurzel.
Ich fragte mich damals: Wieso kommt es, daß sie nicht über sich verwundert ist, daß sie den Mund geschlossen hält und nichts dergleichen sagt?

Kleider

Oft wenn ich Kleider mit vielfachen Falten, Rüschen und Behängen sehe, die über schönen Körper schön sich legen, dann denke ich, daß sie nicht lange so erhalten bleiben, sondern Falten bekommen, nicht mehr geradezuglätten, Staub bekommen, der, dick in der Verzierung, nicht mehr zu entfernen ist, und daß niemand so traurig und lächerlich sich wird machen wollen, täglich das gleiche kostbare Kleid früh anzulegen und abends auszuziehn.
Doch sehe ich Mädchen, die wohl schön sind und vielfach reizende Muskeln und Knöchelchen und gespannte Haut und Massen dünner Haare zeigen, und doch tagtäglich in diesem einen natürlichen Maskenanzug erscheinen, immer das gleiche Gesicht in die gleichen Handflächen legen und von ihrem Spiegel widerscheinen lassen.
Nur manchmal am Abend, wenn sie spät von einem Feste kommen, scheint es ihnen im Spiegel abgenützt, gedunsen, verstaubt, von allen schon gesehn und kaum mehr tragbar.

Die Abweisung

Wenn ich einem schönen Mädchen begegne und sie bitte: „Sei so gut, komm mit mir“ und sie stumm vorübergeht, so meint sie damit: „Du bist kein Herzog mit fliegendem Namen, kein breiter Amerikaner mit indianischem Wuchs, mit waagrecht ruhenden Augen, mit einer von der Luft der Rasenplätze und der sie durchströmenden Flüsse massierten Haut, du hast keine Reisen gemacht zu den großen Seen und auf ihnen, die ich weiß nicht wo zu finden sind. Also ich bitte, warum soll ich, ein schönes Mädchen, mit dir gehn?“

„Du vergißt, dich trägt kein Automobil in langen Stößen schaukelnd durch die Gasse; ich sehe nicht die in ihre Kleider gepreßten Herren deines Gefolges, die, Segenssprüche für dich murmelnd, in genauem Halbkreis hinter dir gehn; deine Brüste sind im Mieder gut geordnet, aber deine Schenkel und Hüften entschädigen sich für jene Enthaltsamkeit; du trägst ein Taffetkleid mit plissierten Falten, wie es im vorigen Herbste uns durchaus allen Freude machte, und doch lächelst du — diese Lebensgefahr auf dem Leibe — bisweilen.“

„Ja, wir haben beide recht und, um uns dessen nicht unwiderleglich bewußt zu werden, wollen wir, nicht wahr, lieber jeder allein nach Hause gehn.“

Zum Nachdenken für Herrenreiter

Nichts, wenn man es überlegt, kann dazu verlocken, in einem Wettrennen der erste sein zu wollen. Der Ruhm, als der beste Reiter eines Landes anerkannt zu werden, freut beim Losgehn des Orchesters zu stark, als daß sich am Morgen danach die Reue verhindern ließe.
Der Neid der Gegner, listiger, ziemlich einflußreicher Leute, muß uns in dem engen Spalier schmerzen, das wir nun durchreiten nach jener Ebene, die bald vor uns leer war bis auf einige überrundete Reiter, die klein gegen den Rand des Horizonts anritten.
Viele unserer Freunde eilen, den Gewinn zu beheben, und nur über die Schultern weg schreien sie von den entlegenen Schaltern ihr Hurra zu uns; die besten Freunde aber haben gar nicht auf unser Pferd gesetzt, da sie fürchteten, käme es zum Verluste, müßten sie uns böse sein, nun aber, da unser Pferd das erste war und sie nichts gewonnen haben, drehn sie sich um, wenn wir vorüberkommen und schauen lieber die Tribünen entlang.
Die Konkurrenten rückwärts, fest im Sattel, suchen das Unglück zu überblicken, das sie getroffen hat, und das Unrecht, das ihnen irgendwie zugefügt wird; sie nehmen ein frisches Aussehen an, als müsse ein neues Rennen anfangen und ein ernsthaftes nach diesem Kinderspiel.
Vielen Damen scheint der Sieger lächerlich, weil er sich aufbläht und doch nicht weiß, was anzufangen mit dem ewigen Händeschütteln, Salutieren, Sich-Niederbeugen und In-die-Ferne-Grüßen, während die Besiegten den Mund geschlossen haben und die Hälse ihrer meist wiehernden Pferde leichthin klopfen.
Endlich fängt es gar aus dem trüb gewordenen Himmel zu regnen an.

Das Gassenfenster

Wer verlassen lebt und sich doch hie und da irgendwo anschließen möchte, wer mit Rücksicht auf die Veränderungen der Tageszeit der Witterung, der Berufsverhältnisse und dergleichen ohne weiteres irgendeinen beliebigen Arm sehen will, an dem er sich halten könnte, — der wird es ohne ein Gassenfenster nicht lange treiben. Und steht es mit ihm so, daß er gar nichts sucht und nur als müder Mann, die Augen auf und ab zwischen Publikum und Himmel, an seine Fensterbrüstung tritt, und er will nicht und hat ein wenig den Kopf zurückgeneigt, so reißen ihn doch unten die Pferde mit in ihr Gefolge von Wagen und Lärm und damit endlich der menschlichen Eintracht zu.

Wunsch, Indianer zu werden

Wenn man doch ein Indianer wäre, gleich bereit, und auf dem rennenden Pferde, schief in der Luft, immer wieder kurz erzitterte über dem zitternden Boden, bis man die Sporen ließ, denn es gab keine Sporen, bis man die Zügel wegwarf, denn es gab keine Zügel, und kaum das Land vor sich als glattgemähte Heide sah, schon ohne Pferdehals und Pferdekopf.

Die Bäume

Denn wir sind wie Baumstämme im Schnee. Scheinbar liegen sie glatt auf, und mit kleinem Anstoß sollte man sie wegschieben können. Nein, das kann man nicht, denn sie sind fest mit dem Boden verbunden. Aber sieh, sogar das ist nur scheinbar.

Unglücklichsein

Als es schon unerträglich geworden war — einmal gegen Abend im November — und ich über den schmalen Teppich meines Zimmers wie in einer Rennbahn einherlief, durch den Anblick der beleuchteten Gasse erschreckt, wieder wendete, und in der Tiefe des Zimmers, im Grund des Spiegels doch wieder ein neues Ziel bekam, und aufschrie, um nur den Schrei zu hören, dem nichts antwortet und dem auch nichts die Kraft des Schreiens nimmt, der also aufsteigt, ohne Gegengewicht, und nicht aufhören kann, selbst wenn er verstummt, da öffnete sich aus der Wand heraus die Tür, so eilig, weil doch Eile nötig war und selbst die Wagenpferde unten auf dem Pflaster, wie wildgewordene Pferde in der Schlacht, die Gurgeln preisgegeben, sich erhoben.

Als kleines Gespenst fuhr ein Kind aus dem ganz dunklen Korridor, in dem die Lampe noch nicht brannte, und blieb auf den Fußspitzen stehn, auf einem unmerklich schaukelnden Fußbodenbalken. Von der Dämmerung des Zimmers gleich geblendet, wollte es mit dem Gesicht rasch in seine Hände, beruhigte sich aber unversehens mit dem Blick zum Fenster, vor dessen Kreuz der hochgetriebene Dunst der Straßenbeleuchtung endlich unter dem Dunkel liegen blieb. Mit dem rechten Ellbogen hielt es sich vor der offenen Tür aufrecht an der Zimmerwand und ließ den Luftzug von draußen um die Gelenke der Füße streichen, auch den Hals, auch die Schläfen entlang. Ich sah ein wenig hin, dann sagte ich „Guten Tag" und nahm meinen Rock vom Ofenschirm, weil ich nicht so halb nackt dastehen wollte. Ein Weilchen lang hielt ich den Mund offen, damit mich die Aufregung durch den Mund verlasse. Ich hatte schlechten Speichel in mir, im Gesicht zitterten mir die Augenwimpern, kurz, es fehlte mir nichts, als gerade dieser allerdings erwartete Besuch. Das Kind stand noch an der Wand auf dem gleichen Platz, es hatte die rechte Hand an die Mauer gepreßt und konnte, ganz rotwangig, dessen nicht satt werden, daß die weißgetünchte Wand grobkörnig war, und die Fingerspitzen rieb. Ich sagte: „Wollen Sie tatsächlich zu mir? Ist es kein Irrtum? Nichts leichter als ein Irrtum in diesem großen Hause. Ich heiße Soundso, wohne im dritten Stock. Bin ich also der, den Sie besuchen wollen?"

„Ruhe, Ruhe!", sagte das Kind über die Schulter weg, „alles ist schon richtig."

„Dann kommen Sie weiter ins Zimmer herein, ich möchte die Tür schließen."

„Die Tür habe ich jetzt gerade geschlossen. Machen Sie sich keine Mühe. Beruhigen Sie sich überhaupt."

„Reden Sie nicht von Mühe. Aber auf diesem Gange wohnt eine Menge Leute, alle sind natürlich meine Bekannten; die meisten kommen jetzt aus den Geschäften; wenn sie in einem Zimmer reden hören, glauben sie einfach

das Recht zu haben, aufzumachen und nachzuschaun, was los ist. Es ist einmal schon so. Diese Leute haben die tägliche Arbeit hinter sich; wem würden sie sich in der provisorischen Abendfreiheit unterwerfen! Übrigens wissen Sie es ja auch. Lassen Sie mich die Türe schließen."
„Ja, was ist denn? Was haben Sie? Meinetwegen kann das ganze Haus hereinkommen. Und dann noch einmal: Ich habe die Türe schon geschlossen, glauben Sie denn, nur Sie können die Türe schließen? Ich habe sogar mit dem Schlüssel zugesperrt."
„Dann ist's gut. Mehr will ich ja nicht. Mit dem Schlüssel hätten Sie gar nicht zusperren müssen. Und jetzt machen Sie es sich nur behaglich, wenn Sie schon einmal da sind. Sie sind mein Gast. Vertrauen Sie mir völlig. Machen Sie sich nur breit ohne Angst. Ich werde Sie weder zum Hierbleiben zwingen, noch zum Weggehn.
Muß ich das erst sagen? Kennen Sie mich so schlecht?"
„Nein. Sie hätten das wirklich nicht sagen müssen. Noch mehr, Sie hätten es gar nicht sagen sollen.
Ich bin ein Kind; warum so viel Umstände mit mir machen?"
„So schlimm ist es nicht. Natürlich, ein Kind. Aber gar so klein sind Sie nicht. Sie sind schon ganz erwachsen. Wenn Sie ein Mädchen wären, dürften Sie sich nicht so einfach mit mir in einem Zimmer einsperren."
„Darüber müssen wir uns keine Sorge machen. Ich wollte nur sagen: Daß ich Sie so gut kenne, schützt mich wenig, es enthebt Sie nur der Anstrengung, mir etwas vorzulügen. Trotzdem aber machen Sie mir Komplimente. Lassen Sie das, ich fordere Sie auf, lassen Sie das. Dazu kommt, daß ich Sie nicht überall und immerfort kenne, gar bei dieser Finsternis. Es wäre viel besser, wenn Sie Licht machen ließen. Nein, lieber nicht. Immerhin werde ich mir merken, daß Sie mir schon gedroht haben."
„Wie? Ich hätte Ihnen gedroht? Aber ich bitte Sie. Ich bin ja so froh, daß Sie endlich hier sind. Ich sage „endlich", weil es schon so spät ist. Es ist mir unbegreiflich, warum Sie so spät gekommen sind. Da ist es möglich, daß ich in der Freude so durcheinander gesprochen habe und daß Sie es gerade so verstanden haben. Daß ich so gesprochen habe, gebe ich zehnmal zu, ja ich habe Ihnen mit allem gedroht, was Sie wollen. — Nur keinen Streit, um Himmels willen! — Aber wie konnten Sie es glauben? Wie konnten Sie mich so kränken? Warum wollen Sie mir mit aller Gewalt dieses kleine Weilchen Ihres Hierseins verderben? Ein fremder Mensch wäre entgegenkommender als Sie." „Das glaube ich; das war keine Weisheit. So nah, als Ihnen ein fremder Mensch entgegenkommen kann, bin ich Ihnen schon von Natur aus. Das wissen Sie auch, wozu also die Wehmut? Sagen Sie, daß Sie Komödie spielen wollen, und ich gehe augenblicklich."
„So? Auch das wagen Sie mir zu sagen? Sie sind ein wenig zu kühn. Am Ende sind Sie doch in meinem Zimmer. Sie reiben Ihre Finger wie verrückt

an meiner Wand. Mein Zimmer, meine Wand! Und außerdem ist das, was Sie sagen, lächerlich, nicht nur frech. Sie sagen, Ihre Natur zwinge Sie, mit mir in dieser Weise zu reden. Wirklich? Ihre Natur zwingt Sie? Das ist nett von Ihrer Natur. Ihre Natur ist meine, und wenn ich mich von Natur aus freundlich zu Ihnen verhalte, so dürfen auch Sie nicht anders.“ „Ist das freundlich?“

„Ich rede von früher.“

„Wissen Sie, wie ich später sein werde?“

„Nichts weiß ich.“

Und ich ging zum Nachttisch hin, auf dem ich die Kerze anzündete. Ich hatte in jener Zeit weder Gas noch elektrisches Licht in meinem Zimmer. Ich saß dann noch eine Weile beim Tisch, bis ich auch dessen müde wurde, den Überzieher anzog, den Hut vom Kanapee nahm und die Kerze ausblies.

Beim Hinausgehen verfing ich mich in ein Sesselbein.

Auf der Treppe traf ich einen Mieter aus dem gleichen Stockwerk.

„Sie gehen schon wieder weg, Sie Lump?“, fragte er, auf seinen über zwei Stufen ausgebreiteten Beinen ausruhend.

„Was soll ich machen?“, sagte ich „jetzt habe ich ein Gespenst im Zimmer gehabt.“

„Sie sagen das mit der gleichen Unzufriedenheit, wie wenn Sie ein Haar in der Suppe gefunden hätten.“

„Sie spaßen. Aber merken Sie sich, ein Gespenst ist ein Gespenst.“

„Sehr wahr. Aber wie, wenn man überhaupt nicht an Gespenster glaubt?“

„Ja, meinen Sie denn, ich glaube an Gespenster? Was hilft mir aber dieses Nichtglauben?“

„Sehr einfach. Sie müssen eben keine Angst mehr haben, wenn ein Gespenst wirklich zu Ihnen kommt.“

„Ja, aber das ist doch die nebensächliche Angst. Die eigentliche Angst ist die Angst vor der Ursache der Erscheinung. Und diese Angst bleibt. Die habe ich geradezu großartig in mir.“ Ich fing vor Nervosität an, alle meine Taschen zu durchsuchen.

„Da Sie aber vor der Erscheinung selbst keine Angst hatten, hätten Sie sie doch ruhig nach ihrer Ursache fragen können!“

„Sie haben offenbar noch nie mit Gespenstern gesprochen. Aus denen kann man ja niemals eine klare Auskunft bekommen. Das ist ein Hin und Her. Diese Gespenster scheinen über ihre Existenz mehr im Zweifel zu sein als wir, was übrigens bei ihrer Hinfälligkeit kein Wunder ist.“

„Ich habe aber gehört, daß man sie auffüttern kann.“

„Da sind Sie gut berichtet. Das kann man. Aber wer wird das machen?“

„Warum nicht? Wenn es ein weibliches Gespenst ist zum Beispiel“, sagte er und schwang sich auf die obere Stufe.

„Ach so“, sagte ich, „aber selbst dann steht es nicht dafür.“ Ich besann mich. Mein Bekannter war schon so hoch, daß er sich, um mich zu sehen, unter einer Wölbung des Treppenhauses vorbeugen mußte. „Aber trotzdem“, rief ich, „wenn Sie mir dort oben mein Gespenst wegnehmen, dann ist es zwischen uns aus, für immer.“

„Aber das war ja nur Spaß“, sagte er und zog den Kopf zurück.

„Dann ist es gut“, sagte ich und hätte jetzt eigentlich ruhig spazierengehen können. Aber weil ich mich gar so verlassen fühlte, ging ich lieber hinauf und legte mich schlafen.

Das Urteil

Page intentionally left blank.

Es war an einem Sonntagvormittag im schönsten Frühjahr. Georg Bendemann, ein junger Kaufmann, saß in seinem Privatzimmer im ersten Stock eines der niedrigen, leichtgebauten Häuser, die entlang des Flusses in einer langen Reihe, fast nur in der Höhe und Färbung unterschieden, sich hinzogen. Er hatte gerade einen Brief an einen sich im Ausland befindlichen Jugendfreund beendet, verschloß ihn in spielerischer Langsamkeit und sah dann, den Ellbogen auf den Schreibtisch gestützt, aus dem Fenster auf den Fluß, die Brücke und die Anhöhen am anderen Ufer mit ihrem schwachen Grün.

Er dachte darüber nach, wie dieser Freund, mit seinem Fortkommen zu Hause unzufrieden, vor Jahren schon nach Rußland sich förmlich geflüchtet hatte. Nun betrieb er ein Geschäft in Petersburg, das anfangs sich sehr gut angelassen hatte, seit langem aber schon zu stocken schien, wie der Freund bei seinen immer seltener werdenden Besuchen klagte. So arbeitete er sich in der Fremde nutzlos ab, der fremdartige Vollbart verdeckte nur schlecht das seit den Kinderjahren wohlbekannte Gesicht, dessen gelbe Hautfarbe auf eine sich entwickelnde Krankheit hinzudeuten schien. Wie er erzählte, hatte er keine rechte Verbindung mit der dortigen Kolonie seiner Landsleute, aber auch fast keinen gesellschaftlichen Verkehr mit einheimischen Familien und richtete sich so für ein endgültiges Junggesellentum ein.

Was wollte man einem solchen Manne schreiben, der sich offenbar verrannt hatte, den man bedauern, dem man aber nicht helfen konnte. Sollte man ihm vielleicht raten, wieder nach Hause zu kommen, seine Existenz hierherzuverlegen, alle die alten freundschaftlichen Beziehungen wiederaufzunehmen — wofür ja kein Hindernis bestand — und im übrigen auf die Hilfe der Freunde zu vertrauen? Das bedeutete aber nichts anderes, als daß man ihm gleichzeitig, je schonender, desto kränkender, sagte, daß seine bisherigen Versuche mißlungen seien, daß er endlich von ihnen ablassen solle, daß er zurückkehren und sich als ein für immer Zurückgekehrter von allen mit großen Augen anstaunen lassen müsse, daß nur seine Freunde etwas verstünden und daß er ein altes Kind sei, das den erfolgreichen, zu Hause gebliebenen Freunden einfach zu folgen habe. Und war es dann noch sicher, daß alle die Plage, die man ihm antun müßte, einen Zweck hätte? Vielleicht gelang es nicht einmal, ihn überhaupt nach Hause zu bringen — er sagte ja selbst, daß er die Verhältnisse in der Heimat nicht mehr verstünde –, und so bliebe er dann trotz allem in seiner Fremde, verbittert durch die Ratschläge und den Freunden noch ein Stock mehr entfremdet. Folgte er aber wirklich dem Rat und würde hier — natürlich nicht mit Absicht, aber durch die Tatsachen — niedergedrückt, fände sich nicht in seinen Freunden und nicht ohne sie zurecht, litte an Beschämung, hätte jetzt wirklich keine Heimat und keine Freunde mehr, war es da nicht viel besser

für ihn, er blieb in der Fremde, so wie er war? Konnte man denn bei solchen Umständen daran denken, daß er es hier tatsächlich vorwärtsbringen würde?
Aus diesen Gründen konnte man ihm, wenn man noch überhaupt die briefliche Verbindung aufrechterhalten wollte, keine eigentlichen Mitteilungen machen, wie man sie ohne Scheu auch den entferntesten Bekannten machen würde. Der Freund war nun schon über drei Jahre nicht in der Heimat gewesen und erklärte dies sehr notdürftig mit der Unsicherheit der politischen Verhältnisse in Rußland, die demnach also auch die kürzeste Abwesenheit eines kleinen Geschäftsmannes nicht zuließen, während hunderttausende Russen ruhig in der Welt herumfuhren. Im Laufe dieser drei Jahre hatte sich aber gerade für Georg vieles verändert. Von dem Todesfall von Georgs Mutter, der vor etwa zwei Jahren erfolgt war und seit welchem Georg mit seinem alten Vater in gemeinsamer Wirtschaft lebte, hatte der Freund wohl noch erfahren und sein Beileid in einem Brief mit einer Trockenheit ausgedrückt, die ihren Grund nur darin haben konnte, daß die Trauer über ein solches Ereignis in der Fremde ganz unvorstellbar wird. Nun hatte aber Georg seit jener Zeit, so wie alles andere, auch sein Geschäft mit größerer Entschlossenheit angepackt. Vielleicht hatte ihn der Vater bei Lebzeiten der Mutter dadurch, daß er im Geschäft nur seine Ansicht gelten lassen wollte, an einer wirklichen eigenen Tätigkeit gehindert, vielleicht war der Vater seit dem Tode der Mutter, trotzdem er noch immer im Geschäft arbeitete, zurückhaltender geworden, vielleicht spielten — was sogar sehr wahrscheinlich war– glückliche Zufälle eine weit wichtigere Rolle, jedenfalls aber hatte sich das Geschäft in diesen zwei Jahren ganz unerwartet entwickelt, das Personal hatte man verdoppeln müssen, der Umsatz hatte sich verfünffacht, ein weiterer Fortschritt stand zweifellos bevor.
Der Freund aber hatte keine Ahnung von dieser Veränderung. Früher, zum letztenmal vielleicht in jenem Beileidsbrief, hatte er Georg zur Auswanderung nach Rußland überreden wollen und sich über die Aussichten verbreitet, die gerade für Georgs Geschäftszweig in Petersburg bestanden. Die Ziffern waren verschwindend gegenüber dem Umfang, den Georgs Geschäft jetzt angenommen hatte. Georg aber hatte keine Lust gehabt, dem Freund von seinen geschäftlichen Erfolgen zu schreiben, und hätte er es jetzt nachträglich getan, es hätte wirklich einen merkwürdigen Anschein gehabt.
So beschränkte sich Georg darauf, dem Freund immer nur über bedeutungslose Vorfälle zu schreiben, wie sie sich, wenn man an einem ruhigen Sonntag nachdenkt, in der Erinnerung ungeordnet aufhäufen. Er wollte nichts anderes, als die Vorstellung ungestört lassen, die sich der Freund von der Heimatstadt in der langen Zwischenzeit wohl gemacht und mit welcher er sich abgefunden hatte. So geschah es Georg, daß er dem Freund die Verlobung eines gleichgültigen Menschen mit einem ebenso gleichgültigen Mädchen dreimal in ziemlich weit auseinanderliegenden

Briefen anzeigte, bis sich dann allerdings der Freund, ganz gegen Georgs Absicht, für diese Merkwürdigkeit zu interessieren begann.
Georg schrieb ihm aber solche Dinge viel lieber, als daß er zugestanden hätte, daß er selbst vor einem Monat mit einem Fräulein Frieda Brandenfeld, einem Mädchen aus wohlhabender Familie, sich verlobt hatte. Oft sprach er mit seiner Braut über diesen Freund und das besondere Korrespondenzverhältnis, in welchem er zu ihm stand. „Er wird also gar nicht zu unserer Hochzeit kommen“, sagte sie, „und ich habe doch das Recht, alle deine Freunde kennenzulernen.“ „Ich will ihn nicht stören“, antwortete Georg, „verstehe mich recht, er würde wahrscheinlich kommen, wenigstens glaube ich es, aber er würde sich gezwungen und geschädigt fühlen, vielleicht mich beneiden und sicher unzufrieden und unfähig, diese Unzufriedenheit jemals zu beseitigen, allein wieder zurückfahren. Allein — weiß du, was das ist?“ „Ja, kann er denn von unserer Heirat nicht auch auf andere Weise erfahren?“ „Das kann ich allerdings nicht verhindern, aber es ist bei seiner Lebensweise unwahrscheinlich.“ „Wenn du solche Freunde hast, Georg, hättest du dich überhaupt nicht verloben sollen.“ „Ja, das ist unser beider Schuld; aber ich wollte es auch jetzt nicht anders haben.“ Und wenn sie dann, rasch atmend unter seinen Küssen, noch vorbrachte: „Eigentlich kränkt es mich doch“, hielt er es wirklich für unverfänglich, dem Freund alles zu schreiben. „So bin ich und so hat er mich hinzunehmen“, sagte er sich, „ich kann nicht aus mir einen Menschen herausschneiden, der vielleicht für die Freundschaft mit ihm geeigneter wäre, als ich es bin.“
Und tatsächlich berichtete er seinem Freunde in dem langen Brief, den er an diesem Sonntagvormittag schrieb, die erfolgte Verlobung mit folgenden Worten: „Die beste Neuigkeit habe ich mir bis zum Schluß aufgespart. Ich habe mich mit einem Fräulein Frieda Brandenfeld verlobt, einem Mädchen aus einer wohlhabenden Familie, die sich hier erst lange nach Deiner Abreise angesiedelt hat, die Du also kaum kennen dürftest. Es wird sich noch Gelegenheit finden, Dir Näheres über meine Braut mitzuteilen, heute genüge Dir, daß ich recht glücklich bin und daß sich in unserem gegenseitigen Verhältnis nur insofern etwas geändert hat, als Du jetzt in mir statt eines ganz gewöhnlichen Freundes einen glücklichen Freund haben wirst. Außerdem bekommst Du in meiner Braut, die Dich herzlich grüßen läßt, und die Dir nächstens selbst schreiben wird, eine aufrichtige Freundin, was für einen Junggesellen nicht ganz ohne Bedeutung ist. Ich weiß, es hält Dich vielerlei von einem Besuche bei uns zurück, wäre aber nicht gerade meine Hochzeit die richtige Gelegenheit, einmal alle Hindernisse über den Haufen zu werfen? Aber wie dies auch sein mag, handle ohne alle Rücksicht und nur nach Deiner Wohlmeinung.“
Mit diesem Brief in der Hand war Georg lange, das Gesicht dem Fenster zugekehrt, an seinem Schreibtisch gesessen. Einem Bekannten, der ihn im

Vorübergehen von der Gasse aus gegrüßt hatte, hatte er kaum mit einem abwesenden Lächeln geantwortet.

Endlich steckte er den Brief in die Tasche und ging aus seinem Zimmer quer durch einen kleinen Gang in das Zimmer seines Vaters, in dem er schon seit Monaten nicht gewesen war. Es bestand auch sonst keine Nötigung dazu, denn er verkehrte mit seinem Vater ständig im Geschäft, das Mittagessen nahmen sie gleichzeitig in einem Speisehaus ein, abends versorgte sich zwar jeder nach Belieben, doch saßen sie dann meistens, wenn nicht Georg, wie es am häufigsten geschah, mit Freunden beisammen war oder jetzt seine Braut besuchte, noch ein Weilchen, jeder mit seiner Zeitung, im gemeinsamen Wohnzimmer. Georg staunte darüber, wie dunkel das Zimmer des Vaters selbst an diesem sonnigen Vormittag war. Einen solchen Schatten warf also die hohe Mauer, die sich jenseits des schmalen Hofes erhob. Der Vater saß beim Fenster in einer Ecke, die mit verschiedenen Andenken an die selige Mutter ausgeschmückt war, und las die Zeitung, die er seitlich vor die Augen hielt, wodurch er irgendeine Augenschwäche auszugleichen suchte. Auf dem Tisch standen die Reste des Frühstücks, von dem nicht viel verzehrt zu sein schien.

„Ah, Georg!“, sagte der Vater und ging ihm gleich entgegen. Sein schwerer Schlafrock öffnete sich im Gehen, die Enden umflatterten ihn — „Mein Vater ist noch immer ein Riese“, sagte sich Georg. „Hier ist es ja unerträglich dunkel“, sagte er dann. „Ja, dunkel ist es schon“, antwortete der Vater. „Das Fenster hast du auch geschlossen?“

„Ich habe es lieber so.“

„Es ist ja ganz warm draußen“, sagte Georg, wie im Nachhang zu dem Früheren, und setzte sich.

Der Vater räumte das Frühstücksgeschirr ab und stellte es auf einen Kasten.

„Ich wollte dir eigentlich nur sagen“, fuhr Georg fort, der den Bewegungen des alten Mannes ganz verloren folgte, „daß ich nun doch nach Petersburg meine Verlobung angezeigt habe.“ Er zog den Brief ein wenig aus der Tasche und ließ ihn wieder zurückfallen.

„Nach Petersburg?“, fragte der Vater.

„Meinem Freunde doch“, sagte Georg und suchte des Vaters Augen. — Im Geschäft ist er doch ganz anders, dachte er, wie er hier breit sitzt und die Arme über der Brust kreuzt.

„Ja. Deinem Freunde“, sagte der Vater mit Betonung. „Du weiß doch, Vater, daß ich ihm meine Verlobung zuerst verschweigen wollte. Aus Rücksichtnahme, aus keinem anderen Grunde sonst. Du weißt selbst, er ist ein schwieriger Mensch. Ich sagte mir, von anderer Seite kann er von meiner Verlobung wohl erfahren, wenn das auch bei seiner einsamen Lebensweise kaum wahrscheinlich ist — das kann ich nicht hindern –, aber von mir selbst soll er es nun einmal nicht erfahren.“

„Und jetzt hast du es dir wieder anders überlegt?", fragte der Vater, legte die große Zeitung auf den Fensterbord und auf die Zeitung die Brille, die er mit der Hand bedeckte.

„Ja, jetzt habe ich es mir wieder überlegt. Wenn er mein guter Freund ist, sagte ich mir, dann ist meine glückliche Verlobung auch für ihn ein Glück. Und deshalb habe ich nicht mehr gezögert, es ihm anzuzeigen. Ehe ich jedoch den Brief einwarf, wollte ich es dir sagen."

„Georg", sagte der Vater und zog den zahnlosen Mund in die Breite, „hör einmal! Du bist wegen dieser Sache zu mir gekommen, um dich mit mir zu beraten. Das ehrt dich ohne Zweifel. Aber es ist nichts, es ist ärger als nichts, wenn du mir jetzt nicht die volle Wahrheit sagst. Ich will nicht Dinge aufrühren, die nicht hierher gehören. Seit dem Tode unserer teueren Mutter sind gewisse unschöne Dinge vorgegangen. Vielleicht kommt auch für sie die Zeit, und vielleicht kommt sie früher, als wir denken. Im Geschäft entgeht mir manches, es wird mir vielleicht nicht verborgen — ich will jetzt gar nicht die Annahme machen, daß es mir verborgen wird –, ich bin nicht mehr kräftig genug, mein Gedächtnis läßt nach, ich habe nicht mehr den Blick für alle die vielen Sachen. Das ist erstens der Ablauf der Natur, und zweitens hat mich der Tod unseres Mütterchens viel mehr niedergeschlagen als dich. — Aber weil wir gerade bei dieser Sache halten, bei diesem Brief, so bitte ich dich, Georg, täusche mich nicht. Es ist eine Kleinigkeit, es ist nicht des Atems wert, also täusche mich nicht. Hast du wirklich diesen Freund in Petersburg?"

Georg stand verlegen auf. „Lassen wir meine Freunde sein. Tausend Freunde ersetzen mir nicht meinen Vater. Weißt du, was ich glaube? Du schonst dich nicht genug. Aber das Alter verlangt seine Rechte. Du bist mir im Geschäft unentbehrlich, das weißt du ja sehr genau, aber wenn das Geschäft deine Gesundheit bedrohen, sollte, sperre ich es noch morgen für immer. Das geht nicht. Wir müssen da eine andere Lebensweise für dich einführen. Aber von Grund aus. Du sitzt hier im Dunkeln und im Wohnzimmer hättest du schönes Licht. Du nippst vom Frühstück, statt dich ordentlich zu stärken. Du sitzt bei geschlossenem Fenster, und die Luft würde dir so gut tun. Nein, mein Vater! Ich werde den Arzt holen, und seinen Vorschriften werden wir folgen. Die Zimmer werden wir wechseln, du wirst ins Vorderzimmer ziehen, ich hierher. Es wird keine Veränderung für dich sein, alles wird mit übertragen werden. Aber das alles hat Zeit, jetzt lege dich noch ein wenig ins Bett, du brauchst unbedingt Ruhe. Komm, ich werde dir beim Ausziehn helfen, du wirst sehn, ich kann es. Oder willst du gleich ins Vorderzimmer gehn, dann legst du dich vorläufig in mein Bett. Das wäre übrigens sehr vernünftig."

Georg stand knapp neben seinem Vater, der den Kopf mit dem struppigen weißen Haar auf die Brust hatte sinken lassen.

„Georg", sagte der Vater leise, ohne Bewegung.

Georg kniete sofort neben dem Vater nieder, er sah die Pupillen in dem müden Gesicht des Vaters übergroß in den Winkeln der Augen auf sich gerichtet.

„Du hast keinen Freund in Petersburg. Du bist immer ein Spaßmacher gewesen und hast dich auch mir gegenüber nicht zurückgehalten. Wie solltest du denn gerade dort einen Freund haben! Das kann ich gar nicht glauben."

„Denk doch einmal nach, Vater", sagte Georg, hob den Vater vom Sessel und zog ihm, wie er nun doch recht schwach dastand, den Schlafrock aus, „jetzt wird es bald drei Jahre her sein, da war mein Freund bei uns zu Besuch. Ich erinnere mich noch, daß du ihn nicht besonders gern hattest. Wenigstens zweimal habe ich ihn vor dir verleugnet, trotzdem er gerade bei mir im Zimmer saß. Ich konnte ja deine Abneigung gegen ihn ganz gut verstehn, mein Freund hat seine Eigentümlichkeiten. Aber dann hast du dich doch auch wieder ganz gut mit ihm unterhalten. Ich war damals noch so stolz darauf, daß du ihm zuhörtest, nicktest und fragtest. Wenn du nachdenkst, muß du dich erinnern. Er erzählte damals unglaubliche Geschichten von der Russischen Revolution. Wie er zum Beispiel auf einer Geschäftsreise in Kiew bei einem Tumult einen Geistlichen auf einem Balkon gesehen hatte, der sich ein breites Blutkreuz in die flache Hand schnitt, diese Hand erhob und die Menge anrief. Du hast ja selbst diese Geschichte hier und da wieder erzählt."

Währenddessen war es Georg gelungen, den Vater wieder niederzusetzen und ihm die Trikothose, die er über den Leinenunterhosen trug, sowie die Socken vorsichtig auszuziehn. Beim Anblick der nicht besonders reinen Wäsche machte er sich Vorwürfe, den Vater vernachlässigt zu haben. Es wäre sicherlich auch seine Pflicht gewesen, über den Wäschewechsel seines Vaters zu wachen. Er hatte mit seiner Braut darüber, wie sie die Zukunft des Vaters einrichten wollten, noch nicht ausdrücklich gesprochen, denn sie hatten stillschweigend vorausgesetzt, daß der Vater allein in der alten Wohnung bleiben würde. Doch jetzt entschloß er sich kurz mit aller Bestimmtheit, den Vater in seinen künftigen Haushalt mitzunehmen. Es schien ja fast, wenn man genauer zusah, daß die Pflege, die dort dem Vater bereitet werden sollte, zu spät kommen könnte.

Auf seinen Armen trug er den Vater ins Bett. Ein schreckliches Gefühl hatte er, als er während der paar Schritte zum Bett hin merkte, daß an seiner Brust der Vater mit seiner Uhrkette spielte. Er konnte ihn nicht gleich ins Bett legen, so fest hielt er sich an dieser Uhrkette.

Kaum war er aber im Bett, schien alles gut. Er deckte sich selbst zu und zog dann die Bettdecke noch besonders weit über die Schulter. Er sah nicht unfreundlich zu Georg hinauf.

„Nicht wahr, du erinnerst dich schon an ihn?“, fragte Georg und nickte ihm aufmunternd zu. „Bin ich jetzt gut zugedeckt?“, fragte der Vater, als könne er nicht nachschauen, ob die Füße genug bedeckt seien.

„Es gefällt dir also schon im Bett“, sagte Georg und legte das Deckzeug besser um ihn.

„Bin ich gut zugedeckt?“, fragte der Vater noch einmal und schien auf die Antwort besonders aufzupassen. „Sei nur ruhig, du bist gut zugedeckt.“ „Nein!“, rief der Vater, daß die Antwort an die Frage stieß, warf die Decke zurück mit einer Kraft, daß sie einen Augenblick im Fluge sich ganz entfaltete, und stand aufrecht im Bett. Nur eine Hand hielt er leicht an den Plafond. „Du wolltest mich zudecken, das weiß ich, mein Früchtchen, aber zugedeckt bin ich noch nicht. Und ist es auch die letzte Kraft, genug für dich, zuviel für dich. Wohl kenne ich deinen Freund. Er wäre ein Sohn nach meinem Herzen. Darum hast du ihn auch betrogen die ganzen Jahre lang. Warum sonst? Glaubst du, ich habe nicht um ihn geweint? Darum doch sperrst du dich in dein Büro, niemand soll stören, der Chef ist beschäftigt — nur damit du deine falschen Briefchen nach Rußland schreiben kannst. Aber den Vater muß glücklicherweise niemand lehren, den Sohn zu durchschauen. Wie du jetzt geglaubt hast, du hättest ihn untergekriegt, so untergekriegt, daß du dich mit deinem Hintern auf ihn setzen kannst und er rührt sich nicht, da hat sich mein Herr Sohn zum Heiraten entschlossen!“

Georg sah zum Schreckbild seines Vaters auf. Der Petersburger Freund, den der Vater plötzlich so gut kannte, ergriff ihn wie noch nie. Verloren im weiten Rußland sah er ihn. An der Türe des leeren, ausgeraubten Geschäftes sah er ihn. Zwischen den Trümmern der Regale, den zerfetzten Waren, den fallenden Gasarmen stand er gerade noch. Warum hatte er so weit wegfahren müssen!

„Aber schau mich an!“, rief der Vater, und Georg lief, fast zerstreut, zum Bett, um alles zu fassen, stockte aber in der Mitte des Weges.

„Weil sie die Röcke gehoben hat“, fing der Vater zu flöten an, „weil sie die Röcke so gehoben hat, die widerliche Gans“, und er hob, um das darzustellen, sein Hemd so hoch, daß man auf seinem Oberschenkel die Narbe aus seinen Kriegsjahren sah, „weil sie die Röcke so und so und so gehoben hat, hast du dich an sie herangemacht, und damit du an ihr ohne Störung dich befriedigen kannst, hast du unserer Mutter Andenken geschändet, den Freund verraten und deinen Vater ins Bett gesteckt, damit er sich nicht rühren kann. Aber kann er sich rühren oder nicht?“ Und er stand vollkommen frei und warf die Beine. Er strahlte vor Einsicht.

Georg stand in einem Winkel, möglichst weit vom Vater. Vor einer langen Weile hatte er sich fest entschlossen, alles vollkommen genau zu beobachten, damit er nicht irgendwie auf Umwegen, von hinten her, von oben herab überrascht werden könne. Jetzt erinnerte er sich wieder an den längst vergessenen Entschluß und vergaß ihn, wie man einen kurzen Faden durch ein Nadelöhr zieht. „Aber der Freund ist nun doch nicht verraten!“, rief der Vater, und sein hin und her bewegter Zeigefinger bekräftigte es. „Ich war sein Vertreter hier am Ort.“

„Komödiant!“ konnte sich Georg zu rufen nicht enthalten, erkannte sofort den Schaden und biß, nur zu spät, — die Augen erstarrt — in seine Zunge, daß er vor Schmerz einknickte.

„Ja, freilich habe ich Komödie gespielt! Komödie! Gutes Wort!

Welcher andere Trost blieb dem alten verwitweten Vater? Sag' — und für den Augenblick der Antwort sei du noch mein lebender Sohn — was blieb mir übrig, in meinem Hinterzimmer, verfolgt vom ungetreuen Personal, alt bis in die Knochen? Und mein Sohn ging im Jubel durch die Welt, schloß Geschäfte ab, die ich vorbereitet hatte, überpurzelte sich vor Vergnügen und ging vor seinem Vater mit dem verschlossenen Gesicht eines Ehrenmannes davon! Glaubst du, ich hätte dich nicht geliebt, ich, von dem du ausgingst?“

Jetzt wird er sich vorbeugen, dachte Georg, wenn er fiele und zerschmetterte! Dieses Wort durchzischte seinen Kopf.

Der Vater beugte sich vor, fiel aber nicht. Da Georg sich nicht näherte, wie er erwartet hatte, erhob er sich wieder.

„Bleib, wo du bist, ich brauche dich nicht! Du denkst, du hast noch die Kraft, hierherzukommen, und hältst dich bloß zurück, weil du so willst. Daß du dich nicht irrst! Ich bin noch immer der viel Stärkere. Allein hätte ich vielleicht zurückweichen müssen, aber so hat mir die Mutter ihre Kraft abgegeben, mit deinem Freund habe ich mich herrlich verbunden, deine Kundschaft habe ich hier in der Tasche!“

„Sogar im Hemd hat er Taschen!“, sagte sich Georg und glaubte, er könne ihn mit dieser Bemerkung in der ganzen Welt unmöglich machen. Nur einen Augenblick dachte er das, denn immerfort vergaß er alles.

„Häng dich nur in deine Braut ein und komm mir entgegen! Ich fege sie dir von der Seite weg, du weißt nicht, wie!“

Georg machte Grimassen, als glaube er das nicht. Der Vater nickte bloß, die Wahrheit dessen, was er sagte, beteuernd, in Georgs Ecke hin.

„Wie hast du mich doch heute unterhalten, als du kamst und fragtest, ob du deinem Freund von der Verlobung schreiben sollst. Er weiß doch alles, dummer Junge, er weiß doch alles! Ich schrieb ihm doch, weil du vergessen hast, mir das Schreibzeug wegzunehmen. Darum kommt er schon seit Jahren nicht, er weiß ja alles hundertmal besser als du selbst, deine Briefe zerknüllt er ungelesen in der linken Hand, während er in der rechten meine Briefe zum Lesen sich vorhält!“

Seinen Arm schwang er vor Begeisterung über dem Kopf. „Er weiß alles tausendmal besser!“, rief er.

„Zehntausendmal!“, sagte Georg, um den Vater zu verlachen, aber noch in seinem Munde bekam das Wort einen todernsten Klang.

„Seit Jahren passe ich schon auf, daß du mit dieser Frage kämest! Glaubst du, mich kümmert etwas anderes? Glaubst du, ich lese Zeitungen? Da!“ und er warf Georg ein Zeitungsblatt, das irgendwie mit ins Bett getragen worden war, zu. Eine alte Zeitung, mit einem Georg schon ganz unbekannten Namen.

„Wie lange hast du gezögert, ehe du reif geworden bist! Die Mutter mußte sterben, sie konnte den Freudentag nicht erleben, der Freund geht zugrunde in seinem Rußland, schon vor drei Jahren war er gelb zum Wegwerfen, und ich, du siehst ja, wie es mit mir steht. Dafür hast du doch Augen!“ „Du hast mir also aufgelauert!“, rief Georg.

Mitleidig sagte der Vater nebenbei: „Das wolltest du wahrscheinlich früher sagen. Jetzt paßt es ja gar nicht mehr.“

Und lauter: „Jetzt weißt du also, was es noch außer dir gab, bisher wußtest du nur von dir! Ein unschuldiges Kind warst du ja eigentlich, aber noch eigentlicher warst du ein teuflischer Mensch! — Und darum wisse: Ich verurteile dich jetzt zum Tode des Ertrinkens!“

Georg fühlte sich aus dem Zimmer gejagt, den Schlag, mit dem der Vater hinter ihm aufs Bett stürzte, trug er noch in den Ohren davon. Auf der Treppe, über deren Stufen er wie über eine schiefe Fläche eilte, überrumpelte er seine Bedienerin, die im Begriffe war, hinaufzugehen, um die Wohnung nach der Nacht aufzuräumen. „Jesus!“, rief sie und verdeckte mit der Schürze das Gesicht, aber er war schon davon. Aus dem Tor sprang er, über die Fahrbahn zum Wasser trieb es ihn. Schon hielt er das Geländer fest, wie ein Hungriger die Nahrung. Er schwang sich über, als der ausgezeichnete Turner, der er in seinen Jugendjahren zum Stolz seiner Eltern gewesen war. Noch hielt er sich mit schwächer werdenden Händen fest, erspähte zwischen den Geländerstangen einen Autoomnibus, der mit Leichtigkeit seinen Fall übertönen würde, rief leise: „Liebe Eltern, ich habe euch doch immer geliebt“, und ließ sich hinabfallen.

In diesem Augenblick ging über die Brücke ein geradezu unendlicher Verkehr.

Page intentionally left blank.

I.

Als Gregor Samsa eines Morgens aus unruhigen Träumen erwachte, fand er sich in seinem Bett zu einem ungeheueren Ungeziefer verwandelt. Er lag auf seinem panzerartig harten Rücken und sah, wenn er den Kopf ein wenig hob, seinen gewölbten, braunen, von bogenförmigen Versteifungen geteilten Bauch, auf dessen Höhe sich die Bettdecke, zum gänzlichen Niedergleiten bereit, kaum noch erhalten konnte. Seine vielen, im Vergleich zu seinem sonstigen Umfang kläglich dünnen Beine flimmerten ihm hilflos vor den Augen.

„Was ist mit mir geschehen?“, dachte er. Es war kein Traum. Sein Zimmer, ein richtiges, nur etwas zu kleines Menschenzimmer, lag ruhig zwischen den vier wohlbekannten Wänden. Über dem Tisch, auf dem eine auseinandergepackte Musterkollektion von Tuchwaren ausgebreitet war — Samsa war Reisender –, hing das Bild, das er vor kurzem aus einer illustrierten Zeitschrift ausgeschnitten und in einem hübschen, vergoldeten Rahmen untergebracht hatte. Es stellte eine Dame dar, die, mit einem Pelzhut und einer Pelzboa versehen, aufrecht dasaß und einen schweren Pelzmuff, in dem ihr ganzer Unterarm verschwunden war, dem Beschauer entgegenhob.

Gregors Blick richtete sich dann zum Fenster, und das trübe Wetter — man hörte Regentropfen auf das Fensterblech aufschlagen — machte ihn ganz melancholisch. „Wie wäre es, wenn ich noch ein wenig weiterschliefe und alle Narrheiten vergäße“, dachte er, aber das war gänzlich undurchführbar, denn er war gewöhnt, auf der rechten Seite zu schlafen, konnte sich aber in seinem gegenwärtigen Zustand nicht in diese Lage bringen. Mit welcher Kraft er sich auch auf die rechte Seite warf, immer wieder schaukelte er in die Rückenlage zurück. Er versuchte es wohl hundertmal, schloß die Augen, um die zappelnden Beine nicht sehen zu müssen, und ließ erst ab, als er in der Seite einen noch nie gefühlten, leichten, dumpfen Schmerz zu fühlen begann.

„Ach Gott“, dachte er, „was für einen anstrengenden Beruf habe ich gewählt! Tagaus, tagein auf der Reise. Die geschäftlichen Aufregungen sind viel größer als im eigentlichen Geschäft zu Hause, und außerdem ist mir noch diese Plage des Reisens auferlegt, die Sorgen um die Zuganschlüsse, das unregelmäßige, schlechte Essen, ein immer wechselnder, nie andauernder, nie herzlich werdender menschlicher Verkehr. Der Teufel soll das alles holen!“ Er fühlte ein leichtes Jucken oben auf dem Bauch; schob sich auf dem Rücken langsam näher zum Bettpfosten, um den Kopf besser heben zu können; fand die juckende Stelle, die mit lauter kleinen weißen Pünktchen besetzt war, die er nicht zu beurteilen verstand; und wollte mit einem Bein die Stelle betasten, zog es aber gleich zurück, denn bei der Berührung umwehten ihn Kälteschauer.

Er glitt wieder in seine frühere Lage zurück. „Dies frühzeitige Aufstehen“, dachte er, „macht einen ganz blödsinnig. Der Mensch muß seinen Schlaf haben. Andere Reisende leben wie Haremsfrauen. Wenn ich zum Beispiel im Laufe des Vormittags ins Gasthaus zurückgehe, um die erlangten Aufträge zu überschreiben, sitzen diese Herren erst beim Frühstück. Das sollte ich bei meinem Chef versuchen; ich würde auf der Stelle hinausfliegen. Wer weiß übrigens, ob das nicht sehr gut für mich wäre. Wenn ich mich nicht wegen meiner Eltern zurückhielte, ich hätte längst gekündigt, ich wäre vor den Chef hingetreten und hätte ihm meine Meinung von Grund des Herzens aus gesagt. Vom Pult hätte er fallen müssen! Es ist auch eine sonderbare Art, sich auf das Pult zu setzen und von der Höhe herab mit dem Angestellten zu reden, der überdies wegen der Schwerhörigkeit des Chefs ganz nahe herantreten muß. Nun, die Hoffnung ist noch nicht gänzlich aufgegeben; habe ich einmal das Geld beisammen, um die Schuld der Eltern an ihn abzuzahlen — es dürfte noch fünf bis sechs Jahre dauern –, mache ich die Sache unbedingt. Dann wird der große Schnitt gemacht. Vorläufig allerdings muß ich aufstehen, denn mein Zug fährt um fünf.“

Und er sah zur Weckuhr hinüber, die auf dem Kasten tickte. „Himmlischer Vater!“, dachte er. Es war halb sieben Uhr, und die Zeiger gingen ruhig vorwärts, es war sogar halb vorüber, es näherte sich schon drei Viertel. Sollte der Wecker nicht geläutet haben? Man sah vom Bett aus, daß er auf vier Uhr richtig eingestellt war; gewiß hatte er auch geläutet. Ja, aber war es möglich, dieses möbelerschütternde Läuten ruhig zu verschlafen? Nun, ruhig hatte er ja nicht geschlafen, aber wahrscheinlich desto fester. Was aber sollte er jetzt tun? Der nächste Zug ging um sieben Uhr; um den einzuholen, hätte er sich unsinnig beeilen müssen, und die Kollektion war noch nicht eingepackt, und er selbst fühlte sich durchaus nicht besonders frisch und beweglich. Und selbst wenn er den Zug einholte, ein Donnerwetter des Chefs war nicht zu vermeiden, denn der Geschäftsdiener hatte beim Fünfuhrzug gewartet und die Meldung von seiner Versäumnis längst erstattet. Er war eine Kreatur des Chefs, ohne Rückgrat und Verstand. Wie nun, wenn er sich krank meldete? Das wäre aber äußerst peinlich und verdächtig, denn Gregor war während seines fünfjährigen Dienstes noch nicht einmal krank gewesen. Gewiß würde der Chef mit dem Krankenkassenarzt kommen, würde den Eltern wegen des faulen Sohnes Vorwürfe machen und alle Einwände durch den Hinweis auf den Krankenkassenarzt abschneiden, für den es ja überhaupt nur ganz gesunde, aber arbeitsscheue Menschen gibt. Und hätte er übrigens in diesem Falle so ganz unrecht? Gregor fühlte sich tatsächlich, abgesehen von einer nach dem langen Schlaf wirklich überflüssigen Schläfrigkeit, ganz wohl und hatte sogar einen besonders kräftigen Hunger.

Als er dies alles in größter Eile überlegte, ohne sich entschließen zu können, das Bett zu verlassen — gerade schlug der Wecker drei Viertel sieben –, klopfte es vorsichtig an die Tür am Kopfende seines Bettes. „Gregor", rief es — es war die Mutter –, „es ist drei Viertel sieben. Wolltest du nicht wegfahren?" Die sanfte Stimme! Gregor erschrak, als er seine antwortende Stimme hörte, die wohl unverkennbar seine frühere war, in die sich aber, wie von unten her, ein nicht zu unterdrückendes, schmerzliches Piepsen mischte, das die Worte förmlich nur im ersten Augenblick in ihrer Deutlichkeit beließ, um sie im Nachklang derart zu zerstören, daß man nicht wußte, ob man recht gehört hatte. Gregor hatte ausführlich antworten und alles erklären wollen, beschränkte sich aber bei diesen Umständen darauf, zu sagen: „Ja, ja, danke Mutter, ich stehe schon auf." Infolge der Holztür war die Veränderung in Gregors Stimme draußen wohl nicht zu merken, denn die Mutter beruhigte sich mit dieser Erklärung und schlürfte davon. Aber durch das kleine Gespräch waren die anderen Familienmitglieder darauf aufmerksam geworden, daß Gregor wider Erwarten noch zu Hause war, und schon klopfte an der einen Seitentür der Vater, schwach, aber mit der Faust. „Gregor, Gregor", rief er, „was ist denn?" Und nach einer kleinen Weile mahnte er nochmals mit tieferer Stimme: „Gregor! Gregor!" An der anderen Seitentür aber klagte leise die Schwester: „Gregor? Ist dir nicht wohl? Brauchst du etwas?" Nach beiden Seiten hin antwortete Gregor: „Bin schon fertig", bemühte sich, durch die sorgfältigste Aussprache und durch Einschaltung von langen Pausen zwischen den einzelnen Worten seiner Stimme alles Auffallende zu nehmen. Der Vater kehrte auch zu seinem Frühstück zurück, die Schwester aber flüsterte: „Gregor, mach auf, ich beschwöre dich." Gregor aber dachte gar nicht daran aufzumachen, sondern lobte die vom Reisen her übernommene Vorsicht, auch zu Hause alle Türen während der Nacht zu versperren.

Zunächst wollte er ruhig und ungestört aufstehen, sich anziehen und vor allem frühstücken, und dann erst das Weitere überlegen, denn, das merkte er wohl, im Bett würde er mit dem Nachdenken zu keinem vernünftigen Ende kommen. Er erinnerte sich, schon öfters im Bett irgendeinen vielleicht durch ungeschicktes Liegen erzeugten, leichten Schmerz empfunden zu haben, der sich dann beim Aufstehen als reine Einbildung herausstellte, und er war gespannt, wie sich seine heutigen Vorstellungen allmählich auflösen würden. Daß die Veränderung der Stimme nichts anderes war als der Vorbote einer tüchtigen Verkühlung, einer Berufskrankheit der Reisenden, daran zweifelte er nicht im geringsten.

Die Decke abzuwerfen war ganz einfach; er brauchte sich nur ein wenig aufzublasen und sie fiel von selbst. Aber weiterhin wurde es schwierig, besonders weil er so ungemein breit war. Er hätte Arme und Hände gebraucht, um sich aufzurichten, statt dessen aber hatte er nur die vielen Beinchen, die ununterbrochen in der verschiedensten Bewegung waren und die er überdies nicht beherrschen konnte. Wollte er eines einmal einknicken, so war es das erste, daß er sich streckte; und gelang es ihm endlich, mit diesem Bein das auszuführen, was er wollte, so arbeiteten inzwischen alle anderen, wie freigelassen, in höchster, schmerzlicher Aufregung. „Nur sich nicht im Bett unnütz aufhalten“, sagte sich Gregor.

Zuerst wollte er mit dem unteren Teil seines Körpers aus dem Bett hinauskommen, aber dieser untere Teil, den er übrigens noch nicht gesehen hatte und von dem er sich auch keine rechte Vorstellung machen konnte, erwies sich als zu schwer beweglich; es ging so langsam; und als er schließlich, fast wild geworden, mit gesammelter Kraft, ohne Rücksicht sich vorwärtsstieß, hatte er die Richtung falsch gewählt, schlug an den unteren Bettpfosten heftig an, und der brennende Schmerz, den er empfand, belehrte ihn, daß gerade der untere Teil seines Körpers augenblicklich vielleicht der empfindlichste war.

Er versuchte es daher, zuerst den Oberkörper aus dem Bett zu bekommen, und drehte vorsichtig den Kopf dem Bettrand zu. Dies gelang auch leicht, und trotz ihrer Breite und Schwere folgte schließlich die Körpermasse langsam der Wendung des Kopfes. Aber als er den Kopf endlich außerhalb des Bettes in der freien Luft hielt, bekam er Angst, weiter auf diese Weise vorzurücken, denn wenn er sich schließlich so fallen ließ, mußte geradezu ein Wunder geschehen, wenn der Kopf nicht verletzt werden sollte. Und die Besinnung durfte er gerade jetzt um keinen Preis verlieren; lieber wollte er im Bett bleiben.

Aber als er wieder nach gleicher Mühe aufseufzend so dalag wie früher, und wieder seine Beinchen womöglich noch ärger gegeneinander kämpfen sah und keine Möglichkeit fand, in diese Willkür Ruhe und Ordnung zu bringen, sagte er sich wieder, daß er unmöglich im Bett bleiben könne und daß es das Vernünftigste sei, alles zu opfern, wenn auch nur die kleinste Hoffnung bestünde, sich dadurch vom Bett zu befreien. Gleichzeitig aber vergaß er nicht, sich zwischendurch daran zu erinnern, daß viel besser als verzweifelte Entschlüsse ruhige und ruhigste Überlegung sei. In solchen Augenblicken richtete er die Augen möglichst scharf auf das Fenster, aber leider war aus dem Anblick des Morgennebels, der sogar die andere Seite der engen Straße verhüllte, wenig Zuversicht und Munterkeit zu holen. „Schon sieben Uhr“, sagte er sich beim neuerlichen Schlagen des Weckers, „schon sieben Uhr und noch immer ein solcher Nebel.“ Und ein Weilchen lang lag er ruhig mit schwachem Atem, als erwarte er vielleicht von der völligen Stille die Wiederkehr der wirklichen und selbstverständlichen Verhältnisse.

Dann aber sagte er sich: „Ehe es ein Viertel acht schlägt, muß ich unbedingt das Bett vollständig verlassen haben. Im übrigen wird auch bis dahin jemand aus dem Geschäft kommen, um nach mir zu fragen, denn das Geschäft wird vor sieben Uhr geöffnet.“ Und er machte sich nun daran, den Körper in seiner ganzen Länge vollständig gleichmäßig aus dem Bett hinauszuschaukeln. Wenn er sich auf diese Weise aus dem Bett fallen ließ, blieb der Kopf, den er beim Fall scharf heben wollte, voraussichtlich unverletzt. Der Rücken schien hart zu sein; dem würde wohl bei dem Fall auf den Teppich nichts geschehen. Das größte Bedenken machte ihm die Rücksicht auf den lauten Krach, den es geben müßte und der wahrscheinlich hinter allen Türen wenn nicht Schrecken, so doch Besorgnisse erregen würde. Das mußte aber gewagt werden.

Als Gregor schon zur Hälfte aus dem Bette ragte — die neue Methode war mehr ein Spiel als eine Anstrengung, er brauchte immer nur ruckweise zu schaukeln –, fiel ihm ein, wie einfach alles wäre, wenn man ihm zu Hilfe käme. Zwei starke Leute — er dachte an seinen Vater und das Dienstmädchen — hätten vollständig genügt; sie hätten ihre Arme nur unter seinen gewölbten Rücken schieben, ihn so aus dem Bett schälen, sich mit der Last niederbeugen und dann bloß vorsichtig dulden müssen, daß er den Überschwung auf dem Fußboden vollzog, wo dann die Beinchen hoffentlich einen Sinn bekommen würden. Nun, ganz abgesehen davon, daß die Türen versperrt waren, hätte er wirklich um Hilfe rufen sollen? Trotz aller Not konnte er bei diesem Gedanken ein Lächeln nicht unterdrücken.

Schon war er so weit, daß er bei stärkerem Schaukeln kaum das Gleichgewicht noch erhielt, und sehr bald mußte er sich nun endgültig entscheiden, denn es war in fünf Minuten ein Viertel acht, als es an der Wohnungstür läutete. „Das ist jemand aus dem Geschäft“, sagte er sich und erstarrte fast, während seine Beinchen nur desto eiliger tanzten. Einen Augenblick blieb alles still. „Sie öffnen nicht“, sagte sich Gregor, befangen in irgendeiner unsinnigen Hoffnung. Aber dann ging natürlich wie immer das Dienstmädchen festen Schrittes zur Tür und öffnete. Gregor brauchte nur das erste Grußwort des Besuchers zu hören und wußte schon, wer es war — der Prokurist selbst. Warum war nur Gregor dazu verurteilt, bei einer Firma zu dienen, wo man bei der kleinsten Versäumnis gleich den größten Verdacht faßte? Waren denn alle Angestellten samt und sonders Lumpen, gab es denn unter ihnen keinen treuen, ergebenen Menschen, der, wenn er auch nur ein paar Morgenstunden für das Geschäft nicht ausgenützt hatte, vor Gewissensbissen närrisch wurde und geradezu nicht imstande war, das Bett zu verlassen? Genügte es wirklich nicht, einen Lehrjungen nachfragen zu lassen — wenn überhaupt diese Fragerei nötig war –, mußte da der Prokurist selbst kommen, und mußte dadurch der ganzen unschuldigen Familie gezeigt werden, daß die Untersuchung dieser verdächtigen Angelegenheit nur dem Verstand des Prokuristen anvertraut werden konnte? Und mehr infolge der Erregung, in welche Gregor durch diese Überlegungen versetzt wurde, als infolge eines richtigen Entschlusses, schwang er sich mit aller Macht aus dem Bett. Es gab einen lauten Schlag, aber ein eigentlicher Krach war es nicht. Ein wenig wurde der Fall durch den Teppich abgeschwächt, auch war der Rücken elastischer, als Gregor gedacht hatte, daher kam der nicht gar so auffallende dumpfe Klang. Nur den Kopf hatte er nicht vorsichtig genug gehalten und ihn angeschlagen; er drehte ihn und rieb ihn an dem Teppich vor Ärger und Schmerz.

„Da drin ist etwas gefallen“, sagte der Prokurist im Nebenzimmer links. Gregor suchte sich vorzustellen, ob nicht auch einmal dem Prokuristen etwas Ähnliches passieren könnte, wie heute ihm; die Möglichkeit dessen mußte man doch eigentlich zugeben. Aber wie zur rohen Antwort auf diese Frage machte jetzt der Prokurist im Nebenzimmer ein paar bestimmte Schritte und ließ seine Lackstiefel knarren. Aus dem Nebenzimmer rechts flüsterte die Schwester, um Gregor zu verständigen: „Gregor, der Prokurist ist da.“ „Ich weiß“, sagte Gregor vor sich hin; aber so laut, daß es die Schwester hätte hören können, wagte er die Stimme nicht zu erheben.

„Gregor“, sagte nun der Vater aus dem Nebenzimmer links, „der Herr Prokurist ist gekommen und erkundigt sich, warum du nicht mit dem Frühzug weggefahren bist. Wir wissen nicht, was wir ihm sagen sollen. Übrigens will er auch mit dir persönlich sprechen. Also bitte mach die Tür auf. Er wird die Unordnung im Zimmer zu entschuldigen schon die Güte haben.“ „Guten Morgen, Herr Samsa“, rief der Prokurist freundlich dazwischen. „Ihm ist nicht wohl“, sagte die Mutter zum Prokuristen, während der Vater noch an der Tür redete, „ihm ist nicht wohl, glauben Sie mir, Herr Prokurist. Wie würde denn Gregor sonst einen Zug versäumen! Der Junge hat ja nichts im Kopf als das Geschäft. Ich ärgere mich schon fast, daß er abends niemals ausgeht; jetzt war er doch acht Tage in der Stadt, aber jeden Abend war er zu Hause. Da sitzt er bei uns am Tisch und liest still die Zeitung oder studiert Fahrpläne. Es ist schon eine Zerstreuung für ihn, wenn er sich mit Laubsägearbeiten beschäftigt. Da hat er zum Beispiel im Laufe von zwei, drei Abenden einen kleinen Rahmen geschnitzt; Sie werden staunen, wie hübsch er ist; er hängt drin im Zimmer; Sie werden ihn gleich sehen, bis Gregor aufmacht. Ich bin übrigens glücklich, daß Sie da sind, Herr Prokurist; wir allein hätten Gregor nicht dazu gebracht, die Tür zu öffnen; er ist so hartnäckig; und bestimmt ist ihm nicht wohl, trotzdem er es am Morgen geleugnet hat.“ „Ich komme gleich“, sagte Gregor langsam und bedächtig und rührte sich nicht, um kein Wort der Gespräche zu verlieren. „Anders, gnädige Frau, kann ich es mir auch nicht erklären“, sagte der Prokurist, „hoffentlich ist es nichts Ernstes. Wenn ich auch andererseits sagen muß, daß wir Geschäftsleute — wie man will, leider oder glücklicherweise — ein leichtes Unwohlsein sehr oft aus geschäftlichen Rücksichten einfach überwinden müssen.“ „Also kann der Herr Prokurist schon zu dir hinein?“, fragte der ungeduldige Vater und klopfte wiederum an die Tür. „Nein“, sagte Gregor. Im Nebenzimmer links trat eine peinliche Stille ein, im Nebenzimmer rechts begann die Schwester zu schluchzen.

Warum ging denn die Schwester nicht zu den anderen? Sie war wohl erst jetzt aus dem Bett aufgestanden und hatte noch gar nicht angefangen sich anzuziehen. Und warum weinte sie denn? Weil er nicht aufstand und den Prokuristen nicht hereinließ, weil er in Gefahr war, den Posten zu verlieren, und weil dann der Chef die Eltern mit den alten Forderungen wieder verfolgen würde? Das waren doch vorläufig wohl unnötige Sorgen. Noch war Gregor hier und dachte nicht im geringsten daran, seine Familie zu verlassen. Augenblicklich lag er wohl da auf dem Teppich, und niemand, der seinen Zustand gekannt hätte, hätte im Ernst von ihm verlangt, daß er den Prokuristen hereinlasse. Aber wegen dieser kleinen Unhöflichkeit, für die sich ja später leicht eine passende Ausrede finden würde, konnte Gregor doch nicht gut sofort weggeschickt werden. Und Gregor schien es, daß es viel vernünftiger wäre, ihn jetzt in Ruhe zu lassen, statt ihn mit Weinen und Zureden zu stören. Aber es war eben die Ungewißheit, welche die anderen bedrängte und ihr Benehmen entschuldigte.
„Herr Samsa", rief nun der Prokurist mit erhobener Stimme,„was ist denn los? Sie verbarrikadieren sich da in Ihrem Zimmer, antworten bloß mit Ja und Nein, machen Ihren Eltern schwere, unnötige Sorgen und versäumen — dies nur nebenbei erwähnt — Ihre geschäftlichen Pflichten in einer eigentlich unerhörten Weise. Ich spreche hier im Namen Ihrer Eltern und Ihres Chefs und bitte Sie ganz ernsthaft um eine augenblickliche, deutliche Erklärung. Ich staune, ich staune. Ich glaubte Sie als einen ruhigen, vernünftigen Menschen zu kennen, und nun scheinen Sie plötzlich anfangen zu wollen, mit sonderbaren Launen zu paradieren. Der Chef deutete mir zwar heute früh eine mögliche Erklärung für Ihre Versäumnis an — sie betraf das Ihnen seit kurzem anvertraute Inkasso –, aber ich legte wahrhaftig fast mein Ehrenwort dafür ein, daß diese Erklärung nicht zutreffen könne. Nun aber sehe ich hier Ihren unbegreiflichen Starrsinn und verliere ganz und gar jede Lust, mich auch nur im geringsten für Sie einzusetzen. Und Ihre Stellung ist durchaus nicht die festeste. Ich hatte ursprünglich die Absicht, Ihnen das alles unter vier Augen zu sagen, aber da Sie mich hier nutzlos meine Zeit versäumen lassen, weiß ich nicht, warum es nicht auch Ihre Herren Eltern erfahren sollen. Ihre Leistungen in der letzten Zeit waren also sehr unbefriedigend; es ist zwar nicht die Jahreszeit, um besondere Geschäfte zu machen, das erkennen wir an; aber eine Jahreszeit, um keine Geschäfte zu machen, gibt es überhaupt nicht, Herr Samsa, darf es nicht geben." „Aber Herr Prokurist", rief Gregor außer sich und vergaß in der Aufregung alles andere, „ich mache ja sofort, augenblicklich auf. Ein leichtes Unwohlsein, ein Schwindelanfall, haben mich verhindert aufzustehen. Ich liege noch jetzt im Bett. Jetzt bin ich aber schon wieder ganz frisch. Eben steige ich aus dem Bett. Nur einen kleinen Augenblick Geduld! Es geht noch nicht so gut, wie ich dachte. Es ist mir aber schon wohl. Wie das nur einen Menschen so überfallen kann! Noch

gestern abend war mir ganz gut, meine Eltern wissen es ja, oder besser, schon gestern abend hatte ich eine kleine Vorahnung. Man hätte es mir ansehen müssen. Warum habe ich es nur im Geschäft nicht gemeldet! Aber man denkt eben immer, daß man die Krankheit ohne Zuhausebleiben überstehen wird. Herr Prokurist! Schonen Sie meine Eltern! Für alle die Vorwürfe, die Sie mir jetzt machen, ist ja kein Grund; man hat mir ja davon auch kein Wort gesagt. Sie haben vielleicht die letzten Aufträge, die ich geschickt habe, nicht gelesen. Übrigens, noch mit dem Achtuhrzug fahre ich auf die Reise, die paar Stunden Ruhe haben mich gekräftigt. Halten Sie sich nur nicht auf, Herr Prokurist; ich bin gleich selbst im Geschäft, und haben Sie die Güte, das zu sagen und mich dem Herrn Chef zu empfehlen!"

Und während Gregor dies alles hastig ausstieß und kaum wußte, was er sprach, hatte er sich leicht, wohl infolge der im Bett bereits erlangten Übung, dem Kasten genähert und versuchte nun, an ihm sich aufzurichten. Er wollte tatsächlich die Tür aufmachen, tatsächlich sich sehen lassen und mit dem Prokuristen sprechen; er war begierig zu erfahren, was die anderen, die jetzt so nach ihm verlangten, bei seinem Anblick sagen würden. Würden sie erschrecken, dann hatte Gregor keine Verantwortung mehr und konnte ruhig sein. Würden sie aber alles ruhig hinnehmen, dann hatte auch er keinen Grund sich aufzuregen, und konnte, wenn er sich beeilte, um acht Uhr tatsächlich auf dem Bahnhof sein. Zuerst glitt er nun einige Male von dem glatten Kasten ab, aber endlich gab er sich einen letzten Schwung und stand aufrecht da; auf die Schmerzen im Unterleib achtete er gar nicht mehr, so sehr sie auch brannten. Nun ließ er sich gegen die Rückenlehne eines nahen Stuhles fallen, an deren Rändern er sich mit seinen Beinchen festhielt. Damit hatte er aber auch die Herrschaft über sich erlangt und verstummte, denn nun konnte er den Prokuristen anhören.

„Haben Sie auch nur ein Wort verstanden?", fragte der Prokurist die Eltern, „er macht sich doch wohl nicht einen Narren aus uns?" „Um Gottes willen", rief die Mutter schon unter Weinen, „er ist vielleicht schwerkrank, und wir quälen ihn. Grete! Grete!", schrie sie dann. „Mutter?", rief die Schwester von der anderen Seite. Sie verständigten sich durch Gregors Zimmer. „Du mußt augenblicklich zum Arzt. Gregor ist krank. Rasch um den Arzt. Hast du Gregor jetzt reden hören?" „Das war eine Tierstimme", sagte der Prokurist, auffallend leise gegenüber dem Schreien der Mutter. „Anna! Anna!", rief der Vater durch das Vorzimmer in die Küche und klatschte in die Hände, „sofort einen Schlosser holen!" Und schon liefen die zwei Mädchen mit rauschenden Röcken durch das Vorzimmer — wie hatte sich die Schwester denn so schnell angezogen? — und rissen die Wohnungstüre auf. Man hörte gar nicht die Türe zuschlagen; sie hatten sie wohl offen gelassen, wie es in Wohnungen zu sein pflegt, in denen ein großes Unglück geschehen ist.

Gregor war aber viel ruhiger geworden. Man verstand zwar also seine Worte nicht mehr, trotzdem sie ihm genug klar, klarer als früher, vorgekommen waren, vielleicht infolge der Gewöhnung des Ohres. Aber immerhin glaubte man nun schon daran, daß es mit ihm nicht ganz in Ordnung war, und war bereit, ihm zu helfen. Die Zuversicht und Sicherheit, mit welchen die ersten Anordnungen getroffen worden waren, taten ihm wohl. Er fühlte sich wieder einbezogen in den menschlichen Kreis und erhoffte von beiden, vom Arzt und vom Schlosser, ohne sie eigentlich genau zu scheiden, großartige und überraschende Leistungen. Um für die sich nähernden entscheidenden Besprechungen eine möglichst klare Stimme zu bekommen, hustete er ein wenig ab, allerdings bemüht, dies ganz gedämpft zu tun, da möglicherweise auch schon dieses Geräusch anders als menschlicher Husten klang, was er selbst zu entscheiden sich nicht mehr getraute. Im Nebenzimmer war es inzwischen ganz still geworden. Vielleicht saßen die Eltern mit dem Prokuristen beim Tisch und tuschelten, vielleicht lehnten alle an der Türe und horchten.

Gregor schob sich langsam mit dem Sessel zur Tür hin, ließ ihn dort los, warf sich gegen die Tür, hielt sich an ihr aufrecht — die Ballen seiner Beinchen hatten ein wenig Klebstoff — und ruhte sich dort einen Augenblick lang von der Anstrengung aus. Dann aber machte er sich daran, mit dem Mund den Schlüssel im Schloß umzudrehen. Es schien leider, daß er keine eigentlichen Zähne hatte, — womit sollte er gleich den Schlüssel fassen? — aber dafür waren die Kiefer freilich sehr stark; mit ihrer Hilfe brachte er auch wirklich den Schlüssel in Bewegung und achtete nicht darauf, daß er sich zweifellos irgendeinen Schaden zufügte, denn eine braune Flüssigkeit kam ihm aus dem Mund, floß über den Schlüssel und tropfte auf den Boden. „Hören Sie nur“, sagte der Prokurist im Nebenzimmer, „er dreht den Schlüssel um.“ Das war für Gregor eine große Aufmunterung; aber alle hätten ihm zurufen sollen, auch der Vater und die Mutter: „Frisch, Gregor“, hätten sie rufen sollen, „immer nur heran, fest an das Schloß heran!“ Und in der Vorstellung, daß alle seine Bemühungen mit Spannung verfolgten, verbiß er sich mit allem, was er an Kraft aufbringen konnte, besinnungslos in den Schlüssel. Je nach dem Fortschreiten der Drehung des Schlüssels umtanzte er das Schloß; hielt sich jetzt nur noch mit dem Munde aufrecht, und je nach Bedarf hing er sich an den Schlüssel oder drückte ihn dann wieder nieder mit der ganzen Last seines Körpers. Der hellere Klang des endlich zurückschnappenden Schlosses erweckte Gregor förmlich. Aufatmend sagte er sich: „Ich habe also den Schlosser nicht gebraucht“, und legte den Kopf auf die Klinke, um die Türe gänzlich zu öffnen. Da er die Türe auf diese Weise öffnen mußte, war sie eigentlich schon recht weit geöffnet, und er selbst noch nicht zu sehen. Er mußte sich erst langsam um den einen Türflügel herumdrehen, und zwar sehr vorsichtig, wenn er nicht gerade vor dem Eintritt ins Zimmer plump auf den

Rücken fallen wollte. Er war noch mit jener schwierigen Bewegung beschäftigt und hatte nicht Zeit, auf anderes zu achten, da hörte er schon den Prokuristen ein lautes „Oh!“ ausstoßen — es klang, wie wenn der Wind saust — und nun sah er ihn auch, wie er, der der Nächste an der Türe war, die Hand gegen den offenen Mund drückte und langsam zurückwich, als vertreibe ihn eine unsichtbare, gleichmäßig fortwirkende Kraft. Die Mutter — sie stand hier trotz der Anwesenheit des Prokuristen mit von der Nacht her noch aufgelösten, hoch sich sträubenden Haaren — sah zuerst mit gefalteten Händen den Vater an, ging dann zwei Schritte zu Gregor hin und fiel inmitten ihrer rings um sie herum sich ausbreitenden Röcke nieder, das Gesicht ganz unauffindbar zu ihrer Brust gesenkt. Der Vater ballte mit feindseligem Ausdruck die Faust, als wolle er Gregor in sein Zimmer zurückstoßen, sah sich dann unsicher im Wohnzimmer um, beschattete dann mit den Händen die Augen und weinte, daß sich seine mächtige Brust schüttelte.

Gregor trat nun gar nicht in das Zimmer, sondern lehnte sich von innen an den festgeriegelten Türflügel, so daß sein Leib nur zur Hälfte und darüber der seitlich geneigte Kopf zu sehen war, mit dem er zu den anderen hinüberlugte. Es war inzwischen viel heller geworden; klar stand auf der anderen Straßenseite ein Ausschnitt des gegenüberliegenden, endlosen, grauschwarzen Hauses — es war ein Krankenhaus — mit seinen hart die Front durchbrechenden regelmäßigen Fenstern; der Regen fiel noch nieder, aber nur mit großen, einzeln sichtbaren und förmlich auch einzelnweise auf die Erde hinuntergeworfenen Tropfen. Das Frühstücksgeschirr stand in überreicher Zahl auf dem Tisch, denn für den Vater war das Frühstück die wichtigste Mahlzeit des Tages, die er bei der Lektüre verschiedener Zeitungen stundenlang hinzog. Gerade an der gegenüberliegenden Wand hing eine Photographie Gregors aus seiner Militärzeit, die ihn als Leutnant darstellte, wie er, die Hand am Degen, sorglos lächelnd, Respekt für seine Haltung und Uniform verlangte. Die Tür zum Vorzimmer war geöffnet, und man sah, da auch die Wohnungstür offen war, auf den Vorplatz der Wohnung hinaus und auf den Beginn der abwärts führenden Treppe.

„Nun“, sagte Gregor und war sich dessen wohl bewußt, daß er der einzige war, der die Ruhe bewahrt hatte, „ich werde mich gleich anziehen, die Kollektion zusammenpacken und wegfahren. Wollt ihr, wollt ihr mich wegfahren lassen? Nun, Herr Prokurist, Sie sehen, ich bin nicht starrköpfig und ich arbeite gern, das Reisen ist beschwerlich, aber ich könnte ohne das Reisen nicht leben. Wohin gehen Sie denn, Herr Prokurist? Ins Geschäft? Ja? Werden Sie alles wahrheitsgetreu berichten? Man kann im Augenblick unfähig sein zu arbeiten, aber dann ist gerade der richtige Zeitpunkt, sich an die früheren Leistungen zu erinnern und zu bedenken, daß man später, nach Beseitigung des Hindernisses, gewiß desto fleißiger und gesammelter arbeiten wird. Ich bin ja dem Herrn Chef so sehr verpflichtet, das wissen Sie doch recht gut. Andererseits habe ich die Sorge um meine Eltern und die Schwester. Ich bin in der Klemme, ich werde mich aber auch wieder herausarbeiten. Machen Sie es mir aber nicht schwieriger, als es schon ist. Halten Sie im Geschäft meine Partei! Man liebt den Reisenden nicht, ich weiß. Man denkt, er verdient ein Heidengeld und führt dabei ein schönes Leben. Man hat eben keine besondere Veranlassung, dieses Vorurteil besser zu durchdenken. Sie aber, Herr Prokurist, Sie haben eine besseren Überblick über die Verhältnisse als das sonstige Personal, ja sogar, ganz im Vertrauen gesagt, einen besseren Überblick als der Herr Chef selbst, der in seiner Eigenschaft als Unternehmer sich in seinem Urteil leicht zuungunsten eines Angestellten beirren läßt. Sie wissen auch sehr wohl, daß der Reisende, der fast das ganze Jahr außerhalb des Geschäftes ist, so leicht ein Opfer von Klatschereien, Zufälligkeiten und grundlosen Beschwerden werden kann, gegen die sich zu wehren ihm ganz unmöglich ist, da er von ihnen meistens gar nichts erfährt und nur dann, wenn er erschöpft eine Reise beendet hat, zu Hause die schlimmen, auf ihre Ursachen hin nicht mehr zu durchschauenden Folgen am eigenen Leibe zu spüren bekommt. Herr Prokurist, gehen Sie nicht weg, ohne mir ein Wort gesagt zu haben, das mir zeigt, daß Sie mir wenigstens zu einem kleinen Teil recht geben!“

Aber der Prokurist hatte sich schon bei den ersten Worten Gregors abgewendet, und nur über die zuckende Schulter hinweg sah er mit aufgeworfenen Lippen nach Gregor zurück. Und während Gregors Rede stand er keinen Augenblick still, sondern verzog sich, ohne Gregor aus den Augen zu lassen, gegen die Tür, aber ganz allmählich, als bestehe ein geheimes Verbot, das Zimmer zu verlassen. Schon war er im Vorzimmer, und nach der plötzlichen Bewegung, mit der er zum letztenmal den Fuß aus dem Wohnzimmer zog, hätte man glauben können, er habe sich soeben die Sohle verbrannt. Im Vorzimmer aber streckte er die rechte Hand weit von sich zur Treppe hin, als warte dort auf ihn eine geradezu überirdische Erlösung.

Gregor sah ein, daß er den Prokuristen in dieser Stimmung auf keinen Fall weggehen lassen dürfe, wenn dadurch seine Stellung im Geschäft nicht aufs äußerste gefährdet werden sollte. Die Eltern verstanden das alles nicht so gut; sie hatten sich in den langen Jahren die Überzeugung gebildet, daß Gregor in diesem Geschäft für sein Leben versorgt war, und hatten außerdem jetzt mit den augenblicklichen Sorgen so viel zu tun, daß ihnen jede Voraussicht abhanden gekommen war. Aber Gregor hatte diese Voraussicht. Der Prokurist mußte gehalten, beruhigt, überzeugt und schließlich gewonnen werden; die Zukunft Gregors und seiner Familie hing doch davon ab! Wäre doch die Schwester hier gewesen! Sie war klug; sie hatte schon geweint, als Gregor noch ruhig auf dem Rücken lag. Und gewiß hätte der Prokurist, dieser Damenfreund, sich von ihr lenken lassen; sie hätte die Wohnungstür zugemacht und ihm im Vorzimmer den Schrecken ausgeredet. Aber die

Schwester war eben nicht da, Gregor selbst mußte handeln. Und ohne daran zu denken, daß er seine gegenwärtigen Fähigkeiten, sich zu bewegen, noch gar nicht kannte, ohne auch daran zu denken, daß seine Rede möglicher — ja wahrscheinlicherweise wieder nicht verstanden worden war, verließ er den Türflügel; schob sich durch die Öffnung; wollte zum Prokuristen hingehen, der sich schon am Geländer des Vorplatzes lächerlicherweise mit beiden Händen festhielt; fiel aber sofort, nach einem Halt suchend, mit einem kleinen Schrei auf seine vielen Beinchen nieder.
Kaum war das geschehen, fühlte er zum erstenmal an diesem Morgen ein körperliches Wohlbehagen; die Beinchen hatten festen Boden unter sich; sie gehorchten vollkommen, wie er zu seiner Freude merkte; strebten sogar danach, ihn fortzutragen, wohin er wollte; und schon glaubte er, die endgültige Besserung alles Leidens stehe unmittelbar bevor. Aber im gleichen Augenblick, als er da schaukelnd vor verhaltener Bewegung, gar nicht weit von seiner Mutter entfernt, ihr gerade gegenüber auf dem Boden lag, sprang diese, die doch so ganz in sich versunken schien, mit einem Male in die Höhe, die Arme weit ausgestreckt, die Finger gespreizt, rief: „Hilfe, um Gottes willen, Hilfe!“, hielt den Kopf geneigt, als wolle sie Gregor besser sehen, lief aber, im Widerspruch dazu, sinnlos zurück; hatte vergessen, daß hinter ihr der gedeckte Tisch stand; setzte sich, als sie bei ihm angekommen war, wie in Zerstreutheit, eilig auf ihn; und schien gar nicht zu merken, daß neben ihr aus der umgeworfenen großen Kanne der Kaffee in vollem Strome auf den Teppich sich ergoß. „Mutter, Mutter“, sagte Gregor leise und sah zu ihr hinauf. Der Prokurist war ihm für einen Augenblick ganz aus dem Sinn gekommen; dagegen konnte er sich nicht versagen, im Anblick des fließenden Kaffees mehrmals mit den Kiefern ins Leere zu schnappen. Darüber schrie die Mutter neuerdings auf, flüchtete vom Tisch und fiel dem ihr entgegeneilenden Vater in die Arme. Aber Gregor hatte jetzt keine Zeit für seine Eltern; der Prokurist war schon auf der Treppe; das Kinn auf dem Geländer, sah er noch zum letzten Male zurück. Gregor nahm einen Anlauf, um ihn möglichst sicher einzuholen; der Prokurist mußte etwas ahnen, denn er machte einen Sprung über mehrere Stufen und verschwand; „Hu!“ aber schrie er noch, es klang durchs ganze Treppenhaus. Leider schien nun auch diese Flucht des Prokuristen den Vater, der bisher verhältnismäßig gefaßt gewesen war, völlig zu verwirren, denn statt selbst dem Prokuristen nachzulaufen oder wenigstens Gregor in der Verfolgung nicht zu hindern, packte er mit der Rechten den Stock des Prokuristen, den dieser mit Hut und Überzieher auf einem Sessel zurückgelassen hatte, holte mit der Linken eine große Zeitung vom Tisch und machte sich unter Füßestampfen daran, Gregor durch Schwenken des Stockes und der Zeitung in sein Zimmer zurückzutreiben. Kein Bitten Gregors half, kein Bitten wurde auch verstanden, er mochte den Kopf noch so demütig drehen, der Vater stampfte

nur stärker mit den Füßen. Drüben hatte die Mutter trotz des kühlen Wetters ein Fenster aufgerissen, und hinausgelehnt drückte sie ihr Gesicht weit außerhalb des Fensters in ihre Hände. Zwischen Gasse und Treppenhaus entstand eine starke Zugluft, die Fenstervorhänge flogen auf, die Zeitungen auf dem Tische rauschten, einzelne Blätter wehten über den Boden hin. Unerbittlich drängte der Vater und stieß Zischlaute aus, wie ein Wilder. Nun hatte aber Gregor noch gar keine Übung im Rückwärtsgehen, es ging wirklich sehr langsam. Wenn sich Gregor nur hätte umdrehen dürfen, er wäre gleich in seinem Zimmer gewesen, aber er fürchtete sich, den Vater durch die zeitraubende Umdrehung ungeduldig zu machen, und jeden Augenblick drohte ihm doch von dem Stock in des Vaters Hand der tödliche Schlag auf den Rücken oder auf den Kopf. Endlich aber blieb Gregor doch nichts anderes übrig, denn er merkte mit Entsetzen, daß er im Rückwärtsgehen nicht einmal die Richtung einzuhalten verstand; und so begann er, unter unaufhörlichen ängstlichen Seitenblicken nach dem Vater, sich nach Möglichkeit rasch, in Wirklichkeit aber doch nur sehr langsam umzudrehen. Vielleicht merkte der Vater seinen guten Willen, denn er störte ihn hierbei nicht, sondern dirigierte sogar hie und da die Drehbewegung von der Ferne mit der Spitze seines Stockes. Wenn nur nicht dieses unerträgliche Zischen des Vaters gewesen wäre! Gregor verlor darüber ganz den Kopf. Er war schon fast ganz umgedreht, als er sich, immer auf dieses Zischen horchend, sogar irrte und sich wieder ein Stück zurückdrehte. Als er aber endlich glücklich mit dem Kopf vor der Türöffnung war, zeigte es sich, daß sein Körper zu breit war, um ohne weiteres durchzukommen. Dem Vater fiel es natürlich in seiner gegenwärtigen Verfassung auch nicht entfernt ein, etwa den anderen Türflügel zu öffnen, um für Gregor einen genügenden Durchgang zu schaffen. Seine fixe Idee war bloß, daß Gregor so rasch als möglich in sein Zimmer müsse. Niemals hätte er auch die umständlichen Vorbereitungen gestattet, die Gregor brauchte, um sich aufzurichten und vielleicht auf diese Weise durch die Tür zu kommen. Vielmehr trieb er, als gäbe es kein Hindernis, Gregor jetzt unter besonderem Lärm vorwärts; es klang schon hinter Gregor gar nicht mehr wie die Stimme bloß eines einzigen Vaters; nun gab es wirklich keinen Spaß mehr, und Gregor drängte sich — geschehe was wolle — in die Tür. Die eine Seite seines Körpers hob sich, er lag schief in der Türöffnung, seine eine Flanke war ganz wundgerieben, an der weißen Tür blieben häßliche Flecken, bald steckte er fest und hätte sich allein nicht mehr rühren können, die Beinchen auf der einen Seite hingen zitternd oben in der Luft, die auf der anderen waren schmerzhaft zu Boden gedrückt — da gab ihm der Vater von hinten einen jetzt wahrhaftig erlösenden starken Stoß, und er flog, heftig blutend, weit in sein Zimmer hinein. Die Tür wurde noch mit dem Stock zugeschlagen, dann war es endlich still.

II.

Erst in der Abenddämmerung erwachte Gregor aus seinem schweren ohnmachtsähnlichen Schlaf. Er wäre gewiß nicht viel später auch ohne Störung erwacht, denn er fühlte sich genügend ausgeruht und ausgeschlafen, doch schien es ihm, als hätte ihn ein flüchtiger Schritt und ein vorsichtiges Schließen der zum Vorzimmer führenden Tür geweckt. Der Schein der elektrischen Straßenlampen lag bleich hier und da auf der Zimmerdecke und auf den höheren Teilen der Möbel, aber unten bei Gregor war es finster. Langsam schob er sich, noch ungeschickt mit seinen Fühlern tastend, die er erst jetzt schätzen lernte, zur Türe hin, um nachzusehen, was dort geschehen war. Seine linke Seite schien eine einzige lange, unangenehm spannende Narbe, und er mußte auf seinen zwei Beinreihen regelrecht hinken. Ein Beinchen war übrigens im Laufe der vormittägigen Vorfalle schwer verletzt worden — es war fast ein Wunder, daß nur eines verletzt worden war — und schleppte leblos nach. Erst bei der Tür merkte er, was ihn dorthin eigentlich gelockt hatte; es war der Geruch von etwas Eßbarem gewesen. Denn dort stand ein Napf mit süßer Milch gefüllt, in der kleine Schnitten von Weißbrot schwammen. Fast hätte er vor Freude gelacht, denn er hatte noch größeren Hunger als am Morgen, und gleich tauchte er seinen Kopf fast bis über die Augen in die Milch hinein. Aber bald zog er ihn enttäuscht wieder zurück; nicht nur, daß ihm das Essen wegen seiner heiklen linken Seite Schwierigkeiten machte — und er konnte nur essen, wenn der ganze Körper schnaufend mitarbeitete –, so schmeckte ihm überdies die Milch, die sonst sein Lieblingsgetränk war, und die ihm gewiß die Schwester deshalb hereingestellt hatte, gar nicht, ja er wandte sich fast mit Widerwillen von dem Napf ab und kroch in die Zimmermitte zurück.

Im Wohnzimmer war, wie Gregor durch die Türspalte sah, das Gas angezündet, aber während sonst zu dieser Tageszeit der Vater seine nachmittags erscheinende Zeitung der Mutter und manchmal auch der Schwester mit erhobener Stimme vorzulesen pflegte, hörte man jetzt keinen Laut. Nun, vielleicht war dieses Vorlesen, von dem ihm die Schwester immer erzählte und schrieb, in der letzten Zeit überhaupt aus der Übung gekommen. Aber auch ringsherum war es so still, trotzdem doch gewiß die Wohnung nicht leer war. „Was für ein stilles Leben die Familie doch führte", sagte sich Gregor und fühlte, während er starr vor sich ins Dunkle sah, einen großen Stolz darüber, daß er seinen Eltern und seiner Schwester ein solches Leben in einer so schönen Wohnung hatte verschaffen können. Wie aber, wenn jetzt alle Ruhe, aller Wohlstand, alle Zufriedenheit ein Ende mit Schrecken nehmen sollten? Um sich nicht in solche Gedanken zu verlieren, setzte sich Gregor lieber in Bewegung und kroch im Zimmer auf und ab.

Einmal während des langen Abends wurde die eine Seitentür und einmal die andere bis zu einer kleinen Spalte geöffnet und rasch wieder geschlossen; jemand hatte wohl das Bedürfnis hereinzukommen, aber auch wieder zu viele Bedenken. Gregor machte nun unmittelbar bei der Wohnzimmertür halt, entschlossen, den zögernden Besucher doch irgendwie hereinzubringen oder doch wenigstens zu erfahren, wer es sei; aber nun wurde die Tür nicht mehr geöffnet und Gregor wartete vergebens. Früh, als die Türen versperrt waren, hatten alle zu ihm hereinkommen wollen, jetzt, da er die eine Tür geöffnet hatte und die anderen offenbar während des Tages geöffnet worden waren, kam keiner mehr, und die Schlüssel steckten nun auch von außen.

Spät erst in der Nacht wurde das Licht im Wohnzimmer ausgelöscht, und nun war leicht festzustellen, daß die Eltern und die Schwester so lange wachgeblieben waren, denn wie man genau hören konnte, entfernten sich jetzt alle drei auf den Fußspitzen. Nun kam gewiß bis zum Morgen niemand mehr zu Gregor herein; er hatte also eine lange Zeit, um ungestört zu überlegen, wie er sein Leben jetzt neu ordnen sollte. Aber das hohe freie Zimmer, in dem er gezwungen war, flach auf dem Boden zu liegen, ängstigte ihn, ohne daß er die Ursache herausfinden konnte, denn es war ja sein seit fünf Jahren von ihm bewohntes Zimmer — und mit einer halb unbewußten Wendung und nicht ohne eine leichte Scham eilte er unter das Kanapee, wo er sich, trotzdem sein Rücken ein wenig gedrückt wurde und trotzdem er den Kopf nicht mehr erheben konnte, gleich sehr behaglich fühlte und nur bedauerte, daß sein Körper zu breit war, um vollständig unter dem Kanapee untergebracht zu werden. Dort blieb er die ganze Nacht, die er zum Teil im Halbschlaf, aus dem ihn der Hunger immer wieder aufschreckte, verbrachte, zum Teil aber in Sorgen und undeutlichen Hoffnungen, die aber alle zu dem Schlusse führten, daß er sich vorläufig ruhig verhalten und durch Geduld und größte Rücksichtnahme der Familie die Unannehmlichkeiten erträglich machen müsse, die er ihr in seinem gegenwärtigen Zustand nun einmal zu verursachen gezwungen war.

Schon am frühen Morgen, es war fast noch Nacht, hatte Gregor Gelegenheit, die Kraft seiner eben gefaßten Entschlüsse zu prüfen, denn vom Vorzimmer her öffnete die Schwester, fast völlig angezogen, die Tür und sah mit Spannung herein. Sie fand ihn nicht gleich, aber als sie ihn unter dem Kanapee bemerkte — Gott, er mußte doch irgendwo sein, er hatte doch nicht wegfliegen können –, erschrak sie so sehr, daß sie, ohne sich beherrschen zu können, die Tür von außen wieder zuschlug. Aber als bereue sie ihr Benehmen, öffnete sie die Tür sofort wieder und trat, als sei sie bei einem Schwerkranken oder gar bei einem Fremden, auf den Fußspitzen herein. Gregor hatte den Kopf bis knapp zum Rande des Kanapees vorgeschoben und beobachtete sie. Ob sie wohl bemerken würde, daß er die Milch stehengelassen hatte, und zwar keineswegs aus Mangel an Hunger, und ob sie eine andere Speise hereinbringen würde, die ihm besser entsprach? Täte sie es nicht von selbst, er wollte lieber verhungern, als sie darauf aufmerksam machen, trotzdem es ihn eigentlich ungeheuer drängte, unterm Kanapee vorzuschießen, sich der Schwester zu Füßen zu werfen und sie um irgend etwas Gutes zum Essen zu bitten. Aber die Schwester bemerkte sofort mit Verwunderung den noch vollen Napf, aus dem nur ein wenig Milch ringsherum verschüttet war, sie hob ihn gleich auf, zwar nicht mit den bloßen Händen, sondern mit einem Fetzen, und trug ihn hinaus. Gregor war äußerst neugierig, was sie zum Ersatze bringen würde, und er machte sich die verschiedensten Gedanken darüber. Niemals aber hätte er erraten können, was die Schwester in ihrer Güte wirklich tat. Sie brachte ihm, um seinen Geschmack zu prüfen, eine ganze Auswahl, alles auf einer alten Zeitung ausgebreitet. Da war altes halbverfaultes Gemüse; Knochen vom Nachtmahl her, die von festgewordener weißer Soße umgeben waren; ein paar Rosinen und Mandeln; ein Käse, den Gregor vor zwei Tagen für ungenießbar erklärt hatte; ein trockenes Brot, ein mit Butter beschmiertes Brot und ein mit Butter beschmiertes und gesalzenes Brot. Außerdem stellte sie zu dem allen noch den wahrscheinlich ein für allemal für Gregor bestimmten Napf, in den sie Wasser gegossen hatte. Und aus Zartgefühl, da sie wußte, daß Gregor vor ihr nicht essen würde, entfernte sie sich eiligst und drehte sogar den Schlüssel um, damit nur Gregor merken könne, daß er es sich so behaglich machen dürfe, wie er wolle. Gregors Beinchen schwirrten, als es jetzt zum Essen ging. Seine Wunden mußten übrigens auch schon vollständig geheilt sein, er fühlte keine Behinderung mehr, er staunte darüber und dachte daran, wie er vor mehr als einem Monat sich mit dem Messer ganz wenig in den Finger geschnitten, und wie ihm diese Wunde noch vorgestern genug weh getan hatte. „Sollte ich jetzt weniger Feingefühl haben?“, dachte er und saugte schon gierig an dem Käse, zu dem es ihn vor allen anderen Speisen sofort und nachdrücklich gezogen hatte. Rasch hintereinander und mit vor Befriedigung tränenden Augen verzehrte er den Käse, das Gemüse und die Soße; die frischen Speisen dagegen schmeckten ihm nicht, er konnte nicht einmal ihren Geruch vertragen und schleppte sogar die Sachen, die er essen wollte, ein Stückchen weiter weg. Er war schon längst mit allem fertig und lag nur noch faul auf der gleichen Stelle, als die Schwester zum Zeichen, daß er sich zurückziehen solle, langsam den Schlüssel umdrehte. Das schreckte ihn sofort auf, trotzdem er schon fast schlummerte, und er eilte wieder unter das Kanapee. Aber es kostete ihn große Selbstüberwindung, auch nur die kurze Zeit, während welcher die Schwester im Zimmer war, unter dem Kanapee zu bleiben, denn von dem reichlichen Essen hatte sich sein Leib ein wenig gerundet und er konnte dort in der Enge kaum atmen. Unter kleinen Erstickungsanfällen sah er mit etwas hervorgequollenen Augen zu, wie die nichtsahnende Schwester mit einem Besen nicht nur die Überbleibsel zusammenkehrte, sondern selbst die von Gregor gar nicht berührten Speisen, als seien also auch diese nicht mehr zu gebrauchen, und wie sie alles hastig in einen Kübel schüttete, den sie mit einem Holzdeckel schloß, worauf sie alles hinaustrug. Kaum hatte sie sich umgedreht, zog sich schon Gregor unter dem Kanapee hervor und streckte und blähte sich.

Auf diese Weise bekam nun Gregor täglich sein Essen, einmal am Morgen, wenn die Eltern und das Dienstmädchen noch schliefen, das zweite Mal nach dem allgemeinen Mittagessen, denn dann schliefen die Eltern gleichfalls noch ein Weilchen, und das Dienstmädchen wurde von der Schwester mit irgendeiner Besorgung weggeschickt. Gewiß wollten auch sie nicht, daß Gregor verhungere, aber vielleicht hätten sie es nicht ertragen können, von seinem Essen mehr als durch Hörensagen zu erfahren, vielleicht wollte die Schwester ihnen auch eine möglicherweise nur kleine Trauer ersparen, denn tatsächlich litten sie ja gerade genug.

Mit welchen Ausreden man an jenem ersten Vormittag den Arzt und den Schlosser wieder aus der Wohnung geschafft hatte, konnte Gregor gar nicht erfahren, denn da er nicht verstanden wurde, dachte niemand daran, auch die Schwester nicht, daß er die anderen verstehen könne, und so mußte er sich, wenn die Schwester in seinem Zimmer war, damit begnügen, nur hier und da ihre Seufzer und Anrufe der Heiligen zu hören. Erst später, als sie sich ein wenig an alles gewöhnt hatte — von vollständiger Gewöhnung konnte natürlich niemals die Rede sein –, erhaschte Gregor manchmal eine Bemerkung, die freundlich gemeint war oder so gedeutet werden konnte. „Heute hat es ihm aber geschmeckt“, sagte sie, wenn Gregor unter dem Essen tüchtig aufgeräumt hatte, während sie im gegenteiligen Fall, der sich allmählich immer häufiger wiederholte, fast traurig zu sagen pflegte: „Nun ist wieder alles stehen geblieben.“

Während aber Gregor unmittelbar keine Neuigkeit erfahren konnte, erhorchte er manches aus den Nebenzimmern, und wo er nur einmal Stimmen hörte, lief er gleich zu der betreffenden Tür und drückte sich mit ganzem Leib an sie. Besonders in der ersten: Zeit gab es kein Gespräch, das nicht irgendwie, wenn auch nur im geheimen, von ihm handelte. Zwei Tage lang waren bei allen Mahlzeiten Beratungen darüber zu hören, wie man sich jetzt verhalten solle; aber auch zwischen den Mahlzeiten sprach man über das gleiche Thema, denn immer waren zumindest zwei Familienmitglieder zu Hause, da wohl niemand allein zu Hause bleiben wollte und man die Wohnung doch auf keinen Fall gänzlich verlassen konnte. Auch hatte das Dienstmädchen gleich am ersten Tag — es war nicht ganz klar, was und wieviel sie von dem Vorgefallenen wußte — kniefällig die Mutter gebeten, sie sofort zu entlassen, und als sie sich eine Viertelstunde danach verabschiedete, dankte sie für die Entlassung unter Tränen, wie für die größte Wohltat, die man ihr erwiesen hatte, und gab, ohne daß man es von ihr verlangte, einen fürchterlichen Schwur ab, niemandem auch nur das Geringste zu verraten.

Nun mußte die Schwester im Verein mit der Mutter auch kochen; allerdings machte das nicht viel Mühe, denn man aß fast nichts. Immer wieder hörte Gregor, wie der eine den anderen vergebens zum Essen aufforderte und keine andere Antwort bekam, als: „Danke, ich habe genug“ oder etwas Ähnliches. Getrunken wurde vielleicht auch nichts. Öfters fragte die Schwester den Vater, ob er Bier haben wolle, und herzlich erbot sie sich, es selbst zu holen, und als der Vater schwieg, sagte sie, um ihm jedes Bedenken zu nehmen, sie könne auch die Hausmeisterin darum schicken, aber dann sagte der Vater schließlich ein großes „Nein“, und es wurde nicht mehr davon gesprochen.

Schon im Laufe des ersten Tages legte der Vater die ganzen Vermögensverhältnisse und Aussichten sowohl der Mutter, als auch der Schwester dar. Hie und da stand er vom Tische auf und holte aus seiner kleinen Wertheimkassa, die er aus dem vor fünf Jahren erfolgten Zusammenbruch seines Geschäftes gerettet hatte, irgendeinen Beleg oder irgendein Vormerkbuch. Man hörte, wie er das komplizierte Schloß aufsperrte und nach Entnahme des Gesuchten wieder verschloß. Diese Erklärungen des Vaters waren zum Teil das erste Erfreuliche, was Gregor seit seiner Gefangenschaft zu hören bekam. Er war der Meinung gewesen, daß dem Vater von jenem Geschäft her nicht das Geringste übriggeblieben war, zumindest hatte ihm der Vater nichts Gegenteiliges gesagt, und Gregor allerdings hatte ihn auch nicht darum gefragt. Gregors Sorge war damals nur gewesen, alles daranzusetzen, um die Familie das geschäftliche Unglück, das alle in eine vollständige Hoffnungslosigkeit gebracht hatte, möglichst rasch vergessen zulassen. Und so hatte er damals mit ganz besonderem Feuer zu arbeiten angefangen und war fast über Nacht aus einem kleinen Kommis ein Reisender geworden, der natürlich ganz andere Möglichkeiten des Geldverdienens hatte, und dessen Arbeitserfolge sich sofort in Form der Provision zu Bargeld verwandelten, das der erstaunten und beglückten Familie zu Hause auf den Tisch gelegt werden konnte. Es waren schöne Zeiten gewesen, und niemals nachher hatten sie sich, wenigstens in diesem Glanze, wiederholt, trotzdem Gregor später so viel Geld verdiente, daß er den Aufwand der ganzen Familie zu tragen imstande war und auch trug. Man hatte sich eben daran gewöhnt, sowohl die Familie als auch Gregor, man nahm das Geld dankbar an, er lieferte es gern ab, aber eine besondere Wärme wollte sich nicht mehr ergeben. Nur die Schwester war Gregor doch noch nahe geblieben, und es war sein geheimer Plan, sie, die zum Unterschied von Gregor Musik sehr liebte und rührend Violine zu spielen verstand, nächstes Jahr, ohne Rücksicht auf die großen Kosten, die das verursachen mußte, und die man schon auf andere Weise hereinbringen würde, auf das Konservatorium zu schicken. Öfters während der kurzen Aufenthalte Gregors

in der Stadt wurde in den Gesprächen mit der Schwester das Konservatorium erwähnt, aber immer nur als schöner Traum, an dessen Verwirklichung nicht zu denken war, und die Eltern hörten nicht einmal diese unschuldigen Erwähnungen gern; aber Gregor dachte sehr bestimmt daran und beabsichtigte, es am Weihnachtsabend feierlich zu erklären.
Solche in seinem gegenwärtigen Zustand ganz nutzlose Gedanken gingen ihm durch den Kopf, während er dort aufrecht an der Türe klebte und horchte. Manchmal konnte er vor allgemeiner Müdigkeit gar nicht mehr zuhören und ließ den Kopf nachlässig gegen die Tür schlagen, hielt ihn aber sofort wieder fest, denn selbst das kleine Geräusch, das er damit verursacht hatte, war nebenan gehört worden und hatte alle verstummen lassen. „Was er nur wieder treibt“, sagte der Vater nach einer Weile, offenbar zur Türe hingewendet, und dann erst wurde das unterbrochene Gespräch allmählich wieder aufgenommen.
Gregor erfuhr nun zur Genüge — denn der Vater pflegte sich in seinen Erklärungen öfters zu wiederholen, teils, weil er selbst sich mit diesen Dingen schon lange nicht beschäftigt hatte, teils auch, weil die Mutter nicht alles gleich beim erstenmal verstand –, dass trotz allen Unglücks ein allerdings ganz kleines Vermögen aus der alten Zeit noch vorhanden war, das die nicht angerührten Zinsen in der Zwischenzeit ein wenig hatten anwachsen lassen. Außerdem aber war das Geld, das Gregor allmonatlich nach Hause gebracht hatte — er selbst hatte nur ein paar Gulden für sich behalten –, nicht vollständig aufgebraucht worden und hatte sich zu einem kleinen Kapital angesammelt. Gregor, hinter seiner Türe, nickte eifrig, erfreut über diese unerwartete Vorsicht und Sparsamkeit. Eigentlich hätte er ja mit diesen überschüssigen Geldern die Schuld des Vaters gegenüber dem Chef weiter abgetragen haben können, und jener Tag, an dem er diesen Posten hätte loswerden können, wäre weit näher gewesen, aber jetzt war es zweifellos besser so, wie es der Vater eingerichtet hatte. Nun genügte dieses Geld aber ganz und gar nicht, um die Familie etwa von den Zinsen leben zu lassen; es genügte vielleicht, um die Familie ein, höchstens zwei Jahre zu erhalten, mehr war es nicht. Es war also bloß eine Summe, die man eigentlich nicht angreifen durfte, und die für den Notfall zurückgelegt werden mußte; das Geld zum Leben aber mußte man verdienen. Nun war aber der Vater ein zwar gesunder, aber alter Mann, der schon fünf Jahre nichts gearbeitet hatte und sich jedenfalls nicht viel zutrauen durfte; er hatte in diesen fünf Jahren, welche die ersten Ferien seines mühevollen und doch erfolglosen Lebens waren, viel Fett angesetzt und war dadurch recht schwerfällig geworden. Und die alte Mutter sollte nun vielleicht Geld verdienen, die an Asthma litt, der eine Wanderung durch die Wohnung schon Anstrengung verursachte, und die jeden zweiten Tag in Atembeschwerden auf dem Sofa beim offenen Fenster verbrachte? Und die Schwester sollte

Geld verdienen, die noch ein Kind war mit ihren siebzehn Jahren, und der ihre bisherige Lebensweise so sehr zu gönnen war, die daraus bestanden hatte, sich nett zu kleiden, lange zu schlafen, in der Wirtschaft mitzuhelfen, an ein paar bescheidenen Vergnügungen sich zu beteiligen und vor allem Violine zu spielen? Wenn die Rede auf diese Notwendigkeit des Geldverdienens kam, ließ zuerst immer Gregor die Türe los und warf sich auf das neben der Tür befindliche kühle Ledersofa, denn ihm war ganz heiß vor Beschämung und Trauer.

Oft lag er dort die ganzen langen Nächte über, schlief keinen Augenblick und scharrte nur stundenlang auf dem Leder. Oder erscheute nicht die Mühe, einen Sessel zum Fenster zu schieben, dann die Fensterbrüstung hinaufzukriechen und, in den Sessel gestemmt, sich ans Fenster zu lehnen, offenbar nur in irgendeiner Erinnerung an das Befreiende, das früher für ihn darin gelegen war, aus dem Fenster zu schauen. Denn tatsächlich sah er von Tag zu Tag die auch nur ein wenig entfernten Dinge immer undeutlicher; das gegenüberliegende Krankenhaus, dessen nur allzu häufigen Anblick er früher verflucht hatte, bekam er überhaupt nicht mehr zu Gesicht, und wenn er nicht genau gewußt hätte, daß er in der stillen, aber völlig städtischen Charlottenstraße wohnte, hätte er glauben können, von seinem Fenster aus in eine Einöde zu schauen, in welcher der graue Himmel und die graue Erde ununterscheidbar sich vereinigten. Nur zweimal hatte die aufmerksame Schwester sehen müssen, daß der Sessel beim Fenster stand, als sie schon jedesmal, nachdem sie das Zimmer aufgeräumt hatte, den Sessel wieder genau zum Fenster hinschob, ja sogar von nun ab den inneren Fensterflügel offen ließ.

Hätte Gregor nur mit der Schwester sprechen und ihr für alles danken können, was sie für ihn machen mußte, er hätte ihre Dienste leichter ertragen; so aber litt er darunter. Die Schwester suchte freilich die Peinlichkeit des Ganzen möglichst zu verwischen, und je längere Zeit verging, desto besser gelang es ihr natürlich auch, aber auch Gregor durchschaute mit der Zeit alles viel genauer. Schon ihr Eintritt war für ihn schrecklich. Kaum war sie eingetreten, lief sie, ohne sich Zeit zu nehmen, die Türe zu schließen, so sehr sie sonst darauf achtete, jedem den Anblick von Gregors Zimmer zu ersparen, geradewegs zum Fenster und riß es, als ersticke sie fast, mit hastigen Händen auf, blieb auch, selbst wenn es noch so kalt war, ein Weilchen beim Fenster und atmete tief. Mit diesem Laufen und Lärmen erschreckte sie Gregor täglich zweimal; die ganze Zeit über zitterte er unter dem Kanapee und wußte doch sehr gut, daß sie ihn gewiß gerne damit verschont hätte, wenn es ihr nur möglich gewesen wäre, sich in einem Zimmer, in dem sich Gregor befand, bei geschlossenem Fenster aufzuhalten.

Einmal, es war wohl schon ein Monat seit Gregors Verwandlung vergangen, und es war doch schon für die Schwester kein besonderer Grund mehr, über

Gregors Aussehen in Erstaunen zu geraten, kam sie ein wenig früher als sonst und traf Gregor noch an, wie er, unbeweglich und so recht zum Erschrecken aufgestellt, aus dem Fenster schaute. Es wäre für Gregor nicht unerwartet gewesen, wenn sie nicht eingetreten wäre, da er sie durch seine Stellung verhinderte, sofort das Fenster zu öffnen, aber sie trat nicht nur nicht ein, sie fuhr sogar zurück und schloß die Tür; ein Fremder hätte geradezu denken können, Gregor habe ihr aufgelauert und habe sie beißen wollen. Gregor versteckte sich natürlich sofort unter dem Kanapee, aber er mußte bis zum Mittag warten, ehe die Schwester wiederkam, und sie schien viel unruhiger als sonst. Er erkannte daraus, daß ihr sein Anblick noch immer unerträglich war und ihr auch weiterhin unerträglich bleiben müsse, und daß sie sich wohl sehr überwinden mußte, vor dem Anblick auch nur der kleinen Partie seines Körpers nicht davonzulaufen, mit der er unter dem Kanapee hervorragte. Um ihr auch diesen Anblick zu ersparen, trug er eines Tages auf seinem Rücken — er brauchte zu dieser Arbeit vier Stunden — das Leintuch auf das Kanapee und ordnete es in einer solchen Weise an, daß er nun gänzlich verdeckt war, und daß die Schwester, selbst wenn sie sich bückte, ihn nicht sehen konnte. Wäre dieses Leintuch ihrer Meinung nach nicht nötig gewesen, dann hätte sie es ja entfernen können, denn daß es nicht zum Vergnügen Gregors gehören konnte, sich so ganz und gar abzusperren, war doch klar genug, aber sie ließ das Leintuch, so wie es war, und Gregor glaubte sogar einen dankbaren Blick erhascht zu haben, als er einmal mit dem Kopf vorsichtig das Leintuch ein wenig lüftete, um nachzusehen, wie die Schwester die neue Einrichtung aufnahm.

In den ersten vierzehn Tagen konnten es die Eltern nicht über sich bringen, zu ihm hereinzukommen, und er hörte oft, wie sie die jetzige Arbeit der Schwester völlig anerkannten, während sie sich bisher häufig über die Schwester geärgert hatten, weil sie ihnen als ein etwas nutzloses Mädchen erschienen war. Nun aber warteten oft beide, der Vater und die Mutter, vor Gregors Zimmer, während die Schwester dort aufräumte, und kaum war sie herausgekommen, mußte sie ganz genau erzählen, wie es in dem Zimmer aussah, was Gregor gegessen hatte, wie er sich diesmal benommen hatte, und ob vielleicht eine kleine Besserung zu bemerken war. Die Mutter übrigens wollte verhältnismäßig bald Gregor besuchen, aber der Vater und die Schwester hielten sie zuerst mit Vernunftgründen zurück, denen Gregor sehr aufmerksam zuhörte, und die er vollständig billigte. Später aber mußte man sie mit Gewalt zurückhalten, und wenn sie dann rief: „Laßt mich doch zu Gregor, er ist ja mein unglücklicher Sohn! Begreift ihr es denn nicht, daß ich zu ihm muß?“, dann dachte Gregor, daß es vielleicht doch gut wäre, wenn die Mutter hereinkäme, nicht jeden Tag natürlich, aber vielleicht einmal in der Woche; sie verstand doch alles viel besser als die Schwester, die trotz all ihrem Mute doch nur ein Kind war und im letzten Grunde vielleicht nur aus kindlichem Leichtsinn eine so schwere Aufgabe übernommen hatte.

Der Wunsch Gregors, die Mutter zu sehen, ging bald in Erfüllung. Während des Tages wollte Gregor schon aus Rücksicht auf seine Eltern sich nicht beim Fenster zeigen, kriechen konnte er aber auf den paar Quadratmetern des Fußbodens auch nicht viel, das ruhige Liegen ertrug er schon während der Nacht schwer, das Essen machte ihm bald nicht mehr das geringste Vergnügen, und so nahm er zur Zerstreuung die Gewohnheit an, kreuz und quer über Wände und Plafond zu kriechen. Besonders oben auf der Decke hing er gern; es war ganz anders, als das Liegen auf dem Fußboden; man atmete freier; ein leichtes Schwingen ging durch den Körper; und in der fast glücklichen Zerstreutheit, in der sich Gregor dort oben befand, konnte es geschehen, daß er zu seiner eigenen Überraschung sich losließ und auf den Boden klatschte. Aber nun hatte er natürlich seinen Körper ganz anders in der Gewalt als früher und beschädigte sich selbst bei einem so großen Falle nicht. Die Schwester nun bemerkte sofort die neue Unterhaltung, die Gregor für sich gefunden hatte — er hinterließ ja auch beim Kriechen hie und da Spuren seines Klebstoffes –, und da setzte sie es sich in den Kopf, Gregor das Kriechen in größtem Ausmaße zu ermöglichen und die Möbel, die es verhinderten, also vor allem den Kasten und den Schreibtisch, wegzuschaffen. Nun war sie aber nicht imstande, dies allein zu tun; den Vater wagte sie nicht um Hilfe zu bitten; das Dienstmädchen hätte ihr ganz gewiß nicht geholfen, denn dieses etwa sechzehnjährige Mädchen harrte zwar tapfer seit Entlassung der früheren Köchin aus, hatte aber um die Vergünstigung gebeten, die Küche unaufhörlich versperrt halten zu dürfen und nur auf besonderen Anruf öffnen zu müssen; so blieb der Schwester also nichts übrig, als einmal in Abwesenheit des Vaters die Mutter zu holen. Mit Ausrufen erregter Freude kam die Mutter auch heran, verstummte aber an der Tür vor Gregors Zimmer. Zuerst sah natürlich die Schwester nach, ob alles im Zimmer in Ordnung war; dann erst ließ sie die Mutter eintreten. Gregor hatte in größter Eile das Leintuch noch tiefer und mehr in Falten gezogen, das Ganze sah wirklich nur wie ein zufällig über das Kanapee geworfenes Leintuch aus. Gregor unterließ auch diesmal, unter dem Leintuch zu spionieren; er verzichtete darauf, die Mutter schon diesmal zu sehen, und war nur froh, daß sie nun doch gekommen war. „Komm nur, man sieht ihn nicht“, sagte die Schwester, und offenbar führte sie die Mutter an der Hand. Gregor hörte nun, wie die zwei schwachen Frauen den immerhin schweren alten Kasten von seinem Platz rückten, und wie die Schwester immerfort den größten Teil der Arbeit für sich beanspruchte, ohne auf die Warnungen der Mutter zu hören, welche fürchtete, daß sie sich überanstrengen werde. Es dauerte sehr lange. Wohl nach schon viertelstündiger Arbeit sagte die Mutter, man solle den Kasten doch lieber hier lassen, denn erstens sei er zu schwer,

sie würden vor Ankunft des Vaters nicht fertig werden und mit dem Kasten in der Mitte des Zimmers Gregor jeden Weg verrammeln, zweitens aber sei es doch gar nicht sicher, daß Gregor mit der Entfernung der Möbel ein Gefallen geschehe. Ihr scheine das Gegenteil der Fall zu sein; ihr bedrücke der Anblick der leeren Wand geradezu das Herz; und warum solle nicht auch Gregor diese Empfindung haben, da er doch an die Zimmermöbel längst gewöhnt sei und sich deshalb im leeren Zimmer verlassen fühlen werde. „Und ist es dann nicht so", schloß die Mutter ganz leise, wie sie überhaupt fast flüsterte, als wolle sie vermeiden, daß Gregor, dessen genauen Aufenthalt sie ja nicht kannte, auch nur den Klang der Stimme höre, denn daß er die Worte nicht verstand, davon war sie überzeugt, „und ist es nicht so, als ob wir durch die Entfernung der Möbel zeigten, daß wir jede Hoffnung auf Besserung aufgeben und ihn rücksichtslos sich selbst überlassen? Ich glaube, es wäre das beste, wir suchen das Zimmer genau in dem Zustand zu erhalten, in dem es früher war, damit Gregor, wenn er wieder zu uns zurückkommt, alles unverändert findet und um so leichter die Zwischenzeit vergessen kann."
Beim Anhören dieser Worte der Mutter erkannte Gregor, daß der Mangel jeder unmittelbaren menschlichen Ansprache, verbunden mit dem einförmigen Leben inmitten der Familie, im Laufe dieser zwei Monate seinen Verstand hatte verwirren müssen, denn anders konnte er es sich nicht erklären, daß er ernsthaft danach hatte verlangen können, daß sein Zimmer ausgeleert würde. Hatte er wirklich Lust, das warme, mit ererbten Möbeln gemütlich ausgestattete Zimmer in eine Höhle verwandeln zu lassen, in der er dann freilich nach allen Richtungen ungestört würde kriechen können, jedoch auch unter gleichzeitigem schnellen, gänzlichen Vergessen seiner menschlichen Vergangenheit? War er doch jetzt schon nahe daran, zu vergessen, und nur die seit langem nicht gehörte Stimme der Mutter hatte ihn aufgerüttelt. Nichts sollte entfernt werden; alles mußte bleiben; die guten Einwirkungen der Möbel auf seinen Zustand konnte er nicht entbehren; und wenn die Möbel ihn hinderten, das sinnlose Herumkriechen zu betreiben, so war es kein Schaden, sondern ein großer Vorteil.
Aber die Schwester war leider anderer Meinung; sie hatte sich, allerdings nicht ganz unberechtigt, angewöhnt, bei Besprechung der Angelegenheiten Gregors als besonders Sachverständige gegenüber den Eltern aufzutreten, und so war auch jetzt der Rat der Mutter für die Schwester Grund genug, auf der Entfernung nicht nur des Kastens und des Schreibtisches, an die sie zuerst allein gedacht hatte, sondern auf der Entfernung sämtlicher Möbel, mit Ausnahme des unentbehrlichen Kanapees, zu bestehen. Es war natürlich nicht nur kindlicher Trotz und das in der letzten Zeit so unerwartet und schwer erworbene Selbstvertrauen, das sie zu dieser Forderung bestimmte; sie hatte doch auch tatsächlich beobachtet, daß Gregor viel Raum zum

Kriechen brauchte, dagegen die Möbel, soweit man sehen konnte, nicht im geringsten benützte. Vielleicht aber spielte auch der schwärmerische Sinn der Mädchen ihres Alters mit, der bei jeder Gelegenheit seine Befriedigung sucht, und durch den Grete jetzt sich dazu verlocken ließ, die Lage Gregors noch schreckenerregender machen zu wollen, um dann noch mehr als bis jetzt für ihn leisten zu können. Denn in einen Raum, in dem Gregor ganz allein die leeren Wände beherrschte, würde wohl kein Mensch außer Grete jemals einzutreten sich getrauen.

Und so ließ sie sich von ihrem Entschlusse durch die Mutter nicht abbringen, die auch in diesem Zimmer vor lauter Unruhe unsicher schien, bald verstummte und der Schwester nach Kräften beim Hinausschaffen des Kastens half. Nun, den Kasten konnte Gregor im Notfall noch entbehren, aber schon der Schreibtisch mußte bleiben. Und kaum hatten die Frauen mit dem Kasten, an den sie sich ächzend drückten, das Zimmer verlassen, als Gregor den Kopf unter dem Kanapee hervorstieß, um zu sehen, wie er vorsichtig und möglichst rücksichtsvoll eingreifen könnte. Aber zum Unglück war es gerade die Mutter, welche zuerst zurückkehrte, während Grete im Nebenzimmer den Kasten umfangen hielt und ihn allein hin und her schwang, ohne ihn natürlich von der Stelle zu bringen. Die Mutter aber war Gregors Anblick nicht gewöhnt, er hätte sie krank machen können, und so eilte Gregor erschrocken im Rückwärtslauf bis an das andere Ende des Kanapees, konnte es aber nicht mehr verhindern, daß das Leintuch vorne ein wenig sich bewegte. Das genügte, um die Mutter aufmerksam zu machen. Sie stockte, stand einen Augenblick still und ging dann zu Grete zurück.

Trotzdem sich Gregor immer wieder sagte, daß ja nichts Außergewöhnliches geschehe, sondern nur ein paar Möbel umgestellt würden, wirkte doch, wie er sich bald eingestehen mußte, dieses Hin- und Hergehen der Frauen, ihre kleinen Zurufe, das Kratzen der Möbel auf dem Boden, wie ein großer, von allen Seiten genährter Trubel auf ihn, und er mußte sich, so fest er Kopf und Beine an sich zog und den Leib bis an den Boden drückte, unweigerlich sagen, daß er das Ganze nicht lange aushalten werde. Sie räumten ihm sein Zimmer aus; nahmen ihm alles, was ihm lieb war; den Kasten, in dem die Laubsäge und andere Werkzeuge lagen, hatten sie schon hinausgetragen; lockerten jetzt den schon im Boden fest eingegrabenen Schreibtisch, an dem er als Handelsakademiker, als Bürgerschüler, ja sogar schon als Volksschüler seine Aufgaben geschrieben hatte, — da hatte er wirklich keine Zeit mehr, die guten Absichten zu prüfen, welche die zwei Frauen hatten, deren Existenz er übrigens fast vergessen hatte, denn vor Erschöpfung arbeiteten sie schon stumm, und man hörte nur das schwere Tappen ihrer Füße.

Und so brach er denn hervor — die Frauen stützten sich gerade im Nebenzimmer an den Schreibtisch, um ein wenig zu verschnaufen –, wechselte viermal die Richtung des Laufes, er wußte wirklich nicht, was er

zuerst retten sollte, da sah er an der im übrigen schon leeren Wand auffallend das Bild der in lauter Pelzwerk gekleideten Dame hängen, kroch eilends hinauf und preßte sich an das Glas, das ihn festhielt und seinem heißen Bauch wohltat. Dieses Bild wenigstens, das Gregor jetzt ganz verdeckte, würde nun gewiß niemand wegnehmen. Er verdrehte den Kopf nach der Tür des Wohnzimmers, um die Frauen bei ihrer Rückkehr zu beobachten.
Sie hatten sich nicht viel Ruhe gegönnt und kamen schon wieder; Grete hatte den Arm um die Mutter gelegt und trug sie fast. „Also was nehmen wir jetzt?“, sagte Grete und sah sich um. Da kreuzten sich ihre Blicke mit denen Gregors an der Wand. Wohl nur infolge der Gegenwart der Mutter behielt sie ihre Fassung, beugte ihr Gesicht zur Mutter, um diese vom Herumschauen abzuhalten, und sagte, allerdings zitternd und unüberlegt: „Komm, wollen wir nicht lieber auf einen Augenblick noch ins Wohnzimmer zurückgehen?“ Die Absicht Gretes war für Gregor klar, sie wollte die Mutter in Sicherheit bringen und dann ihn von der Wand hinunterjagen. Nun, sie konnte es ja immerhin versuchen! Er saß auf seinem Bild und gab es nicht her. Lieber würde er Grete ins Gesicht springen. Aber Gretes Worte hatten die Mutter erst recht beunruhigt, sie trat zur Seite, erblickte den riesigen braunen Fleck auf der geblümten Tapete, rief, ehe ihr eigentlich zum Bewußtsein kam, daß das Gregor war, was sie sah, mit schreiender, rauher Stimme: „Ach Gott, ach Gott!“ und fiel mit ausgebreiteten Armen, als gebe sie alles auf, über das Kanapee hin und rührte sich nicht. „Du, Gregor!“, rief die Schwester mit erhobener Faust und eindringlichen Blicken. Es waren seit der Verwandlung die ersten Worte, die sie unmittelbar an ihn gerichtet hatte. Sie lief ins Nebenzimmer, um irgendeine Essenz zu holen, mit der sie die Mutter aus ihrer Ohnmacht wecken könnte; Gregor wollte auch helfen — zur Rettung des Bildes war noch Zeit –; er klebte aber fest an dem Glas und mußte sich mit Gewalt losreißen; er lief dann auch ins Nebenzimmer, als könne er der Schwester irgendeinen Rat geben, wie in früherer Zeit; mußte dann aber untätig hinter ihr stehen; während sie in verschiedenen Fläschchen kramte, erschreckte sie noch, als sie sich umdrehte; eine Flasche fiel auf den Boden und zerbrach; ein Splitter verletzte Gregor im Gesicht, irgendeine ätzende Medizin umfloß ihn; Grete nahm nun, ohne sich länger aufzuhalten, soviel Fläschchen, als sie nur halten konnte, und rannte mit ihnen zur Mutter hinein; die Tür schlug sie mit dem Fuße zu. Gregor war nun von der Mutter abgeschlossen, die durch seine Schuld vielleicht dem Tode nahe war; die Tür durfte er nicht öffnen, wollte er die Schwester, die bei der Mutter bleiben mußte, nicht verjagen; er hatte jetzt nichts zu tun, als zu warten; und von Selbstvorwürfen und Besorgnis bedrängt, begann er zu kriechen, überkroch alles, Wände, Möbel und Zimmerdecke und fiel endlich in seiner Verzweiflung, als sich das ganze Zimmer schon um ihn zu drehen anfing, mitten auf den großen Tisch.

Es verging eine kleine Weile, Gregor lag matt da, ringsherum war es still, vielleicht war das ein gutes Zeichen. Da läutete es. Das Mädchen war natürlich in ihrer Küche eingesperrt und Grete mußte daher öffnen gehen. Der Vater war gekommen. „Was ist geschehen?“ waren seine ersten Worte; Gretes Aussehen hatte ihm wohl alles verraten. Grete antwortete mit dumpfer Stimme, offenbar drückte sie ihr Gesicht an des Vaters Brust: „Die Mutter war ohnmächtig, aber es geht ihr schon besser. Gregor ist ausgebrochen.“ „Ich habe es ja erwartet“, sagte der Vater, „ich habe es euch ja immer gesagt, aber ihr Frauen wollt nicht hören.“ Gregor war es klar, daß der Vater Gretes allzu kurze Mitteilung schlecht gedeutet hatte und annahm, daß Gregor sich irgendeine Gewalttat habe zuschulden kommen lassen. Deshalb mußte Gregor den Vater jetzt zu besänftigen suchen, denn ihn aufzuklären hatte er weder Zeit noch Möglichkeit. Und so flüchtete er sich zur Tür seines Zimmers und drückte sich an sie, damit der Vater beim Eintritt vom Vorzimmer her gleich sehen könne, daß Gregor die beste Absicht habe, sofort in sein Zimmer zurückzukehren, und daß es nicht nötig sei, ihn zurückzutreiben, sondern daß man nur die Tür zu öffnen brauche, und gleich werde er verschwinden. Aber der Vater war nicht in der Stimmung, solche Feinheiten zu bemerken; „Ah!“, rief er gleich beim Eintritt in einem Tone, als sei er gleichzeitig wütend und froh. Gregor zog den Kopf von der Tür zurück und hob ihn gegen den Vater. So hatte er sich den Vater wirklich nicht vorgestellt, wie er jetzt dastand; allerdings hatte er in der letzten Zeit über dem neuartigen Herumkriechen versäumt, sich so wie früher um die Vorgänge in der übrigen Wohnung zu kümmern, und hätte eigentlich darauf gefaßt sein müssen, veränderte Verhältnisse anzutreffen. Trotzdem, trotzdem, war das noch der Vater? Der gleiche Mann, der müde im Bett vergraben lag, wenn früher Gregor zu einer Geschäftsreise ausgerückt war; der ihn an Abenden der Heimkehr im Schlafrock im Lehnstuhl empfangen hatte; gar nicht recht imstande war, aufzustehen, sondern zum Zeichen der Freude nur die Arme gehoben hatte, und der bei den seltenen gemeinsamen Spaziergängen an ein paar Sonntagen im Jahr und an den höchsten Feiertagen zwischen Gregor und der Mutter, die schon an und für sich langsam gingen, immer noch ein wenig langsamer, in seinen alten Mantel eingepackt, mit stets vorsichtig aufgesetztem Krückstock sich vorwärts arbeitete und, wenn er etwas sagen wollte, fast immer stillstand und seine Begleitung um sich versammelte? Nun aber war er recht gut aufgerichtet; in eine straffe blaue Uniform mit Goldknöpfen gekleidet, wie sie Diener der Bankinstitute tragen; über dem hohen steifen Kragen des Rockes entwickelte sich sein starkes Doppelkinn; unter den buschigen Augenbrauen drang der Blick der schwarzen Augen frisch und aufmerksam hervor; das sonst zerzauste weiße Haar war zu einer peinlich genauen, leuchtenden Scheitelfrisur niedergekämmt. Er warf seine Mütze, auf der ein

Goldmonogramm, wahrscheinlich das einer Bank, angebracht war, über das ganze Zimmer im Bogen auf das Kanapee hin und ging, die Enden seines langen Uniformrockes zurückgeschlagen, die Hände in den Hosentaschen, mit verbissenem Gesicht auf Gregor zu. Er wußte wohl selbst nicht, was er vorhatte; immerhin hob er die Füße ungewöhnlich hoch, und Gregor staunte über die Riesengröße seiner Stiefelsohlen. Doch hielt er sich dabei nicht auf, er wußte ja noch vom ersten Tage seines neuen Lebens her, daß der Vater ihm gegenüber nur die größte Strenge für angebracht ansah. Und so lief er vor dem Vater her, stockte, wenn der Vater stehen blieb, und eilte schon wieder vorwärts, wenn sich der Vater nur rührte. So machten sie mehrmals die Runde um das Zimmer, ohne daß sich etwas Entscheidendes ereignete, ja ohne daß das Ganze infolge seines langsamen Tempos den Anschein einer Verfolgung gehabt hätte. Deshalb blieb auch Gregor vorläufig auf dem Fußboden, zumal er fürchtete, der Vater könnte eine Flucht auf die Wände oder den Plafond für besondere Bosheit halten. Allerdings mußte sich Gregor sagen, daß er sogar dieses Laufen nicht lange aushalten würde; denn während der Vater einen Schritt machte, mußte er eine Unzahl von Bewegungen ausführen. Atemnot begann sich schon bemerkbar zu machen, wie er ja auch in seiner früheren Zeit keine ganz vertrauenswürdige Lunge besessen hatte. Als er nun so dahin torkelte, um alle Kräfte für den Lauf zu sammeln, kaum die Augen offenhielt; in seiner Stumpfheit an eine andere Rettung als durch Laufen gar nicht dachte; und fast schon vergessen hatte, daß ihm die Wände freistanden, die hier allerdings mit sorgfältig geschnitzten Möbeln voll Zacken und Spitzen verstellt waren — da flog knapp neben ihm, leicht geschleudert, irgend etwas nieder und rollte vor ihm her. Es war ein Apfel; gleich flog ihm ein zweiter nach; Gregor blieb vor Schrecken stehen; ein Weiterlaufen war nutzlos, denn der Vater hatte sich entschlossen, ihn zu bombardieren. Aus der Obstschale auf der Kredenz hatte er sich die Taschen gefüllt und warf nun, ohne vorläufig scharf zu zielen, Apfel für Apfel. Diese kleinen roten Äpfel rollten wie elektrisiert auf dem Boden herum und stießen aneinander. Ein schwach geworfener Apfel streifte Gregors Rücken, glitt aber unschädlich ab. Ein ihm sofort nachfliegender drang dagegen förmlich in Gregors Rücken ein; Gregor wollte sich weiterschleppen, als könne der überraschende unglaubliche Schmerz mit dem Ortswechsel vergehen; doch fühlte er sich wie festgenagelt und streckte sich in vollständiger Verwirrung aller Sinne. Nur mit dem letzten Blick sah er noch, wie die Tür seines Zimmers aufgerissen wurde, und vor der schreienden Schwester die Mutter hervoreilte, im Hemd, denn die Schwester hatte sie entkleidet, um ihr in der Ohnmacht Atemfreiheit zu verschaffen, wie dann die Mutter auf den Vater zulief und ihr auf dem Weg die aufgebundenen Röcke einer nach dem anderen zu Boden glitten, und wie sie stolpernd über die Röcke auf den Vater eindrang und ihn umarmend, in gänzlicher Vereinigung mit ihm — nun versagte aber Gregors Sehkraft schon — die Hände an des Vaters Hinterkopf um Schonung von Gregors Leben bat.

III.

Die schwere Verwundung Gregors, an der er über einen Monat litt — der Apfel blieb, da ihn niemand zu entfernen wagte, als sichtbares Andenken im Fleische sitzen –, schien selbst den Vater daran erinnert zu haben, daß Gregor trotz seiner gegenwärtigen traurigen und ekelhaften Gestalt ein Familienmitglied war, das man nicht wie einen Feind behandeln durfte, sondern demgegenüber es das Gebot der Familienpflicht war, den Widerwillen hinunterzuschlucken und zu dulden, nichts als zu dulden. Und wenn nun auch Gregor durch seine Wunde an Beweglichkeit wahrscheinlich für immer verloren hatte und vorläufig zur Durchquerung seines Zimmers wie ein alter Invalide lange, lange Minuten brauchte — an das Kriechen in der Höhe war nicht zu denken –, so bekam er für diese Verschlimmerung seines Zustandes einen seiner Meinung nach vollständig genügenden Ersatz dadurch, daß immer gegen Abend die Wohnzimmertür, die er schon ein bis zwei Stunden vorher scharf zu beobachten pflegte, geöffnet wurde, so daß er, im Dunkel seines Zimmers liegend, vom Wohnzimmer aus unsichtbar, die ganze Familie beim beleuchteten Tische sehen und ihre Reden, gewissermaßen mit allgemeiner Erlaubnis, also ganz anders als früher, anhören durfte.

Freilich waren es nicht mehr die lebhaften Unterhaltungen der früheren Zeiten, an die Gregor in den kleinen Hotelzimmern stets mit einigem Verlangen gedacht hatte, wenn er sich müde in das feuchte Bettzeug hatte werfen müssen. Es ging jetzt meist nur sehr still zu. Der Vater schlief bald nach dem Nachtessen in seinem Sessel ein; die Mutter und Schwester ermahnten einander zur Stille; die Mutter nähte, weit unter das Licht vorgebeugt, feine Wäsche für ein Modengeschäft; die Schwester, die eine Stellung als Verkäuferin angenommen hatte, lernte am Abend Stenographie und Französisch, um vielleicht später einmal einen besseren Posten zu erreichen. Manchmal wachte der Vater auf, und als wisse er gar nicht, daß er geschlafen habe, sagte er zur Mutter: „Wie lange du heute schon wieder nähst!“ und schlief sofort wieder ein, während Mutter und Schwester einander müde zulächelten. Mit einer Art Eigensinn weigerte sich der Vater, auch zu Hause seine Dieneruniform abzulegen; und während der Schlafrock nutzlos am Kleiderhaken hing, schlummerte der Vater vollständig angezogen auf seinem Platz, als sei er immer zu seinem Dienste bereit und warte auch hier auf die Stimme des Vorgesetzten. Infolgedessen verlor die gleich anfangs nicht neue Uniform trotz aller Sorgfalt von Mutter und Schwester an Reinlichkeit, und Gregor sah oft ganze Abende lang auf dieses über und über fleckige, mit seinen stets geputzten Goldknöpfen leuchtende Kleid, in dem der alte Mann höchst unbequem und doch ruhig schlief.

Sobald die Uhr zehn schlug, suchte die Mutter durch leise Zusprache den Vater zu wecken und dann zu überreden, ins Bett zu gehen, denn hier war es doch kein richtiger Schlaf, und diesen hatte der Vater, der um sechs Uhr seinen Dienst antreten mußte, äußerst nötig. Aber in dem Eigensinn, der ihn, seitdem er Diener war, ergriffen hatte, bestand er immer darauf, noch länger bei Tisch zu bleiben, trotzdem er regelmäßig einschlief, und war dann überdies nur mit der größten Mühe zu bewegen, den Sessel mit dem Bett zu vertauschen. Da mochten Mutter und Schwester mit kleinen Ermahnungen noch so sehr auf ihn eindringen, viertelstundenlang schüttelte er langsam den Kopf, hielt die Augen geschlossen und stand nicht auf. Die Mutter zupfte ihn am Ärmel, sagte ihm Schmeichelworte ins Ohr, die Schwester verließ ihre Aufgabe, um der Mutter zu helfen, aber beim Vater verfing das nicht. Er versank nur noch tiefer in seinen Sessel. Erst als ihn die Frauen unter den Achseln faßten, schlug er die Augen auf, sah abwechselnd die Mutter und die Schwester an und pflegte zu sagen: „Das ist ein Leben. Das ist die Ruhe meiner alten Tage.“ Und auf die beiden Frauen gestützt, erhob er sich, umständlich, als sei er für sich selbst die größte Last, ließ sich von den Frauen bis zur Türe führen, winkte ihnen dort ab und ging nun selbständig weiter, während die Mutter ihr Nähzeug, die Schwester ihre Feder eiligst hinwarfen, um hinter dem Vater zu laufen und ihm weiter behilflich zu sein.

Wer hatte in dieser abgearbeiteten und übermüdeten Familie Zeit, sich um Gregor mehr zu kümmern, als unbedingt nötig war? Der Haushalt wurde immer mehr eingeschränkt; das Dienstmädchen wurde nun doch entlassen; eine riesige knochige Bedienerin mit weißem, den Kopf umflatterdem Haar kam des Morgens und des Abends, um die schwerste Arbeit zu leisten; alles andere besorgte die Mutter neben ihrer vielen Näharbeit. Es geschah sogar, daß verschiedene Familienschmuckstücke, welche früher die Mutter und die Schwester überglücklich bei Unterhaltungen und Feierlichkeiten getragen hatten, verkauft wurden, wie Gregor am Abend aus der allgemeinen Besprechung der erzielten Preise erfuhr. Die größte Klage war aber stets, daß man diese für die gegenwärtigen Verhältnisse allzu große Wohnung nicht verlassen konnte, da es nicht auszudenken war, wie man Gregor übersiedeln sollte. Aber Gregor sah wohl ein, daß es nicht nur die Rücksicht auf ihn war, welche eine Übersiedlung verhinderte, denn ihn hätte man doch in einer passenden Kiste mit ein paar Luftlöchern leicht transportieren können; was die Familie hauptsächlich vom Wohnungswechsel abhielt, war vielmehr die völlige Hoffnungslosigkeit und der Gedanke daran, daß sie mit einem Unglück geschlagen war, wie niemand sonst im ganzen Verwandten- und Bekanntenkreis. Was die Welt von armen Leuten verlangt, erfüllten sie bis zum äußersten, der Vater holte den kleinen Bankbeamten das Frühstück, die Mutter opferte sich für die Wäsche fremder Leute, die Schwester lief nach dem Befehl der Kunden hinter dem Pulte hin und her, aber weiter reichten

die Kräfte der Familie schon nicht. Und die Wunde im Rücken fing Gregor wie neu zu schmerzen an, wenn Mutter und Schwester, nachdem sie den Vater zu Bett gebracht hatten, nun zurückkehrten, die Arbeit liegenließen, nahe zusammenrückten, schon Wange an Wange saßen; wenn jetzt die Mutter, auf Gregors Zimmer zeigend, sagte: „Mach' dort die Tür zu, Grete", und wenn nun Gregor wieder im Dunkel war, während nebenan die Frauen ihre Tränen vermischten oder gar tränenlos den Tisch anstarrten.
Die Nächte und Tage verbrachte Gregor fast ganz ohne Schlaf. Manchmal dachte er daran, beim nächsten Öffnen der Tür die Angelegenheiten der Familie ganz so wie früher wieder in die Hand zu nehmen; in seinen Gedanken erschienen wieder nach langer Zeit der Chef und der Prokurist, die Kommis und die Lehrjungen, der so begriffsstützige Hausknecht, zwei, drei Freunde aus anderen Geschäften, ein Stubenmädchen aus einem Hotel in der Provinz, eine liebe, flüchtige Erinnerung, eine Kassiererin aus einem Hutgeschäft, um die er sich ernsthaft, aber zu langsam beworben hatte — sie alle erschienen untermischt mit Fremden oder schon Vergessenen, aber statt ihm und seiner Familie zu helfen, waren sie sämtlich unzugänglich, und er war froh, wenn sie verschwanden. Dann aber war er wieder gar nicht in der Laune, sich um seine Familie zu sorgen, bloß Wut über die schlechte Wartung erfüllte ihn, und trotzdem er sich nichts vorstellen konnte, worauf er Appetit gehabt hätte, machte er doch Pläne, wie er in die Speisekammer gelangen könnte, um dort zu nehmen, was ihm, auch wenn er keinen Hunger hatte, immerhin gebührte. Ohne jetzt mehr nachzudenken, womit man Gregor einen besonderen Gefallen machen könnte, schob die Schwester eiligst, ehe sie morgens und mittags ins Geschäft lief, mit dem Fuß irgendeine beliebige Speise in Gregors Zimmer hinein, um sie am Abend, gleichgültig dagegen, ob die Speise vielleicht nur verkostet oder — der häufigste Fall — gänzlich unberührt war, mit einem Schwenken des Besens hinauszukehren. Das Aufräumen des Zimmers, das sie nun immer abends besorgte, konnte gar nicht mehr schneller getan sein. Schmutzstreifen zogen sich die Wände entlang, hie und da lagen Knäuel von Staub und Unrat. In der ersten Zeit stellte sich Gregor bei der Ankunft der Schwester in derartige besonders bezeichnende Winkel, um ihr durch diese Stellung gewissermaßen einen Vorwurf zu machen. Aber er hätte wohl wochenlang dort bleiben können, ohne daß sich die Schwester gebessert hätte; sie sah ja den Schmutz genau so wie er, aber sie hatte sich eben entschlossen, ihn zu lassen. Dabei wachte sie mit einer an ihr ganz neuen Empfindlichkeit, die überhaupt die ganze Familie ergriffen hatte, darüber, daß das Aufräumen von Gregors Zimmer ihr vorbehalten blieb. Einmal hatte die Mutter Gregors Zimmer einer großen Reinigung unterzogen, die ihr nur nach Verbrauch einiger Kübel Wasser gelungen war — die viele Feuchtigkeit kränkte allerdings Gregor auch und er lag breit, verbittert und unbeweglich auf dem Kanapee –, aber

die Strafe blieb für die Mutter nicht aus. Denn kaum hatte am Abend die Schwester die Veränderung in Gregors Zimmer bemerkt, als sie, aufs höchste beleidigt, ins Wohnzimmer lief und, trotz der beschwörend erhobenen Hände der Mutter, in einen Weinkrampf ausbrach, dem die Eltern — der Vater war natürlich aus seinem Sessel aufgeschreckt worden — zuerst erstaunt und hilflos zusahen; bis auch sie sich zu rühren anfingen; der Vater rechts der Mutter Vorwürfe machte, daß sie Gregors Zimmer nicht der Schwester zur Reinigung überließ; links dagegen die Schwester anschrie, sie werde niemals mehr Gregors Zimmer reinigen dürfen; während die Mutter den Vater, der sich vor Erregung nicht mehr kannte, ins Schlafzimmer zu schleppen suchte; die Schwester, von Schluchzen geschüttelt, mit ihren kleinen Fäusten den Tisch bearbeitete; und Gregor laut vor Wut darüber zischte, daß es keinem einfiel, die Tür zu schließen und ihm diesen Anblick und Lärm zu ersparen.
Aber selbst wenn die Schwester, erschöpft von ihrer Berufsarbeit, dessen überdrüssig geworden war, für Gregor, wie früher, zu sorgen, so hätte noch keineswegs die Mutter für sie eintreten müssen und Gregor hätte doch nicht vernachlässigt werden brauchen. Denn nun war die Bedienerin da. Diese alte Witwe, die in ihrem langen Leben mit Hilfe ihres starken Knochenbaues das Ärgste überstanden haben mochte, hatte keinen eigentlichen Abscheu vor Gregor. Ohne irgendwie neugierig zu sein, hatte sie zufällig einmal die Tür von Gregors Zimmer aufgemacht und war im Anblick Gregors, der, gänzlich überrascht, trotzdem ihn niemand jagte, hin und her zu laufen begann, die Hände im Schoß gefaltet staunend stehengeblieben. Seitdem versäumte sie nicht, stets flüchtig morgens und abends die Tür ein wenig zu öffnen und zu Gregor hineinzuschauen. Anfangs rief sie ihn auch zu sich herbei, mit Worten, die sie wahrscheinlich für freundlich hielt, wie „Komm mal herüber, alter Mistkäfer!“ oder „Seht mal den alten Mistkäfer!“ Auf solche Ansprachen antwortete Gregor mit nichts, sondern blieb unbeweglich auf seinem Platz, als sei die Tür gar nicht geöffnet worden. Hätte man doch dieser Bedienerin, statt sie nach ihrer Laune ihn nutzlos stören zu lassen, lieber den Befehl gegeben, sein Zimmer täglich zu reinigen! Einmal am frühen Morgen — ein heftiger Regen, vielleicht schon ein Zeichen des kommenden Frühjahrs, schlug an die Scheiben — war Gregor, als die Bedienerin mit ihren Redensarten wieder begann, derartig verbittert, daß er, wie zum Angriff, allerdings langsam und hinfällig, sich gegen sie wendete. Die Bedienerin aber, statt sich zu fürchten, hob bloß einen in der Nähe der Tür befindlichen Stuhl hoch empor, und wie sie mit groß geöffnetem Munde dastand, war ihre Absicht klar, den Mund erst zu schließen, wenn der Sessel in ihrer Hand auf Gregors Rücken niederschlagen würde. „Also weiter geht es nicht?“, fragte sie, als Gregor sich wieder umdrehte, und stellte den Sessel ruhig in die Ecke zurück.

Gregor aß nun fast gar nichts mehr. Nur wenn er zufällig an der vorbereiteten Speise vorüberkam, nahm er zum Spiel einen Bissen in den Mund, hielt ihn dort stundenlang und spie ihn dann meist wieder aus. Zuerst dachte er, es sei die Trauer über den Zustand seines Zimmers, die ihn vom Essen abhalte, aber gerade mit den Veränderungen des Zimmers söhnte er sich sehr bald aus. Man hatte sich angewöhnt, Dinge, die man anderswo nicht unterbringen konnte, in dieses Zimmer hineinzustellen, und solcher Dinge gab es nun viele, da man ein Zimmer der Wohnung an drei Zimmerherren vermietet hatte. Diese ernsten Herren — alle drei hatten Vollbärte, wie Gregor einmal durch eine Türspalte feststellte, waren peinlich auf Ordnung, nicht nur in ihrem Zimmer, sondern, da sie sich nun einmal hier eingemietet hatten, in der ganzen Wirtschaft, also insbesondere in der Küche, bedacht. Unnützen oder gar schmutzigen Kram ertrugen sie nicht. Überdies hatten sie zum größten Teil ihre eigenen Einrichtungsstücke mitgebracht. Aus diesem Grunde waren viele Dinge überflüssig geworden, die zwar nicht verkäuflich waren, die man aber auch nicht wegwerfen wollte. Alle diese wanderten in Gregors Zimmer. Ebenso auch die Aschenkiste und die Abfallkiste aus der Küche. Was nur im Augenblick unbrauchbar war, schleuderte die Bedienerin, die es immer sehr eilig hatte, einfach in Gregors Zimmer; Gregor sah glücklicherweise meist nur den betreffenden Gegenstand und die Hand, die ihn hielt. Die Bedienerin hatte vielleicht die Absicht, bei Zeit und Gelegenheit die Dinge wieder zu holen oder alle insgesamt mit einemmal hinauszuwerfen, tatsächlich aber blieben sie dort liegen, wohin sie durch den ersten Wurf gekommen waren, wenn nicht Gregor sich durch das Rumpelzeug wand und es in Bewegung brachte, zuerst gezwungen, weil kein sonstiger Platz zum Kriechen frei war, später aber mit wachsendem Vergnügen, obwohl er nach solchen Wanderungen, zum Sterben müde und traurig, wieder stundenlang sich nicht rührte.

Da die Zimmerherren manchmal auch ihr Abendessen zu Hause im gemeinsamen Wohnzimmer einnahmen, blieb die Wohnzimmertür an manchen Abenden geschlossen, aber Gregor verzichtete ganz leicht auf das Öffnen der Tür, hatte er doch schon manche Abende, an denen sie geöffnet war, nicht ausgenützt, sondern war, ohne daß es die Familie merkte, im dunkelsten Winkel seines Zimmers gelegen. Einmal aber hatte die Bedienerin die Tür zum Wohnzimmer ein wenig offen gelassen; und sie blieb so offen, auch als die Zimmerherren am Abend eintraten und Licht gemacht wurde. Sie setzten sich oben an den Tisch, wo in früheren Zeiten der Vater, die Mutter und Gregor gegessen hatten, entfalteten die Servietten und nahmen Messer und Gabel in die Hand. Sofort erschien in der Tür die Mutter mit einer Schüssel Fleisch und knapp hinter ihr die Schwester mit einer Schüssel hochgeschichteter Kartoffeln. Das Essen dampfte mit starkem Rauch. Die Zimmerherren beugten sich über die vor sie hingestellten Schüsseln, als wollten sie sie vor dem Essen prüfen, und tatsächlich zerschnitt der, welcher in der Mitte saß und den anderen zwei als Autorität zu gelten schien, ein Stück Fleisch noch auf der Schüssel, offenbar um festzustellen, ob es mürbe genug sei und ob es nicht etwa in die Küche zurückgeschickt werden solle. Er war befriedigt, und Mutter und Schwester, die gespannt zugesehen hatten, begannen aufatmend zu lächeln.

Die Familie selbst aß in der Küche. Trotzdem kam der Vater, ehe er in die Küche ging, in dieses Zimmer herein und machte mit einer einzigen Verbeugung, die Kappe in der Hand, einen Rundgang um den Tisch. Die Zimmerherren erhoben sich sämtlich und murmelten etwas in ihre Bärte. Als sie dann allein waren, aßen sie fast unter vollkommenem Stillschweigen. Sonderbar schien es Gregor, daß man aus allen mannigfachen Geräuschen des Essens immer wieder ihre kauenden Zähne heraushörte, als ob damit Gregor gezeigt werden sollte, daß man Zähne brauche, um zu essen, und daß man auch mit den schönsten zahnlosen Kiefern nichts ausrichten könne. „Ich habe ja Appetit“, sagte sich Gregor sorgenvoll, „aber nicht auf diese Dinge. Wie sich diese Zimmerherren nähren, und ich komme um!“

Gerade an diesem Abend — Gregor erinnerte sich nicht, während der ganzen Zeit die Violine gehört zu haben — ertönte sie von der Küche her. Die Zimmerherren hatten schon ihr Nachtmahl beendet, der mittlere hatte eine Zeitung hervorgezogen, den zwei anderen je ein Blatt gegeben, und nun lasen sie zurückgelehnt und rauchten. Als die Violine zu spielen begann, wurden sie aufmerksam, erhoben sich und gingen auf den Fußspitzen zur Vorzimmertür, in der sie aneinandergedrängt stehenblieben. Man mußte sie von der Küche aus gehört haben, denn der Vater rief: „Ist den Herren das Spiel vielleicht unangenehm? Es kann sofort eingestellt werden.“ „Im Gegenteil“, sagte der mittlere der Herren, „möchte das Fräulein nicht zu uns hereinkommen und hier im Zimmer spielen, wo es doch viel bequemer und gemütlicher ist?“ „O bitte“, rief der Vater, als sei er der Violinspieler. Die Herren traten ins Zimmer zurück und warteten. Bald kam der Vater mit dem Notenpult, die Mutter mit den Noten und die Schwester mit der Violine. Die Schwester bereitete alles ruhig zum Spiele vor, die Eltern die niemals früher Zimmer vermietet hatten und deshalb die Höflichkeit gegen die Zimmerherren übertrieben, wagten gar nicht, sich auf ihre eigenen Sessel zu setzen; der Vater lehnte an der Tür, die rechte Hand zwischen zwei Knöpfe des geschlossenen Livreerockes gesteckt; die Mutter aber erhielt von einem Herrn einen Sessel angeboten und saß, da sie den Sessel dort ließ, wohin ihn der Herr zufällig gestellt hatte, abseits in einem Winkel.

Die Schwester begann zu spielen; Vater und Mutter verfolgten, jeder von seiner Seite, aufmerksam die Bewegungen ihrer Hände. Gregor hatte, von dem Spiele angezogen, sich ein wenig weiter vorgewagt und war schon mit dem Kopf im Wohnzimmer. Er wunderte sich kaum darüber, daß er in letzter

Zeit so wenig Rücksicht auf die andern nahm; früher war diese Rücksichtnahme sein Stolz gewesen. Und dabei hätte er gerade jetzt mehr Grund gehabt, sich zu verstecken, denn infolge des Staubes, der in seinem Zimmer überall lag und bei der kleinsten Bewegung umherflog, war auch er ganz staubbedeckt; Fäden, Haare, Speiseüberreste schleppte er auf seinem Rücken und an den Seiten mit sich herum; seine Gleichgültigkeit gegen alles war viel zu groß, als daß er sich, wie früher mehrmals während des Tages, auf den Rücken gelegt und am Teppich gescheuert hätte. Und trotz dieses Zustandes hatte er keine Scheu, ein Stück auf dem makellosen Fußboden des Wohnzimmers vorzurücken.

Allerdings achtete auch niemand auf ihn. Die Familie war gänzlich vom Violinspiel in Anspruch genommen; die Zimmerherren dagegen, die zunächst, die Hände in den Hosentaschen, viel zu nahe hinter dem Notenpult der Schwester sich aufgestellt hatten, so daß sie alle in die Noten hätten sehen können, was sicher die Schwester stören mußte, zogen sich bald unter halblauten Gesprächen mit gesenkten Köpfen zum Fenster zurück, wo sie, vom Vater besorgt beobachtet, auch blieben. Es hatte nun wirklich den überdeutlichen Anschein, als wären sie in ihrer Annahme, ein schönes oder unterhaltendes Violinspiel zu hören, enttäuscht, hätten die ganze Vorführung satt und ließen sich nur aus Höflichkeit noch in ihrer Ruhe stören. Besonders die Art, wie sie alle aus Nase und Mund den Rauch ihrer Zigarren in die Höhe bliesen, ließ auf große Nervosität schließen. Und doch spielte die Schwester so schön. Ihr Gesicht war zur Seite geneigt, prüfend und traurig folgten ihre Blicke den Notenzeilen. Gregor kroch noch ein Stück vorwärts und hielt den Kopf eng an den Boden, um möglicherweise ihren Blicken begegnen zu können. War er ein Tier, da ihn Musik so ergriff? Ihm war, als zeige sich ihm der Weg zu der ersehnten unbekannten Nahrung. Er war entschlossen, bis zur Schwester vorzudringen, sie am Rock zu zupfen und ihr dadurch anzudeuten, sie möge doch mit ihrer Violine in sein Zimmer kommen, denn niemand lohnte hier das Spiel so, wie er es lohnen wollte. Er wollte sie nicht mehr aus seinem Zimmer lassen, wenigstens nicht, solange er lebte; seine Schreckgestalt sollte ihm zum erstenmal nützlich werden; an allen Türen seines Zimmers wollte er gleichzeitig sein und den Angreifern entgegenfauchen; die Schwester aber sollte nicht gezwungen, sondern freiwillig bei ihm bleiben; sie sollte neben ihm auf dem Kanapee sitzen, das Ohr zu ihm herunterneigen, und er wollte ihr dann anvertrauen, daß er die feste Absicht gehabt habe, sie auf das Konservatorium zu schicken, und daß er dies, wenn nicht das Unglück dazwischen gekommen wäre, vergangene Weihnachten — Weihnachten war doch wohl schon vorüber? — allen gesagt hätte, ohne sich um irgendwelche Widerreden zu kümmern. Nach dieser Erklärung würde die Schwester in Tränen der Rührung ausbrechen, und

Gregor würde sich bis zu ihrer Achsel erheben und ihren Hals küssen, den sie, seitdem sie ins Geschäft ging, frei ohne Band oder Kragen trug.
„Herr Samsa!“, rief der mittlere Herr dem Vater zu und zeigte, ohne ein weiteres Wort zu verlieren, mit dem Zeigefinger auf den langsam sich vorwärtsbewegenden Gregor. Die Violine verstummte, der mittlere Zimmerherr lächelte erst einmal kopfschüttelnd seinen Freunden zu und sah dann wieder auf Gregor hin. Der Vater schien es für nötiger zu halten, statt Gregor zu vertreiben, vorerst die Zimmerherren zu beruhigen, trotzdem diese gar nicht aufgeregt waren und Gregor sie mehr als das Violinspiel zu unterhalten schien. Er eilte zu ihnen und suchte sie mit ausgebreiteten Armen in ihr Zimmer zu drängen und gleichzeitig mit seinem Körper ihnen den Ausblick auf Gregor zu nehmen. Sie wurden nun tatsächlich ein wenig böse, man wußte nicht mehr, ob über das Benehmen des Vaters oder über die ihnen jetzt aufgehende Erkenntnis, ohne es zu wissen, einen solchen Zimmernachbar wie Gregor besessen zu haben. Sie verlangten vom Vater Erklärungen, hoben ihrerseits die Arme, zupften unruhig an ihren Bärten und wichen nur langsam gegen ihr Zimmer zurück. Inzwischen hatte die Schwester die Verlorenheit, in die sie nach dem plötzlich abgebrochenen Spiel verfallen war, überwunden, hatte sich, nachdem sie eine Zeitlang in den lässig hängenden Händen Violine und Bogen gehalten und weiter, als spiele sie noch, in die Noten gesehen hatte, mit einem Male aufgerafft, hatte das Instrument auf den Schoß der Mutter gelegt, die in Atembeschwerden mit heftig arbeitenden Lungen noch auf ihrem Sessel saß, und war in das Nebenzimmer gelaufen, dem sich die Zimmerherren unter dem Drängen des Vaters schon schneller näherten. Man sah, wie unter den geübten Händen der Schwester die Decken und Polster in den Betten in die Höhe flogen und sich ordneten. Noch ehe die Herren das Zimmer erreicht hatten, war sie mit dem Aufbetten fertig und schlüpfte heraus. Der Vater schien wieder von seinem Eigensinn derartig ergriffen, daß er jeden Respekt vergaß, den er seinen Mietern immerhin schuldete. Er drängte nur und drängte, bis schon in der Tür des Zimmers der mittlere der Herren donnernd mit dem Fuß aufstampfte und dadurch den Vater zum Stehen brachte. „Ich erkläre hiermit“, sagte er, hob die Hand und suchte mit den Blicken auch die Mutter und die Schwester, „daß ich mit Rücksicht auf die in dieser Wohnung und Familie herrschenden widerlichen Verhältnisse“ — hierbei spie er kurz entschlossen auf den Boden — „mein Zimmer augenblicklich kündige. Ich werde natürlich auch für die Tage, die ich hier gewohnt habe, nicht das geringste bezahlen, dagegen werde ich es mir noch überlegen, ob ich nicht mit irgendwelchen — glauben Sie mir — sehr leicht zu begründenden Forderungen gegen Sie auftreten werde.“ Er schwieg und sah gerade vor sich hin, als erwarte er etwas. Tatsächlich fielen sofort seine zwei Freunde mit den Worten ein: „Auch wir

kündigen augenblicklich.“ Darauf faßte er die Türklinke und schloß mit einem Krach die Tür.
Das Vater wankte mit tastenden Händen zu seinem Sessel und ließ sich in ihn fallen; es sah aus, als strecke er sich zu seinem gewöhnlichen Abendschläfchen, aber das starke Nicken seines wie haltlosen Kopfes zeigte, daß er ganz und gar nicht schlief. Gregor war die ganze Zeit still auf dem Platz gelegen, auf dem ihn die Zimmerherren ertappt hatten. Die Enttäuschung über das Mißlingen seines Planes, vielleicht aber auch die durch das viele Hungern verursachte Schwäche machten es ihm unmöglich, sich zu bewegen. Er fürchtete mit einer gewissen Bestimmtheit schon für den nächsten Augenblick einen allgemeinen über ihn sich entladenden Zusammensturz und wartete. Nicht einmal die Violine schreckte ihn auf, die, unter den zitternden Fingern der Mutter hervor, ihr vom Schoße fiel und einen hallenden Ton von sich gab.
„Liebe Eltern“, sagte die Schwester und schlug zur Einleitung mit der Hand auf den Tisch, „so geht es nicht weiter. Wenn ihr das vielleicht nicht einseht, ich sehe es ein. Ich will vor diesem Untier nicht den Namen meines Bruders aussprechen, und sage daher bloß: wir müssen versuchen, es loszuwerden. Wir haben das Menschenmögliche versucht, es zu pflegen und zu dulden, ich glaube, es kann uns niemand den geringsten Vorwurf machen.“
„Sie hat tausendmal recht“, sagte der Vater für sich. Die Mutter, die noch immer nicht genug Atem finden konnte, fing in die vorgehaltene Hand mit einem irrsinnigen Ausdruck der Augen dumpf zu husten an.
Die Schwester eilte zur Mutter und hielt ihr die Stirn. Der Vater schien durch die Worte der Schwester auf bestimmtere Gedanken gebracht zu sein, hatte sich aufrecht gesetzt, spielte mit seiner Dienermütze zwischen den Tellern, die noch vom Nachtmahl der Zimmerherren her auf dem Tische lagen, und sah bisweilen auf den stillen Gregor hin.
„Wir müssen es loszuwerden versuchen“, sagte die Schwester nun ausschließlich zum Vater, denn die Mutter hörte in ihrem Husten nichts, „es bringt euch noch beide um, ich sehe es kommen. Wenn man schon so schwer arbeiten muß, wie wir alle, kann man nicht noch zu Hause diese ewige Quälerei ertragen. Ich kann es auch nicht mehr.“ Und sie brach so heftig in Weinen aus, daß ihre Tränen auf das Gesicht der Mutter niederflossen, von dem sie sie mit mechanischen Handbewegungen wischte.
„Kind“, sagte der Vater mitleidig und mit auffallendem Verständnis, „was sollen wir aber tun?“ Die Schwester zuckte nur die Achseln zum Zeichen der Ratlosigkeit, die sie nun während des Weinens im Gegensatz zu ihrer früheren Sicherheit ergriffen hatte.
„Wenn er uns verstünde“, sagte der Vater halb fragend; die Schwester schüttelte aus dem Weinen heraus heftig die Hand zum Zeichen, daß daran nicht zu denken sei.

„Wenn er uns verstünde“, wiederholte der Vater und nahm durch Schließen der Augen die Überzeugung der Schwester von der Unmöglichkeit dessen in sich auf, „dann wäre vielleicht ein Übereinkommen mit ihm möglich. Aber so –“

„Weg muß er“, rief die Schwester, „das ist das einzige Mittel, Vater. Du mußt bloß den Gedanken loszuwerden suchen, daß es Gregor ist. Daß wir es so lange geglaubt haben, ist ja unser eigentliches Unglück. Aber wie kann es denn Gregor sein? Wenn es Gregor wäre, er hätte längst eingesehen, daß ein Zusammenleben von Menschen mit einem solchen Tier nicht möglich ist, und wäre freiwillig fortgegangen. Wir hätten dann keinen Bruder, aber könnten weiter leben und sein Andenken in Ehren halten. So aber verfolgt uns dieses Tier, vertreibt die Zimmerherren, will offenbar die ganze Wohnung einnehmen und uns auf der Gasse übernachten lassen. Sieh nur, Vater“, schrie sie plötzlich auf, „er fängt schon wieder an!“ Und in einem für Gregor gänzlich unverständlichen Schrecken verließ die Schwester sogar die Mutter, stieß sich förmlich von ihrem Sessel ab, als wollte sie lieber die Mutter opfern, als in Gregors Nähe bleiben, und eilte hinter den Vater, der, lediglich durch ihr Benehmen erregt, auch aufstand und die Arme wie zum Schutze der Schwester vor ihr halb erhob. Aber Gregor fiel es doch gar nicht ein, irgend jemandem und gar seiner Schwester Angst machen zu wollen. Er hatte bloß angefangen, sich umzudrehen, um in sein Zimmer zurückzuwandern, und das nahm sich allerdings auffallend aus, da er infolge seines leidenden Zustandes bei den schwierigen Umdrehungen mit seinem Kopfe nachhelfen mußte, den er hierbei viele Male hob und gegen den Boden schlug. Er hielt inne und sah sich um. Seine gute Absicht schien erkannt worden zu sein; es war nur ein augenblicklicher Schrecken gewesen. Nun sahen ihn alle schweigend und traurig an. Die Mutter lag, die Beine ausgestreckt und aneinandergedrückt, in ihrem Sessel, die Augen fielen ihr vor Ermattung fast zu; der Vater und die Schwester saßen nebeneinander, die Schwester hatte ihre Hand um des Vaters Hals gelegt.

„Nun darf ich mich schon vielleicht umdrehen“, dachte Gregor und begann seine Arbeit wieder. Er konnte das Schnaufen der Anstrengung nicht unterdrücken und mußte auch hie und da ausruhen. Im übrigen drängte ihn auch niemand, es war alles ihm selbst überlassen. Als er die Umdrehung vollendet hatte, fing er sofort an, geradeaus zurückzuwandern. Er staunte über die große Entfernung, die ihn von seinem Zimmer trennte, und begriff gar nicht, wie er bei seiner Schwäche vor kurzer Zeit den gleichen Weg, fast ohne es zu merken, zurückgelegt hatte. Immerfort nur auf rasches Kriechen bedacht, achtete er kaum darauf, daß kein Wort, kein Ausruf seiner Familie ihn störte. Erst als er schon in der Tür war, wendete er den Kopf, nicht vollständig, denn er fühlte den Hals steif werden, immerhin sah er noch, daß sich hinter ihm nichts verändert hatte, nur die Schwester war aufgestanden.

Sein letzter Blick streifte die Mutter, die nun völlig eingeschlafen war. Kaum war er innerhalb seines Zimmers, wurde die Tür eiligst zugedrückt, festgeriegelt und versperrt. Über den plötzlichen Lärm hinter sich erschrak Gregor so, daß ihm die Beinchen einknickten. Es war die Schwester, die sich so beeilt hatte. Aufrecht war sie schon da gestanden und hatte gewartet, leichtfüßig war sie dann vorwärtsgesprungen, Gregor hatte sie gar nicht kommen hören, und ein „Endlich!“, rief sie den Eltern zu, während sie den Schlüssel im Schloß umdrehte. „Und jetzt?“, fragte sich Gregor und sah sich im Dunkeln um. Er machte bald die Entdeckung, daß er sich nun überhaupt nicht mehr rühren konnte. Er wunderte sich darüber nicht, eher kam es ihm unnatürlich vor, daß er sich bis jetzt tatsächlich mit diesen dünnen Beinchen hatte fortbewegen können. Im übrigen fühlte er sich verhältnismäßig behaglich. Er hatte zwar Schmerzen im ganzen Leib, aber ihm war, als würden sie allmählich schwächer und schwächer und würden schließlich ganz vergehen. Den verfaulten Apfel in seinem Rücken und die entzündete Umgebung, die ganz von weichem Staub bedeckt waren, spürte er schon kaum. An seine Familie dachte er mit Rührung und Liebe zurück. Seine Meinung darüber, daß er verschwinden müsse, war womöglich noch entschiedener als die seiner Schwester. In diesem Zustand leeren und friedlichen Nachdenkens blieb er, bis die Turmuhr die dritte Morgenstunde schlug. Den Anfang des allgemeinen Hellerwerdens draußen vor dem Fenster erlebte er noch. Dann sank sein Kopf ohne seinen Willen gänzlich nieder, und aus seinen Nüstern strömte sein letzter Atem schwach hervor.
Als am frühen Morgen die Bedienerin kam — vor lauter Kraft und Eile schlug sie, wie oft man sie auch schon gebeten hatte, das zu vermeiden, alle Türen derartig zu, daß in der ganzen Wohnung von ihrem Kommen an kein ruhiger Schlaf mehr möglich war –, fand sie bei ihrem gewöhnlichen kurzen Besuch an Gregor zuerst nichts Besonderes. Sie dachte, er liege absichtlich so unbeweglich da und spiele den Beleidigten; sie traute ihm allen möglichen Verstand zu. Weil sie zufällig den langen Besen in der Hand hielt, suchte sie mit ihm Gregor von der Tür aus zu kitzeln. Als sich auch da kein Erfolg zeigte, wurde sie ärgerlich und stieß ein wenig in Gregor hinein, und erst als sie ihn ohne jeden Widerstand von seinem Platze geschoben hatte, wurde sie aufmerksam. Als sie bald den wahren Sachverhalt erkannte, machte sie große Augen, pfiff vor sich hin, hielt sich aber nicht lange auf, sondern riß die Tür des Schlafzimmers auf und rief mit lauter Stimme in das Dunkel hinein: „Sehen Sie nur mal an, es ist krepiert; da liegt es, ganz und gar krepiert!“
Das Ehepaar Samsa saß im Ehebett aufrecht da und hatte zu tun, den Schrecken über die Bedienerin zu verwinden, ehe es dazu kam, ihre Meldung aufzufassen. Dann aber stiegen Herr und Frau Samsa, jeder auf seiner Seite, eiligst aus dem Bett, Herr Samsa warf die Decke über seine Schultern, Frau Samsa kam nur im Nachthemd hervor; so traten sie in Gregors Zimmer.

Inzwischen hatte sich auch die Tür des Wohnzimmers geöffnet, in dem Grete seit dem Einzug der Zimmerherren schlief; sie war völlig angezogen, als hätte sie gar nicht geschlafen, auch ihr bleiches Gesicht schien das zu beweisen. „Tot?“, sagte Frau Samsa und sah fragend zur Bedienerin auf, trotzdem sie doch alles selbst prüfen und sogar ohne Prüfung erkennen konnte. „Das will ich meinen“, sagte die Bedienerin und stieß zum Beweis Gregors Leiche mit dem Besen noch ein großes Stück seitwärts. Frau Samsa machte eine Bewegung, als wolle sie den Besen zurückhalten, tat es aber nicht. „Nun“, sagte Herr Samsa, „jetzt können wir Gott danken.“ Er bekreuzte sich, und die drei Frauen folgten seinem Beispiel. Grete, die kein Auge von der Leiche wendete, sagte: „Seht nur, wie mager er war. Er hat ja auch schon so lange Zeit nichts gegessen. So wie die Speisen hereinkamen, sind sie wieder hinausgekommen.“ Tatsächlich war Gregors Körper vollständig flach und trocken, man erkannte das eigentlich erst jetzt, da er nicht mehr von den Beinchen gehoben war und auch sonst nichts den Blick ablenkte.

„Komm, Grete, auf ein Weilchen zu uns herein“, sagte Frau Samsa mit einem wehmütigen Lächeln, und Grete ging, nicht ohne nach der Leiche zurückzusehen, hinter den Eltern in das Schlafzimmer. Die Bedienerin schloß die Tür und öffnete gänzlich das Fenster. Trotz des frühen Morgens war der frischen Luft schon etwas Lauigkeit beigemischt. Es war eben schon Ende März.

Aus ihrem Zimmer traten die drei Zimmerherren und sahen sich erstaunt nach ihrem Frühstück um; man hatte sie vergessen. „Wo ist das Frühstück?“, fragte der mittlere der Herren mürrisch die Bedienerin. Diese aber legte den Finger an den Mund und winkte dann hastig und schweigend den Herren zu, sie möchten in Gregors Zimmer kommen. Sie kamen auch und standen dann, die Hände in den Taschen ihrer etwas abgenützten Röckchen, in dem nun schon ganz hellen Zimmer um Gregors Leiche herum.

Da öffnete sich die Tür des Schlafzimmers, und Herr Samsa erschien in seiner Livree, an einem Arm seine Frau, am anderen seine Tochter. Alle waren ein wenig verweint; Grete drückte bisweilen ihr Gesicht an den Arm des Vaters.

„Verlassen Sie sofort meine Wohnung!“, sagte Herr Samsa und zeigte auf die Tür, ohne die Frauen von sich zu lassen. „Wie meinen Sie das?“, sagte der mittlere der Herren etwas bestürzt und lächelte süßlich. Die zwei anderen hielten die Hände auf dem Rücken und rieben sie ununterbrochen aneinander, wie in freudiger Erwartung eines großen Streites, der aber für sie günstig ausfallen mußte. „Ich meine es genau so, wie ich es sage“, antwortete Herr Samsa und ging in einer Linie mit seinen zwei Begleiterinnen auf den Zimmerherrn zu. Dieser stand zuerst still da und sah zu Boden, als ob sich die Dinge in seinem Kopf zu einer neuen Ordnung zusammenstellten. „Dann gehen wir also“, sagte er dann und sah zu Herrn Samsa auf, als verlange er in einer plötzlich ihn überkommenden Demut sogar für diesen Entschluß eine neue Genehmigung. Herr Samsa nickte ihm bloß mehrmals kurz mit großen Augen zu. Daraufhin ging der Herr tatsächlich sofort mit langen Schritten ins Vorzimmer; seine beiden Freunde hatten schon ein Weilchen lang mit ganz ruhigen Händen aufgehorcht und hüpften ihm jetzt geradezu nach, wie in Angst, Herr Samsa könnte vor ihnen ins Vorzimmer eintreten und die Verbindung mit ihrem Führer stören. Im Vorzimmer nahmen alle drei die Hüte vom Kleiderrechen, zogen ihre Stöcke aus dem Stockbehälter, verbeugten sich stumm und verließen die Wohnung. In einem, wie sich zeigte, gänzlich unbegründeten Mißtrauen trat Herr Samsa mit den zwei Frauen auf den Vorplatz hinaus; an das Geländer gelehnt, sahen sie zu, wie die drei Herren zwar langsam, aber ständig die lange Treppe hinunterstiegen, in jedem Stockwerk in einer bestimmten Biegung des Treppenhauses verschwanden und nach ein paar Augenblicken wieder hervorkamen; je tiefer sie gelangten, desto mehr verlor sich das Interesse der Familie Samsa für sie, und als ihnen entgegen und dann hoch über sie hinweg ein Fleischergeselle mit der Trage auf dem Kopf in stolzer Haltung heraufstieg, verließ bald Herr Samsa mit den Frauen das Geländer, und alle kehrten, wie erleichtert, in ihre Wohnung zurück.

Sie beschlossen, den heutigen Tag zum Ausruhen und Spazierengehen zu verwenden; sie hatten diese Arbeitsunterbrechung nicht nur verdient, sie brauchten sie sogar unbedingt. Und so setzten sie sich zum Tisch und schrieben drei Entschuldigungsbriefe, Herr Samsa an seine Direktion, Frau Samsa an ihren Auftraggeber und Grete an ihren Prinzipal. Während des Schreibens kam die Bedienerin herein, um zu sagen, daß sie fortgehe, denn ihre Morgenarbeit war beendet. Die drei Schreibenden nickten zuerst bloß, ohne aufzuschauen, erst als die Bedienerin sich immer noch nicht entfernen wollte, sah man ärgerlich auf. „Nun?“, fragte Herr Samsa. Die Bedienerin stand lächelnd in der Tür, als habe sie der Familie ein großes Glück zu melden, werde es aber nur dann tun, wenn sie gründlich ausgefragt werde. Die fast aufrechte kleine Straußfeder auf ihrem Hut, über die sich Herr Samsa schon während ihrer ganzen Dienstzeit ärgerte, schwankte leicht nach allen Richtungen. „Also was wollen Sie eigentlich?“, fragte Frau Samsa, vor welcher die Bedienerin noch am meisten Respekt hatte. „Ja“, antwortete die Bedienerin und konnte vor freundlichem Lachen nicht gleich weiterreden, „also darüber, wie das Zeug von nebenan weggeschafft werden soll, müssen Sie sich keine Sorgen machen. Es ist schon in Ordnung.“ Frau Samsa und Grete beugten sich zu ihren Briefen nieder, als wollten sie weiterschreiben; Herr Samsa, welcher merkte, daß die Bedienerin nun alles ausführlich zu beschreiben anfangen wollte, wehrte dies mit ausgestreckter Hand entschieden ab. Da sie aber nicht erzählen durfte, erinnerte sie sich an die große Eile, die sie hatte, rief offenbar beleidigt: „Adjes allseits“, drehte sich wild um und verließ unter fürchterlichem Türezuschlagen die Wohnung. „Abends wird sie entlassen“, sagte Herr Samsa, bekam aber weder von seiner Frau noch von seiner Tochter eine Antwort, denn die Bedienerin schien ihre kaum gewonnene Ruhe wieder gestört zu haben. Sie erhoben sich, gingen zum Fenster und blieben dort, sich umschlungen haltend. Herr Samsa drehte sich in seinem Sessel nach ihnen um und beobachtete sie still ein Weilchen. Dann rief er: „Also kommt doch her. Laßt schon endlich die alten Sachen. Und nehmt auch ein wenig Rücksicht auf mich.“ Gleich folgten ihm die Frauen, eilten zu ihm, liebkosten ihn und beendeten rasch ihre Briefe.

Dann verließen alle drei gemeinschaftlich die Wohnung, was sie schon seit Monaten nicht getan hatten, und fuhren mit der Elektrischen ins Freie vor die Stadt. Der Wagen, in dem sie allein saßen, war ganz von warmer Sonne durchschienen. Sie besprachen, bequem auf ihren Sitzen zurückgelehnt, die Aussichten für die Zukunft, und es fand sich, daß diese bei näherer Betrachtung durchaus nicht schlecht waren, denn aller drei Anstellungen waren, worüber sie einander eigentlich noch gar nicht ausgefragt hatten, überaus günstig und besonders für später vielversprechend. Die größte augenblickliche Besserung der Lage mußte sich natürlich leicht durch einen Wohnungswechsel ergeben; sie wollten nun eine kleinere und billigere, aber besser gelegene und überhaupt praktischere Wohnung nehmen, als es die jetzige, noch von Gregor ausgesuchte war. Während sie sich so unterhielten, fiel es Herrn und Frau Samsa im Anblick ihrer immer lebhafter werdenden Tochter fast gleichzeitig ein, wie sie in der letzten Zeit trotz aller Plage, die ihre Wangen bleich gemacht hatte, zu einem schönen und üppigen Mädchen aufgeblüht war. Stiller werdend und fast unbewußt durch Blicke sich verständigend, dachten sie daran, daß es nun Zeit sein werde, auch einen braven Mann für sie zu suchen. Und es war ihnen wie eine Bestätigung ihrer neuen Träume und guten Absichten, als am Ziele ihrer Fahrt die Tochter als erste sich erhob und ihren jungen Körper dehnte.

Ein Landarzt

Page intentionally left blank.

Der neue Advokat

Wir haben einen neuen Advokaten, den Dr. Bucephalus. In seinem Äußern erinnert wenig an die Zeit, da er noch Streitroß Alexanders von Mazedonien war. Wer allerdings mit den Umständen vertraut ist, bemerkt einiges. Doch sah ich letzthin auf der Freitreppe selbst einen ganz einfältigen Gerichtsdiener mit dem Fachblick des kleinen Stammgastes der Wettrennen den Advokaten bestaunen, als dieser, hoch die Schenkel hebend, mit auf dem Marmor aufklingendem Schritt von Stufe zu Stufe stieg.

Im allgemeinen billigt das Barreau die Aufnahme des Bucephalus. Mit erstaunlicher Einsicht sagt man sich, daß Bucephalus bei der heutigen Gesellschaftsordnung in einer schwierigen Lage ist und daß er deshalb, sowie auch wegen seiner weltgeschichtlichen Bedeutung, jedenfalls Entgegenkommen verdient. Heute — das kann niemand leugnen — gibt es keinen großen Alexander. Zu morden verstehen zwar manche; auch an der Geschicklichkeit, mit der Lanze über den Bankettisch hinweg den Freund zu treffen, fehlt es nicht; und vielen ist Mazedonien zu eng, so daß sie Philipp, den Vater, verfluchen — aber niemand, niemand kann nach Indien führen. Schon damals waren Indiens Tore unerreichbar, aber ihre Richtung war durch das Königsschwert bezeichnet. Heute sind die Tore ganz anderswohin und weiter und höher vertragen; niemand zeigt die Richtung; viele halten Schwerter, aber nur, um mit ihnen zu fuchteln, und der Blick, der ihnen folgen will, verwirrt sich.

Vielleicht ist es deshalb wirklich das beste, sich, wie es Bucephalus getan hat, in die Gesetzbücher zu versenken. Frei, unbedrückt die Seiten von den Lenden des Reiters, bei stiller Lampe, fern dem Getöse der Alexanderschlacht, liest und wendet er die Blätter unserer alten Bücher.

Ein Landarzt

Ich war in großer Verlegenheit: eine dringende Reise stand mir bevor; ein Schwerkranker wartete auf mich in einem zehn Meilen entfernten Dorfe; starkes Schneegestöber füllte den weiten Raum zwischen mir und ihm; einen Wagen hatte ich, leicht, großräderig, ganz wie er für unsere Landstraßen taugt; in den Pelz gepackt, die Instrumententasche in der Hand, stand ich reisefertig schon auf dem Hofe; aber das Pferd fehlte, das Pferd. Mein eigenes Pferd war in der letzten Nacht, infolge der Überanstrengung in diesem eisigen Winter, verendet; mein Dienstmädchen lief jetzt im Dorf umher, um ein Pferd geliehen zu bekommen; aber es war aussichtslos, ich wußte es, und immer mehr vom Schnee überhäuft, immer unbeweglicher werdend, stand ich zwecklos da. Am Tor erschien das Mädchen, allein, schwenkte die Laterne; natürlich wer leiht jetzt sein Pferd her zu solcher Fahrt? Ich durchmaß noch einmal den Hof; ich fand keine Möglichkeit; zerstreut, gequält stieß ich mit dem Fuß an die brüchige Tür des schon seit Jahren unbenützten Schweinestalles. Sie öffnete sich und klappte in den Angeln auf und zu. Wärme und Geruch wie von Pferden kam hervor. Eine trübe Stallaterne schwankte drin an einem Seil. Ein Mann, zusammengekauert in dem niedrigen Verschlag, zeigte sein offenes blauäugiges Gesicht. „Soll ich anspannen?“, fragte er, auf allen vieren hervorkriechend. Ich wußte nichts zu sagen und beugte mich nur, um zu sehen, was es noch in dem Stalle gab. Das Dienstmädchen stand neben mir. „Man weiß nicht, was für Dinge man im eigenen Hause vorrätig hat“, sagte es, und wir beide lachten. „Holla, Bruder, holla, Schwester!“, rief der Pferdeknecht, und zwei Pferde, mächtige flankenstarke Tiere, schoben sich hintereinander, die Beine eng am Leib, die wohlgeformten Köpfe wie Kamele senkend, nur durch die Kraft der Wendungen ihres Rumpfes aus dem Türloch, das sie restlos ausfüllten. Aber gleich standen sie aufrecht, hochbeinig, mit dicht ausdampfendem Körper. „Hilf ihm“, sagte ich, und das willige Mädchen eilte, dem Knecht das Geschirr des Wagens zu reichen. Doch kaum war es bei ihm, umfaßt es der Knecht und schlägt sein Gesicht an ihres. Es schreit auf und flüchtet sich zu mir; rot eingedrückt sind zwei Zahnreihen in des Mädchens Wange. „Du Vieh“, schreie ich wütend, „willst du die Peitsche?“, besinne mich aber gleich, daß es ein Fremder ist; daß ich nicht weiß, woher er kommt, und daß er mir freiwillig aushilft, wo alle andern versagen. Als wisse er von meinen Gedanken, nimmt er meine Drohung nicht übel, sondern wendet sich nur einmal, immer mit den Pferden beschäftigt, nach mir um. „Steigt ein“, sagt er dann, und tatsächlich: alles ist bereit. Mit so schönem Gespann, das merke ich, bin ich noch nie gefahren, und ich steige fröhlich ein. „Kutschieren werde aber ich, du kennst nicht den Weg“, sage ich. „Gewiß“, sagt er, „ich fahre gar nicht mit, ich bleibe bei

Rosa.“ „Nein“, schreit Rosa und läuft im richtigen Vorgefühl der Unabwendbarkeit ihres Schicksals ins Haus; ich höre die Türkette klirren, die sie vorlegt; ich höre das Schloß einspringen; ich sehe, wie sie überdies im Flur und weiterjagend durch die Zimmer alle Lichter verlöscht, um sich unauffindbar zu machen. „Du fährst mit“, sage ich zu dem Knecht, „oder ich verzichte auf die Fahrt, so dringend sie auch ist. Es fällt mir nicht ein, dir für die Fahrt das Mädchen als Kaufpreis hinzugeben.“ „Munter!“, sagt er; klatscht in die Hände; der Wagen wird fortgerissen, wie Holz in die Strömung; noch höre ich, wie die Tür meines Hauses unter dem Ansturm des Knechts birst und splittert, dann sind mir Augen und Ohren von einem zu allen Sinnen gleichmäßig dringenden Sausen erfüllt. Aber auch das nur einen Augenblick, denn, als öffne sich unmittelbar vor meinem Hoftor der Hof meines Kranken, bin ich schon dort; ruhig stehen die Pferde; der Schneefall hat aufgehört; Mondlicht ringsum; die Eltern des Kranken eilen aus dem Haus; seine Schwester hinter ihnen; man hebt mich fast aus dem Wagen; den verwirrten Reden entnehme ich nichts; im Krankenzimmer ist die Luft kaum atembar; der vernachlässigte Herdofen raucht; ich werde das Fenster aufstoßen; zuerst aber will ich den Kranken sehen. Mager, ohne Fieber, nicht kalt, nicht warm, mit leeren Augen, ohne Hemd hebt sich der Junge unter dem Federbett, hängt sich an meinen Hals, flüstert mir ins Ohr: „Doktor, laß mich sterben.“ Ich sehe mich um; niemand hat es gehört; die Eltern stehen stumm vorgebeugt und erwarten mein Urteil; die Schwester hat einen Stuhl für meine Handtasche gebracht. Ich öffne die Tasche und suche unter meinen Instrumenten; der Junge tastet immerfort aus dem Bett nach mir hin, um mich an seine Bitte zu erinnern; ich fasse eine Pinzette, prüfe sie im Kerzenlicht und lege sie wieder hin. „Ja“, denke ich lästernd, „in solchen Fällen helfen die Götter, schicken das fehlende Pferd, fügen der Eile wegen noch ein zweites hinzu, spenden zum Übermaß noch den Pferdeknecht — .“ Jetzt erst fällt mir wieder Rosa ein; was tue ich, wie rette ich sie, wie ziehe ich sie unter diesem Pferdeknecht hervor, zehn Meilen von ihr entfernt, unbeherrschbare Pferde vor meinem Wagen? Diese Pferde, die jetzt die Riemen irgendwie gelockert haben; die Fenster, ich weiß nicht wie, von außen aufstoßen? jedes durch ein Fenster den Kopf stecken und, unbeirrt durch den Aufschrei der Familie, den Kranken betrachten. „Ich fahre gleich wieder zurück“, denke ich, als forderten mich die Pferde zur Reise auf, aber ich dulde es, daß die Schwester, die mich durch die Hitze betäubt glaubt, den Pelz mir abnimmt. Ein Glas Rum wird mir bereitgestellt, der Alte klopft mir auf die Schulter, die Hingabe seines Schatzes rechtfertigt diese Vertraulichkeit. Ich schüttle den Kopf; in dem engen Denkkreis des Alten würde mir übel; nur aus diesem Grunde lehne ich es ab zu trinken. Die Mutter steht am Bett und lockt mich hin; ich folge und lege, während ein Pferd laut zur Zimmerdecke wiehert, den Kopf an die Brust des Jungen, der unter meinem nassen Bart erschauert. Es bestätigt sich, was ich weiß: der Junge ist gesund, ein wenig schlecht durchblutet, von der sorgenden Mutter mit Kaffee durchtränkt, aber gesund und am besten mit einem Stoß aus dem Bett zu treiben. Ich bin kein Weltverbesserer und lasse ihn liegen. Ich bin vom Bezirk angestellt und tue meine Pflicht bis zum Rand, bis dorthin, wo es fast zu viel wird. Schlecht bezahlt, bin ich doch freigebig und hilfsbereit gegenüber den Armen. Noch für Rosa muß ich sorgen, dann mag der Junge recht haben und auch ich will sterben. Was tue ich hier in diesem endlosen Winter! Mein Pferd ist verendet, und da ist niemand im Dorf, der mir seines leiht. Aus dem Schweinestall muß ich mein Gespann ziehen; wären es nicht zufällig Pferde, müßte ich mit Säuen fahren. So ist es. Und ich nicke der Familie zu. Sie wissen nichts davon, und wenn sie es wüßten, würden sie es nicht glauben. Rezepte schreiben ist leicht, aber im übrigen sich mit den Leuten verständigen, ist schwer. Nun, hier wäre also mein Besuch zu Ende, man hat mich wieder einmal unnötig bemüht, daran bin ich gewöhnt, mit Hilfe meiner Nachtglocke martert mich der ganze Bezirk, aber daß ich diesmal auch noch Rosa hingeben mußte, dieses schöne Mädchen, das jahrelang, von mir kaum beachtet, in meinem Hause lebte — dieses Opfer ist zu groß, und ich muß es mir mit Spitzfindigkeiten aushilfsweise in meinem Kopf irgendwie zurechtlegen, um nicht auf diese Familie loszufahren, die mir ja beim besten Willen Rosa nicht zurückgeben kann. Als ich aber meine Handtasche schließe und nach meinem Pelz winke, die Familie beisammensteht, der Vater schnuppernd über dem Rumglas in seiner Hand, die Mutter, von mir wahrscheinlich enttäuscht — ja, was erwartet denn das Volk? — tränenvoll in die Lippen beißend und die Schwester ein schwer blutiges Handtuch schwenkend, bin ich irgendwie bereit, unter Umständen zuzugeben, daß der Junge doch vielleicht krank ist. Ich gehe zu ihm, er lächelt mir entgegen, als brächte ich ihm etwa die allerstärkste Suppe — ach, jetzt wiehern beide Pferde; der Lärm soll wohl, höhern Orts angeordnet, die Untersuchung erleichtern — und nun finde ich: ja, der Junge ist krank. In seiner rechten Seite, in der Hüftengegend hat sich eine handtellergroße Wunde aufgetan. Rosa, in vielen Schattierungen, dunkel in der Tiefe, hellwerdend zu den Rändern, zartkörnig, mit ungleichmäßig sich aufsammelndem Blut, offen wie ein Bergwerk obertags. So aus der Entfernung. In der Nähe zeigt sich noch eine Erschwerung. Wer kann das ansehen ohne leise zu pfeifen? Würmer, an Stärke und Länge meinem kleinen Finger gleich, rosig aus eigenem und außerdem blutbespritzt, winden sich, im Innern der Wunde festgehalten, mit weißen Köpfchen, mit vielen Beinchen ans Licht. Armer Junge, dir ist nicht zu helfen. Ich habe deine große Wunde aufgefunden; an dieser Blume in deiner Seite gehst du zugrunde. Die Familie ist glücklich, sie sieht mich in Tätigkeit; die Schwester sagt's der Mutter, die Mutter dem Vater, der Vater einigen Gästen, die auf den Fußspitzen, mit ausgestreckten Armen balancierend, durch den Mondschein der offenen Tür hereinkommen. „Wirst du mich retten?“, flüstert schluchzend der Junge, ganz geblendet durch das Leben in seiner Wunde. So sind die Leute in meiner Gegend. Immer das Unmögliche vom Arzt verlangen. Den alten Glauben haben sie verloren; der Pfarrer sitzt zu Hause und zerzupft die Meßgewänder, eines nach dem andern; aber der Arzt soll alles leisten mit seiner zarten chirurgischen Hand. Nun, wie es beliebt: ich habe mich nicht angeboten; verbraucht ihr mich zu heiligen Zwecken, lasse ich auch das mit mir geschehen; was will ich Besseres, alter Landarzt, meines Dienstmädchens beraubt! Und sie kommen, die Familie und die Dorfältesten, und entkleiden mich; ein Schulchor mit dem Lehrer an der Spitze steht vor dem Haus und singt eine äußerst einfache Melodie auf den Text:

Entkleidet ihn, dann wird er heilen, Und heilt er nicht, so tötet ihn!
's ist nur ein Arzt, 's ist nur ein Arzt.

Dann bin ich entkleidet und sehe, die Finger im Barte, mit geneigtem Kopf die Leute ruhig an. Ich bin durchaus gefaßt und allen überlegen und bleibe es auch, trotzdem es mir nichts hilft, denn jetzt nehmen sie mich beim Kopf und bei den Füßen und tragen mich ins Bett. Zur Mauer, an die Seite der Wunde legen sie mich. Dann gehen alle aus der Stube; die Tür wird zugemacht; der Gesang verstummt; Wolken treten vor den Mond; warm liegt das Bettzeug um mich, schattenhaft schwanken die Pferdeköpfe in den Fensterlöchern. „Weißt du“, höre ich, mir ins Ohr gesagt, „mein Vertrauen zu dir ist sehr gering. Du bist ja auch nur irgendwo abgeschüttelt, kommst nicht auf eigenen Füßen. Statt zu helfen, engst du mir mein Sterbebett ein. Am liebsten kratzte ich dir die Augen aus.“ „Richtig“, sage ich, „es ist eine Schmach. Nun bin ich aber Arzt. Was soll ich tun? Glaube mir, es wird auch mir nicht leicht.“ „Mit dieser Entschuldigung soll ich mich begnügen? Ach, ich muß wohl. Immer muß ich mich begnügen. Mit einer schönen Wunde kam ich auf die Welt; das war meine ganze Ausstattung.“ „Junger Freund“, sage ich, „dein Fehler ist: du hast keinen Überblick. Ich, der ich schon in allen Krankenstuben, weit und breit, gewesen bin, sage dir: deine Wunde ist so übel nicht. Im spitzen Winkel mit zwei Hieben der Hacke geschaffen. Viele bieten ihre Seite an und hören kaum die Hacke im Forst, geschweige denn, daß sie ihnen näher kommt.“ „Ist es wirklich so oder täuschest du mich im Fieber?“ „Es ist wirklich so, nimm das Ehrenwort eines Amtsarztes mit hinüber.“ Und er nahm's und wurde still. Aber jetzt war es Zeit, an meine Rettung zu denken. Noch standen treu die Pferde an ihren Plätzen. Kleider, Pelz und Tasche waren schnell zusammengerafft; mit dem Ankleiden wollte ich mich nicht aufhalten; beeilten sich die Pferde wie auf der Herfahrt, sprang ich ja gewissermaßen aus diesem Bett in meines. Gehorsam zog sich ein Pferd vom Fenster zurück; ich warf den Ballen in den Wagen; der Pelz flog zu weit, nur mit einem Ärmel hielt er sich an einem Haken fest. Gut genug. Ich schwang mich aufs Pferd. Die Riemen lose schleifend, ein Pferd kaum mit dem andern verbunden, der Wagen irrend hinterher, den Pelz als letzter im Schnee. „Munter!“, sagte ich, aber munter ging's nicht; langsam wie alte Männer zogen wir durch die Schneewüste; lange klang hinter uns der neue, aber irrtümliche Gesang der Kinder:

Freuet euch, ihr Patienten,
Der Arzt ist euch ins Bett gelegt!

Niemals komme ich so nach Hause; meine blühende Praxis ist verloren; ein Nachfolger bestiehlt mich, aber ohne Nutzen, denn er kann mich nicht ersetzen; in meinem Hause wütet der ekle Pferdeknecht; Rosa ist sein Opfer; ich will es nicht ausdenken. Nackt, dem Froste dieses unglückseligsten Zeitalters ausgesetzt, mit irdischem Wagen, unirdischen Pferden, treibe ich alter Mann mich umher. Mein Pelz hängt hinten am Wagen, ich kann ihn aber nicht erreichen, und keiner aus dem beweglichen Gesindel der Patienten rührt den Finger. Betrogen! Betrogen! Einmal dem Fehlläuten der Nachtglocke gefolgt — es ist niemals gutzumachen.

Auf der Galerie

Wenn irgendeine hinfällige, lungensüchtige Kunstreiterin in der Manege auf schwankendem Pferd vor einem unermüdlichen Publikum vom peitschenschwingenden erbarmungslosen Chef monatelang ohne Unterbrechung im Kreise rundum getrieben würde, auf dem Pferde schwirrend, Küsse werfend, in der Taille sich wiegend, und wenn dieses Spiel unter dem nichtaussetzenden Brausen des Orchesters und der Ventilatoren in die immerfort weiter sich öffnende graue Zukunft sich fortsetzte, begleitet vom vergehenden und neu anschwellenden Beifallsklatschen der Hände, die eigentlich Dampfhämmer sind — vielleicht eilte dann ein junger Galeriebesucher die lange Treppe durch alle Ränge hinab, stürzte in die Manege, rief das: Halt! durch die Fanfaren des immer sich anpassenden Orchesters.

Da es aber nicht so ist; eine schöne Dame, weiß und rot, hereinfliegt, zwischen den Vorhängen, welche die stolzen Livrierten vor ihr öffnen; der Direktor, hingebungsvoll ihre Augen suchend, in Tierhaltung ihr entgegenatmet; vorsorglich sie auf den Apfelschimmel hebt, als wäre sie seine über alles geliebte Enkelin, die sich auf gefährliche Fahrt begibt; sich nicht entschließen kann, das Peitschenzeichen zu geben; schließlich in Selbstüberwindung es knallend gibt; neben dem Pferde mit offenem Munde einherläuft; die Sprünge der Reiterin scharfen Blickes verfolgt; ihre Kunstfertigkeit kaum begreifen kann; mit englischen Ausrufen zu warnen versucht; die reifenhaltenden Reitknechte wütend zu peinlichster Achtsamkeit ermahnt; vor dem großen Salto mortale das Orchester mit aufgehobenen Händen beschwört, es möge schweigen; schließlich die Kleine vom zitternden Pferde hebt, auf beide Backen küßt und keine Huldigung des Publikums für genügend erachtet; während sie selbst, von ihm gestützt, hoch auf den Fußspitzen, vom Staub umweht, mit ausgebreiteten Armen, zurückgelehntem Köpfchen ihr Glück mit dem ganzen Zirkus teilen will — da dies so ist, legt der Galeriebesucher das Gesicht auf die Brüstung und, im Schlußmarsch wie in einem schweren Traum versinkend, weint er, ohne es zu wissen.

Ein altes Blatt

Es ist, als wäre viel vernachlässigt worden in der Verteidigung unseres Vaterlandes. Wir haben uns bisher nicht darum gekümmert und sind unserer Arbeit nachgegangen; die Ereignisse der letzten Zeit machen uns aber Sorgen.

Ich habe eine Schusterwerkstatt auf dem Platz vor dem kaiserlichen Palast. Kaum öffne ich in der Morgendämmerung meinen Laden, sehe ich schon die Eingänge aller hier einlaufenden Gassen von Bewaffneten besetzt. Es sind aber nicht unsere Soldaten, sondern offenbar Nomaden aus dem Norden. Auf eine mir unbegreifliche Weise sind sie bis in die Hauptstadt gedrungen, die doch sehr weit von der Grenze entfernt ist. Jedenfalls sind sie also da; es scheint, daß jeden Morgen mehr werden. Ihrer Natur entsprechend lagern sie unter freiem Himmel, denn Wohnhäuser verabscheuen sie. Sie beschäftigen sich mit dem Schärfen der Schwerter, dem Zuspitzen der Pfeile, mit Übungen zu Pferde. Aus diesem stillen, immer ängstlich rein gehaltenen Platz haben sie einen wahren Stall gemacht. Wir versuchen zwar manchmal aus unseren Geschäften hervorzulaufen und wenigstens den ärgsten Unrat wegzuschaffen, aber es geschieht immer seltener, denn die Anstrengung ist nutzlos und bringt uns überdies in die Gefahr, unter die wilden Pferde zu kommen oder von den Peitschen verletzt zu werden.

Sprechen kann man mit den Nomaden nicht. Unsere Sprache kennen sie nicht, ja sie haben kaum eine eigene. Untereinander verständigen sie sich ähnlich wie Dohlen. Immer wieder hört man diesen Schrei der Dohlen. Unsere Lebensweise, unsere Einrichtungen sind ihnen ebenso unbegreiflich wie gleichgültig. Infolgedessen zeigen sie sich auch gegen jede Zeichensprache ablehnend. Du magst dir die Kiefer verrenken und die Hände aus den Gelenken winden, sie haben dich doch nicht verstanden und werden dich nie verstehen. Oft machen sie Grimassen; dann dreht sich das Weiß ihrer Augen und Schaum schwillt aus ihrem Munde, doch wollen sie damit weder etwas sagen noch auch erschrecken; sie tun es, weil es so ihre Art ist. Was sie brauchen, nehmen sie. Man kann nicht sagen, daß sie Gewalt anwenden. Vor ihrem Zugriff tritt man beiseite und überläßt ihnen alles.

Auch von meinen Vorräten haben sie manches gute Stück genommen. Ich kann aber darüber nicht klagen, wenn ich zum Beispiel zusehe, wie es dem Fleischer gegenüber geht. Kaum bringt er seine Waren ein, ist ihm schon alles entrissen und wird von den Nomaden verschlungen. Auch ihre Pferde fressen Fleisch; oft liegt ein Reiter neben seinem Pferd und beide nähren sich vom gleichen Fleischstück, jeder an einem Ende. Der Fleischhauer ist ängstlich und wagt es nicht, mit den Fleischlieferungen aufzuhören. Wir verstehen das aber, schießen Geld zusammen und unterstützen ihn. Bekämen die Nomaden kein Fleisch, wer weiß, was ihnen zu tun einfiele; wer weiß allerdings, was ihnen einfallen wird, selbst wenn sie täglich Fleisch bekommen.

Letzthin dachte der Fleischer, er könne sich wenigstens die Mühe des Schlachtens sparen, und brachte am Morgen einen lebendigen Ochsen. Das darf er nicht mehr wiederholen. Ich lag wohl eine Stunde ganz hinten in meiner Werkstatt platt auf dem Boden und alle meine Kleider, Decken und Polster hatte ich über mir aufgehäuft, nur um das Gebrüll des Ochsen nicht zu hören, den von allen Seiten die Nomaden ansprangen, um mit den Zähnen Stücke aus seinem warmen Fleisch zu reißen. Schon lange war es still, ehe ich mich auszugehen getraute; wie Trinker um ein Weinfaß lagen sie müde um die Reste des Ochsen.

Gerade damals glaubte ich den Kaiser selbst in einem Fenster des Palastes gesehen zu haben; niemals sonst kommt er in diese äußeren Gemächer, immer nur lebt er in dem innersten Garten; diesmal aber stand er, so schien es mir wenigstens, an einem der Fenster und blickte mit gesenktem Kopf auf das Treiben vor seinem Schloß.

„Wie wird es werden?“, fragen wir uns alle. „Wie lange werden wir diese Last und Qual ertragen? Der kaiserliche Palast hat die Nomaden angelockt, versteht es aber nicht, sie wieder zu vertreiben. Das Tor bleibt verschlossen; die Wache, früher immer festlich ein und ausmarschierend, hält sich hinter vergitterten Fenstern. Uns Handwerkern und Geschäftsleuten ist die Rettung des Vaterlandes anvertraut; wir sind aber einer solchen Aufgabe nicht gewachsen; haben uns doch auch nie gerühmt, dessen fähig zu sein. Ein Mißverständnis ist es; und wir gehen daran zugrunde.“

Vor dem Gesetz

Vor dem Gesetz steht ein Türhüter. Zu diesem Türhüter kommt ein Mann vom Lande und bittet um Eintritt in das Gesetz. Aber der Türhüter sagt, daß er ihm jetzt den Eintritt nicht gewähren könne. Der Mann überlegt und fragt dann, ob er also später werde eintreten dürfen. „Es ist möglich", sagt der Türhüter, „jetzt aber nicht." Da das Tor zum Gesetz offensteht wie immer und der Türhüter beiseite tritt, bückt sich der Mann, um durch das Tor in das Innere zu sehn. Als der Türhüter das merkt, lacht er und sagt: „Wenn es dich so lockt, versuche es doch, trotz meines Verbotes hineinzugehn. Merke aber: Ich bin mächtig. Und ich bin nur der unterste Türhüter. Von Saal zu Saal stehn aber Türhüter, einer mächtiger als der andere. Schon den Anblick des dritten kann nicht einmal ich mehr ertragen." Solche Schwierigkeiten hat der Mann vom Lande nicht erwartet; das Gesetz soll doch jedem und immer zugänglich sein, denkt er, aber als er jetzt den Türhüter in seinem Pelzmantel genauer ansieht, seine große Spitznase, den langen, dünnen, schwarzen tatarischen Bart, entschließt er sich, doch lieber zu warten, bis er die Erlaubnis zum Eintritt bekommt. Der Türhüter gibt ihm einen Schemel und läßt ihn seitwärts von der Tür sich niedersetzen. Dort sitzt er Tage und Jahre. Er macht viele Versuche, eingelassen zu werden, und ermüdet den Türhüter durch seine Bitten. Der Türhüter stellt öfters kleine Verhöre mit ihm an, fragt ihn über seine Heimat aus und nach vielem andern, es sind aber teilnahmslose Fragen, wie sie große Herren stellen, und zum Schlusse sagt er ihm immer wieder, daß er ihn noch nicht einlassen könne. Der Mann, der sich für seine Reise mit vielem ausgerüstet hat, verwendet alles, und sei es noch so wertvoll, um den Türhüter zu bestechen. Dieser nimmt zwar alles an, aber sagt dabei: „Ich nehme es nur an, damit du nicht glaubst, etwas versäumt zu haben." Während der vielen Jahre beobachtet der Mann den Türhüter fast ununterbrochen. Er vergißt die andern Türhüter, und dieser erste schien ihm das einzige Hindernis für den Eintritt in das Gesetz. Er verflucht den unglücklichen Zufall, in den ersten Jahren rücksichtslos und laut, später, als er alt wird, brummt er nur noch vor sich hin. Er wird kindisch, und, da er in dem jahrelangen Studium des Türhüters auch die Flöhe in seinem Pelzkragen erkannt hat, bittet er auch die Flöhe, ihm zu helfen und den Türhüter umzustimmen. Schließlich wird sein Augenlicht schwach, und er weiß nicht, ob es um ihn wirklich dunkler wird, oder ob ihn nur seine Augen täuschen. Wohl aber erkennt er jetzt im Dunkel einen Glanz, der unverlöschlich aus der Türe des Gesetzes bricht. Nun lebt er nicht mehr lange. Vor seinem Tode sammeln sich in seinem Kopfe alle Erfahrungen der ganzen Zeit zu einer Frage, die er bisher an den Türhüter noch nicht gestellt hat. Er winkt ihm zu, da er seinen erstarrenden Körper nicht mehr aufrichten kann. Der Türhüter muß sich tief zu ihm hinunterneigen, denn der

Größenunterschied hat sich sehr zuungunsten des Mannes verändert. „Was willst du denn jetzt noch wissen?“, fragt der Türhüter, „du bist unersättlich.“ „Alle streben doch nach dem Gesetz“, sagt der Mann, „wieso kommt es, daß in den vielen Jahren niemand außer mir Einlaß verlangt hat?“ Der Türhüter erkennt, daß der Mann schon an seinem Ende ist, und, um sein vergehendes Gehör noch zu erreichen, brüllt er ihn an: „Hier konnte niemand sonst Einlaß erhalten, denn dieser Eingang war nur für dich bestimmt. Ich gehe jetzt und schließe ihn.“

Schakale und Araber

Wir lagerten in der Oase. Die Gefährten schliefen. Ein Araber, hoch und weiß, kam an mir vorüber; er hatte die Kamele versorgt und ging zum Schlafplatz.

Ich warf mich rücklings ins Gras; ich wollte schlafen; ich konnte nicht; das Klagegeheul eines Schakals in der Ferne; ich saß wieder aufrecht. Und was so weit gewesen war, war plötzlich nah. Ein Gewimmel von Schakalen um mich her; in mattem Gold erglänzende, verlöschende Augen; schlanke Leiber, wie unter einer Peitsche gesetzmäßig und flink bewegt.

Einer kam von rückwärts, drängte sich, unter meinem Arm durch, eng an mich, als brauche er meine Wärme, trat dann vor mich und sprach, fast Aug in Aug mit mir:

„Ich bin der älteste Schakal, weit und breit. Ich bin glücklich, dich noch hier begrüßen zu können. Ich hatte schon die Hoffnung fast aufgegeben, denn wir warten unendlich lange auf dich; meine Mutter hat gewartet und ihre Mutter und weiter alle ihre Mütter bis hinauf zur Mutter aller Schakale.

Glaube es!"

„Das wundert mich", sagte ich und vergaß, den Holzstoß anzuzünden, der bereitlag, um mit seinem Rauch die Schakale abzuhalten, „das wundert mich sehr zu hören. Nur zufällig komme ich aus dem hohen Norden und bin auf einer kurzen Reise begriffen. Was wollt ihr denn, Schakale?"

Und wie ermutigt durch diesen vielleicht allzu freundlichen Zuspruch zogen sie ihren Kreis enger um mich; alle atmeten kurz und fauchend.

„Wir wissen", begann der Älteste, „daß du vom Norden kommst, darauf eben baut sich unsere Hoffnung. Dort ist der Verstand, der hier unter den Arabern nicht zu finden ist. Aus diesem kalten Hochmut, weißt du, ist kein Funken Verstand zu schlagen. Sie töten Tiere, um sie zu fressen, und Aas mißachten sie."

„Rede nicht so laut", sagte ich, „es schlafen Araber in der Nähe."

„Du bist wirklich ein Fremder", sagte der Schakal, „sonst wüßtest du, daß noch niemals in der Weltgeschichte ein Schakal einen Araber gefürchtet hat. Fürchten sollten wir sie? Ist es nicht Unglück genug, daß wir unter solches Volk verstoßen sind?"

„Mag sein, mag sein", sagte ich, „ich maße mir kein Urteil an in Dingen, die mir so fern liegen; es scheint ein sehr alter Streit; liegt also wohl im Blut; wird also vielleicht erst mit dem Blute enden." „Du bist sehr klug", sagte der alte Schakal; und alle atmeten noch schneller; mit gehetzten Lungen, trotzdem sie doch stille standen; ein bitterer, zeitweilig nur mit zusammengeklemmten Zähnen erträglicher Geruch entströmte den offenen Mäulern, „du bist sehr klug; das, was du sagst, entspricht unserer alten Lehre. Wir nehmen ihnen also ihr Blut und der Streit ist zu Ende."

„Oh!“, sagte ich wilder, als ich wollte, „sie werden sich wehren; sie werden mit ihren Flinten euch rudelweise niederschießen.“
„Du mißverstehst uns“, sagte er, „nach Menschenart, die sich also auch im hohen Norden nicht verliert. Wir werden sie doch nicht töten. So viel Wasser hätte der Nil nicht, um uns rein zu waschen. Wir laufen doch schon vor dem bloßen Anblick ihres lebenden Leibes weg, in reinere Luft, in die Wüste, die deshalb unsere Heimat ist.“
Und alle Schakale ringsum, zu denen inzwischen noch viele von fern her gekommen waren, senkten die Köpfe zwischen die Vorderbeine und putzten sie mit den Pfoten; es war, als wollten sie einen Widerwillen verbergen, der so schrecklich war, daß ich am liebsten mit einem hohen Sprung aus ihrem Kreis entflohen wäre.
„Was beabsichtigt ihr also zu tun?“, fragte ich und wollte aufstehn; aber ich konnte nicht; zwei junge Tiere hatten sich mir hinten in Rock und Hemd festgebissen; ich mußte sitzenbleiben. „Sie halten deine Schleppe“, sagte der alte Schakal erklärend und ernsthaft, „eine Ehrbezeigung.“ „Sie sollen mich loslassen!“, rief ich, bald zum Alten, bald zu den Jungen gewendet. „Sie werden es natürlich“, sagte der Alte, „wenn du es verlangst. Es dauert aber ein Weilchen, denn sie haben nach der Sitte tief sich eingebissen und müssen erst langsam die Gebisse voneinander lösen. Inzwischen höre unsere Bitte.“
„Euer Verhalten hat mich dafür nicht sehr empfänglich gemacht“, sagte ich.
„Laß uns unser Ungeschick nicht entgelten“, sagte er und nahm jetzt zum erstenmal den Klageton seiner natürlichen Stimme zu Hilfe, „wir sind arme Tiere, wir haben nur das Gebiß; für alles, was wir tun wollen, das Gute und das Schlechte, bleibt uns einzig das Gebiß.“ „Was willst du also?“, fragte ich, nur wenig besänftigt.
„Herr“, rief er, und alle Schakale heulten auf; in fernster Ferne schien es mir eine Melodie zu sein. „Herr, du sollst den Streit beenden, der die Welt entzweit. So wie du bist, haben unsere Alten den beschrieben, der es tun wird. Frieden müssen wir haben von den Arabern; atembare Luft; gereinigt von ihnen den Ausblick rund am Horizont; kein Klagegeschrei eines Hammels, den der Araber absticht; ruhig soll alles Getier krepieren; ungestört soll es von uns leergetrunken und bis auf die Knochen gereinigt werden. Reinheit, nichts als Reinheit wollen wir“, — und nun weinten, schluchzten alle — „wie erträgst nur du es in dieser Welt, du edles Herz und süßes Eingeweide? Schmutz ist ihr Weiß; Schmutz ist ihr Schwarz; ein Grauen ist ihr Bart; speien muß man beim Anblick ihrer Augenwinkel; und heben sie den Arm, tut sich in der Achselhöhle die Hölle auf. Darum, o Herr, darum, o teuerer Herr, mit Hilfe deiner alles vermögenden Hände, mit Hilfe deiner alles vermögenden Hände schneide ihnen mit dieser Schere die Hälse durch!“ Und einem Ruck seines Kopfes folgend kam ein Schakal herbei, der an einem Eckzahn eine kleine, mit altem Rost bedeckte Nähschere trug.

„Also endlich die Schere und damit Schluß!“, rief der Araberführer unserer Karawane, der sich gegen den Wind an uns herangeschlichen hatte und nun seine riesige Peitsche schwang.
Alles verlief sich eiligst, aber in einiger Entfernung blieben sie doch, eng zusammengekauert, die vielen Tiere so eng und starr, daß es aussah wie eine schmale Hürde, von Irrlichtern umflogen. „So hast du, Herr, auch dieses Schauspiel gesehen und gehört“, sagte der Araber und lachte so fröhlich, als es die Zurückhaltung seines Stammes erlaubte. „Du weißt also, was die Tiere wollen?“, fragte ich. „Natürlich, Herr“, sagte er, „das ist doch allbekannt; solange es Araber gibt, wandert diese Schere durch die Wüste und wird mit uns wandern bis ans Ende der Tage. Jedem Europäer wird sie angeboten zu dem großen Werk; jeder Europäer ist gerade derjenige, welcher ihnen berufen scheint. Eine unsinnige Hoffnung haben diese Tiere; Narren, wahre Narren sind sie. Wir lieben sie deshalb; es sind unsere Hunde; schöner als die eurigen. Sieh nur, ein Kamel ist in der Nacht verendet, ich habe es herschaffen lassen.“
Vier Träger kamen und warfen den schweren Kadaver vor uns hin. Kaum lag er da, erhoben die Schakale ihre Stimmen. Wie von Stricken unwiderstehlich jeder einzelne gezogen, kamen sie, stockend, mit dem Leib den Boden streifend, heran. Sie hatten die Araber vergessen, den Haß vergessen, die alles auslöschende Gegenwart des stark ausdunstenden Leichnams bezauberte sie. Schon hing einer am Hals und fand mit dem ersten Biß die Schlagader. Wie eine kleine rasende Pumpe, die ebenso unbedingt wie aussichtslos einen übermächtigen Brand löschen will, zerrte und zuckte jede Muskel seines Körpers an ihrem Platz. Und schon lagen in gleicher Arbeit alle auf dem Leichnam hoch zu Berg.
Da strich der Führer kräftig mit der scharfen Peitsche kreuz und quer über sie. Sie hoben die Köpfe; halb in Rausch und Ohnmacht; sahen die Araber vor sich stehen; bekamen jetzt die Peitsche mit den Schnauzen zu fühlen; zogen sich im Sprung zurück und liefen eine Strecke rückwärts. Aber das Blut des Kamels lag schon in Lachen da, rauchte empor, der Körper war an mehreren Stellen weit aufgerissen. Sie konnten nicht widerstehen; wieder waren sie da; wieder hob der Führer die Peitsche; ich faßte seinen Arm.
„Du hast recht, Herr“, sagte er, „wir lassen sie bei ihrem Beruf; auch ist es Zeit aufzubrechen. Gesehen hast du sie. Wunderbare Tiere, nicht wahr? Und wie sie uns hassen!“

Ein Besuch im Bergwerk

Heute waren die obersten Ingenieure bei uns unten. Es ist irgendein Auftrag der Direktion ergangen, neue Stollen zu legen, und da kamen die Ingenieure, um die allerersten Ausmessungen vorzunehmen. Wie jung diese Leute sind und dabei schon so verschiedenartig! Sie haben sich alle frei entwickelt, und ungebunden zeigt sich ihr klar bestimmtes Wesen schon in jungen Jahren.
Einer, schwarzhaarig, lebhaft, läßt seine Augen überallhin laufen.
Ein Zweiter mit einem Notizblock, macht im Gehen Aufzeichnungen, sieht umher, vergleicht, notiert.
Ein Dritter, die Hände in den Rocktaschen, so daß sich alles an ihm spannt, geht aufrecht; wahrt die Würde; nur im fortwährenden Beißen seiner Lippen zeigt sich die ungeduldige, nicht zu unterdrückende Jugend.
Ein Vierter gibt dem Dritten Erklärungen, die dieser nicht verlangt; kleiner als er, wie ein Versucher neben ihm herlaufend, scheint er, den Zeigefinger immer in der Luft, eine Litanei über alles, was hier zu sehen ist, ihm vorzutragen.
Ein Fünfter, vielleicht der oberste im Rang, duldet keine Begleitung; ist bald vorn, bald hinten; die Gesellschaft richtet ihren Schritt nach ihm; er ist bleich und schwach; die Verantwortung hat seine Augen ausgehöhlt; oft drückt er im Nachdenken die Hand an die Stirn.
Der Sechste und Siebente gehen ein wenig gebückt, Kopf nah an Kopf, Arm in Arm, in vertrautem Gespräch; wäre hier nicht offenbar unser Kohlenbergwerk und unser Arbeitsplatz im tiefsten Stollen, könnte man glauben, diese knochigen, bartlosen, knollennasigen Herren seien junge Geistliche. Der eine lacht meistens mit katzenartigem Schnurren in sich hinein; der andere, gleichfalls lächelnd, führt das Wort und gibt mit der freien Hand irgendeinen Takt dazu. Wie sicher müssen diese zwei Herren ihrer Stellung sein, ja welche Verdienste müssen sie sich trotz ihrer Jugend um unser Bergwerk schon erworben haben, daß sie hier, bei einer so wichtigen Begehung, unter den Augen ihres Chefs, nur mit eigenen oder wenigstens mit solchen Angelegenheiten, die nicht mit der augenblicklichen Aufgabe zusammenhängen, so unbeirrbar sich beschäftigen dürfen. Oder sollte es möglich sein, daß sie, trotz alles Lachens und aller Unaufmerksamkeit, das, was nötig ist, sehr wohl bemerken? Man wagt über solche Herren kaum ein bestimmtes Urteil abzugeben.
Andererseits ist es aber doch wieder zweifellos, daß zum Beispiel der Achte unvergleichlich mehr als diese, ja mehr als alle anderen Herren bei der Sache ist. Er muß alles anfassen und mit einem kleinen Hammer, den er immer wieder aus der Tasche zieht und immer wieder dort verwahrt, beklopfen. Manchmal kniet er trotz seiner eleganten Kleidung in den Schmutz nieder und beklopft den Boden, dann wieder nur im Gehen die Wände oder die

Decke über seinem Kopf. Einmal hat er sich lang hingelegt und lag dort still; wir dachten schon, es sei ein Unglück geschehen; aber dann sprang er mit einem kleinen Zusammenzucken seines schlanken Körpers auf. Er hatte also wieder nur eine Untersuchung gemacht. Wir glauben unser Bergwerk und seine Steine zu kennen, aber was dieser Ingenieur auf diese Weise hier immerfort untersucht, ist uns unverständlich.

Ein Neunter schiebt vor sich eine Art Kinderwagen, in welchem die Meßapparate liegen. Äußerst kostbare Apparate, tief in zarteste Watte eingelegt. Diesen Wagen sollte ja eigentlich der Diener schieben, aber es wird ihm nicht anvertraut; ein Ingenieur mußte heran, und er tut es gern, wie man sieht. Er ist wohl der Jüngste, vielleicht versteht er noch gar nicht alle Apparate, aber sein Blick ruht immerfort auf ihnen, fast kommt er dadurch manchmal in Gefahr, mit dem Wagen an eine Wand zu stoßen.

Aber da ist ein anderer Ingenieur, der neben dem Wagen hergeht und es verhindert. Dieser versteht offenbar die Apparate von Grund aus und scheint ihr eigentlicher Verwahrer zu sein. Von Zeit zu Zeit nimmt er, ohne den Wagen anzuhalten, einen Bestandteil der Apparate heraus, blickt hindurch, schraubt auf oder zu, schüttelt und beklopft, hält ans Ohr und horcht; und legt schließlich, während der Wagenführer meist stillsteht, das kleine, von der Ferne kaum sichtbare Ding mit aller Vorsicht wieder in den Wagen. Ein wenig herrschsüchtig ist dieser Ingenieur, aber doch nur im Namen der Apparate. Zehn Schritte vor dem Wagen sollen wir schon, auf ein wortloses Fingerzeichen hin, zur Seite weichen, selbst dort, wo kein Platz zum Ausweichen ist.

Hinter diesen zwei Herren geht der unbeschäftigte Diener. Die Herren haben, wie es bei ihrem großen Wissen selbstverständlich ist, längst jeden Hochmut abgelegt, der Diener dagegen scheint ihn in sich aufgesammelt zu haben. Die eine Hand im Rücken, mit der anderen vorn über seine vergoldeten Knöpfe oder das feine Tuch seines Livreerockes streichend, nickt er öfters nach rechts und links, so als ob wir gegrüßt hätten und er antwortete, oder so, als nehme er an, daß wir gegrüßt hätten, könne es aber von seiner Höhe aus nicht nachprüfen. Natürlich grüßen wir ihn nicht, aber doch möchte man bei seinem Anblick fast glauben, es sei etwas Ungeheures, Kanzleidiener der Bergdirektion zu sein. Hinter ihm lachen wir allerdings, aber da auch ein Donnerschlag ihn nicht veranlassen könnte, sich umzudrehen, bleibt er doch als etwas Unverständliches in unserer Achtung. Heute wird wenig mehr gearbeitet; die Unterbrechung war zu ausgiebig; ein solcher Besuch nimmt alle Gedanken an Arbeit mit sich fort. Allzu verlockend ist es, den Herren in das Dunkel des Probestollens nachzublicken, in dem sie alle verschwunden sind. Auch geht unsere Arbeitsschicht bald zu Ende; wir werden die Rückkehr der Herren nicht mehr mit ansehen.

Das nächste Dorf

Mein Großvater pflegte zu sagen: „Das Leben ist erstaunlich kurz. Jetzt in Erinnerung drängt es sich mir so zusammen, daß ich zum Beispiel kaum begreife, wie ein junger Mensch sich entschließen kann, ins nächste Dorf zu reiten, ohne zu fürchten, daß — von unglücklichen Zufällen ganz abgesehen — schon die Zeit des gewöhnlichen, glücklich ablaufenden Lebens für einen solchen Ritt bei weitem nicht hinreicht.“

Eine kaiserliche Botschaft

Der Kaiser — so heißt es — hat dir, dem Einzelnen, dem jämmerlichen Untertanen, dem winzig vor der kaiserlichen Sonne in die fernste Ferne geflüchteten Schatten, gerade dir hat der Kaiser von seinem Sterbebett aus eine Botschaft gesendet. Den Boten hat er beim Bett niederknien lassen und ihm die Botschaft ins Ohr geflüstert; so sehr war ihm an ihr gelegen, daß er sich sie noch ins Ohr wiedersagen ließ. Durch Kopfnicken hat er die Richtigkeit des Gesagten bestätigt. Und vor der ganzen Zuschauerschaft seines Todes- alle hindernden Wände werden niedergebrochen und auf den weit und hoch sich schwingenden Freitreppen stehen im Ring die Großen des Reichs — vor allen diesen hat er den Boten abgefertigt. Der Bote hat sich gleich auf den Weg gemacht; ein kräftiger, ein unermüdlicher Mann; einmal diesen, einmal den andern Arm vorstreckend schafft er sich Bahn durch die Menge; findet er Widerstand, zeigt er auf die Brust, wo das Zeichen der Sonne ist; er kommt auch leicht vorwärts, wie kein anderer. Aber die Menge ist so groß; ihre Wohnstätten nehmen kein Ende. Öffnete sich freies Feld, wie würde er fliegen und bald wohl hörtest du das herrliche Schlagen seiner Fäuste an deiner Tür. Aber statt dessen, wie nutzlos müht er sich ab; immer noch zwängt er sich durch die Gemächer des innersten Palastes; niemals wird er sie überwinden; und gelänge ihm dies, nichts wäre gewonnen; die Treppen hinab müßte er sich kämpfen; und gelänge ihm dies, nichts wäre gewonnen; die Höfe wären zu durchmessen; und nach den Höfen der zweite umschließende Palast; und wieder Treppen und Höfe; und wieder ein Palast; und so weiter durch Jahrtausende; und stürzte er endlich aus dem äußersten Tor- aber niemals, niemals kann es geschehen –, liegt erst die Residenzstadt vor ihm, die Mitte der Welt, hochgeschüttet voll ihres Bodensatzes. Niemand dringt hier durch und gar mit der Botschaft eines Toten. — Du aber sitzt an deinem Fenster und erträumst sie dir, wenn der Abend kommt.

Die Sorge des Hausvaters

Die einen sagen, das Wort Odradek stamme aus dem Slawischen und sie suchen auf Grund dessen die Bildung des Wortes nachzuweisen. Andere wieder meinen, es stamme aus dem Deutschen vom Slawischen sei es nur beeinflußt. Die Unsicherheit beider Deutungen aber läßt wohl mit Recht darauf schließen, daß keine zutrifft, zumal man auch mit keiner von ihnen einen Sinn des Wortes finden kann.

Natürlich würde sich niemand mit solchen Studien beschäftigen, wenn es nicht wirklich ein Wesen gäbe, das Odradek heißt. Es sieht zunächst aus wie eine flache sternartige Zwirnspule, und tatsächlich scheint es auch mit Zwirn bezogen; allerdings dürften es nur abgerissene, alte, aneinandergeknotete, aber auch ineinanderverfitzte Zwirnstücke von verschiedenster Art und Farbe sein. Es ist aber nicht nur eine Spule, sondern aus der Mitte des Sternes kommt ein kleines Querstäbchen hervor und an dieses Stäbchen fügt sich dann im rechten Winkel noch eines. Mit Hilfe dieses letzteren Stäbchens auf der einen Seite, und einer der Ausstrahlungen des Sternes auf der anderen Seite, kann das Ganze wie auf zwei Beinen aufrecht stehen.

Man wäre versucht zu glauben, dieses Gebilde hätte früher irgendeine zweckmäßige Form gehabt und jetzt sei es nur zerbrochen. Dies scheint aber nicht der Fall zu sein; wenigstens findet sich kein Anzeichen dafür; nirgends sind Ansätze oder Bruchstellen zu sehen, die auf etwas Derartiges hinweisen würden; das Ganze erscheint zwar sinnlos, aber in seiner Art abgeschlossen. Näheres läßt sich übrigens nicht darüber sagen, da Odradek außerordentlich beweglich und nicht zu fangen ist. Er hält sich abwechselnd auf dem Dachboden, im Treppenhaus, auf den Gängen, im Flur auf. Manchmal ist er monatelang nicht zu sehen; da ist er wohl in andere Häuser übersiedelt; doch kehrt er dann unweigerlich wieder in unser Haus zurück. Manchmal, wenn man aus der Tür tritt und er lehnt gerade unten am Treppengeländer, hat man Lust, ihn anzusprechen. Natürlich stellt man an ihn keine schwierigen Fragen, sondern behandelt ihn — schon seine Winzigkeit verführt dazu — wie ein Kind. „Wie heißt du denn?“, fragt man ihn. „Odradek“, sagt er. Und wo wohnst du? „Unbestimmter Wohnsitz“, sagt er und lacht; es ist aber nur ein Lachen, wie man es ohne Lungen hervorbringen kann. Es klingt etwa so, wie das Rascheln in gefallenen Blättern. Damit ist die Unterhaltung meist zu Ende. Übrigens sind selbst diese Antworten nicht immer zu erhalten; oft ist er lange stumm, wie das Holz, das er zu sein scheint.

Vergeblich frage ich mich, was mit ihm geschehen wird. Kann er denn sterben? Alles, was stirbt, hat vorher eine Art Ziel, eine Art Tätigkeit gehabt und daran hat es sich zerrieben; das trifft bei Odradek nicht zu. Sollte er also einstmals etwa noch vor den Füßen meiner Kinder und Kindeskinder mit nachschleifendem Zwirnsfaden die Treppe hinunterkollern? Er schadet ja offenbar niemandem; aber die Vorstellung, daß er mich auch noch überleben sollte, ist mir eine fast schmerzliche.

Elf Söhne

Ich habe elf Söhne.

Der erste ist äußerlich sehr unansehnlich, aber ernsthaft und klug; trotzdem schätze ich ihn, wiewohl ich ihn als Kind wie alle andern liebe, nicht sehr hoch ein. Sein Denken scheint mir zu einfach. Er sieht nicht rechts noch links und nicht in die Weite; in seinem kleinen Gedankenkreis läuft er immerfort rundum oder dreht sich vielmehr.

Der zweite ist schön, schlank, wohlgebaut; es entzückt, ihn in Fechterstellung zu sehen. Auch er ist klug, aber überdies welterfahren; er hat viel gesehen, und deshalb scheint selbst die heimische Natur vertrauter mit ihm zu sprechen als mit den Daheimgebliebenen. Doch ist gewiß dieser Vorzug nicht nur und nicht einmal wesentlich dem Reisen zu verdanken, er gehört vielmehr zu dem Unnachahmlichen dieses Kindes, das zum Beispiel von jedem anerkannt wird, der etwa seinen vielfach sich überschlagenden und doch geradezu wild beherrschten Kunstsprung ins Wasser ihm nachmachen will. Bis zum Ende des Sprungbrettes reicht der Mut und die Lust, dort aber statt zu springen, setzt sich plötzlich der Nachahmer und hebt entschuldigend die Arme. — Und trotz dem allen (ich sollte doch eigentlich glücklich sein über ein solches Kind) ist mein Verhältnis zu ihm nicht ungetrübt. Sein linkes Auge ist ein wenig kleiner als das rechte und zwinkert viel; ein kleiner Fehler nur, gewiß, der sein Gesicht sogar noch verwegener macht als es sonst gewesen wäre, und niemand wird gegenüber der unnahbaren Abgeschlossenheit seines Wesens dieses kleinere zwinkernde Auge tadelnd bemerken. Ich, der Vater, tue es. Es ist natürlich nicht dieser körperliche Fehler, der mir weh tut, sondern eine ihm irgendwie entsprechende kleine Unregelmäßigkeit seines Geistes, irgendein in seinem Blut irrendes Gift, irgendeine Unfähigkeit, die mir allein sichtbare Anlage seines Lebens rund zu vollenden. Gerade dies macht ihn allerdings andererseits wieder zu meinem wahren Sohn, denn dieser sein Fehler ist gleichzeitig der Fehler unserer ganzen Familie und an diesem Sohn nur überdeutlich.

Der dritte Sohn ist gleichfalls schön, aber es ist nicht die Schönheit, die mir gefällt. Es ist die Schönheit des Sängers: der geschwungene Mund; das träumerische Auge; der Kopf, der eine Draperie hinter sich benötigt, um zu wirken; die unmäßig sich wölbende Brust; die leicht auffahrenden und viel zu leicht sinkenden Hände, die Beine, die sich zieren, weil sie nicht tragen können. Und überdies: der Ton seiner Stimme ist nicht voll; trügt einen Augenblick; läßt den Kenner aufhorchen; veratmet aber kurz darauf. — Trotzdem im allgemeinen alles verlockt, diesen Sohn zur Schau zu stellen, halte ich ihn doch am liebsten im Verborgenen; er selbst drängt sich nicht auf, aber nicht etwa deshalb, weil er seine Mängel kennt, sondern aus

Unschuld. Auch fühlt er sich fremd in unserer Zeit; als gehöre er zwar zu meiner Familie, aber überdies noch zu einer andern, ihm für immer verlorenen, ist er oft unlustig und nichts kann ihn aufheitern.

Mein vierter Sohn ist vielleicht der umgänglichste von allen. Ein wahres Kind seiner Zeit, ist er jedermann verständlich, er steht auf dem allen gemeinsamen Boden und jeder ist versucht, ihm zuzunicken. Vielleicht durch diese allgemeine Anerkennung gewinnt sein Wesen etwas Leichtes, seine Bewegungen etwas Freies, seine Urteile etwas Unbekümmertes. Manche seiner Aussprüche möchte man oft wiederholen, allerdings nur manche, denn in seiner Gesamtheit krankt er doch wieder an allzu großer Leichtigkeit. Er ist wie einer, der bewundernswert abspringt, schwalbengleich die Luft teilt, dann aber doch trostlos im öden Staube endet, ein Nichts. Solche Gedanken vergällen mir den Anblick dieses Kindes.

Der fünfte Sohn ist lieb und gut; versprach viel weniger, als er hielt; war so unbedeutend, daß man sich förmlich in seiner Gegenwart allein fühlte; hat es aber doch zu einigem Ansehen gebracht. Fragte man mich, wie das geschehen ist, so könnte ich kaum antworten. Unschuld dringt vielleicht doch noch am leichtesten durch das Toben der Elemente in dieser Welt, und unschuldig ist er. Vielleicht allzu unschuldig. Freundlich zu jedermann. Vielleicht allzu freundlich. Ich gestehe: mir wird nicht wohl, wenn man ihn mir gegenüber lobt. Es heißt doch, sich das Loben etwas zu leicht zu machen, wenn man einen so offensichtlich Lobenswürdigen lobt, wie es mein Sohn ist.

Mein sechster Sohn scheint, wenigstens auf den ersten Blick, der tiefsinnigste von allen. Ein Kopfhänger und doch ein Schwätzer. Deshalb kommt man ihm nicht leicht bei. Ist er am Unterliegen, so verfällt er in unbesiegbare Traurigkeit; erlangt er das Übergewicht, so wahrt er es durch Schwätzen. Doch spreche ich ihm eine gewisse selbstvergessene Leidenschaft nicht ab; bei hellem Tag kämpft er sich oft durch das Denken wie im Traum. Ohne krank zu sein — vielmehr hat er eine sehr gute Gesundheit — taumelt er manchmal, besonders in der Dämmerung, braucht aber keine Hilfe, fällt nicht. Vielleicht hat an dieser Erscheinung seine körperliche Entwicklung schuld, er ist viel zu groß für sein Alter. Das macht ihn unschön im Ganzen, trotz auffallend schöner Einzelheiten, zum Beispiel der Hände und Füße. Unschön ist übrigens auch seine Stirn; sowohl in der Haut als in der Knochenbildung irgendwie verschrumpft.

Der siebente Sohn gehört mir vielleicht mehr als alle andern. Die Welt versteht ihn nicht zu würdigen; seine besondere Art von Witz versteht sie nicht. Ich überschätze ihn nicht; ich weiß, er ist geringfügig genug; hätte die Welt keinen anderen Fehler als den, daß sie ihn nicht zu würdigen weiß, sie wäre noch immer makellos. Aber innerhalb der Familie wollte ich diesen Sohn nicht missen. Sowohl Unruhe bringt er, als auch Ehrfurcht vor der

Überlieferung, und beides fügt er, wenigstens für mein Gefühl, zu einem unanfechtbaren Ganzen. Mit diesem Ganzen weiß er allerdings selbst am wenigsten, etwas anzufangen; das Rad der Zukunft wird er nicht ins Rollen bringen, aber diese seine Anlage ist so aufmunternd, so hoffnungsreich; ich wollte, er hätte Kinder und diese wieder Kinder. Leider scheint sich dieser Wunsch nicht erfüllen zu wollen. In einer mir zwar begreiflichen, aber ebenso unerwünschten Selbstzufriedenheit, die allerdings in großartigem Gegensatz zum Urteil seiner Umgebung steht, treibt er sich allein umher, kümmert sich nicht um Mädchen und wird trotzdem niemals seine gute Laune verlieren.

Mein achter Sohn ist mein Schmerzenskind, und ich weiß eigentlich keinen Grund dafür. Er sieht mich fremd an, und ich fühle mich doch väterlich eng mit ihm verbunden. Die Zeit hat vieles gut gemacht; früher aber befiel mich manchmal ein Zittern, wenn ich nur an ihn dachte. Er geht seinen eigenen Weg; hat alle Verbindungen mit mir abgebrochen; und wird gewiß mit seinem harten Schädel, seinem kleinen athletischen Körper — nur die Beine hatte er als Junge recht schwach, aber das mag sich inzwischen schon ausgeglichen haben — überall durchkommen, wo es ihm beliebt. Öfters hatte ich Lust, ihn zurückzurufen, ihn zu fragen, wie es eigentlich um ihn steht, warum er sich vom Vater so abschließt und was er im Grunde beabsichtigt, aber nun ist er so weit und so viel Zeit ist schon vergangen, nun mag es so bleiben wie es ist. Ich höre, daß er als der einzige meiner Söhne einen Vollbart trägt; schön ist das bei einem so kleinen Mann natürlich nicht.

Mein neunter Sohn ist sehr elegant und hat den für Frauen bestimmten süßen Blick. So süß, daß er bei Gelegenheit sogar mich verführen kann, der ich doch weiß, daß förmlich ein nasser Schwamm genügt, um allen diesen überirdischen Glanz wegzuwischen. Das Besondere an diesem Jungen aber ist, daß er gar nicht auf Verführung ausgeht; ihm würde es genügen, sein Leben lang auf dem Kanapee zu liegen und seinen Blick an die Zimmerdecke zu verschwenden oder noch viel lieber ihn unter den Augenlidern ruhen zu lassen. Ist er in dieser von ihm bevorzugten Lage, dann spricht er gern und nicht übel; gedrängt und anschaulich; aber doch nur in engen Grenzen; geht er über sie hinaus, was sich bei ihrer Enge nicht vermeiden läßt, wird sein Reden ganz leer. Man würde ihm abwinken, wenn man Hoffnung hätte, daß dieser mit Schlaf gefüllte Blick es bemerken könnte. Mein zehnter Sohn gilt als unaufrichtiger Charakter. Ich will diesen Fehler nicht ganz in Abrede stellen, nicht ganz bestätigen. Sicher ist, daß, wer ihn in der weit über sein Alter hinausgehenden Feierlichkeit herankommen sieht, im immer festgeschlossenen Gehrock, im alten, aber übersorgfältig geputzten schwarzen Hut, mit dem unbewegten Gesicht, dem etwas vorragenden Kinn, den schwer über die Augen sich wölbenden Lidern, den manchmal an den Mund geführten zwei Fingern — wer ihn so sieht, denkt: das ist ein grenzenloser Heuchler. Aber, nun höre man ihn reden! Verständig; mit Bedacht; kurz angebunden; mit boshafter Lebendigkeit Fragen durchkreuzend; in erstaunlicher, selbstverständlicher und froher Übereinstimmung mit dem Weltganzen; eine Übereinstimmung, die notwendigerweise den Hals strafft und den Körper erheben läßt. Viele, die sich sehr klug dünken und die sich, aus diesem Grunde wie sie meinten, von seinem Äußern abgestoßen fühlten, hat er durch sein Wort stark angezogen. Nun gibt es aber wieder Leute, die sein Äußeres gleichgültig läßt, denen aber sein Wort heuchlerisch erscheint. Ich, als Vater, will hier nicht entscheiden, doch muß ich eingestehen, daß die letzteren Beurteiler jedenfalls beachtenswerter sind als die ersteren.

Mein elfter Sohn ist zart, wohl der schwächste unter meinen Söhnen; aber täuschend in seiner Schwäche; er kann nämlich zu Zeiten kräftig und bestimmt sein, doch ist allerdings selbst dann die Schwäche irgendwie grundlegend. Es ist aber keine beschämende Schwäche, sondern etwas, das nur auf diesem unsern Erdboden als Schwäche erscheint. Ist nicht zum Beispiel auch Flugbereitschaft Schwäche, da sie doch Schwanken und Unbestimmtheit und Flattern ist? Etwas Derartiges zeigt mein Sohn. Den Vater freuen natürlich solche Eigenschaften nicht; sie gehen ja offenbar auf Zerstörung der Familie aus. Manchmal blickt er mich an, als wollte er mir sagen: „Ich werde dich mitnehmen, Vater.“ Dann denke ich: „Du wärst der Letzte, dem ich mich vertraue.“ Und sein Blick scheint wieder zu sagen: „Mag ich also wenigstens der Letzte sein.“ Das sind die elf Söhne.

Ein Brudermord

Es ist erwiesen, daß der Mord auf folgende Weise erfolgte:
Schmar, der Mörder, stellte sich gegen neun Uhr abends in der mondklaren Nacht an jener Straßenecke auf, wo Wese, das Opfer, aus der Gasse, in welcher sein Büro lag, in jene Gasse einbiegen mußte, in der er wohnte.
Kalte, jeden durchschauernde Nachtluft. Aber Schmar hatte nur ein dünnes blaues Kleid angezogen; das Röckchen war überdies aufgeknöpft. Er fühlte keine Kälte; auch war er immerfort in Bewegung. Seine Mordwaffe, halb Bajonett, halb Küchenmesser, hielt er ganz bloßgelegt immer fest im Griff. Betrachtete das Messer gegen das Mondlicht; die Schneide blitzte auf; nicht genug für Schmar; er hieb mit ihr gegen die Backsteine des Pflasters, daß es Funken gab; bereute es vielleicht; und um den Schaden gutzumachen, strich er mit ihr violinbogenartig über seine Stiefelsohle, während er, auf einem Bein stehend, vorgebeugt, gleichzeitig dem Klang des Messers an seinem Stiefel, gleichzeitig in die schicksalsvolle Seitengasse lauschte.
Warum duldete das alles der Private Pallas, der in der Nähe aus seinem Fenster im zweiten Stockwerk alles beobachtete? Ergründe die Menschennatur! Mit hochgeschlagenem Kragen, den Schlafrock um den weiten Leib gegürtet, kopfschüttelnd, blickte er hinab.
Und fünf Häuser weiter, ihm schräg gegenüber, sah Frau Wese, den Fuchspelz über ihrem Nachthemd, nach ihrem Manne aus, der heute ungewöhnlich lange zögerte.
Endlich ertönt die Türglocke vor Weses Büro, zu laut für eine Türglocke, über die Stadt hin, zum Himmel auf, und Wese, der fleißige Nachtarbeiter, tritt dort, in dieser Gasse noch unsichtbar, nur durch das Glockenzeichen angekündigt, aus dem Haus; gleich zählt das Pflaster seine ruhigen Schritte.
Pallas beugt sich weit hervor; er darf nichts versäumen. Frau Wese schließt, beruhigt durch die Glocke, klirrend ihr Fenster. Schmar aber kniet nieder; da er augenblicklich keine anderen Blößen hat, drückt er nur Gesicht und Hände gegen die Steine; wo alles friert, glüht Schmar.
Gerade an der Grenze, welche die Gassen scheidet, bleibt Wese stehen, nur mit dem Stock stützt er sich in die jenseitige Gasse.
Eine Laune. Der Nachthimmel hat ihn angelockt, das Dunkelblaue und das Goldene. Unwissend blickt er es an, unwissend streicht er das Haar unter dem gelüpften Hut; nichts rückt dort oben zusammen, um ihm die allernächste Zukunft anzuzeigen; alles bleibt an seinem unsinnigen, unerforschlichen Platz. An und für sich sehr vernünftig, daß Wese weitergeht, aber er geht ins Messer des Schmar.
„Wese!“, schreit Schmar, auf den Fußspitzen stehend, den Arm aufgereckt, das Messer scharf gesenkt. „Wese! Vergebens wartet Julia!“ Und rechts in

den Hals und links in den Hals und drittens tief in den Bauch sticht Schmar. Wasserratten, aufgeschlitzt, geben einen ähnlichen Laut von sich wie Wese.
„Getan“, sagt Schmar und wirft das Messer, den überflüssigen blutigen Ballast, gegen die nächste Hausfront. „Seligkeit des Mordes! Erleichterung, Beflügelung durch das Fließen des fremden Blutes! Wese, alter Nachtschatten, Freund, Bierbankgenosse, versickerst im dunklen Straßengrund. Warum bist du nicht einfach eine mit Blut gefüllte Blase, daß ich mich auf dich setzte und du verschwändest ganz und gar. Nicht alles wird erfüllt, nicht alle Blütenträume reiften, dein schwerer Rest liegt hier, schon unzugänglich jedem Tritt. Was soll die stumme Frage, die du damit stellst?“
Pallas, alles Gift durcheinanderwürgend in seinem Leib, steht in seiner zweiflügelig aufspringenden Haustür. „Schmar! Schmar! Alles bemerkt, nichts übersehen.“ Pallas und Schmar prüfen einander. Pallas befriedigt's, Schmar kommt zu keinem Ende.
Frau Wese mit einer Volksmenge zu ihren beiden Seiten eilt mit vor Schrecken ganz gealtertem Gesicht herbei. Der Pelz öffnet sich, sie stürzt über Wese, der nachthemdbekleidete Körper gehört ihm, der über dem Ehepaar sich wie der Rasen eines Grabes schließende Pelz gehört der Menge.
Schmar, mit Mühe die letzte Übelkeit verbeißend, den Mund an die Schulter des Schutzmannes gedrückt, der leichtfüßig ihn davonführt.

Ein Traum

Josef K. träumte:
Es war ein schöner Tag und K. wollte spazierengehen. Kaum aber hatte er zwei Schritte gemacht, war er schon auf dem Friedhof. Es waren dort sehr künstliche, unpraktisch gewundene Wege, aber er glitt über einen solchen Weg wie auf einem reißenden Wasser in unerschütterlich schwebender Haltung. Schon von der Ferne faßte er einen frisch aufgeworfenen Grabhügel ins Auge, bei dem er haltmachen wollte. Dieser Grabhügel übte fast eine Verlockung auf ihn aus und er glaubte, gar nicht eilig genug hinkommen zu können. Manchmal aber sah er den Grabhügel kaum, er wurde ihm verdeckt durch Fahnen, deren Tücher sich wanden und mit großer Kraft aneinanderschlugen; man sah die Fahnenträger nicht, aber es war, als herrsche dort viel Jubel.

Während er den Blick noch in die Ferne gerichtet hatte, sah er plötzlich den gleichen Grabhügel neben sich am Weg, ja fast schon hinter sich. Er sprang eilig ins Gras. Da der Weg unter seinem abspringenden Fuß weiter raste, schwankte er und fiel gerade vor dem Grabhügel ins Knie. Zwei Männer standen hinter dem Grab und hielten zwischen sich einen Grabstein in der Luft; kaum war K. erschienen, stießen sie den Stein in die Erde und er stand wie festgemauert. Sofort trat aus einem Gebüsch ein dritter Mann hervor, den K. gleich als einen Künstler erkannte. Er war nur mit Hosen und einem schlecht zugeknöpften Hemd bekleidet; auf dem Kopf hatte er eine Samtkappe; in der Hand hielt er einen gewöhnlichen Bleistift, mit dem er schon beim Näherkommen Figuren in der Luft beschrieb.

Mit diesem Bleistift setzte er nun oben auf dem Stein an; der Stein war sehr hoch, er mußte sich gar nicht bücken, wohl aber mußte er sich vorbeugen, denn der Grabhügel, auf den er nicht treten wollte, trennte ihn von dem Stein. Er stand also auf den Fußspitzen und stützte sich mit der linken Hand auf die Fläche des Steines. Durch eine besonders geschickte Hantierung gelang es ihm, mit dem gewöhnlichen Bleistift Goldbuchstaben zu erzielen; er schrieb: „Hier ruht –“ Jeder Buchstabe erschien rein und schön, tief geritzt und in vollkommenem Gold. Als er die zwei Worte geschrieben hatte, sah er nach K. zurück; K., der sehr begierig auf das Fortschreiten der Inschrift war, kümmerte sich kaum um den Mann, sondern blickte nur auf den Stein. Tatsächlich setzte der Mann wieder zum Weiterschreiben an, aber er konnte nicht, es bestand irgendein Hindernis, er ließ den Bleistift sinken drehte sich wieder nach K. um. Nun sah auch K. den Künstler an und merkte, daß dieser in großer Verlegenheit war, aber die Ursache dessen nicht sagen konnte. Alle seine frühere Lebhaftigkeit war verschwunden. Auch K. geriet dadurch in Verlegenheit; sie wechselten hilflose Blicke; es lag ein häßliches Mißverständnis vor, das keiner auflösen konnte. Zur Unzeit begann nun auch eine kleine Glocke von der Grabkapelle zu läuten, aber der Künstler fuchtelte mit der erhobenen Hand und sie hörte auf. Nach einem Weilchen begann sie wieder; diesmal ganz leise und, ohne besondere Aufforderung, gleich abbrechend; es war, als wolle sie nur ihren Klang prüfen. K. war untröstlich über die Lage des Künstlers, er begann zu weinen und schluchzte lange in die vorgehaltenen Hände. Der Künstler wartete, bis K. sich beruhigt hatte, und entschloß sich dann, da er keinen andern Ausweg fand, dennoch zum Weiterschreiben. Der erste kleine Strich, den er machte, war für K. eine Erlösung, der Künstler brachte ihn aber offenbar nur mit dem äußersten Widerstreben zustande; die Schrift war auch nicht mehr so schön, vor allem schien es an Gold zu fehlen, blaß und unsicher zog sich der Strich hin, nur sehr groß wurde der Buchstabe. Es war ein J, fast war es schon beendet, da stampfte der Künstler wütend mit einem Fuß in den Grabhügel hinein, daß die Erde ringsum in die Höhe flog. Endlich verstand in K., ihn abzubitten war keine Zeit mehr; mit allen Fingern grub er in die Erde, die fast keinen Widerstand leistete; alles schien vorbereitet, nur zum Schein war eine dünne Erdkruste aufgerichtet; gleich hinter ihr öffnete sich mit abschüssigen Wänden ein großes Loch, in das K., von einer sanften Strömung auf den Rücken gedreht, versank. Während er aber unten, den Kopf im Genick noch aufgerichtet, schon von der undurchdringlichen Tiefe aufgenommen wurde, jagte oben sein Name mit mächtigen Zieraten über den Stein. Entzückt von diesem Anblick erwachte er.

Ein Bericht für eine Akademie

Hohe Herren von der Akademie!

Sie erweisen mir die Ehre, mich aufzufordern, der Akademie einen Bericht über mein äffisches Vorleben einzureichen.

In diesem Sinne kann ich leider der Aufforderung nicht nachkommen. Nahezu fünf Jahre trennen mich vom Affentum, eine Zeit, kurz vielleicht am Kalender gemessen, unendlich lang aber durchzugaloppieren, so wie ich es getan habe, streckenweise begleitet von vortrefflichen Menschen, Ratschlägen, Beifall und Orchestralmusik, aber im Grunde allein, denn alle Begleitung hielt sich, um im Bilde zu bleiben, weit von der Barriere. Diese Leistung wäre unmöglich gewesen, wenn ich eigensinnig hätte an meinem Ursprung, an den Erinnerungen der Jugend festhalten wollen. Gerade Verzicht auf jeden Eigensinn war das oberste Gebot, das ich mir auferlegt hatte; ich, freier Affe, fügte mich diesem Joch. Dadurch verschlossen sich mir aber ihrerseits die Erinnerungen immer mehr. War mir zuerst die Rückkehr, wenn die Menschen gewollt hätten, freigestellt durch das ganze Tor, das der Himmel über der Erde bildet, wurde es gleichzeitig mit meiner vorwärtsgepeitschten Entwicklung immer niedriger und enger; wohler und eingeschlossener fühlte ich mich in der Menschenwelt, der Sturm, der mir aus meiner Vergangenheit nachblies, sänftigte sich; heute ist es nur ein Luftzug, der mir die Fersen kühlt; und das Loch in der Ferne, durch das er kommt und durch das ich einstmals kam, ist so klein geworden, daß ich, wenn überhaupt die Kräfte und der Wille hinreichen würden, um bis dorthin zurückzulaufen, das Fell vom Leib mir schinden müßte, um durchzukommen. Offen gesprochen, so gerne ich auch Bilder wähle für diese Dinge, offen gesprochen: Ihr Affentum, meine Herren, soferne Sie etwas Derartiges hinter sich haben, kann Ihnen nicht ferner sein als mir das meine. An der Ferse aber kitzelt es jeden, der hier auf Erden geht: den kleinen Schimpansen wie den großen Achilles. In eingeschränktestem Sinn aber kann ich doch vielleicht Ihre Anfrage beantworten und ich tue es sogar mit großer Freude. Das erste, was ich lernte, war: den Handschlag geben; Handschlag bezeugt Offenheit; mag nun heute, wo ich auf dem Höhepunkte meiner Laufbahn stehe, zu jenem ersten Handschlag auch das offene Wort hinzukommen. Es wird für die Akademie nichts wesentlich Neues beibringen und weit hinter dem zurückbleiben, was man von mir verlangt hat und was ich beim besten Willen nicht sagen kann — immerhin, es soll die Richtlinie zeigen, auf welcher ein gewesener Affe in die Menschenwelt eingedrungen ist und sich dort festgesetzt hat. Doch dürfte ich selbst das Geringfügige, was folgt, gewiß nicht sagen, wenn ich meiner nicht völlig sicher wäre und meine

Stellung auf allen großen Varietébühnen der zivilisierten Welt sich nicht bis zur Unerschütterlichkeit gefestigt hätte:
Ich stamme von der Goldküste. Darüber, wie ich eingefangen wurde, bin ich auf fremde Berichte angewiesen. Eine Jagdexpedition der Firma Hagenbeck — mit dem Führer habe ich übrigens seither schon manche gute Flasche Rotwein geleert — lag im Ufergebüsch auf dem Anstand, als ich am Abend inmitten eines Rudels zur Tränke lief. Man schoß; ich war der einzige, der getroffen wurde; ich bekam zwei Schüsse.
Einen in die Wange; der war leicht; hinterließ aber eine große ausrasierte rote Narbe, die mir den widerlichen, ganz und gar unzutreffenden, förmlich von einem Affen erfundenen Namen Rotpeter eingetragen hat, so als unterschiede ich mich von dem unlängst krepierten, hie und da bekannten, dressierten Affentier Peter nur durch den roten Fleck auf der Wange. Dies nebenbei.
Der zweite Schuß traf mich unterhalb der Hüfte. Er war schwer, er hat es verschuldet, daß ich noch heute ein wenig hinke. Letzthin las ich in einem Aufsatz irgendeines der zehntausend Windhunde, die sich in den Zeitungen über mich auslassen: meine Affennatur sei noch nicht ganz unterdrückt; Beweis dessen sei, daß ich, wenn Besucher kommen, mit Vorliebe die Hosen ausziehe, um die Einlaufstelle des Schusses zu zeigen. Dem Kerl sollte jedes Fingerchen seiner schreibenden Hand einzeln weggeknallt werden. Ich, ich darf meine Hosen ausziehen, vor wem es mir beliebt; man wird dort nichts finden als einen wohlgepflegten Pelz und die Narbe nach einem — wählen wir hier zu einem bestimmten Zwecke ein bestimmtes Wort, das aber nicht mißverstanden werden wolle — die Narbe nach einem frevelhaften Schuß. Alles liegt offen zutage; nichts ist zu verbergen; kommt es auf Wahrheit an, wirft jeder Großgesinnte die allerfeinsten Manieren ab. Würde dagegen jener Schreiber die Hosen ausziehen, wenn Besuch kommt, so hätte dies allerdings ein anderes Ansehen, und ich will es als Zeichen der Vernunft gelten lassen, daß er es nicht tut. Aber dann mag er mir auch mit seinem Zartsinn vom Halse bleiben!
Nach jenen Schüssen erwachte ich — und hier beginnt allmählich meine eigene Erinnerung — in einem Käfig im Zwischendeck des Hagenbeckschen Dampfers. Es war kein vierwandiger Gitterkäfig; vielmehr waren nur drei Wände an einer Kiste festgemacht; die Kiste also bildete die vierte Wand. Das Ganze war zu niedrig zum Aufrechtstehen und zu schmal zum Niedersitzen. Ich hockte deshalb mit eingebogenen, ewig zitternden Knien, und zwar, da ich zunächst wahrscheinlich niemanden sehen und immer nur im Dunkel sein wollte, zur Kiste gewendet, während sich mir hinten die Gitterstäbe ins Fleisch einschnitten. Man hält eine solche Verwahrung wilder Tiere in der allerersten Zeit für vorteilhaft, und ich kann heute nach meiner Erfahrung nicht leugnen, daß dies im menschlichen Sinn tatsächlich der Fall ist.

Daran dachte ich aber damals nicht. Ich war zum erstenmal in meinem Leben ohne Ausweg; zumindest geradeaus ging es nicht; geradeaus vor mir war die Kiste, Brett fest an Brett gefügt. Zwar war zwischen den Brettern eine durchlaufende Lücke, die ich, als ich sie zuerst entdeckte, mit dem glückseligen Heulen des Unverstandes begrüßte, aber diese Lücke reichte bei weitem nicht einmal zum Durchstecken des Schwanzes aus und war mit aller Affenkraft nicht zu verbreitern.

Ich soll, wie man mir später sagte, ungewöhnlich wenig Lärm gemacht haben, woraus man schloß, daß ich entweder bald eingehen müsse oder daß ich, falls es mir gelingt, die erste kritische Zeit zu überleben, sehr dressurfähig sein werde. Ich überlebte diese Zeit. Dumpfes Schluchzen, schmerzhaftes Flöhesuchen, müdes Lecken einer Kokosnuß, Beklopfen der Kistenwand mit dem Schädel, Zungenblecken, wenn mir jemand nahekam — das waren die ersten Beschäftigungen in dem neuen Leben. In alledem aber doch nur das eine Gefühl: kein Ausweg. Ich kann natürlich das damals affenmäßig Gefühlte heute nur mit Menschenworten nachzeichnen und verzeichne es infolgedessen, aber wenn ich auch die alte Affenwahrheit nicht mehr erreichen kann, wenigstens in der Richtung meiner Schilderung liegt sie, daran ist kein Zweifel.

Ich hatte doch so viele Auswege bisher gehabt und nun keinen mehr. Ich war festgerannt. Hätte man mich angenagelt, meine Freizügigkeit wäre dadurch nicht kleiner geworden. Warum das? Kratz dir das Fleisch zwischen den Fußzehen auf, du wirst den Grund nicht finden. Drück dich hinten gegen die Gitterstange, bis sie dich fast zweiteilt, du wirst den Grund nicht finden. Ich hatte keinen Ausweg, mußte mir ihn aber verschaffen, denn ohne ihn konnte ich nicht leben. Immer an dieser Kistenwand — ich wäre unweigerlich verreckt. Aber Affen gehören bei Hagenbeck an die Kistenwand — nun, so hörte ich auf, Affe zu sein. Ein klarer, schöner Gedankengang, den ich irgendwie mit dem Bauch ausgeheckt haben muß, denn Affen denken mit dem Bauch.

Ich habe Angst, daß man nicht genau versteht, was ich unter Ausweg verstehe. Ich gebrauche das Wort in seinem gewöhnlichsten und vollsten Sinn. Ich sage absichtlich nicht Freiheit. Ich meine nicht dieses große Gefühl der Freiheit nach allen Seiten. Als Affe kannte ich es vielleicht und ich habe Menschen kennengelernt, die sich danach sehnen. Was mich aber anlangt, verlangte ich Freiheit weder damals noch heute. Nebenbei: mit Freiheit betrügt man sich unter Menschen allzuoft. Und so wie die Freiheit zu den erhabensten Gefühlen zählt, so auch die entsprechende Täuschung zu den erhabensten. Oft habe ich in den Varietés vor meinem Auftreten irgendein Künstlerpaar oben an der Decke an Trapezen hantieren sehen. Sie schwangen sich, sie schaukelten, sie sprangen, sie schwebten einander in die Arme, einer trug den anderen an den Haaren mit dem Gebiß. „Auch das ist

Menschenfreiheit“, dachte ich „selbstherrliche Bewegung.“ Du Verspottung der heiligen Natur! Kein Bau würde standhalten vor dem Gelächter des Affentums bei diesem Anblick.

Nein, Freiheit wollte ich nicht. Nur einen Ausweg; rechts, links, wohin immer; ich stellte keine anderen Forderungen; sollte der Ausweg auch nur eine Täuschung sein; die Forderung war klein, die Täuschung würde nicht größer sein. Weiterkommen, weiterkommen! Nur nicht mit aufgehobenen Armen stille stehen, angedrückt an eine Kistenwand.

Heute sehe ich klar: ohne größte innere Ruhe hätte ich nie entkommen können. Und tatsächlich verdanke ich vielleicht alles, was ich geworden bin, der Ruhe, die mich nach den ersten Tagen dort im Schiff überkam. Die Ruhe wiederum aber verdanke ich wohl den Leuten vom Schiff.

Es sind gute Menschen, trotz allem. Gerne erinnere ich mich noch heute an den Klang ihrer schweren Schritte, der damals in meinem Halbschlaf widerhallte. Sie hatten die Gewohnheit, alles äußerst langsam in Angriff zu nehmen. Wollte sich einer die Augen reiben so hob er die Hand wie ein Hängegewicht. Ihre Scherze waren grob, aber herzlich. Ihr Lachen war immer mit einem gefährlich klingenden aber nichts bedeutenden Husten gemischt. Immer hatten sie im Mund etwas zum Ausspeien und wohin sie ausspien war ihnen gleichgültig. Immer klagten sie, daß meine Flöhe auf sie überspringen; aber doch waren sie mir deshalb niemals ernstlich böse; sie wußten eben, daß in meinem Fell Flöhe gedeihen und daß Flöhe Springer sind; damit fanden sie sich ab. Wenn sie dienstfrei waren, setzten sich manchmal einige im Halbkreis um mich nieder; sprachen kaum, sondern gurrten einander nur zu; rauchten, auf Kisten ausgestreckt, die Pfeife; schlugen sich aufs Knie, sobald ich die geringste Bewegung machte; und hie und da nahm einer einen Stecken und kitzelte mich dort, wo es mir angenehm war. Sollte ich heute eingeladen werden, eine Fahrt auf diesem Schiffe mitzumachen, ich würde die Einladung gewiß ablehnen, aber ebenso gewiß ist, daß es nicht nur häßliche Erinnerungen sind, denen ich dort im Zwischendeck nachhängen könnte.

Die Ruhe, die ich mir im Kreise dieser Leute erwarb, hielt mich vor allem von jedem Fluchtversuch ab. Von heute aus gesehen scheint es mir, als hätte ich zumindest geahnt, daß ich einen Ausweg finden müsse, wenn ich leben wolle, daß dieser Ausweg aber nicht durch Flucht zu erreichen sei. Ich weiß nicht mehr, ob Flucht möglich war, aber ich glaube es; einem Affen sollte Flucht immer möglich sein. Mit meinen heutigen Zähnen muß ich schon beim gewöhnlichen Nüsseknacken vorsichtig sein, damals aber hätte es mir wohl im Lauf der Zeit gelingen müssen, das Türschloß durchzubeißen. Ich tat es nicht. Was wäre damit auch gewonnen gewesen? Man hätte mich, kaum war der Kopf hinausgesteckt, wieder eingefangen und in einen noch schlimmeren Käfig gesperrt; oder ich hätte mich unbemerkt zu anderen

Tieren, etwa zu den Riesenschlangen mir gegenüber flüchten können und mich in ihren Umarmungen ausgehaucht; oder es wäre mir gar gelungen, mich bis aufs Deck zu stehlen und über Bord zu springen, dann hätte ich ein Weilchen auf dem Weltmeer geschaukelt und wäre ersoffen. Verzweiflungstaten. Ich rechnete nicht so menschlich, aber unter dem Einfluß meiner Umgebung verhielt ich mich so, wie wenn ich gerechnet hätte.

Ich rechnete nicht, wohl aber beobachtete ich in aller Ruhe. Ich sah diese Menschen auf und ab gehen, immer die gleichen Gesichter, die gleichen Bewegungen, oft schien es mir, als wäre es nur einer. Dieser Mensch oder diese Menschen gingen also unbehelligt. Ein hohes Ziel dämmerte mir auf. Niemand versprach mir, daß, wenn ich so wie sie werden würde, das Gitter aufgezogen werde. Solche Versprechungen für scheinbar unmögliche Erfüllungen werden nicht gegeben. Löst man aber die Erfüllungen ein, erscheinen nachträglich auch die Versprechungen genau dort, wo man sie früher vergeblich gesucht hat. Nun war an diesen Menschen an sich nichts, was mich sehr verlockte. Wäre ich ein Anhänger jener erwähnten Freiheit, ich hätte gewiß das Weltmeer dem Ausweg vorgezogen, der sich mir im trüben Blick dieser Menschen zeigte. Jedenfalls aber beobachtete ich sie schon lange vorher, ehe ich an solche Dinge dachte, ja die angehäuften Beobachtungen drängten mich erst in die bestimmte Richtung.

Es war so leicht, die Leute nachzuahmen. Spucken konnte ich schon in den ersten Tagen. Wir spuckten einander dann gegenseitig ins Gesicht; der Unterschied war nur, daß ich mein Gesicht nachher reinleckte, sie ihres nicht. Die Pfeife rauchte ich bald wie ein Alter; drückte ich dann auch noch den Daumen in den Pfeifenkopf, jauchzte das ganze Zwischendeck; nur den Unterschied zwischen der leeren und der gestopften Pfeife verstand ich lange nicht.

Die meiste Mühe machte mir die Schnapsflasche. Der Geruch peinigte mich; ich zwang mich mit allen Kräften; aber es vergingen Wochen, ehe ich mich überwand. Diese inneren Kämpfe nahmen die Leute merkwürdigerweise ernster als irgend etwas sonst an mir. Ich unterscheide die Leute auch in meiner Erinnerung nicht, aber da war einer, der kam immer wieder, allein oder mit Kameraden, bei Tag, bei Nacht, zu den verschiedensten Stunden; stellte sich mit der Flasche vor mich hin und gab mir Unterricht. Er begriff mich nicht, er wollte das Rätsel meines Seins lösen. Er entkorkte langsam die Flasche und blickte mich dann an, um zu prüfen, ob ich verstanden habe; ich gestehe, ich sah ihm immer mit wilder, mit überstürzter Aufmerksamkeit zu; einen solchen Menschenschüler findet kein Menschenlehrer auf dem ganzen Erdenrund; nachdem die Flasche entkorkt war, hob er sie zum Mund; ich mit meinen Blicken ihm nach bis in die Gurgel; er nickte, zufrieden mit mir, und setzt die Flasche an die Lippen; ich, entzückt von allmählicher Erkenntnis, kratze mich quietschend der Länge und Breite nach, wo es sich trifft; er freut sich, setzt die Flasche an und macht einen Schluck; ich, ungeduldig und verzweifelt, ihm nachzueifern, verunreinige mich in meinem Käfig, was wieder ihm große Genugtuung macht; und nun weit die Flasche von sich streckend und im Schwung sie wieder hinaufführend, trinkt er sie, übertrieben lehrhaft zurückgebeugt, mit einem Zuge leer. Ich, ermattet von allzu großem Verlangen, kann nicht mehr folgen und hänge schwach am Gitter, während er den theoretischen Unterricht damit beendet, daß er sich den Bauch streicht und grinst.

Nun erst beginnt die praktische Übung. Bin ich nicht schon allzu erschöpft durch das Theoretische? Wohl, allzu erschöpft. Das gehört zu meinem Schicksal. Trotzdem greife ich, so gut ich kann, nach der hingereichten Flasche; entkorke sie zitternd; mit dem Gelingen stellen sich allmählich neue Kräfte ein; ich hebe die Flasche, vom Original schon kaum zu unterscheiden; setze sie an und — und werfe sie mit Abscheu, mit Abscheu, trotzdem sie leer ist und nur noch der Geruch sie füllt, werfe sie mit Abscheu auf den Boden. Zur Trauer meines Lehrers, zur größeren Trauer meiner selbst; weder ihn noch mich versöhne ich dadurch, daß ich auch nach dem Wegwerfen der Flasche nicht vergesse, ausgezeichnet meinen Bauch zu streichen und dabei zu grinsen.

Allzuoft nur verlief so der Unterricht. Und zur Ehre meines Lehrers: er war mir nicht böse; wohl hielt er mir manchmal die brennende Pfeife ans Fell, bis es irgendwo, wo ich nur schwer hinreichte, zu glimmen anfing, aber dann löschte er es selbst wieder mit seiner riesigen guten Hand; er war mir nicht böse, er sah ein, daß wir auf der gleichen Seite gegen die Affennatur kämpften und daß ich den schwereren Teil hatte.

Was für ein Sieg dann allerdings für ihn wie für mich, als ich eines Abends vor großem Zuschauerkreis — vielleicht war ein Fest, ein Grammophon spielte, ein Offizier erging sich zwischen den Leuten — als ich an diesem Abend, gerade unbeachtet, eine vor meinem Käfig versehentlich stehengelassene Schnapsflasche ergriff, unter steigender Aufmerksamkeit der Gesellschaft sie schulgerecht entkorkte, an den Mund setzte und ohne Zögern, ohne Mundverziehen, als Trinker vom Fach, mit rund gewälzten Augen, schwappender Kehle, wirklich und wahrhaftig leer trank; nicht mehr als Verzweifelter, sondern als Künstler die Flasche hinwarf; zwar vergaß den Bauch zu streichen; dafür aber, weil ich nicht anders konnte, weil es mich drängte, weil mir die Sinne rauschten, kurz und gut „Hallo!“, ausrief, in Menschenlaut ausbrach, mit diesem Ruf in die Menschengemeinschaft sprang und ihr Echo: „Hört nur, er spricht!“ wie einen Kuß auf meinem ganzen schweißtriefenden Körper fühlte.

Ich wiederhole: es verlockte mich nicht, die Menschen nachzuahmen; ich ahmte nach, weil ich einen Ausweg suchte, aus keinem anderen Grund. Auch

war mit jenem Sieg noch wenig getan. Die Stimme versagte mir sofort wieder; stellte sich erst nach Monaten ein; der Widerwille gegen die Schnapsflasche kam sogar noch verstärkter. Aber meine Richtung allerdings war mir ein für allemal gegeben.
Als ich in Hamburg dem ersten Dresseur übergeben wurde, erkannte ich bald die zwei Möglichkeiten, die mir offenstanden: Zoologischer Garten oder Varieté. Ich zögerte nicht. Ich sagte mir: setze alle Kraft an, um ins Varieté zu kommen; das ist der Ausweg; Zoologischer Garten ist nur ein neuer Gitterkäfig; kommst du in ihn, bist du verloren.
Und ich lernte, meine Herren. Ach, man lernt, wenn man muß; man lernt, wenn man einen Ausweg will; man lernt rücksichtslos. Man beaufsichtigt sich selbst mit der Peitsche; man zerfleischt sich beim geringsten Widerstand. Die Affennatur raste, sich überkugelnd, aus mir hinaus und weg, so daß mein erster Lehrer selbst davon fast äffisch wurde, bald den Unterricht aufgeben und in eine Heilanstalt gebracht werden mußte. Glücklicherweise kam er bald wieder hervor.
Aber ich verbrauchte viele Lehrer, ja sogar einige Lehrer gleichzeitig. Als ich meiner Fähigkeiten schon sicherer geworden war, die Öffentlichkeit meinen Fortschritten folgte, meine Zukunft zu leuchten begann, nahm ich selbst Lehrer auf, ließ sie in fünf aufeinanderfolgenden Zimmern niedersetzen und lernte bei allen zugleich, indem ich ununterbrochen aus einem Zimmer ins andere sprang.
Diese Fortschritte! Dieses Eindringen der Wissensstrahlen von allen Seiten ins erwachende Hirn! Ich leugne nicht: es beglückte mich. Ich gestehe aber auch ein: ich überschätzte es nicht, schon damals nicht, wieviel weniger heute. Durch eine Anstrengung, die sich bisher auf der Erde nicht wiederholt hat, habe ich die Durchschnittsbildung eines Europäers erreicht. Das wäre an sich vielleicht gar nichts, ist aber insofern doch etwas, als es mir aus dem Käfig half und mir diesen besonderen Ausweg, diesen Menschenausweg verschaffte. Es gibt eine ausgezeichnete deutsche Redensart: sich in die Büsche schlagen; das habe ich getan, ich habe mich in die Büsche geschlagen. Ich hatte keinen anderen Weg, immer vorausgesetzt, daß nicht die Freiheit zu wählen war.
Überblicke ich meine Entwicklung und ihr bisheriges Ziel, so klage ich weder, noch bin ich zufrieden. Die Hände in den Hosentaschen, die Weinflasche auf dem Tisch, liege ich halb, halb sitze ich im Schaukelstuhl und schaue aus dem Fenster. Kommt Besuch, empfange ich ihn, wie es sich gebührt. Mein Impresario sitzt im Vorzimmer; läute ich, kommt er und hört, was ich zu sagen habe. Am Abend ist fast immer Vorstellung, und ich habe wohl kaum mehr zu steigernde Erfolge. Komme ich spät nachts von Banketten, aus wissenschaftlichen Gesellschaften, aus gemütlichem Beisammensein nach Hause, erwartet mich eine kleine halbdressierte

Schimpansin und ich lasse es mir nach Affenart bei ihr wohlgehen. Bei Tag will ich sie nicht sehen; sie hat nämlich den Irrsinn des verwirrten dressierten Tieres im Blick; das erkenne nur ich, und ich kann es nicht ertragen.

Im ganzen habe ich jedenfalls erreicht, was ich erreichen wollte. Man sage nicht, es wäre der Mühe nicht wert gewesen. Im übrigen will ich keines Menschen Urteil, ich will nur Kenntnisse verbreiten, ich berichte nur, auch Ihnen, hohe Herren von der Akademie, habe ich nur berichtet.

In der Strafkolonie

Page intentionally left blank.

„Es ist ein eigentümlicher Apparat“, sagte der Offizier zu dem Forschungsreisenden und überblickte mit einem gewissermaßen bewundernden Blick den ihm doch wohlbekannten Apparat. Der Reisende schien nur aus Höflichkeit der Einladung des Kommandanten gefolgt zu sein, der ihn aufgefordert hatte, der Exekution eines Soldaten beizuwohnen, der wegen Ungehorsam und Beleidigung des Vorgesetzten verurteilt worden war. Das Interesse für diese Exekution war wohl auch in der Strafkolonie nicht sehr groß. Wenigstens war hier in dem tiefen, sandigen, von kahlen Abhängen ringsum abgeschlossenen kleinen Tal außer dem Offizier und dem Reisenden nur der Verurteilte, ein stumpfsinniger, breitmäuliger Mensch mit verwahrlostem Haar und Gesicht und ein Soldat zugegen, der die schwere Kette hielt, in welche die kleinen Ketten ausliefen, mit denen der Verurteilte an den Fuß- und Handknöcheln sowie am Hals gefesselt war und die auch untereinander durch Verbindungsketten zusammenhingen. Übrigens sah der Verurteilte so hündisch ergeben aus, daß es den Anschein hatte, als könnte man ihn frei auf den Abhängen herumlaufen lassen und müsse bei Beginn der Exekution nur pfeifen, damit er käme.
Der Reisende hatte wenig Sinn für den Apparat und ging hinter dem Verurteilten fast sichtbar unbeteiligt auf und ab, während der Offizier die letzten Vorbereitungen besorgte, bald unter den tief in die Erde eingebauten Apparat kroch, bald auf eine Leiter stieg, um die oberen Teile zu untersuchen. Das waren Arbeiten, die man eigentlich einem Maschinisten hätte überlassen können, aber der Offizier führte sie mit einem großen Eifer aus, sei es, daß er ein besonderer Anhänger dieses Apparates war, sei es, daß man aus anderen Gründen die Arbeit sonst niemandem anvertrauen konnte. „Jetzt ist alles fertig!“, rief er endlich und stieg von der Leiter hinunter. Er war ungemein ermattet, atmete mit weit offenem Mund und hatte zwei zarte Damentaschentücher hinter den Uniformkragen gezwängt. „Diese Uniformen sind doch für die Tropen zu schwer“, sagte der Reisende, statt sich, wie es der Offizier erwartet hatte, nach dem Apparat zu erkundigen. „Gewiß“, sagte der Offizier und wusch sich die von Öl und Fett beschmutzten Hände in einem bereitstehenden Wasserkübel, „aber sie bedeuten die Heimat; wir wollen nicht die Heimat verlieren. — Nun sehen Sie aber diesen Apparat“, fügte er gleich hinzu, trocknete die Hände mit einem Tuch und zeigte gleichzeitig auf den Apparat. „Bis jetzt war noch Händearbeit nötig, von jetzt aber arbeitet der Apparat ganz allein.“ Der Reisende nickte und folgte dem Offizier. Dieser suchte sich für alle Zwischenfälle zu sichern und sagte dann: „Es kommen natürlich Störungen vor; ich hoffe zwar, es wird heute keine eintreten, immerhin muß man mit ihnen rechnen. Der Apparat soll ja zwölf Stunden ununterbrochen im Gang sein. Wenn aber auch Störungen vorkommen, so sind es doch nur ganz kleine, und sie werden sofort behoben sein.“ „Wollen Sie sich nicht setzen?“, fragte er schließlich, zog aus einem

Haufen von Rohrstühlen einen hervor und bot ihn dem Reisenden an; dieser konnte nicht ablehnen. Er saß nun am Rande einer Grube, in die er einen flüchtigen Blick warf. Sie war nicht sehr tief. Zur einen Seite der Grube war die ausgegrabene Erde zu einem Wall aufgehäuft, zur anderen Seite stand der Apparat. „Ich weiß nicht“, sagte der Offizier, „ob Ihnen der Kommandant den Apparat schon erklärt hat.“ Der Reisende machte eine ungewisse Handbewegung; der Offizier verlangte nichts Besseres, denn nun konnte er selbst den Apparat erklären. „Dieser Apparat“, sagte er und faßte eine Kurbelstange, auf die er sich stützte, „ist eine Erfindung unseres früheren Kommandanten. Ich habe gleich bei den allerersten Versuchen mitgearbeitet und war auch bei allen Arbeiten bis zur Vollendung beteiligt. Das Verdienst der Erfindung allerdings gebührt ihm ganz allein. Haben Sie von unserem früheren Kommandanten gehört? Nicht? Nun, ich behaupte nicht zu viel, wenn ich sage, daß die Einrichtung der ganzen Strafkolonie sein Werk ist. Wir, seine Freunde, wußten schon bei seinem Tod, daß die Einrichtung der Kolonie so in sich geschlossen ist, daß sein Nachfolger, und habe er tausend neue Pläne im Kopf, wenigstens während vieler Jahre nichts von dem Alten wird ändern können. Unsere Voraussage ist auch eingetroffen; der neue Kommandant hat es erkennen müssen. Schade, daß Sie den früheren Kommandanten nicht gekannt haben! — Aber“, unterbrach sich der Offizier, „ich schwätze, und sein Apparat steht hier vor uns. Er besteht, wie Sie sehen, aus drei Teilen. Es haben sich im Laufe der Zeit für jeden dieser Teile gewissermaßen volkstümliche Bezeichnungen ausgebildet. Der untere heißt das Bett, der obere heißt der Zeichner, und hier der mittlere, schwebende Teil heißt die Egge.“ „Die Egge?“, fragte der Reisende. Er hatte nicht ganz aufmerksam zugehört, die Sonne verfing sich allzu stark in dem schattenlosen Tal, man konnte schwer seine Gedanken sammeln. Um so bewundernswerter erschien ihm der Offizier, der im engen, parademäßigen, mit Epauletten beschwerten, mit Schnüren behängten Waffenrock so eifrig seine Sache erklärte und außerdem, während er sprach, mit einem Schraubendreher noch hier und da an einer Schraube sich zu schaffen machte. In ähnlicher Verfassung wie der Reisende schien der Soldat zu sein. Er hatte um beide Handgelenke die Kette des Verurteilten gewickelt, stützte sich mit einer Hand auf sein Gewehr, ließ den Kopf im Genick hinunterhängen und kümmerte sich um nichts. Der Reisende wunderte sich nicht darüber, denn der Offizier sprach französisch, und Französisch verstand gewiß weder der Soldat noch der Verurteilte. Um so auffallender war es allerdings, daß der Verurteilte sich dennoch bemühte, den Erklärungen des Offiziers zu folgen. Mit einer Art schläfriger Beharrlichkeit richtete er die Blicke immer dorthin, wohin der Offizier gerade zeigte, und als dieser jetzt vom Reisenden mit einer Frage unterbrochen wurde, sah auch er, ebenso wie der Offizier den Reisenden an.

„Ja, die Egge,“, sagte der Offizier, „der Name paßt. Die Nadeln sind eggenartig angeordnet, auch wird das Ganze wie eine Egge geführt, wenn auch bloß auf einem Platz und viel kunstgemäßer. Sie werden es übrigens gleich verstehen. Hier auf das Bett wird der Verurteilte gelegt. — Ich will nämlich den Apparat zuerst beschreiben und dann erst die Prozedur selbst ausführen lassen. Sie werden ihr dann besser folgen können. Auch ist ein Zahnrad im Zeichner zu stark abgeschliffen; es kreischt sehr, wenn es im Gang ist; man kann sich dann kaum verständigen; Ersatzteile sind hier leider nur schwer zu beschaffen. — Also hier ist das Bett, wie ich sagte. Es ist ganz und gar mit einer Watteschicht bedeckt; den Zweck dessen werden Sie noch erfahren. Auf diese Watte wird der Verurteilte bäuchlings gelegt, natürlich nackt; hier sind für die Hände, hier für die Füße, hier für den Hals Riemen, um ihn festzuschnallen. Hier am Kopfende des Bettes, wo der Mann, wie ich gesagt habe, zuerst mit dem Gesicht aufliegt, ist dieser kleine Filzstumpf, der leicht so reguliert werden kann, daß er dem Mann gerade in den Mund dringt. Er hat den Zweck, am Schreien und am Zerbeißen der Zunge zu hindern. Natürlich muß der Mann den Filz aufnehmen, da ihm sonst durch den Halsriemen das Genick gebrochen wird.“ „Das ist Watte?“, fragte der Reisende und beugte sich vor. „Ja, gewiß“, sagte der Offizier lächelnd, „befühlen Sie es selbst.“ Er faßte die Hand des Reisenden und führte sie über das Bett hin. „Es ist eine besonders präparierte Watte, darum sieht sie so unkenntlich aus; ich werde auf ihren Zweck noch zu sprechen kommen.“ Der Reisende war schon ein wenig für den Apparat gewonnen; die Hand zum Schutz gegen die Sonne über den Augen, sah er an dem Apparat in die Höhe. Es war ein großer Aufbau. Das Bett und der Zeichner hatten gleichen Umfang und sahen wie zwei dunkle Truhen aus. Der Zeichner war etwa zwei Meter über dem Bett angebracht; beide waren in den Ecken durch vier Messingstangen verbunden, die in der Sonne fast Strahlen warfen. Zwischen den Truhen schwebte an einem Stahlband die Egge.

Der Offizier hatte die frühere Gleichgültigkeit des Reisenden kaum bemerkt, wohl aber hatte er für sein jetzt beginnendes Interesse Sinn; er setzte deshalb in seinen Erklärungen aus, um dem Reisenden zur ungestörten Betrachtung Zeit zu lassen. Der Verurteilte ahmte den Reisenden nach; da er die Hand nicht über die Augen legen konnte, blinzelte er mit freien Augen zur Höhe.

„Nun liegt also der Mann“, sagte der Reisende, lehnte sich im Sessel zurück und kreuzte die Beine. „Ja“, sagte der Offizier, schob ein wenig die Mütze zurück und fuhr sich mit der Hand über das heiße Gesicht „nun hören Sie! Sowohl das Bett als auch der Zeichner haben ihre eigene elektrische Batterie; das Bett braucht sie für sich selbst, der Zeichner für die Egge. Sobald der Mann festgeschnallt ist, wird das Bett in Bewegung gesetzt. Es zittert in winzigen, sehr schnellen Zuckungen gleichzeitig seitlich wie auch auf und ab. Sie werden ähnliche Apparate in Heilanstalten gesehen haben; nur sind bei unserem Bett alle Bewegungen genau berechnet; sie müssen nämlich peinlich auf die Bewegungen der Egge abgestimmt sein. Dieser Egge aber ist die eigentliche Ausführung des Urteils überlassen."

„Wie lautet denn das Urteil?", fragte der Reisende „Sie wissen auch das nicht?", sagte der Offizier erstaunt und biß sich auf die Lippen: „Verzeihen Sie, wenn vielleicht meine Erklärungen ungeordnet sind; ich bitte Sie sehr um Entschuldigung. Die Erklärungen pflegte früher nämlich der Kommandant zu geben; der neue Kommandant aber hat sich dieser Ehrenpflicht entzogen; daß er jedoch einen so hohen Besuch" — der Reisende suchte die Ehrung mit beiden Händen abzuwehren, aber der Offizier bestand auf dem Ausdruck — „einen so hohen Besuch nicht einmal von der Form unseres Urteils in Kenntnis setzt, ist wieder eine Neuerung, die –", er hatte einen Fluch auf den Lippen, faßte sich aber und sagte nur: „Ich wurde nicht davon verständigt, mich trifft nicht die Schuld. Übrigens bin ich allerdings am besten befähigt, unsere Urteilsarten zu erklären, denn ich trage hier" — er schlug auf seine Brusttasche — „die betreffenden Handzeichnungen des früheren Kommandanten." „Handzeichnungen des Kommandanten selbst?", fragte der Reisende: „Hat er denn alles in sich vereinigt? War er Soldat, Richter, Konstrukteur, Chemiker, Zeichner?"

„Jawohl", sagte der Offizier kopfnickend, mit starrem, nachdenklichem Blick. Dann sah er prüfend seine Hände an; sie schienen ihm nicht rein genug, um die Zeichnungen anzufassen; er ging daher zum Kübel und wusch sie nochmals. Dann zog er eine kleine Ledermappe hervor und sagte: „Unser Urteil klingt nicht streng. Dem Verurteilten wird das Gebot, das er übertreten hat, mit der Egge auf den Leib geschrieben. Diesem Verurteilten zum Beispiel" — der Offizier zeigte auf den Mann –

„wird auf den Leib geschrieben werden: Ehre deinen Vorgesetzten!"

Der Reisende sah flüchtig auf den Mann hin; er hielt, als der Offizier auf ihn gezeigt hatte, den Kopf gesenkt und schien alle Kraft des Gehörs anzuspannen, um etwas zu erfahren. Aber die Bewegungen seiner wulstig aneinander gedrückten Lippen zeigten offenbar, daß er nichts verstehen konnte. Der Reisende hatte verschiedenes fragen wollen, fragte aber im Anblick des Mannes nur: „Kennt er sein Urteil?" „Nein", sagte der Offizier und wollte gleich in seinen Erklärungen fortfahren, aber der Reisende unterbrach ihn: „Er kennt sein eigenes Urteil nicht?" „Nein", sagte der Offizier wieder, stockte dann einen Augenblick, als verlange er vom Reisenden eine nähere Begründung seiner Frage, und sagte dann: „Es wäre nutzlos, es ihm zu verkünden. Er erfährt es ja auf seinem Leib." Der Reisende wollte schon verstummen, da fühlte er, wie der Verurteilte seinen Blick auf ihn richtete; er schien zu fragen, ob er den geschilderten Vorgang billigen könne. Darum beugte sich der Reisende, der sich bereits zurückgelehnt hatte, wieder vor und fragte noch: „Aber daß er überhaupt verurteilt wurde, das weiß er doch?“ „Auch nicht“, sagte der Offizier und lächelte den Reisenden an, als erwarte er nun von ihm noch einige sonderbare Eröffnungen. „Nein“, sagte der Reisende und strich sich über die Stirn hin, „dann weiß also der Mann auch jetzt noch nicht, wie seine Verteidigung aufgenommen wurde?“ „Er hat keine Gelegenheit gehabt, sich zu verteidigen“, sagte der Offizier und sah abseits, als rede er zu sich selbst und wolle den Reisenden durch Erzählung dieser ihm selbstverständlichen Dinge nicht beschämen. „Er muß doch Gelegenheit gehabt haben, sich zu verteidigen“, sagte der Reisende und stand vom Sessel auf.

Der Offizier erkannte, daß er in Gefahr war, in der Erklärung des Apparates für lange Zeit aufgehalten zu werden; er ging daher zum Reisenden, hing sich in seinen Arm, zeigte mit der Hand auf den Verurteilten, der sich jetzt, da die Aufmerksamkeit so offenbar auf ihn gerichtet war, stramm aufstellte — auch zog der Soldat die Kette an –, und sagte: „Die Sache verhält sich folgendermaßen. Ich bin hier in der Strafkolonie zum Richter bestellt. Trotz meiner Jugend. Denn ich stand auch dem früheren Kommandanten in allen Strafsachen zur Seite und kenne auch den Apparat am besten. Der Grundsatz, nach dem ich entscheide, ist: Die Schuld ist immer zweifellos. Andere Gerichte können diesen Grundsatz nicht befolgen, denn sie sind vielköpfig und haben auch noch höhere Gerichte über sich. Das ist hier nicht der Fall, oder war es wenigstens nicht beim früheren Kommandanten. Der neue hat allerdings schon Lust gezeigt, in mein Gericht sich einzumischen, es ist mir aber bisher gelungen, ihn abzuwehren, und wird mir auch weiter gelingen. — Sie wollten diesen Fall erklärt haben; er ist so einfach wie alle. Ein Hauptmann hat heute morgens die Anzeige erstattet, daß dieser Mann, der ihm als Diener zugeteilt ist und vor seiner Türe schläft, den Dienst verschlafen hat. Er hat nämlich die Pflicht, bei jedem Stundenschlag aufzustehen und vor der Tür des Hauptmanns zu salutieren. Gewiß keine schwere Pflicht und eine notwendige, denn er soll sowohl zur Bewachung als auch zur Bedienung frisch bleiben. Der Hauptmann wollte in der gestrigen Nacht nachsehen, ob der Diener seine Pflicht erfülle. Er öffnete Schlag zwei Uhr die Tür und fand ihn zusammengekrümmt schlafen. Er holte die Reitpeitsche und schlug ihm über das Gesicht. Statt nun aufzustehen und um Verzeihung zu bitten, faßte der Mann seinen Herrn bei den Beinen, schüttelte ihn und rief: „Wirf die Peitsche weg, oder ich fresse dich.“ — Das ist der Sachverhalt. Der Hauptmann kam vor einer Stunde zu mir, ich schrieb seine Angaben auf und anschließend gleich das Urteil. Dann ließ ich dem Mann die Ketten anlegen. Das alles war sehr einfach. Hätte ich den Mann zuerst vorgerufen und ausgefragt, so wäre nur Verwirrung entstanden. Er hätte gelogen, hätte, wenn es mir gelungen wäre, die Lügen zu widerlegen, diese durch neue Lügen ersetzt und so fort. Jetzt aber halte ich ihn und lasse ihn nicht mehr. — Ist nun alles erklärt? Aber die Zeit vergeht, die Exekution sollte schon beginnen, und ich bin mit der Erklärung des Apparates noch nicht fertig.“ Er nötigte den Reisenden auf den Sessel nieder, trat wieder zu dem Apparat und begann: „Wie Sie sehen, entspricht die Egge der Form des Menschen; hier ist die Egge für den Oberkörper, hier sind die Eggen für die Beine. Für den Kopf ist nur dieser kleine Stichel bestimmt. Ist Ihnen das klar?“ Er beugte sich freundlich zu dem Reisenden vor, bereit zu den umfassendsten Erklärungen.

Der Reisende sah mit gerunzelter Stirn die Egge an. Die Mitteilungen über das Gerichtsverfahren hatten ihn nicht befriedigt. Immerhin mußte er sich sagen, daß es sich hier um eine Strafkolonie handelte, daß hier besondere Maßregeln notwendig waren und daß man bis zum letzten militärisch vorgehen mußte. Außerdem aber setzte er einige Hoffnung auf den neuen Kommandanten, der offenbar, allerdings langsam, ein neues Verfahren einzuführen beabsichtigte, das dem beschränkten Kopf dieses Offiziers nicht eingehen konnte. Aus diesem Gedankengang heraus fragte der Reisende: „Wird der Kommandant der Exekution beiwohnen?“ „Es ist nicht gewiß“, sagte der Offizier, durch die unvermittelte Frage peinlich berührt, und seine freundliche Miene verzerrte sich: „Gerade deshalb müssen wir uns beeilen. Ich werde sogar, so leid es mir tut, meine Erklärungen abkürzen müssen. Aber ich könnte ja morgen, wenn der Apparat wieder gereinigt ist — daß er so sehr beschmutzt wird, ist sein einziger Fehler –, die näheren Erklärungen nachtragen. Jetzt also nur das Notwendigste. — Wenn der Mann auf dem Bett liegt und dieses ins Zittern gebracht ist, wird die Egge auf den Körper gesenkt. Sie stellt sich von selbst so ein, daß sie nur knapp mit den Spitzen den Körper berührt; ist die Einstellung vollzogen, strafft sich sofort dieses Stahlseil zu einer Stange. Und nun beginnt das Spiel. Ein Nichteingeweihter merkt äußerlich keinen Unterschied in den Strafen. Die Egge scheint gleichförmig zu arbeiten. Zitternd sticht sie ihre Spitzen in den Körper ein, der überdies vom Bett aus zittert. Um es nun jedem zu ermöglichen, die Ausführung des Urteils zu überprüfen, wurde die Egge aus Glas gemacht. Es hat einige technische Schwierigkeiten verursacht, die Nadeln darin zu befestigen, es ist aber nach vielen Versuchen gelungen. Wir haben eben keine Mühe gescheut. Und nun kann jeder durch das Glas sehen, wie sich die Inschrift im Körper vollzieht.

Wollen Sie nicht näherkommen und sich die Nadeln ansehen?“

Der Reisende erhob sich langsam, ging hin und beugte sich über die Egge. „Sie sehen“, sagte der Offizier, „zweierlei Nadeln in vielfacher Anordnung. Jede lange hat eine kurze neben sich. Die lange schreibt nämlich, und die kurze spritzt Wasser aus, um das Blut abzuwaschen und die Schrift immer klar zu erhalten. Das Blutwasser wird dann hier in kleine Rinnen geleitet und fließt endlich in diese Hauptrinne, deren Abflußrohr in die Grube führt.“ Der Offizier zeigte mit dem Finger genau den Weg, den das Blutwasser nehmen mußte. Als er es, um es möglichst anschaulich zu machen, an der Mündung des Abflußrohres mit beiden Händen förmlich auffing, erhob der Reisende den Kopf und wollte, mit der Hand rückwärts tastend, zu seinem Sessel zurückgehen. Da sah er zu seinem Schrecken, daß auch der Verurteilte gleich ihm der Einladung des Offiziers, sich die Einrichtung der Egge aus der Nähe anzusehen, gefolgt war. Er hatte den verschlafenen Soldaten an der Kette ein wenig vorgezerrt und sich auch über das Glas gebeugt. Man sah, wie er mit unsicheren Augen auch das suchte, was die zwei Herren eben beobachtet hatten, wie es ihm aber, da ihm die Erklärung fehlte, nicht gelingen wollte. Er beugte sich hierhin und dorthin. Immer wieder lief er mit den Augen das Glas ab. Der Reisende wollte ihn zurücktreiben, denn, was er tat, war wahrscheinlich strafbar. Aber der Offizier hielt den Reisenden mit einer Hand fest, nahm mit der anderen eine Erdscholle vom Wall und warf sie nach dem Soldaten. Dieser hob mit einem Ruck die Augen, sah, was der Verurteilte gewagt hatte, ließ das Gewehr fallen, stemmte die Füße mit den Absätzen in den Boden, riß den Verurteilten zurück, daß er gleich niederfiel, und sah dann auf ihn hinunter, wie er sich wand und mit seinen Ketten klirrte. „Stell ihn auf!“, schrie der Offizier, denn er merkte, daß der Reisende durch den Verurteilten allzusehr abgelenkt wurde. Der Reisende beugte sich sogar über die Egge hinweg, ohne sich um sie zu kümmern, und wollte nur feststellen, was mit dem Verurteilten geschehe. „Behandle ihn sorgfältig“, schrie der Offizier wieder. Er umlief den Apparat, faßte selbst den Verurteilten unter den Achseln und stellte ihn, der öfters mit den Füßen ausglitt, mit Hilfe des Soldaten auf.

„Nun weiß ich schon alles“, sagte der Reisende, als der Offizier wieder zu ihm zurückkehrte. „Bis auf das Wichtigste“, sagte dieser, ergriff den Reisenden am Arm und zeigte in die Höhe: „Dort im Zeichner ist das Räderwerk, welches die Bewegung der Egge bestimmt, und dieses Räderwerk wird nach der Zeichnung, auf welche das Urteil lautet, angeordnet. Ich verwende noch die Zeichnungen des früheren Kommandanten. Hier sind sie“, — er zog einige Blätter aus der Ledermappe — „ich kann sie Ihnen aber leider nicht in die Hand geben, sie sind das Teuerste, was ich habe. Setzen Sie sich, ich zeige sie Ihnen aus dieser Entfernung, dann werden Sie alles gut sehen können.“ Er zeigte das erste Blatt. Der Reisende hätte gerne etwas Anerkennendes gesagt, aber er sah nur labyrinthartige, einander vielfach kreuzende Linien, die so dicht das Papier bedeckten, daß man nur mit Mühe die weißen Zwischenräume erkannte. „Lesen Sie“, sagte der Offizier. „Ich kann nicht“, sagte der Reisende. „Es ist doch deutlich“, sagte der Offizier. „Es ist sehr kunstvoll“, sagte der Reisende ausweichend, „aber ich kann es nicht entziffern.“ „Ja“, sagte der Offizier, lachte und steckte die Mappe wieder ein, „es ist keine Schönschrift für Schulkinder. Man muß lange darin lesen. Auch Sie würden es schließlich gewiß erkennen. Es darf natürlich keine einfache Schrift sein; sie soll ja nicht sofort töten, sondern durchschnittlich erst in einem Zeitraum von zwölf Stunden; für die sechste Stunde ist der Wendepunkt berechnet. Es müssen also viele, viele Zieraten die eigentliche Schrift umgeben; die wirkliche Schrift umzieht den Leib nur in einem schmalen Gürtel; der übrige Körper ist für Verzierungen bestimmt. Können Sie jetzt die Arbeit der Egge und des ganzen Apparates würdigen? — Sehen Sie doch!“ Er sprang auf die Leiter, drehte ein Rad, rief hinunter: „Achtung, treten Sie zur Seite!“, und alles kam in Gang. Hätte das Rad nicht gekreischt, es wäre herrlich gewesen. Als sei der Offizier von diesem störenden Rad überrascht, drohte er ihm mit der Faust, breitete dann, sich entschuldigend, zum Reisenden hin die Arme aus und kletterte eilig hinunter, um den Gang des Apparates von unten zu beobachten. Noch war etwas nicht in Ordnung, das nur er merkte; er kletterte wieder hinauf, griff mit beiden Händen in das Innere des Zeichners, glitt dann, um rascher hinunterzukommen, statt die Leiter zu benutzen, an der einen Stange hinunter und schrie nun, um sich im Lärm verständlich zu machen, mit äußerster Anspannung dem Reisenden ins Ohr: „Begreifen Sie den Vorgang? Die Egge fängt zu schreiben an; ist sie mit der ersten Anlage der Schrift auf dem Rücken des Mannes fertig, rollt die Watteschicht und wälzt den Körper langsam auf die Seite, um der Egge neuen Raum zu bieten. Inzwischen legen sich die wund beschriebenen Stellen auf die Watte, welche infolge der besonderen Präparierung sofort die Blutung stillt und zu neuer Vertiefung der Schrift vorbereitet. Hier die Zacken am Rande der Egge reißen dann beim weiteren Umwälzen des Körpers die Watte von den Wunden, schleudern sie in die Grube, und die Egge hat wieder Arbeit. So schreibt sie immer tiefer die zwölf Stunden lang. Die ersten sechs Stunden lebt der Verurteilte fast wie früher, er leidet nur Schmerzen. Nach zwei Stunden wird der Filz entfernt, denn der Mann hat keine Kraft zum Schreien mehr. Hier in diesen elektrisch geheizten Napf am Kopfende wird warmer Reisbrei gelegt, aus dem der Mann, wenn er Lust hat, nehmen kann, was er mit der Zunge erhascht. Keiner versäumt die Gelegenheit. Ich weiß keinen, und meine Erfahrung ist groß. Erst um die sechste Stunde verliert er das Vergnügen am Essen. Ich knie dann gewöhnlich hier nieder und beobachte diese Erscheinung. Der Mann schluckt den letzten Bissen selten, er dreht ihn nur im Mund und speit ihn in die Grube. Ich muß mich dann bücken, sonst fährt er mir ins Gesicht. Wie still wird dann aber der Mann um die sechste Stunde! Verstand geht dem Blödesten auf. Um die Augen beginnt es. Von hier aus verbreitet es sich. Ein Anblick, der einen verführen könnte, sich mit unter die Egge zu legen. Es geschieht ja weiter nichts, der Mann fängt bloß an, die Schrift zu entziffern, er spitzt den Mund, als horche er. Sie haben gesehen, es ist nicht leicht, die Schrift mit den Augen zu entziffern; unser Mann entziffert sie aber mit seinen Wunden. Es ist allerdings viel Arbeit; er braucht sechs Stunden zu ihrer Vollendung. Dann aber spießt ihn die Egge vollständig auf und wirft ihn in die Grube, wo er auf das Blutwasser und die Watte niederklatscht. Dann ist das Gericht zu Ende, und wir, ich und der Soldat, scharren ihn ein."

Der Reisende hatte das Ohr zum Offizier geneigt und sah, die Hände in den Rocktaschen, der Arbeit der Maschine zu. Auch der Verurteilte sah ihr zu, aber ohne Verständnis. Er bückte sich ein wenig und verfolgte die schwankenden Nadeln, als ihm der Soldat, auf ein Zeichen des Offiziers, mit einem Messer hinten Hemd und Hose durchschnitt, so daß sie von dem Verurteilten abfielen; er wollte nach dem fallenden Zeug greifen, um seine Blöße zu bedecken, aber der Soldat hob ihn in die Höhe und schüttelte die letzten Fetzen von ihm ab. Der Offizier stellte die Maschine ein, und in der jetzt eintretenden Stille wurde der Verurteilte unter die Egge gelegt. Die Ketten wurden gelöst und statt dessen die Riemen befestigt; es schien für den Verurteilten im ersten Augenblick fast eine Erleichterung zu bedeuten. Und nun senkte sich die Egge noch ein Stück tiefer, denn es war ein magerer Mann. Als ihn die Spitzen berührten, ging ein Schauer über seine Haut; er streckte, während der Soldat mit seiner rechten Hand beschäftigt war, die linke aus, ohne zu wissen wohin; es war aber die Richtung, wo der Reisende stand. Der Offizier sah ununterbrochen den Reisenden von der Seite an, als suche er von seinem Gesicht den Eindruck abzulesen, den die Exekution, die er ihm nun wenigstens oberflächlich erklärt hatte, auf ihn mache.

Der Riemen, der für das Handgelenk bestimmt war, riß; wahrscheinlich hatte ihn der Soldat zu stark angezogen. Der Offizier sollte helfen, der Soldat zeigte ihm das abgerissene Riemenstück. Der Offizier ging auch zu ihm hinüber und sagte, das Gesicht dem Reisenden zugewendet: „Die Maschine ist sehr zusammengesetzt, es muß hie und da etwas reißen oder brechen; dadurch darf man sich aber im Gesamturteil nicht beirren lassen. Für den Riemen ist übrigens sofort Ersatz geschafft; ich werde eine Kette verwenden; die Zartheit der Schwingungen wird dadurch für den rechten Arm allerdings beeinträchtigt." Und während er die Ketten anlegte, sagte er noch: „Die Mittel zur Erhaltung der Maschine sind jetzt sehr eingeschränkt. Unter dem früheren Kommandanten war eine mir frei zugängliche Kassa nur für diesen Zweck bestimmt. Es gab hier ein Magazin, in dem alle möglichen Ersatzstücke aufbewahrt wurden. Ich gestehe, ich trieb damit fast Verschwendung, ich meine früher, nicht jetzt, wie der neue Kommandant behauptet, dem alles nur zum Vorwand dient, alte Einrichtungen zu bekämpfen. Jetzt hat er die Maschinenkassa in eigener Verwaltung, und schicke ich um einen neuen Riemen, wird der zerrissene als Beweisstück verlangt, der neue kommt erst in zehn Tagen, ist dann aber von schlechterer Sorte und taugt nicht viel. Wie ich aber in der Zwischenzeit ohne Riemen die Maschine betreiben soll, darum kümmert sich niemand."

Der Reisende überlegte: Es ist immer bedenklich, in fremde Verhältnisse entscheidend einzugreifen. Er war weder Bürger der Strafkolonie, noch Bürger des Staates, dem sie angehörte. Wenn er die Exekution verurteilen oder gar hintertreiben wollte, konnte man ihm sagen: Du bist ein Fremder, sei still. Darauf hätte er nichts erwidern, sondern nur hinzufügen können, daß er sich in diesem Falle selbst nicht begreife, denn er reise nur mit der Absicht, zu sehen, und keineswegs etwa, um fremde Gerichtsverfassungen zu ändern. Nun lagen aber hier die Dinge allerdings sehr verführerisch. Die Ungerechtigkeit des Verfahrens und die Unmenschlichkeit der Exekution war zweifellos. Niemand konnte irgendeine Eigennützigkeit des Reisenden annehmen, denn der Verurteilte war ihm fremd, kein Landsmann und ein zum Mitleid gar nicht auffordernder Mensch. Der Reisende selbst hatte Empfehlungen hoher Ämter, war hier mit großer Höflichkeit empfangen worden, und daß er zu dieser Exekution eingeladen worden war, schien sogar darauf hinzudeuten, daß man sein Urteil über dieses Gericht verlangte. Dies war aber um so wahrscheinlicher, als der Kommandant, wie er jetzt überdeutlich gehört hatte, kein Anhänger dieses Verfahrens war und sich gegenüber dem Offizier fast feindselig verhielt.

Da hörte der Reisende einen Wutschrei des Offiziers. Er hatte gerade, nicht ohne Mühe, dem Verurteilten den Filzstumpf in den Mund geschoben, als der Verurteilte in einem unwiderstehlichen Brechreiz die Augen schloß und sich erbrach. Eilig riß ihn der Offizier vom Stumpf in die Höhe und wollte den Kopf zur Grube hin drehen; aber es war zu spät, der Unrat floß schon an der Maschine hinab. „Alles Schuld des Kommandanten!“, schrie der Offizier und rüttelte besinnungslos vorn an den Messingstangen, „die Maschine wird mir verunreinigt wie ein Stall.“ Er zeigte mit zitternden Händen dem Reisenden, was geschehen war. „Habe ich nicht stundenlang dem Kommandanten begreiflich zu machen gesucht, daß einen Tag vor der Exekution kein Essen mehr verabfolgt werden soll. Aber die neue milde Richtung ist anderer Meinung. Die Damen des Kommandanten stopfen dem Mann, ehe er abgeführt wird, den Hals mit Zuckersachen voll. Sein ganzes Leben hat er sich von stinkenden Fischen genährt und muß jetzt Zuckersachen essen! Aber es wäre ja möglich, ich würde nichts einwenden, aber warum schafft man nicht einen neuen Filz an, wie ich ihn seit einem Vierteljahr erbitte. Wie kann man ohne Ekel diesen Filz in den Mund nehmen, an dem mehr als hundert Männer im Sterben gesaugt und gebissen haben?“

Der Verurteilte hatte den Kopf niedergelegt und sah friedlich aus, der Soldat war damit beschäftigt, mit dem Hemd des Verurteilten die Maschine zu putzen. Der Offizier ging zum Reisenden, der in irgendeiner Ahnung einen Schritt zurücktrat, aber der Offizier faßte ihn bei der Hand und zog ihn zur Seite. „Ich will einige Worte im Vertrauen mit Ihnen sprechen“, sagte er, „ich darf das doch?“ „Gewiß“, sagte der Reisende und hörte mit gesenkten Augen zu.

„Dieses Verfahren und diese Hinrichtung, die Sie jetzt zu bewundern Gelegenheit haben, hat gegenwärtig in unserer Kolonie keinen offenen Anhänger mehr. Ich bin ihr einziger Vertreter, gleichzeitig der einzige Vertreter des Erbes des alten Kommandanten. An einen weiteren Ausbau des Verfahrens kann ich nicht mehr denken, ich verbrauche alle meine Kräfte, um zu erhalten, was vorhanden ist. Als der alte Kommandant lebte, war die Kolonie von seinen Anhängern voll; die Überzeugungskraft des alten Kommandanten habe ich zum Teil, aber seine Macht fehlt mir ganz; infolgedessen haben sich die Anhänger verkrochen, es gibt noch viele, aber keiner gesteht es ein. Wenn Sie heute, also an einem Hinrichtungstag, ins Teehaus gehen und herumhorchen, werden Sie vielleicht nur zweideutige Äußerungen hören. Das sind lauter Anhänger, aber unter dem gegenwärtigen Kommandanten und bei seinen gegenwärtigen Anschauungen für mich ganz unbrauchbar. Und nun frage ich Sie: Soll wegen dieses Kommandanten und seiner Frauen, die ihn beeinflussen, ein solches Lebenswerk“ — er zeigte auf die Maschine — „zugrunde gehen? Darf man das zulassen? Selbst wenn man nur als Fremder ein paar Tage auf unserer Insel ist? Es ist aber keine Zeit zu verlieren, man bereitet etwas gegen meine Gerichtsbarkeit vor; es finden schon Beratungen in der Kommandantur statt, zu denen ich nicht zugezogen werde; sogar Ihr heutiger Besuch scheint mir für die ganze Lage bezeichnend; man ist feig und schickt Sie, einen Fremden, vor. — Wie war die Exekution anders in früherer Zeit! Schon einen Tag vor der Hinrichtung war das ganze Tal von Menschen überfüllt; alle kamen nur um zu sehen; früh am Morgen erschien der Kommandant mit seinen Damen; Fanfaren weckten den ganzen Lagerplatz; ich erstattete die Meldung, daß alles vorbereitet sei; die Gesellschaft — kein hoher Beamte durfte fehlen — ordnete sich um die Maschine; dieser Haufen Rohrsessel ist ein armseliges Überbleibsel aus jener Zeit. Die Maschine glänzte frisch geputzt, fast zu jeder Exekution nahm ich neue Ersatzstücke. Vor Hunderten Augen — alle Zuschauer standen auf den Fußspitzen bis dort zu den Anhöhen — wurde der Verurteilte vom Kommandanten selbst unter die Egge gelegt. Was heute ein gemeiner Soldat tun darf, war damals meine, des Gerichtspräsidenten, Arbeit und ehrte mich. Und nun begann die Exekution! Kein Mißton störte die Arbeit der Maschine. Manche sahen nun gar nicht mehr zu, sondern lagen mit geschlossenen Augen im Sand; alle wußten: Jetzt geschieht Gerechtigkeit. In der Stille hörte man nur das Seufzen des Verurteilten, gedämpft durch den Filz. Heute gelingt es der Maschine nicht mehr, dem Verurteilten ein stärkeres Seufzen auszupressen, als der Filz noch ersticken kann; damals aber tropften die schreibenden Nadeln eine beizende Flüssigkeit aus, die heute nicht mehr verwendet werden darf. Nun, und dann kam die sechste Stunde! Es war unmöglich, allen die Bitte, aus der Nähe zuschauen zu dürfen, zu gewähren. Der Kommandant in seiner Einsicht ordnete an, daß vor allem die Kinder berücksichtigt werden sollten; ich allerdings durfte kraft meines Berufes immer dabeistehen, oft hockte ich dort, zwei kleine Kinder rechts und links in meinen Armen. Wie nahmen wir alle den Ausdruck der Verklärung von dem gemarterten Gesicht, wie hielten wir unsere Wangen in den Schein dieser endlich erreichten und schon vergehenden Gerechtigkeit! Was für Zeiten, mein Kamerad!“ Der Offizier hatte offenbar vergessen, wer vor ihm stand; er hatte den Reisenden umarmt und den Kopf auf seine Schulter gelegt. Der Reisende war in großer Verlegenheit, ungeduldig sah er über den Offizier hinweg. Der Soldat hatte die Reinigungsarbeit beendet und jetzt noch aus einer Büchse Reisbrei in den Napf geschüttet. Kaum merkte dies der Verurteilte, der sich schon vollständig erholt zu haben schien, als er mit der Zunge nach dem Brei zu schnappen begann. Der Soldat stieß ihn immer wieder weg, denn der Brei war wohl für eine spätere Zeit bestimmt, aber ungehörig war es jedenfalls auch, daß der Soldat mit seinen schmutzigen Händen hineingriff und vor dem gierigen Verurteilten davon aß.

Der Offizier faßte sich schnell. „Ich wollte Sie nicht etwa rühren“, sagte er, „ich weiß, es ist unmöglich, jene Zeiten heute begreiflich zu machen. Im übrigen arbeitet die Maschine noch und wirkt für sich. Sie wirkt für sich, auch wenn sie allein in diesem Tal steht. Und die Leiche fällt zum Schluß noch immer in dem unbegreiflich sanften Flug in die Grube, auch wenn nicht, wie damals, Hunderte wie Fliegen um die Grube sich versammeln. Damals mußten wir ein starkes Geländer um die Grube anbringen, es ist längst weggerissen.“

Der Reisende wollte sein Gesicht dem Offizier entziehen und blickte ziellos herum. Der Offizier glaubte, er betrachte die Öde des Tales; er ergriff deshalb seine Hände, drehte sich um ihn, um seine Blicke zu erfassen, und fragte: „Merken Sie die Schande?“

Aber der Reisende schwieg. Der Offizier ließ für ein Weilchen von ihm ab; mit auseinandergestellten Beinen, die Hände in den Hüften, stand er still und blickte zu Boden. Dann lächelte er dem Reisenden aufmunternd zu und sagte: „Ich war gestern in Ihrer Nähe, als der Kommandant Sie einlud. Ich hörte die Einladung. Ich kenne den Kommandanten. Ich verstand sofort, was er mit der Einladung bezweckte. Trotzdem seine Macht groß genug wäre, um gegen mich einzuschreiten, wagt er es noch nicht, wohl aber will er mich Ihrem, dem Urteil eines angesehenen Fremden aussetzen. Seine Berechnung ist sorgfältig; Sie sind den zweiten Tag auf der Insel, Sie kannten den alten Kommandanten und seinen Gedankenkreis nicht, Sie sind in europäischen Anschauungen befangen, vielleicht sind Sie ein grundsätzlicher Gegner der Todesstrafe im allgemeinen und einer derartigen maschinellen Hinrichtungsart im besonderen, Sie sehen überdies, wie die Hinrichtung ohne öffentliche Anteilnahme, traurig, auf einer bereits etwas beschädigten Maschine vor sich geht — wäre es nun, alles dieses zusammengenommen (so denkt der Kommandant), nicht sehr leicht möglich, daß Sie mein Verfahren nicht für richtig halten? Und wenn Sie es nicht für richtig halten, werden Sie dies (ich rede noch immer im Sinne des Kommandanten) nicht verschweigen, denn Sie vertrauen doch gewiß Ihren vielerprobten Überzeugungen. Sie haben allerdings viele Eigentümlichkeiten vieler Völker gesehen und achten gelernt, Sie werden daher wahrscheinlich sich nicht mit ganzer Kraft, wie Sie es vielleicht in Ihrer Heimat tun würden, gegen das Verfahren aussprechen. Aber dessen bedarf der Kommandant gar nicht. Ein flüchtiges, ein bloß unvorsichtiges Wort genügt. Es muß gar nicht Ihrer Überzeugung entsprechen, wenn es nur scheinbar seinem Wunsche entgegenkommt. Daß er Sie mit aller Schlauheit ausfragen wird, dessen bin ich gewiß. Und seine Damen werden im Kreis herumsitzen und die Ohren spitzen; Sie werden etwa sagen: „Bei uns ist das Gerichtsverfahren ein anderes“, oder „Bei uns wird der Angeklagte vor dem Urteil verhört“, oder „Bei uns gibt es auch andere Strafen als Todesstrafen“, oder „Bei uns gab es Folterungen nur im Mittelalter“. Das alles sind Bemerkungen, die ebenso richtig sind, als sie Ihnen selbstverständlich erscheinen, unschuldige Bemerkungen, die mein Verfahren nicht antasten. Aber wie wird sie der Kommandant aufnehmen? Ich sehe ihn, den guten Kommandanten, wie er sofort den Stuhl beiseite schiebt und auf den Balkon eilt, ich sehe seine Damen, wie sie ihm nachströmen, ich höre seine Stimme — die Damen nennen sie eine Donnerstimme –, nun, und er spricht: „Ein großer Forscher des Abendlandes, dazu bestimmt, das Gerichtsverfahren in allen Ländern zu überprüfen, hat eben gesagt, daß unser Verfahren nach altem Brauch ein unmenschliches ist. Nach diesem Urteil einer solchen Persönlichkeit ist es mir natürlich nicht mehr möglich, dieses Verfahren zu dulden. Mit dem heutigen Tage also ordne ich an — und so weiter.“ Sie wollen eingreifen, Sie haben nicht das gesagt, was er verkündet, Sie haben mein Verfahren nicht unmenschlich genannt, im Gegenteil, Ihrer tiefen Einsicht entsprechend, halten Sie es für das menschlichste und menschenwürdigste, Sie bewundern auch diese Maschinerie — aber es ist zu spät; Sie kommen gar nicht auf den Balkon, der schon voll Damen ist; Sie wollen sich bemerkbar machen; Sie wollen schreien; aber eine Damenhand hält Ihnen den Mund zu — und ich und das Werk des alten Kommandanten sind verloren.“

Der Reisende mußte ein Lächeln unterdrücken; so leicht war also die Aufgabe, die er für so schwer gehalten hatte. Er sagte ausweichend: „Sie überschätzen meinen Einfluß; der Kommandant hat mein Empfehlungsschreiben gelesen, er weiß, daß ich kein Kenner der gerichtlichen Verfahren bin. Wenn ich eine Meinung aussprechen würde, so wäre es die Meinung eines Privatmannes, um nichts bedeutender als die

Meinung eines beliebigen anderen, und jedenfalls viel bedeutungsloser als die Meinung des Kommandanten, der in dieser Strafkolonie, wie ich zu wissen glaube, sehr ausgedehnte Rechte hat. Ist seine Meinung über dieses Verfahren eine so bestimmte, wie Sie glauben, dann, fürchte ich, ist allerdings das Ende dieses Verfahrens gekommen, ohne daß es meiner bescheidenen Mithilfe bedürfte."

Begriff es schon der Offizier? Nein, er begriff noch nicht. Er schüttelte lebhaft den Kopf, sah kurz nach dem Verurteilten und dem Soldaten zurück, die zusammenzuckten und vom Reis abließen, ging ganz nahe an den Reisenden heran, blickte ihm nicht ins Gesicht, sondern irgendwohin auf seinen Rock und sagte leiser als früher: „Sie kennen den Kommandanten nicht; Sie stehen ihm und uns allen — verzeihen Sie den Ausdruck — gewissermaßen harmlos gegenüber; Ihr Einfluß, glauben Sie mir, kann nicht hoch genug eingeschätzt werden. Ich war ja glückselig, als ich hörte, daß Sie allein der Exekution beiwohnen sollten. Diese Anordnung des Kommandanten sollte mich treffen, nun aber wende ich sie zu meinen Gunsten. Unabgelenkt von falschen Einflüsterungen und verächtlichen Blicken — wie sie bei größerer Teilnahme an der Exekution nicht hätten vermieden werden können — haben Sie meine Erklärungen angehört, die Maschine gesehen und sind nun im Begriffe, die Exekution zu besichtigen. Ihr Urteil steht gewiß schon fest; sollten noch kleine Unsicherheiten bestehen, so wird sie der Anblick der Exekution beseitigen. Und nun stelle ich an Sie die Bitte: helfen Sie mir gegenüber dem Kommandanten!"

Der Reisende ließ ihn nicht weiterreden. „Wie könnte ich denn das", rief er aus, „das ist ganz unmöglich. Ich kann Ihnen ebenso wenig nützen, als ich Ihnen schaden kann."

„Sie können es", sagte der Offizier. Mit einiger Befürchtung sah der Reisende, daß der Offizier die Fäuste ballte. „Sie können es", wiederholte der Offizier noch dringender. „Ich habe einen Plan, der gelingen muß. Sie glauben, Ihr Einfluß genüge nicht. Ich weiß, daß er genügt. Aber zugestanden, daß Sie recht haben, ist es denn nicht notwendig, zur Erhaltung dieses Verfahrens alles, selbst das möglicherweise Unzureichende zu versuchen? Hören Sie also meinen Plan. Zu seiner Ausführung ist es vor allem nötig, daß Sie heute in der Kolonie mit Ihrem Urteil über das Verfahren möglichst zurückhalten. Wenn man Sie nicht geradezu fragt, dürfen Sie sich keinesfalls äußern; ihre Äußerungen müssen aber kurz und unbestimmt sein; man soll merken, daß es Ihnen schwer wird, darüber zu sprechen, daß Sie verbittert sind, daß Sie, falls Sie offen reden sollten, geradezu in Verwünschungen ausbrechen müßten. Ich verlange nicht, daß Sie lügen sollen; keineswegs; Sie sollen nur kurz antworten, etwa: „Ja, ich habe die Exekution gesehen", oder „Ja, ich habe alle Erklärungen gehört." Nur das, nichts weiter. Für die Verbitterung, die man Ihnen anmerken soll, ist ja genügend Anlaß, wenn auch nicht im Sinne des Kommandanten. Er natürlich wird es vollständig mißverstehen und in seinem Sinne deuten. Darauf gründet sich mein Plan. Morgen findet in der Kommandantur unter dem Vorsitz des Kommandanten eine große Sitzung aller höheren Verwaltungsbeamten statt. Der Kommandant hat es natürlich verstanden, aus solchen Sitzungen eine Schaustellung zu machen. Es wurde eine Galerie gebaut, die mit Zuschauern immer besetzt ist. Ich bin gezwungen, an den Beratungen teilzunehmen, aber der Widerwille schüttelt mich. Nun werden Sie gewiß auf jeden Fall zu der Sitzung eingeladen werden; wenn Sie sich heute meinem Plane gemäß verhalten, wird die Einladung zu einer dringenden Bitte werden. Sollten Sie aber aus irgendeinem unerfindlichen Grunde doch nicht eingeladen werden, so müßten Sie allerdings die Einladung verlangen; daß Sie sie dann erhalten, ist zweifellos. Nun sitzen Sie also morgen mit den Damen in der Loge des Kommandanten. Er versichert sich öfters durch Blicke nach oben, daß Sie da sind. Nach verschiedenen gleichgültigen, lächerlichen, nur für die Zuhörer berechneten Verhandlungsgegenständen — meistens sind es Hafenbauten, immer wieder Hafenbauten! — kommt auch das Gerichtsverfahren zur Sprache. Sollte es von seiten des Kommandanten nicht oder nicht bald genug geschehen, so werde ich dafür sorgen, daß es geschieht. Ich werde aufstehen und die Meldung von der heutigen Exekution erstatten. Ganz kurz, nur diese Meldung. Eine solche Meldung ist zwar dort nicht üblich, aber ich tue es doch. Der Kommandant dankt mir, wie immer, mit freundlichem Lächeln, und nun, er kann sich nicht zurückhalten, erfaßt er die gute Gelegenheit. „Es wurde eben“, so oder ähnlich wird er sprechen, „die Meldung von der Exekution erstattet. Ich möchte dieser Meldung nur hinzufügen, daß gerade dieser Exekution der große Forscher beigewohnt hat, von dessen unsere Kolonie so außerordentlich ehrenden Besuch Sie alle wissen. Auch unsere heutige Sitzung ist durch seine Anwesenheit in ihrer Bedeutung erhöht. Wollen wir nun nicht an diesen großen Forscher die Frage richten, wie er die Exekution nach altem Brauch und das Verfahren, das ihr vorausgeht, beurteilt?“ Natürlich überall Beifall klatschen, allgemeine Zustimmung, ich bin der lauteste. Der Kommandant verbeugt sich vor Ihnen und sagt: „Dann stelle ich im Namen aller die Frage.“ Und nun treten Sie an die Brüstung. Legen Sie die Hände für alle sichtbar hin, sonst fassen sie die Damen und spielen mit den Fingern. — Und jetzt kommt endlich Ihr Wort. Ich weiß nicht, wie ich die Spannung der Stunden bis dahin ertragen werde. In Ihrer Rede müssen Sie sich keine Schranken setzen, machen Sie mit der Wahrheit Lärm, beugen Sie sich über die Brüstung, brüllen Sie, aber ja, brüllen Sie dem Kommandanten Ihre Meinung, Ihre unerschütterliche Meinung zu. Aber vielleicht wollen Sie das nicht, es entspricht nicht Ihrem Charakter, in Ihrer Heimat verhält man sich vielleicht in solchen Lagen anders, auch das ist richtig, auch das genügt vollkommen, stehen Sie gar nicht auf, sagen Sie nur ein paar Worte, flüstern Sie sie, daß sie gerade noch die Beamten unter Ihnen hören, es genügt, Sie müssen gar nicht selbst von der mangelnden Teilnahme an der Exekution, von dem kreischenden Rad, dem zerrissenen Riemen, dem widerlichen Filz reden, nein, alles Weitere übernehme ich, und, glauben Sie, wenn meine Rede ihn nicht aus dem Saale jagt, so wird sie ihn auf die Knie zwingen, daß er bekennen muß: Alter Kommandant, vor dir beuge ich mich. — Das ist mein Plan; wollen Sie mir zu seiner Ausführung helfen? Aber natürlich wollen Sie, mehr als das, Sie müssen." Und der Offizier faßt den Reisenden an beiden Armen und sah ihm schwer atmend ins Gesicht. Die letzten Sätze hatte er so geschrien, daß selbst der Soldat und der Verurteilte aufmerksam geworden waren; trotzdem sie nichts verstehen konnten, hielten sie doch im Essen inne und sahen kauend zum Reisenden hinüber. Die Antwort, die er zu geben hatte, war für den Reisenden von allem Anfang an zweifellos; er hatte in seinem Leben zu viel erfahren, als daß er hier hätte schwanken können; er war im Grunde ehrlich und hatte keine Furcht. Trotzdem zögerte er jetzt im Anblick des Soldaten und des Verurteilten einen Atemzug lang. Schließlich aber sagte er, wie er mußte: „Nein." Der Offizier blinzelte mehrmals mit den Augen, ließ aber keinen Blick von ihm. „Wollen Sie eine Erklärung?", fragte der Reisende. Der Offizier nickte stumm. „Ich bin ein Gegner dieses Verfahrens", sagte nun der Reisende, „noch ehe Sie mich ins Vertrauen zogen — dieses Vertrauen werde ich natürlich unter keinen Umständen mißbrauchen — habe ich schon überlegt, ob ich berechtigt wäre, gegen dieses Verfahren einzuschreiten und ob mein Einschreiten auch nur eine kleine Aussicht auf Erfolg haben könnte. An wen ich mich dabei zuerst wenden müßte, war mir klar: an den Kommandanten natürlich. Sie haben es mir noch klarer gemacht, ohne aber etwa meinen Entschluß erst befestigt zu haben, im Gegenteil, Ihre ehrliche Überzeugung geht mir nahe, wenn sie mich auch nicht beirren kann."

Der Offizier blieb stumm, wendete sich der Maschine zu, faßte eine der Messingstangen und sah dann, ein wenig zurückgebeugt, zum Zeichner hinauf, als prüfe er, ob alles in Ordnung sei. Der Soldat und der Verurteilte schienen sich miteinander befreundet zu haben; der Verurteilte machte, so schwierig dies bei der festen Einschnallung durchzuführen war, dem Soldaten Zeichen; der Soldat beugte sich zu ihm; der Verurteilte flüsterte ihm etwas zu, und der Soldat nickte.

Der Reisende ging dem Offizier nach und sagte: „Sie wissen noch nicht, was ich tun will. Ich werde meine Ansicht über das Verfahren dem Kommandanten zwar sagen, aber nicht in einer Sitzung, sondern unter vier Augen; ich werde auch nicht so lange hier bleiben, daß ich irgendeiner Sitzung beigezogen werden könnte; ich fahre schon morgen früh weg oder schiffe mich wenigstens ein." Es sah nicht aus, als ob der Offizier zugehört hätte. „Das Verfahren hat Sie also nicht überzeugt“, sagte er für sich und lächelte, wie ein Alter über den Unsinn eines Kindes lächelt und hinter dem Lächeln sein eigenes wirkliches Nachdenken behält.

„Dann ist es also Zeit“, sagte er schließlich und blickte plötzlich mit hellen Augen, die irgendeine Aufforderung, irgendeinen Aufruf zur Beteiligung enthielten, den Reisenden an.

„Wozu ist es Zeit?“, fragte der Reisende unruhig, bekam aber keine Antwort.

„Du bist frei“, sagte der Offizier zum Verurteilten in dessen Sprache. Dieser glaubte es zuerst nicht. „Nun, frei bist du“, sagte der Offizier. Zum erstenmal bekam das Gesicht des Verurteilten wirkliches Leben. War es Wahrheit? War es nur eine Laune des Offiziers, die vorübergehen konnte? Hatte der fremde Reisende ihm Gnade erwirkt? Was war es? So schien sein Gesicht zu fragen. Aber nicht lange. Was immer es sein mochte, er wollte, wenn er durfte, wirklich frei sein und er begann sich zu rütteln, soweit es die Egge erlaubte.

„Du zerreißt mir die Riemen“, schrie der Offizier, „sei ruhig! Wir öffnen sie schon.“ Und er machte sich mit dem Soldaten, dem er ein Zeichen gab, an die Arbeit. Der Verurteilte lachte ohne Worte leise vor sich hin, bald wendete er das Gesicht links zum Offizier, bald rechts zum Soldaten, auch den Reisenden vergaß er nicht.

„Zieh ihn heraus“, befahl der Offizier, dem Soldaten. Es mußte hierbei wegen der Egge einige Vorsicht angewendet werden. Der Verurteilte hatte schon infolge seiner Ungeduld einige kleine Rißwunden auf dem Rücken. Von jetzt ab kümmerte sich aber der Offizier kaum mehr um ihn. Er ging auf den Reisenden zu, zog wieder die kleine Ledermappe hervor, blätterte in ihr, fand schließlich das Blatt, das er suchte, und zeigte es dem Reisenden. „Lesen Sie“, sagte er. „Ich kann nicht“, sagte der Reisende, „ich sagte schon, ich kann diese Blätter nicht lesen.“ „Sehen Sie das Blatt doch genau an“, sagte der Offizier und trat neben den Reisenden, um mit ihm zu lesen. Als auch das nichts half, fuhr er mit dem kleinen Finger in großer Höhe, als dürfe das Blatt auf keinen Fall berührt werden, über das Papier hin, um auf diese Weise dem Reisenden das Lesen zu erleichtern. Der Reisende gab sich auch, Mühe, um wenigstens darin dem Offizier gefällig sein zu können, aber es war ihm unmöglich. Nun begann der Offizier die Aufschrift zu buchstabieren und dann las er sie noch einmal im Zusammenhang. „„Sei gerecht!“ — heißt es“, sagte er „jetzt können Sie es doch lesen.“ Der Reisende beugte sich so tief über das Papier, daß der Offizier aus Angst vor einer Berührung es weiter entfernte; nun sagte der Reisende zwar nichts mehr, aber es war klar, daß er es noch immer nicht hatte lesen können. „„Sei gerecht!“ — heißt es“, sagte der Offizier nochmals. „Mag sein“, sagte der Reisende, „ich glaube es, daß es dort steht.“ „Nun gut“, sagte der Offizier, wenigstens teilweise befriedigt, und stieg mit dem Blatt auf die Leiter; er bettete das Blatt mit großer Vorsicht im Zeichner und ordnete das Räderwerk scheinbar gänzlich um; es war eine sehr mühselige Arbeit, es mußte sich auch um ganz kleine Räder handeln, manchmal verschwand der Kopf des Offiziers völlig im Zeichner, so genau mußte er das Räderwerk untersuchen.

Der Reisende verfolgte von unten diese Arbeit ununterbrochen, der Hals wurde ihm steif, und die Augen schmerzten ihn von dem mit Sonnenlicht überschütteten Himmel. Der Soldat und der Verurteilte waren nur miteinander beschäftigt. Das Hemd und die Hose des Verurteilten, die schon in der Grube lagen, wurden vom Soldaten mit der Bajonettspitze herausgezogen. Das Hemd war entsetzlich schmutzig, und der Verurteilte wusch es in dem Wasserkübel. Als er dann Hemd und Hose anzog, mußte der Soldat wie der Verurteilte laut lachen, denn die Kleidungsstücke waren doch hinten entzwei geschnitten. Vielleicht glaubte der Verurteilte, verpflichtet zu sein, den Soldaten zu unterhalten, er drehte sich in der zerschnittenen Kleidung im Kreise vor dem Soldaten, der auf dem Boden hockte und lachend auf seine Knie schlug. Immerhin bezwangen sie sich noch mit Rücksicht auf die Anwesenheit der Herren.

Als der Offizier oben endlich fertig geworden war, überblickte er noch einmal lächelnd das Ganze in allen seinen Teilen, schlug diesmal den Deckel des Zeichners zu, der bisher offen gewesen war, stieg hinunter, sah in die Grube und dann auf den Verurteilten, merkte befriedigt, daß dieser seine Kleidung herausgenommen hatte, ging dann zu dem Wasserkübel, um die Hände zu waschen, erkannte zu spät den widerlichen Schmutz, war traurig darüber, daß er nun die Hände nicht waschen konnte, tauchte sie schließlich — dieser Ersatz genügte ihm nicht, aber er mußte sich fügen — in den Sand, stand dann auf und begann seinen Uniformrock aufzuknöpfen. Hierbei fielen ihm zunächst die zwei Damentaschentücher, die er hinter den Kragen gezwängt hatte, in die Hände. „Hier hast du deine Taschentücher“, sagte er und warf sie dem Verurteilten zu. Und zum Reisenden sagte er erklärend: „Geschenke der Damen.“

Trotz der offenbaren Eile, mit der er den Uniformrock auszog und sich dann vollständig entkleidete, behandelte er doch jedes Kleidungsstück sehr sorgfältig, über die Silberschnüre an seinem Waffenrock strich er sogar eigens mit den Fingern hin und schüttelte eine Troddel zurecht. Wenig paßte es allerdings zu dieser Sorgfalt, daß er, sobald er mit der Behandlung eines Stückes fertig war, es dann sofort mit einem unwilligen Ruck in die Grube warf. Das letzte, was ihm übrigblieb, war sein kurzer Degen mit dem Tragriemen. Er zog den Degen aus der Scheide, zerbrach ihn, faßte dann alles zusammen, die Degenstücke, die Scheide und den Riemen, und warf es so heftig weg, daß es unten in der Grube aneinanderklang. Nun stand er nackt da. Der Reisende biß sich auf die Lippen und sagte nichts. Er wußte zwar, was geschehen würde, aber er hatte kein Recht, den Offizier an irgend etwas zu hindern. War das Gerichtsverfahren, an dem der Offizier hing, wirklich so nahe daran, behoben zu werden — möglicherweise infolge des Einschreitens des Reisenden, zu dem sich dieser seinerseits verpflichtet fühlte — dann handelte jetzt der Offizier vollständig richtig; der Reisende hätte an seiner Stelle nicht anders gehandelt. Der Soldat und der Verurteilte verstanden zuerst nichts, sie sahen anfangs nicht einmal zu. Der Verurteilte war sehr erfreut darüber, die Taschentücher zurückerhalten zu haben, aber er durfte sich nicht lange an ihnen freuen, denn der Soldat nahm sie ihm mit einem raschen, nicht vorherzusehenden Griff. Nun versuchte wieder der Verurteilte, dem Soldaten die Tücher hinter dem Gürtel, hinter dem er sie verwahrt hatte, hervorzuziehen, aber der Soldat war wachsam. So stritten sie in halbem Scherz. Erst als der Offizier vollständig nackt war, wurden sie aufmerksam. Besonders der Verurteilte schien von der Ahnung irgendeines großen Umschwungs getroffen zu sein. Was ihm geschehen war, geschah nun dem Offizier. Vielleicht würde es so bis zum Äußersten gehen. Wahrscheinlich hatte der fremde Reisende den Befehl dazu gegeben. Das war also Rache. Ohne selbst bis zum Ende gelitten zu haben, wurde er doch bis zum Ende gerächt. Ein breites, lautloses Lachen erschien nun auf seinem Gesicht und verschwand nicht mehr. Der Offizier aber hatte sich der Maschine zugewendet. Wenn es schon früher deutlich gewesen war, daß er die Maschine gut verstand, so konnte es jetzt einen fast bestürzt machen, wie er mit ihr umging und wie sie gehorchte. Er hatte die Hand der Egge nur genähert, und sie hob und senkte sich mehrmals, bis sie die richtige Lage erreicht hatte, um ihn zu empfangen; er faßte das Bett nur am Rande, und es fing schon zu zittern an; der Filzstumpf kam seinem Mund entgegen, man sah, wie der Offizier ihn eigentlich nicht haben wollte, aber das Zögern dauerte nur einen Augenblick, gleich fügte er sich und nahm ihn auf. Alles war bereit, nur die Riemen hingen noch an den Seiten hinunter, aber sie waren offenbar unnötig, der Offizier mußte nicht angeschnallt sein. Da bemerkte der Verurteilte die losen Riemen, seiner Meinung nach war die Exekution nicht vollkommen, wenn die Riemen nicht festgeschnallt waren, er winkte eifrig dem Soldaten, und sie liefen hin, den Offizier anzuschnallen. Dieser hatte schon den einen Fuß ausgestreckt, um in die Kurbel zu stoßen, die den Zeichner in Gang bringen sollte; da sah er, daß die zwei gekommen waren, er zog daher den Fuß zurück und ließ sich anschnallen. Nun konnte er allerdings die Kurbel nicht mehr erreichen; weder der Soldat noch der Verurteilte würden sie auffinden, und der Reisende war entschlossen, sich nicht zu rühren. Es war nicht nötig; kaum waren die Riemen angebracht, fing auch schon die Maschine zu arbeiten an; das Bett zitterte, die Nadeln tanzten auf der Haut, die Egge schwebte auf und ab. Der Reisende hatte schon eine Weile hingestarrt, ehe er sich erinnerte, daß ein Rad im Zeichner hätte kreischen sollen; aber alles war still, nicht das geringste Surren war zu hören.

Durch diese stille Arbeit entschwand die Maschine förmlich der Aufmerksamkeit. Der Reisende sah zu dem Soldaten und dem Verurteilten hinüber. Der Verurteilte war der lebhaftere, alles an der Maschine interessierte ihn, bald beugte er sich nieder, bald streckte er sich, immerfort hatte er den Zeigefinger ausgestreckt, um dem Soldaten etwas zu zeigen. Dem Reisenden war es peinlich. Er war entschlossen, hier bis zum Ende zu bleiben, aber den Anblick der zwei hätte er nicht lange ertragen. „Geht nach Hause“, sagte er. Der Soldat wäre dazu vielleicht bereit gewesen, aber der Verurteilte empfand den Befehl geradezu als Strafe. Er bat flehentlich mit gefalteten Händen, ihn hier zu lassen, und als der Reisende kopfschüttelnd nicht nachgeben wollte, kniete er sogar nieder. Der Reisende sah, daß Befehle hier nichts halfen, er wollte hinüber und die zwei vertreiben. Da hörte er oben im Zeichner ein Geräusch. Er sah hinauf. Störte also das eine Zahnrad doch? Aber es war etwas anderes. Langsam hob sich der Deckel des Zeichners und klappte dann vollständig auf. Die Zacken eines Zahnrades zeigten und hoben sich, bald erschien das ganze Rad, es war, als presse irgendeine große Macht den Zeichner zusammen, so daß für dieses Rad kein Platz mehr übrig blieb, das Rad drehte sich bis zum Rand des Zeichners, fiel hinunter, kollerte aufrecht ein Stück im Sand und blieb dann liegen. Aber schon stieg oben ein anderes auf, ihm folgten viele, große, kleine und kaum zu unterscheidende, mit allen geschah dasselbe, immer glaubte man, nun müsse der Zeichner jedenfalls schon entleert sein, da erschien eine neue, besonders zahlreiche Gruppe, stieg auf, fiel hinunter, kollerte im Sand und legte sich. Über diesem Vorgang vergaß der Verurteilte ganz den Befehl des Reisenden, die Zahnräder entzückten ihn völlig, er wollte immer eines fassen, trieb gleichzeitig den Soldaten an, ihm zu helfen, zog aber erschreckt die Hand zurück, denn es folgte gleich ein anderes Rad, das ihn, wenigstens im ersten Anrollen, erschreckte.

Der Reisende dagegen war sehr beunruhigt; die Maschine ging offenbar in Trümmer; ihr ruhiger Gang war eine Täuschung; er hatte das Gefühl, als müsse er sich jetzt des Offiziers annehmen, da dieser nicht mehr für sich selbst sorgen konnte. Aber während der Fall der Zahnräder seine ganze Aufmerksamkeit beanspruchte, hatte er versäumt, die übrige Maschine zu beaufsichtigen; als er jedoch jetzt, nachdem das letzte Zahnrad den Zeichner verlassen hatte, sich über die Egge beugte, hatte er eine neue, noch ärgere Überraschung. Die Egge schrieb nicht, sie stach nur, und das Bett wälzte den Körper nicht, sondern hob ihn nur zitternd in die Nadeln hinein. Der Reisende wollte eingreifen, möglicherweise das Ganze zum Stehen bringen, das war ja keine Folter, wie sie der Offizier erreichen wollte, das war unmittelbarer Mord. Er streckte die Hände aus. Da hob sich aber schon die Egge mit dem aufgespießten Körper zur Seite, wie sie es sonst erst in der zwölften Stunde tat. Das Blut floß in hundert Strömen, nicht mit Wasser vermischt, auch die Wasserröhrchen hatten diesmal versagt. Und nun versagte noch das letzte, der Körper löste sich von den langen Nadeln nicht, strömte sein Blut aus, hing aber über der Grube, ohne zu fallen. Die Egge wollte schon in ihre alte Lage zurückkehren, aber als merke sie selbst, daß sie von ihrer Last noch nicht befreit sei, blieb sie doch über der Grube. „Helft doch!“, schrie der Reisende zum Soldaten und zum Verurteilten hinüber und faßte selbst die Füße des Offiziers. Er wollte sich hier gegen die Füße drücken, die zwei sollten auf der anderen Seite den Kopf des Offiziers fassen, und so sollte er langsam von den Nadeln gehoben werden. Aber nun konnten sich die zwei nicht entschließen zu kommen; der Verurteilte drehte sich geradezu um; der Reisende mußte zu ihnen hinübergehen und sie mit Gewalt zu dem Kopf des Offiziers drängen. Hierbei sah er fast gegen Willen das Gesicht der Leiche. Es war, wie es im Leben gewesen war; kein Zeichen der versprochenen Erlösung war zu entdecken; was alle anderen in der Maschine gefunden hatten, der Offizier fand es nicht; die Lippen waren fest zusammengedrückt, die Augen waren offen, hatten den Ausdruck des Lebens, der Blick war ruhig und überzeugt, durch die Stirn ging die Spitze des großen eisernen Stachels.

Als der Reisende, mit dem Soldaten und dem Verurteilten hinter sich, zu den ersten Häusern der Kolonie kam, zeigte der Soldat auf eins und sagte: „Hier ist das Teehaus.“

Im Erdgeschoß eines Hauses war ein tiefer, niedriger, höhlenartiger, an den Wänden und an der Decke verräucherter Raum. Gegen die Straße zu war er in seiner ganzen Breite offen. Trotzdem sich das Teehaus von den übrigen Häusern der Kolonie, die bis auf die Palastbauten der Kommandantur alle sehr verkommen waren, wenig unterschied, übte es auf den Reisenden doch den Eindruck einer historischen Erinnerung aus, und er fühlte die Macht der früheren Zeiten. Er trat näher heran, ging, gefolgt von seinen Begleitern, zwischen den unbesetzten Tischen hindurch, die vor dem Teehaus auf der Straße standen, und atmete die kühle, dumpfige Luft ein, die aus dem Innern kam. „Der Alte ist hier begraben“, sagte der Soldat, „ein Platz auf dem Friedhof ist ihm vom Geistlichen verweigert worden. Man war eine Zeitlang unentschlossen, wo man ihn begraben sollte, schließlich hat man ihn hier begraben. Davon hat Ihnen der Offizier gewiß nichts erzählt, denn dessen hat er sich natürlich am meisten geschämt. Er hat sogar einigemal in der Nacht versucht, den Alten auszugraben, er ist aber immer verjagt worden.“ „Wo ist das Grab?“, fragte der Reisende, der dem Soldaten nicht glauben konnte. Gleich liefen beide, der Soldat wie der Verurteilte, vor ihm her und zeigten mit ausgestreckten Händen dorthin, wo sich das Grab befinden sollte. Sie führten den Reisenden bis zur Rückwand, wo an einigen Tischen Gäste saßen. Es waren wahrscheinlich Hafenarbeiter, starke Männer mit kurzen, glänzend schwarzen Vollbärten. Alle waren ohne Rock, ihre Hemden waren zerrissen, es war armes, gedemütigtes Volk. Als sich der Reisende näherte, erhoben sich einige, drückten sich an die Wand und sahen ihm entgegen. „Es ist ein Fremder“, flüsterte es um den Reisenden herum, „er will das Grab ansehen.“ Sie schoben einen der Tische beiseite, unter dem sich wirklich ein Grabstein befand. Es war ein einfacher Stein, niedrig genug, um unter einem Tisch verborgen werden zu können. Er trug eine Aufschrift mit sehr kleinen Buchstaben, der Reisende mußte, um sie zu lesen, niederknien. Sie lautete: „Hier ruht der alte Kommandant. Seine Anhänger, die jetzt keinen Namen tragen dürfen, haben ihm das Grab gegraben und den Stein gesetzt. Es besteht eine Prophezeiung, daß der Kommandant nach einer bestimmten Anzahl von Jahren auferstehen und aus diesem Hause seine Anhänger zur Wiedereroberung der Kolonie führen wird. Glaubet und wartet!“ Als der Reisende das gelesen hatte und sich erhob, sah er rings um sich die Männer stehen und lächeln, als hätten sie mit ihm die Aufschrift gelesen, sie lächerlich gefunden und forderten ihn auf, sich ihrer Meinung anzuschließen. Der Reisende tat, als merke er das nicht, verteilte einige Münzen unter sie, wartete noch bis der Tisch über das Grab geschoben war, verließ das Teehaus und ging zum Hafen.

Der Soldat und der Verurteilte hatten im Teehaus Bekannte gefunden, die sie zurückhielten. Sie mußten sich aber bald von ihnen losgerissen haben, denn der Reisende befand sich erst in der Mitte der langen Treppe, die zu den Booten führte, als sie ihm schon nachliefen. Sie wollten wahrscheinlich den Reisenden im letzten Augenblick zwingen, sie mitzunehmen. Während der Reisende unten mit einem Schiffer wegen der Überfahrt zum Dampfer unterhandelte, rasten die zwei die Treppe hinab, schweigend, denn zu schreien wagten sie nicht. Aber als sie unten ankamen, war der Reisende schon im Boot, und der Schiffer löste es gerade vom Ufer. Sie hätten noch ins Boot springen können, aber der Reisende hob ein schweres, geknotetes Tau vom Boden, drohte ihnen damit und hielt sie dadurch von dem Sprunge ab.

Page intentionally left blank.

Verbraucht alle Kohle; leer der Kübel; sinnlos die Schaufel; Kälte atmend der Ofen; das Zimmer vollgeblasen von Frost; vor dem Fenster Bäume starr im Reif; der Himmel, ein silberner Schild gegen den, der von ihm Hilfe will. Ich muß Kohle haben; ich darf doch nicht erfrieren; hinter mir der erbarmungslose Ofen, vor mir der Himmel ebenso, infolgedessen muß ich scharf zwischendurch reiten und in der Mitte beim Kohlenhändler Hilfe suchen. Gegen meine gewöhnlichen Bitten aber ist er schon abgestumpft; ich muß ihm ganz genau nachweisen, daß ich kein einziges Kohlenstäubchen mehr habe und daß er daher für mich geradezu die Sonne am Firmament bedeutet. Ich muß kommen wie der Bettler, der röchelnd vor Hunger an der Türschwelle verenden will und dem deshalb die Herrschaftsköchin den Bodensatz des letzten Kaffees einzuflößen sich entscheidet; ebenso muß mir der Händler, wütend, aber unter dem Strahl des Gebotes „Du sollst nicht töten!“ eine Schaufel voll in den Kübel schleudern.
Meine Auffahrt schon muß es entscheiden; ich reite deshalb auf dem Kübel hin. Als Kübelreiter, die Hand oben am Griff, dem einfachsten Zaumzeug, drehe ich mich beschwerlich die Treppe hinab; unten aber steigt mein Kübel auf, prächtig, prächtig; Kamele, niedrig am Boden hingelagert, steigen, sich schüttelnd unter dem Stock des Führers, nicht schöner auf. Durch die festgefrorene Gasse geht es in ebenmäßigem Trab; oft werde ich bis zur Höhe der ersten Stockwerke gehoben; niemals sinke ich bis zur Haustüre hinab. Und außergewöhnlich hoch schwebe ich vor dem Kellergewölbe des Händlers, in dem er tief unten an seinem Tischchen kauert und schreibt; um die übergroße Hitze abzulassen, hat er die Tür geöffnet.
„Kohlenhändler!“, rufe ich mit vor Kälte hohlgebrannter Stimme, in Rauchwolken des Atems gehüllt, „bitte, Kohlenhändler, gib mir ein wenig Kohle. Mein Kübel ist schon so leer, daß ich auf ihm reiten kann. Sei so gut. Sobald ich kann, bezahle ich's.“
Der Händler legt die Hand ans Ohr. „Hör ich recht?“, fragte er über die Schulter weg seine Frau, die auf der Ofenbank strickt, „hör ich recht? Eine Kundschaft.“
„Ich höre gar nichts“, sagt die Frau, ruhig aus — und einatmend über den Stricknadeln, wohlig im Rücken gewärmt.
„O ja“, rufe ich, „ich bin es; eine alte Kundschaft; treu ergeben; nur augenblicklich mittellos.“ „Frau“, sagt der Händler, „es ist, es ist jemand; so sehr kann ich mich doch nicht täuschen; eine alte, eine sehr alte Kundschaft muß es sein, die mir so zum Herzen zu sprechen weiß.“
„Was hast du, Mann?“, sagte die Frau und drückt, einen Augenblick ausruhend, die Handarbeit an die Brust, „niemand ist es, die Gasse ist leer, alle unsere Kundschaft ist versorgt; wir können für Tage das Geschäft sperren und ausruhn.“

„Aber ich sitze doch hier auf dem Kübel“, rufe ich und gefühllose Tränen der Kälte verschleiern mir die Augen, „bitte seht doch herauf; Ihr werdet mich gleich entdecken; um eine Schaufel voll bitte ich; und gebt Ihr zwei, macht Ihr mich überglücklich. Es ist doch schon alle übrige Kundschaft versorgt. Ach, hörte ich es doch schon in dem Kübel klappern!“
„Ich komme“, sagt der Händler und kurzbeinig will er die Kellertreppe emporsteigen, aber die Frau ist schon bei ihm, hält ihn beim Arm fest und sagt: „Du bleibst. Läßt du von deinem Eigensinn nicht ab, so gehe ich hinauf. Erinnere dich an deinen schweren Husten heute nacht. Aber für ein Geschäft und sei es auch nur ein eingebildetes, vergißt du Frau und Kind und opferst deine Lungen. Ich gehe.“ „Dann nenn ihm aber alle Sorten, die wir auf Lager haben; die Preise rufe ich dir nach.“ „Gut“, sagte die Frau und steigt zur Gasse auf. Natürlich sieht sie mich gleich. „Frau Kohlenhändlerin“, rufe ich, „ergebenen Gruß; nur eine Schaufel Kohle; gleich hier in den Kübel; ich führe sie selbst nach Hause; eine Schaufel von der schlechtesten. Ich bezahle sie natürlich voll, aber nicht gleich, nicht gleich.“ Was für ein Glockenklang sind die zwei Worte „nicht gleich“ und wie sinnverwirrend mischen sie sich mit dem Abendläuten, das eben vom nahen Kirchturm zu hören ist!
„Was will er also haben?“, ruft der Händler. „Nichts“, ruft die Frau zurück, „es ist ja nichts; ich sehe nichts, ich höre nichts; nur sechs Uhr läutet es und wir schließen. Ungeheuer ist die Kälte; morgen werden wir wahrscheinlich noch viel Arbeit haben.“
Sie sieht nichts und hört nichts; aber dennoch löst sie das Schürzenband und versucht mich mit der Schürze fortzuwehen. Leider gelingt es. Alle Vorzüge eines guten Reittieres hat mein Kübel;Widerstandskraft hat er nicht; zu leicht ist er; eine Frauenschürze jagt ihm die Beine vom Boden.
„Du Böse“, rufe ich noch zurück, während sie, zum Geschäft sich wendend, halb verächtlich, halb befriedigt mit der Hand in die Luft schlägt „du Böse! Um eine Schaufel von der schlechtesten habe ich gebeten und du hast sie mir nicht gegeben.“ Und damit steige ich in die Regionen der Eisgebirge und verliere mich auf Nimmerwiedersehen.

Ein Hungerkünstler

Page intentionally left blank.

Erstes Leid

Ein Trapezkünstler — bekanntlich ist diese hoch in den Kuppeln der großen Varietébühnen ausgeübte Kunst eine der schwierigsten unter allen, Menschen erreichbaren — hatte, zuerst nur aus dem Streben nach Vervollkommnung, später auch aus tyrannisch gewordener Gewohnheit sein Leben derart eingerichtet, daß er, solange er im gleichen Unternehmen arbeitete, Tag und Nacht auf dem Trapez blieb. Allen seinen, übrigens sehr geringen Bedürfnissen wurde durch einander ablösende Diener entsprochen, welche unten wachten und alles, was oben benötigt wurde, in eigens konstruierten Gefäßen hinauf- und hinabzogen. Besondere Schwierigkeiten für die Umwelt ergaben sich aus dieser Lebensweise nicht; nur während der sonstigen Programm-Nummern war es ein wenig störend, daß er, wie sich nicht verbergen ließ, oben geblieben war und daß, trotzdem er sich in solchen Zeiten meist ruhig verhielt, hie und da ein Blick aus dem Publikum zu ihm abirrte. Doch verziehen ihm dies die Direktionen, weil er ein außerordentlicher, unersetzlicher Künstler war. Auch sah man natürlich ein, daß er nicht aus Mutwillen so lebte, und eigentlich nur so sich in dauernder Übung erhalten, nur so seine Kunst in ihrer Vollkommenheit bewahren konnte.

Doch war es oben auch sonst gesund, und wenn in der wärmeren Jahreszeit in der ganzen Runde der Wölbung die Seitenfenster aufgeklappt wurden und mit der frischen Luft die Sonne mächtig in den dämmernden Raum eindrang, dann war es dort sogar schön. Freilich, sein menschlicher Verkehr war eingeschränkt, nur manchmal kletterte auf der Strickleiter ein Turnerkollege zu ihm hinauf, dann saßen sie beide auf dem Trapez, lehnten rechts und links an den Haltestricken und plauderten, oder es verbesserten Bauarbeiter das Dach und wechselten einige Worte mit ihm durch ein offenes Fenster, oder es überprüfte der Feuerwehrmann die Notbeleuchtung auf der obersten Galerie und rief ihm etwas Respektvolles, aber wenig Verständliches zu. Sonst blieb es um ihn still; nachdenklich sah nur manchmal irgendein Angestellter, der sich etwa am Nachmittag in das leere Theater verirrte, in die dem Blick sich fast entziehende Höhe empor, wo der Trapezkünstler, ohne wissen zu können, daß jemand ihn beobachtete, seine Künste trieb oder ruhte.

So hätte der Trapezkünstler ungestört leben können, wären nicht die unvermeidlichen Reisen von Ort zu Ort gewesen, die ihm äußerst lästig waren. Zwar sorgte der Impresario dafür, daß der Trapezkünstler von jeder unnötigen Verlängerung seiner Leiden verschont blieb: für die Fahrten in den Städten benützte man Rennautomobile, mit denen man, womöglich in der Nacht oder in den frühesten Morgenstunden, durch die menschenleeren Straßen mit letzter Geschwindigkeit jagte, aber freilich zu langsam für des Trapezkünstlers Sehnsucht; im Eisenbahnzug war ein ganzes Kupee bestellt, in welchem der Trapezkünstler, zwar in kläglichem, aber doch irgendeinem Ersatz seiner sonstigen Lebensweise die Fahrt oben im Gepäcknetz zubrachte; im nächsten Gastspielort war im Theater lange vor der Ankunft des Trapezkünstlers das Trapez schon an seiner Stelle, auch waren alle zum Theaterraum führenden Türen weit geöffnet, alle Gänge frei gehalten — aber es waren doch immer die schönsten Augenblicke im Leben des Impresario, wenn der Trapezkünstler dann den Fuß auf die Strickleiter setzte und im Nu, endlich, wieder oben an seinem Trapez hing.

So viele Reisen nun auch schon dem Impresario geglückt waren, jede neue war ihm doch wieder peinlich, denn die Reisen waren, von allem anderen abgesehen, für die Nerven des Trapezkünstlers jedenfalls zerstörend.

So fuhren sie wieder einmal miteinander, der Trapezkünstler lag im Gepäcknetz und träumte, der Impresario lehnte in der Fensterecke gegenüber und las ein Buch, da redete ihn der Trapezkünstler leise an. Der Impresario war gleich zu seinen Diensten. Der Trapezkünstler sagte, die Lippen beißend, er müsse jetzt für sein Turnen, statt des bisherigen einen, immer zwei Trapeze haben, zwei Trapeze einander gegenüber. Der Impresario war damit sofort einverstanden. Der Trapezkünstler aber, so als wolle er es zeigen, daß hier die Zustimmung des Impresario ebenso bedeutungslos sei, wie es etwa sein Widerspruch wäre, sagte, daß er nun niemals mehr und unter keinen Umständen nur auf einem Trapez turnen werde. Unter der Vorstellung, daß es vielleicht doch einmal geschehen könnte, schien er zu schaudern. Der Impresario erklärte, zögernd und beobachtend, nochmals sein volles Einverständnis, zwei Trapeze seien besser als eines, auch sonst sei diese neue Einrichtung vorteilhaft, sie mache die Produktion abwechslungsreicher. Da fing der Trapezkünstler plötzlich zu weinen an. Tief erschrocken sprang der Impresario auf und fragte, was denn geschehen sei, und da er keine Antwort bekam, stieg er auf die Bank, streichelte ihn und drückte sein Gesicht an das eigene, so daß er auch von des Trapezkünstlers Tränen überflossen wurde. Aber erst nach vielen Fragen und Schmeichelworten sagte der Trapezkünstler schluchzend: „Nur diese eine Stange in den Händen — wie kann ich denn leben!“ Nun war es dem Impresario schon leichter, den Trapezkünstler zu trösten; er versprach, gleich aus der nächsten Station an den nächsten Gastspielort wegen des zweiten Trapezes zu telegraphieren; machte sich Vorwürfe, daß er den Trapezkünstler so lange Zeit nur auf einem Trapez hatte arbeiten lassen, und dankte ihm und lobte ihn sehr, daß er endlich auf den Fehler aufmerksam gemacht hatte. So gelang es dem Impresario, den Trapezkünstler langsam zu beruhigen, und er konnte wieder zurück in seine Ecke gehen. Er selbst aber war nicht beruhigt, mit schwerer Sorge betrachtete er heimlich über das Buch hinweg den Trapezkünstler. Wenn ihn einmal solche Gedanken zu quälen begannen, konnten sie je gänzlich aufhören? Mußten sie sich nicht immerfort steigern? Waren sie nicht existenzbedrohend? Und wirklich glaubte der Impresario zu sehn, wie jetzt im scheinbar ruhigen Schlaf, in welchen das Weinen geendet hatte, die ersten Falten auf des Trapezkünstlers glatter Kinderstirn sich einzuzeichnen begannen.

Eine kleine Frau

Es ist eine kleine Frau; von Natur aus recht schlank, ist sie doch stark geschnürt; ich sehe sie immer im gleichen Kleid, es ist aus gelblich-grauem, gewissermaßen holzfarbigem Stoff und ist ein wenig mit Troddeln oder knopfartigen Behängen von gleicher Farbe versehen; sie ist immer ohne Hut, ihr stumpfblondes Haar ist glatt und nicht unordentlich, aber sehr locker gehalten. Trotzdem sie geschnürt ist, ist sie doch leicht beweglich, sie übertreibt freilich diese Beweglichkeit, gern hält sie die Hände in den Hüften und wendet den Oberkörper mit einem Wurf überraschend schnell seitlich. Den Eindruck, den ihre Hand auf mich macht, kann ich nur wiedergeben, wenn ich sage, daß ich noch keine Hand gesehen habe, bei der die einzelnen Finger derart scharf voneinander abgegrenzt wären, wie bei der ihren; doch hat ihre Hand keineswegs irgendeine anatomische Merkwürdigkeit, es ist eine völlig normale Hand.

Diese kleine Frau nun ist mit mir sehr unzufrieden, immer hat sie etwas an mir auszusetzen, immer geschieht ihr Unrecht von mir, ich ärgere sie auf Schritt und Tritt; wenn man das Leben in allerkleinste Teile teilen und jedes Teilchen gesondert beurteilen könnte, wäre gewiß jedes Teilchen meines Lebens für sie ein Ärgernis. Ich habe oft darüber nachgedacht, warum ich sie denn so ärgere; mag sein, daß alles an mir ihrem Schönheitssinn, ihrem Gerechtigkeitsgefühl, ihren Gewohnheiten, ihren Überlieferungen, ihren Hoffnungen widerspricht, es gibt derartige einander widersprechende Naturen, aber warum leidet sie so sehr darunter? Es besteht ja gar keine Beziehung zwischen uns, die sie zwingen würde, durch mich zu leiden. Sie müßte sich nur entschließen, mich als völlig Fremden anzusehn, der ich ja auch bin und der ich gegen einen solchen Entschluß mich nicht wehren, sondern ihn sehr begrüßen würde, sie müßte sich nur entschließen, meine Existenz zu vergessen, die ich ihr ja niemals aufgedrängt habe oder aufdrängen würde — und alles Leid wäre offenbar vorüber. Ich sehe hiebei ganz von mir ab und davon, daß ihr Verhalten natürlich auch mir peinlich ist, ich sehe davon ab, weil ich ja wohl erkenne, daß alle diese Peinlichkeit nichts ist im Vergleich mit ihrem Leid. Wobei ich mir allerdings durchaus dessen bewußt bin, daß es kein liebendes Leid ist; es liegt ihr gar nichts daran, mich wirklich zu bessern, zumal ja auch alles, was sie an mir aussetzt, nicht von einer derartigen Beschaffenheit ist, daß mein Fortkommen dadurch gestört würde. Aber mein Fortkommen kümmert sie eben auch nicht, sie kümmert nichts anderes als ihr persönliches Interesse, nämlich die Qual zu rächen, die ich ihr bereite, und die Qual, die ihr in Zukunft von mir droht, zu verhindern. Ich habe schon einmal versucht, sie darauf hinzuweisen, wie diesem fortwährenden Ärger am besten ein Ende gemacht werden könnte,

doch habe ich sie gerade dadurch in eine derartige Aufwallung gebracht, daß ich den Versuch nicht mehr wiederholen werde.
Auch liegt ja, wenn man will, eine gewisse Verantwortung auf mir, denn so fremd mir die kleine Frau auch ist, und so sehr die einzige Beziehung, die zwischen uns besteht, der Ärger ist, den ich ihr bereite, oder vielmehr der Ärger, den sie sich von mir bereiten läßt, dürfte es mir doch nicht gleichgültig sein, wie sie sichtbar unter diesem Ärger auch körperlich leidet. Es kommen hie und da, sich mehrend in letzter Zeit, Nachrichten zu mir, daß sie wieder einmal am Morgen bleich, übernächtigt, von Kopfschmerzen gequält und fast arbeitsunfähig gewesen sei; sie macht damit ihren Angehörigen Sorgen, man rät hin und her nach den Ursachen ihres Zustandes und hat sie bisher noch nicht gefunden. Ich allein kenne sie, es ist der alte und immer neue Ärger. Nun teile ich freilich die Sorgen ihrer Angehörigen nicht; sie ist stark und zäh; wer sich so zu ärgern vermag, vermag wahrscheinlich auch die Folgen des Ärgers zu überwinden, ich habe sogar den Verdacht, daß sie sich — wenigstens zum Teil — nur leidend stellt, um auf diese Weise den Verdacht der Welt auf mich hinzulenken. Offen zu sagen, wie ich sie durch mein Dasein quäle, ist sie zu stolz; an andere meinetwegen zu appellieren, würde sie als eine Herabwürdigung ihrer selbst empfinden; nur aus Widerwillen, aus einem nicht aufhören den, ewig sie antreibenden Widerwillen beschäftigt sie sich mit mir; diese unreine Sache auch noch vor der Öffentlichkeit zu besprechen, das wäre für ihre Scham zu viel. Aber es ist doch auch zu viel, von der Sache ganz zu schweigen, unter deren unaufhörlichem Druck sie steht. Und so versucht sie in ihrer Frauenschlauheit einen Mittelweg; schweigend, nur durch die äußern Zeichen eines geheimen Leides will sie die Angelegenheit vor das Gericht der Öffentlichkeit bringen. Vielleicht hofft sie sogar, daß, wenn die Öffentlichkeit einmal ihren vollen Blick auf mich richtet, ein allgemeiner öffentlicher Ärger gegen mich entstehen und mit seinen großen Machtmitteln mich bis zur vollständigen Endgültigkeit viel kräftiger und schneller richten wird, als es ihr verhältnismäßig doch schwacher privater Ärger imstande ist; dann aber wird sie sich zurückziehen, aufatmen und mir den Rücken kehren. Nun, sollten dies wirklich ihre Hoffnungen sein, so täuscht sie sich. Die Öffentlichkeit wird nicht ihre Rolle übernehmen; die Öffentlichkeit wird niemals so unendlich viel an mir auszusetzen haben, auch wenn sie mich unter ihre stärkste Lupe nimmt. Ich bin kein so unnützer Mensch, wie sie glaubt; ich will mich nicht rühmen und besonders nicht in diesem Zusammenhang; wenn ich aber auch nicht durch besondere Brauchbarkeit ausgezeichnet sein sollte, werde ich doch auch gewiß nicht gegenteilig auffallen; nur für sie, für ihre fast weißstrahlenden Augen bin ich so, niemanden andern wird sie davon überzeugen können. Also könnte ich in dieser Hinsicht völlig beruhigt sein? Nein, doch nicht; denn wenn es wirklich

bekannt wird, daß ich sie geradezu krank mache durch mein Benehmen, und einige Aufpasser, eben die fleißigsten Nachrichtenüberbringer, sind schon nahe daran, es zu durchschauen oder sie stellen sich wenigstens so, als durchschauten sie es, und es kommt die Welt und wird mir die Frage stellen, warum ich denn die arme kleine Frau durch meine Unverbesserlichkeit quäle und ob ich sie etwa bis in den Tod zu treiben beabsichtige und wann ich endlich die Vernunft und das einfache menschliche Mitgefühl haben werde, damit aufzuhören — wenn mich die Welt so fragen wird, es wird schwer sein, ihr zu antworten. Soll ich dann eingestehn, daß ich an jene Krankheitszeichen nicht sehr glaube, und soll ich damit den unangenehmen Eindruck hervorrufen, daß ich, um von einer Schuld loszukommen, andere beschuldige und gar in so unfeiner Weise? Und könnte ich etwa gar offen sagen, daß ich, selbst wenn ich an ein wirkliches Kranksein glaubte, nicht das geringste Mitgefühl hätte, da mir ja die Frau völlig fremd ist und die Beziehung, die zwischen uns besteht, nur von ihr hergestellt ist und nur von ihrer Seite aus besteht. Ich will nicht sagen, daß man mir nicht glauben würde; man würde mir vielmehr weder glauben noch nicht glauben; man käme gar nicht so weit, daß davon die Rede sein könnte; man würde lediglich die Antwort registrieren, die ich hinsichtlich einer schwachen, kranken Frau gegeben habe, und das wäre wenig günstig für mich. Hier wie bei jeder andern Antwort wird mir eben hartnäckig in die Quere kommen die Unfähigkeit der Welt, in einem Fall wie diesem den Verdacht einer Liebesbeziehung nicht aufkommen zu lassen, trotzdem es bis zur äußersten Deutlichkeit zutage liegt, daß eine solche Beziehung nicht besteht und daß, wenn sie bestehen würde, sie eher noch von mir ausginge, der ich tatsächlich die kleine Frau in der Schlagkraft ihres Urteils und der Unermüdlichkeit ihrer Folgerungen immerhin zu bewundern fähig wäre, wenn ich nicht eben durch ihre Vorzüge immerfort gestraft würde. Bei ihr aber ist jedenfalls keine Spur einer freundlichen Beziehung zu mir vorhanden; darin ist sie aufrichtig und wahr; darauf ruht meine letzte Hoffnung; nicht einmal, wenn es in ihren Kriegsplan passen würde, an eine solche Beziehung zu mir glauben zu machen, würde sie sich soweit vergessen, etwas Derartiges zu tun. Aber die in dieser Richtung völlig stumpfe Öffentlichkeit wird bei ihrer Meinung bleiben und immer gegen mich entscheiden.

So bliebe mir eigentlich doch nur übrig, rechtzeitig, ehe die Welt eingreift, mich soweit zu ändern, daß ich den Ärger der kleinen Frau nicht etwa beseitige, was undenkbar ist, aber doch ein wenig mildere. Und ich habe mich tatsächlich öfters gefragt, ob mich denn mein gegenwärtiger Zustand so befriedige, daß ich ihn gar nicht ändern wolle, und ob es denn nicht möglich wäre, gewisse Änderungen an mir vorzunehmen, auch wenn ich es nicht täte, weil ich von ihrer Notwendigkeit überzeugt wäre, sondern nur, um die Frau zu besänftigen. Und ich habe es ehrlich versucht, nicht ohne Mühe und

Sorgfalt, es entsprach mir sogar, es belustigte mich fast; einzelne Änderungen ergaben sich, waren weithin sichtbar, ich mußte die Frau nicht auf sie aufmerksam machen, sie merkt alles Derartige früher als ich, sie merkt schon den Ausdruck der Absicht in meinem Wesen; aber ein Erfolg war mir nicht beschieden. Wie wäre es auch möglich? Ihre Unzufriedenheit mit mir ist ja, wie ich jetzt schon einsehe, eine grundsätzliche; nichts kann sie beseitigen, nicht einmal die Beseitigung meiner selbst; ihre Wutanfälle etwa bei der Nachricht meines Selbstmordes wären grenzenlos. Nun kann ich mir nicht vorstellen, daß sie, diese scharfsinnige Frau, dies nicht ebenso einsieht wie ich, und zwar sowohl die Aussichtslosigkeit ihrer Bemühungen als auch meine Unschuld, meine Unfähigkeit, selbst bei bestem Willen ihrer Forderungen zu entsprechen. Gewiß sieht sie es ein, aber als Kämpfernatur vergißt sie es in der Leidenschaft des Kampfes, und meine unglückliche Art, die ich aber nicht anders wählen kann, denn sie ist mir nun einmal so gegeben, besteht darin, daß ich jemandem, der außer Rand und Band geraten ist, eine leise Mahnung zuflüstern will. Auf diese Weise werden wir uns natürlich nie verständigen. Immer wieder werde ich etwa im Glück der ersten Morgenstunden aus dem Hause treten und dieses um meinetwillen vergrämte Gesicht sehn, die verdrießlich aufgestülpten Lippen, den prüfenden und schon vor der Prüfung das Ergebnis kennenden Blick, der über mich hinführt und dem selbst bei größter Flüchtigkeit nichts entgehen kann, das bittere in die mädchenhafte Wange sich einbohrende Lächeln, das klagende Aufschauen zum Himmel, das Einlegen der Hände in die Hüften, um sich zu festigen, und dann in der Empörung das Bleichwerden und Erzittern.
Letzthin machte ich, überhaupt zum erstenmal, wie ich mir bei dieser Gelegenheit erstaunt eingestand, einem guten Freund einige Andeutungen von dieser Sache, nur nebenbei, leicht, mit ein paar Worten, ich drückte die Bedeutung des Ganzen, so klein sie für mich nach außen hin im Grunde ist, noch ein wenig unter die Wahrheit hinab. Sonderbar, daß der Freund dennoch nicht darüber hinweghörte, ja sogar aus eigenem der Sache an Bedeutung hinzugab, sich nicht ablenken ließ und dabei verharrte. Noch sonderbarer allerdings, daß er trotzdem in einem entscheidenden Punkt die Sache unterschätzte, denn er riet mir ernstlich, ein wenig zu verreisen. Kein Rat könnte unverständiger sein; die Dinge liegen zwar einfach, jeder kann sie, wenn er näher hinzutritt, durchschauen, aber so einfach sind sie doch auch nicht, daß durch mein Wegfahren alles oder auch nur das Wichtigste in Ordnung käme. Im Gegenteil, vor dem Wegfahren muß ich mich vielmehr hüten; wenn ich überhaupt irgendeinen Plan befolgen soll, dann jedenfalls den, die Sache in ihren bisherigen, engen, die Außenwelt noch nicht einbeziehenden Grenzen zu halten, also ruhig zu bleiben, wo ich bin, und keine großen, durch diese Sache veranlaßten, auffallenden Veränderungen zuzulassen, wozu auch gehört, mit niemandem davon zu sprechen, aber dies

alles nicht deshalb, weil es irgendein gefährliches Geheimnis wäre, sondern deshalb, weil es eine kleine, rein persönliche und als solche immerhin leicht zu tragende Angelegenheit ist und weil sie dieses auch bleiben soll. Darin waren die Bemerkungen des Freundes doch nicht ohne Nutzen, sie haben mich nichts Neues gelehrt, aber mich in meiner Grundansicht bestärkt.

Wie es sich ja überhaupt bei genauerem Nachdenken zeigt, daß die Veränderungen, welche die Sachlage im Laufe der Zeit erfahren zu haben scheint, keine Veränderungen der Sache selbst sind, sondern nur die Entwicklung meiner Anschauung von ihr, insofern, als diese Anschauung teils ruhiger, männlicher wird, dem Kern näher kommt, teils allerdings auch unter dem nicht zu verwindenden Einfluß der fortwährenden Erschütterungen, seien diese auch noch so leicht, eine gewisse Nervosität annimmt.

Ruhiger werde ich der Sache gegenüber, indem ich zu erkennen glaube, daß eine Entscheidung, so nahe sie manchmal bevorzustehen scheint, doch wohl noch nicht kommen wird; man ist leicht geneigt, besonders in jungen Jahren, das Tempo, in dem Entscheidungen kommen, sehr zu überschätzen; wenn einmal meine kleine Richterin, schwach geworden durch meinen Anblick, seitlich in den Sessel sank, mit der einen Hand sich an der Rückenlehne festhielt, mit der anderen an ihrem Schnürleib nestelte, und Tränen des Zornes und der Verzweiflung ihr die Wangen hinab rollten, dachte ich immer, nun sei die Entscheidung da und gleich würde ich vorgerufen werden, mich zu verantworten. Aber nichts von Entscheidung, nichts von Verantwortung, Frauen wird leicht übel, die Welt hat nicht Zeit, auf alle Fälle aufzupassen. Und was ist denn eigentlich in all den Jahren geschehn? Nichts weiter, als daß sich solche Fälle wiederholten, einmal stärker, einmal schwächer, und daß nun also ihre Gesamtzahl größer ist. Und daß Leute sich in der Nähe herumtreiben und gern eingreifen würden, wenn sie eine Möglichkeit dazu finden würden; aber sie finden keine, bisher verlassen sie sich nur auf ihre Witterung, und Witterung allein genügt zwar, um ihren Besitzer reichlich zu beschäftigen, aber zu anderem taugt sie nicht. So aber war es im Grunde immer, immer gab es diese unnützen Eckensteher und Lufteinatmer, welche ihre Nähe immer auf irgendeine überschlaue Weise, am liebsten durch Verwandtschaft, entschuldigten, immer haben sie aufgepaßt, immer haben sie die Nase voll Witterung gehabt, aber das Ergebnis alles dessen ist nur, daß sie noch immer dastehn. Der ganze Unterschied besteht darin, daß ich sie allmählich erkannt habe, ihre Gesichter unterscheide; früher habe ich geglaubt, sie kämen allmählich von überall her zusammen, die Ausmaße der Angelegenheit vergrößerten sich und würden von selbst die Entscheidung erzwingen; heute glaube ich zu wissen, daß das alles von alters her da war und mit dem Herankommen der Entscheidung sehr wenig oder nichts zu tun hat. Und die Entscheidung selbst, warum benenne ich sie mit einem so großen Wort? Wenn es einmal — und gewiß nicht morgen und übermorgen und wahrscheinlich niemals — dazu kommen sollte, daß sich die Öffentlichkeit doch mit dieser Sache, für die sie, wie ich immer wiederholen werde, nicht zuständig ist, beschäftigt, werde ich zwar nicht unbeschädigt aus dem Verfahren hervorgehen, aber es wird doch wohin Betracht gezogen werden, daß ich der Öffentlichkeit nicht unbekannt bin, in ihrem vollen Licht seit jeher lebe, vertrauensvoll und Vertrauen verdienend, und daß deshalb diese nachträglich hervorgekommene leidende kleine Frau, die, nebenbei bemerkt, ein anderer als ich vielleicht längst als Klette erkannt und für die Öffentlichkeit völlig geräuschlos unter seinem Stiefel zertreten hätte, daß diese Frau doch schlimmstenfalls nur einen kleinen häßlichen Schnörkel dem Diplom hinzufügen konnte, in welchem mich die Öffentlichkeit längst als ihr achtungswertes Mitglied erklärt. Das ist der heutige Stand der Dinge, der also wenig geeignet ist, mich zu beunruhigen.

Daß ich mit den Jahren doch ein wenig unruhig geworden bin, hat mit der eigentlichen Bedeutung der Sache gar nichts zu tun; man hält es einfach nicht aus, jemanden immerfort zu ärgern, selbst wenn man die Grundlosigkeit des Ärgers wohl erkennt; man wird unruhig, man fängt an, gewissermaßen nur körperlich, auf Entscheidungen zu lauern, auch wenn man an ihr Kommen vernünftigerweise nicht sehr glaubt. Zum Teil aber handelt es sich auch nur um eine Alterserscheinung; die Jugend kleidet alles gut; unschöne Einzelheiten verlieren sich in der unaufhörlichen Kraftquelle der Jugend; mag einer als Junge einen etwas lauernden Blick gehabt haben, er ist ihm nicht übelgenommen, er ist gar nicht bemerkt worden, nicht einmal von ihm selbst; aber, was im Alter übrigbleibt, sind Reste, jeder ist nötig, keiner wird erneut, jeder steht unter Beobachtung, und der lauernde Blick eines alternden Mannes ist eben ein ganz deutlich lauernder Blick, und es ist nicht schwierig, ihn festzustellen. Nur ist es aber auch hier keine wirkliche sachliche Verschlimmerung.

Von wo aus also ich es auch ansehe, immer wieder zeigt sich und dabei bleibe ich, daß, wenn ich mit der Hand auch nur ganz leicht diese kleine Sache verdeckt halte, ich noch sehr lange, ungestört von der Welt, mein bisheriges Leben ruhig werde fortsetzen dürfen, trotz allen Tobens der Frau.

Ein Hungerkünstler

In den letzten Jahrzehnten ist das Interesse an Hungerkünstlern sehr zurückgegangen. Während es sich früher gut lohnte, große derartige Vorführungen in eigener Regie zu veranstalten, ist dies heute völlig unmöglich. Es waren andere Zeiten. Damals beschäftigte sich die ganze Stadt mit dem Hungerkünstler; von Hungertag zu Hungertag stieg die Teilnahme; jeder wollte den Hungerkünstler zumindest einmal täglich sehn; an den spätern Tagen gab es Abonnenten, welche tagelang vor dem kleinen Gitterkäfig saßen; auch in der Nacht fanden Besichtigungen statt, zur Erhöhung der Wirkung bei Fackelschein; an schönen Tagen wurde der Käfig ins Freie getragen, und nun waren es besonders die Kinder, denen der Hungerkünstler gezeigt wurde; während er für die Erwachsenen oft nur ein Spaß war, an dem sie der Mode halber teilnahmen, sahen die Kinder staunend, mit offenem Mund, der Sicherheit halber einander bei der Hand haltend, zu, wie er bleich, im schwarzen Trikot, mit mächtig vortretenden Rippen, sogar einen Sessel verschmähend, auf hingestreutem Stroh saß, einmal höflich nickend, angestrengt lächelnd Fragen beantwortete, auch durch das Gitter den Arm streckte, um seine Magerkeit befühlen zu lassen, dann aber wieder ganz in sich selbst versank, um niemanden sich kümmerte, nicht einmal um den für ihn so wichtigen Schlag der Uhr, die das einzige Möbelstück des Käfigs war, sondern nur vor sich hinsah mit fast geschlossenen Augen und hie und da aus einem winzigen Gläschen Wasser nippte, um sich die Lippen zu feuchten.

Außer den wechselnden Zuschauern waren auch ständige, vom Publikum gewählte Wächter da, merkwürdigerweise gewöhnlich Fleischhauer, welche, immer drei gleichzeitig, die Aufgabe hatten, Tag und Nacht den Hungerkünstler zu beobachten, damit er nicht etwa auf irgendeine heimliche Weise doch Nahrung zu sich nehme. Es war das aber lediglich eine Formalität, eingeführt zur Beruhigung der Massen, denn die Eingeweihten wußten wohl, daß der Hungerkünstler während der Hungerzeit niemals, unter keinen Umständen, selbst unter Zwang nicht, auch das geringste nur gegessen hätte; die Ehre seiner Kunst verbot dies. Freilich, nicht jeder Wächter konnte das begreifen, es fanden sich manchmal nächtliche Wachgruppen, welche die Bewachung sehr lax durchführten, absichtlich in eine ferne Ecke sich zusammensetzten und dort sich ins Kartenspiel vertieften, in der offenbaren Absicht, dem Hungerkünstler eine kleine Erfrischung zu gönnen, die er ihrer Meinung nach aus irgendwelchen geheimen Vorräten hervorholen konnte. Nichts war dem Hungerkünstler quälender als solche Wächter; sie machten ihn trübselig; sie machten ihm das Hungern entsetzlich schwer; manchmal überwand er seine Schwäche und sang während dieser Wachzeit, solange er es nur aushielt, um den Leuten zu zeigen, wie ungerecht sie ihn verdächtigten. Doch half das wenig; sie wunderten sich dann nur über seine Geschicklichkeit, selbst während des Singens zu essen. Viel lieber waren ihm die Wächter, welche sich eng zum Gitter setzten, mit der trüben Nachtbeleuchtung des Saales sich nicht begnügten, sondern ihn mit den elektrischen Taschenlampen bestrahlten, die ihnen der Impresario zur Verfügung stellte. Das grelle Licht störte ihn gar nicht, schlafen konnte er ja überhaupt nicht, und ein wenig hindämmern konnte er immer, bei jeder Beleuchtung und zu jeder Stunde, auch im übervollen, lärmenden Saal. Er war sehr gerne bereit, mit solchen Wächtern die Nacht gänzlich ohne Schlaf zu verbringen; er war bereit, mit ihnen zu scherzen, ihnen Geschichten aus seinem Wanderleben zu erzählen, dann wieder ihre Erzählungen anzuhören, alles nur, um sie wachzuhalten, um ihnen immer wieder zeigen zu können, daß er nichts Eßbares im Käfig hatte und daß er hungerte, wie keiner von ihnen es könnte. Am glücklichsten aber war er, wenn dann der Morgen kam und ihnen auf seine Rechnung ein überreiches Frühstück gebracht wurde, auf das sie sich warfen mit dem Appetit gesunder Männer nach einer mühevoll durchwachten Nacht. Es gab zwar sogar Leute, die in diesem Frühstück eine ungebührliche Beeinflussung der Wächter sehen wollten, aber das ging doch zu weit, und wenn man sie fragte, ob etwa sie nur um der Sache willen ohne Frühstück die Nachtwache übernehmen wollten, verzogen sie sich, aber bei ihren Verdächtigungen blieben sie dennoch.

Dieses allerdings gehörte schon zu den vom Hungern überhaupt nicht zu trennenden Verdächtigungen. Niemand war ja imstande, alle die Tage und Nächte beim Hungerkünstler ununterbrochen als Wächter zu verbringen, niemand also konnte aus eigener Anschauung wissen, ob wirklich ununterbrochen, fehlerlos gehungert worden war; nur der Hungerkünstler selbst konnte das wissen, nur er also gleichzeitig der von seinem Hungern vollkommen befriedigte Zuschauer sein. Er aber war wieder aus einem andern Grunde niemals befriedigt; vielleicht war er gar nicht vom Hungern so sehr abgemagert, daß manche zu ihrem Bedauern den Vorführungen fernbleiben mußten, weil sie seinen Anblick nicht ertrugen, sondern er war nur so abgemagert aus Unzufriedenheit mit sich selbst. Er allein nämlich wußte, auch kein Eingeweihter sonst wußte das, wie leicht das Hungern war. Es war die leichteste Sache von der Welt. Er verschwieg es auch nicht, aber man glaubte ihm nicht, hielt ihn günstigenfalls für bescheiden, meist aber für reklamesüchtig oder gar für einen Schwindler, dem das Hungern allerdings leicht war, weil er es sich leicht zu machen verstand, und der auch noch die Stirn hatte, es halb zu gestehn. Das alles mußte er hinnehmen, hatte sich auch im Laufe der Jahre daran gewöhnt, aber innerlich nagte diese Unbefriedigtheit immer an ihm, und noch niemals, nach keiner Hungerperiode — dieses Zeugnis mußte man ihm ausstellen — hatte er

freiwillig den Käfig verlassen. Als Höchstzeit für das Hungern hatte der Impresario vierzig Tage festgesetzt, darüber hinaus ließ er niemals hungern, auch in den Weltstädten nicht, und zwar aus gutem Grund. Vierzig Tage etwa konnte man erfahrungsgemäß durch allmählich sich steigernde Reklame das Interesse einer Stadt immer mehr aufstacheln, dann aber versagte das Publikum, eine wesentliche Abnahme des Zuspruchs war festzustellen; es bestanden natürlich in dieser Hinsicht kleine Unterschiede zwischen den Städten und Ländern, als Regel aber galt, daß vierzig Tage die Höchstzeit war. Dann also am vierzigsten Tage wurde die Tür des mit Blumen umkränzten Käfigs geöffnet, eine begeisterte Zuschauerschaft erfüllte das Amphitheater, eine Militärkapelle spielte, zwei Ärzte betraten den Käfig, um die nötigen Messungen am Hungerkünstler vorzunehmen, durch ein Megaphon wurden die Resultate dem Saale verkündet, und schließlich kamen zwei junge Damen, glücklich dar über, daß gerade sie ausgelost worden waren, und wollten den Hungerkünstler aus dem Käfig ein paar Stufen hinab führen, wo auf einem kleinen Tischchen eine sorgfältig ausgewählte Krankenmahlzeit serviert war. Und in diesem Augenblick wehrte sich der Hungerkünstler immer. Zwar legte er noch freiwillig seine Knochenarme in die hilfsbereit ausgestreckten Hände der zu ihm hinabgebeugten Damen, aber aufstehen wollte er nicht.
Warum gerade jetzt nach vierzig Tagen aufhören? Er hätte es noch lange, unbeschränkt lange ausgehalten; warum gerade jetzt aufhören, wo er im besten, ja noch nicht einmal im besten Hungern war? Warum wollte man ihn des Ruhmes berauben, weiter zu hungern, nicht nur der größte Hungerkünstler aller Zeiten zu werden, der er ja wahrscheinlich schon war, aber auch noch sich selbst zu übertreffen bis ins Unbegreifliche, denn für seine Fähigkeit zu hungern fühlte er keine Grenzen. Warum hatte diese Menge, die ihn so sehr zu bewundern vorgab, so wenig Geduld mit ihm; wenn er es aushielt, noch weiter zu hungern, warum wollte sie es nicht aushalten? Auch war er müde, saß gut im Stroh und sollte sich nun hoch und lang aufrichten und zu dem Essen gehn, das ihm schon allein in der Vorstellung Übelkeiten verursachte, deren Äußerung er nur mit Rücksicht auf die Damen mühselig unterdrückte. Und er blickte empor in die Augen der scheinbar so freundlichen, in Wirklichkeit so grausamen Damen und schüttelte den auf dem schwachen Halse überschweren Kopf. Aber dann geschah, was immer geschah. Der Impresario kam, hob stumm — die Musik machte das Reden unmöglich — die Arme über dem Hungerkünstler, so, als lade er den Himmel ein, sich sein Werk hier auf dem Stroh einmal anzusehn, diesen bedauernswerten Märtyrer, welcher der Hungerkünstler allerdings war, nur in ganz anderem Sinn; faßte den Hungerkünstler um die dünne Taille, wobei er durch übertriebene Vorsicht glaubhaft machen wollte, mit einem wie gebrechlichen Ding er es hier zu tun habe; und übergab ihn —

nicht ohne ihn im geheimen ein wenig zu schütteln, so daß der Hungerkünstler mit den Beinen und dem Oberkörper unbeherrscht hin und her schwankte — den inzwischen totenbleich gewordenen Damen. Nun duldete der Hungerkünstler alles; der Kopf lag auf der Brust, es war, als sei er hingerollt und halte sich dort unerklärlich; der Leib war ausgehöhlt; die Beine drückten sich im Selbsterhaltungstrieb fest in den Knien aneinander, scharrten aber doch den Boden, so, als sei es nicht der wirkliche, den wirklichen suchten sie erst; und die ganze, allerdings sehr kleine Last des Körpers lag auf einer der Damen, welche hilfesuchend, mit fliegendem Atem — so hatte sie sich dieses Ehrenamt nicht vorgestellt — zuerst den Hals möglichst streckte, um wenigstens das Gesicht vor der Berührung mit dem Hungerkünstler zu bewahren, dann aber, da ihr dies nicht gelang und ihre glücklichere Gefährtin ihr nicht zu Hilfe kam, sondern sich damit begnügte, zitternd die Hand des Hungerkünstlers, dieses kleine Knochenbündel, vor sich herzutragen, unter dem entzückten Gelächter des Saales in Weinen ausbrach und von einem längst bereitgestellten Diener abgelöst werden mußte. Dann kam das Essen, von dem der Impresario dem Hungerkünstler während eines ohnmachtähnlichen Halbschlafes ein wenig einflößte, unter lustigem Plaudern, das die Aufmerksamkeit vom Zustand des Hungerkünstlers ablenken sollte; dann wurde noch ein Trinkspruch auf das Publikum ausgebracht, welcher dem Impresario angeblich vom Hungerkünstler zugeflüstert worden war; das Orchester bekräftigte alles durch einen großen Tusch, man ging auseinander, und niemand hatte das Recht, mit dem Gesehenen unzufrieden zu sein, niemand, nur der Hungerkünstler, immer nur er.

So lebte er mit regelmäßigen kleinen Ruhepausen viele Jahre, in scheinbarem Glanz, von der Welt geehrt, bei alledem aber meist in trüber Laune, die immer noch trüber wurde dadurch, daß niemand sie ernst zu nehmen verstand. Womit sollte man ihn auch trösten? Was blieb ihm zu wünschen übrig? Und wenn sich einmal ein Gutmütiger fand, der ihn bedauerte und ihm erklären wollte, daß seine Traurigkeit wahrscheinlich von dem Hungern käme, konnte es, besonders bei vorgeschrittener Hungerzeit, geschehn, daß der Hungerkünstler mit einem Wutausbruch antwortete und zum Schrecken aller wie ein Tier an dem Gitter zu rütteln begann. Doch hatte für solche Zustände der Impresario ein Strafmittel, das er gern anwandte. Er entschuldigte den Hungerkünstler vor versammeltem Publikum, gab zu, daß nur die durch das Hungern hervorgerufene, für satte Menschen nicht ohne weiteres begreifliche Reizbarkeit das Benehmen des Hungerkünstlers verzeihlich machen könne; kam dann im Zusammenhang damit auch auf die ebenso zu erklärende Behauptung des Hungerkünstlers zu sprechen, er könnte noch viel länger hungern, als er hungere; lobte das hohe Streben, den guten Willen, die große Selbstverleugnung, die gewiß auch in dieser

Behauptung enthalten seien; suchte dann aber die Behauptung einfach genug durch Vorzeigen von Photographien, die gleichzeitig verkauft wurden, zu widerlegen, denn auf den Bildern sah man den Hungerkünstler an einem vierzigsten Hungertag, im Bett, fast verlöscht vor Entkräftung. Diese dem Hungerkünstler zwar wohlbekannte, immer aber von neuem ihn entnervende Verdrehung der Wahrheit war ihm zu viel. Was die Folge der vorzeitigen Beendigung des Hungerns war, stellte man hier als die Ursache dar! Gegen diesen Unverstand, gegen diese Welt des Unverstandes zu kämpfen, war unmöglich. Noch hatte er immer wieder im gutem Glauben begierig am Gitter dem Impresario zugehört, beim Erscheinen der Photographien aber ließ er das Gitter jedesmal los, sank mit Seufzen ins Stroh zurück, und das beruhigte Publikum konnte wieder herankommen und ihn besichtigen.

Wenn die Zeugen solcher Szenen ein paar Jahre später daran zurückdachten, wurden sie sich oft selbst unverständlich. Denn inzwischen war jener erwähnte Umschwung eingetreten; fast plötzlich war das geschehen; es mochte tiefere Gründe haben, aber wem lag daran, sie aufzufinden; jedenfalls sah sich eines Tages der verwöhnte Hungerkünstler von der vergnügungssüchtigen Menge verlassen, die lieber zu anderen Schaustellungen strömte. Noch einmal jagte der Impresario mit ihm durch halb Europa, um zu sehn, ob sich nicht noch hie und da das alte Interesse wiederfände; alles vergeblich; wie in einem geheimen Einverständnis hatte sich überall geradezu eine Abneigung gegen das Schauhungern ausgebildet. Natürlich hatte das in Wirklichkeit nicht plötzlich so kommen können, und man erinnerte sich jetzt nachträglich an manche zu ihrer Zeit im Rausch der Erfolge nicht genügend beachtete, nicht genügend unterdrückte Vorboten, aber jetzt etwas dagegen zu unternehmen, war zu spät. Zwar war es sicher, daß einmal auch für das Hungern wieder die Zeit kommen werde, aber für die Lebenden war das kein Trost. Was sollte nun der Hungerkünstler tun? Der, welchen Tausende umjubelt hatten, konnte sich nicht in Schaubuden auf kleinen Jahrmärkten zeigen, und um einen andern Beruf zu ergreifen, war der Hungerkünstler nicht nur zu alt, sondern vor allem dem Hungern allzu fanatisch ergeben. So verabschiedete er denn den Impresario, den Genossen einer Laufbahn ohnegleichen, und ließ sich von einem großen Zirkus engagieren; um seine Empfindlichkeit zu schonen, sah er die Vertragsbedingungen gar nicht an.

Ein großer Zirkus mit seiner Unzahl von einander immer wieder ausgleichenden und ergänzenden Menschen und Tieren und Apparaten kann jeden und zu jeder Zeit gebrauchen, auch einen Hungerkünstler, bei entsprechend bescheidenen Ansprüchen natürlich, und außerdem war es ja in diesem besonderen Fall nicht nur der Hungerkünstler selbst, der engagiert wurde, sondern auch sein alter berühmter Name, ja man konnte bei der Eigenart dieser im zunehmenden Alter nicht abnehmenden Kunst nicht einmal sagen, daß ein ausgedienter, nicht mehr auf der Höhe seines Könnens stehender Künstler sich in einen ruhigen Zirkusposten flüchten wolle, im Gegenteil, der Hungerkünstler versicherte, daß er, was durchaus glaubwürdig war, ebensogut hungere wie früher, ja er behauptete sogar, er werde, wenn man ihm seinen Willen lasse, und dies versprach man ihm ohne weiteres, eigentlich erst jetzt die Welt in berechtigtes Erstaunen setzen, eine Behauptung allerdings, die mit Rücksicht auf die Zeitstimmung, welche der Hungerkünstler im Eifer leicht vergaß, bei den Fachleuten nur ein Lächeln hervorrief.

Im Grunde aber verlor auch der Hungerkünstler den Blick für die wirklichen Verhältnisse nicht und nahm es als selbstverständlich hin, daß man ihn mit seinem Käfig nicht etwa als Glanznummer mitten in die Manege stellte, sondern draußen an einem im übrigen recht gut zugänglichen Ort in der Nähe der Stallungen unterbrachte. Große, bunt gemalte Aufschriften umrahmten den Käfig und verkündeten, was dort zu sehen war. Wenn das Publikum in den Pausen der Vorstellung zu den Ställen drängte, um die Tiere zu besichtigen, war es fast unvermeidlich, daß es beim Hungerkünstler vorüberkam und ein wenig dort haltmachte, man wäre vielleicht länger bei ihm geblieben, wenn nicht in dem schmalen Gang die Nachdrängenden, welche diesen Aufenthalt auf dem Weg zu den ersehnten Ställen nicht verstanden, eine längere ruhige Betrachtung unmöglich gemacht hätten. Dies war auch der Grund, warum der Hungerkünstler vor diesen Besuchszeiten, die er als seinen Lebenszweck natürlich herbeiwünschte, doch auch wieder zitterte. In der ersten Zeit hatte er die Vorstellungspausen kaum erwarten können; entzückt hatte er der sich heranwälzenden Menge entgegengesehn, bis er sich nur zu bald — auch die hartnäckigste, fast bewußte Selbsttäuschung hielt den Erfahrungen nicht stand — davon überzeugte, daß es zumeist der Absicht nach, immer wieder, ausnahmslos, lauter Stallbesucher waren. Und dieser Anblick von der Ferne blieb noch immer der schönste. Denn wenn sie bis zu ihm herangekommen waren, umtobte ihn sofort Geschrei und Schimpfen der ununterbrochen neu sich bildenden Parteien, jener, welche — sie wurde dem Hungerkünstler bald die peinlichere — ihn bequem ansehen wollte, nicht etwa aus Verständnis, sondern aus Laune und Trotz, und jener zweiten, die zunächst nur nach den Ställen verlangte. War der große Haufe vorüber, dann kamen die Nachzügler, und diese allerdings, denen es nicht mehr verwehrt war, stehenzubleiben, solange sie nur Lust hatten, eilten mit langen Schritten, fast ohne Seitenblick, vorüber, um rechtzeitig zu den Tieren zu kommen. Und es war kein allzu häufiger Glücksfall, daß ein Familienvater mit seinen Kindern kam, mit dem Finger auf den Hungerkünstler zeigte, ausführlich erklärte, um was es sich hier handelte, von früheren Jahren erzählte, wo er bei ähnlichen, aber unvergleichlich großartigeren Vorführungen gewesen war, und dann die

Kinder, wegen ihrer ungenügenden Vorbereitung von Schule und Leben her, zwar immer noch verständnislos blieben — was war ihnen Hungern? — aber doch in dem Glanz ihrer forschenden Augen etwas von neuen, kommenden, gnädigeren Zeiten verrieten. Vielleicht, so sagte sich der Hungerkünstler dann manchmal, würde alles doch ein wenig besser werden, wenn sein Standort nicht gar so nahe bei den Ställen wäre. Den Leuten wurde dadurch die Wahl zu leicht gemacht, nicht zu reden davon, daß ihn die Ausdünstungen der Ställe, die Unruhe der Tiere in der Nacht, das Vorübertragen der rohen Fleischstücke für die Raubtiere, die Schreie bei der Fütterung sehr verletzten und dauernd bedrückten.

Aber bei der Direktion vorstellig zu werden, wagte er nicht; immerhin verdankte er ja den Tieren die Menge der Besucher, unter denen sich hie und da auch ein für ihn Bestimmter finden konnte, und wer wußte, wohin man ihn verstecken würde, wenn er an seine Existenz erinnern wollte und damit auch daran, daß er, genau genommen, nur ein Hindernis auf dem Weg zu den Ställen war.

Ein kleines Hindernis allerdings, ein immer kleiner werdendes Hindernis. Man gewöhnte sich an die Sonderbarkeit, in den heutigen Zeiten Aufmerksamkeit für einen Hungerkünstler beanspruchen zu wollen, und mit dieser Gewöhnung war das Urteil über ihn gesprochen. Er mochte so gut hungern, als er nur konnte, und er tat es, aber nichts konnte ihn mehr retten, man ging an ihm vorüber. Versuche, jemandem die Hungerkunst zu erklären! Wer es nicht fühlt, dem kann man es nicht begreiflich machen. Die schönen Aufschriften wurden schmutzig und unleserlich, man riß sie herunter, niemandem fiel es ein, sie zu ersetzen; das Täfelchen mit der Ziffer der abgeleisteten Hungertage, das in der ersten Zeit sorgfältig täglich erneuert worden war, blieb schon längst immer das gleiche, denn nach den ersten Wochen war das Personal selbst dieser kleinen Arbeit überdrüssig geworden; und so hungerte zwar der Hungerkünstler weiter, wie er es früher einmal erträumt hatte, und es gelang ihm ohne Mühe ganz so, wie er es damals vorausgesagt hatte, aber niemand zählte die Tage, niemand, nicht einmal der Hungerkünstler selbst wußte, wie groß die Leistung schon war, und sein Herz wurde schwer. Und wenn einmal in der Zeit ein Müßiggänger stehenblieb, sich über die alte Ziffer lustig machte und von Schwindel sprach, so war das in diesem Sinn die dümmste Lüge, welche Gleichgültigkeit und eingeborene Bösartigkeit erfinden konnten, denn nicht der Hungerkünstler betrog, er arbeitete ehrlich, aber die Welt betrog ihn um seinen Lohn.

Doch vergingen wieder viele Tage, und auch das nahm ein Ende. Einmal fiel einem Aufseher der Käfig auf, und er fragte die Diener, warum man hier diesen gut brauchbaren Käfig mit dem verfaulten Stroh drinnen unbenützt stehenlasse; niemand wußte es, bis sich einer mit Hilfe der Ziffertafel an den Hungerkünstler erinnerte. Man rührte mit Stangen das Stroh auf und fand den

Hungerkünstler darin. „Du hungerst noch immer?“, fragte der Aufseher, „wann wirst du denn endlich aufhören?“ „Verzeiht mir alle“, flüsterte der Hungerkünstler; nur der Aufseher, der das Ohr ans Gitter hielt, verstand ihn. „Gewiß“, sagte der Aufseher und legte den Finger an die Stirn, um damit den Zustand des Hungerkünstlers dem Personal anzudeuten, „wir verzeihen dir.“ „Immerfort wollte ich, daß ihr mein Hungern bewundert“, sagte der Hungerkünstler. „Wir bewundern es auch“, sagte der Aufseher entgegenkommend. „Ihr solltet es aber nicht bewundern“, sagte der Hungerkünstler. „Nun, dann bewundern wir es also nicht“, sagte der Aufseher, „warum sollen wir es denn nicht bewundern?“ „Weil ich hungern muß, ich kann nicht anders“, sagte der Hungerkünstler. „Da sieh mal einer“, sagte der Aufseher, „warum kannst du denn nicht anders?“ „Weil ich“, sagte der Hungerkünstler, hob das Köpfchen ein wenig und sprach mit wie zum Kuß gespitzten Lippen gerade in das Ohr des Aufsehers hinein, damit nichts verloren ginge, „weil ich nicht die Speise finden konnte, die mir schmeckt. Hätte ich sie gefunden, glaube mir, ich hätte kein Aufsehen gemacht und mich vollgegessen wie du und alle.“ Das waren die letzten Worte, aber noch in seinen gebrochenen Augen war die feste, wenn auch nicht mehr stolze Überzeugung, daß er weiterhungere.

„Nun macht aber Ordnung!“, sagte der Aufseher, und man begrub den Hungerkünstler samt dem Stroh. In den Käfig aber gab man einen jungen Panther. Es war eine selbst dem stumpfsten Sinn fühlbare Erholung, in dem so lange öden Käfig dieses wilde Tier sich herumwerfen zu sehn. Ihm fehlte nichts. Die Nahrung, die ihm schmeckte, brachten ihm ohne langes Nachdenken die Wächter; nicht einmal die Freiheit schien er zu vermissen, dieser edle, mit allem Nötigen bis knapp zum Zerreißen ausgestattete Körper schien auch die Freiheit mit sich herumzutragen; irgendwo im Gebiß schien sie zu stecken; und die Freude am Leben kam mit derart starker Glut aus seinem Rachen, daß es für die Zuschauer nicht leicht war, ihr standzuhalten. Aber sie überwanden sich, umdrängten den Käfig und wollten sich gar nicht fortführen.

Josefine, die Sängerin

Unsere Sängerin heißt Josefine. Wer sie nicht gehört hat, kennt nicht die Macht des Gesanges. Es gibt niemanden, den ihr Gesang nicht fortreißt, was um so höher zu bewerten ist, als unser Geschlecht im ganzen Musik nicht liebt. Stiller Frieden ist uns die liebste Musik; unser Leben ist schwer, wir können uns, auch wenn wir einmal alle Tagessorgen abzuschütteln versucht haben, nicht mehr zu solchen, unserem sonstigen Leben so fernen Dingen erheben, wie es die Musik ist. Doch beklagen wir es nicht sehr; nicht einmal so weit kommen wir; eine gewisse praktische Schlauheit, die wir freilich auch äußerst dringend brauchen, halten wir für unsern größten Vorzug, und mit dem Lächeln dieser Schlauheit pflegen wir uns über alles hinwegzutrösten, auch wenn wir einmal — was aber nicht geschieht — das Verlangen nach dem Glück haben sollten, das von der Musik vielleicht ausgeht. Nur Josefine macht eine Ausnahme; sie liebt die Musik und weiß sie auch zu vermitteln;sie ist die einzige; mit ihrem Hingang wird die Musik — wer weiß wie lange — aus unserem Leben verschwinden.

Ich habe oft darüber nachgedacht, wie es sich mit dieser Musik eigentlich verhält. Wir sind doch ganz unmusikalisch; wie kommt es, daß wir Josefinens Gesang verstehn oder, da Josefine unser Verständnis leugnet, wenigstens zu verstehen glauben. Die einfachste Antwort wäre, daß die Schönheit dieses Gesanges so groß ist, daß auch der stumpfste Sinn ihr nicht widerstehen kann, aber diese Antwort ist nicht befriedigend. Wenn es wirklich so wäre, müßte man vor diesem Gesang zunächst und immer das Gefühl des Außerordentlichen haben, das Gefühl, aus dieser Kehle erklinge etwas, was wir nie vorher gehört haben und das zu hören wir gar nicht die Fähigkeit haben, etwas, was zu hören uns nur diese eine Josefine und niemand sonst befähigt. Gerade das trifft aber meiner Meinung nach nicht zu, ich fühle es nicht und habe auch bei andern nichts dergleichen bemerkt. Im vertrauten Kreise gestehen wir einander offen, daß Josefinens Gesang als Gesang nichts Außerordentliches darstellt.

Ist es denn überhaupt Gesang? Trotz unserer Unmusikalität haben wir Gesangsüberlieferungen; in den alten Zeiten unseres Volkes gab es Gesang; Sagen erzählen davon, und sogar Lieder sind erhalten, die freilich niemand mehr singen kann. Eine Ahnung dessen, was Gesang ist, haben wir also, und dieser Ahnung nun entspricht Josefinens Kunst eigentlich nicht. Ist es denn überhaupt Gesang? Ist es nicht vielleicht doch nur ein Pfeifen? Und Pfeifen allerdings kennen wir alle, es ist die eigentliche Kunstfertigkeit unseres Volkes, oder vielmehr gar keine Fertigkeit, sondern eine charakteristische Lebensäußerung. Alle pfeifen wir, aber freilich denkt niemand daran, das als Kunst auszugeben, wir pfeifen, ohne darauf zu achten, ja ohne es zu merken, und es gibt sogar viele unter uns, die gar nicht wissen, daß das Pfeifen zu unsern Eigentümlichkeiten gehört. Wenn es also wahr wäre, daß Josefine nicht singt, sondern nur pfeift und vielleicht gar, wie es mir wenigstens scheint, über die Grenzen des üblichen Pfeifens kaum hinauskommt — ja vielleicht reicht ihre Kraft für dieses übliche Pfeifen nicht einmal ganz hin, während es ein gewöhnlicher Erdarbeiter ohne Mühe den ganzen Tag über neben seiner Arbeit zustande bringt –, wenn das alles wahr wäre, dann wäre zwar Josefinens angebliche Künstlerschaft widerlegt, aber es wäre dann erst recht das Rätsel ihrer großen Wirkung zu lösen.

Es ist aber eben doch nicht nur Pfeifen, was sie produziert. Stellt man sich recht weit von ihr hin und horcht, oder noch besser, läßt man sich in dieser Hinsicht prüfen, singt also Josefine etwa unter andern Stimmen und setzt man sich die Aufgabe, ihre Stimme zu erkennen, dann wird man unweigerlich nichts anderes heraushören als ein gewöhnliches, höchstens durch Zartheit oder Schwäche ein wenig auffallendes Pfeifen. Aber steht man vor ihr, ist es doch nicht nur ein Pfeifen; es ist zum Verständnis ihrer Kunst notwendig, sie nicht nur zu hören, sondern auch zu sehn. Selbst wenn es nur unser tagtägliches Pfeifen wäre, so besteht hier doch schon zunächst die Sonderbarkeit, daß jemand sich feierlich hinstellt, um nichts anderes als das Übliche zu tun. Eine Nuß aufknacken ist wahrhaftig keine Kunst, deshalb wird es auch niemand wagen, ein Publikum zusammenzurufen und vor ihm, um es zu unterhalten, Nüsse knacken. Tut er es dennoch und gelingt seine Absicht, dann kann es sich eben doch nicht nur um bloßes Nüsseknacken handeln. Oder es handelt sich um Nüsseknacken, aber es stellt sich heraus, daß wir über diese Kunst hinweggesehen haben, weil wir sie glatt beherrschten und daß uns dieser neue Nußknacker erst ihr eigentliches Wesen zeigt, wobei es dann für die Wirkung sogar nützlich sein könnte, wenn er etwas weniger tüchtig im Nüsseknacken ist als die Mehrzahl von uns.

Vielleicht verhält es sich ähnlich mit Josefinens Gesang; wir bewundern an ihr das, was wir an uns gar nicht bewundern; übrigens stimmt sie in letzterer Hinsicht mit uns völlig überein. Ich war einmal zugegen, als sie jemand, wie dies natürlich öfters geschieht, auf das allgemeine Volkspfeifen aufmerksam machte, und zwar nur ganz bescheiden, aber für Josefine war es schon zu viel. Ein so freches, hochmütiges Lächeln, wie sie es damals aufsetzte, habe ich noch nicht gesehn; sie, die äußerlich eigentlich vollendete Zartheit ist, auffallend zart selbst in unserem an solchen Frauengestalten reichen Volk, erschien damals geradezu gemein; sie mochte es übrigens in ihrer großen Empfindlichkeit auch gleich selbst fühlen und faßte sich. Jedenfalls leugnet sie also jeden Zusammenhang zwischen ihrer Kunst und dem Pfeifen. Für die, welche gegenteiliger Meinung sind, hat sie nur Verachtung und wahrscheinlich uneingestandenen Haß. Das ist nicht gewöhnliche Eitelkeit, denn diese Opposition, zu der auch ich halb gehöre, bewundert sie gewiß nicht weniger, als es die Menge tut, aber Josefine will nicht nur bewundert, sondern genau in der von ihr bestimmten Art bewundert sein, an Bewunderung allein liegt ihr nichts. Und wenn man vor ihr sitzt, versteht man sie; Opposition treibt man nur in der Ferne; wenn man vor ihr sitzt, weiß man: was sie hier pfeift, ist kein Pfeifen.

Da Pfeifen zu unseren gedankenlosen Gewohnheiten gehört, könnte man meinen, daß auch in Josefinens Auditorium gepfiffen wird; es wird uns wohl bei ihrer Kunst, wenn uns wohl ist, pfeifen wir; aber ihr Auditorium pfeift nicht, es ist mäuschenstill; so als wären wir des ersehnten Friedens teilhaftig geworden, von dem uns zumindest unser eigenes Pfeifen abhält, schweigen wir. Ist es ihr Gesang, der uns entzückt oder nicht vielmehr die feierliche Stille, von der das schwache Stimmchen umgeben ist? Einmal geschah es, daß irgendein törichtes kleines Ding während Josefinens Gesang in aller Unschuld auch zu pfeifen anfing. Nun, es war ganz dasselbe, was wir auch von Josefine hörten; dort vorne das trotz aller Routine immer noch schüchterne Pfeifen und hier im Publikum das selbstvergessene kindliche Gepfeife; den Unterschied zu bezeichnen, wäre unmöglich gewesen; aber doch zischten und pfiffen wir gleich die Störerin nieder, trotzdem es gar nicht nötig gewesen wäre, denn sie hätte sich gewiß auch sonst in Angst und Scham verkrochen, während Josefine ihr Triumphpfeifen anstimmte und ganz außer sich war mit ihren ausgespreizten Armen und dem gar nicht mehr höher dehnbaren Hals.

So ist sie übrigens immer, jede Kleinigkeit, jeden Zufall, jede Widerspenstigkeit, ein Knacken im Parkett, ein Zähneknirschen, eine Beleuchtungsstörung hält sie für geeignet, die Wirkung ihres Gesanges zu erhöhen; sie singt ja ihrer Meinung nach vor tauben Ohren; an Begeisterung und Beifall fehlt es nicht, aber auf wirkliches Verständnis, wie sie es meint, hat sie längst verzichten gelernt. Da kommen ihr denn alle Störungen sehr gelegen; alles, was sich von außen her der Reinheit ihres Gesanges entgegenstellt, in leichtem Kampf; ja ohne Kampf, bloß durch die Gegenüberstellung besiegt wird, kann dazu beitragen, die Menge zu erwecken, sie zwar nicht Verständnis, aber ahnungsvollen Respekt zu lehren. Wenn ihr aber nun das Kleine so dient, wie erst das Große. Unser Leben ist sehr unruhig, jeder Tag bringt Überraschungen, Beängstigungen, Hoffnungen und Schrecken, daß der Einzelne unmöglich dies alles ertragen könnte, hätte er nicht jederzeit bei Tag und Nacht den Rückhalt der Genossen; aber selbst so wird es oft recht schwer; manchmal zittern selbst tausend Schultern unter der Last, die eigentlich nur für einen bestimmt war. Dann hält Josefine ihre Zeit für gekommen. Schon steht sie da, das zarte Wesen, besonders unterhalb der Brust beängstigend vibrierend, es ist, als hätte sie alle ihre Kraft im Gesang versammelt, als sei allem an ihr, was nicht dem Gesange unmittelbar diene, jede Kraft, fast jede Lebensmöglichkeit entzogen, als sei sie entblößt, preisgegeben, nur dem Schutze guter Geister überantwortet, als könne sie, während sie so, sich völlig entzogen, im Gesange wohnt, ein kalter Hauch im Vorüberwehn töten. Aber gerade bei solchem Anblick pflegen wir angeblichen Gegner uns zu sagen: „Sie kann nicht einmal pfeifen; so entsetzlich muß sie sich anstrengen, um nicht Gesang — reden wir nicht von Gesang — aber um das landesübliche Pfeifen einigermaßen sich abzuzwingen.“ So scheint es uns, doch ist dies, wie erwähnt, ein zwar unvermeidlicher, aber flüchtiger, schnell vorübergehender Eindruck. Schon tauchen auch wir in das Gefühl der Menge, die warm, Leib an Leib, scheu und atmend horcht. Und um diese Menge unseres fast immer in Bewegung befindlichen, wegen oft nicht sehr klarer Zwecke hin- und herschießenden Volkes um sich zu versammeln, muß Josefine meist nichts anderes tun, als mit zurückgelegtem Köpfchen, halboffenem Mund, der Höhe zugewandten Augen jene Stellung einnehmen, die darauf hindeutet, daß sie zu singen beabsichtigt. Sie kann dies tun, wo sie will, es muß kein weithin sichtbarer Platz sein, irgendein verborgener, in zufälliger Augenblickslaune gewählter Winkel ist ebensogut brauchbar. Die Nachricht, daß sie singen will, verbreitet sich gleich, und bald zieht es in Prozessionen hin. Nun, manchmal treten doch Hindernisse ein, Josefine singt mit Vorliebe gerade in aufgeregten Zeiten, vielfache Sorgen und Nöte zwingen uns dann zu vielerlei Wegen, man kann sich beim besten Willen nicht so schnell versammeln, wie es Josefine wünscht, und sie steht dort diesmal in ihrer großen Haltung vielleicht eine Zeitlang ohne genügende Hörerzahl — dann freilich wird sie wütend, dann stampft sie mit den Füßen, flucht ganz unmädchenhaft; ja sie beißt sogar. Aber selbst ein solches Verhalten schadet ihrem Rufe nicht; statt ihre übergroßen Ansprüche ein wenig einzudämmen, strengt man sich an, ihnen zu entsprechen; es werden Boten ausgeschickt, um Hörer herbeizuholen; es wird vor ihr geheimgehalten, daß das geschieht; man sieht dann auf den Wegen im Umkreis Posten aufgestellt, die den Herankommenden zuwinken, sie möchten sich beeilen; dies alles so lange, bis dann schließlich eine leidliche Anzahl beisammen ist.

Was treibt das Volk dazu, sich für Josefine so zu bemühen? Eine Frage, nicht leichter zu beantworten als die nach Josefinens Gesang, mit der sie ja auch zusammenhängt. Man könnte sie streichen und gänzlich mit der zweiten Frage vereinigen, wenn sich etwa behaupten ließe, daß das Volk wegen des Gesanges Josefine bedingungslos ergeben ist. Dies ist aber eben nicht der Fall; bedingungslose Ergebenheit kennt unser Volk kaum; dieses Volk, das über alles die freilich harmlose Schlauheit liebt, das kindliche Wispern, den freilich unschuldigen, bloß die Lippen bewegenden Tratsch, ein solches Volk kann immerhin nicht bedingungslos sich hingeben, das fühlt wohl auch Josefine, das ist es, was sie bekämpft mit aller Anstrengung ihrer schwachen Kehle.

Nur darf man freilich bei solchen allgemeinen Urteilen nicht zu weit gehn, das Volk ist Josefine doch ergeben, nur nicht bedingungslos. Es wäre zum Beispiel nicht fähig, über Josefine zu lachen. Man kann es sich eingestehn: an Josefine fordert manches zum Lachen auf; und an und für sich ist uns das Lachen immer nah; trotz allem Jammer unseres Lebens ist ein leises Lachen bei uns gewissermaßen immer zu Hause; aber über Josefine lachen wir nicht. Manchmal habe ich den Eindruck, das Volk fasse sein Verhältnis zu Josefine derart auf, daß sie, dieses zerbrechliche, schonungsbedürftige, irgendwie ausgezeichnete, ihrer Meinung nach durch Gesang ausgezeichnete Wesen, ihm anvertraut sei und es müsse für sie sorgen; der Grund dessen ist niemandem klar, nur die Tatsache scheint festzustehn. Über das aber, was einem anvertraut ist, lacht man nicht; darüber zu lachen, wäre Pflichtverletzung; es ist das Äußerste an Boshaftigkeit, was die Boshaftesten unter uns Josefine zufügen, wenn sie manchmal sagen:
„Das Lachen vergeht uns, wenn wir Josefine sehn."
So sorgt also das Volk für Josefine in der Art eines Vaters, der sich eines Kindes annimmt, das sein Händchen — man weiß nicht recht, ob bittend oder fordernd — nach ihm ausstreckt. Man sollte meinen, unser Volk tauge nicht zur Erfüllung solcher väterlicher Pflichten, aber in Wirklichkeit versieht es sie, wenigstens in diesem Falle, musterhaft; kein Einzelner könnte es, was in dieser Hinsicht das Volk als Ganzes zu tun imstande ist. Freilich, der Kraftunterschied zwischen dem Volk und dem Einzelnen ist so ungeheuer, es genügt, daß es den Schützling in die Wärme seiner Nähe zieht, und er ist beschützt genug. Zu Josefine wagt man allerdings von solchen Dingen nicht zu reden. „Ich pfeife auf eueren Schutz", sagt sie dann. „Ja, ja, du pfeifst", denken wir. Und außerdem ist es wahrhaftig keine Widerlegung, wenn sie rebelliert, vielmehr ist das durchaus Kindesart und Kindesdankbarkeit, und Art des Vaters ist es, sich nicht daran zu kehren.
Nun spricht aber doch noch anderes mit herein, das schwerer aus diesem Verhältnis zwischen Volk und Josefine zu erklären ist. Josefine ist nämlich der gegenteiligen Meinung, sie glaubt, sie sei es, die das Volk beschütze. Aus schlimmer politischer oder wirtschaftlicher Lage rettet uns angeblich ihr Gesang, nichts weniger als das bringt er zuwege, und wenn er das Unglück nicht vertreibt, so gibt er uns wenigstens die Kraft, es zu ertragen. Sie spricht es nicht so aus und auch nicht anders, sie spricht überhaupt wenig, sie ist schweigsam unter den Plappermäulern, aber aus ihren Augen blitzt es, von ihrem geschlossenen Mund — bei uns können nur wenige den Mund geschlossen halten, sie kann es — ist es abzulesen. Bei jeder schlechten Nachricht — und an manchen Tagen überrennen sie einander, falsche und halbrichtige darunter — erhebt sie sich sofort, während es sie sonst müde zu Boden zieht, erhebt sich und streckt den Hals und sucht den Überblick über ihre Herde wie der Hirt vor dem Gewitter. Gewiß, auch Kinder stellen

ähnliche Forderungen in ihrer wilden, unbeherrschten Art, aber bei Josefine sind sie doch nicht so unbegründet wie bei jenen. Freilich, sie rettet uns nicht und gibt uns keine Kräfte, es ist leicht, sich als Retter dieses Volkes aufzuspielen, das leidensgewohnt, sich nicht schonend, schnell in Entschlüssen, den Tod wohl kennend, nur dem Anscheine nach ängstlich in der Atmosphäre von Tollkühnheit, in der es ständig lebt, und überdies ebenso fruchtbar wie wagemutig — es ist leicht, sage ich, sich nachträglich als Retter dieses Volkes aufzuspielen, das sich noch immer irgendwie selbst gerettet hat, sei es auch unter Opfern, über die der Geschichtsforscher — im allgemeinen vernachlässigen wir Geschichtsforschung gänzlich — vor Schrecken erstarrt. Und doch ist es wahr, daß wir gerade in Notlagen noch besser als sonst auf Josefinens Stimme horchen. Die Drohungen, die über uns stehen, machen uns stiller, bescheidener, für Josefinens Befehlshaberei gefügiger; gern kommen wir zusammen, gern drängen wir uns aneinander, besonders weil es bei einem Anlaß geschieht, der ganz abseits liegt von der quälenden Hauptsache; es ist, als tränken wir noch schnell — ja, Eile ist nötig, das vergißt Josefine allzuoft — gemeinsam einen Becher des Friedens vor dem Kampf. Es ist nicht so sehr eine Gesangsvorführung als vielmehr eine Volksversammlung, und zwar eine Versammlung, bei der es bis auf das kleine Pfeifen vorne völlig still ist; viel zu ernst ist die Stunde, als daß man sie verschwätzen wollte. Ein solches Verhältnis könnte nun freilich Josefine gar nicht befriedigen. Trotz all ihres nervösen Mißbehagens, welches Josefine wegen ihrer niemals ganz geklärten Stellung erfüllt, sieht sie doch, verblendet von ihrem Selbstbewußtsein, manches nicht und kann ohne große Anstrengung dazu gebracht werden, noch viel mehr zu übersehen, ein Schwarm von Schmeichlern ist in diesem Sinne, also eigentlich in einem allgemein nützlichen Sinne, immerfort tätig, — aber nur nebenbei, unbeachtet, im Winkel einer Volksversammlung zu singen, dafür würde sie, trotzdem es an sich gar nicht wenig wäre, ihren Gesang gewiß nicht opfern.

Aber sie muß es auch nicht, denn ihre Kunst bleibt nicht unbeachtet. Trotzdem wir im Grunde mit ganz anderen Dingen beschäftigt sind und die Stille durchaus nicht nur dem Gesange zuliebe herrscht und mancher gar nicht aufschaut, sondern das Gesicht in den Pelz des Nachbars drückt und Josefine also dort oben sich vergeblich abzumühen scheint, dringt doch — das ist nicht zu leugnen — etwas von ihrem Pfeifen unweigerlich auch zu uns. Dieses Pfeifen, das sich erhebt, wo allen anderen Schweigen auferlegt ist, kommt fast wie eine Botschaft des Volkes zu dem Einzelnen; das dünne Pfeifen Josefinens mitten in den schweren Entscheidungen ist fast wie die armselige Existenz unseres Volkes mitten im Tumult der feindlichen Welt. Josefine behauptet sich, dieses Nichts an Stimme, dieses Nichts an Leistung behauptet sich und schafft sich den Weg zu uns; es tut wohl, daran zu denken. Einen wirklichen Gesangskünstler, wenn einer einmal sich unter uns

finden sollte, würden wir in solcher Zeit gewiß nicht ertragen und die Unsinnigkeit einer solchen Vorführung einmütig abweisen. Möge Josefine beschützt werden vor der Erkenntnis, daß die Tatsache, daß wir ihr zuhören, ein Beweis gegen ihren Gesang ist. Eine Ahnung dessen hat sie wohl, warum würde sie sonst so leidenschaftlich leugnen, daß wir ihr zuhören, aber immer wieder singt sie, pfeift sie sich über diese Ahnung hinweg.
Aber es gäbe auch sonst noch immer einen Trost für sie: wir hören ihr doch auch gewissermaßen wirklich zu, wahrscheinlich ähnlich, wie man einem Gesangskünstler zuhört; sie erreicht Wirkungen, die ein Gesangskünstler vergeblich bei uns anstreben würde und die nur gerade ihren unzureichenden Mitteln verliehen sind. Dies hängt wohl hauptsächlich mit unserer Lebensweise zusammen. In unserem Volke kennt man keine Jugend, kaum eine winzige Kinderzeit. Es treten zwar regelmäßig Forderungen auf, man möge den Kindern eine besondere Freiheit, eine besondere Schonung gewährleisten, ihr Recht auf ein wenig Sorglosigkeit, ein wenig sinnloses Sichherumtummeln, auf ein wenig Spiel, dieses Recht möge man anerkennen und ihm zur Erfüllung verhelfen; solche Forderungen treten auf und fast jedermann billigt sie, es gibt nichts, was mehr zu billigen wäre, aber es gibt auch nichts, was in der Wirklichkeit unseres Lebens weniger zugestanden werden könnte, man billigt die Forderungen, man macht Versuche in ihrem Sinn, aber bald ist wieder alles beim alten. Unser Leben ist eben derart, daß ein Kind, sobald es nur ein wenig läuft und die Umwelt ein wenig unterscheiden kann, ebenso für sich sorgen muß wie ein Erwachsener; die Gebiete, auf denen wir aus wirtschaftlichen Rücksichten zerstreut leben müssen, sind zu groß, unserer Feinde sind zu viele, die uns überall bereiteten Gefahren zu unberechenbar — wir können die Kinder vom Existenzkampfe nicht fernhalten, täten wir es, es wäre ihr vorzeitiges Ende. Zu diesen traurigen Gründen kommt freilich auch ein erhebender: die Fruchtbarkeit unseres Stammes. Eine Generation — und jede ist zahlreich — drängt die andere, die Kinder haben nicht Zeit, Kinder zu sein. Mögen bei anderen Völkern die Kinder sorgfältig gepflegt werden, mögen dort Schulen für die Kleinen errichtet sein, mögen dort aus diesen Schulen täglich die Kinder strömen, die Zukunft des Volkes, so sind es doch immer lange Zeit Tag für Tag die gleichen Kinder, die dort hervorkommen. Wir haben keine Schulen, aber aus unserem Volke strömen in allerkürzesten Zwischenräumen die unübersehbaren Scharen unserer Kinder, fröhlich zischend oder piepsend, solange sie noch nicht pfeifen können, sich wälzend oder kraft des Druckes weiterrollend, solange sie noch nicht laufen können, täppisch durch ihre Masse alles mit sich fortreißend, solange sie noch nicht sehen können, unsere Kinder! Und nicht wie in jenen Schulen die gleichen Kinder, nein, immer, immer wieder neue, ohne Ende, ohne Unterbrechung, kaum erscheint ein Kind, ist es nicht mehr Kind, aber schon drängen hinter ihm die neuen

Kindergesichter ununterscheidbar in ihrer Menge und Eile, rosig vor Glück. Freilich, wie schön dies auch sein mag und wie sehr uns andere darum auch mit Recht beneiden mögen, eine wirkliche Kinderzeit können wir eben unseren Kindern nicht geben. Und das hat seine Folgewirkungen. Eine gewisse unerstorbene, unausrottbare Kindlichkeit durchdringt unser Volk; im geraden Widerspruch zu unserem Besten, dem untrüglichen praktischen Verstande, handeln wir manchmal ganz und gar töricht, und zwar eben in der Art, wie Kinder töricht handeln, sinnlos, verschwenderisch, großzügig, leichtsinnig und dies alles oft einem kleinen Spaß zuliebe. Und wenn unsere Freude darüber natürlich nicht mehr die volle Kraft der Kinderfreude haben kann, etwas von dieser lebt darin noch gewiß. Von dieser Kindlichkeit unseres Volkes profitiert seit jeher auch Josefine.

Aber unser Volk ist nicht nur kindlich, es ist gewissermaßen auch vorzeitig alt, Kindheit und Alter machen sich bei uns anders als bei anderen. Wir haben keine Jugend, wir sind gleich Erwachsene, und Erwachsene sind wir dann zu lange, eine gewisse Müdigkeit und Hoffnungslosigkeit durchzieht von da aus mit breiter Spur das im ganzen doch so zähe und hoffnungsstarke Wesen unseres Volkes. Damit hängt wohl auch unsere Unmusikalität zusammen; wir sind zu alt für Musik, ihre Erregung, ihr Aufschwung paßt nicht für unsere Schwere, müde winken wir ihr ab; wir haben uns auf das Pfeifen zurückgezogen; ein wenig Pfeifen hie und da, das ist das Richtige für uns. Wer weiß, ob es nicht Musiktalente unter uns gibt; wenn es sie aber gäbe, der Charakter der Volksgenossen müßte sie noch vor ihrer Entfaltung unterdrücken. Dagegen mag Josefine nach ihrem Belieben pfeifen oder singen oder wie sie es nennen will, das stört uns nicht, das entspricht uns, das können wir wohl vertragen; wenn darin etwas von Musik enthalten sein sollte, so ist es auf die möglichste Nichtigkeit reduziert; eine gewisse Musiktradition wird gewahrt, aber ohne daß uns dies im geringsten beschweren würde.

Aber Josefine bringt diesem so gestimmten Volke noch mehr. Bei ihren Konzerten, besonders in ernster Zeit, haben nur noch die ganz Jungen Interesse an der Sängerin als solcher, nur sie sehen mit Staunen zu, wie sich ihre Lippen kräuselt, zwischen den niedlichen Vorderzähnen die Luft ausstößt, in Bewunderung der Töne, die sie selbst hervorbringt, erstirbt und dieses Hinsinken benützt, um sich zu neuer, ihr immer unverständlicher werdender Leistung anzufeuern, aber die eigentliche Menge hat sich — das ist deutlich zu erkennen — auf sich selbst zurückgezogen. Hier in den dürftigen Pausen zwischen den Kämpfen träumt das Volk, es ist, als lösten sich dem Einzelnen die Glieder, als dürfte sich der Ruhelose einmal nach seiner Lust im großen warmen Bett des Volkes dehnen und strecken. Und in diese Träume klingt hier und da Josefinens Pfeifen; sie nennt es perlend, wir nennen es stoßend; aber jedenfalls ist es hier an seinem Platze, wie nirgends sonst, wie Musik kaum jemals den auf sie wartenden Augenblick findet. Etwas von der armen kurzen Kindheit ist darin, etwas von verlorenem, nie wieder aufzufindendem Glück, aber auch etwas vom tätigen heutigen Leben ist darin, von seiner kleinen, unbegreiflichen und dennoch bestehenden und nicht zu ertötenden Munterkeit. Und dies alles ist wahrhaftig nicht mit großen Tönen gesagt, sondern leicht, flüsternd, vertraulich, manchmal ein wenig heiser. Natürlich ist es ein Pfeifen. Wie denn nicht? Pfeifen ist die Sprache unseres Volkes, nur pfeift mancher sein Leben lang und weiß es nicht, hier aber ist das Pfeifen frei gemacht von den Fesseln des täglichen Lebens und befreit auch uns für eine kurze Weile. Gewiß, diese Vorführungen wollten wir nicht missen.

Aber von da bis zu Josefinens Behauptung, sie gebe uns in solchen Zeiten neue Kräfte und so weiter, und so weiter, ist noch ein sehr weiter Weg. Für gewöhnliche Leute allerdings, nicht für Josefinens Schmeichler. „Wie könnte es anders sein" — sagen sie in recht unbefangener Keckheit — „wie könnte man anders den großen Zulauf, besonders unter unmittelbar drängender Gefahr, erklären, der schon manchmal sogar die genügende, rechtzeitige Abwehr eben dieser Gefahr verhindert hat." Nun, dies letztere ist leider richtig, gehört aber doch nicht zu den Ruhmestiteln Josefinens, besonders wenn man hinzufügt, daß, wenn solche Versammlungen unerwartet vom Feind gesprengt wurden und mancher der Unsrigen dabei sein Leben lassen mußte, Josefine, die alles verschuldet, ja, durch ihr Pfeifen den Feind vielleicht angelockt hatte, immer im Besitz des sichersten Plätzchens war und unter dem Schutze ihres Anhanges sehr still und eiligst als erste verschwand. Aber auch dieses wissen im Grunde alle, und dennoch eilen sie wieder hin, wenn Josefine nächstens nach ihrem Belieben irgendwo, irgendwann zum Gesange sich erhebt. Dar aus könnte man schließen, daß Josefine fast außerhalb des Gesetzes steht, daß sie tun darf, was sie will, selbst wenn es die Gesamtheit gefährdet, und daß ihr alles verziehen wird. Wenn dies so wäre, dann würden auch Josefinens Ansprüche völlig verständlich, ja, man könnte gewissermaßen in dieser Freiheit, die ihr das Volk geben würde, in diesem außerordentlichen, niemand sonst gewährten, die Gesetze eigentlich widerlegenden Geschenk ein Eingeständnis dessen sehen, daß das Volk Josefine, wie sie es behauptet, nicht versteht, ohnmächtig ihre Kunst anstaunt, sich ihrer nicht würdig fühlt, dieses Leid, das es Josefine tut, durch eine geradezu verzweifelte Leistung auszugleichen strebt und, so wie ihre Kunst außerhalb seines Fassungsvermögens ist, auch ihre Person und deren Wünsche außerhalb seiner Befehlsgewalt stellt. Nun, das ist allerdings ganz und gar nicht richtig, vielleicht kapituliert im einzelnen das Volk zu schnell vor Josefine, aber wie es bedingungslos vor niemandem kapituliert, also auch nicht vor ihr. Schon seit langer Zeit, schon seit Beginn ihrer Künstlerlaufbahn, kämpft Josefine darum, daß sie mit

Rücksicht auf ihren Gesang von jeder Arbeit befreit werde; man solle ihr also die Sorge um das tägliche Brot und alles, was sonst mit unserem Existenzkampf verbunden ist, abnehmen und es — wahrscheinlich — auf das Volk als Ganzes überwälzen. Ein schnell Begeisterter — es fanden sich auch solche — könnte schon allein aus der Sonderbarkeit dieser Forderung, aus der Geistesverfassung, die eine solche Forderung auszudenken imstande ist, auf deren innere Berechtigung schließen. Unser Volk zieht aber andere Schlüsse und lehnt ruhig die Forderung ab. Es müht sich auch mit der Widerlegung der Gesuchsbegründung nicht sehr ab. Josefine weist zum Beispiel darauf hin, daß die Anstrengung bei der Arbeit ihrer Stimme schade, daß zwar die Anstrengung bei der Arbeit gering sei im Vergleich zu jener beim Gesang, daß sie ihr aber doch die Möglichkeit nehme, nach dem Gesang sich genügend auszuruhen und für neuen Gesang sich zu stärken, sie müsse sich dabei gänzlich erschöpfen und könne trotzdem unter diesen Umständen ihre Höchstleistung niemals erreichen. Das Volk hört sie an und geht darüber hinweg. Dieses so leicht zu rührende Volk ist manchmal gar nicht zu rühren. Die Abweisung ist manchmal so hart, daß selbst Josefine stutzt, sie scheint sich zu fügen, arbeitet wie sich's gehört, singt so gut sie kann, aber das alles nur eine Weile, dann nimmt sie den Kampf mit neuen Kräften — dafür scheint sie unbeschränkt viele zu haben — wieder auf.
Nun ist es ja klar, daß Josefine nicht eigentlich das anstrebt, was sie wörtlich verlangt. Sie ist vernünftig, sie scheut die Arbeit nicht, wie ja Arbeitsscheu überhaupt bei uns unbekannt ist, sie würde auch nach Bewilligung ihrer Forderung gewiß nicht anders leben als früher, die Arbeit würde ihrem Gesang gar nicht im Wege stehn, und der Gesang allerdings würde auch nicht schöner werden — was sie anstrebt, ist also nur die öffentliche, eindeutige, die Zeiten überdauernde, über alles bisher Bekannte sich weit erhebende Anerkennung ihrer Kunst. Während ihr aber fast alles andere erreichbar scheint, versagt sich ihr dieses hartnäckig. Vielleicht hätte sie den Angriff gleich anfangs in andere Richtung lenken sollen, vielleicht sieht sie jetzt selbst den Fehler ein, aber nun kann sie nicht mehr zurück, ein Zurückgehen hieße sich selbst untreu werden, nun muß sie schon mit dieser Forderung stehen oder fallen.
Hätte sie wirklich Feinde, wie sie sagt, sie könnten diesem Kampfe, ohne selbst den Finger rühren zu müssen, belustigt zusehen. Aber sie hat keine Feinde, und selbst wenn mancher hie und da Einwände gegen sie hat, dieser Kampf belustigt niemanden. Schon deshalb nicht, weil sich hier das Volk in seiner kalten richterlichen Haltung zeigt, wie man es sonst bei uns nur sehr selten sieht. Und wenn einer auch diese Haltung in diesem Falle billigen mag, so schließt doch die bloße Vorstellung, daß sich einmal das Volk ähnlich gegen ihn selbst verhalten könnte, jede Freude aus. Es handelt sich eben auch bei der Abweisung, ähnlich wie bei der Forderung, nicht um die

Sache selbst, sondern darum, daß sich das Volk gegen einen Volksgenossen derart undurchdringlich abschließen kann und um so undurchdringlicher, als es sonst für eben diesen Genossen väterlich und mehr als väterlich, demütig sorgt.

Stünde hier an Stelle des Volkes ein Einzelner: man könnte glauben, dieser Mann habe die ganze Zeit über Josefine nachgegeben, unter dem fortwährenden brennenden Verlangen, endlich der Nachgiebigkeit ein Ende zu machen; er habe übermenschlich viel nachgegeben im festen Glauben, daß das Nachgeben trotzdem seine richtige Grenze finden werde; ja, er habe mehr nachgegeben als nötig war, nur um die Sache zu beschleunigen, nur, um Josefine zu verwöhnen und zu immer neuen Wünschen zu treiben, bis sie dann wirklich diese letzte Forderung erhob; da habe er nun freilich, kurz, weil längst vorbereitet, die endgültige Abweisung vorgenommen. Nun, so verhält es sich ganz gewiß nicht, das Volk braucht solche Listen nicht, außerdem ist seine Verehrung für Josefine aufrichtig und erprobt, und Josefinens Forderung ist allerdings so stark, daß jedes unbefangene Kind ihr den Ausgang hätte voraussagen können; trotzdem mag es sein, daß in der Auffassung die Josefine von der Sache hat, auch solche Vermutungen mitspielen und dem Schmerz der Abgewiesenen eine Bitternis hinzufügen.

Aber mag sie auch solche Vermutungen haben, vom Kampf abschrecken läßt sie sich dadurch nicht. In letzter Zeit verschärft sich sogar der Kampf; hat sie ihn bisher nur durch Worte geführt, fängt sie jetzt an, andere Mittel anzuwenden, die ihrer Meinung nach wirksamer, unserer Meinung nach für sie selbst gefährlicher sind.

Manche glauben, Josefine werde deshalb so dringlich, weil sie sich alt werden fühle, die Stimme Schwächen zeige, und es ihr daher höchste Zeit zu sein scheine, den letzten Kampf um ihre Anerkennung zu führen. Ich glaube daran nicht. Josefine wäre nicht Josefine, wenn dies wahr wäre. Für sie gibt es kein Altern und keine Schwächen ihrer Stimme. Wenn sie etwas fordert, so wird sie nicht durch äußere Dinge, sondern durch innere Folgerichtigkeit dazu gebracht. Sie greift nach dem höchsten Kranz, nicht weil er im Augenblick gerade ein wenig tiefer hängt, sondern weil es der höchste ist; wäre es in ihrer Macht, sie würde ihn noch höher hängen.

Diese Mißachtung äußerer Schwierigkeiten hindert sie allerdings nicht, die unwürdigsten Mittel anzuwenden. Ihr Recht steht ihr außer Zweifel; was liegt also daran, wie sie es erreicht; besonders da doch in dieser Welt, so wie sie sich ihr darstellt, gerade die würdigen Mittel versagen müssen. Vielleicht hat sie sogar deshalb den Kampf um ihr Recht aus dem Gebiet des Gesanges auf ein anderes, ihr wenig teures verlegt. Ihr Anhang hat Aussprüche von ihr in Umlauf gebracht, nach denen sie sich durchaus fähig fühlt, so zu singen, daß es dem Volk in allen seinen Schichten bis in die versteckteste Opposition hinein eine wirkliche Lust wäre, wirkliche Lust nicht im Sinne des Volkes, welches ja behauptet, diese Lust seit jeher bei Josefinens Gesang zu fühlen, sondern Lust im Sinne von Josefinens Verlangen. Aber, fügt sie hinzu, da sie das Hohe nicht fälschen und dem Gemeinen nicht schmeicheln könne, müsse es eben bleiben, wie es sei. Anders aber ist es bei ihrem Kampf um die Arbeitsbefreiung, zwar ist es auch ein Kampf um ihren Gesang, aber hier kämpft sie nicht unmittelbar mit der kostbaren Waffe des Gesanges, jedes Mittel, das sie anwendet, ist daher gut genug. So wurde zum Beispiel das Gerücht verbreitet, Josefine beabsichtige , wenn man ihr nicht nachgebe, die Koloraturen zu kürzen. Ich weiß nichts von Koloraturen, habe in ihrem Gesange niemals etwas von Koloraturen bemerkt. Josefine aber will die Koloraturen kürzen, vorläufig nicht beseitigen, sondern nur kürzen. Sie hat angeblich ihre Drohung wahr gemacht, mir allerdings ist kein Unterschied gegenüber ihren früheren Vorführungen aufgefallen. Das Volk als Ganzes hat zugehört wie immer, ohne sich über die Koloraturen zu äußern, und auch die Behandlung von Josefinens Forderung hat sich nicht geändert. Übrigens hat Josefine, wie in ihrer Gestalt, unleugbar auch in ihrem Denken manchmal etwas recht Graziöses. So hat sie zum Beispiel nach jener Vorführung, so als sei ihr Entschluß hinsichtlich der Koloraturen gegenüber dem Volk zu hart oder zu plötzlich gewesen, erklärt, nächstens werde sie die Koloraturen doch wieder vollständig singen. Aber nach dem nächsten Konzert besann sie sich wieder anders, nun sei es endgültig zu Ende mit den großen Koloraturen, und vor einer für Josefine günstigen Entscheidung kämen sie nicht wieder. Nun, das Volk hört über alle diese Erklärungen, Entschlüsse und Entschlußänderungen hinweg, wie ein Erwachsener in Gedanken über das Plaudern eines Kindes hinweghört, grundsätzlich wohlwollend, aber unerreichbar.

Josefine aber gibt nicht nach. So behauptete sie zum Beispiel neulich, sie habe sich bei der Arbeit eine Fußverletzung zugezogen, die ihr das Stehen während des Gesanges beschwerlich mache; da sie aber nur stehend singen könne, müsse sie jetzt sogar die Gesänge kürzen. Trotzdem sie hinkt und sich von ihrem Anhang stützen läßt, glaubt niemand an eine wirkliche Verletzung. Selbst die besondere Empfindlichkeit ihres Körperchens zugegeben, sind wir doch ein Arbeitsvolk und auch Josefine gehört zu ihm; wenn wir aber wegen jeder Hautabschürfung hinken wollten, dürfte das ganze Volk mit Hinken gar nicht aufhören. Aber mag sie sich wie eine Lahme führen lassen, mag sie sich in diesem bedauernswerten Zustand öfters zeigen als sonst, das Volk hört ihren Gesang dankbar und entzückt wie früher, aber wegen der Kürzung macht es nicht viel Aufhebens.

Da sie nicht immerfort hinken kann, erfindet sie etwas anderes, sie schützt Müdigkeit vor, Mißstimmung, Schwäche. Wir haben nun außer dem Konzert auch ein Schauspiel. Wir sehen hinter Josefine ihren Anhang, wie er sie bittet und beschwört, zu singen. Sie wollte gern, aber sie kann nicht. Man tröstet sie, umschmeichelt sie, trägt sie fast auf den schon vorher ausgesuchten Platz, wo sie singen soll. Endlich gibt sie mit undeutbaren Tränen nach, aber wie sie mit offenbar letztem Willen zu singen anfangen will, matt, die Arme nicht wie sonst ausgebreitet, sondern an Körper leblos herunterhängend, wobei man den Eindruck erhält, daß sie vielleicht ein wenig zu kurz sind — wie sie so anstimmen will, nun, da geht es doch wieder nicht, ein unwilliger Ruck des Kopfes zeigt es an und sie sinkt vor unseren Augen zusammen. Dann allerdings rafft sie sich doch wieder auf und singt, ich glaube, nicht viel anders als sonst; vielleicht, wenn man für feinste Nuancen das Ohr hat, hört man ein wenig außergewöhnliche Erregung heraus, die der Sache aber nur zugute kommt. Und am Ende ist sie sogar weniger müde als vorher, mit festem Gang, soweit man ihr huschendes Trippeln so nennen kann, entfernt sie sich, jede Hilfe des Anhangs ablehnend und mit kalten Blicken die ihr ehrfurchtsvoll ausweichende Menge prüfend.

So war es letzthin; das Neueste aber ist, daß sie zu einer Zeit, wo ihr Gesang erwartet wurde, verschwunden war. Nicht nur der Anhang sucht sie, viele stellen sich in den Dienst des Suchens, er ist vergeblich; Josefine ist verschwunden, sie will nicht singen, sie will nicht einmal darum gebeten werden, sie hat uns diesmal völlig verlassen.

Sonderbar, wie falsch sie rechnet, die Kluge, so falsch, daß man glauben sollte, sie rechne gar nicht, sondern werde nur weiter getrieben von ihrem Schicksal, das in unserer Welt nur ein sehr trauriges werden kann. Selbst entzieht sie sich dem Gesang, selbst zerstört sie die Macht, die sie über die Gemüter erworben hat. Wie konnte sie nur diese Macht erwerben, da sie diese Gemüter so wenig kennt. Sie versteckt sich und singt nicht, aber das Volk, ruhig, ohne sichtbare Enttäuschung, herrisch, eine in sich ruhende Masse, die förmlich auch wenn der Anschein dagegen spricht, Geschenke nur geben, niemals empfangen kann, auch von Josefine nicht, dieses Volk zieht weiter seines Weges. Mit Josefine aber muß es abwärts gehn. Bald wird die Zeit kommen, wo ihr letzter Pfiff ertönt und verstummt. Sie ist eine kleine Episode in der ewigen Geschichte unseres Volkes und das Volk wird den Verlust überwinden. Leicht wird es uns ja nicht werden; wie werden die Versammlungen in völliger Stummheit möglich sein? Freilich, waren sie nicht auch mit Josefine stumm? War ihr wirkliches Pfeifen nennenswert lauter und lebendiger, als die Erinnerung daran sein wird? War es denn noch bei ihren Lebzeiten mehr als eine bloße Erinnerung? Hat nicht vielmehr das Volk in seiner Weisheit Josefinens Gesang, eben deshalb, weil er in dieser Art unverlierbar war, so hoch gestellt?

Vielleicht werden wir also gar nicht sehr viel entbehren, Josefine aber, erlöst von der irdischen Plage, die aber ihrer Meinung nach Auserwählten bereitet ist, wird fröhlich sich verlieren in der zahllosen Menge der Helden unseres

Volkes, und bald, da wir keine Geschichte treiben, in gesteigerter Erlösung vergessen sein wie alle ihre Brüder.

Franz Kafka Sammelband aller Hauptwerke
Franz Kafka's Hauptwerke als Gesamtausgabe in einer Bindung

Franz Kafka
Sara Josef
ISBN: 978-1-961991-01-9

1309 Coffeen Avenue, Sheridan, WY 82801
United States of America

www.ingramcontent.com/pod-product-compliance
Lightning Source LLC
Chambersburg PA
CBHW080944190726
48294CB00007B/1990

* 9 7 8 1 9 6 1 9 9 1 0 1 9 *